国家社会科学基金重大项目"苏联科学院《俄国文学史》翻译与研究"成果之一

俄国文学史

第1卷

古代至18世纪的俄国文学

总主编 〔俄罗斯〕尼·普鲁茨科夫
本卷主编 〔俄罗斯〕德·谢·利哈乔夫 格·潘·马科戈年科
汪介之 总编译
左少兴 王志耕 等 译

北京大学出版社
PEKING UNIVERSITY PRESS

著作权合同登记号：01-2017-3893

图书在版编目（CIP）数据

俄国文学史. 第1卷，古代至18世纪的俄国文学 /（俄罗斯）尼·普鲁茨科夫总主编；汪介之总编译. 北京：北京大学出版社，2025.9. —— ISBN 978-7-301-23926-1

Ⅰ.I512.09

中国国家版本馆CIP数据核字第20255TN943号

书　　　名	俄国文学史　第1卷 EGUO WENXUESHI　DI-YI JUAN
著作责任者	〔俄罗斯〕尼·普鲁茨科夫　总主编；汪介之　总编译
责任编辑	李　哲
标准书号	ISBN 978-7-301-23926-1
出版发行	北京大学出版社
地　　　址	北京市海淀区成府路205号　100871
网　　　址	http://www.pup.cn
新浪微博	@北京大学出版社
电子邮箱	编辑部pupwaiwen@pup.cn　总编室zpup@pup.cn
电　　　话	邮购部010-62752015　发行部010-62750672　编辑部010-62759634
印　刷　者	北京市十月印刷有限公司
经　销　者	新华书店
	787毫米×1092毫米　16开本　45.5印张　1100千字
	2025年9月第1版　2025年9月第1次印刷
定　　　价	225.00元（精装）

未经许可，不得以任何方式复制或抄袭本书之部分或全部内容。
版权所有，侵权必究
举报电话：010-62752024　电子邮箱：fd@pup.cn
图书如有印装质量问题，请与出版部联系，电话：010-62756370

《俄国文学史》（1—4卷）总目录

总主编：尼·伊·普鲁茨科夫

编委会：
阿·谢·布什明
伊·尼·库普列亚诺娃
德·谢·利哈乔夫
格·潘·马科戈年科
克·德·穆拉托娃

第1卷 古代至18世纪的俄国文学

本卷主编：德·谢·利哈乔夫、格·潘·马科戈年科

编者的话

第一编 10—18世纪前25年的俄国文学

导论：10—18世纪前25年俄国文学历史道路的独特性

第一章 基辅罗斯文学：10—12世纪初期

第二章 12—13世纪前25年封建割据时期的文学

第三章 蒙古—鞑靼人统治初期文学：1237年—13世纪末

第四章 俄国前文艺复兴时代的文学：14—15世纪中期

第五章 统一的俄罗斯国家形成时期的文学和俄国文学中文艺复兴的因素：15世纪中期—16世纪

第六章 "过渡时代"的文学

第七章 18世纪前25年文学生活中思想与艺术的新现象

结语

第二编 18世纪俄国文学

导论：18世纪俄国文学道路的确立与文学民族独特性的形成

- 第一章　1730—1760年代初的文学—社会运动：古典主义的形成
- 第二章　罗蒙诺索夫
- 第三章　苏马罗科夫
- 第四章　1760年代末—1780年代的文学与社会运动
- 第五章　杰尔查文
- 第六章　冯维辛
- 第七章　1780—1790年代的文学与社会运动
- 第八章　拉季舍夫
- 第九章　感伤主义与卡拉姆津
- 结语：18世纪文学传统与19世纪俄国文学

第2卷　从感伤主义到浪漫主义与现实主义

本卷主编：伊·尼·库普列亚诺娃

导论

- 第一章　19世纪前25年俄国文学和社会思想的基本倾向与潮流
- 第二章　19世纪前25年的文学社团与期刊
- 第三章　1800—1810年代的散文
- 第四章　尼·米·卡拉姆津《俄罗斯国家史》的艺术叙事原则
- 第五章　1800—1810年代的诗歌
- 第六章　瓦·安·茹科夫斯基
- 第七章　康·尼·巴丘什科夫
- 第八章　十二月党人的诗歌
- 第九章　十二月党人散文（1820年代前半期的浪漫主义小说）
- 第十章　寓言作家伊·安·克雷洛夫
- 第十一章　19世纪初期的戏剧与亚·谢·格里鲍耶陀夫的创作：喜剧《智慧的痛苦》
- 第十二章　亚·谢·普希金
- 第十三章　普希金流派的诗歌
- 第十四章　1826—1855年间俄国文学和社会思想的基本倾向与潮流
- 第十五章　1830年代的诗歌
- 第十六章　叶·阿·巴拉廷斯基
- 第十七章　阿·瓦·柯里佐夫
- 第十八章　米·尤·莱蒙托夫
- 第十九章　1840年代的诗歌

第二十章　1820年代后半期至1830年代的散文
第二十一章　尼·瓦·果戈理
第二十二章　"自然派"与1850年代初期的散文

第3卷　现实主义的繁荣

本卷主编：费·雅·普里马、尼·伊·普鲁茨科夫

绪言

导论：1860—1870年代的文学与社会运动

第一章　1860年代的平民知识分子小说家流派

第二章　小说家尼·加·车尔尼雪夫斯基与60—70年代文学中的"新人"

第三章　伊·谢·屠格涅夫

第四章　伊·亚·冈察洛夫

第五章　阿·费·皮谢姆斯基

第六章　亚·伊·赫尔岑

第七章　1860—1870年代的反虚无主义长篇小说

第八章　1850—1860年代的诗歌

第九章　尼·阿·涅克拉索夫

第十章　涅克拉索夫流派的诗人

第十一章　费·伊·丘特切夫

第十二章　阿·阿·费特

第十三章　1860—1870年代的戏剧

第十四章　亚·尼·奥斯特罗夫斯基

第十五章　亚·瓦·苏霍沃—科贝林

第十六章　1870年代的文学

第十七章　民粹派作家的散文

第十八章　1870年代的诗歌

第十九章　革命民粹派运动的诗歌

第二十章　格·伊·乌斯宾斯基

第二十一章　米·叶·萨尔蒂科夫—谢德林

第二十二章　费·米·陀思妥耶夫斯基

第二十三章　尼·谢·列斯科夫

第二十四章　列·尼·托尔斯泰

第4卷　19世纪末至20世纪初的俄国文学

本卷主编：克·德·穆拉托娃

导论

第一编　1880年代的文学
第一章　1880年代的散文
第二章　民粹派作家
第三章　1880—1890年代的诗歌
第四章　弗谢沃洛德·迦尔洵
第五章　弗拉基米尔·柯罗连科
第六章　安东·契诃夫

第二编　世纪之交与1905年革命时期的文学
第七章　1890年代至1907年的现实主义文学
第八章　晚年的托尔斯泰
第九章　马克西姆·高尔基
第十章　列昂尼德·安德列耶夫
第十一章　亚历山大·库普林
第十二章　无产阶级诗歌
第十三章　象征主义
第十四章　瓦列里·勃留索夫
第十五章　亚历山大·勃洛克
第十六章　安德烈·别雷

第三编　十月革命前十年间的文学
第十七章　反动年代的文学
第十八章　1910年代的现实主义小说
第十九章　伊万·布宁
第二十章　新农民诗人
第二十一章　阿克梅派
第二十二章　未来主义
第二十三章　弗拉基米尔·马雅可夫斯基

结语

时代、文化与传统的联系

(中译本序)

整整 40 年前,1983 年,科学出版社列宁格勒分社出版了由苏联科学院(现俄罗斯科学院)俄罗斯文学研究所(普希金之家)集体编撰的 4 卷本科学院版《俄国文学史》的最后一卷。现在,我谨向将普希金之家的这套经典著作迻译为中文的项目主持人汪介之教授和各位参与者表示祝贺!

对于不同民族各自编写的《俄国文学史》的关注,从 2015 年 11 月起得以加强。在那期间,我的朋友刘文飞教授曾在首都师范大学组织召开主题为"俄国文学史的多种书写"的圆桌会议。会议发言既涉及普希金之家同仁撰写的科学院版《俄国文学史》,也谈到在英国、德国、西班牙、意大利、中国、韩国、俄罗斯、法国、日本等国出版的各种类型的《俄国文学史》。毋庸赘言,我很高兴地从我们的同行友人、各国著名的俄语文学研究者那里得知,时至今日,普希金之家编撰的《俄国文学史》一直作用于学术传承,并被他们运用于研究工作。

普希金之家于 1941—1956 年间推出的 10 卷本(13 册)《俄国文学史》乃是类似规模的科学院版著述的最初试作,随后差不多过了 30 年,1981—1983 年间问世的 4 卷本《俄国文学史》则与其一脉相承——这两套著作在漫长的历史时期内依然是不可或缺的,而且至今在许多方面仍未失去其学术意义。

参与 4 卷本《俄国文学史》编撰的我国优秀学者,包括鲍·瓦·阿韦林、格·阿·比亚雷、瓦·埃·瓦楚罗、娜·德·科切特科娃、伊·尼·库普列亚诺娃、亚·瓦·拉夫罗夫、德·谢·利哈乔夫、莉·米·洛特曼(尤·米·洛特曼的姐姐)、扎·格·明茨、克·德·穆拉托娃、亚·米·潘琴科、韦·阿·图尼马诺夫、格·米·弗里德连杰尔等。

中国在各个领域都有自己的创举,中国的学术事业是中华民族伟力的亮点之一,甚至连中国的俄语文学研究——作为最重要的知识领域之一,也在走着自己的道路。这条道路上最引人注目、最值得尊重的一个特点,就是保持伟大的历史传统。另一个同样重要的特点,则是果敢而创造性地把握各种新思潮和新趋向。普希金之家编写的4卷本《俄国文学史》中译本的出版,就是这方面的一个极佳佐证。

俄罗斯科学院俄罗斯文学研究所(普希金之家)学术负责人,
中国俄罗斯文学研究会理事会外籍理事
弗·叶·巴格诺

2023年3月于莫斯科
(汪介之译)

第1卷 目录

编者的话 / 001

第一编　10—18世纪前25年的俄国文学

导论：10—18世纪前25年俄国文学历史道路的独特性 / 007

第一章　基辅罗斯文学：10—12世纪初期 / 013

第二章　12—13世纪前25年封建割据时期的文学 / 049

第三章　蒙古—鞑靼人统治初期文学：1237年—13世纪末 / 072

第四章　俄国前文艺复兴时代的文学：14—15世纪中期 / 102

第五章　统一的俄罗斯国家形成时期的文学和俄国文学中文艺复兴的因素：15世纪中期—16世纪 / 150

第六章　"过渡时代"的文学 / 235

第七章　18世纪前25年文学生活中思想与艺术的新现象 / 337

结　语 / 370

第二编　18世纪俄国文学

导论：18世纪俄国文学道路的确立与文学民族独特性的形成 / 385

第一章　1730—1760年代初的文学—社会运动：古典主义的形成 / 405

第二章　罗蒙诺索夫 / 432

第三章　苏马罗科夫 / 450

第四章　1760年代末—1780年代的文学与社会运动 / 475

第五章　杰尔查文 / 519

第六章　冯维辛 / 545

第七章　1780—1790年代的文学与社会运动 / 559

第八章　拉季舍夫 / 587

第九章　感伤主义与卡拉姆津 / 602

结语：18世纪文学传统与19世纪俄国文学 / 634

缩略语中俄文对照表 / 647

译名中俄文对照表 / 649

编者的话

苏联科学院"普希金之家"编写完成的4卷本《俄国文学史》是一部总结性的、探讨问题的文学史著作。参与编写的作者们给自己规定的任务,是研究俄国文学的独特品格、发展进程的规律和运作动力,以及它在与社会史和精神史的密不可分的、多方面的联系中所呈现的基本特征和趋势。在这一方面,这部著作同现代资产阶级学术研究中占统治地位的倾向是矛盾的,后者本质上具有盛气凌人的经验主义,否认作为历史科学研究之固有原则的广泛概括的意义,忽视文学与文化一般发展过程的联系,迷恋于孤立地剖析个别作品。

这套著作的内容,涵盖俄国文学从其产生(公元10世纪)到1917年的历史。当然,不能奢望4卷本论著能完满地说明文学史实与文学进程的全部丰富性。著者的努力主要集中于理解那些"其文学遗产具有全民族乃至全世界意义的"作家们的创作活动。那些最鲜明而充分地表现出某一文学思潮、团体和流派的一定特征的文学现象,也在本著作选论之列。最后,这套著作还特别关注那些对于文学发展的某一时期具有奠基或总结意义的作品(或整个创作),尤其关注这样的语言艺术家——其创作预示出或预见了随后的文学不断前进发展的征兆。

第1卷的论述对象是古代俄国文学和18世纪文学。公元10世纪至18世纪头25年俄国文学历史道路的独特性,新时代俄国文学的确立与文学民族独特性的形成,在这一卷中得到了阐述。这一卷的结论部分指出了18世纪传统对于19世纪俄国文学史的意义。

第2卷描述了19世纪上半叶(具体而言1800—1855年)俄国文学的发展进程。著者将这一进程解释为从感伤主义向浪漫主义与现实主义的运动。这一卷的最后一章论述1840年代和1850年代前半期的文学,其突出成果便是"俄国自然派"这一现实主义流派的创作,它开辟了通往随之而来的批判现实主义文学高峰的道路。

第3卷专门阐述19世纪下半叶(具体而言1856—1881年)的俄国文学,这是一个艺术现实主义在长篇小说、散文、诗歌和戏剧领域极大繁荣的时代。

第4卷中提供了从第二次革命(1879—1881年)之后到1917年伟大的十月社会主义革命之间在思想与艺术关系方面均复杂至极的"五光十色的"文学生活的分析。各种不同的文学思潮、流派和团体的社会的、思想的和艺术的立场与纲领的性质，彼此之间激烈的对抗，是本卷论述的主要内容。得到最多关注的是20世纪初现实主义艺术构成的变异，新型文学——社会主义现实主义文学的结晶过程。该卷最后一章① 所谈的是19世纪末和20世纪初俄国文学与世界文学进程的普遍联系。

著者是在世界文学进程的视域中考量俄国文学史的，因此考虑到了世界范围内的社会生活、一般文化，特别是文学—美学发展的特定阶段与问题。

揭示文学运动的历史必然性与社会制约性，自然具有首要的意义。著者遵循具体—历史的社会学方法论的研究原则，致力于检视各类文学事实，文学发展中各种不同的思想和艺术倾向，以及在广泛的社会思想和政治语境中彼此共存和互相冲突的各种思潮与流派。对不同作家的创作进行比较类型学的分析，在本书的相关章节中起着显而易见的作用，它使得著者能够廓清各种内在的文学联系，这些联系是文学史进程的规律的表现形式。

4卷本《俄国文学史》甚为注意在思想与形式的不断发展中阐明继承性规律的作用，甚为注意文学种类、体裁和风格的演变，甚为注意各种文学倾向、思潮和流派的形成、相互关系和彼此之间的斗争。若要重现这一或那一历史时代文学发展过程的总体轮廓，而不对这一过程的个别参与者留下的遗产进行深入的分析，那是难以想象的。因此，对于载入特定文学时代共同图景中的作家个性的评述，在这套著作的内容中占有非常重要的地位，这种评述提供了在其不可重复的质的个性化表现中理解文学史的可能性。这也决定了各卷的结构安排。理论阐释与历史描述在这里紧密交织在一起。

复现某一时代文学运动的独特图景，揭示文学运动的规律、特征和各种不同倾向的探讨问题的综述性章节，与作家个人专论、描绘俄国文学中的著名活动家创作肖像的章节配合有致，相得益彰。但是，流传至今的一些文学史著作的传统结构，虽已表明自身的合理性，在我们这部著作中却具有某些实际上的新性质。这首先体现于综述性章节与个案研究章节最大限度地接近，彼此之间相互作用，协调配合。一般情况的概述获得了个案研究的支撑，而后者同样也成为一些共同规律的独特显现。这种辩证关系反映了文学发展的实际过程，一般与个别在这一进程中达到了一定程度上的统一。评述的方式与水平也发生了变化：视野更为开阔，更注重探讨问题，也更具有概括性。

作家个人专论的各章也大都具有创新的特点。这些专章的书写没有过多地从

---

① 指《俄国文学史》第4卷"结语"。——译者注

个人视角和心理学视角来展开,也没有过多的历史文化评述。作家专章中不设置用于描述语言艺术家生平的专节。作家生平经历中的事实,在以下场合自然地被纳入学术性的叙述之中:当这些事实具有社会的或思想的意义,并因此而与作家的创作紧密联系着的时候;或当这些事实说明了作家世界观的特定方面、思想与精神的探索、生活态度和艺术独创性,也即无论如何决定了他在文学与社会斗争中的地位的时候。这类专章的具体内容也具有新特点。其中,文学作品的人学的、道德的和美学的意义,它们的社会教育功能,得到了更多的关注;当然,不是把作品的思想与社会构成的分析挂到次要位置。相反,社会学与意识形态理念打开了深入理解作家的思想以及那和经久不衰的、有时甚至是永恒的伦理—哲学问题的通道;真正的艺术作品,不涉及这方面的问题是不可思议的。

  参与这套著作编写的作者并不追求全书结构与叙述风格的严格统一。因为这会对该书的学术水平产生负面影响,并有可能对揭示某一作家创作的独特性造成限制。不言而喻,比如说,关于赫尔岑这位最伟大、最富有独创性的艺术家兼政论家,在他的遗产中,哲学与伦理、宗教学说与社会思想、艺术形象的世界与社会思想斗争的世界等等,一切都融合成一个统一的整体,论述他的创作,就不能使用通常论述冈察洛夫、皮谢姆斯基或列斯科夫的那种"谱号"。但是,上面提及的每一位作家,研究者着手考察他们的创作时,也同样需要使用适合的"乐器"。当然,为论述对象的特点所制约的研究路径和材料叙述方法上选择的这种"自由",在某种程度上破坏了某些专章论述风格的一致性。然而,在由不同作者完成的与诸多艺术作品相关的论著中,他们执笔的各章的统一性不可能是绝对的。在这里,在一定限度内的"破坏",甚至完全有可能是不可避免的。

  这套《俄国文学史》中未设专门论述俄国文学经典批评家的章节。这不仅是由于受到这套著作的有限规模(比如说,和1941—1956年出版的10卷本《俄国文学史》相比)的制约。这类专章通常存在于现行的一些文学史教程中,这类教程往往不顾及文学进程,不问艺术家们的思想与艺术探索,而经典批评家们对于文学的出色的组织和引导作用则是以极为弱化的方式呈现出来的。本书的作者希望消除文学批评与艺术实践之间的这种脱节,具体地展示批评——甚至作为最可资借鉴的例证——在文学进程中的作用,在分析艺术创作的过程中注重于文学批评遗产。至于谈到批评思想的存在与发展状况、批评界与期刊事业中的力量分布、在文学生活的这些领域内各种不同倾向之间彼此斗争的一般图景,那么,所有这些问题,都是在作为导言和结论的章节、在关于文学种类与体裁之发展的描述中得到阐明的。

  最后,这套《俄国文学史》的读者应当注意的还有,本书著者没有给自己提出这样的任务,即详细评述"适合于'文学史与民间创作'的论题,适合于探讨两者在文学发展的不同历史阶段的相互关系"这类论题的最为丰富的资料。书中引入的只是涉及这一复杂问题的最必要的部分,而"普希金之家"的一系列专著,其中包括3卷本《俄国文学与民间创作》,则对这一问题提供了有分量的分析。

本套书是由苏联科学院俄罗斯文学研究所("普希金之家")的各位撰稿人在俄罗斯多所高等院校研究人员的协助参与下编写完成的。

(德·谢·利哈乔夫执笔,汪介之译)

第一编　10—18世纪前25年的俄国文学

导论：10—18世纪前25年俄国文学历史道路的独特性

俄国古代文学属于特殊类型的中世纪文学。在古代罗斯作品的流行和民间口头创作的流传之间有着某些共同之处。

俄国古代文学作品大部分没有固定的作者原文。日新月异的版本和新的作品种类的出现，或是出于回应生活不断提出的新要求，或是出于文学趣味的变化。俄国古代文学作品的特殊"生命力"就在这里。其中一些作品在数百年的进程中被人读了又读，抄了又抄。还有一些作品很快就消失了，但其中受人喜爱的部分则被纳入其他作品中，因为对作者著作权的意识还没有发展到这样的地步：维护作者著作文本不被改变或者不被借用到其他作品中去。

与民间口头创作的共同点还表现在别的方面。正如民间创作一样，俄国古代作品中，"共同的地方"占有特殊地位。文学作品并不追求用一些新颖别致的事物来让读者感到惊奇，而是相反，用习以为常的事物使读者平静下来并且"入迷"。作者在编撰自己的文学作品时，似乎在进行某种典礼，参加某种仪式。他用一些与所说内容相宜的、合乎礼仪的形式讲述一切。他或者褒扬或者贬抑那些通常应褒扬或应贬抑的事物；他还赋予自己所作的赞扬或者谴责以与实际情况相宜的、合乎礼节的形式。因此，文学作品的文本——大部分是没有意外事件的文本。这些意外事件也是不适宜的，正如它们在任何礼仪、任何形式中都是不适宜的一样。

文学是一种典礼。文学使题材穿上一套与自身相适宜的文学盛装。这不仅使文学与民间口头创作接近，而且也如同在民间创作中一样，导致古代罗斯文学创作具有一种特殊的即兴之作的意味，导致这种创作具有集体性和传统性的意味。

作者越严格遵循文学规范的传统，那么他在这一传统性的范围内就越容易创作出日新月异的作品。结果，古代罗斯的文学作品彼此间没有被严格的界限所隔开，也没有用有关文学著作所有权的确切观念来固定，而是在某种程度上重复习以为常的形式,因此它们似乎处于某种"漂流不定"的状态,在文学发展的总体进程中反映出的不仅是使纪年界限"模糊不清",还令观察文学中的变化产生某些难度。11—17世纪的文学进程难以被察觉出来,也难以确定下来。

但是在文学史进程中也有这样一些方面,它们一方面使对这一进程的观察变得困难,另一方面也使得对它的观察变得容易。让我们对俄国文学发展的观察变得容易的,首先是文学与历史进程的联系——独特而十分显著地表现出来的古代罗斯文学的中世纪历史主义。

这个"中世纪历史主义"何在呢?首先就在于古代罗斯的艺术概括在绝大多数情况下是在某种历史事实的基础上进行的。古代罗斯新的文学作品总是固定于具体的历史事件、具体的历史人物。这些作品是一些故事:有关战斗(胜利和失败)、王公间的内讧和犯罪、到宗教圣地(去巴勒斯坦)、去君士坦丁堡朝圣,还有关于一些人物——主要是关于圣徒和王公统帅的故事。还有些故事是有关圣像和建造教堂的,有关人们相信的奇迹出现和似乎已成事实的异象等。但是以明显虚构的情节为题材的新著为数很少。虚构即谎言,而任何谎言从中世纪的观点来看都是不被允许的。虚构的情节(如寓言故事的情节)在俄国的土壤上却获得历史的色彩,具有附加在某些历史人物或历史事件上的倾向。甚至一些布道讲经的神甫牧师大多数情况下都避开那些隐晦曲折的话语和无稽之谈。

文学像一股强大的水流伴随着历史,遵循着历史的步伐。在事件和第一部有关事件的文学作品之间,脱节现象十分突出。随后的作品改变前面的作品,并且将它们组合起来,但却很少对事件作出全新的说明。作家们由于担心受谎言的欺骗,所以把文献材料当作自己作品的基础,同时又把以往所有的文字材料当作文献材料。

文学是生活的见证。这就是为什么历史本身在某种程度上可以确定文学的分期,而有关现实的主要文献——编年史,是研究者用来确定古代文献日期的依据。

编年史汇编的日期是文学史的重要标志。自从编年史被纳入11—17世纪俄国文学史的时候起①,人们就可以从历史角度研究文学作品,无论如何至少可以研究那些以直接或间接的形式与编年史相联系的文学作品。

11—17世纪俄国文学的"中世纪历史主义"与它的另一个重要特征相联系,这一特征直到今天仍保留在俄国文学中,这就是文学的公民意识。

由于俄国作家的使命是仔细观察现实、遵循这一现实并对现实作出评价,他们还在11世纪就把自己的劳动看作是为祖国服务。俄国文学总是以一种特殊的严肃认真的精神而凸显自己,试图回答人生的主要问题,号召人们去改造生活,具有

---

① 苏联科学院俄罗斯文学研究所出版的多卷本《俄国文学史》(История русской литературы)的前两卷(第1卷,莫斯科—列宁格勒,1941;第2卷第1册,1945;第2卷第2册,1948)首次大规模地运用了这一方法。

各种各样的但总是高尚的理想。俄国作家在自己的作品中对现实进行批判时，往往走着一条前人踩出的受苦受难之路。对 11 世纪的编年史家尼康来说，文学活动就是一种建功立业，他被迫逃离伊贾斯拉夫大公的迫害而逃往遥远的特姆特罗晨。对涅斯托尔来说，文学活动也是一种建功立业。弗拉基米尔·莫诺马赫大公本人不仅在自己的直接政治活动中，而且也在自己的文学著作——著名的《训诫书》和致奥列格·斯维亚托斯拉维奇公的信函中，谆谆教诲罗斯的王公们。他的著作涵盖了编年史和圣徒传。对于 12 世纪初某个叫瓦西里的人来说，文学则是一种大规模的社会事业，所以此人编写了揭露性的纪事——揭露王公们弄瞎捷列鲍夫利公瓦西里双眼的经过。在 12—13 世纪期间，产生了一系列作品，有的揭露王公们的内讧，有的号召王公们坚定不移地保卫罗斯的国土，还有的则为失败而悲伤，同时谴责王公们犯下的罪行。那些世纪里，古代罗斯文学的高尚的爱国主义，不仅同为罗斯国土而自豪相联系，而且与因遭到失败或因社会不公而痛心相联系，还与"力求开导王公领主的意愿相联系，有时则与打算谴责他们，从而激起读者对那些最坏、最恶劣的王公领主发泄愤怒"的意图相联系。

俄国文学的公民精神在 11—17 世纪留下了深深的印记：这里有号召人们改造整个俄国生活结构的作品，如佩列斯韦托夫的作品、叶尔莫莱—叶拉兹姆的作品等；这里还有马克西姆—格列克的训诫书。编年史和历史叙事著作号召人们切实有效地保卫罗斯国土不受敌人侵犯。

诺夫哥罗德和莫斯科的异端分子也拿起笔来。沙皇本人和他的政敌库尔布斯基公爵都进行写作。17 世纪阿瓦库姆和叶皮凡尼的文学活动具有直接的苦行者遭遇的特点。

所有的俄国作家，他们每个人都以自己的方式高尚地承担起作家的职责。他们每一个人在某种程度上都是预言家—揭发者，而其中有些人则是启蒙者，知识的传播者，现实的阐释者，国内公民生活的积极的、具有崇高爱国主义精神的参与者。

作家的这一崇高使命在当今时代仍得以保留。文学是由它的创造者的高度社会责任感所推动的。文学渗透着对祖国的积极有用的爱。这是文学在其存在的整个过程中恒久不变的特点。本书的出版正是致力于反映俄国的这个方面，也是最重要的方面。

究竟应该如何对 11—17 世纪的俄国文学史进行分期？文学的变化基本上符合历史的变化。

第一个时期，是文学相对统一的时期。文学在两个中心——南方的基辅和北方的诺夫哥罗德发展起来。这个时期从 11 世纪前 25 年向后延伸，包括 12 世纪初。这是文学风格气势磅礴的一个世纪，也是第一批罗斯传记——王公鲍里斯和格列布的传记、基辅洞窟修道院苦行修士安东尼和费奥多西的传记以及第一部编年史文献《往年纪事》创作出来的世纪。这还是统一的古代罗斯基辅诺夫哥罗德大公国的世纪。

第二个时期,从12世纪初到13世纪的前25年,是一批新的文学中心相继出现的时期,包括弗拉基米尔—扎列西耶和苏兹达尔、罗斯托夫和斯摩棱斯克、加里奇和弗拉基米尔—沃伦;文学中的地方性特征和地方题材显现出来,体裁呈现出多样性,轰动一时的事件和政论题材像一股强劲的水流涌入文学作品中。这是已开始出现封建割据的时期。

蒙古—鞑靼人的入侵和统治——从13世纪中期到14世纪中期,虽然是一个不长的时期,但它却十分独特;在这时期创作了一些关于蒙古—鞑靼人侵入罗斯国土的故事,如关于卡尔卡河之战的故事,夺取弗拉基米尔—扎列西耶的故事,又如《罗斯国土沦陷记》和《亚历山大·涅夫斯基传》。文学被紧缩到一个主题,即蒙古—鞑靼人的入侵,但是这个主题却异常强化地得到了表现,而前一时期宏大风格的特征却带上了悲剧性的印痕和崇高爱国主义感情昂扬抒情的意味。

下一个时期,即14世纪末和15世纪前半期,这是前文艺复兴时代,它与1380年库里科沃战役直接相连的前一时期,为随后罗斯国土上的经济和文化复兴奠定了基础。这是文学中表现力丰富、情感充沛、爱国主义情绪高涨的时期,也是恢复编年史创作、历史叙事作品、颂扬性圣徒传记的时期,还是呼吁罗斯在所有文化领域——文学、建筑、绘画、民间口头创作和政治思想等——独立自主的时期。

15世纪后半期和16世纪前半期的特点是社会思想和政论作品的蓬勃发展。这两者的特性是从欧洲文艺复兴的立场出发,相信理智的力量、言论和信念的力量,相信自然界的合乎情理,并相信对改革的探索。但是在俄国还是没有形成一个真正的文艺复兴。它的原因是:公社—城市诺夫哥罗德和普斯科夫的没落,异端派遭到镇压,所有的精神力量被统一的中央集权国家的紧张建设而消耗殆尽。

然后是这样一个时期(16世纪下半期),文学的"正常"发展已被破坏。统一的俄罗斯中央集权国家的建立耗尽了人民主要的精神力量。走向文艺复兴的运动受到阻挠。政论文在文学中有所发展;国家的内政和社会的改造越来越多地受到作家和读者的关注。文学中越来越强烈地表现出一股官气。"第二次树碑立传"的时代来临了:文学的传统形式占有优势,同时压制了文学中的个人因素和小说的发展。

17世纪是向新时代文学过渡的世纪。这是个人因素在各方面发展的世纪——既在作家本人身上,又在他的创作中发展。17世纪还是这样的世纪:个人兴趣和个人风格,作家的职业化和作者个人的所有权感,与作家生平经历中的悲剧性转折相联系的个人的、个性的抗议,文学作品中的出场人物的个性因素等,都获得了发展。个性因素促进了音节诗和定期戏剧演出的出现。

与这个"过渡时期"相接近的还可以加上18世纪初彼得一世改革的时代,这是继续并在某种程度上完成了向新型的——新时代类型的文学过渡的时代。

在16—17世纪以及18世纪的一部分时间内,俄国常常显示出某些文艺复兴现象:创作中个人因素的发展,个体从中世纪行会习气的控制下逐渐解放出来,但是在俄国却没有出现过统一的文艺复兴时代。出现的是"延宕的文艺复兴",因为没有文艺复兴现象就不可能实现从中世纪向新时代的过渡。由于文艺复兴的延宕性和迟缓性,所有文艺复兴现象在俄国都获得了特别的现实意义。人的个性成为文学进程的核心。

一般认为俄国文学的最初几个世纪,就是 11—13 世纪,狭义上是古罗斯文学时代。也是在这个时期,整个东斯拉夫人还是一个没有分开的统一体。不管一些作品是在什么地方创作出来的——诺夫哥罗德、基辅、罗斯托夫、弗拉基米尔—沃伦、加里奇还是图罗夫,这些作品都在整个东斯拉夫人的土地上流传并进入统一的文学中,我们认为可以把这个文学称为狭义的古代罗斯文学(东斯拉夫各部落称自己是罗斯人,但是不同于俄罗斯人——我们宁愿用大罗斯人来称呼他们这些古代罗斯部落,而将其文学称为古代罗斯文学)。

从 16 世纪开始的,是三个未来的东斯拉夫民族——大俄罗斯民族、乌克兰民族和白俄罗斯民族——的民族特点逐渐形成的重要时期。

东斯拉夫的这三个兄弟民族中的每个民族都开始形成特殊的文学传统,但只有从 16 世纪起我们才能谈论古代大俄罗斯文学、古代乌克兰文学和古代白俄罗斯文学。到 17 世纪,它们的民族特点才最终形成。

如果我们依然把 14—17 世纪的古代大俄罗斯文学称为古代罗斯文学,那么还不如说这是自古以来就已形成的传统的赠品。现在还很难确定一个新的术语,也难以变换语言习惯并赋予一些"没有固定下来的"词(如"古代大俄罗斯的"一词)以稳定的意义。

不言而喻,既没有必要,也没有可能在文学史中谈论古代罗斯存在的所有文献。

结果自然就是:我们谈及的作品主要是那些即使在今天仍继续让我们感兴趣的作品,那些成为我们的伟大文学遗产的作品,还有那些我们比较熟悉、比较易懂和比较通俗的作品。但是也会发生某种曲解——可以容许和不可避免的曲解。

古代罗斯编纂的大量文献还没有得到充分研究:不同类型的帕里亚书①(《帕里亚全书》《帕里亚年代记》《帕里亚史书》等)、《日读月书》、训诫集和固定内容的文集(如《金玉良言》《伊兹马拉格德》②等),都很少得到研究,以至在文学史中很难对它们进行评说。然而其中许多作品却经常被阅读,还有比我们熟悉的文献更多的抄本传留至今,而没有这些文献,文学史就无法编写下去,如果文学史指望为现代读者提供具有通识教育作用的知识的话。例如,和在 19 世纪和 20 世纪更

---

① 帕里亚书(Палея)——掺有伪经内容的古俄文《圣经·旧约》。——译者注
② 《伊兹马拉格德》(Измарагд)是古罗斯有稳定内容的文学文集,指定供家人和修士(修女)阅读。其中大部分文章取自基督教道德题材作品。书名为希腊语"祖母绿"(σμαραγδος)的音译。——译者注

广为人知的《家训》相比,《伊兹马拉格德》在16—17世纪无疑有更多的人阅读,并具有更大的意义;顺便说一句,《家训》本身也曾借鉴《伊兹马拉格德》。可是我们将《家训》纳入俄国文学史,而把《伊兹马拉格德》弃置一旁。我们这样做完全是有意识的,因为《家训》不仅在俄国文化史中较为著名,它对于历史—文学进程而言也更有代表性。它本身就带有16世纪特有的印痕——而《伊兹马拉格德》却并不具有或几乎不具有这个时代(16世纪)的印痕。无论如何,这个时代(俄国前文艺复兴时代)的印痕还是应当由研究者们予以揭示。

完全应当提醒读者注意一个重要情况:虽然11—17世纪俄国文学作品曾被学术界多位最重要的代表——瓦·尼·塔季谢夫、尼·伊·诺维科夫、叶甫盖尼·博尔霍维季诺夫、康·费·卡莱多维奇、费·伊·布斯拉耶夫、尼·萨·吉洪拉沃夫、亚·尼·佩平、亚·尼·维谢洛夫斯基、阿·亚·沙赫玛托夫、弗·尼·佩列茨、瓦·米·伊斯特林、尼·康·尼科利斯基、亚·谢·奥尔洛夫、瓦·帕·阿德里阿诺娃—佩列茨及许许多多其他学者研究过,但是人们对古代罗斯文学的大部分还是研究得很不够。

许多文献不仅没有得到研究,而且也没有出版:《日读月书》未完全出版,《古希腊—罗马编年史》未出版,《训诫集》未出学术版,许多有固定内容的文集、一些编年史都未出版。16世纪最重要的作家马克西姆·格列克的著作未出学术版,西梅翁·波洛茨基的许多作品仍然未出版;古代罗斯文学的许多著名文献都没有学术版本。

许多古代罗斯文献的手抄文集未得到论述,或按其内容构成而言未得到详细论述。

古代俄国文学,正如古代俄国艺术一样,在许多方面还处在"无人问津"的状态。

这是否意味着,写一部古代俄国文学学术史的时间还没有到来?过去俄国许多最著名的语文学家也这样认为。另外一些俄国语文学家所编写的不是古代俄国文学史,而是按体裁、题材分门别类或者按历史时期归类组合来对文献进行评述,但是这些学者并不试图从文献中来确定时代的特征,也不想去发现文学史上非常重要的变化和发展。

这里推出的11—17世纪俄国文学史,注意到了苏联科学院俄罗斯文学研究所于1940年代出版的10卷本《俄国文学史》前两卷和德·德·勃拉戈伊主编的三卷本《俄国文学史》第1卷上册的经验。同时,苏联科学院俄罗斯文学研究所古代俄罗斯文学研究室的许多俄国文学史研究著作,构成了这本文学史著作第1卷的编写理论和实践的主要基石。

(德·谢·利哈乔夫执笔,左少兴译,汪介之校并补译注释)

第一章

基辅罗斯文学：10—12世纪初期

1. 引言

我们在谈到古代文学时——不管它是古希腊罗马文学、欧洲或亚洲国家的中世纪文学还是古代罗斯文学，我们都应该多少避开习以为常的、用来对待新时期文学现象的评价和观念，还应该尝试尽可能充分地设想某个国家的文学在我们所研究的这一时期得以发展的那些特有条件。

文字体系和文献是随着对基督教的接受一起来到罗斯的。在初期，读书人——无论是拜占庭和保加利亚的传教士还是他们的罗斯弟子和伙伴，都认为自己的主要任务是宣传新宗教，并给罗斯所建的教堂提供祈祷时所需要的书本。此外，罗斯的基督教化引起了人们世界观的根本性改变。过去多神教关于宇宙的起源和构造以及关于人类历史的种种观念被否定了，于是罗斯就十分需要这样的文献，它能阐释基督教的世界历史观念，能说明宇宙形成过程的问题，对自然界的一些现象能给出另一种基督教的解释，等等。

因此，一个年轻的基督教国家对书籍的需要是非常迫切的，但与此同时，满足这一需要的可能性又是极为有限的；因为在罗斯善于抄写的人数还很少，读书人行会（修道院缮写室）刚开始建立，书写过程本身为时很长①；最后，书写用的材料，即羊皮纸，价格昂贵，必须经过严格的挑选，而这样的挑选往往束缚了个人的主动性，因为书写人只有在这样的情况下才能着手抄写手稿：如果他在修道院工作，或者他知道，他的劳动报酬将由订书人支付，而订书人只能是富人和名人，或者是教会。②

---

① 例如，保存至今的最古老的手抄本文献"奥斯特罗米尔福音书"（Остромирово евангелие）的抄写时间即为半年多（从1056年10月至1057年5月）。

② 如"奥斯特罗米尔福音书"是为诺夫哥罗德地方行政长官奥斯特罗米尔抄写的，1073年的精美《手抄文选》是为基辅公斯维亚托斯拉夫·雅罗斯拉维奇抄写的，"姆斯季斯拉夫福音书"（Мстиславово евангелие，1117年抄完）是为诺夫哥罗德公姆斯季斯拉夫·弗拉基米罗维奇抄写的。

《往年纪事》为我们保存了重要的证言:基辅大公(圣贤公)雅罗斯拉夫(1054年卒)——据编年史作者所说——酷爱"经书","勤奋阅读,而且经常夜以继日地阅读";他"大量招募书记员"来"翻译"希腊文书籍。抄译的书籍颇为丰富,"接受基督教的信徒们凭借这些书籍可以领悟到神学要义"。① 他抄写和翻译的书籍,主要的是神学书籍,即圣经诸卷和祈祷祭祀用书,这是毋庸置疑的。奇怪的是另一件事:尽管迫切需要圣经文本和祈祷用书,但基辅的抄书译书人却发现可以从保加利亚运来一些其他体裁的作品,并加以翻译或抄写;这些体裁的作品是:编年史、历史故事、箴言集和自然科学著作。在保存至今的 130 多本 11—12 世纪的手抄书籍中,约 80 本是祈祷经文。这一事实不仅说明上述早期书籍的倾向性,而且也说明了保存在石结构教堂内的这些书籍更能得以保全。这些书籍在大火灾中未被烧毁,但主要为木结构的古代罗斯城池却在大火中变为废墟。所以 11—12 世纪的书目很大程度上只能按间接的资料加以复原,因为传留至今的手稿只是大量图书中微不足道的一小部分。

但是不应非难古代罗斯文学的狭隘的"实用主义性质";它的体裁体系反映了中世纪早期那个时代所有基督教国家的典型世界观。德·谢·利哈乔夫写道:"可以把古代罗斯文学看作同一题材、同一情节的文学。这一情节就是世界历史,而这一题材就是人生的意义。"② 的确,使古代罗斯读者激动的是具有重大哲学意义的问题:我们生活的这个世界是怎样的,每一个体的人在这个世界上所处的地位如何;为了当之无愧地享有教会承诺给予虔诚教徒的财富,为了避免(根据宗教教义)让罪人承受的可怕的痛苦,每个人应该仿效谁。

但是,如果认为神学问题、基督教道德问题或圣徒传记传说决定古代罗斯人的全部利益和需求,那么我们有关古罗斯人精神世界的看法就是完全错误的,问题在于上述一切只涉及文学——写出的话语。古代罗斯的读者提出如此高的要求正是针对书籍而言的,他们也正是期待文学作出对世界的解释和关于"灵魂救赎"之路的教诲。文学将长久地,直到 17 世纪都要向读者展现某种意义重大的存在,这种存在不会迁就于尘世生活的空虚、日常生活利害关系和简单的人际感情。但是基辅罗斯的平民百姓不只是祈祷和阅读灵魂救赎的训诫之言,使他们激动的也不只是大千世界的历史或神学界论争的要旨。当时的大多数人,从普通的农民—庄稼汉到领主王公们,也正如我们一样,自己唱歌也听别人唱歌,自己讲故事也听别人讲那些坚强有力、勇敢无畏、心胸开阔的英雄人物的有趣故事;他们大概也知道爱情歌曲、令人开心的俏皮话、让人捧腹的小故事,总而言之,他们熟悉文学中的多种

---

① 《往年纪事》第 1 部,德·谢·利哈乔夫准备文本,德·谢·利哈乔夫与鲍·亚·罗曼诺夫翻译,瓦·帕·阿德里阿诺娃—佩列茨编辑,莫斯科—列宁格勒,1950 年(《文学文献》丛书),第 102 页。(以下凡引用《往年纪事》,均引自这一版本,仅在引文后注明页码)

② 德·谢·利哈乔夫:《古代俄国文学的独特性》,见薇·德·利哈乔娃、德·谢·利哈乔夫:《古罗斯的艺术遗产与现代性》(Художественное наследие древней Руси и современность),列宁格勒,1971 年,第 56 页。

体裁,而如果没有这些体裁,现代文学也是令人不可思议的。但是所有这些体裁都是民间口头创作的体裁①,没有人在文学中搜寻这些体裁,也没有人期待从文学中找到这些体裁——因为文学还有另外的功能和任务;换句话说,书价过于昂贵,以至于不能在书中记下那些没有在民间记忆中保存下来的内容,也不要求在文本转述时像对待不太熟悉的世界历史事实或神学论断那样一字不差。

古代罗斯文学的研究通常从介绍翻译文学开始。这不是偶然的:在许多情况下,10—11世纪的翻译作品早于同一体裁的原创作品出现。罗斯人开始读他人的作品早于写自己的作品。但是应当把这一点看作是处于不同社会和文化发展水平的民族之间复杂的相互关系的一种表现,而不应该把它看成东斯拉夫人文化"缺陷"的证据。

人们通常把11—13世纪的文学称为"基辅罗斯文学"。这个定义需要做某些精准化。早在11世纪,罗斯就被分成几个分封公国,其中原来的基辅公国绝不是最强大的公国:在12世纪下半期它在实力和威望上不及处于罗斯东北的弗拉基米尔—苏兹达尔公国和处于西北的诺夫哥罗德(虽然基辅王公还有着"大公"的尊号)。然而尽管如此,这还是"基辅罗斯文学",它有着自己的典型特征,这些特征使得它与后一时期的文学大为不同。

基辅罗斯文学的一个最大特点,大概就是基辅作为文化中心的吸引力。这一文学的基础是由弗拉基米尔·斯维亚托斯拉维奇和雅罗斯拉夫(圣贤公)的制书人奠定的,基辅洞窟修道院是文学中心和抄书中心之一;正是在基辅及其郊区,在一系列古代罗斯文学的体裁——编年史体裁、圣徒传记体裁方面制作第一批样板书籍的人在积极活动着,在这些地方出现了第一批编年史、第一批传记、第一部修士列传、第一批庄严体辩辞文献和警示性辩辞文献。诺夫哥罗德虽然在11—12世纪无可争辩地是仅次于基辅的罗斯文化中心,但它仍不能与"罗斯众城之母"基辅并驾齐驱。

因此,在谈到基辅罗斯文学时,可以有广义和狭义的说法。从广义上说,这是11—13世纪初的文学,是古代罗斯国家建立和存在的最初几个世纪直到蒙古—鞑靼人入侵罗斯时期的文学;这不仅是基辅本身的文学,也是其他文化中心的,其中包括西北罗斯和东北罗斯的文学。从狭义上说,这是在基辅形成的或受到这个文化中心吸引的文学。

从这一名称的意义而言,基辅罗斯文学的时间界限,首先决定于政治形势,即基辅的国家威望(以及后来的教会威望)的衰落,拔都率领的蒙古铁骑对基辅的摧毁,东北罗斯文化生活的活跃。在这方面,十分突出的是像编年史这样的似乎在中世纪备受推崇和必不可少的体裁的遭遇:在基辅、切尔尼戈夫、南方佩列亚斯拉夫

---

① 书面文学出现前的民间口头创作和基辅罗斯的民间口头创作均未保存下来。我们只能根据一些间接的资料对它们做一些推想。不过,关于最早的基辅列公的史诗性传说却保留在编年史家们加工整理的古代编年史中。参见《俄国民间诗歌创作》第1卷,《10—17世纪初的俄国民间诗歌创作概观》(Очерки по истории русского народного творчества X-начала XIII в.),莫斯科—列宁格勒,1953年。

里,编年史工作中断了(在 13 世纪只有罗斯的加里奇—沃伦还保存着),但是,编年史工作在诺夫哥罗德、弗拉基米尔、大罗斯托夫却继续存在并得以发展。

如果从文学这个用语在时间上的意义(广义)来研究基辅罗斯文学,那么,人们将会觉得这是"入门"文学,文学的"开端":正是在这个时期,人们才开始认识大多数拜占庭文献的体裁,也正是在这个时期才开始形成古代罗斯文学的体裁系统。基辅罗斯文学的创立是与古代罗斯文学语言的形成同时发生的;而且,极其重要的一点是,在这个时候,在文学出现的黎明期,已形成了最初的文学样式,叙事作品变得有条有理,服从一种特殊的文学仪式,即所谓文学规格。正是在这一肇始时期,外国的样板,即拜占庭书面作品的体裁和文献(它们进入罗斯,既有直接的,也有一大部分是通过保加利亚的中介)被罗斯人掌握,并且加以改变;新作品的翻译和新体裁的渗入后来还继续进行,但是当时这一进程是在另外一些条件下进行的:翻译文献只不过补充了原创文学作品的目录,使罗斯的译书抄书人熟悉了新的情节、思想、另一种叙事风格的样本等;但是在所有这些情况下,新的、从境外带入的东西碰到了在罗斯业已形成的自己的传统。因此,如果从 14—15 世纪开始,我们只能谈到拜占庭文学和南部斯拉夫文学的影响,那么我们就将把 11—12 世纪的文学创作过程确定为把拜占庭文学和共同斯拉夫文学"移植"到罗斯土壤上的过程,并把这段时间称为本来意义上的罗斯文学形成的时期。

2. 11—12 世纪的翻译文学作品

正如编年史所载,罗斯接受基督教后不久,弗拉基米尔·斯维亚托斯拉维奇立即就"开始从显赫人家(名门世家)中挑选子弟,使之开始读书识字"(《往年纪事》,第 81 页)。要学习就需要从保加利亚运进书本。古斯拉夫语(古保加利亚语)和古罗斯语是如此相近,以至罗斯人能够利用现成的古斯拉夫语的字母,而保加利亚语的书籍,尽管形式上是外语书籍,实际上是不需要翻译的。这大大有利于罗斯人学习和熟悉拜占庭文学作品,这些作品大多数是以保加利亚文译本传入罗斯的。

稍后,在圣贤公雅罗斯拉夫时代,罗斯开始直接从希腊语翻译。编年史上说,雅罗斯拉夫召集了"许多书记人员,由希腊文翻译成斯拉夫文,译书很多"(《往年纪事》,第 102 页)。翻译活动的强度既可由直接材料(传到罗斯的翻译文献的抄本或原创作品中根据这些材料所摘抄的引文)来证实,也可由间接材料来证实:10 世纪末—11 世纪初大量的翻译作品,不仅是当时正在建立的罗斯同保加利亚或拜占庭的文化联系的结果,而首先是由于一种迫切要求,一种特殊的国家需要:因为接受了基督教的古代罗斯需要文献来进行祈祷祭祀,通过文献来熟悉新宗教的哲学理论和美学主张,熟悉教会活动和修道院生活的各种礼仪习俗和教规法规。①

为了在罗斯进行基督教会的活动,首先就需要有祈祷经书。每座单独的教堂要进行祭祀就需要有一套必备的经书,它们包括四福音书、使徒行传(上下)、祈祷书、圣礼赞、圣诗精选、斋戒期三重颂歌、复活节周的三重颂歌和日课经文月书。②如果注意到在编年史和关于9—11世纪事件的叙事作品中提到的88个城市(据鲍·维·萨普诺夫的材料),其中每个城市有几个到几十个教堂,那么进行礼拜活动所需要的书籍将数以千计。③流传至今的只有11—12世纪的几份零零星星的手稿,但是它们却证实了我们有关上述祈祷经籍目录的看法。④

如果说教会祈祷的需求促使人们将祈祷书籍搬到罗斯大地上来,而这些经籍书目则是由祈祷活动的教会法规严格规定的,那么,在拜占庭文学的其他体裁方面则可以有一定的选择性。

但是,正是在这方面我们遇上了一个有趣的现象,德·谢·利哈乔夫把这个现象描述为"移植"现象:拜占庭文学从其某些体裁来说,不是简单地影响了斯拉夫文学,而是通过斯拉夫文学的中介而影响了古罗斯文学,然而却是——当然是在其某一部分——直接被搬移到罗斯来的。⑤

教父学著作 这首先与拜占庭教父学著作⑥有关。在古代罗斯,"教父"、神学家和布道说教者金口约翰、神学家格里戈里(纳济安津人氏)、大瓦西里、尼萨城主教格里戈里、亚历山大城主教阿法纳西等人的著作都十分出名,并享有崇高的威望。

在俄国整个中世纪时期,布道讲经的写作者(训诫书和布道文的作者)受到高度评价。他们的创作不仅有助于形成基督教世界的道德理想,而且同时使人们去思考人的性格特征,注意人们心理的不同特点,以自己的"人学"经验去影响其他

---

① 关于基辅罗斯的翻译文学,参见尼·亚·梅谢尔斯基:《9—15世纪古斯拉夫—罗斯翻译文献的起源与构成》(Источники и состав древней славяно-русской переводной письменности IX-XV веков),列宁格勒,1978年。

② 鲍·维·萨普诺夫:《关于11—13世纪古罗斯书面文献的若干意见》(Некоторые соображения о древнерусской книжности XI-XIII вв.),见《古俄罗斯文学研究室著作集》(ТОДРЛ)第11辑,莫斯科—列宁格勒,1955年,第323页;廓清与订正,参见弗·阿·莫申:《关于10—15世纪罗斯—南部斯拉夫文学联系的分期》(О периодизации русско-южнославянских литературных связей X-XV вв.),见《古俄罗斯文学研究室著作集》第19辑,莫斯科—列宁格勒,1963年,第28—106页。

③ 鲍·维·萨普诺夫写道:"在大教堂(也包括主教大教堂和修道院礼拜堂)中,书面文献的数量稍多一些。"在这些教堂中,可以找到《六日创世纪》《颂歌集》、祈祷书、箴言集和其他书面文献。

④ 例如,在目前已知的11—12世纪古斯拉夫和罗斯手抄文献中,最广为人知的有四福音书抄本、使徒行传抄本、圣诗精选抄本、祈祷月书抄本等。参见《苏联保存的11—14世纪斯拉夫—罗斯手抄文献目录初编》(Предварительный список славяно-русских рукописей XI-XIV вв., хранящихся в СССР),见《古代文献年鉴(1965)》,莫斯科,1966年,第187—196页。

⑤ 德·谢·利哈乔夫:《10—17世纪俄国文学的发展:时代与风格》(Развитие русской литературы X-XVII веков. Эпохи и стили),列宁格勒,1973年,从第20页起。

⑥ 凡作者被认为是"教父"的著作,均称为"教父学著作"。

文学体裁。①

在布道讲经的写作者中,金口约翰(公元407年卒)享有最大的威望。在他的著述中,"基督教教会对古希腊罗马文化的掌握达到了经典的充分与完满。他练就了一种布道文风格,这种风格吸收了演讲术极为丰富的表达手段,并通过高超的加工修饰而在表现力上令人震撼"。②金口约翰的训诫文从11世纪开始就收入文集中。③从12世纪起保存下来的一部名为《金流》的抄本,主要收录了金口约翰的"言论",其中有几篇"布道文"收入11—12世纪之交著名的圣母安息教堂的文集中。

在11—12世纪的抄本中还保存有另外一些拜占庭布道讲经人士(如神学家格里戈里、耶路撒冷主教基里尔)著作的译本,还有铺天梯者约翰的《天梯》④、安提阿教会的《全书》和黑山人尼康的《全书》⑤。"教父"们的名言和格言(除了取自古希腊罗马作者的格言警句外)合成一本在古代罗斯十分普及的文集,名为《蜜蜂》(最早的抄本属13—14世纪)。在《1076年文集》中大牧首根纳季的《警世百言》(一部基督教徒的特殊"道德法典")占有重要的地位。⑥

布道讲经体裁的作品并不掩饰自己的训世和警世的教育功能。布道讲经的写作者直接面对读者和听众时,力求用自己的逻辑推理和论述来说服他们,同时赞扬善行善举,谴责罪恶劣行,对虔诚教徒预言将有永恒的幸福,而对那些犯恶行和有罪的人则用上天的惩罚来威胁他们。

圣徒传记 使徒行传体裁的文献——圣徒传记,也是用于教育和训导的,但是劝说的主要手段与其说是话语——时而是愤怒和揭露性的话语,时而是苦口婆心训导的话语,不如说是生动的形象。关于虔诚修行者的情节紧张的叙事作品,有人乐意采用希腊化时代冒险小说的题材和情节描写手段,这类叙事作品不能不引起中世纪读者的极大兴趣。圣徒传记的作者与其说是诉诸读者的理智,不如说是诉诸人的感情和生动的想象力。因此最具有幻想性的情节——如天使或魔鬼的干预、圣徒创造的奇迹,有时被描写得细致入微,一些细微描写有助于读者看出、想象出所发生的事。有时传记中谈到一些十分确切的地形地貌的特点,说出一些真实历

---

① 训诫文学文献在认识人性中的作用,在瓦·帕·阿德里阿诺娃—佩列茨的研究著作中得到了展示。参见瓦·帕·阿德里阿诺娃—佩列茨:《古罗斯训诫文学中的人》(Человек в учительной литературе древней Руси),见《古俄罗斯文学研究室著作集》第27辑,列宁格勒,1972年,第3—68页。

② Т. А. 米勒:《金口约翰》,见《4—9世纪拜占庭文学文献》(Памятники византийской литературы IV-IX веков),莫斯科,1968年,第87页。

③ 在1073年和1076年的《文集》中,已可读到金口约翰的训诫文。

④ 书名《天梯》象征着该书的理念——其中含有的训诫好似阶梯,读者沿着这个阶梯将上升到"精神完善"的理想境界。

⑤ 《全书》:由圣经和教父著述的引文汇编而成的言论集,按所涉主题的原则编排。

⑥ 参见瓦·帕·阿德里阿诺娃—佩列茨:《1076年的教父格言集与俄国谚语》(Афоризмы Изборника Святослава 1076 г. и русские пословицы),见《古俄罗斯文学研究室著作集》第25辑,列宁格勒,1970年,第3—19页。《文集》的版本与研究,参见《1076年文集》,B. C. 戈雷申科、В. Ф. 杜布罗文娜、弗·格·杰米扬诺夫、Г. Ф. 涅菲奥多夫等筹备出版,莫斯科,1965年。

史人物的名字——所有这一切造成一种似乎可靠的幻觉,其使命就是要说服读者相信所讲的是真实可信的,从而赋予传记作品一种"历史"叙事的权威性。

可以把传记作品相对地分成两种题材类型——殉教圣徒传,即叙述在多神教时期为信仰而斗争的修士蒙受苦难的故事;一般圣徒传记,讲述那些心甘情愿隐居山林、练功修行或疯疯癫癫、举止癫狂的圣徒,他们的特点就是极其虔诚,坚持苦度赤贫生活,等等。

《女圣徒伊琳娜传记》[①]可以作为前一种类型的传记范例。这篇传记谈道:伊琳娜的父亲李锡尼是一位信奉多神教的国王,他在恶魔的唆使下决心处死自己信仰基督教的女儿;根据他的判决,应该用双轮马车压死伊琳娜,但是奇迹发生了:一匹拉车的马挣断了套马索,扑向国王并咬断了他的一只手,然后它又回到原位。国王谢杰基想方设法拷打伊琳娜,但她每次都由于神的佑护而活了下来,而且毫发无损。伊琳娜公主被抛进满是毒蛇的壕沟,但是这些"爬行动物"立即"紧贴"在壕沟两壁,并且纷纷死去。刽子手企图将圣女伊琳娜活活腰斩,但利锯却折断了,刽子手也纷纷丢了性命。公主还被捆绑在水磨的轮子上,但"由于上帝的旨意",流水竟然"流向四周",如此等等。

还有属于另一种类型的,如神的仆人阿列克谢的传记。阿列克谢是一位信仰虔诚、乐善好施的青年人,自愿放弃了财富、荣誉和妻室。他离开了父亲的房子,他的父亲是罗马城内一位富有的达官贵人;他也离开了新婚不久的美貌妻子;他还把从家里得到的钱散发给穷人,且在17年内都住在埃泽萨城圣母教堂的门廊里,一直靠乞讨过日子。当到处传诵着他积德行善的名声时,他离开了埃泽萨,在漂泊了一段时间后重新回到罗马。因为没有人认出他来,所以他在父亲的房子里住了下来,与穷人和乞讨的人同桌吃饭。这位乐善好施的大贵人每天都给穷人们分发施舍物,耐心忍受父亲的仆人们的嘲笑和殴打。又过了17年,阿列克谢去世了,只是在这个时候,他的父亲和独守空房的妻子才认出他就是自己失踪的家人。[②]

修士列传 在基辅罗斯,修士列传遐迩闻名——这是一些有关修士的短篇故事集。修士列传的故事题材相当传统。最常见的是一些关于以清心寡欲的生活和谦卑恭谨的态度而享有声誉的修士的故事。例如,一则传说中谈到几位长老去见一位隐居修道士,想同他谈谈,因为长老们渴望从他那里得到教益。但是隐修士沉默不语,对于问他沉默寡言是何原因的问题,他回答说,他白天黑夜都看见自己面前有被钉在十字架上的耶稣基督的形象。这些长老听完这话后激动地叫道:"这是

[①] 《12—13世纪圣母安息节教堂文集》,奥·亚·克尼亚泽夫斯卡娅、弗·格·杰米扬诺夫、马·瓦·利亚蓬等筹备出版,谢·伊·科特科夫编辑,莫斯科,1971年,第135—160页。

[②] 对这部在古罗斯最受欢迎的传记的著述过程进行研究的专著是:瓦·阿德里阿诺娃:《古代罗斯文学和民间作品中的上帝的使徒阿列克谢传记》(Житие Алексея Человека божия в древней русской литературе и народной словесности),彼得格勒,1917年。传记文本(译本)发表于《拜占庭传说》(Византийские легенды),索·维·波利亚科娃筹备出版,列宁格勒,1972年;《10—12世纪拉丁文学文献》(Памятники средневековой латинской литературы X-XII веков),莫斯科,1972年。

对我们最好的教诲！"

另一个故事的主人公是柱头修士①。他与那些傲慢的施主完全不同，甚至将施舍给乞讨者的物品摆放在自己隐居处的台阶上，不是亲手交给他们，却说这事不是他干的，而是圣母馈赠受苦受难者的。

修士列传中还讲到一位年轻的女修士，在她知道自己一双美丽的眼睛引起小伙的爱慕之后，就把双眼剜了出来。

另一类短篇修士故事的情节，主要是苦修苦行者的万能祈祷词和创造奇迹的能力。有一个严守教规的老者被指控与人通奸，但是由于他的祈祷词，一个出生12天的婴儿回答"谁是他的父亲"这一问题时用手指指出了他真正的父亲。由于一位虔信基督的船主的祈祷，在一个酷热天，一阵大雨洒落在甲板上，让那些炎热和干渴的旅客得到慰藉。一头狮子在一条狭窄的山间小路上遇上一位修道士，狮子立起后腿，给修道士让路，如此等等。

如果说行善立德者总是有神助相伴，那么在修士列传的故事中，有罪造孽者遭遇的则是可怕的惩罚，而且特别突出的是，这种惩罚不是死后兑现，而是立刻见效：亵渎死者坟墓者，活过来的死尸会挖出他的眼珠；在一个虐害幼儿的女人没有离开大船到另一艘小船之前，大船开不动；到达小船之后，女人乘的小船立即就被漩涡吞没；一个存心要谋杀和抢夺女主人的仆人不能挪动一步，于是只能自己一死了之。

又如，修士列传中写道某一幻想世界，在这幻想世界里善恶两种势力为争夺人们的灵魂而不停地斗争；在那里，虔诚信仰者不单是行善积德，还狂热地充满幻想；在那里，最普通的日常生活环境中也常常出现奇迹；在这幻想世界里，甚至连野兽也以自己的行为证实信仰的万能。翻译的修士列传②的情节影响到古代罗斯著书人的创作：我们在罗斯的修士列传和圣徒传记中，会发现和拜占庭修士列传中的片段有明显的相似之处。

伪经作品　古代罗斯读者喜爱的体裁还有伪经作品，它们的古老译本也源自基辅时代。所谓伪经作品（这个词来源于希腊语 ἀπόκρῠφος——"秘密的，隐藏的"），它们讲述的虽是圣经上的人物或圣徒，但是不像圣经那样被列入必读文献或被教会正式承认的文献。存在多部伪经福音书（如《福马福音》《尼科季姆福音》）、伪经传记（如《疯癫修士安德烈传》《新人瓦西里传》），还有一些伪经故事、预言等作品③。伪经作品往往还包含比正统经书各卷所提到的更详细的事件或人物故事。

---

①　柱头修士：在"柱子"（圆柱）上端度过多年的隐居修道士。

②　在基辅罗斯曾出现著名的西奈山修道院修士列传、隐修院修士列传，可能还有埃及的修士列传。根据一些研究者的意见，仅从14—15世纪文献目录中知晓的修士列传，有按字母顺序排列的修士列传、耶路撒冷修士列传、按字母表排列的修士列传，还有来自基辅罗斯完成的译本。关于索·维·波利亚科娃译自拜占庭修士列传的片断，参见《拜占庭传说》一书。

③　伪经作品目录，参见伊·乌·布多夫尼茨：《俄罗斯、乌克兰和白俄罗斯的文字体系与文学词典》（Словарь русской, украинской и белорусской письменности и литературы），莫斯科，1962年，第20—21页。

还有关于亚当和夏娃(如关于亚当的第二任妻子丽丽特、关于教导亚当如何安葬飞鸟①)、关于摩西的童年(包括关于法老考验童年摩西的智慧②)、关于耶稣基督尘世生活的伪经故事。

伪经作品《圣母的苦难历程》描写了罪人们在地狱中所受的苦难,《阿加皮耶的传说》则描述了天堂神奇花园的盛况,那里为虔诚信徒准备了"装饰着宝石的卧榻和餐桌",匹周五彩缤纷,鸟语花香,"百鸟齐鸣"。

伪经作品经常表现出关于现今世界和未来世界的一些异端观念,并上升到复杂的哲学问题。在一些伪经作品中还反映了这样一种学说,它认为同上帝对抗的是强大的对立面——撒旦、恶之源和人类灾难的罪魁祸首;如有一则伪经故事中谈道,人的躯体是撒旦所造,而上帝只是往躯体里"塞进"灵魂。③

正统教会对伪经文学作品的态度是复杂的。古老的图书索引所列书目"正经与伪经",除了"正经"各卷外还分出"正经秘本"(建议只有有学识的人才可阅读此类秘籍)和无条件禁止阅读的"伪经本",因为它们含有异端观点。但是在实践中要把伪经情节同"正经"中所具有的情节区别开来,却几乎是不可能的:因为伪经传说故事出现在享有最高威信的文献中,如编年史、帕里亚书,祈祷祭祀厅的文集(喜庆祈祷辞、日读月书全集)等。随着时间的推移,人们对于伪经作品的态度也在改变:某些过去十分普及的文献后来被禁止了,有的甚至被销毁了;但是,从另一方面来看,也有不少从前被认为是伪经作品的文本,进入了正统教会人士于16世纪作为推荐阅读作品集而编写的《日读月书》中。

在圣贤公雅罗斯拉夫时代或随后几十年内完成的早期翻译文本中,还有拜占庭编写的年代记文献。④

乔治·阿马托尔的编年史 在这些翻译文献中,《乔治·阿马托尔的编年史》对于罗斯编年史和年代记而言,具有最重大的意义。编年史的作者是拜占庭的一名修士⑤,他在自己的著作中阐述了从亚当到9世纪中叶发生的各种事件的整个世界史。除了圣经故事中的事件外,《编年史》谈到了古代东方国家的几位君主(如新巴比伦王国国王尼布甲尼撒、古波斯国王基尔、古波斯帝国国王冈比西、大流士一世)、马其顿国王亚历山大大帝、几位古罗马帝国皇帝——从凯撒大帝到君士坦提乌斯·克洛卢斯,然后谈到拜占庭帝国的皇帝——从君士坦丁大帝到米哈伊尔三

---

① 这个伪经故事在收进《往年纪事》(见第63页)的《哲学言论》中得到了反映。
② 这个伪经故事在帕里亚史书、帕里亚年代记(帕里亚书——叙述《旧约》历史的文献)中都得到了反映。
③ 这一传说在《往年纪事》1071年篇(见第118页)中有所反映:星相家告诉斯维亚托斯拉夫·雅罗斯拉维奇公所委任的人扬·维沙季奇,由于其各自的信仰,撒旦曾和上帝就究竟应当由谁来造人的问题争执一番,"结果是魔鬼造出了人,而上帝则给人注入灵魂"。
④ 叙述全世界历史的文献,一般被称为"年代记"。参见奥·维·特沃罗戈夫:《古代俄罗斯年代记》(Древнерусские хронографы),列宁格勒,1975年。
⑤ 阿马托尔:希腊语中的"罪人"——修士习惯使用的妄自菲薄的外号(自称)。他的《编年史》有时被称为《乔治修士编年史》。

世。在希腊方面,《编年史》曾摘引《西梅翁·洛戈菲特的年代记》做了补充,还有一些历史记述一直谈到罗曼努斯皇帝之死(他于公元944年被推翻,948年去世)。阿马托尔的这部著作尽管篇幅浩大,历史跨度广阔,却是从一种独特的角度呈现的世界史,首先是一部教会史。作者经常在叙史过程中加进去一些冗长的神学议论,还把古代基督教几次世界性大公会议(普世性主教会议)上的大辩论事无巨细地叙述了一通,他本人还与异端分子进行争论,揭露那些圣像破坏运动①的支持者,相当频繁地用对事件的议论来取代对事件的描写。我们只能在叙述9—10世纪上半叶事件的《编年史》最后部分,发现相对详细的关于拜占庭政治历史的叙述。《阿马托尔的编年史》被用来编写简明年代记汇编,即《编年史汇集》,而后者又被用来撰写《编年史初期汇编》——这是最古老的一部罗斯编年史文献。后来在编写《往年纪事》时,人们再度转向这部《编年史》;它还成为古代罗斯的几部宏大的编年史汇集——《希腊化时代编年史》《罗斯编年史》等的组成部分。②

约翰·马拉拉斯的年代记　6世纪希腊籍叙利亚人约翰·马拉拉斯编纂的拜占庭年代记具有另一种性质。它的作者——据此文献的一名女研究学者所说——给自己规定的目的,是为广大读者和课堂听众提供劝喻性的、合乎基督教教规精神的、富有教益的,同时又是有趣的阅读材料③。《约翰·马拉拉斯的年代记》(后简称《马拉拉斯的年代记》)详细转述了古希腊罗马的神话故事(关于宙斯的诞生、众神与提坦诸神的打斗、关于酒神狄奥尼索斯、俄耳甫斯、代达罗斯和伊卡洛斯、忒修斯和阿里阿德涅、俄狄浦斯);《年代记》第5卷包含关于特洛伊战争的故事④。马拉拉斯的这部著作还详细叙述了罗马的历史(特别是古代史——从罗慕路斯和勒莫斯到凯撒),拜占庭的政治史也占有重要的地位。总而言之,《马拉拉斯的年代记》成功补充了阿马托尔的叙述,尤其是,正是通过这部《年代记》,基辅罗斯才能熟悉古希腊神话。有一些《马拉拉斯的年代记》的斯拉夫译本的抄本未传留至今,我们只是从已纳入罗斯编年史通俗写本(如《古希腊编年史》的两个版本《档案年代记》和《维尔诺编年史》)中的一些摘录引文中,才知道了这部著作。⑤

约瑟夫·弗拉维的《犹太战争史》　可能在11世纪中期,罗斯就已翻译了约瑟夫·弗拉维的《犹太战争史》——这是中世纪基督教著作中一部有绝对权威的文

---

①　圣像破坏运动:8—9世纪拜占庭的宗教—政治运动,旨在反对圣像崇拜和对上帝的另类描绘。
②　关于这部《编年史》的研究和它的文本出版,参见瓦·米·伊斯特林:《古代斯拉夫—罗斯的〈乔治·阿马托尔的编年史〉翻译:文本、研究与词汇》(Хроника Георгия Амартола в древнем славяно-русском переводе. Текст, исследование и словарь),第1—3卷,彼得格勒—列宁格勒,1920—1930年。
③　季·弗·乌达利佐娃:《〈马拉拉斯的年代记〉在基辅罗斯》(Хроника Иоанна Малалы в Киевской Руси),见《古代文献年鉴(1965)》,莫斯科,1966年,第57页。
④　该书(译自希腊文)见于《4—9世纪拜占庭文学文献》,莫斯科,1968年,第182—195页。
⑤　关于这部著作的保存与出版,参见Э. М. 舒斯托罗维奇:《〈马拉拉斯的年代记〉在古代斯拉夫的翻译(研究史)》,见《拜占庭编年史》(Византийский временник),第30卷,莫斯科,1969年,第136—152页。

献①。这部"史记"写于公元 75—79 年间,作者约瑟夫·本·马塔菲耶是犹太人反对罗马征服者起义的同时代人和直接参与者,后来投降了罗马人。约瑟夫的这本书提供了宝贵的史料——虽然非常有倾向性,因为作者毫不含糊地谴责自己的同胞,但却赞扬罗马军队统帅韦斯巴芗及其儿子弗拉维王朝皇帝提图斯的军事艺术和政治智慧②。这部"史书"同时又是一部优秀的文学著作。约瑟夫·弗拉维很好地利用情节叙事的手法,他的叙述充满人物描写、对话和心理刻画;这部"史书"的人物"言论"是按古希腊罗马朗诵辞的规律来构建的;即使作者在谈到发生的事件时,也始终是一名用语讲究的修辞大师:他追求句子结构的整齐对称,乐于采用修辞上的对立词语和结构精巧的列举等。有时人们似乎觉得,对于约瑟夫·弗拉维来说,形式的叙述重要性不亚于他的书写对象本身。

古代罗斯的译书人懂得《犹太战争史》在文学上的优点并十分重视它们:这些译者不仅能够在译本中保持文献的典雅风格,而且在许多情况下还与作者进行竞争,他们时而用传统的修辞套话把描述扩展开来,时而把间接引语转化成直接引语,时而插入一些使叙事环节更生动、更形象的比较语或确切语。《犹太战争史》的译本令人信服地证实了基辅罗斯的译书著书人具有很高的语言文化水平。③

亚历山大传 不晚于 12 世纪时,还出现了从希腊语翻译的一部关于马其顿国王亚历山大的生平和功业的大部头叙事作品,即所谓托名卡利斯芬所作的《亚历山大传》④。这部著作的基础是一部希腊化时期的长篇小说,它似乎是公元前 2—前 1 世纪在亚历山大城创作出来的,但稍晚时又加以补充和修改。最初的传记叙事作品随着时间的推移而越来越小说化,增添了一些传奇色彩和故事情节,从而逐渐演变成希腊化时代典型的惊险小说。《亚历山大传》的这类晚期版本之一在罗斯被译成了古俄语⑤。

著名军事统帅的真实业绩在书中不过刚有点眉目,因为史实被一层又一层的传说和传奇所掩盖。亚历山大原来不是马其顿国王的儿子,而是奥林匹亚达和埃及巫师国王的非婚生子。这位主角出生时有许多奇异的征兆。与真实历史不同,亚历山大征服了罗马与雅典;他装扮成马其顿国王的使节,大胆地去见波斯帝国国

---

① 关于这部著作的研究与文本的出版,参见尼·亚·梅谢尔斯基:《约瑟夫·弗拉维的〈犹太战争史〉在古代罗斯的翻译》(《История иудейской войны》Иосифа Флавия в древнерусском переводе),莫斯科—列宁格勒,1958 年。
② 约瑟夫因其对罗马的贡献,后来获得了使用皇家名号"弗拉维"的权利。
③ 参见尼·亚·梅谢尔斯基:《基辅罗斯的翻译艺术》(Искусство перевода Киевской Руси),见《古俄罗斯文学研究室著作集》第 15 辑,莫斯科—列宁格勒,1958 年,第 54—72 页。
④ 将《亚历山大传》称为托名卡利斯芬的著作,是因为历史学家卡利斯芬曾自认为该书系他所写。卡利斯芬确曾跟随亚历山大征战,但国王在世时他即被处死。本书所评述的《亚历山大传》俄文异文,又被称为"年代记《亚历山大传》",因为只有它的年代记部分才可被阅读,不同于在某些书目中可以看到的塞尔维亚版的《亚历山大传》(参见下一条注释中瓦·米·伊斯特林的著作,第 215—219 页)。
⑤ 关于《亚历山大传》的研究与文本的出版,参见瓦·米·伊斯特林:《罗斯年代记〈亚历山大传〉》(《Александрия》русских хронографов),莫斯科,1893 年;也参见叶·阿·科斯秋欣:《希腊长篇小说中的历史题材:〈关于亚历山大的长篇小说〉》,见《古希腊罗马长篇小说》(Античный роман),莫斯科,1969 年。

王大流士,与亚马孙女人国女王进行谈判。《亚历山大传》的第3卷含有许多神话传奇故事,书中转述了(当然是虚构的)亚历山大给母亲的信;亚历山大向奥林匹亚达讲到他看到的奇异事物:身躯高大的巨人、消逝的树木、可以在冷水中煮熟的鱼、六条腿和三只眼的怪物,等等。然而,古代罗斯的译书抄书人想必将《亚历山大传》当成了历史叙事作品,把传记全文收入编年史汇编的做法就证明了这一点。不管罗斯是如何接受关于亚历山大的长篇小说的,古代罗斯读者熟悉在中世纪最受欢迎的故事情节[①]这一事实本身就具有重大意义:古代罗斯文学就这样被纳入全欧文化需求的范围之内,丰富了自己的古代世界史知识。

哲人亚基尔的故事　如果说《亚历山大传》来源于历史叙事作品,而且是讲一位历史人物的故事,那么,《哲人亚基尔的故事》(于11—12世纪初在基辅罗斯翻译的)从其来源上看则是一部纯小说体作品——公元前7世纪古代亚述王国的传说故事。关于这部作品进入古代罗斯的途径,研究人员并未形成统一的结论:存在着一些假说,如这个故事译自叙利亚文原著[②],或者译自亚美尼亚文原创作品[③]。在罗斯,这个故事流传了很长时间。它的一个最早版本(显然是接近于原作的译本)保存在15—17世纪的四个抄本中。[④] 在16世纪或17世纪初,这故事得到了根本性的改编。它的一些新版(简明版和源自简明版的普及版),在很大程度上失去了自己原有的东方色彩,但却具有俄罗斯民间故事的特征;在17世纪,这些新版十分普及,而且在旧礼仪派团体中也继续流行,一直传到今天。[⑤]

故事最古老的俄文译本的版本中谈道:西纳格里普国王的聪明谋士亚基尔被他的继子阿纳丹诬告,并被判处死刑。但是亚基尔的忠诚朋友纳布基纳尔救了他,把他这个被判决者很稳妥地藏了起来。过了一些时间,埃及法老王要求西纳格里普国王给他派一名能解开法老王出的几个谜语的聪明人,然后建一座立于"天地之间"的宫殿。为此法老王将付给西纳格里普"三年贡赋";如果西纳格里普派来的人胜任不了这项任务,那么追回贡赋交还埃及。西纳格里普的所有近臣(包括

---

① 10—12世纪,欧洲各国曾创作了若干种以《亚历山大传》为情节的长篇小说和长诗。那不勒斯的莱昂、瓦尔特·德·卡斯特利翁、兰普雷希特教士、乌尔里希·冯·埃森巴赫等都写过关于马其顿国王亚历山大的作品。参见叶·阿·科斯秋欣:《文学与民间口头创作传统中的马其顿国王亚历山大》(Александр Македонский в литературной и фольклорной традиции),莫斯科,1972年。

② 参见尼·亚·梅谢尔斯基:《11—15世纪斯拉夫—罗斯翻译文学研究问题》,见《古俄罗斯文学研究室著作集》第20辑,莫斯科—列宁格勒,1964年,第205—206页。

③ 参见A.A.马尔季罗相:《哲人希卡尔的故事与劝言》(История и поучение Хикара Премудрого,亚美尼亚版),1—2册,埃里温,1969—1972年。

④ 第五个抄本保存在收有《伊戈尔出征记》的文集中(详细出版信息见本注释末,第76页)。这个故事的最古老版本的全部抄本的文本出版问题,参见亚·德·格里戈里耶夫:《哲人亚基尔的故事》(Повесть об Акире Премудром),莫斯科,1913年。故事文本也被载入《古代罗斯文学文献:12世纪》(Памятники литературы древней Руси. XII в.),莫斯科,1980年,第246—281页。

⑤ 两个版本的文本均载入尼·伊·科斯托马罗夫编、格·亚库舍廖夫—别兹博罗德科伯爵出版的《俄国古代文学文献》(Памятники старинной русской литературы),第2辑,圣彼得堡,1860年,第359—370页。

阿纳丹,此人已成了亚基尔在首席大臣位置上的继任者)都承认,他们无法履行法老王的要求。于是纳布基纳尔告诉绝望的西纳格里普,亚基尔还活着。幸运的国王宽赦了受惩罚的谋士,并派他装成一般马倌的样子去见法老王。亚基尔猜出了谜语,然后十分机智地避开最后一项任务——建造宫殿。为此亚基尔训练了一些鹰,带着一只大筐飞向天空;坐在筐内的一个小男孩大声喊道:给他送"石块和石灰"等建材来,他准备着手建造宫殿了。但是谁也无法把必需的沉重建材送往半空中,于是法老不得不承认自己失败了。亚基尔带着"三年的贡赋"回国,重新当上了国王西纳格里普的近臣,而被揭露出来的阿纳丹则面临死亡的恐惧。

作品主人公从必须完成不可能完成的任务这一困境中摆脱出来,他所显示的智慧(或狡猾),是传统神奇故事的主题。① 最有特色的是,尽管这个故事在罗斯土地上经过加工改造,但亚基尔猜出法老王之谜并用睿智的要求迫使法老放弃自己的奢求②——正是这个故事享有经久不衰的声誉之处,因此它便不断地被加工润色,以新的细节得到补充。③

瓦尔拉姆和约瑟夫的故事 如果说《哲人亚基尔的故事》在许多方面颇像一个神奇故事,那么另一个翻译故事——《瓦尔拉姆和约瑟夫的故事》,则十分接近圣徒传记体作品,虽然实际上这个故事题材的基础是佛陀的传奇一生,而佛陀的生平是通过拜占庭传入罗斯的。

故事讲述的是信奉多神教的印度国王阿维尼尔的儿子约瑟夫王子,在荒野修士瓦尔拉姆的影响下,逐渐成为信仰基督教的苦行修士。

但是潜在地富含着"冲突情境"的情节,在故事中却显得极其平和:作者似乎急于消除产生的障碍,或者随随便便就急于"忘记"这些障碍的存在。例如,国王阿维尼尔将少年王子约瑟夫关在一个僻静的宫中,正是为了让小王子听不到基督教宣传的思想,也不让他知道世界上有生老病死等事。然而约瑟夫王子还是走出宫室,并在宫外遇见一生病的老人;而基督教隐修士瓦尔拉姆没有遇到特别的障碍就进入病室来到老人身边。多神教智者纳霍尔在阿维尼尔的授意下,在与瓦尔拉姆的辩论中本应让基督教理念名声扫地,可是突然间,完全出乎意料,他本人开始揭露多神教。有人将美丽的公主带到约瑟夫身边,公主本应让这位年轻的禁欲主义者在情感上得到享受,但约瑟夫却毫不费力地抵制了美女的魅力诱惑,而且轻而易举地说服她做一名贞洁的女基督徒。故事中有许多对话,但是所有对白都既无

---

① 这就是我们在《彼得和费夫罗尼娅的故事》中见到的讲述方式:当彼得王公请聪明的姑娘费夫罗尼娅用一小捆亚麻为他织出一件衬衣时,姑娘要求王公首先拿一段木头为她制造一台织布机。

② 例如,亚基尔用砂子编结出绳索的样子,但是法老的仆人却无法把绳子捡起来;法老抱怨在西纳格里普的国家似乎有好色男人的放肆大笑给埃及人带来了有害影响,亚基尔回答说:那就要痛殴那个似乎陪同一夜就能得到西纳格里普二地的情妇,砍掉他所喜欢的同性恋者的脑袋。

③ 关于这个故事的简明本和普及本的成书史,参见《俄国小说的起源:古罗斯文学中情节叙事体裁的产生》(Истоки русской беллетристики. Возникновение жанров сюжетного повествования в древнерусской литературе),列宁格勒,1970 年,第 163—180 页。

个性,也不自然:瓦尔拉姆也好,约瑟夫也好,甚至那些多神教的智者,说出的话都是千篇一律,辞藻华丽,"满腹经纶"。在读者面前似乎展开了一场包罗万象的哲学大辩论,它的参加者也正如"哲学访谈录"体裁的谈话的参加者一样,都是事先约定好的。不过,《瓦尔拉姆的故事》却曾广泛流行,其中那些对基督教虔诚信仰与禁欲主义的典范进行直观描绘的醒世警世的寓言故事特别受欢迎:某些寓言故事既被纳入混编的文集中,也被收进常规文集中(如收录在《伊兹马拉格德》中),其几十种抄本均广为人知。①

杰夫根尼行传 正如人们所认为的,还在基辅罗斯时期,有人就翻译了拜占庭关于狄根尼斯·阿克里特的叙事长诗(所谓"阿克里特"是指那些保卫拜占庭帝国边境的边防战士)。据一些研究人员的看法,语言的材料——此故事(俄文版故事名称是《杰夫根尼行传》)和基辅罗斯文学作品的类似词汇的使用②,表明了作品翻译的时间;在《亚历山大·涅夫斯基传》中提到杰夫根尼·阿克里特,也表明了翻译它的时间。但只在作品的第三版(据尤·康·别古诺夫的划分法)——大概创作于15世纪中叶的版本③中,才出现与阿克里特的比较,因此这种比较不能作为基辅罗斯存在译本的论据。《杰夫根尼行传》与我们所知道的关于狄根尼斯·阿克里特的希腊文叙事文本存在重大的情节差异;它所留下的明显问题是:这些差异是不是翻译时对原文做了根本性改变的结果,是不是在罗斯语境中对文本的后期改写过程中产生的,或者俄语文本是否吻合于未传到罗斯的希腊语文本。

杰夫根尼(俄语译本中希腊人名"狄根尼斯"的译法)是典型的史诗般的英雄人物。他有非凡的力量(还在少年时期他就赤手空拳掐死一头母熊,长大成人后,在多次战斗中,他消灭了数以千计的敌人),长相英俊,骑士般地宽厚待人。在俄语版文本中占有重要位置的是杰夫根尼娶了骄傲而严厉的拜占庭帝国总督的女儿为妻的故事④。这段故事具有"婚庆叙事诗"的全部典型特征:杰夫根尼在姑娘的绣房窗下唱着情歌;姑娘十分迷恋小伙子的英俊并赞赏他的勇敢,同意与他一起私奔;杰夫根尼在光天化日之下带走了心爱的姑娘,并在战斗中打败了她的父亲和兄弟,然后又同他们和解;一对年轻人的父母举办了连续数日的豪华婚礼。

---

① 这篇故事的详细内容,参见《俄国小说的起源》一书中的专章"11—12世纪的翻译小说",第154—163页。故事文本和译本(摘编),参见《古代罗斯文学文献:12世纪》(Памятники литературы древней Руси. XII в.),莫斯科,1980年,第196—225页。故事文本的影印本,参见《我们的圣父瓦尔拉姆苦行修士和印度王子约瑟夫的传记与生平:我们的圣父约翰·达马斯金的著作》,见《古代书面文献》(ПДП),第88卷,圣彼得堡,1887年。

② 维·德·库兹明娜:《杰夫根尼行传(过往时代勇敢人物行传)》,文本与文献翻译,亦可参见《古代罗斯文学文献:13世纪》(Памятники литературы древней Руси. XIII в.),莫斯科,1980年。

③ 参见 Begunov Ju. K. Die Vita des Fürsten Aleksandr Nevskij in der Novgoroder Literatur des 15. Jahrhunderts. —Zeitschrift für Slavistik, 1971, Bd 16, H.1, S. 88—109. 值得注意的是提及阿克里特的句子和第二版的相应句读之间形成的对比,第二版的相应句读中含有平行的结构("到处跑遍,到哪儿都没有胜算"),和第三版中有关阿克里特的说法不同,这就暴露了它们的模拟性质。

④ 总督(стратиг)——希腊语中的"统帅"。在《杰夫根尼行传》中,这个词成了姑娘父亲的名字,她本人则被叫作"斯特拉季戈夫娜"(Стратиговна,总督之女)。在该作的希腊文版本中,她的名字是叶夫多基娅。

杰夫根尼与17世纪罗斯流行的翻译骑士小说的主人公十分接近(如波斯王子、叶鲁斯兰、金发瓦西里等这些主要人物),而且,与时代文学趣味的这种接近,显然促进了"行传"手抄作品传统的复兴:所有三部传至今天的抄本注明的时间都是17—18世纪。①

这样,基辅罗斯在短短的时间内就获得了丰富而多样的文学作品。被移植到新的土壤上来的有一整套体裁:编年史、历史故事、传记、修士列传、训言录和"记"。这种现象的意义受到人们愈来愈深刻的研究,并在国内学术界得到认可。②业已确定,拜占庭文学和古保加利亚文学的体裁系统并没有完全搬到罗斯来,因为古罗斯的抄书译书人偏爱一些体裁,而放弃了另一些体裁。就在这一时期,罗斯出现了一些"文学—样板"中没有相似性的体裁:罗斯编年史不像拜占庭年代记,而年代记本身则被用作独创的和原创的纪年历史编纂;完全独创的有《伊戈尔出征记》、弗拉基米尔·莫诺马赫的《训诫书》《囚徒丹尼尔的求告书》和《拔都攻占梁赞记事》。翻译作品不仅丰富了罗斯抄书译书人的历史知识和自然科学知识,使他们了解到古希腊罗马神话的题材和史诗性传说,同时还提供了不同类型的情节、风格和叙事方法,成为一所培养古代罗斯读书人的特殊的文学学校,使读书人能够熟悉身高体胖、说话啰嗦的阿马托尔,说话简洁、不拘小节的马拉拉斯,还有杰出的修辞学家弗拉维和让人深受鼓舞的演说家金口约翰,了解有关杰夫根尼的叙事文学的英雄世界和《亚历山大传》的异国幻境。这是阅读与写作方面的丰富资料,也是学习标准语的最佳学校;这所学校帮助古代罗斯的读书人想象出各种可能的风格样式,以拜占庭文学和古斯拉夫语文学的丰富词汇库藏,使他们的听力与言谈磨炼得更加敏锐。

但是,如果认为翻译文学是古代罗斯译书著书人唯一的、主要的培训途径,那么这也是错误的。除了翻译文学以外,译书著书人还有丰富的民间口头创作的传统,首先是斯拉夫民间歌谣的传统。这不是现代研究人员的猜测,也不是他们的重构,正如我们在下面将要看到的,民间叙事性传说故事在早期编年史撰写中都有记载,而且它们是完全独特的艺术现象。斯拉夫史诗性传说有如下一些特点:情节结构的特殊手法,主要人物性格的独特表现,有别于宏大历史主义风格的特有风格,而历史主义风格也主要是在翻译文学作品的影响下形成的。

---

① 除此之外,《杰夫根尼行传》还和《伊戈尔出征记》一起被载入《穆辛—普希金文集》中,被排在其中标明"约16世纪"的部分。

② 参见德·谢·利哈乔夫:《作为体系的古代斯拉夫文学》(Древнеславянские литературы как система),见《斯拉夫文学:第六届斯拉夫学者国际代表大会——苏联代表团的报告集》,莫斯科,1968年,第5—48页。弗·阿·莫申:《关于10—15世纪罗斯—南部斯拉夫文学关系的分期》。

3. 古老的编年史　往年纪事

东斯拉夫诸部落的"历史记忆"绵延达数百年之久：诸多传说和传奇故事一代又一代地相传，讲述着关于斯拉夫诸部落的迁移，关于斯拉夫人同阿瓦尔人的冲突，关于基辅的建成，关于基辅早期的几位王公的光荣事迹，关于基伊的远征，关于先知奥列格的智慧，关于头脑机敏、行动果敢的奥莉加，关于英勇善战、品德高尚的斯维亚托斯拉夫，等等。

公元11世纪，与历史叙事作品一起出现的还有编年纪事。正是编年史注定要在几百年内——直到彼得大帝时代，不单要成为逐年记载当时事件的记事簿，而且要成为罗斯的情节叙事作品在其内部得以发展的主要文学体裁之一，同时还要成为敏锐回应同时代政治需求的政论体裁。

研究11—12世纪编年史有不小的难度，因为传留至今的最古编年史汇集属13世纪（诺夫哥罗德第一部编年史最古版本的第一部分），或者属14世纪末（拉夫连季编年史）。但是由于阿·亚·沙赫玛托夫、米·德·普里肖尔科夫和德·谢·利哈乔夫的奠基性研究①，现已形成了关于俄罗斯编年史最初阶段的有充分论据的假说；毫无疑问，随着时间的推移，将对这种假说作出某些补充和详细说明，但不至于从根本上改变这种假说。

根据这种假说，编年纪事的开始时间是圣贤公雅罗斯拉夫时代。②这个时期，已基督教化的古代罗斯开始感到拜占庭的监护是个累赘，并竭力论证自己有权在教会事务方面独立自主，这方面的独立通常同政治独立结合在一起，因为拜占庭倾向于把所有基督教国家看成君士坦丁堡大牧首管辖的教区，看成是拜占庭帝国特殊的藩属国。雅罗斯拉夫公采取的坚决果敢行动正好与此相对立：他成功地在基辅建立都主教辖区制（从而提高了罗斯的威望）③，还成功地把鲍里斯和格列布两位王公列为最初的罗斯圣徒。第一部历史著作，后来编年史的先导——基督教在罗斯传播的故事集，大约就是在这种情况下编撰的。基辅的一些读书人肯定地说，罗斯的历史重复了其他大国的历史："上天的恩惠"降临到了罗斯，正如从前降临到罗马和拜占庭一样；罗斯有过自己的基督教先驱者，如奥莉加女大公，在坚信多神教的斯维亚托斯拉夫掌权时期，她在皇城接受了洗礼；还有罗斯的蒙难者——如信

---

① 阿·亚·沙赫玛托夫：(1)《关于远古罗斯编年史汇集的研究》(Разыскания о древнейших русских летописных сводах)，圣彼得堡，1908年；(2)《1095年基辅初始文献汇集》，见阿·亚·沙赫玛托夫：《1864—1920：论文与资料合集》(1864-1920: Сб. статей и материалов)，谢·彼·奥布诺尔斯基院士编辑，莫斯科—列宁格勒，1947年，第117—160页。米·德·普里肖尔科夫：《11—15世纪罗斯编年纪事史》(История русского летописания XI-XV вв.)，列宁格勒，1940年。德·谢·利哈乔夫：《俄国编年史及其文化—历史意义》(Русские летописи и их культурно-историческое значение)，莫斯科—列宁格勒，1947年（第1—9章）。

② 这里所说的是作为体裁的编年纪事。口头历史传说或某些历史事件的笔记，无疑也是更早就存在的。

③ 第一批都主教都是希腊人，但是在都主教辖区建立15年之后，罗斯人——官方教会的圣徒、贤明的雅罗斯拉夫·伊拉里翁便成为都主教。

仰基督教的瓦兰人没有把儿子作为"祭品"献给偶像;还有鲍里斯公和格列布公兄弟俩被害,但始终没有违背基督教兄弟友爱和服从"长者"的训言。在罗斯还有自己的"功德等同圣徒"的弗拉基米尔大公,他使罗斯受洗,因此堪与宣布基督教为拜占庭国教的君士坦丁大帝相比。为了证实这一想法,据德·谢·利哈乔夫推测,曾编有一部关于基督教在罗斯产生的传说故事汇集。载入其中的有关于奥莉加受洗和寿终的几篇故事,关于罗斯第一批蒙难者(信仰基督教的瓦兰人)的故事,关于罗斯受洗的故事(包括"一位哲学家的言论",它以简明扼要的形式阐述了基督教的世界历史观念),还有关于鲍里斯公和格列布公的故事,以及"1037年篇"对圣贤公雅罗斯拉夫的一篇内容丰富的颂辞。上述所有六篇作品"均出自一人之手……表明它们彼此之间最紧密的相互联系——结构上、风格上和思想上的联系"①。这几篇故事的组合(德·谢·利哈乔夫建议将其有限制地称为《基督教在罗斯传播的故事》),据利哈乔夫的看法,是11世纪40年代上半叶由基督教都主教府的几位著书人编成的。

　　大概就在这一时期,第一本罗斯年代记汇编,即《详述编年史》也在基辅编成。这部编年史是世界历史的简述(带有明显表现出来的对教会史的兴趣),是在几部拜占庭年代记——《乔治·阿马托尔的编年史》和《约翰·马拉拉斯的年代记》的基础上编写的;可能在此时,还有另一些阐述世界历史或含有对未来"世界末日"预言的翻译文献,在罗斯已为人所知,如《帕塔里亚大主教梅福季的启示》、罗马教皇伊波利特的《先知丹尼尔著作的诠释》、塞浦路斯大主教叶皮凡尼的《六日创世的故事》,等等。

　　罗斯编年史发展的下一阶段适逢11世纪60—70年代,且与基辅山洞修道院修士尼康的活动有关。

　　正是尼康把罗斯初期的几位王公的传说和他们进军皇城的故事同《基督教在罗斯传播的故事》连在一起。尼康将"科尔松的传说"(根据此传说所载,弗拉基米尔不是在基辅,而是在科尔松受洗礼)置于编年史中是可能的;最后,编年史中或有所谓瓦兰人的传奇故事也应归功于尼康。这一传奇故事讲到,基辅的王公似乎是被邀请到罗斯来制止斯拉夫内部纠纷的瓦兰人王公留里克的后裔。将传奇故事加入编年史中是有其意义的:尼康试图用传说的权威性来说服自己的同时代人相信内讧和内战是反常的,相信所有的王公都必须服从基辅大公——留里克的继承人和后代②。最后,按一些研究人员的意见,正是尼康赋予编年史逐年记载的形式。

编年史初期汇编　1095年前后编成的一部新的编年史汇集,阿·亚·沙赫玛托

---

① 德·谢·利哈乔夫:《俄国编年史及其文化—历史意义》,第64页。
② 参见德·谢·利哈乔夫:《俄国编年史及其文化—历史意义》,第92—93页;关于瓦兰人的使命的文本学分析资料,参见德·谢·利哈乔夫对《往年纪事》所做的评注(《往年纪事》,第2部,第234—246页;后页的利哈乔夫评注)。

夫建议将它称为"初期汇编"。从《编年史初期汇编》编成的时候起,就出现了对古代历史编写本身进行文本学研究的可能性。阿·亚·沙赫玛托夫注意到,对于直到 12 世纪初的各种事件,在《拉夫连季编年史》《拉吉维勒编年史》《莫斯科科学院编年史》和《伊帕季修道院编年史》中是从一个方面描述的,而在《诺夫哥罗德第一编年史》中则是从另一方面描述的,两者各不相同。这就使得沙赫玛托夫有可能认定,《诺夫哥罗德第一编年史》反映了前一阶段的编年史成果——《编年史初期汇编》,而《初期汇编》的修订本,新的编年史文献——《往年纪事》则载入了上面列出的其他几部编年史中。①

《编年史初期汇编》的编著者以关于 1073—1095 年的事件描述来继续编年史的阐释,赋予这部著作特别是他补充的部分以明显的政论性质:编著者谴责一些王公内讧内战,责怪他们不关心保卫罗斯国土,不听取那些"深谋远虑之士"的忠告。

往年纪事　12 世纪初,《编年史初期汇编》再次得到修订:基辅洞窟修道院修士涅斯托尔——一位有广阔历史视野和极大文学天赋的著书人(《鲍里斯和格列布的传记》和《基辅山洞修道院院长费奥多西传记》也出自他的笔下),编著了一部新的编年史汇集——《往年纪事》。涅斯托尔承担了一项重大任务:不仅要阐述 11—12 世纪之间发生的、他本人就是目击者的那些事件,而且还要完全加工改写有关古代罗斯开端的说法:正如涅斯托尔本人在这部著作的标题中对自己承担的任务所作的表述的,"罗斯的国土来自何处,谁是基辅第一任王公"(《往年纪事》,第 9 页)。

涅斯托尔把罗斯的历史引入世界历史的轨道。他以叙述圣经中关于在挪亚诸子之间划分土地的传说来开始这部编年史,同时在源于《乔治·阿马托尔的编年史》所列举的各民族名称中加上斯拉夫人的名称(文本中的另一处斯拉夫人被编年史家混同于"诺里克人"——罗马帝国位于多瑙河两岸的一个行省的居民)。涅斯托尔从容不迫、仔仔细细地讲到斯拉夫人占有的疆土、斯拉夫诸部落及其过去,然后逐渐把读者的注意力集中到其中一个部落,即波利安人部落——基辅就出现在波利安人的土地上,成为当时的"罗斯众城之母"。涅斯托尔对瓦兰人关于罗斯历史的见解做了进一步确切化和发挥:《编年史初期汇编》中被作为"某两位"瓦兰族人的王公提到的阿斯科尔德和迪尔,现在则被称为留里克的"贵族领主";在拜占庭帝国皇帝米哈伊尔统治期间对拜占庭的征伐,也算在阿斯科尔德和迪尔二位头上;在《编年史初期汇编》中被称为伊戈尔的统领的奥列格,在《往年纪事》中(根据历史)"恢复"了王公尊号,但与此同时该作却强调指出,只有伊戈尔才是留里克的直接继

---

① 关于《初期汇编》,参见阿·亚·沙赫玛托夫:(1)《关于远古罗斯编年史汇集的研究》;(2)《1095 年基辅初始文献汇集》。亦可参见奥·维·特沃罗戈夫:《〈往年纪事〉与〈初期汇编〉》(文本学评注),见《古俄罗斯文学研究室著作集》(ТОДРЛ) 第 30 辑,列宁格勒,1975 年,第 3—26 页。

承人，而奥列格这位留里克的旁系亲戚，只是在伊戈尔幼年时期当上了王公。

涅斯托尔与他的前辈相比更像一位史学家。他试图将他所知的事件最大量地放在绝对年代记编写的刻度盘中，为自己的历史叙事引入各种文献（例如和拜占庭帝国签订的条约文本），从《乔治·阿马托尔的编年史》中引用一些片断及罗斯的历史传说故事（如奥莉加第四次为夫复仇的故事、关于"别尔哥罗德甜面羹"的故事和鞣革少年的传奇。德·谢·利哈乔夫在谈及涅斯托尔的这部著作时写道："可以大胆地说，无论是从前还是后来，直到16世纪，俄国的史学思想从来还没有上升到如此的高度：学术上探索不止，文学上精益求精。"①

大约在1116年，受弗拉基米尔·莫诺马赫的委托，《往年纪事》（下简称《纪事》）由维杜比茨修道院（基辅近郊）院长西尔韦斯特尔加工修订。在这一新版（第二版）纪事中，对1093—1113年的一些事件的论述有了变化：现在这些事件的阐述明显地倾向于颂扬莫诺马赫的业绩。尤其是，《纪事》的修改本中加入了捷列博夫利公瓦西里科被弄瞎双眼的故事（见"1097年"条文），因为莫诺马赫曾以维护正义和兄弟友爱的卫士身份介入这些年的内讧。

最后，在1118年，《往年纪事》再一次被修订，这是按弗拉基米尔·莫诺马赫之子姆季斯拉夫大公的指示进行的。这次文本的叙事延续到1117年，某些条文在早些年中就作了修改。我们称《往年纪事》的这一版为第三版②。当代关于古代罗斯编年史的认识就是如此。

正如上文所说，只有相对较晚的编年史抄本被保存下来，其中反映了业已提及的古代汇编。例如，《编年史初期汇编》保存在诺夫哥罗德第一编年史中（13—14世纪和15世纪的抄本），《往年纪事》的第二版以《拉夫连季编年史》（1377）和《拉吉维勒编年史》（15世纪）为最佳版本，第三版以《伊帕季修道院编年史》的名称传留至今。作为《特维尔编年史（1305年汇编）》——《拉夫连季编年史》和《三一修道院编年史》的共同来源，第二版《往年纪事》成了15—16世纪大多数俄国编年史的组成部分。

从19世纪中叶开始，研究人员不止一次地指出俄国编年史家具有高超的文学技巧③。他们对编年史风格的局部观察，有时也是相当深刻和公正的，直到不久前，

---

① 德·谢·利哈乔夫：《俄国编年史及其文化—历史意义》，第169页。
② 参见阿·亚·沙赫玛托夫：《〈往年纪事〉第一部》（Повесть временных лет, ч. 1），彼得格勒，1916年，第III—X页。
③ 参见米·伊·苏霍姆林诺夫：《论作为文学文献的古代罗斯编年史》（О древней русской летописи как памятнике литературном），圣彼得堡，1856年；伊·伊·斯列兹涅夫斯基：《关于古代罗斯编年史的演讲录》（Чтения о древних русских летописях），第1—3讲，圣彼得堡，1862年；安·珂·巴尔索夫：《作为基辅罗斯公国艺术文献的〈伊戈尔出征记〉》，见《俄国历史与古迹学会读本》（ЧОИДР），1884年，第2册，第217—256页；亚·谢·奥尔洛夫：《俄国战争叙事形式的独特性（至18世纪末）》，见《俄罗斯历史与古迹学会读本》，1902年，第4册，第1—50页。

德·谢·利哈乔夫^①和伊·彼·叶廖明^②的著作才以完整的认识来替代它们。

例如,在《作为文学文献的基辅编年史》一文中,伊·彼·叶廖明注意到编年史文本的各个不同组成部分的不同文学性质:逐年记载、编年史故事和编年纪事。据一位研究者的看法,编年史家在编年纪事中采用特殊的"圣徒传"式的叙事方式,即理想化叙事方式。

德·谢·利哈乔夫指出,我们在编年史中发现了不同修辞方式,首先说明编年史体裁的起源和特征:编年史中编年史家自己写的条文,叙述他那个时代政治生活的事件,总是与那些出自具有特殊风格、特殊情节叙事手法的史诗般的传说和传奇的片断并存。此外,"时代的风格"对编年史家的修辞手段也有重大影响。对这最后一种现象应当更详细地研究。

要全面说明"时代的风格"(即全面说明世界观、文学、艺术和社会生活规范等方面的某些共同倾向),是极其复杂的。^③虽然如此,11—13世纪的文学中却有一种现象相当充分地表现出来,德·谢·利哈乔夫称之为"文学的规格"。文学的规格——也是文学创作中"时代的风格"的一种折射,是世界观和思想意识的一种折射。文学的规格似乎决定着文学的任务,更狭义地说,也决定着文学的题材、构建文学情节的原则,最后,还决定着描写手法本身——挑选出一连串最受欢迎的言说方式、形象和隐喻。

文学规格这个概念的基础是关于稳定而有序的世界的观念,在这个世界中众人的所有行为似乎早就被设定好了,对每个人来说都存在着他行为举止的特别标准。文学就应当相应地确认和显示这个静态的、"规范的"世界。这就是说,对"规范"情境的描绘应当成为文学的主要对象:如果写的是编年史,那么关注的中心则是描写王公登基、战役、外交行动、王公去世和安葬;而且在这最后一种情形下,要对王公的生平做一个概括的、有悼词性质的独特总结。和传记相类似,一定要谈到圣徒的童年、他走向苦修苦行之路、他的"传统"(即传统的、对几乎每位圣徒都必须具备的)美德,还要谈到他生前死后所创造的奇迹,等等。

在上述每种情境中(其中编年史或传记的主角总是最突出地以自己王公或圣徒的角色出现),都应当用相似的、传统的言说方式来加以描绘:有关圣徒的父母则一定要说,他俩都是虔诚的信徒;谈到小孩则要说,他是未来的圣徒,从不与同龄人嬉戏;谈到战役则按典型的传统格式来叙述:"爆发了一场恶战","一些人被杀,一

---

① 德·谢·利哈乔夫:(1)《俄国编年史及其文化—历史意义》(特别是第7、12、13和18章);(2)《古代罗斯文学中的人》(Человек в литературе древней Руси),第2版,列宁格勒,1970年(第2—3章)。

② 伊·彼·叶廖明:(1)《〈往年纪事〉:它的历史—文学研究问题》(Повесть временных лет. Проблемы её историко-литературного изучения),列宁格勒,1947年;(2)《作为文学文献的基辅编年史》,见《古俄罗斯文学研究室著作集》(ТОДРЛ)第7辑,莫斯科—列宁格勒,1949年,第67—97页;(3)《1289—1290年的沃伦编年史》,见《古俄罗斯文学研究室著作集》(ТОДРЛ)第13辑,莫斯科—列宁格勒,1957年,第102—117页。这些著作后来都载入伊·彼·叶廖明:《古代罗斯文学》(Литература древней Руси: этюды и характеристики),莫斯科—列宁格勒,1966年。

③ 参见德·谢·利哈乔夫:《10—17世纪俄国文学的发展:时代与风格》,第64—67页。

些人被俘"(即一些人死于刀剑之下,另一些人被俘虏),如此等等。①

最符合11—13世纪文学规格的编年史风格,德·谢·利哈乔夫称之为"宏大历史主义风格"②。但同时我们却不能断言所有编年史叙事都遵循这种风格。如果把风格理解为作者对其叙事对象态度的一般描述,那么可以无可争辩地谈论编年史中的这种风格具有无所不包的性质——编年史家确实只为自己的叙事作品挑出最重要的、具有举国意义的事件和业绩。如果要求风格也必须遵守某些语言特点(即纯修辞手段),那么就会看到,远不是任何一部编年史的词句都会成为宏大历史主义风格的例证。第一,之所以如此,是因为形形色色的现实中的现象(编年史不能不与现实彼此相关)不能置于先行虚构的"规格情境"的框架中;因此,我们只会在对传统情境的描述中发现这种风格最鲜明的体现,如描述王公"登基",描写战斗,在悼词中对死者进行评价,等等。第二,编年史中存在着两种在起源上各不相同的叙事层:除了编年史家编写的条文以外,我们在其中还能发现编年史家引过文本中的一些片断。其中占主要位置的是民间传说、传奇故事,它们大都被收入《往年纪事》以及(虽然程度较小)后来的编年史汇编中。

如果纯粹的编年史条文是所属时代的产物,本身带有"时代风格"的烙印,遵循着宏大历史主义风格的传统,那么,进入编年史的民间口头传说则反映了另一种传统——史诗传统,也自然就具有另外的风格特征。德·谢·利哈乔夫将纳入编年史的民间传说故事的文体定义为"史诗风格"。③

《往年纪事》在讲述当时的事件之前,作为开场白首先提起以往时代几位杰出的王公——先知奥列格、伊戈尔、奥莉加、斯维亚托斯拉夫、弗拉基米尔的光辉业绩,将这两种风格结合起来。

例如,叙述圣贤公雅罗斯拉夫和他的儿子弗谢沃洛德时代的事件,可以看出宏大历史主义的风格。只要提到阿利塔河战役(《往年纪事》,第97—98页)就够了,这是雅罗斯拉夫战胜杀害鲍里斯和格列布的刽子手、"罪大恶极"的斯维亚托波尔克的一场战役:斯维亚托波尔克"率领一支庞大的军队"来到战场;雅罗斯拉夫也集结了"大批兵力出发到利托河畔"去对抗敌人。战前,雅罗斯拉夫向上帝和他被杀的兄弟祈祷,请求他们援助,以对付"那杀人犯、狂傲之徒"。双方的军队彼此向前推进,"成千上万的军人布满了利托原野"。黎明时分("太阳升起的时候")"发生了一场恶战,这在罗斯还不曾有过,战斗人员赤手空拳扭打着,三退三进,不停厮打,漫山遍野(山谷、浅沟)到处鲜血流淌"。临近傍晚,雅罗斯拉夫取得胜利,而斯维亚托波尔克败逃。雅罗斯拉夫登上基辅王位,"他自己的亲兵武士立下了汗马

---

① 关于文学规范,参见德·谢·利哈乔夫:(1)《古代罗斯的文学规范(论研究的问题)》,见《古俄罗斯文学研究室著作集》第17辑,莫斯科—列宁格勒,1961年,第5—16页;(2)《古代罗斯文学的诗学》(Поэтика древнерусской литературы),第3版,莫斯科,1979年,第80—102页。对照参阅奥·维·特沃尔戈夫:《古代罗斯的稳定文学模式的研究任务》,见《古俄罗斯文学研究室著作集》(ТОДРЛ)第20辑,莫斯科—列宁格勒,1964年,第29—40页。

② 详见德·谢·利哈乔夫:《古代罗斯文学中的人》("11—13世纪的宏大历史主义风格"一章)。

③ 德·谢·利哈乔夫:《古代罗斯文学中的人》("11—13世纪文学中的史诗风格特征"一章)。

功劳"。在这篇故事中,整个描述都负有强调此次战役的重大历史意义的使命:既指出双方军队人数之多,又指出战斗残酷剧烈的细节;而激动人心的结尾,则是雅罗斯拉夫登上了基辅大公的宝座,这是他在历经行军作战和为"正义事业"而斗争的历程中赢得的王位。

同时也可以看出,我们面对的与其说是见证人对一场具体战役的印象,不如说是见证了一些传统的描述模式,在同一部《往年纪事》和随后的编年史中,其他战斗的描写也采用这类模式,如传统的用语"一场恶战",传统的结尾:谈到某人"胜利了",某人"败逃了";编年史叙事最常见的是指出军队人数之多,甚至还有这样的套话"漫山遍野鲜血流淌",也见于其他战斗的描写中。总而言之,我们面前是会战"规格化"描写的范例之一。①

《往年纪事》的创作者特别细心地摘录王公们的悼词中的评语。例如,用编年史家的话说,弗谢沃洛德·雅罗斯拉维奇"自幼就爱戴上帝,热爱真理,特别关心穷苦人,对主教和神甫施以厚礼,极为爱护隐修士,常给他们施舍"(《往年纪事》,第142页)。12世纪和随后几个世纪的编年史家曾不止一次利用编年史中的这一类悼词。②宏大历史主义风格所规定的文学模式的运用,赋予编年史的文本以一种特殊的艺术色调:不是出其不意的效果,而是相反,期待看到熟悉的、习以为常的、以"经过加工润色"而被传统神圣化的形式表现出来的东西——这就拥有了从美学上影响读者的力量。这种表现手段是民间口头创作十分熟悉的——让我们回想壮士歌的传统情节、三次重复的情节场景、常用的修饰词语以及诸如此类的艺术手法。因此,宏大历史主义的风格,并不是艺术资源受限的证明,相反,是深刻认识诗歌语言作用的佐证。但与此同时,这种风格自然也束缚了情节叙事的自由,因为它力求把各种不同的生活情境结合起来,以同一言说模式和同一情节单位把它们表现出来。

在编年史文本中固定下来,处处都以情节的不同寻常和"引人入胜"为特点的民间口头传说,对于情节叙事的发展起到了重大作用。奥列格之死的故事是广为人知的,其情节曾被亚·谢·普希金用来作为他的著名抒情叙事诗的基础,奥莉加向德列夫利安人复仇的故事也流传甚广。正是在这类传说故事中,不仅是王公们,社会地位卑微的普通百姓也可以作为主人公出现:如拯救别尔哥罗德人免遭死亡和被佩彻涅格人俘虏的一位老人,打败佩彻涅格人的鞣革少年。但是主要的大概还是在另一方面:正是在这类从起源上看是口头历史传说的编年史故事中,编年史家使用的是另一种——与那些用宏大历史主义风格写成的故事相比——描写事件和

---

① 尼·亚·梅谢尔斯基指出:《犹太战争史》的俄文译者正是以其传统的编年史叙事句式补充了他的手稿文本,如:"到处可见长矛的铁杆、刀剑的摩擦,盾牌翘曲不平,男人喘着粗气,血流遍地。"(参见尼·亚·梅谢尔斯基:《基辅罗斯的翻译艺术》,第60页)。

② 试比较弗拉基米尔·莫诺马赫悼念文中的评述:他也是"因性格善良而光彩照人","不吝惜个人财产,将其分送给需要者","既为隐修士和神甫的待遇而忧心,也满足他们的需求",等等。见《拉夫连季编年史》,载《俄国编年史总集》(ПСРЛ),第1卷,第2版,第2辑,列宁格勒,1927年,第293—294页。

刻画人物的方法。

语言艺术作品中存在着两种彼此对立的从美学角度影响读者(听众)的方法。在一种情况下,艺术作品正是以其非相似性影响日常生活的,而且,让我们补充一点,它还影响了对日常生活的"日常性"讲述。这类作品的特点是具有特别的词汇、说话的节奏、词序的倒装、特别的描写手法(修饰语、隐喻),最后,还有主要人物的特殊的、"异常的"行为。我们知道,人们在生活中不是这样说,不是这样做的,但是正是这种"异常性"也被理解为艺术。① 宏大历史主义风格的文学也就是立足于这个立场的。

在另一种情况下,艺术似乎力求模仿生活,而叙事则力图创造"真实可信的幻觉",使自身最接近目击者的讲述。在这里,作用于读者的手段是完全不同的:在这类叙事中起重大作用的是"情节的细节",是成功发现的日常生活详情,这些细节似乎会唤起读者的个人生活印象,帮助他们亲眼见到所描写的一切,并因此而相信故事的真实性。

在此必须作一个重要的补充说明。这样的细节往往被称为"现实性的要素",但是事实上,如果在新时代的文学中这些现实主义要素是再现现实生活的手段(作品本身的使命不仅是要描写现实,而且要深刻理解现实),那么在古代,"情节的细节"则更是一种创造"现实的幻觉"的手段,因为故事本身可以叙述神奇的事件,讲述各种奇迹,总而言之,可以叙述"作者将其作为真正发生过的事情予以描写,但也许未必如此"的一切。②

在《往年纪事》中,以这一手法创作的故事广泛采用"日常生活细节":时而是一个基辅少年手拿缰绳,假装找马的人,带着缰绳穿过敌营;时而提到鞣革少年为了在与佩彻涅格人力士格斗前考验自己,从跑过他身边的公牛体侧(以职业家有力的双手)猛然撕下"一块带肉的皮,大小为他的手刚好能抓住";时而是详尽细致地(且巧妙地让故事戛然而止)描写别尔戈罗德人如何"在鲁克诺取蜂蜜"("鲁克诺"是"王公庄园中的存放蜂蜜的场所")、如何稀释蜂蜜、如何将蜜酒倒进大桶,等等。这些细节激发出读者生动的视觉形象,帮助他们想象所描写的现象,他们也似乎成了事件的见证人。

如果说在运用宏大历史主义风格的故事中,一切都早已为读者所知,那么在史诗性传说中,说故事的人则巧妙地造成出其不意的效果。聪明的奥莉加好像真的接受了德列夫利安人的王公玛尔的求婚,却秘密地筹划对玛尔的使节下毒手;先前对先知奥列格说的预言,看来已实现不了(预言王公将因它而丧命的坐骑本身已毙命),但是从马的尸骨中蹿出的毒蛇却使奥列格公丧命。与佩彻涅格壮士格斗的不是一名战士,而是一名"中等身材"的鞣革少年,于是"身材高大,相貌凶狠"的佩彻

---

① 最鲜明的例证是歌剧、芭蕾舞和哑剧,尽管它们属于其他艺术领域。
② 可能在大多数情况下,作者本人也相信关于各种奇迹的传说是真实的(他较少作为奇迹的目击者出现),于是无论如何都努力使读者相信奇迹。

涅格壮士就不时嘲笑这位少年。但与这种"陈列与交代"的情况相反,最后取胜者却是这位少年。

非常重要的是应指出,编年史家不仅在转述史诗性传说时,而且在叙述同时代事件时,也采用了"复现真实"的方法。《往年纪事》"1097 年篇"关于捷列博夫利公瓦西里科被弄瞎双眼的故事(《往年纪事》,第 170—180 页)就是一例。研究者们正是用这个例子来研究古代罗斯叙事作品的"现实性要素",正是在其中找到了"有感染力的细节"的灵活运用,也正是在这里发现了"情节性直接引语"的娴熟使用①,这都并非偶然。

瓦西里科被弄瞎双眼的场景是故事的高潮情节。瓦西里科在返回柳别奇王公代表会议上分给他的捷列博夫利地区的途中,在离维多比奇不远的地方过夜。基辅公斯维亚托波尔克因被达维德说服,决定诱捕瓦西里科并弄瞎他的双眼。经过三番五次坚持不懈的邀请之后("你别走,参加我的命名日庆典吧!"),瓦西里科来到"王府",达维德和斯维亚托波尔克将客人领进一间"客房"。斯维亚托波尔克劝瓦西里科留下吃饭再走,但是达维德本人因心怀蓄意谋害的鬼胎而感到惊恐,竟然坐在一旁一声不吭,就像哑巴一样。瓦西里科试图继续同达维德交谈,但是,编年史家说:"达维德竟然既失音又失聪。"

这是早年修史中表达对话人情绪的极为罕见的例子。就在达维德走出房间,好像是去叫斯维亚托波尔克时,王公的仆从冲进客房,扑向瓦西里科,把他摔倒在地上。一场搏斗开始了,细节十分可怕:为了压住身强力壮而拼死反抗的瓦西里科,有人从炉子上取下了一块木板放在他胸脯上,然后坐了上去,将受害人压在地上,"好像踩踩他的胸部"。编年史上还提到,"托尔克人别伦迪",本该用尖刀刺瞎受害人的眼睛,将双眼剜出来,可是他一失手,竟刺到受害者的脸上——所有这些都不是普通的叙事细节,而是艺术性的"有感染力的细节",这些细节帮助读者在视觉上感受到弄瞎双眼的恐怖场面。从编年史家的意图看,故事应当使读者焦虑不安,使他们产生对斯维亚托波尔克和达维德的厌恶,让读者相信弗拉基米尔·莫诺马赫的正义性,后来弗拉基米尔大公谴责了对无辜的瓦西里科的残酷迫害,教训了违背誓约的王公们。

数百年来,人们都可以清楚地感觉到《往年纪事》的文学影响:编年史家继续运用或稍加变化地运用《往年纪事》的作者们使用过的那些文学模式,模仿其中的

---

① 参见德·谢·利哈乔夫:(1)《俄国编年史及其文化—历史意义》,第 217—219 页;(2)《反唯美主义与古代俄罗斯文学》(Анэстетизм и древнерусская литература),载《俄罗斯文学》,1963 年第 1 期,第 81—82 页;瓦·帕·阿德里阿诺娃-佩列茨:《论古代罗斯文学中的现实主义倾向(11—15 世纪)》(О реалистических тенденциях в древнерусской литературе. XI-XV вв.),见《古俄罗斯文学研究室著作集》第 16 辑,莫斯科—列宁格勒,1960 年,第 12—15 页;《俄国小说的起源》,第 58—60 页("11—13 世纪编年史中的情节叙事"一章)。

评述,有时还引用《纪事》,把这部文献中的片断引入自己的文本中。①即使到今天,《往年纪事》也还保存着它的美学魅力,并雄辩地证明着古代罗斯编年史家的文学创作功力。

4. 伊拉里翁的《论律法与神恩》

有一种推测认为,基辅牧师伊拉里翁(未来的都主教)所写的《论律法与神恩》,"曾在本堂节日后的第二天和复活节的第一天——1049 年纪念基辅金门大道的报喜教堂中防御设施落成庆典上宣读"②。但是《论律法与神恩》的意义却远远超出了在教区教民前从讲经台发出的庄严节日颂辞这一体裁范围。伊拉里翁的《论律法与神恩》是一种特殊的教会—政治宣言,一种突出论战性的——直面拜占庭——对罗斯大地及其王公们的赞颂之辞。

《论律法与神恩》以一个广泛的神学论题开篇:伊拉里翁把圣经《旧约》与《新约》对立起来,接着提出一个想法,认为《旧约》是只为一个犹太民族而制定的"律法",而《新约》则是"神恩",是无一例外地普及于所有接受基督教的各国人民的恩典。伊拉里翁三番五次地谈到这个在他看来非常重要的思想,为了证实这个思想,他揭示了圣经形象的象征意义,经常提到教父们的名言,用不同的论据和理由来充实自己关于基督教优于犹太教、基督教国家人民负有崇高使命的论纲。

《论律法与神恩》的第一部分开宗明义,为听众理解该著述的中心思想做准备:弗拉基米尔公出于本人的动机(不是出于希腊神职人员的劝告或要求)做出了一项"伟大而惊世骇俗的"事业——使罗斯接受洗礼,信奉基督教。弗拉基米尔是罗斯举国上下的"导师和教育者",因为有了他,"天赐的宗教信仰"才"降临到我们罗斯的国土上"。弗拉基米尔作为给罗斯洗礼的人所起的作用,扩大到了全世界的规模:弗拉基米尔的"智慧"和"热爱基督的感情"堪与君士坦丁大帝并驾齐驱;君士坦丁一世大帝是"两个罗马"——东罗马帝国和西罗马帝国的皇帝,他依据教会的传统宣布基督教为国教,因而他在帝国国内备受敬仰。相同的事业和相同的尊严赋予他们享有相同敬仰的权利。于是伊拉里翁形成了一个想法:必须承认弗拉基米尔为圣徒,把他与使徒约翰、福马、马可并列,这几位使徒的功劳是让其他国家和大地皈依基督教。

---

① 参见格·米·普罗霍罗夫在他的《〈拉夫连季编年史〉中拔都入侵的故事》(Повесть о Батыевом нашествии в Лаврентьевской летописи)一文中的研究结论,见《古俄罗斯文学研究室著作集》第 28 辑,列宁格勒,1974 年,第 77—98 页。对照参阅阿·弗·马尔科夫:《莫斯科编年史编纂中的一种文学虚构》(Один из случаев литературного вымысла в московском летописании),载《科学院通报俄罗斯语言文学分卷》(ИОРЯС),第 18 卷,第 1 册,彼得格勒,1913 年,第 41—48 页。

② 尼·尼·罗佐夫:《圣教公会的伊拉里翁文集抄本——11 世纪的俄国作家》(Синодальный список сочинений Илариона-русского писателя XI в.),载《斯拉夫研究》第 32 卷,1963 年,第 2 期,第 143 页。《论律法与神恩》的最古抄本的文本,也发表于该刊同一期(第 152—175 页)。德·谢·利哈乔夫在《俄国文学史》第 1 卷(莫斯科—列宁格勒,1958 年,第 45—46 页)中认为《论律法与神恩》的创作时间为 1037—1043。以下引用此著 均引自尼·尼·罗佐夫的文章。

同时伊拉里翁并未放过机会颂扬罗斯国家的强盛，强调罗斯的威望。教会布道辞的词语有时被编年史中颂扬的词语所取代：弗拉基米尔的前辈——伊戈尔和斯维亚托斯拉夫以英勇无畏的气概、"胜利和荣耀"而享誉全世界，他们不是在"无人知晓的地方"执掌政权，而是在"名扬四海"的罗斯。弗拉基米尔本人不仅是崇高的基督教徒，而且是强有力的"本国的专制统治者"，他能够征服邻国，"有的是通过和平手段，而对不屈服者则使用火与剑"。

《论律法与神恩》的第三部分，即结尾部分，是专写圣贤公雅罗斯拉夫的。在伊拉里翁笔下，雅罗斯拉夫不仅以弗拉基米尔遗训的继承者身份，以热心建造新教堂的建筑者身份出现，而且也以其父当之无愧的"权柄执掌者……"身份出现。伊拉里翁甚至在祈祷中也没有忘记罗斯特别的世俗政治需求：他祈求上帝"赶走"敌人，确保和平，"制服"相邻国家，"启迪"贵族领主，使城池固若金汤。教会布道宣讲的这一公民意识，可以用11世纪30—40年代的局势来好好解说：当时雅罗斯拉夫公采取各种手段来争取罗斯教会的独立和罗斯国家政策的独立，在同拜占庭的关系上采用了最意想不到的形式来表达平等的理念（而不是服从它）；例如，显然不是偶然之举：罗斯修建了一些与著名的君士坦丁堡大教堂同名的教堂——基辅和诺夫哥罗德的索菲亚大教堂、基辅的圣伊琳娜教堂和圣乔治教堂，还有与君士坦丁堡"金门"同名的基辅"金门"等建筑。

有一种意见认为，伊拉里翁还是第一部罗斯史著作的作者，这部著作就是上文谈到的文献，可以暂且称之为《基督教在罗斯传播的故事》。这一《故事》和《论律法与神恩》在思想上的一致性以及在两部文献中可见到的行文上的相似性，也证实了这一点。[①]

5. 古代罗斯的传记
（《基辅山洞修道院院长费奥多西传记》，鲍里斯和格列布传记）

正如前文所说，罗斯的教会力求在教会法和思想意识上摆脱拜占庭教会而独立自主行事。因此，把罗斯本土的圣徒尊为圣者就有了原则上的意识形态意义。被尊为圣者的一个必要条件是编写他的传记，尤其是在传记中要记述圣徒生前创造的奇迹或死后在埋葬他的地方出现的奇迹。因此，把罗斯圣徒尊为圣者的过程就要求创作出他们的传记。

罗斯最古老的一部传记可能是《基辅山洞修道院奠基人安东尼的传记》。安东尼是第一个定居在第聂伯河岸洞窟中的修士。后来则有尼康和费奥多西同安东尼比邻而居，这就为未来的基辅山洞修道院奠定了基础。《安东尼的传记》未流传至今，但是编写《基辅山洞修道院修士列传》的作者们曾引用过这篇《传

---

① 参见德·谢·利哈乔夫：《俄国编年史及其文化—历史意义》，第66—70页。

记》。^①11 世纪下半叶—12 世纪初有人还写出了《基辅山洞修道院院长费奥多西传记》和两个版本的鲍里斯和格列布传记。

基辅山洞修道院院长费奥多西传记　《基辅山洞修道院院长费奥多西传记》是基辅山洞修道院修士涅斯托尔所写,大多数研究者将他等同于创作《往年纪事》的编年史家涅斯托尔^②。从传记写成的时间来看,学者们的意见是有分歧的:阿·亚·沙赫玛托夫和伊·彼·叶廖明认为,传记在 1088 年以前就创作出来了,但谢·阿·布戈斯拉夫斯基则认为涅斯托尔写作传记的时间在 12 世纪初。^③

《基辅山洞修道院院长费奥多西传记》,从其结构和基本情节动机来看,完全符合拜占庭圣徒传记范本的要求^④:传记一开始就谈到这位未来的圣徒生于虔诚信徒之家,谈到他酷爱学习和阅读"经书"。少年时费奥多西就不愿与同龄人嬉戏,诚心诚意地参加教堂祈祷,宁肯穿上打补丁的衣服,也不愿穿母亲坚持要给他穿的新衣服。费奥多西成了修士,后来当上了基辅山洞修道院院长,他因勤奋努力、特别温良谦逊而使众人惊讶。他像一位圣徒该做的那样,创造了不少奇迹(如驱赶鬼怪),经他一番祈祷,修道院储藏室内空空的粮食囤装满了面粉,正当修士们没有分文去购买食品时,"一位翩翩少年"送来了一枚金币。费奥多西早就知道自己去世的日期,因此他来得及嘱咐众修士并与他们一一告别;当他弥留之际,斯维亚托波尔克公竟然看到了"修道院上空有一根火柱直抵天际"^⑤。

所有这一切都证明涅斯托尔十分熟悉圣徒传记写作规范和拜占庭圣徒传作品:研究者们曾指出涅斯托尔从拜占庭各种传记和修士故事中引用了一些情节单位的事实。^⑥

与此同时,《费奥多西传》的特点不仅在于其艺术技巧,而且在于阐释某些形象和情节冲突时所显示的充分的独立自主性。

例如,对费奥多西的母亲的描写就完全是非传统的。显然,涅斯托尔拥有关于她的信息,这使他塑造出一位活生生的、富有个性的真实妇女的肖像,而不是那种有虔

---

① 参见阿·亚·沙赫玛托夫:《安东尼和基辅山洞修道院年鉴》(Житие Антония Печерская летопись),载《国民教育部杂志》(ЖМНП),1898 年第 3 期,第 3 分册,第 105—149 页;С. П. 罗扎诺夫:《论基辅山洞修道院圣安东尼的传记》(К вопросу о Житии преподобного Антония Печерского),载《科学院通报俄罗斯语言文学分卷》(ИОРЯС),第 19 卷,第 1 册,圣彼得堡,1914 年,第 34—46 页。

② 有利于这一等量齐观之说的最可信的论据,见于阿·亚·沙赫玛托夫:《编年史家涅斯托尔》(Нестор-летописец),载《谢甫琴科学术协会会刊》,第 117—118 辑,利沃夫,1914 年,第 31—53 页。

③ 谢·阿·布戈斯拉夫斯基:《论圣涅斯托尔文学活动的性质与规模》(К вопросу о характере и объёме литературной деятельности преп. Нестора),载《科学院通报俄罗斯语言文学分卷》,第 19 卷,第 1 册,圣彼得堡,1914 年,第 174 页。

④ 参见列·亚·德米特里耶夫:《古代罗斯传记体裁的文学命运(教会礼拜圣像与情节叙事)》(Литературные судьбы жанра древнерусских житий. Церковно-служебный канон и сюжетное повествование),见《斯拉夫文学:第 7 届斯拉夫学者国际代表大会,华沙,1973 年 8 月——苏联代表团的发言》,莫斯科,1973 年,第 400—418 页。

⑤ 传记文本引自《古代罗斯文学文献:11—12 世纪初》(Памятники литературы древней Руси. XI-начало XII века),莫斯科,1978 年,第 304—390 页。

⑥ 谢·阿·布戈斯拉夫斯基:《论圣涅斯托尔文学活动的性质与规模》,载《科学院通报俄罗斯语言文学分卷》,第 19 卷,第 1 册,圣彼得堡,1914 年,第 148—155 页。

诚宗教信仰的圣徒父母的假定的、中规中矩的形象。她"像庄稼汉一样身强力壮",说话时声音低沉、粗哑(如果有人未看见她而只是听见她的声音,还以为是一个男人在说话,涅斯托尔说道)。由于她忙于世俗之事,无拘无束,秉性刚强,所以她坚决反对费奥多西献身上帝的愿望。她虽然是慈爱的母亲,但也不惜采用一些严厉手段来使儿子屈服于自己的意志:她曾痛打儿子,用"镣铐"把他铐起来。当费奥多西偷偷去了基辅,并在那里同安东尼和尼康一起住到山洞中时,母亲采取各种手段威胁恐吓(显然,她对受人尊敬的长老们不是特别尊重),企图逼儿子回到老家。即使她后来在女修道院接受剃度出家,那也不是因为她虔信上帝的功德,而是因为这是一位感到绝望的妇女所能做的唯一行动,对她来说,这是哪怕只能偶尔见到儿子的唯一机会。

涅斯托尔也善于以生动的细节来充实传统的情节冲突。有这样一个故事可以向读者表明费奥多西的绝对谦恭与善良。有一次费奥多西去伊贾斯拉夫公的府邸,那是在远离基辅的某个地方,他在王府一直待到深夜。王公吩咐人送费奥多西"坐大车"回修道院"过夜"。那赶大车的车夫眼见费奥多西(当时已是修道院院长)穿着破旧,就认定面前的这位是个普通修士("一个贫穷的人"),于是对他说了这样刻薄的话:"黑衣老头儿!你整天自由自在,闲得要死,可我却忙里忙外,累得要命。现在我驾不了车了。让我们俩换一下:我躺在车上,你可以来前面赶马车。"费奥多西恭顺地从车上下来,骑上马,而车夫则在车上睡觉。费奥多西一整夜赶着马,实在困极了就下来同马一起走。天快亮时,那些去王府的贵族领主们越来越多地赶上他俩。这些大贵族领主恭恭敬敬地向费奥多西敬礼问安。当时有人建议马车夫本人骑上马。惊惶不安渐渐包围了车夫:他看到,所有人都恭敬地对待他曾如此粗暴对待的修士。修道院的众弟兄跪在院门前迎接院长。马车夫吓坏了。但是费奥多西却吩咐人好好款待他,赠以厚礼让他离去。

这个故事的劝谕性和颂扬性含义是无可争议的。但是生动的细节却使它如此自然与可信,以至处于情节中心的,与其说是对费奥多西美德的颂扬,不如说是倒霉的马车夫的逐渐"醒悟",这就把一个劝谕性故事变成生动的日常生活场景。传记中有不少这样的片段,它们使得叙事具有情节上的紧张感和艺术上的说服力。

鲍里斯和格列布传记　要造成对鲍里斯和格列布的崇拜,就需要写出献给他俩的传记,追求两个目标。一方面,初期的罗斯圣者被尊为圣徒将提升罗斯的宗教威望(首先面对的是拜占庭,它一直存有戒心地关注着维持自己在信奉正教的诸国中的头领地位),并证明罗斯"在上帝面前也受人敬重",获得自己的"上帝封圣的侍者"称号。另一方面,对鲍里斯和格列布的崇拜具有非常重要而迫切的政治潜台词:它使多次宣称过的举国一致的理念"圣洁化"得到肯定,根据这一理念,所有的罗斯王公都是兄弟,但是与此同时年轻的王公必须"服从"年长的王公。①

---

① 这一理念在圣贤公雅罗斯拉夫的编年史遗言中得到了清晰的表述:"吾这就将所在公位托予吾之长子,即尔等的兄长伊贾斯拉夫……听命于他吧,就像听命于我一样。"(《往年纪事》,第108页)

鲍里斯和格列布也正是这样行事的:他们俩绝对服从自己的兄长斯维亚托波尔克,把他"尊崇为父",而斯维亚托波尔克则利用弟弟服从兄长的观念对他们下毒手。因此罪大恶极的斯维亚托波尔克这个名字在整个古代罗斯文学传统中成了一个表示恶棍坏蛋的代名词,而鲍里斯和格列布接受了蒙难者的桂冠,则被宣布为罗斯国土的庇护圣徒。

现在我们来更详细地分析鲍里斯和格列布传记中所反映的事件。根据编年史的说法(参见《往年纪事》,第90—96页),弗拉基米尔大公去世后,他的一个儿子,即分到封地平斯克(据另一说法是分到图罗夫)的王公斯维亚托波尔克夺取了大公之位,并有心要除掉自己的几个兄弟,以便单独一人"控制罗斯政权"。

斯维亚托波尔克的第一个牺牲品是罗斯托夫公鲍里斯,弗拉基米尔大公在去世前不久曾派他率领自己的亲兵去征讨波彼涅格人。当父亲去世的消息传到鲍里斯营帐前,他"父亲的亲兵"已准备好为年轻的王公用武力夺取大公之位,但是鲍里斯拒绝了,说不能对兄长动武,并准备像尊重父亲一样尊重斯维亚托波尔克。那些亲兵离开了鲍里斯,而他只同一小队自己的"少年武士"留在一起,随即被斯维亚托波尔克下令杀害。

斯维亚托波尔克派信使去见穆罗姆公格列布,通知他说:"火速动身,父亲唤你,他健康堪忧。"格列布不怀疑这是在骗他,于是奔赴基辅。雅罗斯拉夫派出的使节在斯摩棱斯克赶上了他,告诉他可怕的消息:"别去基辅,父亲已死,你兄已被斯维亚托波尔克杀害。"格列布为父兄之死痛哭不已。就在这里,斯摩棱斯克城郊,斯维亚托波尔克派去的杀手赶上了格列布。在杀手们的命令下,王公格列布的一名厨子"抽出尖刀,刺杀格列布"。接着斯维亚托波尔克又杀害了第三个兄弟——斯维亚托斯拉夫。但是雅罗斯拉夫公随即兴兵讨伐这个杀害亲兄弟的凶徒。双方的军队在第聂伯河两岸相遇。凌晨,雅罗斯拉夫的战士渡河,"他们弃船登岸,然后向斯维亚托波尔克的队伍进攻"。在最后的战斗中斯维亚托波尔克遭到失败。虽然斯维亚托波尔克在波兰国王波列斯拉夫的支援下又暂时成功地把雅罗斯拉夫赶出基辅,但是在1019年,斯维亚托波尔克再次被击败,从罗斯逃出,后来死在"波兰和捷克之间"一个不知名的地方。

有两种原本的圣徒传记文献也写到这一情节:《关于鲍里斯和格列布的生平和被害的读物》,系《基辅山洞修道院院长费奥多西传记》的作者涅斯托尔所写;还有《关于鲍里斯和格列布的故事》,其作者佚名。据多数学者的看法,后者成书于12世纪初。①

---

① 有关这篇故事的文献甚为丰富。这里只提及尼·尼·沃罗宁的详细的研究成果:《"佚名作者的"鲍里斯和格列布的故事,它的时代、风格与作者》(《Анонимное》Сказание о Борисе и Глебе, его время, стиль и автор),见《古俄罗斯文学研究室著作集》第13辑,莫斯科—列宁格勒,1957年,第11—56页;伊·彼·叶廖明关于这篇作品的出色的形式分析:《鲍里斯和格列布的故事》(Сказание о Борисе и Глебе),见《古代罗斯文学》,第18—23页。故事文本引自:《古代罗斯文学文献:11—12世纪初》,莫斯科,1978年,第278—302页。

这篇故事与前面分析过的编年史叙事作品有很大的不同，这些不同点展示出圣徒传记体叙事的特点：异常的情感、有意虚设的情节场景和言说模式的规范性，这一切都要以对圣徒传记规范的严格遵守来解释。如果说在《基辅山洞修道院院长费奥多西传记》中，生动的细节有助于人们相信即使是最明显的奇迹也具有真实性，那么相反，在这篇故事中，主人公们的行为举止则违背生活真实，他们的一举一动就像蒙难圣徒或加害者的角色要求他们那样，细节和详情很少，情节的发生似乎是"在舞台大幕里"，所以作者和读者的全部注意力都集中到人物的情感生活和精神生活上。

那个时代罗斯国各封建主之间的内斗是十分频繁的现象，内斗的参与者行动起来，好像总是基于他们清醒的盘算、军事经验或外交才能：在任何情况下，为了保卫自己的权利和生命，他们都顽强地抵抗。鲍里斯和格列布在斯维亚托波尔克面前的消极态度是不寻常的；这是对圣徒传记规范的顺从，依据这一规范，受难者既畏惧死亡，又顺从地等待死神的降临。

的确，如果说，在编年史中写到鲍里斯准备前往基辅见斯维亚托波尔克，可能是因为相信了后者的甜言蜜语（如"我愿意与你友爱相处，并给你父亲般的关爱"——斯维亚托波尔克信誓旦旦地对他说），只有在面临死亡时，他才知道威胁着他的危险逼近了（"他知道有人要杀害他"）；那么，故事中的鲍里斯刚一知道父亲去世的消息就开始思索：他该向谁诉说自己的悲痛？向斯维亚托波尔克吗？但是，我认为，他这个人沉湎于世俗的荣华富贵，他会图谋对我下毒手。如果他真让我流血并且成心杀害我，那我就将是我主的蒙难者。我不会反抗，因为圣书上写道："我主会惩罚狂傲者，赐福给谦逊者。"

鲍里斯的命运早已注定了：他知道了死亡在等待着他，于是准备迎向死亡；后面接着发生的全部事件，只不过是在时间上延长了这位注定被害且安于自己必死之命的王公的死亡过程。为了加强传记情感上的影响力，传记作者甚至对鲍里斯的死亡本身也一再加码：他在帐篷里被长矛刺中，随后杀手们相互招呼"干脆把他干掉"；还有人说，鲍里斯"死了，他把灵魂交给了上帝"。最后，当鲍里斯的尸体被毯子裹上，放在大车上运走时，斯维亚托波尔克发现鲍里斯稍稍抬了一下头（这意味着他还活着吗？）。于是他派出两名瓦兰人，他们又用利剑刺穿鲍里斯。

鲍里斯和格列布直接面对杀手们向上帝念出的长长的祈祷辞，这具有纯正的遵守礼节的性质，而杀手们似乎也在耐心地等待着受害人结束祈祷。这样一些人为造成的冲突，读者当然是明白的，但是他们会把它看成传记中宗教仪式的细节。遵守教规者在临死前祈祷时说得越多，越动感情，就越坚决地祈求上帝宽赦杀害他的那些凶手的罪行，蒙难者的神圣性就越光辉灿烂，而恶徒们残忍的渎神行为也就越凸显出来。

"无依无靠的少年格列布"受到注意，他"像儿童求人一样"祈求宽恕："别打死我……别打死我。"① 但是这也是一种纯文学手法，因为依据这个故事本身的文本，鲍里斯和格列布是一个保加利亚女子所生，她是当年还信奉多神教的弗拉基米尔大公的妻子之一；她所生的两个儿子此时远不是青少年：因为从弗拉基米尔(988)受洗到他去世(1015)已过了 27 年。②

可见，在《基辅山洞修道院院长费奥多西传记》和《鲍里斯和格列布的故事》中，圣徒传记的叙事方法上存在的明显差异，与其说可以用作者的不同风格（同样是由涅斯托尔写的《关于鲍里斯和格列布的……读物》在写法上和《关于鲍里斯和格列布的故事》相似）来解释，不如说可用体裁的不同特点来说明。关于在荒郊野外和修道院等处修行的苦修士的故事，传统上允许比殉难者传记（即蒙难者之死的故事），更多地反映物质世界，更加生动地描绘人物，等等，因为在殉难者传记中，全部注意力都集中到描写圣徒的苦难方面（首先是他面对死亡时那种大无畏的精神），由此便导致细节描写更少，评述更加程式化，而另一方面——祈祷或揭露也就更加富有激情。

以上评论的处于中世纪基督教圣徒传记最高成就之列的传记作品，明显地证实了 11—12 世纪古代罗斯作家拥有很高的文学艺术水平。

6. 弗拉基米尔·莫诺马赫的著作

11 世纪，古代罗斯的著书人运用中世纪基督教文学的所有主要体裁，创作了一批作品。这些体裁是：历史叙事体（编年体）、圣徒传记体和教会布道文体（除了伊拉里翁的《论律法与神恩》外，基辅山洞修道院院长费奥多西和诺夫哥罗德主教卢卡·日佳塔都写过训诫书）。③

基辅罗斯文学中最有意思的文献之一——所谓弗拉基米尔·莫诺马赫的《训诫书》④，多少有些独树一帜，似乎处于传统的体裁系统之外。

在《训诫书》这一题名下最后结集成书的四篇独立的作品，如后来所弄清楚的那样，有三篇出自莫诺马赫笔下：这就是《训诫书》本身、自传和致切尔尼戈夫公奥列格的信。这部文献结尾的片断是祈祷文选辑（基本上选自《斋戒期三重颂歌》和图罗夫主教基里尔的《祈祷经文》）——这只不过是偶尔同莫诺马赫的作品一起

---

① 参见伊·彼·叶廖明：《鲍里斯和格列布的故事》，见《古代罗斯文学》，第 21 页。
② 圣徒传记作者显然考虑过要强调格列布是一位少年，如传记中写道，格列布请求："……请饶恕我，让我走吧……请不要结束我的生命，不要打死我……也不要砍断柳条，不要抽打。"
③ 伊·彼·叶廖明：《基辅山洞修道院院长费奥多西的文学遗产》(Литературное наследие Феодосия Печерского)，见《古俄罗斯文学研究室著作集》第 5 辑，莫斯科—列宁格勒，1947 年，第 159—184 页；谢·阿·布戈斯拉夫斯基：《15—17 世纪的卢卡·日佳塔主教的训诫书手稿》(Поучение епископа Луки Жидяты по рукописям XV-XVII веков)，载《科学院通报俄罗斯语言文学分卷》，第 18 卷，第 2 册，圣彼得堡，1913 年，第 196—237 页。
④ 《训诫书》文本曾作为《往年纪事》的组成部分出版（见《往年纪事》，第 183 页；译文见 354—368 页），也曾被单独载入亚·谢·奥尔洛夫的《弗拉基米尔·莫诺马赫》(Владимир Мономах，莫斯科—列宁格勒，1946) 一书。

被抄写下来而已。①

弗拉基米尔·莫诺马赫(1113—1125 年为基辅大公)是弗谢沃洛德·雅罗斯拉维奇和拜占庭帝国的公主(君士坦丁·莫诺马赫皇帝之女,莫诺马赫这一名号即由此而来)所生之子。他在基辅罗斯的历史上留下了明显的业绩。作为一名精力充沛的政治家和外交家,作为一贯捍卫封建分封制规范的斗士,弗拉基米尔·莫诺马赫也以自己的榜样和自己的《训诫书》努力巩固这些原则,并说服其他人遵循这些原则。如在 1094 年,莫诺马赫自愿将在切尔尼戈夫的"王位"让给奥列格·斯维亚托斯拉维奇;1097 年,莫诺马赫积极参加了在柳别奇召开的试图调整封邑继承制争议问题的王公会议(代表会议),断然谴责将捷列博夫利公瓦西里科双眼弄瞎的事件,同时提醒与会者注意柳别奇会议的基本思想:如果内讧不停而且"兄弟相残",那么"罗斯国土将会沦丧"(见《往年纪事》,第 174 页)。在多洛勃会议上,莫诺马赫号召共同讨伐波洛夫人,同时强调这次征伐完全是为了黎民百姓,因为他们由于波洛夫人的侵害而遭受了最大的痛苦(见《往年纪事》,第 183 页)。

《训诫书》看来是莫诺马赫于 1117 年写成的。② 这位高龄王公经历了漫长而艰难的岁月、数十次的军事征伐和战斗、外交上的阴谋造成的复杂变故、在各个分封领地之间的奔波——他根据氏族长幼顺序制捍卫的王位继承原则来往奔忙、最后则是大公"王位"的尊严与荣耀。大公"坐上雪橇"(即进入垂暮之年,行将就木)时,可能有很多话要说给后人听,要交代给他们许多事。莫诺马赫的《训诫书》也正是这样的政治和道德遗训。紧接在遵守基督教道德规范的要求——"为人温厚",听从"长辈的话"并顺从他们,"对平辈和晚辈要有爱心",不得欺凌孤儿寡母——之后,看上去是一定的政治纲领的轮廓,更重要的是那些教诲之言一再重复——包括以莫诺马赫本人的名义说出的劝言,其实是重复圣经诗篇或教父们的箴言:"尊敬老者如父,爱护幼者如弟兄","谨防谎言,不得酗酒"(见《往年纪事》,第 158 页),等等。《训诫书》的基本思想是对王公"行为举止"的理想模式的描绘:王公应当绝对服从"年长王公",同别的王公和平相处,不要欺压年幼的王公和贵族领主;王公应避免不必要的流血冲突,成为心地善良的主人,不得懒散持家,在日常生活中和行军出征时都不得事事依赖执事(掌管王公个人事务者),一切事务都要亲自过问……

但是莫诺马赫并不局限于提出一些有实践意义的忠告和道德或政治上的看法。在继承其祖父圣贤公雅罗斯拉夫和其父弗谢沃洛德(他在"居家时学会五种语言")的传统时,莫诺马赫是作为一位有高度教养和知书识礼的人士出现在我们面前的。

---

① 佩尼莱·马蒂森:《关于弗拉基米尔·莫诺马赫作品的文本学评说》,见《古俄罗斯文学研究室著作集》(ТОДРЛ)第 26 辑,列宁格勒,1971 年,第 192—201 页;尼·尼·沃罗宁:《论弗拉基米尔·莫诺马赫作品列入编年史的时间和地点》,见《历史—考古学文集》(Историко-археологический сборник),莫斯科,1962 年,第 265—271 页。

② 参见德·谢·利哈乔夫:《评注集》(Комментарий),第 429—431 页。关于这个问题的各种不同观点的述评,也可参见亚·谢·奥尔洛夫:《弗拉基米尔·莫诺马赫》,第 100—107 页。

据研究者的观察，《训诫书》摘引了《圣经·旧约》的诗篇、圣瓦西里的《训言》、先知以赛亚的预言、《三重颂歌》《使徒书信》等著述中的词句。莫诺马赫不仅博学多识，而且思维开阔，在《训诫书》中，与那些有教育意义的训诫之词相并列，还插入了关于完美世界结构的热情描写："……天空如何构成，太阳如何，月亮如何，星星又如何，黑夜怎样，白昼又怎样，还有大地，它是浮在水面上吗……还有形形色色、各种各样的鸟兽虫鱼。"（《往年纪事》，第156页）。他似乎在号召读者同他一起赞美——上帝如何"用一块泥土造出人来"，而且造出的人"形态面貌各不相同"：如果把全世界的人都集合一起，那么在他们中间也找不出两个彼此完全相像的人来。

莫诺马赫还以本人为例充实自己的教诲和训诫之言，他列出了一个从13岁起参加"征战和狩猎"等活动的长长清单。最后大公强调指出，他一生中始终如一地遵循同样的原则和规范：事无巨细都事必躬亲，"不让自己片刻安闲"，不指望同伴和仆役代劳，不让"穷苦百姓和贫穷孤寡者"受到屈辱（《往年纪事》，第163页）。最后《训诫书》号召大家，无论在战斗中还是狩猎时都不要怕死，勇往直前干出一番"男子汉大丈夫的事业"。

莫诺马赫的另一部作品是致奥列格·斯维亚托斯拉维奇的信。[①] 给他写信的缘由是王公内部兵戎相见，在一次内斗中奥列格杀了莫诺马赫的儿子伊贾斯拉夫。

但是，由于一贯忠于自己的正义和"兄弟友爱"的原则，莫诺马赫以力挽狂澜的气势——不是以"仇人和报复者"（即"敌人和复仇者"）的姿态出现，而是相反，向奥列格发出了彼此都要理智并和解的呼吁。他没有为死去的儿子辩护，反而埋怨自己的儿子不该受那些"年轻伙伴"（看来是那些年轻亲兵）的唆使和"搜索……别人的东西"。莫诺马赫竭力制止王公之间的内讧，希望奥列格给他回信"说明真相"，以便"满意地"得到自己的封邑，到那时，莫诺马赫写道："我们将比从前更加友好。"（《往年纪事》，第165页）

这封信令人惊讶之处不仅在于大公的宽宏大量和以国家为重的睿智，而且还在于诚挚感人的情感，特别是信中写到的这一部分：莫诺马赫请求奥列格把伊贾斯拉夫的寡妻放回他那里，以便他安慰自己的儿媳，"为她的夫君哭泣"。莫诺马赫接着写道："让我为她擦去泪水，然后将她安置妥当，使她像回巢的斑鸠一样回到自己的旧巢。"（《往年纪事》，第165页）

弗拉基米尔·莫诺马赫的《训诫书》——目前在古代罗斯文学中还是一个"由国务活动家，而非宗教人士创作"的政治和道德训导文的唯一样例。研究人员曾在中世纪其他文献中举出类似的例证：他们把《训诫书》同圣路德维希的《训导辞》、盎格鲁—撒克逊的阿尔弗雷德大帝的伪经训言、保存在盎格鲁—撒克逊末代国王哈拉尔德图书馆中的《父辈训言》相比——哈拉尔德是莫诺马赫的岳父（大公娶国

[①] 一些研究者认为，王公本人曾把《训诫书》和致奥列格的信合为一体，但这种结合可能是抄写其作品的人完成的。

王之女季塔为妻）①。但是，这些对比看来只有类型学的性质：莫诺马赫的作品完全别具一格，它与莫诺马赫本人的政治活动性质，与他努力在罗斯强化"兄弟友爱"的原则，与始终不渝地遵循封建义务和权利而斗争的一言一行协调地结合在一起；《训诫书》正如后来的《伊戈尔出征记》一样，与其说是以某些文学体裁的传统为支撑，不如说符合那个时代的政治要求。②值得注意的是，在首先遵循思想观念方面的一些原则的前提下，莫诺马赫在《训诫书》中纳入了"自传"：作为文学体裁的自传，是在几个世纪后，才在罗斯、在阿瓦库姆和叶皮凡尼的著作中出现。

10—12世纪初基辅罗斯的文化是一个还没有被现代研究者透彻研究和阐释的独特现象。10世纪末，罗斯接受了基督教，获得了发展自己文字系统的动力（在这一时期前出现的偶尔的文字使用未必可以算数），并在随后的一个半世纪内创立了"拜占庭类型"的高度文化，这种文化大部分不仅不能以前基督教时期的文化传统为支撑，而且与之直接对立；它正是在与多神教文化基体的斗争中产生并巩固起来的。③

自然，勉强走上基督教文化发展道路的罗斯，不可能在最短的时间内赶上拜占庭——一个拥有最丰富和最古老文化传统的国家；但是也不能断言移植到新土壤上来的文化具有人为的、"舶来品"的性质。拜占庭文化"移植"到罗斯土壤的过程要复杂得多。④

12世纪初期的拜占庭是个什么样的国度呢？它是欧洲最有文化的国家之一，接受并以自己的方式诠释了古希腊罗马世界的哲学、科学和艺术的成就，首先是希腊古典文化的成就。这是一个拥有几百年基督教书面文献传统、丰富文学体裁系统的国家，每种文学体裁都源自杰出的演说家、宗教布道者、编年史作者、圣人传编写者的样板性杰作。它还是一个有许多文化中心的国家，一个数百年内从未停止过精神生活的国家，一个哲学家和神学家、学识渊博的百科全书式学者和诗人云集的国家。

到12世纪初，我们在罗斯能够说出名字的文化中心大概只有几个，而且它们彼此相隔着相当远的距离：基辅、诺夫哥罗德、罗斯托夫、苏兹达尔、弗拉基米尔、斯摩棱斯克、加里奇和沃伦。在我们所检视的150年时间里，可以点出的总共只有几十位罗斯作家或神学家的名字。但也正是这个时期，由于抄自保加利亚原创作品和直接译自希腊语和其他外语的著作，罗斯从拜占庭文学的一些体裁中学到了许

---

① 米·帕·阿列克谢耶夫：《弗拉基米尔·莫诺马赫的〈训诫书〉与盎格鲁—撒克逊文本的比较》，见《古俄罗斯文学研究室著作集》（ТОДРЛ）第2辑，莫斯科—列宁格勒，1935年，第39—80页。
② 关于《训诫书》，也可参见德·谢·利哈乔夫：《弗拉基米尔·莫诺马赫的伦理学体系》（Етическата система на Владимира Мономаха），见《语言学与文学》，第21年卷，1966年，第4册，第39—80页。
③ 正如德·谢·利哈乔夫所指出的，11—12世纪的文学，首先是编年史编纂，继承了多神教文化的史诗故事和使徒言论的实践等，但对过往文化的这些回应在其中只占较有限的地位。
④ 关于这种"移植"，参见德·谢·利哈乔夫：《作为体系的古代斯拉夫文学》，见《斯拉夫文学：第六届斯拉夫学者国际代表大会——苏联代表团的报告集》，第7—14页。

多东西,其中还有其精华的、经典的样板作品:如罗斯获得了一些祈祷祭祀书籍、两种形式的教父著作(即讲经布道和圣经诠释)、传记(圣徒传记和修士列传)及大量的伪经文献,还得到了百科知识体裁的著述(各类文选和"问答"等);罗斯也熟悉了拜占庭的编年史著作、自然科学论著,拥有了《六日赞》《生理学家》、航海至印度的商人科斯马斯的《基督教国家风土记》等书的抄本。最后,罗斯的制书人还拥有希腊化时代历史叙事的典范作品,如《亚历山大传》《犹太战争史》,可能还拥有拜占庭叙事作品,如果关于狄根尼斯·阿克里特的长诗译本是在这一时期译出的话。

这样,大量的拜占庭文学遗产在罗斯就开始为人们所知——虽然流行的抄本数量有限,接触它们的还是较为狭窄的受过教育的读书人圈子,可这件事本身却说明了罗斯开始置身于最高水平的欧洲文学之列。

但是,假如一切都局限于将拜占庭和南部斯拉夫民族文学搬到罗斯土壤上,那也未必可以谈论古代罗斯文学本身的存在。学识水准还不是文化,因而更不是创作。在饱学之士和学者之间存在着很大的差异:前者只是学习,而后者依据前人的成果自行创造。在罗斯文化存在的最初几个世纪,它的情况正是这样:人数不多的有学识的作家是一些有创造性的、有特殊天赋的人物。

丰富的、富有表现力的古代罗斯文学语言甚至从 11 世纪就已开始形成。这不是机械地移植到新土壤上来(像中世纪欧洲许多国家的拉丁语那样)的古斯拉夫语(古保加利亚语),也不是从前的东斯拉夫语:同书面文献的形成一起,新的文学语言也在同古斯拉夫语和东斯拉夫语要素的复杂的相互联系中创建出来。这种语言时而以中立的标准共同语的形态出现,时而由于自身来源于不同语言而展示出造成体裁—风格上的细微差别的丰富性能。①

某种类似的现象也发生在文学中。问题不在于 11—12 世纪在罗斯土壤上出现了自己的庄严体"记(论)"和教会人士训诫书、圣徒传记和修士列传、简明年代记和编年体叙事著作等典范之作,问题在于在主要的文学体裁中,古代罗斯的著书人绝不是以学生式的认真严谨仿效别人样板的模仿者出现的:无论是《基辅山洞修道院院长费奥多西传记》,还是关于鲍里斯和格列布的《读物》和《故事》,它们的最大特点是执笔者的个人风格、大胆而有意识地违反圣徒传记的写作规范,这就证明了这些作品的创作者具有高超的写作技巧和非凡的创作天赋。《往年纪事》也没有让人联想到拜占庭的编年史,特别是《乔治·阿马托尔的编年史》,尽管它无疑对后者有所利用。罗斯的编年史形成了自己原创的叙事形式、自己的纪年材料和情节故事相结合的原则、自己在编年史主线框架内叙述事件的方法。甚至古代罗斯的翻译家们也找到了与原创著作作者进行创作竞赛的可能性,而且无论如何都

---

① 参见维·弗·维诺格拉多夫:《古代罗斯文学语言形成与发展研究的基本问题》(Основные проблемы изучения образования и развития древнерусского литературного языка),见《斯拉夫语言学研究》,莫斯科,1961 年,第 4—113 页。

是自如地不仅复制语言,还再现出原创作品的风格特点。[1]这就在罗斯的土壤上创立了自己的新体裁,结果又形成了自己的实质上既有别于拜占庭,也不同于保加利亚的独特体裁系统。

  这样,当我们返回上文进行过的对照时,就应当把我们评述过的那一时期的古代罗斯文学比作一位已经离开大学校园、在创作上正在同自己从前的老师卓有成效地展开竞赛的颇有天赋的学生。

(奥·维·特沃罗戈夫执笔,左少兴译,汪介之校并补译注释)

---

[1] 参见尼·亚·梅谢尔斯基:《基辅罗斯的翻译艺术》。

第二章
12—13世纪前25年封建割据时期的文学

1. 概述

  对古代基辅罗斯文学而言,12世纪初是取得巨大成就的时期——基辅编年史编写工作开展的成果,以《往年纪事》这部上乘之作的出现为其标志,而弗拉基米尔·莫诺马赫的《训诫书》则证明了古代罗斯的"读书人"[①]在这些岁月中的教养和学识达到了何等高的水平。

  但是对于基辅罗斯来说,业已来临的12世纪却是一个社会动荡、人心惶恐不安的时期。在基辅大公姆斯季斯拉夫·弗拉基米罗维奇(弗拉基米尔·莫诺马赫之子)死后的1132年,就开始了分封诸王公之间的纷争内讧,为争夺大公之位而进行的争斗几乎没有停止过,罗斯南方许多地方遭受草原波洛夫人的侵袭抢劫;1169年基辅遭到安德烈·尤里耶维奇(号称"爱神者")军队的摧毁。总而言之,南部罗斯进入这样一个时期,用《伊戈尔出征记》作者的话说:"……对于一些微不足道之事,王公们却说'这是大事',于是他们自己给自己制造了叛乱,而邪恶的敌人便节节胜利地从四面八方侵入罗斯的国土。"所有这一切都不能促进文学和著书译书事业的顺利开展;看来,这也并非偶然,如果不算编年史编撰和《基辅山洞修道院修士列传》(后者利用了创作于11世纪的传奇和传说)的话,我们就不知道在我们所检视的这个世纪于基辅土地上曾创作过哪一部文学著作。

  但是,如果说到整个罗斯,那么则完全是另一幅图景。12世纪是封邑公国蓬勃发展的繁荣时期,首先是它的都城和中心,如弗拉基米尔、苏兹达尔、斯摩棱斯克、波洛茨克、加里奇等城市的发展繁荣时期。这一过程的明显标志便是它们的建筑物:正是在12世纪下半期建成了一系列著名的纪念碑式建筑,如斯摩棱斯克的

[①] 原书中为俄语词组"книжные люди"。它和книжник(и)相似,也可译为"著书人""译书人"或"制书人"。——译者注

鲍里斯和格列布教堂(1145—1146)、佩列亚斯拉夫尔—扎列斯基的普列奥布拉仁斯基大教堂(1152—1157)、波洛茨克的斯帕斯—叶弗罗辛尼耶夫修道院大教堂(约1159)、弗拉基米尔的圣母升天大教堂(1158—1160)、涅尔利河畔的圣母帡幪教堂(1165)、斯摩棱斯克的天使长米迦勒大教堂(1191—1194)、弗拉基米尔的圣母诞辰大教堂(1192—1195)、弗拉基米尔的德米特里大教堂(1193—1197),等等。这里提到的只是某些(而且是保留至今的)12世纪古代罗斯的纪念碑式建筑物,还没有列出基辅和诺夫哥罗德的建筑古迹的名称;但是,即使只是这些选列出来的建筑物名单,也证明了古代罗斯西部和东北部文化与艺术的密集型发展。

有时候正是建筑古迹使人们对各民族间的文化联系做出重要的判断,告诉我们当时广为人知的文学题材的范围。例如,可以从弗拉基米尔城德米特里大教堂的雕刻装饰中得到宝贵的信息。正如格·卡·瓦格纳所肯定的,大教堂墙壁上的浮雕显示出复杂的构图,图像化地表现出"罗斯人关于强有力的国王的作用、关于世界结构的复杂性、关于世界的伟大和美,甚至是关于在世界上经常发生的各种矛盾力量之间彼此斗争的观念"①。令人特别感兴趣的,还有大教堂浮雕让人想到的古希腊罗马神话题材:其中有马其顿国王亚历山大大帝骑在兀鹫上升天②的雕像,大力神赫拉克勒斯的功勋(射杀斯廷法罗鸟、勇斗勒耳那水蛇和涅墨亚狮子)。但是,据一些学者的看法,我们见到的不是对文学资料的独立诠释,而是模仿罗马式小型雕塑中流行的图像。③

《伊戈尔出征记》(正如大多数研究者所认为的那样)是在切尔尼戈夫土地上创作的,基里尔主教的创作活动是在即使按当时的规模而言也是普普通通的小城图罗夫进行的,而斯摩棱斯克的主教克里门特能够这样自如地议论高深的学术话题——这些事实无疑是新的文化中心兴起的佐证。12世纪优秀文学著作表现出来的高超的创作技巧和渊博的文学知识,证明了它们的作者了解大量的翻译文学作品和原创文学著作。很遗憾,材料的欠缺不容许我们就蒙古—鞑靼人入侵前夕罗斯的文学创作和文化生活的许多最重要的事实编制出界限分明的精确年表。但是,我们知道13世纪中期存在着篇幅很长的编年史汇集,其中包括《亚历山大传》、约瑟·弗拉维的《犹太战争史》《约翰·马拉拉斯的年代记》的前几卷《乔治·阿马托尔的编年史》的摘引,以及若干不同版本的《圣经》全文。④传至今日的还有12—13世纪之交的《圣母安息节文集》,它的篇幅让我们猜想存在一个规模

---

① 格·卡·瓦格纳:《古代罗斯雕塑:12世纪——弗拉基米尔·博戈柳博沃》(Скульптура Древней Руси XII век),莫斯科,1969年,第420页。
② 在古代罗斯文学中,这一情节在编年史《亚历山大传》第二版中首次得到描述(参见瓦·米·伊斯特林:《罗斯年代记〈亚历山大传〉》,莫斯科,1893年,第203页),但是在斯摩棱斯克人克里门特的使徒行传中,已包含"亚历山大大帝升天"的内容(详见本章第3节)。
③ 参见格·卡·瓦格纳:《古代罗斯雕塑》,第110—116、260—262页;弗·彼·达尔凯维奇:《弗拉基米尔城德米特里大教堂中赫拉克勒斯功勋的雕塑装饰》(Подвиги Геракла в декорации Дмитриевского собора во Владимире),载《苏联考古学》,1962年第4期,第90—104页。
④ 关于这一"汇集"的描述,参见瓦·米·伊斯特林:《罗斯年代记〈亚历山大传〉》(Александрия русских хронографов),第317—361页。

庞大的文学作品"总汇",可以根据订购者的意愿从中挑选文集中包含的文献。①载入五六月份《日课经文月书》②的文本构成了这一"总汇"的重要部分,使得人们认为存在整套的全年月书,其本身似乎已显示出圣徒传记文学和教会训导文学的洋洋大观的作品荟萃。目前我们还不能确切地断定许多作品翻译的时间,因为这些作品首次出现在14—15世纪的抄本中;学者们依据语言资料倾向于将它们归在蒙古—鞑靼人入侵罗斯之前时期的译本之列,因而很有可能,这些译本的绝大部分是在12世纪完成的。最后,传留至今的12—13世纪初的手稿是令人感兴趣的,这些手稿的清单(仅仅是其中所包含的最重要的部分——含有一百多页羊皮纸卷的厚厚一册)就足以说明问题:这份清单证明了处于12世纪罗斯关注中的文献内容广博,形式多样。从这个时期起完整保存的抄本有叶夫列姆教会法汇编、铺天梯者约翰的《天梯》、保加利亚大主教康士坦丁的教会训导福音书、含有康斯坦察大主教尼丰特传记和费奥多尔·斯图基特传记的文集、黑山人尼康的全书、罗马教皇伊波利特的《论敌基督者》《寺院工作室章程》《金流》、大马士革人约翰的《神学》,还有训诫集、前面提到过的《圣母安息节教堂文集》,更不必说那许许多多的福音书抄本、使徒行传抄本、祈祷月书以及颂歌集和其他祈祷祭祀时使用的书籍的抄本。③

总而言之,如果说11世纪是古代罗斯文学(主要在基辅和诺夫哥罗德)形成的时期,那么在12世纪,罗斯的不同区域则出现了新的文学中心,形成了地方性的文学学派。

2. 12—13世纪前25年的编年史编纂工作

阐述从基伊、谢克和霍列夫三兄弟到12世纪初的古代罗斯历史的《往年纪事》,在后来的编年史汇集中有了自己的续篇——这些编年史汇集是在基辅、罗斯的佩列亚斯拉夫尔④、诺夫哥罗德,从12世纪中叶起又在罗斯的加里奇—沃伦、切尔尼戈夫、罗斯托夫和苏兹达尔的弗拉基米尔城编撰的。

12世纪罗斯南方的编年史传到今天的主要是所谓基辅编年史——延续至

---

① 纳入这套文集中的有鲍里斯和格列布传记、基辅山洞修道院院长费奥多西传记、亚历山大城主教阿法纳西传、伊琳娜传、赫里斯托福尔传、梅福季传、费夫罗尼娅传和其他传记,也有伪经著作(《耶利米的故事》《以赛亚升天记》),金口约翰的一系列"言论"及其他文献。

② 《日课经文月书》:有别于《祈祷经文》中包含按崇敬缅怀各位圣徒的日月来编排的各篇专记的完整文本。

③ 宗教和世俗法律汇编被称为"教会法汇编";《天梯》和"全书"是关于精神完善的"阶梯"和修士生活准则的谈话集;"训诫集"是按"缅怀"某位圣徒的日月来编排的圣徒传记;"使徒行传"是含有使徒"行为"和书信的书籍;"颂歌集"是歌颂耶稣、圣母或圣徒的颂歌汇集。

④ 罗斯曾有两个佩列亚斯拉夫尔——南佩列亚斯拉夫尔,或称罗斯的佩列亚斯拉夫尔,位于基辅东南,它是同名公国的中心;另一个是位于罗斯托夫一带的佩列亚斯拉夫尔—扎列斯基。

1199年的大公编年史汇集，它被认为是由维杜比茨修道院院长摩西编辑的。① 基辅编年史的内容相当复杂：其主要部分为基辅大公时期本身的史料汇编，这些汇编还补充了出自罗斯—佩列亚斯拉夫尔城所编的编年史的一些引文，出自切尔尼戈夫王公伊戈尔·斯维亚托斯拉维奇（即《伊戈尔出征记》的主人公）的编年史的引文和罗斯季斯拉维奇家族（罗斯季斯拉夫·姆斯季斯拉维奇—弗拉基米尔·莫诺马赫之孙）后裔的家庭记事的一些摘录——这类家庭记事主要是对这支王公家族的代表人物所作的悼念性评述文字，另外还有其他史料。

基辅编年史在很大程度上失去了《往年纪事》所特有的对当时重要事件的全罗斯的广阔视野：这部编年史——更确切些说，是一部记录基辅王公及其伙伴或对手言行的年代记。基辅编年史在叙述当时事件时，还失去了《往年纪事》的另一个引人入胜的特征——与历史上的光辉业绩的联系，相应地也失去了史诗的文体特征。我们在基辅编年史中见到的大部分是逐年记载，时而十分简短，三言两语，时而详细，对军旅生活和外交往来变故的叙述难免啰唆，但与此同时，这些记载不过是一些信息而已，还没有转变为真正的情节性叙事作品。基辅编年史中有情节的故事不多：这就是所谓"王公罪行纪事"（关于1147年伊戈尔·奥列戈维奇被杀的故事，关于1140—1150年加里奇公弗拉基米尔卡违誓的故事，关于"爱神者"安德烈·尤里耶维奇被谋杀的纪事）②，以及1185年伊戈尔·斯维亚托斯拉维奇征伐波洛夫人的纪事。

基辅编年史，特别是它的第二部分（从12世纪40年代的条文开始），是宏大历史主义风格占主导地位的明显例证。早在《往年纪事》中，我们就已看到这种历史主义的出现（见本书第一章第3节）。无论是基辅的编年史家和切尔尼戈夫的编年史家，还是编撰罗斯季斯拉夫家族后裔的年代记的编年史家，都常常引用大段大段的悼念文，在描写战斗或王公一生中某些重大时刻时经常使用传统用语的陈规旧套。③

从12世纪中叶开始，弗拉基米尔—苏兹达尔公国在全罗斯事务中起的作用变得越来越明显。长臂尤里·弗拉基米罗维奇两度（1149—1150，1155—1157）荣登基辅大公宝座，1169年基辅被尤里之子和继位人安德烈（爱神者）的军队占领并遭到破坏。军事—政治上的积极活动不能不影响弗拉基米尔—苏兹达尔公国的意识

---

① 研究者们暂且把《伊帕季修道院编年史》部分（1118—1199年条文）称为基辅编年史。参见《伊帕季修道院编年史》，载《俄国编年史全集》（ПСРЛ），第2卷，1962年，第285—715卷。关于基辅编年史及其编撰者的资料，参见米·德·普里肖尔科夫：《11—15世纪的罗斯编年史编纂史》（История русского летописания XI-XV вв.），列宁格勒，1940年；阿·尼·纳索诺夫：《11—18世纪初的罗斯编年史编纂史》（История русского летописания XI-начала XVIII века），莫斯科，1969年；鲍·亚·雷巴科夫：《罗斯编年史家与〈伊戈尔出征记〉的作者》（Русские летописцы и автор《Словао полку Игореве》），莫斯科，1972年。

② 德·谢·利哈乔夫的著作《俄国编年史及其文化—历史意义》（莫斯科—列宁格勒，1947年，第219—247页）中对这一组"纪事"进行了辨析与研究。

③ 参见伊·彼·叶廖明：《作为文学文献的基辅编年史》（Кевская летопись как памятник литературы），见伊·彼·叶廖明：《古代罗斯文学》，莫斯科—列宁格勒，1966年，第98—131页；德·谢·利哈乔夫：《古代罗斯文学中的人》，第2版，莫斯科，1970年，第2章。

形态生活,于是编年史汇编便取代了简略的记事,而且记载了一些最重大的历史事件。一些研究者复原了 1175 年、1189—1193 年的弗拉基米尔编年史汇集和在其基础上制作的 13 世纪初的王公汇编(1212)①。12 世纪末的汇编保存在拉夫连季编年史中,而 1212 年的汇编则保存在拉济维尔编年史和莫斯科科学院编年史②,也保存在《苏兹达尔—佩列亚斯拉夫尔编年史》中③。弗拉基米尔编年史编撰追求的目的,在于树立本公国的威望,同时论证本公国要求在全罗斯取得政治上和宗教事务上的领导权的合法性。正因为如此,弗拉基米尔编年史汇集不限于描述本地事件,而是呈现出全罗斯大地的广阔历史画面;罗斯南部的事件基本上在南部佩列斯拉夫尔的几部编年史中得到了阐述,弗拉基米尔的王公们与南部佩列斯拉夫尔有着牢固的政治联系。

为 12 世纪末的弗拉基米尔编年史汇集所特有的行文风格,符合苏兹达尔—弗拉基米尔编年史编撰工作的思想取向:编年史家们常用一些道德训喻和行善积德的言论来充实自己的论述,并以此强调他们的公国受到保护者圣像——弗拉基米尔城圣母圣像的庇护,也正是"弗拉基米尔人""在全国境内因其真诚正义而备受上帝赞誉"。弗拉基米尔公国众王公在编年史家的描绘中充满了智慧、正义和虔诚;悼念文中对王公们的评价总是赞誉有加,充斥着引自圣经的文字。

1212 年的编年史汇编稍有不同的性质:正如德·谢·利哈乔夫指出的,它的编撰者"系统地纠正前期编年史编写的文风,力求避免使用多余的旧词和教会斯拉夫词语。1212 年汇编有许多插图嵌入其间。所有这一切,据德·谢·利哈乔夫的看法,都证明弗拉基米尔大公(他是制作编年史汇集的倡导者)意在"使自己的编年史具有庄重的性质,同时又让那些不熟悉教会书籍的人能够理解"④。

诺夫哥罗德编年史具有完全另一种性质。正如某些研究者所认为的,从 12 世纪起(1136 年反王公的市民起义后)进行的诺夫哥罗德编年史编撰工作,经历了重大的变化。根据诺夫哥罗德主教尼丰特的委托,《往年纪事》第三版的开始部分从编年史中被剔出,并代之以《编年史初期汇编》的文本,而《往年纪事》的剩余部分则大大缩减了,正如德·谢·利哈乔夫所认为的,这一改变的原因在于:《编年史初期汇编》的开篇部分是一个前言,而正是这个前言中含有谴责那些用苛捐杂税使罗斯全国陷入贫穷状态的王公们,指斥他们"贪得无厌"、贪婪成性的内容。前言的这种语调恰好适合那几年的政治情境,当时弗谢沃洛德·姆斯季斯

---

① 关于 12 世纪的弗拉基米尔编年史,参见米·德·普里肖尔科夫:《11—15 世纪的罗斯编年史编纂史》,第 57—96 页;德·谢·利哈乔夫:《俄国编年史及其文化—历史意义》,第 268—280 页;阿·尼·纳索诺夫:《罗斯编年史编纂史》,第 112—167 页。

② 拉济维尔编年史和莫斯科科学院编年史曾被作为拉夫连季编年史的"异文",收录于《俄国编年史全集》第 1 卷(ПСРЛ в первом томе),(列宁格勒,1926—1928 年;重版本,莫斯科,1962 年)。

③ 参见《13 世纪初(1214—1219 年间)苏兹达尔—佩列亚斯拉夫尔编年史的编撰者》(Летописец Переяславля-Суздальского, составлённый в начале XIII века, между 1214 и 1219 гг, 米·奥博连斯基出版),莫斯科,1851 年。出版人把佩列亚斯拉夫尔—扎列斯基称为"苏兹达尔—佩列亚斯拉夫尔"。

④ 德·谢·利哈乔夫:《俄国编年史及其文化—历史意义》,第 279 页。

拉维奇公被赶出诺夫哥罗德,该城变成了城市共和国(从此时起,王公由市民大会邀请,王公在治理城市方面的作用则大受限制)①。诺夫哥罗德编年史——特别是12世纪的编年史,与南部罗斯的编年史的不同点还在于风格上的朴实无华、平铺直叙(在这里我们完全看不到宏大历史主义风格的特征),这种风格自然是与内容上的单纯和"民主精神"结合在一起的。编年史家主要讲述当地的、诺夫哥罗德的事件,很少提到罗斯其他公国发生的事情。甚至是关于天空出现异象、自然灾害、大饥荒等事件和现象(它们往往为中世纪的编年史家们提供了发表神秘主义议论的借口),诺夫哥罗德的编年史写起来也是充满事务性的枯燥,避免议论和阐释。②

12—13世纪初的诺夫哥罗德编年史中几乎没有详细叙述的故事,只有在谈到1136—1137年的意义重大的事件,如弗谢沃洛德·姆斯季斯拉维奇公被逐出诺夫哥罗德时,编年史叙述才是全面而详尽的。欧洲十字军攻占君士坦丁堡的详细纪事被列入1204年的条文中。诺夫哥罗德编年史的其余部分均由简短的逐年记载构成。

长期以来,诺夫哥罗德编年史一直是独立于全罗斯编年史之外的,只是到15世纪编制全罗斯编年史汇集时,诺夫哥罗德编年史才得到运用(参见本书第五章第2节)。

现在我们来分析被纳入12世纪至13世纪初的编年史汇集中的几篇纪事。

《爱神者安德烈被谋杀纪事》的两个不同文本——详本(见于《伊帕季修道院编年史》)和简本(见于《拉夫连季编年史》),都是为人所知的。③ 纪事的详本以赞扬安德烈——"品德高尚和热爱基督的"王公和描述他在爱神村建造圣母教堂为开篇。④ 然后编年史家又回到对王公的评述,用他的话说,王公"即使酩酊大醉也不会头脑糊涂,照样给修女修士们施舍",既有"一切堪称美德的风度",也有"一切品行高尚的美名"。这一热情洋溢的赞颂有助于更鲜明地反衬出凶手暴行的全部渎神罪恶。颂词以典型的平行对比结束也绝非偶然——安德烈公与鲍里斯和格列

---

① 参见德·谢·利哈乔夫:(1)《12世纪的诺夫哥罗德编年史汇编》(Новгородские летописные своды XII века),载《苏联科学院通报语言文学分卷》,第3卷,1944年,第2—3辑,第98—106页;(2)《索非亚编年史与1136年诺夫哥罗德的政治转折》(Софийский временник и новгородский политический перевод 1136 г.),载《历史学刊》,1948年,第25卷,240—265页。

② 例如,关于1125年令人恐惧的飓风,编年史写道:"这一年夏天刮起的强劲风暴,裹挟着雷雨与冰雹,混成一片,震耳欲聋,掀掉了教堂建筑物的屋顶,畜群在沃尔霍夫河中彼此践踏,次日才重新恢复生机";关于两年后的饥荒则记道:"入秋,严寒就扼杀了所有春播的庄稼和秋播作物,于是饥荒便统治了冬季,一把黑麦就值半银锭。"如此等等。参见《诺夫哥罗德第一编年史早期和晚期抄本》(Новгородская первая летопись старшего и младшего изводов),阿·尼·纳索诺夫编辑并作序,莫斯科—列宁格勒,1950年,第21页。

③ 《伊帕季修道院编年史》,第580—595卷;《拉夫连季编年史》,见《俄国编年史全集》(ПСРЛ),莫斯科,1962年,第367—371页。关于这两个不同文本之间的关系是有争议的。前不久,认同详本为原初本的观点已得到肯定。参见尼·尼·沃罗宁:《〈爱神者安德烈被谋杀纪事〉及其作者》(Повесть об убийстве Андрея Боголюбского и её автор),载《苏联历史》,第3卷,1963年,第80—97页;鲍·亚·雷巴科夫:《罗斯编年史家与〈伊戈尔出征记〉的作者》,第79—83页。

④ 纪事的内容系根据《伊帕季修道院编年史》复述。(以下凡引用此书,均引自这一版本)

布的对比,"兄弟二人是品德高尚、天资聪颖的殉难圣徒,如今你追随他俩而去"。(《伊帕季修道院编年史》,第584栏)——编年史家如此赞叹。安德烈像蒙难王公一样"事前就听说了恶毒的谋杀",但是也像他们一样,只是"圣洁的内心激动起来",并不试图预防谋杀行径。但是在转而讲到凶杀本身时,纪事的作者就让叙事带上了若干鲜活的特征,行凶者的冷酷面貌和受害者的轮廓都开始显示出人性活生生的本质。原来,阴谋家亚基姆决定在安德烈公处死他的兄弟后便实施报复,这时亚基姆也在为自己的性命而提心吊胆;正是这种心理,而不是魔鬼的唆使,促使他加入了阴谋家行列。钻入王公府行凶的几个杀手也是充满恐惧。他们在前往王公卧室的路上,顺路走进一个酒窖(储酒室),在那里喝起酒来,心想醉酒会让他们壮胆,增加勇气,还能减轻良心上的折磨。与逆来顺受地接受死亡的鲍里斯和格列布不同,爱神者安德烈公奋力抵抗,但杀手们还是成功地制服了他,只是因为安德烈公手无寸铁——他的宝剑早已被人偷走。接下来的事件正如《鲍里斯和格列布的传记》那样展开(可能是说故事者模仿了这一经典范例):虽然王公全身多处被"长矛刺伤",但他仍然活着,"慌慌张张"地从卧室窜出来,躲进门厅里。杀手们听到了动静,转回身去再次攻击王公。但是他在临死前的几分钟内还来得及做完内容详尽的祈祷。这一情境让我们想起关于鲍里斯和格列布之死的叙述。鲍里斯也是一连三次遭到刺杀(参见本书第一章第5节),鲍里斯和格列布就在那些杀手眼前向上帝做了长长的祈祷。

接下来,在《爱神者安德烈被谋杀纪事》中有一个完全"现实主义的"片断引人注目:王公有一亲信(库兹米舍)指责凶手阿姆巴尔:"你这个卖主求荣的家伙,你还记得吗?你当年穿着一身破衣烂衫投奔这里,如今你穿戴讲究,而王公却赤身露体卧尸街头。"(《伊帕季修道院编年史》,第590栏)他以此强调当年的王公近臣如今忘恩负义、恩将仇报。顺便说说,这段对白还伴有一个有趣的细节——库兹米舍请求他:"求求你了,把你那心爱的东西脱下来给我!"阿姆巴尔掀掉风衣和披肩。从上面的叙述中我们知道,王公的尸体被丢在"菜园"里,库兹米舍在那里找到了它。阿姆巴尔为回应库兹米舍的话而"掀掉"风衣和披肩,这一幕使我们想到,这段对白发生在两人之间:阿姆巴尔站在高处(可能是台阶上),而库兹米舍站在低处的地上。如果这一推测是正确的,这番对话反映了真切的记忆,当时对话的参与者正是站着的,那么我们面前就是有利于这种假设的可靠证据。据此可知库兹米舍·基亚宁的故事被《爱神者安德烈被谋杀纪事》的作者所利用。两种说法——编年史本身的记述(反映在《拉夫连季编年史》中)和见证人亲口所说——的结合,衍生出《伊帕季修道院编年史》文本所固有的圣徒传记的写作套路和生动的、"现实主义的"细节的结合。

《伊帕季修道院编年史》关于伊戈尔·斯维亚托斯拉维奇讨伐波洛夫人的故事,特别是其中讲到伊戈尔动摇不定——是接受还是拒绝被俘后逃跑的建议——的地方,也作为 12 世纪编年史编撰中相当罕见的特殊心理描写而引人注意。①

在这一时期的编年史纪事中,应受到重视的还有《1204 年十字军攻占皇城纪事》②。这篇纪事或由事件的见证人所写,或依据见证人的口述写成。纪事的作者十分了解拜占庭国内政治斗争的所有细节,了解它同"天主教的"西方之间的相互关系,他还知晓关于拜占庭王子阿列克谢·安格尔("伊萨科维奇")藏身在有双层底的大桶内乘船逃出君士坦丁堡的传奇故事,等等。作者将精湛的评价事件的仿古词语、旅行者的观察力同说故事人的非凡口才结合在一起(他详细地描写了被十字军掠夺和毁坏的皇城君士坦丁堡的圣地、圣物)。15 世纪,这一纪事被纳入全罗斯编年史汇集和《古希腊编年史》的第二版中(参见本书第四章第二部分第 3 节)。

这样,最古老的基辅编年史编撰传统在 12 世纪获得了进一步发展:编年史叙事文体更为完善,编年史中加入了(或为编年史创作了)关于罗斯历史和拜占庭历史上最重要事件的情节叙述,因此依然在古代罗斯文学的主要体裁中占有一席之地,成为培育世俗文学情节叙事的真正沃土。

3. 12 世纪庆典演说辞:斯摩棱斯克人克里门特和图罗夫主教基里尔

在谈及 12 世纪高水平的庆典演说辞时,我们可以主要依据图罗夫主教基里尔的创作,其作品的某些部分传留至今。但是不能不同意尼·康·尼科利斯基的看法,他认为:"我国古代文学的文献,较之保存至今的文献数量,要丰富得多;那个时期处于作者行列中的许多名字,至今人们还是一无所知;正如迄今常常有人认为的那样,在 12 世纪中期,罗斯的文学创作活动并未中断。"③ 作出这一结论的根据之一,是尼·康·尼科利斯基对斯摩棱斯克人克里门特的创作所作的研究。我们对克里门特的了解极为有限:克里门特乃斯摩棱斯克人氏,后在基辅附近的扎鲁勃修道院活动;1146 年,成为基辅大公的伊贾斯拉夫·姆斯季斯拉维奇提议克里门特为都主教职务的候补人。但是,未经君士坦丁堡同意就让罗斯人当都主教的企图,在罗斯一些高级僧侣中遭到反对,尽管在 1147 年他们还是通过了这一提议,但克里门特的地位却很不牢固。在他的庇护者于 1154 年去世之后,克里门特被迫放弃了都主教的职位(虽然有可能于 1158 年又短时间恢复过这一职位)。

关于克里门特的创作我们知道得极少:只有《致福马神父的信函》的开始部分

---

① 《伊帕季修道院编年史》,第 637—651 卷。参见鲍·亚·雷巴科夫:《关于 1185 年伊戈尔出征的基辅编年史纪事》,载《古俄罗斯文学研究室著作集》(ТОДРЛ) 第 24 辑,列宁格勒,1969 年,第 58—63 页。对照参阅莉·伊·萨佐诺娃关于瓦·尼·塔季谢夫在《俄国历史》中对这个故事的改编所作的研究,参见莉·伊·萨佐诺娃:《瓦·尼·塔季谢夫改编的关于 1185 年伊戈尔·斯维亚托斯拉维奇讨伐波洛夫人的编年史故事》,载《古俄罗斯文学研究室著作集》(ТОДРЛ) 第 25 辑,莫斯科—列宁格勒,1970 年,第 29—46 页。

② 《诺夫哥罗德第一年史早期和晚期抄本》,第 46—49 页。参见尼·亚·梅谢尔斯基:《关于 1204 年十字军攻占皇城的古代罗斯纪事》,载《古俄罗斯文学研究室著作集》(ТОДРЛ) 第 10 辑,莫斯科—列宁格勒,1954 年,第 120—135 页。纪事的文本与译文,亦可参见《古代罗斯文学文献:13 世纪》,莫斯科,1980 年。

③ 尼·康·尼科利斯基:《论 12 世纪作家、斯摩棱斯克人克里门特都主教的文学著述》(О литературных трудах митрополита Климента, писатель XII века),圣彼得堡,1892 年,第 101 页。

可以认为无疑是出自他笔下的。但是编年史却热情地谈到克里门特："……他是罗斯国内前所未有的著书人和哲学家。"① 可以把对克里门特的这一热情洋溢的评语解释为：这样的介绍出自对他抱同情态度的伊贾斯拉夫·姆斯季斯拉维奇的编年史家的笔下②，而对"哲学家"一词，则可以视为是要指明克里门特曾在君士坦丁堡学习③，但是，证明都主教学识渊博和修养程度的，首先是传留至今的一封书信的文本本身。他写这封信的动机看来是下述情况：克里门特在与斯摩棱斯克公罗斯季斯拉夫的书信往来中，在一些事情上冒犯了福马神父。福马神父随即也给克里门特写了一封带责备口气的信函，指责都主教好虚荣，并力图显示自己是"哲学家"，还指责他在书写中"时而引用奥米尔的话，时而摘引亚里士多德的论述，还有出自柏拉图的言论，而这几位在希腊化时期的文化殿堂中是很有名气的"。克里门特当着王公及其周围近臣的面朗诵了这封信，同时给福马神父写了一封回信，此信也传留至今。但不清楚的是回信的第二部分，即含有各种哲学和神学教义问题及回答这些问题的部分：所有这些问题与回答，是否都是作为他所坚持的"寓言式"解释圣书方式的实例而被引用在克里门特的书信中，或者书信的这一部分是随后给克里门特的文本做注释的结果（"修士阿法纳西"标题中的提示可能指明了这一点）。在基辅罗斯，"问答"体裁本身曾十分流行。

我们对于12世纪下半期另一位杰出的庆典演说大师——图罗夫城（位于基辅罗斯的西北）主教基里尔的了解要多得多。《基里尔传》谈道，他很早就成为修士，然后"为了修行更大的功德，他将自己幽闭在塔柱内"，正是在这自愿的禁闭中，"他对许多神学著作进行了阐释"。王公和市民请求基里尔出任本地主教一职。有关他学识渊博和高超的文学天赋的名声，很可能在全罗斯已流传甚广。最能说明这一点的是，甚至基里尔传略的编撰者也认为必须指出他的文学创作活动和布道宣讲活动：他揭露了罗斯托夫主教费多列茨的异端邪说，"他给爱神者安德烈公写了不少信，一些词语引自福音书和先知书，其中有的词句都是用于节庆日庆典的，还有一些词句是富有教益的，如向上帝的祈祷辞，对许多人的赞美词；他还写了更多的教堂用语，以及一些用于大斋戒前按字母顺序编写的向主耶稣忏悔的用语"。④ 基里尔著作的威望是如此之大，所以他的许多"言论"都被载入《金言集》和《庆典用语》，同金口约翰及其他"教父"的著作并列在一起。

---

① 《伊帕季修道院编年史》，第340卷。《尼康编年史》中的相关评述更为详细："他乃喜爱寂静的典范，疏离一切人事，专注于祈祷，诵读圣经，既是圣徒，十足的著书人和教师，又是伟大的哲学家，写出并传播了诸多著作。"（《俄国编年史全集》(ПСРЛ)，第9卷，圣彼得堡，1862年，第172页；重版本，莫斯科，1965年）

② 按鲍·亚·雷巴科夫的见解，对克里门特做出评述的作者是编年史家彼得·鲍里斯拉维奇（参见鲍·亚·雷巴科夫：《罗斯编年史家与〈伊戈尔出征记〉的作者》，第385页）。

③ 参见叶·爱·格佗斯特伦：《为什么人们称斯摩棱斯克人克里门特都主教为"哲学家"？》，载《古俄罗斯文学研究室著作集》(ТОДРЛ) 第25辑，莫斯科—列宁格勒，1970年，第20—28页。

④ 明斯克和图罗夫主教叶甫盖尼：《图罗夫主教基里尔神父的创作》(Творения св. отца нашего Кирилла, епископа Туровского)，前附"截至13世纪的图罗夫与图罗夫主教的历史"随笔，基辅，1880，第296页。

图罗夫主教基里尔的《布道文》是根据福音书的情节写成的,但是布道者在许多情况下可以自行用一些新的详细材料补充圣经故事,编写人物的对话。这样一来便形成了新的情节要点,这些要点为寓喻性地解释所描述的事件提供了更大的可能性。

基里尔赋予自己的"布道言论"风格以格外重大的意义,每篇布道言论都是具有鲜明节日庆典演讲口才的杰出范例。① 基里尔通常总是以招呼听众来开始"布道宣讲",号召他们参加庆祝活动,并同布道者一起认真思考庆典所涉及的事件:"全体基督教徒欣逢双喜临门,世界的欢乐因节日的到来而非语言能形容!"(第13辑,第412页)——基里尔赞叹道。这两句开场白立即让周围的人感受到这是隆重庆典所用、但有些故意做作的言辞。即使在古代罗斯写书人看来传统的、妄自菲薄的套话,在基里尔嘴里说出来都是措辞新颖,这也就为敢于滔滔不绝议论高深神学问题的布道宣讲者做了辩护。"我说这些话不是出自真心——从我罪恶的内心里既表达不出善事善举,也说不出有益心灵的话语。但是,让我们来编一个故事,根据圣经的福音书,即至今受我们尊敬的神学家使徒约翰的福音书,他是耶稣基督创造奇迹的见证人。"(第15辑,第336页)基里尔十分完美地掌握了庆典演讲辞的各种不同的表达方式。他时而诉诸听众的想象力("弟兄们,现在让我们在脑海里登上耶路撒冷锡安山,因为使徒们聚集在那里。"——第13辑,417页);时而借助生动的寓喻转述福音书的情节,再揭示其内涵("如今罪恶的冬天因忏悔而不再存在,而不信神的冰雪则因对神的领悟而融化;多神教偶像崇拜的原因使徒们的传教活动和对基督的信仰也不再存在,福马怀疑的冰块也因基督伤痕的显现而消融"——第13辑,第416页);时而在福音故事谈到的日常生活细节中发现隐秘的含义("拄着拐杖用嘴唇舔尽人间的酸甜苦辣,但愿磨去人间犯罪的清单。长矛刺穿了胸膛,但愿冒着烈焰的刀枪弃置一旁,因为这凶器吓阻世人进入天堂。"——第13辑,第423页);时而自问自答,论辩从提问起("我是否要呼唤你来到天庭?你却因神恩而比它更光明……我是否要叫你来到鲜花盛开的大地?你却比它更显得花香扑鼻……我是否要以信徒来称你?但你却比他们更真诚、更坚定……"——第13辑,第425页)

研究者们(米·伊·苏霍姆利诺夫、瓦·彼·维诺格拉多夫)早已认定,在选择寓喻性说明、创作寓喻性图景以及对它们的解释,甚至修辞手段本身诸方面,图罗夫主教基里尔并不总是有独创性的:他以拜占庭人为榜样,有时从享有盛名的拜占庭传教士——金口约翰、神学家格里戈里(纳济安人氏)、西梅翁·洛戈菲特、塞浦路斯大主教叶皮凡尼——的"言论"中摘引一些片断并将其翻译过来。但是整体来说,图

---

① 图罗夫主教基里尔的《布道文》曾由伊·彼·叶廖明出版。参见伊·彼·叶廖明:《图罗夫主教基里尔的文学遗产》,载《古俄罗斯文学研究室著作集》(ТОДРЛ)第11辑,莫斯科—列宁格勒,1955年,第342—367页;第12辑,莫斯科—列宁格勒,1956年,第340—36;第13辑,莫斯科—列宁格勒,1957年,第409—436页;第15辑,莫斯科—列宁格勒,1958年,第381—348。(以下凡引用此《著作集》,仅在引文后注明辑数和页码)

罗夫主教基里尔的"言论"并不是简单地用他人塑造的形象和引文进行编撰：这是对传统材料的不受拘囿的重新体认，其结果便出现了新的、形式上更完善的作品，它在听众中激发出一种语感，展示出诗体语言的丰富资源，以有韵语体的协调一致让听众入迷。图罗夫主教基里尔的"言论"，以其对平行形式的敏锐关注，以及对形态学韵律的广泛运用，似乎补偿了书面诗歌的空缺，为感受14—15世纪"词藻的堆砌"和矫揉造作的风格提供了可能。我们只举一个例子。有一段诗文写道："（耶稣基督）将先知圣徒的灵魂带到天国，同自己的侍者分享这天国中的住所，他又向布道者敞开天国的大门，为因他而蒙难的信徒戴上桂冠。"（第15辑，第343页）——这里结构的三个成分（谓语、直接客体和间接客体）中的每一个成分都是平行对称的，但是接下来韵律的情形更为复杂，因为此前的直接客体是用一个单词表示，而现在却变成以一个词组来表示，而词组中的每个词也是对称的结构："他敬重所有为实现他的旨意和信守他训言的信徒们，让我们的品德高尚的王公们健康长寿、灵魂得救并克敌制胜……祝福所有的基督徒们——不管是小孩还是大人，穷人还是富人，奴隶还是自由人，老人还是年轻人，妇女还是姑娘。"

图罗夫主教基里尔的创作证明了古代罗斯的著书人，在长期中断了罗斯文化发展的蒙古—鞑靼人侵占的前夕，已达到了文学上的高度完美，自如地掌握了拜占庭文学经典作家所知晓的全部方法论武库。①

4.《伊戈尔出征记》

基辅罗斯最优秀的文学遗产无疑是《伊戈尔出征记》（下又简称《出征记》）。它以唯一的抄本形式传至近代，但即使这个抄本也在1812年莫斯科大火中被烧毁，因此我们现在拥有的只是《出征记》的一个版本，它是由手稿持有者、科学和文艺事业资助人及文物古迹爱好者阿·伊·穆辛—普希金伯爵在1800年出版的；另外还有一个18世纪末为叶卡捷琳娜二世而制的复本。②

《出征记》艺术上的完美，似乎不符合古代罗斯文学文献的水平；这种完美和手稿的焚毁，为对作品的古典性产生怀疑，甚至为《出征记》创作于18世纪末的假

---

① 关于图罗夫主教基里尔的创作，参见伊·彼·叶廖明：《图罗夫主教基里尔的雄辩术》，载《古俄罗斯文学研究室著作集》（ТОДРЛ）第18辑，莫斯科—列宁格勒，1962年，第50—58页；也见于伊·彼·叶廖明：《古代罗斯文学》，第132—143页。

② 《关于北诺夫哥罗德封邑王公伊戈尔·斯维亚托斯拉维奇征伐波洛夫人的历史歌谣……》，莫斯科，1800年。第一版影印复制本及其研究，参见列·亚·德米特里耶夫：《〈伊戈尔出征记〉第一版史述》（История первого издания《Слова о полку Игореве》），莫斯科—列宁格勒，1960年。《出征记》的新版本有：（1）《伊戈尔出征记》，瓦·帕·阿德里阿诺娃—佩列茨编辑，莫斯科—列宁格勒，1950年。（2）《伊戈尔出征记》，古代罗斯文本与译文，弗·伊·斯捷列茨基撰前言、校勘文本、翻译诗文，并为古罗斯文本与词汇作注；列·伊·季莫菲耶夫改写和解释诗歌；莫斯科，1965年。（3）《伊戈尔出征记》，德·谢·利哈乔夫撰写前言，列·亚·德米特里耶夫编辑和准备文本，列宁格勒，1967年（"诗人文库大系"，第2版）。（以下引用《出征记》，均引自后一版本）

说①提供了根据。20 世纪 60 年代，人们曾就《出征记》的创作时间展开过活跃的讨论②，这场讨论对于作品研究极富成效：它使得讨论的双方——无论是《出征记》具有古典性的支持者还是他们的对立面，再一次检验了自己的论据，并就一系列问题（《出征记》的词汇和成语、《出征记》和《顿河南岸之战》的相互关系、《出征记》与 18 世纪末的文学活动，等等）进行了新的仔细探索。最后，《出征记》的真实性与古典性的捍卫者的立场更加坚定，而怀疑论者的决定性论据的缺乏则变得显而易见。当代《出征记》研究的基本问题呈现为以下状况。

阿·伊·穆辛—普希金伯爵看来是在 18 世纪 90 年代初获得了载有《出征记》的文集。③关于这部作品的最初信息出现在 1797 年的报刊上（当时尼·米·卡拉姆津和米·马·赫拉斯科夫报道了此作品的发现经过），但有可能的是，发表于 1792 年 2 月号《观察家》杂志上的彼·阿·普拉维利希科夫的一篇文章中已提及《出征记》。④为叶卡捷琳娜二世制作《出征记》的摹本（所谓叶卡捷琳娜复制本）和文献翻译准备，不晚于 1796 年。⑤阿·伊·穆辛—普希金伯爵同古文献研究家阿·费·马利诺夫斯基和尼·尼·班德什—卡缅斯基一起整理了《出征记》的文本，准备付印，于是在 1800 年，这部带有译文和注释的文献得以出版。1812 年，莫斯科大火中阿·伊·穆辛—普希金的藏书被付之一炬；同《出征记》手稿一起被烧掉的还有第一版的大多数印本。⑥

含有《伊戈尔出征记》的文集，由出版人作了描述。除了《出征记》以外，文集中包括年代记⑦、编年史（大概是诺夫哥罗德第一编年史的片断）⑧，还有三篇故事，即《关于印度王国的故事》《哲人亚基尔的故事》和《杰夫根尼行传》。尼·米·卡拉姆津在其所著《俄罗斯国家史》中曾引用了这些故事的一些片断⑨，因而这使我们

---

① 参见德·谢·利哈乔夫：《〈伊戈尔出征记〉及其原本问题研究》（Изучение《Слова о полку Игореве》и вопрос о его подлинности），见《〈伊戈尔出征记〉：12 世纪的丰碑》，莫斯科—列宁格勒，1962 年；尼·卡·古德济：《关于〈伊戈尔出征记〉原本的校勘》，同上书，第 79—130 页。

② 有关本专题的文献学问题，参见列·亚·德米特里耶夫：《〈伊戈尔出征记〉初版 175 周年纪念（〈出征记〉研究的若干结论与任务）》，载《古俄罗斯文学研究室著作集》（ТОДРЛ）第 31 辑，列宁格勒，1976 年，第 6 页，第 16 条注释。

③ 参见加·尼·莫伊谢耶娃：《斯帕斯—雅罗斯拉夫斯基编年史与〈伊戈尔出征记〉》，列宁格勒，1976 年。

④ 彼·阿·普拉维利希科夫曾写道：在古代罗斯，"学者有着崇高的地位，甚至在弗拉基米尔之子雅罗斯拉夫诞辰日之际，人们也写长诗对他和他的孩子们表示敬意"。参见帕·纳·别尔科夫：《〈伊戈尔出征记〉研究史札记》，载《古俄罗斯文学研究室著作集》（ТОДРЛ）第 5 辑，莫斯科—列宁格勒，1947 年，第 134—136 页。

⑤ 关于叶卡捷琳娜二世的《出征记》（含文本与译文）纸质影印本及其研究，参见列·亚·德米特里耶夫的《〈伊戈尔出征记〉第一版史述》一书。

⑥ 目前在由国家和个人收集的藏书中，共发现第一版《伊戈尔出征记》60 本。收载清单与描述，参见列·亚·德米特里耶夫：《〈伊戈尔出征记〉第一版史述》，第 17—56 页；亦参见他的文章《〈伊戈尔出征记〉初版 175 周年纪念》，载《古俄罗斯文学研究室著作集》（ТОДРЛ）第 31 辑，第 12 页。

⑦ 关于阿·伊·穆辛—普希金文集中的年代记，参见奥·维·特沃罗戈夫：《论穆辛—普希金的含有〈伊戈尔出征记〉的文集的日期问题》，载《古俄罗斯文学研究室著作集》（ТОДРЛ）第 31 辑，第 137—140 页。

⑧ 参见德·谢·利哈乔夫：《关于含有〈伊戈尔出征记〉的一本文集中的罗斯编年史》，载《古俄罗斯文学研究室著作集》（ТОДРЛ）第 5 辑，第 139—141 页；奥·维·特沃罗戈夫的上述文章，第 138—140 页。

⑨ 尼·米·卡拉姆津：《俄罗斯国家史》，第 3 卷，圣彼得堡，1892 年，第 272 条注释。

有可能确定,在穆辛—普希金的文集中,《亚基尔的故事》是以最古老的版本出现的,而《关于印度王国的故事》则含有一些情节细节,那时在这一作品的多数抄本中还没有任何一个抄本有这些细节出现①。由此可见,《出征记》是处于古代罗斯书籍中珍稀故事的珍稀版本之列的。

《出征记》第一版的文本与叶卡捷琳娜二世复制本的许多差异(主要是正字法性质方面的)吸引了一些研究者的注意。对这些异读法的分析,使得人们能够对出版人复现《出征记》文本的原则形成一个明显的看法:他们——充分适应当时的古文献传统——与其说是力求逐字逐句地准确再现《出征记》的文本,同时又像任何一种古俄语文本一样,带着它所固有的写法上的不一致、笔误和差错等,不如说是力图"修正"它,并让不一致的地方统一起来。② 这就使《出征记》真正文本的修复工作的难度大大增加,但同时却再次让我们相信,出版者手头曾拥有古老的手稿。手稿文本的转述给出版者造成不少困难,因为出现了许许多多的问题,当时的语文学界还不能对这些问题作出回答,更不要说当时的出版人了。

有利于证实《出征记》的古典性与真正原创性的最重要的论据之一,是对它的词汇和成语的分析。亚·谢·奥尔洛夫早已公正地指出:"……必须刻不容缓地把这部文献本身搞清楚,研究透它的现存完整文本——首先从语言方面,从最广阔的领域着手。语言是最危险的东西,有人没有弄明白就要贫嘴,说得天花乱坠,同时对古文献却不屑一顾。"③ 近些年来,阿德里阿诺娃—佩列茨、В. Л. 维诺格拉多娃、阿·尼·科特利亚连科、德·谢·利哈乔夫、尼·亚·梅谢尔斯基、鲍·亚·拉林等研究者的著作,在语文学方面进行了大量的研究。④ 一个无可争议的事实得到确认:随着研究的深入,甚至被怀疑论者当成证明《出征记》出现很晚的那些罕见词语,也被查明或者出现在早期古俄语文献中(正如《〈出征记〉词汇手册》所证实的),或者出现在一些方言中。⑤ 这一切完全符合我们关于基辅罗斯语言文化的丰富性的认识,但若是18世纪作家(怀疑论者所想象的《出征记》作者),那就不得不在各种不同的文本中搜索这些罕见词汇,同时也不得不拥有一大堆绝对少见的古代罗斯文学文献。

但是,有利于证明《出征记》古典性的最重要的方法,也许是把它与《顿河南

---

① 参见米·涅·斯佩兰斯基:《关于印度王国的故事》(Сказание об Индийском царстве),载《科学院语言与文学通报》,第2卷,1930年,第2册,第369—464页。

② 参见德·谢·利哈乔夫:《18世纪末〈伊戈尔出征记〉文本付印准备史述》,载《古俄罗斯文学研究室著作集》(ТОДРЛ)第13辑,莫斯科—列宁格勒,1957年,第66—89页;奥·维·特沃戈夫:《论穆辛—普希金的含有〈伊戈尔出征记〉的文集的日期问题》,载《古俄罗斯文学研究室著作集》(ТОДРЛ)第31辑,第141—158页。

③ 亚·谢·奥尔洛夫:《伊戈尔出征记》,第2版增补本,莫斯科—列宁格勒,1946年,第212页。

④ 对《出征记》的词汇与修辞特别有价值的注释,见于瓦·帕·阿德里阿诺娃—佩列茨的专著《〈伊戈尔出征记〉与11—13世纪罗斯文学文献》(《Слово о полку Игореве》и памятники русской литературы XI-XIII вв., 列宁格勒,1968)和分册出版的《〈伊戈尔出征记〉词汇手册》(Словаря-справочникиа《Слова о полку Игореве》,В. Л. 维诺格拉多娃编辑,1—5册,莫斯科—列宁格勒,1965—1978)。在关于《出征记》的语法体系的研究成果中,最有意义的是谢·彼·奥布诺尔斯基的专著《古代时期俄语标准语的历史概观》(Очерки по истории русского литературного языка старшего периода),莫斯科—列宁格勒,1946年。

⑤ 参见弗·阿·科兹列夫:《〈伊戈尔出征记〉的词语构成与现代俄国民间方言词汇》,载《古俄罗斯文学研究室著作集》(ТОДРЛ)第31辑,第93—103页。

岸之战》进行比照。《顿河南岸之战》是 14 世纪末或 15 世纪的一部作品,叙述了 1380 年罗斯在库里科沃原野力挫金帐汗国统帅马麦军队的胜利。在发现目前已知的《顿河南岸之战》第一个抄本(1852)后不久,研究者们立即就注意到它与《出征记》的特别相似之处:两部文献不仅拥有相似的形象体系,还有许多文本上的对应之处。《顿河南岸之战》的最早抄本注明的时间是 15 世纪末,它的发现似乎最终解决了《出征记》的古典性问题,根据普遍的看法,《顿河南岸之战》模仿了《出征记》。不过,19 世纪 90 年代又出现了一种说法:不是《顿河南岸之战》模仿了《出征记》,而是相反,《出征记》可能是利用《顿河南岸之战》的形象体系写成的。

近些年来所做的探索断然否定了这个假说。首先,人们认清了《出征记》并未显示出与目前已知的《顿河南岸之战》的任何一种抄本在文本上有特别的相近之处;这部文献与《出征记》总体上的"对应",想必是原始文本(作者手稿)所具有的,因此,只有拥有这样独一无二的文本才可能在 18 世纪"创作"出《出征记》来。其次,人们注意到,《顿河南岸之战》中包括一系列不利于阅读的破损或模糊不清之处,这只能解释为错误地重新认识《出征记》某些读法的结果。① 最后,阿·尼·科特利亚连科做了一个重要的观察:《顿河南岸之战》语言中的古旧成分,正好落在和《出征记》的读法相对应的那些读法上,因而也应以《出征记》这部文献的影响来解释。② 如果假设这两部文献之间有一种逆向依附关系(即设定《出征记》依附于《顿河南岸之战》),我们就会得出一个难以置信的说法:似乎《出征记》的创作者在 18 世纪只是利用了《顿河南岸之战》的一些片断,这些片断显现出其余文本所不具有的古旧成分。总之,《出征记》文本在《顿河南岸之战》中的反映——是有利于证明《出征记》古典性的有分量的论据。③

另外一些研究成果也说明《出征记》的古典性:这就是其中对大多数当代人可以理解的 12 世纪历史环境中的许多细节的反映、古旧的突厥语词的使用、《出征记》的风格和诗学特点、它的作者的世界观性质、《出征记》的文本在 1307 年《普斯科夫使徒行传》附言中有所反映的事实④,等等。

---

① 参见德·谢·利哈乔夫:《〈顿河南岸之战〉的摹仿性特征(论〈顿河南岸之战〉与〈伊戈尔出征记〉的相互关系)》,载《俄罗斯文学》,1964 年第 3 期,第 84—107 页;奥·维·特沃戈夫:《〈伊戈尔出征记〉与〈顿河南岸之战〉》,见《〈伊戈尔出征记〉与库里科沃战役系列文献(兼论〈出征记〉的写作时间问题)》(《Слово о полку Игореве》и памятники Куликовского цикла),莫斯科—列宁格勒,1966 年,第 292—343 页。

② 参见阿·尼·科特利亚连科:《〈顿河南岸之战〉与〈伊戈尔出征记〉的语法体系的比较分析》,见《〈伊戈尔出征记〉与库里科沃战役系列文献》,第 127—196 页。

③ 关于《伊戈尔出征记》与《顿河南岸之战》的关系,除了上面提到的文集《〈伊戈尔出征记〉与库里科沃战役系列文献》之外,还可参见亚·亚·济明(认为《顿河南岸之战》是《出征记》的源头)的著述:(1)《〈顿河南岸之战〉的两个版本》,载《国立莫斯科历史档案研究所著作集》(Труды Моск. гос. историко-архивного ин-та),第 24 卷,1966 年,第 17—22 页;(2)《〈顿河南岸之战〉:详编本修复的尝试》,载《阿布哈兹自治共和国楚瓦什科学研究所学报》,切博克萨雷,1967 年,第 216—239 页;(3)《〈顿河南岸之战〉版本学争议问题》,载《俄罗斯文学》,1967 年第 1 期,第 84—104 页;对后一篇文章的反应,参见鲁·彼·德米特里耶娃、列·亚·德米特里耶夫、奥·维·特沃罗戈夫:《关于亚·亚·济明的〈"顿河南岸之战"版本学争议问题〉一文》,同上书,第 105—121 页。

④ 瓦·帕·阿德里阿诺娃-佩列茨:《〈伊戈尔出征记〉在 14 世纪初是否已为人所知》,载《俄罗斯文学》,1965 年第 2 期,第 149—153 页。

《伊戈尔出征记》这部作品的情节基础是罗斯历史上的一次真实事件[①]：1185年，在罗斯王公们对波洛夫人进行成功的联合征伐后过了两年，诺夫哥罗德—谢韦尔斯克公伊戈尔·斯维亚托斯拉维奇同自己的堂弟弗谢沃洛德、侄子雷利斯克公斯维亚托斯拉夫·奥利戈维奇和一个儿子[②]，对草原游牧民族进行了一次新的征讨。这次征讨行动以伊戈尔的军队被打垮而告终——几位王公被俘，亲兵与"武士"一部分被消灭，一部分被俘虏；奇迹般得以逃命的军士们将战败的悲惨消息带到了罗斯。草原波洛夫人受到这次军事胜利的鼓舞而采取回击行动；他们的军队侵入一些当时没有设防的罗斯公国。"斯维亚托斯拉夫成功地捍卫了第聂伯河右岸地区，没有让波洛夫人进入该地区，但是整个第聂伯左岸地区（直到苏拉河、谢伊姆河以及直抵佩列亚斯拉夫尔）——尽管斯维亚托斯拉夫的几个儿子和弗拉基米尔·格列博维奇进行了英勇的战斗，还是遭到了毁灭，被洗劫一空"[③]——鲍·亚·雷巴科夫曾这样概括伊戈尔军队被击溃后的结果。

然而过了一个月，伊戈尔在同情他的（或者被他收买的）波洛夫人拉夫尔（奥夫卢尔）的帮助下，竟然成功地逃了出来。1185年的事件就是如此。[④]

但是《伊戈尔出征记》的作者把古代罗斯人同波洛夫人150年间历次战争[⑤]中的一个局部的、虽然意义重大的情节，变成了一个全罗斯规模的事件：他号召为伊戈尔的创痛复仇，"为罗斯国土"伸张正义；他不仅向那些真的必须这样做的王公发出号召——因为伊戈尔失败后他们的公国也遭到波洛夫人的蹂躏，还向其他同时代的王公，其中包括远在东北罗斯的外号"大家族"的弗拉基米尔—苏兹达尔公国的弗谢沃洛德公或加里奇公雅罗斯拉夫发出了号召。[⑥] 基辅大公斯维亚托斯拉夫在罗斯南方实际上已不享有特殊的威望，他在《出征记》中却变成了所有罗斯王公受尊敬的保护人，仿佛所指的是雅罗斯拉夫大公或弗拉基米尔·莫诺马赫。最后，伊戈尔本人，虽然编年史证实他的行为极不体面[⑦]，却变成了真正的英雄，一个并未失去骑士光环的悲剧人物。

《出征记》的作者似乎将自己提升到现实生活之上，忘记了王公们的不友好，忘记了他们奉行的是分封制下的自我中心主义，用"罗斯国土"这个标志清洗他们

---

① 关于伊戈尔出征前夕、出征本身和出征结束那一时期罗斯历史状况的更详细的描述，参见鲍·亚·雷巴科夫：《〈伊戈尔出征记〉及其同代人》（《Слово о полку Игореве》и его современники），莫斯科，1971年，第202—293页。

② 伊戈尔的儿子中究竟是哪一个参加了出征，编年史和《出征记》的说法不一。很可能是他的长子弗拉基米尔随王公一起参加的。参见鲍·亚·雷巴科夫：《〈伊戈尔出征记〉及其同代人》，第229页。

③ 同上书，第267页。

④ 我们认为鲍·亚·雷巴科夫的意见最令人信服：伊戈尔被俘后出逃就发生在1185年6月。参见鲍·亚·雷巴科夫：《〈伊戈尔出征记〉及其同代人》，第268—273页。

⑤ 《往年纪事》记载，波洛夫人出现于罗斯边境，时在1068年。不过，罗斯—波洛夫战争史直到1185年前都未记载四位王公和他们的军队被击溃与被俘的事件。

⑥ 值得注意的是，《出征记》的作者埋怨王公们的"不救助"和内讧，同时似乎相信，这和"恶"已被克服，于是逐一号召所有王公，其中包括无疑是斯维亚托斯拉夫和伊戈尔的对手，帮助作品的主人公。

⑦ 《伊帕季修道院编年史》中引用了伊戈尔的"忏悔言论"，他在其中回想起曾怎样"进行多次杀戮和造成流血"，在夺取格列博夫城时怎样"不饶恕基督教徒"，所以生者羡慕死者，而死者则感到高兴。（第643卷）

身上的污泥浊水。作者关注的中心,不是琐碎的历史真实,而是某种更重大的、有重要意义的东西:意识到必须团结一致、共同采取对付波洛夫人的行动,号召恢复昔日"兄弟友爱"的理想。马克思曾这样评价《出征记》的爱国主义理想:"这部史诗的要点是号召俄罗斯王公们在一大帮真正的蒙古军的进犯面前团结起来。"①11世纪末,弗拉基米尔·莫诺马赫曾号召停止内讧,同时还发出警告:由于内讧"罗斯国土将会沦丧,我们的敌人波洛夫人一来,必将夺占罗斯国土"②。莫诺马赫的这些话与《出征记》作者的如下指责有着惊人的一致,《出征记》中写道,王公们开始"同室操戈,自食恶果。而异族铁骑,长驱直入,烧杀掳掠,无恶不作";这就是说:"王公们自己给自己制造内乱,导致草原波洛夫人趁乱踏入罗斯国土,横征暴敛,烧杀掳掠。"能够认识到封建主内部纷争的危害性,特别是如果这些纷争还加上邀请波洛夫人作为盟友,这在12世纪末仍然像百年前那样具有紧迫性。

我们并不知道《出征记》的作者是谁。曾出现过不少推测:有人争辩说,作者是否是伊戈尔征讨行动的参与者,或者是从别人那里了解他的,他是否是基辅人、诺夫哥罗德—谢韦尔斯克的或加里奇的居民,等等。目前还没有证实某一推测正确的可靠材料,但是完全清楚,我们面前的这个人,是一位把读书人的写作技巧和渊博学识、诗人的天赋和政治活动家的视野结合于一身的人。③

《出征记》的思想,它那无可争辩地与时代的政治局势相联系的召唤和暗示的意义,使得关于作品何时写成这个问题变得非常重要。这里所指的不是轻率地把文献创作的时间移到16世纪或18世纪,而是试图将《出征记》写成的年份确定在伊戈尔征讨波洛夫人之后近几十年内。一些研究者认为,《出征记》创作的时间是在1185年和1187年之间,因为加里奇公雅罗斯拉夫·奥斯莫梅斯尔于1187年去世,而当年《出征记》的作者还曾向在世的此公发出呼吁;这些研究者的看法恐怕是无可争议的。如果对众王公的召唤带有舞文弄墨的性质,那么在此公死后也完全可以向他发出呼吁,因为在征讨期间他还活着,而向他发出的呼吁并不是时间颠倒的结果。不久前娜·谢·杰姆科娃注意到下面一个事实:《出征记》的尾声中有"光荣属于勇猛的野牛弗谢沃洛德"这句祝辞。对一位去世的王公说出"光荣属于(某某)"的祝贺之辞——这就是时间颠倒的现象,因此,《出征记》不可能是在弗谢沃洛德去世(他死于1196年④)后才创作出来的。

《出征记》的体裁问题是复杂的。一些想把它说成壮士歌或演说辞的尝试,在

---

① 《马克思恩格斯全集》第29卷,北京:人民出版社,1972年,第23页。
② 《往年纪事》第1卷,莫斯科—列宁格勒,1950年,第174页。
③ 鲍·亚·雷巴科夫在《罗斯编年史家与〈伊戈尔出征记〉的作者》(莫斯科,1972)中提出一种假说,认为《出征记》的作者可能是基辅编年史家彼得·鲍里斯拉维奇。亦可参见维·尤·弗兰丘克:《彼得·鲍里斯拉维奇可能创作〈伊戈尔出征记〉吗?(关于〈出征记〉和〈伊帕季修道院编年史〉的语言研究)》,载《古俄罗斯文学研究室著作集》(ТОДРЛ)第31辑,第77—92页。
④ 参见娜·谢·杰姆科娃:《关于〈伊戈尔出征记〉的写作时间问题》,载《列宁格勒大学学报》,1973年第4期,《历史·语言·文学》分册,第72—77页。

这部作品中寻找保加利亚、拜占庭或斯堪的纳维亚半岛的文学传统印痕的意图,等等,碰上了可比性和可靠事实的缺乏,尤其是碰上了《出征记》令人惊异的独特性,这种独特性不容许把这部作品同某种体裁范畴不由分说地等量齐观。

伊·彼·叶廖明的一种假说与安·尼·鲁宾逊和德·谢·利哈乔夫的观点是论据最为充分的,前者把《出征记》视为庄重体演说文献①;后两者则对《出征记》与所谓 chansons de geste(直译为"建功立业之歌")体裁做了对比②。例如,研究者们已注意到《出征记》与《罗兰之歌》的相似之处。

德·谢·利哈乔夫在描述这种体裁的作品时写道:这样的"叙事文学作品充满着保卫国家的号召……值得注意的是它的'倾向':号召似乎来自民间(民间口头创作因素即由此而来),但却是面对封建主——斯维亚托斯拉夫大公的金言,由此又有了书面语因素。叙事文学中结合了群体性和书面语因素(演说辞的要素)、个性因素和政论因素"③。乍一看,《出征记》与"建功立业之歌"的相似性过于一般。但是,所有想对《出征记》的体裁另下定义的尝试,都不可避免地导致对文献的修辞、形象和结构体系更大的牵强阐释与曲解。

总之,《出征记》的题材是由1185年的事件引发的,而它的情节则基于作者致力于以伊戈尔的悲剧命运为例,给当时的王公们上一堂引以为戒的大课。那么,作品的艺术结构究竟是怎样的?

《出征记》在结构上分成三部分:序曲、基本(叙事)部分和尾声。通常认为,作者在序曲中把自己的艺术体系同反映在(例如)"鲍扬之歌"中的传统艺术体系对立起来④。但是在12世纪的罗斯,在对文学规格和体裁标准怀着崇敬态度的时代,决定破除传统的作者未必会公开宣布自己的著作是一种创新之作。更可能的是另一种情况:正如伊·彼·叶廖明所公正指出的,序曲具有纯粹词藻华丽的特点,因此《出征记》的作者在把它当作开场白使用时,表现得像是一位有经验的语言大师,一位具有高度文学修养的作家。作品的序曲追求一个完全确定的目标:强调自己作品的'庄严隆重的'倾向,把读者调整到一种'高昂的'、不平常的思维状态中,这种思维状态与《出征记》内容的严肃性相吻合"⑤。伊·彼·叶廖明进一步强调,古代

---

① 伊·彼·叶廖明:《作为基辅罗斯政治演说文献的〈伊戈尔出征记〉》,见《〈伊戈尔出征记〉:研究与论文集》(《Слово о полку Игореве》. Сб. исследований и статей),莫斯科—列宁格勒,1950年,第93—129页。

② 安·尼·鲁宾逊:(1)《欧洲中世纪文学中的基辅罗斯文学(类型学、原创性与方法论)》,见《斯拉夫文学:第六届斯拉夫学者国际代表大会——苏联代表团的报告集》,莫斯科,1968年,第49—116页;(2)《〈伊戈尔出征记〉与中世纪英雄史诗》,载《苏联科学院通报》,1976年第4期,第104—112页;(3)《中世纪英雄史诗发展的规律性与〈伊戈尔出征记〉》,见《斯拉夫文学:第八届斯拉夫学者国际代表大会(文集)》,莫斯科,1978年,第150—165页。德·谢·利哈乔夫:《〈伊戈尔出征记〉与11—13世纪的文学体裁形成过程》,载《古俄罗斯文学研究室著作集》(ТОДРЛ)第27辑,列宁格勒,1972年,第69—75页。

③ 德·谢·利哈乔夫:《〈伊戈尔出征记〉与11—13世纪的文学体裁形成过程》,载《古俄罗斯文学研究室著作集》(ТОДРЛ)第27辑,第72页。

④ 维·格·斯莫利茨基:《〈伊戈尔出征记〉的序曲》,载《古俄罗斯文学研究室著作集》(ТОДРЛ)第12辑,莫斯科—列宁格勒,1956年,第5—19页。

⑤ 伊·彼·叶廖明:《作为基辅罗斯政治演说文献的〈伊戈尔出征记〉》,见《〈伊戈尔出征记〉:研究与论文集》,第101页。

罗斯文学的某些体裁——演说"词"、传记——中，序曲是作品结构的必要标志性要素。至于说《出征记》的作者与鲍扬的"辩论"，那么，也许这里谈的绝不是叙事形式，也不是体裁，而是主题。《出征记》的作者不愿像鲍扬那样歌颂往日光荣的业绩①，而是有意吟唱"当今时代的壮士歌"。《出征记》的作者可能把这一点，而且只是这一点，看成自己与鲍扬的不同，并面对读者为自己偏离传统作辩护；但是，他也像鲍扬一样，有意"用旧有的词语来吟唱悲惨的故事"。《出征记》的基本"叙事"部分不是简单地讲述事件——某种类似于编年史的叙事。伊·彼·叶廖明写道："……讲故事人感兴趣的，与其说是事实，不如说是表明他对事实的态度，与其说是事件的外在持续过程，不如说是事件的内在意义。"② 与真实事件相关的一桩桩小事与文学虚构的场面彼此交织（如斯维亚托斯拉夫的预兆不祥的梦和他对王公们说的"金言"；关于欧洲各民族知道伊戈尔失败后的忧惧不安的描写，雅罗斯拉夫娜的哭泣，戈扎克和康恰克的对话，等等，都是如此）③；更常见的是一些插笔：历史的回顾或作者的劝谕。但是每一处插笔都不仅证明了作者广阔的历史视野，而且表明他善于在有时已远去的事件中找到相似之处，从容不迫地改变叙事进程，同时显现出渊博的学识和修辞技巧。

《出征记》的尾声是"光荣颂"的范例，它对于叙事文学体裁而言也许具有典型性，我们会从其他史料的间接佐证中得知古代罗斯这一体裁的存在。④

《出征记》的诗学是如此独特，它的语言和风格是如此别具一格，以至乍一看来可能会觉得《出征记》好像完全处于中世纪罗斯文学传统的范围之外。

事实上并非如此。在描写罗斯王公，特别是在关于《出征记》的主要人物伊戈尔和弗谢沃洛德的描写中，我们会发现我们据编年史所知的叙事作品文体和宏大历史主义风格的一些特征。伊戈尔冒冒失失的出征行动不管怎样应该予以谴责，主人公本人对于作者来说仍然是王公高贵品质的体现。伊戈尔勇敢无畏，充满"战斗豪情"，渴望"用头盔掬饮顿河的水"，他那军人的荣誉感遮蔽了不祥的征兆——日蚀。伊戈尔的堂弟弗谢沃洛德，还有他的库尔斯克战士，都是沙场健儿，因为他们"在军号声中降生，在头盔下成长，由长矛的利刃喂养"，在战斗中"为自己寻求功名，为王公寻求荣光"⑤。

---

① 《出征记》的作者暗示了这一点，列举了鲍扬歌颂其"光荣"的王公："老雅罗斯拉夫"，"勇敢的姆斯季斯拉夫"，"英俊的罗曼·斯维亚托斯拉维奇"，"常常回想起／古时的战乱争夺"。

② 伊·彼·叶廖明：《作为基辅罗斯政治演说文献的〈伊戈尔出征记〉》，见《〈伊戈尔出征记〉：研究与论文集》，第103页。

③ 问题不在于斯维亚托斯拉夫在得知伊戈尔失败后不能向王公们发出组织对波洛夫人进行反击的号召（参见鲍·亚·雷巴科夫在《罗斯编年史家与〈伊戈尔出征记〉的作者》，第407页），雅罗斯拉夫娜没有为丈夫哭泣，而戈扎克和康恰克没有谈论王公之子弗拉基米尔的命运；问题在于所有这些场景与对话都是由《出征记》的作者虚构的。

④ 参见德·谢·利哈乔夫：《伊戈尔·斯维亚托斯拉维奇出征记》，见《伊戈尔出征记》，列宁格勒，1967年（"诗人文库大系"），第33页。亦可参见瓦·帕·阿德里阿诺娃—佩列茨：《古代罗斯诗歌文体概观》（Очерки поэтического стиля древней Руси），莫斯科—列宁格勒，1947年，第135—180页。

⑤ 参见德·谢·利哈乔夫：《〈伊戈尔出征记〉与那个时代的美学观念》，见德·谢·利哈乔夫：《〈伊戈尔出征记〉与那个时代的文化》，列宁格勒，1978年，第40—74页。

但是与编年史不同,在作为诗歌作品的《出征记》中,似乎并存着两个层面。对人物和事件的"现实主义的"(实际上就是规范性的)描写,往往和关于敌视"罗斯人"的势力的半神秘主义世界的描摹形成对比,代表这种势力的,既有不祥的预兆——日蚀,也有敌视伊戈尔军队的自然界力量(飞禽走兽,"用暴风雨惊醒鸟儿"的黑夜本身),最后,还有神奇的怪状鸟、受屈辱的少女、各种人格化的灾难和不幸——如卡尔娜和热丽亚。德·谢·利哈乔夫曾指出:"《出征记》的艺术体系整个建立在反差之上。"① 这样的反差之一就是隐喻意象的对立,如太阳、光明与黑暗(黑夜、深黑色)。对古代罗斯文学和民间口头创作而言,这种对比已成为传统。② 在《出征记》中,这种对比不上一次出现在各种不同的意象中:伊戈尔是"光辉的太阳",而康恰克是"黑色的乌鸦";战斗前夕"乌云从海上滚滚而来,要想遮蔽四个太阳"。斯维亚托斯拉夫在他做的不祥之梦中梦见:这个夜晚,从黄昏起就有人给他穿上"玄青色寿衣",斟上蓝色的酒,"不祥的乌鸦"整夜在聒噪。贵族领主们给斯维亚托斯拉夫圆梦时所作的回答也同样包含隐喻的词语:"第三天依然天昏地暗,两个太阳暗淡无光,两道红色的光柱消失了……两弯新月——奥列格和斯维亚托斯拉夫也被乌云掩盖。卡雅拉河上黑暗吞没了光明。"但是当伊戈尔回到罗斯时,"太阳又重新在天空照耀"。

上文已指出,《出征记》的许多场面都有象征意义,其中有这样一些看似"自然主义"的素描,如讲到在山谷中号叫的狼群,或者在树林间飞来飞去的鸟儿在期待着战场上留下人马的尸骨。《出征记》中纯自然景物的素描甚为简洁明快:"黑夜慢慢消逝,朝霞渐渐来临,雾气笼罩着田野";"大地发出轰鸣,河水浊流滚滚,烟雾弥漫,遍野茫茫",等等。同时值得注意的是,《出征记》也像其他古代罗斯作品一样,没有"静态的"景色,没有对自然界的简单描写:周围世界在读者面前呈现的与其说是其不动的形式,不如说是它的动态、各种现象和发展过程。《出征记》的作者没有告诉读者作品主人公周围的物件是怎样的,而是把注意力放在周围发生的事情上,他谈的是动作,而不是描摹画面。《出征记》也没有讲述夜晚是明亮还是黑暗,而是说"太阳黯淡了";没有描写河水的颜色,而是说"河中浊流滚滚",而苏拉河的"流水不再闪耀银光";没有描写顿涅茨河两岸,而是说顿涅茨河在银白色的两岸为伊戈尔铺陈绿茵,用温暖的浓雾把他隐蔽在绿茵中,等等。

《出征记》的另一个典型的诗学特征是作者的插笔。作者在高潮时刻中断伊戈尔同波洛夫人作战的叙述,为的是回忆起"奥列格、奥列格·斯维亚托斯拉维奇的那些征战"。与此相似,在讲述"伊戈尔的战旗纷纷倒下"和描写伊戈尔被俘的悲哀时刻("这时,伊戈尔公翻下金色的马鞍,换上粗糙的鞍辔")之间,插入了作者对伊戈尔失败的后果所作的广泛思索:"要知道,弟兄们,不幸的岁月来到了。"作品中

---

① 德·谢·利哈乔夫:《伊戈尔·斯维亚托斯拉维奇出征记》,见《伊戈尔出征记》,1967年,第33页。
② 瓦·帕·阿德里阿诺娃—佩列茨:《古代罗斯诗歌文体概观》,第20—41页。

说到罗斯国土再次遭受波洛夫人侵扰而面临的灾难，甚至说到笼罩远方国家——"德意志人"和威尼斯人、拜占庭人和"摩拉瓦人"——的悲伤，要早于谈及斯维亚托斯拉夫的不祥之梦；依据该梦的象征意义可知，在伊戈尔失败的不祥之夜（甚或在失败前夜），他梦见了基辅大公斯维亚托斯拉夫。因此，一切都颠倒了，一切都是象征性的，一切都服务于"情节观念"，而不是服务于叙事的文献性。认清《出征记》情节叙事的这些特点之后我们就会看到，这些议论是多么徒劳无益：波洛夫人是否真的"征敛每户一张小兽皮作贡赋"，邀请"大家族"弗谢沃洛德来帮助伊戈尔是否得当——即使不邀请他也会竭力干预罗斯南方的事务；我们还会懂得，不应依据《出征记》来判断雅罗斯拉夫·奥斯莫梅斯尔公国是否兵强马壮，等等。《出征记》是叙事性作品，而不是文献性的；它充满着象征符号，因此也不会像编年史那样叙事，这类作品中文献性（在逐年记载的范围内描述当代事件）的缺乏只能用编年史家的无知或他们的政治倾向来辩解。

以上所说，证明了《出征记》的绝对的书面性质①。但是与其协调并存的，还有另一种民间口头创作的元素。这种元素在民间哭诉（雅罗斯拉夫娜的哭诉，在伊戈尔出征中阵亡的罗斯军人的妻子们的哭诉，罗斯季斯拉夫的母亲的哭诉，还有《出征记》的作者在谈到基辅、切尔尼戈夫和整个罗斯人民在伊戈尔失败后发出的叹息和呻吟时的哭诉）的成分中得到了反映。②

为什么在新时代《出征记》的文学成就受到如此高度的评价，而它在古代罗斯文学中却悄无声息地过去了？的确，14世纪初普斯科夫司书多米德（季奥米德）在抄写《使徒行传》时从《出征记》中做了摘引；而过了一百年后，《顿河南岸之战》的作者又将《出征记》作为自己作品诗学结构的基础，但是这些回应与作品的文学成就相比，像我们在新时代对它的重视那样，实在过于微不足道。

看来，问题在于《出征记》的高度政治与道义潜力很快就失去了自己的迫切性：在蒙古—鞑靼人侵占之后回想起波洛夫人，并号召王公们团结一致反抗草原游牧民的侵扰已为时太晚。另外，不应该忘记《出征记》体裁上的独特性，这种独特性也不能使作品在那个时代"合乎规格的"文学中流传。最后一点也许最为重要：《出征记》出现在拔都摧毁南部罗斯的前夕；正是那些最可能藏有《出征记》抄本的城市，如基辅、切尔尼戈夫、谢韦尔斯克—诺夫哥罗德等，其中的宝贵藏书在熊熊大火中毁灭殆尽。可能只是某种偶然性才为我们救下了《出征记》：有一个文献抄本被运到了罗斯北方（即普斯科夫，司书多米德在此地见到了《出征记》的抄本）；也有可能，在穆辛—普希金的文集中可以读到的那个文本，归根结底就源自这一抄本。

---

① 伊·彼·叶廖明的《作为基辅罗斯政治演说文献的〈伊戈尔出征记〉》一文中，包含诸多关于《出征记》的诗学和演说"词"诗学具有一致性的富有价值的研究。

② 德·谢·利哈乔夫：《伊戈尔·斯维亚托斯拉维奇出征记》，见《伊戈尔出征记》，1967年，第32页。

5.《基辅山洞修道院修士列传》

《基辅山洞修道院修士列传》的一个古老抄本,注明的时间为 15 世纪初,但是古代罗斯文学中的这部优秀作品,早在此两个世纪前的 13 世纪初,就在弗拉基米尔主教西蒙与波利卡尔普修士的通信过程中奠定了基础。

他们两人都曾是基辅山洞修道院的剃度修士,两人都是受过教育的、有才华的写作者。但是他们却有着不同的命运:西蒙起初成了弗拉基米尔一所修道院的院长,然后于 1214 年在苏兹达尔和弗拉基米尔就任主教。波利卡尔普还是留在基辅山洞修道院。这位爱慕虚荣的修士不愿安于他自己认为同他的知识与能力不相称的处境,于是借助于一些有权有势的庇护者——"大家族"弗谢沃洛德的女儿韦尔胡斯拉娃·阿纳斯塔西亚公爵夫人、她的兄弟"长臂"尤里等,开始强求主教的席位。公爵夫人转而请西蒙给予支持,可是西蒙并不赞同波利卡尔普的这种爱慕虚荣的追求,便给他写了一封信,指责他"官迷心窍",并劝导他应该为在享有如此声誉的修道院里修身立业而自豪。正如一些研究者所认为的,西蒙在这封信中还附有一些关于基辅山洞修道院修士的故事,这些故事想必会让波利卡尔普想到修道院的光荣传统,从而让他那躁动的心灵安静下来。① 西蒙的信和附于其后的关于基辅修道院修士的 9 个短篇故事,是未来的《基辅山洞修道院修士列传》的基础之一。

这部作品的另一重要组成部分是波利卡尔普致修道院院长阿金京的信。他在信中写道,他最终决定实现一个早已有之的构想(或完成一个任务),并谈到"山洞修道院圣僧的生活和创造的奇迹"。这封信之后接着是 11 个关于苦行修士的短篇故事。

看来,在 13 世纪中期,西蒙和波利卡尔普的信(和信后所附的短篇故事一起)是由其他一些讲述修道院的文献合并而成并得到补充的,这些文献包括:《基辅山洞修道院院长费奥多西传》和对他的《颂辞》,西蒙所写的《基辅山洞修道院教堂修建记》,从《往年纪事》中摘录的关于山洞修道院的起源及该院初期几位修士的片断。

这样就逐渐形成了一部后来被称为《基辅山洞修道院修士列传》的文献。② 传至今日的有 15 世纪初根据特维尔主教阿尔谢尼的倡议而创制的阿尔谢尼版《修士列传》,可能源自 15 世纪中期一个改编本的费奥多西版《修士列传》③,15 世纪

---

① 但是,西蒙的故事只有在后来和所附信件结合起来时,才可以被认为是独立的作品。
② 在对于这部文献的所有版本的研究中,最有价值的当属德·伊·阿布拉莫维奇的成果。参见德·伊·阿布拉莫维奇:《关于作为历史与文学文献的〈基辅山洞修道院修士列传〉的研究》,载《科学院通报语言文学分卷》,第 6 卷,第 3—4 辑,圣彼得堡,1901 年;第 7 卷,第 1—4 辑,圣彼得堡,1902 年。
③ 参见 P. 波普:《西蒙致波利卡尔普书信的后续片断》,载《古俄罗斯文学研究室著作集》(ТОДРЛ)第 24 辑,列宁格勒,1969 年,第 93—100 页。

60年代在基辅山洞修道院内编写的几种卡西安版的《修士列传》及其他版本。①《基辅山洞修道院修士列传》于1661年出版。

《修士列传》的文学和思想意义是异常重大的。它不仅总结了11—12世纪古代罗斯圣徒传记文学的发展,而且在谈及著名修道院的光荣过去时,总是唤起全体罗斯人的爱国主义感情,在蒙古—鞑靼人统治的恐怖岁月,总是让人想起基辅罗斯繁荣和强大的时代。

传至今日的最古老的阿尔谢尼版《修士列传》,以内容详尽的《基辅山洞修道院教堂修建记》开篇。在西蒙的讲述中,庙堂的建筑被描述为一项受神恩庇佑的事业:修建教堂的工匠是由他们在预兆吉凶的梦中见到的圣母从拜占庭派到罗斯来的;在应该修建教堂的地方,因修道院院长费奥多西的祈祷,上帝用水珠(或相反,到处都是水珠时,则用"干燥")"做标记",于是"由天而降的"大火"烧尽整片树林和荆棘,舔干了水珠,就像一条沟壑封闭了谷地"。在这个修道院教堂的故事之后是一篇编年体的《基辅山洞修道院名称由来的故事》,接着是涅斯托尔撰写的《费奥多西传》。但是,《修士列传》的基本部分是由西蒙和波利卡尔普的故事构成的。

《基辅山洞修道院修士列传》的传奇故事的特点,正是亚·谢·普希金所赞赏不已的"迷人的朴实无华和美妙的虚构"②;这些传奇故事的情节(如区别于《西奈修士列传》的传说)相当多样化,角色典型有时变成了并不符合圣徒传记体裁套路的活生生的肖像;苦行修士在读者面前显现出有节制的寻常的人性弱点:他们往往贪婪成性,爱记仇,嫉妒心很强,对其他"弟兄们"的不幸漠不关心。③

像在《费奥多西传》中那样,在《基辅山洞修道院修士列传》的故事中,关于修士创造奇迹的描述占有不少篇幅。奇迹最为多种多样:种槟果树的普罗霍尔用槟果来烤面包,把草木灰变成盐,让受饥饿煎熬的基辅人分享面包和盐;亚加皮特医师用修士吃的一般食物来治疗所有疾病,只不过他要以自己的祈祷使食物具有灵气,他还可以使毒药变得无害,可以远距离地治愈病人,如他给远在切尔尼戈夫的病人弗拉基米尔·莫诺马赫送去一种奇效药(通常是先做祈祷,使食物有灵);格里戈里修士迫使偷偷钻进修道院的小偷闷睡了五天五夜,另一次则让小偷两天内动弹不得(这时小偷们扛着重担——他们偷窃的许多蔬菜——站在那里)。

列传中关于魔鬼的故事也很有趣。魔鬼不仅"捉弄"修士们,吓唬或诱惑他们;在同隐修士相斗时,魔鬼们往往采用另外的、更"巧妙的"方式:如魔鬼以天使的面貌出现在伊萨阿基面前,甚至和他一起祈祷,而隐修士尼基塔则靠着魔鬼的帮助把

---

① 阿尔谢尼版和卡西安版的《修士列传》的出版信息:《基辅山洞修道院修士列传》,圣彼得堡,1911年。卡西安版的《修士列传》是由德·伊·阿布拉莫维奇出版的:德·伊·阿布拉莫维奇:《基辅山洞修道院修士列传》,基辅,1930年。新版《修士列传》的文本及译文,见于《古代罗斯文学文献:12世纪》,第412—623页。

② 亚·谢·普希金:《致彼·亚·普列特尼奥夫的信》,见《普希金全集》,第14卷,莫斯科—列宁格勒,1941年,第163页。

③ 关于这方面的更详细的论述,参见瓦·帕·阿德里阿诺娃—佩列茨:《古代罗斯"圣徒传文体"的研究任务》,载《古俄罗斯文学研究室著作集》(ТОДРЛ)第20辑,莫斯科—列宁格勒,1964年,第51—69页。

《旧约全书》记得滚瓜烂熟（但与此同时，他却"从来不愿看，不想听，也不愿读"《新约全书》）。在列传中也可见到魔鬼们顺从虔修士的传统圣徒传记中的情节：例如，修士费奥多尔迫使魔鬼把一根根沉重的原木从第聂伯河岸边搬运到山上。

《基辅山洞修道院修士列传》汇集了各种不同的情节叙事形式，在古代罗斯圣徒传的发展过程中，是一个意义重大的里程碑。

至13世纪初，古代罗斯文学已拥有成熟的体裁系统，古代罗斯的作者们很好地了解到广阔范围内的拜占庭文学和南部斯拉夫文学的经典作品。几乎每一种体裁都有其作为值得仿效的典范而创作出来的作品，这决定了这种体裁在罗斯土壤上的进一步发展。文学文体业已形成，古代罗斯的著书人这时在艺术语言方面已不次于拜占庭或保加利亚的作者。

不仅基辅和诺夫哥罗德，还有弗拉基米尔、斯摩棱斯克、切尔尼戈夫、加里奇和其他许多城市，都成为著书事业和修史的中心，拥有大量的藏书。初始时期集中在王宫府邸、大教堂或修道院周围的城市文化的密集发展，是文化的进一步世俗化，文学同叙事作品进一步接近，不单是识字人群体，还有知识渊博的"读书人"圈子扩大的可靠保证。我们在13—14世纪期间，在西欧国家观察到相似的，但更为密集的行进过程。与此同时，在罗斯已有了城市文化获得类似发展的全部前提条件：罗斯已拥有通晓基督教书籍的基本主体，也通过希腊化时期的改编（如《亚历山大传》、关于特洛伊战争的传说、古希腊罗马的某些神话）熟悉了"举世公认的情节"，并沿着使自己的史诗性叙事创作和基督教书面文化接近的道路前进（例如《伊戈尔出征记》）。总而言之，13世纪有希望让古代罗斯文学向前迈出新的、意义重大的步伐。

但是，这种前景并没有出现。蒙古—鞑靼人入侵的灾难，用暴力手段打断了罗斯文化的发展，并在最大范围内毁灭了它已取得的成就。

（奥·维·特沃罗戈夫执笔，左少兴译，汪介之校并补译注释）

第三章

蒙古—鞑靼人统治初期文学：1237年—13世纪末

1. 概述

1237年是俄国历史中的一个分界线——从这一年起蒙古—鞑靼人开始占领罗斯。13世纪初,多数居住在蒙古草原的游牧部落联合成一个统一的国家。1206年,蒙古统帅铁木真被推举为大汗,封号成吉思汗,统治所有部落(1227年卒)。成吉思汗建立了一支庞大的军队,从1211年起开始进行侵略战争,他死后则由他的后人继续进行这些战争。一部分加入成吉思汗国家联合体的蒙古部落被称为"鞑靼人"。在古代罗斯,人们用这个表示"种族"名称的词来称呼所有不同民族构成金帐汗国居民的群体——所谓金帐汗国就是由于成吉思汗及其后代进行掠夺战争而于13世纪兴起的庞大的蒙古—鞑靼封建帝国。在现代学术研究中,加入成吉思汗及其后代所治国家的各个不同的游牧部落,通常被称为蒙古—鞑靼人。罗斯人同蒙古—鞑靼人的第一次冲突发生在拔都大军侵犯前13年,即1223年的卡尔卡河战役。

在卡尔卡河之战前不久,《伊戈尔出征记》的作者就发出了号召,呼吁王公们停止封建内讧,团结起来与罗斯国的外敌进行联合斗争。但是这一号召始终毫无效果。由于参加卡尔卡河之战的王公们的行动配合不协调,罗斯人失败。但是卡尔卡河之战并没有被作为教训来汲取：封建王公们意见分歧,缺乏与外族侵略者斗争的统一领导,这使得一个个公国即使在拔都入侵时期也是单独作战,力量分散。

在有关卡尔卡河之战的编年史纪事中(其中传至今日的最完整的纪事见于拉夫连季编年史和诺夫哥罗德第一编年史),蒙古—鞑靼人在罗斯大地上的出现被定性为世界末日的前兆①，而卡尔卡河之战的失败则被说成是罗斯国家历史上最可怕的灾难："所有罗斯的王公都被打败了，而这种失败是罗斯国从立国以来从未发生过的。"② 蒙古—鞑靼人对待罗斯军人、被占城市和所有公国的和平居民所采取的残酷无情的手段，像一条血线贯穿于拔都侵占罗斯的所有故事和口述中。这类描写在某种程度上有着文学—诗歌言过其实的痕迹，但是这种言过其实的基础却是真实的事件。罗斯史料的客观性已为非俄罗斯的历史学家和作家们③的报道，为蒙古—鞑靼人自己关于他们的军事政策的种种说法所证实。

1236 年，蒙古—鞑靼人开始征讨欧洲，他们的首领是成吉思汗的孙子拔都。1237 年冬，可怕的征服者打进了梁赞公国。梁赞人被迫独自对付强大的敌人：尽管梁赞人再三请求，弗拉基米尔大公始终未去救援。接着，东北罗斯的各城市，然后是西南罗斯的各个城市相继被攻占和摧毁（基辅于 1240 年被攻占）。拔都从征讨欧洲回师之后，在伏尔加河下游一带安营扎寨，这个地方（在现代阿斯特拉罕地区）是金帐汗国的都城——萨莱。罗斯大部分地区都处于金帐汗国的藩属国地位。

13 世纪，罗斯的其些地方不单要反抗蒙古—鞑靼汗国，在西北罗斯诺夫哥罗德—普斯科夫地区，他们在 40 年代还同德国—瑞典侵略者进行了残酷的斗争。

同入侵罗斯国土的外敌进行斗争的失败，加上金帐汗国在罗斯推行的政策，加剧了国家封建分割和一些公国独立自主的进程。但是与这一进程并行的则是罗斯国土必须连为一体的理念日益坚定成熟，这一理念首先反映在文学文献中。这一理念是从这样的意识中产生的：正是罗斯众公国的分封割据导致了失败和金帐汗国统治的建立。它的内在动因是统一的语言（虽然存在各地区的方言）、统一的宗教、统一的历史和民族亲缘关系的意识。

蒙古—鞑靼人的入侵给罗斯的物质文化造成了极为惨重的损失，阻碍了国家文化发展的进程。人口减少幅度非常大。侵略者摧毁了东北罗斯和南部罗斯的许多城镇，一些极为珍贵的建筑文物古迹遭到破坏，一些工艺品、造型艺术品和书籍被掩埋在废墟下，或在大火中化为灰烬。正如鲍·亚·雷巴科夫院士所说："罗斯的城市手工业被毁灭殆尽。国家被拖后了几百年；在西方行会工业转入原始积累时期的那个世纪，罗斯的手工业才不得不第二次走过拔都过攻前已开辟的历史道路中的那一阶段。"④ 但是罗斯人民在精神上既没有被消灭，也没有被奴役。同蒙古—鞑靼人的斗

---

① 困惑不解的是，这个此前一直无人知道的民族（"他们被称为鞑靼人，或被叫做鞑乌米亚人，另一名称是佩彻涅格人"）向着罗斯蜂拥而来，编年史纪事的作者把蒙古—鞑靼人等同于启示录中出现的部族，在帕塔尔教区梅福季主教的《言论》中预言："……他们将出现在世界末日临近之际……将征服整个大地……除了埃塞俄比亚。"参见《俄国编年史全集》（ПСРЛ），第 1 卷，莫斯科，1962 年，第 503 页。
② 同上书，第 508 页。
③ 阿拉伯历史学家、蒙古—鞑靼人入侵的同时代人伊本·阿里·阿西尔，曾把蒙古—鞑靼人挑起的战争评述为历史从未有过的灾难。他写道：征服者"杀戮妇女、男子和婴儿，剖开孕妇的腹部，扼杀胎儿"。参见弗·古·蒂森豪森：《金帐汗国历史资料集》（Сборник материалов, относящихся к истории Золотой Орды），第 1 卷，圣彼得堡，1884 年，第 2 页。
④ 鲍·亚·雷巴科夫：《古代罗斯的手工业》（Ремесло древней Руси），莫斯科，1948 年，第 780—784 页。

争激起了罗斯人民爱国主义的高涨。爱国主义成了 13 世纪文学的基本主题。它既反映在编年史中,也反映在圣徒传和布道讲演文中。在 13 世纪的作品中,尖厉地响起了建立强有力的王公政权、谴责王公之间的内讧和他们在对敌斗争中行动不协调的声音。理想的王公应当既是军人,又是睿智的国务活动家。弗拉基米尔·莫诺马赫在人们对往昔的回忆中就被描绘为这样的王公;在当时的王公中,亚历山大·涅夫斯基在写于 13 世纪 70 年代的传记中,也被想象成这样的王公。

13 世纪文学中存在与前一时期相同的体裁——编年史、圣徒传和演讲文。但是,正如我们在下文将要看到的,这些体裁的文献在许多方面具有独特性,超出了传统体裁的框架。

2. 编年史编撰

罗斯的封建割据促进了地方、区域的编年史编撰的开展。一方面,这导致编年史选材范围缩小,赋予了一些编年史以外省色彩。另一方面,文献的地域限制则促进了原本地方性的特征渗入各种文献的字里行间,更加有力地影响了地方性口头的、源于民间的文化向着书面文化靠拢。这就导致书面创作的一定程度的民主化,扩大了参与罗斯文学创作的读书人的社会范围。同时必须指出一种仅仅为罗斯编年史编撰所特有的典型特征。在罗斯编年史编撰中,几百年来(从 11 世纪到 16 世纪)已牢固确立了一种保守的编年史形式:编年史就是讲述整个罗斯国土上许多世纪的历史。在金帐汗国统治时期,在罗斯各地封建割据和内乱不息的时期,从本质上说,那时的编年史是趋于统一的。在这方面,罗斯的编年史明显区别于西方的同类现象:在西方,年代记和编年史的编撰是各不相同、彼此独立的,它们既不能合为一体,也不会相互交织。在罗斯,按地域编撰编年史的限制并未导致编年史自我设限,只顾本区域、本地区的利益,也没有把编年史变成狭隘的地域性作品。每一位地方上的编年史家,都把所属公国、所属地区的历史,同整个罗斯国土以往的和当今的历史联系起来。"每个区域的编年史在某种程度上都力求成为全罗斯的编年史,尽可能广泛地包括整个罗斯国土的历史。"①无论在何地编成,所有的编年史通常都把全罗斯的历史材料纳入自身的构成中,既叙述所属公国发生的事件,也将这些事件与罗斯其他地区以往和当今的历史做对照并联系起来。最后,地方的编年史家常常在自己的著作中利用其他公国的编年史材料。我们不可能总是追踪到或说清楚不同的公国,甚至彼此敌对的公国的编年史编撰相互作用的途径和性质,但是这种相互作用的存在是不容争辩的。②

---

① 德·谢·利哈乔夫:《俄国编年史及其文化—历史意义》,莫斯科—列宁格勒,1947 年,第 268 页。
② 在分析 13—14 世纪诺夫哥罗德编年史时,德·谢·利哈乔夫着重研究了《诺夫哥罗德第一编年史》的全罗斯资料信息的问题,指出:"这一和其他区域交流编年史信息的事实本身,清晰地表明编年史编撰是多么复杂,为了完成编撰更要求复杂的文学交流。"(德·谢·利哈乔夫:《诺夫哥罗德编年史:13—14 世纪》,见《俄国文学史》,第 2 卷第 1 册,莫斯科—列宁格勒,1945 年,第 115 页。)

蒙古—鞑靼人的入侵阻碍了编年史编撰蓬勃发展的进程。在被入侵者摧毁的城市，编年史编撰中断了；即使那些没有遭到直接破坏的编年史修撰中心，编撰工作也在某种程度上停顿了。但是，在金帐汗国压制最沉重的岁月里，编撰也完全没有停止。编年史编撰从受到破坏的中心转移到其他城市，在幸免于毁灭的公国中继续进行。例如，在弗拉基米尔进行的大公编年史编撰，在该城遭到蒙古—鞑靼人的破坏之后转移到罗斯托夫，在这里的当地主教府邸内进行。在加里奇—沃伦罗斯地区，在诺夫哥罗德，编年史编撰事业也未停止。同异邦侵略者斗争的题材成为这一时期编年史编撰的主导题材。

加里奇—沃伦编年史 与基辅罗斯文学传统联系最密切的是加里奇—沃伦编年史，它是伊帕季修道院编年史的一个组成部分，在其中直接紧随基辅编年史。加里奇—沃伦编年史分两部分：第一部分（到1260年）描述加里奇公丹尼尔的生平和活动及加里奇公国的历史；第二部分叙述弗拉基米尔—沃伦公国及其几位王公（丹尼尔的兄弟瓦西里科·罗曼诺维奇和瓦西里科的儿子弗拉基米尔）的命运，包括1261—1290年这一时期。加里奇—沃伦编年史的第一部分和第二部分都是各自独立的文本，因思想倾向和风格的不同而彼此区别开来。①

通常人们将加里奇—沃伦编年史的第一部分称为《加里奇公丹尼尔年谱》。作者关注的中心是他极为爱戴和尊重的加里奇公丹尼尔·罗曼诺维奇。年谱的作者对他笔下的主人公大加赞扬。年谱以简要记述王公的去世结束，对他的赞扬十分克制。作品的结尾与作品中其他关于加里奇公丹尼尔的叙述这样不相称，使这部作品的研究者列·弗·切列普宁有理由断定："加里奇公丹尼尔年谱在此公在世时就编写完成，关于他最后岁月和去世的简要陈述不是在加里奇写的，而是出自弗拉基米尔—沃伦的编年史家之手。"② 列·弗·切列普宁得出结论：《加里奇公丹尼尔年谱》作为一部单一的完整作品，是1256—1257年在霍尔姆城的主教府邸编写的。这部献给加里奇公丹尼尔的编年史的基本思想，是王公本人同造反的大贵族领主进行的斗争，揭露贵族领主的叛乱。《加里奇公丹尼尔年谱》的第二个中心主题是罗斯军队和罗斯大地的光荣。

沃伦编年史，正如伊·彼·叶廖明所认为的："从头到尾是同一作者的著作……无论是编年史的内容，还是它的整个文学结构，都证明它出自一人之手。"③ 更确切些说，沃伦编年史是在13世纪90年代编撰的，在这里占首要位置的是沃伦公国的

---

① 主要研究成果参见列·弗·切列普宁：《加里奇公丹尼尔年谱》，载《历史学刊》，1941年第12期，第228—253页；伊·彼·叶廖明：《作为文学文献的1289—1290年沃伦编年史》，见伊·彼·叶廖明：《古代罗斯文学》，莫斯科—列宁格勒，1966年，第164—184页。

② 列·弗·切列普宁：《加里奇公丹尼尔年谱》，载《历史学刊》1941年第12期，第230页。

③ 伊·彼·叶廖明：《作为文学文献的1289—1290年沃伦编年史》，见《古代罗斯文学》，第174页。也存在不同的观点，如米·谢·格鲁舍夫斯基认为沃伦编年史是三位作者的成果，参见米·谢·格鲁舍夫斯基：《乌克兰文学史》(История української літератури)，第3卷，基辅—利沃夫，1923年，第180—203页；弗·捷·帕舒托则认为沃伦编年史有两位作者，参见弗·捷·帕舒托：《加里奇—沃伦罗斯历史概观》(Очерки по истории Галицко-Волынской Руси)，莫斯科，1950年，第101—133页。

利益。沃伦编年史具有比《加里奇公丹尼尔年谱》更鲜明突出的地方特征。这部编年史按其风格来说更接近于12世纪基辅编年史编撰的传统,它的特点是比《加里奇公丹尼尔年谱》在文体上更为通俗。

列·弗·切列普宁在分析《加里奇公丹尼尔年谱》的整体结构时,区分出一系列作为其基础的材料来源。这些史料有:关于幼年时代丹尼尔·罗曼诺维奇和瓦西里科·罗曼诺维奇之命运的加里奇纪事,参战者所写的《卡尔卡河之战的故事》,丹尼尔与封建大贵族领主斗争纪事,《与拔都血战的故事》,丹尼尔去金帐汗国拜见拔都的叙述,与亚特维亚格人斗争的系列战斗故事,地方编年史、官方文件和翻译文学作品。所有这些资料在《年谱》中构成一部完整而统一的叙事文献,由作品的基本思想和风格上的统一而结合起来。

《加里奇公丹尼尔年谱》的作者将其作品的大部分用于叙述丹尼尔同加里奇大贵族领主、波兰和匈牙利封建主为加里奇王公之位而斗争的变故上。在着手叙述这些事件时,他对这些事件做了这样的描述:"现在就让我们开始谈谈人数众多的队伍,大规模的军队调动,频繁的战事,多次谋反、频繁的暴动和多次叛乱。"[①]但是作者感兴趣并关心的不单是与加里奇公国的历史相联系的事件,他还思考和忧虑罗斯国土的前途。因此,在他的讲述中我们可以见到关于卡尔卡河之战的详细描写。编年史的作者在讲述卡尔卡河之战时,用许多笔墨谈论丹尼尔的英勇无畏,但对其他参战人员也给予应有的关注,并痛苦地感叹所有罗斯王公遭到的不幸。在关于丹尼尔公去金帐汗国拜见拔都的叙述中,传来为罗斯大地遭受奴役而发出的特别尖锐的痛楚与屈辱之声。在这里,丹尼尔在读者面前的表现,同他作为一名英勇无畏的军人出现于其中的片断("他英勇无畏,浑身上下没有一点毛病",第744—745栏)相比,这两者的反差赋予这篇故事一种特殊的力量和价值。在去金帐汗国都城的路上,丹尼尔拜访了维杜比茨修道院,并请求修士们为他祈祷。在长长的路途中,他亲眼见到了罗斯人民遭受的灾难和金帐汗国官吏的欺压。

因此他"开始更多地感到内心的悲痛"(第806栏)。当丹尼尔出现在拔都面前时,拔都说:"丹尼尔!为什么你不早来?现在你既然来了,那也是好的。"接着他又问丹尼尔公,他是不是喝"黑奶,我们蒙古人的饮料,酸马奶"。丹尼尔回答说:"我到现在还没有喝水,现在你下命令——我就喝。"(第807栏)稍后,给丹尼尔——以一种特殊礼遇的形式——端来一大勺酒。写年谱的编年史家说完这件事之后惊叹道:"啊,鞑靼人的礼节是最最凶险的!"(第807栏)接着他展露出这样令人悲痛的想法:"丹尼尔·罗曼诺维奇当大公时,拥有罗斯国土,并同自己的兄弟一起拥有基辅、弗拉基米尔和加里奇等城市和其他地方,如今却在此下跪,自称奴仆,向别人纳贡。不惜生命,不顾危险降临。啊,鞑靼人的礼节是多么凶险!丹

[①]《加里奇—沃伦编年史》的文本,引自《俄国编年史全集》(ПСРЛ),第2卷,莫斯科,1962年,第750栏(столбец)。(以下凡引用本编年史,仅在引文后注明这套《全集》第2卷中的栏次)

尼尔的父亲也曾是罗斯国的国王,他也曾征服波洛夫人的国土,还攻占所有其他地区。如果他的儿子不接受这份礼遇,那么还有什么人能接受这份礼遇呢?他们的仇恨和奉承是无尽无休的。"(第807—808栏)在讲到丹尼尔从金帐汗国返回时,叙述者对他的几个儿子和兄弟的情感作了这样富有表现力的描写:"他们为父兄遭到的不幸痛哭流涕,但对他安全返回却欣喜若狂。"(第808栏)

《加里奇公丹尼尔年谱》的特点是用一种特殊的笔触绘声绘色地描写历次战斗,具有独特的骑士格调。作者对军事题材和战斗场面的喜爱表现在他对军人的装束、盔甲和兵器等的细致入微的描绘,以及对军队的总体状态和他们的行动的描写。例如有这样一幅素描:"全体战士从宿营地出来,全副武装。他们的盾牌像朝霞,他们的头盔像初升的太阳,他们手中握着的长矛像一根根芦苇;走在两边的弓箭手,手中拿着弯弓,对着军队,但没有搭上箭。丹尼尔公坐在马上检阅队伍。"(第813栏)作者怀着无限的爱戴之情描写马匹和全套装备。马——是王公在立军功时的忠诚助手,只有作者本人与军事活动联系密切的人才能这样写。

《加里奇公丹尼尔年谱》的这些特点使人们认为这部作品的作者是王公身边的一位亲信。这是一位有高度文化修养的人,熟悉翻译文学作品,热衷于展现自己的艺术才华。因此,在作品的行文中,有很多复杂的语法形式、修饰语、扩展性的比喻、词藻华丽的感叹。与此同时,《加里奇公丹尼尔年谱》的作者广泛使用简短的、听起来像是成语的格言警句:"但愿尸骨埋故土,胜过名声扬外邦"(第716栏),"一块顽石毁了许多山里人"(第736栏),"没有不死人的战争"(第822栏),等等。

《加里奇公丹尼尔年谱》的特点还在于它利用了传奇式口头传说的情节和形象,其中包括波洛夫人叙事文学中的传说。属于后者的有这一《年谱》中关于波洛夫人酋长奥特罗克的著名故事:奥特罗克逃往"奥别泽铁门之外(杰尔宾特以南)",在弗拉基米尔·莫诺马赫去世后,瑟尔昌汗的使节、(弹奏弦乐器的)乐师奥里说服奥特罗克回到故乡,让他闻闻故土的青草——艾蒿散发的"叶闷香"。无论奥里如何劝说,也无论波洛夫人的歌曲如何动听,都不能动摇奥特罗克不再回到草原故土的决心。但是,在奥里给了奥特罗克一束艾蒿之后,他闻到了故乡草原的气息,竟然哭了起来,并说道:"但愿尸骨埋故土,胜过名声扬外邦。"(阿·迈科夫的名诗《叶闷香》曾利用这一情节)

《加里奇公丹尼尔年谱》接受并继承了以往南部罗斯编年史编撰的传统,但是这部年谱的特点则在于它有一系列原创性特征。德·谢·利哈乔夫将《加里奇公丹尼尔年谱》归入古代罗斯文学作品中的一种特殊体裁——王公传略。[①]

与其他编年史不同,《加里奇公丹尼尔年谱》中没有编年史所特有的逐年记

---

① 德·谢·利哈乔夫:《俄国编年史及其文化—历史意义》,第247—267页。

事的格式，这是一部完整的历史叙事作品。在传留至今的《年谱》文本中，却有逐年记事的格式，但是，正如米·谢·格鲁舍夫斯基首先确定的①：日期（随意的，但通常是错误的）是后来填上去的，更确切些说，是伊帕季编年史的伊帕季抄本的编撰者填上去的。

  在沃伦编年史中最受关注的是沃伦公弗拉基米尔·瓦西里科维奇。在文学方面特别出色的是关于弗拉基米尔·瓦西里科维奇生命最后几天和他去世的描写。这一描写既以其事实详情，也以其成功发现的文学叙事细节给读者留下了强烈的印象。有这样一个片断。弗拉基米尔·瓦西里科维奇和他兄弟姆斯季斯拉夫之间有一个协定。根据这一协定，弗拉基米尔·瓦西里科维奇去世后（他没有子女），他的领地应该转给姆斯季斯拉夫。但是还有其他觊觎这些领地的人。其中一位是弗拉基米尔·瓦西里科维奇的堂兄弟的儿子尤里·利沃维奇公，他要求将别列斯季耶（现布列斯特）让给他。弗拉基米尔在拒绝了尤里·里沃维奇的使节的要求后，决定预先将尤里·里沃维奇的要求告知姆斯季斯拉夫。弗拉基米尔往他那里派去了自己忠实的仆从拉季沙。当时弗拉基米尔·瓦西里科维奇浑身无力，病魔缠身，躺在病榻上。他"从自己的褥子下取出一束秸秆"，吩咐他的使节将秸秆转交给姆斯季斯拉夫，并对他说："我的兄弟，来人给的秸秆，在我身后你不要给任何人！"（第912栏）

  关于弗拉基米尔·瓦西里科维奇公生命最后几天的描写，以对他的赞美结束，其中强调王公高度的文化修养，他的人性优点："他说起话来条分缕析，引经据典，因为他大有学问，精明机智，胆大而心细，温良谦和，为人正直，从不说谎，不接受贿赂，痛恨为非作歹，从成年起就不好酒贪杯，对所有的人都心存大爱。"（第921栏）

  学术界就沃伦编年史的作者可能是谁提出了各种假说，但最为可信的还是伊·彼·叶廖明关于这一问题的说法："关于沃伦编年史的作者可以有把握地说一说的，只有这几点：他是弗拉基米尔·瓦西里科维奇公的热情支持者，熟知王公治下的所有事务，与王公私交甚深，又是一位有开创性的人，出色地掌握了编年史编撰事业的实践与传统——看来还是当地的一名修士和神甫。"②

  罗斯托夫编年史编撰 蒙古—鞑靼人于1237年摧毁弗拉基米尔城之后，在此地进行的大公编年史编撰转移到了罗斯托夫。在13世纪罗斯托夫编年史编撰工作中，研究者们（从《拉夫连季编年史》中）分出了两个罗斯托夫编年史汇集——"雅罗斯拉夫·弗谢沃洛多维奇1239年汇集"和"1263年汇集"。在罗斯托夫编年史编撰的历史上，1246年在金帐汗国被杀害的切尔尼戈夫公米哈伊尔·弗谢沃洛多维

---

  ① 米·谢·格鲁舍夫斯基：《加里奇—沃伦编年史纪年表》，载《谢甫琴科科学学术协会会刊》，利沃夫，1901年，第41卷，第1—72页。
  ② 伊·彼·叶廖明：《作为文学文献的1289—1290年沃伦编年史》，见伊·彼·叶廖明：《古代罗斯文学》，第174页。

奇的女儿和1238年被蒙古—鞑靼人杀死的罗斯托夫公瓦西里科的妻子王公夫人玛丽娅，都发挥了重要作用。

1262年，罗斯托夫的一些城镇掀起了反对金帐汗国的行政长官——鞑靼军队的八思哈的起义浪潮。在这些事件后创作的编年史汇集，即德·谢·利哈乔夫确定为大公夫人玛丽娅的编年史汇集，"整个渗透着必须牢牢地捍卫信仰和祖国独立的理念。正是这一理念既决定了编年史的内容，也决定了它的形式。王公夫人玛丽娅的编年史将许多因拒绝向征服者做任何妥协而被残酷处死的罗斯王公的故事收集在一起。这些故事在罗斯托夫的玛丽娅编年史编撰中，既以其篇幅、又以其文风而显得与众不同。"① 纳入这组故事中的有：1238年瓦西里科·康斯坦丁诺维奇被害的故事、1239年关于尤里·弗谢沃洛多维奇的故事，1246年切尔尼戈夫公米哈伊尔在金帐汗国被杀的纪事。在所有这些编年史纪事中，王公们都是作为忠于信仰的蒙难者出现的——他们没有背叛正教，也没有接受侵略者的"异教徒"信仰。因此，王公们的死就被看作一种宗教上的功德。但是在蒙古—鞑靼人统治的年代，这样的功德不仅应当被理解成为信仰而受苦受难，还应当被理解为勇于反对所有奴役者压迫的英勇行为。这一种倾向之所以更引人注目，是由于蒙古—鞑靼人——正如从史料中可以清楚看出的——对待宗教信仰问题甚为得体，所以罗斯教会在金帐汗国享有一系列的特别优待。

瓦西里科在故事中既是作为为信仰而献身的蒙难者，又是作为勇敢的军人、睿智的王公出现的。他是在锡季河同拔都的军队作战时被俘的。"不信上帝的鞑靼人""强迫"他不仅要承认他们的"异族异教的"习俗，而且要"服从他们并与他们一起去打别人"。② 但是瓦西里科公毫不屈服："你们无论如何都无法使我背离基督教信仰，哪怕让我大祸临头。"（第465—466栏）这个故事以对瓦西里科的赞颂结束，颂辞中描绘出王公的理想形象："瓦西里科面貌英俊，双眼明亮，狩猎时非常勇敢，为人严肃，但心地善良，对大贵族领主十分亲切。大贵族中有谁不曾为他效力，没有吃过他的饭，喝过他的酒，拿过他馈赠的礼物？有谁在别的王公家能受到这样的垂爱？他对自家的奴仆佣人也很友好。他有勇有谋，行事果敢，追求正义，服从真理；对人对事都悉心规划，善于操办。"（第467栏）应当注意到，在这部编年史汇集的关于1262年事件的讲述中，我们会读到一位伊佐西马修士被愤怒揭露的事：此人卖身投靠鞑靼人并与他们合作。这个背叛者和为信仰而蒙难、且未背叛祖国的诸位英雄之间形成独特的对比：伊佐西马后来也死了，但他的死被人鄙视，很不光彩。"当人们发狂似地冲向他们的敌人时（也即当1262年反对金帐汗国八思哈的暴动开始时——引者注），一些人被赶走，另一些人被杀，那位毫无气节的伊佐西马也在雅罗斯拉夫城被人杀死。他的尸体被野狗啃啮，被乌鸦啄

---

① 德·谢·利哈乔夫：《俄国编年史及其文化—历史意义》，第285页。
② 引自《俄国编年史全集》（ПСРЛ），第1卷，莫斯科，1962年，第465卷。（以下凡引用这一版本，仅在引文后注明栏次）

食。"(第 476 栏)①

梁赞编年史编撰　关于梁赞编年史编撰的直接资料没有传留下来。但是有充分理由可以肯定,在这个最先遭到拔都侵略军打击的公国,曾进行过当地编年史的编撰;大约在 13 世纪 40 年代入侵事件之际,一部梁赞编年史汇集得以编成。②瓦·列·科马罗维奇认为,以下情况都证明梁赞编年史汇集确曾存在:"不仅是东北罗斯的所有编年史汇集(如拉夫连季编年史、三一修道院编年史、1423 年多卷年代记、复活节大教堂编年史汇集),还有诺夫哥罗德第一编年史和加里奇—沃伦编年史(伊帕吉修道院编年史),关于拔都来犯的记述都是从梁赞开始的。但是,在任何一部文献中,所描述事件的直接观察者甚至参与者的声音,听起来都不比梁赞编年史中的叙述片断更为清晰。"③这部编年史汇集的突出特点是指责王公们放任蒙古—鞑靼人取得节节胜利:罗斯的军人因王公们争吵不休而未能抵御敌人,不愿为了共同的事业而忘记个人利益。这一暴露性倾向特别强烈地表现在拔都攻占梁赞城的叙事中。尤里·弗谢沃洛多维奇大公(稍后他在锡季河战役中死去)"一点儿也不听梁赞诸王公向他提出的"援助梁赞人的请求,"但自己却想单独应战"④。在记述这一点后,编年史家感叹:还在敌人侵犯前("此前"),"上主就使我们失去了力量,由于我们罪孽深重,他让我们迷惘、惊惶、恐惧、战栗不安"(第 75 页)。所谓"迷惘",就是王公们失去理智,行动不协调,为了自私的个人利益而忽视共同的利益,也是王公们在面临严重危险的时刻各自为政的原因,并导致失败。梁赞编年史汇集中关于拔都入侵的叙述,也反映了有关拔都暴行的一些口头传说。这部汇集中记述:入侵者踏上梁赞的土地,就给梁赞的王公们派去使节——"一位女巫师和两个陪同她的男人",要求"所有的人,无论平民百姓还是王公贵族,都要交纳十一税,马匹的征税也一样,全都是收入的十分之一"(第 74 页)⑤。关于拔都侵犯梁赞的口头传说和梁赞编年史汇集中关于这一事件的编年史纪事,后来成为《拔都摧毁梁赞纪事》的基础。

诺夫哥罗德编年史编撰　在蒙古—鞑靼人侵占罗斯的年代,诺夫哥罗德仍继续进行编年史的编撰。12 世纪在诺夫哥罗德编年史编撰中形成的对城市生活每日事件做简要的实际记载的风格,也保存在 13 世纪的编年史编撰中。但与此同时,

---

① 关于拔都入侵期间尤里·弗谢沃洛多维奇和瓦西里科表现出同蒙古—鞑靼人英勇斗争的战士和为信仰而献身的蒙难者的英雄主义光彩的叙述,仅可在《拉夫连季编年史》读到。
② 瓦·列·科马罗维奇:《13 世纪梁赞编年史汇集》,见《俄国文学史》第 2 卷第 1 册,莫斯科—列宁格勒,1945 年,第 74—77 页。
③ 同上书,第 75 页。
④ 引自《诺夫哥罗德第一编年史早期与晚期抄本》,莫斯科—列宁格勒,1950 年,第 75 页。(以下凡引用这一抄本,仅在引文后注明页码)
⑤ 在《诺夫哥罗德第一编年史晚期抄本》中还有补充:"无论白马、黑马,还是褐色马、棕色马和花斑马。"(第 286 页)

在诺夫哥罗德编年史编撰中,题材得以拓展,显示出对具有全罗斯意义的事件的兴趣。诺夫哥罗德编年史编撰的特点是编年史的民主性质:"在13—14世纪的全过程中,诺夫哥罗德编年史还以浓厚的日常生活普通用语和语言中的口头说法为特征,这些特征赋予编年史一种大众化性质,这是我们在后来的莫斯科编年史,甚至在此前的南方编年史编撰中所不曾见过的。"① 这一时期诺夫哥罗德编年史编撰的代表性特征之一,是所作记述在纪年上接近于所描述的事件。我们感到记述者就是所描述事件的直接参与者、见证人。只要举1230年诺夫哥罗德大饥荒的描写就足以为例。编年史家记下的这些细节,使得他的描述成为一份令人信服的文献,一幅人类灾难的鲜明图画。但是,他不仅生动再现了可怕饥荒的细节("一些还活着的人把呆傻的孩子们杀了吃掉,有人从死者身上和尸体上切下肉来充饥,还有人宰杀马匹、猫狗自食……"),而且还表达了自己的激情:"我们之间已经没有仁爱之心,有的只是悲痛和伤心;大街上一片悲惨景象,房屋则忧伤地注视着孩子们哀哭着要吃的,看着垂死者奄奄一息。"②

13世纪中,对世界历史的关注也没有停止。大约在13世纪下半叶,在罗斯的加里奇—沃伦地区编成了一部内容丰富的年代记汇集,载入其中的有圣经文本、乔治·阿马托尔的《编年史》、约翰·马拉拉斯的《年代记》中的几卷、《亚历山大传》、约瑟·弗拉维的《犹太战争史》。这部汇集囊括了从创世到公元70年狄虞·弗拉维攻陷耶路撒冷的古代历史事件。我们对这部年代记汇集有所认识,依据的是其两部后来的抄本:档案馆年代记(15世纪末—16世纪初)和维尔诺年代记(16世纪中期)。③

在蒙古—鞑靼人侵占的年代编撰的编年史汇集、编年史纪事和故事,将俄国历史上这些沉痛岁月的历史事件的描述传留至今。也正如前一时期的编年史一样,这一时期的编年史编撰不仅作为历史资料,而且作为文学现象,对于我们来说都非常珍贵。编年史编撰中鲜明地反映了人类的渴望和情感、对已发生的事件所作的爱国主义评价,编年史本身则把与蒙古—鞑靼人侵占相联系的民间口头传说传留到现在。我们在其中可以发现俄罗斯民众与异邦侵略者进行英勇斗争的充满深情厚意的描写。

---

① 德·谢·利哈乔夫:《13—14世纪诺夫哥罗德编年史》,第120页。
② 《诺夫哥罗德第一编年史早期与晚期抄本》,第70—71页。
③ 参见瓦·米·伊斯特林:《罗斯年代记中的〈亚历山大传〉》,莫斯科,1893年;尼·亚·梅谢尔斯基:《约瑟·弗拉维〈犹太战争史〉在古代罗斯的翻译》,莫斯科—列宁格勒,1958年。

3.《囚徒丹尼尔的求告书》

正如我们可以确信的,编年史家们对罗斯王公在所发生的事件中起着何种作用这一问题的兴趣,并不亚于他们对同蒙古—鞑靼侵略者进行斗争这一类题材的兴趣。

强大的王公政权、王公间的关系及王公与大贵族的相互关系等问题,既处于编年史家、《伊戈尔出征记》的作者和《诸王公论》的作者的关注中心,也激发着其他许多作品的作者,无论是蒙古—鞑靼人入侵之前,还是入侵期间和入侵之后的作者。那些思考罗斯未来的人士已敏锐地意识到,必须有一个强大的王公政权,作为能够在抵御外敌的斗争中获胜、促使国内矛盾得到克服的条件。古代罗斯最令人感兴趣的作品之一《囚徒丹尼尔的求告书》的中心,就存在着这一思想。这部文献之所以值得重视,不仅是因为它的思想取向和风格特征,还由于它的神秘性:关于它创作的时间问题尚不清楚,关于囚徒丹尼尔是什么人的问题也没有确定的看法,关于作品两个主要版本的相互关系问题的解答,也是众说纷纭。

一个版本的标题是《囚徒丹尼尔的言论》(下简称《言论》),另一个的标题是《囚徒丹尼尔的求告书》(下简称《求告书》)。以"言论"为题的文本中说到的王公名字是雅罗斯拉夫·弗拉基米罗维奇,而在以"求告书"为题的文本中,王公则叫雅罗斯拉夫·弗谢沃洛多维奇。在《言论》的行文中,王公被称为"大王公弗拉基米尔之子"①。这就为把《言论》的标题看成错误提供了根据,许多研究者也认为,文献所指,或是长臂尤里公,或是大好人安德烈公——都是弗拉基米尔·莫诺马赫之子。在这种情况下,《言论》写作的时间应不晚于12世纪40—50年代(长臂尤里死于1157年,大好人安德烈公则于1141年去世)②。在《求告书》面向何人的问题上,所有研究者的结论是一致的:这里指的是弗谢沃洛德三世大公(外号"大家族")的儿子雅罗斯拉夫·弗谢沃洛多维奇,即1213—1236年间佩列亚斯拉夫尔—苏兹达尔的王公。但是许多研究者还持有另一种看法:上述作品的第一个版本不是《言论》,而是《求告书》。《言论》是较晚出现的《求告书》的改写本③。尽管有一系列有利于肯定《言论》先于《求告书》的版本学性质的结论④,也有一系列有利于说明《言论》

---

① 文本的出版参见《囚徒丹尼尔的言论(根据12和13世纪的版本及各改编本编排)》(Слово Даниила Заточника по редакциям XII и XIII вв. и их переделками),尼·尼·扎鲁宾筹备付印,列宁格勒,1932年。(以下引文本均出自这一版本)

② 最为可信的有利于所指为"大好人安德烈"之推测的论据,参见米·奥·斯克里皮尔:《囚徒丹尼尔的言论》,载《古俄罗斯文学研究室著作集》(ТОДРЛ)第11辑,莫斯科—列宁格勒,1955年,第80—83页。

③ 参见尼·卡·古德济:(1)《囚徒丹尼尔属于哪一社会阶层?》,见《亚·谢·奥尔洛夫院士学术活动40周年纪念文集》(Сб. статей к сорокалетию учёной деятельности А. С. Орлова),列宁格勒,1934年,第477—485页;(2)《俄国文学史》第2卷第1册:《1220—1560年代的文学》,莫斯科—列宁格勒,1945年,第35—45页;(3)《古代罗斯文学史》第7版,1966年,第178—188页。

④ 米·奥·斯克里皮尔:《囚徒丹尼尔的言论》,载《古俄罗斯文学研究室著作集》(ТОДРЛ)第11辑,第72—95页。

的思想倾向和《求告书》相比从性质上看更早一些的论据①,《言论》与《求告书》孰先孰后的问题仍然处于假说的阶段。但是,毫无疑问,在《言论》和《求告书》之间,虽然同一作品的这两个版本彼此相近,但它们在思想倾向上却有着重大的差异。在两个版本中,如果说王公和王公政权的力量和威势受到同等程度的赞扬和吹捧,那么其对于大贵族的态度则大为不同。在《言论》中,王公与他治下的大贵族彼此并不对立,而在《求告书》中则突出地强调王公处于大贵族之上。作者在这里宣称,宁愿"衣着褴褛伺候"三公,也不愿"穿戴华丽出入领主府邸"。

关于囚徒丹尼尔究竟是何人的问题,同样没有确定。在关于 1378 年沃扎河战役的编年史记事②中,曾提及囚徒丹尼尔,但这什么也证明不了,因为极有可能,这一提及本身就源自《言论》或《求告书》。我们甚至不能确信实际上是否存在过一个像丹尼尔这样的人,他在何时为什么失宠于自己的王公。"囚徒"这个词本身也不明不白:它可以有"被监禁者"和"抵债者"(即以工抵债的人)的含义。无论是《言论》还是《求告书》的文本,都提供了各种推测丹尼尔"身世"的极为丰富的材料,但是,所有这一切恰恰只是猜测而已,而且通常都是甚为主观的猜想。无论从《言论》和《求告书》的内容,还是从作者的自我评述出发,客观上可以看出丹尼尔不属于统治阶级。他应被列入王公家"门客"的范畴,这类人是出身于各种不同等级的人身依附者。③《求告书》的思想取向,针对大贵族的攻讦之词,对王公力量在于其周围武士人数众多且英勇善战的强调,使人们有理由把这部作品看成"早期服役贵族的一部政论文献,从中可见贵族提出那些萌芽形式的要求,后来他们在政治上壮大起来后,就理直气壮地大声表达出自己的要求"④。伊·乌·布多夫尼茨写道:在《求告书》中,"第一次发出了一位年轻贵族的声音,他向强大而威严的王公政权提出要求,这个政权所依靠的不是大贵族,而是忠于国君的'众多武士'"⑤。

关于丹尼尔个人所作结论的矛盾性,对作品的可能真实的潜台词所作解释的多样性,可用这部文献的由大量格言警句构成的全部文本来解释,这些箴言带有为不同时代和不同社会地位的人所理解的"永恒真理"的性质。这也就说明了这部作品为什么在中世纪读者群中十分流行,几百年来它一直被广泛传抄。

其实,囚徒丹尼尔的作品中并没有情节。这是将人类生活各个方面的不同情况汇集在一起的格言。每一句格言本身,或者由其中所涉题材的一致性而结合为固定的一组,可以理解为一个完整的独立篇章(如"若能救人于危难之中,无异于雪中送炭""正如铁块常被熔化,人也往往多灾多难")。《言论》和《求告书》,以及

---

① 参见伊·乌·布多夫尼茨:《早期贵族政论家的作品:〈囚徒丹尼尔的求告书〉》,载《古俄罗斯文学研究室著作集》(ТОДРЛ)第 8 辑,莫斯科—列宁格勒,1951 年,第 138—157 页。
② 《俄国编年史全集》(ПСРЛ),第 25 卷,莫斯科—列宁格勒,1949 年,第 200 页。
③ 德·谢·利哈乔夫:《囚徒丹尼尔的〈求告书〉文体风格的社会基础》,载《古俄罗斯文学研究室著作集》(ТОДРЛ)第 10 辑,莫斯科—列宁格勒,1954 年,第 106—119 页。
④ 伊·乌·布多夫尼茨:《早期贵族政论家的作品:〈囚徒丹尼尔的求告书〉》,载《古俄罗斯文学研究室著作集》(ТОДРЛ)第 8 辑,第 155—156 页。
⑤ 同上书,第 157 页。

这两个基础版本的改写本,整体而言仍然是统一的文本。一些格言警句以极为简洁的语言形式传达出人生智慧,由站立于其后的囚徒丹尼尔的形象表达出来(在这种情况下,这个名字真实与否没有任何意义)。这些包含了永恒的普遍真理的箴言,多数来自于特定人物的命运变故,也就是这位给王公上书的丹尼尔本人的命运变故。后来这部文献的研究者所提出的多种多样的推测,如丹尼尔是什么样的人,他的命运如何——也曾在古代罗斯读者那里产生,并赋予这部文献这样一副面貌:它不是某些格言的机械汇集,而是关于一个具体人物的具体命运的叙述。难以判断的是,作品的这种结构是出于一种有意识的文学手法,还是真有一位被关押在拉恰湖畔的丹尼尔,利用一些引征的和自己的格言来讲述自己的命运,并描绘出一位王公—统治者的形象。在前后两种情况下我们都可以说,我们面前是一部具有高度文学水平的作品,它鲜明地反映了真实的生活。

文献的书面性质表现在其作者广泛采用了圣经中的箴言(诗篇、所罗门箴言等)、《息辣·耶稣箴言》中的箴言,利用了哲人亚基尔的故事,根纳季的《警世百言》,他也很熟悉《往年纪事》、弗拉基米尔编年史。与此同时,《言论》和《求告书》还以其在一个篇幅不大的文本中反映出当时罗斯生活的方方面面而令人惊讶。丹尼尔给自己提出的任务不是描写日常生活。他利用了与日常生活相关的名词术语,涉及日常生活现象是为了造成比较、隐喻和出乎意料的情境。正因为如此,《言论》和《求告书》在我们面前呈现出一幅幅生动的日常生活和时代风尚素描。

丹尼尔在权衡摆脱贫困的可能方案之一——与一位富裕未婚女结婚——时,就女人的凶狠发表了长篇大论。这个议题在《言论》中占有特别多的篇幅。丹尼尔对恶女人和女人的凶狠所作的猛烈抨击,总的来说是中世纪读书人中最通行的这一议题的变奏。丹尼尔在这里既利用了书面材料,也利用了如他本人所说的"人世箴言"(即世俗谚语)。这些箴言的生动幽默使得就女人的凶恶(丹尼尔不反对一般的女人,而只是反对他所痛恨的那种特殊类型的"恶女人")话题挑选的锐利格言,形成一幅家庭相互关系的具体图画,在读者面前呈现出人的行为举止的素描。"我见过一位相貌丑陋的女人,她贴近镜子涂脂抹粉,我对她说:'别照镜子了,你会见到自己的一张丑脸,到时你会感到莫大的悲哀。'"(第27页)

丹尼尔在谈到可能去修道院以逃离尘世的苦难时说,"结束生命"要比出于改善自身状况的希望而虚伪地剃度为僧更好。在举出这种虚伪的例证时,他还描绘出僧侣习性的鲜明画面:"许多人远离尘世出家为僧,当他们再返回世俗生活时,就像狗找到未被吃尽的残剩脏物一样,并遭到世俗众人的驱赶:他们羞辱(凌辱、欺骗)了这个世界体面人的村庄和家庭,就像丧家犬欺骗善心人一样。哪里有婚庆喜事和酒宴,哪里就有男女僧侣和违法乱纪的人;他们虽有一副出家人的模样,但却秉性难移;他们虽有神职人员的身份,但行为举止却下流无耻。"(第70页)

这样,在我们面前呈现的就是高雅的书面语与"人世的箴言"、华丽的短语与日常生活术语在同一部作品中的结合。从所引文字可以确信,丹尼尔的词典中充满日常使用的甚至粗浅的词汇:"丹尼尔似乎在显摆自己的粗俗文墨,故意让自己的文风低俗化,不惜使用日常生活的词汇。"①囚徒丹尼尔文风的这一显著特征,不仅说明他是社会下层的代表人物,一个力求在文学作品中展现自己是受命运变化不定的摆布和这个世界强势者支配的不自由的人,而且说明了作者的文学立场。正如德·谢·利哈乔夫所确定的,丹尼尔故作姿态的粗俗,他的逗人嬉乐的言辞,都源自江湖艺人的行业传统。在作者笔下的怪诞形象中,也可以感觉到江湖艺人的噱头和玩笑;在比较、引喻和对照中也可感觉到一定的讽刺性模仿(丹尼尔把自己的贫困和苦难同庄重的、充满深刻寓意的圣经人物形象做对比):"我被贫困覆盖,犹如埃及法老的军队被红海之水淹没。"丹尼尔在赞扬王公时说:"你的外貌像被选用的香草,你的双眼像清澈的泉水,你的肚子像一堆麦垛。"(第55—56页)

高度书面化的表现手法和形象同江湖艺人逗笑取乐的结合,书面的训诫箴言同"人世箴言"的交织,赋予囚徒丹尼尔的作品以一种独具一格的特殊性。这部作品也以其对人的个性的态度而别开生面。丹尼尔在嘲讽自己、过分赞扬王公时,把人的智力提到至高无上的地步,挺身捍卫人的尊严。不管王公多么强大,他的所作所为也要取决于周围的"动脑筋者"——谋士:"我的王公大人!导致大船沉没的不是海水,而是大风;造成铁块熔化的不是火,而是鼓风的风箱;同样,王公不是自己陷于灾难,而是那些出点子的人引起的。如果同好人一起商量,王公将达至高处;如果同恶人一起想办法,那就连低位也会丢失。"(第55—56页)在丹尼尔的格言警句中,关于聪明与愚蠢的劝喻性箴言占有显著地位。智者即使身处逆境,在走投无路的情况下,也力求冲出困境,出人头地,但不能也不应放弃自己的人格尊严,不能也不应违背自己的良心。

囚徒丹尼尔作品的内容和文学特点为一系列研究者把他定性为古代罗斯知识分子提供了根据。他敏锐地感觉到他那个时代的弊端,试图找到摆脱困境的出路,为肯定人的尊严不取决于人的社会地位和财产状况而斗争。维·格·别林斯基曾敏锐而准确地指出古代罗斯作家的这一复杂而有趣的性格:"无论囚徒丹尼尔是什么人,都可以不无理由地得出结论:他是这样一种个性,虽然深为不幸,却十分聪明,极富才华,见多识广;既不善于向人们掩饰自己的优点,也伤及充满自尊的平庸;由于热衷于与他们无关的事情而痛心疾首,在最好沉默不语的地方开口说话,而在适合说话的场合却默不作声;总而言之,他是这类个性中的一员,开始时人们对他交口赞誉,呵护备至,后来则把他们赶尽杀绝,最终,在把他们整死后,又重新开始夸奖起来。"②

---

① 德·谢·利哈乔夫:《囚徒丹尼尔的〈求告书〉文体风格的社会基础》,载《古俄罗斯文学研究著作集》(ТОДРЛ)第10辑,第111页。
② 维·格·别林斯基:《俄国民间诗歌》,见《别林斯基全集》第5卷,莫斯科,1954年,第351页。

4.《罗斯国土沦陷记》

《罗斯国土沦陷记》(下又简称《沦陷记》)有两个抄本传至今天,但是并不是以独立篇章传世,而是作为《亚历山大·涅夫斯基传》第一版的一个引言而传留下来的。① "罗斯国土沦陷记"这个标题只在普斯科夫抄本中可以读到。《沦陷记》文本的未完成性,传世文本只有最后一句的开头才符合标题含义的情况,使人有理由把它看成一部更翔实的作品的片断,这部作品专门用于描述猝然降临罗斯国土的某些深重的灾难。

尼·伊·谢列布良斯基根据一种假说——在传至今日的《亚历山大·涅夫斯基传》的文本之前,曾有一个未保存下来的王公世俗传记,认为《沦陷记》是这部传记的开始部分,因为在传留下来的抄本中,《沦陷记》是被置于传记之前的。②《罗斯国土沦陷记》的第二个抄本也是与《亚历山大·涅夫斯基传》结合在一起的,这部文献的发现似乎证实了尼·伊·谢列布良斯基的这一推测。但是对《沦陷记》的风格和《亚历山大·涅夫斯基传》所作的比较分析,却引出了两部作品互不依存、产生时间各异的结论。将《沦陷记》并入《传记》,是这两部作品在更晚的文学史中存在的事实。③

《沦陷记》中提到的一些名字和这些人名出现的语境(如"直到当今的雅罗斯拉夫和他的兄弟弗拉基米尔王公尤里")④,对弗拉基米尔·莫诺马赫传奇故事所作的回应及文献中的某些南俄语言特征,证明《罗斯国土沦陷记》是由一位南俄出身的作者不晚于 1246 年(所谓"当今"雅罗斯拉夫就是雅罗斯拉夫·弗谢沃洛多维奇,1246 年 9 月 30 日卒)在东北罗斯所写的。文献的标题和文本的最后表述("在从雅罗斯拉夫大公到弗拉基米尔公的基督徒们都感到悲痛的那些日子里……"),使人们有理由把这部作品确定为我们所不知晓的作者对蒙古—鞑靼人的入侵做出的充满激情的热烈反应。《沦陷记》很有可能写于 1238—1246 年之间。

传留至今的文本——或作品的前言,或作品的第一部分,其中都叙述了"罗斯国土的沦陷"——关于拔都暴行的恐怖,拔都的铁骑摧毁着一个个罗斯公国。作

---

① 第一个抄本见于普斯科夫州国立档案馆,普斯科夫洞窟修道院收藏品(449 全宗),第 60 号,15 世纪;第二个抄本见于苏联科学院俄罗斯文学研究所古代文献贮藏库第 4 分库,第 24 号目录,第 26 号,16 世纪。如尤·康·别古诺夫所查明的,还在 1878 年,普斯科夫考古学家康·格·叶夫连季耶夫就注意到第一个抄本。但到 1891 年,赫·梅·洛帕廖夫才实际发现了这一抄本并将其引入学术视界。第二个抄本是1933 年古代罗斯手抄本书籍鉴赏家伊·尼·扎沃洛科在格列宾希科夫旧礼仪派协会的手抄本中发现的。这一抄本曾于 1947 年由弗·伊·马雷舍夫发表(弗·伊·马雷舍夫:《亚历山大·涅夫斯基传——依据藏于里加的 16 世纪中期格列宾希科夫旧礼仪派协会手抄本》,载《古俄罗斯文学研究室著作集》第 5 辑,莫斯科—列宁格勒,1947 年,第 185—193 页),也曾被载入法国学者 M. 戈尔林死后出版的著作(Gorlin M. Le Dit de la terre Russe et de la mort du gran-prince Jaroslav. —Revue des études slaves, t. 23, Paris, 1947, fasc.1-4, p. 5-33)。详情参见尤·康·别古诺夫:《13 世纪罗斯文学文献〈罗斯国土沦陷记〉》(Памятник русской литературы XIII века《Слово о погибели Русской земли》),莫斯科—列宁格勒,1965 年,第 5—8 页。
② 尼·伊·谢列布良斯基:《古代罗斯王公传记》(Древнерусские княжеские жития),莫斯科,1954 年,第 154—212 页。
③ 尤·康·别古诺夫:《13 世纪罗斯文学文献〈罗斯国土沦陷记〉》。
④ 引自尤·康·别古诺夫:《13 世纪罗斯文学文献〈罗斯国土沦陷记〉》,第 156—157 页。

者在这保存下来的部分中热情洋溢地描写了罗斯国土的美丽和富饶、罗斯在政治上的强大。一部本该讲述国家苦难和灾祸的作品的前言的这种性质,绝非偶然。弗·瓦·丹尼洛夫在将《罗斯国土沦陷记》同那些可在其中见到对国土的辽阔与光荣进行赞美的古代和中世纪其他文献做比较时,得出了这样的结论:"《沦陷记》不是和其他文学中的任何爱国主义作品相接近,而只是和那些就其出现的条件(当作家的祖国因战争、内乱和暴政而蒙难时)而言彼此一致的作品相接近。"①

《沦陷记》的作者似乎把目光投向了整个罗斯大地,并赞叹她的美丽和伟大:"啊,最最光辉和最最壮丽的罗斯大地!你以许许多多的美景让世人惊讶:你让世人惊讶的是无数湖泊河川、灵泉圣地、起伏的山峦和雄伟的山岳……种种飞禽走兽,数不胜数……"罗斯国土之所以"最为壮丽",不仅是因为她的天生之美和大自然的馈赠,她享有盛誉也是因为"威严的王公、正直的领主和许多文武官员"。《沦陷记》的作者在展开征服了"草原游牧部落"的"威严的王公"这一题材时,描写了罗斯王公弗拉基米尔·莫诺马赫的理想形象。波洛夫人常用莫诺马赫这个名字来吓唬他们的小孩。在这位王公统治时期,"立陶宛人"害怕从自家的沼泽地里走出来;匈牙利人甚至建铁门来加固陡峻的河岸,以免弗拉基米尔大公进入他们的国土;"德意志人"(瑞典人)非常高兴,因为他们的领土位于"蓝色的海"后边,远离莫诺马赫的公国;而拜占庭皇帝"曼努埃尔一世陛下派人给弗拉基米尔·莫诺马赫进贡,希望他不要夺取皇城君士坦丁堡"。这一被夸张的"威严"大公形象,体现出强有力的王公政权和军人英勇豪迈的理念。在蒙古—鞑靼人侵犯和军事失败的情况下,提起莫诺马赫的实力和强盛,是对当时王公们的一种责备,同时也想必是寄希望于美好的未来。因此《沦陷记》被并入《亚历山大·涅夫斯基传》绝非偶然:在传记中,这位与拔都统治同时代的王公(亚历山大·涅夫斯基)是作为一位威严而伟大的王公出现的。

《罗斯国土沦陷记》在题材和风格上是与《伊戈尔出征记》彼此呼应的。这两部作品有很多共同点:高度的爱国主义,民族自我意识的表现,对王公—军人的力量和军人的英勇精神的夸张,对大自然抒情的感受和文本的韵律结构。作品的相似还在于两者都有悲伤和颂扬的结合。在两个文本中都有共同的修辞模式、相似的诗体意象。两部作品的标题特征是一致的:《……出征记》——《……沦陷记》。《伊戈尔出征记》中的句子"从往日的弗拉基米尔到今天的伊戈尔……"与《沦陷记》中的句子"从雅罗斯拉夫大公到弗拉基米尔,再到今天的雅罗斯拉夫……"也是类似的。还可以指出其他一系列平行的表达方式。②《伊戈尔出征记》是在蒙古—鞑靼人侵犯之前向罗斯王公们和诸公国发出的团结起来的抒情—叙事性号召,而《罗斯国土沦陷记》则是对这场入侵事件的抒情—叙事性回应。

---

① 弗·瓦·丹尼洛夫:《作为艺术作品的〈罗斯国土沦陷记〉》载《古俄罗斯文学研究室著作集》(ТОДРЛ)第16辑,莫斯科—列宁格勒,1960年,第137—138页。

② 关于《伊戈尔出征记》和《罗斯国土沦陷记》的相似之处,详见亚·瓦·索洛维约夫:《简论〈罗斯国土沦陷记〉》,载《古俄罗斯文学研究室著作集》(ТОДРЛ)第15辑,莫斯科—列宁格勒,1958年,第109—113页。

5. 圣徒传记

在 13 世纪,也像在前几个世纪一样,除了编年史以外,古代罗斯文学最重要的体裁是圣徒传记:叙述教会承认其为圣徒者的生平和功德。如上文已经谈到的,传记的作者们在他们的创作中总是被一种严格遵守体裁标准的要求紧紧束缚,这就是教会—宗教根据自己的任务在数百年历史中所形成的体裁标准。在不同时代写成的各种圣徒传记在很多方面彼此相似,这些传记的抽象性和词藻的华丽,其原因就在于此。但是,同样如上文所说过的,真实的历史人物逐渐成为传主;传记的作者则是他们那个时代的人,这个时代的政治观点也在某种程度上在他们所写的传记中得到了反映;圣徒传记所采用的史料之一是关于圣徒的口头传说,这些口头传说既反映了圣徒生活中的真实事件,也反映出有关圣徒的童话—幻想式的传奇故事。所有这些因素都对体裁标准造成了损害,促使一些在历史上曾为众人所关注的、政论性的、情节上吸引人的片断渗入传记作品。传记对体裁规范的偏离越大,这样的传记在文学方面就越引人入胜。自然,传记作者的文学才华在任何情况下都是有意义的。作为传记体裁从一开始就特有的这些有代表性的特征,也在我们所考察的古代罗斯文学史这一时期的传记中得到了反映。

下面我们将着重评述这一时期圣徒传记体裁的四部文献——两部是宗教—教会活动家的传记,两部是王公传记。

《斯摩棱斯克苦行修士阿弗拉米传》 一些编写时间注明为 13 世纪中期至末期的教会苦行修士的传记,总的来说,应当被评定为严格遵守传记体裁规范的文献。其中叶弗列姆于 13 世纪中期编写的《斯摩棱斯克苦行修士阿弗拉米传》可以作为一个范例。传记以概括性的、用词考究的引言开篇,以同样是辞藻优美的对圣徒的颂扬结束。传记的作者在谈到自己时却是妄自菲薄的。虽然叶弗列姆曾是阿弗拉米的弟子,并可能听过传主本人亲口谈及生平中的一些事情,但是关于传主一生中所经历的事实,传记作者还是说得抽象而概括。与此同时,按照圣徒传记标准的要求,作者使用了写作方式上的陈规旧套:阿弗拉米的"父母是虔诚的信徒",他在童年和少年时代"从不出门与别人嬉戏",在修道院内他"一直在……勤奋劳动,放弃休憩,忍饥挨饿地度过白天和黑夜","在各方面都顺从修道院院长,对众修士兄弟也是言听计从"[①]。《阿弗拉米传》的主要内容是讲述他在斯摩棱斯克的传教活动,以及他受到当地神职人员和斯摩棱斯克人的欺凌。这些事讲起来辞藻相当漂亮,但却抽象而浮华——通过暗示、同圣经故事作比较的方式讲述,则别有一番意味。如果要从这些讲述中形成具体的认识,得知为什么阿弗拉米既招惹神职人员

[①] 《斯摩棱斯克苦行修士圣阿弗拉米传及为他的祈祷》(Жития преподобного Авраамия Смоленского и службы ему),谢·彼·罗扎诺夫筹备印行,圣彼得堡,1912 年,第 1—24 页。

对自己不怀好意,也引起斯摩棱斯克居民的反感,以及他究竟以何种方式才得以成功逃脱他面临的肉体摧残的威胁,那是非常困难的。

《胡滕修道院院长瓦尔拉姆传》 13世纪下半期至这个世纪结束,《胡滕修道院院长瓦尔拉姆传》的最初版在诺夫哥罗德编写完成。瓦尔拉姆是诺夫哥罗德近郊胡滕修道院的奠基人。这是一种劝善故事型的传记——预定供"训诫集"使用的简要圣徒传记故事。编写者在这里以紧凑的形式述及苦行修士——修道院奠基者人生道路的基本信息。应当指出,这部传记既有其作为传记体裁的一般典型特征,和《阿弗拉米传》相比又属于另一类型,并不依附于后者,但也有和《阿弗拉米传》相一致的地方。我们在《胡滕修道院院长瓦尔拉姆传》中也可以读到:"他生于……父母都是虔诚教徒的家庭,父母热爱基督,敬畏上帝","还是在青少年时期,他就不让自己到外面与他人嬉戏"。①

在《胡滕修道院院长瓦尔拉姆传》的最初版本编写完成时,口头传说中也存在着关于他的童话性质和短篇小说性质的传奇故事。但是,这些故事后来都开始被纳入书面传记的文本中。在13世纪,教会苦行修士的传记中通常不载入那些日常生活的、童话—传奇性质的故事片断。

我们在这一时期创作的王公传记中观察到的是另一种景象。在王公传记中,虽然保留着一系列圣徒传记的标准规定、形象和套话,但偏离标准、破坏规范的情形仍相当普遍。这首先是由于传主是国务活动家而不是教会的苦行修士。此外,正是在这一时期写出的王公传记,反映了蒙古—鞑靼人入侵和占领时的种种事件。在这一时期,人们编写了以古代罗斯伟大统帅和国务活动家为传主的《亚历山大·涅夫斯基传》,出现了一系列王公传记,其中的王公不仅是国务活动家和军队统帅,还是在金帐汗国受尽折磨致死的蒙难者。

《亚历山大·涅夫斯基传》 《亚历山大·涅夫斯基传》的最初版本是在弗拉基米尔城的圣诞节修道院写成的,王公(1263年卒)被埋葬在这里,很可能是在1280年都主教基里尔去世之前,因为有一系列材料表明基里尔参与了这部传记的编写。《亚历山大·涅夫斯基传》也许表明,即使在拔都入侵之后,在许多罗斯公国被击溃之后,罗斯仍然有一些强有力的、威严的王公,他们在对敌斗争中能够捍卫罗斯的国土,他们作为军人的英勇精神引起罗斯周围各民族的恐惧,也唤起他们的崇敬。

《亚历山大·涅夫斯基传》描写军事冲突的手法、文体风格、结构和遣词造句上的某些特征,都接近于《加里奇公丹尼尔年谱》。根据德·谢·利哈乔夫的一个令人信服的推测,这两部作品的这种彼此接近,说明都主教基里尔二世参与了它们

---

① 引自抄本:国立古代文献中央档案馆,第381全宗,第157号(1356年"训诫集")。

的编写。① 基里尔曾亲近加里奇公丹尼尔,并参与了《加里奇公丹尼尔年谱》的编制②;后来基里尔在东北罗斯定居,又热情地参加了亚历山大·涅夫斯基的国务活动。德·谢·利哈乔夫写道:"毫无疑义,基里尔与编写亚历山大的传记有关。他可能也是作者,但更正确些说,他曾嘱咐生活在北方的某位加里奇的写书人编写这部传记。"③

《亚历山大·涅夫斯基传》与《加里奇公丹尼尔年谱》在体裁上也有着实质性的不同:前者从一开始就是作为传记作品来写的,这是圣徒传记体的文献。④ 体裁上的特点反映在作者的带有自我贬抑因素和作者合乎礼仪的个人介绍的前言中,也反映在说故事人在他的叙事开始时关于亚历山大的出生和父母的陈述中("……他出生于这样的家庭,父亲是雅罗斯拉夫公,乐善好施,爱护百姓,为人和顺,母亲是费奥多西娅大公夫人")⑤;还反映在谈到亚历山大去世时发生的奇迹,以及许多偏离教会传统的词藻华丽的特征上。但是传主的真实形象、他的言行活动,赋予《亚历山大·涅夫斯基传》一种特殊的军旅色彩。说故事人不仅"从自己的父辈那里"听说过传主的事情,而且自己也曾是"传主成长的见证人"(第159页),因此对传主怀有强烈的好感,对他的军事和国务活动也很崇敬,这就赋予《亚历山大·涅夫斯基传》某种特殊的真诚性与抒情性。⑥

传记中对亚历山大·涅夫斯基的刻画是多层面的。依据传记传统,亚历山大的"宗教的"美德得到了强调。关于像亚历山大这样的人,作者谈道,先知以赛亚曾说过:"列国将因王公而蒙福——因为他性情平和,对人和蔼可亲,谦逊温顺,公正严明——他是天生如此";他"爱神甫,爱修士,爱护贫困的人。他尊敬都主教和各地主教,听取他们的意见和建议,正如听耶稣基督的布道词一样"。(第176页)从另一方面说,他又是英勇无比、让敌人畏惧的英雄统帅。"他的形象比其他人更威严,他的声音像民间的号角声那样洪亮。"(第160页)他总是赢得胜利,因为他本人是不可战胜的:"……在战场上,敌人从他那里从来占不到便宜。"(第172页)亚历山大在军事行动中当机立断,英勇无畏,对敌无情。在得知瑞典人进入涅瓦河地区后,亚历山大"怒火中烧","只带上少量亲兵"冲向敌人。他行动如此迅速,以至没有时间"派人将此消息报告给父王",而诺夫哥罗德人也未来得及聚集人马支

---

① 德·谢·利哈乔夫:《〈亚历山大·涅夫斯基传〉中的加里奇文学传统》,载《古俄罗斯文学研究室著作集》(ТОДРЛ)第5辑,莫斯科—列宁格勒,1947年,第35—56页。
② 参见列·弗·切列普宁:《加里奇公丹尼尔年谱》,载《历史学刊》,1941年第12期,第245—252页。
③ 德·谢·利哈乔夫:《〈亚历山大·涅夫斯基传〉中的加里奇文学传统》,载《古俄罗斯文学研究室著作集》(ТОДРЛ)第5辑,第52页。
④ 《亚历山大·涅夫斯基传》中的对于传记而言不常见的战争叙事因素和教会—宗教因素的结合,是上文已提及的假说的根据所在,这种假说认同世俗的王公传记是传留至今的《亚历山大·涅夫斯基传》文本的基础。不过,把这篇世俗传记从传留至今的文本中区分出来的尝试却没有取得成功。
⑤ 引自尤·康·别古诺夫:《13世纪罗斯文学文献〈罗斯国土沦陷记〉》,第160页。(以下凡引用本书,仅在引文后注明页码)
⑥ 参见伊·彼·叶廖明:《亚历山大·涅夫斯基传》,见《11—13世纪基辅罗斯的艺术散文》(Художественная проза Киевской Руси XI-XIII веков),莫斯科,1957年,第355页。

援亚历山大公。亚历山大的快速行动，他的壮士般的勇气，在传记中所有关于他的战斗功勋的片断中得到了评述。在这些描写中，亚历山大呈现为一位史诗般的英雄。在同一叙事系列中得到强调的"宗教的"方面和还要更鲜明地表现出的"世俗的"层面的结合，是《亚历山大·涅夫斯基传》文体上的特点。值得注意的是，对亚历山大的刻画虽然具有这种多层面性，甚至似乎还具有矛盾性，但这一形象仍然完整无损。这一完整性是作者对自己的传主抱着一种抒情态度使然，因为对于作者而言，亚历山大不仅是英雄—统帅，而且是英明的、关怀民众的国务活动家。他是一位"维护孤儿寡母权益的审判者，慈悲为怀，对家人一片温情"（第175页）。这是一个英明的王公、治国者和领军者的理想形象。在描述亚历山大逝世时，传记作者在他的悲痛感叹中几乎重复了囚徒丹尼尔的话："一个人可以离开自己的父亲，但不能离开好主人"（第178页；囚徒丹尼尔说的是："慷慨的王公是众多仆役的父亲：许多人离开自己的父母而去投靠王公大人。"）——这并非偶然。

《亚历山大·涅夫斯基传》的英雄史诗性质，决定了它把关于在涅瓦河战斗中表现突出的六位勇士的片断纳入传记文本中。作者说，他是从亚历山大本人和"当时参加那场恶战的其他战斗人员那里听说的"（第168页）。看来，这段情节的基础是某一史诗性口头传说，或者可能是关于六勇士的英雄歌谣。的确，传记作者只是列出了六位勇士的名字，简要地讲到他们每个人的功绩。

在描述亚历山大的战斗功绩时，传记作者以并非圣徒传作者所特有的自由，既利用了军旅的史诗性传说，又使用了军旅叙事的描写手法。这表明了《亚历山大·涅夫斯基传》的文体特点，而这一特点既决定于传主的实际面貌，也取决于作者刻画王公——祖国保卫者的理想形象的任务。《亚历山大·涅夫斯基传》的作者如此成功地完成了自己面临的任务，以至于这部传记直到16世纪还是描述王公—统帅的"高级"文体的一个独特样板。

《切尔尼戈夫公米哈伊尔传》 从创作时间上看，《切尔尼戈夫公米哈伊尔传》也接近于《亚历山大·涅夫斯基传》。这是蒙古—鞑靼统治时期另一种类型的王公传记。1246年，根据拔都的命令，切尔尼戈夫公米哈伊尔·弗谢沃洛多维奇在金帐汗国被杀害，一起被杀的还有陪同他前来金帐汗国的大贵族费奥多尔。这次处决带有政治性质，但在传记中，米哈伊尔之死却被描写成为东正教信仰而自愿献身。

正如上文已说到的，关于切尔尼戈夫公米哈伊尔在金帐汗国被杀的记载已收录于罗斯托夫王公夫人玛丽娅的编年史汇集中。罗斯托夫王公夫人玛丽娅是米哈伊尔·弗谢沃洛多维奇的女儿，她和儿子们一起在罗斯托夫为米哈伊尔和大贵族费奥多尔举办了一场教堂追悼会。专供"训诫集"使用的切尔尼戈夫公米哈伊尔传记——关于他在金帐汗国罹难的简短故事即因此而写成。这篇传记完成于1271年（王公夫人玛丽娅去世的年份）之前。这篇供"训诫集"用的简要的《切尔尼戈夫公米哈伊尔传》，成为较晚出现的关于切尔尼戈夫王公在金帐汗国被害的传记叙事作品的更为翔实的一系列版本的基础。这些版本中的第一版传记是安德烈神甫于13世纪末—14世纪初编成的。[①]

来金帐汗国拜见拔都汗的切尔尼戈夫公因拒绝履行鞑靼人的仪式,即穿过火阵并向鞑靼人的泥塑木雕偶像鞠躬行礼——结果米哈伊尔被杀,大贵族费奥多尔像他的主公一样,也死于非命。在出发去金帐汗国时,米哈伊尔和费奥多尔都知道,死神在那里等待着他们,但他们要去正是为了"揭露"偶像崇拜——"渎神的信仰"。传记中的这条线索有着鲜明的宗教色彩。但是传记中还有一条心理上的戏剧性线索更有感染力。当时正在金帐汗国的米哈伊尔的孙子、罗斯托夫公鲍里斯,还有此时碰巧也在金帐汗国的另一些罗斯人,劝说切尔尼戈夫公屈从于鞑靼人的意志,答应同所有自己人一起为他接受宗教惩罚。大贵族费奥多尔担心,这些劝说会影响王公:如果王公想起"妻子的爱和儿女亲情"[②],他就会作出让步,屈从于鞑靼人的要求。但是米哈伊尔坚强不屈。他决心履行天职,直至生命终结。米哈伊尔脱下自己的王公外氅,把它抛在劝说者脚下,大声喊道:"你们去接受你们一直想要的这个世上的荣誉吧!"传记在讲述米哈伊尔和费奥多尔如何被杀时,伴有一些延缓叙事进程和强化其情感作用力的戏剧性细节。

传记的第二条线索,即关于王公和大贵族被害情况的讲述,使它没有变成关于为信仰而蒙难的宗教—教会式叙事,而是成为一个轰动一时的故事,它所表现的是鞑靼人的残忍无道,是为了自己国土的荣誉而不惜牺牲生命的罗斯王公不屈不挠的自尊感。

以《切尔尼戈夫公米哈伊尔传》为范例,在14世纪还编写了《特维尔公米哈伊尔·雅罗斯拉维奇的故事》,传主因莫斯科王公尤里·丹尼洛维奇的阴谋于1318年在金帐汗国被杀。在这里,王公也是自愿去金帐汗国的。他的自我牺牲精神不仅出于宗教动机,也包含对他的公国命运的操心和关怀。关于米哈伊尔·雅罗斯拉维奇公在金帐汗国蒙受屈辱和他被杀情况的故事,由于一系列富有感染力的细节和造成心理紧张的情境而变得复杂化。

6. 弗拉基米尔主教谢拉皮翁

13世纪古代罗斯文学体裁系统的基本体裁之一——演说文体裁,是以谢拉皮翁的"布道文"为代表的。关于谢拉皮翁的情况,我们知道得很少。1274年以前,他是基辅山洞修道院的修士大司祭,从1274年到1275年,他是弗拉基米尔的主教。谢拉皮翁属于13世纪在自己的创作中实现西南罗斯和东北罗斯文化联系的文化活动家的圈子。他与都主教基里尔接近(曾在后者的提议下出任弗拉基米尔主教

---

① 关于《切尔尼戈夫公米哈伊尔传》的详细文学史研究,参见尼·伊·谢列布良斯基:《古代罗斯王公传记》,第108—141页。

② 引自尼·伊·谢列布良斯基:《古代罗斯王公传记》,"附录",第55—58页。

一职),如我们所知,基里尔在《加里奇公丹尼尔年谱》和《亚历山大·涅夫斯基传》的编写中发挥了重大的作用。

谢拉皮翁有五篇无可争议地出自他手笔的"布道文"传至今日。但是从一位于1275年谈及他去世消息的编年史家对谢拉皮翁的简要评述中,从谢拉皮翁本人的"布道文"中,可知他写的"布道文"和训诫文要多得多。保存下来的谢拉皮翁的"布道文",题材是金帐汗国的暴政。全部"布道文"贯穿着一种思想:蒙古—鞑靼人对罗斯国土的征服,是上帝对人们罪孽的惩罚。摆脱这种惩罚的唯一途径是忏悔,是道德上的自我完善。但是,谢拉皮翁的"布道文"中所描写的祸及罗斯全国的灾难昭著,作者同全体民众一起经历祖国苦难的感受十分深切,这就使得他的"布道文"有了更深刻的意义。

在第一篇"布道文"《论上帝的惩罚和战祸》中,谢拉皮翁谈到地震("我们亲眼见到地动山摇"①)。很可能,谢拉皮翁指的是1230年的基辅地震。但是这篇"布道文"关注的中心,也像其他几篇一样,是罗斯人经受蒙古—鞑靼人的入侵和压制的灾难。看来,谢拉皮翁在忆及地震时,把1230年的事件看成上天警示随后的蒙古—鞑靼人占领之灾的一种征兆。应当认为,这篇"布道文"是拔都于1239—1240年进军南俄之后写成的,当时基辅已被占领并遭受破坏②。谢拉皮翁的其余四篇"布道文"是他在弗拉基米尔创作的。③

谢拉皮翁的全部"布道文"似乎形成一个统一的系列,作者怀着内心的悲痛在其中描写了蒙古—鞑靼人的入侵造成的灾难,号召人们在面临严重危险时捐弃内部纷争,去掉自身的恶习和毛病。这样的号召在金帐汗国暴政的年代具有极大的爱国主义意义。谢拉皮翁的"布道文"还具有启蒙性质。同时他不仅揭露了种种社会恶习(谢拉皮翁谴责"彼此敌视"的表现,指的是王公们的纷争,"对财富贪得无厌"——一心追求财富,"高利盘剥"——放高利贷,还有"各种形式的掠夺"),而且还同愚昧和迷信进行斗争。

无论是谢拉皮翁各篇"布道文"共同的中心主题——金帐汗国的暴政,还是他在其中所触及的一些局部问题,他都不是以抽象的、夸夸其谈的议论,而是以实在而令人信服的具体描绘予以揭示的。与此同时,作者的高度书面文化修养,他的书写艺术和文学才华也随处可见。"布道文"中他谈到罗斯人民灾难的那些部分,激

---

① 引自叶·维·佩图霍夫:《13世纪罗斯布道者、弗拉基米尔主教谢拉皮翁》(Серапион Владимирский, русский проповедник XIII веков),圣彼得堡,1888年,"附录"第1页。(以下凡引用本书,仅在引文后注明页码)

② 叶·维·佩图霍夫推测:谢拉皮翁的第一篇"布道文"在1230年地震之后很快写成,稍后又补充了蒙古—鞑靼人入侵的内容。В. А.科洛巴诺夫则认为,这篇"布道文"也同其余几篇"布道文"一样,是1270年代在弗拉基米尔写成的(В. А.科洛巴诺夫:《弗拉基米尔主教谢拉皮翁的社会与文学活动》,副博士学位论文摘要,列宁格勒—弗拉基米尔,1962年)。

③ М.戈尔林认为,谢拉皮翁的所有"布道文",除了最后一篇之外,都不是他在1274—1275年间写的,而是更早些时候在基辅完成的(Gorlin M. Serapion de Wladimir, prédicateur de Kiev. -Revue des études slaves, t. 24, Paris, 1948, p. 21-28)。尼·卡·古德济令人信服地指出了这一推测是没有根据的(尼·卡·古德济:《弗拉基米尔主教谢拉皮翁是何时何地进行文学活动的?》,载《苏联科学院通报语言文学分卷》,1952年,第11卷,第5分册,第450—456页)。

情洋溢,庄重凛然,充满张力,这是通过组成长长的同义系列、句法上简短的多个句子的交替,通过疑问形式的语句构成来实现的,这就使他的"布道文"具有一种特别的韵致:"……我们的国土被弄得田园荒芜,十室九空;我们的城镇被占领,神圣的教堂被毁坏,我们的父老兄弟被杀戮,我们的母亲姐妹受凌辱。"(第 2 页)"我们的国土没有被占领吗?我们的城镇没有被抢劫一空吗?我们的父老兄弟没有倒下而尸横遍野吗?我们的妻儿子女没有被当作俘虏掳走吗?我们不是被异族人留下来当牛做马、受尽奴役吗?折磨和痛苦至今近四十年了,加在我们头上的赋税没完没了。饥荒瘟疫正威胁我们的生命:我们竟不能吃到我们自己种的粮食,我们受到的折磨和苦难使我们形容憔悴,骨瘦如柴。"(第 5 页)"当时对我们下手的是凶残的异族人,暴虐的外邦人,他们对我们俊秀的青年男女、年迈体衰的老年人、天真年幼的儿童竟然也下毒手!"(第 8 页)

谢拉皮翁所描绘的蒙古—鞑靼侵略者造成的暴行和民众遭受苦难的图景,其总体思想和共同意义在全部"布道文"中都是一致的,但诸篇中具体的形象、富有感染力的细节选择则各有千秋。谢拉皮翁在关注道德品性问题,谈及愚昧与迷信时,表述十分鲜明而生动。例如,在谴责残酷对待疑似搞邪门歪道之人时,谢拉皮翁令人信服地、以冷嘲热讽的口吻嘲笑这样一些缺乏理智的行为:"你们从哪些书本或文章中见过或听说过施行法术就能造成遍地饥荒,然后再施行法术迎来五谷丰登?如果你们相信这样的事,那你们为什么又放火把它们烧掉?你们要为它们祈祷,崇敬它们,送给它们厚礼,让它们来安排这个世界:使世界风调雨顺,春回大地,丰衣足食!"(第 11 页)

谢拉皮翁的"布道文"是高超的文学艺术的典范。这些文章继承了像伊拉利翁和图罗夫主教基里尔这样的古代罗斯文学中这一体裁的诸位大师的传统。与伊拉利翁和图罗夫主教基里尔的"言论"不同,谢拉皮翁在"布道文"中更有力地表现了人的率直情感和为其所素有的更为朴实无华而明白晓畅的陈述方式。

7.《拔都摧毁梁赞纪事》

《拔都摧毁梁赞纪事》(下亦简称《纪事》)是关于拔都侵犯罗斯国土的一个给人印象最深的英雄史诗故事。这部《纪事》的产生要比事件本身——1237 年秋拔都侵占并摧毁梁赞的时间晚得多,极有可能是在 14 世纪上半期至中期。《拔都摧毁梁赞纪事》不是文献式地描述梁赞人与侵入公国境内之敌的斗争。在参与同拔都战斗的军民中间点出了许多编年史资料中没有的名字。据《纪事》所载,1237 年以前就已去世的王公们(如 1208 年牺牲的普隆斯基公弗谢沃洛德,1228 年去世的穆罗姆公达维德)都曾同拔都作战;美男子奥列格公于 1237 年英勇牺牲,事实上他在 1252 年以前就已成为拔都的阶下囚,死于 1258 年。所有参加同拔都作战的梁赞王公,在《纪事》中都被称为兄弟。这种把各种各样的人物都结合在一个统一的勇士行列中、把所有人都定名为兄弟的做法,说明《纪事》的基础是一些口头流传的史诗性传奇。带有这样一些同历史真实相偏离的作品,只可能是在事件本身发生后的某个时间写成的。这时在人们的观念中,真正的事实往往是以史诗形式来概括的。但是,不能因为《纪事》和某些从文本上看与后来出现的文献中类似的记述在时间上的错乱(这些类似的记述可以用再度借用初期文本来解释)①,而过多地拉开《纪事》的创作和它所讲述的事件的时间距离。根据德·谢·利哈乔夫的看法,《拔都摧毁梁赞纪事》"不可能……晚于14世纪中叶产生。这既可以由人们对拔都入侵事件的那种不能用时间来抹平与缓解的强烈感受来说明,也可以由只有最贴近事件的几代人才能牢记的一系列典型细节来说明"②。

《纪事》中反映拔都进入梁赞的那些叙事性场面,其中一部分可能在1237年后不久就出现了。在这一部分中可以注意到与梁赞编年史汇集的纪事彼此吻合,这篇纪事为1237年事变的一位参加者所写(参见本章第2节"梁赞编年史编撰"部分)。因此我们也把《拔都摧毁梁赞纪事》看成是记述蒙古—鞑靼人入侵的13世纪文献之一。

虽然《拔都摧毁梁赞纪事》被视为一部独立而完整的文本,但在古代罗斯手抄本传统中,它却进入专谈梁赞圣物的汇编中。"梁赞圣物"是指由赫尔松尼斯送至梁赞公国的扎拉斯克尼古拉圣像画;扎拉斯克据说是弗拉基米尔·斯维亚托斯拉维奇大公受洗的(拜占庭)城市。这部汇编由三部分组成:尼古拉圣像由其"守护者"科尔松人叶夫斯塔菲从科尔松城护送到梁赞公国的故事、《拔都摧毁梁赞纪事》和圣像"守护者"的系谱——从叶夫斯塔菲开始,到在这部文献的一些版本中被称为第9代(1560),在另一些版本中则被定为第11代(1614)的"守护者"结束。这些文本从风格和内容上看性质迥异,但它们却以其中关于梁赞公国和梁赞圣物命运的叙述而内在地结合在一起。

第一篇关于尼古拉圣像迁移的故事,自有其在中世纪文学中广泛流行的某一圣物(圣像画、十字架)从一处转到另一处的情节基础。但是在我们所研究的文献中,这一传统情节是和历史事件紧密联系在一起的,是这部汇编的基本部分——《拔都摧毁梁赞纪事》的独特引言。圣像转移的故事从报道一桩战事开始,这一事件发生在卡尔卡河血战后的第三年,"此次血战中有多位罗斯王公阵亡"③。作者在描述了尼古拉圣像于科尔松某地被发现后(此处也详细叙述了弗拉基米尔大公受洗的历史),转而讲到这座圣像如何出现在梁赞的土地上。圣徒尼古拉数次显现于

---

① 例如,瓦·帕·阿德里阿诺娃—佩列兹曾注意到,在英瓦尔·英瓦列维奇哭诉的纪事中,有着一系列同《伊戈尔出征记》中雅罗斯拉夫娜的哭诉形式逐渐加工而成的,不早于15世纪,保持着它的还要更古老的素材的痕迹。"(瓦·帕·阿德里阿诺娃—佩列兹:《11—15世纪初的历史文献与民间诗歌》,载《古俄罗斯文学研究室著作集》第8辑,莫斯科—列宁格勒,1951年,第122页。)

② 参见德·谢·利哈乔夫:《拔都摧毁梁赞纪事》,见《古代罗斯的战争叙事》(Военские повести древней Руси),瓦·帕·阿德里阿诺娃—佩列兹编辑,莫斯科—列宁格勒,1949年,第139—140页。

③ 文本引自德·谢·利哈乔夫:《扎拉斯克的尼古拉的故事》(文本),载《古俄罗斯文学研究室著作集》(ТОДРЛ)第7辑,莫斯科—列宁格勒,1949年,第282页。(以下凡引用本书,仅在引文后注明页码)

尼古拉圣像的守护者、科尔松人叶夫斯塔菲的"梦境中",并要求叶夫斯塔菲将他的圣像从科尔松搬迁到梁赞。但叶夫斯塔菲在很长时间内一直违抗尼古拉的命令,直到尼古拉让他生了一场大病,叶夫斯塔菲病愈后才坚定地承诺服从圣徒的意志。圣徒提示叶夫斯塔菲应当走哪条路去他不熟悉的土地。尼古拉为什么如此坚持不懈地"驱赶"他的守护者带着他的圣像从科尔松去梁赞?对这个问题,德·谢·利哈乔夫是这样回答的:"驱赶叶夫斯塔菲的当然不是尼古拉,而是那些在卡尔卡河之战后活动起来的波洛夫人,他们被蒙古—鞑靼军队的行动吓怕了,拥挤在黑海北岸的草原地带,把科尔松与北边隔离开来。我们还记得叶夫斯塔菲的梁赞之行是在'卡尔卡河血战后的第三年',也记得尼古拉'禁止'叶夫斯塔菲途经危险的波洛夫草原。梁赞被选定为商业贸易"保护神"尼古拉的一个新的、更无危险的驻地,这并非偶然。梁赞同北高加索和黑海沿岸地带的联系,自古以来就受到注意。"①尼古拉圣像迁移的故事中同时渗透着对悲剧性未来的预感。它好像在为读者涉猎《拔都摧毁梁赞纪事》中要讲述的事件做准备。叶夫斯塔菲在经过漫长旅程遭受一系列磨难后,抵达梁赞的土地。这时尼古拉显现于在扎拉斯克(今扎赖斯克)执政的梁赞公费奥多尔·尤里耶维奇(编年史中未记载)的梦中,吩咐他去迎接圣像,同时预言王公及其妻儿未来将进入"天国"。这个故事的结尾部分就简要地述及费奥多尔公及其家人在经受痛苦的死亡后处于"天国"的情景。我们在这里读到,1237年,"高风亮节的梁赞公费奥多尔·尤里耶维奇在沃罗涅日河上被不信上帝的拔都汗杀死"(第287页)。王公夫人叶夫普拉克西娅得知丈夫的噩耗后抱着小王子伊万"从高高的宫廷楼台"纵身一跳。因此,科尔松城的尼古拉圣像画就被称为扎拉斯克圣像画,"因为高风亮节的王公夫人叶夫普拉克西娅带着小王子伊万自寻短见了"(第287页)。费奥多尔·尤里耶维奇是怎样以及为什么被拔都杀害的,梁赞国土遭受到拔都的哪些祸害,我们从《拔都摧毁梁赞纪事》中便知端详。

《纪事》是以编年史的手法开始的:"在6745年(公元1237年)②……不信上帝的拔都进入梁赞国土……"接着则是和编年史纪事中关于拔都进入梁赞的叙述相近的内容:拔都要求梁赞人缴纳全部收入的十分之一为税赋,还谈到弗拉基米尔大公拒绝出兵援助梁赞人。

梁赞大公遭到弗拉基米尔大公拒绝援助之后,经与梁赞的其他王公商量,决定送礼物让拔都发善心。梁赞大公尤里·伊戈列维奇之子费奥多尔·尤里耶维奇被派去见拔都,"带上厚礼和苦苦的求告,为的是让他不进攻梁赞土地"。拔都收下礼物,"虚情假意地"答应不攻打梁赞公国。但他要求梁赞王公们的"姐妹和女儿陪自己饮酒取乐"。有一位梁赞的臣子出于忌恨向拔都告密,说费奥多尔·尤里耶维奇的夫人"出身皇族,天生丽质,乃绝代佳人"。对于拔都"一睹"自己妻子"芳容"的要求,大公"笑了笑",接着说:"如果你打败我们,你才能劫持我们的妻子。"(第288

---

① 德·谢·利哈乔夫:《拔都摧毁梁赞纪事》,见《古代罗斯的战争叙事》,第128页。
② 俄国以往使用的教会立法曾以公元前5508年为创世纪的元年。——译者注

页）拔都对如此大胆的回答怒不可遏，下令把费奥多尔杀了，所有随同他来的人全被杀害。费奥多尔的妻子叶夫普拉克西娅听到丈夫的死讯，抱着儿子"从自家高高的宫廷楼台"纵身一跃（"重伤致死"，第289页）。阅读《纪事》这一部分的结尾，正如我们所见，它几乎逐字逐句地重复了前述《拔都摧毁梁赞纪事》中关于尼古拉圣像搬迁的故事结尾。

这是《纪事》的序幕。乍一看来，虽然关于拔都进入梁赞和给他送礼的故事具有独立成篇的性质，但它与作品的整个情节有紧密的联系。一个个分散的公国不可能抵御拔都的兵力，而王公们的自私自利又妨碍他们结成同盟共同对敌斗争。试图求敌人发善心，顺从敌人的意愿，都会适得其反：在这一情况下就不得不毫无保留地屈从敌人的意志。剩下的唯一出路就是同凶恶残暴的敌人作斗争，不管他们的力量多么强大，也不管这场斗争多么无望："我们宁愿以死来换取生，也不愿受到异教徒的奴役。"（第289页）尤里·伊戈列维奇对梁赞诸王公和军士所说的这些话，在已得知派往拔都那里的使团成员惨遭杀害之际号召他们同敌人斗争，表达出作品全部情节的基本思想——宁死不屈。这一思想赋予《纪事》以完整性和统一性，尽管每一片断自身都是独立而完整的。

尤里·伊戈列维奇的话让人想起《伊戈尔出征记》的主人公伊戈尔·斯维亚托斯拉维奇在出征前对战士们发出的号召："与其束手就擒，不如杀身成仁。"这里所说的话未必是一种直接依傍，更确切些说，这种巧合表明两部作品有着相同的军人荣誉观念、深刻的爱国主义和公民激情。在尤里·伊戈列维奇向梁赞人发出呼吁前，有一篇关于费奥多尔·尤里耶维奇及其妻儿悲惨命运的故事。这就使梁赞大公的言论不仅成为公民的呼声，而且具有独特的抒情意蕴和悲壮色彩。

梁赞人不是坐等拔都的进逼，而是迎着拔都的军队前进，"在梁赞边界附近"遇见敌人后，向他们发起攻击。"开始顽强而英勇地同敌人战斗，那是一场令人胆战心惊的恶战。"（第290页）拔都眼见梁赞军民英勇顽强，而自己遭受重大损失，"开始胆怯起来"。但是，故事讲述者发出惊呼："看谁敢对抗上帝旨意！"拔都的兵力如此雄厚，以至一个梁赞人要同几千名敌兵作战，两个梁赞人要同万名敌兵作战。鞑靼人自己惊讶于"梁赞公的顽强与勇敢"，最终只能勉强打败对手。《纪事》的作者在历数战死的王公后说，所有"梁赞的勇武之士""都同样战死，都喝过决战决死酒"。在这场战役之后，拔都"开始攻占梁赞全境，并下令毫不留情地杀光、抢光、烧光"（第291页）。虽然梁赞全体居民进行了英勇抵抗，但拔都的军队在围城五天之后还是夺占了城市，并逐一消灭全体居民："城内没有留下一个活人：全都一同死去，全都喝了决战决死酒。"（第292页）拔都入侵的毁灭性后果，全体梁赞人共同的命运，在《纪事》中只用简短明了的一句话表达出来——战斗和居民被屠杀后是死一般的寂静："没有一个人呻吟，没有一个人哭泣。"全都死了，甚至没有人为死者哭丧："没有父母哭儿女，没有儿女哭父母，没有兄弟哭兄弟，没有亲人哭亲人，死者全都躺在那里。"（第292页）

拔都摧毁梁赞后，转而进攻苏兹达尔和弗拉基米尔，"意欲攻占罗斯全境"。当这些事件发生时，"梁赞的某位武官"叶夫帕季·科洛夫拉特正在切尔尼戈夫城。听闻拔都入侵后，叶夫帕季"快马加鞭赶往"梁赞，但已为时太晚。当时，叶夫帕季召集了"一千五百人的"亲兵队伍——"这些人多蒙上帝照顾，当时正在梁赞城外"，率领他们"追踪不信上帝的拔都，刚好在苏兹达尔赶上他"。叶夫帕季的武士们以一种天不怕地不怕的勇气开始打杀"鞑靼兵勇"，弄得敌人"像喝醉酒一样晕晕乎乎"，"清醒过来后又像死尸一样僵立"（第293页）。

叶夫帕季带领少量偶然保存下来的梁赞亲兵进攻拔都人数众多的铁骑，以叶夫帕季的失败告终。但这是英雄的失败，它象征着罗斯军人战斗的剽悍、力量和奋不顾身的勇敢。鞑靼人能够打败"坚强勇士"叶夫帕季，只是"在万弩（攻城武器）朝他齐发的时候"。叶夫帕季牺牲前还成功斩杀多名"拔都的大力士"，他们有的"被劈成两半"，有的"被斩下马鞍"。叶夫帕季把拔都的内弟霍斯托福鲁尔"劈成两半斩下马来"，此人曾夸口要活捉叶夫帕季。叶夫帕季队伍中的战士们也同样英勇顽强地痛击鞑靼人。当时鞑靼人抓获了几位"身受重伤而动弹不得的梁赞人"，他们对拔都本人提出的问题——他们是些什么人，是谁派来的——这样回答说："我们是梁赞公英瓦尔·英瓦列维奇派来的，是派来拜见你这位兵力雄厚的大王的，同时献上贡品，表示敬意。"（第293页）这些答话保持着民间史诗的精神特征：战士在追赶和痛击敌人时，又向他们致以最崇高的敬意。这种突出了梁赞人无限勇猛和大胆的语言游戏，还在这个片断中延续。罗斯战士心平气和地请拔都不要为他们感到委屈；他们还说：鞑靼人如此之多，以致我们还没来得及"向大军——鞑靼军队领教哩！"拔都"惊叹罗斯战士睿智的回答"（第294页）之言，是整个这一片断的最出色的结尾。

作者通过鞑靼人自己和拔都本人之口，承认了被打败的梁赞勇士的力量有着对于胜利者的内在精神优势。鞑靼的王公大臣看见倒下的叶夫帕季时都说，他们还从来没有见过"这样勇武的斗士"，甚至从父辈那里也没有听说过有如此勇敢的战士，他们仿佛是"长着翅膀的人，不怕死，也打不死，坚强勇敢，打起仗来以一敌千，以二敌万"。拔都也向叶夫帕季叹息道："如果我身边有这样的人服务，即使违心我也要把他留在左右。"（第295页）拔都放走了叶夫帕季队伍中其余的战士，让他们安全地带着英雄的遗体离去。叶夫帕季的亲兵对鞑靼人的进攻，是为梁赞的被毁和死去的梁赞人报仇雪恨。复仇者牺牲了，但是敌人被他的进攻吓得胆战心惊，不得不承认罗斯军人是史无前例的勇武之师。

在叶夫帕季的故事之后讲述的是英瓦尔·英瓦列维奇公从切尔尼戈夫来到梁赞的土地上，他是《纪事》中唯一活下来的梁赞王公。在看到梁赞可怕的劫后景象和所有亲人的死亡时，英瓦尔·英瓦列维奇伤心地惊叫道："金号声咽，乐管束之高阁。"因痛不欲生和深感绝望，他"一动不动地像死人一样躺在地上"（第296页）。英瓦尔·英瓦列维奇在梁赞埋葬了死者的骸骨，又到战场上哭别他们大家。英瓦尔·英瓦列维奇的哭泣在形象和用语上接近于民间殡葬哭丧曲。《纪事》以对已捐躯的梁赞王公的语言上极尽美化的赞颂结束:"他们生来热爱基督,与众兄弟友爱;一个个相貌堂堂,两眼炯炯有神,目光威严;无比勇敢,心胸开阔;对大贵族领主和蔼可亲,对来宾们彬彬有礼,对教堂诸事热心参加;对举办酒宴慷慨大方,乐于参与王公贵族们的娱乐活动;对军务十分熟悉,对自家兄弟及其使节尊卑有序。"(第300页)这种对梁赞王公家族、他们以往的强盛、过去的荣耀和英勇豪迈的赞颂,以一种特殊的力量突出强调了所发生的事件的悲剧性。

以对梁赞王公们的赞颂结束《纪事》,是其作者文字技巧的一个鲜明范例。《纪事》的作者在作品中利用了关于拔都进占梁赞的口头叙事传说。可以特别明显地感觉到讲述叶夫帕季·科洛夫拉特的那一段情节的叙事基础。一些研究者往往认为关于叶夫帕季的片断是《纪事》中悦耳动听的插曲①。但是,无论是关于叶夫帕季的故事,还是关于费奥多尔公及其妻儿命运的故事,在《纪事》中都是一个完整叙事作品的有机组成部分。所有这些部分都由一个统一的思想牢固地联系起来,即舍身忘我,勇敢无畏地保卫祖国,抗击敌人——这是贯穿于所有情节的统一的思想:"我们宁愿以死换生,也不愿受异教徒的奴役。"《纪事》的这一基本思想使得它成为一部关于英雄主义和人类精神伟大的叙事作品,而不是一篇关于梁赞沦陷的故事。光荣的颂辞与哭泣在《纪事》中达到了统一。在一部就其本质而言是民间创作体裁的叙事作品中的这种结合,只是为文学文献所固有的,也是古代罗斯文学中一系列最优秀的作品,如《伊戈尔出征记》、加里奇公罗曼·姆斯季斯拉维奇赞歌、《罗斯国土沦陷记》等作品的典型特点。②

《拔都摧毁梁赞纪事》是古代罗斯文学的杰作之一。它之所以引人注目,既由于它的文学优点——书面因素和口传史诗因素的结合,也由于它的思想内涵——崇高的爱国主义和英雄主义激情。

这样我们便看到,在拔都入侵和蒙古—鞑靼人统治时期,俄国文学最典型的特征是它那崇高的爱国主义。无论是编年史家还是弗拉基米尔主教谢拉皮翁,都把罗斯的失败看作上帝的惩罚,对罪恶生活的惩处。但是,从那些关于拔都暴行苛政的编年史故事、从《拔都摧毁梁赞纪事》中我们可以得出结论:在民族意识中,从敌人的暴力下获得拯救,却呈现为积极的斗争,而不是忏悔和顺从。所以我们有根据指出这一时期的文学也有它的英雄主义性质。无论在编年史纪事还是在圣徒传记中,特别是在《拔都摧毁梁赞纪事》中,除了突出描写敌人的武力和残忍外,罗斯军人、全体罗斯人的勇猛战斗和大无畏英勇精神的场景也是绚丽多彩的,毫不逊色。

---

① 鲍·尼·普梯洛夫:《叶夫帕季·科洛夫拉特之歌》,载《古俄罗斯文学研究室著作集》(ТОДРЛ)第11辑,莫斯科—列宁格勒,1953年,第118—139页。
② 参见德·谢·利哈乔夫:《伊戈尔·斯维亚托斯拉维奇出征记》,见《伊戈尔出征记》,列宁格勒,1967年,第33—35页。

除了蒙古—鞑靼人入侵的题材外,在整个13世纪文学中,强大的王公政权的题材也具有主导性。这一题材也有重大的民族—爱国主义意义:在同外敌作斗争的年代,当国内封建割据的进程加剧时,关于强有力的王公能否领导同外敌斗争的问题,对于罗斯国家未来的命运就有了最重要的意义。在随后的历史发展中,从13世纪末期开始,金帐汗国产生了内部矛盾,导致这个统一政权的分崩离析,统一的强大力量四分五裂。在罗斯,尽管非常缓慢,却发生了相反的现象——中央集权国家开始建立。在封建割据和蒙古—鞑靼人统治的年代,已为这一进程奠定了基础。涉及这一题材的文学文献,有可能在这一进程的发展中发挥了推动作用。

古代罗斯文学传统体裁的发展在13世纪得到了延续。比12世纪更得到强化的是,纪事作品被纳入编年史汇集中,这些纪事虽然服从编年史的整个内容,同时却有着自身的完整性。这就是关于同蒙古—鞑靼人斗争、关于罗斯王公在金帐汗国丧命的编年史纪事,对王公们的颂辞。圣徒传记——教会苦行修士的传记是以传统体裁创作的。与此同时,还产生了一系列超出传统体裁框架的作品。

例如,我们不能将《罗斯国土沦陷记》和《囚徒丹尼尔的求告书》比作传统体裁。正如德·谢·利哈乔夫所指出的,这两部作品"在体裁方面都属于半文学—半民间口头创作的作品",而"新体裁大部分恰恰是在民间创作和文学作品的交接处形成的"①。

《加里奇公丹尼尔年谱》以一系列这样的特点而与众不同,它们让人有理由认为,与其说它是编年史,不如说是一部王公生平记述。

《亚历山大·涅夫斯基传》也是与《加里奇公丹尼尔年谱》相近的王公生平记述,但这部作品就其基本体裁特点而言属于传记体裁。

《拔都摧毁梁赞纪事》属于扎拉斯克的尼古拉圣像故事系列,按德·谢·利哈乔夫的说法,就其性质而言接近于编年史汇编。"事实上这个系列中也含有许多编年史的因素,在某些方面还反映了编年史文体上的陈规旧套(如使用拜占庭纪年'在6730年''在6745年',等等)。它带有'汇编'的性质——在这种情况下乃是在不同时间段形成、在不同时期与扎拉斯克尼古拉圣像相联系的各种不同的梁赞故事的'汇编'。"②但这已经不是编年史,不是编年史汇编,而是与编年史作品相近似,也像德·谢·利哈乔夫本人所强调的,主要表现于外部。同时,这部作品无论从整体上还是从各个组成部分上看,也不能称其为历史故事,虽然这个系列的基本部分、中心部分《拔都摧毁梁赞纪事》专门记述了重要的历史事件。我们面前似乎只是一部还在逐渐成熟的独立历史纪事,它已脱离编年史,但在某些方面还与之有联系。《拔都摧毁梁赞纪事》的体裁特点、体裁的新颖之处也就在这里。

---

① 德·谢·利哈乔夫:《10—17世纪俄国文学历史道路的独特性》,《俄罗斯文学》1972年第2期,第13页。

② 德·谢·利哈乔夫:《扎拉斯克的尼古拉的故事》(文本),载《古俄罗斯文学研究室著作集》(ТОДРЛ)第7辑,第257页。

因此，我们可以说，在 13 世纪文学中出现了体裁方面的独特突破。那些在前一时期已有的体裁还存在并发展着。但是在文学进程中，在这些传统体裁的内部，正在密集地出现一些新现象。这一时期最卓越的作品，虽然还与传统体裁规范有着千丝万缕的联系，但实质上已是崭新的体裁现象。

(列·亚·德米特里耶夫执笔，左少兴译，汪介之校并补译注释)

第四章

俄国前文艺复兴时代的文学：14—15 世纪中期

第一部分 14 世纪库里科沃战役之前的文学

1. 概述

到 14 世纪初，蒙古—鞑靼人的统治已经过去了半个多世纪。金帐汗国的统治，像一副沉重的担子首先压在广大居民阶层（农民和手工业者）的肩上，阻碍了国家的政治和社会经济的发展，但却阻止不了历史的进程。到 13 世纪末—14 世纪初，位于东北罗斯的莫斯科公国跻身于最强大的公国之列。莫斯科的王公们精力充沛地参与了争夺弗拉基米尔大公封号的斗争，因为拥有这个封号的王公就被认为是罗斯王公中的领导者。在 14 世纪初的这场斗争中，主要竞争者是特维尔和莫斯科的王公。这时金帐汗国将弗拉基米尔大公的诰封交替赐送，时而赐给莫斯科的王公，时而赐给特维尔的王公。这场斗争的种种事件，包括在金帐汗国对竞争王公的处决和谋杀，都在文学文献中得到了反映。

在特维尔和莫斯科争夺领先地位的斗争中，大公政权与教会权力的结盟具有重大意义。莫斯科在这场争斗中取得了胜利。在莫斯科公伊凡·丹尼洛维奇·卡里塔（"钱袋"伊凡）主政时期，都主教彼得于 14 世纪 20 年代将都主教府邸从弗拉基米尔迁往莫斯科，莫斯科逐渐成为罗斯各地的教会中心。

13 世纪末—14 世纪初，由于蒙古—鞑靼人的入侵而遭受严重破坏的手工业生产开始恢复，商业贸易得到重启与扩展，城镇中出现了商业—手工业街区。这些进展促使罗斯在 14 世纪，特别是在这个世纪的中期和末期取得建筑事业的发展。13 世纪末—14 世纪上半叶诺夫哥罗德的石结构建筑术，正如尼·尼·沃罗宁所指出的:"为 14 世纪末—15 世纪初诺夫哥罗德建筑业的繁荣做了准备。"① 1365—1367 年,在普斯科夫建成了宏伟的圣三一大教堂,这一时期还在这里启动了大规模的城堡修建工程。13 世纪末,石结构建筑在特维尔重建:在特维尔内城建成了公国的主要教堂——救主变容节白石大教堂。1326 年,莫斯科也开始建造石质结构的建筑。在伊凡·卡里塔时代,克里姆林宫内一下就修建了四座石质教堂(圣母升天教堂、铺天梯者约翰教堂、救主松山训众教堂、天使长大教堂)。1366—1367 年,那里修建了莫斯科克里姆林白石墙。在这一时期修建的文物建筑的特点,是追求恢复罗斯独立时期的建筑传统。② 与这一时期的建筑联系最为密切的是绘画:教堂内绘制着许多壁画,圣像画也主要是为教堂定制的。

蒙古—鞑靼人的入侵严重影响了古代罗斯的书籍文化和教育:在城市被完全破坏期间,大量书籍被销毁,居民的文化水平一落千丈。14 世纪,重振教育的努力开始见效,著书活动得到恢复,这些都得益于从 14 世纪中叶起出现的一种较廉价的书写材料——纸。复兴中的旧城市和刚出现的新城市以及为数众多的修道院,逐渐成为书籍业的中心。

14 世纪初,对别的国度的关注、描写异邦土地上名胜古迹的兴趣重新被激发起来。罗斯的朝圣者访问了一些圣地(君士坦丁堡、耶路撒冷),并编写了自己的旅途见闻。《君士坦丁堡圣地的故事》标注的时间为 14 世纪 20 年代,其作者被认为是诺夫哥罗德大主教瓦西里。诺夫哥罗德人斯特凡于 1348—1349 年前往君士坦丁堡朝圣,并写出了他的旅行记《诺夫哥罗德人—朝圣者斯特凡见闻录》。14 世纪上半叶对异邦风土人情和旅途见闻的描述,使古代罗斯流行的"游记"体裁得以恢复。

罗斯人不能容忍金帐汗国的统治。民众中不时爆发反对汗国统治者的起义。在《舍夫卡尔的故事》和民间历史歌曲《谢尔坎·杜坚季耶维奇之歌》中,关于 1327 年特维尔人反对八思哈卓尔汗的民众起义的优秀故事传留至今。特维尔的王公们在 14 世纪初也曾尝试进行反对蒙古—鞑靼人的解放斗争。

2. 编年史编撰

在这一时期的编年史编撰中,较之前一时期,并没有出现什么大的变化或新的现象。在那些旧有的编年史编撰中心,即使是在蒙古—鞑靼人入侵后,仍然继续着我们在上一章中谈到的编年史编撰传统。属于这一时期的有传至今日的诺夫哥罗

---

① 尼·尼·沃罗宁:《建筑艺术》,见《13—15 世纪俄国文化概观》(Очерки русской культуры XIII-XV веков),第 2 册,1970 年,第 219 页。属于 14 世纪上半叶至世纪中期的,有戈罗杰茨报喜节教堂、沃洛特广场圣母升天教堂等诺夫哥罗德著名建筑遗迹。14 世纪下半叶建成的费奥多尔·斯特拉季拉特溪畔教堂、伊利因街上的救主变容节教堂也颇负盛名。

② 参见尼·尼·沃罗宁:《建筑艺术》,同上书,第 206—253 页。同时参见德·谢·利哈乔夫:《安德烈·鲁布廖夫与哲人叶皮凡尼时代的罗斯文化》(Культура Руси времени Андрея Рублёва и Епифания Премудрого),莫斯科—列宁格勒,1962 年,第 139—148 页。

德第一编年史的辛诺达尔抄本。这部抄本注明时间为 14 世纪 30 年代，它是所有保存至今的编年史抄本中最古老的抄本。这是诺夫哥罗德几部较早的编年史汇编，其中还补充记录了辛诺达尔抄本的编纂时间。

13 世纪末—14 世纪上半叶，出现了新的编年史编撰中心。从 13 世纪末，编年史记述在特维尔和普斯科夫开始进行，14 世纪 20 年代莫斯科也开始着手进行编年史编撰。

特维尔的编年史编撰 特维尔的编年史编撰工作的兴起，与该地 1285 年建成的公国主要教堂——救主变容节白石大教堂相联系。特维尔的编年史编撰事业敏锐地反映了公国的政治状况：这一事业在适宜的时期繁荣昌盛，而在政治混乱的时期则陷于停顿或完全停止。特维尔的地方编年史编撰最充分地反映在所谓特维尔文集和罗戈日编年史中。①

1305 年，第一部特维尔编年史汇编在特维尔王公米哈伊尔·雅罗斯拉维奇的宫廷中编成；米哈伊尔·雅罗斯拉维奇是第一位"全罗斯大公"，从 1305 年至 1317 年在弗拉基米尔位居大公之位。米哈伊尔·雅罗斯拉维奇在世时经过补充和修改的 1305 年编年史汇编，是大公死后完成的 1319 年编年史汇编的基础。这一汇编在特维尔公亚历山大·米哈伊洛维奇主政期间，曾被用于在特维尔城编写 1327 年大公编年史汇编。1327 年的编年史汇编，一方面曾被莫斯科编年史编撰者所利用，另一方面又作为特维尔大公的编年史而得以延续。在特维尔编年史中，14 世纪 60—70 年代的材料得到了最充分的呈现，那个时期特维尔公米哈伊尔·亚历山大罗维奇正在为谋求弗拉基米尔大公之位而积极斗争。这个时期编撰的 1375 年特维尔编年史汇编是罗戈日编年史和特维尔文集的基础。特维尔编年史文献所特有的特征是政治上的尖锐性，特维尔编年史表现出对抗击蒙古—鞑靼人暴政题材的特别关注。

1305 年的编年史汇编在罗斯编年史的编撰历史上具有特别重要的意义，其中结合了南部罗斯和东北罗斯(佩列斯拉夫尔—罗斯、弗拉基米尔、罗斯托夫、特维尔)的各编年史汇编。雅·索·卢里耶写道："对于随后的、从 1408 年汇编开始的编年史编撰而言，1305 年的汇编是作为某种统一的核心出现的，是从古代到 14 世纪初整个编年史叙事的基础。"② 1305 年编年史汇编的文本传至今日的有 1377 年的复制本，它是受苏兹达尔主教奥尼西的委托为下诺夫哥罗德公德米特里·康斯坦丁诺维奇制作的。这就是拉夫连季编年史，它是以主持编年史重抄工作的下诺夫哥罗德修道院修士拉夫连季的名字命名的。

普斯科夫编年史编撰 13 世纪下半叶—14 世纪初，普斯科夫经历着政治和经

---

① 特维尔编年史编撰的历史概况，参见阿·尼·纳索诺夫：《特维尔公国的编年史文献（13—15 世纪末特维尔编年史修复的尝试，载《苏联科学院通报·人文科学分卷第 VII 系列》，1930 年第 9 期，第 709—738 页；第 10 期，第 739—772 页。

② 雅·索·卢里耶：《14—15 世纪的全俄编年史》（Общерусские летописи XIV-XVвв.），列宁格勒，1976 年，第 34 页。

济蓬勃发展的时期,这促进了当地地方编年史编撰的兴起。这一时期,普斯科夫的书籍文化处于相当高的水平。普斯科夫与诺夫哥罗德之间的密切联系首先显示出来。这时有许多西部罗斯的公国(其中包括乌克兰和白俄罗斯)属于立陶宛大公国;与立陶宛大公国相邻,促使基辅罗斯和加里奇—沃伦公国的一些文献进入普斯科夫。普斯科夫圣潘代莱蒙修道院的司书多米德在抄写《使徒行传》时,在书末记下了他同时代的王公们的内乱,还稍加改动地从《伊戈尔出征记》中引用了王公内部纷争的文字。① 多米德的书末附笔并非偶然:普斯科夫的抄书人经常在抄写的书上附上自己的话。这是普斯科夫书籍抄写活动的一个显著特征。亚·季·谢杰利尼科夫在评论普斯科夫手稿的这一特点时写道:"普斯科夫人抄写祈祷书籍时,并不忌讳声言在页边上想写什么就写什么(pro domo sua),如暂停抄写为进晚餐,疮口溃烂须进澡堂,'以便洗净',或者须往兹里亚科维池(普斯科夫城郊的村落)赴酒宴,或者母猪在瓦尔瓦拉节生了一窝猪仔。"② 普斯科夫书面文献的这些特征:与诺夫哥罗德文学的联系,对南部罗斯和西部罗斯的文学以及立陶宛书籍文化的熟悉,独特的大众化和对日常普通生活现象的兴趣——决定了普斯科夫编年史的结构和文体上的特点。③

普斯科夫的编年史编撰工作是在圣三一教堂内进行的,这是普斯科夫的圣徒庇护教堂,也是本城和私人在所谓书柜中保存所有最重要文献的中心。编年史编撰具有官方性质。④ 在编写编年史时人们利用了各种文献和呈报材料。这赋予普斯科夫编年史一种公务性实用性质。普斯科夫编年史的典型特点之一是它那独特的世俗性:在其内容和风格上,教会—宗教因素所占的地位有限。普斯科夫编年史基本上是由官方文件性质的简要记事构成的,如"拜占庭纪年6811年(1303),暖冬,无雪,粮价昂贵。同年,伊兹波尔斯克在一个新地方建成"⑤。一些在内容上更为详细而丰富的关于普斯科夫与其外部敌人的军事冲突的描写,就是以这一类记事为背景而凸显出来的。

传留至今的普斯科夫编年史汇编的总括原始本,按阿·尼·纳索诺夫所注明的完成时间,为较晚的15世纪50—60年代初期作品。普斯科夫编年史的编撰者利用了几部诺夫哥罗德编年史的资料,以及来自立陶宛、斯摩棱斯克和波洛茨克的一系列材料。

莫斯科编年史编撰　在莫斯科,编年史编撰的开始是与伊凡·丹尼洛维奇·卡

---

① 这些笔录是《伊戈尔出征记》的真实性的无可非议的佐证。
② 亚·季·谢杰利尼科夫:《文学与民间口头创作专论之一:14世纪普斯科夫编年史与民间口头创作》,载《斯拉夫研究》,布拉格,1927年,第Ⅵ卷,第1期,第66页。
③ 参见瓦·帕·阿德里阿诺娃—佩列茨:《13—14世纪普斯科夫文学:编年史》,见《俄国文学史》,第2卷第1册,莫斯科—列宁格勒,1945年,第134—138页。
④ 参见阿·尼·纳索诺夫:《普斯科夫编年史编撰史略》,载《历史学刊》,1946年第18期,第255—294页。
⑤ 《普斯科夫编年史》(Псковские летописи),第1辑,莫斯科—列宁格勒,1941年,第14页。

里塔公和彼得都主教相联系的。莫斯科第一部编年史汇编的编撰时间,据推测为1340年,其基础是伊凡·卡里塔的家庭编年纪事(这部编年纪事的首篇记录的是关于1317年卡里塔之子谢苗的诞生)和都主教彼得的家庭纪事——"这位都主教的从1310年开始的家庭纪事随着都主教彼得向莫斯科的迁移而转至莫斯科"①。在莫斯科,都主教的家庭编年纪事在圣母升天大教堂继续进行,这座大教堂是根据彼得都主教的建议于1326年兴建的;遵照他本人的遗嘱,他后来也被葬于大教堂内(彼得卒于1326年末,而大教堂于1327年竣工)。1328年,在伊凡·卡里塔取得弗拉基米尔大公称号后,正如米·德·普里肖尔科夫所认为的,他"从特维尔接过了1327年版的大公编年史",这部编年史后来按莫斯科的调子做了缩减和改编,同时以取自伊凡·卡里塔的家庭纪事和都主教纪事中的信息材料予以补充,"而另一方面,为了这部此时要按莫斯科的趣味进行加工的1327年大公编年史汇编得以延续,编年史材料的准备也得以着手进行"②。这些编年史材料涵盖了直到1340年的这一时期。这就是莫斯科编年史编撰的初期阶段。在14世纪末—15世纪上半叶,莫斯科的编年史编撰已具有全俄罗斯的性质。

3. 圣徒传记

在14世纪上半叶的圣徒传记中,也像在编年史中一样,应当注意其中与前一时期相同的那些现象。教会苦修者和修士的传记、王公的传记等都已出现。属于前一类传记的有这一时期写的《都主教彼得传》——莫斯科文学中最早期的作品之一。英雄类型的王公传记体裁以普斯科夫文学文献——《多夫蒙特的故事》为代表;殉难王公传记则以特维尔文学文献——《特维尔公米哈伊尔的故事》为代表。

《都主教彼得传》的初版 《都主教彼得传》写于1327年上半年,即他去世后不久。传记的作者在不久前被认为是罗斯托夫主教普罗霍尔,因为他的名字出现在传记第二抄本的标题上。但是,正如弗·安·库奇金所认定的,普罗霍尔是传记后出现的《都主教彼得纪念读本》的作者。1327年,普罗霍尔在弗拉基米尔大教堂宣读了这部文本,当时就是在那里追封彼得为圣徒的。③ 传记的作者是一位我们不知其名的著书人,一个接近都主教和莫斯科大公伊凡·卡里塔的人。《传记》也是应伊凡·卡里塔大公的倡议写出来的。

《彼得传》讲述了上帝本人对他的特殊庇佑,说到还在他出生以前,上帝对他

---

① 米·德·普里肖尔科夫:《11—15世纪罗斯编年史编撰史》,列宁格勒,1940年,第124页。
② 同上。
③ 参见弗·安·库奇金:《都主教彼得去世的故事》,载《古俄罗斯文学研究室著作集》(ТОДРЛ)第18辑,莫斯科—列宁格勒,1962年,第59—79页。

的眷顾就已体现出来,强调他的神灵性。正是这位圣人从罗斯大地的所有城市中挑选出了"一座名叫莫斯科的、以其温煦亲切而受人崇敬的城市"①,他将作为全罗斯的都主教生活在那里,还希望自己死后也留在那里。

彼得在临终时首先想到的是莫斯科大公。他请求千人长普罗塔西(彼得弥留之际大公不在莫斯科)向大公及其后辈转达他的祝福。《都主教彼得传》颂扬了莫斯科和莫斯科大公,肯定了莫斯科在罗斯所有城市中的特殊地位。这部圣徒传记作品——莫斯科文学中第一批文献之一的政治意义和政论意义,于此可见一斑。

特维尔公米哈伊尔·雅罗斯拉维奇的故事 特维尔的关于特维尔公米哈伊尔·雅罗斯拉维奇在金帐汗国被杀的故事,属于殉难王公传记体裁,在古代罗斯的读者中享有很高的知名度,十分流行。这篇故事既被纳入手抄文集中,也被收进编年史汇编中。②

1318年11月,在特维尔王公和莫斯科王公之间为争取获得弗拉基米尔大公之位而进行政治斗争期间,由于莫斯科王公尤里·丹尼洛维奇大搞阴谋诡计,特维尔公米哈伊尔·雅罗斯拉维奇在金帐汗国被杀。正如从故事文本中可见的,故事的作者曾陪同王公一起去金帐汗国,他是米哈伊尔王公之死的见证人。最有可能的是,这位作者就是特维尔少年修道院院长亚历山大。这篇作品于1319年末—1320年初写成。③

正如前文已指出的,无论就题材、性质还是体裁而言,《特维尔公米哈伊尔·雅罗斯拉维奇的故事》(下简称《故事》)都接近于《切尔尼戈夫公米哈伊尔传》(参见本书第三章第5节),其中就有直接借用自后者的词句。但是在两部作品之间仍有一些重大的差异。例如,特维尔公去金帐汗国不是为了信仰而去受难,而是关心本国百姓的福祉。如同切尔尼戈夫公米哈伊尔一样,特维尔公米哈伊尔知道,在金帐汗国等待他的是死亡。但是,如果前者去是为了揭露"异教"信仰,那么后者去则是为了防止悬在他的公国头上的灾难。大贵族们劝米哈伊尔·雅罗斯拉维奇不要去金帐汗国,他的儿子们已准备代替父亲去那里,因为大家都明白,在可汗的大本营内等待王公的是凶多吉少。米哈伊尔公也知道这一点,但他要履行自己的职责:"我的孩子们,你们应明白,大汗没有要求你们,我的孩子们去他那里,无论谁都不行,除了我之外,他要的是我的人头。如果我逃避到别的地方,那我的整个领地将受到奴役,众多的基督徒将被屠杀;如果在这以后我必死无疑,那就最好让我现

---

① 文本引自马卡里:《俄国教会史》(История русской церкви),第4卷,第1册,圣彼得堡,1866年,第308—312页。
② 这部作品的研究者弗·安·库奇金曾区分出该文献的15种稿本,参见弗·安·库奇金:《〈特维尔公米哈伊尔·雅罗斯拉维奇的故事〉:历史与版本学研究》(Повести о Михаиле Тверском. Историко-текстологическое исследование),莫斯科,1974年。
③ 参见上书。

在为众多的黎民百姓献出自己的生命。"① 米哈伊尔公的壮烈之举带有履行公民应尽职责的性质。莫斯科公尤里·丹尼洛维奇是以米哈伊尔公的对立面出现的,他是金帐汗国的同盟者,特维尔土地的敌人。故事文本中没有对尤里的直接抨击,但在作品的潜台词中却能感觉到对莫斯科公的谴责相当有力。这种没有直接说出来的指责在故事最后关于米哈伊尔公被处死的片断中特别明显。鞑靼军万人指挥官卡夫加德骑马来到被掀倒在地的米哈伊尔公赤裸的尸体旁时,"恶狠狠地"对莫斯科公尤里·丹尼洛维奇说:"这不是你的兄长吗？不是说长兄如父吗？干吗让他赤身裸体倒在这里？"(第214页)作者借金帐汗国军事指挥官之口表达了对尤里的谴责,此人刚刚还是作为米哈伊尔·雅罗斯拉维奇公的主审官和阴险的敌人出现的。

作品中的其他许多地方也有一些强有力的艺术细节。故事的简洁结尾巧妙地结束了整个叙述。这里既有事实的描写,又有抒情的概括,还有细腻的文字:"他被放在一块大木板上,装进一辆大车,被捆得结结实实,然后被运过宽阔的阿季日河,此河又名伤心河:因为至今它还让人伤心,弟兄们,当年人们见到的是悲惨死去的自己的主公米哈伊尔公呀！"(第214页)

这篇关于米哈伊尔·雅罗斯拉维奇的特维尔故事,以其题材及其加工性质而不能不让罗斯的读者激动。《故事》的反莫斯科倾向从一开始就低沉地回响。所以,《特维尔公米哈伊尔·雅罗斯拉维奇的故事》经久不衰地进入莫斯科编年史的编撰中。但是莫斯科的编年史家也感觉到了《故事》的反莫斯科倾向,于是从罗斯编年史莫斯科分卷中这部作品的若干编年史版本可以看到,所有对尤里·丹尼洛维奇不利的地方都一版又一版地被消除或改写,反莫斯科的攻击性文字也被删除。《特维尔公米哈伊尔·雅罗斯拉维奇的故事》具有讲述罗斯王公为维护罗斯国土而在金帐汗国牺牲的性质,它归根结底是一种历史的真实。

《多夫蒙特的故事》 1266年,多夫蒙特公带领自己的亲兵"和整个族人"②从立陶宛来到普斯科夫,他是因立陶宛王公们内讧而逃离立陶宛公国的。多夫蒙特在普斯科夫接受了洗礼,取名季莫费伊,后被普斯科夫人推上王公之位。多夫蒙特在普斯科夫担任王公的年代,以有效对抗普斯科夫的世仇立陶宛和德意志骑士团的军事行动而声誉卓著。多夫蒙特—季莫费伊死后因其军功卓著而被追认为当地的立陶宛圣徒。关于他的故事就是专门讲述他的军事业绩和受到的颂扬。

《多夫蒙特的故事》被收在普斯科夫编年史中,但是很难说这一文本是从一开始就为编年史而写的,还是后来被纳入其中的(这篇故事的不同版本和抄本是以不

---

① 文本引自《索菲亚大教堂第一编年史》,见《俄国编年史全集》(ПСРЛ),第5卷,圣彼得堡,1851年,第210页(以下凡引用这一版本,仅在引文后注明页码)。弗·安·库奇金曾把所有故事文本分为两个基本类型:其一被载入编年史中,其二被收进文集中。编年史类的一篇旧稿本收在索菲亚第一编年史中;这一稿本的基本部分非常接近被收进文集(未出版)中的该故事的最老稿本,它是收在编年史类的该故事的第一稿本。

② 引自《普斯科夫编年史》,第2辑,莫斯科,1955年,第82—87页。(以下凡引用本书,仅在引文后注明页码)

同的形式载入编年史的——或者被放在编年史文本之前,或者被纳入编年史文本内部)。无论如何,可以推测,这篇故事是在普斯科夫编年史的编撰者处于其中的那些著书人的文学圈子中创作的,因为在故事和编年史中展开的关于普斯科夫人军事行动的条文之间有许多共同点。关于这篇故事的创作时间问题还不够清楚:一些研究者认为它属于14世纪初[①],另一些研究者则把它归为14世纪下半叶至世纪末[②]。

《多夫蒙特的故事》中的一些形象,整段整段的文字,都来源于《亚历山大·涅夫斯基传》;故事的开始,即关于多夫蒙特受洗的叙述,套用了作为编年史—训诫集的《弗拉基米尔一世大公传》。但是无论如何也不能同意尼·伊·谢列布良斯基的看法,他把《多夫蒙特的故事》看成《亚历山大·涅夫斯基传》的类似之作,得出了这样的结论:"这只不过是源自一部优秀原创作品的一个很好的文学复制品而已,《多夫蒙特的故事》几乎没有独特的文学意义。"[③]在原创作品中利用其他文学文献,是古代罗斯文学的传统做法。《多夫蒙特的故事》的作者为了描写他笔下主人公的功绩,从《亚历山大·涅夫斯基传》中借用了一些形象、情境和文本片断,因此提升了多夫蒙特的形象:他笔下的主人公就像亚历山大·涅夫斯基。同时必须注意到,《多夫蒙特的故事》在许多方面都是原创性的,独具匠心的。

故事的前半部描写了多夫蒙特奔袭立陶宛、拉科沃尔城郊之战、米罗波夫纳河之战,均不以文学形象为转移,充满了以这些战事的见证者和参与者的讲述为基础的英雄传说的回声。在故事的许多段落背后,可以感觉到它们的口传史诗渊源和它们的英雄歌曲基础。追赶多夫蒙特的立陶宛人"想亲手活捉他,还要让他死无葬身之地,让那些普斯科夫人成为刀下之鬼"(第83页)。在交战前,当多夫蒙特第一次不得不同普斯科夫人一起进攻敌人时,他对他们说:"普斯科夫的男子汉们,父老兄弟们!年长者,我之父;年幼者,我之弟!我到过的地方都传颂着你们勇敢无畏的精神!现在,弟兄们,我们面临着生与死的考验;普斯科夫的男子汉们,弟兄们,为了神圣的三位一体,为了神圣的信仰和教会,为了自己的祖国,你们要大显身手!"(第83—84页)整篇故事渗透着军人的英勇精神,含蓄而有力地突出表现了普斯科夫人的战斗豪情。和作品中某些地方的昂扬诗意并存的,还有它那为普斯科夫文学所特有的务实认真和文献性,在文本中经常可见本地的方言语汇、民间诗歌修饰语的使用(如"空旷的松林中支起了帐篷","山路难行","乳臭小儿",等等)。

《多夫蒙特的故事》是普斯科夫文学的卓越典范,是一部原创的、独树一帜的作品,同时它又与古代罗斯其他公国的文学有着密切的联系。

我们还检视了其他创作时间可归为15世纪上半叶的文学方面最有意义的传

[①] 参见奥·恩格尔曼:《13—14世纪罗斯与立窝尼亚地区历史的纪年研究》(Хронологические исследования в области русской и ливонской истории в XIII и XIV столетиях),圣彼得堡,1858年,第44—93页。

[②] 参见尼·伊·谢列布良斯基:《古代罗斯王公传记》,莫斯科,1915年,第274页。

[③] 同上书,第277页。

记。《都主教彼得传》证明了圣徒传记体裁具有重大的政治和政论意义。对于这一时期创作的蒙难王公传记来说,值得注意的是公民呼声的加强和情感张力的加大。在英雄类型的王公传记中,口头史诗型传说的影响得到强化。总体来说,传记作品还是按圣徒传记体裁的旧有传统进行创作的。

4. 舍夫卡尔的故事

《舍夫卡尔的故事》讲的是 1327 年在特维尔爆发的反对金帐汗国派驻当地的八思哈卓尔汗(又名舍夫卡尔、谢尔坎)的起义。起义期间卓尔汗被杀,当时所有驻在特维尔的金帐汗国官员全被杀掉。这篇故事作为编年史的组成部分传留至今,呈现为三种形式。除了这篇故事外,还有一首关于谢尔坎·杜坚季耶维奇的民间历史歌谣也是关涉这一事件的。

有一类故事在罗戈日编年史和所谓特维尔文集,即反映特维尔编年史汇编的编年史中可以读到。在这里,故事带有嵌入的性质:它被其他一些编年史纪事所隔断,在与故事相邻的编年史条文中常见到对它的仿写。这一类故事最详细地阐述了事件的过程:在这里,同金帐汗国暴虐者进行斗争的发起人完全是平民百姓。以简短的异文形式存在的第二类编年史故事,见于叶尔莫林编年史和利沃夫编年史;其翔实的异文形式则见于诺夫哥罗德第四和第五编年史、索菲亚大教堂第一编年史和阿夫拉姆卡编年史。第二类故事中反对舍夫卡尔的倡议者被认为是特维尔公。第一类故事中没有展现舍夫卡尔是如何被杀的,而在第二类故事中则是这样讲述此事的:舍夫卡尔同他身边的人躲藏在王府内,特维尔人放火焚烧王府,于是所有鞑靼人都在那里被烧死。第三类编年史故事被置于特维尔文集中的"特维尔公国编年史前言"中。这实际上是对特维尔公和这一事件的华美赞颂。从文本中可见,作者熟悉第一类故事,也知道鞑靼人是在王府内被烧死的。在文学方面,第一类故事是最早的,也是最有意义的。

第一类故事中关于舍夫卡尔的叙述,是从谈及特维尔公亚历山大·米哈伊洛维奇在金帐汗国获得弗拉基米尔大公称号开始的。一些受到魔鬼教唆的鞑靼人开始对自己的大汗说:如果他不杀了"亚历山大公和所有罗斯王公",那么他也"管不了他们"①。这时那个残害基督徒的"罪魁祸首"舍夫卡尔请求大汗派他前往罗斯。他夸下海口,说要消灭基督教,杀尽罗斯王公,然后押解许多俘虏到金帐汗国。"于是大汗命令他就这么干。"(第 43 卷)舍夫卡尔带着自己的人马来到特维尔,他把王公"从王府赶走,然后自己狂傲暴戾地住进大公府邸,对基督徒作威作福,施行各种暴力手段,欺压百姓"。(第 43 卷)特维尔人请求王公保护他们免受鞑靼人的暴行,但王公没有决心同舍夫卡尔作斗争,而是"吩咐他们忍气吞声"。但是特维尔人不

---

① 文本引自《罗戈日编年史》,见《俄国编年史全集》(ПСРЛ),第 15 卷,莫斯科,1965 年,第 43 卷。(以下凡引用本书,仅在引文后注明栏次)

愿忍受鞑靼人的暴行,等待着"合适的时间"——适当的时机奋起抗击敌人。于是,"8月15日这天中午时分,集市刚开始(即人们开始从四邻八乡聚集到集市上来),有一特维尔人,'外号叫杜德科(哨子)'的教堂助祭,被鞑靼人没收了他的还在长膘的小马驹",当时他正带着小马驹到伏尔加河边饮水。杜德科'开始大声喊起来':'特维尔的汉子们,你们救救我!'(第43栏)一位受到屈辱的特维尔人发出的呼号成了起义的信号。杜德科为了维护自己利益的小冲突发展成了反对鞑靼人的全民行动:"所有钟声齐鸣,市民大会场所人声鼎沸,特维尔全城翻天了。"(第43栏)金帐汗国的鞑靼人在特维尔被打的消息,被在田野里放牧的金帐汗国的牧马人带往各地(先传到莫斯科,随后传到金帐汗国),只不过这些"曾经抢劫良种马驹"的金帐汗国人,如今却拼命逃离了怒火冲天的特维尔人。为了进行报复,金帐汗国的汗王派出以费奥多·楚克将军为首的军队去特维尔。特维尔遭到破坏并被抢劫一空,亚历山大·米哈伊洛维奇公逃往普斯科夫。

上述故事的开始部分(关于舍夫卡尔如何和为什么去特维尔的叙述)在风格和一般特征上不同于第二部分。这使得人们有理由认为,故事的基本部分(关于舍夫卡尔的暴行和民众暴动的叙述)是早先写好的,是一个独立的文本,后来才在前面加上了引言。阿德里阿诺娃—佩列茨指出,在故事的开始部分,对舍夫卡尔和金帐汗国人一般使用的为15世纪关于蒙古—鞑靼人的故事而言是有代表性的修饰语;她还认为,这部分出现的时间不早于15世纪。[①] 列·弗·切列普宁也赞成故事的两部分出现的时间是不同的这一观点,但他认为故事的第一部分和整个故事作为一个统一整体出现的时间要更早一些。据他的看法,故事产生于"特维尔王公的府邸内,在伊凡·丹尼洛维奇·卡里塔取得弗拉基米尔大公称号,而特维尔也刚从鞑靼人的祸害后稍有恢复后不久"[②]。从故事的基本部分述及的细节来判断,可以说,故事的这一部分来源于在最接近暴动日期的时间内记录下来的口头传说,很可能就是这些事件的见证人和参与者所记载的。

在编年史《舍夫卡尔的故事》中,书面的、性质上富有教益的引言和关于民众反对金帐汗国暴政的生动而直接的叙述结合在一起。《故事》中对王公立场的解释,也可能说明它的民间口头来源。作为《舍夫卡尔的故事》基础的口述故事,带有文献性传说的性质。特维尔反对舍夫卡尔的暴动,在像《故事》一样呈现为若干不同变体的历史歌谣《谢尔坎·杜坚季耶维奇之歌》中,也得到了史诗性的阐释。

歌谣《谢尔坎·杜坚季耶维奇之歌》的各种不同变体之间的对比,为认识歌谣

[①] 瓦·帕·阿德里阿诺娃—佩列茨:《11—15世纪初的历史文献与民间诗歌》,见瓦·帕·阿德里阿诺娃—佩列茨:《古代罗斯文学与民间口头创作》(Древнерусская литература и фольклор),列宁格勒,1974年,第50—52页。

[②] 列·弗·切列普宁:《14—15世纪罗斯中央集权国家的形成》(Образование Русского централизованного государства в XIV-XV веках),莫斯科,1960年,第481页。著者注意到,第二类故事的第一种变体,按列·弗·切列普宁的意见,产生于14世纪中期,这类故事的第一种变体产生于15世纪上半叶(同上书,第490—491页)。大多数研究者把第三类故事的产生和1455年鲍里斯·亚历山大罗维奇特维尔编年史汇集的编撰时间联系起来。

的最初样态的性质、认识它与编年史故事的关系提供了可能性。① 在歌谣中,正如在故事的各种不同形态中一样,保存了这样一些历史记忆,它们证明故事是在事件之后随即产生的。② 但是较之故事,歌谣则在稍有不同的层面上表现了记忆的内容,其中活动着另一些角色。在这里,作为城市保卫者出现的是勇敢无畏的鲍里索维奇兄弟——特维尔的千人长和他弟弟③,但完全未提及王公。也像故事一样,歌谣吸纳了关于舍夫卡尔的口述故事,但这些故事有不同的来源。所以在《故事》和歌谣之间既没有直接的,也没有间接的联系。它们之间的吻合,是因为其基础是同一桩历史事件。第一类编年史《舍夫卡尔的故事》同历史歌谣《谢尔坎·杜坚季耶维奇之歌》的共同之处,是对于反对金帐汗国暴动的态度:奋起反抗金帐汗国人并打败敌人的主角,在两部作品中都是民众。在这方面,歌谣更合乎逻辑且有力地表现了民众对事件的评价:其中对金帐汗国暴虐者的描写带有讽刺意味,舍夫卡尔之死是带有侮辱性的,可耻的("一人揪住他的头发,另一些人抓住他双脚,他当场就这样被撕碎了"),而歌谣的末尾却有违历史的真实,竟然是乐观的——谁也不为谢尔坎的被害而难过:"他人都死了,/ 找不到人来打官司了!"④

《舍夫卡尔的故事》和《谢尔坎之歌》表现了民众对蒙古—鞑靼人压迫的反抗,证实了劳动民众不愿屈服于金帐汗国的压迫。在蒙古—鞑靼人统治的年代,这类文学文献和歌谣的出现有着重大的爱国主义意义。

5. 翻译故事

在蒙古—鞑靼人入侵和统治的年代,罗斯与国外文化中心的联系在很大程度上变得复杂了,但是并没有完全中断,一些翻译的文学文献于这个时期在东北罗斯的出现证明了这一点。除了保加利亚文学以外,亚得里亚海达尔马提亚沿岸地区的文学在这个时期也逐渐成为文学的中介。这个地区交汇着斯拉夫文化、拜占庭文化和罗曼文化(通过意大利)。13 世纪下半叶—14 世纪,也有源自东方的文学作品进入罗斯。其中的一部分可能直接译自东方的原创作品。

有根据确定其出现时间为 13 世纪下半叶—14 世纪的翻译作品,符合时代的情绪。这是一些具有乌托邦性质和末世论性质的文献。一方面,它们反映了关于这样一些地方已然存在的幻想,那里是由公正来支配的,生活融洽和谐,充满安宁

---

① 关于该歌谣的各种变体的详细评述和比较分析,参见鲍·尼·普梯洛夫:《13—16 世纪罗斯民间口头创作中的历史歌谣》(Русский историко-песенный фольклор XIII-XVI веков),莫斯科—列宁格勒,1960 年,第 116—131 页。

② 参见尼·尼·沃罗宁:《〈谢尔坎·杜坚季耶维奇之歌〉与 1327 年的特维尔起义》,载《历史杂志》1944 年第 9 期,第 75—82 页。

③ 参见雅·索·卢里耶:《特维尔在罗斯民族国家创建中的作用》,载《国立列宁格勒大学学报》,1939 年第 36 期,历史学系列第 3 辑,第 107 页;同时参见尼·尼·沃罗宁的《〈谢尔坎·杜坚季耶维奇之歌〉与 1327 年的特维尔起义》一文。

④ 《基尔沙·丹尼洛夫收集的古代俄罗斯诗歌》(Древние российкие стихотворения, собранные Киршею Даниловым),莫斯科—列宁格勒,1958 年,第 32 页。

和幸福；而另一方面，这些作品也传达了人们在面对他们周围的灾难与不幸时产生的惶惶不安的恐惧感和缺乏信心，以及对社会伦理道德基础的绝望。这些作品是以把正面因素和负面因素都加以夸大为特征的。它们在读者那里激起面对世界的五彩缤纷和各种奇迹而产生的兴奋感和惊奇感时，也同时造成了一种受压抑的不安情绪，以及平庸之辈在面对暗中窥伺他们的危险时产生的微不足道感。

《关于印度王国的故事》 自古以来就流行着关于印度的各种故事，它被描绘成一个奇异的国家，那里居住着一些不平常的人，且极为富饶。有一个传说讲述有权有势的统治者约翰在治理着印度，他同时兼任国王和宗教长老。在中世纪人们的观念中，遥远而前所未闻的印度是一块福地，那里的人既不知道贫穷，也不知道纷争。这些关于印度的奇幻的乌托邦观念，反映在国王约翰致拜占庭皇帝曼努埃尔传说中的"书信"中。这封经拉丁文加工的"书信"于12世纪出现在拜占庭后，成了斯拉夫译文的基础，后者出现的时间被推测为13世纪。这篇故事的俄语抄本年代属于15世纪下半叶至17世纪。

故事描绘了远方印度的色彩斑斓的景象。人们在日常生活中所能幻想的一切（生活有保障，拥有财富，对现在和未来充满信心），对本国的国家生活可以期待的一切（强有力的执政者，不可战胜的军队，公正的法庭等），在这个国家都应有尽有。这一切不仅简单地存在，而且以超常的形式呈现出来。约翰在他的"信"中写道：他是王中王，"有3300个国王"向他俯首称臣①；他的王国是"这样的：走上10个月还在一个邦，而到不了另一个邦，因为那里是天地相连的地方"（第362页）。国王的宫院规模宏伟，与尘世的一般建筑不能相提并论（"我的宫廷如此之大，绕它一圈要走五天"；第366页），等等。印度王国的居民除了一般人以外，还有许多不可思议的人形生灵（长角的，三条腿的，多只手的，眼睛长在胸前的，半人半兽的）。这个国家的动物世界是如此多种多样，如此稀奇古怪（书上描写了各种飞禽走兽及其习性），在地里与河中发现的珍珠宝石精美绝伦。在印度什么都有，但"既没有偷盗的，也没有抢劫的，更没有见财起意、妒忌他人的人，因为我的国土充满财富"（第362页）。

约翰国王对于那些实际上的统治者而言占有不可超越的优势——中世纪的读者可以把他们同神奇印度的国王和宗教长老作对比；这不仅表现在关于这个国家的奇珍异宝、财富与强大实力的描写中，而且也体现在这一描写的前言中。这里写道，如果拜占庭皇帝曼努埃尔用出卖希腊王国得到的钱来买一份"羊皮文书"，那么在这份文书上也写不尽印度的所有财富和文物、名胜古迹。

《关于印度王国的故事》中的某些形象，与关于久克·斯捷潘诺维奇的壮士歌相吻合。久克"从遥远而富饶的印度"来到基辅后，大肆吹嘘他那国土的富庶。伊

---

① 引自《文选（古代罗斯文学作品选集）》（Изборник. Сборник произведений литературы Древней Руси），莫斯科，1969年，第362—369页。（以下凡引用本书，仅在引文后注明页码）

里亚·穆罗梅茨和多勃雷尼亚·尼基季奇受弗拉基米尔公之命前往印度,为的是检查久克所言是否虚夸,随即确信他是对的;他们还看到,要描写印度的富裕是不可能的。在他们用三年零三天时间才仅仅描写完各种马具之后,久克的母亲,一位受人尊敬的孀居夫人马尔法·季莫菲耶芙娜对两位壮士说:

> 哎呀呀,你们这两个汉子兼估价人!
> 你们应该先去基辅城,
> 去见那位弗拉基米尔王公,
> 就这样告诉弗拉基米尔王公大人,
> 让他把基辅城卖了去换一纸文书,
> 再为换一些笔墨卖掉切尔尼戈夫全城。
> 那时就有人来描绘孤独者的好营生! ①

亚·尼·维谢洛夫斯基和瓦·米·伊斯特林以关于久克的壮士歌和约翰的"书信"来源于共同的文献资料——拜占庭的一首壮士歌(久克这个奇怪的名字也由此而来),来解释故事与壮士歌的吻合。不过,还是有不少根据可以推测,《关于印度王国的故事》影响了壮士歌。

初看上去,《故事》中关于印度各种稀奇古怪之事的描写带有纯童话性质,但是在中世纪,它们却受到不同的评价。这仿佛是一种反映了社会和日常生活幻想的"科幻作品",也反映了与时代相适应的关于世界的伟大和多样性的想象。

《罗马隐修士马卡里的故事》 中世纪那些世界观屈从于神学支配的人们,想必把天堂想象为比童话般的印度更加美好的地方。他们也很想在大地上看到这个天堂。因此在中世纪文学中,寻找人间天堂的题材颇为流行。伪经作品《罗马隐修士马卡里的故事》就是专门讲述这些探寻的。故事是在拜占庭产生的,传入罗斯的时间不晚于 14 世纪初(早期抄本为 14 世纪)。

这篇故事由两部分组成:前一部分讲述三位修士出发寻找"天地相连"②之处的苦难历程,后一部分则描写罗马隐修士马卡里的生活,三位修士在旅程结束时与他相会。

在前往天地相连的地方寻找地上天堂的途中,三位漫游的修士绕过印度,穿越一系列奇异的土地。所到之处,他们见到了和《关于印度王国的故事》中所讲述的相似的人与兽。类似于《亚历山大传》的传主马其顿国王亚历山大,他们来到一些罪人受难的处所。他们走到一根柱子前,柱上留有马其顿国王亚历山大的题词:"此

---

① 引自《壮士歌》,列宁格勒,1957 年("诗人文库大系",第 2 版),第 364 页。
② 引自尼·萨·吉洪拉沃夫:《罗斯伪经文学文献》(Памятники отреченной русской литературы),第 2 卷,莫斯科,1863 年,第 59 页。(以下凡引用本书,仅在引文后注明页码)

柱乃马其顿国王亚历山大所立,他来自哈尔基顿,打败了波斯人。"(第 61 页)所有这些描述都受到《关于印度王国的传说》和《亚历山大传》的影响,带有阴郁的色彩。这些描述曾引起读者的集中关注和对主人公命运的担心,因为可能出现的危险随时都在威胁他们。只有神的庇佑和神派来的神奇向导(鸽子、鹿)才能帮助旅行者顺利克服路上的一切艰难险阻。

三位修士竭力寻找地上天堂的漫长而危险的道路,终点原来是马卡里的修行禅房。马卡里单独一人住在一个山洞里,这里人迹罕至,常有野兽出没。从三位游方修士那里得知他们此行的目的后,马卡里说:"我亲爱的孩子们,因女人之罪而生下的凡人是不能见到那个地方的。"(第 64 页)他本人曾试图到达那"天地相连的地方",也就是地上天堂的所在地,但是天使对他说,这是不可能的。地上天堂由"带翅膀的天使和六翼天使守卫着,他们手上经常拿着冒着火焰的兵器,守护着天堂和生命之树。带翅膀的天使从脚到肚脐是人形的,而前胸却是狮身的,头是另一种动物,双手像是冰做的(好像由冰块雕成),手上的武器火光熊熊"。(第 64 页)

然后马卡里对三位游方修士讲述自己的生活经历。他关于自己的讲述就是一篇关于严守教规的旷野隐修士的传记体叙事作品。这里简要地谈到他离开世俗生活,居住在荒郊旷野,与野兽为邻,他所经受的考验、赎罪和忏悔。

从《罗马隐修士马卡里的故事》可以看出,地上天堂是存在的。它离大地的最边缘——虔诚的荒野隐修士马卡里居住的,也就是三位游方修士到达的地方不远。但是在这样的生活中,甚至对那些已放弃一切并准备克服一切艰难困苦的严守教规的人们、上帝的侍者来说,地上天堂也是不可企及的。

《萨哈伊沙的 12 个梦的故事》 这部文献起源于东方。具体史料不详,但在性质和内容上相近的情节曾出现在西藏故事、佛教纪事和其他一系列东方文献中。① 这篇故事或者是通过拜占庭而在南部斯拉夫诸国开始为人所知,又从那里进入罗斯;或者直接译自东方的原著。这个问题至今没有解决。② 作品在罗斯国土上出现的时间问题同样没有定论。大约是在 13—14 世纪(现在已知的最早抄本属于 15 世纪)。《萨哈伊沙的 12 个梦的故事》传下来的抄本可分为两种版本。许多作品抄本中国王的名字叫马麦尔。在国王的名字为萨哈伊沙的那些抄本中,马麦尔是一位为国王释梦的哲学家的名字。

---

① 参见亚·尼·维谢洛夫斯基:《〈萨哈伊沙的 12 个梦的故事〉的 15 世纪手抄本》,载《科学院俄罗斯语言文学分院文集》(СОРЯС),1879 年,第 20 卷,第 2 期,第 1—47 页;亚·瓦·雷斯坚科:《斯拉夫文学中国王马麦尔的 12 个梦的故事》(Сказание о 12 снах царя Мамера в славянорусской литературе),敖德萨,1904 年;鲍·伊·库玆涅佐夫:《〈萨哈伊沙的 12 个梦的故事〉及其与东方文学文献的联系》,载《古俄罗斯文学研究室著作集》(ТОДРЛ)第 30 辑,列宁格勒,1976 年,第 272—278 页。

② 亚·尼·维谢洛夫斯基认为,这部文献直接来源于东方原著;阿·伊·索博列夫斯基认为它译自希腊文(参见阿·伊·索博列夫斯基:《14—17 世纪莫斯科罗斯的翻译文学》,圣彼得堡,1903 年,第 436 页);亚·瓦·雷斯坚科则认为它是由塞尔维亚传入罗斯的;瓦·米·伊斯特林认为它来自达尔马提亚沿岸国家,参见瓦·米·伊斯特林:《古代罗斯文学领域的研究》(Исследования в области древнерусской литературы),圣彼得堡,1906 年,第 224 页。

国王萨哈伊沙做了一些可怕的、他无法理解的梦。哲学家马麦尔阐明了这些梦的象征意义。据马麦尔的解释，萨哈伊沙的梦象征着不久的将来将有"凶险的时间"来临。对国王之梦的解释带有晦暗的性质。每个梦都预示着一切基础土崩瓦解，道德堕落，灾祸连连，生活贫困，百物匮乏，"凶险的日子就要来临了"①。百姓中间掀起暴动，开始纷纷扰扰，不再有真理了——嘴上说一套好听的，心里却怀着歹意；制定法律的教师们自己就不守法，孩童们也不再听父母和长辈的话；人们的行为放荡不羁，寡廉鲜耻；甚至连大自然也颠倒了：秋天变成冬天，而冬天变成春天，夏季出现冬日，如此等等，不一而足。

世界未来命运的阴暗末世论图景，在中世纪文学中流传甚广。这些启示录中的题材通常在国家命运沉重的年代重新出现。《萨哈伊沙的12个梦的故事》的性质符合遭受压制的艰难时期人们的情绪。很能说明问题的是，这部文献在更晚的时期曾广泛存在于旧礼仪派的书籍中。

古代罗斯的读者对认识世界的兴趣，他们关于在大地上过上公正而安宁生活的幻想，关于世俗幸福对于所有人的必要性所作的哲学思考，在和上述翻译故事类似的文学作品中都找到了一定的答案。这些题材在原创性文献中也有所涉及（包括关于地上天堂存在的神话传说，在诺夫哥罗德大主教瓦西里致特维尔主教的信函中得到了独特的反映）。

6.《诺夫哥罗德大主教瓦西里致特维尔主教费奥多尔关于天堂的信》

诺夫哥罗德大主教瓦西里·卡利卡（1331—1352）致特维尔主教善人费奥多尔的关于地上天堂的信，在索菲亚大教堂第一编年史和复活节教堂编年史1347年条文中可以读到。②

瓦西里之所以给特维尔主教写信，是因为已得知在特维尔人中间爆发的"关于那令人向往的天堂"的"纷争"。他对费奥多尔说："兄弟，我听你讲经时说：'天堂完了，亚当曾在那儿。'……而今天，兄弟，你却以为天堂是想象的。"（即费奥多尔认为，没有地上天堂，只有一种作为精神和道德范畴的天堂）。瓦西里不同意这样的观点，并证明地上天堂是存在的。瓦西里把他的论证建立在书面材料的基础上，为此广泛引用大量的伪经文学文献，同时他还根据健在者提供的证明材料来辅助论证。

瓦西里的那些从现代视角看很幼稚的证明材料，说明古代罗斯的读书人非常尊重书面著述，证实了诺夫哥罗德曾广泛存在诺夫哥罗德航海人关于遥远而神秘

---

① 亚·尼·维谢洛夫斯基：《〈萨哈伊沙的12个梦的故事〉的15世纪手抄本》，第4—10页。
② 《俄国编年史全集》（ПСРЛ），第6卷，圣彼得堡，1853年，增补本，第87—89页；《俄国编年史全集》（ПСРЛ），第7卷，圣彼得堡，1856年，第212—214页。文本引自《索菲亚第一编年史》（《俄国编年史全集》（ПСРЛ），第6卷）。（以下凡引用本书，仅在引文后注明页码）

的国土的口头讲述,当这些讲述带有明显的幻想性质时,听众也不怀疑它们的真实性。

瓦西里提醒费奥多尔和与其观点相同的人们注意,当"我们伟大的圣母临终日到来之际,天使会从天堂送来开花的海枣树枝,放在它应在的位置"。(第88页)接着,在提醒人们不应对创世记中的这一"事实"产生怀疑后,他向怀疑地上天堂存在的真实性的人们提出论辩性的问题:"如果天堂是想象的,那为什么天使送来这一枝海枣树枝,而不想象它存在呢?"(第88页)无论是圣经还是任何教父的著述,都没有谈到地上天堂已不存在。天堂是上帝创造的,而"上帝的所有业绩,万世长存"(第88页)。这确实不仅在口头上,而且在事实上由瓦西里亲眼证实。他给费奥多尔写道:"这是我亲眼所见,我的老弟!当年耶稣基督去耶路撒冷,心情激动,亲手关上城门,直到今天,那门还是打不开;当年耶稣基督在约旦河畔斋戒,我亲眼见到他用斋的餐具,耶稣基督种下了一百棵海枣树,迄今为止它们没有挪动过,没有一棵树死去,也没有一棵树枯萎。"(第83页)按瓦西里真诚的信念,这一切都无可争辩地证明:地上天堂确实存在。但是还有一些直接的见证人,他们证实大地上既存在天堂,也存在地狱——这就是诺夫哥罗德的航海人。瓦西里写道:"苦难"即地狱,"如今在西方也存在","我的许多诺夫哥罗德的教民亲眼见到,在呼啸的海面上,有一只罕见的蠕形动物,它牙齿咬得咯咯响,连莫尔格河的河水都闪电般明亮,水灌入阴森森的地下,到白天又三次退出来"(第88页)。这种对北冰洋("呼啸的大海")绘声绘色的描写,反映了关于严酷北方海域的宇宙传奇,以及对神奇自然现象(涨潮与退潮,水从阴森的地下涌进涌出)的传奇式理解。诺夫哥罗德人见到的地方正是地上天堂的所在地。

瓦西里在他的信中转述了关于诺夫哥罗德人到达的地上天堂的诗体传说。与这一情节相类似的内容也在其他一系列文献中受到关注,但是瓦西里转述的传说却带有源自诺夫哥罗德本地的鲜明印记。正如在谈到"呼啸的大海"时一样,在这一传说中也反映出诺夫哥罗德航海人关于他们远行的幻想故事。暴风雨将诺夫哥罗德人的航船吹向大海的远方,直抵被涂成奇异色彩的群山面前(山上以宗教题材的"诸神圣像"为构图,描绘成"奇妙的海蓝色"——诺夫哥罗德人特别喜爱的、非常珍贵的、鲜亮的天蓝色①)。整个地方都被一种难以言状的光所照亮,从山后则传来欢乐的歌声。几名被派到山间去的航海者,看到了山后那边,高兴地呼喊拍手,迎着看见的东西跑去,旋即消失不见。当时一个被派出的人脚上系了一根绳子,为的是不至于摔倒。当人们把他拉回船上时,他已死去。诺夫哥罗德人在恐惧中离开了这个地方。瓦西里称讲述这个故事的"目击者"为莫伊斯拉夫和雅科夫,为了证明他们的讲述真实可信,他还指出:"如今莫伊斯拉夫和雅科夫还是'儿孙满堂','平顺健康'。"

---

① 关于瓦西里书信中这一意象的典型的诺夫哥罗德特征,参见德·谢·利哈乔夫:《伟大的诺夫哥罗德》(Новгород Великий),莫斯科,1959年,第62页。

有别于那些带有夸张和虚幻性质的、以寻找地上天堂为题材的翻译文献,在瓦西里的信中,一切都更为简单、生动而切合实际。瓦西里不仅以他的讲述证明了自己的哲学—神学观点的正确性,而且转述了一段引人入胜的故事。这就让人感到一种乡土之恋:这些人不是遥远过去的、来自异国他乡的伪经中的人物,而是诺夫哥罗德人,他们的子孙后代还活着,走进了人间天堂。

这一时期罗斯诸公国为争夺领先地位而发生的政治斗争,加强了在这期间所创作的文学作品的政论倾向和紧迫性。编年史编撰也得以复兴和扩展。总的来说,14世纪前四分之三时期的文学,既在体裁方面,也在题材方面,继承了前一时期的传统。但是在这一时期,国家社会经济和政治的发展,已为罗斯在14世纪末—15世纪上半叶前文艺复兴思潮的产生准备了条件。

第二部分 14世纪末—15世纪前半期的文学

1. 概述

14世纪下半叶—15世纪上半叶,在伊凡·卡里塔的继承人统治期间,莫斯科作为联合东北罗斯各公国的中心,作为领导俄罗斯中央集权国家的公国,其作用大大提升了。也正是在这一时期,莫斯科与之竞争的各地区之间的斗争,在同外敌——金帐汗国和14世纪下半叶强大起来的立陶宛大公国——不断冲突的局势下经常发生。正如恩格斯所指出的,在俄国,"在征服了诸侯同时,又挣脱了鞑靼人的压迫"①。正是莫斯科大公国才成为能够率领分散的罗斯各地实现联合,并组织起来对金帐汗国进行反抗的唯一实际力量——这一切在14世纪70—80年代多次事件中最清晰地表现出来。

1359年,伊凡·卡里塔的孙子德米特里·伊凡诺维奇成为莫斯科大公。他占据大公之位30年,直到1389年。德米特里·伊凡诺维奇主持公国的年代,以莫斯科政治地位的加强、经济的增长而引人注目。与此同时,金帐汗国内部的纷争和内讧日益尖锐化。这大大有利于罗斯与蒙古—鞑靼人的斗争。莫斯科实际上已停止向金帐汗国缴纳贡赋。金帐汗国为了恢复以往的权力,采取了一些坚决的措施。1378年,万人军总指挥马麦夺取了金帐汗国的政权后,派出大批人马进军莫斯科。迎战敌军的莫斯科大公的军队在沃扎河上击溃了敌人。这是自蒙古—鞑靼人的统

---

① 《马克思恩格斯全集》第28卷,北京:人民出版社2018年版,第239页。

治建立以来鞑靼人遭到的第一次沉重的失败。过了两年,即1380年,爆发了库里科沃之战。在马麦汗的统率之下,金帐汗国的大批军队和雇佣军朝莫斯科公国进发,与马麦结盟的有梁赞公奥列格和立陶宛大公亚加伊洛。也像在沃扎河之战中一样,罗斯军民迎战敌人。同莫斯科一起对抗马麦的有东北罗斯的许多分封公国。除了正规军队外,参加军事行动的还有手工艺人和市民。战斗在顿河南岸地区库里科沃原野进行(德米特里·伊凡诺维奇的别号"顿斯科伊"即由此而来)。鞑靼人遭到失败。与马麦的血战最明显地体现出莫斯科公国和莫斯科大公在东北罗斯的领导作用,显示出罗斯各公国联合起来的强大实力,展现出罗斯人在军事上对蒙古—鞑靼人已占上风。库里科沃战役具有极大的民族—爱国主义意义:它促进了民族自我意识的高涨,使罗斯人有了战胜金帐汗国、从蒙古—鞑靼人的压迫下解放出来的信心。库里科沃战役后过了两年(1382),脱脱迷失汗突袭莫斯科。城市受到严重破坏,莫斯科被迫恢复向金帐汗国缴纳赋税。但是,无论是脱脱迷失对莫斯科的摧毁和对罗斯其他地区的破坏,还是蒙古—鞑靼军队随后的多次侵袭,都既不能降低顿河胜利的历史意义,也不能改变对莫斯科的关系,也不会削弱莫斯科大公在国家政治生活中的作用。十分重要的是,德米特里·伊凡诺维奇·顿斯科伊在遗嘱中将大公之位传给长子瓦西里时,已是置金帐汗国于不顾而独立行动。

14世纪末—15世纪上半叶莫斯科周围的国土联合起来的同时,在莫斯科公国自身的界线内,由于在王公之间领地的一分再分,封邑的数量不断增加。诸王公——各封邑的所有者都服从大公。大公政权力图把他们变成负有服役义务、享有特权的世袭领主。就在这一时期,大公的权力在特维尔、梁赞、苏兹达尔公国得到加强。已形成的这种局面导致了1425—1430年间封建主之间战争的爆发,这场战争延续了将近30年。在这场战争中,分封王公和贵族反对派的反动势力同日渐壮大的莫斯科大公的政权力量之间发生了冲突。除了分封的王公外,积极参与同莫斯科斗争的还有特维尔公国和诺夫哥罗德贵族共和国。这场封建主之间的战争具有严重而残酷的性质,并由于同金帐汗国的不断斗争而更为复杂化。但最终还是这一历史阶段的进步力量取得了胜利:分封王公和贵族反对派遭到失败,而莫斯科大公的作用得到加强。这个时代所有最重要的历史事件都在这一时期的文学文献中得到了反映。

人类文化的发展与文化中个人因素的发展是相联系的。各发展阶段的更替就是人的解放的各个阶段。人是从氏族的权力、行会的权力和社会阶层的权力,从阶级的压迫下逐渐解放出来的。各种不同形态的"人的发现"与这一进程相吻合。

早期封建时代的古代罗斯文学与人从氏族的权力和部落的权力下解放出来联系在一起。人意识到自己的力量,从而成为封建行会的一部分。这一时期文学作品的主人公是行会的成员,也是其所属社会等级的代表人物。这就是王公、修士、主教、贵族领主,他们作为这样的人物被描写得十全十美。一种描写人的宏伟风格即由此而来。

人作为行会一员的尊严在多大程度上受到重视,《罗斯法典》中给出的观念是:拿剑柄和剑敲打人,或拿带权的长棍打人,拿大碗砸人,这类手段的侮辱性被认为比造成"青紫"伤痕或流血伤口的侮辱性高出好几倍,因为前者表现出对对手的极端蔑视。①

但是俄国历史上的这样一个时期到来了:这时人开始受到重视,不再根据他对于中世纪行会的属性来做判断。这就形成了新型的"人的发现"——发现人的内心生活、内在优点和历史价值等。在西方,这一发现是随着商品—货币关系的发展而完成的。货币在其他方面奴役人的时候,也把人从行会的权力下解放出来。任何人原则上都可以取得货币,但货币也支配着周围的事物。货币破除了行会之间的障碍,并且使行会荣誉的概念变得没有必要。

在俄国,个人从行会权力下解放出来的条件逐渐形成,一方面是靠经济的增长,商业贸易和手工业的发展——这一切导致"城市—公社"诺夫哥罗德和普斯科夫的地位提升;另一方面,由于在蒙古—鞑靼人的统治下经常受到军事威胁和严重道德考验,人的内在品质受到越来越多的重视,如人的坚定品格,对祖国和王公的忠心,在道德上抵制各种诱惑的能力。王公政权提拔那些当之无愧的人才,不考虑他们的出身和行会属性。编年史注意到鞑靼汗脱脱迷失侵犯莫斯科期间有一些皮货商贩奋起保卫莫斯科,记录了弗拉基米尔城圣母升天大教堂掌管钥匙的牧师没有把教堂财宝交给敌人的功德,还越来越频繁地注意到广大居民,特别是市民的反抗斗争。

这就是为什么在文学中,特别是揭示一个人内心生活的传记文学中,情感领域受到越来越多的重视。文学关注人的心理、人的内心状态和人的内心波澜起伏。这就保障了其文体上的表现力和描述的生动性。如果说在文学中一种情感丰富而表现力强的文体得以发展,那么在思想活动方面,"缄默静修"、在教堂外进行单独的祈祷、到荒郊野外去——进单人隐修室等,则具有越来越大的意义。

这些现象不能同文艺复兴相提并论,因为在古代罗斯的精神文化中,宗教直到17世纪还占主导地位。在14—15世纪,离生活和文化的世俗化还很远,个性的解放还是在宗教范围内进行的。这是在有利的条件下得到发展、向着文艺复兴过渡的那一过程的初始阶段,即前文艺复兴时期。

对人的内心生活的关注,显示出正在发生的事件变幻无常和一切现存事物的可变性,这种关注是与历史意识的觉醒联系在一起的。时间已不仅以各种事件交替的形式表现出来。时代的性质已发生变化——首先变化的是对异族统治的态度。罗斯独立的理想化时期来临了。思想上转向独立的理念,艺术上转向蒙古—鞑靼人入主罗斯之前的作品,建筑艺术转向独立时代的建筑物,而文学则转向11—13

---

① 详见德·谢·利哈乔夫:《中世纪的文艺复兴》(Возрождение в Средневековье),载《俄罗斯文学》1973年第4期,第114—118页。

世纪的作品:转向《往年纪事》、都主教伊拉里翁的《论律法与神恩》《伊戈尔出征记》《罗斯国土沦陷记》《亚历山大·涅夫斯基传》《拔都摧毁梁赞纪事》等等。这样,对于罗斯的前文艺复兴时代而言,独立时期的罗斯,蒙古—鞑靼人侵占之前的罗斯,就成为它的"古希腊罗马时代"。

为整个中世纪文学所特有的抽象化现象,是把所描写的现象普遍化,竭力揭示现实中取代个别现象的普遍现象,取代物质现象的精神现象,揭示每种现象的内在的、宗教的含义。中世纪的抽象法也决定了前文艺复兴时期创作的作品中人的心理描写的特点。德·谢·利哈乔夫把罗斯前文艺复兴时期文学的这一特征定义为"抽象的心理描写"。"14 世纪末—15 世纪初作家们关注的中心是人的某些心理状态、人的感情和人对外部世界所发生的事件在情感上的反应。但是这些感情和人的心灵的各种状态,并没有在人的性格中结合起来。人的心理状态的某些表现在得到描写时却没有任何个性化,也没有构成一种心理,联系的、结合的因素,即人的性格,还没有显露出来。人的个性依然局限于直线式的归类,即将它归于两种范畴——善人或恶人、正面人物或反面人物——中的某一范畴。"①

国家文化生活中的前文艺复兴现象,在 14 世纪初—14 世纪中期开始显露,14 世纪末—15 世纪上半叶则更有力地表现出来。库里科沃战役后民族自我意识的高涨促进了文化的繁荣,引发了对于过往历史的高度关注,唤起了复兴民族传统的意愿,同时加强了罗斯各地同其他国家的文化交流。罗斯同拜占庭和南部斯拉夫诸国的传统联系得以恢复。

14 世纪上半叶恢复的宏伟的石料建筑,到这一世纪末具有了宏阔的规模。14 世纪末—15 世纪上半叶造型艺术特别繁荣,前文艺复兴时期的思想在这一领域最鲜明地表现出来。14 世纪末—15 世纪初,中世纪最著名的艺术家费奥凡·格列克在罗斯工作,在他的创作中,前文艺复兴时期的理念得到了更出色的体现。费奥凡·格列克给诺夫哥罗德、莫斯科及东北罗斯其他城市的教堂作画(1378 年在诺夫哥罗德伊利亚大街给救主易圣容教堂,1395 年在莫斯科给圣诞节教堂,1399 年和 1405 年在莫斯科给天使长大教堂和报喜节大教堂作画)。费奥凡·格列克的壁画至今仍以其所描绘人物的伟岸、动态感、表现力和坚毅性而令人震惊。

14 世纪末—15 世纪初 25 年,伟大的俄国艺术家安德烈·鲁布廖夫的创作大放异彩。他的活动与莫斯科以及和莫斯科相邻的一些城市和修道院联系在一起。安德烈·鲁布廖夫曾同费奥凡·格列克和普罗霍尔修士长老一起给莫斯科克里姆林宫的报喜大教堂作画(1405)。他还曾同丹尼尔·乔尔内(他的忠诚朋友)一起在弗拉基米尔圣母升天大教堂(1408)、谢尔吉三一修道院的三圣大教堂创作壁画和绘制圣像画(1424—1426)。安德烈·鲁布廖夫的著名画作《三圣图》就属于他在谢尔吉

---

① 德·谢·利哈乔夫:《10—17 世纪罗斯文学的发展:时代与风格》,列宁格勒,1973 年,第 91 页。关于俄罗斯的前文艺复兴及其特殊性的详细论述,参见他的这本著作及以下研究成果:(1)《古代罗斯文学的诗学》,第 3 版,莫斯科,1979 年;(2)《古代罗斯文学中的人》,第 2 版,莫斯科,1970 年。

三一修道院创作期间的成果。他的创作以深刻的人道主义和对人性的刻画而独树一帜。德·谢·利哈乔夫写道:"这一时期的绘画因题材的新颖而丰富起来,画作中的情节明显地变得复杂化,其中有许多叙事性因素,事件则从心理上得到解释,艺术家力求表达人物的体验,突出地表现他们的痛苦、悲伤、忧愁、恐惧或欢乐和狂热的激动。宗教的题材表现得不那么隆重,比较隐秘与寻常。"[①]

教育的普遍发展、理性解释自然现象这一意愿的苏醒,决定了城市中理性主义运动的产生。14世纪末,在诺夫哥罗德出现了斯特利果尔尼克派异教运动。斯特利果尔尼克派否定教会的等级制度和繁琐礼仪,其中有些人看来不相信死者复活的学说和耶稣基督的神性本质。他们的言论中回响着社会的旋律。

14世纪末—15世纪文化的繁荣,促进了罗斯各地同拜占庭和南部斯拉夫国家(保加利亚、塞尔维亚)文化联系的扩大。罗斯的修士们经常长时间地待在阿索斯山和君士坦丁堡的修道院,许多南部斯拉夫国家和希腊的活动家移居罗斯。费奥凡·格列克从希腊来到罗斯。14世纪末—15世纪上半叶在罗斯文学中发挥了重大作用的人物中,应提到保加利亚人基普里安和格里戈里·察姆布拉克,塞尔维亚人帕霍米·洛戈费特。在这一时期,罗斯还出现了大量南部斯拉夫的手稿和译本。罗斯文学同拜占庭文学和南部斯拉夫诸国文学密切地彼此影响,相互作用。罗斯同其他国家的文化交流被定义为第二次南部斯拉夫影响的时期。

2. 编年史编撰

与库里科沃战役直接前后相接的年代,14世纪末—15世纪上半叶,是罗斯编年史编撰出现繁荣的时期。在这一时期编制了大量编年史汇编,各个城市(其中包括彼此敌对的城市)的编年史编撰,处于密切的相互作用之中。编年史汇编的编撰者利用地方的编年史,同时根据一定的政治利益对它们进行改写和编辑,任何一部将要编制的编年史汇编都有责任符合这些政治利益。

编年史编撰中对历史往事不断增长的兴趣,表现在重新编制的编年史汇编的开始部分,通常加入关于基辅罗斯历史的叙述,如《往年纪事》及其中的一些摘录。编年史汇编将此时此地的历史同罗斯国家以往的整个历史联系起来。这具有原则上重要的意识形态意义:每个公国的历史都成为整个罗斯国土历史的延续,而这些公国的大公都是以基辅王公的后继者出现的。编年史汇编的编撰人往汇编中加入不同公国的编年史,来自编年史以外的纪事、传记、政论和律法文献。莫斯科成了罗斯编年史编撰的中心,而特别值得注意的是,莫斯科编年史的编撰具有全罗斯的性质。

[①] 德·谢·利哈乔夫:《安德烈·鲁布廖夫与哲人叶皮凡尼时代的罗斯文化》,第116页。

拉夫连季编年史　真正传留至今的 14 世纪末的编年史抄本,是已提到的拉夫连季编年史,它是 1377 年由拉夫连季修士及其助手在苏兹达尔—下诺夫哥罗德公国抄写的。大多数研究者将拉夫连季编年史定性为一部"旧有的"原创本(拉夫连季本人就是这样说的)的复制本。他与他的助手们根据原创本抄写出自己的文本,即作为 1305 年编年史汇编的复制本。① 瓦·列·科马罗维奇提出了一种看法:在记述拔都入侵罗斯的部分,拉夫连季不单抄下了原作中讲述拔都暴行的部分,还遵照苏兹达尔主教季奥尼西的指示,对所讲的这部分进行改写,目的在于为弗拉基米尔大公尤里·弗谢沃洛多维奇大公恢复名誉,大公因其在蒙古—鞑靼人入侵东北罗斯期间的种种行为而在原创文本中受到谴责。② 格·米·普罗霍罗夫发挥了瓦·列·科马罗维奇的看法,在对拉夫连季编年史进行代码分析的基础上得出结论:拉夫连季编年史中专用于讲述拔都攻占罗斯的所有部分都于 1377 年被改写,这些改写部分便出现在已准备就绪的编年史抄本中。③ 但是,这一推测受到了雅·索·卢里耶的反对。他指出,拉夫连季编年史与三一修道院编年史以及与其有联系的源自 1305 年汇编的各部编年史的文本学比较研究,并没有提供把拉夫连季编年史视为 1305 年编年史汇编改写本的依据:这只是编年史汇编的复制本。④ 1377 年制作这样的复制本的工作具有重要的思想和政治意义,带有一种迫切性。编年史以讲述罗斯国土从前的宏伟壮丽的《往年纪事》开始。在拉夫连季编年史中加进了弗拉基米尔·莫诺马赫的《训诫书》——这是一部号召人们在威胁罗斯国土的外来危险面前忘记个人恩怨和内部纷争的作品,提出了关于王公的鲜明概念——他应是英明的国务活动家和勇敢的军事将领。⑤ 关于 13 世纪 30 年代事件的叙述在编年史中带有崇高爱国主义的性质:虽然罗斯王公在力量悬殊的搏斗中遭到不幸,但他们全都英勇无畏、齐心协力地痛击鞑靼人。14 世纪 70 年代末,即库里科沃战役前夕,是莫斯科和金帐汗国之间关系尖锐化的时期。编年史是预定供莫斯科大公的盟友苏兹达尔—下诺夫哥罗德王公使用的,因此它负有提高爱国主义觉悟、唤起罗斯王公同敌人积极斗争的使命。

---

① 关于《拉夫连季编年史》的文本,参见米·德·普里肖尔科夫:《拉夫连季编年史(文本的历史)》,载《国立列宁格勒大学学报》,1939 年第 32 期,历史学系列第 2 辑,第 76—142 页;阿·尼·纳索诺夫:《13 世纪上半叶的拉夫连季编年史与弗拉基米尔大公编年史》,见《史料学问题》,第 11 卷,莫斯科,1963 年,第 428—480 页;格·米·普罗霍罗夫:《拉夫连季编年史的编码分析》,见《辅助历史学教程》,第 4 卷,列宁格勒,1972 年,第 77—104 页;雅·索·卢里耶:(1)《拉夫连季编年史——14 世纪初的汇编》,载《古俄罗斯文学研究室著作集》(ТОДРЛ)第 29 辑,列宁格勒,1974 年,第 50—67 页;(2)《14—15 世纪全罗斯编年史》,第 17—66 页。

② 参见瓦·列·科马维奇:《拉夫连季编年史》,见《俄国文学史》,第 2 卷第 1 册,莫斯科—列宁格勒,1945 年,第 90—96 页。

③ 参见格·米·普罗霍罗夫:(1)《拉夫连季编年史的编码分析》;(2)《拉夫连季编年史中关于拔都入侵的纪事》,载《古俄罗斯文学研究室著作集》(ТОДРЛ)第 28 辑,列宁格勒,1974 年,第 77—98 页。

④ 参见雅·索·卢里耶:(1)《拉夫连季编年史——14 世纪初的汇编》;(2)《14—15 世纪全罗斯编年史》。

⑤ 弗拉基米尔·莫诺马赫的《训诫书》也只是作为拉夫连季编年史的组成部分而保留下来。传留至今的出自 1305 年编年史汇编的任何一部编年史,其组成部分中都没有莫诺马赫的《训诫书》。

莫斯科编年史编撰 第一部莫斯科编年史汇编就是 1408(1409)年基普里安编年史汇编,也是 1812 年莫斯科大火中被烧毁的三一修道院羊皮纸编年史①。这部汇编是遵循都主教基普里安的倡议,也可能是在他的直接参与下开始编辑的,而编辑的完成已是在他去世(1406 年卒)之后。根据基普里安编年史汇编的文本本身可以判断,1392 年编年史汇编《大罗斯编年史》是在它之前出现的。

基普里安编年史汇编是一部重要的全罗斯编年史汇编。基普里安作为全罗斯的都主教,可以利用在教会关系上隶属于他的所有罗斯公国,包括那些在这个时期已加入立陶宛大公国的各公国的编年史来编制编年史汇编。基普里安编年史汇编的编制利用了特维尔、下诺夫哥罗德、大诺夫哥罗德、罗斯托夫、斯摩棱斯克的编年史,当然还有莫斯科以往全部编年史编撰的资料。此外,基普里安编年史汇编中还纳入了立陶宛的历史信息。这部汇编带有亲莫斯科的性质,虽然它所利用的材料被稍作改动。基普里安汇编的特点是一种训诫和政论的语调。正如德·谢·利哈乔夫所说,这取决于《往年纪事》的理念对编年史汇编的编撰者的影响,《往年纪事》"在 15 世纪初是被作为编年史家历史叙事和政治智慧的榜样来接受的"②。

莫斯科编年史编撰的全罗斯性质,在下述一部被认为可能存在的编年史汇编——都主教福季的汇编中得到了加强。这部汇编编写的时间,阿·亚·沙赫玛托夫认为是 1423 年,而米·德·普里肖尔科夫则认为是 1418 年。这部编年史汇编可能存在的文本,是实际传留至今的诺夫哥罗德第四编年史和索菲亚大教堂第一编年史的全罗斯资料的文本。米·德·普里肖尔科夫这样评述这部由都主教主持的莫斯科第二编年史汇编:"1418 年的汇编者对以往的汇编下了很大功夫,为了这项工作利用了不少新材料,在大多数情况下是编年史以外的(故事、纪事、书信、文书)材料,这些材料都应当不仅赋予新的汇编对罗斯国土以往的命运进行历史评述的性质,而且赋予其作为可资借鉴的读物的性质。"③福季编年史汇编的一个新的特征是在其中利用了关于罗斯值得歌颂的壮士(阿廖沙·波波维奇、多勃雷尼亚、杰米安·库杰涅维奇、罗格达伊·乌达洛伊等人)的民间传说。这部汇编的编撰者力求淡化前一部汇编中过于明显表现出来的对莫斯科的偏重,在对待罗斯各地区、其中包括对待同莫斯科竞争的公国的态度上做到更加客观和公正。正如德·谢·利哈乔夫指出的,在福季的编年史汇编中,可以看到莫斯科赋予编年史编撰以全民性质的明确意向。④

---

① 三一修道院编年史的文本是米·德·普里肖尔科夫根据尼·米·卡拉姆津所做的编年史"摘录"、莫斯科大火之前出版的这部编年史的某些片断、拉夫连季编年史、西梅翁编年史和复活节教堂编年史的资料等为基础修复的。参见米·德·普里肖尔科夫:《三一修道院编年史:修复的文本》(Троицкая летопись. Реконструкция текста),莫斯科—列宁格勒,1950 年。目前对于三一修道院编年史修复而言,更有吸引力的是弗拉基米尔编年史和西部俄罗斯编年史(白俄罗斯第一编年史)。参见雅·索·卢里耶:《14 世纪的三一修道院编年史和莫斯科编年史》,见《辅助历史学教程》(Вспомогательный исторические дисциплиеы),第 6 卷,列宁格勒,1974 年,第 84—91 页。
② 德·谢·利哈乔夫:《俄国编年史及其文化—历史意义》,莫斯科—列宁格勒,1947 年,第 303 页。
③ 米·德·普里肖尔科夫:《11—15 世纪罗斯编年史编撰史》,第 145 页。
④ 参见德·谢·利哈乔夫:《俄国编年史及其文化—历史意义》,第 306 页。

根据对上文已提到的诺夫哥罗德第四编年史和索菲亚大教堂第一编年史的文本所作的比较分析来推测,其基础应是一部暂且可称为1448年汇编的内容丰富的汇编①,这部汇编将福季的汇编全部纳入自己的构成中。在阿·亚·沙赫玛托夫之后,直到最近,大多数研究者都把这部1448年编年史汇编确定为诺夫哥罗德编年史汇编。雅·索·卢里耶在比较分析诺夫哥罗德第四编年史和索菲亚大教堂第一编年史的基础上,发挥了米·德·普里肖尔科夫的推想,得出如下结论:1448年编年史汇编不是诺夫哥罗德的,而是全罗斯的汇编,它是15世纪40年代末在莫斯科都主教府邸编撰的。这部汇编是基普里安编年史汇编的改编本。按雅·索·卢里耶的框定,福季编年史汇编并不存在,这部汇编的所有特点都应当归属于1448年编年史汇编。②

诺夫哥罗德编年史编撰　14世纪末—15世纪上半叶,莫斯科与诺夫哥罗德大贵族领主共和国进行了持续不断的政治斗争和思想斗争。诺夫哥罗德大主教在诺夫哥罗德同莫斯科的意识形态斗争中发挥了重大作用。1429—1458年间,大主教叶夫菲米二世担任诺夫哥罗德大主教职务。强调诺夫哥罗德在罗斯国家历史上的重要性,把诺夫哥罗德、莫夫哥罗德的古老历史与莫斯科对立起来,引起了人们对历史往事的密切关注,以及展示该城市的历史与全罗斯国家历史之间的联系的愿望。在叶夫菲米二世担任大主教期间,历史传说在诺夫哥罗德被重新激活,紧张的编年史编撰在大主教府邸进行,编制出多部编年史汇编。诺夫哥罗德官方统治者的编年史编撰失去了以往的民主性,从地方性编年史编撰逐渐变成觊觎全罗斯意义上的编年史编撰。这部编年史的编撰也像在莫斯科编年史编撰中那样,竭力加进一些编年史以外的叙事性的历史—政治文献,其目的是以文献来论证诺夫哥罗德的历史权利。"在叶夫菲米执政的20年内,一本接一本地连续编出了三部篇幅浩大的编年史汇编和约十本篇幅较小的编年史汇编,每本为了补充欠缺的信息都做了大量的工作。结果从15世纪中期起,我们拥有了从其完备性和资料翔实性而言都罕见的诺夫哥罗德第四编年史——15世纪的基本编年史汇编、诺夫哥罗德第一编年史晚期抄本(有各种不同的抄本),以及依据不同的资料而恢复的更早期的编年史汇编,由这些汇编构成的诺夫哥罗德索菲亚大教堂编年史汇编在罗斯编年史编撰中具有头等意义。"③

特维尔编年史编撰　1368—1375年莫斯科与特维尔封建战争的过程中,德米

---

① 阿·亚·沙赫玛托夫首次论证了这部汇编的这一成书时间。参见阿·亚·沙赫玛托夫:《14—15世纪全俄编年史汇编》,载《国民教育部杂志》,1900年,第331卷,第9期,第2分册,第90—176页。
② 雅·索·卢里耶:《14—15世纪全俄编年史》,第67—121页。更详细的关于1448年汇编的论述,参见本书第五章第二部分第2节。
③ 德·谢·利哈乔夫:《俄国编年史及其文化—历史意义》,第316页。"诺夫哥罗德索菲亚大教堂编年史汇编"就是1448年汇编。甚至假若接受雅·索·卢里耶关于1448年汇编产生于莫斯科的观点,评述其余两部编年史——诺夫哥罗德第四编年史和诺夫哥罗德第一编年史晚期抄本也保持着它的意义。

特里·顿斯科伊在 1375 年战胜特维尔之后,14 世纪 60—70 年代兴盛一时的特维尔编年史编撰一度中断。但是到 1382 年它又重新恢复起来,直到特维尔丧失其独立之前也未停止。1409 年,阿尔谢尼主教编出了特维尔编年史汇编。鲍里斯·亚历山大罗维奇大公主政时曾进行编年史编撰,特维尔修士福马的《颂辞》就是献给大公的(参见本章第 4 节)。这一时期特维尔编年史编撰的思想倾向接近于《颂辞》:因为特维尔在罗斯历史上发挥过领导作用,它是罗斯同蒙古—鞑靼人的压迫进行斗争的堡垒,几任特维尔大公都是富有经验的军事将领和英明的国务活动家,当之无愧地成为罗斯国家的君主。

在罗斯编年史编撰历史上,14 世纪末—15 世纪上半叶的突出特点是编年史编撰具有全罗斯的意义。这不仅是莫斯科编年史编撰的特征,也是其他城市编年史编撰的特征。在指出普斯科夫编年史编撰具有"超越'区域性的''地方性的'界线"的意向时,阿·尼·纳索诺夫写道:"这是很有代表性的。在 15 世纪,俄国各城市、各地区的编年史汇编,在某种程度上都逐渐成为全罗斯的编年史汇编。"①

3. 年代记

如上文已指出的,年代记体裁的文献曾满足过罗斯读者对世界历史的兴趣。年代记是从圣经所述时代起世界不同国家、不同民族的历史中选取的故事汇编集。但是与编年史不同,年代记的历史叙述具有鲜明的叙事性质。组成年代记的叙事材料有时并没有历史内容,而是一些神奇—幻想的短篇故事或道德说教性的趣味小故事。在年代记文本中,无稽之谈和奇闻轶事的材料比在编年史中多得多,它们的突出特点就是致力于进行道德劝诫和伦理说教。年代记应当以历史故事的趣味性和它们的道德劝谕意义来吸引中世纪的读者。"对于编年史家来说,最重要的在于历史真实。编年史家重视其记述的真凭实据,他小心谨慎地保存自己前辈的记录,他多半是史学家。相反,年代记的编者则是文学家,他感兴趣的不是事件的历史意义,而是事件的足以训世的价值。"②

这一时期,古希腊编年史第二版是根据年代记体裁的文献编撰的,奥·维·特沃罗戈夫把它归入 15 世纪中叶。③ 古希腊编年史第二版源自看来是在 13 世纪编撰的原始版本。与原始版本相比较,古希腊编年史第二版是以其带有一系列补充文本为特点的。补充资料的基本来源是:详述编年史、《亚历山大传》第二版、《君士坦丁和叶莲娜传》《修建皇城圣索菲亚大教堂的故事》《费奥菲拉的故事》等。

---

① 阿·尼·纳索诺夫:《普斯科夫编年史编撰史略》,第 293 页。
② 德·谢·利哈乔夫:《俄国编年史及其文化—历史意义》,第 346 页。这里有关于年代记的内容和年代记叙事与编年史叙事之区别的详细评述。
③ 参见奥·维·特沃罗戈夫:《罗斯年代记》(Русские хронографы),列宁格勒,1975 年。

多种罗斯编年史的资料也被利用。古希腊编年史第二版构成中带情节性的大量文本的纳入,使各种不同来源的材料巧妙地汇合成一部统一的叙事作品,更加突出了这部内容丰富的世界史汇编的文学性和趣味性。在古希腊编年史第二版的基础上编撰的俄罗斯年代记中,叙事的情节性和趣味性得到进一步加强。直到不久前,还有人将俄罗斯年代记产生的时间定在1442年,认为它的作者是帕霍米·洛戈费特(阿·亚·沙赫玛托夫的推测)。近年来的年代记研究得出的结论是:最初形态的俄罗斯年代记是稍晚创作的——时间在15世纪末—16世纪初。[①]

4. 圣徒传记

就像在前几个时期一样,除了编年史以外,圣徒传记一直是基本的文学体裁之一。也像编年史那样,在本章考察的时期,这一体裁获得了很大的发展,并经历了一系列重要的变化。

如本部分"概述"所指出的,14世纪末—15世纪上半叶的圣徒传记中,一种情感丰富而表现力强的文体得到了最鲜明的呈现。这一文体的著名大师、哲人叶皮凡尼称它为"词藻的堆砌"。表现力强而情感充沛的颂扬文体反映出对人的个性的态度,反映出对作为认识与反映世界的话语方式的特别关注,还反映出在已确立的文学传统范围内找到表现创造性思维的新的方式方法的意向。基于圣经信条和传统修辞模式的赞颂文体源自拜占庭文学。在许多斯拉夫国家(保加利亚、塞尔维亚、罗斯),这一文体在14世纪末—15世纪初几乎同时达到高度的繁荣,虽然它的前提条件出现的时间要早得多。这一源自拜占庭传统的文体,在每个国家内,在反映以"前文艺复兴"现象为前提的普遍哲学观点时,都得到了独具一格的体现。

表现力强—情感充沛的文体在罗斯的出现,与南部斯拉夫影响相联系,并作为第二次南部斯拉夫影响的文体而得以呈现。无可争辩的是,赞颂文体在罗斯的产生和发展过程中,罗斯书面文化同保加利亚、塞尔维亚书面文化的交流具有非常重要的意义。但是不能把所有这些现象只解释为一些国家对另一些国家的单方面影响。赞颂文体的形成和发展过程,是在不同的斯拉夫文化之间,以及同拜占庭文化思潮的交流中演进的,既有直接的交流,也有(看来是在更大程度上)在斯拉夫—拜占庭的文化中心——君士坦丁堡、索伦、圣山(阿索斯山)的各修道院

[①] 奥·维·特沃罗戈夫认为俄罗斯年代记的成书时间是1512年。鲍·米·克洛斯得出的结论是:年代记的罗斯版本是1488—1494年间在约瑟夫—沃洛科拉姆斯克修道院编成的。参见鲍·米·克洛斯:《关于俄罗斯年代记的编撰时间》,载《古俄罗斯文学研究室著作集》(ТОДРЛ)第26辑,列宁格勒,1971年,第244—255页。

内进行的交流。①

此外,这一文体在不同国家的同时出现,原因在于对人的内心世界的关注,这种关注是前文艺复兴时期的明显特点。

在罗斯的土壤上,表现力强—情感充沛的文体是在哲人叶皮凡尼的创作中以最完美、最具原创性的形式显现出来的。这一文体在圣徒传中的最初出现,把它的一种原初的罗斯变体同全罗斯都主教基普里安的名字联系在一起。这一文学流派的第三位代表人物是帕霍米·洛戈费特,他的绵延于1425—1475年间的创作活动,赋予表现力强—情感充沛的文体以宗教—教会的性质。

基普里安 作为保加利亚人,基普里安一生都同自己的同龄人和老乡、特尔诺夫城的叶夫菲米保持着个人友情和创作友谊;叶夫菲米是保加利亚牧首,保加利亚文学中赞颂文体的奠基人和理论家,还是保加利亚语正字法系统的改革者。这种友谊和在阿索斯山的多年居留,决定了基普里安的良好书面文化修养。他在1375年成为立陶宛都主教,并获得在都主教阿列克谢去世后出任全罗斯都主教的继承权;1390年,在德米特里·顿斯科伊去世、其子瓦西里主政时期,基普里安在莫斯科最终被确立为全罗斯都主教。从1378年阿列克谢都主教去世到1390年这一时期,在罗斯教会生活中发生了"占位纠纷"——几位都主教一职的觊觎者之间的斗争。在为自己成为全罗斯都主教一职的权力而斗争时,基普里安把文学作为政治斗争的手段。正是在这几年内,他创作了自己的《都主教彼得传》(1381—1382)。这个时期内,根据他的倡议,显然也在他的直接参与下,《米佳伊的故事》被创作出来,此作使同他争夺都主教职位的竞争者名声扫地。②在担任都主教职务之后,基普里安的著书和文学创作活动也没有停止。正如上文所说,他倡议编辑了第一部全罗斯都主教汇编;他还从事希腊文的翻译,编写教堂祈祷经文,关注著书和抄书活动。但是基普里安的基本文学著作是《都主教彼得传》。③

基普里安把他做过根本改编的1327年版《都主教彼得传》(参见本章第一部分第3节)作为他校订的《都主教彼得传》的基础。最初的传记篇幅不大,写得简要而朴实,没有用词讲究的修饰语,但在基普里安的笔下,它的篇幅大大增加,并得到了更为华丽的文学修饰。基普里安在简洁的前言中给他的著作规定了文学任务,他说:他的《彼得传》是对这位"神职主事者"的赞歌,因为如果对这样一位圣人没

---

① 参见德·谢·利哈乔夫:《安德烈·鲁布廖夫与哲人叶皮凡尼时代的罗斯文化》;弗·阿·莫申:《关于10—15世纪罗斯与南部斯拉夫文学联系的分期》,载《古俄罗斯文学研究室著作集》(ТОДРЛ)第19辑,莫斯科—列宁格勒,1963年,第28—106页;伊·谢·杜伊切夫:《拜占庭与斯拉夫交流和合作的几个中心》,同上书,第107—129页;列·亚·德米特里耶夫:《关于15世纪富有表现力—情感充沛的文体的起源与历史的若干悬而未决的问题》,载《古俄罗斯文学研究室著作集》(ТОДРЛ)第20辑,莫斯科—列宁格勒,1964年,第72—89页。

② 参见格·米·普罗霍罗夫:《米佳伊的故事(库里科沃战役时期的罗斯与拜占庭)》(Повесть о Митяе. Русь и Византия в эпоху Куликовской битвы),列宁格勒,1978年。

③ 参见列·亚·德米特里耶夫:《基普里安都主教在古代罗斯文学史的作用与意义》,载《古俄罗斯文学研究室著作集》(ТОДРЛ)第19辑,莫斯科—列宁格勒,1963年,第215—254页。

有献上桂冠而将此事置之度外,那就是"罪莫大焉"①。基普里安还依据体裁的规范改变了文本的结构布局:文本中有了初版传记中所没有的前言和结语。

从作品的结构、较多的文学雕琢和精致考究来看,基普里安版本的《彼得传》和赞颂体的圣徒传记有着内在联系。但是基普里安的著作首先追求的是政治和政论的目的。这里,比在1327年版本中更突出地强调了莫斯科和莫斯科诸位大公的光荣伟大的业绩,更明显地显现出莫斯科作为整个罗斯国土的政治中心与宗教中心的全罗斯意义。这部传记是基普里安在"占位纠纷"时期于都主教府邸内写的,他不仅用自己的作品赞扬彼得,奉承莫斯科王公,还用它来证实自己继承全罗斯都主教一职的权利。在基普里安的命运波折中,有许多与彼得的命运相似的地方(同其他都主教职务竞争者的角逐,在担任都主教之后与对手的冲突,从立陶宛来到莫斯科),而基普里安似乎也以此把自己和彼得等同起来。基普里安在结束传记中对彼得的颂扬时,用较多的部分讲述了自己荣升都主教的经过(彼得以基普里安的保护者和庇护人的身份出现)。这一颇有特色的"自传体"传记文本,反映了那个时代特有的处理作者因素的新态度。

基普里安的《都主教彼得传》从结构、某些形象和语言上看,都接近于表现力强—情感充沛风格的作品,但是这部传记首先具有政论性质。正如谢·阿·布之斯拉夫斯基所恰当地指出的那样:"都主教彼得传的新版本是基普里安经过深思熟虑后写出来的,他不是为了推行一种新的词藻华丽的文体,因为这种文体对他来说只是一种手段,而是把它作为以圣徒传记形式来特别掩饰的一部论战性著作。"②

哲人叶皮凡尼 关于叶皮凡尼的生平信息十分缺乏,而且在很大程度上这些信息是推测出来的。他在14世纪上半叶出生于罗斯托夫。1379年,他在罗斯托夫神学家格里戈里的修道院接受剃度。后来他又在谢尔吉三一修道院进一步修行。他到过耶路撒冷和阿索斯山,大概也曾在东方国家旅行。叶皮凡尼于15世纪20年代去世。由于博学多识和文学造诣,他还获得"哲人"的尊号。有两部传记出自叶皮凡尼的笔下:写于1396—1398年的《彼尔姆主教斯特凡传》和1417—1418年间写成的《拉多涅日人氏谢尔吉传》。

如上文已指出的,基普里安在《彼得传》的作者前言中说过,圣徒传应该是圣人的装饰物。正是传记的这个目的——语言文字上的赞扬——在叶皮凡尼的《彼尔姆主教斯特凡传》中表现得特别明显。在这篇圣徒传记文献中,正如瓦·奥·克柳切夫斯基当年所指出的,叶皮凡尼"与其说是传记作者,不如说更是一位布道者"③。

---

① 文本引自格·米·普罗霍罗夫:《米佳伊的故事》,"附录",第205—215页。
② 《俄国文学史》,第2卷第1册,莫斯科—列宁格勒,1945年,第235页。
③ 瓦·奥·克柳切夫斯基:《作为历史文献的古代罗斯圣徒传》(Древнерусские жития как исторический источник),莫斯科,1871年,第94—95页。

一般的语言文字不能表达出苦修者的精神的伟大,但是圣徒故事的作者是尘世凡人;当圣徒传记作者期望上帝眷顾,盼望得到他所描述了其业绩的圣徒的庇佑时,往往力求在自己的创作中使用通常的语言手段,使读者形成一种圣徒比其余的人都更不寻常的观念。因此,语言的过分华丽、"文字的堆砌"——这都不是目的本身,而是一种手段,作者借助这种手段可以为他的叙事作品的主人公极尽赞颂之词。

圣徒传记体裁的典型特征之一是作者过分的妄自菲薄,这在颂扬性文体的文献中特别引人注目。叶皮凡尼以一种长篇大论式的文字写道:"本人十分愚钝,知识贫乏,智力不高,见识不广;由于年轻,我没有去过雅典,没有向有学问的哲人学习,也没有学会使用演讲的华丽词藻,更没有学过柏拉图和亚里士多德的对话录;没有学会哲学,也没有掌握雄辩术,由于单纯幼稚,我对许多事物都困惑不解。"[①] 作者承认自己没有学识、愚昧无知,承认自己单纯幼稚,这都是与作品文本的其余部分相矛盾的,这些部分中援引了大量的材料表明他有学问,有知识;而"华丽词藻的堆砌"更是绰绰有余,巧妙的文学手段仍然指向同一目标:颂扬和赞美圣徒。如果传记作者在自己的作品中显示出学识渊博和修辞艺术,而他又不倦地说自己愚不可及,那么传记的读者和听众就感到自己在圣徒的伟大面前特别微不足道。此外,作者承认自己不学无术和文学能力平平,同作者本人所写的实际文本彼此矛盾,想必会造成一种印象:他所写的全部内容都是某种神的启示,是上天赐予的灵感。

在《彼尔姆主教斯特凡传》中,叶皮凡尼在对斯特凡的颂扬之词中达到了真正炉火纯青的程度。诗歌创作手段的选择、文本结构的安排——都是一种经过深思熟虑和仔细推敲的文学系统。[②] 在叶皮凡尼笔下,中世纪圣徒传的传统诗歌创作手段因一些新的色调而变得复杂。为数甚多的词句重叠,一些比喻同另一些比喻的连缀,逐一列出构成长长系列的有所变化的传统隐喻,言语的节奏和语音的重复,都赋予文本以特别的庄重、高昂、激情和表现力。例如,有一段对传主的评述就是从作者的自我贬抑开始的:"鄙人罪孽深重,愚不可及,仿效对你的赞颂词句,编造并增添一些词语,意在用言辞来表达敬意;再从这些词语中收集赞美之词,得到这些赞语后再加以编缀,然后说出来:我还要称呼你什么呢? 是迷路者的领路人,堕落者的发现者,被诱惑者的训育者,头脑丧失判断能力者的领导者,自身脏兮兮者的清洗者,挥霍浪费者的追赃者,战斗者的警卫员,悲伤者的安慰者,狼吞虎咽者的喂食者,爱财如命者的捐献者,愚蠢者的执法者……"(第 106 页),等等。

造成圣徒赞誉之词的"堆砌"是《彼尔姆主教斯特凡传》的主要目的和任务。但是,在对彼尔姆地区启蒙者的溢美之词中,还是能看到生动的描写和具体的历

[①] 引自《哲人叶皮凡尼编写的彼尔姆主教斯特凡圣徒传》(Житие святого Стефана, епископа Пермского, написанное Епифанием Премудрым),圣彼得堡,1897 年,第 2 页。(以下凡引用本书,仅在引文后注明页码)

[②] 参见 О. Ф. 科诺瓦洛娃:《14 世纪末—15 世纪初俄国文学中的赞颂文体》(依据《哲人叶皮凡尼编写的彼尔姆主教斯特凡传》的资料),副博士学位论文摘要,列宁格勒,1970 年。

史事实。它们出现在关于彼尔姆人日常生活的描写中,在关于他们曾敬拜的偶像和狩猎技巧的讲述中,也出现在叶皮凡尼关于莫斯科与彼尔姆之间关系的议论中。传记的中心部分,也是内容最丰富的部分,是关于斯特凡与彼尔姆术士咱姆进行斗争的叙述,这部分具有情节性,充满日常生活素描和生动的场景。

应当注意到《彼尔姆主教斯特凡传》结尾的颂辞的原创性。这一颂辞由三哭组成——彼尔姆百姓之哭、教会之哭和作者之哭("传记抄缮修士"之哭)。这一类以民众、教会和作者哭泣的形式写成的传记颂辞,只是在叶皮凡尼笔下可以见到。无论是在翻译的传记中,还是在罗斯本土圣徒传作者笔下,也无论是在叶皮凡尼之前还是之后①,我们都找不出任何与之类似的文字。这些哭泣带有书面语——押韵的特点,但叶皮凡尼是在民间哀泣的影响下创作出这些哭诉的。他本人曾把彼尔姆教堂的哭泣同寡妇哭丧做过比较:"教堂不想制止哭泣,也不接受别人的安慰,而是说:"你们别劝我,别安慰我,让我尽情地哭吧;别阻拦我,让我哭个够吧!"因为有个习惯:新丧夫的寡妇痛哭自己的守寡生活。(第93页)源自教堂哭泣的某些短语往往同民间口头哭丧曲的声调此起彼伏地交织在一起:"我真不幸,我的心肝宝贝!你到哪儿去啦……我同他过的快活日子太少了,我往后还靠谁呀,谁会来安慰我!谁会给我分忧解愁   "(第94—96页)②

哲人叶皮凡尼的第二部著作《拉多涅日人氏谢尔吉传》,在他编写这部作品后,很快就由帕霍米·洛戈菲特加以修改。帕霍米改写的《谢尔吉传》文本有多部抄本、多种版本和异文传留至今;关于这一传记的叶皮凡尼原文本是什么样子,实际上我们并没有明确的概念。我们只能大致地认定,叶皮凡尼写出的这一传记,比《彼尔姆主教斯特凡传》带有更多的叙事性质,修辞上更为平和与严谨,更富含实际材料。《谢尔吉传》的一系列片断都具有一种独特的抒情色彩(关于少年瓦尔福洛梅(即未来的谢尔吉)童年的叙述,关于谢尔吉的父母要求他在他们去世前不要去修道院,以便他在他们老年时给予照顾的叙事片断,等等)。

如果说在《彼尔姆主教斯特凡传》中叶皮凡尼表明自己是一位造诣颇深、善于辞章的作家,那么在《谢尔吉传》中他则是一位情节叙事的大师。如果不担心陷入言过其实的境地,那么我们就应当有充分的理由把哲人叶皮凡尼称为俄国中世纪的伟大作家。

帕霍米·洛戈菲特 在哲人叶皮凡尼的作品中,表现力强—情感充沛的文体达到了他本人创作发展的高峰。圣徒传中这一文体的第三位代表是帕霍米·洛戈菲特,这种文体在他身上找到了赋予该文体以官方教会—宗教性质的大师。帕霍米

---

① 参见瓦·奥·克柳切夫斯基:《作为历史文献的古代罗斯圣徒传》,第94页。
② 关于叶皮凡尼《彼尔姆主教捷凡传》中的哭泣—颂词与民间口头送殡曲传统的对比分析,参见瓦·帕·阿德里阿诺娃—佩列茨:《古代罗斯文学的诗学风格概观》(Очерки поэтического стиля древней Руси),莫斯科—列宁格勒,1947年,第136、163—165页。

写的传记成为后来所有正式圣徒传记的范本。我们不能否认帕霍米的文学才能，他是一位十分多产且富有经验的作家，几乎就是罗斯第一位职业作家：编年史上记述，帕霍米曾因其文学著作而获奖。中世纪的制书人对帕霍米圣徒传记的写作技巧赞叹不已。但是他的创作带有偏重理性的特点，追求消除传记文学文献之差异，并把传记文本引向适应体裁规范的形式要求。

帕霍米·洛戈菲特来自塞尔维亚，15世纪30年代在诺夫哥罗德的大主教叶夫菲米二世的府邸开始自己的文学活动。① 后来他来到莫斯科的谢尔吉三一修道院、白湖修道院，又返回诺夫哥罗德。帕霍米大约在15世纪80年代去世。出自他手笔的几部原创传记中，最优秀的是《白湖修道院院长基里尔传》。除传记外，他还写有一系列圣徒颂辞和祈祷辞。作为圣徒传记作者，帕霍米的主要活动在于加工改编已有的传记，带有使这些传记词藻更华丽、更符合体裁规范的目的。对比帕霍米版的传记和他作为改编基础的原创传记，我们便能够形成关于正式圣徒传记要求的客观认识。

瓦·奥·克柳切夫斯基对帕霍米·洛戈菲特的文学活动给出了这样的评述："他在任何场合都没有显露出可观的文学才华；他的思维比叶皮凡尼更缺乏灵活与机敏；但是他稳固地制定了书写圣徒传记和教堂用圣徒颂辞的常用而单一的方法，为罗斯圣徒传记提供了许多平和的、稍显冷淡和单调的文体样板，这种文体是学识最为有限者也容易模仿的。"②

罗斯国王德米特里·伊凡诺维奇大公的生平和临终纪事 《罗斯国王德米特里·伊凡诺维奇大公的生平和临终纪事》（下仍简称《纪事》）介于传记和编年史王公颂辞之间。③ 就其风格而言，它完全属于表现力强—情感充沛文体的圣徒传记文献之列。"生平纪实"的基本目的是赞颂大公的业绩。在作品的末尾，作者本人以这类体裁所特有的自我贬抑的笔触说明了《纪事》的这一宗旨："鄙人不堪重任，由于智识不足，天资愚钝，不能对你的英明治国之策予以应有的颂扬。"④《纪事》在修辞上和结构上都接近于哲人叶皮凡尼的作品。正如阿德里阿诺娃—佩列茨所说：《纪事》的作者灵活自如地掌握了教会颂辞文体的诸多手段，"并且掌握了在14

---

① 关于帕霍米的专题研究，参见瓦·亚布隆斯基：《塞尔维亚人帕霍米及其圣徒传记写作》（Пахомий Серб и его агиографические писания），圣彼得堡，1908年；同时参见 Г. 奥尔洛夫：《塞尔维亚帕霍米和他在诺夫哥罗德大主教处从事的著书活动》，载《文献、语言、历史与民间创作集刊》第36卷第3—4期，贝尔格莱德，1970年，第214—239页。
② 瓦·奥·克柳切夫斯基：《作为历史文献的古代罗斯圣徒传》，第166页。
③ 参见 М.Ф. 安东诺娃：《罗斯国王德米特里·伊凡诺维奇大公的生平和临终纪事》（考证与体裁问题），载《古俄罗斯文学研究室著作集》（ТОДРЛ）第28辑，列宁格勒，1974年，第141—154页。
④ 文本引自《俄国编年史全集》（ПСРЛ）第4卷第1册第2分册，列宁格勒，1925年，第351—366页。

世纪末—15 世纪初就已具备的那种颂辞形式。"①

关于《纪事》写作的时间,说法不一。大多数研究者把它的创作归入 14 世纪 90 年代,认为它是由王公去世和安葬(1389)的目击者编写的。阿德里阿诺娃—佩列茨认为这篇文献的写作时间为 15 世纪 20 年代,玛·阿·萨尔米娜则认为是 15 世纪 40 年代。②所有这些日期确定均带有推测性质,因此我们不能认定其中哪一种说法是正确的。

关于德米特里·顿斯科伊的生平资料和史料在《纪事》中所占篇幅极少。作品开篇列出了王公家的世系,其中强调德米特里与基辅大公弗拉基米尔一世的继承关系,因此他也是圣徒鲍里斯公和格列布公的"同宗人"。《纪事》记载了沃扎河之战和库里科沃之战,关于两次战役的讲述建立在关于这些事件的编年史故事的材料之上。无论是《纪事》的这些部分还是指涉德米特里传记和业绩中的某些具体事实的其他部分,与其说是在讲述这些事实,不如说是在揭示其本质,做出概括性评述与评价。在《纪事》的其余部分,则是对德米特里的长篇赞颂和作者对王公丰功伟绩的甚为复杂的哲学思考。在把传主与圣经人物做比较时,作者强调他笔下的主人公比他们更优越("我会把你与亚伯拉罕相比吗?虽然信仰上彼此相同,但生平经历却远超过他",等等)。在这一系列对比中,德米特里是作为世界史上所有著名人物中最伟大的执政者出现的。作品不仅赞美了德米特里大公,也颂扬了莫斯科和莫斯科大公国,对于理解这部文献的思想意义而言,这一系列对比中的最后一个句子特别值得注意:"弗拉基米尔一世受到基辅公国和周边城市的赞扬,而你,德米特里大公,则受到了整个罗斯大地的颂扬。"莫斯科大公德米特里被看得比罗斯众王公的始祖弗拉基米尔还要高。

《纪事》中特别引人注目的是德米特里·顿斯科伊之妻、大公夫人叶夫多基娅的哭泣。这一极具"感人的、处处现出自然真诚的抒情意味"③的哭泣,受到了民间孀妇哭夫歌的影响。它在古罗斯著书人笔下曾被广泛使用,他们往往对这种哭泣稍加改动,将其引入关于王公去世的叙述中。

《德米特里·伊凡诺维奇的生平和临终纪事》的特征和内容预先决定了《皇室族谱》的风格,后者(参见第五章第二部分第 3 节)是 16 世纪重要的观念性文学文献之一。④

---

① 瓦·帕·阿德里阿诺娃—佩列茨:《罗斯国王德米特里·伊凡诺维奇大公的生平和临终纪事》,载《古俄罗斯文学研究室著作集》(ТОДРЛ)第 5 辑,莫斯科—列宁格勒,1947 年,第 82 页。亚·瓦·索洛维约夫发挥了阿德里阿诺娃—佩列茨关于《纪事》与叶皮凡尼的创作相接近的观点,得出了它是由叶皮凡尼在 14 世纪 90 年代写成的,在他写作斯捷凡和谢尔吉传记之前。参见亚·瓦·索洛维约夫:《哲人叶皮凡尼是〈罗斯国王德米特里·伊凡诺维奇大公的生平和临终纪事〉的作者》,载《古俄罗斯文学研究室著作集》(ТОДРЛ)第 17 辑,莫斯科—列宁格勒,1961 年,第 85—106 页。
② 玛·阿·萨尔米娜:《罗斯国王德米特里·伊凡诺维奇大公的生平和临终纪事》,载《古俄罗斯文学研究室著作集》(ТОДРЛ)第 25 辑,莫斯科—列宁格勒,1970 年,第 81—104 页。
③ 瓦·帕·阿德里阿诺娃—佩列茨:《罗斯国王德米特里·伊凡诺维奇大公的生平和临终纪事》,载《古俄罗斯文学研究室著作集》(ТОДРЛ)第 5 辑,第 92 页。
④ 亚·谢·奥尔洛夫:《11—16 世纪俄国古代文学》,莫斯科—列宁格勒,1937 年,第 216 页。

修士福马的《颂辞》 特维尔文学文献、福马修士的《颂辞》是表现力强—情感充沛文体的卓越范例之一,是表明语言艺术在15世纪中叶有了罕见的高度发展的作品。福马修士的《颂辞》以其华丽、庄重和某些文学手法而接近于《罗斯国王德米特里·伊凡诺维奇大公的生平和临终纪事》,但是福马离圣徒传记体裁更远,且大大加强了自己作品的政论性。修士福马的《颂辞》是关于特维尔王公和特维尔公国的伟大与强盛的别具一格的千古绝唱。《颂辞》中赞扬了特维尔大公鲍里斯·亚历山德罗维奇(1425—1461)。关于修士福马的情况,我们一无所知。从《颂辞》的文本判断,他曾接近王府。《颂辞》大约在1453年写成。①

《颂辞》根据文本中分别列出的小标题分为四部分。每个部分在题材和结构上各自独立。但是它们都由一种理念和统一的风格结合在一起。

福马《颂辞》中无论是歌功颂德的赞美之辞,还是讲述历史事件的部分,都为一个基本思想像一条红线那样贯穿:特维尔大公鲍里斯·亚历山德罗维奇是一位"专制君主"②,当之无愧地成为整个罗斯国土的首脑。鲍里斯·亚历山德罗维奇品德高尚,关心全体臣民的福祉,还是一位有勇有谋的军事统帅。福马修士也和《罗斯国王德米特里·伊凡诺维奇大公的生平和临终纪事》的作者一样,在把特维尔大公与世界史上的活动家和圣经人物作比较时,总是把他笔下的主人公置于他们之上。

福马在他的《颂辞》中致力于强调鲍里斯·亚历山德罗维奇和失明大公瓦西里的友好关系,以及特维尔和莫斯科之间的完全协调一致。但是在这一联盟中,特维尔王公发挥着更重要的庇护者的作用。在谈到瓦西里的儿子、未来的莫斯科大公伊凡三世与鲍里斯之女的订婚仪式时,福马修士赞叹道:"莫斯科人欢天喜地,因为莫斯科成了特维尔,而特维尔人高高兴兴,因为特维尔成了莫斯科。两位君主联合在一起。"(第51—52页)

《颂辞》具有格调高昂、辞藻华丽的特点。同时,甚至在过于高扬、精雕细琢的文字之外,人们还可感觉到人的活跃感情和情境的戏剧性。例如,关于被弄瞎双眼、赶下莫斯科大公王位的失明者瓦西里从沃洛格达来到特维尔的故事就是如此。两位王公见面时抱头痛哭:瓦西里因受到鲍里斯的善意接待而大为感动,而鲍里斯则为莫斯科王公遭受奇耻大辱而悲恸不已。"从前见到的兄弟瓦西里大公英俊威武、仪表堂堂,作为国君而受到敬仰,如今却受尽凌辱,流离失所,被自己的弟兄辱骂和诅咒。"(第43页)王公的夫人们也痛哭流涕,甚至在进餐时也继续哭哭啼啼:"……在他们进食或饮酒,或参加娱乐活动时,也把哭声带到了这些活动场所。"(第44页)

---

① 《颂辞》中的所有历史信息都不晚于这个年份。其中讲到谢米亚卡逃往诺夫哥罗德,但未谈及他的死亡(卒于1453年7月17日)。

② 引自《修士福马关于信仰正教的大公鲍里斯·亚历山德罗维奇的颂辞》(Инока Фома Слово похвальное о благоверном великом князе Борисе Александровиче),尼·彼·利哈乔夫介绍,古代罗斯文献爱好者协会版,圣彼得堡,1908年(以下凡引用这一版本,仅在引文后注明页码)。这里有利哈乔夫关于这部文献的长篇文章。同时参见雅·索·卢里耶:《特维尔在罗斯民族国家创建中的作用》,载《国立列宁格勒大学学报》,1939年第36期,历史学系列第3辑,第85—109页。

福马关于作家写作的说法是很有意思的。对于一个没有家室之累、未尽军人职责的人,福马认为他的义务是赞扬王公。福马写出自己对王公的颂辞和王公业绩的故事,不是为了王公英明治国的那些见证人,而是为了"新生的婴幼儿",让他们"长大成人"后知道"鲍里斯·亚历山德罗维奇大公治国有方"。对文学文献的任务所下的这种定义,对于认识福马的写作宗旨,对于理解古代罗斯作家一般著述活动的心理都颇有意义:作者是根据事件的鲜明印记为后代而写作的。

修士福马的《颂辞》证明了作者广阔的文学视野。可以指出这位特维尔作家利用过其形象和语汇的一系列不同时期、不同性质的作品名称。这里包括《往年纪事》、伊拉里翁的《论律法与神恩》、图罗夫主教基里尔的《布道文》《亚历山大·涅夫斯基传》、库里科沃战役系列作品以及其他一系列文献。

修士福马的《颂辞》反映了建立政权统一的俄罗斯国家的理念,但是在这里,特维尔大公是理想的君主,莫斯科大公与他的关系则级别较低。因此,修士福马的《颂辞》并未被纳入莫斯科官方文献中,它的一个抄本只是侥幸才得以传留至今。

14世纪末—15世纪上半叶的圣徒传记体裁有一种崇高的激情和概括的意向。正如德·谢·利哈乔夫所说道,14世纪末—15世纪作家们的艺术视觉不同于前一个时代,是对人的新态度,是意识到人的内心生活、他的个人体验的价值,这就赋予人的个性描写以很强的表现力。"但是与此同时,风格依旧是抽象的。对世界的认识变得更开阔,艺术任务的范围扩大了,以往时代的静态艺术描写为最大限度的动态描写所取代,不过艺术尚未超出宗教的范围,也绝不追求具体化。因此,14—15世纪传记文学中在人的描写方面最典型、最有意义的现象,乃是独特的'抽象心理描写'。"①(关于古代罗斯文学中的抽象心理描写和抽象化原则,详见本章本部分第1节)

5. 传奇故事

14—15世纪上半叶,传奇—历史故事体裁作品得到广泛传播。这一体裁的作品介于传记和纪事之间,且不总是能够准确地认定,应该把某一部具体文献归为哪一类体裁。一些只与某一个人相关的传奇—历史故事,被结合在一个单一的文本中,就成了传记(《诺夫哥罗德大主教约翰传》就是这种性质的);此外,传记文本中的一些完整的片断,从本质上说是一些独立的传奇—历史故事,只是作为传记的组成部分传留至今(《胡滕修道院院长瓦尔拉姆传》流行版本中的许多片断的性质就是如此)。14世纪末—15世纪上半叶的一些最鲜明生动的传奇—历史故事是在诺夫哥罗德创作出来的。

---

① 德·谢·利哈乔夫:《10—17世纪罗斯文学的发展:时代与风格》,第90页。

传奇—历史故事中的真实历史事件往往受到传奇式的神秘主义阐释。这类文学作品的基础,早在它被书面文字记载下来之前很久就通过口口相传而产生并流行开来,但在某些情况下,传奇—历史故事的书面记载也可能完成于接近事件发生的时间。

关于诺夫哥罗德大主教约翰的故事系列

诺夫哥罗德人同苏兹达尔人交战的故事 这个故事的情节是苏兹达尔军队在爱神者安德烈之子姆斯季斯拉夫的统率下,于1170年围攻诺夫哥罗德。战斗以苏兹达尔人的彻底失败而告终。故事是以诺夫哥罗德编年史关于该事件的简要记载和口头传说为基础的。故事产生于14世纪40—50年代。① 诺夫哥罗德人的胜利在故事中是以圣母的神奇帮助来解释的。

被苏兹达尔人包围的诺夫哥罗德人惊惶不安地等候着敌人的进攻(大批军队已抵达城下)。晚祷时大主教约翰听到一个奇怪的声音,这声音吩咐他把圣母的圣像从伊利亚教堂搬到该城的"胸墙"上。当苏兹达尔人开始进攻时,万箭向着城市齐射,都落在被放置于城墙上的圣像上,圣像转身面向城内并失声哭泣。一片黑暗降临围攻诺夫哥罗德城的军队头上,苏兹达尔人开始彼此厮杀起来。

故事中描写的人们举着十字架和圣像从城市商贸街区到索菲亚大教堂的宗教游行的细节,关于苏兹达尔人不可一世的傲慢的评述(他们在攻城之前就自行划分了诺夫哥罗德的街道,以便对居民实施掠夺和屠杀),关于圣像哭泣的描绘,这一切想必都给故事的读者和听众留下了强烈的印象。15世纪下半叶诺夫哥罗德的圣像画《诺夫哥罗德人同苏兹达尔人之战》,描绘出故事的所有片断,表明对故事情节的发展进行了卓越的视觉再现。这幅圣像画是古代罗斯绘画中最优秀的作品之一。②

约翰骑魔鬼旅行去耶路撒冷朝圣的故事 在《诺夫哥罗德人同苏兹达尔人交战的故事》中,大主教约翰虽然以事件的积极参与者的身份出现(他听见了一个奇怪的声音,带着全体教士把圣像从教堂移到城墙上,还把圣像流出的泪水收进他的祭服里),但他毕竟不是叙事的主角。关于他骑魔鬼旅行的故事却是另一回事。在这里,他自始至终都是故事的主要角色。关于约翰骑魔神奇旅行的传奇故事本身,看来很早就产生了,但它的创作时间还不能被准确地认定(大概不会晚于1440年,当时约翰已被承认为当地崇敬的圣徒)。

---

① 参见列·亚·德米特里耶夫:《作为13—17世纪北部罗斯文学文献的圣徒故事》(Житийные повести русского Севера как памятники литературы XIII-XVII вв.),列宁格勒,1973年,第129—131页。
② 参见尼·格·波尔菲里多夫:《古代诺夫哥罗德》(Древний Новгород),莫斯科—列宁格勒,1947年,第296页;维·尼·拉扎列夫:《诺夫哥罗德的圣像画》(Новгородская иконопись),莫斯科,1969年,第35—36页,圣像51—53。

约翰骑着被十字架降伏的魔鬼,一夜之间实现了到耶路撒冷的旅行。由于约翰向诺夫哥罗德人吐露了自己旅行的秘密,魔鬼遂对圣徒进行报复:他如此兴风作浪,以致诺夫哥罗德人谴责自己的教父行为放荡不羁。

民间创作的被十字架降伏且被迫供人役使的魔鬼的情节,在世界文学中广泛流行。在这篇故事中我们见到的不是它的某些原始材料中这一情节的借用,而是对世界民间创作中的漫游题材的原创性改编。故事的基础是关于诺夫哥罗德大主教约翰的口头传说,而后者也同样源自古代罗斯神奇的民间口头创作[①]。同时,在约翰神奇旅行的故事中,诺夫哥罗德日常生活的特征得到了反映,地方特色鲜明地呈现。在古代罗斯的罗斯托夫主教阿弗拉米传(15 世纪)中,可以见到魔鬼被关到容器中的片断。魔鬼复仇的故事和古代罗斯《关于穆罗姆主教瓦西里的故事》(16 世纪中期)中讲述约翰骑着魔鬼旅行的相应部分具有一系列情境上的相似之处。这两部文献重复了诺夫哥罗德主教约翰的故事。

约翰的旅行朝圣,魔鬼的复仇,约翰奇迹般地证实魔鬼用阴谋诡计对他施行诽谤皆为不实之词,这些讲述都是作为令人惊讶而引人入胜的事件表达出来的。这些故事最突出的特点是明显的动感、情节的尖锐性和事件描写的现实性。只有事实本身是奇特的,对事实的描述却是生动的,充满真实的情境。这就使约翰骑魔鬼旅行朝圣的故事与童话接近起来。关于魔鬼复仇的描写也以其幽默和独特的狡黠而近似于童话。

约翰遗骸被发现的故事　这个关于约翰的故事带有鲜明的宗教—教会的性质。其中讲述被遗忘的约翰棺椁奇迹般地显露出来(一块小石头掉到盖在约翰棺材上的大石板上,把石板砸裂了,结果就看到石板下面躺着一位身穿高级神职人员服装的人);还讲到圣徒出现在诺夫哥罗德大主教叶夫菲米二世的梦境中,以及 1440 年大主教叶夫菲米二世把约翰的遗骸迁到了一个新地方。

这个故事出现于 15 世纪 40 年代,属于叶夫菲米二世的思想业绩之列,他竭力以这些业绩来说明诺夫哥罗德在罗斯国土上谋求特殊地位的根据。

关于报喜节教堂的故事　这个故事也是专讲约翰的,但没有被归入他的传记中,它写于诺夫哥罗德报喜节修道院,时间不早于 1310 年,也不晚于 16 世纪初。[②]

约翰和他的兄弟格里戈里用父母去世后留下的钱开始在报喜节修道院修建一座石头教堂,但他们的钱不够。圣母因兄弟俩的祈祷而赐予他们一些金银,于是他们就完成了建造。这一基督教传统的神赐情节,在故事中不是作为宗教奇迹,而是作为童话般的奇事得到揭示的。兄弟俩向圣母祈求,与其说出于他们虔诚的宗教

[①] 尼·瓦·果戈理的《圣诞节前夜》曾写到被十字架降伏且被迫供人役使的魔鬼的情节。
[②] 参见列·亚·德米特里耶夫:《作为 13—17 世纪北部罗斯文学文献的圣徒故事》,列宁格勒,1973 年,第 170—172 页。

意愿,不如说出于尘世的感情:他们请求圣母帮助,为不能完成已开始的事业而感到愧疚。故事的童话性质特别鲜明地表现在关于兄弟俩怎样得到帮助的讲述中:说故事者绘声绘色地描述一匹神奇的马用捆在马鞍上的口袋把金银带给他们。这匹帮助人的马虽然是神明派给兄弟俩的,却像是民间传说中有魔力的灰褐马,它接受故事主人公的召唤出乎意料地出现,在执行了他的指令后又在瞬间消失不见。

《诺夫哥罗德人同苏兹达尔人交战的故事》传留至今的,既有作为各种文集组成部分的大量单篇抄本,也有被纳入 15 世纪 70 年代《诺夫哥罗德大主教约翰传》中的内容。①《约翰骑魔鬼旅行去耶路撒冷朝圣的故事》和《约翰遗骸被发现的故事》只保存在约翰传记中。《关于报喜节教堂的故事》有少数抄本传留下来,且一般是以传记文本的附录形式传留的。如德·谢·利哈乔夫所言:"一些童话、故事和传说在特定地区越是广为流行,有时就越难渗透到中世纪书面文学中:因为不必把所有众所周知的事情都记录下来,纳入手稿。只是必须把那些经过文学手段加工润色才能挽救以免遗忘的故事引入祈祷仪式和编年史。"② 诺夫哥罗德大主教约翰在诺夫哥罗德的声望,他的这篇创作于 15 世纪 70 年代的传记,为我们保存了关于他的许多传说。虽然这些传说是以改编成传记的形式传留至今的,但就其内容和故事性质而言却接近于民间口头创作,它们的特殊价值也在于此。创作于 16 世纪的《胡滕教区主教瓦尔拉姆传》流行版为我们保存了不同时代的大量诺夫哥罗德传说。这些事实证明了在口头创作传统中,也可能在未传留至今的记载中,曾存在满足广大居民阶层审美需求的大量传说故事。

6. 库里科沃战役系列作品

库里科沃战役不仅激励着同时代人,也在 1380 年之后长久地引起罗斯人的注意。因此,不同时期创作的一些文学作品专写与鞑靼汗马麦的血战,是毫不奇怪的。所有这些作品在性质和风格上都各不相同。诗体作品《顿河南岸之战》,从最初的罗列事实的简要编年史纪事到带有尖锐政论性的详细编年史纪事,充满军人的英雄气概和民间口头创作的回声,详细描写了所有事件的《与马麦汗血战的故事》——库里科沃战役系列作品的构成就是如此。

《顿河南岸之战》 关于最初歌颂库里科沃原野之战的作品之一《顿河南岸之战》,前文已提到它与《伊戈尔出征记》的联系(见本书第二章第 4 节)。这部作品的价值,不仅在于它无可争辩地证实了《伊戈尔出征记》的古典性和真实性,不仅

---

① 参见列·亚·德米特里耶夫:《作为 13—17 世纪北部罗斯文学文献的圣徒故事》,列宁格勒,1973 年,第 162—165 页。

② 《俄国文学史》第 2 卷第 1 册,第 261 页。

在于它专写罗斯历史上如此重要的事件,还在于它独特的文学意义。

《顿河南岸之战》创作的确切时间不详。在这个问题上,我们赞同维·费·勒日加的表述得最精确而简练的观点。这位研究者把《顿河南岸之战》称为《梁赞人索封尼的平话》,他写道:"要了解梁赞人索封尼的平话,重要的是要确定它的创作时间。涉及这个问题的文艺学家,大多数只是若即若离地做出了回答,认为索封尼的平话或属于15世纪初,或属于14世纪末。只是在不久前人们才注意到这部文献中提及保加利亚王国的都城托尔纳瓦(即特尔诺沃);因为特尔诺沃曾于1393年被奥斯曼土耳其的军队占领,所以由此得出结论:索封尼的平话创作于1393年之前。为了使立论更为确切,索封尼平话中的说法也被引用——从卡尔卡河之战到与马麦血战的时间已经过去160年。如果把这个纪年上的说法解释为同作品的写作时间有关,那么就可以认为:索封尼平话写成于1384年。是否如此还很难说。但是必须承认,那些把作品的写作时间定在更接近于1380年的尝试,是完全有道理的。这些尝试符合索封尼平话从头至尾都有的那种明显的激情洋溢的特征。因此有理由认为,索封尼平话是在库里科沃战役之后很快就出现了,可能是在1380年或次年出现的。"①

玛·阿·萨尔米娜通过对比《顿河南岸之战》和关于库里科沃之战的编年史纪事②,得出了《顿河南岸之战》的作者曾利用详细的编年史纪事文本的结论,把这篇纪事出现的时间定在15世纪40年代(详见第五章第一部分第2节)。因此,按萨尔米娜的看法,《顿河南岸之战》不可能早于15世纪40年代出现。萨尔米娜引述的表明《顿河南岸之战》在文本上依据详细编年史纪事的证据缺乏说服力。不仅如此,对《顿河南岸之战》和编年史纪事的版本学对比分析,并考虑到《顿河南岸之战》无可争议地依属于《伊戈尔出征记》,使我们有理由确认:在1408年汇编中可以见到的编年史纪事,曾受到《顿河南岸之战》的影响。

这样,把《顿河南岸之战》和编年史关于与马麦汗血战纪事加以对比,只是证明了这一观点的正确性——认同《顿河南岸之战》是对库里科沃战役的直接回应。

《顿河南岸之战》共有6个抄本传留至今,在学术文献中经常使用已固定下来的一些简略的约定俗成标识来指代这些抄本:

(1)У,17世纪中期(也用来表示温多利斯基的抄本——国立列宁图书馆,《温多利斯基文集》,№ 632);

(2)И—1,16世纪末—17世纪初(也表示第一部历史汇编——国立历史博物馆,《博物馆文集》,№ 2060);

---

① 维·费·勒日加:《作为14世纪80年代文学文献的〈梁赞人索封尼关于库里科沃战役(顿河岸之战)的平话〉》,见《库里科沃战役纪事》(Повести о Куликовской битве),莫斯科,1959年,第397页。根据《顿河南岸之战》中提到托尔纳瓦,米·尼·季霍米罗夫认为它的写作时间应在卡尔卡河战役后过去160年。参见米·尼·季霍米罗夫:《古代莫斯科(12—15世纪)》(Древняя Москва. XII-XV вв.),莫斯科,1947年,第202—203页。

② 玛·阿·萨尔米娜:《关于库里科沃战役的〈编年史纪事〉和〈顿河南岸之战〉》,见《〈伊戈尔出征记〉与库里科沃战役系列文献》(《Слово о полку Игореве》и памятники Куликовского цикла),莫斯科—列宁格勒,1966年,第344—384页。

(3) И—2,15 世纪末—16 世纪初（也表示第二部历史汇编——国立历史博物馆，《博物馆文集》，№ 3045；无头无尾的文本片断）；

(4) Ж,17 世纪下半叶（苏联科学院图书馆，№ 1.4.1；简短片断——作品的开始部分）；

(5) К—Б,1470 年代（也表示基里尔—白湖修道院或叶弗罗辛修道院——国立公共图书馆，《基里尔—白湖修道院文集》，№ 9/1086）；

(6) С,17 世纪（也表示辛诺达尔抄本——国立历史博物馆，《辛诺达尔文集》，№ 790）。

《顿河南岸之战》这个标题只见于 К—Б 抄本的题目中，出自这一抄本的书写者叶弗罗辛（关于叶弗罗辛及其著述活动，参见第五章第一部分第 2 节）；在其他几个抄本中，这部文献被称为"关于德米特里·伊凡诺维奇大公及其堂弟弗拉基米尔·安德烈耶维奇公的《纪事》"，或"献给这两位王公的《颂辞》"。在所有抄本中，文本都被大大歪曲，错误五花八门，К—Б 抄本是叶弗罗辛对最初的文本加以缩减与改编的结果。由于以传留的抄本形式保存的《顿河南岸之战》文本残缺，就不得不使用经修复的作品文本。

在《顿河南岸之战》中，呈现于我们面前的并非关于库里科沃战役波折的描写（这一切在《与马麦汗血战的故事》中都能找到），而是关于事件的感情充沛的抒情性诗意表达。作者忆及往昔与当今之事，其讲述从一处转到另一处：从莫斯科到库里科沃原野，又转回莫斯科，转到诺夫哥罗德，再回到库里科沃原野。作者本人将其作品的性质确定为"对德米特里·伊凡诺维奇大公及其兄弟弗拉基米尔·安德烈耶维奇公的怜悯和赞美"[①]。这怜悯是为阵亡者哭泣，而赞美则是对罗斯人英勇无畏和战斗精神的颂扬。

《顿河南岸之战》完全以《伊戈尔出征记》的文本为基础——这里既有对《出征记》的一些完整片断的重复，也有一些同样的描述，还有相似的诗歌表现手法。但是《顿河南岸之战》不是简单地照抄《出征记》，而是以自己的方式将它改头换面。《顿河南岸之战》的作者对《出征记》的诉求带有创造性："《顿河南岸之战》的作者考虑的不是无意识地利用古代罗斯文学最伟大的作品《伊戈尔出征记》的艺术宝藏，也不是简单模仿《出征记》的风格（如通常被认为的那样），而是完全有意识地把往昔和当时的事件、《伊戈尔出征记》中所描述的事件和他那个时代现实中的事件加以对比。在《顿河南岸之战》中，这两者是象征性地彼此对立的。"[②]《顿河南岸之战》的作者以这种对比让人明白：王公们的行动不协调一致（正如在《出征记》中那样）就导致失败，大家团结一致同敌斗争才是胜利的保证。在这一方面，值得

[①] 引自载入的修复文本，见《文选（古代罗斯文学作品集）》，莫斯科，1969 年，第 380 页。（以下凡引用本书，仅在引文后注明页码）

[②] 德·谢·利哈乔夫：《古代罗斯的民族自我意识》（Национальное самосознание древней Руси），莫斯科—列宁格勒，1945 年，第 76 页。

注意的是：《顿河南岸之战》只字未提马麦汗的盟友梁赞王公奥列格和立陶宛王公亚加伊洛。与此同时，关于诺夫哥罗德人（想必是没有参加库里科沃之战的），《顿河南岸之战》的作者则写道：他们得知马麦进军莫斯科的消息太晚了，而且也已不希望急急忙忙地去"支援"大公，然而还是"像山鹰一样飞离"巢穴，从诺夫哥罗德出发去"支援"莫斯科的王公。《顿河南岸之战》的作者违背历史真实，竭力表明整个罗斯国土在同马麦的斗争中都是完全团结一致的。

过去与现在的对比、《出征记》中描写的事件同1380年的事件的对比，贯穿于整部文本的始终。这种对比在引言中就鲜明地表现出来，并具有深刻的含义。《顿河南岸之战》的作者认为罗斯国土的灾难开始于遭逢厄运的卡雅拉河之战和卡尔卡河战役："不信上帝的异教鞑靼人……在卡雅拉河畔打败了雅弗族人的后裔（即罗斯人——引者注）。从此罗斯国土不得安宁，而从卡拉季会战到马麦血战，罗斯国土被笼罩在愁云惨雾之下。"（第380页）从与马麦血战的时刻起，罗斯国土的命运出现了大转折："罗斯的弟兄们、朋友们、子侄们，让我们聚集起来！让我们说的说，唱的唱！我们要让罗斯大地欢欣鼓舞，一片欢腾！我们要让鞑靼人的国度一片凄凉！"（第380页）这样的对立和比照可以在整部文本中看到。这里仅再举一例：当德米特里进军时，"太阳明亮地升起在东方，指引着道路"（第386页）。我们记得，在《出征记》中，伊戈尔的部队出发时正赶上日食（"这时候伊戈尔举目望了望光辉的太阳，只见自己的军队已为黑暗所笼罩"）。《顿河南岸之战》在讲述马麦汗的军队向库里科沃原野进发时描绘了大自然晦暗现象的图景："由于预感到鞑靼人行将覆灭，一些飞鸟展翅飞翔在云端下，乌鸦不停地聒噪，寒鸦发出自己的叫声，山鹰尖厉地凄叫着，狼群凶狠地嗥叫着，狐狸对着人马的尸骨猖獗狂吠。"（第386页）《出征记》中的这一段是与罗斯军队出征的情景相呼应。

相较于《出征记》，《顿河南岸之战》更经常使用教会诗歌中的意象（"为了罗斯国土，为了基督教信仰"，"大公踏上金镫，右手握着宝剑，向着上帝、基督及圣母祈祷"，等等）。《伊戈尔出征记》的作者还向民间口头诗歌寻求表现手段，对它们进行创造性的改造，用民间创作材料创造自己原创性的诗歌形象。《顿河南岸之战》的作者简化了许多这样的形象，它源自民间口头创作诗学的诗歌手法，更接近自己的原型；较之《伊戈尔出征记》，《顿河南岸之战》的一系列原创性修饰语，具有明显的民间口头语言的性质（壮士歌风格的典型词组"这样的故事""奔腾的顿河"和"湿润的土地"，等等）。

《顿河南岸之战》的风格特点是五光十色，异彩纷呈：作品的诗歌部分和带有散文性质的部分，有时甚至是公文性质的部分紧密交织。文本的这种五光十色和"安排不当"，可以用传留至今的几种抄本的实际状况来解释。某些平淡单调可能是后来的层层累积而产生的，并不反映作者的原初文本。

在《顿河南岸之战》К—Б抄本和С抄本的标题中，作品的作者名为梁赞人索封尼，关于此人我们一无所知。索封尼的名字在《顿河南岸之战》的文本中也曾被提及，而在这里，《顿河南岸之战》的作者是把他作为与其有着另一种关系的人来谈论的："我将提到梁赞人索封尼"（抄本 У），"在此，让我们提及梁赞人索封尼"（抄本 С）。此外，在《与马麦汗血战的故事》基本版的一系列抄本的标题中，索封尼已作为《故事》的作者出现。这一切都为鲁·彼·德米特里耶娃提出以下推测提供了理由：与普遍认同的看法不同，索封尼并不是《顿河南岸之战》的作者。鲁·彼·德米特里耶娃认为，索封尼是一位没有流传下来的关于库里科沃战役的诗歌作品的作者；无论《顿河南岸之战》的作者还是《与马麦汗血战的故事》的作者，虽然彼此独立，却都关注过这部诗作。① 还有一种没有留传下来的关于库里科沃战役的诗歌文献存在的可能性，如阿·亚·沙赫玛托夫院士所认为的，来自传留下来的库里科沃战役系列作品在版本上的相互关系的性质。阿·亚·沙赫玛托夫称这部假定存在的文本为《与马麦汗血战纪事》。②

除了这部作品自身的文学优点，除了它所特有的那种激情洋溢的意义以外，《顿河南岸之战》的价值还在于它反映了那个时代的先进政治理念：莫斯科应当成为整个罗斯大地的领袖，罗斯诸王公在莫斯科大公政权下的团结一致，是罗斯国土从蒙古—鞑靼人的统治下解放出来的保证。

关于库里科沃战役的编年史纪事　关于库里科沃战役的编年史纪事以简本和详本两种版本传留至今。简本编年史纪事已成为源自 1408 年基普里安编年史汇编（三一修道院编年史）的编年史的组成部分。详本编年史纪事的最初形式是诺夫哥罗德第四编年史和索菲亚大教堂第一编年史，也就是说，在这些编年史的原始本中，在 1448 年的汇编中应当就有这部编年史纪事。玛·阿·萨尔米娜令人信服地证明：简本编年史纪事就是初始版本。③

正如玛·阿·萨尔米娜所认为的那样，在 1408 年汇编的编者所编写的简本编年史纪事中，展示出持续整整一天的浴血战斗的残酷性，列举出阵亡的王公和将领的名字，也讲述了马麦本人的命运。详本编年史纪事的作者以简本为基础，大大扩充了简本（可能为此而利用了《与马麦汗血战的故事》或某些其他史料），还在自己的文本中加入了对梁赞公奥列格的尖锐谴责（关于这部编年史纪事，详见第五章第一部分第 2 节）。

《与马麦汗血战的故事》　《与马麦汗血战的故事》为我们保存了关于库里科沃战役的最详细的描写，是库里科沃战役系列作品中的基本文献。这部作品在古

---

① 鲁·彼·德米特里耶娃：《索封尼是〈顿河南岸之战〉的作者吗？》，载《古俄罗斯文学研究室著作集》（ТОДРЛ）第 34 辑，列宁格勒，1979 年，第 18—25 页。

② 阿·亚·沙赫玛托夫：《关于谢·康·沙姆比纳戈的著作〈与马麦汗血战纪事〉的评论》（Отзыв о сочнении С.К. Шамбинаго-- Повести о Мамаевом побоище），圣彼得堡，1910 年。

③ 玛·阿·萨尔米娜：《关于库里科沃战役的〈编年史纪事〉和〈顿河南岸之战〉》。在发表此文之前，著者曾认为简本编年史纪事是详本的缩写。

代罗斯读者中享有很高的声誉。故事经过多次抄写和加工润色,以 8 种版本和大量异文传留至今。它的大量带插图(小型插画)的抄本证明了这部文献在中世纪读者中的如同"日读经书"一样的普及程度。①

《与马麦汗血战的故事》创作的确切时间不明。故事的文本中可以见到一些纪年错乱和其他错误(下面我们将详谈其中的某些差错)。这些错误通常被解释为作品的晚出。这是严重的误解。这些"错误"中的某些错谬是如此明显,以至如果作者不是以此来追求某一确定的目标,那么它们在关于历史事件的展开叙述中就不可能发生。再者,如下面我们要认定的,故意用一个名字代替另一个,只有在这样的场合才有意义,即故事的编写和其中所描写的事件发生的时间相隔不太远。故事的纪年错乱和"错误",其原因在于作品的政论倾向。

近年来,关于故事创作时间的问题引起了广泛注意。② 尤·康·别古诺夫把故事创作的时间定在 15 世纪中期和末期之间,伊·鲍·格列科夫把它定在 14 世纪 90 年代,瓦·谢·明加列夫认为应在 16 世纪 30—40 年代,玛·阿·萨尔米娜则把它定在 15 世纪 40 年代到 16 世纪初这一时期。这个问题极具假设性,不能认为它已解决。我们认为把故事产生的时间定在 15 世纪前 25 年是最为可能的。③ 在这期间对库里科沃战役特别注意,可能是因为罗斯同金帐汗国之间的关系再度尖锐化,特别是由于 1408 年鞑靼公爵叶季格伊对罗斯进行侵犯。叶季格伊进犯的成功,是由于罗斯王公们不够团结和齐心协力,但这次侵犯却唤起了必须在莫斯科大公的领导下恢复团结、同外敌斗争的思想。这一思想是故事的基础。

故事的主要人物是德米特里·顿斯科伊。这篇故事不仅是关于库里科沃战役的讲述,还是一部专门颂扬莫斯科大公的作品。作者将德米特里描写成有勇有谋的军事统帅,强调他军人的豪迈气概和勇敢精神。其余角色都聚集在德米特里-顿斯科伊的周围。德米特里在罗斯王公中地位最高,其余角色都是他忠心耿耿的下属,他的小兄弟。年长的和年轻的王公之间的相互关系在作者看来是理想的,所有罗斯王公都应当顺应这种关系,作品中以德米特里·伊凡诺维奇及其堂弟谢尔普霍夫公弗拉基米尔·安德烈耶维奇之间的关系为例表明了这一点。弗拉基米尔·安德

---

① 关于这篇《故事》的基本研究成果,参见下列著述:谢·康·沙姆比纳戈:《与马麦汗血战纪事》(Повести о Мамаевом побоище),圣彼得堡,1906 年;阿·亚·沙赫玛托夫:《关于谢·康·沙姆比纳戈的著作〈与马麦汗血战纪事〉的原初异文》和《库里科沃战役纪事》的评论》(Отзыв о сочинении С.К. Шамбинаго--Повести о Мамаевом побоище; Повести о Куликовской битве)。米·尼·季霍米罗夫、瓦·费·勒日加、列·亚·德米特里耶夫筹备出版,莫斯科,1959 年。关于带插图的《故事》抄本,参见列·亚·德米特里耶夫:(1)《〈与马麦汗血战的故事〉的小型插画》,载《古俄罗斯文学研究室著作集》(ТОДРЛ)第 22 辑,莫斯科—列宁格勒,1966 年,第 239—263 页;(2)《带插图的〈与马麦汗血战的故事〉伦敦抄本》,载《古俄罗斯文学研究室著作集》(ТОДРЛ)第 28 辑,列宁格勒,1974 年,第 155—179 页。

② 参见尤·康·别古诺夫:《论〈与马麦汗血战的故事〉的历史基础》,见《〈伊戈尔出征记〉与库里科沃战役系列文献》,莫斯科—列宁格勒,1966 年,第 477—523 页;伊·鲍·格列科夫:《关于〈与马麦汗血战的故事〉的原初异文》,载《现代斯拉夫学》,1970 年第 6 期,第 27—36 页;瓦·谢·明加列夫:《〈与马麦汗血战的故事〉及其起源》。副博士学位论文摘要,莫斯科—维尔纽斯,1971 年;玛·阿·萨尔米娜:《关于〈与马麦汗血战的故事〉的创作时间问题》,载《古俄罗斯文学研究室著作集》(ТОДРЛ)第 29 辑,列宁格勒,1974 年,第 98—124 页。

③ 参见列·亚·德米特里耶夫:《关于〈与马麦汗血战的故事〉的创作时间》,载《古俄罗斯文学研究室著作集》(ТОДРЛ)第 10 辑,莫斯科—列宁格勒,1954 年,第 185—199 页。

烈耶维奇处处被描写为莫斯科大公的忠诚藩属,绝对执行大公的一切命令。关于谢尔普霍夫公对莫斯科公的忠诚和爱戴的强调,清楚地说明了年轻王公对年长王公的藩臣忠心。

故事中德米特里·伊凡诺维奇的进军受到都主教基普里安的祝福,实际上1380年后者甚至不在罗斯境内,由于对都主教一职的"占位纠纷"(参见本章第4节),这个时期在莫斯科没有都主教。这当然不是故事作者的错误,而是一种文学—政论手法。故事作者的目的是通过德米特里·顿斯科伊展示莫斯科大公的理想形象,必须呈现出他与都主教保持着牢固的联盟。出于涉及当时社会政治形势的考虑,作者才会把都主教基普里安引入出场人物中,尽管这与历史的真实是矛盾的(基普里安在形式上是这个时期全罗斯的都主教)。

马麦,罗斯的敌人,故事作者是用尖刻的否定语调来描写的。他与德米特里·顿斯科伊是完全对立的:德米特里的全部活动和业绩都受到神的指引,马麦所做的一切都来自魔鬼的唆使。在这种情况下,"抽象的心理描写"的原则表现得十分明显。鞑靼人与罗斯军人就是这样直接地针锋相对。罗斯军队被描述为纪律严明、道德高尚的正义之师,而鞑靼人军队则是阴险、残忍、遭到完全否定的恶势力。双方甚至对于死亡的理解也完全不同。对罗斯人来说,死亡是光荣的,是为了永生的拯救;对鞑靼人来说,死亡就是永无止境的毁灭:"双方都有许多人亲眼见到自己人死伤累累,无不感到悲恸。信异教的波洛夫人开始怀着极大的羞耻心对自己生命的终结忧心忡忡,因为不信上帝的罪人死了,对他们的悼念也吵吵闹闹地收场了。信奉上帝基督的正教徒却欣欣向荣,兴高采烈,感到誓愿完全实现,结局圆满——这些话都是三一修道院院长圣徒谢尔吉亲口告诉大公的。"①

故事中马麦汗的立陶宛公国结盟者名叫奥利格尔德公。事实上,在库里科沃战役期间与马麦汗结盟的是奥利格尔德的儿子亚加伊洛,而奥利格尔德已在这之前死去。正如基普里安的情况一样,我们看到的不是错误,而是有意识的文学—政论手段。对于14世纪末—15世纪初的罗斯人来说,特别是对莫斯科人而言,奥利格尔德的名字是与他征讨莫斯科的记忆相联系的;此人是罗斯人狡猾而危险的敌人,编年史中关于他的祭文中说他用兵奸诈。因此,只有在这个名字还作为莫斯科的危险敌人被记住的时候,人们才会称奥利格尔德为马麦汗的结盟者,并用他来替代亚加伊洛。在更晚些时候,这类名字的改换就没有任何意义。所以在早先的文学史中,这篇故事的某些版本的文献资料中,已根据历史的真实用亚加伊洛的名字替代了奥利格尔德的名字,这也不是偶然的。②故事的作者称奥利格尔德为马麦汗的结盟者,是要以此加强这部作品的政论性和艺术上的声势:反对莫斯科的最为狡诈和危险的敌人出现了,但他们都遭到了失败。替换立陶宛王公的名字还有一种

---

① 引自依据基础版印行的《库里科沃战役纪事》,莫斯科,1959年,第43—76页。(以下凡引用本书,仅在引文后注明页码)
② 详见列·亚·德米特里耶夫:《关于〈与马麦汗血战的故事〉的创作时间》,第187—189页。

意味：与德米特里·顿斯科伊结盟的是奥利格尔德之子安德烈和德米特里。由于奥利格尔德在故事中现身，结果连自己的儿子也反对他，这也就更加强了作品政论意义和题材上的尖锐性。

故事中所描述的事件的英雄主义性质，决定了作者注意关于血战马麦的口头传说，注意关于这一事件的史诗性叙述。更确切些说，大战开始前谢尔吉三一修道院修士佩列斯韦特同鞑靼力士的单独格斗的片断，就源自口头传说。口传史诗的基础在沃伦人德米特里"预兆体验"的故事中就可以觉察。沃伦人德米特里是一位有经验的将领，大战前夕和大公来到罗斯军队与鞑靼军队之间的阵地，这时沃伦人德米特里听见大地为"分成两半"而哭泣，为鞑靼和罗斯军人哭泣：许多人都会死去，但罗斯人仍将取得胜利。一则口头传说大约是这一故事的基础，其中讲到开战前德米特里给自己的爱将米哈伊尔·布连科穿上大公盔甲，而自己则穿着普通战士服装手持铁锤第一个投入战斗。民间口头诗歌对故事的影响也体现在作者使用了源自民间口头创作手法的描写方式。罗斯军人被比作鹰和隼，罗斯人打击敌人"就像砍伐树木一样，又像镰刀割草一样"。大公夫人叶夫多基娅在离开莫斯科去同鞑靼人作战的丈夫告别时的哭泣，可以看成是民间口头创作影响的反映。虽然作者以祈祷的形式来写哭泣，但仍然可以在其中发现民间哭诉歌因素的影子。关于罗斯军人的描写渗透着诗意（"罗斯子弟的铠甲，像水面被大风吹得波浪滚滚，他们头上的金盔像朝霞一样在晴空下闪闪发光，他们金盔上的皮带火苗般一闪一闪"；第62—63页），大自然的画面十分鲜明，作者的某些评述则饱含深情厚意而不失生活的真实。如在讲述离开莫斯科上战场的战士们同妻子告别时，作者写道：妻子们"眼含热泪，失声痛哭，一句话也说不出来"；然后又补充说："大公本人勉强止住泪水，为了不让民众的泪水流出来"（第54页）。

故事的作者广泛利用《顿河南岸之战》的诗歌形象和表现手段。这两部文献之间的作用具有相互性：在《顿河南岸之战》的后期抄本中可以见到来自《与马麦汗血战的故事》的嵌入词句。

《与马麦汗血战的故事》已引起读者的关注，是由于它详细描写了库里科沃战役的全部情况。其中有些情况带有传奇—史诗的性质，有些情况是真实事实的反映，这些事实在任何别的史料中都没有记载。但是作品的吸引力不仅在于这一方面。虽然带有相当华丽的意味，《与马麦汗血战的故事》还是有着鲜明地表现的情节性。不仅事件本身，还有一些人物的命运，情节变故的展开，都使得读者激动，对其中的描述感同身受。在作品的许多版本中，情节片断变得复杂，其数量也大有增加。这一切不仅使《与马麦汗血战的故事》成为一部历史—政论叙事作品，也成为一部能够以其情节和情节展开的特点吸引读者的作品。

7. 脱脱迷失进犯莫斯科纪事

马麦汗失败后，脱脱迷失汗统治了金帐汗国。为了竭力恢复金帐汗国昔日的强大，脱脱迷失汗于1382年率领重兵攻打罗斯。莫斯科大公德米特里·伊凡诺维奇·顿斯科伊未能组织好对脱脱迷失进犯的抗击，莫斯科被占领并遭到破坏。在莫斯科停留了数天后，脱脱迷失带着大量掠夺的财物和大批俘虏返回金帐汗国，在途经梁赞公国时也大肆破坏，尽管脱脱迷失的军队向莫斯科进发时梁赞公还协助过他。以若干种异文形式呈现的编年史纪事描述了脱脱迷失的这次侵犯。

根据流传至今的编年史判断，1408年的编年史汇编中收有关于脱脱迷失进犯的简本编年史纪事。在1448年编年史汇编中——对此我们可以根据诺夫哥罗德第四编年史、索菲亚大教堂第一编年史以及其他一系列反映这一汇编的编年史来判断，则能读到详本编年史纪事。除了这两种基本类型的关于脱脱迷失侵犯莫斯科的编年史纪事外，还有其他一些产生时间更晚的文献。例如，在叶尔莫林编年史中就有详本编年史纪事的缩写异文。

一些研究者引征一系列理由来证明简本编年史纪事的原创性和相对详本编年史纪事的仿制性。① 在我们看来，不能认为这个问题已彻底解决。尽管简本和详本的编年体《脱脱迷失进犯莫斯科纪事》都只是作为编年史的组成部分传留至今，也不排除当初这篇纪事是作为独立作品来编写的，后来才被纳入编年史中——简本载入1408年汇编，详本收入1448年汇编。详本编年史纪事中讲述的、简本中却没有的脱脱迷失侵犯的细节，并非后来的臆测，而是同时代人，甚至可能是所描述事件的目击者描述的。详本纪事的作者在讲到梁赞公奥列格对脱脱迷失的援助时指出："……他不给我们干好事，而是帮助自己的王公。"② 在讲到莫斯科遭受的灾难时惊叹："呜呼哀哉！听见就害怕，要是当时看见就更害怕了！"下面我们就来分析一下详本编年史纪事，作为文学著作，它一定比简本纪事具有更大的吸引力。

详本编年史纪事是以告知天有异象——脱脱迷失侵犯的预兆开始的。脱脱迷失进军罗斯是秘密进行的，他打算突然袭击。莫斯科大公的同情者还来得及向他通报了金帐汗的行动，不过德米特里·顿斯科伊已来不及召集人马，于是就离开莫斯科去了科斯特罗马。脱脱迷失包围了莫斯科，城内不仅有莫斯科人，还有四周城郊的居民，他们为躲避脱脱迷失的杀害而躲在石头城墙后面。蒙古—鞑靼军队围

---

① 参见德·谢·利哈乔夫：《〈拔都摧毁梁赞纪事〉在15世纪前25年的文学命运》，见《古代罗斯文学研究与资料》（Исследования и материалы по древнерусской литературе），莫斯科，1961年，第9—22页；玛·阿·萨尔米娜：《脱脱迷失进犯莫斯科纪事》，载《古俄罗斯文学研究室著作集》（ТОДРЛ）第34辑，列宁格勒，1979年，第134—151页。

② 引自《诺夫哥罗德第四编年史》，见《俄国编年史全集》（ПСРЛ），第4卷第1册第2分册，列宁格勒，1925年，第326页。（以下凡引用本书，仅在引文后注明页码）

城三天没有得逞。围城的敌人用花言巧语侈谈和平,得以说服莫斯科人大开城门。蒙古—鞑靼人涌入城内,残酷镇压反抗的居民。作者在描述了城市被毁之后惊呼:"从前,直到那个时候,莫斯科看起来是一个规模宏大、景色优美,人口众多的城市,城内人来人往,熙熙攘攘,百业兴旺,商贸发达;可是在一瞬间,这一切景象突然都改变了:城池被占领,居民遭屠杀,屋宇被焚毁;一无所存,也一无所见……"(第336页)

这一时期的任何一部其他作品,都不像详本《脱脱迷失进犯莫斯科纪事》这样鲜明而详细地反映了民众在历史事件中的作用。纪事的作者详尽地讲述了莫斯科城被围之前的情况。还没有等到敌军兵临城下,那些"显贵的"大贵族领主和被大公留在莫斯科的基普里安都主教,都纷纷离开莫斯科。市民们阻拦他们离开。作者不赞同莫斯科居民的这一类行为,但也没有对离城而去的都主教和大贵族表示同情。当脱脱迷失的军队到达莫斯科城下时,全体居民都奋起保卫城池。没有经过军事训练的莫斯科人与身处莫斯科的外地居民抵抗着有作战经验的敌人。纪事的作者特别讲到城市保卫者之一的英勇行为:"一位名叫亚当的经营呢绒买卖的莫斯科人,在弗洛尔—拉夫利大门①附近认出一位颇有声望和荣誉的鞑靼人,此人是金帐汗国某王公的儿子。亚当拉开弓,突发一箭,正好射中此人怒气冲冲的心脏,他当场就一命呜呼。这件事引起了全体鞑靼人的一片惊慌,以致连汗王本人也因此而惶恐不安。"(第332页)

"客商"(即商人、买卖人)赢得了我们一无所知的纪事作者的最大同情。保卫莫斯科的英雄,无论是手工业者还是买卖人——"呢绒商人"亚当,还有作品中的其他一系列片断,都证实了这一点。纪事一开始就讲述了金帐汗国的商人们的命运。在叹惜莫斯科遭到摧毁时,作者特别惋惜王公的财产、大贵族的财产和商人的财富被掳掠一空。

我们所评述的这篇纪事的作者,最有可能是与商界接近的人士,是莫斯科人,脱脱迷失攻占莫斯科的目击者。他既独立于王公府邸编年史之外,也不依附于都主教专署编年史编撰,这也就决定了我们在上文所说的这部作品的特征,这些特征也赋予14世纪末的这篇文献一种特殊的性质,使它在这一时期的其他作品中出类拔萃。

8.《帖木尔—阿克萨克的故事》

中亚国家的埃米尔(1370—1405)帖木尔(塔梅尔兰,帖木尔—兰)曾进行连年不断、残酷无情的掠夺战争。仅提到这个暴君的名字就会让亚洲和欧洲的黎民百姓胆战心惊。1395年,帖木尔——古罗斯史料中称为帖木尔—阿克萨克——开始进犯罗斯。帖木尔的军队夺取了叶列茨公国,然后逼近梁赞公国的领地。在此地

---

① 现今克里姆林宫的救世主塔楼就位于先前弗洛尔—拉夫利大门的原址。

驻留两星期后,帖木尔回转,离开了罗斯国土。

《帖木尔—阿克萨克的故事》讲述了帖木尔对罗斯的进犯,在古代罗斯书面文献中曾颇为流行,有多种在16—17世纪期间创制的版本传留至今。

瓦·彼·格列别纽克对这部作品进行了专题研究,将传留至今的故事抄本分成11个版本。① 所有后期的版本都源自最初的两个版本。初期和晚期的版本在编年史和文集中都可以见到。正如瓦·彼·格列别纽克所认为的,最接近于作者原创本的原初版本A的文本,也见于文集和编年史中。这个版本的文本被列入索菲亚大教堂第二编年史中。据格列别纽克的看法,《帖木尔—阿克萨克的故事》的原初版本B,是原初版本A的改写本,已成为1408年编年史汇编,也即三一修道院编年史的组成部分(的确,米·德·普里肖尔科夫并没有把《帖木尔—阿克萨克的故事》纳入自己修复的三一修道院编年史中)。1408年编年史汇编的编辑时间是确定这篇故事写作时间的上限,其下限则是1402年,因为故事中讲到帖木尔俘虏了土耳其国王巴耶塞特,此事发生在1402年。

故事的开始部分讲述了帖木尔—阿克萨克的传奇历史:"他并非生来就是国王,也不是王子;不是皇族血统,不是王公家族世系,也不是贵族领主家庭出身,就是说,他出身寒门,平民百姓之家……他的手艺是打铁。由于环境、习俗和职业,他变得为人极不厚道,贪婪成性,对人刻薄,而且手段残忍……"② 帖木尔—阿克萨克丢了工作(因"秉性顽劣",主人把他赶走了),生活困难,于是开始偷窃。有一次他在偷一只羊时被人捉住,遂被打得半死,还打断了一条腿。后来帖木尔—阿克萨克"打制了一个铁箍,把自己那条走路一瘸一拐的断腿箍住。于是就有了一个外号帖木尔—阿克萨克,因为'帖木尔'这个名字就是铁,而'阿克萨克'的意思是瘸子……两者合在一起意思就是'铁拐子'"(第124页)。帖木尔—阿克萨克带着一群和他本人一样的年轻人,开始抢劫掠夺,势力越来越大,得以夺取大片大片的地盘,于是开始自立为王。

这个传说的故事③把罗斯国土的合法统治者——作为使罗斯接受基督教洗礼的弗拉基米尔一世的后裔,同蓄意侵犯罗斯国土的帖木尔—阿克萨克政权的不合法性对立起来。于是,和故事作者的历史哲学观点相符合,神的干预就保护了罗斯免受狂暴而无法无天的帖木尔—阿克萨克的侵害。

莫斯科正在准备反击入侵者。为了保卫莫斯科免于被侵占,人们把弗拉基米尔城的圣母圣像搬到莫斯科——在传说中,它被认为是福音书作者之一路加所画的一幅圣像画。这是整个罗斯国土的庇护者的圣像(当年它是由爱神者安德烈公从基辅移到弗拉基米尔的④)。就这样,"圣洁的圣母画像在某一天从弗拉基米尔

---

① 瓦·彼·格列别纽克:《帖木尔—阿克萨克的故事》,副博士学位论文摘要,莫斯科,1971年。

② 引自《索菲亚大教堂第二编年史》,《俄国编年史全集》(ПСРЛ),第6卷,圣彼得堡,1853年,第124页。

③ 关于这个传说的来源,亦参见瓦·彼·格列别纽克的著述。

④ 现在,弗拉基米尔城的圣母圣像陈列于莫斯科国立特列季亚科夫画廊。

移到了莫斯科。同一天,帖木尔—阿克萨克大王恐惧万分,坐立不安,胆战心惊;又是浑身哆嗦,又是抽搐不止,原来恐惧已入心室,惊骇已入灵魂,战栗已入骨髓"。(第127页)于是,为畏惧和恐怖所包围的帖木尔—阿克萨克,只得带上他的部队逃离罗斯国土。

故事的基本思想倾向在于展示莫斯科大公和都主教如何正确地行动,在把圣像画从弗拉基米尔移到莫斯科时,显示出这个创造奇迹的圣像画对莫斯科的特殊庇佑,强调了莫斯科的全罗斯意义。这一切不仅对于这一特定历史片断,而且对于在更长远的前景下强化莫斯科在全罗斯的作用,都具有重大的政治意义。

16世纪下半叶,以这篇故事的不同版本为基础,同时利用其他一些史料,大型编纂性作品《弗拉基米尔圣母圣像的故事》得以创作完成。

14—15世纪50年代的文学反映了东北罗斯诸公国围绕莫斯科联合起来的那一时期的事件和思想观念,也反映了俄罗斯民族性的形成和俄罗斯中央集权国家的逐渐建立。

如同前几个时期一样,文学的基本体裁是编年史和圣徒传记。旅行记体裁得到了恢复。和带有情节叙事的圣徒传记体裁相接近的传奇—历史故事体裁也得以广泛流行。

这一时期编年史的编撰获得了密集型发展,编年史的政治意义和政论意义得到强化。编年史编撰具有全罗斯的性质,而莫斯科则逐渐成为它的中心。编年史中纳入了罗斯各地的大量编年史编撰材料,并以编年史之外的各种材料——纪事、故事、传记、法律文书等得到补充。编年史编撰渐渐成为政治斗争中的强大思想武器,这一斗争是为了把罗斯各地团结在莫斯科周围,建立统一的中央集权国家。

这个时代的前文艺复兴现象特别有力地显示于圣徒传记中。对人和人的精神世界的关注,导致文学中主观因素的增长和描写人的心理状态的倾向。圣徒传记中出现了富有表现力—情感充沛的文体。

对主人公内心世界的关注尚未激起描写人物个性的尝试。对主人公的心理状态和精神体验的揭示,尚未成为特定人物个性的反映,而仍然是人作为一定阶级的代表、作为善与恶的载体所具有的那些品质的抽象反映。这就解释了对主人公及其行为的描写为什么往往是直线式的、片面的。但是在某些局部情况下,作家在描写某一概括性形象时,也会加入某些具体的个性因素。

14—15世纪上半叶文学的明显特征,将在15世纪下半叶—16世纪初期得到进一步的发展,并表现得更加鲜明突出。

(列·亚·德米特里耶夫执笔,左少兴译,汪介之校并补译注释)

第五章

统一的俄罗斯国家形成时期的文学和俄国文学中文艺复兴的因素：15世纪中期—16世纪

第一部分　15世纪中期至16世纪前25年的文学

1. 概述

　　15世纪下半叶是东北罗斯大变革的时期。莫斯科的王公们战胜了自己的竞争对手,这使得许多地方——罗斯托夫和雅罗斯拉夫、诺夫哥罗德和诺夫哥罗德地区、特维尔,还有16世纪初的普斯科夫和梁赞等,都一一臣服于莫斯科;就在这些年,莫斯科公国还收复了一些处于立陶宛统治下的罗斯国土(维亚济马、戈梅利、切尔尼戈夫、斯摩棱斯克等)。统一的俄罗斯王国得以在诸封建公国的地域上形成。这个王国首脑的权力开始越来越不受限制。

　　15—16世纪在俄国运行的政治进程,无疑具有深刻的社会—经济前提条件。15世纪是东北罗斯的基本人口——农民的命运发生大转变的时期。在14世纪和15世纪上半叶,必须向地主缴纳一系列赋税的农民,同时也有权从一个地主转而向另一个地主缴税。从15世纪中叶起,这个权利在某些地方开始受到限制,而在这个世纪末,伊凡三世的全俄《法典》为这种转移另行加入专门条款(支付"易主赎金"),并为此规定了具体而短促的期限(在秋收尤里节期间的两周内)。更难以确定的是这些社会变动背后的那些经济变化进程。看来,土地拥有者竭力将农民留住不让其离去,与农产品生产的扩大相关,部分农产品显然已进入市场。从15世纪起,罗斯多数公国开始铸造自己的钱币;外国人注意到十分显眼的罗斯城镇在世纪末的兴起。从事手工业和商业的城镇居民自然要购买粮食和其他农副产品,市场关系的发展,同样自然而然地巩固了各个城市中心和村镇中心之间的相互联系。俄国各地区之间日常经济联系的加强,无疑促进了这些地区政治统一的巩固。正如我们所知,在13—14世纪,统一政治的缺失曾有过悲剧性的作用,使蒙古人轻而易举地占领了罗斯。但遗憾的是,我们并不知道15—16世纪罗斯的市场经济运行了多远,在国民经济的总体系内发挥过什么样的作用:相应的材料(特别是15世纪的材料)极其匮乏,而且也没有人做过统计学的整理。①

15—16世纪的社会和政治变动,吻合于这一时期俄罗斯文化和文学中的深刻变化。15世纪末是古代罗斯民政建筑和教会建筑繁荣的时期(15世纪末建成了莫斯科罗斯的主教堂——圣母安息大教堂和克里姆林宫的多棱宫大厦;保存至今的诺夫哥罗德城克里姆林宫墙也属于15世纪下半叶的建筑)。这一时期俄罗斯的文字书写方式也发生了重要的变化。如果说从前的基本书写材料是昂贵的羊皮纸(白桦树皮通常只用于书写篇幅不大的、事务性的书面文件),那么从15世纪起纸张就取代了羊皮纸。纸张是进口商品,但它比羊皮纸便宜得多,因而得到了较为广泛的使用。所有为我们所知的古代罗斯世俗文学文献,除了极少数例外(两部14世纪的编年史汇编),以手稿形式传留下来的都不早于15世纪;甚至在更早的时期编写和翻译的作品(如《囚徒丹尼尔的求告书》、年代记《亚历山大传》《关于印度王国的故事》《哲人亚基尔的故事》等),也是据15世纪或更晚时期的抄本才被人知晓的。15世纪是俄罗斯编年史编纂的繁荣时期。

15—16世纪俄罗斯出现的社会—政治进程,在何种程度上可以和同一时期在整个欧洲出现的类似进程相比?封建割据状态的消除,一些中央集权国家的形成,依靠普通贵族和市民的君主制政权的加强,这是人们所知的15—16世纪许多欧洲国家发生的现象。这些转变联系着中世纪整个社会—经济体制开始发生的危机、传统的封建制度的瓦解和资本主义关系的形成。一些新的思想文化现象——教会在西方文化各个领域的上层统治的削弱,西北欧一系列国家的全欧性文艺复兴和宗教改革,同样是上述危机的产物。西方文学中也发生了最深刻的变化。正是在15—16世纪,作为艺术的文学——世俗文学,成为欧洲文字书写体系中意义重大且广泛普及的现象。口世纪的骑士叙事诗只是偶然地、片断式地反映在14世纪前的书面文献中,如今却被广泛地记录下来。用西方研究者的话来说,"如果没有15世纪的散文翻译,那么古代史诗已不复存在"。②大量地把中世纪农村和城市的民间口头创作(滑稽故事、韵文故事和笑话等)的情节转换为文字的"民间书籍"相继出现(以手抄本形式,从16世纪起付诸印刷)。欧洲文艺复兴时代的一系列作家,如薄伽丘、乔叟、维庸、汉斯·萨克斯等人的创作,也以民间口头创作的传统为基础。

---

① 在现存的研究成果中,包括在有价值的集体著作《东北罗斯农耕史》(列宁格勒,1971),都使用了不早于15世纪最后10年那个时期的各类税册的材料。

② 参见 Doutrepont G. Les mises en prose des épopées et des romans chevaleresques du XIV-e sièele. Bruxelles, 1939, p, 683.(G. 迪特勒蓬引用了法国著名哲学家 G. 帕里斯的见解。)

一些研究者曾不止一次指出：民间口头创作在全欧文艺复兴文化形成中的作用，未必比古希腊罗马遗产（只对意大利文艺复兴有决定性的作用）的作用小。[①] 文化的世俗化，文化与城市生活的联系，关于人的个性价值本身不隶属于特定行会的观念的发展，等等，同样是西方文艺复兴的突出特点。

　　类似的现象是否也可能在15—16世纪的俄国生活中出现呢？如果说在与俄国毗连的北欧（斯堪的纳维亚）国家和东欧国家中存在文艺复兴的特征不会引起大多数研究者的怀疑[②]，那么在罗斯，关于文艺复兴的因素问题，则还远远没有说清。

　　上文我们已经指出14—15世纪上半叶罗斯前文艺复兴的特征（参见本编第四章第二部分第1节）。作为前文艺复兴的明显特征的神秘主义体系、自我意识的深化、对人的某些心理状态的关注，也呈现于15世纪下半叶俄国思想家的著作中：如（沃洛格达）索拉河畔修道院的圣徒尼尔就是俄国"宁静主义"（исихазм）的卓越代表。但是，在前文艺复兴之后的下一个文化发展阶段，显然应当是文化世俗化的运动，即文艺复兴的开端。在拜占庭，文艺复兴即将来临的预言家和反对者之间的斗争，采取了世俗科学知识的支持者——瓦尔拉姆派（后来瓦尔拉姆迁居意大利，成为彼特拉克的老师）和神秘主义者——"宁静主义者"之间争论的形式，"宁静主义者"的胜利，使得拜占庭文化仍旧是前文艺复兴文化。[③] 但是，土耳其奥斯曼帝国的占领，在拜占庭文化的命运中发挥了最重要的作用。在15世纪下半叶的罗斯，也可以观察到文艺复兴因素的发展。当然，这只是一些未能为谈论15—16世纪"俄罗斯的文艺复兴"提供依据的特征，但是它们所证明的，已不是前文艺复兴的神秘主义倾向，而是典型的中世纪神学统治在智力活动所有领域的某种弱化。

　　15世纪是异端运动、早期宗教改革运动在罗斯发展的时期。14世纪末在诺夫哥罗德，从15世纪起也在普斯科夫，斯特利果尔派、教会等级制的反对者和"早期基督教会的简易编制"的支持者的异端运动已获得了发展。在15世纪末和16世纪初，广泛的异端运动（它在18—19世纪的学术著作中被极不准确且带偏见地称为"渗入性犹太异端派"）席卷了罗斯大地。这场运动的实际范围与规模，未必能够准确无误地查明，但是，异端派的反对者却肯定，那个时代"家家户户，街头集市"，到处都在进行关于宗教信仰的争辩，与异端运动相关的论战性著作，覆盖从15世纪70年代到16世纪20年代相当长的一个时期。最初产生异端运动的地点

---

① Huizinga J. The waning of the Middle Ages. Peregrin books, 1965, p.67-70, 262, 307-308. 米·米·巴赫金：《弗朗索瓦·拉伯雷的创作与中世纪和文艺复兴时期的民间文化》，莫斯科，1965年，第80—81、297页。

② 对照参阅《文艺复兴时代的波兰思想家》（Польские мыслители эпохи Возрождения），莫斯科，1960年；Renaissance und Humanismus in Miter- und Osteuropa. Eine Sammlung von Materialen, besorgt von J. Irmscher. Berlin, 1962, Bd 1, S.287-362, Bd 2, S.3-246；伊·尼·戈列尼谢夫-库图佐夫：《文艺复兴时代的西欧与东欧文学（比较述评）》，见《文艺复兴时代的文学与世界文学问题》（Литература эпохи Возрождения и проблема всемирной литературы），莫斯科，1967年，第262—267、274—284页。

③ 参见伊·费·迈恩多夫：《论拜占庭的宁静主义及其在14世纪东欧文化和历史发展的作用》，载《古俄罗斯文学研究室著作集》（ТОДРЛ）第29辑，列宁格勒，1974年，第295—297页；伊·帕·梅德韦杰夫《14—15世纪拜占庭的人文主义》（Византийский гуманизм XIV-XV вв.），列宁格勒，1976年，第88—101页。

是罗斯的城市——公社诺夫哥罗德(同时代人给这场运动提供的名称"新冒出的诺夫哥罗德异端运动"即由此而来)和普斯科夫;然后关于异端运动的争辩转入莫斯科和其他城市。正如其他早期宗教改革运动一样,诺夫哥罗德—莫斯科的异端运动也是一场宗教改革—人文主义运动:它曾把未完成的宗教改革的特征和对世俗文化,甚至是对非基督教文化的积极关注结合在一起。①

15世纪的俄国已拥有古希腊罗马和中世纪学术著作的某些残卷。在抄写者中流行的《蜜蜂》引用了亚里士多德、德谟克利特等哲学家的言论;在手抄文集中转抄了希波克拉底—盖伦关于四大元素(火、水、气、土)的理论、阿佛洛狄西亚人亚历山大关于人种发展的推论(注释者亚里士多德);还抄写了关于宇宙学的著作《地球的经纬》《古代关于一昼夜的长度说》等。②

诺夫哥罗德—莫斯科异端派把一系列新的科学文献和世俗文本引入15—16世纪的文化交流中。出自莫斯科异端派领导人之一的费奥多尔·库里岑手笔的《劳季基的来信》,既是一篇哲学论文(如下文将论述的),同时又是一篇语法学论文③:《来信》中有极为有趣的语法知识,但它和在罗斯闻名的科斯捷尼奇的作者君士坦丁的著作却没有任何关系。异端派也很关注历史——那个时期最大型的年代记文献,即异端派伊凡·乔尔内所作的《古希腊编年史》的抄本证实了这一点。诺夫哥罗德异端派曾拥有的图书清单(由他们的论敌诺夫哥罗德大主教根纳季编制)④,说明了自由思想者的兴趣十分广泛。在异端派使用的书籍中,有《米南德》——一部摘自公元前4世纪雅典著名戏剧家的喜剧作品的名言集;最有趣的是,同一位米南德的诗选也于1496年由阿利德·马努齐印行。⑤ 诺夫哥罗德异端派读过的《逻辑学》,可能是由12—13世纪初犹太学者摩西·马伊莫尼德的逻辑学著作和11—12世纪初阿拉伯学者阿里·贾瓦里(俄文译名"阿维阿萨弗")的哲学论文合成的一部文集。阿里·贾瓦里的论文针对的是法拉比和伊本·西纳(阿维岑纳)的唯物主义学说,但是唯物主义观点在这里转述得如此详尽,以致在中世纪西方这篇论文往往被

---

① 关于异端派宗教改革运动的性质,参见德·谢·利哈乔夫:《伟大的诺夫哥罗德:11—17世纪诺夫哥罗德文化史概观》(Новгород Великий. Очерк истории культуры Новгорода XI-XVII веков),列宁格勒,1946年,第88—89页;亚·伊·克利巴诺夫:《14世纪—16世纪上半叶俄国的宗教改革运动》(Реформационные движения в России в XIV-первой половине XVI в.),莫斯科,1960年,第167—251、305—396页;雅·索·卢里耶:《15世纪末—16世纪初俄国政论中的思想斗争》(Идеологическая борьба в русской публицистике конца XV-начала XVI в.),莫斯科—列宁格勒,1960年,第75—203页。

② Т. Н. 赖诺夫:《11—17世纪俄国的科学》(Наука в России XI-XVII века),莫斯科—列宁格勒,1940年,第223—232页;雅·索·卢里耶:《15世纪末叶夫亚罗的文学与文化启蒙活动》,载《古俄罗斯文学研究室著作集》(ТОДРЛ)第17辑,莫斯科—列宁格勒,1961年,第143—149页。

③ 娜·亚·卡扎科娃、雅·索·卢里耶:《14世纪—16世纪初罗斯反封建的异端运动》(Антифеодальные еретические движения на Руси XIV-начала XVI веков),莫斯科—列宁格勒,1955年,"附录"(7)。费奥多尔·库里岑的《劳季基的来信》近年来已成为西方学界(包括意大利、德国、瑞典等)出现的一系列学术著作的研究对象。

④ 娜·亚·卡扎科娃、雅·索·卢里耶:《14世纪—16世纪初罗斯反封建的异端运动》,"附录"(16),第320页。

⑤ 米·涅·斯佩兰斯基:《斯拉夫—俄罗斯书面文献中的名言译文集》(Переводные сборники изречений в славяно-русской письменности),莫斯科,1904年,第396页。

看成独特的唯物主义百科全书。①

在 15 世纪俄国思想家自己的著作中，也产生了同占统治地位的宗教思想体系相对立的理念。诺夫哥罗德—莫斯科异端派最重要的特点，是对所有宗教改革运动而言都有代表性的对后圣经时代"传说"的理性主义批判，以及回归基督教思想源头的意向。也像中世纪晚期所有的宗教改革者一样，异端派否定修道院体制和隐修生活，认为它们和圣经背道而驰。异端派从理性主义立场出发，也批判三位一体的教义。然而，这一教义的维护者则援引了三位一体圣像画。异端派提醒说，依据神学权威所言，三位一体是"肉眼看不见的"，因此圣像画上描绘的三位一体是荒谬的。诺夫哥罗德异端派对"造物"（圣像画、十字架等）崇拜的批判，莫斯科异端派对隐修士生活的否定，都具有类似的性质。某些最激进的异端派代表人物，看来已达到了对"阴间生活"的否定，即几乎已是无神论的观点。

费奥多尔·库里岑的《劳季基的来信》对于辨识异端派的思想体系有重大意义——特别是如果采纳这一很有可能的推论：它和同一时期的另一篇哲学—语法学论文《识字课本的编写》有密切的联系。②《劳季基的来信》以宣言式的声明灵魂的"无限权能"开篇；作者在《识字课本的编写》中说道：上帝在创造"智慧的无限权能"时，给人指出了发现高雅和无知的道路；又进一步说明识字（即受教育，有知识）就是实现"无限权能"："识字即无限权能。"在《劳季基的来信》中我们读到："科学是最神圣的，因此我们要敬畏神灵——这是善行的开端"；在《识字课本的编写》中也这样谈到"识字"："为了敬畏神灵，人就要学习。"③

逐渐摆脱"神学在智力活动的所有领域的最高统治"的标志，不仅出现在 15 世纪明显的自由派思想家的言论中。例如，在那个时代杰出的俄国旅行家阿法纳西·尼基京的著作中就显露出这些特征。尼基京在去印度旅行期间，曾与许多有不同信仰的代表人物相遇；印度的穆斯林当局不止一次地要他改信"穆罕穆德教"。尼基京勇敢地（有时是冒着生命危险和失去自由的危险）拒绝了这些要求，但是，身处各种不同的宗教信仰中，受到迫害的异教徒的处境，不能不对他的观点造成某种影响。"穆罕穆德教还是合适的"——尼基京在他的日记中用突厥语写道，同时谈到穆斯林苏丹的功绩，在这里他还认为必须阐述自己对不同宗教信仰之间的关系所持的观点："上帝通晓真正的信仰，而真正的信仰知道上帝是唯一的真神，所有净

---

① 对照参阅雅·索·卢里耶：《15 世纪末—16 世纪初俄国政论中的思想斗争》，第 185—187、193—203 页；Г. 列伊：《中世纪唯物主义史纲》（Очерк истории средневекового материализма），莫斯科，1962 年，第 129—143 页；斯·尼·格里戈里扬：《公元 7—12 世纪中亚与伊朗哲学史略》（Из истории философии Средней Азии и Ирала VII-XII вв.），莫斯科，1960 年，第 106—112 页。
② 亚·伊·克利巴诺夫：《〈识字课本的编写〉：15 世纪—16 世纪上半叶启蒙—宗教改革文献研究试作》，见《宗教与无神论历史问题》（Вопросы истории религи и атеизма）第 3 卷，莫斯科，1956 年，第 325—374 页。
③ 娜·亚·卡扎科娃、雅·索·卢里耶：《14 世纪—16 世纪初罗斯反封建的异端运动》，"附录"（7）；亚·伊·克利巴诺夫：《〈识字课本的编写〉：15 世纪—16 世纪上半叶启蒙—宗教改革文献研究试作》，见《宗教与无神论历史问题》第 3 卷，第 375—379 页。

土上的人都应呼唤上帝之名。"①尼基京在承认尊奉一神教和道德纯洁的任何人都是"真正的信仰"的信徒时，无疑仍与当时在罗斯占统治地位的宗教思想有分歧，因为后者要求承认东正教为唯一的"真正的信仰"，但尼基京还是显示出和意大利文艺复兴时期的人文主义者的意料不到的（当然也是未为任何影响所制约的）思想一致（试比较薄伽丘的《三枚戒指》的故事）。②

值得注意的还有保存在基里尔—白湖修道院文集中的、由15世纪末俄国杰出的著书人叶夫罗辛编写的某些文学文献中的思想。我们将有机会谈谈这位优秀的世俗文学的宣传者，特别是其中一部受到他特别注意的文献——《所罗门和基托弗拉斯的故事》。我们暂且关注的只是其中因叶夫罗辛手抄稿而闻名的一种异文。在这篇异文中可以读到国王和被俘获的"蛮横野兽"之间完全意想不到的对舌。国王问道："什么是这个世上上最美好的？""最好的是随心所欲。"基托弗拉斯回答。故事讲述者最后说："他马上就说漏了嘴，而且全砸锅了，于是就随心所欲地溜之大吉。"③在同一部叶夫罗辛文集中，还收有和这篇"随心所欲颂"彼此相近的另一篇关于幸福的"乐天派"的故事，马其顿国王亚历山大就属于这类"乐天派"。在这篇（以阿马尔托尔的《年代记》为基础，但有所补充的）故事中，还可以看到在其他任何文献中都未见过的文字。在幸运的乐天派那里，"没有什么国王，既没有买，也没有卖；既没有争吵，也没有斗殴；既没有嫉妒，也没有高官；既没有拦路抢劫，也没有坑蒙拐骗"④。呈现于我们面前的，其实就是那个"随心所欲"——幸运王国的主题，那里既没有国王，也没有高官，更没有15世纪人们所熟悉的那些令人目不忍睹的现象，这些现象在俄国著书人的观念中，显然已同沙皇和达官显贵的权力密不可分地联系在一起。在15世纪末的文献和书面资料中出现如此意料之外的理想表达，证明那个时代的俄国社会思想已显示出相当的独立性和独特性。

在15世纪末—16世纪上半叶的俄国，宗教思想独家统治的削弱不能不影响到俄国的艺术。研究者们在谈及这一时期俄国艺术中的文艺复兴因素时，最常提到的是亚里士多德·菲奥拉瓦蒂和马可·鲁弗在克里姆林宫的建筑活动，以及提到俄国书籍装帧方面采用的文艺复兴主题。米·弗·阿尔帕托夫在15世纪末克里姆林宫的圣像画《启示录》中发现了"它和文艺复兴时代的意大利之间的千丝万缕的

---

① 《阿法纳西·尼基京的〈三海记游〉》（Хожение за три моэя Афанасия Никитина），第2版，莫斯科—列宁格勒，1958年，第27页。关于阿法纳西·尼基京，参见本章第一部分第2节。
② 乔万尼·薄伽丘：《十日谈》，第1天第3篇故事。对照参阅亚·伊·克列巴诺夫：《俄国人文主义思想的源头（民族平等与信仰平等思想的历史传统）》（第2篇论文），载《世界文化史通报》，1958年第2期，第45—61页。
③ 对照参阅 Luria J. Une légende inconnus de Salomon ed Kitovras dans un manuscrit siècle. --Revue des études slave, t. 48, f. 1-4, Paris, 1964, p.7-11. 《所罗门和基托弗拉斯的故事》，参见本章第一部分第4节。
④ 对照参阅《关于乐天派及其奇异传记》，见《亚历山大传：关于马其顿国王亚历山大的故事（据15世纪俄国手抄本）》（Александрия. Роман об Александре Македонском по русской рукописи XV века），马·纳·博特文尼克、雅·索·卢里耶、奥·维·特沃罗戈夫筹备出版，莫斯科—列宁格勒，1965年，第143页。

联系"①。在那个时代的一系列手工艺术纪念品中,已显露出职业化世俗艺术的特征:在关于特维尔大公鲍里斯·亚历山德罗维奇日常生活的绘画中出现的猎矛,在15世纪的钱币上存在的微型图案(猎熊、抓野猪和捕鸟,刀斧手,造币者自画像,等等)。在15世纪下半叶的建筑师、雕刻家、莫斯科商人瓦西里·叶尔莫林的指导下完成的雕塑作品,也属于和教会艺术传统无关的文物范畴。一些艺术学家已指出,叶尔莫林工作坊的雕塑作品(特别是救主大教堂大门上方的骑士浮雕像),是在16世纪俄国雕塑艺术中"传统倾向"占上风之际没有得到进一步发展的"创新的、与现实主义探索相联系的"艺术作品。②

如果我们把15世纪下半叶俄国艺术(和俄国文学)中的所有基本现象都同文艺复兴因素和宗教改革——人文主义运动联系在一起,那当然是夸大其词的。15世纪末异端运动的一个典型特征,正是圣像破坏运动,或至少是对整个圣像画题材采取批判的态度。15世纪末发生的深刻思想变动和"异端运动的风暴",对于这个时代的俄国文化而言,毕竟不是无影无踪地过去的;它们还是留下了自己清晰而有价值的印痕。

2. 编年史;阿法纳西·尼基京的《三海记游》

正如前一时期一样,15世纪下半叶真正作为艺术的文学仍没有从大量基本书写文献中特别地划分出来,这些文献具有"实用的"功能,即社会—政治功能、认识功能或宗教礼仪功能。因此,作为艺术的文学的特征,可能在各种不同体裁的文献中显露出来。

古代罗斯文学最稳定的形式之一是历史叙事著作。

15世纪下半叶是俄国编年史编纂繁荣的时期。任何一个历史时代,都没有像这个时期那样,有如此数量的各种各样的编年史汇编传留至今。属于15世纪中期的全俄编年史汇编,把15世纪初莫斯科都主教的编年史编纂(三一修道院编年史)和11—15世纪初诺夫哥罗德编年史的丰富传统结合起来(此前它们是分别存在的),还利用了特维尔、普斯科夫和另一部地方编年史的编纂。这部编年史汇编看来是莫斯科公国内战期间在都主教府邸内编成的,通常被称为诺夫哥罗德索菲亚大教堂编年史汇编或1448年汇编(后来作为索菲亚大教堂第一编年史和诺夫哥罗德第四编年史的组成部分传留)。在古代罗斯文学史和社会思想史中,1448年汇编的意义非常重大:这是第一部完全意义上的全俄编年史汇编,它将关于祖国历史上一些最重要事件的一系列展开性叙述纳入编年史编纂中(如以弗拉基米尔—苏兹

---

① 米·弗·阿尔帕托夫:《古代罗斯绘画艺术的纪念碑:15世纪末莫斯科克里姆林宫圣母安息大教堂的圣像画〈启示录〉》(Памятник древнерусской живописи конца XV века икона《Апокалипсис》Успенского собора Московского Кремля),莫斯科,1964年,第114页。

② 《俄国艺术史》(История русского искусства)第3卷,经伊·埃·格拉巴里、弗·谢·克梅诺夫和维·尼拉扎列夫审定,莫斯科,1955年,第538—541页。

达尔、南俄和诺夫哥罗德的叙事材料为基础而建构的关于蒙古人入侵的详尽记述，关于切尔尼戈夫公米哈伊尔、米哈伊尔·雅罗斯拉维奇、德米特里·顿斯科伊、库里科沃战役、脱脱迷失入侵莫斯科的纪事①。及至15世纪50年代，在莫斯科统一政权重建时期，又编成了（在1448年汇编和其他史料的基础上）大公编年史汇编；这部汇编以1472年（尼卡诺罗夫编年史和沃洛格达—彼尔姆编年史）、1479年（莫斯科汇编的埃尔米塔日抄本、所谓罗斯托夫编年史）、1493年（据乌瓦罗夫抄本的莫斯科汇编）的几种版本传留至今。②

除了全俄编年史编纂以外，16世纪在一些公国、地区和修道院，编年史编纂也在继续进行。15世纪诺夫哥罗德的编年史编撰工作在两个方向上展开：一是与1448年汇编平行，在地方传统的基础上编成了诺夫哥罗德编年史，并少量补充了全俄范围内的一些材料（第一编年史晚期抄本），而稍后则在1448年汇编的基础上产生了全俄性质的编年史，它带有对诺夫哥罗德部分（诺夫哥罗德第四编年史）的某些改编与扩充；二是15世纪70年代——诺夫哥罗德共和国陷落的前夕独立编撰的编年史（诺夫哥罗德第四编年史的斯特罗耶夫抄本）③。以地方材料为基础编写的还有普斯科夫编年史（普斯科夫第一编年史）④。许多15世纪的汇编都具有全俄的、但非官方的性质，它们显然是在修道院和地方教区编纂的。15世纪70年代初的基里尔—白湖修道院编年史汇编（反映在叶尔莫林编年史和15世纪末编年史简本汇编中），15世纪80年代的罗斯托夫编年史汇编（印制的编年史）和同一时期独立编纂的汇编（索菲亚大教堂第二编年史和利沃夫编年史）等，都是如此。

与编年史相近的还有另一些历史叙事的类型——含有世界史（主要是圣经史和拜占庭史）材料的年代记汇编。15世纪中期，在1448年汇编的基础上人们编写了《古希腊编年史》第二稿⑤。属于15世纪末或16世纪初⑥的还有一部最详尽的世界历史汇编——《俄罗斯年代记》，其中包括《古希腊编年史》第二稿、君士坦丁·马

---

① 《俄国编年史全集》（ПСРЛ），第4卷第1册，第2版，彼得格勒—列宁格勒，1915—1929年；第5—6卷，圣彼得堡，1851—1853年；第2版（未完成），第5卷，第1辑，列宁格勒，1929年。对照参阅阿·亚·沙赫玛托夫：《15—16世纪俄国编年史汇编述评》（Обозрение русских летописных сводов XV-XVI веков），莫斯科—列宁格勒，1938年，第151—160页；米·德·普里肖尔科夫：《11—15世纪俄国编年史编纂史》，列宁格勒，1940年，第142—164页；雅·索·卢里耶：《14—15世纪的全俄编年史》（Общерусские летописи XIV-XV веков），列宁格勒，1976年，第76—121页。
② 《俄国编年史全集》（ПСРЛ），第27卷，莫斯科—列宁格勒，1962年，第17—161页；第26卷，莫斯科—列宁格勒，1959年；第23卷，莫斯科—列宁格勒，1949年。对照参阅阿·亚·沙赫玛托夫：《15—16世纪俄国编年史汇编述评》，第256—283、346—360页；米·德·普里肖尔科夫：《11—15世纪俄国编年史编纂史》，第164—184页；雅·索·卢里耶：《14—15世纪的全俄编年史》，第122—167页。
③ 《俄国编年史全集》（ПСРЛ），第4卷第1册，第2版，第445—450页。
④ 《普斯科夫编年史》第1辑，莫斯科—列宁格勒，1941年，第1—73页。
⑤ 对照参阅鲍·米·克洛斯：《论〈古希腊编年史〉第二稿的起源问题》，载《古俄罗斯文学研究室著作集》（ТОДРЛ）第27辑，列宁格勒，1972年，第370—379页；奥·维·特沃罗戈夫：《11—16世纪的我国年代记汇编》，博士学位论文的作者文摘，列宁格勒，1973年，第16—18页。
⑥ 对照参阅鲍·米·克洛斯：《关于〈俄罗斯年代记〉的编纂时间》，载《古俄罗斯文学研究室著作集》（ТОДРЛ）第26辑，列宁格勒，1971年，第244—255页；奥·维·特沃罗戈夫：《11—16世纪的俄国年代记汇编》，第19—26页。

纳西亚翻译的希腊年代记、圣经各卷、中世纪关于特洛伊战争的故事等。①

15世纪下半叶的编年史产生的地点不同,其社会—政治倾向也各不相同。俄国的编年史家,也像中世纪西方的年代记编者一样,并非没有所属阶层的自我意识。②在1448年的汇编中,虽然它具有全俄的性质和对于同蒙古—鞑靼人斗争的题材的特别关注,但在1382年保卫莫斯科城抗击脱脱迷失汗进犯的莫斯科人,已被评述为"暴乱分子",靠市民大会起家的人,"暴徒、叛乱分子","不放其出城去的"是那些试图逃跑的达官贵人,"无论是都主教本人还是显赫的贵族都受到羞辱……那些酒徒醉汉,走起路来摇摇晃晃,像鞑靼人那样无耻地咒骂着"。③连莫斯科大公国的编年史家记述1471年在诺夫哥罗德城下的胜利时也显露出这种贵族老爷对"平民百姓"的蔑视态度。他把莫斯科的敌对者描述为"凶恶的庄稼佬——杀人犯、大骗子以及其他叫不出名堂的乡巴佬;他们其实就像牲口一样,一点儿没有头脑,只会扯着嗓子嚷嚷,就是一些不会说话的动物";他还轻蔑地说:所有这些"干木工活的、制陶器的工匠",天生就"不是好马"。特别令他气愤的是,按诺夫哥罗德的风俗习惯,所有聚集在市民大会上的这样一些"庄稼佬",都应该被称为"老爷……大诺夫哥罗德人"。④另一方面,16世纪70年代的最后一部诺夫哥罗德编年史汇编(《斯特罗耶夫抄本》)的编者确定地感到自己属于"小人物"之列:"也真有一些好人,就是那些人把莫斯科大公领到诺夫哥罗德来的。上帝是知人心的,请上帝来审判他们——审判那些挑起战争和欺凌我们的人!"⑤——这位编者就1471年事件这样写道。

编写全俄编年史汇编的编年史家们家的政治立场各不相同。莫斯科大公编年史编纂的基本思想是捍卫弗拉基米尔—莫斯科大公对诺夫哥罗德和罗斯其他地域的"世袭"权利。1448年的编年史汇编也曾承认这些权利,但认为诺夫哥罗德享有自主权也是完全合法的。这部作品不带任何责备地指出诺夫哥罗德人"驱逐""免去"他们不喜欢的王公或为其"指明退路"的情况,也提到"按全体诺夫哥罗德人的意愿"签订的和平协定。上面已提到的15世纪最后三十余年间的非官方编年史汇编,也出自关于莫斯科"大君主"领导统一的俄罗斯国家的观念,这些汇编指责的只是莫斯科君主们的那些他们觉得非正义表现的政治行动,如基里尔—白湖修道院编年史汇编的编者就失明大公瓦西里对谢尔普霍夫贵族的残酷镇压写道:"在光

---

① 奥·维·特沃罗戈夫:(1)奥·维·特沃罗戈夫:《11—16世纪的俄国年代记汇编》,第26—28页;(2)《年代记的体裁史》,载《古俄罗斯文学研究室著作集》(ТОДРЛ)第27辑,列宁格勒,1972年,第206—220页。

② 因此我们不能赞同伊·尼·库普列亚诺娃的观点,她认为"对隶农和农奴的典型封建式蔑视,也和对待小市民的蔑视一样",同俄国编年史是格格不入的——参见伊·尼·库普列亚诺娃、格·潘·马科戈年科:《俄国文学的民族独特性》(Национальное своеобразие русской литературы),列宁格勒,1976年,第28—33页。伊·尼·库普列亚诺娃只详细研究了《往年纪事》,并对其做出了相当片面的评价。

③ 《俄国编年史全集》(ПСРЛ),第4卷第1册,第2版,第326—336页。

④ 《俄国编年史全集》(ПСРЛ),第25卷,第284—289页。

⑤ 《俄国编年史全集》(ПСРЛ),第4卷第1册,第2版,第447页。

天化日之下,信奉正教的大君主不应当采用这样的死刑施行处决,使人流血。"① 与这些汇编针锋相对,莫斯科大公编年史一贯捍卫自己的君主不受限制的权利;1472年大公编年史汇编(尼卡诺尔编年史和沃洛格达—彼尔姆编年史)利用1448年汇编的文本,小心谨慎地剔除所有提到诺夫哥罗德自主行事的地方(和关于"按全体诺夫哥罗德人的意愿"签订的协定),替换了关于诺夫哥罗德人"驱逐"王公或给王公"指明退路"、"排除"王公、"送走"王公等提法。在诺夫哥罗德被最终合并后编写的1479年大公编年史汇编,提到王公被赶出诺夫哥罗德的情况,但这只是作为诺夫哥罗德人擅自行动的事例:"这就是那些该死的游民—叛乱分子习以为常的行径。"

15世纪下半叶的编年史,就其来源和社会—政治立场而言是极为多样的,就其文学性而言也有本质的差异。除了简要介绍和逐年记载之外,在15世纪的编年史编纂中占有越来越重要地位的是关于最重要事件的展开记述。这些纪事往往显露出圣徒传记(行传)体裁的影响。

例如,关于库里科沃战役的编年史纪事的作者,无疑受到了圣徒传记体裁的影响。(1408年汇编中)"关于大血战"的简要叙述成为1448年汇编中详尽纪事的基础,但是汇编者做了某些加工,创造了叙事情节。不过这一情节是相当传统的。基督教的敌人——"老贼"马麦、"邪恶的立陶宛人"和"丧尽天良的"梁赞公奥列格都"眼见着"凶恶起来,并"因盛怒"而变得暴跳如雷;性格温和的德米特里"从他的内心深处发出叹息",作战时总是"身先士卒",虽然被鞑靼人团团围住,"就像处于洪水之中",但由于受到神灵"高高的有力之手"的保护,他始终毫发无损——"身上没有一处伤口"。纪事中的一系列情节——出征前在教堂内的祈祷,敌人的丧失理智和暴怒不已,由于天使、圣徒鲍里斯和格列布以及"天使长米迦勒"的干预而取得的胜利——这些都是编年史家从关于亚历山大·涅夫斯基的传记——编年纪事中借用的。②

在古代罗斯文学史上,关于库里科沃战役的编年纪事的意义是相当有限的。一种情节模式——圣徒传记或战争叙事模式的创造,是叙事艺术发展中的特定阶段的必然现象。但是,编年史纪事的编撰者在依据规范模式通过描写某些情境来安排情节时,往往借用了业已形成的传统。无怪乎亚·谢·奥尔洛夫说这部纪事的作者是"缺乏才华的":他所理解并强调的是题材的历史意义,而编年史家在面对这一题材时,带入其中的文学加工很少具有原创性,未能创作出像《顿河南岸之战》和《与马麦汗血战的故事》这样规模的作品。③

在15世纪下半叶的编年史中,可以见到一种对圣徒传记模式和演说术的偏

---

① 《俄国编年史全集》(ПСРЛ),第23卷,圣彼得堡,1910年,第157页。
② 对照参阅玛·阿·萨尔米娜:《关于库里科沃战役的〈编年史纪事〉和〈顿河南岸之战〉》,见《〈伊戈尔出征记〉与库里科沃战役系列文献》,莫斯科—列宁格勒,1966年,第355—368页。
③ 亚·谢·奥尔洛夫:《11—16世纪古代俄罗斯文学》,莫斯科—列宁格勒,1939年,第155—156页。

爱。例如,关于1471年对于诺夫哥罗德的胜利,莫斯科编年纪事正是这样编写的:其中有索菲亚大教堂第一编年史的一个抄本已使用的"选自圣经的精彩表述",以及1472年、1479年和以后几年的大公编年史汇编中的叙述。① 在这些记叙中,我们会发现《亚历山大·涅夫斯基传》以及关于库里科沃战役的编年纪事中熟悉的情节:敌人(诺夫哥罗德人)狂妄傲慢,怒不可遏,置圣经的训诫于不顾;大公(伊凡三世)悲痛不已,泪流满面,向上帝祈祷,且只是在他长期忍受的苦酒溢出时才投入战斗;大公军队的胜利具有奇迹的所有标志,是靠神助才取得的。这一情节模式的某些困窘之处在于:它本来要描写对于异邦敌人的胜利,而诺夫哥罗德人也是俄国人并信奉东正教。但是作者们以此避免了难堪:谴责诺夫哥罗德人(和波兰—立陶宛国王进行过谈判)倒向"天主教",成为"背教者"。以此理由来进行自我辩护也是1471年战争的一个特点,看来这使许多罗斯人困惑不解:在莫斯科大公的军队中鞑靼人的兵力发挥了很大作用;编年史家们特意强调:诺夫哥罗德人在准备背叛正教,已变得"比异教徒更坏"。

罗斯托夫关于"乌格拉河畔安营扎寨"的故事 按类似模式编写的,还有关俄罗斯国家历史上另一个重大事件——1480年"乌格拉河畔安营扎寨"的故事,这一事件标志着蒙古—鞑靼人的压迫彻底结束。"乌格拉河畔安营扎寨"的故事,被收入皇家印制坊编年史(80年代罗斯托夫汇编)② 和大公编年史汇编(从1492年汇编开始)③ 中,与15世纪末的政论文献——罗斯托夫大主教瓦西安寄往乌格拉河的书信密切相关,在信中,瓦西安呼吁伊凡三世坚决反对恢复大汗政权的最后企图。已是在金帐汗国军队撤退之后编写的编年史故事,也正如这封信一样,是一篇优秀的政论作品。作者痛斥那些主张同金帐汗王和解、接近大公的"富人和脑满肠肥者",以热情的号召结束叙事:"啊!勇敢无畏的罗斯子弟们!奋起捍卫自己的祖国,保卫罗斯国土不受异教徒侵犯,不惜抛头颅、洒热血,也不要让自己的眼睛看见自家的房屋被霸占和抢劫一空,看见自家的孩子被杀戮,自家的妻女受凌辱!"但是故事的情节结构是相当传统的。80年代编年史汇编的一种异文(看来与罗斯托夫大主教职务相关)有特别显眼的宗教色彩:"……无论是天使还是凡人,都没有救我们,拯救我们的是上主本人、圣洁的圣母和全体圣徒的祈祷"——大公在这里宣称。在大公汇编的故事中并没有这些话,但是神灵干预战役的情节却出现在两种异文中。关于乌格拉河的故事和关于库里科沃战役、关于征伐诺夫哥罗德的两篇纪事不同的情况之一是:1480年乌格拉河畔驻军并未引发战斗;金帐汗国的军队没有决定过河,未经战斗就后撤了;因此"圣母显灵"在故事中没有表现为天使的

---

① 《索菲亚大教堂第一编年史》,见《俄国编年史全集》(ПСРЛ),第6卷,第1—15页;大公编年史汇编中的叙述,参见《俄国编年史全集》(ПСРЛ),第27卷,第128—135页。
② 《俄国编年史全集》(ПСРЛ),第24卷,彼得格勒,1921年,第197—202页。
③ 《俄国编年史全集》(ПСРЛ),第25卷,莫斯科—列宁格勒,1970年,第326—328页。

力量对战斗的干预,而是反映在两支军队谁也没有追击,彼此向后退却:"一样互相回避,谁也没有获胜。"①

诺夫哥罗德人关于诺夫哥罗德合并的故事 但是,无论上文所说的手法在15世纪编年史中怎样普遍,把编年史故事中艺术叙事的整个系统都归入这种手法,也是不正确的。如果我们面对的不是莫斯科的,而是已经提到的、被收入诺夫哥罗德最后一部编年史汇编斯特罗耶夫抄本中的关于1471年事件的诺夫哥罗德故事,那么在那里也不会发现习以为常的模式。诺夫哥罗德人在莫斯科大公的胜利中没有见到任何"神灵"和奇迹的因素,他们寻找过,后来发现失败的原因不在天上,而在地上。诺夫哥罗德没有团结一致的精神;诺夫哥罗德的"主宰"(大主教)——按当地习俗,"马队"归他管,没有决定"去反对莫斯科大公",他派出骑兵不是去迎击莫斯科人,而是去对抗他们的普斯科夫盟友。直接的背叛也曾发生:大公的某位支持者乌帕德什,同自己的"志同道合者"一起,用铁打造了五门大炮。一位不善辞令的诺夫哥罗德编年史家揭露了叛徒的这种行径:"你是不是收了一点贿赂就把诺夫哥罗德出卖给了敌人,啊,乌帕德什! 你在圣城诺夫哥罗德吃香的喝辣的还少吗? ……你太糟糕了,乌帕德什! 如果你是娘肚子生的,就不会当诺夫哥罗德的叛徒了!"编年史家在描写本城出现的分化现象和"多次叛乱"时,为自己的叙事找到了真正富有表现力的艺术细节,如曾写到舍隆战役期间诺夫哥罗德人"号啕大哭"指责那些"大人物",他们时而坚决求战,时而又借口武器不足:"我是个年轻人,骑的是匹老马,穿的是破盔甲。"②

索菲亚大教堂第二编年史——利沃夫编年史中关于"乌格拉河畔安营扎寨"叙事 对于收入索菲亚大教堂第二编年史和利沃夫编年史中源自15世纪80年代编年史汇编(它在许多方面是同莫斯科大公敌对的)的关于乌格拉河的故事,也可以做相似的检视。正如在皇家印制坊编年史的叙事和大公编年史汇编中的故事那样,这里也谈到伊凡三世的谋士们三番五次怂恿他屈服于金帐汗,但是编年史家却不限于提到这些谋士,而是也尽力强调大公本人的犹豫不决。编年史家讲到瓦西安怎样把离开自己的军队退回到莫斯科的伊凡三世称为"逃兵",市民们怎样抱怨大公,说道:"大公,我们的国君,在你治理我们国家时态度温和,为人敦厚,但你竟因几个小钱出卖了我们许多人。如今,你本人惹得汗王大发雷霆,你不向他交纳贡赋,而是将我们交给汗王和鞑靼人!"在80年代的编年史汇编中,鞑靼人的后撤被解释为并非由于"圣母显灵",而是因为鞑靼人受不了初冬的寒冷:"……鞑靼人

---

① 《俄国编年史全集》(ПСРЛ),第24卷,第201页;第25卷,第328页。
② 《俄国编年史全集》(ПСРЛ),第4卷第1册,第2版,第446—448页。

个个光腿露脚——衣服全都破烂不堪。"①

这些实例已向我们表明,编年史家偏离习用的情节模式,最经常地发生在这样的场合:他们叙述的对象是不同寻常的情境,这种情境不能使其得出一种清楚而意义明确的教训。

不仅是地方的和非官方的编年史家,莫斯科大公编年史汇编的编者,也遇到过类似的问题。15世纪中叶莫斯科封建主的战争史,不能像库里科沃战役和诺夫哥罗德的情况那样予以简单而富有教益的陈述。的确,这场战争以伊凡三世的父亲、失明大公瓦西里的胜利结束,但是他的胜利并不是在一场战役、哪怕是在一场艰难的、流血牺牲的战役中取得的,而是经过多年的内讧争斗、阴谋诡计、尔虞我诈、讨价还价、相互欺骗之后才取得的。对于当时的任何一位编年史家,即使是官方的编年史家来说,要对这场争斗"秉笔直书",赋予它华丽的外表都是困难的。关于战争的最后一个片断,即失明大公为了消灭躲藏在诺夫哥罗德的主要敌人德米特里·舍米亚卡,给他送去"鸡肉迷魂汤",非官方的编年史家们曾讲得甚为生动②。这样的结局也未能促成能把整个故事归结为善战胜恶的富有教益的叙事作品的出现。

关于15世纪中叶封建主战争的几个故事 大公编年史汇编中的一篇关于争夺莫斯科王位的故事,被列在一系列逐年记事中,以其生动的细节变得鲜明而丰富,但是要从中吸取教益却相当困难。故事的开篇就很独特。在1433年的记载中,编年史家讲述了年轻的瓦西里·瓦西里耶维奇(即未来的失明大公瓦西里)的结婚典礼,出席的有他的堂兄弟斜眼公瓦西里和德米特里·舍米亚卡。瓦西里·瓦西里耶维奇的一位重臣在婚礼上发现斜眼瓦西里身上系着一条金腰带,那是后者某次用欺骗手段从大公的爷爷——德米特里·顿斯科伊那里偷来的。新郎的母亲,果敢的索菲亚·维托夫托夫娜当场就从斜眼瓦西里身上解下这条腰带。斜眼公和舍米亚卡"一怒之下从莫斯科跑到加里奇去找父亲"。两位受辱王公的父亲,即瓦西里·瓦西里耶维奇的叔叔加里奇公尤里,立刻兴兵去攻打侄子。措手不及的瓦西里试图抵抗,但"得不到莫斯科人的任何支援,其中许多人都醉醺醺的,随身还带着蜜酒,准备再喝"。瓦西里逃往特维尔,而尤里·德米特里耶维奇则占据了大公位子。这不只是单一的事件,而是一个长长的悲惨故事的开端:"我们就是为此才动笔的,因为很多坏事都是由此开始的"——一位编年史家在讲述金腰带事件时这样解释说。③据瓦·列·科马罗维奇的公正看法,我们面对的仿佛是一篇统一纪事中的一个

---

① 《俄国编年史全集》(ПСРЛ),第6卷,第230—231页;第20卷,第1册,圣彼得堡,1910年,第345—346页。在索菲亚大教堂第二年史和利沃夫编年史中,这篇故事(连同致瓦西安的信)是和起源于15世纪80年代的编年史汇编(皇家印制坊编年史)的故事结合在一起的。

② 《俄国编年史全集》(ПСРЛ),第23卷,第155页。

③ 《俄国编年史全集》(ПСРЛ),第27卷,第103—104页;第25卷,第250页。

"短篇故事的开端"①,但是在这个开端中却推测不出任何"道德":编年史家对羞辱自己客人的大公夫人既没有辩解,也没有指责,对由此而引发战端的王公们也是如此;他只知道"许多罪恶"都是由此开始的。

随后发生的一些斗争片断,对于读者而言,也是如此清晰而复杂。尤里·德米特里耶维奇死于 1434 年,他的儿子们继续同自己的堂兄弟作战;甚至在大公俘虏了德米特里·舍米亚卡的兄长斜眼瓦西里并弄瞎了他的双眼(1436)后,舍米亚卡仍继续这场斗争。胜利时而向这一方倾斜,时而向另一方倾斜;一些王公和贵族也轻易地从一方转向了另一方。大公编年史中引用的瓦西里·瓦西里耶维奇和他的堂兄弟、莫扎伊斯克封邑公伊凡·安德烈耶维奇之间的对话很有代表性。瓦西里请自己的分封属国对敌人不要"退让";而已决定投向舍米亚卡一边的伊凡则公开宣布自己的行动:"主君!无论我在哪里,我都是你的人,但是现在要让领地不丢失,还要让我老母不漂泊异乡。"这个理由在 15 世纪的人们看来是如此庄重,以至大公编年史在引用伊凡·安德烈耶维奇的话时,未加任何责备。②

1445 年,内讧争斗达到了最紧张的程度,瓦西里·瓦西里耶维奇被喀山的鞑靼人打败,还当了俘虏,花了一大笔"赎金"才被放回。德米特里·舍米亚卡利用这个机会策划了一场反对大公的阴谋。关于瓦西里大公被抓并被弄瞎眼睛的故事,是大公编年史汇编中可以找到的关于封建主之间战争的多篇故事中展开得最充分、最扣人心弦的作品。来到三一修道院的瓦西里,对已经策划好的阴谋一无所知,也排除了所有的疑惑。然而,舍米亚卡的盟友莫扎伊斯克公伊凡·安德烈耶维奇已在接近修道院。当瓦西里大公确信他将猝不及防地被擒住时,他甚至找不着一匹马逃走。瓦西里藏在一个教堂里,但是他并不指望享有避难权,于是走出教堂,大声"呼喊"起来,对莫扎伊斯克公伊凡叫道:"老弟!饶了我吧!别让我双目失明,见不着主的神像了!"伊凡·安德烈耶维奇,数年前曾说明促使他从一位大公转向另一位大公的原因,这一次他又找到了为自己的行为辩解的理由:他说,策划这场阴谋是为了"基督教",并担保瓦西里不受人身侵犯。值得注意的是,在这一场景中,瓦西里既没有任何英雄的荣耀,也没有任何蒙难者的光环。他做了一些轻率冒失之事,胆怯懦弱,但是他的形象没有任何个人的趾高气扬,正因为如此,他才比那些受难公爵的传统形象更有人性。瓦西里跪倒在谢尔吉的棺椁前,"叫喊祈祷,抽噎起来"。莫扎伊斯克公匆匆走开,丢给大贵族尼基塔·康斯坦丁诺维奇一句话:"把他抓起来!"瓦西里绝望地大喊大叫:"我的兄弟伊凡公在哪儿?"尼基塔回答说:"你现在被上帝和德米特里·尤里耶维奇大公抓捕了。"有人把瓦西里押出教堂,让他坐在"没铺没盖的雪橇"上,随即押解到莫斯科——弄瞎双眼。

这样,我们就看到,编年史叙事中选择生动的细节,摆脱"黑白分明"的情节模

---

① 《俄国文学史》(История русской литературы)第 2 卷第 1 册,莫斯科—列宁格勒,1945 年,第 198 页。
② 《俄国编年史全集》(ПСЭЛ),第 27 卷,第 105 页;第 25 卷,第 251 页。

式,产生于这样的情境中:作者不能单向度地评价笔下的英雄(和恶人),并以传统的圣徒传的风格来描写他们。这特别清晰地显露于具有讽刺性质的编年史故事中。

关于莫斯科督军们的讽刺故事 例如,在已为我们所知的叶尔莫林编年史、1493 年和 1495 年编年史简本汇编中,我们会见到鲜明的讽刺性素描。叶尔莫林编年史和简本汇编的史料,正如我们所知,在很多年中(15 世纪中叶)都和基里尔—白湖修道院相联系;这些史料陈述的一些故事,看来出自受过惩罚的贵族费奥多尔·巴肖诺克笔下,由于伊凡三世的命令,他被弄瞎双眼,后被流放到基里尔修道院。呈现在我们面前的是关于莫斯科军方和行政机构中庸庸碌碌、卑鄙无耻的官员的整整一系列故事,巴肖诺克由于他以往的职务而非常了解这些官员。其中,大公的年轻御前侍臣艾达尔在一次夜间偷袭时,恰逢可以不费力气地截断要走出船来的鞑靼兵们的上岸之路,他"充满了战斗精神,竭力不让鞑靼兵离船半步,向他们喊话;鞑靼人害怕了,纷纷钻进船内,朝伏尔加河方向逃跑——就在这天,由于格里戈里·卡尔波维奇之子艾达尔的健康原因,鞑靼人得救了"①。这里还有另一位督军伊凡·鲁诺,以相似的方式阻止了一场俄式"船舶会战",他是"不声不响地"来占领喀山的,不过这时鞑靼人已入睡。② 受贿督军谢苗·别克列米舍夫的故事特别富有表现力。他奉大公命令本该保卫遭鞑靼人侵占的奥卡河畔城市阿列克辛的居民。但谢苗·别克列米舍夫要求市民交纳"保护费"(贪污)。阿列克辛居民答应给他五个卢布,可是别克列米舍夫还想得到"第六个卢布——给他的妻子"。他们开始讨价还价,但这时鞑靼兵已逼近,别克列米舍夫——按编年史家讥讽的说法,是一个"在战场上极为勇敢的人",带着妻子和仆人逃过河去,把整个城池留给敌人蹂躏。③

对于读者而言,编年史家呈现的生动细节(艾达尔破坏夜袭计划的荒谬叫喊,别克列米舍夫索取的"第六个卢布")的说服力,不取决于这些细节是编年史家准确地取自现实的,还是他们凭可笑的想象力想象出来的。重要的不过是,这类细节把所描写的事件变成读者可见的,并把作者的思想暗示给读者。

以上分析的 15 世纪编年史中故事的意义就在这里。正如关于封建主之间的战争的叙事一样,讽刺性的片断并不是编年史家们编撰的,而是他们从生活中提取的。但是在这类故事中,艺术概括力并不因此而减弱。根据我们现在也感受到的表现力,编年史中悲剧性的、幽默的场景,可以与古代罗斯"事务性"文学中的另一些出色文献相比,我们将在进一步的评述中关注这类作品。

---

① 《15 世纪编年史简本汇编》,见《俄国编年史全集》(ПСРЛ),第 27 卷,第 276、350 页;在叶尔莫林编年史中,这一内容被删除,参见《俄国编年史全集》(ПСРЛ),第 23 卷,第 158 页。
② 《俄国编年史全集》(ПСРЛ),第 27 卷,第 276—277、351 页;对照参阅《俄国编年史全集》(ПСРЛ),第 23 卷,第 158 页。
③ 《俄国编年史全集》(ПСРЛ),第 27 卷,第 278、352 页;第 23 卷,第 160 页(有删节)。

15世纪下半叶文学中富有特色的新现象,不仅显露于历史叙事中。在中世纪书面作品的另一种具有"适用"功能——认知功能和宗教教诲功能的体裁中,也可以看出这些特征。"记游"体裁(描述朝圣者在"圣地"的游历)从12世纪起已为古代罗斯文学(修道院院长丹尼尔)所熟悉;14世纪和15世纪上半叶,这一体裁经受了某些变化——出现了一些曾去过皇城(14世纪)和意大利(1439年参观佛罗伦萨大教堂)的俄国旅行者的故事。

阿法纳西·尼基京的《三海记游》 阿法纳西·尼基京的《三海记游》有许多特点令人想到圣地朝拜"记游",但是对于文学史来说,这部文献却有另一种性质和完全不同的意义。这部《记游》的独特性不仅在于尼基京的旅行并非去基督教地区朝圣,而是前往遥远的印度进行商贸活动,还在于这位商人旅行者的讲述具有深刻的个人性质。

阿法纳西·尼基京的旅行时间,被认为介于《记游》中提到的卡西姆苏丹即位的1466年和《记游》文本被一部编年史汇编的编者发现的1475年之间。他的旅行时间通常被确定在1466—1475年,其根据是尼基京关于他在霍尔木兹(古尔梅兹)度过"大节日"(复活节)的时间所给出的不甚清楚的说法。但是尼基京本人不止一次指出,在印度他不能准确地确定复活节的时间,只能以穆斯林的节日"为参照进行推算"。以关于穆斯林节日(如库尔班节—拜兰节)的这些说明为基础的计算,通过他所了解的印度历史知识和印度—波斯历史资料之间的比照,可把尼基京旅行的时间更确切地定在1471—1474年。①

与许多作者的看法相反②,尼基京的印度之行丝毫不负有半官方的外交使命或外贸使命。尼基京在去阿塞拜疆北部(希尔凡地区)时,正如从初版《三海记游》中可以见到的那样,随身只带着本国君主特维尔大公米哈伊尔·鲍里索维奇和特维尔大主教的授权证书。他曾尝试加入莫斯科驻希尔凡大使瓦西里·帕平正沿着伏尔加河行进的驮运队,但他在途中未与大使遇上,只是在杰尔宾特才和他见面。阿法纳西·尼基京和他的同伴在阿斯特拉罕附近遭到诺盖—鞑靼人的抢劫;被抢劫的一行人去找"沙满王爷"(当地酋长)和帕平大使,但没有得到救助,于是"哭哭啼啼地各奔东西:有人在罗斯还有点产业,那就回罗斯去;而如果有人欠债,那就听天由命,走到哪里就算哪里"③。那些"在罗斯欠债"和"由于破产而有成为债奴之险进而回家之路被堵死的"人中间,就有阿法纳西·尼基京。"由于多灾多难",尼基京离开杰尔宾特,前往巴库,接着沿"赫瓦利奇海"(里海)到了波斯,又从波斯出发经古尔梅兹和"印度海"到达印度,他随身显然没带任何大宗货物。据《记游》所说,

---

① 对照参阅列·谢·谢苗诺夫:《关于阿法纳西·尼基京的旅行时间问题》,见《历史学辅助教程》第 IX 卷,列宁格勒,1978年,第134—148页。

② 尼·瓦·沃多沃佐夫:《阿法纳西·尼基京关于15世纪印度的笔记》(Записки Афанасия Никитина об Индии XV в.),莫斯科,1955年;米·尼·季霍米罗夫:《中世纪俄国的国际交往方式(14—15世纪)》(Средневековая Россия на международных путях. XIV-XV вв.),莫斯科,1966年,第113页;雅·索·卢里耶:《阿法纳西·尼基京的功绩》,载《全苏地理协会学报》1967年第99卷第5期。

③《阿法纳西·尼基京的〈三海记游〉》,第12—13页。(以下引用本文献,仅在引文后注明页码)

他唯一的货物是他打算在印度卖掉、费力带在身边的那匹马,而且这件货物带给他的麻烦要比卖马的钱多得多:楚纳尔(朱利尔)城的穆斯林汗没收了他那匹马,要求尼基京改信伊斯兰教,只是靠一位熟悉的波斯商人的帮助,他的财产才被归还给旅行者。尼基京自开始出游六年后,历尽千辛万苦,经过"斯滕博尔海"(黑海)回到罗斯,他未必比先前更有能力付清债务,并因债务而遭逢失去自由的威胁。这次旅行的唯一成果就是他的见闻录——《三海记游》。

尼基京的《三海记游》虽被保存在 15 世纪 80 年代的独立编年史汇编(索菲亚教堂第二编年史——利沃夫编年史)和 15 世纪末—16 世纪初的文集中,却没有教会和官方世俗文学所特有的传统标志性特征。只有某些特点将它同以往时代的"旅游"和"朝圣"联系在一起:如列出在尼基京讲述之中的若干地点的地理位置,并简要说明它们之间的距离;按传统方式确定所到国家和地区的物产和富裕程度("国土遍地丰产","大地极为富饶"),等等。① 整个来说,尼基京的《记游》就是他的旅行日记(尽管未按日期划分),关于他所经历的意外事故的直接记录,作者在讲述这些事故时还不知道它们将如何收场:"在穆斯林地区过了两次大节(复活节),但我并未放弃基督教信仰;下一步只有上帝知道会发生什么……我不知道离开印度斯坦后将去何方……到处出现暴乱(叛乱)。"(第 23、25、44、45、46 页)归根结底,尼基京毕竟还是"想方设法回到了罗斯",但是在整个"记游"中,他的旅途记载恰好接在旅行结束后,在到达卡法(费奥多西)时戛然而止(第 50 页)。

《记游》的俄文文本中相当广泛地嵌入了一些用某种独特的突厥方言写的补充说明。一些研究者认为,这种外语表述的"杂乱堆砌"是一种修辞手段,有意为读者制造一种"异域情调的效果"②,这些说法未必正确。不难看出,尼基京用突厥语记载的正是那些在罗斯可能给他带来麻烦的部分(如自由思想的表现,穆斯林的祈祷,从基督教道德观来看的一些可疑的见解等)。显而易见,阿法纳西设想,甚至希望"俄国的基督徒弟兄们"什么时候会读到他的《三海记游》,但是他预计在未来某个时间,也许在他去世以后才会有这些读者。当他把所见所感记录下来时——他无疑是一位天才,但没有去适应任何文学规范:"这里就是印度的国土了,所有人都赤脚行路……他们有很多孩子,男人女人全都光着脚,全都皮肤黝黑,我无论走到哪里,身后总跟着许多人,好像对我这个白人十分惊奇。"(第 35 页)

来到异国他乡的主人公并非全都理解周围的情况。也和大多数身处境外的人一样,他准备把任何情况,甚至是最离奇的情况,都看成"地方情调"的表现,并匆忙予以广泛的概括。属于这类概括的,如尼基京肯定:印度妇女似乎"白天和自己

---

① 对照参阅瓦·帕·阿德里阿诺娃—佩列茨:《阿法纳西·尼基京——旅行家兼作家》,见《阿法纳西·尼基京的〈三海记游〉》,第 99—100 页。

② 尼·谢·特鲁别茨科伊曾这样阐释《三海记游》中的外文文字,他认为,既然尼基京在印度用俄语谈论信仰不为周围人所理解,那么在离开印度后,"环境的转换则使他颠覆性地彻底改变了对于心理状况的语言表现方式",相应的文本也是以外语展开叙述的。参见尼·谢·特鲁别茨科伊:《作为文学文献的阿法纳西·尼基京的"记游"》,载《里程碑》1926 年第 1 期,第 175—180 页。

第五章　统一的俄罗斯国家形成时期的文学和俄国文学中文艺复兴的因素：15世纪中期—16世纪　| 167

的丈夫睡，晚上就去找外国人，同外国人睡"，而且还要给他们付"报酬"（薪资）。"她们还随身带去甜食和甜酒，用来款待外国客人，让他爱上她；她们爱上白人客人，是因为当地人太黑了；如果某女人怀上了客人的孩子，丈夫就要付报酬"。同样证明作者轻信的，还有他关于喙中吐火的"咕咕叫"鸟儿的故事，关于"猴王"派出人数众多的部队攻击其敌人的故事（第 16、21—22、38、42 页）。

但是，当阿法纳西·尼基京依据的不是自己的交谈者的讲述，而是他本人的观察时，他的观点就是非常可信而清醒的。《三海记游》中，没有像在罗斯流行的《关于印度王国的故事》所特有的、对印度王国做理想化描绘的痕迹，说那里人人幸福，"既没有小偷，没有抢劫，更没有贪财的人"①。尼基京见到的印度，是一个遥远的国度，气候炎热，但就风俗而言，却和各地一样："大家都是光腿赤足……到处人山人海，农村人更是赤身裸体；大贵族很有势力，生活极为奢华。"（第 14、17 页）尼基京清楚地理解"穆斯林"征服者和当地基本居民"野蛮族群"之间的差别。他注意到，穆斯林的汗王"由人抬着走"，虽然"他有许多大象和良马"；而"大贵族尽是呼罗珊人，野蛮族群的人全都步行"（第 14、16、36 页）。尼基京作为无权的"外邦人"（外国人），告诉"印度人"自己"不是穆斯林"；他不无自豪地指出，"印度人"虽然小心地让自己的日常生活避开穆斯林（"穆斯林看了看食物，他就不吃了"），但对他却"什么也不遮遮掩掩，不管是吃饭还是做买卖，也不管是家务事还是别的事情，他们也不让自家的女人回避"（第 18、19 页）。

不过，虽然与"印度人"关系良好，这位特维尔来的游客总为自己离乡背井而感到痛苦。对他来说，对祖国的爱并未消除在家乡遭遇不公正对待的沉重回忆，而这些不公正也没有磨灭他对故乡的记忆："但愿上帝永远维护着俄罗斯大地！……这个世界上没有一个国家像她那样，尽管俄罗斯大地上的达官贵人（大贵族领主）很不公道。但愿俄罗斯大地国泰民安，伸张正义。"（第 25、45、85 页）（所有这些话都是用突厥语写成的，显然，尼基京认为，如果他关于俄国"不公正"的议论被国内人读到，对他将不无危险。）阿法纳西痛骂怂恿他进行这趟旅行的人，埋怨在印度生活的艰难："要在印度斯坦生活，非得花光全部财物不可，须知他们这里百物昂贵。我就一个人，一天的伙食费要花两个半阿尔滕②，还不能饮酒。"（第 37 页）阿法纳西的苦闷有时让他对印度产生完全厌恶的反应："全都是黝黑的人，全都为非作歹；而女人不是卖身，就是巫婆；到处是偷窃，到处是谎言，还有各种草药，用草药毒死主人。"在异国他乡不能遵守和他习惯了的日常生活紧密相连的东正教礼仪，也使尼基京很感压抑："但是，信奉基督教的罗斯兄弟们，如果你们中有人想来印度的话，那他就要把自己的信仰留在罗斯，然后高呼穆罕穆德，再踏上印度斯坦的

---

① 瓦·米·伊斯特林：《关于印度王国的故事》，见《古代文物：莫斯科考古学协会斯拉夫委员会著作集》（Древности. Труды Славянск. комссии Моск. археолог. об-ва），第 1 卷，莫斯科，1895 年，第 72 页。参见本书第四章第 5 节。

② 俄国旧铜币，一个阿尔滕相当于三戈比。——译者注

国土！"（第 15、37 页）——他苦涩地开玩笑说。令尼基京抑郁的不仅是直接企图让他皈依伊斯兰教，还有在异邦无法遵守故国的风习："我身边什么都没有，没有一本书；从罗斯随身带来的书，因为我遭抢劫，书被拿走了；我忘记了基督教的全部信仰，也忘记了基督教的所有节日。"（第 20、41 页）有一位穆斯林曾说尼基京不像"穆斯林"，而他本人也不懂基督教；尼基京在同此人谈话后陷入的"沉思"特别有表现力："我陷入沉思，而且想得很多，我暗自说：我真该死，倒霉透了，因为我迷路偏离了正道，也不认识路了，不知道往何处去。主啊，万能的主！创造天地万物的主！不要让卑微的奴仆离开你的关注，因为我处于悲痛中……我的主啊，真主至高无上，至尊无上！真主至仁至慈！真主慷慨大方！"（第 44 页）同祖国大地的最后联系中断了：从向基督教的上帝祈祷开始，转向（也许他本人没有觉察到）穆斯林的祈祷辞。包围着尼基京的异邦语言，威胁排挤着他的母语；甚至连他的《三海记游》也是以阿拉伯语的穆斯林祈祷结束的。

尼基京的讲述具有直接性，充满大量的具体细节，这使得他的叙事可见可闻，令人信服，也就拉近了《记游》和我们在非官方编年史汇编中看到的"生活画面"的距离。尼基京为自己写下的纪事文字，是古代罗斯最为"私人化的"文献之一：我们可以据此了解阿法纳西·尼基京，想象他的个性比从古代到 17 世纪的大多数俄国作家的个性都要优秀。传达出作者的心灵感受和情绪的《三海记游》的自传性和抒情性，在古代罗斯文学中恰恰是 15 世纪所特有的新特征。这些特征特别地显露于圣徒传记体裁的作品中。①

3. 圣徒传记

15 世纪下半叶的传记只是有条件地和前一时期的传记区别开来。叶皮凡尼圣徒传记写作派最杰出的代表人物之一帕霍米·洛戈费特的活动，很大程度上属于 15 世纪下半叶。但是，仍然有一些实质上有别于前一时期传记文学的新特征，是这里我们所关注的这一时期的圣徒传记所特有的。

在 15 世纪下半叶的圣徒传记中，与得到深入研究的叶皮凡尼和帕霍米的风格体系相对照，一方面是"未加修饰的"圣徒生平的描写，这类描写看来是被作为后来文学加工的材料看待的；另一方面是传说性的传略，它们以民间口头创作为基础，受到很好的加工完善，但并非传统的传记情节。

因诺肯季关于博罗夫修道院奠基人和院长帕夫努季的最后日子的记事 属于第一类"未加修饰的"传记之列的，首先是 1477—1478 年编写的关于 15 世纪最有声望的教会活动家、博罗夫修道院奠基人和院长帕夫努季的最后日子的记事。这

---

① 瓦·帕·阿德里阿诺娃—佩列茨：《阿法纳西·尼基京——旅行家兼作家》，见《阿法纳西·尼基京的〈三海记游〉》，第 101 页。

篇记事的作者——博罗夫修道院院长帕夫努季的仆人(与其同住一室,兼为听差)因诺肯季,在修道院的管理方面不占什么显要地位。他说自己是"愚昧和粗俗之人",认为他的任务就是尽可能更准确、更仔细地描述"我们的圣人和伟大教父帕夫努季"的最后日子,记下他去世前的言论。正是因为缺乏任何的"装饰性"和华丽词藻,这位默默无闻的修士才得以塑造出一位患病老者的具有非凡表现力的形象。老者不久前还在主持修道院的重要事务,最终由于操劳过度而身心疲惫,渴望静心休养。诸多操心事还没有完全离开帕夫努季,他临终前还在向因诺肯季说明修道院内如何修建一个有"活水"流入的蓄水池,还对王公之间的争斗发表意见,但他已经感到,等待他的是"另一件……刻不容缓的事":灵魂与肉体的"结合"遭到破坏。"不管怎样,老兄,你都看到了,我再也不能……由于病魔缠身,我已感到浑身无力。"——他简短地回答了对他健康状况的询问。但是所有人——修道院的长老、分封地的王公、伊凡三世本人等,都有事来找他。于是就产生了关于帕夫努季的继任者(后来成为继任者的是约瑟夫·萨宁,未来的异端派"揭露者"、沃洛科拉姆修道院院长约瑟夫),关于院长一职传给谁的问题。帕夫努季干脆利落地回答说:"交给圣洁的人!"这位患病的老者一般不愿对世俗政权的代表做任何说明,但是惊慌失措的因诺肯季却无法决定让如此有地位的造访者离去,再次向帕夫努季提起此事。"你有什么想法?"帕夫努季懊恼地、不是十分温和地回答因诺肯季:"你真的不让我从这个世界得到一点时间休息一下啊!你是否知道——我迎合这个世界和世上的俗人、王公贵族,已有60年……今天才认识到:从这一切中我没有得到一点儿好处。"①

据一位研究者的公正见解,在我们面前的是一份令人震惊的"人道的文件",也是"15世纪文学的奇迹"②。但因诺肯季的记事成为一个"奇迹",只是因为它本身的高度艺术成就,而不是因为它在古代罗斯文学中具有完全的独特性。

摆脱了文学的礼仪性规范、生动的口语表现力——这一切使因诺肯季的记事同15世纪非传统的"事务性"文学中的其他作品,如阿法纳西·尼基京的《三海记游》等接近起来;我们面对的是一种"纪实文学",在它的基础上后来发展出像阿瓦库姆的《传记》那样的挣脱文学规范的伟大文献。

克洛普修道院院长米哈伊尔传记　正如关于帕夫努季最后日子的记事一样,诺夫哥罗德的《克洛普修道院院长米哈伊尔传记》写于15世纪70年代,但是按其性质和来源而言,它和因诺肯季的记事有本质的区别。这绝不是见证人的记事,而是关于诺夫哥罗德的一位同情莫斯科王公们的疯癫圣徒的生平的圣徒传记(正是这种情况使得传记在诺夫哥罗德归并后保存在全俄书面文献中)。米哈伊尔传记

---

① 关于帕夫努季记事文本的出版物,有瓦·奥·克柳切夫斯基:《作为历史文献的古代罗斯圣徒传记》,莫斯科,1871年,第439—453页。

② 德·谢·利哈乔夫:《古代罗斯文学中的人》,莫斯科,1970年,第129页。

的编撰者依据了一定的文学传统,确切些说是民间口头创作(或以民间口头创作为基础)的传统,而不是圣徒传记的传统。

对于圣徒传记文学而言,传记的开头也不一般:它不是像大多数传记那样,从讲述圣徒的出生和教育开始,而是描述克罗普修道院的一位无名传主出乎意料地、神秘地出现。我们面对的似乎是引起读者的困惑和自然而然的好奇心的"隐蔽的"情节。

晚祷之后,某位神甫回到修道院中自己的隐修室,在这里见到一位不认识的"老者坐在椅子上,他面前点着一支蜡烛"。十分惊异的神甫退出后,领来了修道院院长费奥多西,但是隐修室却被锁上了。修道院院长通过窗口看了看,向陌生人致以祝福;陌生人也回以祝福,如此重复三次。此后院长问道:"你是谁?你是人还是鬼?你叫什么名字?"陌生人重复了这些问题:"你是人还是鬼?你叫什么名字?"院长再一次问道:"你是人还是鬼?"陌生人也问:"你是人还是鬼?"这样的情况也发生了三次。修道院院长打破房门,摇着香炉开始散香;老者避开香炉,给自己画着十字。但是他还是不愿说出自己的名字,对于"你怎么来到我们这里,从什么地方来的?"这个问题,他也以同样的问题来回答。稍后,此人来自何处的秘密被揭开,那时来到修道院的康士坦丁公告诉修士们:陌生人是一位显贵,他是王公的"家族成员"①。传记接着讲述了成为克洛普修道院修士的米哈伊尔,如何在来到修道院的众人中识破盗贼,使偷窃小圣母像的神甫发了疯,还预言欺压修道院周边渔民的一个地方行政长官行将瘫痪。

克洛普修道院院长米哈伊尔是个疯癫者,这就在很大程度上说明了关于他的故事具有反常性质的合理性。传记的这一特点把《米哈伊尔传记》和这种性质的世俗文学联系起来,和我们将进一步评述的关于所罗门王和基托弗拉斯的故事联系起来,在这篇故事中,"怪兽"基托弗拉斯也像米哈伊尔一样,"看穿了"交谈者的现在与未来,在外表的古怪现象背后隐藏着深刻的智慧。

彼得和费夫罗尼娅的故事(起初的情节) 中心角色的智慧出乎意料地展现在周围人面前,也是传记文学中看起来最初形成于同一时期的另一部文献《彼得和费夫罗尼娅的故事》的明显特点。作为古代罗斯圣徒传和一般文学中最出色的文献之一,《彼得和费夫罗尼娅的故事》也和《克洛普修道院院长米哈伊尔传记》一样,是在地方性材料的基础上产生的(彼得和费夫罗尼娅是穆罗姆公国的圣徒),但它却获得了全俄范围内的文学传播。

关于《彼得和费夫罗尼娅的故事》的来源问题十分复杂,曾在文学界引起争论。现在大概可以认为已确定的是:传至今日的故事书面文本起源的时间不早于

---

① 《克洛普修道院院长米哈伊尔传记》(Повести о житии Михила Клопского),列·亚·德米特里耶夫准备文本并撰文评介,莫斯科—列宁格勒,1958年。

16世纪中期,是这个时代的作家兼政论家叶尔莫莱—叶拉兹姆创作的。① 但是,早在 15 世纪就已存在为彼得和费夫罗尼娅举行的教堂祈祷,祈祷时提到了故事的基本情节——如彼得战胜蛇妖,他娶费夫罗尼娅为妻,还有他们的合葬。因此完全有可能,叶尔莫莱也像中世纪其他圣徒传记作家一样,对已有的传记故事进行了修改和加工。我们还将转回叶尔莫莱—叶拉兹姆写的故事;暂时要陈述的是传记的基本情节。

彼得和费夫罗尼娅传记的情节不同于大多数传记的情节。这里既没有传主为信仰而受难,也没有因传主的痛苦死亡而追认他们为圣人。故事的主人公与历史的联系极少;确定他们的历史原型的尝试是令人怀疑的;对于 15—16 世纪来说,这些主人公无论如何都是遥远过去的人物。处于故事中心的农家姑娘费夫罗尼娅,答应治好王公之子彼得因沾染蛇液而患的毒症。作为对此的奖赏,费夫罗尼娅要求王公之子娶她为妻。开始时彼得试图"考验"她:治疗前他在浴室洁身,派人给费夫罗尼娅送去一卷亚麻,并要求她用亚麻织出"汗衫、短裤和绣花枕套"。费夫罗尼娅干起活来,就像民间口头创作中的那些有人存心要弄他们的能工巧匠(例如,可以和埃及法老宫廷的阿基尔相比):费夫罗尼娅以其人之道还治其人之身,答应完成彼得的请求,条件是王公之子用木板给她做成一架织布机。已被治愈的彼得企图随便毁弃自己的承诺,结果适得其反:费夫罗尼娅早有预见,吩咐人用草药涂抹他的全部溃烂处(蛇毒所致),但只留一处未涂;彼得的背信弃义导致"许多疮痂从那一处扩散到他全身"。为得到彻底医治,彼得不得不履行自己的承诺。彼得在兄长去世后就任穆罗姆的王公。当暴乱的大贵族决定把这位王公夫人—村姑赶出穆罗姆时,她同意离去,但要允许她随身带走要带的东西。大贵族们同意了,于是她要求"只带走我的丈夫彼得公"。彼得随她而去。最后彼得和费夫罗尼娅终于顺利地在穆罗姆"执政";在"一起故世"(同时死去)后,本来分开埋葬的他们俩还是合葬在"一口棺材"为。

《彼得和费夫罗尼娅的故事》与民间口头创作的联系密切,其中对"世界性的"民间创作情节的反映,是极有价值的,在文学研究中一再受到注意。② 不过现存的

---

① 对此做过论述的研究成果是:《彼得和费夫罗尼娅的故事》(Повесть о Петре и Февронии),鲁·彼·德米特里耶娃准备文本并撰文评介,列宁格勒,1979 年。对照参阅维·费·勒日加:《叶尔莫莱—叶拉兹姆的文学活动》,载《古代文献研究委员会学术年鉴》(ЛЗАК),第 33 辑,列宁格勒,1926 年,第 112—147 页;米·奥·斯克里皮尔:《〈彼得和费夫罗尼娅的故事〉与俄国童话故事的关系》,载《古俄罗斯文学研究室著作集》(ТОДРЛ)第 7 辑,莫斯科—列宁格勒,1949 年,第 138 页;亚·亚·济明:《伊·谢·佩列斯韦托夫及其同时代人》(И.С.Пересветов и его современники),莫斯科,1958 年,第 128—129 页。关于叶尔莫莱—叶拉兹姆的评述,参见本章第二部分第 4 节。

② 费·伊·布斯拉耶夫:《古代埃达歌谣中关于济古尔达与穆罗姆的传说》,见费·伊·布斯拉耶夫:《俄国民间文学与艺术历史概要》(Исторические очерки русской народной славясности и искусства),第 1 卷,圣彼得堡,1861 年,第 269—300 页;亚·尼·维谢洛夫斯基:《关于彼得和费夫罗尼娅的穆罗姆传说与拉格纳·洛德布罗克"萨迦"的一些新见》,载《国民教育部杂志》(ЖМНП),1871 年第 4 期,第 II 分册,第 95—142 页;米·奥·斯克里皮尔:《〈彼得和费夫罗尼娅的故事〉与俄国童话故事的关系》,载《古俄罗斯文学研究室著作集》(ТОДРЛ)第 7 辑,第 140—167 页;斯·卡·罗索维茨基:《关于〈彼得和费夫罗尼娅的故事〉的民间口头创作源头研究》,见《俄国文学问题》,第 1 (21) 辑,利沃夫,1973 年,第 83—87 页;鲁·彼·德米特里耶娃:《古代罗斯的彼得和费夫罗尼娅的故事与同时代民间故事中的记述》,载《俄罗斯文学》1974 年第 4 期,第 90 页。

关于这两位圣徒的故事和传说的记载都是后来的(不早于 19 世纪末),而且是在书面传记传统的影响下形成的(虽然可能也包含真正的民间口头创作的情节)。在这篇故事中结合了两个基本的故事情节——一个是关于和蛇斗争的神奇故事,另一个是关于智谋过人的农村姑娘嫁给一位显贵、遭遇重重困难考验的小说式的短篇故事。①传记的主人公彼得在战胜毒蛇后患上重病,费夫罗尼娅治好了他的蛇伤。故事的这个开头使它与凯尔特人的传说和中世纪西方关于特里斯坦与伊瑟的长篇故事联系起来:伊瑟像费夫罗尼娅一样,治好了特里斯坦因恶龙的毒液溅身而患的重症;故事的两位主人公死后结合在一起的题材也与《特里斯坦与伊瑟》吻合(故事的两位主人公奇迹般地结合在一口棺材中;在关于特里斯坦的传说中,则是从他的坟墓中长出一株黑刺李树,把两人的坟墓连在一起)②。农家姑娘和显贵之人的不平等婚姻的题材同医好未婚夫的情节的结合,并非我们所知的俄国民间故事的典型特点;但是,这样的结合却是薄伽丘的故事《吉莱塔·德·内波纳》(《十日谈》第三天第 9 则故事)和莎士比亚的喜剧《终成眷属》所特有的——这样的混合题材大概在 15 世纪俄国民间口头创作中也存在过。

彼得和费夫罗尼娅传记的情节就这样归入世界文学中最流行的情节之列。在下面的阐述中,我们将联系 16 世纪叙事文学的发展,转向古代罗斯书面文学对这一情节的具体开掘。

金帐汗国彼得王子的故事　　与《彼得和费夫罗尼娅的故事》相近的,还有另一部关于金帐汗国王子彼得的传记性故事。③在这里,处于叙事中心的是一位传说中的非历史人物,这里也没有为了信仰而蒙受苦难的题材。传记的主人公是虔诚的鞑靼王子彼得,有一次使徒彼得和保罗出现在他梦中,给了他两袋金币,吩咐他用这笔钱建造一座教堂。为了修建教堂,彼得王子必须得到当地罗斯托夫王公的准许,但是王公对于彼得的请求并不热心。这位王公的形象是很独特的。他根本不是恶人,更确切些说是一个正面人物,但同时又是一位精打细算的政治家,显然对这位笃信宗教的王子开了个小玩笑:"大主教要给你建教堂,但我不给你地,你怎么建?"彼得王子依据两位使徒的吩咐,十分谦卑地同意向王公购地,"上天恩赐你的这块地值多少钱我就付多少钱"。王公听了这句话,又见到彼得手上的口袋,便

---

①　Aarne A. Thompson St. The tupes of the folklore. Helsinki, 1964, N 877, cp. N 881. 对照参阅《彼得和费夫罗尼娅的故事》,第 6—49 页。

②　德·谢·利哈乔夫:《古代罗斯文学中的人》,第 94—95 页。无疑,与《特里斯坦与伊瑟》相吻合并非该作品影响这篇俄国故事的直接结果。引自《塞尔维亚书》中的"光荣骑士特里斯坦"的故事,保存在西部俄罗斯(白俄罗斯)的一个抄本中(亚·尼·维谢洛夫斯基:《俄国中长篇小说史略》第 2 卷,"斯拉夫长篇小说分卷"——《科学院俄罗斯语言与文学部文集》(СОРЯС),第 44 卷,第 3 期,圣彼得堡,1888 年),但其中未见关于这篇故事在莫斯科留存的任何资料。值得注意的是,有别于《特里斯坦与伊瑟》的法国经典文本(以及《彼得和费夫罗尼娅的故事》),西部俄罗斯的特里斯坦故事中未提及两位主人公的死亡与安葬。

③　传记《金帐汗国彼得王子的故事》的学术版和专门研究成果均不存在。引文均引自《15—16 世纪的俄国故事书》(Руские повести XV-XVI веков),米·奥·斯克里皮尔编辑,鲍·亚·拉林校勘,列宁格勒,1958 年。(以下凡引用本书,仅在引文后注明页码)

暗自决定从因奇迹而震惊的彼得和大主教的"恐惧"中得到好处："免除大主教的担心，两位使徒给你多少，你就拿多少。"（第161页）这里显然是在玩"отлучити"（免除，拿出）一词的文字游戏：它有谦卑—虔诚的第一种含义，也有公然厚颜无耻的第二种含义。王公要求教堂用地应付金币可以铺满让给彼得的整个地段。彼得同意了，得到了用地及这里的湖泊，他在地块边缘开沟挖渠，也付出同样多的钱（从神奇的袋子中取出），装满王公派出的大车和双轮马车。教堂建成后，彼得打算回到自己的汗国，但是王公劝他在罗斯托夫地区成家。王公的行为动机再一次昭然若揭："如果这位男子汉、王族人士（大汗的亲属）再去金帐汗国，那么我们的城池也会沾光……彼得，我们给你找一位未婚妻，你愿意吗？"（第102页）彼得"高龄"去世后，在王公给他的地段，又建成了一座修道院。

传记的余下部分讲述这个修道院和金帐汗国彼得后裔的命运，以及修道院和罗斯托夫城之间就位于修道院地区的湖泊而发生的争端。像彼得购买王公土地的故事一样，这个故事也有明显的民间口头创作的性质。关于湖泊的争端是从罗斯托夫城和修道院（彼得所建）的捕鱼者之间的一场特殊竞赛开始的。"修道院捕鱼者捕的鱼比城区捕鱼者捕的多得多。比赛时，修道院的捕鱼者撒下大网，捞上来许多鱼，而城区捕鱼者费了好大的劲，也没有多大收获。"（第103页）王公曾给过彼得一份证明，但为自己的捕鱼者感到屈辱的王公后人决定剥夺彼得（修道院地段的主人）后辈的捕鱼权，借口其先人只把土地（而没有把湖泊）出让给彼得。这场争端的解决还是典型的民间口头创作式的，以公正判官的角色出现的是鞑靼汗王的使节。他问罗斯托夫的王公们，是否能从赠给彼得的地段上把水舀尽。王公们回答："我们的水是祖先留下的，老爷，我们不能把它舀尽，老爷。"于是使节肯定地说："如果你们不能从地里把水舀尽，那为什么说它是自己的？这一造物是至高无上的上帝创造的，是供全人类享用的。"（第104页）

正如我们将见到的，圣徒传记与那个时代的俄国文学中的新潮流并非没有联系。15世纪的传记—故事有许多特征，与15世纪下半叶得到广泛传播的世俗故事体裁彼此呼应。

4. 故事

在古代罗斯文学的所有体裁中，故事与后世文学的联系无疑是最为紧密的。在古俄语中，"故事"（повесть）一词比它在现代俄语中有着更为宽泛的意义——有时还用这个术语来表示汇编性质的、内容丰富的作品（如《往年纪事》——已为我们所知的12世纪初期的编年史）；但是，古代罗斯最常见的故事，却是未进入更大型的汇编中，也没有明确显示出世俗功能或教会功能的单篇文学文献。

15世纪广为流行的是一些包括故事在内的混合成分的作品集，可以认为，就是在这一时期，先前已有所知的这种性质的世俗文献，开始相当广泛地渗入书面文献中。比如说,我们已知的、大约在前几个世纪就已渗入罗斯书面文献中的翻译作品的古代抄本即属于这个时期,如《哲人亚基尔的故事》《关于印度王国的故事》。属于故事体裁的还有我们前面已提到的某些传记作品,如《彼得和费夫罗尼娅的故事》或《金帐汗国王子彼得的故事》。

塞尔维亚的《亚历山大传》 在这一时期的翻译故事中,首先应提到所谓"塞尔维亚的《亚历山大传》"——关于马其顿王国亚历山大的生平和历险的长篇故事。这个长篇故事于15世纪出现在俄国,然后成了比年代记《亚历山大传》(归入《古希腊编年史》)更为流行的作品;15世纪末《俄罗斯年代记》中关于亚历山大的故事文本,补充了一些取自塞尔维亚《亚历山大传》的内容。

塞尔维亚的《亚历山大传》最古老的罗斯抄本,是由我们所知的基里尔—白湖修道院修士叶夫罗辛亲手抄写的,我们所知的《关于印度王国的故事》《顿河南岸之战》等其他一些文献的最古老的抄本,也出自他的笔下。

塞尔维亚的《亚历山大传》的最古老的罗斯抄本,同时也是15—16世纪唯一的俄国抄本。为数相当可观的其他所有抄本(200种左右)都属于较晚时期,属于17世纪和18世纪。然而,将这些抄本相互比较,同时也与南部斯拉夫的文本相比较,就会得出这样的结论:在15世纪,叶夫罗辛的抄本不是唯一的。最初出现在罗斯的《亚历山大传》抄本有许多特点,如大多数文本有遗漏之处,无论如何,这种遗漏是所有罗斯文献文本都有的。许多地方是罗斯的抄书人所不理解的,这从较晚期的手抄稿中的错误和改动可以看出。如果这份全罗斯原始本接近南部斯拉夫文本,那么叶夫罗辛文集中的文本就是已有某些改动的文本。抄写文本的抄书人竭力使文本可以被理解,避免明显的疏漏和损坏;在某些情况下,他会错误地理解他不明白的内容。但是,无论如何,他都不是简单复制摆在他面前的原稿,而是努力去完善它。这样做的不是叶夫罗辛(这从他的抄本中存在的遗漏可以看出),而在其他一些源于这一类罗斯抄本的文本中却没有这种遗漏。17—18世纪的大部分文本不是源自这一改写本,而是源自作为改写本基础的原创本(全罗斯原始本),由此说来,15世纪罗斯曾存在塞尔维亚《亚历山大传》的几种俄国抄本。[①]

形成于13—14世纪的塞尔维亚《亚历山大传》,大约源自希腊中部的原本,但是传入罗斯的却是南部斯拉夫(塞尔维亚)的异文(塞尔维亚的《亚历山大传》也显示出拉丁文化的某些影响:它的南部斯拉夫的原本可能产生于和相邻的意大利国土联系密切的达尔马提亚地区)。塞尔维亚的《亚历山大传》有一系列重要特点有别于年代记《亚历山大传》。亚历山大在这里被认为是罗马和耶路撒冷的征服者,关注特洛伊战争的英雄们,同时信奉一神教,并与圣经中的先知耶利米有友好联系。在塞尔维亚的《亚历山大传》中,浪漫主义特征也大大加强;亚历山大和罗克

[①] 叶·伊·瓦涅耶娃:《论塞尔维亚〈亚历山大传〉的罗斯抄本的唯一来源》,载《古俄罗斯文学研究室著作集》(ТОДРЛ)第34辑,列宁格勒,1979年,第152—161页。

珊娜之间的爱情题材在这里(其他所有关于亚历山大的故事完全没有写到)占有重要的地位:亚历山大告诉母亲,正是这种"击中了"他的心灵的"女性之爱",激起他第一次思考自己的"家人";当他被背信弃义地毒杀而死时,罗克珊娜痛哭她的"马其顿的太阳",在丈夫的棺椁旁自杀身亡。塞尔维亚《亚历山大传》的历险性质,在其罗斯抄本中特别显眼。这些抄本中的整个第二部分(在战胜波斯国王大流士之后)分成几章,每章都讲述亚历山大的一个令人惊奇的新经历和他亲眼所见的新奇迹:"关于野生动物和人形野兽、女野人和蚁群的故事","关于长着六只手和六条腿的野人、狗头人身的怪物和大虾大蟹的故事……","关于把死鱼变成活鱼的湖泊,关于腰部以下是马身、以上是人身并被称为巨人的人们,关于太阳城和独腿人的故事……","亚历山大如何用巧计吓走狮子和野象……"①,等等。

亚历山大在爱情关系上经常让自己陷入最困难的境地,大胆地拿自己的命运当儿戏,用他的几位将帅的话说,"故意把自己的脑袋向后扭去"。他往往换上自己下属的衣服,时而以他的一位随从的角色,时而作为本国的使节出现。有一次他以马其顿使节的样子去见大流士,然后又借助于神奇戒指让他变得无影无踪离开王宫。不过,这个情节因另一个显然与其相矛盾的情节而变得复杂:亚历山大以使节模样喝完了端给他的酒,随后把酒樽"深藏不露"。波斯的文武官员对此十分惊讶,但这位使节保证说,在他的国王宫廷内风俗就是如此。亚历山大匆忙离开波斯宫廷时,既拿他暗藏的酒樽作为特别通行证交给"守卫者",也利用了神奇戒指(仍令人不解的是,不知波斯的"守卫者们"是否看见了把酒杯交给他们的人;第33—35页,第240页注释117)。

《亚历山大传》情节上的一波三折,传主命运中出乎意料的转折,不仅服务于加强故事的趣味性。这些波折和变动使故事的内容对读者更有说服力。《亚历山大传》的读者不知道亚历山大的绝望冒险会出现怎样的结局,他们体验了这一历险,当这些冒险的结局令人满意时,读者也会激动而高兴。这种情节上的紧张性异乎寻常地加强了叙事的效果,它也使得爱情关系中经常重复的人类成就的易逝性和不稳定性主题变得更加尖锐而深刻。历经艰难与冒险所取得的成就,到头来却化为乌有:传主从出生起就有人预言他会早死,他也无法逃避厄运。大流士在死者洞穴中问道:"啊,人中的睿智者亚历山大!你是否也同我们一样注定要被判决?"在最愉快的奇异经历中,死亡的念头也未曾离开亚历山大:"当有人预告死神就要光顾他时,亚历山大很是难受,每个人在宣布自己的死亡时,欢乐都会超过哀怨"——故事中讲述亚历山大抓住一些独脚人,开怀畅笑的一章就这样出乎意料地结束了。在故事的结尾,先知耶利米出现在亚历山大的睡梦中,告知他将不久于人世,随后统帅安排了一次检阅军队的告别仪式(第47—48,62—64页)。

《亚历山大传》情节上的起伏变化有助于古代罗斯的读者相信故事中发生的

---

① 《亚历山大传》,莫斯科—列宁格勒,1965年,第40—54、149、208页。(以下凡引用本书,仅在引文后注明页码)

事件是真实的。但是，在刻画故事的主人公，描写他们的行为举止和转述其直接言论时，《亚历山大传》也像古代罗斯其他许多故事一样，往往遵循习以为常的教会作品和其他"公务性"书写传统。在这里，"品德高尚的大丈夫亚历山大的"生平，也是以写圣徒或历史故事中的英雄传略的语言来描写的。

《亚历山大传》在表现主人公们的情感时，在许多方面遵循为14—15世纪文学（特别反映了所谓"第二次南部斯拉夫影响"的文学）所特有的"富有表现力—情感充沛的风格"手段。亚历山大本人也好，故事的其他主角也好，都毫不吝惜地表现自己的感情，频频呼喊、流泪和彼此亲吻。大流士得知亚历山大进入巴比伦后，"充满了极大的哀怨"；后来听说印度王国的军队来援助巴比伦，他"又从极大的悲伤转为小小的欢乐"；但是，当他见到亚历山大出现在战场，"可吓坏了，于是丢弃一切，拼命逃之夭夭"（第31、36、37页）。一些不忠的波斯人用剑刺伤了国王，使他"多处受伤"，把他丢弃在路旁。他已彻底失败后，波斯国王仍然是情感充沛。大流士对路过的马其顿国王说的"一番话"，使亚历山大深为感动；他同其他几个马其顿人一起将波斯国王扛在肩上，把他抬进了王宫；王宫里出现了更加激动人心的场面。大流士"痛哭不已"，他把自己的爱女罗克珊娜交给亚历山大，亚历山大吻了吻她。受了致命伤的国王开始"高兴起来"，并未忘记请求亚历山大为他向凶手复仇，随即死去（第37—38页）。故事中描写亚历山大被人阴谋毒害而悲剧性死亡、他那忠贞不渝的夫人罗克珊娜自杀的最后几个场景，这种表现力达到了顶点。

《亚历山大传》虽然乐于指出甚至夸大其主人公的情感，但总是一成不变地限于感情的外在表现。故事中描写的哭泣和亲吻的背后，几乎不可能忖度主人公心灵的内在运动、他们的心理和性格。这一特性即使对于其他"富有表现力—情感充沛的风格"的文献来说，也是典型的，用德·谢·利哈乔夫的话说，在这类文献中，"感情、人的心灵的某些状态还没有结合成性格"，而"心理表现也未构成某种心理类型"[①]。

《亚历山大传》中主人公的言论通常也是如此公式化。大流士、亚历山大及其他角色的冗长演说无论如何也没有反映他们的情感状态，因为这些演说也和军旅故事、历史故事中主人公的言论一样，是程式化的。被亚历山大发现的、勉强有口气的大流士"呼吸微弱"，还说了一通话，其冗长繁琐、用词考究丝毫不减："我乃大流士王，时代的诱惑将他捧上天，孜孜不倦的荣誉追求又把他打入地狱；我乃赫赫有名的大流士王，全世界之王；我乃大流士是也，受到千千万万人的敬仰，而今天我却受伤躺在地上。你，亚历山大，是我的见证人，我失去了许多荣耀，也经历过多次死亡。你，亚历山大，也要敬畏这样的死亡。"（第37页）亚历山大本人也善于辞令。他在睡梦中从先知耶利米口中得知自己死期将近，"恐惧万分"并"痛哭流涕"，马上对犹太教真神发表了一通滔滔不绝的溢美之词："光荣归于你，光荣归于你，神

[①] 德·谢·利哈乔夫：《古代罗斯文学中的人》，第72页。

通广大、无法认清、不可描述、捉摸不透的神呀！是你让整个世界从无到有。"（第62—63页）在奥林匹克竞技会来临的庆祝盛典中，亚历山大被他的司酒官弗里努什下毒谋害（为了兑现死期将近的预言），这位国王感到"发冷"，开始"全身颤抖"，但是这并没有叫停他的能言善辩。亚历山大为人世生活的短暂而哭泣，又对自己的将帅，对罗克珊娜，对邪恶的弗里努什，最后是对所有的国王和高官，发表了一番言论（第69—70页）。

《亚历山大传》的独白完全是程式化的，怎么也不能反映人物的心理活动。但是，故事中的对话及其与故事主人公的行为有直接联系的对白，则是另一回事。

《亚历山大传》的情节构成了它的力量，而故事中人物的直接言论正是在它与情节相联系的情况下才富有表现力。在《亚历山大传》的主要人物的话语成为行动的地方，这些话语立即就获得了符合人性的语调。

"拿住这个酒樽，拿好！大流士王让我来向守备人员确认一下"——亚历山大对波斯的守门人说，并把在宴席上藏起来的酒樽交给他们，用欺骗的办法离开宫廷。（第35页）

"……你在攫取人世间的一切时，也就在地狱留下了脚印。"——一些裸体慈善哲人的首领伊方特在问候国王时曾对亚历山大预言道。亚历山大胆怯地问道："为什么对我说这样的话？"伊方特回答："对聪明绝顶的人无须解释。"接下来亚历山大同诸位慈善者的对话，也是简短而生动的，这时亚历山大提议供给他们的国土上所没有的东西。"亚历山大王，让我们永生吧！因为我们都会死去！"——慈善者高声喊道。"我自己都不能永生，怎能让你们永生？"——亚历山大回答。伊方特在同亚历山大告别时再次说道："亚历山大，祝你一路平安！你接待过万邦宾客，也去过不少地方，你还会去异国他乡。"（第44—46页）亚历山大对波尔的回答也是同样简洁，后者在死人洞窟中曾对战胜自己的人提起，他什么时候也会"被送进"这里。亚历山大回答印度国王："你该为死者悲痛，而不是为生者操心。"（第58页）甚至充满长篇大论的最后一章，亚历山大在对他的胜利之师进行最后一次检阅时的简短言论，也是铿锵有力的："你瞧瞧所有这些人，他们全都会走入地下！"（第64页）

特洛伊的故事 在古代罗斯文学中，《亚历山大传》不是唯一的一篇归根结底源自古希腊罗马传统的文献。15世纪末—16世纪初，是若干种关于特洛伊战争的详细故事进入罗斯的时期（15世纪以前所知的只有一篇取自约翰·马拉拉斯的《年代记》的关于征服特洛伊城的简短故事）。除了载入《俄国年代记》的《特洛伊城被摧毁纪事》以外，这一时期在罗斯还从拉丁文原著翻译了13世纪末编写的圭多·德·科伦纳的内容丰富的《特洛伊史》。这不仅是关于特洛伊战争的描述，而且也是古希腊罗马史诗性传说的总汇。这里讲述了阿耳戈号的勇士们航海寻求金羊毛，伊阿宋和美狄亚的爱情，特洛伊城第一次遭到阿耳戈号勇士们的破坏，帕里斯拐走海伦之后希腊人同特洛伊人之间的新冲突,整个战争中的一波三折(阿基琉斯和布里塞伊斯的爱情、赫克托耳和阿基琉斯之死、"木马计"),奥德修斯(尤利西斯)的海上漂泊。和塞尔维亚的《亚历山大传》相比,《特洛伊史》的某些片断显示出更为详细的心理描写(如描写美狄亚在等待与伊阿宋会面时的情爱缠绵),但是整体来说,《特洛伊史》是一部篇幅浩大的文献,它的某些部分之间不够协调;它没有关于亚历山大的故事所特有的那种情节上的连贯性(如主要人物难免一死的题材)。无怪乎逐字翻译圭多·德·科伦纳史书的最初版本后来有了改编本,并被更具原创性的简明版本所取代。①

所罗门和基托弗拉斯的故事　塞尔维亚的《亚历山大传》和特洛伊故事曾是那些15世纪进入罗斯书面文化的"高雅"骑士文学的典范。但是,同一时期进入罗斯的,还有一系列流行于中世纪末期和文艺复兴时代的另一种寓言——讽刺性质的文献。②这种性质的范例之一是《关于所罗门王的寓言和基托弗拉斯的讽刺故事》,它曾被教会检查制度所禁,但却从14世纪末期起又被列入古代罗斯的《帕里亚全书》(圣经故事的通俗讲述)。在《帕里亚书》中,关于基托弗拉斯的故事被纳入整套的《所罗门判案》中,其中一个故事属于圣经(因婴儿而发生的争执),而其余故事则属于伪经。正如我们已指出的,抄书人叶弗罗辛是所罗门和基托弗拉斯故事的特别喜爱者,他也把《帕里亚全书》中这些传说的文本收入他所编的文集中;同样收入文集的还有故事特殊稿本,其中被狡猾妻子欺骗并抓住的基托弗拉斯挣脱出来,重又"随心所欲"(参见本章第一部分第1节)。

斯拉夫的关于所罗门王和基托弗拉斯的故事,大约源自欧洲中世纪的原创本。从发生学角度看,"蛮横"野兽基托弗拉斯同(古希伯来经卷)塔木德书中的魔王阿斯莫杰伊、古希腊神话中的半人半马怪(肯陶洛斯)或印度的神灵(刚达洛斯)都有联系(基托弗拉斯的名字源自后两个名字之一)。但是基托弗拉斯在故事情节中的作用,接近于中世纪西欧关于所罗门王和莫罗利弗的故事中的莫罗利弗或马尔霍利德的角色;像基托弗拉斯一样,粗鲁而敏捷的莫罗利弗,比英明的国王更机智,更有洞察力。也正如其他"滑稽"体裁的作品一样,这里的主人公不能确定是正面人物还是反面人物,故事情节也没有单一的解答。什么是"猎犬式野兽"基托弗拉斯——这是善良的还是邪恶的生物?按所罗门王命令被抓住的基托弗拉斯以其行为令大家惊讶:他在市场上看到一个人给自己挑选了一双可穿7年的皮靴后竟然笑了,还看见了坐在地上的占卜师;而在见到婚礼场面时却哭了起来。后来才弄明

---

① 《特洛伊史》和《俄国年代记》中《特洛伊城被摧毁纪事》的出版与研究,参见《特洛伊的故事:关于特洛伊战争的中世纪骑士传奇的16—17世纪俄国手抄本》(Троянские сказания. Средневековые рыцарские романы о Троянской войне по русским рукописям XVI-XVII веков),奥·维·特沃罗戈夫准备文本并撰文评介,马·纳·博特文尼克和奥·维·特沃罗戈夫注释,列宁格勒,1972年。

② 对照参阅亚·尼·维谢洛夫斯基:《维谢洛夫斯基文集》,第2卷,第1分册,圣彼得堡,1913年,第146—147页。关于中世纪的"笑文化",参见米·米·巴赫金:《弗朗索瓦·拉伯雷的创作与中世纪和文艺复兴时期的民间文化》。

白,买靴子的人只剩下7天寿命了,即将降临的死神在等待新郎,而占卜师并不知道,他坐的地方下面就藏着财宝。但是聪明的"野兽"与所罗门王的相互关系意味着什么,故事中并未讲清楚:基托弗拉斯帮助所罗门王在耶路撒冷建造了教堂;当所罗门怀疑他的智慧时,也是他把王送到天涯海角,一些智者和著书人费尽心机才把所罗门从那里找回来。①

斯杰凡尼特和伊赫尼拉特 缺乏清楚宣示的道德内涵和情节的多义性,也是15世纪下半叶在罗斯书面文化中获得广泛传播的另一部翻译文献——寓言故事集《斯杰凡尼特和伊赫尼拉特》的明显特点。

《斯杰凡尼特和伊赫尼拉特》的基础,是保存在公元4世纪梵文文集《五卷书》中的印度动物故事诗,其中有一位婆罗门智者应国王的请求给他讲述"理智的行为"。故事诗通过波斯语的中介传至阿拉伯,公元9世纪,阿卜杜拉·伊本·阿里—穆卡法在那里以其为基础创作了一组内容丰富的寓言—故事《卡利拉和季姆纳》,它是以两个贪婪残暴者(也即书中第一至二章(均为阿里—穆卡法所加)两个主要角色)的名字命名的。阿拉伯的版本成为出现在西方和东方所有为数众多的版本,包括希腊文版本的基础。希腊文译本是11世纪科穆宁王朝阿列克谢一世的宫廷医师西梅翁·西夫所译,译本名为《斯杰凡尼特和伊赫尼拉特》,因为西梅翁·西夫就是这样翻译卡利拉和季姆纳名字的(这两个名字被他错误地解释为普通概念——"加冕者"和"跟踪者")。13—14世纪,《斯杰凡尼特和伊赫尼拉特》有了斯拉夫语(塞尔维亚语或保加利亚语)译本,15世纪下半叶传入罗斯。

从《斯杰凡尼特和伊赫尼拉特》②一书本身的结构来看,它也像《卡利拉和季姆纳》一样,是一部"框架式的"或"被框定的"叙事作品,其中各章(相应于《五卷书》各卷)均进入作品总体"框架"的构成中,而各章的内容就是出场人物讲述的寓言—短篇故事(这些故事内部有时也嵌入一些寓言)。印度原创文本的基本"框架"是国王与智者的对话——这一"框架"在阿拉伯文和希腊文版本中已失去意义,它只起着纯形式的作用(正如每章独特的"引子"那样)。但是,前两章的题材——狮子、公牛(牛犊)和两只野兽的故事,却具有重要的作用,整个系列故事就是按它们的名字来命名的。第一章描写森林王国,狮王在这里掌权,它"好出风头,生性傲慢,但智力贫乏";它被其他动物所包围,但两只"聪明睿智的野兽"(在阿拉伯—希腊版本中是胡狼,但在斯拉夫版本中,看来因为不知这样的动物,只直接称其为"野兽")。斯杰凡尼特和伊赫尼拉特身处远离王宫之地。这时森林里出现了一头来历

---

① 《所罗门和基托弗拉斯的故事》,参见《文选》(古代罗斯作品集),莫斯科,1969年,第370—375页。

② 《斯杰凡尼特和伊赫尼拉特》的出版与研究,参见《〈斯杰凡尼特和伊赫尼拉特〉:中世纪寓言故事书的15—17世纪俄国手抄本》(Стефанит и Ихнилат. Средневековая книга по русским рукописям XV-XVII веков), О.П.利哈乔娃、я.索·卢里耶筹备出版,叶·爱·格伦斯特伦、瓦·萨·尚德罗夫斯卡娅译自希腊文,列宁格勒,1969年,以下凡引用本书,仅在引文后注明页码)。对照参阅О.П.利哈乔娃:《〈斯杰凡尼特和伊赫尼拉特〉:考古学、版本学和词汇学研究》,副博士学位论文作者文摘,列宁格勒,1973年。

不明、可怕地"吼叫着的"动物,胆怯的狮子被吓坏了,竭力掩盖着自己的恐惧。伊赫尼拉特走近狮子,小心翼翼地探询狮子"闷闷不乐"的原因,再去寻找"吼叫着的"野兽。这原来是一只被它的主人抛弃、没有任何敌意的小牛犊。于是伊赫尼拉特带着小牛犊来见狮子。甚为高兴的狮子让小牛犊靠近自己,伊赫尼拉特再度遭到冷落。

绝望中的伊赫尼拉特决定玩一点诡计——挑起狮子和牛犊的争吵,于是就分别对它俩说了不少挑拨性的话。狮子同牛犊见面了;它们俩你怕我,我怕你,都防备着对方的进攻;狮子咬死了牛犊。第二章(这是《五卷书》所缺少、阿拉伯文版本中增补的)讲述对伊赫尼拉特(季姆纳)的审判。这一章表面上是讲述对狡猾野兽的惩罚,但它的真正含义不在于对伊赫尼拉特的判决,而在于展现他那机智的自我防卫,这种自卫的基础是:其余的角色,从仅凭捕风捉影的怀疑就杀死其宠臣的狮王来看,一点也不比被告好。狮子王的亲信中谁也不会告发伊赫尼拉特,惩罚伊赫尼拉特并不是司法的胜利,而是狮王的母亲要阴谋的结果。

《斯杰凡尼特和伊赫尼拉特》前几章的框架式叙述,是关于哄骗愚蠢的狮子大王的狡猾野兽的东方故事,它的许多特征令人想起流行于西方的动物故事诗《狐狸的传奇》(《列那狐传奇》或《列涅克传奇》)。确实,在《斯杰凡尼特和伊赫尼拉特》中,对狡猾野兽的审判是以惩罚伊赫尼拉特结束的,而它在西方文学中的类似形象列那狐却得以证明自己无罪,但在两种情况下,案件的结局都不是取决于公正的审理,而是宫廷的阴谋诡计。

《斯杰凡尼特和伊赫尼拉特》中的多篇寓言故事,就其基本冲突而言,与前两章的情节吻合:其中同样讲到三种类型的野兽之间的冲突:凶残的"嗜血者"、忠厚老实的"食草者"和狡诈的能够戏弄强者的野兽(如一篇寓言中的"兔子")。

在 15 世纪罗斯书面文献中,"伊赫尼拉特小书"(在罗斯,人们曾这样为其命名)原来是一种独特的"没有主人公的传奇"。斯杰凡尼特没有参与伊赫尼拉特的阴险行为,还劝他放弃,但是很看重这位朋友的智慧,并真诚地忠于朋友。在故事的希腊—斯拉夫版本(有别于阿拉伯版本)中,斯杰凡尼特的生命是悲剧性地结束的:他为伊赫尼拉特的被关押而震惊,还在朋友临刑前就自杀了:"一边走,一边喝着毒药,随即身亡。"伊赫尼拉特得知斯杰凡尼特的死讯后,失声痛哭:"我说,我不该再多活一天了,因为我失去了这样一位忠诚而被爱戴的朋友!"(第 30—31 页)这一特征使得伊赫尼拉特的形象更加复杂化:其实他也并非和高尚的情感格格不入。

因此,《斯杰凡尼特和伊赫尼拉特》的基本故事结构,也像系列寓言中大多数故事的结构一样,事实上完全不同于《亚历山大传》的结构。如果说在《亚历山大传》中,故事的结局,传主的悲剧性死亡,是和人生易逝的基本思想有机联系在一起的,那么在《斯杰凡尼特和伊赫尼拉特》中,伊赫尼拉特的毁灭,正如有洞察力的读者所理解的那样,并不是对罪恶的惩罚和正义的胜利。也像在《所罗门和基托弗拉斯的故事》中那样,这里的结局没有价值评判的意义,也不包含一定的'道德"。分析《所罗门和基托弗拉斯的故事》《斯杰凡尼特和伊赫尼拉特》以及从15世纪末期起出现的原创性俄国文学中的类似情节,人们可以由此提出情节叙事的两种主要类型的问题:针对性的(有目的性的)和多义性的类型。前一种情节类型对于古代罗斯的大多数故事——传记故事、军旅故事、历史故事而言都是有代表性的,后一种情节类型则为某些文献所特有,它们只是出现在本部分所评述的这一时期的罗斯书面文化中,并在两个世纪后——在17世纪才得到大范围的流传。①

与15世纪为民族手抄传统所接受的翻译故事相并列,这个时期在罗斯还创作了就其内容和性质而言均可以说多种多样的原创性故事。其中既有关于现实事件和相对而言不久前的历史事件的故事(接近于已提到的《与马麦汗血战的故事》),也有传奇性的历史叙事,还有一些有充分理由可以被认为是俄国文学中的最初文献的作品。

皇城纪事 《皇城纪事》写的是15世纪世界历史上最重要的事件之一——1453年土耳其人对拜占庭首都(一直独立的拜占庭帝国的唯一部分)的占领。故事的作者(在其单独的、最初的版本中)自称为"罪孽深重而不守法纪的涅斯托尔—伊斯坎德尔",并肯定他'在少年时"就被土耳其人抓走,改信伊斯兰教;该作在自己的故事中把个人的观察(在得胜者营垒中)和皇城居民的讲述结合在一起。难以断定这些信息在多大程度上符合实际,不过这个故事属于15世纪下半叶—16世纪初期,应当不会引起怀疑。②

《皇城纪事》的文风是极为矛盾的:一方面,我们在这里可以见到古代罗斯'军旅故事"中典型的大量陈词套话(如"战斗场面宏大且令人恐惧",血流成河,'汩汩而出",一个希腊人"抵挡千人,两人抵挡万人",等等);另一方面,故事的明显特征是中世纪文学中罕见的善于利用情节的变化造成叙事的连续不断、越来越增强的紧张感。

叙事的动态性和尖锐性是《皇城纪事》的典型特点。作者没有勾画城市被围的整个过程,而是描写了一个接一个保卫城市的场面。③在讲述中发挥了重要作用的,是"外国人朱斯图涅亚"(意大利人朱斯季尼安尼)和他的士兵——"600勇士",

---

① 关于情节叙事的两种类型,详见《俄国小说的起源:古代罗斯文学中情节叙事体裁的产生》(Истоки русской беллетристики. Возникновение жанров сюжетного повествования в древнерусской литературе),列宁格勒,1970年,第22—24、351—353、379—380、570—573页。

② 对照参阅 Г. П. 别利琴科:《关于占领皇城的历史故事的构成问题》,见《亚·谢·奥尔洛夫学术活动40周年纪念文集》,列宁格勒,1934年,第507—513页;米·涅·斯佩兰斯基《土耳其人占领皇城的纪事和故事》,载《古俄罗斯文学研究室著作集》(ТОДРЛ)第10辑,莫斯科—列宁格勒,1954年,第138—165页;米·奥·斯克里皮尔:《涅斯托尔—伊斯坎德尔所著土耳其人占领皇城的〈故事〉》,同上书 第168—184页。

③《皇城纪事》的初稿文本系由列昂尼德修士大司祭出版。参见《涅斯托尔—伊斯坎德尔的〈皇城纪事〉》(它的建立与1453年土耳其人的占领):15世纪》,载《古代罗斯书面文化文献》(ПДП),第61辑,圣彼得堡,1886年;重版文本见《15—16世纪的俄国叙事作品》(Русские повести XV-XVI веков),列宁格勒,1958年,第166—184页。

他是唯一对帝王(君士坦丁十一世皇帝)的求援作出回应的人。朱斯图涅亚负责修建城防工事;土耳其人的炮火攻破城墙;朱斯图涅亚把它重新修好。土耳其人拖来一门"大炮"对准皇城,朱斯图涅亚用自己的炮摧毁了那门"大炮"。土耳其人把大批土筐运到城下,筑成攻城用的炮塔,但希腊人引爆了"施了魔法的器皿"(地雷),于是那些围城的人被炸得飞上了天。土耳其人最终还是破坏了大部分城墙,短兵相接的肉搏战随即在城内展开。"帝王"本人和朱斯图涅亚一起出现在这些战斗中;他单枪匹马,"手执宝剑",两度把敌人赶出城外。

守卫者的坚强不屈促使土耳其苏丹几次考虑撤军。但是不祥之兆预示了皇城的陷落:从圣索菲亚大教堂的窗口窜出火苗,大牧首解释说,这意味着圣灵脱离了与皇城的联系。围城的最后一天前夕,城市上空的"大片黑暗"更加浓重,降下了标志皇城毁灭的血雨。战斗的最后一天,朱斯图涅亚已未出现(他被流弹击中),帝王不顾亲信们的劝告,投入京城街头的最后一战,死于土耳其人的乱剑之下。这就应验了古时关于皇城的预言:"创建于君士坦丁,又终结于君士坦丁。"① 故事以描述土耳其苏丹的庆典式和关于皇城未来将由"淡褐色头发的种族"来解放的预言而结束。

如果说《皇城纪事》的基础是作者妥善加工的真实史料,那么其他许多俄国故事就是历史(或假历史)资料与神话及传统的民间口头创作情节的别出心裁的结合。

巴比伦纪事(记) 在《巴比伦纪事(或故事)》②中,传奇性叙事也有一定的政论含义;后来,"记"就进入了有政论性质(如论证罗斯王公使用拜占庭皇帝标志的权利)的宽泛系列中,且在其初期形态中就已具有教会—政论文献的特征。但与此同时,这也是带有紧张情节和使描写变得趣味盎然的一系列波折的故事。作者从最初几行起就力图引起读者的好奇心。他讲述列夫基—瓦西里国王派人到巴比伦去取属于三位坐在"火炉"内的少年圣徒的"标志物"。起初国王有意从"亚述"(叙利亚)族中挑选使节。为读者尚不知道的意图所激发,使节们拒绝成为挑选对象("他们说:我们不该去那里……"),于是请求一定得委派三位掌握不同语言的人("从希腊挑一位希腊人,从奥别兹选派一位奥别兹人,从罗斯挑选一位罗斯人……再派出去,如果他们愿意的话"(第85页))。这个接近于童话故事的开头之谜不是一下子就能解开的,而只是在此之后才得以解开:三位旅行者到达巴比伦,出现在柏木梯子前,这梯子架在像高大的城墙那样横卧着的环绕巴比伦的巨蛇上。他们在这里发现了希腊语、奥别兹语和俄语三种语言的签字。这些签字在故事中被赋

---

① "皇城"君士坦丁堡于公元前660年为希腊人所建,公元330年,东罗马皇帝君士坦丁一世在拜占庭建立新都,命名为新罗马,但该城普遍以建立者之名被称为君士坦丁堡。公元1453年,君士坦丁十一世在位期间,该城被奥斯曼土耳其帝国攻陷,此后成为奥斯曼帝国的新首都伊斯坦布尔。——译注

② 《巴比伦的故事》文本,参见《15—16世纪的俄国叙事作品》。(以下凡引用本书,仅在引文后注明页码)

予极重要的情节构成的作用。签字的内容编排得异常精巧:它就是一句话,其第一部分是以希腊语写的("神灵将把某人带到这架梯子前"),第二部分用奥别兹语写成("他大胆地从蛇身上爬过去"),第三部分是以俄语写的("从梯子那里穿过几所豪宅到达小教堂";第 85 页)。句子的每个部分,若不联系另两部分就不可理解;三个基督教国家代表中的每一位,都是旅行的必要参与者。作者利用惯用的童话故事手法——夸张法,绘制出一幅城市图景,透过茂密的灌木丛看不清城中的"亭台楼阁":"人们来到这里,没有见到城池:到处杂草丛生,因此见不到亭台楼阁。"(第 85 页)童话故事中常有的小路——某些"幼兽"踩踏出的小径,是唯一指明如何抵达死城的参照物。

《巴比伦纪事》的情节在描写主要人物返程时达到了最为紧张的程度。三位男子汉取得"标志"和宝物后,就应当再从睡着的怪蛇身上过去。为了跨过这条蛇,他们把梯子靠近蛇身。突然,他们当中的奥别兹人亚科夫,在走到梯子的 15 级(正是第 15 级!)时绊了一下,摔在蛇身上。大蛇开始醒来,身上的鳞片"像海浪一样"抖动起来,但还不是真的醒来。另两位同伴扶起摔倒的亚科夫,帮他穿过"草丛"和灌木丛,走向留在离城很远处的马。他们已看见马匹,把东西在马身上放好后,便可策马而去,但这时蛇完全醒来:"蛇呼啸着,他们甚为恐惧,就像要死一样。"(第 86 页)这时,瓦西里国王三在等候他那个就像对亲生孩子那样喜爱的使节("我把他们当成自己的孩子")。蛇的呼啸声经过了 15 天的路程传到了瓦西里的营地,把他和他的军队将士吹晕倒地,就像壮士歌中夜莺强盗的哨声吹晕了红太阳弗拉基米尔大公及其亲信。大为震惊的国王离开等候之地,他陷入绝望中:"我的三个孩子死了……"不过他决定"还是……稍作等待"(第 86 页)。到了第 16 天,当整个等候期已满时,三位男子汉成功地站立起来,"仿佛从梦中醒来一样",来到国王面前,向他献上了桂冠(第 87 页)。[①]

一位向国王的女儿求婚的老者的故事 早期俄国叙事文学中最引人入胜、且最少得到研究的文献之一《一位向国王的女儿求婚的老者的故事》,具有更典型的童话故事的性质。故事情节并不复杂。这里讲述的是某位老者为马太福音中的一些说法所诱惑:"你们祈求,就给你们;寻找,就寻见;叩门,就给你们开门。"他来到王宫前,"推了一下"宫门,国王让他进来。老者为福音书中所言的第一句得到落实而高兴,祈求国王把公主许配给他。经过一整天的思考后,国王没有拒绝老者对他的祈求,但是提议老人先找到一块"色彩绚丽的宝石"。在海湾的一个故亡隐修士的洞窟内,老人找到了一个玻璃器皿,内中有"苍蝇一样的东西在蠕动"。器皿中原来是一个头顶上刻有十字印记的魔鬼(圣徒传记中常见的情节)。老人答应放

---

① 本章中关于《巴比伦纪事》的部分,系根据娜·费·德罗布连科娃筹备出版的《巴比伦纪事》一书中的资料写成。参见米·奥·斯克里皮尔:《关于巴比伦城的故事》,载《古俄罗斯文学研究室著作集》(ТОДРЛ)第 9 辑,莫斯科—列宁格勒,1953 年,第 130—142 页。《巴比伦纪事》的书写时间,尚不能足够准确地认定本文献古代抄本属于 15 世纪末,但它有可能是在 15 世纪上半叶甚至 14 世纪末结撰的。

出魔鬼来,如果它承诺从海中为他找到宝石。魔鬼变成"大橡树一般"的庞然大物,跳入海中,捞出一块宝石交给了老人。这样,老者所想到的考验似乎已结束:福音书上的话都得到应验。但是故事情节至此并未结束。故事中出现了世界文学中广为人知的《一千零一夜》中的情节:老人问魔鬼,它是否还能变小,再钻进器皿中;魔鬼"跳进老人的掌心,就像原来在器皿中那样";老人再次给它"刻上"十字印。故事的结尾对读者而言是出乎意料的。忠于承诺的国王从老人手中接过宝石,"将自己的女儿许给他"。但是老人谢绝了国王的女儿——他只是想检验一下福音书所言的真实性。"你的女儿是你的,宝石也属于你。"——老人对国王说完,随即回到蛮荒之地。①

《一位老者的故事》虽然有着"训诫的"意义(证实福音书中的话),仍清楚地显示出民间口头创作的基础。故事的基本情节源自向公主求婚的平民英雄的短篇故事;源自这种短篇故事的情节和神奇童话故事情节(关在器皿中的魔鬼)的结合。因此,也像在《彼得和费夫罗尼娅的故事》中那样,在这里我们所见到的不是为口头叙事所特有的"纯粹的"童话故事类型,而是中世纪晚期书面作品中有代表性的童话故事情节在"复杂混合体"②中的结合。但是,与民间口头创作的联系对于这一类型的文学有着非常重要的意义。在这里,从民间口头创作而来的明显的非历史性,甚至连名字都没有的主要角色的童话故事性,都不是作为书面作品情节根基的简洁与朴实(这曾让故事的抄写者为难,他们努力以老者"引诱了"国王来解释他的行为,但相当不成功)所习惯的。故事由于这些特点而同 15 世纪就存在的小说类文献接近起来,其中不仅有翻译的《所罗门和基托弗拉斯的故事》与《斯杰凡尼特和伊赫尼拉特》,还有原创的罗斯书面文献——《德拉库拉的故事》与《巴萨尔加的故事》。

德拉库拉的故事 《德拉库拉的故事》的基础,是关于残暴的穆季扬(罗马尼亚)王公弗拉德·采佩什—德拉库拉的故事,他曾于 1448 年、1456—1462 年和 1476 年三度执政。③故事出于哪一位作家的手笔,或许可以从其结尾部分提到的内容来确定:德拉库拉在匈牙利的次子"是我们看见他去世的,而第三个儿子、最有身份的米哈伊尔,我们则在布季纳见过他","如今"坐在德拉库拉王位上的是弗拉德修士。弗拉德修士于 1481 年登上穆季扬(罗马尼亚)的王位。故事的作者是俄国人(德拉库拉的故事是从引用"我们的"俄语开始的),15 世纪 80 年代初曾住在匈牙

---

① 《一位向国王女儿求婚的老人的故事》的研究与出版,参见杜尔诺沃:《拜占庭文学和古代罗斯文学中关于被关住的魔鬼的传说》,见《古代文物:莫斯科考古学协会斯拉夫委员会著作集》(Древности. Труды Славяск. комссии Моск. археолог. об-ва)第 4 卷第 1 分册,莫斯科,1907 年,第 103—104 页。
② 对照参阅弗·雅·普罗普:《民间故事形态学》(Морфология сказки),莫斯科,1969 年,第 90 页。
③ 参见《德拉库拉的故事》,雅·索·卢里耶准备文本并撰文评介,莫斯科—列宁格勒,1964 年(以下引用该书,仅在引文后注明页码)。15—16 世纪出现的关于德拉库拉的故事(包括俄国的版本),在后来的不同年代一再引起西方研究者的注意,这一现象特别和英国布莱姆·斯托克(1847—1912)的长篇小说《德拉库拉》(含有大大远离原本的对中世纪的德拉库拉故事的阐释)的流行相联系。

利,但不是一个人,而是和一些同路人("我们看见""我们见过")在一起。所有这些材料都最适合于著名的异端分子、伊凡三世最大的外交官费多奥尔·库里岑的胃口,他恰好在1482—1484年率外交使团出访匈牙利和摩尔达维亚,1485年9月回到俄国(这个故事曾于1486年2月、1490年1月再度由著名的基里尔—白湖修道院的著书人叶弗罗辛抄写)。

《德拉库拉的故事》最显著的特点,是它与口头情节叙事的最密切的联系;它其实是关于残暴的"穆季扬督军德拉库拉"的奇闻轶事(在与瓦拉几亚相邻的国家里,人们称他为弗拉德·采佩什)。类似的奇闻轶事也被使用于15世纪末德文小册子(手抄本和印制本)里关于"大恶魔"德拉库拉的故事中,以及被载入意大利人文主义者安东尼奥·邦菲尼(15世纪90年代)的《匈牙利编年史》里关于德拉库拉的叙事中。在罗斯出现的关于他的故事和这些文献的相似,不在文本上,而是在情节上。显然,不同的作者在与瓦拉几亚相邻的国土上听来的故事,是上述文献的共同源头。

如何才能确定俄国的《德拉库拉的故事》的思想意义?学术界对这个问题曾提出过各种不同的解答:一些研究者把这篇故事看成对暴君统治的谴责,认为这样的暴政在敌视伊凡雷帝的大贵族圈子中也比比皆是;另一些研究者则认为该故事是在为严酷而公正的政权、为封建王国对自己的敌人采取的镇压措施进行辩护。①如此截然对立的见解之所以可能出现,都源自故事本裁上的独特性:我们面对的不是作者直接表达自己观点的政论作品,而是小说—故事类作品。

故事以简要的介绍开篇:"在信奉希腊正教的穆季扬国土,基督徒大将军用瓦拉几亚语说名叫德拉库拉,而用我们俄语说则叫基亚沃尔(魔鬼)。他的一生,也像他的名字一样恶名昭著。"(第117页)接着,就像在《克洛普修道院院长米哈伊尔传》中那样,读者直接被带入情节的中心:作者讲述德拉库拉命令人把"卡帕"(帽子)钉在胆敢戴着帽子来见他这位"伟大的国君"的土耳其使节们的头上。整个故事就是这样建构的:类似于关于所罗门王和基托弗拉斯的故事,系由一些片断和小故事组合而成。

但是,也像《所罗门和基托弗拉斯的故事》一样,结构上的这种分散性完全不意味着统一题材的缺乏。一个又一个片断描写了穆季扬督军魔鬼般的"恶毒用心"——挖空心思的残酷与巧妙手段的结合。这些片断就像一些独特的奇闻轶事,其中有许多片断都是作为另一层隐喻意义的谜语写就的(第67—68页)。德拉库拉不是简单地处决落入他手中的人,还考验他们,以及那些不善于猜度者,"不

---

① 列·弗·切列普宁:《14—15世纪罗斯封建时代的档案》(Русские феодальные архивы XIV-XV веков),第II册,莫斯科—列宁格勒,1951年,第310—312页;瓦·帕·阿德里阿诺娃—佩列茨:《16世纪文学中的农民题材》,载《古俄罗斯文学研究室著作集》(ТОДРЛ)第10辑,莫斯科—列宁格勒,1954年;尼·卡·古德济:《古代罗斯文学史》(История древней русской литературы),第7版,莫斯科,1966年,第269—272页;亚·安·莫罗佐夫:《民族独特性与文体问题》,载《俄罗斯文学》,1967年第3期,第111—118页;雅·索·卢里耶:《再论德拉库拉与马基雅维利主义》,载《俄罗斯文学》,1968年第1期,第142—146页。

"雅致"的被考验者,不会应对他的惩罚、为自己的"不雅致"而悲惨痛哭的人们。这在关于乞讨者的片断中看得最清楚。德拉库拉把全国的"乞讨者和流浪汉"集中起来,招待他们,然后问道:"我将把你们变成这个世界上最无忧无虑的人,你们不再穷得一无所有,你们愿意吗?"乞讨者不明白他问话中另一层歹毒的用意,还是高兴地表示同意。德拉库拉把他们关在紧锁的"公寓"中烧死,让他们"摆脱了"穷困与疾病。他也这样来对付土耳其国王:他答应为国王"效力"。从字面上理解这句话的土耳其国王感到很高兴。德拉库拉破坏了土耳其的领地,并通报国王,已尽其所能地"为他效力"了。故事的第一个片断就是建构在这样的双关话语之上的。使节们在回答他们为什么不脱帽这一问题时说,他们国家的习俗就是这样的。德拉库拉回答:"我想确证一下贵国的律法,你们要站稳了。"从字面上理解这样的承诺,想必会让交谈者满意。但是德拉库拉却用钉子来"确证"土耳其的风俗习惯,将"卡帕"(帽子)钉在土耳其使者的头上。

　　贯穿于所有这些片断的考验的情节,都属于世界文学和民间口头创作中最流行的情节。在古代罗斯文学中,这类情节也是大家很为熟悉的:《往年纪事》中奥莉加"考验"德列夫良的使节,也像德拉库拉这样"优雅",这样残酷;考验的情节也见于《哲人亚基尔的故事》和圣徒传记《彼得和费夫拉妮亚的故事》。

　　《德拉库拉的故事》的作者在向读者呈现他笔下"居心叵测的"主人公时,究竟想说什么呢?《德拉库拉的故事》的情节,也同《所罗门和基托弗拉斯的故事》和《斯杰凡尼特和伊赫尼拉特》的情节一样,并非单一意义的,它不可能只归结为某种特定的结论或说教。德拉库拉作恶多端,火烧乞讨者,处决那些藏有他宝物的修士、妇女和工匠,还在停放"死尸"的木桩中间吃午餐。但是他也同土耳其人进行过斗争——英勇的、无疑会引起读者赞誉的斗争;他在这场斗争中也曾陷入困境,他仇恨"恶",清除偷盗,在自己的国家内建立公正而不徇私情的审判制度,无论富人还是名流,都不可能靠贿赂免罪免责。

　　把这篇故事与西方关于同一角色的作品做比较之后,可以确定作者的立场。如果德语故事的作者们描写的只是"大魔王"的暴虐残酷,那么意大利人文主义者邦菲尼则强调在德拉库拉身上结合着"前所未闻的残忍和公正"。俄语故事中的德拉库拉也同样具有两面性。

　　有别于邦菲尼写的故事,《德拉库拉的故事》不是政论性的,而是小说—故事类文献:因为它的作者没有以直接的形式表达自己对主人公的评价,而只是描绘了这位主人公的形象,一个尚未上升到典型,但却具有一定典型性的形象。德拉库拉不是一个抽象的恶徒,但无论如何也不是一个抽象的英明执政者。他是个以考验自己的猎物来取乐的、类似于童话故事中的托姆—季姆—托特或留姆彼利什季列茨的某种怪物。德拉库拉的形象从圣徒传记或战争英雄故事的传统角度来看是不寻常的,却接近于已为我们所知的翻译小说中的人物。《所罗门和基托弗拉斯的故事》中的基托弗拉斯就是精明而残酷的;《斯杰凡尼特和伊赫尼拉特》中的伊赫尼拉特也具有这样的特点。德拉库拉就杀害乞讨者或处死外国使者所做的自我辩护，在许多方面令人想起审判伊赫尼拉特时他的诡辩。《德拉库拉的故事》的情节属于我们在上文已确定其多义性的情节类型。这样的结构类型是中世纪晚期和文艺复兴时期的小说—故事类文献的明显特征，这类作品的作者往往把"对现实的抗议"和单一的封建骑士理想对立起来。①

巴萨尔加的故事 与《德拉库拉的故事》不同，《巴萨尔加的故事》不是系列故事，事实上是一篇扩展开来的短篇小说。② 这篇故事保存在若干不同的版本中。最初的版本大概是所谓安提阿版。它的情节是这样的：商人巴萨尔加带着他7岁的儿子鲍尔佐斯梅斯尔从皇城出发去旅游，一场风暴把他的船吹到安提阿城。统治这个城邦的不信正教的"天主教徒"涅斯梅扬国王要求巴萨尔加（也像要求其他落入他手的商人那样）猜出三个谜语——否则他就应当改信"天主教"或被处以死刑。同涅斯梅扬谈话之后，巴萨尔加在完全绝望中回到船上，看见儿子在玩耍："他的儿子在船上玩，骑着一块木板，就像骑马一样：一只手抓住木板，另一只手拍着木板，在船上跳动。"（第79页）但是，玩儿童游戏的年少的鲍尔佐斯梅斯尔，其智慧却不是一般儿童式的：他告诉父亲自己猜出了国王的谜语，然后又回到中断的游戏中："……少年又玩起了他的游戏，又像儿童那样开始玩起来"（第81页）。鲍尔佐斯梅斯尔真的解开了涅斯梅扬之谜。第一个谜语是：从东到西有多远？（谜底是：太阳一天的路程）；第二个谜是：世界上什么东西的十分之一白天减少，夜里增加（谜底——江河湖海口水的十分之一）。为了解开第三个谜（"要让异教徒不嘲笑……信奉基督教的正教徒"），少年要求召集安提阿全城居民，随后问道："你们愿意信什么教？""老爷！我们全都愿意信仰神圣的三位一体……！"所有人都"异口同声地"高呼。"国王陛下，这就是我要告诉你的第三个谜底！你是个异教徒，就不要嘲笑我们信仰正教的基督徒了！"——男孩说着，就砍下了昏王的头颅，解放了安提阿城，而他自己则在这里成为国王。

《巴萨尔加的故事》的单一情节，就其性质而言，和《德拉库拉的故事》的片断式奇闻轶事是相似的，它的基础也是解谜：主人公受到考验，且不失尊严地经受住了考验，因为其机敏超越了自己的对手。《巴萨尔加的故事》同民间口头创作的联系，比《德拉库拉的故事》还要明显：《巴萨尔加的故事》的基础是世界文学最流行的情节之一，在民间创作研究中通常被称为"皇帝与修道院院长"③的奇闻轶事。

---

① 参见本节前文关于《斯杰凡尼特和伊赫尼拉特》的论述；对照参阅亚·尼·维谢洛夫斯基：《维谢洛夫斯基文集》第2卷第1分册，第146—147页。

② 参见《德米特里·巴萨尔加及其子鲍尔佐斯梅斯尔的故事》（Повесть о Дмитрии Басарге и о сыне его Борзосмысле），米·奥·斯克里皮尔准备文本并撰写研究文章，列宁格勒，1969年（以下引用本书，仅在引文后注明页码）；《17—18世纪的俄国故事》（Русские повести XVII-XVIII веков），瓦·瓦·西波夫斯基校订并作序，第1卷，圣彼得堡，1905年，第296—297页。

③ Aarne A., Thompson St. The tupes of the folklore, N 922; Anderson W. Kaiser und Abt. Helsinki, 1923; 这本书第一部分的俄文文本——瓦·尼·安德森：《皇帝与修道院院长：一个民间奇闻轶事的历史》（История одного народного анекдота），第1卷，喀山，1916年。

正如在所有这类奇闻轶事中一样,在这里猜破残暴执政者所出谜语的,不是被指定要解谜的那个人(商人巴萨尔加),而是代替他的、当时才 7 岁的"少年"鲍尔佐斯梅斯尔。

与《德拉库拉的故事》不同,在《巴萨尔加的故事》中,光明与阴影是相当准确地划分开来的:读者的同情自然完全在战胜异教徒国王的聪慧"少年"这一边。不过,在这里,叙事的趣味性和"可笑性"也显然超过了训诫性。骑着一根木棒在轮船甲板上奔跑的鲍尔佐斯梅斯尔,完全不像已弃绝儿童游戏和"无聊消遣"的传统圣徒传的主人公;他也根本不像传统的历史叙事中的英雄人物。

在 15 世纪下半叶流传得相当广泛的罗斯书面文献中,翻译故事和原创故事在很多方面都打破了以往几个世纪的文学传统。文学角色的明显的虚构性,并不是中世纪文学所固有的特征;15 世纪的读者深信马其顿国王亚历山大、君士坦丁大帝和朱斯图尼亚在历史上是确有其人的,大概也不怀疑德拉库拉的历史真实性;但是,涅斯梅扬、巴萨尔加、鲍尔佐斯梅斯尔以及《巴比伦的故事》中的三"少年",与其说接近历史活动家,不如说更接近童话故事的主人公。至于说到像基托弗拉斯和《斯杰凡尼特和伊赫尼拉特》中的野兽角色,那么情况还要更加复杂。就其结构而言,《所罗门和基托弗拉斯的故事》,特别是《斯杰凡尼特和伊赫尼拉特》,最能让受过中世纪文学熏陶的读者想起那些寓言和动物故事,其中的形象和主人公的行为举止具有讽喻性和象征性。但是某些俄国编者试图过于直接地把寓言《斯杰凡尼特和伊赫尼拉特》解释为劝喻性故事,其中的角色是作为给读者做出准确而单义性说明的"代数符号"出现的,往往导致荒谬的结果。寓言《斯杰凡尼特和伊赫尼拉特》是有情节的,但这绝不是说其中的任何情节波折都具有讽寓意义。小牛犊的故事一开始就讲述,小牛犊在拉大车时掉进泥坑里,动弹不得,于是就被抛弃在路上。编写者对此的解释是:"我看到你们当中的某些人游手好闲,无所事事,什么事也不做,这样的行为是要禁止的……"故事中接着讲述,被主人抛弃的小牛犊找到了一块"水草丰腴之地",身体强健起来,"渐渐上膘"。编写者又解释道:"瞧,修士们!快去追求这些美食!"显然,对情节冲突的这种"讽喻性的"解释(编写者对整篇故事所做的一连串解释)是完全没有意义的,15 世纪抄本之一(圣三一修道院抄本)的编写者就拒绝了这种解释。①

有一些文献,如《德拉库拉的故事》,其情节的多样性是与以往的传统相矛盾的。在这部文献的文学创作史上,我们发现了把它的情节"直线化"、赋予其基本角色以单一确定性的企图:一些编者把德拉库拉从"居心叵测者"变成"极有智慧者",略去对他的最不明智的残忍的描写;相反,另一些编者则侧重于德拉库拉对东正教信仰的背离,把他在同土耳其人作战中的死亡作为上帝对他叛教的惩罚来描写。② 不过,大多数抄本还是保留了主要角色本性上所固有的性格的双重性。

---

① 《斯杰凡尼特和伊赫尼拉特》,第 171—184 页。
② 《德拉库拉的故事》,第 81—83 页。

15世纪下半叶俄国文学中出现的故事，打破了以往的文学传统。它们那独具一格的特征在许多方面决定了这种体裁在16世纪的命运。

15世纪下半叶的俄国文学有着什么样的总体特点？它在俄国文学发展的共同体系中占有什么样的地位？

我们已经注意到这个时期在古代罗斯历史上的意义：封建割据局面的结束和俄国中央集权国家的形成大致发生于同一时期，这也是稍晚时期某些西欧国家（法兰西、西班牙等）中央集权国家形成的先声；而之后西方迎来了文艺复兴时代。

15世纪下半叶俄国文学的哪些特征使其同一系列欧洲国家文艺复兴时代的文学接近起来？上文已指出中世纪晚期和西欧文艺复兴时期的文学中一些最重要的特点：它的世俗性质（和文化的普遍世俗化相联系），以描写"漂泊者"的民间口头创作的情节为基础的散文作品的流行，"民间书籍"体裁的产生。与"民间书籍"体裁接近的还有这个时期在罗斯出现的世俗书面文献：翻译文献系列——《所罗门和基托弗拉斯的故事》与《斯杰凡尼特和伊赫尼拉特》，原创故事——《一位老者的故事》《德拉库拉的故事》和《巴萨尔加的故事》。

在15世纪下半叶的文学中，还呈现出其他一系列特征，这些特征使这一时期文学中的某些文献接近于文艺复兴时代的文学。

和中世纪文学的习以为常的传统社会等级制和"行会制"以及与此联系的礼仪相反，在某些文献中已出现作者对其周围世界的个人观点，即个人化的、与等级无关的立场。这些特征最清晰地显露在并未意识到自己属于文学、因此较易于突破传统的"公文体"书面文献中。例如，《三海记游》就是如此，其作者感到自己在"印度国"中与其说是外国人或客商，不如说是无权的异邦人，一个孤单的个体，一个"迷路的"、不幸的上帝"奴仆"，当他从遥远的异国他乡向"俄国基督徒的弟兄们"发出呼喊，对他们能否听见他的声音没有很大的信心。因诺肯季的《记事》就是以致力于再现具体情境和个人言行为特点的，它描写了"长老"帕弗努季最后的日子，没有"美化"圣者形象的意图，也没有任何合乎礼仪的特征。

在叙事文学的某些主人公身上也可以看到"行会"、阶层和礼仪特征的缺乏。睿智的少年鲍尔佐斯梅斯尔远离礼仪；"恶徒"德立库拉和阴险的野兽伊赫尼拉特也同样不讲礼仪，他们身上都结合着甚为矛盾的特征。

15世纪下半叶文学的一个新特征，是打破了中世纪道德的传统规范。按光明与黑暗、"敬神"与"渎神"的界限对世界的划分，由于这样一些角色的出现而遭到破坏，他们的（文艺复兴式的）机智和"优雅"不取决于他们的道德—宗教立场。翻译文献中的基托弗拉斯和伊赫尼拉特是这样，俄国故事中的德拉库拉也是这样。《往年纪事》的读者还是在古代罗斯的奥莉加身上所看重的使她的对谈者"转向"的本领，就是这类角色最重要的特征。

最后，15世纪下半叶文学所包含的一系列文献的题材，对于中世纪文学而言也是非同寻常的。这种文学转而采用与俄国中世纪书面文献完全格格不入的"有诱惑力的"题材：它从古希腊罗马历史和神话中借用题材，往往不带传统式的指责地讲述"女性之爱"（如特洛伊战争的故事、《亚历山大传》等）。

似乎很容易确信，呈现于我们面前的，只是使我们不去谈论"俄罗斯的文艺复兴"，而是谈论一般文艺复兴文化因素的某些特征。我们只凭 15 世纪的文献还不能知晓的文艺复兴的某些特征，可能将在下一个世纪，即 16 世纪的文献中显露出来。但是总体而言，正如我们将要看到的，16 世纪却是一个对文艺复兴文学的发展极少有利的时代。正是在这一时期，没有得到充分发展的俄国文艺复兴的幼芽，遭到了占统治地位的封建—宗教思想体系的坚决而严厉的碾压。

第二部分　16 世纪文学

1. 概述

16 世纪，俄国文学的命运开始出现深刻的转折。罗斯国家本身命运的变化是这一转折的基本前提。东北罗斯（大俄罗斯）的联合在 16 世纪初就已实现；在 16 世纪，这个国家的首脑的权力（1547 年俄国的国王，即年轻的伊凡四世，开始称为沙皇）具有毫无限制的专制独裁政权的性质。

罗斯国家的发展道路在许多方面不同于中欧和北欧国家——这些国家在 15 世纪即已出现了与罗斯相似的政治和文化进程。俄国文化和一系列欧洲国家（其中包括西斯拉夫国家）文化的命运之间的差异，首先可以用罗斯国土在中世纪发展的独特性来解释。依据恩格斯的著名论断，"从 15 世纪中叶起的整个文艺复兴时期，在本质上是城市的从而是市民阶级的产物"①。然而，在俄国，13 世纪蒙古人的侵占恰恰使各城市遭受了沉重的打击，在几个世纪中阻碍了城市的发展。在 15 世纪，正如我们所知，罗斯的城市和市场的关系有了很大的改善；在罗斯北方——诺夫哥罗德和普斯科夫，诺夫哥罗德地区的滨海地带（沿海地区、德维纳湾地区），前资本主义关系得到了特别密集的发展。在这些地方，"国有农"（自由农）的土地所有制得到了全面的推广，向新区域的移民也有所进展（一些新建的修道院也跟随农民参与移民，并与农民进行斗争）。诺夫哥罗德地区（然后是普斯科夫）的合并对罗斯北方的发展具有双重意义。一方面，这些自古以来就与海洋和海上贸易相联系的地区，取得了与罗斯"低洼地区"（弗拉基米尔—苏兹达尔、莫斯科地区）的联

---

① 《马克思恩格斯全集》第 28 卷，北京：人民出版社，2018 年，第 363 页。

系,并通过这些地区取得了与伏尔加河地区南方各市场的联系;除此之外,莫斯科的大公们没收了一大批贵族和修道院的领地,改善了"国有"农民和由这些农民成长起来的商人——企业主的处境。但是,另一方面,越往后,这些地区就越开始感受到来自莫斯科行政当局及其主要社会支柱——贵族地主的沉重压力。如果说,在16世纪上半叶,还可以看到与西欧各国相同机构类似的社会各阶层代表机构(它们在某种程度上反映了大贵族领主、非世袭贵族和新兴商人阶层彼此之间政治上的妥协)在罗斯的建立,那么,从16世纪下半叶起,特别是从实行沙皇特辖制时期起,这些代表机构便被中央集权官僚机构的活动家们所排挤,这些人独立于任何代表机构,完全听命于沙皇的旨意。① 这一进程与国内农奴制关系的普遍发展是平行发生的——统治者越来越限制农民的迁移,在16世纪末("禁年")则全面取消了迁移。对于俄国文化的发展而言,中央集权国家的加强也具有相互掣肘的意义。诺夫哥罗德地区和普斯科夫地区的合并,将俄罗斯各地的文化传统连成一体,促进了文化在整个俄罗斯疆域内更广泛的普及,但是这一事件未必提高了国家西北地区的教育水平。苏联考古学家的卓越发现——发掘出11—15世纪数以百计的桦皮文献,使得人们可以肯定,与老一辈研究者的意见相左,罗斯北方城市居民中能读会写的情况相当普遍:看来诺夫哥罗德大部分居民都是识字的。在16世纪,这方面的情况并未得到改善:出席1551年"百项决议"会议的教父们曾抱怨缺少识字的人,他们写道:"此前在俄罗斯王国,莫斯科和大诺夫哥罗德都有多所学校……所以那时识字者很多。"② 中央集权国家在吸收诺夫哥罗德和普斯科夫的许多文化成就(如它们的建筑技术、书面写作的技能和绘画的传统)时,坚决阻止在这些城市的思想意识和文学中显露出来的对它具有危险性的那些倾向。

　　这种情况也影响到俄国的宗教改革—人文主义运动。15世纪末—16世纪初的异端派并不是大公政权的敌人——相反,他们中许多人与伊凡三世十分接近,但整个说来,作为一场企图侵害宗教—封建制度根基的运动,异教思潮归根到底必然引起封建政权的反击。1504年粉碎了诺夫哥罗德—莫斯科的异端运动之后,大公政权开始严厉打压任何形式的自由思想。从15世纪末起,一些有斗争精神的教会人士(如沃洛科拉姆修道院的约瑟夫等)就已不止一次反对传播世俗文学——"无益的故事书"。从16世纪中期起,又一异端邪说被揭露后,对这类文学作品的打压开始变得特别严厉。

　　由于在西方除了"天主教"以外,又出现了从莫斯科政权的观点来看更危险的"路德派宗教",来自西方的任何文学都引起了严重的猜疑。那些缺乏"有益性"特

---

① 对照参阅尼·叶·诺素夫:《社会各阶层代表机构在俄罗斯的建立》(Становление сословно-представительных учреждений в России),列宁格勒,1969年,第3—4、240—244、365—366、384—385、528—537页。

② 《百项决议》(Стоглав),圣彼得堡,1863年,第91—92页。对照参阅阿·弗·阿尔齐霍夫斯基、维·伊·博尔科夫斯基:《诺夫哥罗德的桦皮文献》(根据1956—1957年的发掘),莫斯科,1963年,第10页。

征,却能证明它在罗斯出现无害的世俗文学,首先遭到禁止。"罗斯王国"已像库尔布斯基所说的那样,被禁锢在"令人窒息的地下室中"①。

这并不意味着文艺复兴的任何潮流都没有进入 16 世纪的俄国。16 世纪上半叶,一位深刻而切近地了解文艺复兴时代的意大利人米哈伊尔—马克西姆·特里沃利斯,曾在罗斯生活并积极开展文学活动,他在莫斯科被称为马克西姆·格列克。现在我们已充分了解这位有学问的修士的生平。和希腊人文主义者约翰·拉斯卡里斯有联系的米哈伊尔·特里沃利斯从 1492 年起就住在意大利,在那里生活了 13 年。他曾在阿利德·马利德的威尼斯印刷作坊工作,是著名的人文主义者乔万尼·皮科·德拉—米兰多拉的亲信和助手。但是不久,1500 年以后,特里沃利斯中断了自己对人文主义的迷恋,在吉罗拉莫·萨沃纳罗拉的直接影响下转而皈依天主教,在多米尼康修道院剃度为修士。又过了几年,特里沃利斯回归正教教会的家园,成为阿索斯山修道院名为马克西姆的修士,1516—1518 年应瓦西里三世的邀请来到莫斯科。②

马克西姆·格列克过去的人文主义思想,在某种程度上反映在他写于俄国的著作中。在这些著作中,马克西姆讲述了阿利德·马努齐和其他人文主义者,欧洲的书籍印刷和巴黎大学;他第一个在罗斯通报了 15 世纪末的地理大发现。③ 作为一名知识渊博、通晓多种语言的学者,马克西姆·格列克留下了多部语言学著作;这些著作对俄国语言学的发展产生了比异端派学者的同类著作(如《劳季基的来信》等)更大的影响。④ 但是马克西姆并未成为文艺复兴思想在俄国的体现者⑤,相反,他在俄国的著述的全部激情正好可以归结为对"在意大利和伦巴第"流行的"异教徒渎神言行"的口诛笔伐;如果上帝"本人的恩惠"没有及时"降临"于他,那么他马克西姆本人,也会因渎神而"同那里不幸的庇护者一起毁灭"。马克西姆回忆起文

---

① 《伊凡雷帝与安德烈·库尔布斯基通信集》(Переписка Ивана Грозного с Андреем Курбским),列宁格勒,1979 年(文学文献丛书),第 110 页。

② 马克西姆·格列克和米哈伊尔—马克西姆·特里沃利斯实为一人,这在 И. 杰尼索夫的著作中得到了令人信服的论证: Denisoff E.Maxime le Grecet L'Occident. Contribution à l'histoire: de la pensée religiese et philosophique de Michel Trivolis. Paris-Louvain, 1943. 马克西姆转信天主教的事实为 И. 杰尼索夫发现的藏于佛罗伦萨圣马克修道院中的笔记手稿所确证。参见 Denisoff E. L'influence de Savonarole sur l'église russe expliquée par un MS inconnu du couvent de S Mars à Florence. -- Scriptorium. Bruxelles, 1948, t. 11, f.2, p.252-256; 对照参阅 А. И. 伊凡诺夫:《马克西姆·格列克的文学遗产:描述、考证与目录学研究》(Литературное наследие Максима Грека. Характеристики, атрибуции, библиография),列宁格勒,1969 年,第 163 页。马克西姆·格列克研究的新资料,参见《马克西姆·格列克与伊萨克·索巴卡诉讼抄件》(Судные списки Максима Грека и Исака Собаки),尼·尼·波克罗夫斯基筹备出版,西·奥·施密特审订,莫斯科,1971 年;尼·瓦·西尼岑:《马克西姆·格列克的早期手抄本文集》,载《古文献研究 1971 年年鉴》(Археографический ежегодник за 1971 год),莫斯科,1972 年;Haney J.V. From Italy to Muscovy. The life and works of Maxim the Greek. München,1973;尼·瓦·西尼岑:《马克西姆·格列克在俄国》(Максим Грек в России),莫斯科,1977 年;德·米·布拉宁:《马克西姆·格列克与拜占庭文学传统》,副博士学位论文作者文摘,列宁格勒,1978 年。

③ 马克西姆·格列克:《马克西姆·格列克文集》第 3 卷,喀山,1862 年,第 44—45、179—180 页。

④ 柳·斯·科夫通:《16—18 世纪初莫斯科罗斯的词典学》(Лексикография Московской Руси XVI-нач. XVIII веков),列宁格勒,1974 年,第 8—205 页。

⑤ 对照参阅尼·卡·古德济:《马克西姆·格列克及其对意大利文艺复兴的态度》,载《大学通报》,基辅,1911 年第 7 期,第 11—18 页。И. 杰尼索夫提出的马克西姆·格列克是"基督教人文主义者"的评价,被亚·伊·克利巴诺夫坚决否定。参见亚·伊·克利巴诺夫:《关于马克西姆·格列克的生平与文学遗产的研究》,载《拜占庭学刊》(Византийский временник),第 14 卷,莫斯科,1958 年,第 148—174 页。

艺复兴时代的人们,首先是把他们作为损毁了自己灵魂的"异端邪说"的牺牲品。①

因此,马克西姆·格列克在俄国接受文艺复兴思想方面的作用,显然是消极的,但是他的记述对于解决罗斯文艺复兴因素的问题,却具有极为重要的意义。我们面对的是一位经过意大利文艺复兴的学习、处于古代罗斯智力生活中心的那个时代的人所提供的材料。如果这位同时代人在俄国感觉到了那些在意大利使他害怕的同样的"道德恶劣的疾病",那么就意味着,真的可以把他在莫斯科发现的对"外在哲学"和"外在写作"的有限兴趣,怀疑为他在"意大利和伦巴第地区"所熟知的"教义蜕化"的趋向。尼·萨·吉洪拉沃夫已公正地指出:马克西姆·格列克的警告记载了"沉重的过渡时代、社会分裂、新旧理念的斗争"②的征兆。

16世纪的人文主义运动和宗教改革运动,其规模与扩展程度小于15世纪末的运动,但是这样的运动还是发生过。在莫斯科不仅有类似于费奥多尔·卡尔波夫这样的引述奥维德、阅读荷马和亚里士多德(大概是些摘录)的"外在哲学"的爱好者③,还有更危险的思想家。16世纪中叶,在伊凡四世统治之初国家改革和社会生活活跃的时期,莫斯科又出现了异端运动。16世纪的异端派,也正如他们的15世纪前辈一样,从唯理论的立场出发批判教会的"老规矩"——三位一体的教义、圣像崇拜和教会制度。16世纪中期因异端思想而被判有罪的大贵族之子马特维·巴什金,根据福音书上关于"爱他人"的思想,得出了关于不允许占有"基督的奴仆"的大胆结论。异端分子农奴费奥多西·科索伊走得更远,他宣称人人平等,不论其民族和信仰:"……所有的人,不管是鞑靼人、德国人还是其他人,都是上帝的子民。"16世纪的异端分子在哲学体系上远远走在他们先辈的前面:看来,在他们那里甚至出现了世界"不可创造"、世界"自我存在"等和希波克拉底的"四大元素"理论相联系的理念。"异端思想的揭露者"济诺维·奥坚斯基把自己同费奥多西·科索伊的争论,首先理解为关于世界创造之始因的哲学争论。济诺维把希波克拉底的唯物主义观点和经院哲学家们的经典论据对立起来,这一论据就是:没有鸡就不会有蛋,而没有蛋就不会有鸡,两者都出自共同的始因——上帝。④这样一来,俄国的哲学思想就接近于提出了曾在中世纪经院哲学中起过重要作用的问题:"这个问题以尖锐的形式针对着教会提了出来:世界是神创造的呢,还是从来就有的?"⑤

---

① 马克西姆·格列克:《马克西姆·格列克文集》第1卷,喀山,1859—1860年,第462—464页。
② 尼·萨·吉洪拉沃夫:《吉洪拉沃夫文集》第1卷,莫斯科,1898年,第89—96页。
③ 尼·康·尼科利斯基《古代罗斯书面文化史资料》,载《基督教读本》(Христианское чтение),1909年第8—9期,第1123—1124页;瓦·格·德鲁宁:《16世纪文集中的若干不为人所知的文学文献》,载《古文献研究委员会学术年鉴》(ЛЗАК),第21辑,圣彼得堡,1909年,第106—113页。对照参阅亚·亚·济明:《费奥多尔·卡尔波夫的社会一政治观点》,载《古俄罗斯文学研究室著作集》(ТОДРЛ)第12辑,莫斯科—列宁格勒,1956年,第160—173页;尼·瓦·西尼岑:《费奥多尔·伊万诺维奇·卡尔波夫——16世纪的外交家和政论家》,副博士学位论文作者文摘,莫斯科,1966年。
④ 济诺维·奥坚斯基:《自问及新学说的人们展示的真理》(Истины показание к вопросившим о новом учении),喀山,1863年,第52—70页。对照参阅亚·伊·克利巴诺夫:《14世纪—16世纪上半叶俄国的宗教改革运动》,第352—374页。
⑤ 《马克思恩格斯全集》第28卷,北京:人民出版社,2018年,第332页。

16世纪中期的异端运动,很快就遭到了教会和国家的残酷镇压。这种情况不能不在俄国文化中显现出来。

尼·萨·吉洪拉沃夫在谈到马克西姆·格列克来到罗斯时"新旧理念的斗争"时,曾指出这场斗争和16世纪一系列思想意识方面的举措之间的联系。他写道:"百项决议、日读月书、16世纪俄国圣徒传的独特文学派别,《治家格言》、原创作品和词典词诠的出现,马克西姆·格列克的揭露性著作等,都告诉我们16世纪莫斯科罗斯思想文化运动中保守因素已被激起。"① 16世纪俄国文化政策中的这一"保守"的方面,在学术著作中没有得到充分的研究。研究者们在谈到百项决议大会的改革时,通常依据尼·萨·吉洪拉沃夫的敏锐见解予以检视,从纯粹"惩戒的"角度——把它看成对某些神职人士滥用职权的强制措施。然而,伊凡雷帝在写给百项决议大会"教父们"的开幕信函中,已号召他们保卫基督教信仰"免受凶残的豺狼和敌对者任何阴谋诡计的侵害"②。帝王提出的问题和百项决议大会的回答,在很大程度上都是针对阅读和散发"亵渎上帝的"、"离经叛道的异端邪说",甚至针对只是"未经修正的"经书,指向那些"江湖卖艺者和街头表演者、搞笑逗乐者和插科打诨者",还指向那些不"按古时的典范",而是"自行其是"③的圣像画绘制者。特别应当注意的,是百项决议中那些针对某些职业艺术家的言辞:他们总是用订货人的需求为自己的行为辩护,说什么"我们就是以此谋生的"。为绝对禁止任何非教会的艺术,百项决议大会的教父们教导道:"不是所有的人都能成为圣像画师,许多不同的手工制品都是上帝的恩赐,人们也能以它们谋生,生活下去,但不能靠画圣像画为生。"④

由教堂执事伊万·维斯科瓦特反对报喜节大教堂新制圣像画和金色皇宫壁画的言论而发生的争论,对于了解16世纪的文化政策十分重要。维斯科瓦特"激烈呼号",谴责俄国圣像画绘制中描绘"无形体的"、抽象—象征概念的新倾向:马卡里主持的大会曾维护这种新倾向。这场争论在某种程度上是和15世纪末异端派同他们的"揭露者"之间关于是否准许三位一体圣像绘画的论战相联系的。但是在维斯科瓦特挑起的事端中,一个明显的特征是双方的"保守"立场:维斯科瓦特谴责他的对手同异端分子巴什金有联系;马卡里都主教则一概否定世俗人士在教会问题上有权"故弄玄虚"⑤。

16世纪中叶在都主教马卡里主持下编撰的《日读月书》中,"保守"倾向表现得更加明显。马卡里直接宣称他意在将"所有诵读书籍"(即指定阅读的书籍)收

---

① 尼·萨·吉洪拉沃夫:《吉洪拉沃夫文集》第1卷,第92—93页。
② 《百项决议》(Стоглав),第27页。
③ 同上书,第96、135—137、139—140、311页。
④ 同上书,第152—153页。
⑤ 对照参阅《维斯科瓦特之子、伊万·米哈伊诺夫关于渎神词句和圣象崇拜怀疑论的考查》,奥·博江斯基作序,载《莫斯科大学俄罗斯历史与古籍协会学术报告会》(ЧОИДР),1858,第2册第3分册,第1—42页。

集在一部大型标准全书中,"对所有罗斯国土上拥有的典籍加以收集和陈列"①;正如尼·萨·吉洪拉沃夫所公正指出的,马卡里的意图限定了"罗斯人不应跨越的那些智力需求的视界"②。迄今尚未全部出版的《日读月书》③的文学意义,文艺学家们的研究还远远不够。

《日读月书》将俄国书面文献中所知的圣徒传记的基本部分,不论是翻译的还是原创的,统一收归为一体。但是它的组成部分不限于此。马卡里在为已完成的汇编所写的序言中说罗斯所有的"典籍"全都包括在这里时,他对这一术语的理解是相当宽泛的——所指的正是所有"诵读书籍",除了圣徒传记和圣经各卷外,还含有教父学著作、教会论战文献(包括沃洛科拉姆修道院约瑟夫的《启迪者》)和教会章程,甚至还有世俗(或半世俗)内容的"有益心灵"的书籍,如弗拉维王朝的约瑟夫写的《耶路撒冷陷落记》、航行到印度的商人科斯马斯的《基督教国家风土记》,以及《瓦尔拉姆和约瑟夫的故事》等等。《日读月书》中还收录了保存在修道院藏书室中的各类书籍:陈列在这里的文本既可以用来祈祷,也可以在教堂中朗诵,还可用于个人阅读。显然,马卡里及其助手们所开展的大量工作的意义,也正在于这样的通用性。在《日读月书》的内容构成中,当然未囊括罗斯国土上拥有的全部书籍,但是从编者的意见来看,却含有在罗斯应该拥有的全部书籍。

这一举措与15世纪末教会活动家针对"无益的故事"和"非宗教性著作"而发表的言论之间的联系,变得特别明显,如果把这种联系同16世纪的手抄本传统对比的话。在16世纪的手抄本中,不仅没有发现16世纪已广为人知的那一类世俗文学的新文献,也没有以往百年手抄本传统中流行的著作:《德拉库拉的故事》《关于印度王国的故事》《哲人亚基尔的故事》《斯杰凡尼特和伊赫尼拉特的故事》、塞尔维亚的《马其顿国王亚历山大传》和其他文献;从《帕里亚全书》16世纪一系列抄本中还删除了关于所罗门王和基托弗拉斯的故事文本;从插图本汇编的《特洛伊史》中删去了"有诱惑力的"爱情场景。指定诵读的文集的内容也有了实质性的变化:其中世俗性文章比15世纪已有的还少,文章本身从内容上看也变得不一样了。④如果我们还注意到,这些文献的大多数(也像某些未在更早的抄本中保存下来的那样,如《巴萨尔加的故事》)后来在17世纪的手抄本中得以广泛流传,而其

---

① 《日读月书:9月1—13日》,圣彼得堡,1868年,第1页。
② 尼·萨·吉洪拉沃夫:《吉洪拉沃夫文集》第1卷,第9页。
③ 已出版的《日读月书》有9月、10月、11月(1—25日)、12月(1—24日、30日)、1月(1—11日)和4月部分。
④ 对照参阅《俄国小说的起源》,第388—390页。年轻的研究者 Л.В. 亚罗申科揭示了从《帕里亚全书》抄本中删除关于所罗门王和基托弗拉斯的故事这一史实,参见 Л.В. 亚罗申科—季托娃:《17—18世纪俄国手抄本传统中的〈掳走所罗门王之妻的故事〉》,载《古俄罗斯文学研究室著作集》(ТОДРЛ)第29辑,列宁格勒,1974年,第260—261页;关于《特洛伊史》从插图本汇编中被删除,参见奥·维·特沃罗戈夫:《手抄本传统中的特洛伊史》,见《特洛伊的故事》,第168—169页。还有著作论证了16世纪塞尔维亚的《马其顿国王亚历山大传》的唯一抄本非起源于罗斯,而是起源于摩尔达维亚,如叶·伊·瓦涅耶娃:《关于塞尔维亚〈亚历山大传〉的基辅抄本》,载《古俄罗斯文学研究室著作集》(ТОДРЛ)第33辑,列宁格勒,1978年,第288—292页。

中的一些作品极受欢迎，那么我们便会明白，我们面对的并不是偶然的空白，而是这个时期压制那些处于严格规定的必读典籍之外的"亵渎神灵的"和"无益的"多种文献的结果。

16世纪俄国文化中发生的这些变化的后果，学术界还远远没有充分认清。我们可以列举15世纪广为人知、16世纪"消失了的"一系列文献，但是我们对15世纪手抄本传统的了解却完全不够；某些只保存在17世纪抄本中的文献，大概是17世纪之前不久创作出来的（如《杰夫根尼行传》《巴萨尔加的故事》），它们显然也在16世纪消失不见。我们已提到一些外国研究者的看法，他们得出结论：中世纪早期的叙事诗得以在西方保存下来，是由于中世纪末期和文艺复兴时代的书面记录。谴责"无益的故事"，停止像15世纪的叶夫罗辛这样的世俗文学爱好者的活动，看来阻碍了罗斯对古代叙事作品的类似记载。

16世纪的俄国和西欧国家之间在经济和政治发展道路上的分野，注定了罗斯与西方在文化发展上的实质性不同。只要把16世纪俄国文化与西斯拉夫文化进行对比，这种情况就一目了然。虽然捷克和波兰的人文主义运动没有达到像在意大利或法国那样的发展程度，16世纪仍然是西斯拉夫国家文化极大繁荣的时期，也是波兰文艺复兴的"黄金时代"（与波兰社会各阶层支持的君主制得到巩固——虽然为时不久且不稳固——的时间相吻合）。

但是16世纪俄国文化发展方向的改变，并不意味着这一发展停滞与中止。16世纪对于"无益的故事"，即现代意义上的艺术性文学来说，是一个不利的时代。但是其他类型的书面著述和文化在16世纪继续极为密集地发展。大量的圣徒传记文学仍在发展中，并形成了统一的体系；某些圣徒传具有传略故事的性质。编年史编纂从16世纪初期开始统一化，在这个世纪中虽未达到15世纪那样的繁荣，但还在继续发展，甚至有了新颖的形式（专为一个时代编纂的编年史，如《约瑟夫编年史》，《王国初年编年史》）；出现了历史叙事的新体裁——《俄国皇家谱系》。最后，俄国书面著述中完全崭新的现象——世俗政论获得了广泛的发展。

在谈到社会思想界的这一现象时，应当指出一种情况。16世纪的政论形态各异，而其显著特点则让人把它同在这个世纪初被粉碎、后又在世纪中期遭镇压的宗教改革—人文主义运动联系起来。"新的世俗世界观的形成"在罗斯采取了特殊的形式，即"与教会的神权专制的对立不是一般个人的对立，而是一个政治的人，即世俗主权国家的对立"的形式；这一现象到16世纪仍在延续。① 15世纪在罗斯出现的文艺复兴的理念中，无论如何都可能保留着一种理念——强有力的国君的理念，他会以任何手段，不排除最残酷的手段来统一国家和实行"公正"。16世纪中叶，《德拉库拉的故事》的题材，在伊万·佩列斯韦托夫这位从西方来到莫斯科

---

① 亚·亚·济明：《伊·谢·佩列斯韦托夫和他的同时代人》，第404页。

的"军人"作家的作品中获得了新发展。作为"雷帝"政权的拥护者,佩列斯韦托夫绝不是官方的思想家。这位把国家治理中的"公正"置于"信仰"之上的作家的著作,在伊凡雷帝时代并没有得到官方的赞同;这些著作的 16 世纪手抄本并未传留至今;在把佩列斯韦托夫的著作呈送给沙皇之后,作者的命运一直无人知晓。但是伊凡雷帝本人在国务活动中全然不是认同"教区主教"(神职人员)独立发挥影响的支持者。"约瑟夫派"阵营中的教会思想家们倾向于让沙皇们服从"神甫"的意向遭到他的断然抵制。伊凡雷帝确认,国家事务在原则上不同于"教会"事务,也不可能服从由基督教圣训定下的规矩。"如果沙皇有体面和尊严,那他是不是让打了他左脸的人再打他的右脸? 这是否就是最完美的圣训? 如果沙皇不再有尊严,那他怎样去治理国家? 高级神职人员也应当有体面和尊严。根据这一点,你们去理解神权与皇权的差异吧!"①

伊凡四世虽然把自己从过分严厉的"教会神权"的照管下解放出来,但他完全不倾向于把这类优惠提供给他的臣属。根据沙皇的旨意,马丁·别利斯基的具有人文主义著作的许多特征的《世界编年史》被翻译过来并保存在他的档案馆中,编纂了包括《特洛伊历史》(尽管有删节)在内的插图本汇编,但是伊凡雷帝坚决阻断这类著述对其臣民的影响。我们已经提到库尔布斯基公爵对沙皇的那一颇负盛名的指责,说他把自己的国家禁锢在"令人窒息的地下室中"。

16 世纪是俄国文化和文学史上最复杂、最充满矛盾的时期之一。这一复杂性注定了在关于这个时期的研究中出现的一系列疑难和空白点。例如,伊凡雷帝藏书室的命运,完全不明不白,而在国外关于它的传闻却传播开来。16 世纪初期立窝尼亚编年史中记述了立于克里姆林宫地下室内拥有许多珍稀书籍的藏书室,但它被封砌,100 多年来从未打开过;1570 年立窝尼亚战争期间,新教牧师维捷尔曼②可能见过这个藏书室(只是看见而已,并未读过藏书)。这个藏书室的来源与构成尚不为人所知③,但是,这一特别秘密收藏的事实本身,对于 16 世纪而言却是意味深长的。

以新的体裁(包括新型历史叙事、书信体裁等)得到发展的政论作品的繁荣,小说类故事的几乎完全消失,国家为避免 16 世纪西方文艺复兴的文化影响而实行的"闭关锁国",在许多方面断绝了中世纪传统的世俗社会思想的发展,最后,该世纪下半叶书籍印刷业的出现和印刷业创始人被迫向国外迁移——是 16 世纪俄国文学所特有的矛盾现象。

---

① 《伊凡雷帝与安德烈·库尔勃斯基通信集》,第 24 页。
② Monumenta Livoniae antiquae, Bd 2. Riga-Leipzig,1839, S. 67-68;《波罗的海文集:波罗的海沿岸地区历史资料与论文集》(Прибалтинский сборник. Сб. материалов и статей по истории Прибалтинского края),第 4 卷,里加,1888 年,第 36—38 页。
③ 对照参阅亚·亚·济明:《关于莫斯科君主藏书室的探寻》,载《俄罗斯文学》1963 年第 4 期,第 124—132 页。

2. 传记

16 世纪书面作品的基本样式之一仍然是使徒行传——圣徒传记文学。

15 世纪末—16 世纪上半叶是许多全俄圣徒和地方圣徒被列为圣徒的时期。这一做法联系着那个时期的诸多思想现象,如俄罗斯中央集权国家的形成,俄国教会同君士坦丁堡之间的决裂,以及 15 世纪末—16 世纪初俄国社会尖锐的思想斗争。新圣徒们(主要是不久前的教会活动家)的生活和宗教业绩都应当在传记中得到描述。

16 世纪的传记传留至今的既有单行本,也有结成文集的,还有为这一时期所特有的构成大型汇编的——修士列传和《日读月书》。这一时期的许多传记都是为圣徒——15 世纪末和 16 世纪修道院的奠基人而写的。16 世纪属于这类传记之列的,有格卢希茨人季奥尼西传、奥布诺尔教区帕维尔传、科梅利教区科尔尼利和斯特凡传、波舍霍尼耶主教阿德里安传等。

16 世纪一系列传记文学文献都与"有战斗精神的教会人士的"堡垒——约瑟夫—沃洛科拉姆修道院相联系。沃洛科拉姆修道院修士传被并入博罗夫修道院和沃洛科拉姆修道院的"先辈教父的故事"专门汇编——《沃洛科拉姆修士列传》。其编者是沃洛科拉姆修道院院长和奠基人约瑟夫①的侄子和助手、写作者和圣像画师多西费伊·托波尔科夫②。沃洛科拉姆修道院修士列传不仅包括修道院中受敬仰的圣徒(约瑟夫,他的导师博罗夫修道院院长帕弗努季)的传记,也含有带情节性的故事——如关于把自己的丈夫出卖给"野蛮人"——驮鞴人的"恶妻"的故事,关于人死后又返回人间生活的故事,一位假忏悔的异教徒把圣水倒入火中的故事,等等。

16 世纪约瑟夫派圣徒传中最重要的文献,是该派奠基人、沃洛科拉姆修道院院长约瑟夫的多篇传记(由萨瓦·切尔内和列夫—阿尼基塔·菲洛洛格撰写)。16 世纪编写的教会活动家的传记,在时间上接近传主的生平,并因此保存了许多生动的事实。但是从情节上看,这些传记又是相当传统的。在这方面唯一的例外便是传记性的《彼得和费夫罗尼娅的故事》(见本章第二部分第 4 节)。

马卡里都主教发展了约瑟夫派圣徒传记的传统,并为他所构思的大型传记汇编奠定了基础。收入《日读月书》中的传记,远不是 15—16 世纪俄国书面作品中所有的著名传记。《日读月书》是在筹备和实施把新的俄国圣者列为圣徒的时期编成的,它首先是罗斯中央集权国家官方的圣徒传记汇编。有些传记没有收进这

---

① 沃洛科拉姆修道院院长和奠基人约瑟夫:原著中的俄文表述为 Иосиф Волоцкий("沃洛茨基的约瑟夫")。在后面的译文中,译者统一译为"沃洛科拉姆修道院的约瑟夫"。——译者注
② 《沃洛科拉姆修士列传》,载《莫斯科女子高等学校古代罗斯文学讲习班学刊》,1915 年,第 5 期。对照参阅瓦·奥·克柳切夫斯基:《作为历史资料的古代罗斯圣徒传记》,第 294 页。

第五章　统一的俄罗斯国家形成时期的文学和俄国文学中文艺复兴的因素:15世纪中期—16世纪 | 199

一汇编是政治原因使然。罗马人安东尼或摩西本着亲诺夫哥罗德的精神写的传记（如在《摩西传》中侮辱了莫斯科神职人员谢尔吉）未被列入《日读月书》，显然也恰好能以此来解释。① 但是美学上的考虑也同样重要。马卡里圈内的编者们不可能完全去掉传记中的情节叙事——在某种程度上，它们是这种体裁所必不可少的；但是，正如前一个时期的许多圣徒传记作者那样，他们只是把传记看成传达文献训世意义的朴素方式。他们不赞成情节上出其不意地一波三折和对角色的复杂描写。例如，《切尔尼戈夫公米哈伊尔传》也被列入《日读月书》的非最初版本中，它讲述了磨难王公的动摇、对妻子儿女的思虑，而在更晚些时候经过帕霍米·洛戈费特的文字考据的加工，其中所有这类破坏圣人传统形象的细节都被删除了。② 帕霍米对传记的加工，总体而言是乐于被纳入《日读月书》中的：这位塞尔维亚圣徒传记作者的美学原则如此接近《日读月书》的编者，以致他们宁愿对其不完全的莫斯科政治倾向不闻不问。

《日读月书》编者的美学原则也体现在对博罗夫修道院院长帕夫努季的永远纪念中；他是他的修道院中的剃度修士马卡里想必特别崇敬的圣徒。《日读月书》可能利用了由直接见证人因诺肯季修士记述的关于帕夫努季生活最后日子的笔记（见本章第一部分第3节）。但是《日读月书》的编者并没有利用这些笔记。他们也没有利用性质完全不同且极为卓越（富含奇迹）、出自沃洛科拉姆修道院修士列传的《帕夫努季教父的故事》。在马卡里的汇编中，代替这些的是最无色彩、缺乏个性特征的帕夫努季的故事——他的传记是由沃洛科拉姆修道院约瑟夫的师弟瓦西安·萨宁所写。瓦西安的风格不像帕霍米的风格那样文雅考究，但是他竭力在关于帕夫努季的故事中抹去那些过分个人化的特征，这些特征是因诺肯季作为见证人在描述"老者"去世时留存的。③

在编辑《日读月书》的过程中，许多传记都被加工改编。例如，《克洛普修道院院长米哈伊尔传》的命运就是这样。一则关于诺夫哥罗德疯癫人在克洛普修道院神秘出现，关于他与修道院住持之间的奇异且近乎玩笑的交谈的故事，在情节结构上是完全不寻常的，明显地使汇编的编辑们感到棘手。在《日读月书》中收有《克洛普修道院院长米哈伊尔传》的两种异文——其一是马卡里的文学助手之一瓦西里·米哈伊洛维奇·图奇科夫遵循他的"祝福和命令"编写的稿本，其二是匿名的，但与初始文本大不相同的稿本④。这两种加工本的美学原则是相似的。两位编者首

---

① 瓦·奥·克柳切夫斯基：《作为历史资料的古代罗斯圣徒传记》，第147—152页。
② 《日读月书：9月14—24日》，圣彼得堡，1869年，第1298—1365卷。参见本书第三章第5节。
③ 《日读月书：5月》（索菲亚大教堂抄本），藏于国立公共图书馆，索菲亚大教堂藏书部，第1321号目录，第64a—80页。传记文本的出版，据16世纪末—17世纪初的单篇抄本。参见阿·彼·卡德卢博夫斯基：《瓦西安·萨宁编写的博罗夫修道院院长圣帕夫努季传》，载《涅仁别兹博罗德科学院历史—语文学会文集》第2卷，涅仁，1899年，第98—149页。
④ 《克洛普修道院院长米哈伊尔生平纪事》，第6—7、10—11、111—140、141—167页。（以下凡引用本书，仅在引文后注明页码）

先都竭力消除传记中不平常的、"机密的"情节,在这种情况下叙事似乎从中间开始(从一位不知名的老者来到修道院起)(见本章第一部分第 5 节)。

在《日读月书》的两种文本中,情节按传统的前后相继线索、没有任何秘密地得到陈述:编者们早就承诺讲述"我们最爱戴的教父和奇迹创造者米哈伊尔"的故事,说到这位圣徒"打算离群索居,选择一个处所",果然"在诺夫哥罗德地界内找到了一处:三圣修道院,也叫克洛普修道院"。的确,图奇科夫曾感叹,由于他没有弄清楚"这位奇怪的大师来自何处,其父母是何人",因此不能从圣徒传作者惯用的描写圣徒虔诚的童年起笔,但是他填补了这一空白,从亚当和亚当犯罪开始,然后转到使徒安德烈在罗斯的出现,弗拉基米尔一世时期在罗斯受洗,只是在此之后才转而注意到克洛普修道院院长米哈伊尔,"看在耶稣基督的情面上,他把自己弄得蛮不讲理、丑陋不堪"(第 111—112、141—144 页)。在直接而坦率地写到出现在克洛普修道院的不是什么陌生人,正是"怪人米哈伊尔"以后,两位编者就删除了那些"怪异的"对话,米哈伊尔在对话中一五一十地重复了住持向他提出的问题。取而代之的是,图奇科夫用自己的话简单地说,传主"所知道的就是听修道院院长所说的",而匿名稿本的编者则解释说:"有圣者称号的老者说自己的一套,而答话看似也和疯癫者的话相同。"(第 113、145 页)。对整个文本进行加工的原则就是这样:初始稿本中事件的"展现"和对事件的戏剧性陈述,为普通的叙事所代替,但在这里却没有给读者的个人猜测留下任何东西。同时瓦西里·图奇科夫也没有放过机会,以自己的著作直接对抗小说类作品——那些翻译文献,其中有为了其"豪放勇气"而"借助于奥米尔和奥维德来编写的对古希腊人的许多颂辞"。这里所指的是关于"特洛伊之困"的书——《特洛伊史》和《特洛伊寓言》,也许是指塞尔维亚的《亚历山大传》,其中也歌颂了特洛伊战争中的英雄。如果所有这些英雄"是由古希腊人所歌颂的古希腊人,那么几句溢美之词就让他们感到无比荣耀,难道我们对圣人先贤和创造奇迹的伟大人物不应该颂扬和崇敬吗?"(第 164—165 页)——图奇科夫问道。

类似的文本加工方式,我们在《日读月书》稿本的传记性的《金帐汗国彼得王子的故事》中也会发现。彼得的庇护者罗斯托夫公在这里失去了他独特而矛盾的特征。如果说在单篇稿本中他一语双关地说出了自己想从虔诚信教的鞑靼王子那里"弄到"更多金钱的愿望,那么在《日读月书》中他则"由于恐惧"而叹息道:"主啊,圣徒们啊,怎样才是看在上帝的份上?"(虽然后来他还是向鞑靼王子索取了过多的土地购置费。)在单篇稿本中,王公阻止彼得返回金帐汗国,只是考虑本城的利益;在《日读月书》稿本中,最使他担心的则是受过洗礼的鞑靼人回到他的家乡后,"会抛弃我们的宗教信仰——神座上的王冠"①。在《日读月书》中完全删

---

① 国立公共图书馆,索菲亚大教堂藏书部,第 1322 号,第 230c—233c 页。《日读月书》索菲亚大教堂抄本的文本,其全部引证均吻合于圣母安息节大教堂抄本和皇室抄本的文本。参见本章第 1 部分第 3 节。

除了一篇关于彼得之孙的故事,此人曾利用在金帐汗国所受的优待而举办丰盛的"臣属和神职人员的酒宴";故事还涉及修道院捕鱼人和城区渔民之间的一场特别较量。所有这些打破了圣徒传记叙事单调性的色彩鲜艳的细节,显然都使马卡里圈子的编者感到窘迫。甚至是在《日读月书》之外产生的 16 世纪的传记,也不完全符合马卡里一派的美学原则:其中含有许多《日读月书》的编者竭力去除的生动而具体的细节(比如说,在将奥布诺尔修道院院长帕维尔传和佩利舍姆教区主教格里高里传列入《日读月书》时,他们就是这样做的)①。

是否可以认为,《日读月书》的美学原则完全决定了 16 世纪传记文学的性质?我们已经指出,《日读月书》的编者不可能(而且大概也未打算)从圣徒传记中完全清除情节叙事的特征——一定的情节模式是传记所特有的。在删除或仔细改编 15 世纪的一些就其结构而言好像是世俗故事的罗斯传记时,《日读月书》的编者们在自己的汇编中还是保留了这样一些文献,如《瓦尔拉姆和约瑟夫的故事》(确实补充了不少富有教益的插叙),附在圣经中的三少年阿纳尼、阿扎里和米沙伊尔传记中的《巴比伦的故事》,以及一系列翻译过来的以引人入胜的情节为特点的古代传记(如《费奥多尔家族传》《佩剑少年传略》等)②。

在《日读月书》之外,16 世纪的手抄本中还有人继续转抄与马卡里的传统相距甚远的罗斯传记故事。我们所知的最古老的《金帐汗国彼得王子的故事》抄本是 16 世纪的③;《穆罗姆城王公彼得和王公夫人费夫罗尼娅传》也属于那一时期,与著名政论作家叶尔莫莱—叶拉兹姆的创作相联系的传统(见本章第一部分第 3 节,第 2 部分第 4 节)。

正如我们所见到的,16 世纪文学所特有的矛盾性也显露于这一时期的圣徒传记中。

3. 历史叙事

在 16 世纪,全俄编年史编纂开始走向集中化:编年史编纂是在莫斯科进行的(很有可能是以大公和都主教公署的协同力量);其他城市和修道院的编年史在记述接近他们那个时代的事件时,不得不逐字逐句地转述大公的(从 16 世纪中期起则是沙皇的)官方编年史。16 世纪统一的全俄编年史呈现为一系列编年史汇编的彼此交叉。这些汇编是:1508 年的汇编(其结尾部分反映在依据皇家抄本的索菲亚大教堂第一编年史中),1518 年的汇编(15 世纪末—16 世纪初的文本,见于索菲亚大教堂第二编年史、利沃夫编年史和乌瓦尔编年史中),1534 年的汇编(索菲亚

---

① 《俄国小说的起源》,第 422—423 页。
② 同上书,第 76—78、80—83、423 页。
③ 国立公共图书馆,索菲亚大教堂藏书部,第 1364、1389 号;索洛维茨基修道院藏书部,第 834/944 号。

大教堂第二编年史复活节教堂抄本的结尾)①。16世纪20年代编纂的一部编年史，与大多数汇编不同，不包括从远古时期起的全部俄罗斯历史，而只包括莫斯科三位大公(瓦西里二世、伊凡三世和瓦西里三世)时代的历史——这就是《约瑟夫编年史》②。在20年代，还开始编纂一部规模宏伟的俄国编年史，历史学家称其为尼康编年史；这部编年史的最初稿本(奥博连斯基抄本)看来是在著名教会活动家(从1526年起为全俄都主教)丹尼尔的府邸内编纂的，但后来成为官方大公编年史编纂的基础③。1542年，在伊凡四世年少和"大贵族领主理政"时期，编纂了一部新的编年史汇编——复活节大教堂编年史④。编年史编纂的历史接下来的几个阶段属于伊凡四世政治上强盛的时代。1555年左右编成的《王国初年编年史》，包括从瓦西里三世去世到1552年征讨喀山汗国胜利的时期，这部文献的编写，看来可能与伊凡雷帝的挚友阿列克谢·阿达舍夫的活动相联系⑤。16世纪中期，《王国初年编年史》经过改写，后被纳入延伸至1558年的尼康编年史第二版(牧首抄本和其他抄本)。60年代还编纂了一部最具官方色彩的多卷本带有大量插图的尼康编年史——插图本编年史汇编；这部大型编年史汇编(不仅包括编年史叙事，而且在其开始部分还包括圣经和年代记文本)的记述在1567年出乎意料地中断。这部汇编中特殊的、未能完成的(其文本在1553年中断)最后一卷稿本作为《皇室族谱》的组成部分传留至今，它是对插图本编年史汇编进行某种紧迫而负责的加工之后的遗存。插图本编年史汇编以及整个皇家编年史编纂的这种停顿的原因，显然是在沙皇特辖制时期发生了某些急剧的政治变动，它使人们不可能对这一近期的政治历史做出某种合乎逻辑的、稳妥的解释。⑥

---

① 《俄国编年史全集》(ПСРЛ)，第6卷；对照参阅《俄国编年史全集》(ПСРЛ)，第28卷，莫斯科—列宁格勒，1963年，第165—357页。

② 《约瑟夫编年史》(Иоасафовская летопись)，亚·亚·济明校勘，莫斯科，1957年。对照参阅阿·尼·纳索诺夫：《11—18世纪初俄国编年史编纂史》，莫斯科，1969年，第397—402页。

③ 《俄国编年史全集》(ПСРЛ)，第9—14卷，圣彼得堡，1862—1910年(影印复制本，莫斯科，1965年)。对照参阅尼·弗·拉夫罗夫：《关于尼康编年史的短评》，载《古文献研究委员会学术年鉴》，第1(34)辑，列宁格勒，1927年，第55—90页；鲍·米·克洛斯：《16世纪20—30年代都主教书写工作坊的活动与尼康编年史的产生》，见《古代罗斯艺术：手抄本书籍》(Древнерусское искусство. Рукописная книга)，莫斯科，1972年，第318—337页。

④ 《俄国编年史全集》(ПСРЛ)，第7—8卷，圣彼得堡，1856—1859年。对照参阅 С.А. 列文娜：《16世纪的复活节大教堂编年史(它的稿本、起源与意义)》，载《国立莫斯科历史档案研究所著作集》(Труды МГИАИ)第10卷，1957年，第402—403页。

⑤ 《俄国编年史全集》(ПСРЛ)，第29卷，莫斯科，1965年，第9—116页。对照参阅《俄国编年史全集》(ПСРЛ)，第13卷，第75—267页；亚·亚·济明：《〈王国初年编年史〉——16世纪中期官方政治理念的纪念碑》，见《苏联科学院历史研究所学术报告集》(Доклады Института истории АН СССР)，第10辑，莫斯科，1957年，第78—88页。

⑥ 《俄国编年史全集》(ПСРЛ)，第13卷，第303—352页。对照参阅亚·叶·普列斯尼亚科夫：《16世纪莫斯科的历史百科全书》，载《科学院俄罗斯语言文学学部通报》(ИОРЯС)第V卷，第3册，圣彼得堡，1900年，第824—876页；达·纳·阿利希茨：《伊凡雷帝和他那个时代的插图本编年史汇编的收录》，载《历史学刊》(ИЗ)，1947年第23期，第251—289页；尼·叶·安德列耶夫：《关于伊凡雷帝插图本编年史汇编收录的作者》，载《古俄罗斯文学研究室著作集》(ТОДРЛ)第18辑，莫斯科—列宁格勒，1962年，第117—148页；亚·亚·济明：(1)《伊凡雷帝特辖制时期》，莫斯科，1964年，第67—72页；(2)《论16世纪叙述体史料研究的方法》，见《本国历史的史学理论研究》(Источниковедение отечественной истории)第1辑，莫斯科，1973年，第187—186页；鲁·格·斯克伦尼科夫：《关于伊凡雷帝用于插图本编年史汇编工程的时间》，见《古代罗斯的文化遗产》(Культурное наследие древней Руси)，莫斯科，1976年，第154—161页；西·奥·施密特：《关于插图本编年史汇编收录的时间》，见《封建制俄国的社会与国家》(Общество и государство феодальной России)，莫斯科，1975年，第305—310页。

除了从 16 世纪初期起得以统一、在 60 年代中断的全俄编年史编纂之外,在罗斯还继续进行地方编年史的编纂——如在诺夫哥罗德①,特别是在普斯科夫(普斯科夫第一编年史——1547 年汇编和普斯科夫第三编年史——1567 年汇编)。②

16 世纪普斯科夫编年史编纂之所以值得注意,不仅因为它是史料来源,而且因为它是文学现象。正如在 15 世纪的编年史一样,在这里的传统叙事中,也掺入了生动的细节和政论式的抨击之词。例如,在普斯科夫第一编年史(1547 年汇编)中,关于 1510 年普斯科夫合并的讲述是从哭诉普斯科夫开始的:"啊,众城中最光荣伟大的普斯科夫城!你为何而悲伤?你为何而哭泣?普斯科夫城回答说:我怎能不悲伤,我怎能不哭泣?一只多翼的山鹰朝我飞来……我们的土地被弄得空空如也。"但是接下来,这一抒情性哭诉便转化成讽刺性描写莫斯科军队的活动及其后果:"大公派来行政长官、低级法官和书吏,让他们主持公道,他们宣誓要公正办事,但他们的公正公道飞到九霄云外,以至办事不公,歪风盛行……那些行政长官、他们的管事和仆役都残酷压榨普斯科夫人的血汗;而一些住在普斯科夫的外国人,则纷纷离开这里返回自己的国家……只有一些普斯科夫人留下;但是天气干旱,田地颗粒无收,生活无法改善。"③普斯科夫第三编年史(1567 年汇编)中关于 1510 年事件的讲述,其政论性质还要更加直露。编年史家的同乡菲洛费是莫斯科地位的维护者,认为莫斯科是"第三罗马",它将"不断发展、更新和扩展,直至本世纪结束";编年史家对此进行讽刺性模拟,就新的莫斯科国家写道:"这个王国的疆域将会扩张,罪恶残暴行径也会增多。"④

在 16 世纪莫斯科官方的编年史编纂中,我们找不到前一时期编年史中显露出来的讽刺性因素;叙事的基调是年代记——务实性的或庄重的颂扬式的。但是 16 世纪的官方编年史编纂者也可能是艺术家——特别是在他们必须描述生动而真正具有戏剧性事件的场合。关于 1533 年瓦西里三世去世、1553 年伊凡四世染病的故事,可以视为属于 16 世纪编年史中最生动的片断之列。

瓦西里三世去世的记述 关于瓦西里三世去世的记述,在这一事件之后几乎立即就出现于编年史中——1534 年汇编(据复活节教堂抄本的索菲亚大教堂第二编年史)和 1539 年汇编(据杜布罗夫修道院抄本的诺夫哥罗德编年史)。关于大公在世最后几天的记述,无疑是由同时代人和目击者完成的。这里详细描述了瓦西里的病情("……左大腿有一小伤口……像一个针头大小",这一小伤口导致血液

---

① 诺夫哥罗德第二编年史属于 16 世纪 70 年代(《诺夫哥罗德编年史》,圣彼得堡,1879 年,第 1—122 页)。

② 《普斯科夫编年史》第 1 册,莫斯科—列宁格勒,1941 年;第 2 册,阿·尼·纳索诺夫校勘,莫斯科,1955 年。对照参阅阿·尼·纳索诺夫:《普斯科夫编年史编撰史略》,载《历史学刊》(И3),1946 年,第 18 期,第 255—294 页。

③ 《普斯科夫编年史》第 1 册,第 95—97 页。

④ 《普斯科夫编年史》第 2 册,第 226 页。对照参阅阿·亚·沙赫玛托夫:《关于编年史的起源问题》(К вопросу о происхождении Хронографа),圣彼得堡,1899 年,第 112 页。

感染中毒)。大公问他的宫内医师、德国人尼古拉·布列夫:"尼古拉兄弟!你知道我对自己历来是极为慷慨的。你能不能做点什么,涂点油或别的什么,以缓解我的病痛?"医师回答说:"陛下,我知道你的国家对自己人历来是慷慨的;如果可以的话,我愿为了陛下你而粉身碎骨,但是除了上天的帮助以外,我实在没有别的主意了!"瓦西里明白了。他对身边的亲信说:"弟兄们!高明的尼古拉已诊断出我身患绝症——无法医治了。"①

关于瓦西里三世临终的记述是在他的遗孀叶莲娜·格林斯卡娅当政(为年幼的儿子伊凡四世代理朝政)期间编写的,她自然在其中发挥了特别重要的作用。瓦西里正是将"财产管理权"托付给她,"就像以往托付给大公夫人那样"。按照惯例,必须派人接儿子来,但是瓦西里非常关心年仅三岁的伊凡的健康,时而请人将儿子带来,时而又取消旨令:"我不愿意派人去接我的儿子伊凡大公来,因为我的儿子还小,而我躺在病榻上,浑身无力,我不想让他为我产生某种惊恐不安。"②讲述结束时提到瓦西里三世之弟安德烈阻挠大公临终前剃度的卑鄙行径(都主教为此严厉谴责了他),描写了抬走大公遗体、大公夫人失去知觉的情景。③

在1542年汇编复活节教堂编年史中,关于瓦西里三世之死的记述已有根本的改变。瓦西里临终前的言论中,不再提到夫人的重要作用;取而代之的是,大公在把帝王权杖传给儿子时,赞扬了他的大贵族领主们,说到他们对历代国王的一贯忠心:"你们,各位大贵族领主,我同你们一起守护罗斯国土,让你们获得荣华富贵,封妻荫子,让你们在各国声名远扬……现在我把亲属后代托付给你们。"故事完全没有任何心理描写的细节,随即转到以完全传统的形式展开的瓦西里三世临终前各种安排的描写。在讲述"关于瓦西里·伊凡诺维奇大公的印象"之后,紧接着就讲述"关于抓捕尤里·伊凡诺维奇王公",其中描述了大公的弟弟尤里在瓦西里死后马上就开始唆使大贵族安德烈·舒伊斯基背叛年幼的国王;舒伊斯基提醒尤里别忘了他在兄长病榻前曾信誓旦旦,并愤怒地拒绝了他的建议;背信弃义的尤里受到了应得的惩罚。④

在1555年的《王国初年编年史》中,关于瓦西里去世的记述成了整个编年史叙事的开端。以复活节教堂编年史为基础的新稿本又显著地区别于以往的文本。在瓦西里将帝王权杖传到儿子手上时的一番言论中,删除了对大贵族领主的赞扬,但是提到父王把十字架和权杖交付给年幼的伊凡时,还一并授予他"莫诺马赫国王举行加冕典礼时戴的皇冠和头饰"。《王国初年编年史》和紧接着的复活节教堂编年史对瓦西里死后夺权斗争的描写,也有了实质性的变化。内斗的罪魁祸首这时不是尤里·伊凡诺维奇,而是先前以瓦西里的忠诚藩臣和亲戚角色出现的安德

---

① 《俄国编年史全集》(ПСРЛ),第6卷,第271页;第4册第1分册第3分册,列宁格勒,1929年,第552—564页。

② 同上书,第272页。

③ 同上书,第276页。

④ 《俄国编年史全集》(ПСРЛ),第8卷,第285—286页。

烈·舒伊斯基。①这一说法完全符合《王国初年编年史》在伊凡四世年幼时期与大贵族领主的叛乱尖锐对立的倾向。

但是若干年过去了，阿达舍夫失宠了。在《王国初年编年史》中可以读到的关于瓦西里三世去世的这种讲述似乎已经不合适了。《王国初年编年史》经加工改编后被纳入尼康编年史。在尼康编年史汇编的大部分抄本中，《王国初年编年史》的文本在1533—1542年间为在它之前的1542年汇编（复活节教堂编年史）的文本所取代；同这部汇编中的其他篇章一起归入官方编年史的，还有关于瓦西里三世去世的故事，其中有对大贵族领主的夸奖，以及"正面的"舒伊斯基和"反面的"尤里·伊凡诺维奇的形象。②

但是，在官方编年史中，关于瓦西里三世去世的记述，其演变并没有就此结束。16世纪60年代编纂插图本编年史汇编末卷的未完成的最后稿本《皇室族谱》的编纂者，既不满意于《王国初年编年史》的叙述，也不满意于复活节教堂编年史的说法。形成历史编撰学的自圆其说后，《皇室族谱》又回到被载入1534年汇编中的详细叙述上③。正如在最初期的叙述中那样，这里也详细讲到了瓦西里三世同妻子叶莲娜的诀别——和这一场景结合在一起的，是《王国初年编年史》中的说明：大公将"治国权柄"托付于夫人，是由于她对上帝的爱和其他高尚品质。不过，以1434年编年史汇编的文本为基础的瓦西里临终前的言论，却补充了关于必须"支持"信奉正教的基督徒的话语，说他们不仅"高"于"伊斯兰教徒"，而且"高"于"天主教徒"（曾发生过立窝尼亚战争，"拉丁天主教徒"是比其他人更傲慢的敌人）；更多的补充涉及莫诺马赫王公临终时托付给他儿子的王权标志。④这里仍然提到了安德烈·伊凡诺维奇在其兄长弥留之际剃度时的卑鄙行为，同时又加上了复活节教堂编年史中关于尤里·伊凡诺维奇玩弄阴谋诡计的记述。在伊凡四世镇压他的堂兄弟弗拉基米尔·安德烈耶维奇（安德烈·伊凡诺维奇之子）期间，针对这两位分封王公的抨击显得相当具有现实意义。

《皇室族谱》中关于伊凡雷帝生病的记述 《皇室族谱》（Царственная книга）的编纂者特别关注瓦西里三世去世的记述，还与一种情况相联系。我们所知的《皇室族谱》的文本只编到1553年：它最后记载的内容之一，是叙述"沙皇之病"——讲到伊凡四世在1553年患病的事情，生病期间，沙皇也像他父亲当年那样，想把王

---

① 《俄国编年史全集》（ПСРЛ），第29卷，第9—10页；对照参阅第13卷，第75—79页（左栏）。
② 《俄国编年史全集》（ПСРЛ），第13卷，第75—78页（右栏）。这一文本在奥博连斯基抄本和陪宗主教抄本之外的其他所有抄本中都可读到。在插图本编年史汇编的主教公会抄本中没有1533—1534年的文本（它的文本从描述1535年的事件开始。参见《俄国编年史全集》（ПСРЛ），第13卷，第87页，注释4），但是它和奥博连斯基抄本、随后三代中类似抄本（也和主教公会抄本不一致）的吻合，却为这里关于瓦西里三世去世的讲述所依据的是复活节教堂编年史的资料这一见解提供了根据。
③ 《俄国编年史全集》（ПСРЛ），第13卷，第409—420页；对照参阅第29卷，第117—118页（与《皇室族谱》文本重复的亚历山大—涅夫斯基修道院编年史的文本）。
④ 《俄国编年史全集》（ПСРЛ），第13卷，第413、415页；对照参阅第6卷，第271—272页。

位传给自己年幼的儿子,并要求大贵族领主宣誓效忠小王子和他的母亲。

虽然这一记述几乎是草率的(由编年史的编者写在页边),记述的内容却非常清楚。研究者们已注意到在《皇室族谱》中瓦西里三世之死的叙述和伊凡四世生病的记述有着惊人的相似(在两个不同场合,都有由年轻母亲抱着的"褪褓"小儿宣誓效忠,两处都有沙皇的近亲——分封王公以反面角色出现)。"如果你们不吻十字架宣誓效忠皇子德米特里,莫非你们心中还有另一位君主!"——生病的沙皇大声叫道。"我不能对你们多说什么了,你们抛弃了自己的天良,不愿意为寡人和寡人的子辈效忠尽力了。"伊凡四世又问皇后娘家的亲人:"你们,扎哈里因家族的人,怕什么呢?难道你们以为大贵族领主会放过你们?你们会因为这些大贵族而首先丧命!你们最好为皇子和他的母亲而死,不要让我的夫人遭受大贵族们的凌辱!"① 更值得注意的,是遵循伊凡四世的嘱托带领大贵族们宣誓效忠的弗拉基米尔·沃罗滕斯基公爵和图鲁塔伊—普龙斯基公爵之间的来往对白。图鲁塔伊挖苦地说:"你的父亲,还有你,在瓦西里大公去世后第一个背叛了他,而你还在领着宣誓。"沃罗滕斯基庄重地回答:"我就算是叛变者,还带领你吻十字架宣誓……而你算是正直的人,却不吻十字架向我主和皇子德米特里公宣誓,也不愿意为他们效力。"②

为了评价《皇室族谱》中的这些富有表现力的细节的文学意义,必须指出,关于1553年事件的记述,大概不是"原原本本"、实实在在的记录。相反,它是时隔多年之后编写的,并渗透着复杂而经过深思熟虑的意向。③ 由此可以看出,其作者有意识地把艺术细节作为有助于使整个记述逼近真实、对读者具有说服力的手段。

以上所列举的编年史记述的产生和加工,首先决定于关涉当时政治问题的目的——16世纪的政治斗争。但是它们的命运,从俄国文学史的角度看也是有意思的。16世纪的编年史家,正如他们在15世纪的前辈一样,不仅阐明自己的见解,而且力求把这些观点"暗示"给编年史的读者。编年史编纂者面临的政治任务,导致16世纪编年史叙事中出现了不仅有政论意义,而且有艺术意义的有意识的虚构。

《俄国皇家谱系》 有意识的虚构在历史叙事中的这种广泛渗透,特别鲜明地显示于16世纪中期的半官方文献——《俄国皇家谱系》(Степенная книга царского родословия)。《俄国皇家谱系》于1560—1563年间仍由曾编出《日读月书》的马卡里那一批人编制,乃是圣徒传记汇编与历史叙事的一种独特的结合。④ 在这里,俄国的全部历史都以王公传记的形式得到陈述,每篇传记都按登天

---

① 《俄国编年史全集》(ПСРЛ),第13卷,第2册,第524—525页。
② 同上书,第525页。
③ 对照参阅达·纳·阿利希茨:《关于1553年大贵族叛乱记述文献的起源与史料特点》,载《历史学刊》(ИЗ)1948年第25期,第266—292页。
④ 《俄国编年史全集》(ПСРЛ),第21卷第1—2册,圣彼得堡,1913年。对照参阅普·格·瓦先科:《〈俄国皇家谱系〉及其在古代罗斯历史书写中的意义》(《Книга степенная царского родословия》и её значение в древнерусской исторической письменности),第1册,圣彼得堡,1904年,第218—240页。

"阶梯"的"等级"排列，类似于在圣经中犹太人祖先雅各或铺天梯者圣徒约翰的梦幻中出现的那样："……关于他们的纪事十分神奇，我们将尽可能把这些事发掘出来，在这本书中，他们是按等级划分排列的，彼此之间界限分明，每章都用封号予以标明。"① 所有的罗斯王公（至伊凡四世本人止）都出自一棵"天堂之树"，在《皇家谱系》中都是作为"因虔诚而容光焕发"、充满"慈善的高尚美德"的圣人出现的。因此就必须在编年史编纂所不了解的规模上"修改"和重编俄国史。当然，编年史编纂者在政治动机的影响下，往往也改变其前辈的陈述，但是这样的改动通常只涉及最近期间"众所关注的事件"；对于没有尖锐性和迫切性的记述，编纂者是宽容而相当谨慎地对待的。对于《俄国皇家谱系》的编者来说，则是另一回事。在致力于颂扬基辅—弗拉基米尔—莫斯科整个王朝时，他们大胆地涉及遥远的往昔，改变对当事人的原有评价，或以完全更新的评述取而代之。

上文分析的 15 世纪编年史的记述在《俄国皇家谱系》中受到的改动，在这一方面是很有代表性的。关于失明大公瓦西里在莫斯科主政期间的斗争所做的描写，在《俄国皇家谱系》中已有明显的改变。16 世纪的编纂者把伊凡四世的祖父说成是"信仰虔诚和上帝保佑的"王公，他"奇异的诞生"曾由"某位隐修圣徒"预告。他们彻底删除了 15 世纪莫斯科动乱的所有不合礼仪的细节。他们从记述中完全去掉了对因金腰带而发生争吵的描写，把瓦西里二世在 1445 年受到攻击期间的惊慌失措，变成对正义坚定不移的信念："我的弟兄们怎么能干出这样的事？他们曾吻十字架宣誓要彼此和平友爱相处。"② 但是 16 世纪的政论家们在描述动乱期的最后片段——舍米亚卡在诺夫哥罗德丧命时，表现出极大的勇气。15 世纪的非官方编年史直接说到失明大公瓦西里在毒杀其竞争对手时的作用；官方编年史则不是这样坦率，甚至（直到伊凡四世时期）说一位书吏把瓦西里的敌人已死这个令人高兴的消息报告给大公，"从此他就成了秘书官"③。《俄国皇家谱系》的编者对此毫不顾忌，告诉读者舍米亚卡"是被自己的家人毒死的，而大公出于高尚的秉性，怀着兄弟相爱之情哀悼他，就像圣经中的大卫哀悼扫罗一样"④。

《俄国皇家谱系》的编者对历史材料的态度不仅体现在改变了某些情节环境，而且体现在创造出编年史资料中所缺少的新故事。这些与圣徒传的文学潮流相联系的记述，往往拥有清晰的情节结构。例如，"女圣徒……和聪慧过人、声名远扬的女大公奥莉加的传记"就有这样的特征，它被放置于《俄国皇家谱系》陈述的开端，作为这一《谱系》的前言。《俄国皇家谱系》的第一篇记述的作者竭力把高度的教诲性和趣味性结合起来。他利用以往几个世纪的书面文献所没有的、显然源自民间口头创作的传说，从这位出身"既非王公世家，也不是达官贵人，而是普通人

---

① 《俄国编年史全集》（ПСРЛ），第 21 卷第 1 册，第 5 页。
② 《俄国编年史全集》（ПСРЛ），第 21 卷第 2 册，第 465 页。
③ 《俄国编年史全集》（ПСРЛ），第 8 卷，第 144 页；第 12 卷，第 109 页。
④ 《俄国编年史全集》（ПСРЛ），第 21 卷第 2 册，第 471 页。

家"的女主人公第一次结识年轻的王公伊戈尔的场景开始叙述。伊戈尔迷恋于在"普斯科夫地区"的"狩猎活动",有一次想渡过河去。他看见河里有一条小船,便请划船人渡他过河,坐上船后,等船离岸时才确认渡船人是位姑娘,但她"目光敏锐,英武坚毅";他"在对她说话时带有一些嘲弄的口吻"。但是奥莉加"有理智有分寸的话语"却迫使伊戈尔放弃"他那年轻人的小聪明";当有人开始为他找未婚妻时——"那好像是王国和皇室的一种习俗",伊戈尔想起了奥莉加,于是派人去找她,"他就这样有了合法婚姻的幸福"①。

还要更具有"浪漫主义"性质的,是《俄国皇家谱系》中关于斯摩棱斯克公尤里·斯维亚托斯拉维奇及其对乌里扬尼娅·维亚泽姆斯卡娅公爵夫人的有罪爱情的故事。专用于讲述14世纪末—15世纪初的这位王公的独特的"短篇故事",作为特别的一章载入"第13谱系"(用于记述瓦西里·德米特里耶维奇大公)。关于尤里·斯维亚托斯拉维奇公的简要叙述,称其被立陶宛人驱逐出斯摩棱斯克,从瓦西里那里得到托尔若克小镇的封地,因奸污下属的妻子并把她杀害而使自己声名狼藉——这些内容在1448年编年史汇编中可以读到,复活节教堂编年史也曾予以转载,但尼康编年史和插图本编年史汇编中却不存在。②斯摩棱斯克于16世纪并入俄国,它的一些古代罗斯王公曾遭到立陶宛人的欺凌,应受到的不是谴责,而是同情。但是《俄国皇家谱系》的编者觉得这个片断很有意思,于是便把它改编成引人注目且具有训诫意义的故事。维亚泽姆斯卡娅公爵夫人"被奸污"和遭杀害的故事扩展成整整一场戏,戏中乌里扬尼娅"多次求他,劝他不要胡来",但是尤里"根本不注意她说的话,而是欲火中烧,越来越旺,把她推倒在床上,奸污了她"。在记述尤里的"淫乱行径加上杀害乌里扬尼娅和她丈夫"之后,作者却把情节引向了出人意料的方向。"仁慈的上帝不愿让罪孽者死去",让堕落的王公获得拯救有了可能性,他无论如何还是"弗拉基米尔一世一脉相传的后人"。尤里在梁赞地区找到一所修道院,剃度为修士,"靠行善积德一心一意侍奉上帝";他后来在修道院去世,"人们尊敬地唱着葬歌将他埋葬"。斯摩棱斯克在"专制君主瓦西里·伊凡诺维奇大公"统治时期,平顺地回归俄国。③

喀山王国的历史 小说式虚构和政论杜撰最明显的结合,显示在《喀山王国

---

① 《俄国编年史全集》(ПСРЛ),第21卷第1册,第7—8页。关于伊戈尔和渡船女奥莉加交谈的传说(尼·伊·谢列布良斯基:《古代罗斯王公们的传记》,莫斯科,1915年,文本见第6—13页,无论在插入的奥莉加传记中,还是在编年史中都不存在。普·格·瓦先科公正地注意到,只是在瓦西里三世、伊凡四世都完婚之后,才有可能谈论关于对"沙皇执政者"的未婚妻进行"追索"的风习;另外,在关于奥莉加的"故事"中,我们还可以读到为"君主、沙皇和伊凡大公"的祈祷(普·格·瓦先科:《〈俄国皇家谱系〉及其在古代罗斯历史书写中的意义》,第1册,第125—126页)。

② 《俄国编年史全集》(ПСРЛ),第4卷,第1版,圣彼得堡,1848年,第109页;第5卷,第256页;第8卷,第81页;对照参阅第12卷,第192—194页。

③ 《俄国编年史全集》(ПСРЛ),第21卷第2册,第444—446页。

的历史》中。它写成于 1564—1566 年间。① "故事简要地从喀山王国初年开始谈起……还谈及对新建的喀山王国的攻占",它和编年史汇编及《俄国皇家谱系》的区别在于有自己更具体的、"专题研究的"特征;但与此同时,它又不同于《与马麦汗血战的故事》那样的历史叙事。它的作者给自己树立的目标,不仅是讲述伊凡四世时期对喀山的攻占,而且要讲述这个王国的全部历史。这段历史,作者是从俄国历史叙事所不知晓、显然是从喀山的鞑靼封建主那里借用的传说开始讲述的——关于神奇的汗王"金帐汗国的赛因"的传说。赛因在拔都死后常到罗斯国土上骚扰,把"伏尔加河流域和罗斯最边远"的地区从可怕的双头蛇的威胁下解放出来,还建立了一个翻腾着乳汁和蜂蜜的富裕的喀山王国。② 显然为编年史传统所缺失的传说故事的大胆纳入,也是《喀山王国的故事》随后几章的突出特点。例如,喀山王国"乌鲁阿赫默特"的故事就具有传说性质,他隐居于自己建造的"冰城"为,曾击溃兵力超过他的罗斯王公们(第 49—54 页)。在讲述蒙古—鞑靼人统治(驻军于乌格拉河)的衰败时,作者也全然不顾编年史的传统。他不仅忽视了 1480 年伊凡三世摇摆不定的讯息,反而杜撰了"大公对汗王的粗鲁"之说。收到阿赫马特汗的"御牌"后,"大公一点也不怕鞑靼汗的威胁;而在收到画有汗王相貌的御牌时,大公也根本不把它放在眼里,把它撕成碎片,摔在地上,用脚又踩又踏"。愤怒的汗王派出"他的精锐兵力"讨伐伊凡大公;但是当双方的军队对峙于乌格拉河畔时,大公想出了一个"好主意",派出功勋王公努尔多夫列特和瓦西里·诺兹德列瓦特督军前往金帐汗国。俄军发现汗国"空虚","遂掳走蛮族人的妻儿子女";阿赫马特得知此事后,"即从乌格拉河仓皇后撤"(第 55—57 页)。但是《喀山王国的历史》的核心题材还是伊凡四世时期对喀山的彻底征服。这一部分叙事的主要角色还是"罗斯王国的沙皇"伊凡(作者从描写他幼年时期的"大贵族主政"开始关于他的故事)和喀山女王苏姆别卡。

在《喀山王国的历史》中,各种不同文学的影响奇特地交叉混合。这部文献以一系列特别之处和 16 世纪官方的政论——《弗拉基米尔家族诸王公的故事》伊凡雷帝的书信,可能还有 16 世纪官方编年史著作联系起来。③《喀山王国的历史》也接近于前一时期的历史叙事:其中显示出对涅斯托尔—伊斯坎德尔的《皇城纪事》(夺取喀山斗争中的波折,甚至还有沦为"阿加尔人"俘虏的作者—基督徒本人的形象)、对一部年代记的直接借用。最后,正如它的作者为其命名的,这部"优美

---

① 对照参阅 Г.З. 昆采维奇:《喀山王国的历史,或喀山编年史》(История о Казанском царстве, или Казанский летописец,圣彼得堡,1905 年,第 176—179 页。
② 《喀山王国的历史》(История о Казанском царстве),加·尼·莫伊谢耶娃准备文本,莫斯科—列宁格勒,1954 年,第 46—48 页。(以下凡引用本书,仅在引文后注明页码)
③ 《俄国文学史》第 2 卷第 1 册,第 465—466 页;加·尼·莫伊谢耶娃:《关于〈喀山王国的历史〉的若干史料》,载《古俄罗斯文学研究室著作集》(ТОДРЛ)第 11 辑,莫斯科—列宁格勒,1955 年,第 193—197 页。

的新编故事"也仿效了纯小说故事类文献——《亚历山大传》和《特洛伊历史》。①

各种不同文学影响的交叉,不能不影响到《喀山王国的历史》的艺术风格。研究者们已指出这部文献所特有的"对文学规范的惊人破坏";与战争故事的准则相左,敌人在这里被描绘成具有英雄色彩:"……一个喀山人同一百个罗斯人战斗,两个喀山人同两百个俄国人对打",和"勇敢的喀山人的牺牲"相伴随的,是俄国军队实施的对清真寺的抢劫、屠杀和残酷行为(第 131、155—157 页)。② 但是对喀山汗国元首苏姆别卡女王的描写却是特别出人意料的。未必可以认为《喀山王国的历史》中的苏姆别卡是一个"理想的形象"③。《喀山王国的故事》的作者讲述了"枪骑兵科夏克同女王的寻欢作乐",女王准备同她的情人勾结起来"杀害她的儿子——年幼的王子",以及苏姆别卡在被迫同希加列伊结婚后曾几次企图毒杀她的第二任丈夫(第 96 页)。在《历史》的作者看来,苏姆别卡仍然不仅是一个荡妇和罪犯。她还是一位"天姿国色、英明睿智的"女王;她被推下王位后,整个王国痛哭不已:"一些良家妇女和美丽姑娘在女王的宫寝中放声大哭,声震全城;这些女人抽打自己美丽的脸庞,揪自己的头发,咬自己的胳膊和手。全皇宫的人和文武百官,大小头领和国王的少年亲兵都为她放声大哭。拥向皇宫的民众听见这哭声,也同样地痛哭流涕,呼天抢地,悲恸欲绝"(第 97—98 页)。被推翻的苏姆别卡在想起她心爱的第一任丈夫萨普吉列时,正如古代罗斯文学中的女主人公那样痛哭,对他说:"啊,我亲爱的夫君萨普吉列汗王! 现在你看一眼自己的王后吧,你爱她胜过自己所有的嫔妃,你同你心爱的儿子像罪犯一样,被外邦军队押往罗斯……唉,我太不幸了! 我的心肝宝贝! 为什么你的英姿过早地离开我的双眼而进入阴间!"(第 98—99 页)甚至有一位莫斯科的督军看到喀山人齐声悲哭时,也忍不住施以同情,安慰女王说:"女王陛下,别害怕,不要再痛哭了,你不会受到屈辱,也不会死去……莫斯科有许多和你年龄相仿的年轻国王……你还年轻,像美丽的花朵正在绽放,或如同葡萄一样灌满了甜浆。"这一令人感动的场景,结束于人们为离去的女王送行,"全城的人都来了……城中的民众,无论老幼,都为女王痛哭,就像为逝者哭诉一样"。(第 100 页)

在《喀山王国的历史》中如此不寻常的情节布局侧重,无疑与这部文献形成时的政治形势紧密相连。在伊凡四世实行特辖制的年代,1552 年投入喀山战事的许多军事将领(伊·普龙斯基、彼·谢尼亚捷夫、安·库尔布斯基、德·涅莫伊—奥博连斯基)都失宠或被处决;伊凡四世提拔了一些异族出身,包括鞑靼人出身的贵族,用来与原有俄国大贵族—王公世家相抗衡;半官方的《喀山王国的历史》因违背历史真

---

① 《俄国文学史》第 2 卷第 1 册,第 467—468 页;对照参阅《喀山王国的历史》,第 43、97—100 页;《亚历山大传》,第 7 页;《特洛伊的故事》,第 67 页。

② 对照参阅德·谢·利哈乔夫:《古代罗斯的文学规范(研究的问题)》,载《古俄罗斯文学研究室著作集》(ТОДРЛ)第 17 辑,莫斯科—列宁格勒,1961 年,第 12—16 页。

③ 对照参阅加·尼·莫伊谢耶娃:《喀山女王休云—比克与〈喀山王国的历史〉中的苏姆别卡》,载《古俄罗斯文学研究室著作集》(ТОДРЛ)第 12 辑,莫斯科—列宁格勒,1956 年,第 186 页。

实,所以认为在战争中起决定性作用的不是那些参战的留里克家族的王公们,而是实际上没有参加夺取喀山之战的鞑靼"王子们"——脱脱迷失、库达伊特、卡伊布拉、杰尔贝什—阿里,还有特辖制的活动家们(第186—188页)。对于先前喀山王后充满矛盾的描述也与这种倾向相关。

但是,《喀山王国的历史》破坏文学规范,还有另外的、纯文学方面的原因。歪曲并不那么遥远的历史事件,必须尽可能做到对读者更有说服力——这里允许作者采用受官方意识形态谴责的,但绝没有被遗忘的"无益故事"的手法。浑身充满"性感"的苏姆别卡可能让读者想到《特洛伊的故事》中那位行为不端而美艳绝伦的海伦;苏姆别卡为萨普吉列的痛哭与罗克珊娜在马其顿国王亚历山大灵柩旁的哭泣彼此呼应。

正如16世纪其他文学体裁一样,历史叙事就其性质而言是双重性的、充满矛盾的。一方面,16世纪的文学素有官方的——合乎规范的性质,使用已僵死的、失去了自身艺术表现力的形式。正如在14世纪"富有感情—表现力"的文献中那样,在《俄国皇家谱系》和《喀山王国的历史》中,作者乐意采用一些华丽辞藻,直接面向读者和出场人物,还使用一些巧妙的短语和表达方式(伏尔加河在《喀山王国的历史》中被称为"流金的底格里斯河",伊凡四世被叫作"铁掌",而其他的武士被称为有"铁石心肠")。但是这种从大哲人叶皮凡尼时代起就已成为传统的"文字堆砌",未必能影响读者。一些研究者在谈到《俄国皇家谱系》中热情洋溢、词藻华丽的语句(如对弗拉基米尔一世大公的赞颂:"这位弗拉基米尔,皇室贵胄,金枝玉叶!这位弗拉基米尔,以使徒般的热心推行正教,普及全民!这位弗拉基米尔,建教堂,立教会,信教理,守教义!……"等等)时,注意到作者"在这里指望严谨认真的读者,已准备好严肃认真地赞同这些无节制的繁琐之言",而普遍受到《俄国皇家谱系》热情鼓舞的"说服力如此之小,正如朝廷大臣嘴角的微笑一样瞬间即逝"[①]。

另一方面,情节性散文(小说)的短暂繁荣,不可能仍旧不对16世纪的叙事方式产生影响。但是16世纪的作者们在很大程度上是机械地采用小说的写法。在《俄国皇家谱系》中,作者不是在情节中展示自己笔下的主人公,而是用自己很老套的话语讲述他们所发生的事情。例如,渡船女奥莉加和她怀有好感的伊戈尔的谈话,显然应当以费夫罗尼娅和与她同船前行的傲慢贵族的交谈为参照来设计;但是在《彼得和费夫罗尼娅的故事》中,可以读到的却是类似于薄伽丘小说中的一场机智对话;而在《俄国皇家谱系》中一般是没有对话的,作者以训导的语气讲到奥莉加怎样"以非年轻人常有的,而是老者的理智来羞辱对方",打断了谈话,接着又引用了奥莉加一番冗长的公式化言论:"啊,王公大人!何必难为情!在你说出不体面的侮辱性话语之前,先在脑子里琢磨琢磨。你看我是个年轻姑娘,又是单独一

[①] 德·谢·利哈乔夫:《古代罗斯文学中的人》,第99—101页。

人,也别想引诱我。"① 这番冗长的"言论"多么不像 15 世纪小说式文献中富有表现力的情节性话语——在主人公的言辞成为(正如所举例证中可能存在的)其行动的场合!

对于下一个时期俄国文学的发展而言,富有成效的不是官方作家把趣味性因素引入其叙事中的这些尝试,更确切些说,是那些自发地渗入历史叙事中的富有表现力的细节。这可能是像瓦西里三世之死的编年史记述中那样的目击者的生动记录,或者像《皇家族谱》中描写伊凡四世患病那样,制造了一种仿佛是以真正的文献来叙事的天才政论家的记述。政论在 16 世纪是一种真正全新的体裁,这个时代最重要的艺术开拓,正是与政论联系在一起的。

4. 故事

在 16 世纪的书面文献中,世俗故事占有的地位比在 15 世纪下半叶的书面文献中更加微不足道;这些故事就其性质而言,也与前一时期的故事有着根本的区别。

生与死的辩论 16 世纪之前出现在罗斯的翻译故事,几乎没有在这一时期的手抄本传统中得到反映。在 16 世纪得到相当广泛流传的唯一一部接近这种体裁的文献,即《生与死的辩论》,是 1494 年由诺夫哥罗德"异端揭露者"大主教根纳季领导的小组翻译的(译自德语原文),它后来成为 16 世纪在约瑟夫—沃洛科拉姆修道院中发展起来的文学派别最受喜爱的作品之一。

从形式上看,《生与死的辩论》是人与死神的对话。人请求死神宽恕他;死神拒绝了,并将人带走。我们面对的是一部接近戏剧的体裁(德国的"谢肉节剧院"舞台曾上演过类似的人物对话),但是在这里,其实没有任何情节波折,而情节的极端匮乏也恰好是它的明显特征。两个角色的对话,从本质上说不是在彼此之间进行的,而是面向读者的。例如,"生者"祈求死神宽容他"少许时间"。死神却郑重其事地宣称:"上帝之子在福音书中说:'你要清醒清醒,要随时祈祷,把秘而不宣的事交给死亡。'""生者"祈祷说:"唉,我的罪过啊!仁慈的主!我现在正处在极大的困境中。啊,死神呀!请宽容我到明日清晨,让我能先做完忏悔,并更好地安排我的余生。"死神显然是"顾左右而言他",不理会交谈者,接着说:"许多人都想这么办,把时间往后推,而且总是说明天一早就忏悔,我太了解这些人了。"②《生与死的辩论》的这种结构,看来完全让沃洛科拉姆修道院中在 16 世纪创作了《辩论》若干新稿本的政论家们满意。同时,《辩论》还被加上了一篇从圣徒传记作品《新人

---

① 《俄国编年史全集》(ПСРЛ),第 21 卷第 1 册,第 7—8 页。
② 《关于生与死辩论的故事》(Повести о споре жизни и смерти),鲁·彼·德米特里耶娃准备文本并撰文评介,莫斯科—列宁格勒,1964 年,第 144 页;对照参阅该书第 142、146、150 页。

瓦西里传》中借用的纯描写性质的结论。①

迪娜拉女王的故事 在一整套与都主教马卡里的圈子相联系的著作（关于讨伐克里米亚汗国的故事，关于1547年莫斯科大火纪事）中，传留至今的有《迪娜拉女王的故事》，它大约产生于16世纪上半叶②。故事的主人公是伊维尔王国（今格鲁吉亚）女王；她的原型看来是12世纪末—13世纪初执政的著名的格鲁吉亚女王塔玛拉。正如"穆季扬王国的统领"德拉库拉的故事那样，《迪娜拉女王的故事》也是专用于描写域外一个小王国的君主；类似于德拉库拉的故事和巴萨尔加的故事，这篇故事讲述了反对不虔信宗教的国王的斗争。但是，《迪娜拉女王的故事》同15世纪故事的相似之处也仅限于此。很难同意一些研究者的看法，他们在《迪娜拉女王的故事》中发现了"得以出色展开的情节"③。相反，这篇《故事》的情节是简单而浅显的。故事情节可以归结如下：波斯国王要求伊维尔王国年轻的女王屈服，她拒绝了，波斯王大发雷霆，兴兵攻打伊维尔王国。迪娜拉军队的统领们动摇了，但女王鼓舞自己的军队，并答应将缴获的波斯国财宝交给圣母修道院。女王"厉声高呼：你们快接近波斯军队"，这使波斯人如此恐惧，以至于他们四散逃命。女王打败了波斯人之后，履行了自己的诺言，将缴获的财宝送到圣母修道院，后国泰民安地执政多年。这一情节没有任何命运的转变，也没有任何波折。实际上故事中也没有对话：波斯使节和迪娜拉之间、女王和军队统领之间的对话，明显区别于《德拉库拉的故事》《巴萨尔加的故事》或塞尔维亚的《马其顿国王亚历山大传》中的众出场人物之间进行的活跃谈话。《迪娜拉女王的故事》的主人公们不是在交谈，而是在演讲，他们的对白实际上是独白，似乎是人物"在一旁"（à part）说出的，几乎不顾及对方的答话。

故事的情节单位之一很像塞尔维亚的《马其顿国王亚历山大传》：迪娜拉就像《亚历山大传》中亚马逊人的女王那样，试图先用言辞战胜自己的对手（波斯国王），对他讲清即便他赢得了一场针对女人的战争，那也是完全让人鄙视的。但是，如果说《亚历山大传》中的亚马逊女王侧重于讽刺，那么这篇故事中的迪娜拉则动之以情："你凭着兵多将广、武器精良来对付我，对付没有战斗力的平民百姓，对付女子！就是你打败了我，那也不会有什么光彩；正像你假若战胜了黎民百姓那样。如果我由于我主上帝而赢得胜利，从圣母那里获得神的帮助，我将用女性的脚踏上国王的尸体，割下你的头颅，我将荣幸地获得凭着女性的勇气战胜波斯国王的声誉；我将给伊维尔王国的妇女们带来赞颂，将给波斯国王带去耻辱！"④这番宣言没有

---

① 《关于生与死辩论的故事》（Повести о споре жизни и смерти），鲁·彼·德米特里耶娃准备文本并撰文评介，莫斯科—列宁格勒，1964年，第146页；对照参阅该书第30—31页。

② 《迪娜拉女王的故事》见于米·奥·斯克里皮尔：《15—16世纪的俄国故事》，第88—91页；对照参阅米·涅·斯佩兰斯基：《俄国书面文献中的〈迪娜拉女王的故事〉》，载《科学院俄罗斯语言文学部通报》（ИОРЯС），第31卷，1926年，第43—92页；亚·亚·济明：《伊·谢·佩列斯韦托夫及其同时代人》，第81—91、106—108页。

③ 对照参阅《15—16世纪的俄国故事》，第416—417页。

④ 《15—16世纪的俄国故事》，第89页。

任何情节上的意义:波斯国王听了这些话之后,并没有放弃进军伊维尔,就像亚历山大听了亚马逊女王的警告之后所做的那样①。波斯国王一点也没有"改弦易辙",也没有被说服,还是兴兵攻打伊维尔,但是事件的结局不取决于主人公的机智(正如在《巴萨尔加的故事》或《彼得和费夫罗尼娅的故事》中那样),而是决定于兵力和圣母的帮助。

白色修道士高筒帽的故事 为《迪娜拉女王的故事》所特有的"平面化的"情节结构,也是《白色修道士高筒帽的故事》的突出特点——无论如何也是这部文献可以归之于 16 世纪的那一稿本的突出特点②。这篇故事从提到牧首西尔维斯特给君士坦丁大帝施洗礼之后他身上发生的奇迹开始:他全身长满的疮痂治好了,"恢复了健康"。作为对此的奖赏,君士坦丁赐给这位神职人员一顶"白色的三层高筒帽";西尔维斯特十分看重这顶高筒帽,并嘱咐他的弟子们同样敬重它。过了一段时间,"低能的皇帝卡鲁尔和教皇法尔穆斯"出现了,把教会搞得声名狼藉。后来,"这个不虔诚的教皇"决定把白色高筒帽送往"别国去受人凌辱"。但是在某一天夜间,天使出现在教皇的梦中,谴责教皇"歪门邪道,亵渎神灵",吩咐把高筒帽送交皇城大牧首;第二天发生的高筒帽奇迹(放高筒帽的盘子自己飞向空中)应验了教皇的梦;高筒帽又被送至君士坦丁堡牧首乌维纳利那里。牧首也做了一个梦,一位"开朗的年轻人"吩咐他收下教皇的高筒帽,再把它转送至诺夫哥罗德;因为"在罗马,正教已与罗马断绝关系,所以要被转移到新城。"牧首接受了高筒帽,"没过几天"就要把它送往诺夫哥罗德,交给同样已在梦中得到预告的大主教瓦西里。一位"不知名的"主教把高筒帽带到诺夫哥罗德,瓦西里以隆重的仪式迎接。当瓦西里在圣索菲亚大教堂戴上白色高筒帽时,"洪亮的声音"从教堂顶端响起向他祝贺。正如我们所见到的,在这里,情节的展开也是单调而顺畅的:在所有的场合,高筒帽的穿行都是按天使的指令进行的,大家都毫无怨言而无条件地服从,包括邪恶的教皇法尔穆斯。③

---

① 对照参阅《亚历山大传》,第 54 页。
② 传留至今的《白色修道士高筒帽的故事》有若干种稿本;晚近的文献文本史研究者尼·尼·罗佐夫确定,其详编本与简编本分别为第一和第二稿本(尼·尼·罗佐夫:《作为 15 世纪全俄政论文献的〈关于诺夫哥罗德白色修道士高筒帽的故事〉》,载《古俄罗斯文学研究室著作集》(ТОДРЛ)第 9 辑,莫斯科—列宁格勒,1953 年,第 182—183、218—219 页)。一些研究者认为,这篇故事的简编本只是在 16 世纪才形成的,并不包含关于偏向于特权的内容;详编本中预言了宗主教制的设立,但它产生于 1589 年这一制度实际建立之后(阿·斯·巴甫洛夫,亚·季·谢杰利尼科夫,雅·索·卢里耶)。另一些研究者则倾向于认为,故事的最初详编本的初始稿本属于 15 世纪(尼·尼·罗佐夫,D. Stremoouкhoff,列·弗·切列普宁)。列·弗·切列普宁把简编本的编写时间确定为 16 世纪。
③《白色修道士高筒帽的故事》简编本文本的出版,参见亚·阿·纳扎列夫斯基:《在沃罗涅日省博物馆的研究活动的报告》,载《大学通报》(Университетские известия),基辅,1912 年第 8 期,第 36—40 页。在保存不早于 17 世纪抄本的详编故事中,开头还讲述了西尔维斯特和术士扎姆勃利亚、疾病和君士坦丁的治疗本身之间的辩论;情节结构更为复杂且不无波折:高筒帽在海上的漂流,教皇的动摇、"伤天害理"和不幸染病;关于莫斯科是第三罗马和莫斯科宗主教制的预言(参见《古代罗斯文学文献》,格·亚·库舍廖夫—别兹博罗德科伯爵出版,第 1 辑,圣彼得堡,1860 年,第 187—300 页)。

叶夫斯特拉季督军的故事　《叶夫斯特拉季督军的故事》看来是15世纪末—16世纪初由沃洛科拉姆修道院的约瑟夫组织人写作的，其情节极为简单。在故事的所有稿本中，这个情节都一样。曾作为"罗马的荣誉和强人"的叶夫斯特拉季被人弄瞎了双眼，于是开始向"怜爱乞丐者"寻求施舍。某位国王登基取代了原国王，打算给瞎眼的叶夫斯特拉季"安排住所"，但这位乞丐拒绝了："我宁愿像哲人一样洁身自好，而不愿像疯子一样受到惩罚。"① 故事的详细稿本中描述了新国王倾听乞丐叶夫斯特拉季的声音，询问"乞丐周围的人"，派出自己的"亲信"去找叶夫斯特拉季。故事的情节也到此结束：叶夫斯特拉季的答话在详本中非常详尽，在整个文本中占有主要地位。这位前督军解释说，他在生活中所走的"狭窄的路"，胜过"广阔大道"——"哀悼仪式（打斗与考验）才是真正的生活"；他决心"即使临近死亡也不从这个罪恶的渊薮中脱身而出"。接下来作者似乎完全忘记了情节，已不是以主人公的名义，而是以自己的名义发表关于这个世界浮华空虚的长篇（大大超过了故事的情节部分）大论——"这个世界真是遭人憎根，令人厌恶"。他谈到"此岸的痛苦较之彼岸的痛苦更让我们赞叹不已"；一切不幸和悲伤皆产生于三种原因："或由于过去的罪过，或由于当前的罪行，或由于未来的罪孽。"②

和15世纪下半叶的故事相比，与《迪娜拉女王的故事》类似的16世纪故事的独特性，看来已为同时代人所感知，甚至还受到他们的专门注意。如果说，那些被15世纪末虔诚信仰的热心捍卫者们所断然拒绝阅读的作品，曾被称为"无益的故事"，那么，《迪娜拉女王的故事》就有了一个专门的副标题："极其有益的故事"（《瓦尔拉姆和约瑟夫的故事》的16—17世纪抄本，创作于16世纪的《与马麦汗血战的故事》的某些最虔信宗教的稿本，也获得了同样的称号）。

叶尔莫莱—叶拉兹姆关于彼得和费夫罗尼娅的故事　正如上文所说，有理由认为，在15世纪就已存在完全形成的关于穆罗姆王公彼得及其夫人费夫罗尼娅命运的故事。但是它存在的任何痕迹都未以书面形式保留至今。传至今日的《彼得和费夫罗尼娅的故事》的几种稿本，源自作家—政论家叶尔莫莱—叶拉兹姆所写的文本，他的文学创作时间当在16世纪40—60年代。40年代，叶尔莫莱住在普斯科夫，40年代末—50年代初居于莫斯科。叶尔莫莱移居莫斯科并接受宫廷大教堂大司祭一职，更确切些说，应当与他作为有学识的作家而引人关注相关。这个时期正好是在马卡里都主教的主持下，一大批教会作家在勤勉地进行罗斯圣徒传记的创作。许多迹象表明，马卡里也吸收叶尔莫莱参与了这项工作。受都主教的委托，

---

① 帕·尼·萨库林：《关于叶夫斯特拉季督军的罗斯故事》（关于韦利扎里"萨迦"的研究史）。见《在学术的旗帜下：尼·伊·斯托罗任科纪念会文集》(Под знаменем науки. Юбилейный сборник в чести Н.И. Стороженко)，莫斯科，1902年，第486页（本书中发表了这篇故事的抄本之一的文本）。尼·帕·杜博维克：(1)《关于〈叶夫斯特拉季督军的故事〉的研究》，载《古俄罗斯文学研究室著作集》（ТОДРЛ）第28辑，列宁格勒，1974年，第335—344页；(2)《对〈叶夫斯特拉季的故事〉的考证问题》，载《古俄罗斯文学研究室著作集》（ТОДРЛ）第29辑，列宁格勒，1974年，第198—206页。

② 帕·尼·萨库林：《关于叶夫斯特拉季督军的罗斯故事》，第483—485页。

叶尔莫莱至少写了三部作品。叶尔莫莱在《呈国王祈求书》中写道："承蒙全俄最高僧正马卡里都主教祈福,敝人编写了三部关于以往时代的作品。"① 完全有可能,这三部作品中包括《彼得和费夫罗尼娅的故事》和《梁赞主教瓦西里的故事》,因为这两部作品中确实谈到了历史的往昔(即"以往时代")。更确切地说,建议叶尔莫莱—叶拉兹姆写出和 1547 年、1549 年全俄宗教大会相联系的纪念穆罗姆圣徒的圣徒传作品,正是以马卡里的名义提出的。叶尔莫莱完成《彼得和费夫罗尼娅的故事》,确实与彼得和费夫罗尼娅在 1547 年大会上被封圣相关,因为他们在标题中被称为"新奇迹创造者",而《瓦西里主教的故事》的内容,则被用于在 1549 年大会上封圣的穆罗姆公康斯坦丁及其子的传记。

  写作这些作品的时间,对于叶尔莫莱的创作而言是最为有利的,但它却没有一直持续。在注明时间为 40 年代末—50 年代初的《呈沙皇祈求书》中,叶尔莫莱抱怨受到排挤和来自朝廷官吏的敌对态度。看来,马卡里也很快就对作为作家的叶尔莫莱感到失望。叶拉兹姆所写的穆罗姆题材的作品明显未能让马卡里满意。他不愿意将《彼得与费夫罗尼娅的故事》载入这时正在编纂的新文集《日读月书》(圣母安息大教堂稿本和皇家稿本),而《瓦西里主教的故事》的文本在被用于《康斯坦丁公传记》之前则已改写,后者看来是另一作者于 1554 年写成的。

  叶尔莫莱—叶拉兹姆的最重要政论作品是他的论著《主管人呈乐善好施的沙皇》,这是呈送国王建议进行社会改革的论著。学术界对作者的阶级立场评价不一:一些研究者认为他是贵族思想家,另一些研究者则倾向于把他看作农民利益的表达者。《主管人》的作者毫无疑问同情地看待作为社会财富基本创造者的农民:"……人们吃饭穿衣靠着他们的劳动,靠着他们这些社会财富的主要创造者。"② 据他的看法,农民忍受着难以承受的困苦,受大贵族领主的压迫最为深重。因此,他建议要硬性严格限定农民要负担的地租数额,使他们免受国家土地丈量员和收税人滥用职权之害。叶尔莫莱吁请沙皇为全社会的福利而行动——"让陛下的万民享有福祉,而不是只让掌管民事的达官贵人享有,只让后者得到好处"③。

  叶尔莫莱这一对待农民的立场,与他不管人们的社会地位如何,都以人道的眼光看待他们的思想紧密联系。这一思想也由作者贯穿于其他作品中。善心和基督教仁爱的题材与对达官显贵及大贵族领主的谴责和不友好态度的结合,在他的具有训世内容的著作中都可以一一追溯(如《论关于爱与真的思考,关于战胜仇怨和谎言》《劝慰沙皇兼及显贵书》《致自我心灵的训诫之言》)。

  这些曾深深激励着叶尔莫莱—叶拉兹姆的思想,在《彼得和费夫罗尼娅的故事》中得到了充分而协调的表达。

---

 ① 《彼得和费夫罗尼娅的故事》,鲁·彼·德米特里耶娃准备文本并撰文评介。(以下凡引用本书,仅在引文后注明页码)
 ② 维·费·勒日加:《叶尔莫莱—叶拉兹姆的文学活动》,第 193 页。
 ③ 同上。

叶尔莫莱—叶拉兹姆在他的这篇故事的后记中写道:"但愿你们记得我这个罪孽深重的人,尽量抄写下自己听说但未看到的事情;如果由别人来写,那他们会写得比我更好。"可见,我们应该承认,作者手头上没有书面材料。叶尔莫莱—叶拉兹姆在结撰这部作品时的创造性主动精神,其程度是难以确定的。在这篇故事和民间口头创作材料的对比中所作的分析表明,与短篇小说式故事体裁最有联系的口传材料对于这篇故事情节加工改编的影响,是具有决定性意义的。民间关于穆罗姆公及其夫人的传说对叶尔莫莱的影响是如此之大,以至他这位有学问的教会作家在面临所承担的提供圣徒传的写作任务时,创作了一部本质上与传记体裁毫无共同之处的作品。这一事实,在叶尔莫莱本人就属于其中一员的马卡里都主教写作班子编撰传记作品的背景上,显得特别令人惊异。《彼得和费夫罗尼娅的故事》明显地有别于这一时期写成并被载入《日读月书》的其他传记,在同类文献中形单影只,与它们的风格毫无共同之处。可以在15世纪基于短篇故事情节的叙事文学中(如《德米特里·巴萨尔加的故事》《德拉库拉的故事》),发现与其十分相近的类似之作。这也是自然而然的,因为故事的基本情节也发生在15世纪,上文对此已有说明。

在叶尔莫莱—叶拉兹姆的作品中,究竟有哪些无可置疑地出自他的笔下? 在这类文学珍品的创作中,他的功绩何在? 充分准确地回答这个问题是不可能的,但是他作为作家的作用无疑是很大的。这篇故事是书面文献,且拥有文学著作的特征,其中的情节相当复杂,却达到了结构上的完整性。

《彼得和费夫罗尼娅的故事》讲的是王公和农家女的爱情故事。作者同情女主人公,赞扬她在同有权有势、不愿容忍其农家出身的贵族官僚的艰难斗争中所表现的智慧和高尚品德,这就决定了整部作品的诗学倾向。故事情节建立在彼此对立的双方的积极行动之上,女主人公只是靠着她的个人品质才成为胜利者。智慧、高尚和温厚帮助费夫罗尼娅顶住了她的强大对手的所有敌对行为。在每一次冲突的情境中,农家女的高尚人性优点都同她出身名门的对手的低俗而自私的行径形成对立。女主人公的高尚情感和行为赋予作品一种柔和的抒情和诗意盎然的特征。这一含蓄的情感多半是叶尔莫莱本人带入故事中的。"关于聪明姑娘的民间故事"的情节中没有这些特征,它的结尾却是加倍的乐观。

故事中用于描述主人公去世的最后片断,已和"关于聪明姑娘的民间故事"没有任何关系,这篇故事和民间故事之间的这种区别十分清晰地凸显出来。这一片断作为整个作品的结局来考虑,还承担着故事尾声的功能。它有助于读者理解整个故事的内容。这一片断中所描述的事件,被用来总结两位主人公的相互关系,肯定他们忠贞不渝的爱情和彼此的忠诚是主人公生活中最主要、最重要的东西。彼得在感到死期将近时,呼唤费夫罗尼娅同他一起撒手人寰。费夫罗尼娅正在匆忙地缝制一块"送到教堂去的圣餐方巾",请彼得等她一下。但是,当彼得第三次向她说:"我就要归天了,不等你了。"——这时费夫罗尼娅放下手中的活,"把针插在方巾上,缠好自己缝制使用的线",随即和彼得在同一时间死去。费夫罗尼娅没有缝好方巾,可能会想到自己没有完全履行职责。但是从随后的情节可以看出,她做了她应当做的事。人们违背彼得和费夫罗尼娅的愿望,把他俩分开安葬。但是上帝又将他俩合葬在一起,实现了圣徒们的愿望,虽然这样的愿望不符合教会的规章。其实,只有死后才能确定费夫罗尼娅的完全胜利与欢欣。主人公死后合葬的事实,证明了他们生前行为的圣洁与忠诚。看来,作家创作上的首创精神正是在写这一片断时才最大程度地表现。

应当强调指出,整个故事,其中也包括尾声,都是以同一风格写成的。作品中似乎并没有发现可证明某些不同史料相融合的结合之处。《彼得和费夫罗尼娅的故事》的结构,使人仿佛可以把它评定为关于两位主人公的一生——从他们的婚姻状况到生命最后日子的一部完整的叙事作品。同时,这篇故事还可以视为关于两位主人公一生中的突出事件的一连串短篇故事。故事作者的创作技巧表现在:正如每一片断都按短篇故事的原则建构一样,故事的全部内容也整体上服从这一艺术原则。

全部四个短篇故事就其叙述方式而言,彼此之间是完全吻合的。对话在其中发挥着主导作用,基本情节都安排在具体环境中;每个短篇故事的开端和结尾都颇为简洁。

应当承认,故事的作者对于为他提供了民间口头创作的基本材料——"关于聪明姑娘的民间故事"的体裁具有令人惊异的敏感性。正是故事中的对话在情节的展开中完成了基本功能。《彼得和费夫罗尼娅的故事》的作者在传达对话时多么确切地遵循其原始材料,这可以通过具体例证来确认。《故事》中含有以民间创作中的"天下女人都一样"[①]为题材的第五个小故事,它和基本冲突的发展没有直接关系,虽然它也实现了完全确定的功能:其中有关于主人公旅途的具体呈现,证实了对女主人公作为聪明女性的评价。这个短篇故事的实际内容可归结如下:被驱逐的彼得和费夫罗尼娅乘船游奥卡河,这条船上有一已婚男子,"心怀鬼胎"地打量着王公夫人。费夫罗尼娅注意到了这一点,于是请这位惹人厌烦的同行人从船的两侧舀水喝,然后问他:"两边的水一样吗?或者你只喝了一边水?"同行人同回答:"夫人,两边的水是一样的。"王公夫人最后说:"女人的本性也是一样的。你为什么抛下自己的妻子,对别的女人打主意?"在一则以19世纪抄本形式传至今天的[②]关于大公夫人奥莉加的普斯科夫口传故事中,未来的大公夫人奥莉加也正是以这样的方式、在同样的情况下拒绝了王公弗谢沃洛德的追求。这两个故事之间存在着显而易见的相似性,这是没有疑问的。费·伊·布斯拉耶夫早就注意到

---

① 对照参阅薄伽丘:《十日谈》,"第一天,第五个故事";C. B. 萨夫琴科:《俄国民间故事》(Русская народная сказка),基辅,1914年,第46页;雅·索·卢里耶;《15世纪末—16世纪上半叶罗斯的文艺复兴因素》,见《文艺复兴时代的文学与世界文学问题》,莫斯科,1976年,第193页。

② 帕·雅库什金:《诺夫哥罗德与普斯科夫的旅行书写》(Путевые письма из Новгородской и Псковский губерний),圣彼得堡,1860年,第155—156页。

了它们之间的直接联系。① 可以认为,这一民间创作的情节是叶尔莫莱本人引入故事中的——他是普斯科夫人,熟悉普斯科夫关于王公夫人奥莉加的传说,正如我们所知,还曾在《俄国皇家谱系》中予以转述(参见本章本部分第 3 节)。

所有三个故事的平行比较,显然表明叶尔莫莱和《俄国皇家谱系》中的该故事作者对于使用口头材料的原则上的不同态度。叶尔莫莱直接准确地模仿借自普斯科夫传说中的言论,而在《俄国皇家谱系》中,取代生动的对话和"水的味道都一样"这一比喻,奥莉加道出了长长的训诫辞,作者则从自己的角度加以说明:"她还说了许多关于品行端正的智慧之言。"② 结果两篇故事看起来似乎毫无共同之处,尽管它们大约是在同一时期、以彼此相当接近的文学语言写成的;例如,其中可以注意到几乎同样的表述(《彼得和费夫罗尼娅的故事》中写道:"他们乘船在河上航行","……心怀鬼胎地盯着女圣徒","她看穿了他邪恶的念头";《俄国皇家谱系》中则有:"航行中他们看见另一划桨人","她就看出了他心怀邪念")。

因此,在撰写《彼得和费夫罗尼娅的故事》时,叶尔莫莱—叶拉兹姆创作的独特性表现在:他没有放弃使用来自口传材料的基本艺术原则,意识到在传达作为小说体叙事基本因素的对话时保留所有细微差别的重要性。基于这些情况,他在 16 世纪中期就创作了古代罗斯叙事文学中一部最优秀的作品。

斯捷凡·巴托里攻打普斯科夫城纪事 16 世纪最后一篇故事,就是历史叙事之作《斯捷凡·巴托里攻打普斯科夫城纪事》。和 15 世纪的历史纪事一样,它所写的是一个显然确定的题材:波兰国王斯捷凡·巴托里于 1581 年对普斯科夫城的围攻。作者几乎没有超出自己所讲述的年代记的框架;他只是简要地提及当初"沙皇成功地兴兵进攻比弗利国土"——伊凡雷帝于 1577—1578 年进军立窝尼亚,然后再转到对波兰—立陶宛王国军队的反攻。

整个后续故事集中描写对普斯科夫城的围攻,并与《皇城纪事》类似,建立于战争行动的波折之上。故事的作者把国王描绘成几乎是童话故事中的"凶恶大蟒",他以密实的包围圈围困了城市,并早早预言胜利。敌军架好攻城的云梯(围城高塔),摧毁并夺取了圣母帡幪塔楼和斯维尼亚塔楼,两座塔楼上升起了波兰旗帜。但是普斯科夫人在祈祷,上帝也听见了他们的祷告。俄国人攻打被占领的斯维尼亚塔楼,然后在塔楼下面埋炸药,把它炸掉。巴托里问道:"我的那些贵族还在城堡里吗?"有人回答他:"他们都在城堡下面。"国王不明白这种语言游戏(前置词 под 有"在……下面"和"在……外面"的双重含义),又问道:"贵族子弟兵已到了城墙外面,狠揍俄国军人?"有人回答他说:"陛下!他们全都死在斯维尼亚塔

---

① 费·伊·布斯拉耶夫(书评——O. 米勒:《穆罗姆人伊利亚与基辅勇士》,圣彼得堡,1870 年),载《国民教育部杂志》(ЖМНП)1871 年第 4 期,第 229 页。
② 《俄国编年史全集》(ПСРЛ),第 21 卷第 1 册,第 8 页。

楼里，有的已在壕沟里被烧死。"① 怒不可遏的国王命令自己的军队冲进城墙缺口，占领普斯科夫。但俄国军人不让敌军冲入城内。同守城军民一起作战的还有修士们——原先的大贵族子弟。蒙上帝和普斯科夫圣徒的帮助，他们把敌人赶出城去。普斯科夫妇女帮助男人把被丢弃的立陶宛兵器搬进城去。

第一次攻城以失败告终，但波兰国王的贵族和将领们提醒普斯科夫人：这还只是第一天——"哭泣和欢笑、勇敢和无畏的第一天"（第78页），新的战斗还在前头。用直接围攻的方式不能占领城市，斯捷凡在城墙外用箭射出一封书信，建议"兵不血刃地交出城堡"，并以违抗者"必死无疑"相威胁。普斯科夫人以同样的方式回答国王，声明"普斯科夫城内的一个弱者"也不会接受这个建议，并提议国王准备"开战"（第82—84页）。国王的军队开始在城墙下挖掘多条坑道，普斯科夫军民从被俘的"舌头"那里得知这些坑道，但不能确定其位置。普斯科夫人向索伦的主教德米特里祈祷，他的圣像画已被立陶宛武装人员"出于心血来潮的习惯"而用石块击坏。一位圣徒创造了奇迹："从前的俄国人"、波洛茨克射击手伊格纳什从国王的军队中跑到普斯科夫，向俄军将领报告了坑道的位置。俄军挖通了一条地下通道，把敌方的坑道炸毁。

最后一次沿着韦利卡亚河冰面上向城市的进攻也未成功。波兰国王离开普斯科夫，留下军队总司令（扎莫伊斯基）代替自己。总司令不想同普斯科夫督军伊万·彼得罗维奇·舒伊斯基在一场实实在在的战斗中较量，采用狡诈的手段——暗中派人给舒伊斯基送去一只小箱子，让他相信箱子里有"钱币"。但这一诡计也未成功。舒伊斯基命令一名工匠在远离军营的地方打开箱子，发现里面装着带有"自制火绳引信"（第96页）的炸药。总司令"拼命"逃离普斯科夫，围困被解除了，城市关闭的大门重新打开。

就其风格而言，《斯捷凡·巴托里攻打普斯科夫城纪事》在许多方面令人想起16世纪的历史叙事文献，如《俄国皇家谱系》和《喀山王国的故事》。这里也使用了人为的规范模式（如"高傲的"巴托里和"傲慢的"立陶宛）、针对出场人物和读者的华美说法和称呼等。

然而，《斯捷凡·巴托里攻打普斯科夫城纪事》尽管有其全部的传统性，也和其他历史叙事文献一样，经受了小说作品的某些影响。纪事的作者、普斯科夫的圣像画师瓦西里知晓15世纪的翻译文献——《亚历山大传》与《斯捷凡尼特和伊赫尼拉特的故事》（第50、68、91、99—100页）。

在谈到16世纪的故事时，必须指出一种情况：除了传说故事和历史故事外，这个时期还出现了这样一类叙事文献，它们明显不能被纳入当时已知的体裁框架之内。这就是涉及迫切的、众人关注的重要问题的世俗政论作品，它们和以另一种

---

① 《斯捷凡·巴托里攻打普斯科夫城纪事》(Повесть о прохождении Стефана Баториянa град Пcков)，弗·伊·马雷舍夫准备文本并撰文评介，莫斯科—列宁格勒，1952年，第78页。(以下凡引用本书，仅在引文后注明页码)

形式(如书信体)写成的政论作品几乎没有区别。正因为如此,政论作品需要专门研究。

5. 政论

古代罗斯还没有一个专门术语为政论命名——正如没有一个专门概念为"小说式故事"命名一样。当然,我们可以确定政论体裁的界限是很有相对性的。首先,宣扬俄国是世界上最伟大的君主制后继者这一思想的著作——普斯科夫叶列阿扎尔修道院院长菲洛费关于"莫斯科是第三罗马"的信(或若干封信)、特维尔前大主教斯皮里东—萨瓦的《关于莫诺马赫加冕的信》,就具有政论的性质;斯皮里东的这封书信后来被改写成正式的《关于几位弗拉基米尔王公的故事》。许多历史叙事文献(如《喀山王国的历史》)和传说故事(如《白色修道士高筒帽的故事》等)都显示出政论的特征。在16世纪文学中占有独特地位的《治家格言》也是一部富有教益的政论文献,它是发展了翻译过来的布道文集(如《伊兹马拉格德》《金玉良言》)传统的"对每一位正教基督徒的劝诫和训示"。这部作品的最初稿本,看来还是在16世纪中期之前就产生了,含有一些甚为生动的小故事,如关于诱骗已婚"夫人"的拉皮条婆娘的故事;①但在和"推举会议"最著名的活动家之一西尔韦斯特尔的名字相联系的较晚的稿本中,一些小故事已被删除。1551年"百项决议大会"通过的官方决议集《百项决议》,其性质也同样复杂,一些政论性质的书信也载入其中。

不过,16世纪最重要的政论文献,仍然具有使其不同于其他文献的特点。它们通常是一些针对具体反对者、捍卫特定政治与思想立场的论战性文献。

沃洛科拉姆修道院的约瑟夫 在这方面,沃洛科拉姆修道院的约瑟夫所写的"批诺夫哥罗德异端派之书"(《启蒙者》)是16世纪政论中后世的楷模,它编写于这个世纪的最初阶段,对后来的一系列政论作者(如《伊凡雷帝》的作者)有重大影响。沃洛科拉姆的约瑟夫留下的不仅有《启蒙者》一书,还有一系列政论性的书信和意在反对其教会论敌(禁欲派)和世俗论敌的言论。其中有些书信作为文学文献是非常引人入胜的,如一封致朝廷侍臣鲍里斯·库图佐夫的信。约瑟夫在信中明确而极富表现力地揭露了沃洛科拉姆封邑王公费奥多尔对约瑟夫修道院的欺压和掠夺。约瑟夫就费奥多尔王公写道:"他从当上王公之初,就着手掠夺城市和村镇的基督教徒,不仅掠夺富人,也掠夺穷人。"接着他还讲述了一个"善良的商人"之遗孀的极为生动的故事,王公对其严刑拷打,诈取了她全部财产。沃洛科拉姆修道院的约瑟夫为这位不幸的遗孀求情,但王公仅限于"进城后让人给她送去作为午餐

---

① 《俄罗斯历史与古籍协会抄本〈治家格言〉》,载《莫斯科大学俄罗斯历史与古籍协会学术报告会》(ЧОИДР)第1辑,第73—75页。对照参阅亚·谢·奥尔洛夫:《罗斯古代文学教程》(Курс лекций по древнерусской литературе),莫斯科—列宁格勒,1939年,第266—267页。

的五块油饼,第二天早晨又送去四块油饼,但没有付一文钱。这样,如今他的子孙都各自得到了报应"①。

都主教丹尼尔 沃洛科拉姆修道院约瑟夫的政论传统在该修道院院长的继承人丹尼尔那里得以延续,丹尼尔后来成为全罗斯的都主教。与约瑟夫不同,丹尼尔所涉及的是一些已被挫败的对手,因此他的著作更多地带有教训的性质,而不是纯论战的性质。丹尼尔也并不回避习见的讽刺。例如他在一篇训诫辞中描绘了一个讨好"淫妇"的花花公子的形象:"你的礼服换来换去,喜好固定不变;你的皮靴特别漂亮,但又太小,你的脚似乎也因靴子太小而遭受极大的痛苦,但是你还是神态自若,照样跳跳蹦蹦,说起话来就像大公马打出响鼻儿,发出这么大的嘶鸣声……你的头发不仅用剃刀连同头皮屑一起剃下来,而且连脸上的胡须根也一起拔掉,脸上尽管有多处伤口,但你也不觉得寒碜,你羡慕女人,所以把自己一张男人的脸也换成女人的脸蛋儿。"②

瓦西安·帕特里克耶夫与禁欲派 瓦西安·帕特里克耶夫在 16 世纪前 25 年是约瑟夫派(沃洛科拉姆修道院的约瑟夫和丹尼尔)的最有才能的论敌;他本是王公,被伊凡三世强迫剃度为修士,后来成为"禁欲派"——修道院掌握地产运动的奠基人。禁欲派运动曾受到 19 世纪末 20 世纪初研究者的极大关注,在历史编撰学中也得到片面的、大约也是言过其实的评价。19 世纪 70—80 年代的自由主义斯拉夫派把禁欲派看成自己的历史前辈,认为他们是"俄国的人道主义者—(在这个词最崇高意义上的)宗教改革家",站得"高于路德、加尔文和西方其他改革者宗教改革家"③。禁欲派的作用要小得多。正如我们已经指出的,瓦西安的导师索拉河畔修道院院长尼尔接近于 14 世纪希腊的宁静主义派教徒:他所注意的基本目标是修道士经由在隐修室"静默"独居的方式达到道德完善。社会生活问题很少引起尼尔的注意:他反对"攫取他人劳动成果"的说法并无具体所指,也未必和沃洛科拉姆修道院约瑟夫的类似言论有何不同。④ 只是到了 1503 年,在生命的最后日子里,尼尔才在具体问题上侧面表达了自己的立场,支持伊凡三世把修道院的土地收归国有的建议,但是尼尔未对这一举动做任何理论论证。瓦西安·帕特里克耶夫的活动却具有完全不同的性质。他首先是一位政论家和政治活动家——为教会的土地而斗争是他的创作中真正重要的题材之一。不过瓦西安领导的 16 世纪禁欲派运动,无论如何也不能被认为是宗教改革运动。虽然 15—16 世纪欧洲的宗教改革运

---

① 《沃洛科拉姆修道院约瑟夫书信集》(Послания Иосифа Волоцкого),莫斯科—列宁格勒,1959 年,第 212—213 页。
② 文本引自 B. A. 日马金:《都主教丹尼尔》(Митрополит Даниил),莫斯科,1881 年,"附录"第 19—20 页。
③ B. A. 日马金:《16 世纪上半叶俄国的思想斗争》,载《国民教育部杂志》(ЖМНП)1882 年第 4 期,第 149-152 页。
④ 对照参阅雅·索·卢里耶:《15 世纪末—16 世纪初俄国政论中的思想斗争》,第 337—345 页。

动有很大差异,但是它们以某种必然的性质为特征:对后圣经"传说"和建立在这种"传说"基础上的法规,首先是对隐修制度的批判态度。然而,禁欲派(有别于其同时代人——异端派)不仅从未否定隐修制度,而且力求巩固和完善这一制度。对教父阐述性文献的批判态度,完全不是禁欲派(与某些历史学家的看法相左)所特有的。① 最后,禁欲派既不是"宗教信仰宽容"的支持者,也不是惩罚异端派的反对者。只是在 16 世纪初异端派溃散之后,在约瑟夫的要求下不仅针对坚定的自由思想者,而且也针对其真真假假的同路人开始大规模镇压时,瓦西安才宣称,已悔过的异端分子应受到宽容,他还反对大规模地死刑惩治。在答复约瑟夫肯定"厌双手还是以祈祷杀死罪犯或异端分子并没有区别"的声明时,瓦西安(以"基里尔派长老会"的名义)挖苦地问道:"你,约瑟夫老爷,为什么不考验一下自己的神性?修士大司祭卡西安(被指责为赞成异端思想——原著者注)如果没有披上他的修士祭服,早就被烧死了,而你还把他捆起来推进火堆!我们对待你,就像对从火堆中逃出的那三个少年之一那样!"②

讽刺挖苦也是这位王公—修士和使他遭受教会审判的都主教丹尼尔之间的论战所特有的。丹尼尔指责瓦西安不承认卡里亚津修道院院长马卡里和其他一些不久前被官方教会封圣的显灵者为圣徒。在回应这一指责时,帕特里克耶夫指出:"我了解他,一个普普通通的人;如果他是显灵者,那你们就喜欢他吧——无论他是不是显灵者。"丹尼尔对此反驳说:圣者到处都可以找到,帝王、高级教士、自由民和奴隶中都有。瓦西安回答说:"老爷,那些事上帝知道,你和你的显灵者也知道。"③

但是,瓦西安政论创作的显著特点不只是讽刺挖苦。在同自己的论敌争辩时他诉诸崇高的激情,例如,在谴责"贪婪的"神职人员自私自利、欺压"贫苦弟兄"——农民的场合,瓦西安写道:"上主有言:'要把那些东西还给穷人'。"他把福音书中的这条经戒同土地占有者的实际行为加以对照,暴露了他们对农民"好话说尽、坏事干绝",把无力偿还的负债人连同其妻子儿女赶出家门,"抢走奶牛和马匹"④。

马克西姆·格列克 瓦西安·帕特里克耶夫开掘的题材也吸引了 16 世纪的另一些政论家——上文已提到的叶尔莫拉—叶拉兹姆、马克西姆·格列克、《瓦拉姆修道院显灵者谈话录》的佚名作者、伊万·佩列斯韦托夫。这些政论家中最接近瓦西安的是马克西姆·格列克。我们已经提及这位学者型修士的过去,他在某个时期曾接近意大利人文主义者,后来回归东正教的怀抱,并脱离了"古希腊的故弄玄

---

① 雅·索·卢里耶:《15 世纪末—16 世纪初俄国政论中的思想斗争》,第 317—323 页。
② 参见娜·亚·卡扎科娃:(1)《瓦西安·帕特里克耶夫及其著述》(Вассиан Патрикеев и его сочинения),莫斯科—列宁格勒,1960 年,第 252 页;(2)《社会思想史纲要》(Очерки из истории общественной мысли),列宁格勒,1970 年。
③ 娜·亚·卡扎科娃:《瓦西安·帕特里克耶夫及其著述》,第 297—298 页。
④ 同上书,第 258 页。

虚"(参见本章第二部分第 1 节)①。马克西姆来到罗斯并掌握了俄语后,参加了约瑟夫派和禁欲派之间的辩论,坚决支持后者。马克西姆写于罗斯的政论著作中,有《可怕而值得记取的关于完善的修士居所的故事》(其中作者把为"聚敛财富"而操心的俄国修士同天主教"笛卡尔信徒派"修士及其导师萨沃纳罗拉的高尚生活相对照)、《智慧与心灵的对话》《忏悔论》和《贪婪成性者和禁欲者的纠结》。在这里,他特别描述了农民的艰难处境,修道院因债务问题而把他们从耕地上赶走,而有时则相反——扣留他们,要他们以工抵债,交付"规定的代役租",毫不顾及他们在修道院的土地上"过着贫穷生活"期间所付出的"无数辛劳、汗水和痛苦"②。

马克西姆所描写的题材在许多方面令人想到瓦西安的题材,但是两位政论家的文学表现方式是不同的。马克西姆没有瓦西安的那种精练的冷嘲热讽的对白,也没有他笔下的日常生活的具体性(和瓦西安笔下的"奶牛和马匹"相比较)。马克西姆的语言是书面语、文学语言,这不是口语,而是一位希腊修士在成年时期学到的别国语言:其突出特点是使用冗长的圆周句和复杂的句法表述。

伊万·佩列斯韦托夫 在我们已知的 16 世纪政论家中,伊万·佩列斯韦托夫是最为激进的。这位作者的著述传留至今的只有 17 世纪的抄本,但在 16 世纪的皇家档案馆中(据目录判断)还保存着一份《伊瓦什卡·佩列斯韦托夫的抄本草稿》。③上面我们已经提到这位作家的一些大胆见解,他谴责一切"奴役现象",把"真理"置于"信仰"之上。

佩列斯韦托夫是个相当神秘的人物,甚至连是否曾确有其人也令人怀疑。有些作者(从卡拉姆津起)认为,署名为佩列斯韦托夫的作品,都是在沙皇特辖制之后编撰的——其目的是为伊凡雷帝的政策辩护。但是,佩列斯韦托夫在作品中透露的关于他自己的信息,并不存在时代错乱、不合历史的现象,并为一系列史料所证实。16 世纪 30 年代末(从波兰、匈牙利和摩尔达维亚)来到罗斯后,佩列斯韦托夫碰上的还是"大贵族治国理政"时期他成为"高官显贵"的坚决反对者。

文艺复兴对于人本身的超越阶层和行会的信念,充分地表现于佩列斯韦托夫的著作中。他的全部作品都可以归结为(可能是由作者本人做的)一个统一的系列,集中于揭露"懒惰的富人"和颂扬贫穷但勇敢的"军事人员"。在这个系列的组成部分中有各种不同体裁的作品——呈送沙皇的禀帖、"天主教哲学家和星相家"关于伊凡四世的光荣未来的预言和几部叙事类著作。佩列斯韦托夫的带有书信形式的作品《小禀帖》和《大禀帖》,就其性质而言有着显著的不同。《小禀帖》是作为真正的呈文而撰写的——这是佩列斯韦托夫呈递给沙皇的一份申请书,奏请

---

① 马克西姆·格列克的著作目录索引和主要文集编目,参见 А. И. 伊万诺夫:《马克西姆·格列克的文学遗产》。

② 马克西姆·格列克:《马克西姆·格列克文集》,第 3 卷,第 130—132 页。

③ 《皇家档案馆和 1614 年外交事务衙门档案目录》(Описи Царского архива и Архива Посольского приказа 1614 г.),西·奥·施密特审校,莫斯科,1960 年,第 31 页(第 143 号目录箱)。

沙皇准许他重建他本应在30年代就建成,但因"大贵族治国理政"时期的混乱而未能建成的盾牌工场。쿠于这份申请书,佩列斯韦托夫透露了他在匈牙利服役的经历:起初在土耳其驻军扬·扎波利的部队,后来则去了扬·扎波利的对手哈斯堡王朝费尔丁南德一世的军中。《大禀帖》仅在形式上是一份呈文,其实这是一篇政论文,佩列斯韦托夫在文中建议伊凡四世进行最重要的政治改革(建立正规的"英雄"部队,废除总督管理体制,废除人身依附奴役制,建立"审判卷宗",征服喀山王国)。与《大禀帖》相似的思想,也在佩列斯韦托夫的两部叙事性著作《穆罕默德—苏丹的故事》和《君士坦丁大帝的故事》中得到了表达。除此之外,佩列斯韦托夫的著作汇编中还包括《书的故事》、两部致伊凡四世的《哲学家和博士们的预言》和15世纪的《皇城纪事》,最后一部经作者稍加改动后被他作为汇编的前言。①

佩列斯韦托夫写的故事究竟有什么文学意义?研究者们已经注意到了他的著作(《穆罕默德—苏丹的故事》《大禀帖》)同《德拉库拉的故事》在思想上的相似②。正如《德拉库拉的故事》的作者佩列斯韦托夫相信"严酷的"政权具有极大的优势和根除"恶"的能力"没有威严的国君是无能为力的;没有威严的王国,如同陛下的坐骑没有套上笼头。"(第153页)但是佩列斯韦托夫写的故事和《德拉库拉的故事》在思想上的接近,更突出地显示了它们之间作为文学文献的差异性。如果说在《德拉库拉的故事》中,情节的建构和故事主要人物的形象都带有双重性,允许做出不同的解释,那么佩列斯韦托夫则是直接向读者阐述自己的观点——不仅是在《大禀帖》中,也是在《穆罕默德—苏丹的故事》和《君士坦丁大帝的故事》中。在这一方面,他仿效16世纪大部分文献:直线式的结构和大量的"作者"解释。正如我们所知,在那个时代,这甚至是类似于《迪纳拉的故事》和《叶夫斯拉季的故事》这类叙事体裁作品所固有的特点。

佩列斯韦托夫并非平白无故把《皇城纪事》作为自己作品集的开篇:思考土耳其人攻占皇城的原因,是15世纪下半叶至16世纪俄国政论热衷的题材之一。佩列斯韦托夫思考这个问题的突出特点是以甚为世俗的方式对其做出解答:皇城是由于君士坦丁王朝"高官显贵"和"懒惰的富人"而陷落的,是他们"限制了"国王的"军威"(使他变得优柔寡断,切断了他与"军方人员"的联系),建立不公正的司法制度,损害了国家的实力。佩列斯韦托夫对国王"优柔寡断"的尖锐否定的评价,同马克西姆·格列克这样一些思想家的观点断然对立,后者认定拜占庭国王毁掉了自己的国家,是由于"藩臣侵占了不义之财,大贵族本身的轻蔑",把国王"对藩臣的优柔寡断"同他们的"傲慢"对立起来。照佩列斯韦托夫的看法,与君士坦丁大帝不同,穆罕默德虽然也是"暴君和异教徒"(但佩列斯韦托夫认为他有皈依基督

---

① 伊·谢·佩列斯韦托夫:《佩列斯韦托夫文集》,亚·亚·济明准备文本,莫斯科—列宁格勒,1956年,第123—184页(以下凡引用本书,仅在引文后注明页码)。对照参阅亚·亚·济明:《伊·谢·佩列斯韦托夫和他的同时代人》,第243—286页。

② 伊·谢·佩列斯韦托夫:《佩列斯韦托夫文集》,第282页;对照参阅亚·亚·济明:《伊·谢·佩列斯韦托夫和他的同时代人》,第412—414页;《德拉库拉的故事》,第57、74—75页。

教的意向),却能在自己的王国中做到建立"正义""志愿"服役(取代"奴役")和公正的司法制度(第151—161页)。

佩列斯韦托夫的就其性质而言完全是世俗性的政论,显示出民间口头创作和口语的明显影响。他写出的警句就像是俗语:"……没有威严的王国,如同没有套上笼头的马"(第153页);"国王对他的臣民温和善良,他的王国就衰败……国王对他的臣民严厉而有方,他的王国就扩展"(第167页);"上帝心爱的是真理"(第153页);"上帝热爱的不是信仰,而是真理"(第181页);"壮士要是发财了,也就心灰意懒了";"雇用一名武士,就像养一只猎鹰,要经常让他开心"(第175页)。在佩列斯韦托夫的著作中还表现出某些狂欢节—江湖艺人表演的特征和独特的黑色幽默(这也使他的作品接近《德拉库拉的故事》)。《大禀帖》中写道:"法官自己身败名裂,是因为他依据穆罕默德的大法签署死刑判决——这把他捧得很高,但随后就掐着他的脖子推出审判庭,还这样说道:你没能留下好名声,应该忠诚地为国王效力。"(第174页)《穆罕默德—苏丹的故事》中也包括类似的故事。当穆罕默德得知他的执法官是"根据承诺"("贿赂")判案时,对他们"并没有治罪,只是命令给他们减肥。他还这样说:'如果那身体又长肥了,就再对他们治罪。'他还吩咐在他们皮肤上打孔,钉上一张纸,在上面写上:非如此不足以在本王国伸张正义和真理"。(第153页)

佩列斯韦托夫发出的呼声,其历史命运是离奇的。这位把"真理"置于"信仰"之上、谴责任何"奴役"的政论家的纲领,不可能也从未被专制政权采纳。除佩列斯韦托夫作品之外的关于他的唯一记载,是皇室档案馆中提到的关于他的"抄本草稿"——这表明,佩列斯韦托夫也像和他观点相近的大贵族之子、自由主义思想家巴什金一样,受到了某些压制。[①] 但是他所表达的帝王"威严"的思想,在16世纪却有实际而十分具体的意义。正如《德拉库拉的故事》的思想那样,佩列斯韦托夫的呼吁也完全不是以其作者所设想的方式实现的。

伊凡雷帝 我们并不了解,年轻的沙皇伊凡·瓦西里耶维奇是否读过佩列斯韦托夫呈送给他的作品或《德拉库拉的故事》:在他统治时期,这些文献无论如何都未得到广泛传播。我们也不知道,伊凡四世的"雷帝"这一历史名号从何时起出现的。但是使徒保罗的话语"国王操心的不是善事,而是恶事",国王佩剑是"为了向恶人复仇,受善人称颂"[②]——成了这位国务活动家真正喜爱的理念,他本身也是16世纪俄国最杰出的政论家之一。

伊凡四世是俄国历史上最令人恐惧的人物之一。伊凡雷帝的暴君特征也体现

---

① 对照参阅《佩列斯韦托夫文集》,第298—299页;亚·亚·济明:《伊·谢·佩列斯韦托夫和他的同时代人》,第336—338页。后来,亚·亚·济明又回到了把所谓"抄本草稿"看成佩列斯韦托夫的"禀帖"抄本的传统观点(《16世纪俄国国家档案馆:修复的尝试》Государственний архив России ст. Опыт реконструкции),莫斯科,1978年,第336—337页)。

② 《伊凡雷帝与安德烈·库尔布斯基通信集》,第19页。(以下引用本文献,仅在引文后注明页码)

在他的创作中:针对其政敌的大量谴责之辞的堆砌,在进行这些谴责时经常夸大其词的"自我激励"——对于一个只会向俯首听命的秘书发号施令、在他们那里除了必然的颂扬以外不会碰到任何东西的统治者来说,这一切都是非常典型的。多次重复同样的想法,是沙皇本人在自己的写作中曾指出过的特征;他还拿他的敌人的凶恶残暴为这一特征以及自己的一切缺点辩护。他曾向库尔布斯基公爵提出:"这样,你对我说的每句话我好像都要写下来? 你们的邪恶念头就是一切罪恶勾当的主因。"(第21页)

但是伊凡四世不仅是一位专制君主,还是他那个时代一名相当有学问、不缺乏才能的作家:较年轻的同时代人称他为"奇谈怪想的大丈夫"①,而史学家则把他比作罗马帝国皇帝尼禄——皇位上的"表演者"。

伊凡四世曾以不同的文学体裁发表言论:传至今日的有他的"言论"(与新教传教士扬·罗基塔的"辩论",与外国外交官波塞维诺、杰罗姆·鲍斯等人的谈话)。教会文学文献——署名为"畸形人帕尔费尼"的《献给威严天使》的赞美诗,大概也出自伊凡四世笔下。② 不过伊凡四世使用的基本文体是书信。传留至今的有沙皇的论战性尺牍,其中包括著名的致库尔布斯基的信和他的大量外交文书。在这些文书(保存于16世纪"外交事务衙门")中往往存在一些论辩(如在致瑞典国王约翰三世、斯捷凡·巴托里以及同一类型的、以大贵族名义致西吉斯蒙德二世·奥古斯特的信函中,等等),并显示出他的独特风格(看来,伊凡雷帝没有动笔,而是口授他的腹稿):同对方的急切争论,大量的演说式问题,嘲弄性地模拟论敌的手法,同时还常常诉诸对方的理智(如"……你本该自我评判一下")。这些可在伊凡四世的各类言论中见到的个人特征,是确定他就是真正作者的最好证据。上述特点同样是沙皇早期(50年代)和晚期(80年代)书信的典型特征,然而我们却说不出任何一位接近伊凡雷帝的人,在整个这段时间内都得到沙皇的垂青。③

伊凡四世在俄国文学史上的作用是复杂而矛盾的。作为约瑟夫派的追随者,他支持百项决议大会关于反对"嘲弄他人者"和"取笑他人者"的决定,比任何人都更对隔绝外来文学对"俄罗斯王国"的影响负有责任,同时沙皇并未失去对世俗艺术的兴趣。研究者们已指出"民间节庆的广场表演形式"④对他的影响。库尔布斯基曾直接指责沙皇对江湖流浪艺人"杂耍"的迷恋(他曾讲述与此相关的列普宁公爵因拒绝按沙皇命令同"戴上假面具的江湖艺人"共舞而遭逢的悲剧命运)⑤。沙

---

① 《古代罗斯动乱时代书面文化中的文献》(Памятники древней русской письменности, относящиеся к Смутному времени),圣彼得堡,1909年,第620卷。
② 德·谢·利哈乔夫:《畸形人帕尔费尼致威严天使的赞美诗与祈祷词》,见《古代罗斯的手抄本遗产:依据普希金之家所藏材料》(Рукописное наследие древней Руси. По материалам Пушкинского дома),列宁格勒,1972年,第10页。
③ 对照参阅雅·索·卢旦耶:《伊凡四世曾是一位作家吗?》,载《古俄罗斯文学研究室著作集》(ТОДРЛ)第15辑,莫斯科—列宁格勒,1958年,第505—507页。
④ 米·米·巴赫金:《弗朗索瓦·拉伯雷的创作与中世纪和文艺复兴时期的民间文化》,第294页。
⑤ 安·米·库尔布斯基:《莫斯科大公的故事》(История о великом князе Московском),圣彼得堡,1913年,第9、12、119栏(стб.)。

皇本人也承认有这种偏爱，但相信容许"杂耍"是出于对"人的顽疾"和民众习惯的宽容（第16页）。伊凡雷帝对"江湖艺人表演"的兴趣，也体现在他的一系列作品中：如在致波兰驻立窝尼亚全权代理人波卢边斯基的信中，伊凡四世把他比作"木笛""音哨"和江湖艺人的其他乐器，嘲笑他那完全滑稽可笑的音调①。"江湖艺人表演"的特征，也显露在伊凡四世的其他一些在内容上往往很严肃的言论和文字（致库尔布斯基、瑞典国王约翰三世、伊丽莎白、瓦西里·格里亚兹内的信）中。

但是问题不仅在于沙皇的兴趣。伊凡四世作为政论家在这些言论和文字中进行争辩、说服和论证。虽然沙皇在国内权力无限，但又不能不经常遇到一些重量级的对手：来自境外的伊凡四世敌人的著作，首先是其中最有才能的人士库尔布斯基的著作。在和这些"反基督的罪人"争辩时，沙皇不能只限于16世纪文学的传统手法，不能只限于对教父著作的广泛摘引和词藻过于华丽的演说。他致库尔布斯基的第一封信（1564），不仅是给他一人的，与其说是致这位"反基督的罪人"的，不如说是"致整个俄罗斯王国"的（正如这封信的初稿本，即最古老的稿本的标题）。"俄罗斯王国"的读者们应当能看出在信中被揭露的大贵族不全是真的，但对此而言，一般言辞是不够的，需要有生动而富有表现力的细节。

伊凡雷帝提到了这样的细节，在给库尔布斯基的信中勾画出"大贵族执政"期间他的孤独童年的图景（伊凡四世的父亲瓦西里三世在儿子三岁时去世，五年后母亲去世），当时那些执政者"彼此倾轧"，"寡人母亲的财物被转移到国库中，遭到粗暴的践踏"。这些场景中的许多片断（如"极具侮辱性地"驱逐都主教约瑟夫；"禁止"费奥多尔·沃隆佐夫进入幼年沙皇的住所）和插图本编年史汇编的插笔中类似的描写彼此呼应，甚至达到了逐字逐句的一致（第27—29页）。②

在伊凡雷帝的信中，沙皇童年的场景特别鲜明。这些场景直至今日仍保留着其艺术表现力。沙皇回忆说："我们在穿衣吃饭方面也受过苦！这一切我们都做不了主，而且做什么事都不是凭自己的意愿，也不是年少时应当做的。有一件事要记住：少年时代我们在玩儿童游戏时，伊万·瓦西里耶维奇·舒伊斯基公爵坐在一张长凳上，胳膊肘撑在我父王的被褥上，一只脚架在椅子上。"（第28页）

这幅画面具有鲜明的倾向性，而从历史上看则未必准确。不过，它的艺术表现力却不能否认——由此可见它在古代罗斯文学发展中的作用。正是这一是否容许描写日常生活场景的问题，成为16世纪就文学中"文雅"与"粗野"的界限展开论战的推动力——这大概是古代罗斯的第一场纯文学辩论。在这场文学争论中，伊凡雷帝最主要的政治对手——安德烈·米哈伊洛维奇·库尔布斯基公爵成了他的论敌。

---

① 《伊凡雷帝书信集》（Послания Ивана Грозного），莫斯科—列宁格勒，1951年，第197—204页。
② 对照参阅《俄国编年史全集》（ПСРЛ），第13卷，第141、443页；达·纳·阿利希茨：《伊凡雷帝和他那个时代的插图本编年史汇编的收录》，载《历史学刊》（ИЗ）1947年第23期，第270页。

安·米·库尔布斯基　安·米·库尔布斯基是在 16 世纪中叶改革时期发挥过显著作用的那批活动家小组的参加者,他本人给这个小组取名为"精英会"。库尔布斯基出身于王公世家(雅罗斯拉夫公),是《日读月书》的编撰者之一的瓦·米·隆奇科夫的内侄,接受过他那个时代良好的文学教育。60 年代初,"精英会"中许多成员都受到冷遇并身遭迫害;类似的惩治也可能在等待着库尔布斯基。在被任命为不久前合并到俄罗斯王国的尤里耶夫(塔尔图)地方行政长官后,库尔布斯基利用这一机会于 1564 年夏季跑到波属立窝尼亚。但是,"出走"到波兰国王那里并落入立陶宛—俄国显贵圈子之后,他想说明一下他出走的理由,于是就给伊凡四世写了一封信,谴责沙皇对那些为俄国征服"桀骜不驯的王国"而立功的忠诚将领进行前所未闻的"迫害"。伊凡雷帝用已为我们所知的"致整个俄罗斯王国"的信回复库尔布斯基;于是,在善于动笔的对手之间便发生了一场激烈的论战。与 15 世纪末—16 世纪初的书信体文献不同,这些书信当初是作为实际信函写给具体人的,只是后来才成为广大读者群的共有物,库尔布斯基和伊凡雷帝的书信从一开始就带有政论性质。当然,沙皇在他的信中答复了库尔布斯基,库尔布斯基也回答了沙皇,但是,他俩谁也不打算真正说服对方相信自己是正确的。他们俩写信首先是为了各自的读者,为了他们的独特决斗的见证人,也是在这个意义上,他们的通信近似于新时代作家的"公开信"①。

在这些书信中,库尔布斯基的文学立场明显而无疑地有别于其论敌的立场。就其思想观点而言,侨居国外的公爵接近于 16 世纪上半叶的禁欲派,但从文学风格而言,他却远离带有幽默、常用俗语的瓦西安·帕特里克耶夫。马克西姆·格列克更接近于库尔布斯基(后者在出走前就认识他,并对他深为敬重);库尔布斯基的高雅修辞和复杂句型,都令人想起马克西姆·格列克和这位过去的希腊—意大利人文主义者模仿的古典范例。库尔布斯基给伊凡雷帝的第一封信,是演说文体的出色典范——一种"西塞罗式"演说辞,似乎一气呵成,逻辑严密,首尾贯通,并完全去除任何具体细节:"陛下!你为什么把那些在以色列都被视为强人的将领们斩尽杀绝?他们可是上帝赐予你来对付你的敌人的?你为什么用受难者的鲜血去染红教堂的门楣?你为什么存心让你的忠臣良将遭受亘古以来闻所未闻的苦难、严刑和死亡?……那些骄横的王国不是被摧毁了吗?可是你的助手又在全面重建它们,从前我们的祖辈可受过他们的奴役。那些日耳曼城堡不是靠着上帝赐予你的理智的奋勉而特别坚固吗?你给我们这些可怜的人虽有赏赐,但为什么千方百计地坑害我们?……"(第3页)

正如我们所知,沙皇的回信绝不会忍受如此严厉的责问。伊凡雷帝在"致整个俄罗斯王国"的信中也诉诸激情和"崇高的"风格,但也未能避免明显的江湖艺人表演的手法。对于库尔布斯基的苦涩之言"……我感到你在末日审判之前已看

---

① 对照参阅雅·索·卢里耶:《伊凡四世曾是一位作家吗?》,载《古俄罗斯文学研究室著作集》(ТОДРЛ)第 15 辑,第 507—508 页。

不到我本人了",沙皇回答:"谁愿去看那张又黑又丑的老脸呀!"(第8、43页)正如我们所知,伊凡雷帝在信中还加进了一些纯粹日常生活场景——描述自己孤苦的童年,大贵族的为所欲为,等等。

这样的风格混杂和"粗野"俗语的引入,在库尔布斯基看来是触目惊心、俗不可耐的。他在给伊凡雷帝的第二封信中不仅否定了沙皇的政治论据,还嘲笑了沙皇的文学手法。他向伊凡四世说明,把这样的文字寄给"有学问的内行人",特别是寄往"异国他乡,而生活在那里的一些人,不仅在语法学和修辞学方面,在辩证法和哲学方面也都是出类拔萃的"(第101页),这一行为很无耻。他还觉得提及舒伊斯基公爵在沙皇的卧床上支着胳膊肘是有失体面的;还有一处谈道,在舒伊斯基挖空国库之前,身上总共有一件皮袄——"面料为绿色棉毛混纺,貂皮衬里,都已很陈旧"(第28页)。库尔布斯基讥讽道:"在这里讲什么床铺衣着和其他琐碎之事,真像癫狂的村妇絮絮叨叨;竟如此粗俗不堪!"(第101页)

我们面对的是一场关于应当如何建立文学的论战。如果说在政治辩论中库尔布斯基是沙皇的强劲对手,那么在文学争论中他未必可以算作胜利者。他无疑感觉到了沙皇"粗暴"论证的力量,并在他完全以另一种历史叙事形式写成的作品中流露出这一点。这就是《莫斯科大公的故事》一书,它是1573年库尔布斯基在波兰"无王理政"时期写成的,有一个直接的政治目的:不允许伊凡四世登上波兰王位。①

库尔布斯基把他的故事书写成了对于传记的独特讽刺性模拟之作:类似于圣徒传作者,他似乎在回答"许多有识之士"提出的关于他笔下主人公的问题:莫斯科的沙皇首先是一个"善良而显要的人",走到如此残暴的地步,这是怎样发生的? 为了说清楚这一点,库尔布斯基也像在传记中那样讲述了这位主要出场人物的先辈,但不是讲他们的优良品质,而是说他们"凶恶成性":强迫瓦西里三世的第一个妻子索洛莫尼娅·萨布罗娃剃度去当修女,伊凡三世与叶莲娜·格林斯卡娅的"非法"婚姻,把"圣贤之士"瓦西安·帕特里克耶夫关进牢房,"当今的"伊凡(四世)在"违法乱纪"和"私欲横行"中和他在青少年时期的"无法无天的勾当"。这样,在说过原初之恶产生后续之恶后,库尔布斯基又讲述了两位人士怎样把"由于缺乏有教养的父亲而凶恶成性、恣意妄为,过分残暴,不管对谁都怀有强烈报复心的年少的沙皇"变得虔信宗教,具有军人的勇敢无畏精神。这两位人士,一位是1547年莫斯科(反格林斯基家族的)起义时期来到年轻沙皇身边的诺夫哥罗德"修道士"西尔维斯特,另一位是"品德高尚的年轻人"阿列克谢·阿达舍夫。他们让沙皇远离那些酒肉朋友,"食客和帮闲",让一些"明智而完善的人士"——"精英会"成

---

① 安·米·库尔布斯基:《莫斯科大公的故事》(以下凡引用本书,仅在引文后注明栏次)。对照参阅亚·亚·济明:《库尔布斯基何时写出了〈莫斯科大公的故事〉?》,载《古俄罗斯文学研究室著作集》(ТОДРЛ)第18辑,莫斯科—列宁格勒,1962年,第305—308页。

员接近沙皇(第 5—13 栏)。①《故事》中伊凡四世的战功,首先是库尔布斯基作为见证人和参加者详细描述的对于喀山汗国的攻占,就是"精英会"良好影响的自然结果。

但这只是"莫斯科大公"在位时期的前一半。在"光荣战胜"喀山和 1553 年沙皇患上"热病"之后,在伊凡四世那里又出现了转折。"约瑟夫派"(沃洛科拉姆修道院的约瑟夫的弟子,库尔布斯基曾在瓦西安·帕特里克耶夫遇难时谴责他们)中的一位长老促成了这一转折;先前的主教瓦西安·托波尔科夫在沙皇耳边私进"险恶之言":"如果你想成为君主,那就连一个最聪明的顾问也不要留在身边。"(第 44—57 栏)饮用了"来自东正教主教如此致人于死地的毒药"后,伊凡四世开始让那些"布衣出身"的"录事们"接近自己,迫害"高官显贵"。他不听这些人关于继续同"穆斯林"的战争并出兵征讨克里米亚汗国的良好建议,也不考虑他们的谨慎而平和地让"利夫兰德"土地隶属俄国的计划。库尔布斯基在描述立窝尼亚战争初期的成功岁月时,再次回到他所热衷的政治理念,但却以更间接的形式——通过一位被俘的立窝尼亚"预备役元帅菲利普"(夏尔·冯·贝尔)的明智言论,阐述了这些理念。敏锐的菲利普理智地解释说:俄国人之所以打败立陶宛人不是因为他们更强大,"而是因为立陶宛人背离了先辈们的风俗习惯,抛弃了'神圣的法则和规章'"(第 92—97 栏)。

瓦西安·托波尔科夫的"险恶之言"和"恶劣谋士们"的影响,导致沙皇把西尔维斯特和阿达舍夫解职并对他们态度冷漠,开始对先前"甚为喜爱的"盟友进行"迫害"。其实,库尔布斯基在此已结束了其抨击文的基本部分,转到补充部分——被伊凡雷帝打垮的"大贵族领主和一般贵族世家"及"蒙难圣徒"列传。

这就是《莫斯科大公的故事》的内容,库尔布斯基努力把这部文献写成一部风格严谨、行文考究的叙事作品,适合熟悉语法、演讲术、辩证法和哲学的读者阅读。但是作者还是未能完全坚持这种风格上的统一,而且至少在两处诉诸他曾如此断然否定过的样例——描写日常生活场景和使用俗语。库尔布斯基谴责立陶宛的贵族们在立窝尼亚战争的最初几年没有表现出足够的战斗精神,还描写了立陶宛土地上的"统治者"怎样在嘴里灌满了"价钱昂贵的各种葡萄酒"之后,悠然自得地"躺在铺着厚厚的绒毛褥子的病榻上,在几乎已近中午时醒来,因醉酒而包着头巾,勉强打起精神,跌跌撞撞站起身来"。(第 81 栏)库尔布斯基自己没有觉察到,他在这里描写的恰好是在他看来不适合于"高雅文学"的对象——"床铺"!库尔布斯基显然是在回应伊凡雷帝关于童年的描写时,提出了自己关于那些事件的看法,但也就陷入错谬中。他证实,那些培养过伊凡四世的"傲慢的大老爷,照他们的说法即大贵族",不仅不让他受任何委屈,反而满足他的"任何享受和欲望";他还补充说,他将不再讲述年少的沙皇"做出"的一切,但还是想"提起"一件事来:"……

---

① 对照参阅德·谢·利哈乔夫:《伊凡雷帝作品与库尔布斯基作品的风格》,见《伊凡雷帝与安德烈·库尔布斯基通信集》,第 207—209 页。

他开始第一次让不会说话的动物流血,把它们从高高的陡坡上抛下去,用他们的话说,从台阶或高台上摔下去。"(第5—6栏)一位精通语法学和演讲术的专家做什么事,也不会让自己降低到"癫狂的村妇"纠结于日常具体琐事的地步:他把狗和猫变成抽象的"不会说话的动物",把台阶变成高坡——还是没有保持生动的细节,顺便说说,这些细节在新时代文学中是很风行的,正如伊凡雷帝讲到的"床铺和女装"。

16世纪的政论,无论就其思想性还是就其艺术性而言,都绝不是同一类型的。诚然,所有传留至今的政论文献,无论如何,都是与统治阶级相联系的:反映被压迫阶级立场观点的作者们(如费奥多西·科索伊)的著作没有保存下来。无论禁欲派的瓦西安·帕特里克耶夫、马克西姆·格列克、三一修道院修士阿尔忮弥斯、库尔布斯基、《瓦拉阿姆谈话录》的匿名作者,还是和这个派别格格不入的政论家约瑟夫、丹尼尔、叶尔莫莱—叶拉兹姆(更不要说伊凡雷帝了),都认为他们那个时代存在于土地占有者和农民之间的关系是自然而必要的。正如一些研究者公正地指出的,他们所有人都是趋于一致的:承认社会不平等的不可避免与合情合理①,"对一切形式的反封建运动的尖锐否定性评价,确信'庄稼人'应当供养自己的主人"②。但是,16世纪与统治阶级相联系的政论家们却代表了这个阶级的不同集团,在具体纲领上也有明显的分歧。沃洛科拉姆修道院的著名精神领袖约瑟夫和整个教会上层一起经历了深刻的演变:16世纪初,他从最后一批分封王公的盟友和"背离正教的沙皇"(袒护异端派的伊凡三世)的揭露者,变成了专制独裁的辩护者,成为同时代人眼中"大公的新贵族"。对于被强迫剃度为修士的瓦西安·帕特里克耶夫而言,莫斯科的大贵族群就是最亲近的社会圈子;瓦西安提出的改革,绝对不会与专制独裁政权的利益相矛盾,本应预防专制独裁政权与大贵族领主之间的冲突。"军人"佩列斯韦托夫看到自己的同僚——服役人员"受奴役",甚至产生了一个大胆的想法:"在某王国人们受到奴役,而且在同一王国人们却胆小怕事,不敢反抗那些仇敌"(《佩列斯韦托夫文集》,第157页),虽然他也认为沙皇政权的"威力"和始终不渝的严酷是反对这种"奴役"的主要方式。为这些政论家所特有的对基督教仁慈和爱他人的理念的不同理解,也是由此而来的。瓦西安·帕特里克耶夫和马克西姆·格列克以鲜明的笔调描绘了隶属修道院的农民的破产,而沃洛科拉姆的约瑟夫只指出了世俗的达官贵人们的"奴仆和孤寡者"的"忍饥挨饿和一贫如洗"③。沃洛科拉姆的约瑟夫和伊万·佩列斯韦托夫同样注意到魔鬼搞出来的把亚当驱逐出天堂的伤天害理的伪经故事,但是沃洛科拉姆的约瑟夫断言"游手好闲"来自魔鬼,"辛勤劳动"来自上帝,而佩列斯韦托夫则认为魔鬼是所有"登记干活"和"奴役"

---

① 亚·亚·济明:《伊·谢·佩列斯韦托夫和他的同时代人》,第455页。
② 瓦·帕·阿德里阿诺娃—佩列茨:《16世纪文学中的农民题材》,载《古俄罗斯文学研究室著作集》(ТОДРЛ)第10辑,莫斯科—列宁格勒,1954年,第201页。
③ 娜·亚·卡扎科娃:《瓦西安·帕特里克耶夫及其著述》,第258页;《沃洛科拉姆修道院约瑟夫的书信》,第152—154页。

的始作俑者。①

不过，16世纪的政论虽有其全部多样性，对于那个时代的文学而言，毕竟是一种崭新而特别的现象。广泛而充分地讨论"尘世的"问题（取代在前一时期类似的书面文献体裁中几乎绝对是宗教论题）已是一个新的事实；16世纪的政论虽未涉及农民依附于他们的"主人"的性质这一最尖锐的问题，却一再谈及社会底层阶级——"农夫"和"孤寡者"。

"农民题材"在16世纪文学中的出现是一个意义极其重大的现象：它证明了在专制独裁政权得到巩固之后，这一题材的尖锐性并未减弱，而是得到了增强；因此这个题材不可避免地吸引了不同思想家的注意。16世纪对于世俗性"无益的"故事来说是一个不适宜的时期，但是世俗题材却渗入另一些"有益的"体裁中；16世纪广泛流行的世俗政论自然不得不转向那个时代最"棘手的问题"。一系列政论文献的诗学也是新颖的：向尘世的、日常生活题材的转换，影响了作家的修辞手段，迫使他们从崇高的铺陈转向日常生活细节——"癫狂村妇的絮絮叨叨"。

15—16世纪的俄国未能实现文艺复兴，这里还不存在为此时在西欧业已发生的这样深刻的文化变革所必需的历史前提。16世纪初已遭到专制独裁政权镇压的宗教改革—人文主义运动，在16世纪下半叶最残酷的君主专制和沙皇特辖制形成之后，已被彻底击溃。在15—16世纪的西欧，曾对资助科学与文艺的王公与国王的强有力的政权抱有希望的人文主义者，一直确信暴政对于文艺复兴的敌视（米开朗基罗和莎士比亚都感到了这种冲突）。不过，西欧的专制制度（甚至包括西班牙，那里的专制制度具有最暴虐的性质）还是没有像在伊凡雷帝统治时期的俄国那样，达到如此彻底的、无所不包的程度。在被严密"关闭"的俄罗斯王国内，沙皇特辖制的恐怖意味着人的个性——文艺复兴的主要支撑点受到完全的压制。在欧洲的公社——城市中，人不仅是臣民，而且是公民；"城市由官方认可应属于其居民"这一法律原则，在"上主的大诺夫哥罗德"也是得到承认的。但是，把城市的自由纳入君主专制的政治体系中，这一做法是某些西欧国家所固有的，在俄国却行不通。在伊凡雷帝的王国，全体臣民，包括大贵族领主和王公，都一样被看成"干活的人"和"国家的奴仆"。毫无限制的独断专行和对法制的践踏，都是在原则上与文艺复兴相抵触的现象。

在16世纪文学中，确切些说，在16世纪上半叶文学中，我们仍然能发现某些尽管未得到充分发展的追求文艺复兴的征兆。16世纪的政论不仅转向了尘世题材，在很大程度上具有世俗性质，而且显露出对于中世纪而言不寻常的作者个性特征。16世纪政论家的名字，并非偶然地几乎全部为我们所知：这是一些鲜明的、彼此不同的个体。对于理性的力量、依据某些理性原则建立社会和国家的可能性

---

① 《沃洛科拉姆修道院约瑟夫的书信》，第312—313页；《佩列斯韦托夫文集》，第181页。

的信念——正是这一点使 16 世纪世界观各异的政论家们彼此接近起来。同样,国家作为服务于人类福祉、可以建立在理性基础上的机构,其使命本身的世俗依据对于他们而言也是颇具特色的。在已提及的叶尔莫莱—叶拉兹姆关于"农夫"的论断中,最突出的特点正是其理论的实用性—纯理性的论据,他向西方思想家号称的"社会福利"(res pubice, common wealth)发出呼吁:"万事之始需有农夫:靠其劳作才能收获粮食,也由此才能取得一切财富……进而整个国土——上自国王下至普通民众,才能靠他们的劳动成果而获得温饱。"[①] 佩列斯韦托夫也以类似的方式,论证了自己关于"奴役"民众将给国家的军事实力造成危害的思想:"……他们都遭受奴役,只有那一个人既不惮于羞耻,也不为自己争取荣誉。"(《佩列斯韦托夫文集》,第 157 页)甚至伊凡雷帝(在"致整个俄罗斯王国"的信——致库尔布斯基的第一封信中),也一再为自己对被贬黜的大贵族领主和西尔韦斯特神甫的敌视态度进行辩护,理由是"被神甫们控制的"或"听命于教区主教(神职人士)和管事的军政要员"的国家,正在走向"毁灭":"那时整个王国就将因没有体统和内讧内乱以致内战而瓦解(分崩离析)。"伊凡雷帝宣称,国家的利益把特定的责任交与国王承担:"统治者不应该像野兽那样狂暴,也不要毫无声息地容忍谦让。"(《伊凡雷帝与安德烈·库尔布斯基通信集》,第 18 页)当然,我们不能不注意到,这些明智的训导正是出自一个在很大程度上倾向于"像野兽那样狂暴"的统治者、一位沙皇之口,是他对"奴仆们",对他的所有遭压制的臣民——从农民到大贵族领主和王位继承人发出的警告。但是,极端任意胡作非为和这些宣言的这种结合本身,已证明了一种连不可一世的"食人者"也不得不重视(哪怕只是在口头上)的时代精神。

虽然宗教—人文主义运动遭到压制,"无益的故事"悄然消失,但 16 世纪文学作品已显示出中世纪书面文献所不具备的新特征。俄国"未成功的文艺复兴"文学的这些新特征,在 17 世纪的文学中获得了进一步的发展。

只要没有在人的社会阶层、人的某个行会属性之外发现人的价值本身,没有个性因素的发展,也没有新时代所特有的一切,向新时代的过渡就是不可能实现的。这后来也在俄国实现了,但所需要的时间是漫长的。在俄国,未曾有过像在西方那样的文艺复兴时代,但已显露出绵延于整个 16 世纪、17 世纪和 18 世纪的文艺复兴现象——一种"延宕的文艺复兴"。

(雅·索·卢里耶执笔,左少兴译,汪介之校并补译注释)

---

① 维·费·勒日加:《叶尔莫莱—叶拉兹姆的文学活动》,第 193 页。

第六章
"过渡时代"的文学

第一部分 17世纪上半叶文学

1. 概述

17世纪作为"暴动的"时代载入史册是不无原因的。这个世纪开始于"动乱时代"——俄国的第一次内战时期,结束于射击军的起义:1698年6月,彼得一世正在国外旅行之际,四个在边境执勤的射击军团队从托罗佩茨县向莫斯科进逼。射击军希望振兴莫斯科工商区,打击大贵族领主,捣毁德国人的商贸免税区,把政权交托给索菲娅公主或别的任何一位"好"君主。在伊斯特拉河畔的新耶路撒冷修道院墙下,戈尔东将军的正规军彻底击溃了起义部队。在世纪之初的动乱时代和1698年之间,还有若干次大规模的民众风潮和几十次小型暴动,如1648—1650年在莫斯科、诺夫哥罗德和普斯科夫出现的"混乱状态",此时"庶民们搅得贵族领主惊恐不安";1662年的"铜币暴动",斯捷潘·拉辛领导下的农民战争;1668—1676年索洛维茨基修道院的暴动;还有著名的1682年"霍万斯基叛乱",这时的射击军改名为"客籍步兵团",整个夏季一直掌管着莫斯科。

动乱时代清楚地表明"静谧与安宁"(这一古代罗斯的说法意味着一个平稳而完美的国度)已一去不复返。罗斯经历了最严重的危机——王朝的、国家的和社会的危机。沙皇政权不可动摇的威望一落千丈。不久前,伊凡雷帝还坚信他是"王权神授"的国君,曾十分傲慢地对波兰当选国王斯捷凡·巴托里奚落地说,他是凭着"多次暴乱的人性欲求"才登上王位的。如今,在费奥多尔·伊凡诺维奇(钱袋)家族没有留下后嗣的最后一位沙皇去世之后,俄国本身经历了"多次暴乱"时代。鲍里斯·戈都诺夫勉勉强强得以维持社会的平衡:社会各阶层在费奥多尔在世时就习惯了沙皇内兄的铁腕治国。但是，连续三年的饥荒却导致国家一片混乱，动摇了"奴仆沙皇"鲍里斯的独裁政权。在他当政时期出现了第一位僭称为王者。

颇能说明问题的是，与西欧的情况不同，17世纪初期以前的俄国史料中，没有提到任何一个冒名称王者，虽然曾多次形成"促使"僭称为王者出现的历史情境。15世纪的封建战争就是这样，此时彼此争斗的是德米特里·顿斯科伊的两支族裔的后代，先有伊凡三世还在世时他的长孙和儿子对王位的争夺，后来则特别是在伊凡雷帝统治末期，伊凡·伊凡诺维奇王子死于父亲之手。然而，在任何一种情境中都没有出现冒名顶替者。相反，在伪德米特里一世（唯一一位得以戴上王冠"莫诺马赫皮帽"的人）之后，僭称为王者却大量滋生。仅在动乱时代冒名顶替者就达到15位之多："第二个伪德米特里"图希诺之贼、"王子"彼得、伊凡—奥古斯都、克列缅基、萨韦利、瓦西里、叶罗菲、加夫里拉、马尔腾、拉夫连季，等等，他们都冒充伊凡雷帝的子孙。

这就是说，俄国的僭位称王不仅是一种心理现象。它往往发生在这样的时期：中世纪思想体系的相对统一遭到破坏，社会下层产生了要和政权竞争的意识，哪怕披上一层君主专制的外衣。僭位称王就是民众暴动的外衣。几乎每次造反都有各自的冒名称王者。在波洛特尼科夫率领的造反者的旗帜上，写着"真正的沙皇德米特里·伊凡诺维奇"的名字。当拉辛的起义军沿着伏尔加河向中央各县地区挺进时，在他们的船队中有两艘平底船，一艘是黑色的，另一艘是红色的。颜色具有象征性意义：拉辛散布流言说，同他在一起的似乎有被罢黜的大牧首尼康（坐在修士的黑色平底船上），还有在此之前已去世、曾被放逐的王子阿列克谢·阿列克谢耶维奇（红色、紫红色和深红色是皇权的标记）。在彼得一世执政时期，几位冒名的阿列克谢·彼得罗维奇曾使民众激动不安。

从沙皇米哈伊尔·费奥多罗维奇和沙皇阿列克谢·米哈伊洛维奇时期的刑事侦查案卷中可以看到，政府对僭称为王者曾恐惧到张皇失措的地步，而僭位称王几乎变成了常见的现象：各个不同的社会集团中的人们，大贵族子弟和牧师之子，哥萨克和农奴，某些机构中的书吏和城镇中干杂活的人，都表现出追求这种现象的心理。这说明所有社会阶层都参加了夺权斗争。社会各阶层的积极性也影响着17世纪的俄国文化界，改变了文学的风尚，推出了新的书写类型和新的艺术理念。

从动乱时代起，文学也呈现出"反叛的"性质。如果说以往文学写作是神职人员的，首先是有学问的修士的特权，那么现在从事文学写作的则是不同身份和不同地位的普通人。口头语言和书面语言的作用在政治斗争和社会斗争中持续增长。伪德米特里一世取得胜利与其说是靠武器，不如说是靠政论、宣传和"暗中投递的信件"。号召书、"文告"和"复文"充斥国内。伊万·波洛特尼科夫和瓦西里·舒伊斯基、图希诺之贼和"七领主政府"、大牧首格尔莫根和波兰国王西吉斯蒙德三世都散发过这类宣传品。当摆脱外国干涉者的斗争开始时，谢尔吉三一修道院成了书面宣传材料的主要策源地。它也像下诺夫哥罗德、雅罗斯拉夫、托季马等其他一些城市一样，以"集体写作者"的角色出现："莫斯科王国弟兄诸君""本着同一想法"彼此召唤，"和整个国土协调一致地站立在一起"，解救了支离破碎、满目疮痍的祖国，使国家振兴起来。

虽然"暗中投递的信件""文告"和"复文"是一些政论材料，虽然其作者并没有给自己提出艺术的任务，但是动乱时代的宣传鼓动文字还是对后来的整个文学产生了结构性的影响。这些书面材料想必不仅传递信息，而且发挥了动员、说服的作用。因此在这些材料中广泛而多方面地显示出演讲的方法：使用民间口头创作和书面文学中的"哭诉"体裁，以及古代罗斯语言艺术中为描写战事和民间灾难而形成的规范模式。表现力——这就是这些文字材料区别于以往时代官衙公牍处理各类文件的特征。动乱时代的宣传鼓动文字自然不是消遣性作品，但也不是文件；毋宁说这是一种演说词。例如，17世纪初的"笔战"就在对中世纪体裁系统的改造中催生了一种特殊的现象——对公文书写的艺术性重估。这种重估既体现在亚速城堡故事系列中（见后文所述），也显示于在整个17世纪都不曾干涸的文学弄虚作假的浊流中（如伪造的伊凡雷帝文告和哥萨克人致土耳其苏丹的信，等等）。

极为重要的是，"笔战"摆脱了文学以外的各种禁忌，摆脱了政府和教会的控制。如果某一个莫斯科人，系瓦西里·舒伊斯基的臣民，要拿起自己的笔锋反对大贵族拥戴的沙皇，只要"移居"到近在咫尺的图希诺村就够了——此处是与莫斯科竞争的崭露头角的首都。实际上沙皇舒伊斯基并没有控制莫斯科。俄国作者至少有8年（或者说13年）时间——从鲍里斯·戈都诺夫去世到1613年选出米哈伊尔·费多罗维奇为沙皇（事实上是到1618年杰乌里诺协定和菲拉列特·罗曼诺夫从波兰回国）——都拥有利用"言论自由"和意识形态进行选择的权利。在评价人物时，作者们也不以他们在社会、教会和国家等级层次中的地位为转移，哪怕他们位高权重。这就形成了对人的艺术反思，也促进了艺术中"性格的发现"。

结果，文学的社会基础大大拓宽了。文学产品的数量显露出急剧增长的趋势。在17世纪，即便是俄国沙皇也成了"耍笔杆子的人"，这一事实证明了社会意识中文学功能的变化，包括权威影响力功能的变化。整个16世纪，直到17世纪初伪德米特里一世时期，在罗斯存在一种禁令（到此时仍未说明），即禁止戴王冠者"写作"。16世纪的君主们都没有留下自己的墨迹，甚至伊凡雷帝这样多产而出色的作者，其著述看来也是口授而由别人笔录的。从第一位冒名为王者起，情况发生了根本的变化。如果说米哈伊尔·费奥多罗维奇还不是文学家，而只是一位文学艺术事业的赞助者（他保护过"衙门派"诗人），那么他的儿子阿列克谢则写散文（不仅写书信体散文，还写过一篇《驯鹰署警官》），而他的孙子费奥多尔甚至写过一些音节诗。这种新现象不仅取决于俄国文学发展的内在过程。这里也体现出晚期文艺复兴的理念，它认同"时代的交接"能扭转结合着统帅和政治家的品质与文学天赋的活动家（homo scriptor）。罗曼诺夫王朝的前几位沙皇仿效欧洲的"强大潜能者"，17世纪的俄国已走上欧化的道路。

古代罗斯的文化不是孤立的文化。罗斯属于拜占庭—斯拉夫东正教文化圈(还加上使用基里尔字母和斯拉夫语的摩尔达维亚和瓦拉基亚)。只有到了15世纪中叶,在奥斯曼帝国夺占君士坦丁堡和巴尔干半岛之后,罗斯才处于文化孤立状态。从这个世纪末,即从鲍里斯·戈都诺夫时代起,俄国才开始"回归欧洲"的某种举措,改变对乌克兰、白俄罗斯、波兰的方针。1596年布列斯特合并以后,乌克兰和白俄罗斯信奉东正教的知识分子曾在莫斯科寻求援助和支持。从1605年起,奥尼西姆·拉季舍夫斯基、莫斯科"混乱状态"动荡时期的费奥多尔·科西扬诺夫·戈兹文斯基等,都曾在印书馆工作,后者是"希腊语和波兰语"译员,从希腊翻译了伊索寓言以及传说式的寓言作者传记。戈兹文斯基还写过音节体诗,因此也参与了俄国文学新品种——书面韵律诗的形成过程。

动乱时代加速了欧化进程(波兰人中间不仅有冒险分子,也有受过教育的知识分子)。1619年大牧首菲拉列特从波兰的俘虏营返回俄国后,成了国家意识形态的掌舵人。他发现波兰的,特别是乌克兰和白俄罗斯的风气,已经在莫斯科文化中牢牢地扎下了根。菲拉列特公然对抗这些风气。他禁止输入、保存和阅读欧洲书籍,其中包括有同一信仰的乌克兰和白俄罗斯的印刷出版物。1627年,他对乌克兰人拉夫连季·济扎尼的《教理问答》下了禁令,对另一乌克兰人基里尔·特兰奎利翁的《训世福音》,则以一封特别信函命令"没收并焚毁"。但是这些举措并未达到,也不可能达到应有的效果。顺便说一句,菲拉列特是一位不错的拉丁语文学者和波兰语文学者,本人并没有摆脱波兰的影响(无怪乎他曾成为图希诺伪德米特里二世麾下的第一任"大牧首",在沙皇米哈伊尔执政时期,对此当然是讳莫如深的)。菲拉列特在他的反动纲领中,甚至也以波兰的反改革举措为导向。在其宣讲的国家规章本身的理念中,就可以感觉到被禁的马丁·希什科夫主教著作(1617)的波兰标识。出于对改革的反对,菲拉列特不仅仿效保守的纲领,也借鉴对于人文科学知识的尊重,只要它不与官方的主张相对立。因此大牧首曾庇护狄奥尼索斯·佐布宁诺夫斯基和伊万·纳谢德卡,他们在菲拉列特返回俄国前夕受到了教会传统派的攻击。所以菲拉列特也像他的儿子一样,是"衙门派"诗人的赞助者,虽然莫斯科诗歌创作中的乌克兰—白俄罗斯和波兰的源头,在他看来是显而易见的。

如果政权对于俄国和欧洲接触的态度不是一以贯之,而是前后矛盾的,那么,那个时代的俄国的"知识分子"(包括能读会写的神职人员和受过教育的庶民)在这方面也不是一致的。在俄罗斯社会思想中显示出三条适合俄国的道路。第一条是莫斯科作为"第三罗马"、拜占庭意识形态的继承者和全世界东正教中心的道路,这条道路能够恢复已丧失的拜占庭—斯拉夫的共性,能够同特伦多大会之后得到巩固的罗马相抗衡。这一思想在尼康大牧首的活动中得到了最高体现。第二条道路预见到"神圣罗斯"的重建与复兴,即放弃全球性的炫耀,坚持古老传统的独立自主性。"虔信宗教的热心捍卫者"伊万·涅罗诺夫、斯杰凡·沃尼法季耶夫、大司祭阿瓦库姆等表达了支持这条路线。最后，西欧派提出了第三条道路——与西欧接近并掌握欧洲文化。

信奉这些不可调和思想的各社会集团，包括文学领域内的各派别，在17世纪中期和下半叶发生了公开的冲突。17世纪上半叶是开启的时代、新思潮日渐成熟的时代，也是中世纪文学体系缓慢而持续不断、不可逆转地得到改造的时代。

2. 动乱时代的宣传鼓动文献："性格的发现"

在罗斯走过动乱时代之后，思考动乱产生原因的时机已到来。据莫斯科历史编纂者的一致意见，其中的主要原因是"全世界极不明智的沉默不语"，或"忍气吞声的缄默"，也即在伊凡雷帝和随后的鲍里斯·戈都诺夫当政时期缺乏持反对立场的人，人们害怕去揭露罪孽的暴政。但是鲍里斯·戈都诺夫刚刚死去，其子费奥多尔·戈都诺夫就被刺客所杀，伪德米特里攫取大权后随即倒台，于是沉默不语的时代被俄国"众声喧哗"的时代所取代。《蜜蜂》（手抄本格言集）曾以伊苏格拉底的话提醒俄国人："但愿谁也不要指望，一旦控制了政权，他的罪孽就可被隐瞒到底。如果他在有生之年听不见严峻言辞，那么随后出现的就是大胆宣讲的、从前不说的真话。"① 这番话得到了应验。

可见，最先的"严峻言辞"说的是被推翻的国王。真的是在伪德米特里落得可耻下场和瓦西里·舒伊斯基公夺得王位后过了没几天，就出现了《基督以洞察一切的眼睛为其新蒙难者、乌格里奇城圣洁王子德米特里无辜流血向鲍里斯·戈都诺夫复仇的故事》②（1606年5月底—6月初）。它是谢尔吉三一修道院修士中的一位著书人编写的。故事中有三位主角：其一，"心胸狭窄"、虚伪奸诈、诡计多端、残忍无道的暴君鲍里斯·戈都诺夫，他不仅因为杀害王子德米特里，还由于谋害沙皇费奥多尔而受到谴责；其二，叛教者、正教的死敌和"撒旦的走狗"格里什卡·奥特列皮耶夫（当暴动的人群把一丝不挂的僭称为王者的尸体从莫斯科拖出城外之后，作者写道："许多人在半夜时分甚至到鸡叫时，还朝他那罪大恶极的尸首大声叫骂，有人敲锣打鼓、吹着喇叭和管乐器及其他魔鬼才有的玩意儿：因为撒旦很高兴自己的帮凶到来"）；其三，就是瓦西里·舒伊斯基。

前两位是绝对的、"标准的"恶徒。在故事场景中，格里什卡·奥特列皮耶夫被设定为"神的扫帚"的角色：上主放出他去撕咬鲍里斯·戈都诺夫，为的是"为其

---

① 《古代罗斯的羊皮纸抄本〈蜜蜂〉：维·谢苗诺夫的著作》（Древняя русская Пчела по пергаменному списку. Труд В. Семёнова），圣彼得堡，1893年，第108页。

② 文本研究与出版，参见维·伊·布加诺夫、瓦·伊·科列茨基、亚·拉·斯坦尼斯拉夫斯基：《〈复仇的故事〉——动乱时代的早期政论文献》，载《古俄罗斯文学研究室著作集》（ТОДРЛ）第28辑，列宁格勒，1974年，第231—254页。作者在这里深入研究了这篇文献和它的新稿本《鲍里斯·戈都诺夫在莫斯科非法登上皇位的故事》（大约编写于1606年6月底）——冈察洛夫1620年代的历史编著、所谓《另一个故事》之间的版本学联系。亦参见叶·尼·库舍娃：《动乱时代政论史略》，载《萨拉托夫大学学报》（Учен. зап. Саратовск. ун-та），1926年第V（XIV）卷，第42—50页。

新蒙难者无辜流血复仇",即为德米特里和费奥多尔·伊凡诺维奇复仇。但是瓦西里·舒伊斯基却颇有声望,是名门望族的后裔,这个家族"自古以来,从其祖先起……就在内心深处对上帝怀着坚定的信念,对人抱有真心实意";他本人则是鲍里斯掌权时期的受难者和揭露僭称为王者的斗士。因此,俄国人"为自己选中了一位……正直、虔诚的人物为沙皇,也就是有原先显赫、崇高的沙皇家族的根系……大贵族领主家族的瓦西里·伊万诺维奇·舒伊斯基公爵,他也是最先为基督教—东正教信仰而蒙难的人"。

  正如我们所见,这里对人物的评价完全是绝对的。作者制造了鲜明的反差,对照是他的基本手法。他力避过渡性话语和中间色调,夸大否定性人物的恶行,对正面人物的罪孽和可疑行为讳莫如深(顺便说说,就其个人品质而言,瓦西里·舒伊斯基是个狡猾而不择手段的政客,和古代罗斯人的理想相距太远)。一些绝对的评价不仅源于中世纪的传统。谢尔吉三一修道院著书人写的故事是宣传性政论的典型样板,它往往伴随着"执政者"的更替。特别典型的是,三位戴上王冠的人物被推到首要地位,因为与宫廷政变相伴而行的宣传鼓动总是按古已有之的套路来设计的:已取得执政权力的公正而"善良的"沙皇(他被描写为公正的人,正是因为他在此时掌握了权柄),揭露和否定他所推翻的那一位,同时重提并赞扬被推翻者的前任的"善举"。如果说在《复仇的故事》中三位主角的内部关系是不一样的(瓦西里·舒伊斯基同时否定伪德米特里和鲍里斯·戈都诺夫),那么个中原因就清楚了:格里什卡·奥特列皮耶夫登上王位,被他的同时代人斥责为对正确历史进程的空前破坏。在故事的作者看来,瓦西里·舒伊斯基负有恢复沙皇费奥多尔·伊凡诺维奇时代的"安宁与静谧"的使命,情节也就并非偶然地从费奥多尔"坐上其父的王位"开始。

  谢尔吉三一修道院的写书人意识到,他不是史学家,而是政论作者,他的作品是对事件的直接回应,其中的一切都服从于具体的宣传任务。《基督以洞察一切的眼睛……复仇的故事》,就题材和文体而言,与1606年5月底—6月初瓦西里·舒伊斯基的"周边文告"紧密相连。故事的作者本人暗示,他的体裁原型是僭位者的暗中投递的信件:格里什卡·奥特列皮耶夫"妄图凭自己的狡诈手段,从皇城莫斯科开始……再向周边各城市……派出带着文告的信使。文告中他自称是天生的莫斯科的王子……还说自己要向住在城乡各地的全体臣民通报和说明。俄罗斯民众也就从内心接受了这样的想法……认为这都实有其事……于是高兴地期待他的到来,谁也没有起来反对他……不敬上帝的他并没有用其仅有的威望当作盾牌,这对于某个城镇的小人物来说是不合适的。"

  作者认为,随着瓦西里·舒伊斯基登上沙皇宝座,笔战结束,政论作品重又进入给它规定的官方和半官方的轨道。但是事情却不是这样发生的。国家处于内战和外敌进攻的前夕。那几年,宣传性材料在俄国书面文献中注定还是主要的。这种书面材料表达了社会各阶层、各集团和个人的利益,同时又具有某些共同的、固定的结构特点。①

首先,这些全是"小"体裁,因为详细文献不适合宣传鼓动的目的。其次,宣传性文本与其说要考虑阅读,不如说要考虑聆听:它可大声朗读,当众朗读,在教堂里和教堂门前的台阶上朗读,在大街和广场上朗读。这当然不是高雅文学,但也不是文件(虽然公文格式在动乱时代的政论中极为流行)。这还是演说文、演讲辞,带有雄辩文体所素有的全部特点:节奏感强,初始的韵律强,诉诸听众感情的呼吁。无怪乎动乱时代赋予"幻觉故事"②这一传统宗教体裁以新的生命。

关于在整个体裁系统中占据首要地位之一的"幻觉故事"的规范格式,可以依据1606年秋伊万·波洛特尼科夫的军队进逼莫斯科时编写的《某教会人士的幻觉故事》来评定。"某教会人士"是首都的一名虔信宗教的居民,他"在轻睡中"看见,在圣母升天大教堂内,圣母和几名圣徒祈求基督宽恕陷于罪恶中的正教徒。母亲的眼泪软化了上主,于是他"轻声地"说:"我的母亲,看在你的面上,我将宽恕他们,如果他们忏悔的话。如果他们不忏悔,我是不会对他们宽恕的。"此后,圣徒圈中的某人吩咐"教会人士"说:"去吧,去告诉他们……你看见了什么,听到了什么!"他便给报喜大教堂大司祭捷连季讲述了幻觉,于是后者就写了这篇小故事,"呈送大牧首,并说给沙皇听"。1606年10月16日遵照沙皇敕令,《某教会人士的幻觉故事》"向全国民众高声宣读,也在村社大会上宣读"③(此事也在同一圣母升天大教堂内进行)。当时还宣布了为期一周的全民大斋戒,"并在所有教堂中唱祈祷歌……为的是上帝制止我们发出合乎教规的愤怒,平息莫斯科的内斗,在所有城邦和莫斯科王国建立和平与安宁"。

"幻觉故事"是一种广义上的宗教传奇,而宗教传奇通常有三个情节纽结:犯罪——忏悔与祈祷——获救。在动乱时代的幻觉故事中,第一个要素无须描述,它是不言而喻的,因为如果不是有罪,上帝就不会惩罚俄罗斯。第三个情节纽结也不必细究,它所指的只是获救的希望、拯救的允诺。但是祈祷与忏悔却填满了整个艺术空间。于是就形成了情节的陈规,它是大司祭捷连季写的《故事》的基础,也是下诺夫哥罗德、弗拉基米尔、大乌斯秋格④和其他地方的幻觉故事的基础。只不过

---

① 参见谢·费·普拉托著夫:《作为历史资料的关于动乱时代的古代罗斯故事与纪事》(Древнерусские сказания и повести о Смутном времени как исторический источник),圣彼得堡,1888年;亚·阿·纳扎列夫斯基:《17世纪初俄国历史纪事领域的成就概观》(Очерки из области русской исторической повести начала XVII столетия),基辅,1958年。文本出版参见《动乱时代的古代罗斯书面文献》,《俄国历史文库》(РИБ),第XIII辑,第2版,圣彼得堡,1909年。(以下凡引用载于这一出版物中的作品,均不再注明出处)

② 参见尼·伊·普罗科菲耶夫:(1)《17世纪初波兰—瑞典武装干涉和农民战争的"幻觉故事"》,副博士学位论文作者文摘,莫斯科,1949年;(2)《古代罗斯文学中作为一种体裁的幻觉故事》,载《国立莫斯科师范学院学报》,1964年,第231卷——《文学文体问题》(Вопросы стиля художественной литературы),莫斯科,1964年;德·谢·利哈乔夫:《10—17世纪俄国文学的发展:时代与风格》,列宁格勒,1973年,第141页。

③ 参见亚·伊·科帕涅夫:《〈某教会人士的幻觉故事〉新抄本》,载《古俄罗斯文学研究室著作集》(ТОДРЛ)第18辑,莫斯科—列宁格勒,1960年,第477—480页。

④ 文本出版与研究成果,参见玛·弗·库库什金娜:《关于17世纪初重要事件的新故事》,载《古俄罗斯文学研究室著作集》(ТОДРЛ)第17辑,莫斯科—列宁格勒,1961年,第374—387页。

它们的地形实际、日常生活细节和人物构成等说法各异。出现在产生幻觉者面前的,有耶稣基督或圣母,还有乌斯秋格的主教普罗科皮和约翰,某位身穿闪亮法衣、手举圣像的"神奇女性"(弗拉基米尔城的幻觉)。期待获救的条件也得到了不同的表述,它们可能也有普遍性("要斋戒并含泪祈祷"),但更为具体:在下诺夫哥罗德的幻觉故事中,上帝在命令实行三日大斋戒后,又吩咐修建一座教堂,并补充道:"把没有燃完的蜡烛和未写字的纸放在宝座上。"如果这些条件不是出于恐惧,而是出于良心得以一一实现,那么,"蜡烛将由于天火而燃起,教堂的钟声将自行响起,而纸上将写上那位将统治俄罗斯王国的君主的名字"。

"幻觉故事"是被压迫者和受凌辱者的一种体裁。这种体裁的作者群和读者群,不是那些意在掌权的人,而是那些饱受暴力、战祸和饥饿的痛苦,真正渴望"安宁与静谧"的人。就其心智而言,幻觉故事并非偶然地接近于所谓"忏悔诗"①:

> 如今我们会看到,诸位修士,
> 我们的国土将一贫如洗,
> 我们的信仰将消耗殆尽,
> 修道院也会被玷污,
> 教堂也要被焚毁,
> 受崇敬的圣像将遭到唾弃。
> 如今我们仍然向着耶稣基督呼告:
> "上主,不要丢弃我们,
> 让我们像异教徒那样毁灭,
> 信仰仍为我们所需要。
> 请把我们从异教的影响下拯救,
> 博爱的上帝,
> 还要祈求对我们的怜悯与宽恕。"

和动乱时代政论中的民族的、东正教的悲观情绪②的这种合乎逻辑的迸发相伴随的,还曾回响过另一种旋律——争取自由的旋律。进行宣传不仅是"要斋戒并含泪祈祷",还为了俄罗斯国土的统一。格尔莫根大牧首和一些城市、民团领袖以及已成为主要策源地的谢尔吉三一修道院,都进行了爱国主义宣传。这种宣传工作催生了许多建立在对公文体裁进行艺术性审视基础上的文本。产生于1610—

---

① 转引自弗·伊·马雷舍夫:《"普希金之家"的古代罗斯手抄本(藏书情况述评)》(Древнерусские рукописи Пушкинского Дома. Обзор фондов),莫斯科—列宁格勒,1965年,第188页。

② 幻觉中的悲观甚至绝望情绪的表现,不仅是17世纪文化的显著特点。在米哈伊尔·费奥多罗维奇·罗曼诺夫被选为沙皇五年之后,欧洲开始了三十年战争,幻觉与"神启"充斥于天主教和新教国家。没有文化的普通民众和受过教育的人士都相信幻觉与"神启"。当时欧洲最清醒的思想家之一扬·阿莫斯·科缅斯基曾发出"捷克兄弟会"的"神启"预言。

1611 年之交的《无上光荣的俄罗斯王国的新故事》(下简称《新故事》),就其艺术品性而言,乃是渗透自由精神的政论文的典型出色范例。①

匿名作者称自己的著作为"信函"(这与公文用语"文告""复文"是同义的):"你们对此信函无须心存任何疑虑……如有人收到此信并阅读之后,不要将此信藏起来,而是应交给自己信得过的教友、正教信徒阅读,但不要转交给那些……与基督教断绝关系并成为我们敌人的人……对那些人,你们绝不要说什么,也不要给他们读什么。"但是,这与其说是"信函",不如说是"告白"、演讲辞("虔诚的信徒们,请多多相信这份告白"),后者是要在"自己同伴"的聚会上大声宣读的。

《新故事》的作者为了争取和吸引更多听众,把行文变得合乎韵律、富有节奏感,还采用了各种形式的语法—句法上的平行结构:"也许没有告知你们,也许没有盼咐你们,也许没有昭示你们,也许没有写信给你们?""啊,坚固的、岿然不动的中流砥柱!啊,在我主基督和圣母的保佑下固若金汤的城墙和胸墙!啊,坚硬的金刚石!啊,不可战胜的斗士!啊,信仰坚定的卫士!"如此等等。但是,匀称而同一类型的节律也导致单调乏味,造成听众的疲劳感。为了避免这一点,作者便赋予文本多种韵律类型的性质。有韵律的片断与无韵律的片断相互交错,而韵律本身也经常变化。

这样,《新故事》的编者就像一个口若悬河的演讲者那样,一再吸引听众的注意力,让他们经常保持一种聚精会神的状态。但是,韵律上错杂交叉的目的并非仅仅在于此。这些错杂交叉还发挥了内容上的功能,有助于题材阐述形成反差。作者的同情和厌恶得到了充分清晰的表现。《新故事》中的角色或者是爱国者,或者是恶徒。大牧首格尔莫根的名字被围上了一圈充满激情的修饰语和比喻的花环。这是不可动摇的,支撑着罗斯国土"大厦"的顶梁柱。罗斯的主要敌人是波兰国王西吉斯蒙德三世——"一个凶恶而强硬的不信上帝的人",凭借暴力强占了美丽的未嫁姑娘——莫斯科。叛教者、"七大贵族"帮助了这个罪大恶极的求婚者。未嫁姑娘的"亲戚"和同情者是没有屈服于波兰人的斯摩棱斯克的英勇保卫者,还有派给西吉斯蒙德三世的使团中的"达官贵人"——菲拉列特·罗曼诺夫和瓦·瓦·戈利岑公爵,他们是代表整个俄罗斯去同波兰人议和的。

题材和思想的侧重点是借助于不同的韵律化方式得到强调的。当话题转向格尔莫根时,作者则往往诉诸句法上的押韵:"值得放声而大胆地宣布,假如我国有众多的这样一些伟大、坚强而不可撼动的顶梁柱,那么即使在今天这个险恶的日子,我们神圣的、纯洁无瑕的宗教也不会由于这样一些邪恶之徒和明显的敌人,由于国外和国内的敌人而走向没落,而是更加光辉灿烂,我们伟大的海洋将更加风平浪静。"在古代罗斯人的意识中,如此词藻华丽的行文,"词语的堆砌(或连缀)"具有

---

① 参见娜·费·德罗布连科娃:《〈无上光荣的俄罗斯王国的新故事〉与同时代的爱国主义宣传鼓动文献》(Новая повесть о преславном Российском царстве и современная ей агитационная патриотическая письменность),莫斯科—列宁格勒,1960 年。(以下凡引用《新故事》,均引自本书)

一定意义上的光晕作用。① 正如17世纪俄国一位传统派理论家所表达的:这是一套"为颂扬穿衣者、让欣赏者高兴……而缝制的"礼服。②

但是韵律可以效力于嘲笑敌对者的宗旨。为了揭露"七大贵族"之一的金库主管费奥多尔·安德罗诺夫的丑行,作者挑选了针对其"词语"使用上的胡乱的谐音:"按他的词语使用,也不值得这样用圣徒的名字来称呼他(指圣徒安德龙——原注),但可以按民间应有的、通行的叫法——称他为安德罗诺夫。"对于"有益于心灵的"文学作品来说,这已不是作者的"词语堆砌",而是从拉洋片唱词中借用的江湖流浪艺人耍嘴皮子的一种手法(详见本章本部分第4节)。

有着具体任务并被期望立见功效的宣传鼓动性政论的时代,和动乱时代一起过去了。思考动乱的原因并予以历史性阐释的时期已经来临。新王朝掌权后即进行创作的作家们已着手这项事业。在他们的作品中也已形成一种艺术性的展示,德·谢·利哈乔夫将它定义为"性格的发现"③。根据利哈乔夫的观点,问题的实质在于以下几个方面。

在中世纪的历史叙事中,人"被绝对化了"——他要么绝对地善,要么绝对地恶。由一种状态转到另一种状态是可能的(如异教徒成为基督教徒的情况),但是,这不是渐进的、伴有动摇和反复的过程,而是一瞬间的急剧转变。17世纪的作者们已不认为人性中恶与善的因素是与生俱来的、永恒的、一劳永逸的。性格的可变性,正如它的对立性、复杂性和矛盾性,如今已不再让作家困惑不解;相反,他完全可以找到这种变化的原因,除了关于"自由意志"的普遍公理外,还指出了人的虚荣心、权力欲和他人的影响等。

严格地说,俄国中世纪也是善于描述这些的,直到16世纪末。如果关注11—16世纪的文献,那么就可以发现,"一系列训诫辞和从中摘引的格言,都清清楚楚、明确无误地说明,'按本质',即按天性而言,人既不单是善的,也不单是恶的:他是'由于风习'而成为这样的人,是习惯造成的结果。养成的习惯往往比天生的性格特征还要牢固——'习惯养成之后比天性还要稳定'(《蜜蜂》)……每个人身上都有善,也都有恶。'谁都有罪,唯上帝除外'——1076年文集的编者已摘录了这句名言,它也应以'唯有上帝无罪'这一谚语的形式进入弗·达里的记载中"④。但是这一"心理学内涵"只是为训诫性文献所固有,如《蜜蜂》和《米兰德的智慧》,以及《旧约》中的《所罗门的箴言》《所罗门的智慧》《西拉霍夫之子耶稣的智慧》。这些文献的"心理学"根植于深厚的古代文化中,如旧约、古希腊罗马(几乎独一无二的希腊)文化中。这种"心理学"移植到俄国的土壤上,并没有超出训诫性文集的

---

① 参见斯·马特浩泽罗娃:《"组成"还是"编织"?(关于17世纪诗歌的争论)》,见《古代罗斯的文化遗产:起源、形成与传统》(Культурное наследие Древней Руси. Истоки. Становление. Традиции),莫斯科,1976年,第195—200页。
② 同上书,第198页。
③ 德·谢·利哈乔夫:《古代罗斯文学中的人》,第2版,莫斯科,1970年,第6—24页。
④ 瓦·帕·阿德里阿诺娃—佩列茨:《古代罗斯训诫文学中的人》,载《古俄罗斯文学研究室著作集》(ТОДРЛ)第27辑,列宁格勒,1972年,第60页。

范围,这说明了什么? 在某种甚至已形成的思想和它的实际体现的文化中,总是存在着距离。这个距离怎样很快就被克服,以及一般而言是否可被克服——取决于具体的文化情境。训诫性文集的"心理学内涵"和绝大多数古代罗斯文学体裁的"纯粹的人"之间存在的许多世纪的不协调,在动乱时代后均被克服。当时的一位作者在思考莫斯科"混乱状态"的原因时直言不讳地宣称:"如此大规模的惩罚和被激起的民愤,让人伤心落泪,更使人惊叹不已。既没有一本神学书籍,也没有圣徒传记;既没有哲学书籍,也没有皇室族谱;更没有地理书、历史书和其他故事书告诉我们,无论在哪一个君主专制国家、哪一个王国、哪一个公国,像在最崇高的俄国这样,曾发生过如此大规模的惩治行动。"

在转入我们的价值系统时,这一片断就意味着:动乱时代之后,清楚地显示出古代罗斯书面文化的传统范畴已不能使这位俄国思想家感到满意。他已经习惯于几乎像对待教父那样对待书籍,出乎自己意料之外地发现"任何一本书"都没有回答时代的主要问题:大动乱是为什么发生的,国家和民族为什么已处于毁灭的边缘? (我们还要指出:在援引的作品清单中只提到"故事书",未提及并非由"故事"而是由格言构成的训诫文集)如果书籍不合适,那就意味着不得不指望自己的智力,不得不探寻新的文学道路。这种创新之举是罗曼诺夫王朝执掌政权后很快就产生的多少有些出名的所有文献的显著特点。

在上述文献系列中,应当把《年代记》1617年稿本列在首位,因为《年代记》是一部官方著述。① 如果假设它是一种艺术创新,那么这些创新就将作为标准来看待。1617年《年代记》中涉及16世纪末—17世纪初若干事件的那一部分,就构思、结构和编制而言都是一篇统一的著作。这里就宣告了一条以往只有根据格言集才知晓的公理:"任何一个尘世中人一生中都不会没有一点瑕疵";"所有尘世中人的智慧都会有闪失,都有弃善从恶的秉性"。

最主要的一点在于:这一公理是合乎逻辑地在文本中体现出来的。在讲述伊凡雷帝与阿斯塔西娅·罗曼诺娃结婚时,作者不吝赞赏这个"最珍贵的宝物像明亮的珍珠,或者像红石榴的宝石"。阿斯塔西娅·罗曼诺娃"不仅劝导自己,也……劝导她的夫君……使其养成各种美德"。那时的伊凡雷帝,可以说是"绝对善良的"——因此可以用传统的、合乎规范的手法来描写他:"他有发达的智慧,也非常聪明,在和对手的较量中应付自如,英勇顽强;在战场上挥舞长矛,威震敌胆;他擅长军事,是个不可战胜的军人,还是个勇敢无畏的高超的骑手"(虽然我们知道,伊凡雷帝在军功事业上从未显示出某种辉煌)。"他就这样顺顺当当地生活了若干年。"在"他那贤惠和十分善良的夫人没过多少年便离他而去往天国"之后,伊凡雷

---

① 参见奥·维·特沃罗戈夫:《〈年代记〉1617年稿本》载《古俄罗斯文学研究室著作集》(ТОДРЛ)第25辑,莫斯科—列宁格勒,1970年,第162—177页。《年代记》1617年稿本的引文,引自亚·尼·波波夫:《俄文稿本〈编年史〉中收录的斯拉夫和俄罗斯作品与文章选集》(Изборник славянских и русских сочинений и статей, внесённых в Хронографы русской редакции),莫斯科,1869年。

帝受到了极坏的影响。这时他已是另一个人,读者只能对人的性格如此变化无常而长叹不已。

显然,1617年《年代记》的作者在描述伊凡雷帝时,追随安德烈·库尔布斯基公爵,仿照他的书信和《莫斯科大公的故事》。这一取向对了解1610年代的文化情境极为重要:官方文献依托于一位谋反的作者,因此令同时代的作家们自由选择文学权威,也就让他们"自我表现一番"。

个性因素、作者个人的立场,是这个时代许多作家所具有的显著特点。这些作家属于不同的阶层。17世纪最流行、内容最丰富的关于动乱时代的作品之一,是出自谢尔吉三一修道院总管阿弗拉米·帕利岑修士笔下的共77章的《故事》。① 高层官员的代表人物、书吏伊万·季莫菲耶夫在其1616—1619年编纂的《编年史》中,描述了从伊凡雷帝到米哈伊尔·费多罗维奇·罗曼诺夫时代的俄国历史。② 伊·安·赫沃罗斯季宁公爵和谢·伊·沙霍夫斯科伊公爵也都曾涉笔动乱时代。赫沃罗斯季宁出身于乌霍尔封邑的雅罗斯拉夫公爵家族的第二代,在伪德米特里一世时期"升迁",被封为宫廷侍膳近臣,据同时代人证实,"这个乳臭未干的小子被奉若上宾,因此他极为妄自尊大,总有出格之举"③。看来,《莫斯科沙皇和圣者言行录》写于1625年赫沃罗斯季宁去世前不久。④ 沙霍夫斯科伊是个受过良好教育的人,留下了丰厚的文学遗产。他的两篇故事是描写动乱时代的:《众口相传的纪念信奉正教的高尚蒙难者德米特里王子的故事》和《关于某修士如何受上帝派遣为真王子德米特里之死复仇而进攻伪沙皇鲍里斯的故事》。不久前才确定,关于动乱时代的一部最引人入胜的作品,名为《本书纪事……》,曾被认为是罗斯托夫公伊·米·卡特廖夫所写,也出自沙霍夫斯科伊笔下。⑤

从以上列举的文献可见,动乱时期的历史学家属于不同的社会集团——一位是修士,一位是官府书吏,两位是留里克家族的公爵。这说明,在17世纪初期的20年间,没有一个社会阶层垄断文学。虽然这些作家的立场和风格各不相同,但仍有一些原则上重要的因素把他们联系起来。其中因素之一就是已经提到的个人因素的加强,"自我表现"的趋向。伊万·季莫菲耶夫不仅是史学家,还是独特的观察家、回忆录作者,而且是一位细心的观察家。他写出了别人避而不谈的一些事件

---

① 文本出版与研究成果,参见《阿弗拉米·帕利岑的〈故事〉》(Сказание Авраамия Палицына),奥·亚·杰尔查文娜、B. П. 科洛索娃准备文本并注释,莫斯科—列宁格勒,1955年。《故事》系由若干不同时间层次的篇章构成,其写作时间到目前止仍有争论。参见扬·古·索洛德金:《关于阿弗拉米·帕利岑的〈故事〉开始几章的写作时间》,载《古俄罗斯文学研究室著作集》(ТОДРЛ)第32辑,列宁格勒,1977年,第290—304页。

② 参见《伊万·季莫菲耶夫的〈编年史〉》(Временник Ивана Тимофеева),奥·亚·杰尔查文娜筹备出版和注译,莫斯科—列宁格勒,1951年。

③ 马萨·伊萨克:《关于17世纪初莫斯科的简要报道》(Краткое известие о Московии в начале XVII века),亚·安·莫罗佐夫译,莫斯科,1937年,第145页。

④ 参见 Е.П. 谢苗诺娃:《伊·安·赫沃罗斯季宁和他的〈言行录〉》,载《古俄罗斯文学研究室著作集》(ТОДРЛ)第34辑,列宁格勒,1979年,第286—297页。

⑤ 玛·弗·库库什金娜:《谢苗·沙霍夫斯科伊——关于动乱时代的"故事"的作者》,见《文化文献:新发现,书面文化、艺术与考古学》(Памятники культуры. Новые открытие. Письменность, искуссво, археология),莫斯科,1975年,第75—78页。

的细节。阿弗拉米·帕利岑经常强调自己是"治史"的,曾讲述怎样到伊帕季修道院找米哈伊尔·罗曼诺夫,后来又如何在圣三一修道院遇见他,等等。阿弗拉米·帕利岑兼为两种角色:他既是编年史家、历史题材作家,又是历史人物。

对于赫沃罗斯季宁而言,重要的是要在同时代人和后辈眼中洗刷自己。因此他在《言行录》中添加了一些自我辩护的旋律。这些旋律回响在关于大牧首格尔莫根的讲述中,牧首似乎特别器重赫沃罗斯季宁,有一次在教育聚集的听众时指着他说:"你在学业上比所有人都勤奋努力,你是有声望的,你要知道!"在那些谈论伪德米特里的片断中,也可以感到一种自我辩解:赫沃罗斯季宁肯定自己揭露了冒名称王者装腔作势的傲慢,提醒他上帝将"清除对傲慢者的一切溢美之辞"。

甚至在《众口相传的纪念信奉正教的高尚蒙难者德米特里王子的故事》中也有一些自传的音调,不过一般而言,沙霍夫斯科伊在其中还是坚持传记的行文准则。沙霍夫斯科伊说德米特里是伊凡雷帝的"第六位妻子玛丽娅王后的"儿子,也即从教规的观点来看,是其合法性令人怀疑的继承人,作者此时做了这样一个附带说明:"谁也不关注这多次婚姻的生育情况……任何一个再婚姻所生之子都不会指责父母的罪孽,如果他清楚地知道自己的生平的话。"这个附笔让我们联想到沙霍夫斯科伊生活中的一个悲剧性片断。1619年末,在第三任妻子去世后,沙霍夫斯科伊第四次结婚,以至受到教规的禁止。这事引起了牧首菲拉列特对他的责怒。在致菲拉列特的"祈求信"中,沙霍夫斯科伊辩护说:他同第一位妻子度过了三年,和第二位妻子只生活了一年半,而与第三位妻子总共只生活19周。这意味着,作者在保护王子时,也在保护自己,更准确地说,是在保护第四任妻子所生子女的权益!

对于人物描写的相同态度,"性格的发现",把这些作者联合起来。这可以用对鲍里斯·戈都诺夫的评论来说明。无论哪一位作家在议论鲍里斯时不使用转折连接词(противительный союз)都不能应付过去。阿弗拉米·帕利岑就此人写道:"虽然他对沙皇执政有所理解,但是他不习惯使用教会神学典籍,因此对兄弟友爱也往往有些任性。"赫沃罗斯季宁则宣称:"虽然他没有学会书写并熟悉书面作品,但却具有天生的完善品质。"在伊万·季莫菲耶夫笔下,心理肖像画的反差已获得美学原则上的意义:"关于鲍里斯的邪恶已尽人皆知,但他对村社平民百姓的善举不应隐瞒……无论他有多少恶行,我们都尽力将其详细记下;同样,无论他有多少善举,我们也不疏懒于将其宣扬。"甚至是沙霍夫斯科伊在评价杀害传记主人公的凶手时,也无意中说出鲍里斯·戈都诺夫"充满睿智和足智多谋"的友善言辞。

作家已不满足于中世纪的陈规,"不疏懒于"对人的思考,竭力把人复杂的本性表现出来。"暴动"时代的文学也恰恰需要沿着这条道路走下去。

3. "个人"的发现

在 17 世纪上半叶文学中,除了作者的社会圈子扩大以外,作品中角色的社会圈子也得以扩展①。在中世纪,文学首先注意的是那些建立"业绩"和"功勋"的人。他们是作品的主人公,而不是普通角色。甚至在本质上应当"大众化的"圣徒传记(上帝可以把任何人列为圣徒,不管他世俗的"荣誉和地位"如何)中,在实践中角色的选择也是受限制的。弗·谢·索洛维约夫曾指出,古代罗斯的圣徒似乎是从修士、牧师和高级主教、领军王公和蒙难王公中挑选出来的。②即使在这里有某种简单化(如可以提到疯修士),但是选择的原则本身是毋庸置疑的。

中世纪规范的破除伴随着对新型主人公的探寻。这种探寻首先是在传记体裁的框架内进行的。否则就无法进行:只有在这里,作家才能找到关于一个人从出生到去世的全部人生的前后相继的完整故事。在传记性戏剧舞台上出现了一些新演员,圣徒传开始变成一般传记。

列·亚·德米特里耶夫曾根据北部罗斯的传记材料,说明这一过程是如何发生的③。虔诚信仰的功业为非凡的、让想象力震惊的命运所取代,诸多事件中的一个特别事件成为故事的纽结。

科热奥泽尔修道院修士尼科季姆在做客进餐时偶然"品尝了"狠心的女人专为主人准备的有毒食物。瓦尔拉姆·克列茨基一怒之下打死了那个女人,自己也经受了沉重的折磨:他带着那具尸体独自坐在船上顺着克里河划行,"直到这具尸体腐烂"④。维尔科利修道院修士、12 岁的少年阿尔忒弥斯,在同父亲一起耕地的田野上被闪电击毙。别利村人基里尔因受不了大贵族的怒斥,竟然投河自尽了。正如我们所见,甚至连按正教教规不能举行安魂祈祷并安葬于祝圣之地的自杀者,在民间意识中也有幸成为圣者!

圣徒传记的主要功能之一,在于指明仿效的榜样。在北部罗斯的传记中,这个功能退居次位:难以想象,有人会想去模仿瓦尔拉姆·克列茨基或别利村人基里尔。这些人物不会引起"羡慕"他们的意愿。神圣为人的苦难所取代,故事引起同情和怜悯的眼泪。北部罗斯地区的苦行修士,是后来在陀思妥耶夫斯基笔下体现为"不幸者"的一种早期文学典型。

在 17 世纪上半叶的圣徒传记中,与"不幸者"同时,还出现了"善人"普拉东·卡拉塔耶夫的先行者。穆罗姆的女地主乌里扬尼娅·奥索尔金娜也属此列,关于她的

---

① 德·谢·利哈乔夫:《10—17 世纪俄国文学的发展》,第 159 页。
② 弗·谢·索洛维约夫:《索洛维约夫文集》第 VIII 卷,圣彼得堡,1903 年,第 466 页。
③ 列·亚·德米特里耶夫:《作为 13—17 世纪文学文献的北部罗斯的圣徒传记:传奇—传记故事体裁的演变》(Житийные повести русского Севера как памятники литературы XIII-XVII вв. Эволюция жанра лендарно-биографических сказаний),列宁格勒,1973 年。
④ 引自列·亚·德米特里耶夫:《关于瓦尔拉姆·克列茨基的生平记述》,载《古俄罗斯文学研究室著作集》(ТОДРЛ)第 25 辑,莫斯科—列宁格勒,1970 年,第 192 页。

故事写于 20—30 年代。①

　　严格地说,这不是故事,而是传记,或者如手抄本传统所说的"生平纪事"("1月 2 日,穆罗姆的奇迹创造者、女圣徒乌里扬尼娅的安息日")。乌里扬尼娅在世时就是家喻户晓的传奇人物,她去世(卒于 1604 年)20 年后,成为当地纪念的苦行修女,对她的崇拜很快就跨出了穆罗姆地区的界限。编写乌里扬尼娅·奥索尔金娜的传记时还"没有证据",也就是缺少在她被列为圣徒时必不可少的宗教仪式之前,在这位新的奇迹创造者棺椁旁治好病的人,以及这些治疗的见证人的询问实录,等等。然而,此前并不清楚,总体而言是否就是这样"没有证据",乌里扬尼娅是否已按合法程序被列为正教教会的圣徒。

　　在讲述乌里扬尼娅的生平时,圣徒传记文本中许多规范化情境得到了使用。她的父母"虔信宗教,道德纯正"。她本人也像圣徒传记主人公应该做的那样,"从幼年起就热爱上帝……勤于祈祷和斋戒",默默地忍受那些喜欢"嬉戏和低俗歌曲"的同龄女子的嘲笑。在 16 岁出嫁、生儿育女之后,她请求丈夫让她进修道院。遭到拒绝后,乌里扬尼娅和丈夫商量好,"还是住在一起,但不要再有性关系"。她的日常生活是真正圣洁的:"孝女般地照顾鳏寡老人,又像慈母一样关心孤儿,亲手给他们洗衣做饭,储存食物。"她让自己有罪的肉体疲惫不堪,"折磨身体":睡在硬木板上,穿的靴子里总是放进花生壳和核桃壳,用来代替鞋垫。由于这一切,上帝恩赐乌里扬尼娅一种神圣性。当她的灵魂飞离躯体时,"大家都看到她头上有一个金色的光环,就像圣像画上圣徒的头顶周围有一个环形光圈那样"。

　　自然,乌里扬尼娅真正是"最善良的人们"中的一位,这是不可能有任何怀疑的。她受人爱戴,也确有可爱之处。1603 年,在连续两年歉收之后,罗斯开始了一场大饥荒。阿弗拉米·帕利岑写道:"这一年来临之际,每个人都在惊叫:'啊,糟透了!太不幸了!'"据人们认为,"莫斯科王国有大量人口"死于饥饿。用阿弗拉米·帕利岑的话来说:一些富人"连自己的兄弟也不同情",不愿意分享自己的储备粮,大发民众的灾难财,"攫取十倍甚至十几倍的利润"。乌里扬尼娅在此之前已成为孀妇,本人"也陷入贫困之中,因为她家里连一粒粮食也没有剩下",但她还是继续实施种种善举。她用宾藜叶和树皮烤制成面包,"把它们施舍给穷人,不落下任何一个挨饿的人"。

　　至于她具体的活动,在另一些情况下也很难判定,其中哪些行为是根据事实记下的,哪些行为是从圣徒传记样本中借用的。至少有一次,传记的作者把圣徒传的规范强加在现实之上——在发现遗骸的场景中。在乌里扬尼娅的坟墓上建起了一座冬日教堂。过了几年,在教堂入口处又埋葬了她的儿子格奥尔吉·奥索尔金,他

---

① 文本出版参见米·奥·斯克里皮尔:《乌里扬尼娅·奥索尔金娜的故事》,载《古俄罗斯文学研究室著作集》(ТОДРЛ)第 6 辑,莫斯科—列宁格勒,1948 年,第 256—373 页。这里的引文,均引自《文选》(古代罗斯文学作品集),莫斯科,1969 年,第 542—549 页。乌里扬尼娅·奥索尔金娜(从她的安葬地拉扎列沃镇来看,她也是作为拉扎列沃人而为人所知的)是瓦·奥·克柳切夫斯基的著名讲演《古代罗斯的善人》中的人物之一。

比母亲多活了 11 年,"但她的棺椁是在地上被发现的,完整无损"。对此种情况,教会法规曾表示"困惑莫解"(在场的人谁也不记得此处何时安葬过何人),并伴有一种虔敬的"恐惧感"(由于确证棺椁中死者骸骨具有神圣性的标志)。教会法规在乌里扬尼娅的传记中得以贯彻到底:"众人困惑莫解这棺椁是谁的,因为多年来那里没有安葬过人……参加过葬礼的妇女们打开棺椁,看见里面满是芬芳的圣油,也就在那一刻因为害怕而不知所以。"

我们有理由不相信作者的"困惑莫解":须知乌里扬尼娅的传记是她的另一个儿子编写的,他教名是卡利斯特拉特,俗名为德鲁日纳。即使他不曾参与母亲的安葬(但故事未必允许这样的解释),事实上他也不能忘记母亲的遗体被掩埋在何处。更确切些说,拉扎列沃村修建的冬日教堂是作为家族坟地的(在坟地旁边还有纪念圣人拉扎尔的旧教堂)。

1625—1640 年,卡利斯特拉特·德鲁日纳·奥索尔金曾担任穆罗姆的事务官,按其职务而言,也就是一位习惯于通过文字表达自己和他人想法的写作者。他在圣徒传记领域大显身手是毫不奇怪的。奇怪的是另一件事:儿子写母亲的传记。这本身就证明了文学意识的转变,证明了俄国作家正在背离创作的"聚合性"原则,并不担心对其个人偏爱的指责。

当然,德鲁日纳·奥索尔金努力把个人观点和家庭观点降到最低限度(可以回忆一下发现遗骸的那个场面)。为此,他似乎把传记的女传主排除在家国历史之外。只是在故事的开端提供了某些历史性质的信息。读者被告知,乌里扬尼娅生于伊凡雷帝统治时期,从家族关系看,她属于莫斯科国家与城市贵族,如涅久列夫家族、阿拉波夫家族、卢金家族、杜边斯基家族的圈子,出嫁后则属于奥索尔金家族(在手抄本传统中这个"姓"通常写成"奥索尔因")。后来只有乌里扬尼娅本人一个角色占据中心位置。那些期待家庭纪事延续下去的人被迷惑了。乌里扬尼娅的亲戚和本家,无论健在的还是去世的,只是一些配角,虽然从另一些史料可知,他们中间曾出现过本家族中的一些出众人物。诺兹德廖夫①意义上的"历史"人物苏博塔·奥肖特尔·奥索尔金,1571 年曾因江湖流浪艺人和受驯之熊的事,被沙皇派往诺夫哥罗德。在动身去莫斯科之前,这个特辖军团的服役贵族在索菲亚教堂一带"胡作非为"(在沙皇特辖制时期这里属于非直辖区,而非直辖区在沙皇的"特辖军士"面前战战兢兢,不敢埋怨他们),以熊伤人,因此照一位编年史家的说法,"在那些日子里,许多人的身上伤痕累累"②。

在德鲁日纳·奥索尔金笔下,并不存在对亲人罪孽的刻意隐瞒——他还是写到了乌里扬尼娅的"子女中间……频繁发生的打架斗殴",而他本人也可能曾参与其

---

① 诺兹德廖夫:果戈理长篇小说《死魂灵》中的人物。——译者注
② 《诺夫哥罗德编年史》(Новгородские летописи),圣彼得堡,1879 年,第 107 页。对照参阅鲁·格·斯克伦尼科夫:《沙皇特辖制时期的恐怖》(Опричный террор),列宁格勒,1969 年,第 113—114 页。

中。家人的罪恶,也像家庭的善举一样,他很少注意。他讲述了一位女苦行者.她的功业是其个人的道德功绩,那是一条只容个人单独穿过的"羊肠小道"。圣徒传中的圣人总是超越周围的人,否则他的生活便不会有绝对的、永恒的和晓谕天下的意义。但是也有另一个非规范性的,而是纯人性的原因,由于这个原因乌里扬尼娅把所有其他人物远远地抛在后面。

原因在于儿子写母亲,而母亲对于既有宗教意识又有启蒙意识的人来说,总是"圣洁的",总是"苦行者"。关于品德高尚的女主人公的讲述受到作者个人态度的鼓舞,也因真诚的赞美和亲子之爱而变得亲切感人。只有长年与乌里扬尼娅朝夕相处的儿子,才能观察到她是怎样打瞌睡,又是如何数念珠的:"很多次我们看见她睡着了,而她的手指还在拨动念珠。"这已不是单纯的虔诚信徒的练功,而是一种习惯、一种习性。如果说在传主和传记作者之间总是存在一个距离,那么在这里,这个距离已被跨过和缩短。传记变成了生平纪事。

德鲁日纳·奥索尔金在讲述自己的母亲时,没有昧着良心。从这些讲述中看得出,她并不属于勤跑教堂的祈祷者之列,相反,她很少去教堂:"村子附近没有教堂,只是在离村两天路程的地方才有,因此在她少女时期没有机会去教堂。"乌里扬尼娅在已成为孀妇的中年时期也是这样度过的。德鲁日纳·奥索尔金写道,她在丈夫去世之后,"更加摒弃一切世俗的东西,一心关注灵魂得救,如何侍奉上帝;她仿效从前的圣女们……祈祷……斋戒并且行善修德,大量施舍,以至自己身边多次分文不剩……还每天都去教堂唱诗班。"这一段文字的末尾还是顺应了圣徒传的规范,因为没有过渡环节,马上就说到在冬天的严寒中,母亲"没有去教堂,但在家里做祷告"。

乌里扬尼娅凭什么被列为圣徒?凭日复一日不知疲倦的操劳,凭她是一位好妻子、好母亲、好媳妇和好主妇,凭她对穷人的关爱和对朝圣者的布施——换句话说,凭她对他人真正的爱。在描述大饥荒时期母亲把最后的食品提供给那些饥饿的人们时,德鲁日纳·奥索尔金并没有把她和别的地主作对比。但是我们知道——尽管是从阿弗拉米·帕利岑那里得知的,德鲁日纳·奥索尔金的读者已根据个人经验或父辈的讲述了解到,富人都把粮食藏了起来,而在贵族家庭中,像乌里扬尼娅这样的人则不是很多。她一辈子都显示出对"社会下层兄弟"的爱,这些人也以爱回报她,在她去世后依然如此。

这样就表达了一个很重要的思想:人可以在世俗生活中博得肯定,不必像苦行者那样戴着枷锁,而是在家庭中,在"操劳家务"时,在亲人的爱中,在温馨与谦让中。德鲁日纳·奥索尔金写的故事反映出俄国社会的新风尚,那时精神上的自我完善和独善其身的传统,正在为"社会基督教精神"、在民众中间布道宣讲,以及对改善他们的日常生活和道德修养的关怀所取代。乌里扬尼娅·奥索尔金娜作为一种典型,属于佐布尼诺夫教区的狄奥尼西和比她年轻的同时代人伊万·涅罗诺夫的圈子,而后者则是第一位"爱上帝者"——大司祭阿瓦库姆的老师。

4. 书面诗歌创作的最初尝试

当基里尔和梅福季为古斯拉夫语文学奠定基础时，在这一文学的体裁中就有诗歌。看来，哲学家基里尔本人曾写过音节诗：为福音书写的"导语"（序言）、对格里戈里·纳济安津的颂辞就是这类诗歌。10—11世纪的保加利亚继承了基里尔—梅福季的传统，继续推行无韵音节诗。但是它在罗斯并没有传播开来。虽然古代基辅时代的写作者很容易区别散文与诗歌（标点符号的正确使用可以证明这一点，借助于标点符号可以分出蒙古人入侵之前罗斯古代文献羊皮纸抄本中的诗行），他们还是放弃了音节诗的原则。[①] 在译自拜占庭诗人的诗作中，译者们没有保留诗歌的轮廓，这不是因为他们"不会"这样做，而是因为他们致力于传达的首先是原作"语言的含义"，而不是它的形式。

为什么在我们的理解中，诗仍然处于古代罗斯书面文化的范围之外？看来应当在罗斯中世纪文学和民间口头创作的特殊关系中寻找答案。[②] 教会把民间艺术看作思想上的异端，往往竭力借助审美距离把自己与民间口头创作分隔开来。从下面的例子中可以清楚地看出审美上的排斥在实践中是怎样显现的。江湖流浪艺人在表演活动中使用各种不同的乐器。这些乐器是他们的独特标志。古老的俗语说："江湖艺人都乐于演奏自己的多姆拉。"人们依据多姆拉或索别尔笛就能认出江湖艺人，就像从戴着缀有小铃铛的尖顶帽就能认出欧洲的小丑那样。教会在抨击江湖流浪艺人（有一条谚语："上帝造出了神父，而魔鬼造出了江湖艺人"）时，也不允许在教堂内演奏乐器，只允许进行单声部歌唱。

官方文化对民间诗歌的"排斥"也与此相似。（我们记得，据尼·谢·特鲁别茨科伊推测，"原始壮士歌"是音节体的[③]。如果这一推测正确，那么就会明白，为什么圣贤公雅罗斯拉夫和他的嫡系后裔时代的著书人都鄙视哲学家基里尔本人的"音节体诗遗言"：这样做还是为了符合臭名昭著的"审美距离"）。我们的先辈并不曾因为缺少诗歌情感而不安，但是这种感情首先是靠着民间口头创作而得到满足的，民间创作服务于整个社会，创造了格律化的和"口语化的"诗歌体裁分支系统。只是这些口头诗歌有时直接呈现于书面文献——《伊戈尔出征记》（如引用鲍扬的诗句）、囚徒丹尼尔的《求告书》（带有押韵的插入成分，它表现出值得注意的、极为

[①] 关于罗斯古代诗歌，阿·伊·索博列夫斯基、杜·科斯季奇、埃·科什米杰尔、尼·谢·特鲁别茨科伊、基·费·塔拉诺夫斯基、埃·格奥尔吉耶夫、库·库耶夫、Э. Г. 济科夫、С. 科茹哈罗夫等研究者都写有专论。基础研究书目参见亚·米·潘琴科：《古代罗斯诗歌创作史研究展望》，载《古俄罗斯文学研究室著作集》（ТОДРЛ）第20辑，莫斯科—列宁格勒，1960年。

[②] 参见德·谢·利哈乔夫：《作为体系的古代斯拉夫文学》，见《斯拉夫文学——第七届国际斯拉夫学者代表大会，布拉格，1968年8月，苏联代表团的发言》，莫斯科，1968年，第34—39页；亚·米·潘琴科：《古代罗斯诗歌研究》，见《古代罗斯文学与书面文化的研究道路》（Пути изучения древнерусской литературы и письменности），列宁格勒，1970年，第126—129页。

[③] Trubeckoj N. S. W sprawie wiersza byliny rosyjskiej.-- In Prace ofiarowane Kazimiezowi Woycickiemu. Wiino, 1937, s. 100-110.

精致的和声技巧)。不过还有一种超常规的情况——《罗斯国土沦陷记》。正如基·费·塔拉诺夫斯基所指出的,这些诗行已纳入民间诗歌的样品①:

啊,最光明也最美丽的
罗斯大地!
你以多姿多彩的美丽景色让世人感叹,
又以风情万种的地形地貌让世人惊奇:
河流纵横,田畴广袤,
崇山峻岭,森林茂密,
田园牧场,风光无限,
珍禽异兽,多不可计,
城池雄伟,乡村秀丽,
教堂民居,葡园安逸,
王公贵族,行事公正,
文武百官,清正重义。
罗斯国土,你拥有大地上的一切,
啊,正教的基督教信仰矢志不移!

在这里,书面艺术和民间口头艺术之间的审美距离原来是可以缩短且已被缩短的——可能是因为《国土沦陷记》是作为对拔都暴政的回应而创作出来的,也是在罗斯最沉重的年代里创作的,这时思想和审美方面的禁令都已退居第二位。

但是,如果认为诗歌—散文的对立,即文学中最基本的对立之一,在俄国中世纪书面语文学作品中不起作用,那也是不正确的。庄重的演讲辞,特别是祈祷文的词藻过于华丽的韵律散文,就是和"一般的"散文(如编年史)相对立的。②庄严颂歌中的韵律化是如此明显,以至于应该将这部分书面文献视为"非散文",视为诗歌的替代品和类似物;因此基·费·塔拉诺夫斯基并非偶然地建议在学术用语中加入"祈祷诗"的概念。

中世纪传统直到 17 世纪仍具有基本的现实意义。在动乱时代产生了我们所理解的诗歌作品——作为有意识的、在美学上与散文对立的组织书面语的方式。这取决于两种因素。其一是以往民间口头创作与"高级"文学作品之间关系的断裂。世纪之初文学的"停滞"为口头诗歌打开了走向手抄本的道路:从那时起传留至今的有最早的祛病除灾咒语集,还有最古老的抄本《基辅壮士的故事》和关于格

---

① 基·费·塔拉诺夫斯基:《11—13 世纪古代罗斯文学中共同斯拉夫诗歌和教会斯拉夫诗歌的形式》,见 American Contributions to the Sixth International Congress of Slavists (Prague, 1968, August 7-13), vol. 1. Mouton, Hague--Paris, 1968.

② 莉·伊·萨佐诺娃:《古代庄重演讲辞作品中的韵律组织原则》,载《古俄罗斯文学研究室著作集》(ТОДРЛ)第 28 辑,列宁格勒,1974 年,第 30—64 页。

里什卡·奥特列皮耶夫的歌曲。书面文献开始把诗歌的民间形式（如主和弦与顺口溜）记录下来。①

顺口溜式诗歌在17世纪第一个十年行将结束、波洛特尼科夫率农民起义被镇压后不久写成的《某贵族致另一贵族的信》中得到了运用，此信的作者伊万涅茨·富尼科夫（实有其人，即图拉省地主伊万·瓦西里耶维奇·富尼科夫）讲述了他在瓦西里·舒伊斯基的军队包围图拉城时的不幸。"图拉的盗贼"——波洛特尼科夫的支持者们苦于粮食紧缺。因怀疑富尼科夫藏匿粮食，他们把这个倒霉的地主关进监狱：

坐牢坐了十九周，
常从牢房往外瞅。
庄稼汉心狠手又辣，
两次把我吊高塔。
审判我都是老一套，
要把我从塔上往下抛。
各种刑具都用尽，
真实情况还不明。
你要说就说真心话，
不要胡扯不弄假。
我向老天爷发过誓，
不向贼人吐实情。
我站不起来立不住，
只好半躺半坐说一说：
我家的粮食也不多，
这是实话又实说……
他们根本不相信，
打起人来更要命。
棍棒皮鞭齐用上，
打得我皮开肉绽血淋淋……

富尼科夫的"信"是第一篇在其中如此广泛地展现民间口语诗的书面作品。许多匿名的讽刺作者和讽刺性模拟作者，半民间口头性创作的幕间短剧和幕间小

---

① 对17世纪诗歌的基本认识，可参见两部诗歌选集：《17世纪的民间诗歌》（Демократическая поэзия XVII веков），瓦·帕·阿德里阿诺娃—佩列茨、德·谢·利哈乔夫作序，瓦·帕·阿德里阿诺娃—佩列茨准备文本并注释，莫斯科—列宁格勒，1962年（诗人文库大系）；《17—18世纪的俄国音节诗》（Русская силлабическая поэзия XVII- XVIII веков），亚·米·潘琴科作序、准备文本并注释，列宁格勒，1970年（诗人文库大系）。（以下引文均引自这两部诗选提供的诗歌文献，不再加注）

品的作者,在 17—18 世纪都曾使用过这一最古老的顺口溜式结构,这种结构还反映在囚徒丹尼尔的《求告书》以及一些谚语和诙谐插话中。《某贵族致另一贵族的信》是后来出色地体现于普希金的《神父和他的长工巴尔达的故事》中的书面传统的开端。

初看上去,《某贵族致另一贵族的信》中有两个矛盾。第一个矛盾介于顺口溜和散文之间(书信是诗文间杂写成的),也介于噱头和申诉之间(富尼科夫的散文十分严肃)。第二个矛盾是情节与文本的矛盾。难道应当用讽刺的腔调来写真实的、完全不可笑的鞭打和拷打吗?因此有人推测:《某贵族致另一贵族的信》是文学创作上故弄玄虚的假托之作:"把地主的行为称为'老一套'的,只能是一个甚至明显不同情农民造反,但却认为他们对地主的惩罚是合理的人。富尼科夫本人在信中未必已有这样的自责;此'信'是某位很了解他的日常生活的人以他的名义写出的。"①

不过,作为此信戏剧性事件的基础和它的顺口溜部分的滑稽可笑、丑态百出的腔调之间的矛盾——只是在想象中存在。古代罗斯的笑,也像中世纪的笑,通常首先是"笑自己"②(详见本章第二部分第 5 节)。江湖流浪艺人面对观众的火爆表演,是以取笑自己来逗乐观众的。地主富尼科夫在其书信的诗歌部分正是戴上了一副江湖艺人的假面具。在这里,小名"伊万涅茨"也是江湖艺人的可笑标志。这是文学的假面具,在某种程度上类似于那一假面具——伊凡四世在致化了装的"应景"国王西梅翁·别克布拉托维奇的假装受屈辱的陈情表中,用它来遮掩自己的严酷面貌:"致全罗斯国君、大公西梅翁·别克布拉托维奇:伊万涅茨·瓦西里耶夫携犬子伊万涅茨和费奥多尔茨顿首,叩请……"③

在富尼科夫的信中,有韵的词语选择本身把游戏性的、可笑的因素提到了前列。顺口溜的韵律总是造成一种喜剧效果,赋予文本以荒诞无稽、滑稽可笑、"讽刺挖苦""装疯卖傻"的色调。在一些俗语和谚语中,甚至是悲剧性话题,由于押了韵,也往往转换到俏皮话的层面。"回头看,往后瞧——后院是否已燃烧""小偷呼呼睡大觉,我们却为他汗直冒。"④因此可以理解,为什么在《某贵族致另一贵族的信》中,由顺口溜式的诗句向散文的转变也会自动引起腔调的改变。摆脱了俏皮话式韵律的审美束缚之后,作者立即就变得很郑重:"诸君勿生气,我所写的并非全是灾难和破败,也不是我的脑子没有感悟或不能付之于书写。你本来已遭受不

---

① 参见以下这本书中的注释:《17 世纪俄国民间讽刺作品》(Русская демократическая сатира XVII веков),瓦·帕·阿德里阿诺娃—佩列茨准备文本、撰文评论并注释,莫斯科—列宁格勒,1954 年,第 239 页。
② 参见德·谢·利哈乔夫:《古代罗斯的笑》,见《诗学与文学史问题(米·米·巴赫金诞辰 75 周年纪念文集)》(Проблемы поэтики и истории литературы),萨兰斯克,1973 年,第 73—90 页。
③ 转引自德·谢·利哈乔夫、亚·米·潘琴科:《古代罗斯"笑的世界"》(《Смеховой мир》Древней Руси),列宁格勒,1976 年,第 35 页。
④ 列·亚·德米特里耶夫:《17 世纪谚语集片断》,见《古代罗斯手抄本遗产》(依据"普希金之家"的资料),列宁格勒,1972 年,第 36 页。

幸,我不能再将不幸施加于你。你我的悲苦全已过去,不残留任何痕迹。"

在动乱时代,当书写文化在"言论自由"的条件下得以发展时,口头诗歌及其方法对文学的渗透,是一种可以解释的、合乎规律的现象。但是这一过程是整个17世纪所特有的,这里的问题不仅在于特定动乱时代的惯性。可以说,甚至教会和国家针对民间口头创作的体现者——江湖流浪艺人的惩罚政策,也间接地促进了民间口头创作向书面文化的渗入。这听起来好像是奇谈怪论,但在"暴动"时代的文化中,难以置信的情况却比比皆是。

众所周知,在米哈伊尔·费奥多罗维奇,特别是在阿列克谢·米哈伊洛维奇执政时期,开始了(在整个俄国历史上第一次)对江湖流浪艺人的直接迫害。① 来自荷尔斯泰因的外交官亚当·奥列阿里,在17世纪30年代曾注意到一些活动禁令:莫斯科江湖艺人的乐器被没收,放到大车上,运到莫斯科河对岸,在那里被焚烧。1648年下达给一位地方军政长官的国王文告中指示:"无论什么地方出现多姆拉琴、苏尔纳管、各种喇叭、古斯里琴、兽头面具以及所有吹得响的、鬼哭狼嚎的玩意儿,你就……下令没收,把那些鬼玩意儿砸烂,悉数烧毁。"② 对那些顽固不化的"表演者"也下令加以鞭笞,在极端的情况下还"将其流放……以示惩处"。这样一来,在17世纪下半叶,关于城市的江湖艺人的信息,就"几乎完全从税册和人口调查册的页面消失不见"③。江湖流浪艺人的活动被排挤到边远地区——北欧、乌拉尔、西伯利亚等地,在那里逐渐消亡。

这样,民间口头创作便开始退出城市。如果说从前热爱民间诗歌的人还可以在他们认为需要的时候召唤与聆听江湖流浪艺人(在沙皇宫廷随从人员和大贵族的府邸中,甚至有雇请的"说书人"、讲故事的人供职),那么现在,这种和习惯性的联系被破坏了。为了"手边就有"某一口头诗歌文本,就必须把它抄在纸上。英国人理查德·詹姆斯就是这么做的:由于他的订货,传至今日的第一本俄语歌曲集(须知在英国已完全排除和江湖流浪艺人的接触)编制完成。俄国人也是这么办的。正是在17世纪出现了作为一种体裁的歌曲集。在这种体裁中,占优势的是乌克兰和波兰的坎特歌与教堂赞美诗(翻译的或只是转译的)④,但是也出现了一些民间诗作。江湖流浪艺人的隐修士歌曲就是如此⑤:

---

① 关于这一事件的资料汇编,参见阿·亚·别尔金:《俄国江湖流浪艺人》(Русские скоморохи),莫斯科,1975年。

② 《国家档案馆所存旧案描述》(Описание государственного архива старих дел),П. 伊万诺夫辑,莫斯科,1850年,第299页。

③ В. И. 佩图霍夫:《16—17世纪手抄本、改写本和税册中关于江湖流浪艺人的记载》,载《国立莫斯科历史档案研究所著作》(Труды Моск. гос. историко-архивного ин-та)第16辑,莫斯科,1961年,第413页。

④ 参见 А.В. 波兹涅耶夫:《17—18世纪手抄歌曲作者》(用于歌唱的音节诗史略),载《国立莫斯科函授师范学院学报》(Учен. зап. Моск. гос. заочн. пед. ин-та),1958年第1卷,第5—112页。

⑤ 亚·米·潘琴科:《江湖流浪艺人的隐修士歌曲》,载《古俄罗斯文学研究室著作集》(ТОДРЛ)第21辑,莫斯科—列宁格勒,1965年,第89—93页。

一位隐修士走到修道院，
请求修士们布施。
女修士呀女施主，
小修士呀小施主，
给我一点施舍物！

给他拿来白面粉，
他却请他们找媳妇。
女修士啊女施主，
好修女啊好姐妹，
请给我真正的施舍物……

给他领来一位老村妇——
隐修士，这是给你找的好村姑。
不，女施主，
不，好姐妹，
我要的不是老农妇！

又给他送来一位大美女，
他满意地接受了占有物。
就是她，女修士，
就是她，好姐妹，
这才是最好的布施物。

无忧无虑的漫游修士的江湖逗乐演唱词，令人想起普希金笔下的瓦尔拉姆，它已进入某贵族（可能属于格涅瓦绍夫家族）的大型歌曲集中。在这里，唱词接近于以基里尔字母转写的波兰语歌曲。这种做法显然说明俄国社会上层人士文学倾向的演变：越往后，其内涵和主旨就越发欧化。

为动乱时代所特有的同乌克兰人、白俄罗斯人和波兰人的广泛的、虽然也是无序的接触（历史告诫说，即使在战争冲突时期，文化和文学的联系也未中断），促进了对欧洲诗歌经验的掌握。例如，众所周知，伪德米特里一世曾在莫斯科宫廷举办音乐会和演唱会，照波兰人的方式设置相应的宫廷职务。他也没有忘记宫廷诗人的职位（在波兰王宫和大封建主城堡内，诗歌演唱是经常的活动）——这一推测是合乎逻辑的。《鲍里斯·戈都诺夫》中僭位称王者与诗人交谈的那一场戏，从历史角度看是完全恰当的：

……等命运的诺言给我实现的时候，
等我戴上祖先皇冠的时候，
我希望重新听到
你甜蜜的声音，你感人的赞歌。

在几位可能的候选人中，僭位称王者的宠臣伊·安·赫沃罗斯季宁公爵最适合担任俄国宫廷第一诗人的角色。1622 年底或 1623 年初在菲拉列特担任大牧首时，赫沃罗斯季宁就已因为"信仰动摇"而被流放到基里尔—白湖修道院。在搜查公爵府时发现了他个人使用的笔记本，其中"带有许多以音节体诗写出的攻击性言论"，也即反对莫斯科新体制的诗篇。这些诗作中只有一首"音节诗"（这个词在狭义上表示有韵的双行诗）传留至今，官方文件曾予以引用："莫斯科人种地收粮，可是过日子全都靠说谎。"

从这段经历中可以看清，赫沃罗斯季宁如此热衷于诗歌事业，以至于可以认为他是"为自己"而创作（这是职业作家的标志）。他不仅不考虑读者，而且明显地害怕读者——正如后来弄清楚的，这并非平白无故；搜查和流放是在对公爵府奴仆的审讯后接踵而来的，应当想到其中有人不会放过机会偷看主人的私密笔记本。

在修道院，赫沃罗斯季宁受到严格限制，除了教会书籍外，不让他看别的书。公爵被安置在一间"特殊隐修室"内，处于一个"体格强健的"老年修士的严密监视下，被迫完成一切事务。这对于公爵来说，显然并不轻松：根据起诉书的指控，在莫斯科，他本人从不进教堂，也不许家人进教堂；他曾说，"没有必要祈祷，死人不会复活"；他在复活节前一周不斋戒，而在复活节之前就开斋。

"为自己"的诗毁了赫沃罗斯季宁；他以"为读者"的诗改善了自己的命运。或是在基里尔—白湖修道院，或是在他剃度为修士、后于 1625 年 2 月 28 日去世的谢尔吉三一修道院，赫沃罗斯季宁写下了一部大型诗歌体的、完全是正教的神学论著《为被恶意责难的异教徒陈言》（近 1300 首诗）[①]。很有意义的是，这位俄国的西欧派也像一位职业诗人那样用诗歌进行"自我辩护"。

《为被恶意责难的异教徒陈言》为评价早期书面诗歌提供了充分的材料。已有研究者多次指出，在对天主教和阿里乌教派教义与礼仪规章的揭露中，赫沃罗斯季宁是以布列斯特合并时期乌克兰—白俄罗斯的论战文献为指南的。不久前，В. П. 科洛索娃也指出了《陈言》的直接来源——"16 世纪 80—90 年代诗歌论战综述"[②]。

[①]《陈言》的文本曾由 В.И. 萨瓦发表，见 В.И. 萨瓦、谢·费·普拉托诺夫、瓦·格·德鲁日宁：《重新发现的 17 世纪针对异教徒的论战性著作》，载《古文献委员会 1905 年学术年鉴》（ЛЗАК за 1905 г.）第 18 辑，圣彼得堡，1907 年，第 1—177 页。

[②] 参见《乌克兰诗歌：16 世纪末—17 世纪初》(Украинская поэзия. Конец XVI--початок XVII ст.)，В. П. 科洛索娃、弗·伊·克列夫科坚收集整理，基辅，1978 年，第 54—55 页。"论战综述"参见该书第 71—136 页。

甚至简略的比较分析也显示出《陈言》的大部分是原作的译本或俄语化文本。

赫沃罗斯季宁以乌克兰语文本为基础,写出了他的《陈言》:

> Каин со Авелем две церкви знаменуют,
> Но из Адама два естества именуют,
> Яже богу всесожженную жертву принесли,
> За нь же молитвы свои к тому вознесли.
> Яко Каин грешный богу не угоди
> И лукавым сердцем к нему приходи,
> Веселый Авель от бога милость принял,
> А его же господь дары и всесожжение внял.
> Но внегда молитвы Авель богу воздал,
> А Каин его тщательно убити помышлял...

> 两座教堂以该隐和亚伯为标志,
> 那是亚当给亲骨肉取的名字。
> 献给上帝的祭物是烤熟的全羊,
> 向上帝做的祷告是祝颂诗。
> 有罪的该隐惹怒了上主,
> 因为他鬼迷心窍欲害兄弟。
> 高兴的亚伯接受上帝的恩典,
> 上主也收下他的祭物和献礼。
> 但亚伯向上主献上祷告辞,
> 而该隐却精心筹划把他杀死。

虽然赫沃罗斯季宁《陈言》的以上片断和它所依据的乌克兰语文本的对应部分明显相近,但在实质方面还是彼此有别。原作用的是等音节诗格(七行为 12 音节的诗行,三行为 11 个音节的诗行)。《陈言》中选用了"相对音节系统"(относительный силлабизм;引文中每行音节的变动范围在 5—20 个音节之间,总体上看,赫沃罗斯季宁笔下既有 5 个音节的诗行,也有 20 个音节的诗行)。原作中没有贯顶诗;在《陈言》中,每行的第一个字母构成"Князя Ивана..."("伊万公爵的",见以上《陈言》片断的俄文原文——译注)。对于俄国书面诗歌最初尝试而言,这些区别是非常重要的。

众所周知,从 16 世纪末期起,在乌克兰和白俄罗斯的著作中出现了两种诗律系统——等音节系统(同音节系统)和非等音节系统("相对音节系统"),两种系统都带有成对的音韵①。莫斯科诗人偏重非等音节作诗法："相对音节系统"似乎是由伊万·费奥多罗夫于1581年出版的"奥斯特罗格版圣经"所推崇的。此书中载有格拉西姆·斯莫特里茨基(约卒于1594年)的几首非等音节体诗。他是奥斯特罗格学校的第一任校长,也是那个时代著名的神学家和正教保卫者。格拉西姆·斯莫特里茨基的《作为引言的故事》("致各界信奉正教的读者,献给我主上帝——造福者的感恩诗……")成了莫斯科最"虔信上帝"的作品的范本。1648年由印刷馆出版的《论信仰》一书即以这首诗的改写之作开篇,成为传统遵循者和后来旧礼仪派的案头必备书。这些数字雄辩地说明了这本出版物的流行程度:1648年6月22日它开始出售时,第一天即销售了118册,在3个月内共售出850多册。以《论信仰》为中介,格拉西姆·斯莫特里茨基的《作为引言的故事》为旧礼仪派的第一位诗人阿弗拉米修士(俗界称他为疯修士阿法纳西)所掌握,此人后来于1672年春被处以焚刑。

当然,不仅是奥斯特罗格圣经的权威人士决定选择"相对音节系统"。任何一种新的文学现象都会落入传统语境、艺术珍品的习惯等级分类原则的支配之下。书面诗作一旦出现在莫斯科的手抄本和印制本中,受过教育的俄国人就不由自主地将它同相近的现象作对比。书面诗歌同什么作比较,又与什么相对照呢?这一新现象有什么样的思想和价值的光环?

同波兰诗歌的联想可能是首先出现的,在刚刚经历过动乱时代惨祸的俄国人的意识中,波兰诗歌无论如何都既和扶持弗拉季斯拉夫登上莫斯科王位的尝试,也和天主教的威胁联系在一起。非等音节诗式(неравносложие)负有消除这些担心的责任:从扬·科哈诺夫斯基(1584年卒)时代起,在波兰诗人笔下,等音节系统(изосиллабизм)已成为一种规范。此外,有韵律的二行诗很像人们很熟悉的在16世纪末—17世纪初开始繁荣的有韵散文。在阿弗拉米·帕利岑的《故事》中,在《另一篇故事》和《无上光荣的俄罗斯王国的新故事》等爱国主义且思想上无可指责的作品中,读者发现了以词的后缀—词尾押韵,甚至以词根押韵的押韵方式。于是读者就产生了一种错觉:乌克兰—白俄罗斯式的书面诗歌,与其说是对民族传统的破坏,不如说是对它的继续和发展。②

另一个比照的对象是顺口溜。两种情况都容许诗行音节的长度有明显的变化。两种情况都保持每一诗行在音调—句法上的完整性。最后,在两种情况下,诗行都必定以谐音联系起来。这是由术语系统所强调的:在莫斯科追随格拉西姆·斯莫特里茨基的文学新现象被称为"双行谐韵诗"("音节诗"一词在17世纪上半叶已很

---

① 弗·尼·佩列茨:《历史—文学研究与资料》,第1卷,《俄国诗歌史略》(Из истории русской песни),圣彼得堡,1900年,第5页及后续页;弗·叶·霍尔舍夫尼科夫:《俄罗斯与波兰的音节体诗和音强音节体诗作诗法》,见《诗歌理论》(Теория стиха),莫斯科—列宁格勒,1968年,第27—31页。

② 这种错觉是如此严重,以至留存到当代。它还衍生出诗歌在散文内部"自发生成"的观念(参见列·伊·季莫菲耶夫:《俄国诗歌历史与理论概观》(Очерки теории и истории русского стиха),莫斯科,1958年,第221—222页)。这一观念没有得到历史—文学事实的论证。

少使用)。

的确,顺口溜和"双行谐韵诗"(двоестрочное согласие)的音律技巧有某些相似之处。两者均以阴性韵为主,同时广泛运用阳性韵和扬抑抑格韵。试在莫斯科诗人作为典范的格拉西姆·斯莫特里茨基的诗作中进行比较:волков—полков;плод—род;весть—съесть;читателю—благодателю。因此,问题在于:"双行谐韵诗"和顺口溜的韵律之间产生了一种审美距离(顺口溜之所以不被接受,不是因为"平俗"——这是它后来才有的语义色调,而是由于显而易见的"非庄重性")。这一审美距离也立即形成了。如果说在顺口溜诗中重视的是音响的韵律——丰富的、合成的,甚至一语双关的韵律,那么"双行谐韵诗"的作者则制定了另一个多少被严格遵循的宗旨——主要用动词和一般用后缀—词尾押韵的完全韵律,而且甚至连同义词反复谐音(тавтологическое созвучие)也被认为是恰当的。结果,读者的眼睛,特别是听众的耳朵,便很容易区分顺口溜文本和"相对音节体"诗作,尤其是诵读风格显然不同。

这种区别对于俄国近代和现代诗歌具有重大意义。滑稽可笑似乎已同顺口溜的谐音结为一体:我们看到,伊万·富尼科夫在用顺口溜诗句讲述自己一生的痛苦遭遇时,怎么也不能走出逗人发笑的框架。严肃性和庄重性同样成了完全押韵的标志。这个以"双行谐韵"为源头的传统具有审美规范的力量。这一规范曾长久地在西梅翁·波洛茨基时代、罗蒙诺索夫时代、普希金时代和涅克拉索夫时代发挥了作用;其中自然也有例外,但当我们撇开例外时,我们就将把一条规则确切简练地表达出来。涅克拉索夫的同时代人、双关语韵律大师米纳耶夫,在当时的文化意识中就处于诗坛"滑稽可笑的外围"。只是在20世纪的诗歌创作实践中,才发生了两种传统的融合,对于"高级"体裁使用合成韵和双关语韵的禁止才被取消了。

这样,非等音节作诗法和完全韵律,甚至贫韵,都成了早期书面诗歌的常项。早期书面诗歌的主要形式是贯顶诗。首先,它确证了个人的著作权(赫沃罗斯季宁关心"著作权"的认定,曾以独特的贯顶诗连接方式把自己撰写的长篇论文中联系微弱的各部分联系起来:Князя Ивана князя Одреява сина Хаворостинина, Разум князя Ивана Хмостинина, Князя Ивана Ниимвривичи Хзоростизини①,等等;贯顶诗中的错误,当然不是作者之错,而是抄书人之错,因为《异教徒陈言》的原作并没有传留至今)。其次,贯顶诗在美感上标志出每诗行的开头,因此就突出并加大了把民间诗歌和"双行谐韵"诗拉开的距离。

伊·安·赫沃罗斯季宁公爵并非17世纪初几十年间的唯一诗人,但却是那个时代最有成果的诗人。那个年代写诗的人中还有安东尼·波多利斯基、谢·伊·沙霍夫

---

① 可译为:"伊万公爵的/奥德列亚夫公爵的/哈沃罗斯季宁之子","伊万·赫莫斯季宁公爵的理智","伊万·尼伊姆弗里维奇·赫佐罗斯季津公爵的"。——译者注

斯科伊公爵、叶夫斯特拉季、伊万·纳谢德卡。① 这是进入新领域的零散尝试和最初步履。不过,俄国作家已以惊人的速度驾驭了"艺术的王国"。到30年代初,莫斯科形成了一个直到尼康牧首改革前都积极发挥作用的诗歌流派。

这是一个"衙门诗派"②。这一名称是在早期莫斯科诗人同行的社会性评价中有人提议的。该派大多数诗人都是衙门行政官员、秘书官和书吏。他们几乎每个人都是靠统治当局的薪俸生活,但总是忧心忡忡。

> 无论在哪里……就是落到偏远地方,
> 也要穿衣吃饭,但穷困者杜绝依权受贿理所应当。
> 无论在哪里……再穷也要把父母奉养,
> 更不能让妻子儿女饿死在路旁。

30年代的一位多产诗人米哈伊尔·兹洛宾就是这样写的。关于这位诗人,人们知道1638年他在外事衙门任书吏,在莫斯科有一所住宅。③ 1636—1638年率领俄国使团出访波斯的秘书官阿列克谢·罗曼丘科夫,在衙门官员中占据显赫地位。一些俄国人曾同荷尔斯泰因使团一起旅行,使团秘书亚当·奥列阿里曾在若干篇页中述及自己的旅伴:"这是个年约30岁的人,头脑清楚,思维敏捷,通晓拉丁格言……他对自由艺术有很大兴趣,特别是对一些数学类学科和拉丁语;他请求我们帮他学习这些科目,我们在波斯时,特别是在回国的路上,他……在拉丁语学习上取得了出色的成绩,以至可以用拉丁语表达自己内心的想法,虽然还不是完全令人满意。"④

荷尔斯泰因使团的御医格拉曼的纪念册中保存了阿列克谢·罗曼丘科夫的诗作手迹:

> Не дивно во благополучении возгоржение,
> едина добродетель — всех благих совершение.

---

① 参见列·尼·迈科夫:《俄国音节体诗的起源》,载《国民教育部杂志》(ЖМНП),1891年6月号,第450页及后续页;尼·帕·波波夫:《关于音节体诗在北部罗斯最初出现的问题》,载《科学院俄罗斯语言文学部通报》(ИОРЯС),1917年,第ⅩⅩⅡ卷,第2册,彼得格勒,1918年,第259—275页;瓦·帕·阿德里阿诺娃—佩列茨:《俄国作诗法的初始时期》,载《科学院俄罗斯语言文学部通报》(ИОРЯС),1921年,第ⅩⅩⅥ卷,彼得格勒,1923年,第271—276页;奥·安·别洛布罗娃:《关于〈某次战斗的故事〉及其作者叶夫斯特拉季的研究》,载《古俄罗斯文学研究室著作集》(ТОДРЛ)第25辑,列宁格勒,1970年,第153—154页。(奥·安·别洛布罗娃发现并发表了叶夫斯特拉季为《词诠》写的诗体序言,将其写作时间定在1613年;不久前 Г. П. 叶宁确定叶夫斯特拉季的诗体文章写于1621年。)

② 参见亚·米·潘琴科:《17世纪俄国诗歌文化》(Русская стихотворная культура XVII века),列宁格勒,1973年,第34—102、242—269页;Л.С. 舍普塔耶夫:《校订员萨瓦季的诗》,载《古俄罗斯文学研究室著作集》(ТОДРЛ)第21辑,莫斯科—列宁格勒,1965年,第5—28页。衙门诗派遗产的引文,均引自以上著作。

③ 参见斯·鲍·维谢洛夫斯基:《15—17世纪的秘书官与书吏》(Дьяки и подьячие XV-XVII вв.),莫斯科,1975年,第197页。

④ 《莫斯科大学俄罗斯历史与古籍协会学术报告会》(ЧОИДР)第1册第Ⅳ分册,第464—465页。

Дом благий пущает до себя всякаго человека
и исполняет благостыню до скончания века.
Вина всяким добродетелем — любовь,
не проливает бо ся от нея никогда кровь...

不必因为得了一点好处就趾高气扬，
唯一的美德是实现所有人的幸福安康。
美好的住所在我们之前就迎住各类客人，
永生永世都将谋求众人的安逸平顺。
一切美德的起因——都在于爱，
只因为有了爱才不至于流血牺牲……

这些纪念册上的诗是俄国—欧洲文化交往史上相当重要的路标：1638 年，莫斯科的"双行谐韵诗"的样本第一次出现在欧洲人的手抄本中。我们注意到：罗曼丘科夫在这首短诗中若不运用贯顶诗手法，也难以写成——第一行开头的两个词"Не дивн(о)"在诗中得以复现。

阿列克谢·罗曼丘科夫是一位世袭行政官员：其父萨瓦·尤里耶维奇秘书官还在 1614 年就因"莫斯科围困"而获得了一块领地，后来他又供职于外事衙门和诺夫哥罗德官府。阿列克谢的两个兄弟是牧首的侍膳官。最有成果的诗人彼得·萨姆索诺夫也是从衙门官员的大家庭中走出来的"衙门诗派"的诗人，他于 1631 年获得牧首府事务衙门的秘书官职位。① 与由牧首操控的联系不是偶然的：印刷馆是在牧首监督下运转的，当时俄国这个唯一的印刷作坊的校订员（编辑）都是衙门诗派的积极参与者。白衣神甫斯捷凡·戈尔恰克和米哈伊尔·罗戈夫就是如此，17 世纪上半叶最著名的诗坛人物萨瓦季修士也是如此（据萨瓦季自己承认，他原先是"国王祭坛的侍者"，即在米哈伊尔·费奥多罗维奇执政初年是宫廷教堂的一名教士）。从职务上看，校订员是"一身两职"：作为从事教会书籍出版的神职人员，他们受牧首制的管辖；作为靠皇家薪俸生活的官员，他们又服从皇家宫廷的指令。

当然，职务上的"同一性"还不说明已构成一个文学派别。作家之间的联系、精神参与和文化自主的意识——这才是派别的标志。所有这些都是 30—40 年代莫斯科诗歌作者的明显特征。② "是呀，理智的人不应当生活在遗忘中"——斯捷凡·戈尔恰克曾给喀山的一位"理智的人"写道：

---

① 斯·鲍·维谢洛夫斯基 《15—17 世纪的秘书官与书吏》，第 462 页。
② 与衙门诗派接近的还有贵族、谢·伊·沙霍夫斯科伊公爵和米·尤·塔季谢夫（1620—1701） 致沙皇米哈伊尔诗体书信的作者，皇后安娜·伊万诺夫娜的曾祖父。看来，给这一诗派以庇护的，有沙皇米哈伊尔，他的教父菲拉列特牧首，他的叔叔伊万·尼基季奇·罗曼诺夫，宫廷衙门长官阿·米·利沃夫，著名的《法典》编制委员会首脑尼·伊·奥多耶夫斯基公爵，甚至还应算上沙皇阿列克谢的老师鲍·伊·莫罗佐夫和德·米·波扎尔斯基公爵。当然，也有书面诗歌创作的反对者；他们要到高级教士中去寻找，在这些人看来，衙门派诗人的"精神联盟"是俄国精神营养的竞争者。

> 希望见到你和我们再同住一间包厢,
> 完成国王安排的事,做好书籍的修改校订。
> 让我们一心一意去执行国王嘱托的使命。

这一派人意识到自己是某种知识者团体,是一个"精神联盟"(或"友爱联盟")。创作是一种"精神盛宴",受邀请参加的只是一些经过挑选的、掌握特殊的"雄辩"语言、"双行谐韵诗"和"贯顶诗"艺术的人们。这一派别的主要体裁是诗体书简,它明显地体现出这个文学"行会"的选择性和自主性。它的参加者经常彼此交换诗体书简。书简的作者一般住在莫斯科,每天在办公地点相见,所以他们的诗歌通信是一种显示自身"思维敏捷"和掌握多种作诗法的文字游戏。

虽然书面诗歌对于俄国文学而言是一种新现象,"衙门诗派"的作者还是经常强调,他们仍在延续本国文学"有益于精神"的传统:

> 如果要写双行谐韵诗,
> 不妨从圣经中摘句挑词;
> 如果要写好双行谐韵诗,
> 最好别禁止从圣经中摘句挑词。

的确,在衙门诗派的诗歌文本中,我们会发现中世纪书面文献典型的"外在才智"的显示("由于有了雅典人的智慧与才华,没有人再感到担惊受怕;/ 行事只要遵循上帝的圣训,就可以直接升到天庭"),给青少年的忠告"抛弃无所事事的嬉戏"(萨瓦季曾给自己的弟子米哈伊尔·尼基季奇·奥多耶夫斯基公爵这样写道),以及作者自我贬抑的标准表述模式:

> ……我没有上过哲学学校,
> 修辞课也不曾有人教,希腊语快班、书法成绩偏低,
> 但是只知道经书典籍的片言只语,
> 于是只有作诗修书,向你致以极为虔诚的敬礼……

这种传统主义的用意一目了然。衙门诗派如果不是官方的,那也是半官方的派别。那些对官方文化负有责任的人们,懂得文化的演变是不可避免的,但同时又想把这种演变限制在民族—正教的框架内,防止它过分欧化。衙门派诗人拘泥于传统是有意识的,也是真心诚意的。在尼康改革期间,他们处于旧礼仪制度的坚定捍卫者的营垒中,绝非偶然。

但是,"双行谐韵作诗法"却没有成功地避免西欧风尚的影响。诗歌有自己的内在发展规律,衙门派诗歌作者也有意无意地遵循这些规律。此外,莫斯科的书

面诗歌并没有同欧洲的(首先是乌克兰—白俄罗斯和波兰)巴罗克风格相隔绝。在试图同巴罗克竞争(须知在莫斯科虽一直有禁令,人们还在继续阅读"立陶宛的"和波兰的书籍)时,莫斯科书面诗歌不得不解决同样的艺术问题。

在这个意义上,衙门派诗人如此经常书写、如此高度评价的"机智"和"机敏"等,显示出特别的重要性。这不单是一种天赋,一种智力活动的能力。"机敏"和诗歌语言有直接关系。它还要善于利用"雄辩"语言惯用的手法——比喻。

当然,为了寻求比喻的材料,莫斯科诗人注意到一些常见的文献资料——《生理学家》和《识字读本》,从中获取关于动物、花草、金石和树木的各种信息。

> 我们希望你的爱,正如渴望月见草……
> 就像磁石把所有的铁都往自己身上吸引,
> 贪财的养蜂人也是这样招待所有的客人……
> 一只机灵的潜鸣越来越远地游向纵深,
> 演说者与哲学家正在讨论智慧的起因……

材料是传统的,手法也是中世纪人所熟知的,但是把这种手法提到了首位、把握住它在诗歌主体部分的作用——却是明显的创新。如果我们使用萨瓦季运用过的比拟,把诗歌艺术比作"丝绸般柔软的巧活"、丝织品上的刺绣图案,那么我们就可以说,衙门派诗歌作者以新的花纹图形把旧的绣花底布变得色彩缤纷。联想是他们的诗歌语言的主轴。这在原则上也是一个巴罗克的概念,虽然可以说是一个"有节制的"、失去了巴罗克新颖别致性的概念。

5. 西伯利亚和顿河地区的文学流派

17世纪上半叶,文学的地方主义生成。边远地区——首先是西伯利亚和顿河地区——加入文学运动中,显示出一种文化自主趋向。这不是分离主义,也不是罗斯分封时代的地方流派的复兴。莫斯科仍然是俄罗斯思想和俄国书面文化的公认的中心,印书馆、俄国唯一的印刷所在这里运营,边远地带也不能争得首都在精神生活中的首要地位。但是这些地区并不满足于对首都文学产品的简单掌握和一般模仿。它们的独立自主也不能归结为地方色彩和地方风味。西伯利亚和顿河流域意识到自己的历史命运和生活方式的独特性。这些摆脱了农奴制和地主土地占有制的哥萨克人边区提出了自己的问题——其中包括文化问题,他们创立了自己的文学。

在17世纪,西伯利亚地区因为来自莫斯科公国北方和滨海诸县的移民而变得人烟稠密。因此,西伯利亚人的阅读范围由北方传统和诺夫哥罗德传统的作品构成①,这种传统较之莫斯科传统更加摆脱了文学规范。西伯利亚文学的源头处也有一位诺夫哥罗德人,先前的胡滕修道院修士大司祭基普里安·斯塔罗鲁先科夫,他于1621年成为托波利教区第一位大主教。②新的主教辖区还没有产生自己的圣徒,这就意味着,还没有自己的祈祷仪式文献和圣徒传文献。为了填补这个空白,基普里安迈出了大胆的一步:他注意到叶尔马克这个人物,决定赋予这位西伯利亚征服者以该地区正教启蒙者的面貌。

那个时期许多参加叶尔马克征战的人都还健在。托波利教区大主教"吩咐仔细盘问","他们是如何进入西伯利亚的,在什么地方同异教徒战斗,在什么地方怎样在搏斗中把异教徒杀死。哥萨克人就给他送来一份书面材料"③。这份哥萨克人的"书面材料"没有传留至今,它应是西伯利亚文学的第一部作品。在它的基础上编成的《追荐阵亡者名簿》不是一份普通文献,而是关于进军西伯利亚的简要描述,其中还讲到几次战役和叶尔马克之死。④《追荐阵亡者名簿》中提出了一个想法:哥萨克人是带着"真诚信仰之盾"进入沉溺于异教黑暗中的西伯利亚的。哥萨克人的传说有一种命中注定的色彩。

这一思想是《叶西波夫编年史》(1636)的基础,这部编年史以曾主持托波利高级僧正公署的萨瓦·叶西波夫秘书官的名字命名。萨瓦·叶西波夫充分利用《追荐阵亡者名簿》和托波利索菲亚修道院的藏书和档案以及其他史料,编写了第一部西伯利亚史,讲述了西伯利亚的自然风貌、居住在那里的部族、当地的酋长和王公。为了把叶尔马克颂扬为西伯利亚的启蒙者,叶西波夫需要一个对照性角色。以圣徒传中高傲酋长和异教徒的传统面貌呈现出来的库奇努汗就是这样的角色,这是一个连上帝也忍无可忍的人。为了羞辱库奇努汗,一个普通的哥萨克被选为("并非出色人物")神的工具。如果说"想入非非的"库奇努汗在编年史上被描写成孤家寡人、向上天力量发出挑战的傲慢汗王,那么叶尔马克则总是"与伙伴们"一起活动,未在哥萨克武士中显得出众。甚至他的牺牲也没有引起作者的反响,没有引出一番"颂扬之辞"(这里可能体现出诺夫哥罗德编年史编纂的传统,即不以对去世王公的赞颂为特点)。《叶西波夫编年史》不是叶尔马克传记。他和他的军团在

---

① 参见叶·康·罗莫达诺夫斯卡娅:《俄国文学在17世纪上半叶的西伯利亚(俄国西伯利亚文学的起源)》(Русская литература в Сибири XVII в.: Истоки русской сибирской литературы),新西伯利亚,1973年,第17—20页。

② 关于17世纪上半叶的西伯利亚文学,除以上叶·康·罗莫达诺夫斯卡娅的著作外,还可参见谢·弗·巴赫鲁申:《学术著作》第3卷第1册,《16和17世纪西伯利亚开拓史概观》(Очерки по истории колонизации Сибири в XVI и XVII вв.),莫斯科,1955年;亚·伊·安德列耶夫:《西伯利亚史料学概览》(Очерки по источниковедению Сибири)第1辑,《17世纪》,第2版,莫斯科—列宁格勒,1960年;德·谢·利哈乔夫:《俄罗斯编年史及其文化—历史意义》,莫斯科—列宁格勒,1947年,第411—417页;叶·伊·杰尔加乔娃—斯科普:《17世纪乌拉尔与西伯利亚文学史略》(Из истории литературы Урала и Сибири XVII века),斯维尔德洛夫斯克,1965年;H. A. 德沃列茨卡娅:《关于叶尔马克征战故事手抄本的古文献述评》,载《古俄罗斯文学研究室著作集》(ТОДРЛ)第13辑,莫斯科—列宁格勒,1957年,第467—482页;В. И. 谢尔盖耶夫:《西伯利亚编年史编纂的起源》,载《历史问题》(ВИ),1970年第12期,第45—60页。

③ 《西伯利亚编年史》(Сибирские летописи),圣彼得堡,1907年,第163页。

④ 叶·康·罗莫达诺夫斯卡娅:《追荐叶尔马克部阵亡的哥萨克人名簿(预报呈文)》,载《苏联科学院西伯利亚分院通报·社会科学系列》1970年第9期。

代表正教的罗斯这一意义上都是上帝的工具。这一贯穿始终的主题自然而然地以讲述托波利教区的建立而结束。

在《阿巴拉茨的圣母圣像显灵的故事》①及关于塔拉和秋明两城的纪事②中,西伯利亚基督教化的理念得到了延续。两部作品都写于西伯利亚教区新的大主教涅克塔里·捷列申任职期间。涅克塔里于1636年从尼洛沃—斯托尔边的荒僻地区小修道院来到托波利斯克,本身就是出众的作家(其言论和训诫文广为人知),曾致力于强化索菲亚教堂作为文学中心的作用。在涅克塔里时期,萨瓦·叶西波夫仍然是托波利的主要作者。有两部著名文献可能出自他的手笔。其中第一部运用了"圣像显灵"体裁的通行模式③。第二部保留在唯一的、业已破损的抄本中,讲述当地部族的暴动和对西伯利亚城市的进攻。这部作品还宣扬同样的基督教徒和异教徒斗争的理念,为俄罗斯的西伯利亚而斗争的理念。

比《叶西波夫编年史》晚一年,1637年,在俄罗斯的另一个边区,即顿河军队驻扎区,出现了一部也是描写哥萨克的作品。这就是亚速城堡系列纪事的第一部作品——所谓攻占亚速城堡的"历史"纪事。④

土耳其人驻有重兵的城堡亚速,位于"自由哥萨克的顿·伊万诺维奇河⑤主流河口",是阻碍顿河驻军的一块顽石。1637年春,哥萨克利用土耳其苏丹和克里米亚汗的军队忙于进军波斯和摩尔达维亚的时机,占领了亚速。他们这样做并未征得莫斯科的同意——也许是因为有充分理由怀疑莫斯科当局同意此举(罗曼诺夫王朝前两位沙皇与土耳其人签订的和约是稳定的原则)。"历史"纪事(《关于亚速城和大顿河军团阿塔曼和哥萨克的行动及占领亚速的预报呈文》)被送达莫斯科。

虽然纪事的匿名作者也表达了一种与《叶西波夫编年史》的天命论思想相似的想法(哥萨克进军亚速,是为了那里的"正教—基督教信仰依然根深叶茂");虽然作者也声言,自己并不局限于完成文献方面的任务("往后我们所写的这些东西则是为了纪念基督教徒,为了谴责和羞辱这一代和下一代异族人中的亵渎上帝

---

① 关于这篇《故事》的手稿传统,参见叶·康·罗莫达诺夫斯卡娅:《俄国文学在17世纪上半叶的西伯利亚》,第137—159页。
② 文本出版与研究成果,参见米·涅·斯佩兰斯基:《关于塔拉和秋明两城的纪事》,载《古代罗斯文学研究会著作》(ТОДРЛ)第1卷,列宁格勒,1932年,第13—32页。
③ 文本出版参见 А. 尤里耶夫斯基:《17世纪上半叶西伯利亚宗教书面文化中的珍稀文献》,载《托波利教区导报》(Тобольские епархиальные ведомости),1902年第24期非正式分卷,第447—464页。
④ 关于亚速城堡系列纪事的主要研究著作,参见亚·谢·奥尔洛夫:(1)《关于亚速城堡的历史纪事与诗歌纪事(1637年的围困)》(文本),莫斯科,1906年;(2)《关于亚速城堡的传说故事:1627年的"历史"》,华沙,1905年,第1—4册;安·尼·鲁宾逊:(1)《〈亚速城堡"诗歌"纪事〉文体一瞥》,载《莫斯科大学学报》,1946年,第118辑,《俄国文学教研室著作》(Труды кафедры русской литературы),第2册,第43—71页;(2)《关于亚速城堡的攻占和围困的纪事》(文本与研究),见《古代罗斯战争故事》(Военские повести Древней Руси),瓦·帕·阿德里阿诺娃—佩列茨审订,莫斯科—列宁格勒,1949年,第47—112、166—243页(以下引文均引自这一出版物)。
⑤ 顿·伊万诺维奇(Дон Иванович):顿河又称"顿·伊万诺维奇河",这是因为在很久以前,人们认为顿河起源于(图拉州的)伊万湖(事实上注入顿河的水流并非起源于这个湖泊)。根据这一说法,顿河便有了"伊万诺维奇"(Иванович:伊万之子)的父称。古时也把顿河称为"顿·伊万诺维奇河"。本书在这里首次出现 Дон Иванович,译本按原著译为"顿·伊万诺维奇河",以下则简译为"顿河"。
——译者注

者")——他首先追求的依然是信息和宣传的目标。

莫斯科政府应当知道哥萨克所做的事。因此"历史"纪事在重复官方军事"呈文"的结构时,描述了出征前的集合、挖掘坑道和冲击的情景,并以文件的文体模式写成。考虑到还应当让莫斯科的统治阶层对哥萨克产生好感,所以在纪事中发出了自我辩护的调子,每当涉及沙皇时,使用的都是特别明显的恭维语气。甚至在讲到城堡墙下挖坑道时,作者也没有忘记提醒:火药是哥萨克从莫斯科领来的:"另一个坑道挖了四个礼拜,再把国王的赏赐,即火药桶,置放于城堡墙下。"这些说法显而易见地证明,纪事是考虑到莫斯科读者的,哥萨克不需要这样的提醒。

由于害怕同奥斯曼帝国政府开战,莫斯科采取模棱两可的政策:在向顿河方面输送武器弹药时,同时还通过驻伊斯坦布尔大使正式与哥萨克划清界限。这种摇摆不定持续了很久,直到亚速光辉历史的第二阶段开始了。1641年,为数不多的哥萨克(城堡被围初期只有5000多人)不得不击退土耳其苏丹庞大军队的进攻,这支军队配备了强大的炮兵和一支大型舰队。这些哥萨克经受了四个月的封锁和24次强攻。是年9月,苏丹的军队被迫解除包围。土耳其失败的耻辱在整个欧洲引起了反响。

在莫斯科,人们懂得了,不能无止境地实行模棱两可的政策。1642年召开了全俄缙绅会议,会议必须作出决定——由莫斯科承担对于亚速的"最高领导责任",或者把它归还给土耳其。哥萨克军团的船队从顿河来参加会议,军队秘书官费奥多尔·伊万诺维奇·波罗申是一名大尉,原为莫斯科的逃亡农奴。看来,他还写了关于亚速城堡被围的"诗歌"纪事——亚速城系列作品中的一部最优秀的文献。

哥萨克当然明白,沙皇和他的周围亲信倾向于出让亚速。因此"诗歌"纪事的语调明显地有别于"历史"纪事。如果说后者所突出的是对莫斯科的尊重,那么前者则说出了莫斯科所不乐意的真相。对文学规范的唯一让步在于,那些反莫斯科的攻击性言论是从土耳其人口中说出的:"我们要让你们这些盗贼知道,你们的莫斯科王国帮不了,也救不了你们,沙皇也好,俄国人也好,都救不了你们。"纪事中的哥萨克完全同意这些说法,没有维护莫斯科的声誉:"没有你们这些狗,我们自己就知道,我们在罗斯的莫斯科王国是一些有什么分量的人,在那里我们什么都不需要……在罗斯我们不受尊重,被看成下三滥。我们正在逃离……永远受奴役的地位、没有自由的农奴处境……那里有谁会为我们而悲伤?那里所有的人都为我们的完结而高兴。"

全俄缙绅会议仍然是哥萨克的唯一希望。作者也曾求助于这个最高决策机构。他写"诗歌"纪事,就是为了影响读者的情感,说服他们站到哥萨克一边来。充沛的感情赋予这部作品以一种别具一格的色调。

作品一开始就详细列数土耳其的军队——步兵军团、骑兵和炮兵,克里米亚各鞑靼汗国和诺盖人穆扎尔王公的军团,山民和切尔克斯酋长的武装,还有欧洲的雇佣兵。这份在形式上有如例行公事的冷漠清单,渲染了一种恐惧和绝望的情绪。作者本人也深受这种情绪的感染，为惊骇所包围，以至羽毛笔从手中掉落："那些人聚集起来对付我们这些做粗活的庄稼人，他们人数如此众多，数不胜数，一言难尽。"这个事先就知道"许多"土耳其人已打算回家、哥萨克获胜的人就是这样说的。这已不是一个衙门官员，而是一位艺术家，他懂得，开端越没有希望，幸运的结局对读者的影响就越有力。

当宣传鼓动被包裹上一种艺术形式时，艺术理想总是显露出独立自主的倾向。在关于亚速城堡被围的纪事中，事情就是这样发生的。费奥多尔·波罗申没有完成宣传的任务：虽然全俄缙绅会议没有表现出一致的态度，没有经过热烈的争论就不能凑合，政府的意见还是占了上风。亚速地区归还土耳其人，幸免于难的城堡保卫者被迫撤离。但是"诗歌"纪事作为艺术作品却受到同时代人的高度评价。它以众多的抄本流传开来，并被多次改编，这说明人们对它的兴趣历久不衰。17世纪下半叶，人们在它的基础上又创作了一部关于亚速的"故事性"纪事，其中历史轮廓完全服从于浪漫主义的纠葛。"故事性"纪事已属于"历史神话"、历史小说之列——属于由关于莫斯科城之始的系列故事、《特维尔少年修道院的故事》等予以出色呈现的那一类体裁。

三个方面的艺术因素保证了亚速城堡被围纪事的成功。第一是对公文体、文牍体的重新认识。这种重新认识的鲜明例证，是土耳其人和哥萨克轮流说出的虚构言论。① 其中包括哥萨克使用的"艺术性责骂"：在他们看来，土耳其苏丹是"可恶的雇佣猪倌"，是"卑鄙的狗"，是"疯犬"。第二，善于使用军旅作品的风格（《与马麦汗血战的故事》就是这方面的典范之作）。关于敌对势力夸张而合乎规范的描写就是以这种风格展开的。

作者写道，土耳其入侵军队"散布于空旷的田野"。在延伸着广阔草原的地方，生长出"他们的大片人马"构成的森林。由于无数步兵和骑兵的践踏，土地"变得干裂而板结，由于这种巨大的沉重压力，水流从河道……从顿河中涌上岸来"。火炮和滑膛枪的射击声可与大雷雨相比，正如某时箭矢的发射被比作雨点洒落一样："可怕的雷鸣电闪仿佛来自云端，自天而降。"火药的烟雾遮天蔽日，"就像漆黑的夜晚降临"。作者惊呼："那时我们觉得他们这些人太让人恐怖了，当我们见到穆斯林如此难以言状、如此令人恐惧和惊慌不安地压过来时，我们都浑身战栗，惶恐万分！"

第三个因素是诉诸哥萨克民间口头创作。这就是在战斗中失利的哥萨克的"告别词"："请原谅我们，茂密的森林和葱翠的树木！请原谅我们，空旷的田野和静

---

① 这种现象总体而言是17世纪的突出特点。参见玛·达·卡甘：（1）《〈关于两个外交使团的纪事〉——17世纪初的政治传说作品》，载《古俄罗斯文学研究室著作集》（ТОДРЛ）第11辑，莫斯科—列宁格勒，1955年，第218—254页；（2）《作为17世纪前25年间文学文献的伊凡四世与土耳其苏丹的传说中的通信》，载《古俄罗斯文学研究室著作集》（ТОДРЛ）第13辑，莫斯科—列宁格勒，1957年，第247—272页；（3）《扎波罗日和奇吉林的哥萨克与土耳其苏丹的通信》（18世纪的异文），载《古俄罗斯文学研究室著作集》（ТОДРЛ）第21辑，莫斯科—列宁格勒，1965年，第346—354页。正如Д.乌奥在其著述中所指出的：在这种情况下，俄国传统已与同样培育了虚构言论、书信和公文的欧洲传统实现融合。

静的河湾！……请原谅我们,蓝色的大海和湍急的河流！……请原谅我们,我们的家园静静的顿河,我们已照你——我们的阿塔曼的样子,不和残暴之师打交道,不在空旷的田野里射杀野兽,不在静静的顿河中捕鱼捉虾。"这是顿河歌谣几乎一字不差的转述,正如我们根据19—20世纪的一些记录稿所了解的那样。

第二部分　17世纪下半叶文学

1. 概述

17世纪中期,莫斯科最高层人物产生了一种错觉:国家已进入稳定时期。动乱时代及其思想对抗和社会对立似乎已彻底被克服。俄国似乎重新获得了渴望已久的"静谧与安宁",重新变成了"神圣的罗斯",全世界正教的最后一个堡垒。但是不久后,人们很快就清楚了,民族的团结统一不过是一种假象而已。1652年成为一个转折点。

1652年,各教堂豪华铺张的隆重庆祝活动,一直延续到春夏两季。3月20日,牧首格尔莫根的遗体从楚德修道院迁移到圣母安息大教堂,他是在1612年波兰人占领莫斯科时被折磨而死的。当时尼康还不是牧首,而是诺夫哥罗德大主教,他带着一大批随从前往索洛维茨基修道院运回全罗斯都主教菲利普·科雷切夫的遗骸,后者是被马柳塔·斯库拉托夫遵照伊凡雷帝的命令绞死的。在索洛维茨基修道院的主教堂中,尼康在蒙难者的棺椁上放下了一张沙皇赦免书。在赦免书中,沙皇阿列克谢·米哈伊洛维奇祈求菲利普"宽恕我们曾祖的罪过"(为了赋予自家不久前的独裁者以一脉相承的正统光彩,罗曼诺夫王朝经常强调阿列克谢是前朝沙皇费奥多尔·伊凡诺维奇的侄孙,但这只是母系亲缘关系,伊凡雷帝的首任妻子是阿娜斯塔西娅)。沙皇在教会面前"屈尊俯就",公开向教会呈上悔罪书。

在尼康缺席时,莫斯科在圣母安息大教堂还为一位大牧师约夫隆重举行了安灵祈祷会,他曾被伪德米特里剥夺牧首职位,流放到斯塔里察修道院。在这一仪式后,没过几天,年迈的牧首约瑟夫去世,因此在7月9日,首都便以宗教游行和教堂敲钟仪式迎接尼康,迎来了俄国教会的新首脑。过了两个礼拜,被圣化的高级神职人员会议选举尼康就任牧首。这次选举非同寻常且具有戏剧性。尼康几次断然拒绝"大主教职位",直到以沙皇本人为首的会议参加者向他下跪,"摊开双手扑倒在地"。这时尼康才做出让步——附加条件是沙皇、贵族领主和高级教士要"事事听从他",承认他在"宗教事务"上有不可违抗的权力。沙皇同意了,而尼康为了使自己具有合法的权力,在1653年付印的《祈祷书》中提到了沙皇的承诺。

新牧首搞出的这个盛大的场面,不仅是为了满足自己过分的高傲。他让一国之君下跪,是为了体现一定的理念:在全民族的宗教生活中,在领导文化方面,"教权高于皇权"。这一场面也许标志着教会对于王朝的胜利。此外,这个场面或许还结束了长达四分之一世纪的俄国教会改革的进程。

在动乱时代之后,两股势力、两大集团为争夺教会的领导权而斗争。第一个集团是主教团和富裕的修道院(俄国有大量居民作为农奴依附于他们);第二个集团是教区的神职人员、穿白袍的修士,他们就收入和生活方式而言,与城镇附近的庄稼人和农民很少有别。领导第二集团的是一些修士大司祭,如沙皇个人的神甫斯杰凡·沃尼法季耶夫、伊万·涅罗诺夫、阿瓦库姆等。尼康也属于"爱神者""热心虔信宗教者"小组。

"爱神者"十分清楚,动乱时代之后俄国文化已分出各自独立或直接彼此敌对的若干流派。"爱神者"致力于求得文化的统一(当然是在正教的框架内),使社会下层适应这一文化。"热心虔信宗教者"的布道宣讲由于基督教的社会性而有声有色。他们不是把信众肯进隐修区和修道院,而是建议他们"在世俗生活中自我救赎",还开办学校和养老院,在街头和广场上布道。任何一种异国风尚,在伊万·涅罗诺夫和阿瓦库姆这一类人看来,对于民族的团结统一都是危险的。因此他们看不惯同一信仰的希腊人、乌克兰人和白俄罗斯人,认定在土耳其人和波兰人的统治下不可能保持信仰的纯洁性。"爱神者"把罗斯看作正教的最后堡垒,把文化和信仰等同起来,为整个俄国日常生活教会化而斗争。因此,对教会礼拜仪式进行调整,就成为他们特别关心的目标。

当年轻沙皇阿列克谢的"私人密友"尼康被擢升为牧首后,情况才清楚了,他对国家生活宗教化的理解完全不像不久前他的支持者们所认为的那样。尼康的计划规定:罗斯要领导全世界的正教。他坚决支持波格丹·赫梅利尼茨基把乌克兰同俄国重新合并的意图,并不担心不可避免地同波兰—立陶宛王国之间发生战争。他幻想解放巴尔干半岛的斯拉夫人。他大胆地设想夺占皇城。

正教帝国的这一理念也引起了教会的改革。俄国和希腊宗教仪式之间的差异使尼康内心不安:在尼康看来,这种差异是莫斯科领导世界正教的障碍。因此他决定统一宗教仪式,以希腊的实际做法为基础。顺便说说,希腊的做法已由乌克兰和白俄罗斯在不久前采用。1653年大斋戒前,牧首给莫斯科各教堂下发了一份"备忘录",规定用三指并拢画十字代替两指画十字。然后接着修改祈祷辞,直到修改信经。那些拒绝服从新举措的人,都被开除教籍、流放、监禁或处以死刑。教会分裂就这样开始了。

尼康之所以看重希腊的礼仪,是出于这样的见解:从拜占庭接受基督教的罗斯人擅自歪曲了它。历史证明尼康错了。在圣弗拉基米尔时代,希腊教会曾使用两种不同的章程——斯图季特章程和耶路撒冷章程。罗斯接受了在拜占庭已逐渐被耶路撒冷章程排挤的斯图季特章程。这样,更应当揭穿的不是罗斯人,而是希腊人对原有章程的歪曲。

"热心虔信古代宗教者"也像尼康一样,是一些平庸的历史学家。推动他们同改革作斗争的不是对历史真理的追求,而是受侮辱的民族感情。他们认为,同自古以来传统的决裂是对俄国文化的亵渎。他们不无理由地把改革视为倾向于西方——于是便反对这种倾向,因为担心失去民族独立性。

尼康不特别费力就解除了"爱神者"的教会权柄。但是牧首的胜利也为时不久。对无限权力的觊觎引起了沙皇和贵族的恼怒。到1658年,双方的分歧尖锐到如此程度,以至尼康辞去了牧首一职。他在自己的新耶路撒冷修道院里度过8年,直到1666—1667年宗教大会不再谴责他,也没有谴责旧礼仪派的领袖,同时承认尼康改革时为止。

问题在于,世界性的帝国,照尼康的想法,应当成为一个神权统治的帝国。"神权高于皇权"是他遵循的公理,这个公理无需等到东正教各民族未来的联合,而是致力于在俄国得到确立。

无论是沙皇,还是大贵族领主还是普通贵族,总体而言都不能容忍牧首的野心。废黜尼康的大会宣布:"……谁也没有一点自由,他却可以抗拒皇上的旨意……牧首也得听从沙皇。"尼康想拥有无限的权力——像罗马教皇那样。但是贵族阶层战胜了他,他们拥戴的沙皇阿列克谢·米哈伊洛维奇成为类似于路易十四那样的绝对君主,两者几乎是同龄人。

同时,贵族阶层也支持教会改革。这场改革改善了和重新合并的乌克兰之间的关系,一个将信仰正教的斯拉夫人在莫斯科的保护下联合起来的方案已占据当时俄国政治家的头脑。这就充分表明,贵族阶层几乎没有参与旧信仰的维护。某些少有的例外很好地证实了这一规则。在侍臣普罗科皮·索科夫宁的女儿、有声望的女贵族领主费奥多西娅·莫罗佐娃看来,忠于旧礼仪是家庭的事,而不是社会阶层的事。1675年,同莫罗佐娃一起被折磨至死的还有她的妹妹叶夫多基娅·乌鲁索娃公爵夫人,而过了20年,因阴谋反对彼得一世的案件,她俩的兄弟阿列克谢·索科夫宁——一个隐蔽很深的极端分裂派分子也被处决。在霍万斯基公爵家族看来,旧教信仰也属于家庭的事。贵族阶层不希望俄国生活走向教会化——无论是尼康式的,还是"爱神者"式的教会化。相反,限制教会的权力和特权,社会生活和文化的世俗化,舍此俄国就不可能成为一个欧洲国家——这就是后来体现于彼得一世活动中的贵族阶层的理想。

因此,旧礼仪派运动自然很快就变成了社会下层的运动,农民、射击军士、哥萨克、村镇贫苦阶层和下层神职人员等都参与其中。运动涌现出了自己的思想家和作家,他们把对改革的批判、对民族古风的赞扬和对贵族君主制的全部政策的不接受结合在一起。

这些事件从根本上动摇了教会。但是无论是尼康的出走还是将旧礼仪派革出教门,都没有给接受改革的教会上层人士带来平静。危机还在延续,因为改造从中世纪继承下来的文化系统,是一桩长期而痛苦的事业。在 1666—1667 年的教会大会上,就已形成了两个敌对的派别——亲希腊派("旧莫斯科派")和西方派("拉丁派")。由于历史的刁钻古怪,前者由乌克兰人叶皮凡尼·斯拉维涅茨基领导,而后者则由白俄罗斯的西梅翁·波洛茨基领导;这两人都是基辅神学院培养出来的。但是叶皮凡尼在校学习时,还是在都主教彼得·莫吉拉赋予学校拉丁文化倾向,把波兰耶稣会作为榜样之首。相反,西梅翁·波洛茨基是被作为地道的拉丁派和亲波兰派来培养的。这两位领导人很快就有了俄国的弟子:叶皮凡尼的弟子是楚德修道院修士叶夫菲米,兼为神学家、作家和经书审校员;而西梅翁的弟子西利韦斯特尔·梅德韦杰夫,则是先前的书吏,后来成为宫廷诗人。80 年代中期,当叶夫菲米和梅德韦杰夫已是基辅—莫吉良学院教员时,他们不得不进行公开的争辩。

这场争辩表面上是争论圣餐的时间,关于在圣餐仪式上面包和葡萄酒何时化为耶稣的肉体和鲜血。梅德韦杰夫自然是捍卫天主教的观点,而叶夫菲米则否定之。在这一具体的神学问题上的分歧反映了亲希腊派和亲拉丁派的对立。双方在俄国需要启蒙这一点上不谋而合,但他们对这种启蒙教育的途径和形式的理解却大相径庭。

当然,把"旧莫斯科派"等同于消极停滞,也是牵强的。无论是叶夫菲米还是叶皮凡尼·斯拉维涅茨基,都是极有天赋且学识渊博的人士。叶皮凡尼对俄国文化的贡献是巨大的:他以多部不同性质的译著——从教父的著作到辞典和医学书籍——丰富了书面文化。但是这一类作家只满足于数量上的知识积累,而不愿考虑其新质。他们只是把已破烂不堪的楼房修修补补,不敢对它彻底改造。旧有的真理在他们看来是不可动摇的,任何理性地讨论这些真理的尝试,都被他们宣布为奇谈怪论和异端邪说。

正教教会的出发点总是以其自身的存在来证明它的一贯正确。由此便有了教义问答式的劝说方式:提问,随之回答。不允许自由讨论。

相反,"拉丁派"则致力于将信仰的真谛同理性的论据结合起来。如果一座大厦出现了裂缝,就意味着,要在摇晃的拱顶下加上必要的支撑。三段论绝非偶然地成为"拉丁派"诗歌和散文的基本原则。它也并非偶然地成了叶皮凡尼·斯拉维涅茨基和叶夫菲米攻击的主要对象。"当……真理的敌人不能认识到自己的三段论或者那腐蚀灵魂的论据时,他们就开始要弄阴险狡诈的手段来胡搅蛮缠。这时会发生什么呢?"——叶夫菲米满怀激情地问道。他的回答是这样的:"先是狡辩,然后(主啊,请原谅我!)就背弃真理。"

叶夫菲米认为,逻辑的构建是思维"犹豫不决"的原因,而不是这种"犹豫不决"的结果,正如实践中存在的那样。保守的不容忍态度让他不辨是非——否则他会注意到,"拉丁派"并未越出正统的正教框架。被看成三段论基础的前提,是他们依据亲希腊派奉行的"出自权威"的原则选择的。其实,这是从圣经、教父和教会导师著作中摘引的作为信条的引文,"拉丁派"没有动脑筋用同样的逻辑来检验这些引文。不过,如果这里指的是历史前景,那就必须承认,叶夫菲米的担忧并非空穴来风。正是从"拉丁派"、从西梅翁·波洛茨基、从西利韦斯特尔·梅德韦杰夫起,俄国已开始了一场"大辩论"——舍此就不可能存在动态文化的文学争论。正是"拉丁派"首先在俄国的土壤上移植了强大的欧洲风格——巴罗克(详见本部分第9节)。

"拉丁派"的历史功劳还在于,他们在莫斯科创立了职业作家团体。这个文学行会成员的个人命运千差万别,但它却锻造出一种特别的、按乌克兰—波兰模式剪裁的类型。职业作家往往具备一种发达的行会意识。他们在作为教育者的生涯中有所作为,收集私人藏书,参与书籍出版活动。他们认为写作是主要的生活目标,因此很少关心功名利禄。

亲希腊派得到了牧首约阿基姆的支持。他们一起成功地粉碎了"拉丁派"这一活跃的集团,还得以从肉体上消灭了这个集团的领袖:约阿基姆牧首利用索菲亚公主垮台的时机,把西利韦斯特尔·梅德韦杰夫送上断头台。但是职业化是17世纪最后30余年间俄国文化最有成效的新事物——一点也没有因这些打击而受损。这一文化—心理现象原则上是超阶层、超党派的。到1689年,当索菲亚公主被褫夺权力之后,职业化诗人已出现在"旧莫斯科派"的行列中。开始时职业化只局限于受过教育的修士群体,后来也逐渐扩展到世俗人士。

在17世纪,作者作品的比重急剧加大。但是与此同时,在中世纪占优势的匿名作品的流行,也没有减弱。不过,以往作品不署名是整个文学的显著特点。这时仍不署名的首先是小说类作品。这是因为小说的流行是自发的、不受控制的。如果职业作家的创作是以群体想象所提示的原则性标准为基础,那么小说在某种程度上则是"民间创作的实例"。

但是,匿名小说也带有作者署名作品所特具的那种艺术上和思想上五光十色的特征。同欧洲的联系提供了翻译过来的骑士传奇和各类短篇故事。文化社会基础的拓宽引发了社会下层文学的活跃。这些下层人士,如平俗的书吏、识字的农民、穷苦的神职人员等,以独立而自由的语言诉说着滑稽幽默和讽刺性的话语。

2. 历史与虚构:关于亚速城堡的"故事性"纪事、莫斯科起源纪事和特维尔少年修道院的故事

文学史即艺术虚构的历史,是一个重要的观点。这里的问题与其说是文本传达的信息是否真实可信(因为任何文件、任何公文体裁都不能摆脱"虚构",不等同于"真实"和"确切"),不如说在于作者意旨和读者接受的演变。这种演变一般说来是通过以下方式呈现的。以所描述的事物"真实"为旨归是中世纪文学的特点。读者也同样绝对而不容置疑地相信这种"真实"("就是如此")。如果文本由于任何原因而引起读者怀疑("并非如此"),那么读者就会把它归于"谎言"之列,剔出

精神价值的范围。无论是写作还是阅读这样的作品,都不能被看成一种道德功绩。

新时代文学奉行另一种原则。在其中起主导作用的不是"真实"(被理解为事实的真实),而是真实的幻象,近乎真实("可能如此")。文学不仅被看作一种精神价值,而且被看成一种知识价值,一种智力游戏,一种可供"欣赏"的美学价值,这种欣赏不受从"真实"或"谎言"的角度做出的评判。换句话说,这就形成了另一种价值体系,艺术虚构在其中占有首要地位。

掌握虚构的分寸是一个复杂而长期的过程。这特别明显地体现在 17 世纪的"历史寓言"和历史题材的小说中。写于 70 年代的关于亚速城堡的"故事性"纪事就属于这类小说的范例,它使读者密切注意历史小说是以何种方式从历史文献中解脱出来的。①

"故事性"纪事的情节中结合着亚速城堡光辉历史的两个片断——1637 年顿河哥萨克攻占城堡和 1641 年针对土耳其人的城堡守卫战(见本章第一部分第 5 节),而且关于这些事件的"历史"纪事和"诗歌"纪事也在作者的掌握之中。但是作者从"历史"纪事中只借用了一些现成的说法。可以看出,关于出征前的集合、挖掘坑道和冲击的文献性描述都没有吸引作者。他以从《伊利亚特》时代起就同战争与围困的题材相联系的两个情节单位取代了这些描述。

首先是劫持名媛贵妇的情节。"故事性"纪事中讲述亚速城堡的帕夏把女儿嫁给了克里米亚汗,哥萨克把几只轻快舢板藏在海岸边的芦苇丛中,劫持了新娘所坐的大船。他们照顾她,"……没有对帕夏的千金施以暴行",为此事而拿到了一大笔赎金,"……从这场婚礼中大大地发了一笔财"。这一开场的片断并没有情节上的结果。但是,如果认为它或者意义重大,或者是随意之笔,都是不对的。这个片断完成了序幕的功能,读者似乎被预先告知,作者的选择意在引人入胜。

其次是"特洛伊木马(计)"的情节。哥萨克装成阿斯特拉罕商人的模样,带着伪造的关防文书、伪造的阿斯特拉罕督军致亚速帕夏的"便条"进入城堡。他们的车队有 130 辆大车。30 辆车上满载货物,其他车上每辆藏着 4 名哥萨克;他们就这样拿下了亚速城堡。正如我们所见,读者并没有受骗。越往后,读者就越深地陷入引人入胜的情境中。

这两个取代文献性风格的"历史"纪事的情节来自何处? 看来,在这里,顿河地区民歌是直接的来源,民歌中攻占亚速城堡的描写与之相似:

  弟兄们,请你们修整好 150 辆大车,
  每辆车上请你们安排 7 名哥萨克士兵。

---

① 文本引自亚·谢·奥尔洛夫的著述,载《俄国语文学学报》(Русский филологический вестник),华沙,1906 年,第 3—4 卷,第 137—174 页。亚速城堡的"历史"纪事、"诗歌"纪事和"故事性"纪事的分类是由亚·谢·奥尔洛夫做出的。应当注意他的以下说明:"我是在同原作的历史性相对照中使用'故事性'这一概念的,这种历史性对于攻占城堡纪事是绝对的,对于围困城堡纪事是相对的。"(同上书,1905 年,第 4 卷,第 310 页)在这一场合,"故事性"是虚构性、消遣叙事性的同义语。

第 8 名我们配备一名领头人，

第 9 名我们安排一位伙头军，

第 10 名我们再加一个大车夫。

弟兄们，你们开车吧，向亚速城进军！①

十分重要的是，在同一文本中，两个情节可以在一定范围内并存。在《古代俄罗斯诗歌集》中有一首歌曲，名为《在布赞岛上》(诗与散文在这里交替使用，是基尔沙·丹尼洛夫的一般特点)②。在这首歌曲中，由叶尔马克率领的哥萨克在里海截获了 12 艘"装有外国货物的"土耳其船只。

就在那些大船上

有一位美丽的姑娘

丝毫也不害怕惊慌，

这是摩洛达·乌尔扎莫夫娜，

土耳其穆尔扎视同明珠在掌……

哥萨克没有触碰她，

就让这位美丽的姑娘

坐到她自己轻快的木船上。

文本是这样结束的："哥萨克就要到达阿斯特拉罕王国，在那里，带着近卫部队的叶尔马克被称为海外商人，而各种货物在海关都要交验……"

在不同民族的民间口头创作和文学中，上面论及的两类情节——独立的情节和相继陈列的情节，结合得如此匀称，以至使人想到某种艺术规律性。看来存在着一种引人注目的模式，它是由有限的一组情境构成的。这种模式无论如何都呈现在《伊利亚特》(劫持海伦和达那奥斯人的礼物)和自称为商人("我是客商")的奥列格·韦希夺占基辅的《往年纪事》中，呈现在关于亚速城堡的"故事性"纪事和关于斯捷潘·拉辛的传说中(夺取法拉巴德和赫赫有名的"王公夫人")，也呈现在沃尔特·司各特笔下，《塔拉斯·布尔巴》、大仲马和显克维奇的作品中。"故事性"纪事作者的同时代人、切尔尼戈夫大主教拉扎尔·巴拉诺维奇于 1679 年用波兰语在诺夫哥罗德—谢韦尔斯克印刷所出版了《有羽毛的天鹅》一书，其中附有穆罕默德教信徒和基督教信徒的"军事计谋"编目。③ 在第 31 号编目中引征马·斯特雷科夫

---

① 《俄国语文学学报》1906 年第 3—4 卷，第 42 页。

② 基尔沙·丹尼洛夫编选：《古代俄国诗歌作品》(Древние российские стихотворения)，莫斯科，1977 年，第 64—68 页。

③ 1683 年就已出现这本书的俄文手抄译本。参见康·费·卡莱多维奇、帕·米·斯特罗耶夫：《费·安·托尔斯泰伯爵的斯拉夫—俄国手稿描述》(Описание славяно-российских рукописей графа Ф.А. Толстого)，莫斯科，1825 年，第 II 部第 26 编，第 227—228 页。

斯基的讲述，提到立陶宛王公凯斯图特怎样把 600 名军士藏在地窖的牛羊皮和稻草下面，从而夺取了维尔著。在第 5 号编目中阐述了特洛伊木马的故事（据维吉尔的《埃涅阿斯纪》）。在这一背景下，"故事性"纪事的出现看起来是完全自然的。

但是"故事性"纪事的作者是怎样对待"诗歌"纪事的史料——关于城堡围困的记述的呢？作者是否感觉到"历史地"讲述攻占亚速城堡所采用的如实照录手法和第二种基本史料的表现力之间的差异？自然是感觉到了。甚至可以说，他把土耳其精兵和哥萨克的富有感情色彩的言论引入自己的文本中，这种写法也说明了这一点。作者明白，他与之打交道的不是"历史"，而是"诗歌"——但他还是很少利用"诗歌"纪事。如果在"诗歌"纪事中风格是艺术的主导，那么在"故事性"纪事中重点则转到情节上。"故事性"纪事的整个第二部分，即描写城堡被围困的部分，是由一些惊险情境组成的拼贴画。

类似的艺术问题在关于莫斯科起源的系列纪事中得到了解决。① 最著名的有两部系列作品：编写于 1625 年到 1650 年间的《莫斯科的开端纪事》和《苏兹达尔公丹尼尔遇害和莫斯科初年纪事》（产生于 1652 年到 1681 年之间）。

《莫斯科的开端纪事》阐述了一个著名的理念——"莫斯科是第三罗马"。但是在这里，这一理念可以说"失去了思想内容"。作者所关注的并不是世界的命运和正教的命运。他关注的只有一个情节——最古老的建筑祭神的情节。"这座城市真的应命名为第三罗马，因为在城市上空，从一开始，就出现了与第一罗马和第二罗马上空同样的征兆：如果这些征兆有所不同，那么流血现象则是一致的。"罗马和君士坦丁堡的建立"不无流血"。罗斯未来的都城也会建立于血泊之中。

6666 年（公元 1158 年）②，驻扎在莫斯科河岸的长臂尤里处决了地方大贵族车奇卡，因为此人"甚为傲慢，对大公几乎不抱任何应有的敬意"。当时大公曾吩咐在这里建造"木头小城"莫斯科。大公还让库奇卡的女儿嫁给自己的儿子、爱神者安德烈为妻，同时还把她的几个英俊的兄弟派到他身边。事情并未因一次杀戮而结束，还需要爱神者安德烈付出鲜血。这位虔信神明的王公执着于斋戒和祈祷，并很快就拒绝同库奇科夫娜"同床共枕"。她唆使自己的兄弟杀死了丈夫。爱神者安德烈的兄弟对他们进行了报复。

虽然《莫斯科的开端纪事》的情节到此结束，但在保持传统的手稿中却给文献添加了一些编年纪事类的片断——如关于"大家族"弗谢沃洛德三世、关于"拔都

---

① 系列文本的出版与研究，参见玛·阿·萨尔米娜：《莫斯科起源纪事》（Повести о начале Москвы），莫斯科—列宁格勒，1964 年。对照参阅谢·康·沙姆比纳戈：《莫斯科起源纪事》，载《古俄罗斯文学研究室著作集》（ТОДРЛ）第 3 辑，莫斯科—列宁格勒，1936 年，第 59—98 页；米·尼·季霍米罗夫：（1）《古代莫斯科（12—15 世纪）》（Древняя Москва. XII-XV вв.），莫斯科，1947 年，第 11—14、209—223 页；（2）《莫斯科起源的故事》，载《历史学刊》（ИЗ）第 32 卷，1950 年，第 233—241 页；列·尼·普什卡廖夫：《莫斯科的开端纪事》，见《苏联历史资料》（Материалы по истории СССР）第 2 卷，莫斯科，1955 年，第 211—246 页。这一系列作品以若干不同的标题在历史—文学界为人们所知晓。本书使用的是玛·阿·萨尔米娜专著中的术语和提法。文献引用也依据这本专著中的附录。

② 这里的 6666 年为"创世纪年"纪年法的年份，即公元 1158 年。但原著中此处的年代有误，因为长臂尤里（Юрий Долгорукий）卒于 1157 年。——译者注

暴行"、关于亚历山大·涅夫斯基和他的儿子莫斯科大公丹尼尔、孙子"钱袋"伊凡等的片断。增加的数量和人员构成也有所不同。这意味着纪事并没有离开历史文献而自成一体。

在《苏兹达尔公丹尼尔遇害和莫斯科初年纪事》中却达到了这样的自成一体。在这里占主导地位的还是纯属虚构的因素。顺便说说,丹尼尔·亚历山大罗维奇这位莫斯科历代王公鼻祖家庭中的流血悲剧就是虚构的。在他带着大贵族库奇卡的两个英俊儿子走马上任后,两位年轻人立刻就被王公夫人看上了。"于是他们便想到除掉丹尼尔公"。在一次狩猎时,两兄弟向自己的主子发起进攻,后者赶忙藏起来,连马也不要了。他在树林里遇上了漆黑的秋夜。"他不知道该藏身何处:密林深处是空旷的。他发现了一间小屋,里面停放着一具待入土的尸体。丹尼尔爬进了小屋,躲了起来,忘了死尸的可怖。"库奇卡的两个儿子放出王公的爱犬,顺着他的足迹,追上了逃亡的王公。后来,弗拉基米尔公安德烈为自己的兄长报仇雪恨,还在大贵族库奇卡的"红镇"所在地建成了莫斯科。

《故事》的作者既采用了书面史料,也利用了口头传说。例如,他根据1512年的年代记才了解的曼纳西雅的年代记中借取了三角爱情纠葛的结构(在"尼基福尔·福卡的王国"那一部分,讲述了皇后菲奥法娜为了同自己的情人——一个觊觎拜占庭王位的宠臣齐米斯希苟合,杀害了自己的丈夫)。作者也面向人世生活实践——这种实践看来给他提示了王公爱犬的片断。17世纪下半叶,家仆和农奴的逃亡达到了自发性灾难的规模。地主老爷们想出了种种刁钻古怪的招数搜捕逃亡者。事情到了这样的程度:他们派出许多人带着护院看家狗去追捕逃跑亡者,看家狗遇见熟人都很亲昵,因为"认得他们"①。

将各种各样、形形色色的情节结合起来,这不是由编撰者,而是由艺术家完成的:这些情节在情节结构中融合成一个有机的整体。《故事》的完整性还是取决于引人入胜的意旨。爱情悲剧、背叛、狩猎时的攻击、逃亡、林中黑夜——这一切都是冒险题材不可或缺的要素。作者正确无误地"辨认出"这些要素,证明了他的文学天赋。

《特维尔少年修道院的故事》也属于历史小说类作品。这是17世纪中期至下半叶最有意义的故事之一。② 这是对在特维尔第一位大公雅罗斯拉夫·雅罗斯拉维维奇(卒于1271年)执政时期修建少年修道院的传说进行文学加工的作品。历史的真实在这里寥寥无几。大概只有雅罗斯拉夫公同克谢尼娅的婚礼这一事实本身可以被认为是确实可靠的。与结婚相关的所有情况(包括新娘的"卑微"出身)均纯属虚构。故事中讲述了一出爱情悲剧。王公的"少年随从"格里戈里希望娶乡

---

① 瓦·奥·克柳切夫斯基:《克柳切夫斯基文集》第3卷,莫斯科,1957年,第188页。
② 引自已出版的《文选》一书,第675—683页。关于《故事》的写作时间,参见鲁·彼·德米特里耶娃:《〈特维尔少年修道院的故事〉与历史的真实》,载《古俄罗斯文学研究室著作集》(ТОДРЛ)第24辑,列宁格勒,1969年,第210—213页。

村教堂诵经士的女儿克谢尼娅为妻,她却在本应举行婚礼那天拒绝他,嫁给了王公。受到极大刺激的格里戈里成了林中的隐士,后来建造了一座少年修道院,在那里剃度为修士,后来也在那里去世。

这里,几位主人公构成了一个在《莫斯科的开端纪事》中也存在的标准的爱情三角。但是爱情悲剧并没有以善恶因素冲突的形式呈现出来。气魄宏大的庄重与美的氛围是故事的突出特点。总体而言,这里没有"邪恶的"角色,没有打斗。臣民同君主生活在良好的和睦中。甚至一对幸福的夫妇和被抛弃的格里戈里在脱离关系之后,也没有停止按基督教方式彼此相爱。①

为什么在这美好的世界上,一些人的命运就是幸福,而另一些人的命运就是痛苦?作者(在古代罗斯文学中第一次)在情感范围内找寻答案。爱情既是幸福之源,也是痛苦之源。爱情就是命运。克谢尼娅,类似于民间口头创作中的"聪慧姑娘",事前就知道她"命中注定"不属于格里戈里,而属于雅罗斯拉夫。相反,后者在与克谢尼娅相见之前一点也没有预料到。但是他也不能摆脱命运的控制。

"命中注定"的思想在艺术表现层面得到了巧妙展示。雅罗斯拉夫公在允许格里戈里结婚,并答应出席婚礼后,做了一个预兆吉凶的梦。他驱马郊外去狩猎,"放出……心爱的雄鹰去追逐一群飞鸟;那只鹰驱散鸟群,抓住了一只异常美丽、金光闪闪的雌鸽,这使他从内心感到喜悦。"接下来他又重复做了个预兆性的梦,而后来的梦似乎体现在王公去参加婚礼的途中开心进行的放鹰狩猎的场景中。读者当然明白,做梦也好,狩猎也好,都与婚礼的象征性相联系。但是读者也会想到,鹰就是格里戈里。

当王公来到村镇,婚礼已一切准备就绪时,却出了一个错误。"大公本人来到他的少年侍从的院子中,身穿路途上的衣衫,并不是为别的事而来,而是遵照上帝的旨意到来的。"雅罗斯拉夫·雅罗斯拉维奇刚一跨过门槛,克谢尼娅就对格里戈里说:"请你离开我,把位子让给自己的主公,他比你更适合做我的未婚夫,而你只是我的媒人。"这就意味着,读者错误地解释了婚礼上的象征物。鹰不是未婚夫,而是媒人(民间口头创作中家庭礼仪可有两种解释)。真正的未婚夫是王公(婚礼上的喜庆歌曲中,把未婚夫称为王公,未婚妻称为王公夫人)。

正如我们所见,这里遵循的是情节不可预测的原则,这是自由叙事的主要原则。但是作者并没有为了引人入胜而制造一个偶像,也未为此而让任何人做出牺牲。故事以此而有别于前文已分析过的历史小说体裁的试作。事实上,对故事中人物的结局做出是悲还是喜的推测是没有意义的。作品读来颇有趣味——仅此而已。读者"欣赏"情节进程中的出乎意料,一般说来对角色本身漠不关心(当然,他也是站在"正面"人物一边的)。这样的反应符合作者预见的拒绝一切反应的意旨。值得注意的是,《苏兹达尔公丹尼尔被杀的故事》几乎就是从玩笑逗乐开始的:"为

---

① 对照参阅德·谢·利哈乔夫在以下著作中的考察:《俄国小说的起源:古代罗斯文学中情节叙事体裁的产生》,列宁格勒,1970年,第491—500页。

什么莫斯科是一个王国？谁知道莫斯科成了名扬四海的王国？"

相反，《特维尔少年修道院的故事》却是一个忧伤的故事。格里戈里失去了尘世之爱，却得到了上天之爱。克谢尼娅拒绝了他，但是出现在其睡梦中的圣母却接受了他，吩咐他修建一座修道院，并允诺缩减他在尘世的悲痛日子。但王公和克谢尼娅毕竟是幸运的，而格里戈里则是不幸的。上天之爱不能补偿已丧失的尘世之爱。这样的结论未必吻合作者的意图。但是，既然叙事的主轴不在于情节，也不在于引人入胜，而是人与人的感情，那么这种结论也就是合情合理的。

3. 长篇小说的初次尝试

在17世纪，人们已第一次意识到从艺术上把握世界的独立价值。17世纪的散文在摆脱公文式功能和与教会礼仪的联系时，逐步变成一种自由的叙事。散文创作不仅破坏了中世纪的规范或让人对其有了重新认识，而且以西方的样本为目标，还创造了复杂的、本质上新颖的、以若干传统体裁的混合为基础的结构。《萨瓦·格鲁德岑的故事》就是如此[①]，它在某种意义上可以被称为俄国长篇小说的最初试作。

这篇看来反映了富裕商人格鲁德岑—乌索夫家庭的某些真实灾难[②]的故事，是在17世纪60年代被作为不久前的一个生活片断而写的。故事情节被安排在这个世纪的前三分之一——它开始于"创世纪年的7114年"，即伪德米特里垮台的公元1606年，还包括1632—1634年俄国军队对斯摩棱斯克城的围困。基本的事件都围绕这次围城而结合在一起。

这篇故事有两个体裁原型。其一，是关于一个年轻人的"奇事"和宗教传说，他把灵魂出卖给魔鬼，后来忏悔并得到宽恕。"奇事"（чудо）在中世纪是最流行的体裁之一。在17世纪的书面文化中，它既以原创作品的形式，也以《最明亮的星辰》和《大守法镜》之类的翻译故事集得以大量呈现。每篇传说解决一个特定的劝世命题，按照事先提供的提纲，阐述基督教的公理，通常按三部模式来建构：罪孽（不幸、疾病）——忏悔——恕罪。由于保留了结构上的基本环节，作者能"激活"生硬的模式，并引入任意数量的角色和各种事件的材料。

这一原则可以被视为《萨瓦·格鲁德岑的故事》的情节来源的那些传说的基础。[③]其中之一是《一个被诱惑的少年的奇事》，它有两种斯拉夫语的稿本为人所知(源自卡帕多恰主教大瓦西里传)[④]。这里讲述一个陷入无望之爱中的少年从巫师

[①] 文本出版参见米·奥·斯克里皮尔：《萨瓦·格鲁德岑的故事》（文本），载《古俄罗斯文学研究室著作集》（ТОДРЛ）第5辑，莫斯科—列宁格勒，1947年，第225—308页；《文选》，第609—625页。（以下引文均引自本《文选》，不另加注）

[②] 这一历史追溯依据的是米·奥·斯克里皮尔提供的文献。参见米·奥·斯克里皮尔：《萨瓦·格鲁德岑的故事》，载《古俄罗斯文学研究室著作集》（ТОДРЛ）第2辑，莫斯科—列宁格勒，1935年，第181—214页；第3辑，1936年，第99—152页。

[③] 《俄国小说的起源》，第525—536页（德·谢·利哈乔夫执笔的《萨瓦·格鲁德岑》部分）。

[④] 相关传说是按德·谢·利哈乔夫的转述进行复述的。

那里拿到一封去见魔鬼的信,夜间走近一个多神教庙宇,在那里把信抛向空中,并呼唤魔鬼。"几个调皮小鬼"带他去见撒旦。撒旦怀疑基督教徒向魔鬼发誓不牢靠,要少年交一份特别的"书面"承诺书。然后,主人公才同他的恋人结婚。有人告诉那女子,她的丈夫不进教堂,也不接受圣餐礼。少年向妻子坦白说明真相,于是她向圣徒瓦西里求助。圣徒把少年禁闭在"圣徒栅栏内"并为他祈祷。在同众魔鬼和撒旦的长时间斗争后,瓦西里获胜;在教堂的人们亲眼见到一张"手写字条"在空中飞舞,直接飘到他的手中。

在另一篇传说《关于某商人的记述与故事》①)中,情节转移到俄国的环境中。取代卡帕多恰主教大瓦西里出现在场景中的是诺夫哥罗德大主教大安东尼,少年成了商人的儿子,而地狱的小鬼都被人格化,以主人公的鬼仆形象出现。这些变化极为重要:《记述与故事》的作者拟定了若干条在《萨瓦·格鲁德岑的故事》结构中具有决定意义的情节线索。

问题在于,关于商人的故事是古代罗斯文学中一种特殊的体裁类别;这类故事较之关于"官方"主人公的作品,关于苦行隐修士、王公和将领的作品,在更大程度上摆脱了陈规旧律。这些故事中有不少长篇小说的因素:遭遇风暴和船难的长途旅行,拐卖儿童,考验妻子在与丈夫分开时是否忠贞。②《萨瓦·格鲁德岑的故事》标题中的角色也是商人之子。他和一名小鬼走完从乌索利到科兹莫杰米扬斯克、帕维尔渡口和舒亚河的旅途。故事中的这些行程不具有情节功能,乍一看来并无意义:它们没有任何情节发展的结果。但是,如果考虑到萨瓦的行程路线重复了俄国的一条商道,那么旅行就失去了神秘性。这是商人故事体裁的习惯写法,也是情节原型的遗留痕迹。

作为仆从角色的小鬼,也是叙事情节中的有效因素(正因为如此,它才在世界文学中被广泛使用)。俄国的散文作品通常对其喜剧性变体进行加工(如在《诺夫哥罗德大主教约翰传》中)。《守法大镜》就让人想到情节上喜剧性的加工,《萨瓦·格鲁德岑的故事》的作者可能了解这部作品。这部就社会倾向而言乃是劝诫性文集的第 244 章③,讲述"一个小鬼在某隐士那里看守芜菁"。一个小偷钻进了隐士的菜园,小鬼看守朝他大喊一声,威胁要向主人告发。小偷继续他的勾当,但却带不走他偷的东西:小鬼施力把他定在原地不动。这时隐士来了,于是小偷请求饶恕:"饶了我吧,神圣的贤人!是小鬼教我偷的。"这时小鬼喊道:"不对啊!我不是对你喊了三次吗——你不要摘芜菁,我会告诉主人!"第 244 章的心灵拯救色彩只是表层的。事实上这是典型的短篇故事,它利用语言游戏,建构于熟语("鬼吓唬你!")和表示一个出场人物"小鬼"这个词的字面意义的冲突之上。

---

① 文本出版参见弗·尼·佩列茨:《古代罗斯故事史略》,载《大学通报》,基辅,1907 年第 8 期,第 33—36 页。
② 《俄国小说的起源》,第 527 页。
③ 文本出版参见奥·亚·杰尔查文娜:《〈守法大镜〉及其在俄国土壤上的命运》(《Великое зерцало》 и его судьба в русской почве》),莫斯科,1965 年,第 408 页。

在《萨瓦·格鲁德岑的故事》中,这个情节转入另一个层面——双重身份的悲剧性题材领域。小鬼被称为主人公的兄弟,他的"第二个我"。在正教观念中,每个人都伴有一位守护天使——也是一种同貌人,而且是理想的同貌人。《萨瓦·格鲁德岑的故事》的作者是以逆向的、"影像式的"方式处理这一题材的。

宗教传说也并不是和蛇妖搏斗、解谜的聪慧姑娘、蚕食大船的鲸鱼岛等故事性情境格格不入的。在"奇事"中,故事性因素可能发生变化。宗教色彩被赋予另一种样态(如在一条鲸鱼身上做了复活节圣餐仪式后,它活了过来);另一些故事性因素则转向基督教寓意的层面(聪慧的女郎竟然是魔鬼)。小鬼—仆从形象也可以看成故事性情节的转换:按基督教的解释,这是主人公的虚假助手。正是宗教传说的"故事性"使《萨瓦·格鲁德岑的故事》的作者利用了神奇故事的题材结构。①

神奇故事(волшебная сказка)是普通故事的第二类体裁原型。除了怪异助手的形象外,这样一些场景,如得到壮士的坐骑和武器,和敌方三武士的决斗(三位一体的象征)等,明显源于神奇故事。《萨瓦·格鲁德岑的故事》中的许多情节的链环,可以与神奇故事的结构做对比:萨瓦离开老家与故事中主人公的暂时离家相比,在空旷的原野、十字交叉路口同小鬼的相遇与对主人公的预先考验相比,等等。只是神奇故事使普通故事的某些"晦涩之处"明朗化——这是普通故事和神奇故事之间有联系的最好证明。

神奇故事结构的余痕之一是"皇家题材"。《萨瓦·格鲁德岑的故事》不止一次述及沙皇了解主人公,并对他加以庇护。在关于萨瓦生病的结尾场景中,讲到沙皇派人守护他,"每日给病人送去食物"。有人把萨瓦的幻觉及时呈报给沙皇,沙皇下令警卫人员进入教堂,向已痊愈的主人公询问他的冒险经历。这一切都是在萨瓦在斯摩棱斯克服役之后发生的。读者可以想象,沙皇知道萨瓦立有军功,以及当时君主对一位商人之子有垂青:这是对一位勇士和军人的垂爱。

但是主人公与沙皇之间神秘联系的建立要早得多,是在进军斯摩棱斯克之前。当大贵族谢苗·卢基亚诺维奇·斯特列什涅夫庇护萨瓦时,"小鬼却恶狠狠地对他说:'为什么你要藐视沙皇的恩典,为他的一个奴仆效力?你本人现在已经有官有职了,连沙皇本人都久闻你的大名。'"小鬼的恶言令读者无所适从。为什么不能接受斯特列什涅夫的保护?顺便说说,此人还是沙皇米哈伊尔的内兄,这在故事中也已有交代。"你本人现在已经有官有职了",也即似乎与沙皇的姻亲平起平坐了,这是怎样奇怪的失言?

只有神奇故事能给出答案。故事的计划必然预先设定一个幸福的终局:娶沙皇的女儿为妻,随后主人公登上王位。故事中这种情况后来没有发生,但故事的壮丽尾声已准备就绪,主人公与沙皇的联系得以建立。无疑,这是体裁原型的习惯用手法。但是在这种情况下,神奇故事的定位是否为有意之举?如果是,那么"皇家

---

① 参见《古俄罗斯文学研究室著作集》(ТОДРЛ)第27辑,列宁格勒,1972年,第290—304页。

题材"的情节功能是什么呢?

古代罗斯文化领域中占主导地位的是礼仪规范。凡读过传记或听过故事的人,都知道事件的惯常进程并对其有所期待。他们不像新时代的人那样对新现象感兴趣,那样做出评价。美学上吸引人的不是出乎意料的事,而是意料之中的事。熟悉的情节场景往往引来另一种同样熟悉的情节场景。

对于《萨瓦·格鲁德岑的故事》的作者和每位读者而言,神奇故事从小就是亲切的、已背熟的"终身伴侣"。在接触神奇故事中的"皇家题材"之后,读者往往期待它得到礼仪规范和凯旋式的处理。但是作者欺骗了读者——作者大概认为期待受骗会产生一种艺术效果。萨瓦不像神奇故事中的主人公那样同沙皇攀亲,而是"突然病倒……而且他的病情很严重,差点就一命呜呼了"。在这里,作者突然中断故事中事件的进程,再次重复"奇事"的三段式:疾病(罪孽的结果)——忏悔——治愈。作品把神奇故事和"奇事"的体裁交织起来,从一种体裁模式转到另一种模式,让读者一直保持紧张感,"骗过了"读者的期待。《萨瓦·格鲁德岑的故事》以这种效果,同培育着动感和新意的新时代散文接近起来。

这篇故事中描写的、过剩的、从情节剪辑的角度看多余的环节,构成了它的特殊层面。前文已经提到其中一点(萨瓦和小鬼无缘无故的旅行是商人故事的余痕)。巫师预言萨瓦遇见小鬼的故事就带有这种性质。当萨瓦由于无节制的罪恶的情欲而痛苦时,他的主人("旅店主人")去找本城巫师帮忙。"那位巫师看了看几本他的算命书,说出了真相:年轻人没有任何病痛,只不过恋上了巴仁二大爷的妻子,好像已陷入淫荡的交合中……现在和她分手了,可是他非常伤心。"《一个被诱惑的少年的奇事》的几个角色中,也有一个魔法师。他在其中的作用很大,读者也知道他给撒旦写了一封信。但是在《萨瓦·格鲁德岑的故事》中,关于巫师的片断却没有以下搭配性内容:"旅店主人和他的妻子从巫师那里听了这些说法,但是不相信,因为巴仁是个虔诚的信徒,敬畏上帝,无论如何也不认定有这样的事。"他们去请魔法师帮助,他把一切说得明明白白,但他们还是不相信他,于是事情就不了了之。

当然,在这种情况下我们所见到的也是史料所给出的惯用模式。但是,这样的对照说明就够了吗? 只要把整个多余部分归于故事的"遗传记忆"就可以了吗? 在作者的这些"幼稚"失误中是否有艺术目标上的预谋?

显而易见,多余的内容完成了情节制动的功能,截断了因果关系的链条。这就意味着"多余的"片断造成了类似于生活的幻象。这些片断的杂乱无章和无根无据接近于生活的芜杂和荒谬,这样的生活并非总是服从因果关系的逻辑。这样的表现手法对于新型长篇小说而言,至少对它的某些类别而言,是颇为常见的。一些场景彼此之间的联系根据不足且有限,这是家庭纪事的突出特点,而《萨瓦·格鲁德岑的故事》正是17世纪俄国商人阶层家庭纪事的先导。

题材和形式单一的片断也会产生类似于生活的幻觉。这不是重复,而是同一情节单位的异文。情境经常更新,而角色似乎一分为二。在乌索利,"旅店主人"的妻子照顾萨瓦;在莫斯科,百人长的妻子伺候他。乌索利的巫师再次出现于帕夫洛夫渡口村镇,又以一个乞讨老人的面貌出现在市场上。他哀伤地说:"孩子,你知道吗,现在你同谁走在一起,还把它称为自己的兄弟?但它不是人……是鬼,会把你送到地狱的深渊。"就像"旅店主人"不相信巫师那样,萨瓦也不听这位穿着破烂的预言家的话。母亲得知儿子的放荡行为后,给萨瓦去了几封信,让他回家,又是劝说又是吓唬,"一会儿祈求,一会儿诅咒"。不久父亲也写信了。他写信的目的是一样的,但语气不同,几乎是温柔到极致。("他说,宝贝,让我看到你俊秀的面容")。这种变调从心理学上看是可信的。

生活同时是单调而多样的。年青人迷惑于生活的变化无常和五光十色。但是,完善的基督教徒应该抵制这种诱惑,因为对他来说,尘世生活不过是过眼云烟,南柯一梦,一切皆空。在17世纪文化中,无论是在俄国还是在西方,这一思想都是最牢固的想法之一。弗朗西斯科·克维多[①]曾出色地表达了这一思想:"非常了解可以用什么来诱惑我们心愿的世界,以变化无常和多副面容呈现在我们面前,因为新颖和多样其实是最吸引我们的特征。"[②]

这一思想如此有力地引起《萨瓦·格鲁德岑的故事》作者的注意,以至于他在情节的展开上放任前后不一。萨瓦同魔鬼签约是为了满足同巴仁二大爷之妻子的罪恶欲望。魔鬼从自己的角度履行了义务:"萨瓦再次来到巴仁家中,再次干出了先前干过的淫荡勾当。"结果他收到一封信,从信上可知,父亲想来找儿子。于是萨瓦突然忘记了自己那种强烈的、占据整个身心的欲求,永远抛开情妇。主人公从此任何时候也不再想到她,而读者什么也不知道。萨瓦冷静下来,难道只是因为害怕父亲?难得他那无所不能的所谓兄弟怎么也不能把这件事摆平?对此,小鬼是这样说的:"萨瓦兄弟,我们在这里——这么一个小城里还要待多久?我们去别的城市游玩吧。"萨瓦对他表示赞同:"兄弟,你说得对。"这就意味着,萨瓦·格鲁德岑出卖灵魂不仅是为了爱欲,而且也为了"游玩",看看世界,享受生活。

根据故事作者本人的观点,可知他是个守旧分子。把他吓住的是性欲,以及一般生活享受的观念:这是罪孽和危害。但是爱的力量、五光十色和变化多端的生活吸引力已抓住了他的同时代人,渗入了他们的血肉之躯。作者反对新风尚,从福音书的道德立场出发进行谴责。但是,作为一位真正的艺术家,他承认这些风尚已经牢牢地扎根于俄国社会。

---

① 弗朗西斯科·克维多(Francisco Gómez de Quevedo y Villegas,1580—1645):西班牙作家。——译者注

② 弗朗西斯科·克维多:《克维多选集》,列宁格勒,1971年,第320页。

4. 骑士传奇和原创冒险故事

在整个17世纪的进程中，翻译的骑士传奇在罗斯十分流行，人们对这些传奇的兴趣与日俱增：如果说在这个世纪的上半叶读者只知道《博瓦》和《叶鲁斯兰》，那么在转向改革的时代这种体裁的作品则不下十部。不同阶层、不同身份的人们对骑士传奇都很入迷。在诗人卡里翁·伊斯托明和索菲娅公主的亲信瓦·瓦·戈利岑公爵的藏书室中，在娜塔莉娅·阿列克谢耶夫娜公主那里，都有骑士传奇的抄本。只是在康捷米尔和罗蒙诺索夫时代，它们才降到俄国文学的"底层"——降到衙门办事员、教堂诵经士和教会执事、识字的商人和农民、小官吏和看家护院人的圈子中。

骑士传奇是自发地渗入俄国的，满足了个人的、"非官方的"阅读需求；它不是训导，而是使人愉悦，"使人惊讶"（无怪乎这类作品往往必然拥有"奇怪的""足以惊异的"等别称）。一些匿名的文学人士勉力从事作品改写，往往兼译者和读者的身份于一身。他们通常从波兰语——一种同源的、几乎明白易懂的语言——进行翻译。这一成规若有例外，也相当罕见（《布隆茨维克》采自捷克文学，《叶鲁斯兰》则有突厥语源头）。

可以把骑士传奇的传播看成一种"民俗学的事实"。那个时代的人们已感受到这一点，在他们看来，骑士传奇是半民间口头创作的"笑话创作"（见本节后文的论述）序列中的现象。御前侍臣伊万·别吉切夫给他的一位通信人写道："你们各位，除了讲一些离奇的故事（如《博瓦王子的故事》）和你们觉得大有教益的故事外，就是讲一些给幼稚者听的公鸡与狐狸的故事，以及其他这一类离奇故事和笑话趣谈，而除了这些以外，你们都没有读过任何一本宗教书籍和神学典籍。"① 这一慷慨激昂的驳斥（时在17世纪三四十年代）反映了旧派人士的兴趣，他们对文学"有益于心灵的作用"评价最高。但这只是一种软弱无力的唠叨，因为制止消遣性读物的流行已不可能，别吉切夫本人当然懂得这一点。

中世纪俄国文学通常仿效已在这种文学中呈现出来的那些体裁的文献。如果不是骑士传奇的所有情节，那么其大部分都可以在原创性书面作品或叙事诗中发现相似之处。与蛇妖的搏斗和凭指环认亲，预兆吉凶的梦和神奇的助手，迷魂苏和自动砍劈的刀剑——这一切从来就是俄国人所熟知的。不过仍然不能把骑士传奇译作的艺术意义归结为这些年深日久的因素。它们只是建筑物的砖瓦，不决定建筑物的总体结构，因为情节不是世界各类作品情节的简单相加。它们的组合总是得到精神上的升华，成为观照现实的一定观念。骑士传奇带入俄国的是什么样的观念？这种观念有什么新颖之处，以什么吸引人？

---

① 亚·伊·亚齐米尔斯基：《伊万·别吉切夫论上帝显灵的言》，载《莫斯科大学俄罗斯历史与古籍协会学术报告会》（ЧОИДР），1898年，第2册第2分册，第4页。

彼得大帝前罗斯接受的那些骑士传奇是一种"大众书籍",在欧洲是为下层读者出版、印数很大、供集市销售的出版物。书中的主人公已很少像古典型骑士,他们竭力寻找神秘的福祉源泉——耶稣基督在最后的晚餐上用过的圣杯,后来亚利马太的约瑟将救主流的血收到圣杯中。"大众书籍"中的角色关心尘世琐事。他们的冒险多为偶然之举。往往不是主人公支配命运,而是命运驱使他们。这是一些傀儡和环境巧合的牺牲品。如果经典的骑士传奇维护高尚的严格遵守骑士道德规范的英雄角色和冒险行为之间的平衡,那么在"大众书籍"中重心就移向行为一边。吸引俄国读者的是行动,而不是英雄,是情节,而不是性格。俄国读者在"大众书籍"中发现了建功立业、异国旅行和浪漫爱情。

关于博瓦王子的故事是一曲功勋颂歌。① 在中世纪法国出现的关于骑士波沃·德·安东纳的故事,流传于整个欧洲。这一题材落到罗斯经过如此复杂的途径:16世纪中叶,在亚得里亚海东岸的斯拉夫共和国杜布罗夫尼克,人们广泛关注威尼斯的出版物,其中包括关于波沃·德·安东纳的书。在这里,也是在16世纪,已有了用白俄罗斯语转译的该书的塞尔维亚—克罗地亚语译本。归根结底,所有的俄语抄本均源自白俄罗斯语稿本。

博瓦王子的故事首先是由别吉切夫提到的。那时故事抄本还较新。但是有充分理由可以认为,《博瓦王子的故事》在动乱时代前就已开始流行。也许,它是通过口口相传的方式进入罗斯的,就像勇士故事那样,只是稍后才有了书面形式。一些人的名字表明这一题材在早先就已流行。在1590年,五十人长博瓦·加夫里洛夫从捷列克来到莫斯科。10年后,斯克里皮岑家族的牧首—大贵族之子博瓦·伊万诺夫给谢尔吉三一修道院捐赠了财产。1604年,某位卢科佩尔·奥泽罗夫(卢科佩尔是著名勇士,博瓦的对手)给下诺夫哥罗德送去一封沙皇诏书。一篇显然出自医生马克·利布里手抄词典的故事稳妥地进入俄国文化中,此人16世纪末曾在莫斯科的宫廷中服务。这个英国人为"knight"(骑士)一词提供了对等的俄语词"личарда"(理查德),而"理查德"正是故事中一个角色的名字。

《博瓦王子的故事》在俄国流传很久。它的抄本保留下来的不下70种。之后的两百年里,直到革命前,它的无数通俗版本均销售一空。与此同时,关于它也出现了"共同创作"、加工改编和文本俄罗斯化的密集型进程。

白俄罗斯稿本是带有复杂纠葛的西欧式宫廷骑士传奇。博瓦的恶母曾把她的丈夫交到情夫手中,又迫害儿子,于是博瓦浪迹天涯,做出了许多勇敢的奇事。他在骑士比武中获胜,被授予骑士称号。他对德鲁日涅夫娜的爱情在这里被描写成骑士对贵夫人之爱。但在手抄本传统中,骑士规则的痕迹渐渐被抹去,于是故事便

---

① 研究文献参见维·德·库兹明娜:《骑士传奇在罗斯:〈博瓦〉与〈金钥匙王子彼得〉》(Рыцарский роман на Руси. Бова. Петр Златых Ключей),莫斯科,1964年。

接近于勇士童话。① 卢科佩尔变得像是壮士歌中的怪物:"他的脑袋像一只啤酒桶,一个正常男人两眼之间有一寸宽,而他的两耳之间放得下一支发热的箭,他的两肩之间有一俄丈宽。"英雄们住在金顶楼阁上,以放鹰狩猎自乐,见面时彼此"叩首问安",一般遵守俄国风习。德鲁日涅夫娜在宴席上"违反姑娘之道",而她的父王津泽韦是这样来迎接威严的马可布伦的:"握住他一双白净的手,吻了他甜蜜的双唇,称他为可爱的女婿。"

俄罗斯化也涉及故事的主要人物。他从一位欧洲骑士变成了信仰正教的勇士,忠于信仰,不忘强调自己是基督教徒。博瓦隐瞒了自己的名字和身份,看上去是偶然遇见了航海水手,这时他说:"我不是鞑靼人出身,我来自基督教徒家族,是教堂诵经士的儿子,母亲是穷家女子,给富人家的眷属洗衣服,以此来养家糊口。"

这篇故事如此接近童话,以至被归入民间口头创作。当别吉切夫轻蔑地称它为"娃娃读物"时,他当然并不怀疑,这些话是具有预言性的。在年幼王子阿列克谢·彼得罗维奇的消遣读物中,就有这本"绘声绘色"、带插图的故事:1693 年 12 月 3 日,"秘书官基里尔·吉洪诺夫"从他的豪华住宅"带去了一本关于博瓦王子的绘声绘色的、厚达 100 页的趣味书,其中许多页已被撕掉或破损,他又吩咐把书重新补好。"② 如人们所知,骑士传奇"是由童话派生出来的。它的发展经过了几个阶段:童话——传奇——故事"③。《博瓦王子的故事》经过了这一全程,到 17 世纪末才自成体系。

故事的主人公处于经常活动中,但这种活动是杂乱无章的,往往根据不足,实际上没有目的。主人公的外在动态和他们的内在静态旗鼓相当。他们对周围事物的反应,都可以归结为最普通的情感的粗浅拼接。他们始终处于规范(中世纪的或童话故事中的)的制约中。7 岁的博瓦,一个"小娃娃",言谈举止就像成年人,这绝不会使俄国译者和编者陷入窘境:在中世纪编年史中,王公在 8 岁时完成"骑乘仪式"(坐到马上的仪式)后,就被认为已成年。《博瓦王子的故事》中没有性格,因为他是为冒险行动而牺牲的。这是骑士传奇的普遍规则,其中的性格为宣言所取代:说出主人公无可指责的勇气和他对义务的忠诚,就已被认为完全够了。只有某些角色没有融入这一整体框架中。

捷克王子布隆茨维克就是如此,俄国读者大概是在 17 世纪下半叶才知道这个角色的。④《布隆茨维克的故事》是一部同名捷克文献的译本,其中讲述一位虚构

---

① 在这个意义上,故事的第三种稿本(据维·德·库兹明娜的经典化处理)特别值得注意,以下引文也出自这一稿本,见《文选》,第 516—541 页。

② 伊·叶·扎别林:《16 和 17 世纪俄国沙皇与皇后们的家庭生活》(Домашний быт русских царей и цариц в XVI и XVII ст.),第 2 部,莫斯科,1915 年,第 181 页。

③ 弗·雅·普罗普:《神奇故事的变形》,见《诗学:语言艺术分部学刊》(Поэтика. Временник отдела словесных искусств)第 4 辑,列宁格勒,1928 年,第 82 页。

④ 文本出版参见 M. H. 彼得罗夫斯基:《光荣的国王布隆茨维克的故事》,载《古代书面文献》(ПДП)第 75 卷,圣彼得堡,1888 年,第 31—57 页。故事的研究与版本学考证,参见亚·米·潘琴科:《17 世纪捷克—俄国的文学联系》(Чешско-русские литературные связи XVII века),列宁格勒,1969 年,第 85—136 页。

的王公在"陌生土地上"的旅行。在这里,捷克情调只限于两三次提及布拉格和"涉及徽章的情节":主人公出国游览观光,为的是获得一枚新的徽章。在故事的尾声,捷克国旗上的鹰为狮子的图案所取代,而这一替换是符合历史的。

俄国读者可以把"涉及徽章的情节"同天文地理学翻译联系起来,译著中述及,捷克位于"黄道十二星座狮子座之下",因此捷克人"性格就像所有狮子那样——勇猛、诚恳、高傲、自尊,表现出狮子的天性"①。但是在俄国,这篇故事并未被看成关于捷克的信息来源。普通读者一般很少对这个国家感兴趣:17世纪,在别洛戈尔斯克灾难之后,捷克在俄国人的意识中就不再作为一个独立的政治实体存在,而是神圣罗马帝国疆土的一部分。俄国的抄书人不是在故事中寻求历史知识,他们有时以"某国",有时以"某大国",有时以"希腊的属国",最后还以"法兰西属地"来替换捷克本身的国名。主人公经历的冒险,可能落到任何民族的人头上。

布隆茨维克离开了布拉格之后,抵达大海边,在这里找到一条船,向目力所及之处驶去。磁石山吸引了船只,主人公带着随行人员在山脚下登岸。一位年老的骑士告诉他:每年都有一只"多脚鸟"(这就是秃鹫,斯拉夫人从圣经和亚历山大传记中知道的狮身鹰翅鹰首的怪兽)往这里飞来一次。布隆茨维克藏在马革下面,"多脚鸟"把他带到自己的巢中。王公在荒僻的山野徘徊,看见一头在同蛇形怪物的搏斗中筋疲力尽的狮子。布隆茨维克助它一臂之力,狮子也开始为它的救助者效力。他们在到达布拉格之前,不得不克服许多险情。布隆茨维克又活了40年,然后安详离世。狮子在它主人的坟前死去。

以往在罗斯从来没有这类文献——通过一个人在梦幻境地冒险经历的描写建构起来的作品。就算在《博瓦王子的故事》和一般的骑士传奇中,也可以见到那些风暴和灾难、神奇的助手以及同怪物的搏斗。但是这些作品讲述了人们的相互关系,而人们在作品中发挥着主要作用。与布隆茨维克相对立的则是一个有敌意的幻想世界。主人公的各种冒险经历之间的联系,关于狗头人、海怪、异国情调的岛屿、海面上突然出现的山岭的一一描写之间的联系——这种联系都带有假定性的、"宇宙志的"性质。海浪将船只推向不知名的海岸——而读者知道是马格尼特山;"多脚鸟"把主人公带到荒山野岭——接着就是同蛇形怪物搏斗;布隆茨维克带着狮子在海中漂流的木排——在惊讶的王公面前出现了一座光芒四射的山峰——卡尔本库卢斯山。

早已有人注意到,17世纪翻译传奇的所有角色中,布隆茨维克最缺少英雄气概。②不仅如此,他还胆小怕事,甚至多愁善感。几乎在每个片断中,他都充满"极

---

① 米·伊·波波夫:《载入俄文本编年史的斯拉夫和俄国著作与论文选集》(Изборник славянских и русских сочинений и статей, внесённых в Хронографы русской редакции),莫斯科,1869年,第486页。

② 参见《俄国文学史》,第2卷第2分册,莫斯科—列宁格勒,1948年,第374页。М. Н. 彼得罗夫斯基写道:"布隆茨维克是一位温和的斯拉夫王公,准备'照前辈的榜样'为国家的荣誉而战,但每次遭遇意外时都犹豫不决。"(《光荣的国王布隆茨维克的故事》,第9页)

大的恐惧"。布隆茨维克常常避开战斗。他不管合适与否,纠缠上帝,祈求帮助——这不是基督教骑士战斗前应有的虔诚信仰的巩固,而是一个极度恐惧者的哭诉。这样的场景有时具有喜剧色彩。

在战胜蛇形怪物之后,布隆茨维克还长时间地不信任狮子。在企图摆脱狮子时,主人公爬到树上,给自己准备"果腹之物和苹果"。狮子在树下待了三天三夜,白白地等候它的拯救者下到地面。最后,失去耐心的狮子大吼一声,倒霉的布隆茨维克吓得摔了下来,"跌成重伤"。

因此,布隆茨维克不同于无所畏惧、无可挑剔的骑士。但是,关于他的"反英雄主义"的观念,在某种程度上毕竟是时代的错乱现象,因为这种观念是作为对这篇故事的理性解释的结果而产生的。磁石山、"多脚鸟"和喷火蛇怪,对于中世纪俄国和欧洲的读者,比对于我们来说,"可想象之处"多得多,而神秘莫测之处则少得多。多数人无疑相信它们是真实的。因此17世纪的人在故事中看到了某种有别于我们在其中所看到的东西。我们倾向于更确切地把布隆茨维克归为一种结构上的(某些片断之间的联系),而非英雄的角色。我们忽略作为故事基础的严重冲突——人与大自然的冲突。

主要人物是一般的人,人类的抽象代表,没有民族和社会特征。他的高贵等级地位对他既无助无补,也无损无害。这只是限制角色选择的中世纪规则的残余。布隆茨维克作为掌权君主的情况,对17世纪的读者来说,只有在这样的意义上才是重要的:恰好消除了"普通人"和王公、王子、国王之间的一切差异。他们所有人在同自然界的斗争中都同样是无助的。17世纪的这种鲁宾逊式历险的独特民主主义性质也就在这里。

关于金钥匙彼得的传奇,属于这一体裁的宫廷骑士文学的变种①(主人公长期隐瞒自己的名字,认为只有因建功立业而享有盛誉时才能公开;"人们都称他为金钥匙骑士,因为在他的头盔上挂着两把金制的钥匙")。正如有人所认为的,这部作品产生于15世纪法国金碧辉煌的勃艮第宫廷。无论如何,它的一个抄本曾放在路易十一的终身竞争者、勇敢者查理公爵的藏书室内。这部传奇的主题是骑士对贵妇人的爱情以及他们在长期分离中的忠贞不渝。这一主题在俄文稿本中也是基本的,不过它与原作相隔着若干过渡环节:来自波兰文本的俄文译本于1662年得以完成。

俄文稿本在很多方面保留了原作的骑士精神。读者从中第一次知道圆桌骑士中最著名的朗斯洛的名字:彼得在一次骑士比武时打败了他,"朗斯洛连人带马被打翻在地,一只手臂脱臼"。"湖畔妇人"是这样开导年轻的朗斯洛接受骑士行为规范的:"当初……骑士行为并不是空虚无聊的游戏;那时人们不注意出身门第,因为我们大家全都一样由父母所生……当弱者面对较强者不能不害怕时,他们就开

---

① 引自维·德·库兹明娜:《骑士传奇在罗斯》,第275—331页。

始选出这样的最有力、最魁梧、最真诚、最英俊的人作为保护者;对此还得加上要求他们心地善良,公道正义,勇敢无畏。他们被叫做骑士(шевалье)。他们应当遵守高尚的礼仪(文雅而知礼),不要把它引到卑躬屈节的地步,帮助穷人,时刻准备同掠夺者斗争,对评判任何人都要铁面无私,与其受辱,毋宁一死。"①

金钥匙彼得遵循这些训诫。在骑士比武时他举止高雅,对对手彬彬有礼。他挑选了一位贵妇人(自己未来的情人马吉莲娜),发誓为她服务至死。有女性在场时他从不就座。他虔信上帝,常去做弥撒——马吉莲娜暗中派遣亲信奶娘跟他去那里。这一切都是高尚礼仪的特征。但在彼得的性格中也有对女性献殷勤的敏感。彼得的爱慕者很重视这种敏感,它也保证了这篇故事在大型舞会风行时代的成功。

彼得在历经长时间的磨难后,在当过俘虏、在苏丹那里服役后回到家里。他曾横渡大海,"得过航海病"。"他走上岸来,在海岸边溜达,发现了一块丰美的绿草地,草地上长满各色鲜花,芳香扑鼻。彼得躺在草地上的鲜花丛中。他曾困于航海行程,现轻风吹拂,顿时觉得轻松。他开始注视花朵,看见鲜花丛中有一朵花比所有的花都更好看,更芬香,于是就把它摘下来。看着这朵鲜花,他想起了美人中最美的公主马吉莲娜。于是……他情不自禁地痛哭起来。"女主人公也靠近彼得说:她不止一次"失去知觉",也就是晕厥过去。泪流满面,责难命运,叹息与抱怨——这是她话语的陪衬。这既是一种感受,也可以说是一种敏感。但是在这一外壳下却隐藏着忠贞而高尚的爱。

情节动因是彬彬有礼的爱情和肉欲之间的冲突。作者在描写经过宫院后的便门秘密相会,描述男女主人公火热情感的流露时,一直强调他们保持着童贞。私奔业已决定,也已买了"良马"。彼得向心爱的人庄严起誓:"我面向上帝承诺……我要成为你少女贞操的守护者,直到午夜合法时刻。"正是违背誓言才导致分离。在一次休息时,"公主睡着了,把头枕在彼得公爵的膝盖上,彼得把她的美尽收眼底……于是他实在不能自持,解开她胸前的连衣裙,想进一步看看她洁白的身体……他忘了对谁做过保证,开始想着某种不体面的事"。但是上天的担保者并没有打瞌睡——并立即进行干预。公爵看见马吉莲娜的脖子上有一小袋子,出于好奇取下小袋:里面有三只珍藏的戒指,那是彼得的赠品。这时飞来一只乌鸦,啄走那个小袋。男主人公去追那只乌鸦——这就长时间失去了恋人。

彼得犯了戒,但马吉莲娜却为他祈求恕罪。她去罗马朝圣,"在圣徒彼得和保罗的遗骸旁祈祷三个月,祈求上帝保佑她心爱的朋友身体健康"。后来,她修建了命名为彼得和马吉莲娜的修道院,还附建了一家养老院。在这些片断中,可以充分感觉到天主教的色彩:大家都知道教皇就在罗马,而正教教堂日历上并没有圣马吉莲娜的名字。但这并未让俄国的译者和读者感到为难。人们不是在故事中寻找"有

---

① 亚·尼·维谢洛夫斯基:《诗学类型理论及其历史发展》(Теория поэтических родов в их историческом развитии),第 3 卷,圣彼得堡,1883 年,第 209 页。

益心灵"的内容,也不担心与其相背离。文学对教会的摆脱已走得很远,翻译的骑士传奇则加快和深化了这一进程。

虽然西方的爱情—冒险传奇一度流行,在17世纪的原创散文中我们只发现为数不多的类似之作。看来,这一空白还是由神奇故事和勇士故事的口头传统(17世纪出现了这些故事的第一批抄本和改写本,如《苏汉的故事》这样的作品)而得到了有效的填补。① 因此,在类似的原创作品中,西方的影响同民间创作的影响彼此平衡并与其相互交织。《捷克王国的王子金发瓦西里的故事》就是这样的作品。② 这篇故事的来源问题迄今为止还没有一致的结论。通常认为它来源于一份失传的捷克史料。但是实际上这一推测的支持者的论据是经不起推敲的。伊·亚·什利亚普金写的《了解捷克与法国的交往》颇有名气,但却由于对这种交往的完全不了解而适得其反。作者既不懂地理,也不懂历史。他的主人公坐船离开大陆国家捷克(在《布隆茨维克的故事》中,船只遭遇海难前经过长时间航行)。捷克被说成是哈布斯堡王朝的藩属王国,法兰西国王的领地。故事的语言是17世纪典型的文学语言,但夹杂着一些方言俗语,没有任何西斯拉夫语原作的痕迹。

更确切些说,故事是一位通晓希腊语的俄国人写成的。③ 常用的修饰语"金发的"是一个希腊词;希腊人既用适当的对等事物指称未开化的民族,也喻指他们和自己的关系。在后一种情况下,"金发的"意味着英俊、高尚而聪明的人。这一象征性修饰语在17世纪的俄国尽人皆知。故事的抄本中还保留了当初主人公名字的不同写法:瓦拉奥米赫、瓦拉梅姆。这些名字源自希腊语的形动词,或表示"被拒绝的",或表示"第一个相遇的,任何一个愿意的"。如我们所见,这两种意义完全适合于角色的功能。女主人公也取了个有意义的名字波丽梅斯特娜(希腊语意为"多次嫁人的")。

故事中还使用了童话中关于挑剔的新娘的情节。高傲的法国公主因不愿嫁给一位藩王,拒绝了金发瓦西里的媒人。当时主人公是作为"不明身份的人"来到法国的。在那里,他借助弹奏古斯里琴,成功地把好奇的波丽梅斯特娜吸引到自己身边并控制住她。公主不得不求这个"庶民"娶她为妻。在两次拒绝之后,瓦西里的心终于软了下来。

虽然故事对童话中的陈规进行了很好的改编(如去掉了父亲非要把失去贞操的女儿赶走的情节),但是总体而言它还是非常接近民间口头创作。早就有人注意

---

① 参见弗·伊·马雷舍夫:《苏汉的故事》(Повесть о Сухане),莫斯科—列宁格勒,1957年。
② 文本出版参见伊·亚·什利亚普金:《捷克王国的王子金发瓦西里的故事》,载《古代书面文献》(ПДП)第21卷,圣彼得堡,1882年,第1—27页。但伊·亚·什利亚普金发表的版本中忽略了近300处差错,故这里的引文根据弗·帕·布达拉金的著述做了查对(参见下一脚注)。
③ 弗·帕·布达拉金:《论〈捷克王国的王子金发瓦西里的故事〉的起源》,载《古俄罗斯文学研究室著作集》(ТОДРЛ)第25辑,莫斯科—列宁格勒,1970年,第268—275页。

到它与关于索洛维伊·布季米罗维奇和扎巴娃·普佳季希娜的壮士歌十分相似。①索洛维伊也是乘船去找未婚妻,也是以弹奏古斯里琴让她着迷,也是对扎巴娃奚落了一番。

但是,这篇故事的艺术独特性并不限于冒险和民间口头创作因素的结合。在这里,拉近故事同短篇小说距离的生活气息十分强烈。在民间口头创作中,透明的水晶玻璃板历来就是为发现女主人公的隐秘特征服务的。这个情节对于《金发瓦西里的故事》的作者嘲笑波丽梅斯特娜是有用的,于是他把这个情节转换到日常生活层面:当瓦西里亲手惩罚挑剔的公主时,她"重重地摔倒了……因为地板过于光滑"。

日常生活要素也反映在故事的风格中。波丽梅斯特娜在拒绝媒人提亲时,用小镇大胆泼辣的"娘们"语言说:"不揉面——做不出面包,不鞣革——制不成皮带,不是那只脚穿不进那只靴子,韧皮适合做小皮带。"瓦西里在教训公主时,提醒她记住这段有寓意的话,又接着这段话说明:"农民的儿子是否理解国王的女儿?从来没有农民的儿子理解国王的女儿。"

瓦西里本人也很像短篇小说的主人公。虽然在故事的序幕和尾声中都可看到追寻未婚妻的话题,但是基本部分中主人公的目标却不一样:他想惩罚波丽梅斯特娜,他的目的是"报复性嘲笑"。他离彬彬有礼的骑士理想无限遥远。从行事方式上的精明强干和不择手段来看,他倒很像骗子小说中的滑头。

《金发瓦西里的故事》本身标志着对冒险故事模式的一种创作干预。这部文献证明,西方文学的经验正以惊人的速度被吸纳,骑士传奇也失去了新奇的魅力。

对于 17 世纪的原创性文学而言,冒险题材情节即便是以勇士故事(而不是以骑士传奇)的样式形成,也不是卓有成效的。只是在下一个世纪才出现数量可观的模仿这类体裁的系列作品——所谓彼得一世时代的故事。但是不能低估翻译过来的传奇作品的影响。特别值得注意的是,传奇作品译作把爱情题材带进了俄国——不是传统的基督教博爱的题材,而是世俗化的爱情题材。翻译的传奇作品唤起了对于冒险行为和那种彬彬有礼的"敏感性"的兴趣,这样的"敏感性"在常常举办大型舞会的彼得一世时代的俄国文化中格外强烈。

5. 平民讽刺作品;"古代罗斯的笑"

文化的分化也适应了 17 世纪俄国日益增长的社会分化。在文化的一极产生了以欧洲巴罗克风格为标准的宫廷诗歌和宫廷戏剧,在另一极则出现了思想观念

---

① 参见米·格·哈兰斯基:(1)《基辅系列大俄罗斯壮士歌》(Великорусские былины киевского цикла),华沙,1885 年,第 144—166 页;(2)《南部斯拉夫关于马克王子的童话故事与罗斯勇士叙事诗作品之间的联系》(Южнославянские сказания о кралевиче Марке в связи с произведениями русского былевого эпоса),第 2 卷,华沙,1894 年,第 327—335 页;亚·谢·奥尔洛夫:《12—17 世纪封建制罗斯和莫斯科王国时期的翻译故事》(Переводные повести феодальной Руси и Московского государства XII-XVII вв.),列宁格勒,1934 年,第 134—136 页。

和美学上与之对立的城市平民的书面创作。这股匿名的和接近于民间口头创作的城镇创作潮流,通常是采用"平民讽刺作品"这一术语来表示的。①如果把通行的关于讽刺的概念(讽刺总是否定某些事物,总是揭露一些人物、制度和现象,或者像在古代文化中那样严肃郑重,或者像在新时代文化中那样嘲笑)用于这一层次的文学,那么实际上,纳入这一层次的某些作品确实符合这些概念。例如,科里亚津三一修道院众修士以诉状形式写成的、起诉他们的修士大司祭加夫里尔的《科里亚津修道院的呈诉状》(1681)就是如此。修士们抱怨他"命令人……把我们的同伴叫醒,吩咐大家常去教堂做法事。而我们——你虔诚的崇拜者,当时却没穿裤子,坐在修士室的啤酒桶周围"。呈诉状是呈递给特维尔和卡申城大主教西梅翁的,但是,这当然不是真实的,而是文学虚构的收件人。"无忧无虑的修道院"生活画面,因特定的讽刺目的被描绘出来:揭露那些嗜酒如命、不遵守修道院规章制度的黑衣隐修士。

在以顺口溜诗句写成的《萨瓦神父的故事》(17世纪中期)中,讽刺对象就是标题中的主人公。他是莫斯科河南岸卡达舍沃镇科兹马和达米安教堂的一名神父(可能还有另一个名字)。"他……在广场上走走看看,/ 找寻神职资格预备人员 / 他同他们交谈甚多,/ 招呼他们去南岸自己身边。"这些神职预备人员是一些准备从事教会事务的年轻人,当时的短训班结业生(罗斯在1686年开办斯拉夫—希腊—拉丁神学院之前,没有专门的神学校)。往往"指定"某位神父对他们进行训练培养,他们过多久能获得"神职证书"以及一般说来能否获得,就取决于该神父。一位陷入极端状态的这类神职预备人员,拿起笔来要报复可恨的监管人,于是就用最阴暗的笔触来描绘他。

但是讽刺的具体对象远非总是明显的。《福马和叶列马的故事》讲述两个倒霉的兄弟。他们在世上过得很艰苦,干什么都不成功。有人把他俩赶出教堂,驱离宴席:"叶列马喊了起来,福马则尖叫不止。"他们活得无理,死得荒谬:"叶列马落水而死,福马则沉入水底。"故事的一个抄本以谴责性的呼喊结束:"两个固执的傻瓜可笑又可耻!"是否可以对这种关于"傻瓜"的责难信以为真?当然不能。须知作为失败者并不是缺陷,作者没有指责福马和叶列马有任何罪过,他们唤起的是同情,而不是愤慨。

题为《给外国人治病的通俗医书》的故事,讲述的是一本医书"暴露出俄国人是怎样给外国人治病的"。这是一种荒诞搭配和矛盾修饰法的堆砌:"如果他要腹

---

① 关于这一潮流的术语与相关分析,均来自瓦·帕·阿德里阿诺娃—佩列茨。参见瓦·帕·阿德里阿诺娃—佩列茨:(1)《17世纪俄国讽刺文学史论纲》(Очерки по истории русской сатирической литературы XVII века),莫斯科—列宁格勒,1937年;(2)《18—19世纪初社会政治讽刺作品的典范》,载《古俄罗斯文学研究室著作集》(ТОДРЛ)第3辑,莫斯科—列宁格勒,1936年,第335—366页;(3)《18世纪讽刺文学中对费奥多西·雅诺夫斯基的讽刺》,载《古俄罗斯文学研究室著作集》(ТОДРЛ)第4辑,莫斯科—列宁格勒,1940年,第199—206页;(4)《幽默的音乐装置》,载《国立列宁格勒师范学院学报》(Учен. зап. Ленингр. гос. пед. ин-та),1948年,第LXVII卷,第48—56页。《17世纪俄国的平民讽刺作品》,瓦·帕·阿德里阿诺娃—佩列茨准备文本、撰文评论并注释,莫斯科—列宁格勒,1954年(经补充的第2版,莫斯科,1977年)。(以下讽刺作品的引文,均引自后一版本)

泻,就取三滴姑娘的乳汁,16佐洛特尼克①低沉的狗熊吼声,4俄尺的大鹰展翅,6佐洛特尼克大公猫的低叫,半佐洛特尼克的母鸡嗓音,兑一些水……抓起来不带水……以半俄亩的长度分开。"如果这是讽刺,那么它针对什么,针对谁? 只可能有两个对象:首先是通俗医书,其次是外国人。但是有什么必要把讽刺的锋芒指向一本有益的、受人尊重的书(从16世纪起通俗医书就保留在手抄本传统中)? 凭借这本通俗医书已给好几代俄国人治好了病。如果讽刺的对象是外国人,那么它既没有揭露,也没有指责他们的任何缺点和过失。他们不会俄语,在莫斯科王国土生土长的居民眼里,他们是"哑巴",像"德国人"一样可笑。作者所指的只有他们的这种特性。作者甚至没有嘲讽"德国人",只不过笑笑而已——没有任何明显的目标。让作者高兴的是,世上有这样一些人,他们不能区分实实在在的俄国通俗医书与他所编造的无稽之谈。

当时,像伊·叶·扎别林这样的前彼得一世时代日常生活的杰出行家,已注意到古代罗斯之笑的独特性。②他写道:"前彼得时代旧有的这种对生活的笑,本身并不包含任何崇高的目的和高尚的思想……事实上这是幼稚的、无意识的……多多少少有些狡黠的对生活的嘲弄。"伊·叶·扎别林把这种现象定义为"特别的自发性取乐现象"和"旧时的傻笑"。如果把伊·叶·扎别林的论题理解为终极真理,那么它是经不起推敲的。我们已看到,《萨瓦神父的故事》和《科里亚津修道院的呈诉状》绝不是"无意识的"。我们还会看到,《福马和叶列马的故事》的作者的"傻笑"也包含某种"高尚的思想"。不过,不能忽略伊·叶·扎别林的意见。如果这一意见也没有说明什么是古代罗斯的笑文化,那么,它至少暗示这种文化在本质上有别于新时代的滑稽与讽刺。

我们记得,正教认为笑是有罪的。金口约翰就注意到,福音书中基督是从来不笑的。17世纪—18世纪初,在平民性的讽刺繁荣的时代,官方文化是否定笑的。罗斯托夫主教德米特里直接给教民下指示:如果生活中出现了非常令人高兴的片刻,不得放声大笑,而只能微笑,"露出笑容"③(这一指示借自西拉霍夫之子耶稣的智慧书:"莽汉笑时放开嗓门,明白人则微微露出笑容")。

17世纪一位同一信仰的旅行者、安提阿牧首马卡里之子、阿勒颇教堂的修士大辅祭保罗,曾惊讶而恐惧地写道,莫斯科实行不许笑和娱乐的禁令:"了解内情的人们对我们说,如果谁想少活15年,就让他去莫斯科王国,在莫斯科人中间作为苦行者住下来……他还应该避免逗乐、笑和放肆……因为莫斯科人白天黑夜从门缝

---

① 佐洛特尼克(золотник):旧俄重量单位,等于1/96俄磅,约合4.26克。——译者注
② 伊·叶·扎别林:《16和17世纪俄国沙皇的家庭生活》(Домашний быт русских царей в XVI и XVII столетиях)第II部,莫斯科,1915年,第268—269页。
③《罗斯托夫主教圣德米特里文集》(Сочинения святого Димитрия, митрополита Ростовского),第4版,第1卷,莫斯科,1827年,第227页。"笑去除了神圣性……不过笑可能有两种面貌:一是严格地把尘世作为一种诱惑加以否定的禁欲主义的严肃性,二是把尘世作为上帝之造物而平静地接受。第二种变体——从可怜虫大司祭阿瓦库姆到《卡拉马佐夫兄弟》中的佐西马长老——伴随着以微笑表现出来的内在欢乐"(尤·洛特曼、鲍·乌斯宾斯基:《古代罗斯文化研究的新视角》,载《文学问题》(ВЛ),1977年第3期,第154页)。

里偷窥所有到这里的外来人,监视他们是否一直很恭顺、沉默寡言、斋戒和祈祷,还是酗酒纵饮,耽于游戏、逗乐,开怀大笑或破口大骂……只要从一旁发现某人或大或小的不轨行为,就要立即遣送他们至阴森黑暗之处,同罪犯一起前往那里……流放到西伯利亚……那里远隔三年半路程,靠近天涯海角,没有人烟。"①

阿勒颇教堂的保罗的笔记,当然是荒唐可笑的,因为他把文化方面的禁令理解为日常生活特征,把俄国人描绘成某种一本正经的宗教狂。但是不应怀疑,在与教会相联系的官方文化中,这一禁令的确实行过,也起过很大的作用。《萨瓦·格鲁德岑的故事》经受过"奇事"体裁的最强烈的影响,把笑变成小鬼的固定标志,这绝不是偶然的。这条禁令也反映在谚语中:"哈哈笑和嘻嘻笑,同样导致犯罪";"哪里有罪过,哪里就有笑声";"哪里有笑,哪里就有罪";"笑会引出罪";"有多少笑,就有多少罪"。

由此可见,笑本身,即使是用伊·叶·扎别林的说法——"傻笑",也表达了同带有虔诚的严肃和平静微笑的官方文学相对立的态度。笑进入书面作品证明了俄国文化的根本转换,证明了一个因笑而反转的、"颠倒的文学世界"的出现。② 为了理解这个"颠倒的世界",就应当认清这个世界的人物是按什么规律生活的。

他们有自己的"祈祷仪式",但不是在教堂内,而是在酒馆里进行;他们不是为神的侍者,而是为酒徒醉汉编写颂歌和赞美诗,不是敲击教堂的大钟,而是敲打"小酒盅"和啤酒罐(《为酒馆祈祷》)。他们有自己的律法、审判和公正的观念(《叶尔什·叶尔绍维奇的故事》③的主人公胜诉,不是因为他有理,而是因为他大胆、勇猛、狡猾、恬不知耻)。他们还有自己的修道院章程,斋戒和祈祷在其中为暴饮暴食、酩酊大醉所取代(《卡里亚津修道院的呈诉状》)。他们把酒馆变成教堂,把教堂变成酒馆。这就是一段可笑的"唱诗班歌曲集摘录",它讲述了一座教堂中全体教士的勾当:"老当家的又犯病,/ 助祭传来啼哭声,/ 小歌手唱着祈祷曲 / 蜜粥没有吃几口,/ 匆忙做完他的事 / 再把剩粥远藏起。/ 诵经士找到那碗粥 / 把它藏到更远处。/ 直到众人脱法衣,有错者纷纷快逃离。"④ 在这个世界中,甚至连历书也是特别、非凡、令人发笑的:"在基托弗拉斯出现月份的荒诞日子"唱起酒馆祈祷曲。⑤

----

① 阿勒颇修士大辅祭保罗:《17世纪中叶安提阿教会牧首马卡里赴俄罗斯的旅行》(Путешествие антиохийского патриарха Макария в Россию в половине XVII в.),格·穆尔科斯译自阿拉伯语,第2辑(从德涅斯特到莫斯科),莫斯科,1897年,第101页。

② 参见德·谢·利哈乔夫、亚·米·潘琴科:《古代罗斯"笑的世界"》。

③ 即《棘鲈的故事》。——译者注

④ 娜·谢·杰姆科娃:《未出版的关于神职人员的讽刺作品》,载《古俄罗斯文学研究室著作集》(ТОДРЛ)第21辑,莫斯科—列宁格勒,1965年,第95页。在这里,笑的音调更具亵渎性地回响,所指的是对死者的安魂祈祷。

⑤ 这会使由新俄国文学培养起来的人想起果戈理的《狂人日记》中的"3—10月的任何一天"。手中握有《为酒馆祈祷》的17世纪读者,看到"基托弗拉斯出现的月份"并非只是发狂。他们的记忆中立刻就会浮现《所罗门和基托弗拉斯的故事》,它在罗斯至少从14世纪起就为人所知。无论在罗斯,还是在西欧(在欧洲沿用马尔霍利特—莫罗尔夫来代替基托弗拉斯),这个故事都是笑文化的基础(和17世纪初年出现于莫斯科的传说中的伊索传译本一起)。

至于说到笑世界的理想,那么可以说它和基督教理想毫无共同之处。在这里,谁也不会想到天国。这里的人们幻想着一切应有尽有、一切唾手可得的国度。《奢侈与快乐生活的故事》中就描写了贪吃酗酒之徒的这种童话般的天堂:"那里有一个不大不小的湖,湖中注满了两种葡萄酒。谁想喝——那就喝吧,别担心,哪怕是一口气喝两杯。附近还有一池蜜酒。无论谁来到这里,不管是用长把酒杯还是大碗,也不管疾病发作还是心情不佳,上帝都会助他一臂之力,让他喝个够。不远处还有整整一潭啤酒。无论谁来到这里,都请喝吧!你若还能想到,那就给自己的坐骑洗个澡,自己也洗个澡吧,谁也不会呵斥你,谁也不会说什么。"前往这个国度的路也指明了:"一条直路通往欢乐地——从克拉科夫到阿尔沙瓦,再到马佐夫舍,从那里去里加和利夫利亚德,由这两地前往基辅和波多利斯克,再由这两城到达斯捷科尔尼和科列拉,由此地前往尤里耶夫和布列斯特,再从这里去贝霍夫和切尔尼戈夫,途经佩列亚斯拉夫尔和切尔卡斯科伊,抵达奇吉林和卡菲姆斯科伊。"

这是一条奇特的道路,没有哪一段路通往莫斯科公国境内。它沿着波兰—立陶宛、瑞典和立窝尼亚、埃斯良吉亚和乌克兰境内蜿蜒绕行,而起点却在克拉科夫。这条路线以及文献语言中的某些波兰语,引起瓦·帕·阿德里阿诺娃—佩列茨的以下推想:"这篇故事背后可能有某一迄今为止尚未由研究者确定的波兰语原作……从所列乌克兰城市来判断……这篇故事是在西南某地编写的,但它经过了一位大俄罗斯重抄者之手。"① 这一假设是完全有道理的。为什么一条"通往欢乐地"的玩笑之路以克拉科夫为起点?因为小波兰首都克拉科夫是波兰笑文学的中心和主要发源地(在当时的情况下,以德国榜样为指南的波兰,在17世纪下半叶,虽为时较晚,包括萨克森王朝时期,经历了笑文学的繁荣,"波罗的海钓鱼者"和"逗笑者"的作品并未从文学生活中消失)。

《奢侈与快乐生活的故事》中充满俄国日常生活的现实,证明其假设来源经受了根本改造。不过,如果没有源头之作,那么也存在与《故事》类似的波兰和乌克兰作品。② 在波兰作者笔下,贪吃酗酒者梦寐以求的地方可能是天国(德语 Schlaraffenland),可能是新大陆。"那里每天天气晴朗,人人快乐,奇异美妙,无忧无虑,无须工作——服装、食品和饮料总是现成的。"但是要到达那里,"就必须在绒毛褥子上爬行20天,就像在云雾中爬行那样"。③ 在乌克兰语"穷人音节诗"④ 中被称为"楚奇—曼西人之邦"的,大概是一个波兰语词组的错译。这些诗作中有些诗篇不仅在题材上,而且在某些情节的加工上都接近于《奢侈与快乐生活的

---

① 《17世纪俄国的平民讽刺作品》,第241页。

② 亚·米·潘琴科:《古代罗斯诗歌资料》(第IV辑,和《奢侈与快乐生活的故事》相对照的诗作),载《古俄罗斯文学研究室著作集》(ТОДРЛ)第30辑,列宁格勒,1976年,第318—323页。

③ Polska satura mieszanska. Wyd. K. Badecki. Krakow, 1950, s.340-341.

④ 出版物参见弗·尼·佩列茨:《波兰和俄国民间戏剧史:15—20世纪》(К истории польского и русского народного театра. XV-XX вв.),圣彼得堡,1912年,第124—136页(单印文本,选自《科学院俄罗斯语言与文学通报》第XVI卷,圣彼得堡,1911年)。

故事》：

> 那里白天星星也到处忽闪，
> 人们盛肉猛食都用金碗，
> 美酒河水般地流过集市，
> 那里人人用巨盏饮酒，谁也不会多言。

波兰笑文学作者群是一个"知识分子无产者"群体，由中小学毕业生、神学院教师、教堂唱诗班乐师、歌手以及失业教师组成的群体。至于乌克兰诗歌，按体裁来说这是在圣诞节期间唱的祝圣歌。祝圣歌通常由那些居无定所的中小学毕业生、"神学院教师"和"衙门书吏"来演唱，他们靠"挨门逐户、边走边唱"来挣一块面包。一些笑文学文本，也就同这些漂泊不定的作者和表演者一起在斯拉夫人的土地上"漂流"。

由于与波兰—乌克兰的这些作品相类似，人们便产生了关于俄国平民讽刺作品的起源问题："一般是否能以对于17世纪而言如此突出的西南罗斯对大俄罗斯书面文化的影响，来解释这类文本的出现呢？"① 显然不能，虽然考虑这种影响是必要的。俄国笑文学作品的高度艺术性已在17世纪初期几十年间的文献中定型，使人不得不想到它们的原作之源：完善化也或多或少应以长时期的学习模仿为前提。还有另一些资料谈道，俄国笑文化不是在17世纪产生的，蒙古人侵占罗斯之前的作家、囚徒丹尼尔，也是笑文化的代表人物。在古代罗斯的教会惩戒录（12—13世纪的人们即据此进行忏悔）中，已有这样一个忏悔的问题："你是否说过或写过辱骂他人或亵渎神灵的话？"② 这意味着，在当时的语言文字中，"亵渎的话"并非罕见，它们建立在《所罗门和基托弗拉斯的故事》（在14世纪，这些故事曾被当成"无稽之谈"和"亵渎言论"列入伪书和禁书）的那些哲学和美学原则上。教会否定这些书，因为教会在中世纪管控着书面文化，这些书一直处于口头相传的范围内。俄国社会中笑文化的地位就像江湖流浪艺人的地位：他们也因"亵渎"而成为被揭露的对象；然而教会一直容忍他们，直到菲拉列特·罗曼诺夫成为牧首。这种长期容忍的态度完全不表明教会无能为力；相反，它说明教会的强大。教会在罗曼诺夫王朝统治的初始阶段才显得无可奈何，由揭露转入镇压。

为什么正教在宣布笑和江湖艺人表演是魔鬼的产物③之后，直到17世纪没

---

① 尤·洛特曼、鲍·乌斯宾斯基：《古代罗斯文化研究的新视角》，载《文学问题》（ВЛ）1977年第3期，第157页。
② 参见谢·斯米尔诺夫：《古代罗斯听忏悔的神甫》（Древнерусский духовник），莫斯科，1914年，附录，第142页。对照参阅阿·亚·别尔金：《俄国江湖流浪艺人》，莫斯科，1975年，第127页。
③ "魔鬼（及整个魔鬼世界）被认为具有'颠倒的神圣性'特征和翻转'低劣世界'的属性。因此这个世界被亵渎，就其自身本质而言，也是不严肃的。这是一个放声大笑的世界；鬼在俄国被称为'逗乐者'或'小丑'并非偶然。撒旦的王国是罪孽者呻吟和牙齿咬得咯咯响的地方，而魔鬼则哈哈大笑：'险恶的六翼老虎／正笑哈哈地在他们头顶转悠……'（涅克拉索夫）"——尤·洛特曼、鲍·乌斯宾斯基：《古代罗斯文化研究的新视角》，载《文学问题》（ВЛ）1977年第3期，第154页。

有采取任何实际步骤来根除它们?这既不是无能为力,也不是世界观的矛盾。在《为酒馆祈祷》的抄本中,可见到一条注释,其中说到这个"反教会的祈祷"是某种类似药品的东西:药品可能是苦的,但没有它就不能恢复健康。这非常接近鹿特丹的伊拉斯谟《愚人颂》中的思想,虽然这条注释的作者未必读过此书。因此,亵渎的笑不仅是不可避免的,而且是必要的、服务于善的恶。不过,同一条注释中还有一个补充说明:凡不能把《为酒馆祈祷》作为药品"为己所用"的人,就不要让他读此书。

这是一条非常重要的补充说明。它表明笑的类型本身开始变化,"文艺复兴时期"的笑已取代中世纪的笑,其中的讽刺总是指向某个对象。因此,正如前文已指出的,通常称为平民讽刺之作的那些17世纪作品的层次,也不属于同一类。

古代罗斯的"傻笑",看来和中世纪欧洲的笑是同类的。① 不仅叙事客体,叙事主体也受到了嘲笑,讽刺变成了自我嘲讽;它既波及读者,也触及作者,笑指向了发笑者本人。这就是"自己笑自己"。

让我们回想一下《福马和叶列马的故事》,它的主人公被称为"固执的傻瓜"。依照中世纪笑的特点,这一叫法应当作为一种普遍的认定来解释,其中也包括作者本人的"傻"。在17世纪手抄文献中,这种作者的自我承认更是屡见不鲜。一封幽默讽刺信的匿名作者是这样称呼和评价自己的:"上帝恩赐的你的儿子,一个老傻瓜在此叩首。"② 这是一种伪善的自我揭露和自我羞辱,只是装傻的假面具、戴假面具的表演而已,也是小丑的架势(在17世纪的语言中,"傻瓜"一词的意义之一就是"丑角";在沙皇米哈伊尔·费奥多罗维奇,甚至在阿列克谢·米哈伊洛维奇当政时期,宫廷人员名册上就列有男傻瓜—丑角和女傻瓜—丑角的名字。对此,可比较1740年2月6日瓦·基·特列季阿科夫斯基在公爵戈利岑——"克瓦斯制作者"和卡尔梅克族女人布热尼诺娃的滑稽婚礼上朗诵的第一首喜剧性"祝贺"诗:"婚庆合欢,健康万安,傻女傻男!"③)。

滑稽哲学的基本怪诞之言称:世界上布满了傻瓜,他们中间最大的傻瓜是那个根本想不到自己就是傻瓜的人。由此从逻辑上可以得出结论:在傻瓜的世界中唯一不做作的聪明人就是炮制傻瓜、装成傻瓜的小丑(我们想起一些童话故事,其中傻瓜总是比所有人都聪明)。因此,"古老的傻笑"完全不是无意识的,也不是幼稚的。这是一种独特的世界观,它是从个人的痛苦经验与"富有教益的"、严肃的官方文化的对立中成长起来的。

17世纪俄国的笑文学与欧洲的笑文学是相似的,同时也有别于它。如果说在

---

① 参见米·米·巴赫金:《弗朗索瓦·拉伯雷的创作与中世纪和文艺复兴时期的民间文化》(Творчество Франсуа Рабле и народная культура средневековья и Ренессанса),莫斯科,1965年。
② 参见阿·谢·杰明:《17世纪书信格式大全和音节体诗歌书信集中的平民诗歌》,载《古俄罗斯文学研究室著作集》(ТОДРЛ)第21辑,莫斯科—列宁格勒,1965年,第77页。
③ 瓦·基·特列季阿科夫斯基:《特列季阿科夫斯基作品选》,列·伊·季莫菲耶夫准备文本并撰写前言,Я. M. 斯特罗奇科夫注释,莫斯科—列宁格勒,1963年(诗人文库大系),第354页。

欧洲传统中出现过几位代表,如德国的欧伊伦施皮格尔、捷克的弗朗塔、波兰的索维兹扎尔,那么在俄国传统中则是一个概括性角色、无名氏年轻人占有代表地位。他在《饥饿与贫困者的识字课本》中表达了自己对世界的看法。这里按字母表中的顺序,从"a"到最后一个字母,排列出无名主人公的对白,这些对白在总体上构成涉及面甚广的独白。

还是在柏拉图时代,字母表就具有简明而包罗万象的宇宙模式的意义。中世纪和随后的巴罗克掌握并发展了这种理念。古斯拉夫语和古俄语书面文献的主要体裁之一就是"详解字母读本"。这些读本阐明了正教的基本原理,因此古代罗斯知晓这些原理不晚于10世纪。人们按"详解字母读本"来教育儿童;在17世纪,这些"读本"进入印制的语法书和字帖中。甚至在以欧洲巴罗克风格为准绳的宫廷文化中,也意识到字母读本体裁的意义。根据这一原则,西梅翁·波洛茨基编成了他的百科全书式文集《五彩缤纷的花园》,从而把无限多样的世界归结为一望可知的要素——字母表。《饥饿与贫困者的识字课本》也把世界的综合图景提供给读者。此书各稿本和改编本彼此不同,这完全是自然的:因为《识字课本》只是格言警句的简要汇编,七拼八凑,其中的一些环节很容易被置换。但是这本读物的"精神实质"在所有稿本中是一致的。

这种"精神实质"究竟是什么呢? 主人公以无望的甚至绝望的感觉来看待生活。他被赶出了温饱无虞、安宁幸福的世界,也不指望再回到那里:"虽一贫如洗——但我自得其乐。"俄国社会为他准备好了一个被遗弃者的角色:"我饥寒交迫,衣不蔽体……我老是张嘴打哈欠,终日未食,嘴唇麻木……我看到有些人富得流油,但从不给我们这些穷汉施舍什么,鬼知道他们把钱藏到哪里,干什么去了。"在《识字课本》的某些稿本中,这是个堕落的人,手脚不干净的酒鬼:"就算某个老太婆的储藏室里有许多钱,我也不知道该怎么溜进去……我也想过溜进别人的储藏室,但朋友拦住了我,还把我数落一番……嘿,我真不习惯这种没酒喝的日子……在陌生的地方闲逛,没得到一点好处,只学会了胡作非为。"①

无望是《福马和叶列马的故事》的基本主题动机。这里讽刺性模拟的是中世纪艺术中最流行的手法——反差。官方文化通过对比善与恶、正人君子与罪恶之徒、道德功业与恶习,说明每个人都有选择,都有变得更好的希望。失意的两兄弟福马和叶列马,在形式上也是彼此对立的,但这是虚设的反差,是对比的嘲笑。作者用对别连接词联结的不是反义词,而是同义词,是同一语义场的词语②:"叶列马斜眼,福马有白内障;叶列马秃顶,福马头上长癞疮……叶列马已被找到,福马也被发现;叶列马挨了鞭子,福马被打了板子,叶列马被抽在背上,而福马被打在腰部。"

---

① 转引自弗·伊·马雷合夫:《"普希金之家"的古代罗斯手抄文献》(馆藏总况述评),第184—186页。
② 参见彼·格·博加特廖夫:《民间艺术理论问题》(Вопросы теории народного искусства),莫斯科,1971年,第401—421页。

为了使读者不误解这些臆造对立的真正含义,作者以如下说法结束文本:"两人面目相同。"这就意味着,在17世纪,笑的世界范围内没有反差,生活在其中的人们没有变得更好的希望。他们所有人在"一贫如洗"方面都是相同的。

因此,笑文学作品的作者并不寻求具体的嘲笑对象。他们在毫无例外地揭露与否定全部官方文化时,发出了苦涩的笑。教会当局和世俗政权认定,秩序统治着世界。福马和叶列马和他们的同貌人不相信这种说法。从他们的视角看,是荒诞支配着世界。因此,作者是按荒诞的法则构建其文学作品的,正如《给外国人治病的通俗医书》的建构那样。这部作品惯用的修辞手法是逆喻法和句子的逆喻组合(或是意义上对立的几个词的搭配,或是意义上对立的几个句子的组合)[①],并非偶然。在一些笑文本中,聋子"听得津津有味",缺胳膊的人"在弹奏古斯里琴",缺腿的人"跳了起来"。这都是无稽之谈,但是17世纪社会下层生活已贫困化到如此程度,就是如此荒诞,以至笑的世界和真实世界已融为一体,而滑稽可笑的穷困就已成为真实的社会贫困。

既然笑文学否定官方的、一本正经的、"富有教益的"文学,那么前者在美学上也就以后者为转移。没有官方文学的平衡作用,也就不能理解对众所周知的、根本不引人发笑的体裁进行模拟的平民讽刺作品。为了理解讽刺性模拟,读者应该能想象被讽刺模拟的是什么。所以,作为范例来采用的往往是古代罗斯人每走一步都会碰上的日常现象和事物——诉讼案件、呈文、通俗医书、嫁妆清单、信函和教堂祈祷等。

在《为酒馆祈祷》中采用了为受难者祈祷的形式,这里提供的是取自《祈祷经文》和《八重唱赞美诗集》、取自《复活节周的三重颂歌》和《圣诗抄本》的祈祷文"愚蠢可笑的"异文。但是人们最乐意的是从《日课经》中选取材料——这也可以理解,因为在前彼得时代的罗斯,人们是依据《日课经》来识字的,连不识字的教民也熟知其内容。最流行的一句正教祈祷文:"圣父,我们可信赖的父,永恒的圣父!请宽恕我们!"已被酒馆里的酒徒醉汉用这样的呼喊声取而代之:"酒啊,烈性的酒,酒馆里的佳酿!请护佑我们所有这些好酒贪杯的穷光蛋吧!"在这一段异文中,原作的节奏和音响表现手法被模仿得细致入微。祈祷辞"我们在天的父"在《为酒馆祈祷》中变成了这样的形式:"我们在天的父,你现在正待在家里,我们愿以你的名为圣,请你来我们这里,一切按你的意愿,在酒馆里,就像在自己家里,我们会在炉子上烤面包。主啊,来吧!就今天来!债主们,免去我们的债务吧!就像我们把财产花在酒馆里一样,不要送我们去受刑受罚,我们没有什么可交的了,但请免除我们的牢狱之灾。"

作者把祈祷文"翻转过来"时,并非有意亵渎信仰。古代罗斯的讽刺性模拟是一种特殊类型的模拟,它完全没有给自己树立嘲笑被模拟文本的目的。"在这

[①] 彼·格·博加特廖夫:《民间艺术理论问题》莫斯科,1971年,第453—454页。

种情况下，笑并不像新时代的讽刺性模拟那样针对另一部作品，而是针对接受者所读所听的内容本身……笑内化于作品本身。读者所笑的并不是某位另外的作者，也不是另一部作品，而是他正在读的内容……正因为如此，'荒诞空洞的祈祷辞'并不是嘲笑某一另外的祈祷辞，而是内向的反祈祷辞、无稽之谈、胡说八道。"①

这可以用旧礼仪派文学中的一个例子来确证，因为未必有人想到去怀疑"古代虔诚信仰的热心捍卫者"亵渎神明。18世纪末，旧礼仪派中最激进的、禁欲主义的派别之一——菲利普派的某位编书人，给另一旧礼仪派的奠基人费奥多西·瓦西里耶夫写了"反颂歌"。这里也有对教堂祈祷模式的讽刺性模拟，但是这完全不意味着对它进行了侮辱。"这种讽刺性模拟的意义，或更正确些说，这种风格模拟的意义（因为讽刺性模拟的不是体裁，而是事件）——在于破坏合乎规范的情境，颠倒性地翻转情境。那个早就公认他不值得扬名的人声名远扬，早就知道应该挨骂的人受到崇敬。"②

在17世纪的笑文学中，信仰和正教并没有遭到贬抑。但是教会中名声不佳的神职人员经常受到嘲笑。《为酒馆祈祷》的作者让白衣修士和普通修士去当那些纵酒取乐的"有头衔者"的头头，讲述他们怎样拿软帽、教袍和修士高筒帽去小酒店换酒。《科里亚津修道院的呈诉状》中讲到，对于这个外省修道院的悠然自得的修士们来说，莫斯科的一位神甫就是"榜样"："在莫斯科……对所有的修道院和小酒馆做了一次巡视，随后物色到两个最好的酒徒——年老的书吏苏里姆和圣母饼嵘教堂中没有证书的神甫科洛季拉，并匆匆忙忙把他们送往科里亚津修道院作为样板。"这段话促使人们思考：笑作品的作者属于哪个社会阶层。

在17世纪，靠近"饼嵘大教堂"，即圣母庇佑教堂旁边，有一处牧首麾下的"神甫事务所"。这里发放派遣文书，将没有落脚地的神甫分往各教区。有材料表明，这些神甫聚集于附近地区，和瓦西里·勃拉仁大教堂（即圣母饼嵘大教堂）近在咫尺的斯巴斯克桥边时，曾闹出"胡作非为的勾当"，散布"不洁而讪笑的责难之辞"③。斯巴斯克桥是这些"有知识的无产者"的集合点。看来是他们编写了如今通常称之为"平民讽刺作品"的那些文献。他们也出售这些手抄小册子。除了"讪笑的责难之辞"外，在斯巴斯克桥附近还可以偷偷地买到其他一些违禁读物，其中也包括普斯托泽尔斯克地牢的囚徒——大司祭阿瓦库姆及其难友们写的"强烈责难皇室"的文字。

---

① 德·谢·利哈乔夫：《古代罗斯的笑》，第78页。祈祷辞是《旧约全书》"诗篇"第12章中的诗之一。"荒诞空洞的祈祷辞"在《为酒馆祈祷》中受到数落。

② 娜·弗·波内尔科：《致费奥多西·瓦西里耶夫的颂歌》，载《古俄罗斯文学研究室著作集》（ТОДРЛ）第32辑，列宁格勒，1977年，第357页。

③ 参见伊·叶·扎别林：《莫斯科城市的历史》（История города Москвы）第1部，莫斯科，1905年，第630—634页。

6. 翻译小说和原创小说；
弗罗尔·斯科别耶夫的故事

短篇故事—小说（новелла）是17世纪俄国文学中的一种新体裁。在世俗的、完全独立于宗教和教会的俄国文化的形成中，这一体裁发挥了真正巨大的作用。众所周知，短篇故事—小说不诉诸说教、劝喻和训诫。它不指责任何人，也不为任何人辩护。当然，这并不意味着，文艺复兴时期的短篇小说家和巴罗克小说家或他们笔下的角色是与基督教道德标准相对立的。作为一个普通人，薄伽丘是一位善良的天主教徒（以他为例，不仅因为他是欧洲最著名的短篇小说家，而且因为他的一些短篇故事已为17世纪的俄国读者所知晓）。但是，当薄伽丘创作短篇小说集《十日谈》时，他最少想到的是"十诫"或"山上宝训"。可以说，这些训诫是处于小说诗学范畴之外的。

中世纪艺术的基本问题——善与恶的问题，短篇故事—小说显然是不涉及的，这一问题也不影响主人公的行为。活跃的生活，并且是城市生活——这就是故事—小说的艺术空间。拥有众多人口、市场和街头琐事，拥有芸芸众生津津乐道的消息传闻和流言蜚语的城市，由于人口密集而难免出现坑蒙拐骗和相互倾轧——这样的城市给故事—小说提供了大量的情节素材。这一切自然都是取自日常生活环境的材料。17世纪俄国文学正是通过短篇故事—小说体裁"掌握日常生活"的。这对于受过古代罗斯教育并习惯于像对待永恒理念的总和那样对待书本的人来说，是一种艺术的发现。"短篇故事—小说经验"表明，暂时的、流动的、易逝的和罪恶的生活，作为观察和描写的对象，是自足的。

同时，所有受过教育的人都知道，按《使徒行传》的说法，"情欲的事"和"圣灵的事"是彼此对立的："情欲的事都是显而易见的，就如奸淫、污秽、邪荡、拜偶像、邪术、仇恨、争竞、忌恨、恼怒、结党、纷争、异端、嫉妒、醉酒、荒宴等类……圣灵所结的果子，就是仁爱、喜乐、和平、忍耐、恩慈、良善、信实、温柔、节制。"① 当然，这一表现得如此明显的对立并不意味着正教文化在宣传某种东方二元论。在这种灵与肉二律背反的情况下"取消二元论"，是正教美学的基本原则。② 在17世纪，这种"取消二元论"的尝试是旧传统最具才华的捍卫者之一阿瓦库姆在其《传记》中提出来的。作为作家的阿瓦库姆不回避经历过的、习惯了的自发现象。相反，可以说他敞开了面向这些现象的大门。但是在阿瓦库姆笔下，现实存在只是超存在的表现。"甚至日常生活中微不足道的小事，如'黑毛小鸡'和捉鱼，这一切都与圣经和教父传

---

① 转引自《圣经（新约：加拉太书）》，中国基督教协会，南京，1998年，第213页。——译者注
② 参见维·瓦·贝奇科夫：《拜占庭美学：理论问题》（Византийская эстетика. Теоретические проблемы），莫斯科，1977年。

说中的隐语有关。"① 阿瓦库姆赋予自己的文本以象征意义,并教导读者运用象征思维。

如果说故事—小说放弃善与恶问题的讨论,那么它究竟提出什么样的价值尺度取而代之呢?这就是故事—小说的成就,是它导致独特的"生理学乐观主义"的对生活的享受。端庄体面、品德优良、仪表优雅等古老的理想,既不反映在故事—小说主人公的行为中,也不表现在他们的面貌上。他们中间取得胜利的人不是那些品德高尚的人,而是那些大胆的和走运的人。每个人都应该捕捉自己幸运的机会,"不错失良机",不做旁观者,而要做积极而精力充沛的活动者。

正如阿·谢·杰明所指出的,17世纪下半叶,俄国的特权阶层把新型的国务人员提至首位——这类人行动果断,毫不懈怠,其仕途上的升迁并非归功于世袭的"荣誉和地位",而是由于自己的功绩。② 阿·拉·奥尔金—纳晓金写道:"职责越大,我越兴奋。"大贵族阿·谢·马特维耶夫在回想"自己不间断的工作"时指出:"这是以往从来……没有过的。"自然,如果认为从前俄国所有的统帅、行政长官和外交官都像迁延者法比(费边),那是天真的。1572年俄国军队在莫洛德亚粉碎克里米亚汗国的著名战役中,督军米·伊·沃罗滕斯基公爵,特别是德·伊·赫沃罗斯季宁公爵显示出惊人的"快速"。在历史转折关头,罗斯人总是行动果决,毫不迟疑。至于日常生活方式,那么,在这里自古以来就是"做实事者"受夸奖,"不做事的懒汉"受指责。但阿·谢·马特维耶夫还是有理由认为他那个时代的行事风格是"前所未有的"。问题出在哪里?

问题在于,动态变化成了文化理想。这只有在文化开始独立于宗教信仰时才能发生。既然生活在宗教意识氛围中的人是用正教的道德标尺来衡量自己的行为和劳动的,他也就极力避开尘世的纷扰,重视"静谧、安宁、人与事的平和之美"③。他的一举一动都被放在天平上。善恶报应是不可阻挡的,因此不能匆忙,应该"三思而后行"。牧师们教导罗斯人生活要"守规与等待",甚至在国务活动中也赞扬因循旧规:"因为以往有人来觐见国王时,总是站在或坐在宫院旁,等待国王出现,也总是遵矩守规,不紧不慢,这样的人就能受到国王的宠信。"④

"因循守旧"一成语直到17世纪下半叶才具有贬义。在这个时代,人们对世界的理解开始变化——这已不是那个同创新思想相冲突的、敌对的永恒理念的世界,而是一个付诸行动、服从统一的"文明"时代。这时人们重视的是生活中前所未有

---

① 斯·马特浩泽罗娃:《17世纪俄国文学中的两种文本理论》,载《古俄罗斯文学研究室著作集》(ТОДРЛ)第31辑,列宁格勒,1976年,第278页。

② 阿·谢·杰明:《17世纪下半叶—18世纪初的俄国文学:关于世界、自然和人的新观念》(Русская литература второй половины XVII--XVIII начала века. Новые представления о мире, природе, человеке),莫斯科,1977年,第99—117页。阿·拉·奥尔金—纳晓金和阿·谢·马特维耶夫书信中的说法即转引自该书。

③ 同上书,第87页。

④ 《沃洛科拉姆修道院约瑟夫的书信》(Послания Иосифа Волоцкого),亚·亚·济明和雅·索·卢里耶准备文本,莫斯科—列宁格勒,1959年,第298页。

的新事物。短篇故事—小说是这一进程的标志之一,因为意大利语中的 novella (новелла)就是"新作品、新事物"的意思。

短篇故事—小说体裁进入俄国,在 17 世纪的通常途径是经由波兰的中介。从思想与美学上掌握这种体裁简单易行,因为第一批短篇故事—小说是作为"框型故事"渗入莫斯科书面文化中的。《七贤士的故事》就是这样的作品,俄国读者在 17 世纪上半叶就已了解这篇故事。① 在这里,爱情故事被置于内心完全虔诚的"框架"内:受到七贤士教育的、不得不在 7 日内保持沉默(如果他哪怕是说出一个字,日月星辰的位置也会预示他的死亡)的王子——主人公,拒绝了淫荡母后的强求。母后出于报复向国王诬告王子,国王下令处死王子。王子的教育者——七贤士同母后进行了一场特别的辩论,给国王讲了几个故事。死刑推迟了,重新确定行刑期,又再次推迟。就这样过了 7 天,王子才有机会为自己辩护。

另一个框型结构的作品是《巴尔塔萨王子怎样为某国王效力的故事》。② 它的框型情节可归结如下:某国王特别迷上了主人公的英俊,想让王子到他的国家来。巴尔塔萨的父亲不同意。但是,那些看来有意摆脱巴尔塔萨的大臣们,用强大对手的愤怒来恐吓国王,同时污蔑王子。怒气冲冲的父亲让巴尔塔萨离开,随后就是几个嵌入的关于女人的狡猾、阴险和背叛的小故事——也属于《七贤士的故事》中的那几个短篇故事的题材范围。

如我们所见,在《巴尔塔萨王子的故事》中,框型情节含有结构上的缺陷。这本身就是非常引人入胜的:原来,在艺术层面,读者的兴趣已集中到故事上。进一步的情况是,框架在初始阶段曾被认为在思想观念上是必要的。它发挥了特洛伊木马的作用:在促进传统所规定的关于善与恶的思考时,似乎减弱了故事看待世界的观点的那种不习惯和新奇感。不过,这样的陈规旧套很快就被抛弃,短篇故事—小说开始得到没有任何思想"遮蔽"的翻译。

1680 年左右,一部最大的翻译短篇故事集进入俄国文学。这就是《滑稽故事》,其中除了借自薄伽丘、波·布拉乔利尼、弗·萨凯蒂和其他经典短篇故事作者的流行情节外,大量的是"初始的形式"——笑话、一语中的之言、趣闻等,它们总是短篇故事的培养基。③ 从拉丁语传入几乎所有欧洲语言中的"滑稽故事"(фацеция)一词,在俄国的解释同在欧洲一样,是"笑话""俏皮话""逗乐"等意思,即作为令人

---

① 文本出版参见费·伊·布尔加科夫:《七贤士的故事》第 1—2 分册,载《古代书面文献》(ПДП)第 29、35 卷,圣彼得堡,1878—1880 年。

② 文本出版参见尼·基·皮克萨诺夫:《古老的俄罗斯故事》(Старорусская повести),莫斯科—彼得格勒,1923 年,第 86—92 页。这篇文献和《巴尔塔萨王子的故事》(另外的题目是:《金树和国王列夫塔萨尔的故事》《金树和金刚鹦鹉、国王米哈伊列达和国王夫卡索列的故事》)没有任何共同之处。参见米·涅·斯佩兰斯基:《17 世纪俄国故事体裁的演变》,载《古俄罗斯文学研究室著作集》(ТОДРЛ)第 1 辑,列宁格勒,1934 年,第 151 页及后续页码。

③ 文本出版参见费·伊·布尔加科夫:《17 世纪草书抄本故事集》,载《古代书面文献》(ПДП),第 1 卷,圣彼得堡,1878—1879 年,第 94—152 页;奥·亚·杰尔查文娜:《滑稽故事:17 世纪俄国文学中的短篇翻译故事》(Переводная новелла в русской литературе XVII века),莫斯科,1962 年,第 104—185 页。(以下凡引用该书均不另加注;见于杰尔查文娜在该书中发表的、18 世纪初最流行的《滑稽故事》的第二种译本)。

快乐而有趣的、和"有益心灵"没有关系的读物。①

笑的元素在《滑稽故事》中占主导地位。西塞罗见到他腰佩长柄剑的矮子女婿后，开玩笑地说："谁把我的女婿绑在这么长的剑上？"一个酒徒喝光了家产，对深夜潜入他家的小偷这样喊道："老弟，我不知道你深更半夜地在这里找什么，大白天我就什么也没找着。"神甫被请到一个垂死的人那儿。他劝病人忏悔，"让灵魂得以平静"，并指望上帝大发慈悲："如果你这样做了，那么天使就会谅解你，把你的灵魂带到天上。"病人用僵硬的舌头开玩笑说："如果把我带走，我真是求之不得；不过我不急于开路，因为我知道那不是羊肠小道，我真走不了。"一位客人在罗马头号艺术家用晚餐时，看见他的孩子们长相不怎么样，"就拿他们开起玩笑来，他说：'我看你的艺术品差异很大，因为你创造的形象是一种样子，而画出来的形象又是另一个样，特别是画出来的人物像'。"艺术家反驳说："你不必感到奇怪，我通常晚上办事，但那时没有亮光；而我绘画是在白天，所以白天的作品就好得多。"

《滑稽故事》让俄国读者受到新思想的启迪，使其懂得笑完全不是罪孽（参见本部分第5节），笑声和"真实"之间没有矛盾。关于奥古斯都和维吉尔的第一篇故事（这是爱讲趣闻的固定的一对）是以这样的箴言结束的："你看，仁慈的国王连挖苦的话都能接受，因为明智的人是不生气的，假若有人用玩笑揭示了真理的话。"《滑稽故事》中的主人公们都生活在笑的氛围中，带笑行动，并且这都是一些明智的人，其行为也是明智的。如第欧根尼就是这样的人，狄摩西尼也是如此，他们都是驰名的爱讲笑话的人物，是愚蠢和恶习的揭露者。

俄国人在了解这类角色时会产生什么样的联想呢？首先，他们会想起江湖流浪艺人，民间笑文化的职业人士。但是不会模仿这些人，否则在阴曹地府和末日审判中就难逃惩罚：

> 异教徒和造谣诽谤者将进入地狱，
> 幽默家和说刻薄话的人永远哭泣。②

后来，俄国人想起为了暴露尘世谬误而"逗笑"的疯癫者，他们也用箴言进行表达、挖苦和嘲笑。③但还是只允许疯癫者这样胡闹，因为他们为此付出了无家可归、衣不蔽体、忍饥挨饿的代价。短篇故事——小说则指出人人都可以笑，并且坚持这一点：《滑稽故事》的前言中说，这些故事"译自波兰语"，同时又称它们是"莫斯科式幽默家们的嘲笑"。这就意味着，在笑的世界中人人平等。在这里，民族和宗教的差异都被取消。

---

① 在叶皮凡尼·斯拉维涅茨基于17世纪编成的《词典》（Лексикон）中，这个词被解释为"令人愉快的作品"，"娱乐性作品"。
② 参见亚·尼·维谢洛夫斯基：《俄国宗教诗歌领域中的探索》第II卷，《圣徒面具与江湖流浪艺人》，载《科学院俄罗斯语言与文学分部论文集》（СОРЯС），第32卷第4期，1883年，第197页。
③ 参见德·谢·利哈乔夫、亚·米·潘琴科：《古代罗斯"笑的世界"》，第145—153页。

被取消的还有一切社会隔阂。《滑稽故事》中活动着一些历史人物("他们出自古老的世家:从奥古斯都等著名权势人物起")。这就是阿尔基维阿德、非洲征服者西庇阿、亚里斯提卜、查理大帝、苏格拉底、汉尼拔、西班牙的阿尔丰斯等。《滑稽故事》中还活动着"某些"有时说出名字、有时不说出名字的人物——"某修士和滑头""某酒囊饭袋""某位独居者""某一位乡下人""某一老妪""我们的近邻",等等。但是,声名显赫的主人公和普通的无名之辈都是完全平等的。他们都同样地笑和被笑。帝王也好,统帅也好,一旦进入故事的艺术空间,就不再依照阶层等级被看待。他们过日子也像"我们的近邻"一样:吃吃喝喝,生老病死,猜忌老婆并同她们吵闹,偷奸耍滑且陷入可笑的境地,欺骗他人又被人欺骗,有时哭泣,有时高兴。但这完全不意味着故事的作者像投机取巧者和暴发户那样偷窥主人公的隐私,而是迎合其自尊心;也完全不意味着故事作者的私人生活像他本人那样可怜。这意味着故事从现实材料中挑选的是同一类日常生活冲突,而日常生活冲突很少取决于等级禁忌、成见或受教育的程度。最后这意味着,一切人和事都可以写,但必须写得让人笑。

这些新的艺术资源很快就因其优点而受到俄国作者的重视。17世纪就出现了为数甚多的原创故事试作——从"初始的形式"到流行情节的短篇故事。

《酒徒的故事》接近"初始的形式",它的最初抄本完成时间约为17世纪中期。① 这是按同一模式打造的一连串趣闻。一个酒徒敲击天堂的大门,遵守教规者(大卫和所罗门、使徒彼得、保罗和神学家约翰、米尔—利基亚教区大主教尼古拉)依次向他宣布:"酒徒是不许进天堂的。"但这个酒徒却显示出对圣经和教会史有出色的了解,发现天堂大门守护者在尘世生活中的可疑方面,并"羞辱"他们。他提醒使徒彼得记住自己曾三次不认耶稣的经过,提醒保罗记住自己曾参与用石头砸死基督教早期蒙难者斯特凡,提醒所罗门王记住对泥塑木雕偶像的祭拜,还提醒《诗篇》的作者大卫王记住把自己的一名亲信派往前线送死,为了将他的妻子拔示巴纳为嫔妃。甚至在侍主者尼古拉(被17世纪的外国旅游者称为"俄国之神")那里,在罗斯享有极大声誉、来自米尔—利基亚的圣人的行为中,这个酒徒也找出了揭发他的材料:"你还记得吗:当年教父们出席基督教世界主教大会,揭露一些异端派别,你当时也伸出手指粗暴地谴责狂妄的异端分子阿里乌? 圣者是不该伸出手指粗暴谴责他人的。律法上写着:'不许杀人',而你却用手指杀死了可恶的阿里乌!"

福音书作者之一约翰宣称:"酒徒是不让进入天堂的,他们只配永远受苦受难。"酒徒在和约翰对话时表现得有些异样。他不知道交谈者的罪过,因此就揭发神学家约翰在道德上并非始终如一:"您和路加在福音书中写道,要彼此相爱。上帝爱所有的人,而你们却仇恨外来者……神学家约翰! 要不你就辍笔不写,要不你就拒不承认已写的话!"由于故事把福音书作者受上帝启示的词句和文学人物的

---

① 《酒徒的故事》发表于《17世纪俄国平民讽刺作品》。以下引文均引自《文选》,第594—596页。

言论放在一起,在这种情况下就产生了一种喜剧效果(因为任何读者都明白,故事中的神学家约翰是艺术虚构的结果,其实这位居于天堂的人物与约翰福音和启示录的作者没有任何关系)。在这次谈话后,酒徒就被允许作为"自己人"进入天国。

正如我们所见,不仅那些加冕的名人,甚至连一些圣徒(他们处于亚伯拉罕的怀抱,在其尘世供职范围之外)也在日常生活舞台上得到了描绘。须知《酒徒的故事》中的天堂就是那座城市,而天堂的大门就是城门。那些住在城外的人没有摆脱罪孽和屠戮,更没有摆脱怯懦、淫欲和粗暴。无须证明,这一切都给在"故事学堂"里接受过初期训练的17世纪俄国人进行思考,而且是不轻松的思考提供了丰富的食粮。如何把故事中明显的自由思想和东正教拯救灵魂的理念调和起来?故事中没有亵渎神明之意吗?或许,读故事是有罪的?从《滑稽故事》和《酒徒的故事》中实际上能得到哪些好处(因为在罗斯人们习惯于认为,书籍使人"受益",给人治病)?如果没有这样的益处,那为什么要编故事?主要的是:为什么有人愿意读故事?手抄本传统的丰厚雄辩地说明人们是愿意读故事的。

从道德上恢复故事声誉的一条途径,是尝试把故事的笑同古代罗斯的笑、"自己笑自己"等量齐观。《酒徒的故事》的几种古旧抄本,给读者提供了酗酒是罪孽这一话题的箴言:"我的弟兄们,罗斯的子弟们,你们是信奉基督的正教徒,向上帝祈祷吧,不要放纵,就此打住,不要喝得不省人事,这样就不会丧失理智,你们就将是天国的继承人和天堂的居民。"由此可见,在故事中受嘲笑的是主要角色,被揭露的是酗酒,从道德角度上说,故事无可指摘。但是美感却因这样的解释而受到阻碍。因此,结尾的箴言被抛弃,而代之以出乎意料的故事结局。"酒徒一进入天堂就坐上最显眼的位置。圣徒教父议论纷纷,异口同声地问道:'酒徒,为什么你一进入天堂就坐上最好的位置?我们是根本不敢靠近这个位置的。'酒徒回答他们:'诸位教父圣贤!你们与酒徒交谈时不善言辞,更不用说同头脑清醒的人谈话了。'于是所有教父圣徒齐声说:'酒徒,但愿你在这个位置上永生永世受到祝福。阿门!'"

可见,故事中的笑不是"自己笑自己"。笑的本质不在此,它的"效益"也值得怀疑。俄国人在读《滑稽故事》时,注意到其中许多故事都以劝谕训诫之言结束(在原作中这些言论是诗体的,而在译作中诗句通常未得到转达)。在另一些情况下,训诫之言无论怎样都不吻合情节。上文提及的关于罗马画家的趣闻就是用这样出人意料的话来收场的:"任何人用任何方法都不能掩盖吝啬鬼的本来面目。"在关于苏格拉底和克桑蒂贝的系列趣闻中,有一则谈到学生们问雅典哲人:为什么他在自己家里容忍一位爱斗嘴的妻子?"他回答他们说:'你们为什么在自己家里忍受母鸡下蛋后的咯咯叫?'他们回答:'因为母鸡它给我们送来鸡蛋。'于是苏格拉底说:'我的妻子克桑蒂贝情绪一好,就给我生下可爱而漂亮的孩子。'"有两句富有教育意义的双行诗从逻辑上看也不是出自正文文本:

啊,苏格拉底,那可怜的人走向何方?
谁有这样一位厉害而饶舌的婆娘?

如果从基督教道德观的角度来看,可知箴言有时也是令人怀疑的。《马可和斯皮内洛乔两朋友》的故事就是这种情况(源自薄伽丘《十日谈》中第二天的第八篇故事①)。两朋友之一(在俄文译本中他叫马可和马可基伊)知道妻子背叛了他,同斯皮内洛乔另结新欢。马可设法让妻子请来斯皮内洛乔,并在自己回家时把他藏在大箱子里。同时马可派人请来斯皮内洛乔的妻子。他要让她亲眼看见丈夫的勾当,还允诺送她一份"大礼",便和她在大箱子上随心所欲,可怜的斯皮内洛乔正在那里遭受折磨。然后马可打开箱子——原来这就是一份"大礼"。大家和好如初,高兴地围坐着共进午餐。故事的结尾寓意深刻而又俏皮:

这种事总是很平常:
有借就有还,有来就有往。

这里当然有道德寓意,但却是日常生活的道德寓意。在读者这一方面的记忆中可能会出现某种"警句"型的谚语"一报还一报",或《旧约》中所说的"以眼还眼,以牙还牙",但这是异教徒的反应。那时,俄国在翻译《滑稽故事》,最初的俄文《教理问答手册》(17世纪以前,正教教会没有对它的需求,只满足于教父著作和大马士革圣徒约翰的《宗教信仰》)也得以编成。在这些著作中一定含有"山上宝训"中的一些片断,这些片断否定了上述日常生活的道德:"你们听见有话说:'以眼还眼,以牙还牙。'只是我告诉你们:不要与恶人作对。有人打你的右脸,连左脸也转过来由他打……有求你的,就给他;有向你借贷的,不可推辞。"②

因此,箴言即便是在看起来道德上无可指摘的情况下也不能使故事成为有益心灵的读物:故事教会人的并不是箴言教会的东西。如果按中世纪的词义来理解"教"这个词,那么故事干脆什么也不教。故事灌输的是欧化文化最重要的理念:首先是文学作品带来的不仅是益处,而且是享受(这是主要的对立面,欧洲美学中源自贺拉斯的概念"教益"和"乐趣"的命题和反命题)的理念。文学可以使人快乐,完成投射功能(如果用当代术语),但不自认为有生活教科书的作用。

摆在俄国编书人面前的问题,是要明白可以写罪恶,但是不能 expressis verbis(用确切的词句)谴责它,无论是在文本还是在潜文本中——在这里也不能有轻慢和亵渎。摆在俄国读者面前的问题,则是要懂得骗子故事中主人公的游历是不带责备痕迹书写的,并不是仿效的榜样,而是娱乐消遣的材料。为此就应当领会,故事往往使用某些表明所描绘的世界具有艺术假定性的美学信号。这些信号中主要

---

① 从这篇故事的内容看,可知它源于《十日谈》中第八天的第八篇故事。——译者注
② 转引自《圣经(新约:马太福音)》,中国基督教协会,南京,1998年,第6页。——译者注

的一个就是笑,且不是中世纪的"自己笑自己",而是对任何客体的笑。正是笑用信号报告:故事的世界虽有其全部演示的现实,却是一个游戏世界,而游戏的人却不属于其管辖。新俄国文学需要学会笑。

可以用《卡尔普·舒图洛夫的故事》①的文本来说明新的美学理念是如何被接受的,这篇故事曾有一个抄本传留,而如今它也遗失了。商人卡尔普·舒图洛夫去外地经商时,嘱咐妻子塔季雅娜在需要时可以向他的朋友、商人阿法纳西·别尔多夫借钱。但当塔季雅娜需要借钱,阿法纳西·别尔多夫在答复她的请求时,却开始死乞白赖地强求她的爱。塔季雅娜去找神甫出主意,而神甫并不比阿法纳西好,于是她又去找高级教士。但这位大牧师也按捺不住罪恶的欲火。塔季雅娜拿定主意假装答应这三个人,给他们指定在她家幽会的时间。当神父来敲门时,她对阿法纳西·别尔多夫说这是她丈夫回来了,随即把他藏在箱子里。借助同样的巧妙办法,塔季雅娜也摆脱了神甫和高级教士的纠缠——最后一个敲门的则是这场闹剧的策划者——她暗自安排的女仆。在地方军政长官府内,三个自取其辱的寻花问柳者才从箱子里爬出来。

这是典型的童话式的故事,带有延缓的情节、"阻碍"情节发展的多次重复,以及民间口头创作的三部分结构。不过,在我们的转述中,塔季雅娜作为故事的女主角看起来"白璧无瑕":她过于"正面化",没有笑她的理由。但是在转述中忽略了意想不到的结局:在那三个死乞白赖的家伙受到羞辱后,接着就是军政长官和"循规蹈矩"的塔季雅娜之间高高兴兴地分钱。这一结局也就把《卡尔普·舒图洛夫的故事》变成了新型故事。

在趣闻(анекдот)和故事诗学中有许多共同点。题材的同一性是这两种体裁的显著特点。情节素材只限于一个事件,尽管它也是由若干环节构成的。因此无论在趣闻中还是在故事中,只有少数几个角色(通常是二至四人)。他们全都是情节的傀儡,他们的性格决定于某一特征。他们既没有复杂性,也从不踌躇。②《卡尔普·舒图洛夫的故事》的主人公也就是如此。关于塔季雅娜,我们只知道她忠于丈夫,为人机敏。关于商人阿法纳西·别尔多夫、神甫和高级教士,我们也只知道他们贪恋放荡生活。他们的行为追求清楚明确的目标:女主角需要弄到钱,男主角们要得到塔季雅娜的芳心。

短篇故事诗学的这些规律是不可违背的,薄伽丘和契诃夫的作品文本同样遵循这些规律。精通短篇故事体裁的人,在了解关于作品情节或人物的交代后,就不难预见情节的进展。在使用三个部分的结构时,趣闻和故事似乎是邀请读者预测:很清楚,第二、三部分将发生第一部分中已有的情况。我们事前就知道:在《卡

---

① 参见尤·马·索科洛夫:《卡尔普·舒图洛夫的故事》(文本与故事情节的探讨),见《古代文献:莫斯科考古学协会斯拉夫委员会著作集》,第IV卷,第2分册,莫斯科,1914年,第3—40页。
② 参见米·亚·彼得罗夫斯基:《短篇故事形态学》(Морфология новеллы),见《Ars poetisa》,第1集,莫斯科,1928年,第77页。

尔普·舒图洛夫的故事》中,神甫和高级教士也会走上阿法纳西·别尔多夫走过的路——被关进塔季雅娜的箱子。行程的终点已准备好了这样的"原地踏步"。进程是不可预测的,它看起来好像有一种情节上的荒谬(军政长官和塔季雅娜之间分钱的场景)根据下列原因不能预测的:虽然作者也像一般短篇故事编写者应做的那样,对角色的心理不感兴趣,但在读者的理解中,女主角的行为却被置于一定的价值尺度上。读者似乎觉得塔季雅娜如此循规蹈矩,以至"未料到"她会参与分钱)。

笑的冲动正是在情节的这个节骨眼上产生。"引人入胜"之处也正是在这里清楚地显示出来。读者确信,新奇、出乎意料、不可预测的情节转折,从美学上看是有意义的,也具有美学上的魅力。

与17世纪的《酒徒的故事》《卡尔普·舒图洛夫的故事》相并列的,还有不少原创性的故事文本,如《谢米亚卡法官判案的故事》和《农夫之子的故事》就是这样的作品。不过,值得注意的是,其中许多作品的原创性是有争议的。有人认为《酒徒的故事》源自欧洲的关于农民和磨坊主的一个趣闻,这两人在天堂大门口和圣徒们争论不休。[①]有人注意到《谢米亚卡法官判案的故事》的几种抄本,指出这个故事好像借自"一本波兰语书本"。的确,波兰文学中广为人知的一个类似情节,在16世纪曾得到"波兰文学之父"米科拉伊·列伊的加工。与《谢米亚卡法官判案的故事》类似的许多作品,在东西方文学中都可以寻见[②];还有人指出这个故事与西藏的一则藏龙故事相似(亚·尼·佩平),与印度的一则开罗商人的故事相似(费·伊·布斯拉耶夫),或与犹太的一些审判故事相似(亚·尼·维谢洛夫斯基、所罗门·贝林),等等。

对于情节的演变过程而言,这些探索提供了十分有趣的材料。但是,我们注意到,这些探索并未导致发现17世纪俄国短篇故事的直接来源,在各种情况下,可以说的只是情节的类似,而不是逐字逐句的依傍。这是什么原因呢? 短篇故事赖以形成的"初始的形式",不能被认为是某一民族的私有物。这些形式从一个国度传到另一个国度。它们在相同的或不同的时间自发地在不同地区产生——因为日常生活中的冲突是相似的,"超民族的"(至少对同一文化圈的民族而言)。17世纪俄国短篇故事也属于一种民俗学事实,无论从起源的角度看(通过《滑稽故事》俄国人不仅了解到波兰的,也了解到德国的民间趣闻,因为《滑稽故事》大量吸收了约冈·保利等人的诙谐故事),还是从流传的角度看(在通俗读物和19—20世纪民俗学家的笔记中,短篇故事的情节尽人皆知),都是如此。因此,区分原创文本和借用文本总是困难的,而且一般说来往往不见成效。

[①] 参见阿·德·加拉霍夫:《俄国文学史》(История русской словесности),第2版,圣彼得堡,1880年,第498—500页(亚·尼·维谢洛夫斯基专章);米·尼·波克罗夫斯基:《俄国文化史概观》(Очерк истории русской культуры),彼得格勒,1924年,第243页。

[②] 这篇故事的情节研究方面的资料,参见谢·费·奥尔登堡:《谢米亚卡法官判案的故事》,载《富有活力的古风》(Живая старина),1891年,第3辑,第183—185页;弗·弗·卡拉什:《童话故事模式和情节动机的文学传记》,载《富有活力的古风》,1892年第2辑,第145页。

不过,如果说借用总是无法证实的,那么原作大部分也是相对的。在《酒徒的故事》中,人们在亚米尔—利基亚教区大主教尼科拉伊活动的场面中可以看出俄国色调,同时记起他在莫斯科王国境内享有盛誉。在《卡尔普·舒图洛夫的故事》中,俄国的现实内容多一些。它的主要角色有俄国人的名字,主要角色"到立陶宛国土上去做生意"——走的是 17 世纪通往维尔诺的通常商路,尾声的场景在地方军政长官府内展开。但是所有这些现实图景都被剔除或替代,结果我们收获了一部国际性的短篇故事。①

在过渡时期的俄国消遣性作品中,只有一部可以被评定为完全是原创的。这就是《弗罗尔·斯科别耶夫的故事》②。有理由认为,它是在彼得一世时代结撰的。③匿名作者是将其作为对往事的回忆④(在某些抄本中把情节设定在 1680 年)而创作这篇故事的。故事既泼辣又呆板的风格也表明那是改革时代:这里常常习惯性地使用一些外来词语,如"宴会""一套住宅""清单""要人"(意为"名人")等。虽然这些词在 17 世纪的文献中也可以分别找到,但是它们结合起来,对于彼得时代的作品而言恰恰是典型的。

风格定位本身——拒绝语言文字上的规范,拒绝用词的"华美",是这个时期的突出特点。"诺夫哥罗德县有一名小贵族弗罗尔·斯科别耶夫;这个县里还有御前大臣纳尔金·纳肖金的世袭领地,他的女儿安努什卡小姐就住在诺夫哥罗德这个庄园里……"彼得本人的文化政策有助于人们了解这种定位的独特之处(众所周知,在他众多职务中,有一个志愿履行的职务——编辑按皇上订单而筹备出版的作品)⑤。1717 年,当斯拉夫—希腊—拉丁学院的毕业生费奥多尔·波利卡尔波夫将自己翻译的 B. 瓦列尼所著《世界地理》一书送给荣誉编辑时,沙皇对此译著大失所望。此事的经手人伊·阿·穆辛—普希金告知译者,沙皇对此译本很不满意;他还解释说,皇上要求的"不是教会斯拉夫语的高级词语,而是普通的俄语"。伊·阿·穆辛—普希金援引彼得一世的话,吩咐波利卡尔波夫:"使用外事衙门的词语吧。"所谓"外事衙门的词语"就是衙门公文处理的风格,也正是事务性风格,而不是运用华丽词藻的委婉曲折——一种不关心雅致与美的风格。彼得一世向他们宣战,把语言文字规范与因循守旧和刻板的思维等同起来。

---

① 还是亚·尼·佩平发现了《卡尔普·舒图洛夫的故事》和西欧"韵文故事"之间的联系。参见亚·尼·佩平:《俄国文学史》(История русской литературы),第 2 卷,第 2 版,圣彼得堡,1902 年,第 552 页。

② 文本出版参见 В.Ф. 波克罗夫斯卡娅:《弗罗尔·斯科别耶夫的故事》,载《古俄罗斯文学研究室著作集》(ТОДРЛ)第 1 辑,列宁格勒,1934 年,第 249—297 页(本文附有这一论题的参考文献);尤·康·别古诺夫:《〈弗罗尔·斯科别耶夫的故事〉的塔尔图抄本》,载《塔尔图大学学报》,1962 年第 119 卷,《俄罗斯与斯拉夫语文学研究》(Труды по русской и славянской филологии),第 5 期,第 368—375 页。故事文本引自《文选》,第 686—696 页。

③ Н.А. 巴克拉诺娃:《关于〈弗罗尔·斯科别耶夫的故事〉的创作时间问题》,载《古俄罗斯文学研究室著作集》(ТОДРЛ)第 13 辑,莫斯科—列宁格勒,1957 年,第 511—518 页。

④ 参见《俄国文学史》,第 Ⅱ 卷第 2 分册,莫斯科—列宁格勒,1948 年,第 238 页。

⑤ 参见亚·米·潘琴科:《俄国巴罗克风格的两个阶段》,载《古俄罗斯文学研究室著作集》(ТОДРЛ)第 32 辑,列宁格勒,1977 年,第 104 页。

在这方面,《弗罗尔·斯科别耶夫的故事》的作者是"彼得一世巢中的一只雏鸟"。作者写了不少断断续续、马虎潦草的句子:哪怕是在开头的句子中接连三次使用唯一的动词——公文词语"有"(иметься),又有什么意义!这样的写法完全不说明作者的愚蠢。这不是一个蹩脚的修辞学家,而是一位故意不重视优美文体的写作者。无怪乎精通文字描绘的伊·谢·屠格涅夫1853年在《莫斯科人》第一辑中读到这篇故事后有这样的反应:"这是一篇极为优秀的作品,所有的人物都很出色,文笔的率真令人感动。"① 作者看重的到底是什么?

首先是错综复杂的情感纠葛。他像行家一样纯粹按俄国方式把这些情感纠葛捆绑在一起。贫穷的小贵族弗罗尔·斯科别耶夫不能靠庄园或田产生活,所以就靠"替衙门办事",也就是为别人的案子打官司等一类事务来挣口饭吃。他决定诱骗安努什卡——富裕的御前大臣纳尔金——纳肖金家的千金小姐,以欺骗和勾引的手段同她成了婚,并得到一笔嫁妆。他同安努什卡的接近发生于"娱乐晚会期间,那是尚未出嫁的姑娘经常进行的,被称为圣诞节节期的娱乐活动"。弗罗尔也"穿上姑娘的盛装"混进纳尔金—纳肖金家的豪宅。被弗罗尔收买的奶妈给娱乐活动出主意:"'就这样吧,安努什卡小姐!你来当未婚妻,'——又指着弗罗尔·斯科别耶夫说:'这个姑娘当未婚夫。'接着就有人把他们带进一个明亮整洁的单间卧室,就像举行婚礼那样,众姑娘也都过来,一直陪伴他俩,然后返回她们原先玩乐的房间。那位奶妈吩咐姑娘们大声唱歌,为的是让她们无法听见别处的喊叫声……这时已同安努什卡一起躺在床上的弗罗尔·斯科别耶夫告诉她:他是弗罗尔·斯科别耶夫,不是姑娘。安努什卡大为惊恐。而弗罗尔·斯科别耶夫却不顾她的任何惊恐,使她失去了童贞。"

圣诞节期就是圣诞节和主显节之间的那个时段,(按儒略历)从12月25日到1月6日。无论是在西欧还是在罗斯,这12天都是在民间狂欢节活动中度过的。谢·季·阿克萨科夫在回忆1801—1802年圣诞节晚会时写道:"在这些乡村娱乐活动中有多少真诚的欢乐!圣诞节时歌唱的迷人歌喉,完整无损的古老旋律,神秘世界的回声,都还保留着活跃而令人倾倒的力量,制约着无穷无尽的后世子孙的心灵!所有人都沉浸于一种欢乐的微醺状态和愉悦的陶醉中。"② 弗罗尔·斯科别耶夫所经历的情况也是如此。1684年的全俄牧首令证实,"在莫斯科……12月24日,即耶稣基督诞辰之夜,肆无忌惮的男男女女,无数老年人和年轻人,丈夫、妻子和儿女,聚合一起,串街走巷,唱着他们自己编的阴阳怪气的梦幻般的歌曲,附带许多下流字眼,跳着引发放荡堕落和其他罪孽的舞蹈。他们改扮成非上帝造物的模样,而人的形象则使用鬼怪和傀儡的假面具,把披头散发和用其他鬼名堂弄出的画皮套在自己身上,用舞蹈和其他鬼花招来诱惑正教基督徒,引发毒害灵魂的罪孽。从耶

---

① 转引自尼·普·巴尔苏科夫:《米·彼·波戈金的生平与创作》(Жизнь и труды М. П. Погодина),第12册,圣彼得堡,1898年,第276页。

② 谢·季·阿克萨科夫:《阿克萨科夫文集》第2卷,莫斯科,1955年,第70页。

稣基督诞生到我主受洗的 12 天内情况就是如此……这样一些装神弄鬼的游戏和可耻行为使信奉正教的基督徒受到诱惑和勾引。"①

在历史—文化层面,对圣诞节节期的阐释意见不一:第一,解释为源自多神教时期农业节日庆典的遗迹(一种公认的解释)②;第二,解释为一种"'平民的正教信仰',以民间游艺活动的形式表达圣诞理念和行为动机——神与人的结合,战胜死亡和获得新生"③;第三,解释为"不敬神的"时刻和"不敬神的"、有魔力的反常行为,可笑而可怕的亵渎神灵的游戏,参与者指望得到"无底的"冥冥世界的帮助,"在踏入朝思暮想的圣地"时找到"命中注定的乐趣"。④无论如何,在圣诞节期间,人们干的是一些通常被认为愚蠢和禁忌的事。在圣诞娱乐活动中,乔装打扮者还组织一些色情娱乐活动(这篇故事就描写了其中的活动之一),装扮成夫妻,唱色情歌曲。来自斯摩棱斯克地区的一首"圣诞节期间"歌曲的开头,就很好地表达出这类狂欢活动的精神:

啊!跳起来吧,翩翩起舞,
葡萄美酒尽情地喝个够,
啊!老老少少,男男女女,
葡萄美酒尽情地喝个够……⑤

《弗罗尔·斯科别耶夫的故事》在结构上分成篇幅相近的两个部分。主人公成婚是两部分之间的分界线。成婚之后,弗罗尔还需要岳父的谅解,并得到安努什卡的嫁妆。在前一部分中,情节发展迅速,人物活动有时在诺夫哥罗德县,有时在莫斯科。弗罗尔·斯科别耶夫"居无定所":出现在读者面前时,他或在自己家中,或在纳尔金—纳肖金的管家屋里,或在安努什卡的闺房中,或在莫斯科"御前侍臣府邸附近的住宅里,甚至在厕所里("弗罗尔·斯科别耶夫一人待在厕所中,而奶妈拿着蜡烛站在过道里")。他不会待在一处,总想"跳跳"或"起舞",就像圣诞节期间的江湖卖艺小丑。他经常换装,有时穿女式衣裙,有时是马车夫的打扮,为的是用别人的四轮马车把已说服的情人抢走成亲。

第一部分的情节变化,既由于圣诞节期间的狂欢娱乐,也由于一种艺术宗旨:《弗罗尔·斯科别耶夫的故事》是作为典型的骗子故事来安排结构的,小说主人公

---

① 《俄罗斯帝国法律文献总集》(Полное собрание законов Российской империи),第 II 卷(1676—1698),圣彼得堡,1830 年,第 1101 号,第 647 页。
② 例如,可参弗·雅·普罗普:《俄国农业节日(历史—民族学研究试作)》(Русские аграрные праздники. Опыт историко-этнографического исследования),列宁格勒,1963 年。
③ 娜·弗·波内尔科:《17 世纪俄国的圣诞节期》,载《古俄罗斯文学研究室著作集》(ТОДРЛ)第 32 辑,列宁格勒,1977 年,第 84—99 页。
④ 尤·洛特曼、鲍·乌斯宾斯基:《古代罗斯文化研究的新视角》,载《文学问题》(ВЛ)1977 年第 3 期,第 155—156 页。
⑤ 《农业节日诗歌》(Поэзия крестьянских праздников),伊·约·泽姆佐夫斯基序、组编、准备文本并注释,瓦·格·巴扎诺夫统一校订,列宁格勒,1970 年(诗人文库大系),第 234 页。

力图尽快地达到自己的目的。第二部分建立在另一些原则上。它和第一部分形成反差。这一结构上的反差被理解为有意识的手法，作为对故事诗学所认同的、不可预测的情节转换的艺术的替代。

在第二部分，情节的引人入胜被推到第二位。这时让作者感兴趣的不是事件，而是性格；不是主人公的行为，而是他们的体验。在第一部分，作者是表现情感纠葛的大师。在第二部分，他则显示出自己是一位心理学行家。他在俄国文学中第一次对作品角色的语言做了个性化处理，把他们的言论与作者的话语区分开来。[①] 在第二部分，作者的注意力集中到"父"辈身上。他们是纳尔金—纳肖金老两口和御前大臣洛夫奇科夫。所有这些人都是"稳定地"生活着的守旧派，与"儿女"辈那种精神上的骚动不安格格不入。在艺术层面，与这一重点转移相适应的是情节的缓慢进展，以及因对话和风俗场景而造成的情节的"延滞"。甚至放肆大胆的骗子弗罗尔·斯科别耶夫也随声附和"父辈"，迎合他们的威严手势和稳重言谈。他也想"稳定地"生活，在京城弄个一官半职，而且也如愿以偿。

故事的作者把作品主人公的经历设定在1680年，这时当然可能未想到一年后在一场隆重的喜庆场合，沙皇和大贵族们把职官录抄本付之一炬。这是一次象征性的举动：从那以后为国服务应永远"不分职位高低"。最高层人物倾向于取消门第制，即使没有废除等级制藩篱，那也清除了这些壁障。这样纪年上的一种吻合，就算是偶然的巧合，也是很有意义的。从此，像弗罗尔·斯科别耶夫这样的出身"卑贱"家族的人通往权力和财富的道路，已不再被堵得严严实实。

"个性"原则的辩护士们倾向于毫无保留地欢迎这一举措。如果有才干的人能为自己开辟道路，这对国家和社会机体的健康，自然是十分有益的。但是，如果命运不根据出身门第提升一个出身卑微的人，使其"飞黄腾达"，那么可能根据他的本性吗？这样就产生了宠臣当权，任人唯亲，就在历史舞台上出现了投机钻营的暴发户，如纳雷什金家族、斯卡夫龙斯基家族和根德里科夫家族，后来则是兰斯基家族、祖博夫家族和库泰索夫家族。须知像缅希科夫们、波将金们那样的身居高位者，在沙皇的宠臣中也不常出现的。

弗罗尔·斯科别耶夫成了这一现实典型的文学体现。他的座右铭"要不当团长，要不成死人"既确切地表达了不惜任何代价获得成功的意愿，也说明他清醒地认识到幸运女神如风而过，谁也无法预知命运之轮如何转动。弗罗尔·斯科别耶夫是受宠者的缩影，他从小姐的床铺上建起了通往财富的桥梁。当然，这充其量只是御前大臣爱女的床铺，但是弗罗尔的梦想远不止于谋求"团长"一职。

17世纪短篇故事—小说的演变过程就是这样：从掌握在情节上引人入胜的原则，走向艺术地把握俄国现实。

---

① 参见德·谢·利哈乔夫的考察：《俄国小说的起源》，第558—561页。

7.《倒霉鬼—苦命人的故事》

自从1856年亚·尼·佩平在18世纪上半叶的一本文集中发现诗体的《倒霉鬼和苦命人的故事,又名倒霉鬼—苦命人如何让一位年轻人得到修士职衔的故事》[①]之时起,就再也没有人发现它的其他抄本。显然,从原作到传留至今的唯一抄本,其间相隔着若干中间环节,往往遭到破坏的诗歌模式特别说明了这一点。[②]因此,原作显然要比抄本"古旧"得多。但是,这一时间间隔的长度难以确定。《倒霉鬼—苦命人的故事》中的角色几乎全都是无名的。仅有三位例外——亚当、夏娃和天使长加百列,但这几个名字与情节没有关系。确定任何一个文本的写作时间通常都是依据不同的实际材料。这篇故事中没有这样的实际材料。

促使它形成的基础是关于倒霉鬼的民歌[③]和书面的《忏悔诗》[④];不管是抒情歌曲还是"忏悔诗句",就其体裁本质而言都不需要追寻具体人物和事件的实际材料。《倒霉鬼—苦命人的故事》也是如此,它讲述的是一个无名无姓的俄国年轻人的悲惨命运。如果以形式标准为基础,那就必须把故事放在包括18世纪初数十年时间的宽泛的编年史框架内。

其实,这篇作品的写作时间问题并未引起争论。所有撰文论及该作的人都一致认为,那"灰色的凄惨倒霉鬼"缠上的青年是17世纪的人。的确,这个古老的俄国生活方式遭到破坏的"暴动"时代的特征,在故事中赫然在目。主人公藐视家族的遗训,成为"浪子"、被抛弃的人、自愿背离所属阶层的人。我们知道,这是最具有17世纪特色的人物类型之一。家族血缘关系的瓦解反映在像"家庭纪事"这样的公文式书面文献的不偏不倚、辞藻华丽的体裁中。"我们在17世纪的回忆录中通常只见到最亲近的亲人,即父母和兄弟姐妹,母系家族中的至亲,很少见到祖父母。15世纪和16世纪上半叶的部分回忆录中,通常包括大量的好几代人,有时是超过200年时间的人。这无疑表明,血缘联系的观念在17世纪已明显减弱和萎缩,崇敬已逝先人的祭拜仪式已不再举行,这是旧的家族观念衰变的反映。"[⑤]

倒霉鬼—苦命人——那个年轻人的勾引者、影子和同貌人的一番话,对于17

[①] 文本引自德·谢·利哈乔夫出版的《文选》,第597—608页。关于这篇故事的研究,参见 В. Л 维诺格拉多娃:《倒霉鬼—苦命人的故事》(传记),载《古俄罗斯文学研究室著作集》(ТОДРЛ)第12辑,莫斯科—列宁格勒,1956年,第622—641页。

[②] 参见米·列·加斯帕罗夫:《现代俄国诗歌:格律学与韵律学》(Современный русский стих. Метрика и ритмика),莫斯科 1974年,第369页。米·列·加斯帕罗夫确认这篇故事的诗体属于"民间诗歌节拍"(带有在1—2—3音节范围内的停顿间隔性波动的音强体诗)

[③] 维·费·勒日加:《〈倒霉鬼—苦命人的故事〉与〈倒霉鬼之歌〉》, Slavia, Roš. X, seš. 1. Praha, 1931, с.40-66; там же, seš. 2, 1931, с. 288-315.

[④] 弗·伊·马雷舍夫:《〈倒霉鬼—苦命人的故事〉的诗歌对照之作("酒徒的忏悔"诗)》,载《古俄罗斯文学研究室著作集》(ТОДРЛ)第5辑,莫斯科—列宁格勒,1947年,第146—148页。

[⑤] 斯·鲍·维谢洛夫斯基《功勋土地所有者阶层的历史研究》(Исследования по истории класса служилых землевладельцев),莫斯科,1969年,第20页。

世纪而言是很典型的：

> 年轻人，难道你不知道——
> 什么叫一贫如洗，穷困潦倒，
> 什么叫走投无路，逐年萧条？
> 无论自己有什么开销——都会把钱花掉，
> 而你，大胆的年轻人，却活得这样无聊！
> 但愿衣不蔽体者不被打骂，不受磨难，
> 但愿衣衫褴褛者不会被逐出乐园，
> 不会被从彼岸世界驱回人间，
> 但愿没有任何人再同他纠缠——
> 否则衣不蔽体者就要因抢劫而呼喊！

这是17世纪笑文学中的角色勇猛豪迈的哲学，也是来自"阴暗世界"的胡作非为者道德上的放纵。对于这帮人来说，酒馆就是亲爱的家园，酒就是唯一的乐趣。《倒霉鬼—苦命人的故事》中的年轻人，同这帮人在一起，喝得"只剩下一条酒馆的围裙"，借酒浇愁，虽然在这一喧闹的群体中，他看起来像一只白乌鸦，一个偶然的过客。换句话说，读者和研究者毫不怀疑和毫无保留地认为《倒霉鬼—苦命人的故事》属于17世纪的感受是完全有道理的。借助于对这个故事和阿瓦库姆大司祭散文的比较分析，可以使这一既是印象主义的，又是实质性的（这种结合在文学史上极为少见）时间定位，更得以强化，更加确切。①《倒霉鬼—苦命人的故事》的作者从原罪题材开始讲述。这不单是中世纪的惯例，根据这一惯例，任何局部事件都应当归入世界史的远景。这是故事的哲学原则，也是它的艺术原则（见下）。

在关于原罪的讲述中，得到阐释的不是圣经中的传说，而是与正教的教义大相径庭的伪经中的异说②：

> 人心不可思议，难以捉摸：
> 亚当和夏娃竟受到诱惑，
> 他们忘却上帝的圣训，
> 品尝了神奇的圣树上
> 葡萄般甜美的果实。

---

① 参见亚·米·潘琴科：《作为诗人的大司祭阿瓦库姆》，载《苏联科学院通报·语言与文学分册》（Изв. АН СССР. Сер. лит. и яз.），1979年第38卷第4期，第307—308页。
② 参见亚·尼·维谢洛夫斯基：《俄国宗教诗领域的探索之十：西方关于十字架的传说和格里戈里关于三重十字架的学说》，载《科学院俄罗斯语言与文学分部论文集》（СОРЯС），第32卷第4期，圣彼得堡，1883年，第396页。

从圣经中尚不清楚,圣训中说的"善恶知识树"是什么。把它等同于苹果树,是某种自由思想——正如把它等同于葡萄藤那样,这样的思想是民间幻想所特有的,源自中世纪保加利亚的鲍格米勒派运动。根据民间传统,原始初民,简单地说,都喝得醉醺醺的。上帝把他们驱逐出伊甸园,并诅咒酒。因此,"末后的亚当"基督就为"首先的"亚当赎了罪,也就不得不取消酒的罪名。基督在加利利举办的一次婚庆筵席上这样做了,并把水变成酒。"酒是无罪的——酗酒则有罪"①,17世纪的这条谚语,确切地表达了古代罗斯人看待酗酒滥饮的观点。每人应限于三杯酒,这是教父们定出的规矩——这也指修道院在唱祭祀歌进餐时所饮的量。根据这一规定,《倒霉鬼—苦命人的故事》中的父母教导年轻人:"孩子,不要两杯当作一杯喝!"但是年轻人不听父母的话,正如亚当和夏娃不听造物主的圣训一样。

这样的关于原始初民和17世纪俄国罪孽者的平行描述,我们在大司祭阿瓦库姆的《神灵、生灵和上帝如何造人的经文汇集》②中也可以找到。阿瓦库姆所阐述的思想,和《倒霉鬼—苦命人的故事》径直相似:夏娃"听了那蛇的话,她走近那棵树,摘下几个果子,自己吃了,又给亚当吃了,因为那棵树上的果子既好看又好吃;无花果树也很好看,果实香甜;人们智力贫弱,彼此之间多有阿谀奉承之语;他们都是醉醺醺的,而魔鬼则很高兴。很不幸,这些没有节制的行为当初有,今天也还有!……从那时直到现在,智力水平低下的人们仍一如既往,用溶解不开的迷魂汤(也即酒精)细斟慢饮,彼此谄媚款待……在酒醉饭饱之余,还拿醉汉开心取乐。常言说得十分正确:天堂里既有亚当和夏娃,也有蛇和魔鬼。再用创世记中的说法:亚当和夏娃因品尝上帝禁止的树上果实而导致赤身裸体。噢,亲爱的,谁也不会给你穿衣服了!魔鬼让人倒霉遭灾,而他自己却冷眼旁观。狡猾的主人供人吃喝,又把客人赶出门。醉汉倒在大街上遭到抢劫,谁也不会同情怜悯。唉,丧失理智之举当初有,今天也还有!圣经上又说:亚当和夏娃就拿无花果树的叶子给自己遮盖身体,他们吃了树上的果子,又用树叶子来遮羞,还躲在树底下,躺着一动不动。可怜的人,从酒醉中醒过来,自己觉得很不好意思:胡须和嘴角沾满了呕吐物,从屁股到脚面全是粪便,被一杯又一杯斟满的酒弄得晕头转向"。

当然,阿瓦库姆也可能不是在《倒霉鬼—苦命人的故事》中发现对醉汉的揭露和醉酒的场面的:17世纪的文学生活中,这类题材的散文和诗歌作品应有尽有。

但是,把酗酒作为原罪来描写,却是一种极为罕见的现象。《倒霉鬼—苦命人的故事》中的"葡萄树"和阿瓦库姆笔下的"美丽的无花果树",对于那个时代的俄国人来说,大概是同一回事,因为"无花果树"就意味着无花果。可以据此推测阿

---

① 《17—19世纪俄国古代谚语、俗语和谜语等汇编》(Старинные сборники русских пословиц, поговорок, загадок и проч. XVII—XIX стонетий)第1辑,帕维尔·西蒙尼收集与筹备出版,圣彼得堡,1899年,第84、128页。
② 转引自《普斯托泽尔斯克修道院文集:阿瓦库姆与叶皮凡尼著作的手稿》(Пустозерский сборник. Автографы сочинений Аввакума и Епифания),娜·谢·杰姆科娃、娜·费·德罗布连科娃、莉·伊·萨佐诺娃准备文本,弗·伊·马雷舍夫责任编辑,列宁格勒,1975年,第103—104页。

瓦库姆知道《倒霉鬼—苦命人的故事》。这样说来,这篇故事的产生不会晚于1672年,即阿瓦库姆编写完成《经文汇集》之际。

因此,《倒霉鬼—苦命人的故事》的作者,是以原始初民的罪孽和自己同时代人的罪恶生活之间的类比来建构情节的。这种类比在大多数场合只可意会,但是它在每个去教堂的人看来都是清楚的,而在17世纪是所有人都会去教堂的(顺便说说,阿瓦库姆在"类似之处"完全不像这篇故事的作者那样含蓄,因此可以把《经文汇集》作为俄国古文献的阅读指南)。

原始初民曾为"比所有野生动物都狡猾"的蛇所诱惑。"蛇"又盯上了年轻人:

年轻人还有个可亲可信的朋友——
自称为年轻人的结拜弟兄,
以蛊惑人心的言词把他引诱,
生拉硬拽把他带往
酒肆、酒馆和酒楼,
先拿来酒杯给他斟上伏特加,
随即又端来一大杯醉人的啤酒。

亚当和夏娃品尝禁果之后,"知道自己赤身裸体",于是用树叶给自己缝制了一套衣服。那赤身裸体和换上衣服的情节在故事中是这样讲述的:

年轻人从睡梦中苏醒,
这时他四下观望倾听:
昂贵的服装已被人扒下,
皮靴和长袜也全被脱尽,
连衬衫和衬裤也没留下,
身上的钱全被偷光——未剩分文……
只有一条酒馆跑堂的围裙盖在身,
一双破烂的树皮鞋套在脚颈……
年轻人起床时赤身裸体,
不得不学着拾掇自身:
他穿上破烂的树皮鞋,
再围上那跑堂的破围裙。

原始初民会意识到羞耻,"于是亚当和他的妻子躲进伊甸园的树林中,不让上主看见",后来上主将亚当驱逐出乐园,并教训他必定汗流满面才能得到果腹之食。故事中的年轻人"变得羞于……出现在"父母眼前,"他远走他乡,流浪到遥远而又陌生的地方",靠自己的劳动生活,并"由于非常聪明机灵而积攒了……比过去更多的财富"。圣经故事和这篇故事在情节上的直接类同到此结束。年轻人今后注定要经历的,就是他的个人命运,他的"自由选择"。

在中世纪的罗斯,人类的存在从总体上被解释为往昔的回声。① 一个人在受洗后便成为某圣徒的"同名者",成为自己的守护天使的"映像"和"轮廓"。这一教会传统在某种程度上得到世俗传统的支持。以往人们曾认为,后世子孙都像回声那样重复祖辈的一切,且存在着家族代代相传的共同命运。直到17世纪,个人命运的观念才得以确立。在《倒霉鬼—苦命人的故事》中,个人命运的观念成为基本的思想。②

作者是深受古风熏染、信奉《伊兹马拉格德》和《治家格言》理念的人,从他的观点来看,个人的命运——就是"苦命"、厄运、苦难的命运、不幸的人生。这种命运在倒霉鬼身上被人格化,他在第二次堕落后决定自尽时出现在主人公面前:

> 就在此时,在奔腾的河流边
> 倒霉鬼跳出来,从石头后面,
> 只见他赤身裸体,一丝不挂,
> 仅有一根树皮裤带系在腰间。
> 他用洪亮的嗓音喊:
> "站住,年轻人:你不能离开我这个倒霉鬼去任何地段!"

这时年轻人已不能摆脱他的同貌人的控制:

> 年轻人像灰鸽一样飞向远方——
> 倒霉鬼像苍鹰一样紧追不放;
> 年轻人像灰狼一样奔向田野——
> 倒霉鬼带着训练有素的猎犬跟上……

> 年轻人像鱼一样奔向大海,
> 倒霉鬼赶紧拿上细密的大鱼网。
> 倒霉鬼—苦命人还嘲笑年轻人:
> "小鱼儿,你注定将在岸边被捞上,
> 你命该被人捉去吃掉,
> 你看你死得是多么冤枉!"

---

① 参见亚·米·潘琴科:《俄国巴罗克文化价值体系中的历史与永恒性》,载《古俄罗斯文学研究室著作集》(ТОДРЛ)第34辑,莫斯科—列宁格勒,1979年,第191—193页。
② 德·谢·利哈乔夫:《10—17世纪俄国文学的发展》,第140—150页。

这种控制是真正魔鬼式的控制,只有进修道院才能摆脱,主人公最后也就隐身于修道院内。其实在作者看来,修道院并不是渴望已久的躲避世俗风暴的港湾,而是迫不得已的唯一出路。① 为什么倒霉鬼—苦命人如此"纠缠不休",令人厌烦?为什么他有充分的权力控制年轻人,因为后者的什么罪过?当然,年轻人曾一蹶不振,但他又站了起来。正如17世纪中期的一位诗人在表述正教学说时所写的那样:

基督教学说中有言——跌倒了,再站起来,
而魔鬼的法术中有言——跌倒了,就不要站起来。②

上帝是唯一无罪的,人活着,总是"跌倒"和"起立"交替进行,人世间简直不可能有另一种生活。

人们通常会注意到,年轻人在异国他乡创业后,"由于上帝的纵容姑息和魔鬼的行为",在酒宴上口吐"狂言",吹嘘自己家财万贯。

自夸之辞总是有害,
大话狂言毁人一生!

于是倒霉鬼—苦命人就盯上了他,因为"自吹自擂"无论从教会的观点(这种"夸耀"是傲慢的表现,为七宗罪之首),还是从民间的观点来看,都是危害极大的:"在壮士歌中,壮士们从来不吹牛夸耀,而极少数自我夸耀的情况曾引起最严重的后果。"③ 但在年轻人"自吹自擂"后,倒霉鬼只盯上了这一合适的牺牲品:"我该怎样出现在年轻人面前?"现在已是回到圣经中的事件和这些事件对17世纪俄国生活的投射之时。

如果说起先故事作者的结构原则是直接的平行对比,那么后来它则为反面的平行对比所代替。圣经故事的投影还在继续,但这已是倒置的投影。我们注意到,作者是在用平静的叙事语调讲述着原罪。这一点不难解释。作为基督教徒,作者知道,"末后的亚当"已为"首先的"亚当赎了罪。作为一个人,作者明白,他自身的存在应归功于人类的祖先,因为夏娃就是生命,上帝用生儿育女来惩罚夏娃:"让你生产儿女必多受苦楚。"

---

① 关于17世纪的修道院生活在中世纪人们心目中即将失去吸引力、不再唤起尊重感的情形,卡利翁·伊斯托明曾在《人们谈论修士们在修道院如何度日》一诗中写道:"许多人慷慨陈词:修士被安置到修道院,/在那里也无事可干。/好像就这样端坐,什么都不知也不管……"参见《17—18世纪的音节诗》,第213页。

② 同上书,第90页。

③ 鲍·尼·普梯洛夫:《歌曲〈好小伙和斯莫罗季纳河〉与〈倒霉鬼—苦命人的故事〉》,载《古俄罗斯文学研究室著作集》(ТОДРЛ)第12辑,莫斯科—列宁格勒,1956年,第233页。

于是上帝把亚当和夏娃驱逐出
神圣的乐土，驱逐出伊甸园，
吩咐把他们贬谪到平凡的人间，
上帝恩准他们生儿育女……
立下圣训戒律不得违反：
准许他们男婚女嫁，
为了抚育后代，生息繁衍。

倒霉鬼—苦命人迫使年轻人也违犯了这条圣训。他"按习俗"物色到一位未婚女子，倒霉鬼劝他与其断绝关系，让他梦见天使长加百列（这一角色被引进故事并非偶然：在福音书中，他给马利亚带来她将生子的喜讯，在这篇故事中他却否定了主人公"为了抚育后代，生息繁衍"的婚姻）。这是作品的思想高潮。年轻人无可挽回地彻底毁灭了，他既无法自立，也无法摆脱倒霉鬼—苦命人的桎梏。他选择了个人命运，也就选择了孤独。歌曲《好小伙和斯莫罗季纳河》中写到这件事，其中有许多与故事共有的情节：

从树枝上滑落下
小浆果，带着香甜，
从果树茂密的枝叶间
一株细枝被折断。①

关于孤独的主题，不仅是 17 世纪俄国文化的，也是 17 世纪西欧文化的主导主题之一。莫斯科"游手好闲的人"与在世界迷宫中迷路的巴罗克式云游四方的人构成近亲关系。《倒霉鬼—苦命人的故事》的作者自然也谴责他笔下的主人公。但是作者与其说是愤懑，不如说是忧心。他对年轻人充满同情心。一个人值得同情不过因为他是人而已，哪怕是一个堕落的、深陷罪孽中的人。

8. 大司祭阿瓦库姆

大司祭阿瓦库姆在民族记忆中，是作为一种象征——旧礼仪派运动和旧礼仪派抗争的象征而存在的。为什么"民族的记忆"恰恰选择了这个人？阿瓦库姆是一位蒙难者。他 60 余年的生涯（1620 或 1621 年生于"下诺夫哥罗德地区"）中，几乎有一半时间是在流放和监狱中度过的。阿瓦库姆是一位反叛者。他毫无畏惧地同教会和世俗政权，同沙皇本人作斗争："活着就要像雄狮一样呐喊，揭露他

---

① 《基尔沙·丹尼洛夫收集的古代俄罗斯诗歌》，第 157 页。

们五花八门的诱惑。"① 阿瓦库姆是民众的辩护士。他捍卫的不是单一的旧信仰,而是保护受压迫、受屈辱的"平民百姓"。"不仅为圣书的被篡改,而且为人间的真理……都应当献出自己的生命。"他历尽磨难的一生因蒙难牺牲而熠熠生辉。1682年4月14日,阿瓦库姆因"对皇家的激烈毁谤",在普斯托泽尔斯克被处以火刑。

  可以看出,阿瓦库姆成为象征性人物是由于他的功绩,而不是因为历史的苛求。但是在教会分裂初期,蒙难者和闹事者成千上万,为什么俄国从所有这些人中选中了阿瓦库姆?因为他拥有非凡的语言天赋,作为一名布道者,一位"笔耕者",一位修辞家,他都高于自己的同时代人。在17世纪总体而言极为富有文学才华的作家中,只有阿瓦库姆配得上"天才的"这一修饰语。自1861年尼·萨·吉洪拉沃夫出版阿瓦库姆的《传记》②起,它就超越了旧礼仪派的阅读范围,这部杰作的艺术力量获得了完全的、众口一致的、毫不动摇的承认。③

  因为阿瓦库姆既是一位作家,又是分裂派导师(这个词出自偏颇的正教善辩者们的词汇),所以旧礼仪派的普遍评价不可避免地影响对他的个性和他的著述的态度。我们从19世纪起承续了这一评价,这个世纪与后来经历了自己最好的时期又分裂为若干彼此敌对的团体和派别的旧礼仪派世界直接相关。观察这个世界的人们,明显可见它的闭塞性和保守性,它的狭隘性和"对教派仪式的恪守"。这些停滞特征被认为是由17世纪中期"古时宗教虔诚的守护者"(其中包括阿瓦库姆)所造成的。他们被描绘成宗教狂和顽固落后分子、任何变化的反对者。

  将19世纪的局势移到沙皇阿列克谢的时代,是个明显的错误。不能违背历史主义的原则,也不能忽视事实。当时旧礼仪派所捍卫的不是博物馆中的珍品,而是真正的精神财富。阿瓦库姆忠诚地为维护祖国的传统而斗争:"基督徒们,你们听着,哪怕你们放弃一点点信仰的东西……也会造成全局性的破坏。你们要坚定不移,基督徒们,教会的一切是不可更改的……不要把教会的物品挪来挪去,而要保持原样。教父们已决定的事,就让它们始终不渝地存在,正如教父大瓦西里所说:'不要越过教父们规定的界限。'"但是这个传统的范围足够广阔,不会妨碍人们的创造。阿瓦库姆不仅可以表现自己,而且在教会事业中,也在文学中表明自己是一位革新者。他在《传记》中坚持自己革新的"志向"(在阿瓦库姆的价值体系中,革新等同于使徒献身:"另一个问题,即关于我的生平,似乎也没有必要谈起,而且……使徒们都已宣示自己";因此,在阿瓦库姆那里,对"神圣罗斯"的忠诚是这

---

  ①《大司祭阿瓦库姆本人写的传记,以及他的其他著作》(Житие протопопа Аввакума, им самим написанное, и другие его сочинения),尼·卡·古德济统一校订,莫斯科,1960年,第223页。(以下凡引用阿瓦库姆的文本,均引自这一出版物,不另加注)

  ②《俄国文学与古文献年鉴》(Летописи русской литературы и древности),尼·萨·吉洪拉沃夫出版,第Ⅵ册,莫斯科,1861年,第117—173页。

  ③《弗·伊·马雷舍夫收集的俄国作家对阿瓦库姆的评价》,参见《古俄罗斯文学研究室著作集》(ТОДРЛ)第8辑,莫斯科—列宁格勒,1951年,第388—391页;第9辑,1953年,第403—404页;第10辑,1954年,第435—446页。

样有机地同自由思想结合在一起的)。从这个角度看,《传记》的第一句自我表白就已充满深刻的含义。

"我生于下诺夫哥罗德地区,库德马河岸的格里戈罗沃村……"17世纪的俄国人读了这句话,会想到什么呢? 可能会想到从"动乱时代"起,下诺夫哥罗德地区就在某种程度上发挥了同大贵族和高级僧正聚集的莫斯科形成对立的地方自治中心的作用;正是在这里,科兹马·米宁这位"整个国土上选出的人",成功地召集了义勇军,举起解放战争的旗帜;20—30年代在这里开始了一场宗教运动,外国的观察家们称其为俄国的宗教改革。这一出生地似乎预先决定了这位23岁时就经按手仪式被立为神甫的牧师之子阿瓦库姆·彼得罗夫,将参加同不关心民众疾苦的主教团的斗争。在下诺夫哥罗德,后来成为莫斯科喀山圣母大教堂大司祭和阿瓦库姆庇护人的伊万·涅罗诺夫,也全力以赴地进行斗争,第一个勇敢地揭发主教团。17世纪教会和文化界最著名的活动家们的命运,都同"下诺夫哥罗德地区"交织在一起。伊万·涅罗诺夫和未来的牧首尼康,两人都是雷日科沃镇最有声望的神甫阿纳尼亚的弟子。尼康出生于瓦利杰马诺沃村,与阿瓦库姆是同乡,两人几乎是比邻而居。

在描写自己在下诺夫哥罗德的青年时代时,阿瓦库姆回想起同"地方长官"的频繁纠纷。"长官抢走了一个寡妇的女儿,我去向他求情,请他把孤女还给寡母,而他却不顾我的苦苦哀求,还恶语伤人;接着,在教堂附近,又来了一帮人,把我打得死去活来……还有一回,另一位长官也对我大发脾气——他冲进我家殴打我,还像疯狗一样用牙齿咬我的手指……后来他夺走了我的房子,把我扫地出门,抢走了我的一切,连我上路的口粮也不给了。"但把这些纠纷仅仅归因于阿瓦库姆的叛逆天性是没有道理的——虽然这些冲突总是与所有"爱神者"的牧师布道活动相伴随。一个典型的例证是他们的领袖之一、皇家听取忏悔的神甫、大司祭斯特凡·沃尼法季耶夫在1649年祝圣大会上的言行。他当着君主的面痛骂年迈的牧首约瑟夫"是只狼,而不是牧师",还把所有的教会上层人士"都毫不客气地痛斥一通"。那些人同样要求处死斯特凡。①

阿瓦库姆和他的导师们对"长官"(不管是地方军政长官还是高级僧正)进行攻击的原因和意义何在? "爱神者"都认为,动乱时代暴露了国家和教会的弱点,它们都需要改造,但是权力机构却抵制任何改革,纠缠于"古老的不遵循教规的言行"。伊万·涅罗诺夫及其追随者的革新在他们看来似乎是"无理智的学说"和异端。"爱神者"着手于社会基督教的工作:他们恢复了个人的宣讲布道(前所未闻的革新!),"清楚而通俗易懂地向普通听众"讲解"各种言论",还帮助穷人,创办学校和养老院。主教们把这些活动看成蓄意侵犯他们的教会权力,是反对牧羊人的羊群造反:须知"爱神者"代表基层全体教士、外省白衣神职人员,这些人比那些

---

① 参见谢·亚·津科夫斯基:《俄国旧礼仪派: 17世纪的宗教运动》(Русское старообрядчество. Духовные движения семнацатого века),慕尼黑,1970年,第119—123页。

高级僧正更接近人民大众。

但是,当实际的教会改革开始时,"爱神者"却不接受它:"我们经过深思熟虑,彼此之间达成了一致;我们看到:寒冬好像已来临;人心冰凉,两腿发抖。"1653年大斋戒前夕,"爱神者"的朋友,在他们的支持下于一年前成为牧首的尼康,派人去喀山大教堂,然后又去莫斯科的其他教堂送达牧首"备忘录",内中规定用三指画十字代替用两指。正在喀山大教堂做法事的阿瓦库姆不服从牧首。具有叛逆性的大司祭示威性地把本堂教民召集到一个干草棚里。他的追随者直截了当地说:"在某些时候马厩要比某一类教堂更好。"① 阿瓦库姆被抓走看管起来,戴上枷锁,关在莫斯科的一个修道院内。这是阿瓦库姆第一次"坐牢":"我被丢在一间阴暗的仓库里,陷入地下室,在那儿待了三天,不吃不喝;坐在黑暗中,戴着枷锁朝拜,分不清东南西北。谁也没有来找我,只有老鼠和蟑螂,蟋蟀不停地叫,跳蚤大行其道。"不久,阿瓦库姆就和妻子纳斯塔西娅·马尔科夫娜及孩子们一起被送往西伯利亚——先是到达托博尔斯克,后来又去了达乌里亚。

这种反对立场应怎样解释?首先是因为尼康随心所欲,他凭着自己的权力,作为牧首而不是作为"爱神者"的代表来开始改革。当然,那些爱上帝的人们被得罪了,甚至受到了侮辱,但问题不在于他们的自尊心受到伤害。在他们看来,尼康背弃了运动的主导思想——聚合性理念,根据这一理念,教会的管理权不仅应属于高级僧正,也应该属于白衣修士,"属于住在村社并过着道德规范生活的各级神职人员"②。这样一来,尼康就变成了反对派,回到大牧首优先的想法上;"爱神者"仍然是革新者。

第二个方面的反对立场是民族性的。尼康为全世界正教帝国的梦想所支配。这个梦想也促使他拉近俄国教会礼仪同希腊教会礼仪的距离。"爱神者"与世界正教帝国的奢望是格格不入的,在他们看来,拥有宏大计划的尼康似乎就是类似于罗马教皇的某个人。莫斯科王国就这样开始了分裂。

阿瓦库姆在西伯利亚漂泊了11年。其间他的敌人尼康于1658年被迫离开了牧首宝座,因为沙皇阿列克谢不能也不愿忍受自己的权力由一个"私友"来监护。1664年阿瓦库姆返回莫斯科时,沙皇试图说服他做出让步:对被贬黜的牧首进行审判日益临近,而对沙皇来说,重要的是得到一个已被"庶民"承认为自己辩护者的人士的支持。但是调解的尝试毫无结果。阿瓦库姆希望,尼康的离职意味着"旧信仰"的回归,意味着"爱神者"运动的胜利,这场运动在某个时期曾得到年轻的阿列克谢·米哈伊洛维奇的支持。但是沙皇和大贵族上层根本不打算放弃教会改革:他们利用这场改革是为了使教会服从于王国。沙皇很快就确信,阿瓦库姆对他来说是危险的,于是这位桀骜不驯的大司祭再次被剥夺自由。随之而来的

---

① 参见《分裂教派存在初期的历史资料》(Материалы для истории раскола за первое время его существования)第Ⅰ卷,尼·伊·苏博京校订,莫斯科,1875年,第28—31页。

② 同上书,第66页(引自伊万·涅罗诺夫致沙皇阿列克谢的信)。

是又一轮流放和监禁,教职被剥夺,1666—1667年全国宗教大会上的谴责,最后,他被关押在伯朝拉河口的小城普斯托泽尔斯克,该城位于"冻土地带,终年冰雪不化,草木不生"。1667年12月12日,阿瓦库姆被押送至此,在这里度过了人生的最后15年。

阿瓦库姆就是在普斯托泽尔斯克成为作家的。年轻时代他没有文学创作的意愿。他选择了另一个领域——直接与民众交流的口头宣讲布道的领域。这种交往充实了他的生活。他在普斯托泽尔斯克回忆道:"我有许多教子教女,至今快有五六百人了。我,一个有罪的人,在大小教堂,在千家万户,在通衢大道,在城乡各地,还曾去过皇城,前往西伯利亚广大地区传经布道。"在普斯托泽尔斯克,阿瓦库姆不能给自己的"教民"宣讲教义,除了拿起笔来,他已别无其他事可做。在迄今所寻得的总数达90种的阿瓦库姆著作中,有80多种是他在普斯托泽尔斯克完成的。①

17世纪60、70年代,普斯托泽尔斯克突然成为罗斯最著名的文学中心之一。阿瓦库姆和旧礼仪派的其他领袖人物,索洛维茨基修道院的修士叶皮凡尼、罗曼诺沃小城的神甫拉扎里、布拉戈维申斯克大教堂的助祭费奥多尔·伊万诺夫,一起被流放到这里。他们组成了作家"四强组"。最初几年的囚徒生活比较自由,他们适时安排文学上的合作,讨论问题,互相修改初稿,甚至联名发表作品,如阿瓦库姆和助祭费奥多尔共同写出了所谓1669年的第五申诉书。②他们在阿瓦库姆的家庭所在地梅津,在索洛维茨基群岛和莫斯科寻找并找到了同读者接触的机会。同样是在1669年,阿瓦库姆给大贵族夫人费·普·莫罗佐娃的信中写道:"我请一位射击兵用斧柄的木料做了一个小盒子,用自己瘦骨嶙峋的双手糊好信放入小木盒内……然后向他深深鞠了一躬,拜托他,上帝保佑,把信送到我的宝贝儿子手中。叶皮凡

---

① 阿瓦库姆文化遗产的基本出版物计有如下多种:《17世纪旧礼仪派历史文献》(Памятники истории старообрядчества XVII в.),第1册第1分册(《俄国历史文库》,第39卷),列宁格勒,1927年;《大司祭阿瓦库姆本人写的传记,以及他的其他著作》,尼·卡·古德济校订,莫斯科,科学出版社,1934年;安·尼·鲁宾逊:《阿瓦库姆和叶皮凡尼的传记(研究与文本)》(Жизнеописания Аввакума и Епифания. Исследование и тексты),莫斯科,1963年;《普斯托泽尔斯克修道院文集:阿瓦库姆和叶皮凡尼的著作手稿》,娜·谢·杰姆科娃、娜·费·德罗布连科娃、莉·伊·萨佐诺娃准备文本,弗·伊·马雷舍夫责任编辑,列宁格勒,1975年;《大司祭阿瓦库姆本人写的传记,以及他的其他著作》,尼·卡·古德济、维·伊·古谢夫、娜·谢·杰姆科娃、安·谢·叶列翁斯卡雅、亚·伊·马祖宁准备文本并注释,伊尔库茨克,1979年;弗·伊·马雷舍夫:(1)《大司祭阿瓦库姆的三篇不为人所知的作品及相关新文献》,载《列宁格勒大学语文研究所的报告与专题发言集》(Докл. и сообщ. Филолог. ин-та ЛГУ),1951年,第3辑,第255—266页;(2)《大司祭阿瓦库姆的两封不为人所知的书信》,载《古俄罗斯文学研究室著作集》(ТОДРЛ)第14辑,莫斯科—列宁格勒,1958年,第413—420页;娜·谢·杰姆科娃:(1)《大司祭阿瓦库姆的不为人所知、也未出版的作品文本》,载《古俄罗斯文学研究室著作集》(ТОДРЛ)第21辑,莫斯科—列宁格勒,1965年,第211—239页;(2)《早期旧礼仪派文学史略》,载《古俄罗斯文学研究室著作集》(ТОДРЛ)第28辑,列宁格勒,1973年,第385—392页;娜·谢·杰姆科娃、弗·伊·马雷舍夫:《大司祭阿瓦库姆的不为人所知的书信》,载《国立列宁图书馆手稿部学刊》(Записки отд. рукописей Гос. Б-ки им. В.И. Ленина),第32辑,莫斯科,1971年,第168—181页 伊·米·库德里亚夫采夫:《带有大司祭阿瓦库姆和普斯托泽尔斯克修道院其他囚徒签名的17世纪文集》(Сборник XVII в. с подписями протопопа Аввакума и других пустозерских узников),同上刊,第33辑,1972年,第148—212页。另有前文注释中已标出的《大司祭阿瓦库姆本人写的传记,以及他的其他著作》,尼·卡·古德济统一校订,莫斯科,1960年。

② 娜·弗·波内尔科:《助祭费奥多尔——大司祭阿瓦库姆的合作者》,载《古俄罗斯文学研究室著作集》(ТОДРЛ)第31辑,列宁格勒,1978年,第362—365页。

尼长老也给射击兵做了一个小木盒。叶皮凡尼擅长各种手工活儿,做了许多带暗号的木制十字架,里面藏有'致村社'的'信函短简'。"

政权机构决定诉诸惩罚措施。1670年4月,叶皮凡尼、拉扎里和费奥多尔被处以"极刑":他们被割去舌头,砍下右掌。阿瓦库姆被饶过一命(看来沙皇对他有某种好感)。他十分艰难地经受着这种恩典:"我才不在乎这一套呢,我不吃不喝已有好几天了,只想一死了之,而难友们却劝我吃点东西。"监狱的条件急剧恶化了。"我们牢房四周的木墙架全拆了,牢房地上落满了土……只给我们每人留一个小窗口,从这里接过必要的食物和一些劈柴。"阿瓦库姆以一种自豪而痛苦的笑来描写自己"非凡的安宁":"无论是我还是这位长老,都享受着非凡的安宁……这里我们有吃有喝……我们方便过了,用铲子一铲,往窗外一抛!……我总觉得,就是那位沙皇,阿列克谢·米哈伊洛维奇,也享受不到这样的安宁。"

但是,就在这些不可忍受的条件下,作家"四强组"仍在继续紧张地进行文学创作。阿瓦库姆写了许多申诉书、信件,以及由教义题材的10篇专论构成的《谈话录》(1669—1675)等内容丰富的作品;《教义诠释》(1673—1676)包含阿瓦库姆对圣经中的《诗篇》和其他圣经文本的诠释;另有《揭示录,即永世长存福音书》(1679),其中包括和助祭费奥多尔进行的神学论战。阿瓦库姆在地牢里还创作了经几次加工的《传记》(1672)。①

就思想观念而言,阿瓦库姆是一位民主主义者。民主主义决定了他的美学观——包括语言规范、描写手法和整个写作立场。他的读者——始终是农民或乡镇上的庄稼人,他们还是在"下诺夫哥罗德地区"就受过阿瓦库姆的教诲,是他的教民,在同一时期既懒散又热诚,既有罪过又严守教规,既软弱又坚强。正如大司祭本人一样,他们是"天生的罗斯人"。他们不易理解教会斯拉夫语的深奥,和他们说话应当简单朴实,因此阿瓦库姆便把俚俗语体作为最重要的修辞原则:"读者们、听众们,不必为我们的俚语俗话而愧疚,因为我爱我们天造地设的俄罗斯语言……我既不吝惜华丽的辞藻,也不贬损我们自己的俄罗斯语言。"阿瓦库姆觉得自己恰恰是善于言说而不善于写作的,称自己的叙述方式是"胡说八道"和"唠唠叨叨"。他惊人地自如而灵活地掌握了俄语。他时而宽慰自己的读者——听众,称他们为"老爷子""小鸽子""可怜的人儿""心爱的人儿";时而又责骂他们,就像他责骂他在神学问题上的论争对手、助祭费奥多尔那样:"费奥多尔,你真是个傻瓜!"阿瓦库姆既善于表达崇高的激情,也善于使用"哀伤的词语",如大贵族夫人莫罗佐娃、公爵夫人乌鲁索娃和马利亚·丹尼洛娃在博罗夫斯克受尽磨难后,他曾写道:"唉,我已孤苦伶仃!真不幸啊,各位教民,我被抛给野兽撕咬!……唉,真可怜,我的教女们竟在人间地狱死去!……谁也不敢向不信上帝的尼康的徒子徒孙们讨还你们几位圣洁的遗体,这些遗体都已了无生气,永劫不返,浑身伤痕累累,被射得千

---

① 参见娜·谢·杰姆科娃:《大司祭阿瓦库姆的自传(作品的创作史)》(Житие протопопа Аввакума. Творческая история произведения),列宁格勒,1974年。

疮百孔,然后用粗草席裹起来! 唉,唉,我的孩子们,我要亲眼看看你们那发不出声的嘴唇! 我要吻你们,让我们彼此贴近,痛哭一番,相互亲吻!"① 阿瓦库姆也不无幽默——他既嘲笑对手,称他们为"苦命人"和"小傻瓜",也嘲笑自己,为的是防止自我标榜和自我欣赏。②

阿瓦库姆并非平白无故地担心"自我吹嘘"的指责。他在宣称自己是"神圣罗斯"的保卫者之后,其实就打破了罗斯文学的禁忌。他第一次把作者和圣徒故事的主人公结合在一个角色身上。从传统的观点来看,这是不允许的,是傲慢的罪过。阿瓦库姆还第一次如此多地写到自己的体验,写到他怎样"伤感""号啕痛哭""叹息"和"悲伤"。这位俄国作家第一次大胆地把自己同基督教早期作家——使徒做比较。阿瓦库姆把自己的《传记》称为"永世之书",这并非无意的失言。阿瓦库姆也像使徒一样有权书写自我。他选择题材和角色是自由的,使用"俚俗语体"、讨论自己的和他人的言行举止也是自由的。他是破坏传统的革新者。但是他又通过回归使徒传的源头这一传统而证明自己是正确的。

中世纪文学是象征主义文学。阿瓦库姆也遵循这一原则。但是他的《传记》的象征层面,从革新的角度看过于个人化:作者赋予中世纪圣徒传记通常不涉及的"易逝的"、微不足道的日常生活细节以象征意义。在讲述自己1653年第一次"坐黑牢"时,阿瓦库姆写道:"到第三天我实在饿极了——就是说很想吃东西,做完晚祷后,我面前出现了一个……不知是天使还是人,而且直到现在我也没有弄清楚。我只是在一片漆黑中做祷告,这时有人抓住我的肩膀,又抓住我的手铐,把我带到一张长凳前让我坐下,把小勺子和几块面包递到我手里,又让我喝了一点菜汤——太美味,太好吃了! ——接着他对我说:'够了! 你应该振作起来,坚强起来!'说完话他就不见了。门没有打开,而人却不见了! 如果是人——那就很奇怪;也许是天使? 如果是,那就没有什么奇怪的——天使无处不在,什么也挡不住他。""菜汤奇迹"是日常生活中的一件奇事,正如在西伯利亚给阿瓦库姆的孩子们食物的小黑母鸡的故事一样。

在阿瓦库姆《传记》的思想和艺术原则体系中,象征性地解释日常生活事实是极为重要的。阿瓦库姆同尼康激烈斗争,不仅因为尼康蓄意侵犯自古以来受人尊崇的正教礼仪。阿瓦库姆把尼康改革视为对整个俄国生活方式、对整个民族风习的蓄意侵害。在阿瓦库姆看来,正教已与这种生活方式紧密相连。如果正教被破坏,那就意味着"光明俄罗斯"的覆灭。因此他才如此爱恋、如此鲜明地描写俄国日常生活,特别是家庭日常生活。

普斯托泽尔斯克文学中心和莫斯科的联系是双向的。作家"四强组"定期收到首都关于欧洲思潮风尚的信息——关于宫廷剧院、"乐池演奏曲"、"透视"绘

---

① 转引自《大贵族夫人莫罗佐娃的故事》(Повесть о боярыне Морозовой),亚·伊·马祖宁准备文本并撰写研究文章,列宁格勒,1979年,第215页。
② 参见德·谢·利哈乔夫、亚·米·潘琴科:《古代罗斯"笑的世界"》,第75—90页。

画和音节诗创作等。阿瓦库姆自然是否定这一切的,就像否定对教父遗训的践踏那样。他力求创立与巴罗克文化相对立的文化(这是他创作成果丰厚的主要原因)。在同巴罗克文化的斗争中,他不得不以各种方式回应这一文化提出的问题。在这一斗争中,他愈来愈有分量地显示出自己的个人因素——阿瓦库姆也只是培育发展不可重复的、仅为他所特有的创作手法。诗歌被认为是巴罗克风格中的"艺术皇后"——阿瓦库姆也开始使用定位于民间童话诗的有节奏的语言。①

> 啊,我亲爱的,你的意愿是什么,
> 如今你独自处于那遥远的荒漠,
> 就像那无家可归的女孩在异乡漂泊,
> 你自己的生存已与奇异的野兽为伍,
> 在穷困之中无人怜爱愈来愈虚弱,
> 如今莫非你将死于饥饿和干渴?
> 为什么你未心怀感恩接受上帝的造物?
> 或者你没有上主赋予的权利
> 享受此在的甜蜜和肉体的欢乐?

关于心爱者的诗,是突然怜惜起"此在的甜蜜",怜惜起自己的人之感情的一种折射。这只是转瞬即逝的软弱,于是阿瓦库姆后来放弃了《啊,我亲爱的……》这类诗歌的创作。他至死都忠于自己的信念,始终是一位战士和揭露者。他只书写真实——那"愤怒起来的良心"暗示给他的真实。

9. 莫斯科的巴罗克

艺术体系的完整性和艺术趣味的统一性是中世纪文化的突出特点。集体性因素("作者匿名")在中世纪艺术中独占鳌头,这妨碍了各种艺术流派的竞争发展。美学意识把礼仪和教规放在一切之上,很少重视新现象,也很少对新现象感兴趣。只有在 17 世纪,文学创作才逐渐摆脱这些中世纪的原则。17 世纪的作家已不满足于那些习以为常的、固定化的、"永恒不变的"东西,他们开始意识到出其不意的事物具有审美吸引力,也不畏惧原创性和动态变化。他们面临着选择艺术方法的问题——非常重要的是,他们也有了选择的机会。②一些文学流派就这样得以产生。巴罗克就是 17 世纪的艺术流派之一,它是俄国文化中第一个代表欧洲风格的

---

① 参见亚·米·潘琴科:《作为诗人的大司祭阿瓦库姆》,《苏联科学院通报·文学与语言分册》,第 38 卷,第 4 期,莫斯科,1979 年,第 300—308 页。《啊,我亲爱的……》一诗的片断转引自该文。

② 参见安·尼·鲁宾逊:《17 世纪俄国文学中的思想斗争》(Борьба идей в русской литературы XVII века),莫斯科,1974 年。

流派。①

在欧洲,巴罗克接替了文艺复兴(经过"矫饰主义"的过渡阶段)。在巴罗克文化中,上帝重新占据了文艺复兴时代人的位置——上帝被视为尘世存在的始因和目的。巴罗克在某种意义上带来了文艺复兴和中世纪的综合。末世论、"死亡之舞"的题材再度活跃,对神秘主义的兴趣明显加强。巴罗克美学中的这种中世纪倾向促进了东斯拉夫人对这一风格的接受,对他们来说,中世纪文化绝不是遥远的过去。

同时,巴罗克从来(至少在理论上)没有与文艺复兴的遗产断绝联系,也从未拒绝文艺复兴的成就。古希腊罗马的神祇和英雄仍然是巴罗克作家笔下的角色,而古希腊罗马诗歌则为他们保存了崇高而不可超越的典范的价值。文艺复兴的潋流决定了巴罗克风格在俄国文化演变中的特殊作用:巴罗克在俄国履行了文艺复兴的功能。

白俄罗斯人萨姆伊尔·叶梅利亚诺维奇·西特尼阿诺维奇—彼得罗夫斯基(1629—1680)是莫斯科巴罗克的奠基人,他在27岁时以"西梅翁"的名字成为修士,在莫斯科人们称他为"波洛茨克人"(波洛茨基)——这是按他出生的城市来称呼的,他在波洛茨克市当过东正教兄弟会学校的教师。1664年,与从西伯利亚流放地归来的大司祭阿瓦库姆同时,西梅翁·波洛茨基来到莫斯科,也就终身驻留此地。

就这样,站立于第一个文学流派源头的不是大俄罗斯人,而是一个信奉正教、从波兰—立陶宛王国迁来的人,他在基辅—莫吉良学院研究过"七门艺术",在维尔诺听过耶稣会士讲课。这一事实可以说显而易见地证明了两种有重要意义的情况。首先,巴罗克风格是从外部移植到俄国土上来的(在莫斯科,如我们在下文中可见到的,这种风格经改造后更适应于民族传统)。其次,白俄罗斯学者西梅翁·波洛茨基的游历本身,就反映出巴罗克文化的跨民族性质。17世纪欧洲的诗人和散文家、画家、建筑师和印刷匠,都是非常活跃的,并不考虑国界的限制。语言障碍也没有难住他们(他们全都用拉丁语交谈和写作;17世纪是拉丁语作为欧洲文化精英的语言占统治地位的最后一个世纪——18世纪法语取代了拉丁语)。这是一个"看不见的群体",一个国际行会,其成员彼此了解,尽管是通过书本或听说的。自然,巴罗克知识界群体也不是以铁板一块为特征的:它分成一些派系、学派和小团体,分成天主教派和福音派、加尔文派和阿里乌派、"崇古派"和"厚今派"、智者学派和笛卡尔派等。俄罗斯处于最靠近的、具有统一信仰的基辅学派的影响之下,西梅翁·波洛茨基就来自这一学派。当时的基辅被看成东斯拉夫人的雅典。基辅的文学家们同样利用了波兰巴罗克的最丰富的经验。无怪乎除了拉丁语以外,波兰语一度成了作为东斯拉夫知识界交流工具的语言。

在莫斯科,西梅翁·波洛茨基继续开展在家乡即已开始的"说教"——教育

---

① 参见德·谢·利哈乔夫:《古代罗斯文学的诗学》,第72—94页。

活动。① 他教过沙皇的几个子女（其中之一就是未来的沙皇费奥多尔·阿列克谢耶维奇，他学会了写音节诗），在扎伊科诺—斯巴斯克修道院为枢密院、沙皇阿列克谢·米哈伊洛维奇私人办公室的年轻书吏开办了拉丁语训练班。他还占据了，或更确切些说，设置了一个职位——此前在俄国从未有过的宫廷布道者和宫廷诗人的职位。皇室中的任何事件——婚丧嫁娶、生儿育女和命名等，都给西梅翁·波洛茨基提供了写作颂歌赞辞和悼念文章以及"朗诵"作品的理由。西梅翁去世后已印行的他的布道文构成两大卷：《心灵的午餐》（1681）和《心灵的晚餐》（1683）。诗人在他去世前，抓住机会把自己的诗作汇编为一部大型的《韵律诗集，或诗作汇编》（这部诗集以草稿的形式传留至今，只发表了一些选篇）。

西梅翁·波洛茨基的遗著丰厚。一般认为，他至少留下了5万行诗。② 除了《韵律诗集》以外，还有《韵律诗篇》（1680年出版）和以手稿形式存留下来的浩繁诗集《五彩缤纷的花园》（1678）——一部诗歌百科全书，其中的诗均按字母顺序编排。《花园》中共列出1155种花名，在一个名称下往往编入整个系列诗篇——2至12首不等。西尔韦斯特尔·梅德韦杰夫（1641—1691）、西梅翁·波洛茨基的弟子（在扎伊科诺—斯巴斯克修道院内，他们住在由一条走廊连接起来的两间相邻的居室）回忆，西梅翁"保证每天写完用半刀纸制成的半本笔记本，而他写得又小又密"，也就是说，他每天要用小号字体写满如今笔记本规格的8页纸。这样的高效一般说来是许多巴罗克作家的代表性特征。这不是写作狂，而是一种创作宗旨：西梅翁·波洛茨基给自己树立的目标是在俄国创立一种新的语言文化。

但是，这一工作不是一个人所能胜任的。一种新的语言文化，既要有创造者，也要有需求者。西梅翁·波洛茨基十分了解这一点，于是努力用巴罗克式布道文和音节诗来"满足"宫廷和京城显贵们的日常生活需求。在节庆日，他的"宣讲体"和"对话体"诗作被公开朗诵（朗读者既有作者本人，也有经过专门训练的"少年"，大概是教堂唱诗班的"未成年人"或"小歌手"）。一些颂歌式的"欢迎辞"也被公开朗读。根据《韵律诗集，或诗作汇编》的内容和作者的页边注可以断定，每当西梅翁·波洛茨基觉得恰好可用诗来发言时，他都竭力利用每一细小的时机。他编写这样的发言既是为自己，也是为他人——根据约定或作为赠礼。这样的发言回响在皇家的盛宴上、大贵族的府邸中和宗教节日期间的教堂内。例如，这就是声名显赫的大贵族博·马·希特罗沃的孙子在复活节期间所讲的一段"祝词"：

---

① 关于西梅翁·波洛茨基的经历，参见 И. А. 塔塔尔斯基：《西梅翁·波洛茨基：他的生平与活动》（Симеон Полоцкий, его жизнь и деятельность），莫斯科，1886年；列·尼·迈科夫：《17—18世纪俄国文学史概观》（Очерки из истории русской литературы XVII и XVIII столетия），圣彼得堡，1889年。

② 西梅翁·波洛茨基的诗作，除了转引自前一注释中 И. А. 塔塔尔斯基和列·尼·迈科夫的专著外，更完全的汇集见于以下出版物：《音节体诗：17—18世纪的音节诗》（Вирши. Силлабическая поэзия XVII-XVIII веков），帕·纳·别尔科夫校订，伊·尼·罗扎诺夫作序，列宁格勒，1935年（《诗人文库简系》）；《西梅翁·波洛茨基选集》，伊·彼·叶廖明准备文本、撰文评论并注释，莫斯科—列宁格勒，1963年；《17—18世纪俄国音节诗》（Русская силлабическая поэзия XVII-XVIII вв.），亚·米·潘琴科作序、准备文本并注释，瓦·帕·阿德里阿诺娃—佩列茨统一校订，列宁格勒，1970年（《诗人文库大系》）。（以下凡转引自以上出版物的引文，均不再加注）

>　　今天全世界都举行隆重庆典，
>　　天使教堂的欢乐充满人间……
>　　你们将颂歌献给救主基督，
>　　也向我们的恩人真诚奉献。
>　　波格丹·马特维耶维奇，我敬爱的爷爷，
>　　我们家族最受尊崇的先贤……
>　　请对我，你的孙儿施以爱怜，
>　　就像让奴仆得到保护亲善。
>　　我愿基督赐给您所有福祉，
>　　在此我伏地求恳竭诚叩见。①

在莫斯科，西梅翁·波洛茨基在自己周围集合起一个作家小组。其中最出色的是上文已提到的西尔韦斯特尔·梅德韦杰夫和他的姻亲卡里翁·伊斯托明（他活到了彼得一世改革时代）②。西尔韦斯特尔·梅德韦杰夫在各方面都遵循其师的遗训。1682年，梅德韦杰夫恢复了被赋予预科作用的扎伊科诺—斯巴斯克神学校：无论西梅翁还是西尔韦斯特尔的目的都是要在莫斯科创办一所大学。大学的章程（"特许权"）已制定，它以基辅—莫吉良神学院为办学方向，规定大学将被授予文化领导权。1685年1月，在把这一"特许权"授予索菲亚公主时，梅德韦杰夫写道：

>　　你名字已经拥有聪颖高雅，
>　　睿智即被上帝称为索菲亚；
>　　你一开始就应钻研多门学科，
>　　像智者那样博学，富有才华。

但是这些期望全都落空了。牧首约阿基姆把1686年开办的学院交到了希腊神学家约安尼基兄弟和利胡德家族的索夫罗尼的手中。任何大学的自治权都谈不上了：这时一切都以牧首的意志为转移。据西尔韦斯特尔·梅德韦杰夫的传记作者之一的准确说法，俄国得到的不是大学，而是一所宗教学校。

1689年索菲亚公主的政府垮台之后，梅德韦杰夫被指控为阴谋家。他的连襟卡里翁·伊斯托明在一个草稿本上记载："199（1691）年2月11日，西尔韦斯特尔·梅德韦杰夫被执行死刑……在红场救主大教堂门对面，他被砍头示众。他的尸体同一些流浪者的尸体一起被埋在一所破屋的坑内，在圣母䑛蒙日穷人修道院附

---

① 转引自亚·米·潘琴科：《17世纪俄国诗歌文化》，第214—215页。
② 关于西尔韦斯特尔·梅德韦杰夫和卡里翁·伊斯托明，参见亚·普罗佐罗夫斯基：《西尔韦斯特尔·梅德韦杰夫：他的生平与活动》，载《莫斯科大学俄罗斯历史与古籍协会学术报告会》（ЧОИДР），1896年，第2—4辑；伊·科兹洛夫斯基：《西尔韦斯特尔·梅德韦杰夫》（Сильвестр Медведев），基辅，1895年；С. Н. 布赖洛夫斯基：《17世纪的杂色诗人之一》（Один из пёстрых XVII-го столетия）。

近。"① 17世纪末期莫斯科知识分子的杰出代表、一个"具有高度智慧、学养深厚的人物",就这样结束了自己的一生;他在基辅的一位崇拜者为他而写信给莫斯科人,说他们不该称梅德韦杰夫"为西尔韦斯特尔,而应当称'我们的太阳'。"②

西尔韦斯特尔·梅德韦杰夫传留下来的诗篇数量较少。这当然不是他创作效率偏低的过失,而是1689年牧首对他的著作严厉禁止所造成的。梅德韦杰夫著作的所有抄本被下令付之一炬。相反,卡里翁·伊斯托明却平平安安、顺顺当当地度过了狂风暴雨的1689年,因为他不把自己同任何一个派别牵连在一起。他是个"变色龙",正如当时的作家、修士辅祭达马斯金对这一类人所定义的那样,把他们比作随风摇摆的芦苇。卡里翁·伊斯托明的政治倾向取决于谁在莫斯科的内斗中占上风。他利用索菲亚公主和瓦·瓦·戈利岑公爵的一贯支持,能事先博得纳雷什金家族的好感。在新牧首阿德里安任职期间,卡里翁占据了牢固的地位,甚至还领导了印书馆。在这里,他于1694和1696年出版了自己的带有大量嵌入诗篇的《识字课本》。

总体而言,17世纪最后10年对于卡里翁·伊斯托明来说是最有成绩的时期。无论就地位还是才华而言,他都是莫斯科的第一位诗人。伊斯托明写了许多首诗(他的大部分作品都是以手稿形式保存下来的,至今未出版)。他还写过颂辞和悼词,喜欢沉思体的宗教抒情诗,甚至尝试使用英雄长诗的体裁,试图用"计算音节数量的诗作"(每行13个音节)来描写瓦·瓦·戈利岑公爵第二次出征克里米亚。

西梅翁·波洛茨基的小组是俄国文化史上第一个职业文学家小组。这个小组的参加者和创建者意识到自己首先是作家。可以依据西梅翁呈沙皇阿列克谢·米哈伊洛维奇的一封奏折来判断,他们的作家意识是多么成熟:"陛下,昔日——在177(1669)年,上帝恩准……皇后玛丽亚·伊里奇娜从短暂人生转为永恒人生之际,我,陛下的奴仆,为了赞颂她圣洁的……一生和对她高尚美德的永远追忆,曾以诗人的学识结撰一本精雅的诗集呈递给陛下、伟大的国君御览,为的是缓解陛下内心的悲痛;可是,对于这样一部勤勉专注之作,伟大的国君、陛下您却毫不赏识……恳请对我,您的恳求者,我的这本精心书写的诗集以关注……接济我的贫困……拮据……"③

"缓解内心的悲痛"是基督教的责任,因此修士司祭西梅翁可能还不是在寻求物质利益,就有了这样自然而然的举动。但是西梅翁·波洛茨基已习惯于期待给他的"精雅诗集"以奖赏(这不一定是酬金;沙皇赏赐的有毛皮大衣、呢绒或貂皮),这一次他也提出赏赐的请求,不羞于向阿列克谢·米哈伊洛维奇提到他不久前丧妻的悲痛。

这个群体的成员虽然意识到自己是作家,但并不追求在教会等级中占据高位。

---

① 《莫斯科大学俄罗斯历史与古籍协会学术报告会》(ЧОИДР)第3辑第4分册,1896年,第373—374页。
② 梅德韦杰夫·西尔韦斯特尔:《真实的消息》,C.A.别洛库罗夫整理,载《莫斯科大学俄罗斯历史与古籍协会学术报告会》(ЧОИДР),1885年,第4辑,附录,第83页。
③ 转引自列·尼·迈科夫:《17—18世纪俄国文学史概要》,第44—45页。

西梅翁·波洛茨基满足于修士司祭的称号,也就是说,充其量不过是一名黑衣神甫,尽管在沙皇阿列克谢掌权时期,特别是在沙皇费奥多尔掌权时期,他可以轻易地取得高级僧正的职位。无论卡里翁·伊斯托明还是西尔韦斯特尔·梅德韦杰夫,都没有去谋求教会的高级神职(虽然纳雷什金家族曾指控梅德韦杰夫似乎有意于牧首职位)。他们各位都像职业人士应做的那样,选择了终身为作家的职业。文学的职业化是俄国巴罗克文化最重要和最积极的成果之一。

这种文化整个就是对艺术家的颂扬。巴罗克的悖论在于:一方面艺术家把自己与"平民"群体隔离开来,将自己封闭在优越感和一贯正确的意识中,另一方面又以真诚启蒙者的耐心的努力把这个群体"提升到自己的高度"。西梅翁·波洛茨基在收录于诗集《五彩缤纷的花园》中的《民众的声音》一诗中,以最醒目的形式表现了人文主义精英治国论的观念:

> 什么东西离真实最为遥远——
> 那就是智者哭诉民众的呼喊。
> 因为民众通常所赞赏的事情,
> 总是有人指摘非难;
> 民众想什么,为何忙碌,围绕什么聚谈,
> 其中莫非一点儿真实也没有包含。

按一些杰出人士的想法,诗不是对世界的反映,而是艺术家的自我表现,创作就是内在和谐的形成过程。因此,在17世纪的职业写作者中间,曾流行一种"为自己而写"的诗,如以诗的形式写日记,显然不是以供他人过目为目的。所以,诗体书信曾如此盛行,书信并未以抄本形式流传——其生命在交付收信人那一刻即告终结。卡里翁·伊斯托明很喜欢这样的书信。他在1706年曾写有致德米特里·罗斯托夫斯基的诗体信:

> 最为尊敬的德米特里阁下!
> 今日我们是否应登门造访,
> 是否要翻开桌上的书籍议论一场?
> 如果还有什么别的安排,
> 上帝的仆人也会派上用场。
> 我们久未见面,着实让人念想,
> 祝君鸿运长久,福禄安康!
> 现谨请求得到您的同意,
> 并鞠躬致意,将爱慕献上……

如果我们给自己设立把俄国巴罗克作家移至 17 世纪欧洲文学世界的目标,那么也很容易在那里找到他们的位置。在决定这个世纪的精神探索的"古今之争"中,他们似乎断然反对笛卡尔哲学——在巴罗克语文学家和历史学家中,在那些自认为是人文主义者唯一继承人的"智者学派"中,事实上他们将人文主义者的学说变成了教条——结果也歪曲了这一学说。笛卡尔学派认为自然科学和科学实验是研究世界和人的主要方法;而巴罗克语文学家和诗人,包括他们在俄国的后继者所依据的是"书写的智慧"。笛卡尔学派探索真理,而诗人则宣传真理,并认为拥有真理的是那些精通神学、能够阅读拉丁语和希腊语文本的人,那些研究过逻辑学和辩证法、修辞学和诗学的人。在他们看来,世界就像一本书——西梅翁·波洛茨基曾在诗作《世界是一本书》中直接表达了这一见解:

> 这个世界多姿多彩——是一部宏伟的书本,
> 它的每一篇页,都是由历代圣贤结撰。
> 在它那五个宽大无边的书页中,可以发现
> 包含于其中的神奇文字和古老文献。
> 第一页是天空,那里的一切光芒灿烂,
> 上帝的堡垒安置于此,文字般安然。
> 第二页高高的苍穹下天然的火焰,
> 那里书写着力量,还有审察的双眼。
> 第三页无限开阔的背景上强有力的呼唤,
> 那里有雨雪风云,群鸟在自由撒欢。
> 第四页——在那里可以看到广大的水域,
> 无数水生动物在其中舒适地哼喊。
> 最后一页布满村庄和草场的土地,
> 那么多家禽和牛羊,仿佛文字频频闪现……①

巴罗克诗人的博学多识体现在对世界的这些看法中。不过这纯粹是书本上的、脱离实际的渊博。对于西梅翁·波洛茨基及其弟子们而言,科学已经完成了自身发展的一个周期。为了成为一名学者,只要勤奋学习就足够了。但是这个错误的公理却含有启蒙思想的种子。巴罗克诗人一边学习,一边教育他人。他们的文学创作方法完全是历史主义的。他们每个人都必然把许多历史事实保留在记忆中,这些"历史"经常被用在诗歌和散文中。当西梅翁·波洛茨基希望歌颂沙皇阿列克谢·米哈伊洛维奇在科洛缅斯科耶村的木制宫殿时,曾毫不迟疑地详细谈起世界的七大奇迹。当西尔韦斯特尔·梅德韦杰夫转而关注索菲亚公主时,曾把她同作为统

---

① 转引自亚·米·潘琴科:《17 世纪俄国诗歌文化》,第 179 页。

治者的伟大女性——谢米拉米达和拜占庭帝国公主普利赫利亚、罗斯女大公奥莉加和不列颠女王伊丽莎白并列在一起。

西梅翁·波洛茨基希望给读者提供各个不同科学门类的最广博的知识体系(巴罗克诗人虔诚地尊奉亚里士多德,只承认包罗万象的科学):古希腊史、罗马史、拜占庭史甚至中世纪欧洲史,其中包括关于凯撒、奥古斯都、马其顿国王亚历山大、查士丁尼和查理大帝等的神话和历史趣闻。在诗集《五彩缤纷的花园》的许多诗篇中,都利用了老普林尼的《自然史》。诗集中包含许多虚构的异域动物(凤凰、流泪的鳄鱼)和各种奇异珍宝的内容。我们在这里甚至会读到关于宇宙形成的各种观点的阐述,关于基督教象征方面的说明。照伊·彼·叶廖明的话说,西梅翁·波洛茨基的诗作"造成了一种博物馆般的独特印象,在馆内的展柜中按一定顺序陈列出……最为多样的物品,它们往往是罕见而非常古老的。这里展出了西梅翁这位珍本收藏家和博览群书者、各种'瑰宝'和'趣事'的爱好者在他的一生中凭着自己的记忆得以收集到的所有供人观赏的基本物品"[①]。

无论是欧洲的还是莫斯科的巴罗克,确实都是一种词藻过于华丽、"荒唐有趣"、新奇别致的风格。但是17世纪的俄国接受异邦的影响还是十分谨慎的。只有那些从某种重要特征上看符合民族传统的现象才能指望得到承认,哪怕是局部的承认。在这个意义上,巴罗克文化有一个重要的长处:巴罗克的强大的中世纪特征保证了它在俄国的成功。但是在这一接受的过程中,欧洲巴罗克的许多特征是受到磨损的。

比如说,涉及爱情主题。在17世纪下半叶的音节诗中,我们不会发现爱情—情欲主题。这里也没有笑的位置,西梅翁·波洛茨基及其弟子赋予他们的音节诗有一种严肃的、多少有些沉重的情绪。节制与适度已把莫斯科诗人和经典的巴罗克区分开来。17世纪欧洲文学中的那种叛逆的、戏剧性分裂的、极度狂热的人物,在莫斯科诗人的创作中没有容身之地。巴罗克的极端性令他们担心。

思想上的节制与适度最直接地反映在诗歌实践中。莫斯科的巴罗克没有'恐怖'题材,如死神的狰狞面目、阴间的痛苦折磨。在西梅翁·波洛茨基及其追随者所写的关于尘世浮生若梦的诗作中,占主导地位的与其说是悲剧氛围,不如说是伤感情绪。

莫斯科巴罗克作者在思想和美学上的节制与适度,原因何在?看来,这一现象不可能只有一种解释。俄国的巴罗克文化具有一些外省特征,而外省特征或者采取极端的形式,或者相反,采取轻松的形式。莫斯科的诗人们宁愿回避极端性,弱化巴罗克的叛逆性和狂热性,因为必须考虑到民族传统,在官方和半官方圈子中,这种传统总是以节制与适度为特点的。情势本身迫使宫廷诗人们去适应它。

[①] 伊·彼·叶廖明:《西梅翁·波洛茨基的诗学风格》,载《古俄罗斯文学研究室著作集》(ТОДРЛ)第6辑,莫斯科—列宁格勒,1948年,第125页。

不过还应当指出另一种情况。如果说欧洲巴罗克意识到自己与文艺复兴的关系,那么莫斯科的巴罗克则是以中世纪传统为前驱(和对立面)的。正因为如此,在莫斯科的巴罗克中,文艺复兴因素才如此强劲。

(亚·米·潘琴科执笔,左少兴译,汪介之校并补译注释和引诗)

第七章

18世纪前25年文学生活中思想与艺术的新现象

1. 概述

彼得一世时代理应被人为是俄国文化发展的转折期。这条分界线的一边是古代文学,另一边是新文学。但是这并非两种不同的文学,而是同一种文学。文化上的转折不像突然而至的社会大变动,也不是在瞬间发生的。这是一个复杂而充满矛盾的过程,民族传统与"欧化"在其范围内相互作用。这是一股变动不居、生机勃勃但又是完整统一的急流。

古时的手抄传统在彼得一世及其后继者执政的时代得以延续,一直到18世纪末[①];而在旧礼仪派写作者中间,这个传统则延续得更久。在18世纪的抄本中,实际上已呈现出中世纪文学的全部作品名录。这意味着,古代罗斯文献并未一下子都变成了博物馆的展品。它们一直保留在古代罗斯已成为历史记忆的那个时代读者的日常生活中。

对这些文献的关注基本上体现在社会下层读者身上。文献拥有者所作的标注表明,这些人主要是小官吏和商人,教堂执事和诵经师,各机构的职员,还有识字的农民和仆人。文献拥有者中往往有一些中小贵族(即非京城显贵,而是外地地主)。但这并不是常见的,而是例外。18世纪的贵族阶层整体上都是面向印制文献和新的"欧化"文学的。如果他们也使用手抄本,那就是一些手抄歌谣——也是废止了中世纪爱情题材禁令的欧化产物。但是,新的文学作品也不是在空地上产生的。它们的根源深植于17世纪,深植在音节诗创作、宫廷戏剧演出和宫廷布道文中,以及从阿列克谢·米哈伊洛维奇沙皇时代起引入莫斯科的巴罗克文化中。

当然,在彼得一世时代,这种文化发生了变异与转型(我们将看到有怎样根本

[①] 参见米·涅·斯佩兰斯基《18世纪手抄本文集:18世纪俄国文学史资料》(Рукописные сборники XVIII века. Материалы для истории русской литературы XVIII века),莫斯科,1963年。

的变化),但是它并没有被抛弃或废除。相反,正是在彼得时代,巴罗克文化达到了高度的、尽管是短暂的繁荣。传统并没有中断,因此,早先那些把从旧文学向新文学的过渡绑定在某一特定年份甚至某个十年的尝试,是注定无效的。

1689年也不可能是这样的年份(史学界经常用这一界碑来标示旧罗斯的崩溃)。索菲亚公主被剥夺了国家的统治权。与她一起被贬黜的还有她同僚,其中就有杰出的巴罗克诗人西尔韦斯特尔·梅德韦杰夫——俄国第一位死于刽子手刀下的诗人。在一首匿名的"不协调五行诗节"中,作者为这些人出乎意料的被害而伤心落泪:

> 看惯了事情,什么都能认清,
> 在我们这个年头,这个世界上的某人
> 已被处以死刑。
> 让灾难落在他头上的,是政权当局和达官贵人
> 红尘众生陷入,他们在劫难逃的
> 灾祸和不幸。
> 啊,啊,如此凶恶,啊,如此不公正,
> 啊,这是何等人物,既这样声名显赫,
> 又这样威风凛凛!
> 不必这样奇怪,说出来却令人吃惊
> 还可以沉思一番,谁又能夺走
> 他们的荣耀和名声……①

在官方文化中,1689年开始了一个反拨时期,官方竭力要达到如果不是完全停止,那么至少也要把同欧洲的接触降至最低限度。整个官方文化处于牧首约阿基姆·萨韦洛夫的掌控之中,既包括当时俄国唯一的最高学府斯拉夫—希腊—拉丁学院,也包括莫斯科印刷局——当时唯一的大俄罗斯印书坊的图书事业。索菲亚被推翻后一年,牧首约阿基姆去世,但他还是赶上了在一次小范围的教会会议上诅咒和禁止所有的拉丁文书籍,以及他的私敌西尔韦斯特尔·梅德韦杰夫,顺带西梅翁·波洛茨基的全部著作。新牧首阿德里安也同自己的前任一样。像约阿基姆那样,他也是由楚道夫修道院修士大司祭登上牧首宝座的,这个修道院一直是"旧莫斯科派"的堡垒。在17世纪最后几年的官方文化中,希腊派分子占据了牢固地位。

从古代文学向新文学过渡的时期也不能归为两个世纪之交。1700年俄国启用新历法,认为耶稣诞生(而非"创世")之年为元年;1月1日庆祝新年,而不是像

---

① 亚·米·潘琴科:《索菲亚公主被贬黜在诗歌中的回声》,载《文化文献:新发现,书面文化、艺术与考古学》(Памятники культуры. Новые открытие. Письменность, искуссво, археология),1974年年刊,莫斯科,1975年,第89页。

旧习俗那样规定在9月1日。彼得的同父异母兄长和共同执政者伊凡·阿列克谢耶维奇去世后,彼得成为名副其实的独掌大权的君主。他成功建立了沃罗涅什舰队,并夺取了亚速城堡。作为第一个去了国外的俄国君王,他亲眼看见了欧洲及其臣民,除农民和教会人士外,都必须剃掉大胡子,穿上德式服装。彼得还从"少年军团"中组建了一支近卫军,这支近卫军后来在纳尔瓦战役中声名大振。最后,俄国决心向瑞典王国挑战,该国从古斯塔夫—阿道夫国王时代起就被认为是北欧最强大的国家。

自古以来民族生活中的基础受到破坏,改革和创新成为国务实践活动中的决定性原则;而官方文化中却出现了某些矛盾的现象:这里可以看出向着沙皇费奥多尔·阿列克谢耶维奇和索菲亚公主时代的回归。桂冠诗人和哲学家斯特凡·亚沃尔斯基从基辅—莫吉良学院被召唤到莫斯科,他青年时代曾在利沃夫、卢布林、波兹南和维尔诺的耶稣会学校和学院学习,随后被提升为梁赞都主教和穆罗姆都主教。第二年,在阿德里安去世后,他被任命为临时取代牧首一职的高级神职人员,后来则主持全国主教公会。

这时莫斯科出现了另一位乌克兰巴罗克作家德米特里·图普塔洛(1651—1709),1702年1月4日他成为罗斯托夫的都主教。他是斯特凡·亚沃尔斯基最亲密的朋友,地道的拉丁文学者,以圣徒传记、学校戏剧和巴罗克风格的坎特歌①和赞美诗等著作而享有盛名。还在索菲亚公主执政时期,当西尔韦斯特尔·梅德韦杰夫同"旧莫斯科派"争论时,德米特里就从乌克兰以信函的方式支持他。1689年8月在莫斯科,在西尔韦斯特尔·梅德韦杰夫被捕前一个月,两位杰出的文学家彼此结识。

随斯特凡·亚沃尔斯基和罗斯托夫都主教德米特里之后,另一些基辅学校的毕业生也迁移到莫斯科。批准"有拉丁文背景的人"作为官方文化的领导人,不仅要经彼得一世的同意,而且应由他直接授命(斯特凡·亚沃尔斯基喜欢重复伊壁鸠鲁的一句格言:"善于躲避者生而有福",试图回避出任都主教,但还是迫于压力担任此职)。彼得一世敌视索菲亚这个名字以及同这个名字相联系的一切,为什么又决定依靠她的仆从的精神继承者呢?总起来说,彼得一世在执政初期没有别的出路。

在按欧洲模式重建俄国生活时,彼得一世不能指望"旧莫斯科派"的知识分子——围绕最近几任牧首的首都修道院里有学问的修士。在这个群体中,突变的理念、急剧发展的思想,并未得到认可。对欧化的向往引起了暗中的骚动,有时还有公开的抗议。因此对于反对方,即敌视约阿基姆牧首的那一类人,彼得也允许他们发挥自己的才能。这些巴罗克风格的人文学者各自接受过良好的教育,和新型拉丁文学与波兰文学有着千丝万缕的联系,彼得希望在他们中间找到一些志同道

---

① 坎特歌:17—18世纪流行于罗斯的含有世俗或宗教内容的诗体歌曲。——译者注

合者。但是皇上受骗了。他的敌人的对手并没有成为他的朋友。不过从一开始这就是一条隐约可见的裂缝,而到晚得多的时候,当费奥凡·普罗科波维奇来到彼得堡时,这条缝隙就变成了鸿沟。在新世纪的最初几年,"有拉丁文化背景的人"的立场似乎是不可动摇的。他们刻不容缓地利用了这一点,于是晚期巴罗克就成为俄国文化的一种正式风格。

斯特凡·亚沃尔斯基曾兼任牧首代理人和莫斯科神学院监护人的职务。1701年7月7日,沙皇命令在莫斯科神学院按基辅的范例进行"拉丁语文教学"。斯特凡·亚沃尔斯基成功地办到了在他之前15年西尔韦斯特尔·梅德韦杰夫未能办成的事,后者曾在争夺神学院的斗争中败给了希腊人——利胡德兄弟。1702年,德米特里·图普塔洛在罗斯托夫创办了一所"拉丁和希腊语文学校",学生人数达200人。随后在其他地方的教区也开设了这类学校。其中最大的一所是1706年由都主教约夫开办的诺夫哥罗德"拉丁和希腊语文学校"[①]。

在这所学校里不仅有学习的、教学的,还有写作的。教师也好,学生也好,都在语文教学的园地上勤奋努力。庄严的布道文、学校戏剧[②]演出和颂诗的创作,就是这些文学发源地培植出来的文学类型。这些文学类型之间存在着密切的联系,因为艺术的统一,文化的统一,是巴罗克的奠基性公理。文学中占优势的是演讲术:布道宣讲不仅是占主导地位的体裁,还是具有统领地位的美学原则。文化建设者首先应该是宣教者,因为他们可以借助于言辞使罪人转化。戏剧演出也好,诗歌创作也好,都按等级原则服从于演说术。

除了教育的目的,文学还有警世醒世的作用。一个人受的教育越多,他就越接近于道德完善,这就意味着,他必须用知识来武装自己。由此出发,巴罗克风格的作者们坚持不懈地,甚至不厌其烦地在其作品中添加古希腊罗马神话和历史的材料。下面就是取自罗斯托夫都主教德米特里的《圣诞节戏剧》(此剧曾于1702年12月27日在主教辖区学校的舞台上演出)中的一段典型的独白"星占学家的好奇":

和你们说说我的艺术,对此可不是自炫:
凡是钠存在的地方,星辰闪烁不定较为罕见。
中午时周围传来阿斯特赖奥斯的呼唤,
夜半的弗里托斯维护自己的地盘;
白羊座出现在东方,太阳也迁居那边,

[①] 这些学校的名录,参见彼·彼佩卡尔斯基:《彼得大帝时代俄国的科学与文学》(Наука и литература в России при Петре Великом)第1卷,圣彼得堡,1862年,第107—121页。关于人文科学教育体系,参见亚·谢·阿尔汉格尔斯基:《彼得大帝时代俄国的宗教教育与宗教文学》(Духовное образование и духовная литература в России при Петре Великом),喀山,1883年。

[②] 参见柳·亚·索夫罗诺娃:《学校戏剧诗学》,载《古俄罗斯文学研究室著作集》(ТОДРЛ)第34辑,列宁格勒,1979年,第176—188页。

并开始缓缓移动,尤涅茨渐渐走远。
双子座、巨蟹座、狮子座、处女座中午绕圈,
天秤座、天蝎座、射手座、摩羯座来临则在夜半。
玉夫座、水瓶座星光闪烁,偶尔露面,
爱恋水瓶座的双鱼座也在这时显现。
双子座β出现了,把双子座α远远地照亮,
双子座α借助于它的光华而闪现,
海上的一颗星,迎面出现在大道上,
监察官无法把它从原地推动向前。
在自己的职衔上平视雨水的降落,
昴星团其实也就这样呈现。
这些星星在我观察时不会分离,
我且详细地列出她们的名单。
比邻而坐且分享职权的两颗星星,
其实已存在于多雨的空间:
帕西费、皮同、提克、欧福尔玻斯、安菲洛克斯、
克罗诺斯和普列克萨福利斯——皆为云雨而存现;
埃勒克特拉、阿尔基奥涅、迈娅、阿斯特赖奥斯、
克琉斯、塔涅塞塔、伊涅伊斯塔、墨罗佩——
这些比邻而坐的星星其实也同样消失不见;
我的智慧知晓所有星星的移动、能力和职衔。①

这份冗繁庞杂的清单预告了一颗新星的信息,宣告了圣诞节的来临。在诗中,罗斯托夫都主教德米特里利用巴罗克修辞学理论设定的"词素套叠"(аппликация)原则:"必须读一些有关鸟兽虫鱼、树木花草、山石水体……的书籍,尊重这些大自然物体的特性、秉性和习性等,直到这些物体发出的声响。"② 乌克兰人约安尼斯基·加利亚托夫斯基——西梅翁·波洛茨基那一辈的文学家、布道宣讲艺术著作的作者曾这样写道。他实际上深谙"词素套叠",就像现代语文学理解的那样。这是某种类似隐蔽引文的东西。约安尼斯基·加利亚托夫斯基建议东斯拉夫的作家们以巴罗克文化学术的花饰在自己的作品中运用"词素套叠"的手法。

巴罗克时代被称为"饱学之士的时代"并非偶然。18世纪初年的俄国官方文化,是对人文科学领域渊博学识的检阅。在布道文、音节诗和戏剧中,一系列令人

---

① 文本引自《17世纪后期和18世纪初期的俄国戏剧》(Русская драматургия последней четверти XVII и начала XVIII в.),奥·亚·杰尔查文娜、阿·谢·杰明、瓦·彼·格列别纽克筹备出版,奥·亚·杰尔查文娜校订:《俄国早期戏剧:17世纪—18世纪上半叶》(Ранняя русская драматургия. XVII-первая половина XVIII в.) 第2辑,莫斯科,1972年,第238—239页。

② 约安尼斯基·加利亚托夫斯基:《理解的秘诀》(Ключ разумения),利沃夫,1665年,第55页。

永志不忘的事件和人物的信息呈现于听众或读者面前。在学校剧院和大众剧院中，这种满腹经纶的抽象性得到了克服，那里"活生生地出现了"神话和历史中的人物角色。舞台上还出现了隐喻的形象——光荣、幸运、和平等。理念似乎开始成为可以表现、可以把握的对象。观众也能见到七门独立学科的人格化显现：

> 第一门是包含书写规则的语法，
> 第二门演说术不乏华美雄辩，
> 还有一门辩证法使言论更有效，
> 与之并列的音乐，歌声为亲爱者奉献，
> 在第五门算术中，常有课程本身的建议，
> 第六门星相术中，则直接面对天际，
> 囊括一切的第七门哲学课，
> 就像母亲那样统领所有学科。
> 其实它的论敌也在这里尊贵地显现，
> 神学家对理智的根基本身握有实权，
> 科学事实上已和神学联姻，
> 神学中的戏剧就有全部哲学内涵。①

这是《七门独立学科之剧》中的一个角色所说的，此剧约在1702—1703年冬季于斯拉夫—希腊—拉丁学院上演。观众中有沙皇彼得一世和王子阿列克谢，父王起初曾打算把王子交给学院的教授们培养，但又改变了主意，因怀疑经院式教育对于"历史创造者"②的效果。

18世纪初，学校巴罗克式教育的成就很大，无可怀疑。"旧莫斯科派"圈内的文学家们也处于巴罗克的影响之下。诺夫哥罗德都主教约夫的学校的毕业生们，都写作巴罗克风格的音节诗，"旧莫斯科派"的传统在那里颇受尊崇：利胡德兄弟之一约翰尼斯在这里任教，某个时候他曾是西尔韦斯特尔·梅德韦杰夫和"有拉丁文化背景者"的敌人。诺夫哥罗德学校的墙壁上曾写有彼得时代最有价值的诗作之一——末世论长诗《天梯已在四方铺好，以韵文简要写就的对最后四种现象的回忆》③。长诗由四部分组成，诗中描绘了死亡、末日审判、地狱和天国。《天梯》带有巴罗克式的狂热，尽管也稍有节制。在关于地狱苦难的描写中，可以感到对"感情冲动论"的认知：

---

① 《莫斯科学校剧院的剧作》（Пьесы школьных театров Москвы），奥·亚·杰尔查文娜、阿·谢·杰明、安·谢·叶列翁斯卡雅、维·德·库兹明娜、弗·弗·库斯科夫筹备出版，阿·谢·杰明校订（《俄国早期戏剧：17世纪—18世纪上半叶》第3辑），莫斯科，1974年，第137—138页。
② 同上书，第483—491页（阿·谢·杰明注释）。
③ 关于文本的出版，参见《17—18世纪的俄国音节诗》，列宁格勒，1970年（《诗人文库大系》），第322—348页。

痛苦，痛苦，我要说三次——痛苦！
地狱的苦海使罪孽者焦急不安，
无情地卷起狂暴的巨浪，
造孽地吞食，要塞满欲壑难填的深渊……
啊，永恒！腹部绞痛延伸到最深处，
罪孽者落入地狱之火达至痛苦极限。

《天梯》中往往出现巴罗克的"虚空派"（Vanitas）理念——浮生若梦、"世事皆空"的思想：

如今这世上还有谁自我吹嘘，
说他能以血肉之躯永垂不朽？
谁也不能。人都从尘土中生出，
据先知云：他来自泥土，还要回归尘土。

"最后现象"的题材，是巴罗克文化中特别是耶稣会诗人中最流行的题材之一。雅科布·别尔德（1603—1688）造就了这一题材的辉煌。他的拉丁语诗作充满忧郁的情调和末世论的恐怖，曾被译成多种欧洲语言。在波兰，从别尔德和其他书写"最后现象"和"死亡之舞"的耶稣会作者（马特维·拉德尔、约冈·尼斯）那里改编的作品，早在17世纪就出现了。不过，正是18世纪前25年，才成为这类题材最普及的时代。① 在俄国，供职于此的波兰小贵族扬—安德烈·别洛博茨基对这些题材做了加工。他的长诗《圣经首五卷》是根据拉德尔、尼斯和别尔德的作品编写而成的。②

对末日审判题材的艺术反映，明显地展示出俄国文学中发生的原则性变化。在中世纪的人们看来，末日审判、世界末日是人类历史不可避免的结局。旧礼仪派不能也不愿与中世纪传统决裂，处于对末日审判的紧张期待中，并经常"推算"它的来临。顺便说说，这种推算之一是在1699年结束时进行的。在从1700年1月1日起确立新的纪年法时，彼得一世看来已注意到这样一个宣传目的：应当使拘泥传统的人相信，对世界末日的期待是一种不切实际的幻想。罗斯托夫主教德米特里告诫自己的教民："末日审判本身到来的时刻是回避不了的。应该相信它将到

---

① Suchanek Lucjan. Rosyjski poemat eschatologiiczny epoki baroku. - Slavia Orientalis, 1975, N 1, Warszawa, s. 39-44.

② 参见亚·哈·戈尔冯科尔：（1）《17世纪末—18世纪初的诗人兼哲学家安德烈·别洛博茨基》，载《古俄罗斯文学研究室著作集》（ТОДРЛ）第18辑，莫斯科—列宁格勒，1962年，第186—213页；（2）《安德烈·别洛博茨基的〈圣经首五卷〉》，载《古俄罗斯文学研究室著作集》（ТОДРЛ）第21辑，1965年，第39—64页。

来……但究竟什么时候来,谁也别想知道。"① 一些末世论长诗就是为这一目的服务的。对于它们的作者而言,末日审判已由信仰的对象成了艺术的对象,甚至成了学生诗歌作业的题目(因为《天梯》就是诺夫哥罗德学校一位学生的作文题目,据他自己承认,他刚听过作诗法课就写了该诗)。取代信仰的是欧化的文化。

欧化的文化聚集着力量,甚至影响了旧礼仪派的写作。例如,巴罗克式诗歌创作在奥洛涅茨省得到维格—列克萨共同生活社的承认;彼得一世在1705年9月7日的御旨中授予该社自治权(但旧礼仪派要缴纳双倍税款)。② 这里开办多所学校,收集丰富的藏书,设立服务于整个北方分裂派教徒的书籍印刷作坊。后来,领导维格—列克萨共同生活社的杰尼索夫兄弟安德烈(1674—1730)和谢苗(1682—1741),成为巴罗克式倾向的倡导者。

这是勇敢的一步,因为他们向自己的思想之敌学习写音节诗的艺术。《揭露斯特凡·亚沃尔斯基有关敌基督小册子的言论》的作者安德烈·杰尼索夫应允把这位斯特凡的诗作《堕落的人啊,你要勤于观看》编入维格社的诗集中。要这样决定就必须明白,意识形态与美学、信仰和文化是不同的现象。这种意识让安德烈·杰尼索夫来到基辅,在1718年在那里学习修辞学课程。

安德烈的弟弟谢苗于1712年在诺夫哥罗德被都主教约夫逮捕。约夫及其支持者(看来其中有卡里翁·伊斯托明)四年来一直试图让分裂派的这位首领皈依正教。他们的努力未取得成功。但是谢苗·杰尼索夫没有放弃自己的信念,并以应有的关注和尊重对待那些"规劝者"的文学经验。被迫待在诺夫哥罗德的全部岁月,他看起来是当地一所学校的公费生,而且在取消公费后也没有停止学业。正如旧礼仪派的传闻所说,他几年来一直独来独往,同时钻研语法学、修辞学和诗学。在谢苗·杰尼索夫给他的诗集《俄罗斯的葡萄园》——为旧信仰而蒙难的教徒传略集写的音节诗中③,巴罗克风格得以充分显露。下面四行诗是巴罗克"概念主义"(концептизм)的范例:

> 瓦尔拉姆神父就这样用火烤熟
> 仿佛要带给上帝的最甜的面包。
> 可神父却吃了它,先于耶稣享用,
> 然后自己把祭品举得比脑袋还高。

杰尼索夫兄弟不是维格和列克萨仅有的巴罗克诗人。这里在文学园地中活

---

① 罗斯托夫主教德米特里:《分裂派教徒布伦的信仰研究》(Розыск о раскольнической брынской вере),基辅,1877年,第62页(背面)。
② 参见娜·弗·波内科:《维格社的音节诗创作》,载《古俄罗斯文学研究室著作集》(ТОДРЛ)第29辑,列宁格勒,1974年,第274—290页。
③ 这些诗作的出版物,参见 Sullivan J., Drage C.L., Poems in an Unpublished Manuscript of the Vinograd rossiiskii. -- Oxford Slavonle Papers. New ser., 1968, vol. 1, p.35.

动的还有女诗人。安德烈·杰尼索夫当年的女仆(俗名马尔法·卢金娜)的女长老玛琳娜对他的去世作出了反应。她的贯顶诗《哀歌》显示出成熟的职业诗人的技艺。悼念与抒情的主题在这首诗中别具一格地结合起来,这也正是巴罗克式文学的特点:

> 我滚滚的泪珠不停地流,
> 悲伤的话语堵住喉头。
> 一想到你——我就浑身燃烧起爱火,
> 热望的火苗直窜心窝。
> 寺院荒芜我孤身独守,
> 你我阴阳相隔更增我悲愁。①

虽然维格社的音节诗创作不过是基辅、莫斯科和彼得堡学养式诗歌的外省回声,但是这个学派毕竟为理解18世纪初期20余年间的俄国文化提供了许多材料。杰尼索夫兄弟是造诣甚高的语文学者,内容广博的《来自沿海地区的回信》中曾谈到这一点。在维格,人们关注俄国的书籍市场,熟知文学新作品。按杰尼索夫兄弟的想法,维格—列克萨共同生活社作为一个文学中心,应该成为官方文化的有实力的竞争者。因此,对乌克兰—波兰巴罗克和俄国巴罗克经验的关注就是一个标志,它向旁观者表明,这一流派是最有代表性的,也是占主导地位的。不过,旧礼仪派亲眼观察,落入他们视野中的首先却是东正教教会,即他们的主要敌人。只要基辅—莫吉良学院培养出来的"具有拉丁文化背景的"人士掌握教会权柄,他们也就会决定文化政策。

然而,文化的领导权却渐渐转到彼得一世手中。巴罗克风格的博学多识者失去了他的支持。沙皇不喜欢斯特凡·亚沃尔斯基和罗斯托夫主教德米特里的那些独行其是的看法和觊觎"教父"的意图。1708年,在莫斯科伊万修道院宣读布道文时,罗斯托夫主教德米特里表示反对不遵守斋戒,而且大胆地直指彼得一世本人:"当我注视暴君们的酒宴时,我看见维纳斯身旁坐着巴克科斯——古希腊人把他看成贪食之神、美食神和酗酒神……但是,正如我看到的,我们的人、说话的人都是信仰基督的正教徒,却对这一尊神不无好奇,还很喜欢……不遵守斋戒——那不是罪过;白天黑夜酗酒——那是人之常情;整日耽于嬉戏——那是友谊交情;关于人死之后灵魂的种种说法,如灵魂将去何处?——那是无稽之谈。"② 1712年3月17日,适逢王子阿列克谢·彼得罗维奇命名日(这一天也是上帝的仆人阿列克谢的纪念

---

① 娜·弗·波内尔科:《维格社的音节诗创作》,载《古俄罗斯文学研究室著作集》(ТОДРЛ)第29辑,第282—283页。

② 引自阿·谢·杰明:《莫斯科学校戏剧的演变》,见《莫斯科学校剧院的剧作》(Пьесы школьных театров Москвы),第23页。这里也举出了一些涉及彼得一世和教会的牧师们发生冲突的事实。

日),斯特凡·亚沃尔斯基在他宣读的《论对上帝的戒律嗤之以鼻》这篇训诫文中,毫不掩饰地暗示彼得一世作为君主和作为普通人的罪孽,并称沙皇的儿子是俄国的"唯一希望"。作为报复,沙皇禁止俄国教会的大主教公开布道,直到三年之后才取消这项禁令。

这些局部冲突可能引发彼得一世同众人的争执,但却不能削弱他对这些人所代表的文化的反对态度。不过彼得还是否定了作为一个整体、作为特定体系的乌克兰—波兰巴罗克及其俄国变体。这不能被认为是专制君主的苛刻。这种否定是有深远意义的。彼得有容忍那些敢于揭露他的高级僧侣的雅量(须知正是他让斯特凡·亚沃尔斯基成为主教公会首脑的),但这位来自"拉丁文化"学派的巴罗克型作家,却是他对俄国进行改革的障碍。

根据巴罗克的艺术哲学,诗人的成果应归功于上帝。罗斯托夫主教德米特里依照修士誓言写了《日读月书》后,吩咐人将这一鸿篇巨制的草稿放进他的棺材里——当然这是为了在来世用它们为自己做辩解。相反,彼得认为诗人群体并不是由民族精英构成的,他们与任何臣民都没有什么不同。俄国的全体居民应向国君——上帝在世间的代理人负责。彼得大帝在1724年1月31日就其给修士和修道院的命令而提交枢密院的札记中,就有下列内容:"解释一下:履行职责对任何人而言都是一种灵魂救赎,而不只是一种修行。"① 换句话说,履行由合法当局规定的阶层职责和公职,是获得终身幸福的必要而充分的条件。

这一在精神上属于加尔文教派的原则对文学界有着最直接而有力的影响。作家们不再是有学识的修士中的特权阶层,其自由创作也不再是什么成果。彼得思想的传播者费奥凡·普罗科波维奇在谈那些不服从政权的人士时(他明显是指斯特凡·亚沃尔斯基)宣称:"这些人用基督教的自由……训导民众。人们听说耶稣基督将给我们带来自由……于是就想到我们从政权那里似乎只能得到听从的自由。"② 这里的色调稍显浓艳。"基督教自由"的辩护士们并没有号召人们不服从政权。他们只是认为,服从应该是自由表达意愿的结果。斯特凡·亚沃尔斯基曾就此直接写道:"任何事业,只要是出于需要,而不是出于人的自由意志和专横意志,那就是善行;善行越是不真诚、不实在,这样的事就越难成为永恒业绩。不过,还是要有善行,而且是将成为永恒业绩的善行;善行要从摆脱人的专横意志和自由意志开始做起。"③

换句话说,即便是善的创举(文学从巴罗克式的观点来看已归入"善行"之列),如果它是按命令完成的,而不是个人动机的结果,那也是毫无意义的。这一推论是

---

① 参见伊·奇斯托维奇:《费奥凡·普罗科波维奇和他的时代》(Феофан Прокопович и его время),圣彼得堡,1868年,第141页。

② 费奥凡·普罗科波维奇:《训导、赞颂与祝贺性讲话和言论》(Слова и речи поучительные, похвальные и поздравительные),第1册,圣彼得堡,1760年,第242页。

③ 斯特凡·亚沃尔斯基的:《信仰的基石》(Камен веры),莫斯科,1728年,1021页背面——1022页。

对作家活动的扩展：话语传播者应把出自其笔下的每一行为和那种"基督教自由"配合起来，而不是配合专制者的命令。毫不奇怪，作为以上引文出处的斯特凡·亚沃尔斯基的《信仰的基石》一书，在彼得一世时代曾被认为是禁书，只是在彼得之孙执政时才得以出版，当时许多具有政治改革倾向的著作都受到审查。

当然，不应认为"基督教自由"就等同于创作自由。自由的捍卫者们一直受到各种思想和美学禁令的约束，而且在东斯拉夫的巴罗克体系中，这些禁令非常严酷。特别是其中还包括对嘲笑和爱情题材的限制。但是"基督教自由"的辩护者不承认来自文学以外的压力。

彼得一世与"有拉丁文化背景的人"决裂还有其他原因。他们培育的文化带有非常突出的人道主义性质，但这也不能让彼得一世满意，因为他把实用实效的原则看得高于一切。曾在俄国供职三等文官的莱布尼茨对彼得一世颇为了解，他写道："我非常痛惜怀特大厅发生火灾时烧毁的霍尔拜因绘画，但是我仍倾向于同意俄国沙皇的看法。他对我说，与欣赏有人在王宫中指给他看的美不胜收的藏画相比，他更欣赏那些性能良好的机器。"① 就是这位莱布尼茨，有一次轻蔑地谈到一些巴罗克人文学者，说他们以"话语的麦秸替代话语的籽实"。这句话似乎只能出自彼得本人之口。

对于巴罗克人文学者来说，宇宙的每种因素都是某种永恒理念的象征和痕迹。因此，"星相学家的好奇"已延伸至苍穹之外。太阳被认为是认识的"象形印模"，土星是想象的符号，木星是合理判断能力的符号；所有星星都是与记忆相对应的宇宙的"象形印模"。人则是一个"小型宇宙"。罗斯托夫主教德米特里就是这样来推论第一人亚当的："亚当……在古希腊语中……表示小宇宙，也即小世界，他的名字取自大世界的四端：东西北南。在古希腊语中，宇宙四个端点的名称是：Анатолии——东方；Дисис——西方；Арктос（或 полунощ）——北方；Мисемвриа（或 полудень）——南方。从这几个古希腊语名称中取每个词的第一个字母，就构成了АДАМ（亚当）。正是亚当这个名字描绘出一个四极世界……这个名字也是基督的四端十字架的原型。"②

这样的解释使人们把生物界和非生物界、可见世界和超验世界联系在一起。巴罗克诗人感到自己是幸运的真理拥有者。他们似乎觉得，世界就是一本他们已从中取出七个印刷符号的书。对他们来说，科学已经完成了自己的发展周期，不再需要实验知识的发展和独立的研究。正是康帕内拉讽刺地描写过这一类人："他们……不再追求真理，而是成了古人的忠实继承者，习惯于他人的意见。他们不研究现象世界，只研究各种说法，哪怕这些说法不是哲学家本人所说的，而只是哲学家的阐释者所说的。他们断言，理智……用另一种不同于感觉的方式教导我们，还

---

① 参见《18世纪前三十年俄国文学的发展问题》（Проблемы литературного развития в России первой трети XVIII век），见《18世纪》文集第9辑，列宁格勒，1974年，第13页。

② 引自苏联国家图书馆武·米·温多利斯基收集的手稿，第467号，第353页（《十字架布道文》）。

认为理性知识是更高尚的……我从来(以赫拉克勒斯的名字发誓)没有见过他们中有谁研究实际现象,到田野、大海和高山去研究自然界;他们不从事这些工作,在自己家中也只是关心亚里士多德的著作,整天啃这些书本过日子。"①

彼得改革贯穿着讲究效益的思想,而效益——在"有拉丁文化背景的人"那里却没有直接的、立竿见影的、明显的好处。正因为如此,他们在彼得大帝构建的大厦中竟无立锥之地;也正因为如此,彼得决定拒绝斯特凡·亚沃尔斯基和罗斯托夫都主教德米特里觉得完美的艺术,拒绝他们的文化,尽管彼得的父兄都曾培育过这种文化,而他本人也是在这种文化氛围中受过教育的。

彼得推出另一种作家类型。依据誓言或内心信念著书立说的知识者,被根据命令或直接根据"御旨"写作的政务人员所取代。彼得还推出另一类文化。如果说对"有拉丁文化背景的人"来说,诗歌是艺术的皇后,那么,如今它则成了像马格尼茨基的《算术》这样的自然科学和实用知识出版物的镶嵌物和装饰品。如果从前整个世界、宇宙的所有要素,包括人在内,都是作为话语被接受的,那么现在话语也成了事物。从西梅翁·波洛茨基的诗歌"瑰宝博物馆"到彼得堡珍品陈列馆——奇珍异宝实物博物馆,俄国巴罗克的演化就是如此。话语是莫斯科时期巴罗克的旗帜,事物则成为彼得堡时期巴罗克的旗帜。

彼得时代出现了许多对俄国而言的新"事物"——海军舰队、图书馆、大众剧场、科学院、公园和公园雕塑;俄国还制作了新式服装,形成了新的风格派头、新的交际方式;甚至还出现了新的首都。各种事物的产生排挤了话语的创造,因此有时人们把彼得时代称为俄国史上"最非文学的时代"。这是否意味着文学的衰落?从某种意义上说确实意味着衰落。自然也就有了文风的恶化,俄语中夹杂着外来语词,充斥着生造字眼。一个动态的世界处于急剧转化的状态,应该描写这个世界,也应该为所有日新月异的事物命名,这就造成了一种"痉挛式"的风格。文学的非职业化开始显露。如果说在沙皇阿列克谢·米哈伊洛维奇和费奥多尔·阿列克谢耶维奇执政时期,写作是受过正规教育的人享有的特权和专利,那么在彼得时代则出现了人数迅速增加的业余写作者群体。下面的例子可以用来判断业余写作的规模:在这个时代的大型舞会上,彼得堡的切尔卡斯基公爵家族、特鲁别茨科伊公爵家族、戈洛夫金公爵家族的社交名媛也编出一些爱情歌曲。伊丽莎白·彼得罗夫娜公主本人在这种场合也十分活跃。像威廉·蒙斯这样的一些刚刚会说几句俄语的外国人,竟然也拿起笔来创作了。一知半解——也是衰败的征兆。

但是在这一切之中也有一些富有成效的因素。对物的称赞是同素材与情节的自由相联系的。18世纪初期的二十余年间的歌曲中保存了一系列关于"珍贵的自由"的歌。彼得及其后辈曾"高唱可贵的自由"。但这里指的是什么样的"自由自在",什么样的自由呢? 当然,既不是政治自由,也不是精神自由。这里指的是作为

---

① 转引自亚·哈·戈尔冯科尔:《托马斯·康帕内拉》(Томмазо Кампанелла),莫斯科,1969年,第234—235页(著者译自《为感觉所证明了的哲学》)。

个别人士的自由,即日常行为的自由。"珍贵的自由"活动之一就是文学活动。文学不仅服务于实际的需求。文学是使人愉悦的。在这一领域,作家既不受教会思想束缚,也不受国家的束缚。作家在选择题材和情节时是自由的。文学生活中的这一进步也是一种改革——一种影响深远的改革。

2. 在走向俄国新文学的道路上

17世纪后半期就已显端倪的俄国历史—文学进程[①]的一些新的现象,为彼得时代文学的形成准备了条件。这是18世纪初的二十余年间,在俄国发生大规模的经济、社会和政治改革的时期。国家最高的中央管理机构的改革,海军舰队和新型正规陆军的建立,科学、工业和贸易的发展,促使俄国在发展水平上接近当时欧洲的先进国家。对瑞典王国查理十二的军队作战取得的军事胜利,迫使众邻国承认俄国军队的强大。彼得一世政府推行了一系列教育改革:开办各类学校、中学和附设于科学院的大学,并宣布进入学校学习的不仅有贵族子弟,而且有出身于各纳税阶层的子弟。政府需要受过教育的人,因此许多年轻人被派往"异国他乡"学习科学技术和"政治法律"。

改革的成果很快就在文化领域体现出来。在这里发挥了最重要作用的是,17世纪后半期的俄国,已在文艺复兴文化传统的强劲发展中接近自身发展的下一个时代,而文艺复兴的历史意义就在于对作为精神价值的人所抱有的新态度(与人被视为罪恶与诱惑之源的中世纪截然不同)。人的智能从宗教教条的束缚中解放出来,对世俗因素的强调与展示,乃是新的文艺复兴世界观的体现。

如果说在17世纪下半叶俄国曾急切地掌握了欧洲文艺复兴时期文化遗产的重要部分[②],那么在18世纪初的二十余年间,俄国文艺复兴影响的历史结果就已显示出来。18世纪初的二十余年间的社会和文化改革,尽管看来似乎是偶然的、出其不意的,但改革之所以实际上能够实现,是因为它们发生于已为彼得时代的改革做了准备的土壤上。彼得一世的活动之所以如此富有成效并拥有历史前景,是因为他正确理解俄国社会—政治和文化的发展趋势,并把自己的全部巨大精力、智慧和君主专制权力引向这些趋势的现实化,而沙皇本人已意识到这些趋势就是国家的任务[③]。这对于18世纪俄国文化的命运具有重大意义。

18世纪初的二十余年间,俄国社会的社会结构、受教育程度与国家政权的性

---

① 德·谢·利哈乔夫:《10—17世纪俄国文学发展道路的独特性》,载《俄罗斯文学》(РЛ),1972年第2期,第30—36页。

② 参见加·尼·莫伊谢耶娃:《17世纪末—18世纪中期我国与波兰的文学—社会和科学联系》(Литературно-общественные и научные связи России и Польши конце XVII-- середины XVIII в.),见《斯拉夫民族的历史、文化、民族学和民间口头创作》(国际斯拉夫学者第7届代表大会,苏联代表团的报告),莫斯科,1973年,第438—451页。

③ 列·阿·尼基福罗夫:《俄国与18世纪初期的欧洲国家体系》,见《彼得一世改革时代的俄国》(Россия в период реформ Петра I),莫斯科,1973年,第9—39页。

质都发生了变化。17世纪末稍稍显露出来的限制封建贵族政治权力的倾向,在沙皇费奥多尔·阿列克谢耶维奇关于取消"按门第授官制度"的命令中已有所表现;18世纪初,这一倾向获得了明显呈现的性质,它旨在提升"出身低微者",并使他们同世袭贵族在法权上趋于平等。彼得时代的实践活动先于理论上论证新贵族形成的原则。1722年颁布的《全体武官、文官和御前官官阶一览表》是彼得时代最具深意的文件,由彼得一世起草、经他多次修改的"官阶表",表明他亲自参与了这一法令的制定,其中阐述了对人的评价和人在社会职位等级体系中"取得田庄地产"的原则。

"为祖国效力"成为评价人的标准。个人品质具有头等重要的意义。决定一个人在社会生活中的价值的不是显耀的身份和财富,而是"机敏的头脑"、军人的勇敢精神和公民的行为。彼得制定的"官阶表"是在实践中把新原则现实化的重要步骤,而这些原则正是俄国发展先进启蒙思想的基础。

在18世纪,启蒙思想已形成完整的体系。尤·米·洛特曼曾公正地写道:这一体系反映"在社会学、哲学、伦理学、政治学和艺术观上,这些领域都浸透着同人的个性被暴力限制和社会阶层的不平等作斗争的'精神'"①。18世纪初,启蒙思想对科学和文化的形成有重大的推动作用,也在很大程度上决定了正在形成的俄国新文学的独特性。

18世纪初的二十余年间,俄国在自然科学领域迅速掌握了西欧先进科学的成就。各门知识的密集型发展使得这个世纪初的科学有别于前一时期的科学观念。②

弗·伊·列宁曾注意到科学世界观对精神文化其他方面的影响,"从自然科学奔向社会科学的强大潮流"③。18世纪初的俄国已逐渐了解欧洲新兴自然科学的理念,知晓笛卡尔、开普勒、哥白尼、伽利略、牛顿等人的名字。在俄国社会先进代表人物的著作中,前一时期占统治地位的亚里士多德的自然哲学遭到坚决的反对。取代它的是霍布斯、洛克、普芬多夫和莱布尼茨的哲学思想。彼得时代的藏书中,出现了西欧先进的自然科学著作和哲学著作。④

18世纪初期俄国文化的普遍高涨,不仅体现在彼得一世的那些受过教育的志同道合者身上,还体现在彼得时代印刷品读者群的大大扩充上。⑤

俄国第一家印制报纸《消息报》从1702年底(或1703年初)开始出版⑥,彼得一世政府借助于这份报纸阐明自己的政策并宣传改革的必要性和重要性。《消息

---

① 尤·米·洛特曼:《18世纪文学中的俄国启蒙运动问题》(Проблемы русского просвещения в литературе XVIII века),莫斯科—列宁格勒,1961年,第87页。
② 《俄国自然科学史》(История естествознания в России)第1卷第1册,莫斯科,1957年,第185页。
③ 《列宁全集》第25卷,北京:人民出版社,2017年,第43页。
④ 谢·帕·卢波夫:《18世纪初期俄国的书籍》(Книга в России в первой четверти XVIII века),莫斯科—列宁格勒,1973年,第6—54页。
⑤ 同上书,第315—359页。
⑥ 帕·纳·别尔科夫:《18世纪俄国期刊史》(История русской журналистики XVIII века),莫斯科—列宁格勒,1952年,第36—52页。

报》还系统地报道了国际社会生活中的各种事件。尼·亚·杜勃罗留波夫曾指出：在这份报纸上，"俄国人第一次读到就各种军事和政治事件向全民所做的解释"。①在赋予《消息报》以社会教育意义时，彼得一世还力求使其成为广大读者明白易懂的报纸。因此，《消息报》的语言也就有了特别的意义。这家报纸的语言是务实的、表述准确的，几乎不使用教会斯拉夫词语，外来词汇也为数不多，因此便在一定程度上成为彼得一世向18世纪初外文书籍翻译和俄国历史和政治著述推荐的语言样板。并非偶然的是，18世纪40年代初罗蒙诺索夫着手写作《俄语语法》时，就仔细研究过《消息报》，认为18世纪初期的务实性散文语言反映了俄语标准语发展中的进步趋势。

　　大批量印刷出版的《消息报》（有时一期发行量达2000~4000份）使得俄国读者更接近了文化。尼·亚·杜勃罗留波夫曾强调彼得时代《消息报》的文学意义："各种各样的对象，从政治新闻起到建造某种小船，都有写作和报道的机会，这就扩大了文学理念的影响范围，吸引了许多人投入书报活动，而他们过去对这类活动是从来不闻不问的。"②

　　从1708年开始（当时已采用世俗体字母），俄国出版了大量政治和政论著作、教科书和翻译的文学与历史著述。③

　　在彼得一世时代出版的第一批书籍中，应首推古希腊罗马文化和文学的独特汇编。众所周知，欧洲的文艺复兴把古希腊罗马文化遗产看作效仿的崇高典范。17世纪下半叶的俄国也明显地加强了对古希腊罗马的关注；看来并非偶然的是，1654年亚·苏哈诺夫在去东方旅行时得到了荷马作品的15世纪抄本，鲍·利·冯基奇认为这个手抄本是"文艺复兴时代的希腊书法家们的典范之作"④。当时亚·苏哈诺夫也带回了赫西奥德的长诗抄本和修昔底德的《历史》。在尼康牧首的藏书室中保存着亚里士多德、普鲁塔克、希罗多德、狄摩西尼著作的手抄本。在外交事务衙门（当时的外交部）的图书室内，也存有古希腊罗马作家西塞罗、维吉尔、塞内加、奥维德、普劳图斯、伊索等人的大量作品。

　　基辅—莫吉良学院和莫斯科斯拉夫—希腊—拉丁学院在介绍古希腊罗马文学方面发挥了重要作用。这些高等学校的学生掌握了拉丁语和希腊语，就有了通过原著了解古希腊罗马作家创作的可能性。彼得一世时代俄国首次大批量（按当时规模而言）地出版了一些书籍，这些书籍构成了可让俄国广大读者接触古希腊罗马艺术和文化的基础。

　　1705年在荷兰阿姆斯特丹《象征与符号》一书以俄语出版了，其中含有840个

---

① 尼·亚·杜勃罗留波夫：《杜勃罗留波夫全集》第1卷，莫斯科，1934年，第228页。
② 同上。
③ 这里及后文中关于18世纪初问世的多种出版物信息，引自《世俗印刷出版物情况描述：1708—1725年1月》（Описания изданий гражданской печати. 1708--январь 1725），塔·亚·贝科娃、М. М. 古列维奇编辑，帕·纳·别尔科夫审订并作序，莫斯科—列宁格勒，1955年。
④ 鲍·利·冯基奇：《关于荷马作品著名抄本的命运》，载《古代史通报》（Вестник древней истории）1966年第1期，第142—144页。

寓意符号和象征，都是西欧文化中最常用的符号。这使得俄国读者可以掌握为巴罗克和古典主义所特有的常用意象的世界，同时也为他们提供了关于古代神话的基本概念。1700 年在阿姆斯特丹还第一次出版了伊索寓言译本，书中还附有被认为出自荷马笔下的长诗《蛙鼠之战》。1722 年发表了译自德语的出版物《奥维德画的 226 个人物》（即奥维德的《变形记》），1712 年则出版了《箴言集》（即《简明雄辩与劝喻言论三编》）——它是译自波兰语的格言和半荒诞故事集，其中提到古希腊罗马哲学家、政治活动家和作家的名字。在彼得一世执政时期，《伊索寓言》再版两次，《箴言集》再版五次。

关于古希腊罗马文化的信息，俄国读者是在译自拉丁语、1720 年出版的波利多尔·韦尔吉利·乌尔宾斯基的历史文化著作《八本讲述发明人的书》中获得的。在前三本书中，波利多尔·韦尔吉利试图依据哲学家和史学家的见解来解释科学、艺术、技术、社会生活方式的起源与形成；后五本书则论述各国人民的宗教习俗。1725 年出版的阿波罗多罗斯的《丛书，或诸神论》也追求同样的启蒙目的。费奥凡·普罗科波维奇所写的前言"致读者"揭示了此书在希腊罗马文化史上的意义。

18 世纪初的二十余年间还出版了几本历史著作：昆特·库尔齐的书《关于马其顿国王亚历山大大帝创建的业绩》（1709—1724 年共出五版），《特洛伊城被毁的故事》（1709—1724 年共出三版），《圣城耶路撒冷最后一次被韦斯巴芗之子、罗马皇帝提图斯摧毁的历史；第二部关于攻占光荣之城君士坦丁堡的历史》（1713—1723 年共出三版）。这些著作之所以广为流行，正如亚·伊·别列茨基所指出的，是由于它们同古代罗斯历史传统深刻联系。① 奥·维·特沃罗戈夫对源自 17 世纪手抄译本的 1709 年《特洛伊历史》的第一个印刷文本的手抄本来源所作的研究②，证明彼得大帝时期历史叙事作品的传统是延续不断的。但是在 18 世纪初文化改革的条件下，古代罗斯文学的传统却经受了重大的变化。

拒绝中世纪教会的思想体系，质朴的唯理主义和实用主义的文化启蒙——所有这些表现出彼得时代新的社会—政治世界观的特征，决定了那个时代俄国文化和文学发展非同寻常的复杂性。文艺复兴和早期启蒙运动的理念，两者的独特综合，有时会造成彼此矛盾的意识形态观念、伦理观念和美学观念的杂糅。对人的人道主义信念，对人的尘世幸福权利和无限意志自由的肯定，是同关于人的个性理想、人的思想和感情服从于公民义务和服务于国家的观念并行不悖的。彼得一世的活动似乎体现了"为祖国服务"的理论命题。在关于剥夺阿列克谢·彼得罗维奇王子王位继承权的文告中，纳入了彼得一世给儿子的带有意味深长之言的信："……我为了众人和祖国不吝惜自己的生命，只对你这个废物例外。"在编辑《北方

---

① 亚·伊·别列茨基：《在古今文学的交界处》，见《俄国文学史》第 3 卷，莫斯科—列宁格勒，1941 年，第 22 页。
② 奥·维·特沃罗戈夫：《圭多·德·科伦纳的〈特洛伊历史〉在古代罗斯的翻译与 1709 年的出版》，载《古俄罗斯文学研究室著作集》（ТОДРЛ）第 26 辑，列宁格勒，1971 年，第 64—71 页。

战争史》时,彼得一世对其中描述他亲自参加1709年波尔塔瓦战役的文本片断作了实质性修改。他删掉了所有对"沙皇个人"的歌功颂德之词,确切地表述了自己实际参加军事指挥的活动:"……因为一国之君在必要的情况下为了众人和祖国应不惜牺牲自己,像一位真王的领路人应做的那样行动。"①

这段表述集中反映出新旧两种观念,即古代罗斯文学中具有公民责任感的爱国主义传统和关于国君的义务和权利的启蒙主义思想,后者在格劳修斯、霍布斯和普芬多夫的著作中得到了理论上的论证。

彼得一世时代的政治思想体系,一方面依据以往俄国文学的根本原则,即文学的政论性、公民意识和爱国主义激情,这样就同民族文化传统联系在一起;另一方面,它又是在17世纪末—18世纪初欧洲启蒙思想的哲学基础之上确立的,并表现于古典主义艺术体系中。因此在俄国古典主义形成的早期阶段,它同欧洲古典主义,尤其是同法国古典主义有一系列实质性差异。法国著名的讽刺诗人、古典主义的理论法典《诗的艺术》的作者布瓦洛,对一切形式的民族诗歌传统抱着尖锐的敌视态度,认为传统就是他憎恶的"粗野"因素的体现②。法国的古典主义者在创立新文学时依据的是古希腊罗马艺术。欧洲古典主义有意识地培育有教养的社会阶级的理性艺术,排斥和以"非理性"为基础的民众创作的接触;俄国古典主义与之不同,它在关于以往民族文化的问题上是从另一种立场出发的。

对自己特有的"古希腊罗马文化"——古代罗斯的文学和文化的关注,是当时正在形成的俄国新文学的显著特征。早期古典主义的这一特点决定了俄国文学进一步发展的独特性。在18世纪历史—文学进程的运动有其全部复杂性的背景下,作家们对民族题材和古代罗斯艺术传统的注意,在各种不同文学倾向的俄国文学作品的思想—风格特点的形成中,发挥了自己的作用。同时,就在18世纪,有人已开始把文化和文学与传统的"割裂"与彼得一世的名字联系起来,因为他的改革是向着欧洲文化教育的急速"跃进",并完全脱离本国文化(米·米·谢尔巴托夫③、尼·米·卡拉姆津④)。

关于彼得时代俄国文化的民族传统中断的观点一直流传到今天,尽管它们带有某种现代包装的形式。如鲍·伊·布尔索夫在他的研究论著中写道:"在18世纪,俄国文学同古代民族文学形式急剧断裂。因此,在这里占据首位的是差异性,而不是共同性。"⑤

---

① 《彼得大帝的记事簿,即他的日记……从1689年到尼斯塔特和约签订之前》(Журнал, или Подённая записка... Петра Великого с 1698 года даже до заключения Нейштатского мира)第1册,圣彼得堡,1770年,第215页。

② 布瓦洛:《诗的艺术》,Н. А. 西加尔作序与注释,莫斯科,1957年,第7—23页。

③ 米·米·谢尔巴托夫:《历史、政治与哲学论文》(Статьи историко-политические и философские),《谢尔巴托夫公爵文集》第2卷,圣彼得堡,1893年,第13—20卷。

④ 尼·米·卡拉姆津:《卡拉姆津文集》,第11卷,莫斯科—列宁格勒,1964年,第314页。

⑤ 鲍·伊·布尔索夫:《俄国文学的民族独特性》(Национальное своеобразие русской литературы),第2版,列宁格勒,1967年,第7页。

实际上情况要复杂得多，不可能以"骤变"和"断裂"等字眼把18世纪初二十余年间俄国文学中发生的多种多样的变化表达出来。尽管在政治、科学和文化诸领域全面致力于改革，关注西欧国家的样板，但彼得一世远不像有些人乐于认为的那样，片面地看待古代罗斯的书业遗产和文学艺术文献。只要提及一些事实就够了，它们会让人对彼得一世的文化政策和他看待民族传统的立场形成不同的认识。

据彼·尼·克列克申证实（如他所写，他是以彼得一世的老师尼·莫·佐托夫的讲述为依据的），1684年6月1—2日，彼得一世（当时他才12岁）参观牧首藏书室，在那里发现一些手抄书籍"乱堆乱放，许多书已破损，为此他对牧首十分生气，一言不发就走了"①。随即他命令尼·莫·佐托夫"整理那些书籍，有序排列，编制清单，给所有藏书加盖沙皇玉玺"②。1718年完成的《牧首藏书室编目》，就是执行彼得一世命令的结果。

彼得一世的私人藏书室中，在最为多样的各知识门类的书籍中，保存着古代罗斯的手抄本，沙皇去世后这些手抄本都被送往彼得堡科学院图书馆。

1711年彼得一世路过柯尼斯堡时访问了皇家图书馆，在这里见到了一部带插图的古代罗斯手稿，那是波兰大封建主尼·拉济维尔赠送给图书馆的。彼得一世当即为自己的图书馆订购了该手稿和插图的精确复制本。所谓柯尼斯堡（拉济维尔）编年史的彼得复制本，从1725年起一直存放在彼得堡科学院图书馆内，它在俄国科学史上发挥了极为重要的作用。1758年之前（当柯尼斯堡编年史真本已运到彼得堡时），曾从事彼得复制本研究的有保泽（将复制本译成德语）、霍·济·巴耶尔、瓦·尼·塔季谢夫、米勒（1732—1735年在 Sammlung russischer Geschichte 上发表编年史的若干片断），以及在伊·谢·巴尔科夫的参与下筹备于1767年首次出版这部编年史的米·瓦·罗蒙诺索夫。

由于认为古代罗斯文献有重大意义，彼得一世在1720年和1722年颁布了命令：在教堂和修道院中征集手稿，并统一送往主教公会图书馆。斯·罗·多尔戈娃查明了早先不为人所知的一个事实：根据彼得一世的命令，计划筹备重新出版1564年首次印刷的《使徒行传》。

毫无疑义，彼得一世对保存古代罗斯手稿的关心，是由于他理解这些文献作为俄国历史的信息来源的意义。众所周知，彼得一世曾委托莫斯科印刷坊校订员费·波·波利卡尔波夫编写一部从古到今的《俄国史》。波利卡尔波夫是位有学问的、勤奋的翻译家，几部多语种词典的编纂者，却不能着手编写一部新型著作：他以编年史为材料进行编写，删除关于奇迹和征兆的描述，而18世纪初期的历史（到1710年）则是认真汇集了鲍·彼·舍列梅捷夫的日记、北方战争期间军队作战的报

---

① 《经由费奥多尔·图曼斯基的著作和赡养而得以充分知晓君主彼得大帝的生活与活动的服务人员的各类笔记与作品集》（Собрание разных записок и сочинений, служащих к доставлению полного сведения о жизни и деяниях государя императора Петра Великого трудами и иждевением Фёдора Туманского），第5册，圣彼得堡，1787年，第140页。

② 同上书，第141页。

告和沙皇命令等相关信息。彼得一世不满意费·波·波利卡尔波夫的编撰，因而他的《俄国史》没有发表。① 可以认为，彼得一世在历史著作中期望看到的，不是按年代顺序列出取自几种史料的信息，而是以可靠的史实为基础、满足时代审美需求和符合社会—政治任务要求的著作。

彼得一世认为叙述俄国和西欧诸国往事的历史著作有严肃的意义。但与此同时，他也表现出对当代事件的关注，并亲自参加俄国与瑞典北方战争史的编写。保存下来的五稿《北方战争史》中都有彼得一世所做的记号和校订修改②；从他的批注和修正的性质中可见，他所关心的不仅是实际材料的完备，还有著作的语言文字方面。他在修辞上所做的修改表明了他追求历史事实叙述的简洁、清楚和通俗易懂，消除"华丽的修饰"。彼得一世的美学观点在18世纪初期俄国文学的形成过程中发挥了一定的作用。③

新型历史著作的编撰以深入研究古代罗斯编年史编撰传统为基础，同时注意欧洲的历史和社会—政治思想的经验，这就决定了18世纪俄国历史编撰学的发展方向。谢·列·佩什季奇指出："俄国历史学思想的发展，在许多方面是与18世纪俄国纯文学的发展平行前进的。"④ 因此，费·普罗科波维奇、瓦·尼·塔季谢夫、米·瓦·罗蒙诺索夫和尼·米·卡拉姆津等人的历史著作，构成了18世纪至19世纪初的史学和美学遗产，它们既是历史文献，同时又是文学文献。

彼得时代的世俗生活欢乐因素、对人求尘世幸福权利的肯定，促进了诗歌创作的繁荣。社会生活和家庭日常生活的变化，如举行男女共度节日的大型舞会，女性从"禁闭闺房"中解放出来——这一切使一种新型关系得以形成。米·米·谢尔巴托夫在确定"俄国式伤风败俗"的年代界限时写道：18世纪初，"此前几乎还一无所知的近于粗野风气的爱欲，已开始控制敏感的心灵"⑤。

在一些手抄本文集中读到的18世纪初爱情诗的许多典范性作品，使人们形成了关于其特征的认识。它们的显著特点是五彩缤纷的词汇组合。除了教会斯拉夫语、乌克兰语和波兰语的常用语外，还有彼得大帝时代的公文用语夹杂其间，而公文用语中则点缀着矫揉造作和繁文缛节式的精雅词语。这证明在18世纪初二十余年间俄语定型过程中曾发挥重大作用的翻译文学在语言上的积极影响⑥。书面诗歌中出现了与西欧文艺复兴传统相联系的隐喻、意象和象征。爱情诗中夹杂着

---

① 加·尼·莫伊谢耶娃：《作为文学文献的费奥多尔·波利卡尔波夫的〈俄国史〉》，见《18世纪前三十年俄国文学的发展问题》（Проблемы литературного развития в России первой трети XVIII века），《18世纪》文集第9辑，列宁格勒，1974年，第81—92页。
② 谢·列·佩什季奇：《18世纪俄国历史编纂学》（Русская историография XVIII века），第1册，列宁格勒，1961年，第154—176页。
③ 亚·米·潘琴科：《关于彼得时代作家类型的更替》，见《18世纪前三十年俄国文学的发展问题》，《18世纪》文集第9辑，列宁格勒，1974年，第112—128页。
④ 谢·列·佩什季奇：《18世纪俄国历史编纂学》第1册，第14页。
⑤ 米·米·谢尔巴托夫：《历史、政治与哲学论文》（谢尔巴托夫公爵文集）第2卷第152卷。
⑥ 叶·爱·比尔扎科娃、Л. А. 沃伊诺娃、Л.Л. 库金娜：《18世纪俄语词汇学史概观：语言的沟通与借用》（Очерки по исторической лексикологии русского языка XVIII века. Языковые контакты и заимствования），列宁格勒，1972年，第24—36页。

古希腊罗马男女神祇的名字,如一位主人公为他的被"丘比特的利箭"所射穿的心灵而哭泣:"啊!我的心受了致命的箭伤／可恶的丘比特用箭把我射穿!"

18世纪初的二十余年间的爱情抒情诗具有动人的、多愁善感的音调,充满激情昂扬的用语:恋人们的心"为悲伤所俘获",他们"泪如雨下";他们的爱情就是"火焰",它"产生了心灵的火花",点燃了"烈火"。巴罗克式的动人比喻——把美人比作鲜花、宝石和金银(如"最芬芳的花朵","最珍贵、最美丽的蓝宝石","珍贵无比的恋人,无价的钻石","有一双磁铁般吸引人的眼睛"),造成了这些诗歌——俄国诗歌创作早期典范的独特品性。

在文学中"爱情习用词"的形成中,民间抒情歌曲也起到了一定的作用。17世纪末—18世纪初通过波兰进入俄国的翻译文学作品,对这一时期的爱情诗产生了重要影响。早期的抒情歌曲已进入1720—1730年代初的诗集中,如《美丽芬芳的花朵》《我明媚的阳光,美丽的玫瑰》《由于极大的忧伤而没有欢乐》《最珍贵的钻石宝,比蜂蜜还甜》《我眼中的爱人,最最明亮》,还有《但愿人人都认识你》[①],等等。

许多歌曲是献给幸运女神福尔图娜的。А.В.波兹涅耶夫曾公正地把这些歌曲的出现同"旧概念与日常生活习俗的断裂时间,正是新的世俗世界观确立的时间"联系起来[②]:

> 狠心的福尔图娜,你这样太不应该!
> 为什么把我和心爱的姑娘分开?
> 我至死都要和她相亲相爱,
> 你却把她从我身边拽走,掩藏起来。
> 狠心的福尔图娜,莫非你不了解,
> 那心爱的姑娘就是我的至爱?
> 她是这个世界上最美的一位,
> 以最美的色彩在百花园中盛开。

18世纪初的二十余年间,俄国还出现了一种新型的情节叙事作品。我们认为这类作品的典范是:《俄国水手瓦西里·卡利奥茨基和佛罗伦萨城邦美丽的公主伊拉克莉娅的故事》《勇敢的俄国骑士亚历山大与他的两位爱慕者蒂拉和埃莉奥诺娜的故事》及《某小贵族之子的故事,讲述他如何运用自己高超而好用的学问与本领获得极大的荣誉和骑士称号,并因为自己的善行而被赐予英国王子的称号》等。

这些卓越作品是彼得一世时代的产物。各篇作品的主人公都是典型的——非名门出身的年轻人(最常见的是贫穷的小贵族);人物的命运也是非常典型的——

---

① А.В. 波兹涅耶夫:《17—18 世纪的手抄本歌曲》(歌唱型音节诗史略),载《国立莫斯科函授师范学院学报》(Учен. зап. Моск. гос. заочн. пед. ин-та)1958 年第 1 期,第 58—59 页。

② 同上书,第 68—69 页。

达到很高的社会地位不是靠自己的出身,而是凭个人的业绩、"智慧"和"学问";这些作品的形式也很典型,俄国文学和翻译文学的传统在其中实现了独特的结合。

关于水手瓦西里、骑士亚历山大和小贵族之子的几篇"故事"与17世纪下半叶的叙事作品有着实质上的区别。这些"故事"完全是世俗作品,它们的情节是虚构的,并沿着揭示主要人物性格的线索来展开,人物的命运就是其所作所为的结果,而不是像在《萨瓦·格鲁德岑的故事》中所显示、《倒霉鬼——苦命人的故事》① 中所展开的那样,是难以摆脱的厄运作用的结果。"机智过人"的俄国水手瓦西里克服了所有阻碍,成为佛罗伦萨城邦的国王;俄国骑士亚历山大因其个人勇敢无畏而备受尊重,在返回俄国的途中去世,从而失去了为虚度的时光而赎罪的希望;小贵族的儿子"因其高超的学问与本领"被赐予英国王子的称号,却由于宫廷高官显贵的阴谋诡计而死于非命。

18世纪初俄国叙事作品的新颖之处是爱情题材的展现。这一题材不仅构成情节因素,而且服务于主人公性格的展示。爱情是一种重要而严肃的感情;这不是萨瓦·格鲁德岑的那种"淫乱堕落",而是一种高尚的,同时也是尘世的激情,它推动主人公去建功立业。爱情具有伟力,往往支配着整个人。水手瓦西里见到伊拉克莉娅公主后"因她的美而拜倒在地"。英国公主遇见小贵族之子后"整个像蜡一样融化,又像蜡烛一样被点燃"。

描写世俗因素的这种统治(有别于中世纪禁欲主义),对尘世生活的肯定,对人的实际能力的展现,是欧洲文艺复兴时期文学最重要的特征之一。② 18世纪初期20余年的"故事",无疑反映了文艺复兴的潮流。瓦·瓦·科日诺夫对于与文艺复兴不可分割地联系在一起的骑士叙事诗的素材和形式的发展所做的研究也证明了这一点③。彼得时代的俄国叙事作品受到了翻译文学的影响。例如,薄伽丘小说中的幽默故事和改编的情节,《金钥匙王子彼得的故事》,都在《俄国骑士亚历山大的故事》的素材中得到了表现④;关于博瓦王子的浪漫故事和关于哈姆雷特的情节的德语改编,也见于《某小贵族之子的故事》⑤,而关于出身名门的小贵族多尔托尔的故事则见于《俄国水手瓦西里的故事》⑥ 中。

但是与此同时,18世纪初二十余年间的故事还反映了彼得时代的启蒙思想。这最鲜明地体现在主人公的这样一些品质上,如"智慧超群",因其学识而颇有建

---

① 娜·谢·杰姆科娃、德·谢·利哈乔夫、亚·米·潘琴科:《情节叙事与17世纪俄国文学中的新现象》,见《俄国小说的起源》,列宁格勒,1970年,第536页。

② 亚·阿·阿尼克斯捷:《西欧文学与戏剧中的文艺复兴、矫饰主义与巴罗克风格》,见《文艺复兴、巴罗克与古典主义:15—17世纪西欧艺术中的风格问题》(Ренессанс. Барокко. Классицизм. Проблема стилей в западноевропейском искусстве XV- XVII века),莫斯科,1966年,第182页。

③ 瓦·瓦·科日诺夫:《长篇小说的起源》(Произхождение романа),莫斯科,1963年,第53页。

④ 米·雅·卡利诺维奇:《〈俄国贵族亚历山大的故事〉与〈金钥匙王子彼得的故事〉》,载《语文学文集》,第8辑,1956年,第192—194页。

⑤ 《18世纪前三十年的俄国故事》(Русские повести первой трети XVIII века),加·尼·莫伊谢耶娃研究并准备文本,莫斯科—列宁格勒,1965年,第144—145页。

⑥ 亚·尼·佩平:《民间故事史略》(Из истории народной повести),圣彼得堡,1887年,第Ⅰ—Ⅲ页。

树。正是这些个人优点,既在作者的直接叙述,也在故事其他人物的看法中得到了揭示。关于水手瓦西里的"声誉显赫……是其学识和能力所致"。阿塔曼一眼就看出了瓦西里"年轻豪放,智慧不凡"。奥地利皇帝邀请瓦西里赴宴,还说:"为什么你无法拒绝我的邀请,因为我看到了你那名副其实的才智。"俄国"骑士"亚历山大"还在幼年时期就足以让人吃惊,因为他天生聪慧过人,所以他在哲学和其他学问方面也出类拔萃"。小贵族之子"在能力上超越众人"。

彼得时代俄国故事的结构特点是叙述中含有歌曲——随着情节进程而由主人公演唱的"咏叹调"。从其构成上看,这些"咏叹调"是 18 世纪初爱情抒情诗的典型范例,其中结合了文艺复兴和巴罗克风格的特征(如寓喻)、过于充沛的情感表现(常提到古希腊罗马男女神祇的名字(丘比特、福尔图娜、玛尔斯等))。

《俄国骑士亚历山大的故事》中的女主人公、新教牧师之女埃莉奥诺娜,初次见到亚历山大后,就用"咏叹调"表达自己的感情:

> 埃莉奥诺娜,你自己牺牲了幸福,
> 你以傲慢的回答唤起痛苦。
> 给自己年轻的心带来忧愁,
> 如今甜蜜怎样和它共处?
> 但我心里还没有泄气,
> 不祥的忧伤也尚未郑重说出,
> 我的良心已有所领悟,
> 福尔图娜为何匆匆飞去。

这些咏叹歌曲并不是"故事"的作者个人的创作成果。它们在日常生活和手抄本集子中流传甚广,被纳入叙事结构时几乎是机械的,并未表现出主人公的个人感情,而只是传达出这些感情的类型特征。

彼得时代故事的文学风格呈现为多层次诗学的交融。弗·列·佩列茨令人信服地指出:"爱的祈愿、书信、穿插的咏叹调的风格",是在通过波兰的中介进入罗斯的意大利文学和法国文学的影响下形成的。① 但是同时应当注意到,在这些故事的风格形成过程中,17 世纪末—18 世纪初已锤炼得很成功的彼得时代的务实性文体发挥了重要的作用。《自鸣钟消息报》《消息报》、翻译过来的人文科学类教科书和学术著作的语言,对关于俄国水手瓦西里、俄国骑士亚历山大和小贵族之子的"故事"的叙事方式的特征,都产生了重大影响。②

---

① 弗·列·佩列茨:《俄国诗学风格史概观(彼得大帝时代和 18 世纪初期)》,载《国民教育部杂志》(ЖНМП)第 3 卷,1906 年第 6 期,第 390—391 页。

② 加·尼·莫伊谢耶娃:《论 18 世纪前三十年俄国故事风格的形成》,见《18 世纪俄国文学及其国际联系》(Русская литература XVIII века и её международные связи),《18 世纪》文集第 10 辑,列宁格勒,1975 年,第 82—92 页。

彼得时代及其社会生活和日常生活的所有突出特征（如赴"海外求学"、大型舞会、男女间交往关系的新方式），都在这些通过抄写而流传的故事中表现出来。而在18世纪初二十余年间任何一种体裁的印制文学作品中，都没有得到这样富于表现力的、多方面的呈现。因此，可以有一定的理由认为，长篇小说的某些典型特征已在这些故事中率先开始形成。① 因此，彼得时期的"故事"在18世纪散文的发展中发挥了重大作用绝非偶然，这在继承和发展了这类"故事"叙事方式的费·亚·埃明和米·德·丘尔科夫的创作中也清晰可见。

彼得时代的启蒙运动倾向，沙皇本人对新的社会意识的极大关注，唤起了戏剧复兴的需求。照彼得一世的想法，戏剧应该让俄国人了解新的西欧世俗文化，这有助于他们正确地理解政府的措施。

1699年，在莫斯科德国人商贸街区的列福尔特宫，建成了一家"喜剧和歌舞表演"剧场。这里曾为沙皇的亲信近臣上演过戏剧。② 不过，彼得一世政府显然清楚地懂得开设公共剧场的必要性。于是1702年人们便遵照彼得一世的指令，从波兰但泽（今格但斯克）请来了演员剧团，同年还在莫斯科红场建成了一家向大众开放的剧院。这个被请来的以约冈·昆斯特为首的演员剧团，"以竭尽虚构和逗乐的方式取悦沙皇陛下，一位总是和善待人，也理应和善待人的沙皇陛下"③。

昆斯特去世（1703）后，奥托·菲尔斯成为剧团的首脑，继承了昆斯特剧院的传统，这家剧院同样隶属于德国剧院老板菲尔顿剧团的分剧团。

剧院由外交事务衙门管理。这也不是偶然的：外事衙门在17世纪已是莫斯科文学活动的重要中心。这里还翻译了《自鸣钟消息报》、自然科学书籍和文学作品。外事衙门的"出版"活动是多方面的、多种多样的。④ 外事衙门的翻译人员都是17世纪莫斯科知识分子的代表人物、书业行家和鉴赏家。这些人中间产生了一些俄国文学文献的编纂者。在外事衙门的档案室中保存了一份《国家外事衙门所存喜剧一览表（至1709年5月30日）》。除了这份"一览表"外，还存有一份简明喜剧剧目清单，清单中有两部喜剧名称对"一览表"做了补充。这里列出名称的15部剧本传到今天的只有6部，其余的仅仅是剧名为人所知。

在昆斯特—菲尔斯剧院上演的剧目中，以古希腊罗马历史为题材而写成的剧本占主要地位，如《城堡，其中第一号人物为裘力斯·凯撒》《征服非洲的大西庇阿》。俄国观众通过这些剧作第一次在舞台上看到了情欲与职责、感情与理智、个

---

① 关于18世纪俄国长篇小说的性质，参见维·鲍·什克洛夫斯基：《艺术散文：思考与辨析》（Художественная проза. Размышления и разборы），莫斯科，1959年，第86—88页。
② 米·帕·阿列克谢耶夫：《17世纪末—18世纪俄国戏剧与英国戏剧的联系》（О связях русского театра с английским в конце XVII-XVIII вв.），载《国立列宁格勒大学学报》（萨拉托夫），1943年，第87期，人文科学分册，第123—140页。
③ 彼·彼·佩卡尔斯基：《彼得大帝时代俄国的科学与文学》，第1卷，圣彼得堡，1862年，第422页。
④ 伊·米·库德里亚夫采夫：《外交事务衙门的"出版"活动》（关于17世纪下半叶俄国手抄本书籍的历史），见《书籍：研究与资料》（Книга. Исслед. и материалы）第8集，莫斯科，1963年，第179—244页；亚·米·潘琴科：《17世纪俄国诗歌文化》，列宁格勒，1973年，第34—77页。

人与社会之间的悲剧性冲突。在《征服非洲的大西庇阿》一剧中,努米底亚国王马西尼萨宣称自己"至死"都忠于道义责任。剧作的女主人公索福尼斯巴高声喊道:"国家总应该把利益说成是自己的财富。"剧本中关于索福尼斯巴的刻画明显带有文艺复兴时期悲剧的烙印。但与此同时,在描述主要人物的行为,特别是表现他们的情感方面,那种矫揉造作的"彬彬有礼"却表明巴罗克美学和古典主义美学的要素已经出现。例如,严厉的统帅马西尼萨国王,瞧了一眼(被他打败的国王西法克斯的妻子)索福尼斯巴的"天仙般容貌","含泪"喊道:"天啦!天啦!我究竟是胜利者还是失败者?猛虎有时咬死猎人,而软弱无力的羚羊面对死亡也不离开。但是索福尼斯巴却给我戴上脚镣手铐。我胜利了,而她却戴上了胜利者的桂冠。我占领了她的城堡,而她却占有了我的心。"①

除了程式化地与古希腊罗马历史有联系的剧本外,彼得一世时代的剧院中还演出一些以个人家庭生活为题材的戏剧。如曾上演了意大利剧作家契科尼尼的悲剧《诚实的背叛者,又名弗列德里科·冯·波普列和他的太太阿洛伊济亚》,其题材是为太太的名誉遭诽谤而进行报复。在莫斯科剧院中还演出过由卡尔德隆的剧本《自我监禁》改编的戏剧。在俄语的译本(非译自西班牙语剧作,而是译自托马·高乃依改写的法文本)中,这个剧又名为《王子皮克尔—贾林,又名自我关押的若德莱》。俄国观众曾了解到意大利关于唐璜的剧作的法译本《唐—扬和唐—彼得罗的喜剧》。莫里哀的喜剧《赫拉克勒斯家族,其中第一号人物是尤庇特》(《安菲特律翁》)和《屈打成医》(又名《被迫从医》)也曾演出。遗憾的是,莫里哀剧作的俄语改编本未保存下来,只是由于上文提到的《喜剧一览表》才为人所知。

昆斯特—菲尔斯剧院的剧目多种多样,取自西欧不同国家的原作。除了那些发生流血悲剧的剧作外,还演出了一些欢乐的、有时是自然主义的"诙谐喜剧",如《年老的小贵族堂乌尔廷和女儿》《丽泽塔的父亲——卖酒翁滕涅尔》。1708年翻译了莫里哀的喜剧《可笑的女才子》,译名为《可爱而可笑的女人》。在滑稽可笑的层面改编此剧,大概是因为俄国观众不太理解渗透于莫里哀著名喜剧中的对"忧郁症患者"和"打情骂俏之徒"的嘲笑,以及他对沉迷于"典雅文学"的法国贵族上流社会人士进行的无情讽刺。

昆斯特—菲尔斯剧院并未辜负彼得一世政府的希望。可以认为,舞台上要阐明国家的政策,特别是俄国军事胜利的意义,但是德国人的剧团只能呈现出各种不同性质的政治倾向和文学流派(从卡尔德隆剧作的巴罗克风格到莫里哀的喜剧、悲剧《征服非洲的大西庇阿》等的古典主义风格)的五光十色的场景。

对公众剧院(1707年关闭)的不满迫使彼得一世把注意力转向斯拉夫—希腊—拉丁学院设立的学校剧院和莫斯科医科学校附设的学校剧院。

由斯拉夫—希腊—拉丁学院的学生——"大俄罗斯名门望族子弟"演出的戏

---

① 尼·萨·吉洪拉沃夫:《1672—1725年间的俄国戏剧作品》(Русские драматические произведения 1672-1725 годов)第2卷,圣彼得堡,1874年,第80页。

剧，以基辅—莫吉良学院的学校戏剧传统为依托。学校戏剧是以圣经故事和圣徒传记为题材的宗教—教会作品，其确立的目标是宣传基督教的宗教道德。

彼得一世时代蓬勃的社会生活使学校戏剧的性质发生了重大变化。在学校剧院的舞台上，讲述世间民众关心的政治事件的非教会人士替代了圣徒和苦修者。如果说，1701年在斯拉夫—希腊—拉丁学院演出的第一部戏剧《穷奢极欲的生活向悲惨苦难生活的可怕逆转》是以福音书中富翁和拉扎尔的寓言为题材的，那么，以启示录为题材的第二部戏剧《主耶稣基督复临人世时面容严峻》中则包含着与现代生活事件相联系的情节（对波兰国会的抨击，对彼得一世的歌功颂德占重要地位）。

学校戏剧的政论性质和颂扬特征得到了进一步加强，斯拉夫—希腊—拉丁学院、莫斯科医科学校和彼得一世的妹妹娜塔莉娅·阿列克谢耶夫娜公主的宫廷剧院演出的戏剧，开始发挥当初由昆斯特大众剧院来承担的那种功能。

《主耶稣基督复临人世时面容严峻，正值最虔信上帝的独揽大权的国君、我们的沙皇和大公彼得·阿列克谢耶维奇执政时期》是1702年在斯拉夫—希腊—拉丁学院附设的学校剧院上演的。据最近一些研究者的看法，该剧的作者应"在基辅的那些与基辅—莫吉良学院有联系的学者中"去寻找。[①] 编剧随意地把许多有寓意性的人物和圣经人物及古希腊罗马神话中的形象结合在一起。在《面容严峻》中出场的有：神怒、善心、幸运、审判、真理、法令、死亡、全能神、天使米迦勒、和平、先知丹尼尔、教会。在1705年上演的《立窝尼亚和伊若拉的解放》一剧中，摩西把犹太人从埃及法老军队的控制下解放出来、摩西打败阿马利克人的情节联系着当代事件："狮子"（瑞典的象征）同俄国"双头鹰"的搏斗。在1710年的《神贬责那些侮辱他人的高傲者》一剧中，寓喻性的形象和圣经故事情节象征着瑞典人兵败波尔塔瓦城下、马泽帕的叛变和查理十二世的溃逃。剧终时舞台上出现了瘸腿的狮子（在波尔塔瓦战役中查理十二世腿部受伤），体现马泽帕的叛变和变节的九头蛇许德拉；双头鹰上傲气地写着："无论瘸腿不瘸腿，无论凶残不凶残，一律制服之。"

所有这些剧的上演都带有隆重的庆典性质：演出时配有异彩纷呈的灯光效果、音乐、合唱和芭蕾舞节目。颂扬的风格和富丽的装饰造成场面宏大、不同凡响的印象，这是为理解其意义所做的专门准备。

为此目的，古希腊罗马神话以图片和图解文字的形式在莫斯科大街上展出。1696年，适逢首次庆祝夺取亚速城堡的胜利，在莫斯科建造了宏大壮观的凯旋门，上面绘有古希腊罗马神祇尼普顿和玛尔斯。后来，18世纪初在波罗的海沿岸取得的一切胜利，都以建立"凯旋门"来庆祝——这是一种装饰着神话内容，并与已发生的政治事件和军事事件相配合的诸多图画的拱形门。

[①] 约·巴达利奇、维·德·库兹明娜：《18世纪俄国学校戏剧文献汇编（依据萨格勒布抄本）》（Памятники русской школьной драмы XVIII века, по Загребским спискам），莫斯科，1968年，第9—11页。

1709年俄国特别隆重地庆祝了波尔塔瓦战役的胜利。斯拉夫—希腊—拉丁学院的教师们在莫斯科建造了凯旋门,上面画满了图像,题材取自古希腊罗马神话、奥维德的故事、提图斯·李维和修昔底德等人的历史著作。图画和图画题词是如此之多,以至需要为它们提供专门的解说。出于这个目的,1709年在莫斯科印制了一本书,书名是《献给全俄大力神赫拉克勒斯可歌可泣的勇敢精神的壮丽颂歌》。毫无疑义,此书多方面地促进了古希腊罗马神话知识的传播。因此在18世纪初,希腊—罗马神话中的某些情节和象征并非偶然地已不仅渗入书面歌曲中,也进入民间文学艺术和通俗读物中。

1690—1720年间建造的凯旋门,为大量的图画和图解文字以及木刻和石刻图案所覆盖,清晰而鲜明地显示出17世纪末—18世纪初三十余年间俄国文化的风格和艺术手法的折中性特征。古希腊罗马文化和基督教文化的混合,五花八门和矫揉造作的风格,大量的同粗俗的自然主义相结合的寓喻性形象,幻想与奇迹的杂糅,对华而不实的典型表现形式的倾心——这一切就是俄国巴罗克艺术的突出特征。[①] 但是,在彼得时代拥有依据新的"理性"原则进行国家改革的热情和科学追求精神的俄国,巴罗克美学在很大程度上却带有一种片面的性质,作品的思想内容倾向于启蒙运动的唯物主义。18世纪初期俄国文学艺术的这一特点,已预先决定了在40—60年代得到发展的古典主义倾向在那个时代的优势地位。

从1707年到1711年,在莫斯科郊外的普列奥布拉任斯科耶镇曾有一座隶属于娜塔莉娅·阿列克谢耶夫娜公主宫廷的剧院,它后来搬迁至彼得堡。昆斯特剧院被撤销后,其"全部设备"即被移交给这家剧院,如服装、大小道具,甚至包括恢复上演时使用的翻译剧作的文本。娜塔莉娅·阿列克谢耶夫娜是沙皇钟爱的妹妹,赞同沙皇的观点并支持他的改革活动,在她的剧院舞台曾上演宗教的和世俗的、翻译的和原创的剧本。除了从罗斯托夫都主教德米特里的《日读月书》中的圣徒传记改编的剧作、改编为舞台剧的教堂祈祷文《圣母喜剧》《圣诞节喜剧》以外,在莫斯科郊外(稍后在彼得堡)娜塔莉娅·阿列克谢耶夫娜的剧院上演的,还有颇为流行的翻译爱情冒险小说的改编剧作,如《奥伦金的喜剧》《美人梅柳济娜的喜剧》《金钥匙彼得的喜剧》《意大利伯爵和他倾心相爱的伯爵夫人的喜剧》等,其中后者是对薄伽丘的短篇小说集《十日谈》中的一篇故事的改编。

18世纪在大众剧院舞台演出的由圣徒传记改编的剧作,对独立于彼得一世政府的文化政策而存在的民间剧院的形成产生了影响。学校戏剧《献给德米特里的桂冠》有着特别值得关注的命运。剧中的希腊保卫者、索伦青年德米特里生平中的一些片断,包括他在马克西米安国王统治时期蒙难,后又被列为圣徒的情节,产生了明显的舞台效果。

18世纪20年代,出现了一部以《献给德米特里的桂冠》为情节基础的民间戏

[①] 德·谢·利哈乔夫:《巴罗克及其17世纪俄国变体》(Барокко и его русский вариант XVII в.),载《俄罗斯文学》1969年第2期,第18—45页。

剧《关于马克西米安国王及其不听话的儿子阿道夫的喜剧》，它反映了彼得一世和他于1718年被处决的儿子阿列克谢之间的关系史。应着重指出：这位编剧在借用学校剧的基本素材时，在风格方面已远离了原作。①他抛开了学校戏剧的所有典型因素：反训诫、序幕、尾声、讽喻性人物等。《献给德米特里的桂冠》中所缺乏的喜剧片断被纳入这部民间戏剧中。

在一切与民间伦理观念和政治观念相左的东西都为出自民间口头创作源泉的思想和形象所取代之际，《献给德米特里的桂冠》一剧的改编，并非书面戏剧作品改编中的唯一现象。例如，罗斯托夫都主教德米特里以福音书故事为基础创作了《圣诞节戏剧》，同时也利用了乌克兰流动木偶剧的传统②，变成了民间戏剧中的杂耍剧《希律王》。此剧完全失去了教会剧性质，其中也没有对剧情做宗教阐释的痕迹。

除了斯拉夫—希腊—拉丁学院以外，18世纪初莫斯科还有另一个俄罗斯戏剧得以发展的中心——建立于1706年的莫斯科"治救医院"，院长比德洛医生在医院内开办了一所医科学校，学生是从不同阶层中挑选的，从斯拉夫—希腊—拉丁学院转到这所学校的学生构成了该校学生的主体。学校剧院也是靠这些学生的力量建立的。

不少戏剧都与莫斯科医院附设学校剧院联系在一起。1724年5月演出的喜剧《俄罗斯礼赞》最引人注目，此时适逢彼得一世和彼得堡宫廷人士均出席的叶卡捷琳娜一世的加冕典礼。《俄罗斯礼赞》的作者是斯拉夫—希腊—拉丁学院原先的学生费奥多尔·茹罗夫斯基③。《哀悼的礼赞》一剧也出自他的笔下④。此剧在彼得一世去世后不久就在医院剧场的舞台上演出。剧中对于作为改革者的沙皇的活动做了概括的评价，讲到陆上和海上的胜利、彼得堡和喀琅施塔得的建设，歌颂了他对国民启蒙的关心。

在费奥多尔·茹罗夫斯基的思想观点和美学观念形成中，彼得一世的热情支持者费奥凡·普罗科波维奇无疑起到了很大的作用。费奥凡是一位天才的作家，在印行的和口头演讲的《话语与言论》中刻画了新俄罗斯的形象。

在费奥凡·普罗科波维奇的创作中，彼得时代得到了最充分、最全面的描写。在基辅—莫吉良学院接受教育后，费奥凡·普罗科波维奇继续在波兰接受教育，随后又在意大利罗马耶稣会士学院学习，曾在德国旅行并一度在哈雷听课，在这里汲

---

① 帕·纳·别尔科夫：《在通往俄国新文学的道路上：世俗故事、抒情诗和戏剧创作的发展》，见《俄国文学史（3卷本）》(История русской литературы в трёх томах) 第1卷，莫斯科—列宁格勒，1968年，第403—405页。

② 奥·亚·杰尔查文娜：《17世纪70—90年代和18世纪初的俄国剧院》，见《俄国早期戏剧：17世纪—18世纪上半叶》，莫斯科，1972年，第48—51页。

③ 米·伊·索科洛夫：《俄罗斯礼赞》，载《莫斯科大学俄罗斯历史与古籍协会学术报告会》(ЧОИДР) 1892年第2册，第III—XXIV页（文本见第1—29页）。

④ 索·亚·谢格洛娃：《关于彼得一世之死的不为人所知的剧作》，载《古俄罗斯文学研究室著作集》(ТОДРЛ) 第6辑，莫斯科—列宁格勒，1948年，第379—380页。

取了早期启蒙运动的哲学思想。① 然后他返回乌克兰,从 1705 年起在基辅—莫吉良学院从事教学活动。他讲授过数学、物理、天文学、逻辑学、诗学和修辞学等课程。② 在讲课时,费奥凡·普罗科波维奇总是作为禁欲主义、迷信和宗教奇迹的敌对者出现,力求给自然现象提供唯理主义(笛卡尔意义上的)的解释。因努力把科学从神学的束缚下解放出来,费奥凡·普罗科波维奇在自然科学的哲学问题上成为拉瓦锡和罗蒙诺索夫的先驱。③

1705 年,费奥凡·普罗科波维奇创作了"悲喜剧"《弗拉基米尔》并使之演出,该剧在 18 世纪俄国文学中第一次从民族历史中选取了一个片断作为情节。这部"悲喜剧"展现出弗拉基米尔·斯维亚托斯拉维奇大公让罗斯受洗之前的 10 世纪发生的事件。剧中讲述了弗拉基米尔在决心放弃"异教"之前心灵中产生的内在斗争。同时,费奥凡·普罗科波维奇的剧作具有尖锐的社会—政论意义。启蒙与愚昧斗争的题材在剧中表现为弗拉基米尔·斯维亚托斯拉维奇大公同自私自利、愚昧顽固的祭司之间的斗争,这一题材在彼得一世同反动神职人员及大贵族领主展开斗争之际,是迫切需要的。

与西欧古典主义剧作家不同,费奥凡·普罗科波维奇在戏剧创作中放弃了对古希腊罗马神话的引用:剧中出现了罗斯编年史上提到的多神教诸神,如女神拉达、库帕拉神、雷神别龙等。费奥凡·普罗科波维奇的功绩在于把他的"悲喜剧"从他那个时代学校剧院典型的象征和寓喻的堆砌中解放出来。"悲喜剧"《弗拉基米尔》明确清晰的结构使得全剧协调严谨,层次分明。费奥凡·普罗科波维奇在他的剧作中遵循情节和时间的整一性。"悲喜剧"《弗拉基米尔》具有古典主义戏剧的典型特征,又是苏马罗科夫的以古代罗斯历史为题材的悲剧(《霍列夫》《西纳夫和特鲁沃尔》《亚罗波尔克和季米扎》)、罗蒙诺索夫的《塔米拉和谢利姆》和克尼亚日宁的《诺夫哥罗德的瓦季姆》等剧的先声。

费奥凡·普罗科波维奇在他的创作中关注俄国历史并非偶然。他广泛而卓有成效地从事古代罗斯教会的劝世作品的研究,这些作品既反映在他的诸多演说辞中④,也出现在置于《教规》和《君主意志的真理性》开篇的历史回溯中。费奥凡·普罗科波维奇收藏的书籍总计有 2500 卷,其中有许多珍贵的古代罗斯手稿,这些手稿在 1736 年他去世后收归彼得堡科学院图书馆。费奥凡·普罗科波维奇积极参与《北方战争史》的编撰,还是米·米·谢尔巴托夫于 1773 年出版的《彼得大帝的经历——从出生到波尔塔瓦之战》一书的作者。

1709 年,波尔塔瓦战役之后不久,费奥凡·普罗科波维奇面对来到基辅的彼得

---

① Winter E. Frühaufklärung. Der Kampf gegen den Konfessionalismus in Mitte- und Osteuropa und Deutsch-slawische Bewegung. Berlin, 1966, S. 330--340.

② 瓦·米·尼奇克:《17—18 世纪初本国哲学史略》(Из истории отечественной философия XVII-начала XVIII в.),基辅,1978 年,第 9—44、86—140 页。

③ 瓦·米·尼奇克、М.Д. 罗戈维奇:《基辅—莫吉良学院的哲学研究:费奥凡·普罗科波维奇》,载《哲学思索》(Философская думка),1970 年第 3 期,第 92—107 页。

④ Härtel H.-J. Byzantinishes Erbe und Orthodoxie bei Feofan Prokopovic. Würzburg, 1970, S.64, 90-91.

一世发表了《赞辞,或战胜瑞典军队的光荣颂辞》。《颂辞》在形式上同赞辞的传统相联系,但从文学特点上看则是一部新的原创性作品。费奥凡·普罗科波维奇在创作这部《颂辞》时,基于对波尔塔瓦战役胜利的政治和社会历史意义的充分了解,给这一事件以高度评价。他在《颂辞》的开头提到"一些夸夸其谈的演说家,当他们想让夸赞达到惊人的程度时总是说,他会超出一切溢美之辞,也不会寻找同样的说法"[①]。《战胜瑞典军队的光荣赞辞》与其说是"颂扬",不如说是对事件的历史—哲学评价。作者没有向《颂辞》的听众(和读者)抛出一整套恭维话来颂扬彼得一世这位打败瑞典人的胜利者,而是分析胜利的原因,得出这一胜利完全合乎规律的结论。作者还转向圣经和他那个时代的历史,从中汲取材料,并在《颂辞》中引用。例如,他在提到查理十二世夺占莫斯科的意图时写道:"现在你们去嘲弄俄国军队吧,好像他们不是军人;现在你们要明白,是谁要死里逃生;这些俄国佬已陷入你们的嘲弄声中。你曾经预言,说他们会在莫斯科河畔同瑞典军队相遇,此话半真半假:很多人已抵达莫斯科城,但也有许多人爱上了波尔塔瓦城下那个地方。"(第35页)

结束这个片断的讽刺性话语,生动地体现出作家费奥凡·普罗科波维奇的风格特征。查理十二世想把他的士兵布置在莫斯科。费奥凡·普罗科波维奇讽刺性地指出:他的预言应验了。他写道,很多人"已抵达莫斯科城",这里指的是几千名被俘的瑞典人被押解着,在俄国军队凯旋时进入莫斯科;另有许多人"爱上了波尔塔瓦城下那个地方",则是指波尔塔瓦战役中的死者。讲述的讽刺角度并非偶然。费奥凡·普罗科波维奇在其他庄严的《颂辞》中也乐意使用这一文学手法,甚至在像《教规》这样的正式文件中,他也纳入了一个关于宫廷谄媚者的故事,令人觉得接近安季奥赫·康捷米尔的讽刺肖像画和尼·伊·诺维科夫讽刺杂志中的角色。

作为《赞辞,或战胜瑞典军队的光荣颂辞》这本小册子的组成部分,费奥凡·普罗科波维奇献给波尔塔瓦战役胜利的一首长诗也于1709年发表,这就是《凯旋颂:歌唱打败瑞典军队的光辉胜利之曲》。

费奥凡·普罗科波维奇的长诗在内容和结构上都同前述小册子《颂辞》有直接联系;但是有别于政论性的《颂辞》,《凯旋颂》接近于庄严的颂歌。费奥凡·普罗科波维奇笔下的13音节的音节诗听起来就像音强体诗。作者大胆地用民间扬抑格曲调的节拍表现出庄严的抒情意蕴。他在《凯旋颂》中直言,俄国民众将编出歌颂波尔塔瓦战役胜利的歌曲:

[①] 费奥凡·普罗科波维奇:《费奥凡·普罗科波维奇文集》,伊·彼·叶廖明校订,莫斯科—列宁格勒,1961年,第23页。(以下凡引用本《文集》,仅在引文后注明页码)

这歌曲中将歌颂前所未闻的光荣业绩!
荡桨人将在辽阔的海面上唱起;
长途跋涉的行人也将在山岗上高歌,
有时会唱出已逝岁月身心疲惫的经历。
老者把自己的所见所闻告知于后代,
后辈则颂扬长者贤明神圣的功绩。
(《文集》,第 213 页)

费奥凡·普罗科波维奇为 1711 年彼得一世向普鲁特河地区进军而作的《在拉比古墓地后面》一诗,以更接近于民歌为特点。诗人是这次征战的参加者,并根据记忆犹新的直接印象完成了这篇诗作:

在拉比古墓地后面
在普鲁特河畔
我军进行了一场苦战。
礼拜天的正午时分
那一刻重重困难围住我们,
涌来数不清的土耳其士兵。
哥萨克军人前来应战,
接着又来了沃洛斯人军团,
还有顿河围猎的骑手参战。
(《文集》,第 214—215 页)

用三重韵写成的诗篇具有清晰表现出来的进行曲性质的节奏感,这很可能是费奥凡·普罗科波维奇十分熟悉士兵歌曲的结果,在 1710—1711 年俄土战争期间他常听到这些歌曲。他的诗之所以接近士兵歌曲,是因为事实和具体的观察在诗中得到了反映。一场流血战斗曾从 1711 年 7 月 9—10 日夜间在普鲁特河畔离拉比古墓地不远的摩尔达维亚属地开始。因此这首诗在 18 世纪手抄歌曲中获得广泛流传并非偶然。[①]

出自费奥凡·普罗科波维奇笔下的,还有一系列用俄语、波兰语和新拉丁语写成的抒情诗。《尘世之歌》特别富有表现力地展示出他的诗歌成就,一方面表明他与彼得时代爱情抒情诗的联系,另一方面则表明他在这一诗歌创作领域是作为城市抒情歌曲作者亚·彼·苏马罗科夫的先驱出现的。《尘世之歌》中有一些乌克兰词语——这使人推测这些歌曲是在他创作的早期写成的:

---

① A.B. 波兹涅耶夫:《17—18 世纪的手抄本歌曲》,载《国立莫斯科函授师范学院学报》1958 年第 1 期,第 50 页。

谁希望在尘世生活中过得幸福
且自己的快乐不致失去,
那他就不要在其中寻求什么爱情,
如果他不想抱怨诉苦。
让爱情逃遁吧,不必对它有任何希冀
暂且不要为无爱而寂寞,还要克制自己。
你再说什么也晚了,恰如所有不同的想法
都四散分离在无忧无虑的眼泪中。
创伤的第一特征是无处遮掩:
对自己的恋人授以经常的顾盼,
啊,摈弃这有罪的激情吧,
它那毒物就要出现在甜蜜中!
如果双眼开始为它所牵住,
那么这时候就应当记起,
这一长串嘲笑眼神,其实
已把激情撕裂,无论它多么强大而有力!
奢华本身往往和悲哀混合在一起。
最大的慰藉往往就在泪水中,
一根短木桩砸入亲切的温柔,
微不足道的心灵不禁"哎呀!"一声。
假若它未碰到任何阻碍,
这样的时机也会被破坏,
而徒劳的"怨声"和沉重的叹息
也会拖累心智和身体。
细致地关心自己的自由吧,
并不存在比自由更好的东西。
我惊讶的是,谁把恶当成恶劣的天气,
藏匿于人世间甜蜜的软糖里。
夜晚,那平静的生活尊崇我的命运,
毫不窘困的时刻,自由的采集——
活在大千世界,我天生就不愿意
在任何时刻哭泣。①

《尘世之歌》的韵律结构比《在拉比古墓地后面》中的韵律更加清晰分明,可以

---

① 瓦·米·尼奇克、М.Д.罗戈维奇:《费奥凡·普罗科波维奇与18世纪手抄本文集》,载《俄罗斯文学》1976年第2期,第92—93页。

感觉到一种可能与歌曲体裁的特点相联系的令人振奋的氛围。

与民间诗歌的接近反映出彼得时代诗歌创作的进步趋势。费奥凡·普罗科波维奇用民间口头创作的手法丰富了"高级"文学体裁(如长诗、庄重的演说辞等),并大胆地把历史著作的元素引入其中。

在18世纪俄国文学中,费奥凡·普罗科波维奇第一个创造了彼得一世这位彼得堡的建立者、波尔塔瓦战役的英雄和"普通工作者"的形象。这一题材贯穿于18世纪和19世纪初期的整个古典主义文学,到普希金的《波尔塔瓦》和《青铜骑士》才告一段落。费奥凡·普罗科波维奇的演讲文集奠定了颂歌体裁的基础,这种体裁在罗蒙诺索夫、苏马罗科夫、赫拉斯科夫、杰尔查文等大诗人的创作中获得了进一步发展。①

费奥凡·普罗科波维奇的论著《诗学》和《修辞学》在俄国早期古典主义艺术美学原理的形成中发挥了重要作用。② 他写于1705年,并在基辅—莫吉良学院给学生讲授过的《诗学》教程,是俄国诗学理论的第一部重要著作。在关于虚构是概括现实的一种方式的问题上,在对文学的体裁、种类及其风格体现所作的评述方面,这一教程接近于古典主义的理论原理,但同时又注意到了巴罗克诗歌艺术的优秀成就(见于托夸多·塔索和瓦茨拉夫·波托茨基的创作)。

费奥凡·普罗科波维奇注意到人文主义者斯卡利哲、维达的成就,在直接研究和深刻理解古希腊罗马作者亚里士多德、贺拉斯、西塞罗和奥维德的基础上,写出了自己的文学理论著作。他排斥中世纪的经院哲学。他的论著的唯理主义倾向接近笛卡尔的学说。费奥凡·普罗科波维奇要求诗歌关涉严肃的问题,有崇高的道德感、深厚的爱国主义和艺术性。他在《修辞学》的序言中指出,艺术的对象是得以完整显现的生活本身。③ 与费奥凡·普罗科波维奇在思想上最接近的继承者罗蒙诺索夫也这样接受了他的文学作品和理论著作;1747年,罗蒙诺索夫在自己的《修辞学》(第106节)中援引了费奥凡的布道辞,把它作为高超文学技巧的典范。④

18世纪初的二十余年间,一些在17世纪70年代就显露出来的倾向得到了发展。17世纪是"地方市场集中成一个全俄市场"和"近代俄国历史"⑤开始的时代。在这个时代,俄罗斯与欧洲各国有了更紧密的接触,而这也在那个时代文学的形成

---

① 娜·德·科切特科娃:《费奥凡·普罗科波维奇的演说文与古典主义文学形成的道路》,见《18世纪前三十年俄国文学的发展问题》,《18世纪》文集,第9辑,列宁格勒,1974年,第50—80页。

② 柳·伊·库拉科娃:《18世纪俄国美学思想史概观》(Очереки истории русской эстетической мысли XVIII века),列宁格勒,1968年,第7页;瓦·帕·沃姆佩尔斯基:《罗蒙诺索夫的修辞学与三种文体的理论》(Стилистическое учение Ломоносова и теория трёх стилей),莫斯科,1970年,第96—98页;В. И. 费多多罗夫:《费奥凡·普罗科波维奇的〈诗学〉》(俄国古典主义美学思想形成之前的历史概要),见《俄国文学问题》(Вопросы русской литературы),莫斯科,1971年,第302—311页(《国立莫斯科师范学院学报》,第455卷)。

③ 柳·伊·库拉科娃:《18世纪俄国美学思想史概观》,第7—11页。

④ 米·瓦·罗蒙诺索夫:《罗蒙诺索夫全集》第7卷,莫斯科—列宁格勒,1952年,第174页。

⑤ 《列宁全集》第1卷,北京:人民出版社,2013年,第124页。

中迅速表现出来。世俗因素的主导地位，人由于个人功绩而获得荣誉，对于理性胜利的信念，这些标志着从未署名的手抄本故事开始，到费奥凡·普罗科波维奇的创作为止的彼得时代文学的特征。

在"过渡时期"形成的文学，虽带有与古代罗斯文学的全部差异，仍与它有着深刻的内在继承性，这体现在对民族—历史题材的开掘及其内容的公民倾向上。这个文艺复兴与巴罗克因素、唯理主义与早期启蒙运动因素共存于一种别具一格的组合之中的时期，为俄国古典主义的繁荣准备了沃土，也在许多方面决定了它的民族独特性。

（亚·米·潘琴科、加·尼·莫伊谢耶娃执笔，左少兴译，汪介之校并补译注释与引诗）

结　语

　　像欧洲其他大多数民族一样,罗斯绕过了奴隶制发展阶段。因此罗斯在自己的文化发展中没有经历"古希腊罗马"阶段。东斯拉夫人从村社—宗法制阶段直接过渡到封建制度。这一过渡是在东斯拉夫人诸部落和乌戈尔—芬兰各个部族居住的辽阔地域内异常迅速地完成的。

　　历史发展中某一阶段的缺失往往要求某种补偿。对这种补偿的帮助,通常来自在这些情况下从相邻民族的经验中汲取自身力量的思想体系和文化。

　　文学的产生,尤其是对于某一时期来说是高度完善的文学的产生,只能依靠相邻国家——拜占庭和保加利亚的文化帮助才能实现。这里必须强调保加利亚文化经验的特殊意义。在保加利亚,正规的文字系统和文学作品,是在相似的条件下早一个世纪出现的:保加利亚基本上没有经历过奴隶制阶段,但它掌握了拜占庭的文化经验。保加利亚对拜占庭文化的掌握,是在大约一个世纪后罗斯掌握拜占庭和保加利亚文化时出现的那些条件下完成的:罗斯获得的拜占庭文化经验不仅有它的直接形态,还有适应正在封建化的社会需要而"自我调适的"保加利亚形态。

　　文化加速发展的必要性,在罗斯造成了对拜占庭和保加利亚文化现象的高度领会能力。问题不仅在于需要,还在于10世纪和11世纪古代罗斯文化由于自身的柔弱和年轻而具有掌握异邦经验的敏锐天赋,以及高度的"消化能力"。为某一阶级所特有的文化深厚传统的缺乏,在阶级关系急剧发展的条件下,迫使俄国社会吸收和掌握异己的阶级文化因素,创造自己的文化。对异己文化的掌握如同创立自己的文化一样,也是紧张而强化地进行的。来自保加利亚的文学著作,无论是从希腊语翻译的还是保加利亚原创的部分,想必都改造着俄国文学的体裁系统。这种改造是在两个方向上实现的:其一是挑选那些需要的体裁,其二是创造新体裁。前者在移入古代罗斯文学作品时已经完成,后者则需要很长时间,占用几个世纪。建立新体裁不仅应当符合俄国现实的总体需求,而且要符合随着这一现实的变化,随着新的社会局面的出现而重新产生的需求。新体裁的产生和旧体裁的变化是

10—17世纪俄国文学发展最重要的线索之一。

如果认为拜占庭文学的体裁系统曾在罗斯被完整地接受下来,那也是不正确的。体裁确实被转移了过来,但远非所有的体裁。拜占庭文学体裁系统是以一种被特别"压缩的"形态转入罗斯的。需要的只是那些与教会生活有直接联系、在总体世界观上符合人与自然的新关系的体裁。

体裁系统之所以需要充实,是由于这些系统的不完整性。但是,移至罗斯的为其所缺少的新体裁必然出现的根本原因,与其说是补充系统的需要,不如说是古代罗斯现实的需求。

中世纪俄国文学的体裁同它们在日常生活——世俗生活和教会生活中的使用密切联系在一起。它们同新文学体裁的区别就在这里,新文学体裁与其说是形成和发展于日常生活的需求,不如说是形成和发展于文学与现实本身的需要。

中世纪的所有艺术,包括其中的文学,都带有实用的性质。祈祷仪式要求一定的、为教堂礼拜的特定环节而设定的体裁。某些体裁在繁文缛节的修道院日常生活中也有自己的用途。甚至连隐修士单居室的阅读材料也有严格的体裁规定。这里包括某类圣徒传记、某类教堂赞美诗,以及规定在祈祷仪式、教堂和修道院日常生活中使用的某类书籍,等等。归入这一体裁系统的,甚至还有这样一些在文体上不重复的著作,如祈祷用的福音书、各种不同的帕里亚书和箴言集、使徒书信等。

由这一简略而极为概括的关于教会文献体裁的列举中已可以清楚地看到,其中部分体裁可能在其内部发展出新作品(如由于新近将某人列为圣徒,就应创作圣徒传记),而另一部分体裁则为现存作品所严格限制,在其界限内不可能创作新作品。不过这两部分体裁都不会发生变化:体裁的形式特征是由它们的使用和外在的传统特征所规定的(例如,赞美诗必须有九个部分,必须和古罗斯教堂音乐相联系)。

来自拜占庭和保加利亚的世俗作品体裁受到外在形式和传统要求的限制,在程度上要轻一些。这些世俗体裁与日常生活中的特定使用没有联系,因此在其外部的形式特征上也就更不受限制。

从拜占庭和保加利亚转到罗斯来的文学体裁系统虽然服务于有严格规定的中世纪日常生活,但还是满足不了艺术话语的全部需求。

封建社会受过教育的上层人士掌握了书面作品和口头作品的体裁。没有文化的人民大众,借助于比书面体裁系统更有包容性的口头作品体裁系统来满足自己艺术话语的需求。书面作品只是部分地通过教堂祈祷仪式为普通民众所接受,而在其他所有场合,他们既是民间口头创作的表演者,又是其听众。

俄国中世纪语言艺术中的文学—民间口头创作的体裁系统,某些部分比较粗糙,而另一些部分则不那么粗糙,但是如果从整体上看,它还是很传统的,过于模式化,少有更新。这在很大程度上是因为这个系统是一种自行其是、紧密依附于典仪的仪式化系统。

这个系统越粗糙，就越迫切地由于日常生活、典礼仪式和使用要求中的变化而发生改变。这个系统没有韧性，所以易于折断。它与日常生活相联系，所以应当适应生活的变化。它同日常生活的联系是如此密切，以致社会需求和日常生活的一切变化必然在体裁系统中有所反映。

早期封建王国是很不稳固的。国家的统一经常被封建主之间的纷争所破坏。为了维护统一，要求有高度的社会道德、高度的荣誉感、忠诚、忘我精神、高度发展的爱国主义的自我意识和高水平的文学艺术——指涉政治的政论体裁、歌颂祖国之爱的体裁和抒情—叙事体裁。

在经济联系和军事联系不充分的条件下，如果没有个人爱国主义感情的强劲发展，国家的统一就不可能存在。需要有一些作品清楚地证明俄罗斯民族在历史上和政治上的统一。也需要有一些作品积极反对王公们的纷争。意识到全部罗斯国土没有任何部族差异的统一，意识到俄罗斯历史和国家的统一，是这一时期古代罗斯文学令人震惊的特点。于是就形成了这样的政治观念——根据这种观念，所有王公众家兄弟均出自留里克、西涅乌斯和特鲁沃尔三兄弟。

为了传播这些观念，单靠文学是不够的。教会的帮助在这种条件下也和文学的帮助一样重要。对圣徒鲍里斯和格列布两位王公兄弟的崇拜也由此而形成，他俩曾毫无怨言地服从其同父异母兄弟、罪大恶极的斯维亚托波尔克派出的刽子手的处置。

罗斯政治生活的这些特点有别于曾在拜占庭和保加利亚存在的政治生活。统一的理念只在一点上有所不同，即它涉及罗斯国土，而不关涉保加利亚或拜占庭国土。因此就需要有自己的作品和自己的体裁。

这就是为什么虽然存在两类互为补充的体裁系统——书面文学系统和民间口头创作系统，11—13世纪的俄国文学仍处于体裁形成的过程中。经常出现一些来自不同途径、不同根源的作品，它们往往和传统的体裁系统截然有别，破坏了这些体裁或创造性地把这些体裁结合起来。

在俄国文学和民间口头创作中探寻新体裁的结果，是出现了许多难以归入已牢固形成的传统体裁中的任何一类的作品。它们都处于体裁传统之外。

传统形式的断裂，一般来说，在罗斯是相当寻常的。问题在于，在罗斯新出现的文化尽管水平很高，还造就了优秀的"知识分子阶层"，但这一文化只形成了薄薄的一层，而且是易碎的、脆弱的一层。不过这并非只有不好的结果，也有好的结果：新形式的形成、传统以外作品的出现因此而变得容易。所有多多少少以深刻的内在需求为基础的优秀文学作品都突破了传统形式的界限。

在体裁强劲形成的这种格局中，某些作品从体裁上看是唯一的（囚徒丹尼尔的《求告书》、弗拉基米尔·莫诺马赫的《训诫书》《自传》和《致奥列格·斯维亚托斯拉维奇的信》），另一些作品则得到了持久不变的延续（《初始编年史》在罗斯编年史中的延续;《捷列博夫利公瓦西里科被弄瞎双眼的故事》在后来关于王公罪行的故事中的延续),还有一类作品只在体裁方面继承前人的某种尝试(在《顿河南岸之战》中即有对《伊戈尔出征记》的继承)。

严格的体裁范围划分的缺乏,有助于许多独特而又具有高度艺术性的作品的出现。

体裁形成的过程促进了这一时期对于民间口头创作经验的密集利用(如在《往年纪事》和其他编年史中,在《伊戈尔出征记》《罗斯国土沦陷记》《囚徒丹尼尔的求告书》和《囚徒丹尼尔的言论》等作品中)。

11—13世纪完成的体裁形成过程,曾在16世纪重现,并相当有力地贯穿于17世纪。

文化发展中"古希腊罗马"阶段的缺席,提升了文学艺术在东斯拉夫人发展中的意义。正如我们所看到的,负有最重要责任的角色——支持由于缺少奴隶制发展阶段而产生的飞跃,已落到文学和其他艺术身上。这就是为什么在11—13世纪的整个东斯拉夫,所有艺术形式的社会作用都是特别巨大的。

历史感、历史统一感、政治统一的号召和对滥用权力的揭露,席卷了地域广大的国土,这里有着形形色色的部落居民和为数甚多的半独立公国。

艺术的水平符合落在它肩上的社会责任的水平。但是这些艺术仍然没有经历自己的"古希腊罗马"阶段——只是经由拜占庭对这一异己文化有所回应。因此,当俄罗斯在14世纪和15世纪初为前文艺复兴时代的出现创造了社会经济条件,而这种前文艺复兴果真出现之际,它在历史文化方面就被置于一种特殊的不利条件下。蒙古人统治前的罗斯、独立时期的罗斯承担了"本土古希腊罗马时代"的角色。

14世纪末—15世纪初的文学求诸11世纪—12世纪初的文献。这一时期的某些作品机械地模仿都主教伊拉里翁的《论律法与神恩》《往年纪事》《罗斯国土沦陷记》《亚历山大·涅夫斯基传》《拔都攻占梁赞记事》,而最主要的是模仿《伊戈尔出征记》(《顿河南岸之战》)。在建筑方面,也可感觉到类似的对11—13世纪的文物古迹(如在诺夫哥罗德、特维尔、弗拉基米尔)的关注,同样的现象也发生在绘画领域、政治思想领域(力求恢复基辅和弗拉基米尔—扎列斯克的政治传统)和民间创作领域(基辅壮士歌系列的形成)。但是所有这一切对于前文艺复兴而言还是不够的,因此,加强同经历过古希腊罗马文化阶段的国家的联系便有了特殊意义。罗斯恢复并加强了同拜占庭以及拜占庭文化圈诸国——首先是南部斯拉夫国家的联系。

前文艺复兴时期,进而在更大程度上,整个文艺复兴时期的最典型、最具实质性的特征之一,是意识的历史性的显现。以往世界的静态性被新世界的动态性所取代。意识方面的这种历史主义联系着前文艺复兴和文艺复兴时期的所有基本特征。

首先,历史主义有机地联系着对人的个性价值的发现,对以往历史的特别关注。

世界就像历史!这一认识同人类中心论结合在一起。关于世界历史变异性的观念与对人类精神生活的关注相联系,也与世界是运动的观念以及文体的动态相联系。什么也没有终结,因此也不可能用话语来表达,流动不停的时间是不可把握的。它在某种程度上只能用滔滔不绝的言语、动感强而长篇大论的文体、同义词的大量堆砌、意义空泛飘忽的一连串联想予以再现。

俄国造型艺术领域的前文艺复兴,首先体现在费奥凡·格列克和安德烈·鲁布廖夫的创作中。这是两位截然不同的艺术家,但是,当艺术家个性的作用充分表现出来、个性的差异成为时代的典型现象时,他们对于前文艺复兴而言就因而更具有代表性。前文艺复兴在文学领域的表现较为微弱。与《特里斯丹和伊瑟的故事》有微弱联系的《穆罗姆公彼得和费夫罗尼娅的故事》,可谓前文艺复兴的典型现象。书业人士对"语文学"的兴趣、"文字的堆砌"和充满热情的风格等,也是前文艺复兴时期的突出特点。

当形成文艺复兴的基本前提从 15 世纪后期开始一个接一个地消失时,俄国的前文艺复兴便未能转变为文艺复兴,因为城市—公社(即诺夫哥罗德和普斯科夫)已不复存在,同异教的斗争在官方教会看来是成功的。中央集权国家形成的过程消耗了全部精神力量。由于拜占庭的陷落,以及本身加深了对天主教国家的不信任感,俄国同拜占庭和西方世界的联系已然削弱。

然而,每一种重大的社会生活特征和每一场世界性运动都有自己的历史功能、自己的历史使命。文艺复兴与人的个性摆脱中世纪行会束缚相联系。没有这种解放,文化上,特别是文学上的新时代就不可能到来。

前文艺复兴在俄国没有过渡到文艺复兴,这一情况有着严重的后果:不成熟的文体过早地形成并停滞,而对于"本土古希腊罗马时代"的活跃关注,经常回归蒙古人占领罗斯前的经验,回归罗斯独立的时期,很快就有了特殊的保守主义特征,这种保守主义不仅在 16—17 世纪俄国文学的发展中,而且在俄国文化的发展中起到了负面的作用。

文艺复兴向新时代的过渡具有迟缓、延宕的特征。俄国不曾有过文艺复兴,但在 16、17 世纪和 18 世纪的部分时期内,却出现过文艺复兴现象。

在 16 世纪,看待人类社会的神学观点逐渐成为过去。"神学信条"还保持着自己的权威,但是在援引圣经言论时,出现了完全是"文艺复兴式的"对自然法则的援引。16 世纪的一系列作家把自然界中本来的物质秩序作为人们在社会生活和国家生活中模仿的范例加以援引。叶尔莫莱—叶拉兹姆的方案是建立在粮食是经济生活、社会生活和精神生活的基础的这一观念上的。伊万·佩列斯韦托夫在他的著述中几乎不再使用神学的论据。16 世纪政论的发展由于见解和书面语言而同信念相联系。在古代罗斯,人们从来没有像 15 世纪末—16 世纪那样经常争论。

政论是在理性信仰出现社会高涨的巅峰上持续发展的。

政论思想的发展带动了一些新的文学形式的出现。16世纪还以艺术形式和体裁领域的复杂而多方面的探索为特征。体裁的稳定性遭到破坏。公文语体的形式渗透到文学作品中,而艺术因素则渗透到公文中。政论的题材是现实的、具体的政治斗争的题材。其中的许多题材在渗入政论作品之前,就已经是公务文书的内容。这就是公文的形式逐渐成为政论形式的原因。外交信函、会议决定、呈文奏章和各类案卷都成了文学作品的形式。

以文学为目的而使用公文体裁,同时意味着此前在文学作品中很受限制的虚构的发展,它赋予这种虚构以真实可信的形式。

虚构在16世纪编年史中的出现,是与文学在其脱离事务性功能的过程中发展的内在需求相联系的,也是由政论作品的任务,特别是尖锐地被提到16世纪编年史面前的任务而引起的。编年史成为培养爱国主义、尊重国家政权的学习工具。编年史应当让读者相信国家政权的无误与神圣,而不仅仅是记录(即使是极有偏向性的)某些历史事实。

政治传闻颇具权威地进入历史著述中。俄国人越来越经常地思考自己的国家在世界上的意义问题。特别是普斯科夫(叶列阿扎尔修道院)的长老菲洛费关于三个罗马前后替代,莫斯科是其中第三个也是最后一个罗马的理论,获得了极高的知名度。

政治传闻是艺术虚构在文学中得到加强的表现之一。前一时期的古代罗斯文学曾担心显然的幻想和想象像谎言一样不真实。文学致力于书写发生过的或至少是被认为曾发生过的事。幻想的事情可能是经由译本而从国外传过来的,如《亚历山大传》《关于印度王国的故事》《斯杰凡尼特和伊赫尼拉特的故事》。在这种情况下,幻想的内容或者被视为真实的,或者被认为是褔音书上已存在的寓言和劝谕。

古代罗斯文学的发展在其全部漫长的岁月中,是一种为艺术的"非真实性"权利而进行的渐进性斗争。艺术的真实逐渐离开日常生活的真实。文学的想象被合法化,并逐渐为官方所允许。

但是,在幻想有了自己的权利时,它却长久地为关于过去确实存在或当前依然存在之事的描写所掩盖。这就是16世纪"公文"体裁作为文学作品的形式在文学中和虚构同时出现的原因。

文学与文献之间的互动,是文学与公文书写之间的界限逐渐被"冲刷"的合乎规律的进程。在文学中,这一进程同俄国的公务活动,同国家事务公文体裁的增多和定型以及档案的出现等所面对的过程相联系。这一进程对于破坏旧的、形成新的体裁系统,对于文学"摆脱束缚"和世俗化,都是极为必要的。

文学风格的所有变化也是同文学的思想和体裁生存的命运相互关联的。14世纪末—15世纪初形成的感情洋溢的风格未能在15世纪末和16世纪转化成文艺复兴的风格。因此,这种风格的命运在自己的发展中受到人为的阻挠,它的形成并不是一帆风顺的。这种风格被有力而确切简练地表述出来,某些表现手法变得僵化,开始被机械地使用和重复,文学的礼仪性脱离对礼仪的实际需求,并逐渐变得呆板和易折。合乎礼节的表述方式开始被刻板地使用,有时和内容相脱离。文学的礼仪功能变得极为复杂,而这一复杂化的结果便是其运用的准确性消失不见。出现了某种"礼仪仿古主义"。

一切都是富丽堂皇的,但一切都枯燥无味,死气沉沉。这吻合文学官方化的加强。礼仪性的、修辞考究的表述模式和规范的使用,不是像从前那样出于作品内容的要求,而是取决于官方——国家和教会对作品中所描述的现象所持的态度。

作品及其某些部分的篇幅增加了,渐渐变成大部头著述。美为规模所取代。出现了对于鸿篇巨制的向往,这类著述以其阔大的范围与规模而有别于蒙古人入侵前的那个时期。作者们力求以其作品的宏大、冗长的颂辞、大量的重复和复杂的风格来影响自己的读者。

17世纪是俄国文学中准备激进性转变的世纪。文学作为一个整体的结构开始了变革。由于被赋予纯文学功能的公文书写被引入文学,由于民间口头创作的影响,也由于翻译文学的经验,体裁的数量得以极大地增加。情节性、趣味性、形象性和题材的包容性都得到增强。这一切能够实现,主要是由于文学的社会经验大幅度增长、社会题材的丰富、读者和作家社会范围的扩大。

文学在不同方向上发展,它作为特定体系的稳定性基础的向心力减弱了。文学中的离心力增强。文学变得松散,便于重建和创立新的体系——新时代的文学体系。

在文学的这种重建中,现实的变化具有特殊的意义。"动乱时代"的事件在许多方面动摇和改变了俄国人关于历史事件的进程似乎为王公和国君的意志所支配的观念。16世纪末,莫斯科几任君主的王朝不复存在,开始了农民战争,而与其并行的还有波兰—瑞典的武装干涉。民众对国家历史命运的干预在这一时期表现得异常有力。民众宣称不仅要起义,而且要参与对觊觎王位者的讨论决定。

文学话语的社会作用仍然很大。不仅出现了匿名信、抨击文和政治故事,还产生了为数甚多的描述刚刚发生的各种事件的历史著作。17世纪初,文学的积极性异常高涨。这一时期文学作品的作者不仅讨论各种事件,而且以自我中心主义为自己在"动乱时代"的行为辩解。他们更广泛、更深入地研究历史人物的性格,分析这些人物的行为动机。社会上层的风尚习俗比从前更让他们感兴趣。

评述"动乱时代"的历史著作,证明了社会各个阶级的社会经验急剧增长。这种新鲜的社会经验也体现在历史著作的世俗化方面。正是在这一时期,看待人类历史、国家政权和人自身的神学观点,从政治实践中被彻底排除(虽然在官方文件的范围内仍有一些保留)。尽管评述"动乱时代"的历史著作把它说成是对人们罪恶的惩罚,但是,首先——这些罪恶本身是从广泛的社会层面上被考察的(俄国民众的主要罪孽是"默不作声"和对统治当局罪行的普遍姑息);其次,产生了主要从历史人物的性格中寻找事件发生的真实原因的意向。

在关于诸多当事人的评述中,还出现了前一时期罕见的把善与恶的特征混为一谈的现象,出现了关于性格在外部环境影响下形成和变化的观念。这种对人的新看法,不仅无意识地反映在文学中,而且开始以一定的方式得到简练的表达。《1617年俄罗斯年代记》中的俄国条文的作者就直接宣称自己对于人的个性作为善恶因素的复杂结合有新看法。

还有一个特点标志着17世纪初的作者对自己的题材抱有新看法:他们在解释事件时的主观主义。这些作者中有很大一部分就是动乱时代的活跃分子。因此他们在自己的著作中多多少少是以回忆录作者的身份出现的。他们写到自己是哪些事件的见证者和参与者,竭力为自己在某个时期所持的立场辩护。在他们的著作中已存在对人的个性的兴趣,这种兴趣在整个17世纪将密集地表现出来。

毫无疑义,在16世纪就发生作用的"延宕的文艺复兴",在关于17世纪初期25年的这种历史描述中仍在起着作用。

然而,不仅是"延宕的文艺复兴"表现在17世纪俄国文学中。其中还有更早的残存现象。在17世纪,对人的抒情态度的微弱脉搏还在继续跳动。从14世纪起,由于"滞留"在俄罗斯文化中的前文艺复兴因素,这种抒情态度,这种心平气和的心理描写风格,也转入17世纪,在《马尔法和玛丽娅的故事》《乌里扬尼娅·奥索尔金娜的故事》《特维尔少年修道院的故事》等作品中重新闪现。这是完全合乎规律的:虽然波澜不惊的心理描写路线曾被人为地阻断,它却继续发挥影响达三个世纪之久,同作为"第二座丰碑"的严峻而"冷漠的"感情压抑形成对立。

文学的社会拓展,既影响了文学读者,也影响了它的作者。这是被剥削阶级的文学。文学开始发生阶级上的分化。从17世纪中叶起出现了市民文学。

所谓市民文学是平民作家所写,供平民读者阅读的,它所描写的题材也使平民大众感到亲切。这种文学接近民间口头创作,也接近口语和公文用语。它往往是反政府、反教会的,属于民众的"笑文化"之列。它在许多方面类似于西方的民间书籍。这也是一种"延宕的文艺复兴",但它带有非常强烈的破坏中世纪文学体系的爆发性因素。

17世纪的市民作品对于历史—文学进程而言还有一个方面是重要的。文学的发展,甚至是最缓慢的发展,也从来不是均衡匀速的。文学是一阵一阵地向前运动的,它的阵发性运动总是同文学活动场域的某些扩展相联系。这种显而易见的扩展第一次是在15世纪实现的,当时有一种比羊皮纸更便宜的书写材料——纸,开始进入文学,引起了书写方面的普及性形式,即用于广泛的个人阅读的文集的出现。读者和抄写者往往就是同一个人:抄写者抄下他喜欢的作品,编成"非官方的"个人阅读的文集。

在17世纪,平民性质的作品是对文学大众化的一种新推动。这些作品是如此大众化,以致19世纪和20世纪初的文学史家们曾认为它们不值得研究,是一些"粗俗的作品"。它们是用一些粗制滥造的或公务文本式的速写法写出来的,很少马上就重新编辑,而是留在小本子里,在没有生活保障的读者中流传。这是第二次"向着大众化的挺进"。第三次出现在18世纪,那时文学作品已由印刷机印行,拥有各种全欧性新体裁的期刊事业也发展起来。

17世纪市民文学的典型特征,我们也可以在其本身的范围之外进行观察。在翻译文学中,也包括在翻译的伪骑士长篇小说中,有很多与市民文学彼此呼应之处。市民文学并非孑然独立于它带入历史—文学进程的所有那些新现象之外。

17世纪俄国文学中发生的外国影响的更替,也是这一向着新时代文学类型过渡时期的突出特点。往往有人提到,俄国文学最初曾以拜占庭文化圈的文学为发展方向,在17世纪则以西欧文学为方向。但重要的是,与其说是以西方国家为方向,不如说是以特定的文学类型为发展方向。

俄国文学,也如同任何伟大的文学一样,总是与别国文学紧密相联。在古代罗斯,这种联系并不比18世纪和19世纪的联系少。甚至可以认为,17世纪以前的俄国文学其实已以一定的、主要是教会的体裁表现出同南部斯拉夫国家文学的某些一致性。随着临近17世纪所有斯拉夫文学生活中民族因素的发展,俄国文学与南部斯拉夫文学、拜占庭—斯拉夫文学的联系稍有减弱,并形成了与西斯拉夫文学的更密切的联系,但这些联系的类型已有所不同。这些联系与其说是沿着教会方面的路线,不如说是沿着"小说"和预定供个人阅读的文学路线推进的。因此,俄国文学所关注的那些外国文献的类型发生了变化。以往俄国文学所关注的主要是那些已出现在俄国文学中的中世纪类型的文献和体裁。现在已产生对于为新时代所特有的作品的兴趣——这特别显现于戏剧和诗歌创作中。不过在初始阶段,"产生影响"和被翻译的并非一流作品,也不是文学新作,而是陈旧的、某种程度上是"外省的"作品(如戏剧)。颇有意义的是,在17世纪密集渗入罗斯的伪骑士长篇小说,也与文艺复兴有着紧密联系:这里有同样的冒险精神,同样的新地域发现,以及仅仅依靠自己的年轻主人公的勇敢、机灵和幸运,等等。这当然都不是偶然的。但是,俄国文学直接接触高端文学、接触一流作家及其作品的时间已为期不远。

但问题不仅在于俄国文学关注的文学类型。问题还在于它是如何关注的。我们看到,在11—13世纪,拜占庭文化圈的文学作品已"移植"到罗斯,到这里"落户"并在这里继续发展。不能说这种类型的外来影响在17世纪消失了,而现在又出现了为新时代文学所特有的新型影响。还在14世纪末—15世纪初出现的所谓第二次南部斯拉夫影响,与其说是文学上的影响,不如说是一般文化和神学的影响。这种影响同从南部斯拉夫引入罗斯的文献本身一并来临。17世纪引入罗斯的,与其说是各种文献,不如说是风格、文学表现手法、文学倾向、审美趣味和种种观念。

俄国的巴罗克也可以看成新型影响的表现之一。俄国的巴罗克不仅是某些译自波兰语或来自乌克兰和白俄罗斯的作品。这首先是在波兰—乌克兰—白俄罗斯的影响下产生的文学倾向。这是一些新的思想潮流、新的题材、新的体裁、新的智力兴趣,当然也是新的风格。

任何一种或多或少有价值的外来影响,只有在产生自己的内在需求时才能实现,这些需求造成这种影响,并将其纳入历史—文学进程中。巴罗克来到俄国,也是其自身相当强烈的需求的结果。

在其他国家取代文艺复兴并成为其反题的巴罗克,在俄国,就其历史—文学作用而言,却近似于文艺复兴。它带有启蒙的性质,在许多方面促进了个性解放,并与世俗化进程相联系;这和西方正好相反,在那里,巴罗克在其发展的初期阶段,在某些情况下,恰恰标志着一种相反的趋向——向着教会的回归。

但是,俄国的巴罗克毕竟不是文艺复兴。无论就其规模还是就其意义而言,它都不能同西欧的文艺复兴等量齐观。它在时间和社会关系方面的局限性并非偶然。这是由于为经由巴罗克的形式形成的俄国文艺复兴做准备的时间过长。文艺复兴的某些特征开始在文学中表现出来,比这些特征在特定文化运动中显露出来还要早。文艺复兴在走向完满实现的路途中也"陆续失掉了"自己的一些特征。

因此,俄国的巴罗克作为一种独特的文艺复兴——向新时代文学的过渡——的意义,只限于它作为"最后的推动"的作用,这种"推动"使俄国文学得以贴近新时代文学的类型。文学中的个性因素在巴罗克之前只偶尔表现在不同范围内,而在巴罗克艺术中它则形成了一定的体系。在整个 16 世纪和 17 世纪上半叶常常出现、在文学创作的不同方面表现出来的世俗化,在巴罗克艺术中才得以充分实现。积累起来的新体裁和旧体裁意义的转变,只有在巴罗克艺术中才造成新体裁系统——新时代体系的形成。

新的体裁系统的出现是俄国文学从中世纪类型向新时代类型过渡的基本标志。

10—18 世纪初的历史—文学进程是文学作为文学形成的过程,但这不是为自身,而是为社会而存在的文学。文学是国家历史不可或缺的组成部分。

让我们简要地谈谈 11—17 世纪俄国文学中可能显示出来、随后又转入新时代的总体发展路线和趋势。

中世纪俄国文学发展的这些"内在"趋势和路线,归根结底是由现实的强有力的但并非总是直接的影响决定的。

首先必须指出,从外部、从拜占庭和保加利亚引进的文学,作为一个整体,作为一定体裁和完整作品的体系,是在其全部形式和展现中逐渐周密地接近俄国现实的。文学锻造着符合俄国生活的需求、能够反映在俄国现实条件下产生的思想、题材和情节的新体裁。拜占庭—斯拉夫文学体裁系统实质上也在发生变化、分流并得到丰富。这一时期产生着各种不同的风格形态,"高级体"教会斯拉夫文学语言和公文书写语言、多种多样的口头语言在特定领域彼此接近。

这一与俄国现实接近的过程,同文学逐步摆脱纯公共事务和教会事务的过程独特地结合在一起。文学夺回了自己的活动阵地,愈来愈进入艺术范畴。文学逐渐成为文学本身,这也就意味着文学开始更自由、从而也更密切地、更准确地反映生活。文学作品摆脱事务功能的这一过程,部分地与整个俄国文化的逐渐世俗化相联系。甚至在某些教会体裁(圣徒传、布道文等)中,文学也变得更为世俗化。在16世纪和17世纪特别可以看出这一点。

文学获得了解放,逐渐成为名副其实的文学,同时还在社会精神生活中占有自己的牢固地位。文学的社会意义在显著地提升。

文学的社会意义的提升和它的社会包容性的扩大相联系。读者和作者的社会范围越来越扩大。这后一种情况改变了文学和民间口头创作的相互关系。文学和民间口头创作一开始的"分流"主要是在体裁领域。在社会各个阶层中流行的民间口头创作,填补了文学中所缺少的抒情性和娱乐性体裁。即便是主要让统治阶级享用的文学(虽然某些体裁经教会宣示,口头上对所有人都是"必需的"),也不能满足人们对于艺术话语的所有需求。在17世纪,民间口头创作大都退返民间,而文学也开始随着退返的民间口头创作而渗入民间环境。市民文学破土而出。文学和民间口头创作社会活动范围重新分配的过程,也是语言艺术发展的最重要的线索之一。

文学的社会性扩展自然同题材的拓宽,同社会对文学的容许程度的扩大联系在一起,而后者将导致描写手法向描写对象的靠近,导致部分文学作品的"简化",导致方言俗语和现实因素对文学作品的渗透。

对于中世纪文学,特别是对于中世纪早期文学而言,值得注意的是有新内容逐渐"擅自闯入"的形式的传统性和惯性的优势。作品服从于文学的礼仪性,包含着传统的形象和固定的模式(如军旅故事模式、圣徒传模式等)。形式的传统性不应只被看成一种不足。它减轻了新作品创作的难度,正如建筑材料的标准化可减小建筑难度那样,当然它也使个性化作品的出现变得困难。文学的传统性使它的"遗传"能力、作品文本的"变异性"变得驾轻就熟,但同时也阻碍了文学的发展。这就是为什么在11—14世纪期间,文学一开始具有极高的传统性,却在逐渐复杂化时开始失去自己的地位。随后又产生了一种需求——不仅是对作品中的人物个性,而且是对有个性的作者的需求,希望作者有自己的让读者感兴趣的经历,自己的风格,自己的、仅为他所特有的信念。个性在文学中的作用如此增强,以至在17世纪已出现一些职业作家(虽然职业化的某些特征也已为更早些时候的作家(15世纪的帕霍米·洛戈费特,16世纪的马克西姆·格列克)所具有)。文学作品中个性的作用也在加强:从14世纪末期起,对人的内心世界的兴趣加大,情感色彩增强;而从17世纪初期起,人们开始形成关于人的性格的最初观念。在17世纪,作家传记开始在文学的发展中发挥越来越大的作用。"动乱时代"的活动家、某些诗人和阿瓦库姆等作家,都留有卓越的个人传略。

文学中传统性的逐步衰落和个性因素的增强——这是彼此紧密联系的两条路线。

最后，在俄国文学发展的最初七个世纪，也可以观察到其发展的若干小范围的倾向，如隐喻、换喻和其他一些艺术手法向着更具形象性而变化，象征和寓意作用降低。还可以发现文学发展中的一条特殊路线——艺术时间的"松绑"，当下时间的艺术价值的呈现与增强，这种当下时间和其他许多条件一起使戏剧的出现成为可能。

难以列举文学发展进程本身的研究者们也许已发现的所有那些线索与倾向。特别应当注意的是外国影响类型的变化。毫无疑问，在10—13世纪罗斯文学中，拜占庭的影响和保加利亚的影响，在质量和构成上都有别于17世纪西欧的影响。在这里，也隐藏着一条特殊而重要的发展线索。

所有这些存在于普遍形式中的发展线索和趋向，或多或少都为全部中世纪文学向新时代文学类型过渡的途中所共有。但是，古代罗斯文学历史道路的独特性却反映在所有这些线索和趋向中，并导致罗斯文学成就的独特性。

拜占庭和保加利亚文献的"移植"也导致全人类思想的"移植"。俄国文学发展了这些思想，把对于全人类（而不仅是对于俄罗斯民族普遍命运）的这种关怀带到了新时代。与此同时，我国文学从一开始就因它对现实需求负有责任而被确定为带有强烈民族自我意识的、高度爱国主义的文学。这在很大程度上是由于封建割据时期文学的作用：文学填补着各区域和各公国之间的经济与政治联系的不足，提醒人们不忘罗斯国土的统一性和它的历史共同性。

俄国文学的重大社会意义决定于现实本身的特点，在后来的各个时代，这种意义也因为现实而得以保留。

15世纪和16世纪俄罗斯中央集权国家的加速建设，特别要求文学加入其中。重大的、直接关涉国家和社会的题材开始在文学中占优势，政论作品持续发展，政论性在某种程度上充溢于俄国文学的所有体裁，阻碍了"消遣小说"、趣味性、"情节性"和"间接性"的发展。文学逐渐拥有特别的训诫性质——起初或多或少是教会的，后来则是世俗的。

长久延缓的前文艺复兴促进了俄国文学中的情感性和"特别的恳切性"的发展。

体裁（外来的和"自己的"）逐渐丰富。这些体裁的不同风格层次，造成文学语言的丰富和发展，也造成其中出现各式各样的语言变异。

不过，并非只有成就一个方面。较晚的人的个性解放和后来的文学世俗化，直到18世纪中期之前，都还没有让文学中的个性因素得以充分发展和繁盛。个性因素的发展是十分艰难地实现的，而且只是在18世纪下半叶才使俄国文学达到了新时代别国文学的水平。

（德·谢·利哈乔夫执笔，左少兴译，汪介之校）

第二编　18世纪俄国文学

导论：18世纪俄国文学道路的确立与文学民族独特性的形成

1

连续性是文学发展的最重要的规律之一，而文学的发展归根结底是以历史进程本身的性质为条件的。与此同时，在超过一个半世纪的文学史研究中，却流行着一种认为彼得时代与前彼得时代的俄国之间存在着决定性断裂的反历史主义观念。

苏联历史科学提出了必须辩证地看待彼得时代与前一阶段俄国历史之间的联系的问题。虽然18世纪最初十年中完成的事业规模宏大，从经济、军事和文化落后的时代向前的推进令人惊讶，但是过去的时代已经为彼得一世的帝王能量与意志的空前迅速发展和实行全方位改革准备了条件。18世纪初期的欧化不可能成为历史发展的统一进程中断的根据。俄国早已走在全欧洲的道路上。彼得改革很有说服力地体现了共同的规律性。

还是在1927年，最初涉及这一议题的学者之一格·亚·古科夫斯基，就正是这样提出问题的。他在依据大量原始的事实考察文学发展的具体历史过程时指出：新世纪的文学"处于旧有传统作用的氛围中，这一传统是由特列季阿科夫斯基和罗蒙诺索夫的同时代人，甚至还是由17世纪和彼得一世时期传递下来的"[①]。新世纪"独树一帜的""原汁原味俄罗斯的"文学，就是这一发展进程的结果。

在我们当代，德·谢·利哈乔夫在一系列著作中清楚地表明，"欧化"的进程、对西方文化与美学珍品的把握，以及为俄国历史道路的独特性所决定的富有特色的文学的形成，是在几个世纪的时间内有机地运行和延伸的。这位研究者从理论上提出了俄国"古代的"和"新时代的"文学之间的连续性问题，并提炼出一些有重大

---

① 格·亚·古科夫斯基：《18世纪俄国诗歌》(Русская поэзия XVIII века)，列宁格勒，1927年，第11页。

价值的思想。依据这些思想,能够看清并理解对于新的 18 世纪而言俄国文学中的若干重要而稳固的传统的意义与作用,这个世纪的文学为了适应时代的要求而发生了急剧而具有决定性意义的转换,实现了思想、体裁和题材诸方面的根本变化。

这个新时代在形成于几个世纪内的遗产中首先获得的,是关于文学的强大社会作用的观念。文学在摆脱了纯粹事务性和教会方面的任务之后,获得了独立自主性,并由于提出了一些重要问题,按德·谢·利哈乔夫的说法,在社会精神生活中占据了牢固的地位。由于同当代现实的联系,文学促进了俄罗斯人爱国主义精神的培养和民族自我意识的形成。[①] 随后,由其真实性和历史情势所决定的俄国文学的社会意义,得以进一步强化与拓展。

对为国家所需要、以民族传统为支撑的文学加以利用,这一意向也是彼得一世的特点。他表现出对文学的实际兴趣,亲近一些有才华的作家(如费奥凡·普罗科波维奇)。然而传统不仅需要守护与继承,还需要以时代带来的新东西发展并丰富。这个时代本身有时就是对业已定型的东西予以拒绝的根源。过去的一些重要发现往往被丢弃和遗忘。

新时代的文学彻底摆脱了教会的影响。这也进一步巩固了文学的社会地位。彼得的改革活动本身——由君主发起的改造俄国的倡议,是以文学和一批新作家对启蒙思想的有机把握为条件的,其中具有首要意义的是启蒙学者们的政治学说——开明专制政体的观念。接受欧洲政治学说的这一具体情况,显示出俄国对欧洲经验的掌握在其性质上的根本特点,俄罗斯民族所特有的政治和经济思想就是在这种掌握的复杂过程中形成的。

应当懂得,从西方传到俄国来的开明专制政体的观念,其实是指出了一种由理性所希冀的合乎理想的可能性。西方的理论充满激情地召唤人们希望并相信开明君主来临的可能,这样的君主将实行由明智而仁爱的哲学所昭示的必不可少的社会改造。在俄国,这种政治学说很快就被接受了,因为俄国人不需要指望出现奇迹——他们这里已有彼得一世出现。而且,彼得的改革首先是由历史,由祖国的迫切需要和渴求,由年轻民族发展的规律性所带来的。

俄国思想家和作家们之所以在一个世纪以上的时间内——从费奥凡·普罗科波维奇到普希金——充满献身精神地确认开明专制政体的学说,原因在于他们是以改革家彼得大帝被历史所铭记的实践经验为支撑的。

启蒙思想体系赋予具有传统特点的俄国文学以现代的形式。正如德·谢·利哈乔夫所指出的,在俄国中央集权国家加速建设的时代,国家与社会的主题开始在文学中占有主要地位,政论获得了蓬勃发展。政论性也将渗入文学的其他体裁中,从而决定了文学具有特殊的、明显的教诲性。教诲性作为年轻的俄国文学的一个最

[①] 德·谢·利哈乔夫:《10—17世纪俄国文学历史道路的独特性》,载《俄罗斯文学》1972年第2期,第34页。

重要的传统,为以后的新时代所继承。①

18世纪文学的教诲性具有新的性质:对开明专制政体观念确信无疑的俄国作家,曾以公民的身份出现,颇具胆识地教导在位的当朝君主。罗蒙诺索夫曾教导执政的伊丽莎白女王,诺维科夫和冯维辛先是教导叶卡捷琳娜二世,后来又去教导保罗一世(在他还是一位大公时);杰尔查文也曾教过叶卡捷琳娜二世;卡拉姆津教过亚历山大一世;而普希金则在十二月党人起义失败的沉重时刻给尼古拉一世以教诲。政论性成为18世纪俄国文学的特色,并决定了其艺术面貌的独创性。

毫无疑问,新文学最重要、最根本的特点,在于它是作者个人勉力创造的文学。社会上出现了新型的作家,其文学活动取决于各自的个性。这种现象,自然是俄国及其文化与文学发展的特定的、具体的历史规律性的反映。在18世纪,这种规律性鲜明而醒目地呈现出来,但应着重强调的是,它并不是像以往那样一览无余、合乎逻辑地发挥作用并体现出来的。这就是这样的理解——文学中发生的如此本质上的变化,已在它之前的整个时期,包括在17世纪准备就绪——为什么很重要的缘由。德·谢·利哈乔夫曾注意到这一点。中世纪文学所特有的总体特征,是传统占据优势地位,这种传统是民族文学形成的历史性的必要条件。但随着时间的推移,文学逐渐复杂化,与传统疏离。从14世纪末即已产生的对一般个性、对作品主人公的内心世界,特别是对作者本身个人命运的兴趣,促进了这种变化。读者希望了解作家的生平经历,不只是他固有的观点、他对世界的看法以及他个人的叙述风格。作者作为各具特色的个性开始在文学中占有越来越重要的地位。在17世纪文学中已经显示出培养和造就人性观念的意向。在这种情况下,作者的作用、他的生平经历和性格都在作品中得到了强化。这个世纪的许多作家已把自己的重要信息告知读者,向他们介绍自己的生平。大司祭阿瓦库姆本人书写的《传记》就是一个突出的,但并非唯一的例证。这是一部具有高度艺术性的自传,看来也是塑造俄国人复杂的、精神丰富的性格的最初尝试。②

每一个民族的文学在沿着自己独特的道路行进时,都同时也处于和世界其他各国文学的联系中,因而也就受到人类艺术发展共同规律的制约。怎样才能在这种情况下保持文学的独特性? 卡拉姆津已经领悟了这一点:"教育或启蒙的路径对于各民族而言是同样的;各民族彼此之间都是一个跟随另一个前进……哪一个民族不向另一个民族模仿学习呢? 为了赶超,难道不应当先看齐吗?"③

俄国文学曾"模仿学习"了其他民族文学宝贵的美学经验,因为它认为自己的义务是在最短的时间内向别的民族"看齐",并在对俄罗斯本民族和全人类的展示中实现"赶超"。

---

① 德·谢·利哈乔夫:《10—17世纪俄国文学历史道路的独特性》,载《俄罗斯文学》1972年第2期,第36页。
② 同上书,第35页。
③ 尼·米·卡拉姆津:《卡拉姆津选集(两卷本)》,第1卷,莫斯科—列宁格勒,1964年,第416页。

2

众所周知,各民族和人民都走过了类似的经济和文化发展阶段。列宁曾强调指出:"不同的民族走着同样的历史道路,但走的是各种各样的曲折的小径,文化程度较高的民族的走法显然不同于文化程度较低的民族。"[1] 的确如此,例如,俄国就没有经历过奴隶占有制,而这种情况也就永远地决定了其历史的独特性和处于形成与发展中的文化独特性。

在欧洲各民族的历史发展中有许多共同点。弗·恩格斯是这样给这种共同性下定义的:"现代的自然研究同整个近代史一样,发端于这样一个伟大的时代,这个时代,我们德国人根据我们当时所遭遇的民族不幸称之为宗教改革,法国人称之为文艺复兴,而意大利人则称之为 16 世纪,但这些名称没有一个能把这个时代充分地表达出来。这个时代是从 15 世纪下半叶开始的。"[2]

文艺复兴时代究竟有哪些事件和现象决定了整个现代历史的进程?经济与政治性的事件理所当然地处于首要位置。这个时代同时又是以对人类的精神生活和思想意识产生了巨大影响的、前所未有的文化繁荣著称的。"拜占庭灭亡时抢救出来的手稿,罗马废墟中发掘出来的古代雕像,在惊讶的西方面前展示了一个新世界——希腊古代;在它的光辉形象面前,中世纪的幽灵消逝了;意大利出现了出人意料的艺术繁荣,这种艺术繁荣好像是古典古代的反照,以后就再也不曾达到过。在意大利、法国、德国都产生了新的文学,即最初的现代文学;英国和西班牙跟着很快进入了自己的古典文学时代。"[3]

俄国是否也被吸引到这一席卷全欧洲的文化运动中去了?具有本民族历史全部独特性的俄罗斯是否也经历过类似的转换与改革?俄国近代史也是从这一全欧洲的分界线上开始的吗?俄国是否也如同欧洲其他国家那样,在人类历史上的这一伟大转变时代,创造出了"新的、最初的现代文学"?

近年来,这些总体上的和具体的局部问题,都被提到了学界面前。依据东西方不同国家,包括俄国的历史资料,这些问题得到了解决。[4] 德·谢·利哈乔夫精心研究了俄国文艺复兴的问题。俄国由于自身一定程度上的落后和文化上的某种隔离,没有和欧洲其他国家同时经历文艺复兴阶段。前文艺复兴时代和文艺复兴时代,是全人类共同的发展阶段。"在一个民族文化的发展中,可能会没赶上这两个阶段,或者可能错过了时机,那么后来就应当依靠人类的普遍文化经验来填补这方面的

---

[1] 《列宁全集》第 36 卷,北京:人民出版社,2017 年,第 167 页。
[2] 《马克思恩格斯全集》第 26 卷,北京:人民出版社,2014 年,第 465 页。
[3] 同上书,第 465—466 页。
[4] 参见尼·约·康拉德:《西方与东方》(Запад и Восток),莫斯科,1972 年。

缺陷。"①

德·谢·利哈乔夫经由研究大量的事实,得出了这样的结论:以不同的形式出现的这种填补的过程,使人们有理由认为,俄国在14世纪末和15世纪,经历了自己的前文艺复兴时代。然而,"俄国的前文艺复兴未能发展为文艺复兴",由于这位学者详细考察过的一系列历史原因而未实现转换。②但是,俄国虽然严重地落后,且极大地偏离了一系列国家已经形成的社会制度和经济制度,却以自己的方式开始实行那些在西方业已完成的措施。列宁曾指出,在农奴制体系内部,从17世纪就已开始资产阶级彼此联系的发展过程,开始出现全俄市场。"既然这个过程的领导者和主人是商人资本家,所以这种民族联系的建立也就无非是资产阶级联系的建立。"③

18世纪最初十年的俄国,仍然是一个农奴制国家,但已进入经济发展的工场手工业阶段。正是彼得一世开始把"贵族杜马和贵族制度"④的俄国专制制度转变为"官僚贵族君主制"⑤。形成于彼得时代的俄国专制政体,在整个18世纪内,都是贵族统治的形式,它不仅强化了农奴制的压迫,而且还保护了年轻的俄国资产阶级。

正因为如此,在18世纪形成的这些具体的物质条件,由于其自身的水平与性质,未能成为在俄国发展或那种在欧洲一系列国家呈现出的文艺复兴的文化发展阶段的基础。14—15世纪在俄国出现的前文艺复兴时代,在18世纪也未能过渡到文艺复兴时代。

然而,这个时代的这些物质条件与历史情况,却不仅为密集地掌握欧洲文艺复兴的丰富经验和人文主义文化的成就,而且也为独立地解决一般复兴的问题创造了合适的土壤。这种解决方式的切近现实的必然性,决定于这一历史规律:不同的民族都行进在同样的道路上,但却各自独立地前行。解决不是在为时短暂的、一次性的活动中,而是在开始于17世纪末、延续到19世纪前三十年的过程中实现的。这一过程决定并解释了那一特定历史时期一般思想意识和经济发展中的许多具体特点,有助于理解18世纪文学的作用,即它不仅为19世纪俄国文学的空前繁荣提供了准备,而且使俄国文学的民族独特性得以形成,这种独特性决定了它归根结底要成为伟大世界文学的一部分。

这样便可以肯定,在俄国,文艺复兴不是一个特殊的、具体的历史时代,但是,既然在一个多世纪的时间内,包括艺术与文学在内的整个俄国文化积极解决了一般复兴的诸多问题,奠定了人文主义思想体系的基础,那么,这个时期就可以被称为(尽管是相对的)俄国的文艺复兴时代。这个名称应当只是突出了新俄国文化与

---

① 德·谢·利哈乔夫:《10—17世纪俄国文学历史道路的独特性》,载《俄罗斯文学》,1972年第2期,第17页。
② 同上书,第15页。
③《列宁全集》第1卷,北京:人民出版社,2013年,第134页。
④《列宁全集》第17卷,北京:人民出版社,2017年,第321页。
⑤《列宁全集》第20卷,北京:人民出版社,2017年,第122页。

文学中的最重要和最有代表性的现象。①

在历史已经准备了创造本民族的俄罗斯文学机遇的时代,究竟必须解决哪些具有明显的复兴特点的问题呢?

首先应当是所谓如何对待古希腊罗马文化并掌握其美学经验的问题。

"文艺复兴"的概念显示着由教会和神学世界观统治的中古时代之后的那些事件的意义,人类为自己展现出异教古代文化的丰富而美好的世界。复兴的古希腊罗马文化成为创造新的人文主义文化的基石。在那个时代产生的对于希腊和罗马艺术、哲学与文学的兴趣,将在随后到来的世纪中迅速发展。对古代世界的研究成为所有民族的命定之事。因古希腊罗马大师们的宝贵经验而丰富起来的新时代的艺术,在其几个世纪的实践中吸收并固定运用古希腊罗马神话的情节,建造了共同的形象和共同的艺术语言的武库。古希腊罗马哲学提供了新时代唯物主义与唯心主义发展的推动力。古代的历史学家们给事件与人物描述的性质以巨大的影响。普鲁塔克的著作在不同国度和不同时代培养起准备以自己的生命为代价捍卫自由和祖国独立的英雄人物。

那些没有经历过作为文化发展的一个特殊阶段的文艺复兴的民族,也将掌握古希腊罗马文化的遗产。每一个民族和国家都是在自己为其历史与社会发展的情状所决定的时代面向古典文化的。俄国从18世纪一开始就关注古希腊罗马文化。在那个时期之前,进步文学中占统治地位的是一些宗教内容的书籍。

时代自然会给这种关注的性质刻下自己的印记。这已不是"文艺复兴"一词本来意义上的那个时代,这是因为,一方面,俄罗斯在本民族的历史上并没有经历过作为文化发展的一个特定阶段的古希腊罗马文化;另一方面,在西方,古希腊罗马文化已被发掘出来,其遗产被接受和复兴已有几个世纪。然而,在俄国,正如在其他国家那样,古希腊罗马文化及其思想遗产却被用于建构自己的思想体系,首先是人文主义,还有别具一格的艺术。

对古希腊罗马的文学、哲学和历史的兴趣在俄国逐年增长。阿普列尤斯、柏拉图、塞内加、西塞罗、卢奇安(琉善)、希罗多德、泰伦斯、德摩斯梯尼及其他许多作者的著作一部接一部地被翻译过来。有许多著作被多次重译,译文出版了单行本或刊登在杂志上。人们表现出对诗人的特别兴趣。伊利亚·科皮耶夫斯基翻译的《伊索寓言》的俄文译本和拉丁文译本于1700年在阿姆斯特丹出版。从1740年代起,古希腊和罗马诗人作品的译本开始成系列地在俄国出版。读者可以通过无论是职业翻译家,还是从康捷米尔和罗蒙诺索夫到利沃夫、德米特里耶夫和杰尔查文等诗人的译著,用俄语阅读荷马、伊索、阿那克瑞翁、贺拉斯、维吉尔、费德鲁斯、奥维德、朱文纳尔等人的诗作。阿那克瑞翁和贺拉斯两位诗人获得了最广泛的欢迎,几代

---

① 俄罗斯文艺复兴的问题,截至目前尚未得到深入的科学研究。参见格·亚·古科夫斯基:《18世纪俄国文学》(Русская литература XVIII века),莫斯科,1939年,第108—109页;叶·伊·约费:《俄罗斯的文艺复兴》(Русский ренессанс),载《列宁格勒大学学报》,1949年,语言文学卷,第9辑。

翻译家和诗人都关注他们的作品,他们对18世纪的俄国诗歌产生了最大的影响。

贺拉斯的因素清晰地表现于18世纪多位诗人身上。对于创作具有民族独特性诗歌的诗人们而言,贺拉斯的作品是需要的。普希金的《纪念碑》一诗,不仅接收了贺拉斯的经验,也吸纳了杰尔查文的经验,从而达到了俄国诗人掌握罗马诗人遗产这一传统的顶端。

18世纪末,当文坛上与古典主义的斗争紧锣密鼓地展开时,阿那克瑞翁的创作发挥了特别的作用。发掘古希腊诗人经验的新阶段,与尼·亚·利沃夫、杰尔查文等人的活动联系在一起。

杰尔查文根据自己的理解对阿那克瑞翁创作经验进行发掘,他创作出了俄国诗歌中具有古希腊诗风的第一批典范之作。杰尔查文的艺术发现和诗歌成就,也是俄国文学在解决文艺复兴最重要的问题之一——如何对待古希腊罗马文化——时生机盎然、富有成效的具体体现。对于19世纪初期的俄国文学而言,这个问题同样具有现实意义。

个性问题是文艺复兴的第二个问题,它是18世纪初在俄国得到解决的。欧洲的文艺复兴运动发现了人在精神方面丰富的个性,宣布人是世界的最高价值所在,也是衡量一切现象与物质的尺度。"人的观念诞生了,这是一种与人群分离的、独自成趣的、专注于自身的个别存在……"这就是文艺复兴时代成为"现代艺术的摇篮"的原因。莎士比亚的创作,按别林斯基的说法,站在后来作为"现实的诗"而被确立的文学倾向的开端。"他是真正艺术新纪元明媚的曙光和庄严的黎明。"①

人文主义作为捍卫个性及其权利、自由、幸福、尊严和独立的具有战斗精神的思想体系,是对人的全新理解的哲学概括。

在彼得一世时代,俄国人已经拥有自己作为空前规模的转变与改造的积极参与者的自豪意识,已经懂得他们是自己祖国今后命运的创造者,或者照当时人们所说的,是"俄罗斯伟大的质变或巨变"的创造者。

这种"质变"的实质究竟在哪里?俄国作为一个国家登上了国际舞台,在一系列有实力的世界强国中占有位置,俄罗斯民族在国家生活的许多方面,包括经济、文化和军事等方面强劲地表现出创造性能力,尝试以空前的速度消除许多世纪以来的落后状况,加快追赶欧洲各民族,开辟本民族历史的新纪元。

为了用政权的力量实现改革,彼得以果决无情的行动,在那个时代努力培养教育自己的臣民。文化与教育的发展服从于首要任务:阐明彼得的政策,揭露旧的反动秩序的维护者,培养主动精神、觉悟意识和爱国主义,以及在为国效力的舞台上一显身手的愿望。俄国专制制度的传统政策是强迫,现在则补充了说服的政策。这样也就承认了对人的新态度在俄国的真正、实际上的存在;命令和驱使人去执行

---

① 维·格·别林斯基:《别林斯基全集》第1卷,莫斯科,1953年,第265、266页。

国家意志的现象得以减少——表明已直接关注个人的实际需求,这是因为已意识到这一真理:一个人越是懂得他应当做什么和怎样做,他履行义务就越有成效,越有办法,越勇敢果断。

具有重要意义的是,19世纪的进步活动家曾注意到这些在18世纪俄国社会生活中客观上生成的现象并给予了高度评价。如别林斯基曾写道:"彼得大帝的改革并没有消除,也没有破坏在旧社会中把一个阶级和另一个阶级隔离开来的墙垣,但是已经挖动了这些墙垣的根基,即便没有把它们推倒,也已使它们向一侧倾斜——而现在它们已一天比一天更加倾斜。"①

俄国改革的规模,需要全民族聚集极大的力量,也形成了一种新的精神气候,它既推动了对欧洲文艺复兴理念的接受,也促进了关于复兴的最重要问题的解决。这种气候为俄国文学的发展创造了适宜的条件,文学在促使民族意识觉醒的同时,揭示并形成了关于人及其与等级无关的价值的崇高观念。

关于人的新理解(与专制等级制国家的全部政治和社会实践相反)不仅是文学所宣扬的,而且哺育了文学自身的发展。在考察俄国文学具体的历史发展状况时,别林斯基常常强调它的巨大教育意义。"如今连它们本来的名称也已被遗忘的俄国最早的一批杂志,是由出于对文学的酷爱而彼此接近的年轻人的小组所出版的。教育使人们走向平等……凡是有权利以人的名义存在的人,谁不全心全意地希望这种社会性的成长与提高,就像我们的童话作品中的勇士的成长一样,不是与日俱增,而是与时俱进!"②

个性的观念就这样在正忙于改革的俄国,在一个农奴制的国家内,有时是难以置信地、自相矛盾地,不顾专制独裁者和占统治地位的贵族阶级的意志而得以确立,人的与等级无关的价值的哲学得以形成。

社会各阶层千百万人对这场"伟大的质变"的参与,在不同于西方的、资产阶级缺席的基础上产生了个性的观念,因此也就形成了关于人的伟大和他价值尺度的独特理解。马克思曾专心研究了彼得改革的时代、俄国强劲的发展和精力充沛并相信自己未来的民众力量的展现,强调在这些具有世界意义的事件中,主要的东西乃是"处于上升时期的民族"的成就。

俄国人的个性意识,不是在局部的、利己主义兴趣的氛围中,不是在为了自己的生存而同别国的斗争中,也不是在为自己的财富、家庭和舒适而操心的过程中产生的,而是形成于保卫祖国、建功立业的行动和为了祖国利益而进行的共同劳作之中。它的价值只能以爱国主义的力量来衡量,而公民精神则决定了它的自觉意识。俄国文学的人文主义有别于作为个性自我肯定之工具的利己主义。

这样,在俄国就比西方稍晚形成了作为个性的人的观念。不但如此,这种观念还是在西欧文艺复兴最伟大的成就——人文主义在资本主义迅猛发展的影响之下

---

① 维·格·别林斯基:《别林斯基全集》,第9卷,第431页。
② 维·格·别林斯基:《别林斯基全集》,第9卷,第435、436页。

开始遭受明显变异的时代形成的。资产阶级社会的哲学——个人主义日益摧毁着自由、和谐、完整个性的理想。虽然人文主义具有全部重大意义和对于人的重要性，但在新时代却被解释为论证和承认个性自我实现的唯一途径的思想体系——个人主义。

俄国在那个时代也独立自主地解决了复兴中最根本的问题——个性的问题，不过是以另一种方式解决的。18世纪的大量现实事件是十分复杂和充满矛盾的，但就其对于国家和民族现在与未来的意义而言又是重大的，其中的民族因素决定了确立人的理想和价值尺度的个性理念的形成。因而民族因素也就对在俄国土壤上形成的人文主义思想体系的原则产生了决定性的影响。后来，到这个世纪中叶，与在农奴制国家内兴起的反封建斗争相联系的社会因素强有力地表现出来。在社会因素的影响下，人作为活动家和爱国者的哲学将更加深化。

3

不考虑人文主义思想体系受到民族条件的制约和它的独特性，就不能理解并具体地、历史地说明18世纪文学的美学发展中的一些最重要的时期。这种思想体系的影响最早体现在俄国古典主义的一些大诗人的艺术实践中。

古典主义作为一个特定的流派最早形成于17世纪的法国。法国古典主义运用于其同时代的哲学思想的成果，使人摆脱了宗教教会训诫的影响，把人的理性作为最高的、无可置疑的权威予以提升。在这一框架中，古典主义以人性发展的经验为支撑，一以贯之地肯定人是存在的最高价值，维护人的权利，确认人身上的一切真正的美德。因而古典主义是作为古希腊罗马文化的继承者而出现的，古典主义在古代艺术中首先发现了人的可能性的理想化表现，在精神上把人性统一起来，锤炼出共同的艺术语言。这就为以下可能性准备了条件：运用这样的语言表达每一个民族的独特理想和历史生活的个别经验，表现各民族对于人类共同问题的不可重复的解决方式，在人的具体表现形式、活生生的社会实践以及其社会、民族和历史制约性中展示人的理想，等等。

俄国古典主义虽然晚一个世纪才出现于历史舞台，却是作为整个欧洲文学一部分的俄国文学发展中的一个必然阶段。它适应了创造统一的民族艺术的需求，并因此以不同寻常的密集性获得了发展。古典主义创造了多种体裁的艺术，但是它只是以诗歌语言确立自身存在。18世纪的俄国诗歌就是在古典主义的范畴为出现的。它的加速发展是一种合乎历史规律的现象。散文开始发展稍晚——从1760年代开始，而且是在另一种美学基础上。抒情诗与讽刺诗等多种体裁因几代诗人的努力而得到了发展。古典主义诗人（罗蒙诺索夫、苏马罗科夫、赫拉斯科夫、克尼亚日宁）确立了悲剧体裁，因此也就为俄国剧院的组建和富有成效的活动准备了条件：1756年成立的俄罗斯剧院在苏马罗科夫的领导下开始了自己的活动。古典主义从创造民族文学开始,促进了公民理想的培养,形成了英雄人物的观念,提高了诗歌文化的水平,把古希腊罗马和欧洲艺术的经验纳入民族文学中,表明了诗歌擅长分析性地揭示人的精神世界的能力。

古典主义从其在法国形成之时起,就从理论上否定了艺术家和作家身上的个性。因此,艺术家精神上的规约、主观意志的抑制,决定了制定规范化诗学的必然性。这种诗学制定了创作过程的严格条例,为的是使作家和艺术家的意识服从于严格的规则。古典主义是在俄国正密集地解决文艺复兴问题的时代被确认的,这种情势创造了就其复杂性和独特性而言不可重复的美学发展的条件。

文艺复兴的人文主义与新潮流中的反个性主义哲学之间发生了冲突。文艺复兴时代暴风雨般的事件和人文主义滋养了文学中的个性因素,造就了诗人们的理想,而种种条例与规则的纯理性主义体系(这在俄国古典主义中是通过亚·彼·苏马罗科夫《关于诗歌创作》的书简而得到表达的)却不允许在作品中表现作者的个性。俄国古典主义就是这样带着显而易见的矛盾开始了自己的历史。这种矛盾反映了俄国古典主义作为全欧洲共同风格的民族变体的特殊性。学界早已注意到它与民间创作相联系的这些具有独创性的特征,以及讽刺倾向与讽刺体裁的发展。然而这种矛盾还反映了一个重要的现象——诗人们在真正的实践中对美学标准的偏离,这是在活跃的现实的冲击下表现出来的。

例如,俄国古典主义的天才诗人罗蒙诺索夫的颂诗创作就是偏离规则的,因为他的颂诗实际上是作者个性的表现。

偏离完全不意味着颂诗缺乏为历史规律性所制约的与古典主义风格的天然联系和从属关系。但这种从属性并不妨碍罗蒙诺索夫果敢地破坏了许多"规则",创作出了遵循原则的颂诗的艺术新形式,这种形式符合那个历史时代的要求,显示出在诗歌中表现俄国政治与民族生活中的具体现象的可能性。[①]

罗蒙诺索夫善于以诗歌来总结本民族在其已达到的世界历史生活的水平上的种种经验。他力求描绘出俄罗斯国家的地大物博、幅员辽阔和俄国人民的强大,创造了俄国地域的形象。这个俄国的形象规模巨大,气势宏伟,由北至南是从涅瓦河到高加索,由西至东是从第聂伯河和伏尔加河到中国(希那[②]),着实积攒着充沛的精力,怀有俄国人代代相传的爱国主义,怀有他们的爱、自豪感和对自己祖国的赞美。罗蒙诺索夫的诗歌促进了俄国人自我意识的发展。他所创造的俄罗斯形象已成为被后辈诗人接受的诗歌传统(参见巴丘什科夫的《渡过莱茵河》和普希金的《致污蔑诽谤俄罗斯之徒》等)。

罗蒙诺索夫依据人类的艺术经验,写出了具有深刻民族性的、独创性的颂诗,

[①] 参见格·亚·古科夫斯基:《18世纪俄国文学》,第107—116页;伊·尼·库普列亚诺娃、格·潘·马科戈年科:《俄国文学的民族独特性》,列宁格勒,1976年,第111—137页。

[②] "希那"(Хина)是19世纪以前某些外国人对中国的旧称之一,罗蒙诺索夫的诗歌中也使用过这一称呼。——译者注

表达出处于上升时期的民族精神。确认俄罗斯的伟大与强盛,朝气蓬勃与精力充沛,以及相信自己的力量、相信本民族历史使命的创造性活动的理念,成为他的诗歌的情致。这种确信的理念诞生于创造性地阐释和总结"俄罗斯之子"真实的实践经验的过程中。罗蒙诺索夫创作的诗歌实现了和康捷米尔首创的讽刺倾向的衔接。罗蒙诺索夫倾向的生命力则为随之而来的18—19世纪俄国诗歌所证实。

4

18世纪是作为最伟大的社会变革和阶级斗争的时代而载入人类历史的。封建时代在几个世纪中积聚的矛盾公然暴露出来,被压迫的民众和压迫者之间前所未有的斗争也在一系列国家内激烈地开展起来。民众运动成为许多国家社会生活的组成部分。旨在废除封建制度的革命进入历史的日程。

18世纪下半叶,俄国的农奴制压迫具有了特别残酷和惨无人道的性质。君主专制制度把农民完全交予地主的"仁慈"与"照管",用特别的法令把地主的各项特权和绝对统治权固定下来。得到政府支持的俄国地主把农奴制变成了一种野蛮的、没有任何法律约束的奴隶制。多次发生的农民暴动就是对君主专制和贵族政治的回报。叶卡捷琳娜二世当政的时代,是在多次大大小小的农民起义最终汇成由普加乔夫领导的1773—1775年农民战争的烈火中度过的。农民战争遭受了悲剧性的失败,农奴制压迫没有被消除,但是封建国家和农奴制度却遭到了沉重的打击。关于农奴制以及与农奴制的斗争问题,成为此后十年中俄国整个社会生活中的中心问题。不仅广大民众保留着关于普加乔夫起义的记忆,它那疾风暴雨般的形象也将长久地引起无数地主和历代沙皇的恐惧。

1776年,在遥远的美国爆发了18世纪第一次资产阶级革命。到1783年,美国人民掀起了反对英国殖民统治的革命斗争,整个欧洲——从巴黎到彼得堡——都密切地注视着它的进程。大洋彼岸胜利完成的革命不仅导致一个共和国——美利坚合众国的建立,按马克思的说法,它还给欧洲资产阶级"敲起了警钟"[①]。在社会矛盾尖锐化到极点的法国就听到了这种警报声。1789年,法国人民爆发了自己的革命,推翻了国王,废除了封建制度和贵族统治。

对理性与自由胜利的乐观主义信念在18世纪形成。进步的社会活动家们懂得,压迫和奴役千百万人的封建制度覆灭的伟大时代、人民解放的时代到来了。在表达自己同时代人的思想与感情时,拉季舍夫写道:"呵,令人难忘的世纪!你赐予喜悦的平凡民众/真理、自由与光明,永远明亮的星座!"[②]

民众的反封建斗争催生了这个世纪规模巨大的思想运动——启蒙运动。形成于西方的启蒙运动,是由资产阶级扮演了民众反对封建奴役斗争的领导者,也是

[①] 《马克思恩格斯全集》第23卷,北京:人民出版社,2003年,第592页。
[②] 亚·尼·拉季舍夫:《拉季舍夫作品选》,莫斯科—列宁格勒,1952年,第240页。

在资产阶级名下载入史册的。启蒙思想是一种彻底的、战斗的反封建的思想体系。启蒙思想家们对宗教和教会，对占统治地位的关于国家、社会各阶层的作用和地位的观点进行了毁灭性的批判，同时宣布一切封建秩序的存在都是非理性的，必须予以废除。启蒙思想家们未必都成为革命者，他们维护的是民众与个人的自由，并把全部希望寄托在和平改革上。这些理想主义者在说明社会生活时，真诚地相信不平等的、奴役人民的现存社会制度产生于人们缺乏理性。因此，启蒙思想家们把全民族的启蒙、富人和穷人的启蒙当作自己的主要目标，这是因为，在他们看来，前者是遵循非理性的压迫者，而后者则容忍这些压迫者。对封建制度的批判和对伟大自由真理的宣传是同步进行的。哲学家与作家、出版家与社会学家、法学家与艺术家、史学家与演员们都以自己的方式宣扬这一真理。

在论证现存社会不公正的同时，启蒙思想家们还揭示了人们的道德、信仰和观点对其生活条件的依赖关系。他们指出，如果生活条件是缺乏理智的，那么就应当改变它，那时人们就会改变自己的信仰，变得更为优秀，正义就将在社会生活中取得胜利。理智的启蒙有助于这种改变，但它不是一蹴而就的。借助法律可能会更快地达到那样的结果。正是法律造就了现存秩序。后者的不公正性决定于不公正的法律。在君主专制的国家内，法律来源于君主，因此，如果开导君主，如果他开始制定公正的法律，那么，在这些法律的作用下，社会就将出现人们所希望的变化。开明君主制的政治理论就是这样形成的。由此出发，启蒙思想家们的策略是借助君主来实现自己的目标，给帝王本人以影响，"教导"他们怎样实行统治。

启蒙思想的发展在每个国家中都取决于农民和贵族之间矛盾激化的程度，取决于民众同他们的压迫者之间的斗争，以及资产阶级在这一斗争中的作用。在俄国，这种斗争是从1760年代末期起以一种特殊的力量展开的。普加乔夫起义是它的最高表现形式。

俄国的启蒙时代是同整整一批作家、学者和政论家的活动联系在一起的。俄国早期启蒙思想家康捷米尔、特列季阿科夫斯基和罗蒙诺索夫在18世纪上半叶登上社会舞台，那时农民问题还没有成为民族和国家生活中的主要问题。因此早期启蒙运动中的思想家们虽然维护农民的利益，却并不与农奴制作斗争。在他们的活动中，被提到首要位置的是祖国启蒙的共同课题。

到1760—1770年代，当农奴反对地主的武装起义动摇了叶卡捷琳娜二世的统治之际，俄国启蒙运动最终形成了范围广阔、内容丰富的思想运动。纷纷登上社会舞台的有期刊创办人和作家尼古拉·诺维科夫，戏剧家和散文家杰尼斯·冯维辛，哲学家雅科夫·科泽尔斯基等。与他们一起积极工作的是学者谢·杰斯尼茨基、德·阿尼奇科夫，启蒙思想的宣传者和普及者尼·库尔加诺夫教授，他是那个时代最流行的读物之一《尺牍》的编撰者。1780年代，诺维科夫以他租借的莫斯科大学印刷所为基础，在莫斯科创立了当时最大的启蒙活动中心。1780年代末，年轻的作家、俄国启蒙运动的学生、富有才华的散文家伊万·克雷洛夫出现于文坛。在那时发表作品的还有亚历山大·拉季舍夫。俄国社会历史发展的独特性决定了俄国解放运动的特殊性。众所周知,19世纪初期贵族阶级中的优秀分子成为第一批俄国革命者。后来的解放运动沿着越来越民主化的道路前进。1825年12月举行起义的贵族革命者,就是以开始同叶卡捷琳娜二世的君主专制和农奴制进行斗争的18世纪俄国启蒙运动的传统为支撑的。拉季舍夫这位处于巨大历史变革期的活动家,连接起俄国社会思想的这两个阶段。他达到了18世纪俄国文化和俄国启蒙运动的最高成就——成为第一位革命者,同时也是19世纪俄国贵族革命者的思想先驱。

18世纪最后三分之一时段的启蒙运动给整个社会精神生活,首先是文学与艺术的发展以巨大的影响。甚至连那些不承认启蒙思想家们的社会纲领(其中主要是要求解放农民)的有声望的贵族作家,也受到了启蒙哲学的影响,接受了启蒙学说中关于人的价值与阶层无关的观念和开明君主制的构想。

5

"艺术中的革命"① 是18世纪西欧美学发展的重要阶段。17世纪在法国形成的古典主义作为一场强有力的文学运动,在其后一个世纪中在一系列国家内还占据着统治地位。1720—1760年间,伏尔泰对古典主义进行重新阐释,使之成为启蒙思想的喉舌。然而,对古典主义的不满却日益增长,人们不满于它的标准化、各种规则和严格至极的条例,而主要的是不满于它的唯理主义和在哲学上对个性理念的不承认。新艺术的需要促进了同古典主义之间激烈斗争的展开。文学中的两种新思潮在这一斗争过程中形成,稍后被定义为现实主义和感伤主义。这也就是歌德所说的艺术中的革命。

启蒙运动中的现实主义并不是文艺复兴时期现实主义的直接延伸,尽管它是作为历史遗产的后继者和传承者而出现的。启蒙运动中的现实主义依附于它形成的时代,取决于18世纪各国社会发展的特点,从属于在它之前出现的其他文学流派,首先是古典主义,因此它既与古典主义斗争,又是在后者所取得的成果的基础上形成的。

启蒙时代现实主义的独特性也取决于它与古典主义关系的性质,取决于启蒙学者对现实和人的特点的理解,取决于对如何克服法国资产阶级革命前夜出现的种种困难的探求。

"艺术中的革命"也蔓延到俄国:在18世纪最后三分之一的时间内,受到文艺复兴和启蒙运动的人文主义鼓舞的启蒙现实主义和感伤主义开始形成。俄国古典主义是占据主导地位40年之久的潮流。从1760年代中期起,情况开始发生变化。日益增长的俄国社会矛盾、风起云涌的社会斗争也把新的需求推到了古典主义诗

---

① 歌德:《关于艺术的论文和思想见解》(Статьи и мысли об искусстве),列宁格勒—莫斯科,1936年,第78页。

人们面前,提出了俄罗斯国家社会和政治生活中越来越多的需要讨论的问题。古典主义诗歌不能对这些问题作出回答。

最后三分之一世纪的文学所面临的历史任务是对现实进行这样的艺术性研究,这种研究能够理解与表达在不断发展的反封建斗争进程中形成的人的理念,在人的民族和社会制约性中发现人本身。古典主义没有能力完成这一任务。卓越的艺术发现通常是以背离规范化诗学的方式获得的。但在新的历史条件下这已不够,需要的是一种信赖现实和现实中的人,不是把生活理想化,而是要说明生活的艺术,其内容已在尖锐化的阶级矛盾的影响下不断变得更复杂。

作为回应时代主导诉求的启蒙现实主义就是这样的艺术。在同封建世界及其全部制度、全部思想体系作斗争的进程中,形成了新的社会观点,形成了人作为自由的个性,其优劣不取决于他的阶层归属和是否具有贵族血统,而是取决于他的才智和个人天赋的新哲学,形成了人从属于社会的学说。作为欧洲文学(而后成为世界文学)潮流的现实主义,展示出每一民族的艺术保持各自特色的可能性,也展示出每一民族、每个人的历史生活作为个别的和不可重复的现象以民族个性面貌存在的可能性。

在俄国现实主义——从冯维辛到普希金——的早期阶段,一些重要的方法论原则已经确定并清楚地显示出来。这包括对人的与阶层无关的价值的理解,对人在大地上的伟大作用的信念,爱国的、公民的和社会的活动作为生活于专制农奴制社会的个性自我确立的主要途径,以人的社会环境来解读人,以及最后,在艺术地揭示"民族性秘密"、呈现俄罗斯人对事物的看法和俄罗斯才智的可能性方面迈出的最初步伐,等等。描写现实生活的现实主义方法的最重要的特点,是揭示其社会矛盾,对现实的讽刺和尖锐抨击的态度,尽可能地暴露农奴制度下令人震惊的真实,以及农奴制给全民族造成的严重后果(诺维科夫、冯维辛、拉季舍夫),在民众身上看到了能够颠覆暴力制度的力量,看到了农奴的无权地位,深信社会自由与正义的正确性(《从彼得堡到莫斯科旅行记》和《自由颂》)。

这一新方法在戏剧艺术中也取得了最初的成就(冯维辛的喜剧《旅长》,特别是《纨绔少年》,奠定了俄国现实主义戏剧的基础。现实主义在散文创作中获得了进一步发展(诺维科夫、冯维辛、拉季舍夫)。

贵族启蒙思想家出现于历史舞台上,证明了新旧俄罗斯之间的冲突。启蒙现实主义能够揭示并艺术地表现这种社会冲突。所以冯维辛以及稍后的拉季舍夫所描写的,不是家庭悲剧,而是思想悲剧。作家们把自己笔下的主人公带出个人生活的氛围,把俄国现实中最尖锐的问题摆到他们面前,集中描写那样的现实,即它敞开了超越个人主义的个性自我实现之路。这一切赋予启蒙现实主义以特殊的品性,它最经常地可以用"政论性"一词来说明。这种政论性是启蒙现实主义艺术性的独特形式。通过这种形式,人的精神生活,他与普遍世界的联系,他对自私的、利己主义的存在和"一己的幸福"的不接受,都以极大的丰富性呈现于读者面前。

政论性也是因作家们关心众人而不是单个人幸福的意向而产生的。启蒙思想对理智的信念引发出的一种见解是：话语拥有强大的、作用显著的，甚至是带有强制性的力量。用话语表达出来的真理，似乎应该立即就能引起所希望的行动，消除谬误。因此，文学最重要的任务就是形成道德规范，启迪蜕化的意识，直接表现以正面主人公为承载者的理想。心理分析作为揭示人的意识矛盾的方法，是启蒙现实主义所忌用的。唯理主义则体现在诺维科夫、冯维辛和拉季舍夫笔下的形象建构中。

"艺术中的革命"同样延及受到古典主义标准诗学规范束缚的诗歌领域。但这一过程更为艰难，因为古典主义传统正是在诗歌中表现得更为顽强。在这一背景下，现实主义在诗歌中的体现就不同于在戏剧和散文中，在这里，它形成了自己的风格特征、自己的构成方式。在现实主义抒情原则的发展中，18世纪的天才诗人杰尔查文做出了决定性的贡献，以致古科夫斯基曾及时地指出："杰尔查文在其诗学方法的实质上是倾向于现实主义的。""杰尔查文提出了新的艺术原则，选择艺术方法的新标准——具有个性特色的表现力的原则。""古典主义的诗学原则是被杰尔查文彻底摧毁的。"①

6

与现实主义同时，在英国、法国和德国等一系列国家中，随后是在俄国（1770—1790年代），还形成了另一种后来被命名为"感伤主义"的文学思潮。感伤主义的确立同样伴随着同古典主义的斗争。在18世纪的现实主义与感伤主义之间有许多共同的东西。这两种文学思潮都与启蒙哲学相联系，都维护人的与阶层无关的价值，都揭示了个性的精神丰富性，都不仅从贵族当中，而且从第三等级——中产阶级、手工业者和农民等——中选择自己作品的主人公。这两种文学思潮都是与古典主义对立的，都推进了文学的民主化。

不过也有许多东西把这两种文学思潮区分开来，首先是描写人的不同方法。现实主义在揭示人的个性时，往往把个人与周围世界联系起来，表明性格和日常生活状况和环境的连带关系。感伤主义给人以高度评价，把人放在精神生活的世界中，竭力使人摆脱外部状况和日常生活的专横支配。这并不意味着感伤主义作家对外部世界完全不感兴趣，以致看不到个人对民众、对他生活于其中的环境的从属关系。他们也看到并描写了这些风俗情状和这种从属关系，但他们所致力的首先是把人从环境的压迫下解放出来。他们把人的激情与感受的世界和外在环境对立起来，揭示出"隐秘的秘密"——内心世界，把自己的注意力集中于此。

俄国感伤主义与欧洲感伤主义紧密相连。俄国作家熟知英国、法国和德国感伤主义作家的作品，并曾倾力翻译过这些作品。由此也可以理解这一流派作品的

---

① 格·亚·古科夫斯基：《18世纪俄国文学》，第409、411、414页；参见格·潘·马科戈年科：《从冯维辛到普希金》（От Фонвизина до Пушкина），莫斯科，1969年，第391—431页。

体裁、主题乃至作家笔下人物之间的共同性。遗憾的是,文学史研究作为类型学研究,原来已被这一切预先设定了。在感伤主义风格全欧统一模式的框架中考察俄国感伤主义,这一传统已经形成。但既然感伤主义在俄国的发展从时间上看要晚于欧洲,那么,要研究的许多东西就可以归结为理清影响,即俄国作家对英国、法国和德国感伤主义作家的主题、情节、体裁甚至风格的借鉴。类型学研究的过剩导致俄国感伤主义与民族土壤、民族传统的脱离,导致了对它的独立性与独创性的否定。

应当注意到,类似的评价尺度和类似的方法,当它们被用于研究感伤主义的通俗读物,研究那些才能平平,先是公然模仿欧洲样品(理查逊、斯特恩、卢梭、歌德)后又依傍俄国典范(卡拉姆津)的作家作品时,好像还能证明其可行性。公然重复歌德的"维特"题材的尼·埃明的长篇小说,或者利沃夫追随理查逊享有盛名的长篇小说《帕美拉》写成的《俄罗斯的帕美拉,或品德高尚的农妇玛丽娅的故事》,就是这类作品。后来还出现了对某些体裁的模仿,如中篇小说和感伤主义的旅行记。

然而,任何民族文学的性质和典范都不是决定于通常在一种新的文学思潮确立时期大量出现的模仿者和学舌者,而是决定于一些卓越的天才和别具一格的作家。卡拉姆津就是俄国感伤主义这一新的、具有深刻独特性的艺术体系的创建者。

卡拉姆津的创作是在俄国文学传统的轨道上自然发展的,同时也凸显出普遍而一定的规律性。启蒙思想家唤醒了青年卡拉姆津对于人作为精神丰富的个性的兴趣。个性的理念也成为作家美学观念的核心。但是在这种观念中,还同时注入并形成了俄国在解决文艺复兴问题时所生成的那种人的哲学。因此,在自己的活动起步之初,卡拉姆津就表现出以下兴趣:一方面是对欧洲文艺复兴时代的天才作家莎士比亚的兴趣,另一方面是对彼得改革的兴趣,并为俄国和俄罗斯民族的成就而自豪。

卡拉姆津的感伤主义,合乎规律地联系着全欧洲的文学思潮,但在很多方面又完全是一种新现象。不仅是民族生活条件,还有时代特征把卡拉姆津和他的导师们区别开来,决定了其创作的独创性。西欧的感伤主义是在启蒙运动高涨并达到最繁盛时期形成的,启蒙哲学培育了文学新思潮的美学理想。卡拉姆津的感伤主义同样是以启蒙思想为前提的,最终在启蒙思想家们的理论受到法国革命实践决定性检验的年代形成为一种艺术体系。启蒙理想中的许多内容未能经受这一检验。启蒙运动的危机是一出伟大的思想悲剧,它震撼了欧洲思想界。这种危机也成了卡拉姆津个人的悲剧。这个时代暴露出新的历史时期人的日常生活中的灾变。这一切也决定了卡拉姆津的感伤主义具有独特的、就其民族特点而言是不可重复的面貌。

对人类的爱决定了卡拉姆津的道德与美学立场。由于不接受社会平等的启蒙学说(他承认的只是人们精神上的平等),卡拉姆津是反对革命的,他认为革命就是"使用暴力"消灭现存制度。但是法国大革命并没有使他惊慌失措。同许多人一样,他希望革命能实现启蒙运动所宣扬的公平、正义和"兄弟情谊"的伟大理想。革命辜负了人类的期望，也没有确立它所承诺的理性王国。

革命同时也教导人们，不是"哲学幻想"，而是每个国家历史发展的内在原因决定着社会生活的转变。不应当在书本中，而只能在历史中探索真理。历史进入卡拉姆津的创作意识中，他尝试在历史中探寻现代生活中的一些不正常的、令人忧虑的问题的答案，这不是作家经历中的偶然和个别的事实，而是俄罗斯思想和俄国文学发展的共同规律的具体体现。

7

艺术的力量在于它与人民的亲近。这一人类饱经痛苦而得来的、在文艺复兴时代特别敏锐地被意识到并得到肯定的真理，在18世纪的俄国再度具体地呈现。这正是历史规律决定了创立民族文学的可能性与必要性之时。这一真理可以在欧洲文艺复兴经验的基础上被予以理解，但却不能根据对俄罗斯民歌的民族资源的认识、对隐秘的民族自我意识的领会而把握并独立地做出解答。

俄国农奴制国家的社会结构妨碍了这一历史任务的完成。业已形成的贵族文化有意识地让它的理论家们去亲近法国贵族文化，而后者却故意引人注目地宣扬对所有俄国人，特别是普通民众的蔑视。年轻的俄国文学不仅明白与人民精神文化联系对自身生死攸关的重要性，而且正是在急切地掌握人类的艺术经验、热情地希望获取安泰的强大力量之际表现出贴近民族土壤的坚定意愿，它的更大功绩就在于此。

"我国普通民众之诗"（瓦·基·特列季阿科夫斯基）成为18世纪俄国作家注意的中心。所有作家——从康捷米尔到杰尔查文，从卡拉姆津到拉季舍夫——都表现出对民间创作的浓厚兴趣。这首先体现于对谚语的广泛使用。谚语既是人民智慧的表现，也是富于诗意、警句般精准、言简意赅的表达方式的典范，它们传达出我国人对社会生活、日常生活和政治生活的看法。

对童话、壮士歌等民间口头创作的作品进行改编的传统，在彼得一世时代就已形成，这一传统后来在米·丘尔科夫、瓦·列夫申、伊·德米特里耶夫、尼·卡拉姆津的创作中得到了广泛的延展。

从1760年代起，谚语、歌谣、童话、壮士歌等民间创作的作品出版发行的工作开始逐年广泛地展开。第一部民歌和谚语集是尼·库尔加诺夫在1769年出版的《尺牍》。1770—1774年米·丘尔科夫汇编和出版的《歌谣集》是一部4卷本的民间作品集。1770年在莫斯科问世的《俄国谚语4291则》，是由罗蒙诺索夫的弟子、莫斯科大学教授安·巴尔索夫收集整理的。1780—1781年，尼·诺维科夫的6卷本《新编俄罗斯歌谣全集》陆续出版。从这时起到18世纪末，共出版了几十本歌谣集，而且很有特色的是，在很多情况下，出版者和编辑者就是诗人——米·波波夫、伊·德米特里耶夫、尼·亚·利沃夫。在19世纪初,作为关注民间作品的收集并感兴趣的结果,还出版了基尔沙·丹尼洛夫的集子——一部堂皇华美的俄罗斯壮士歌汇编。就这样,民间创作,首先是歌谣和谚语——以艺术语言的样式刻绘出来的民主思想体系——"闯入"文学,便成为文学生活中的大事,参与了创造新文学的进程。

为文学的独立性而斗争——在整个18世纪,在其下半叶特别急剧发展的文学斗争的方向与实质就是如此。这种独立性决定于历史、民族和社会状况的影响。民间创作是推动文学沿着民族独立性的道路前进的因素之一。文学从对民间创作的经验上的掌握过渡到了解决更为复杂的课题。民众所创作的作品是锤炼出真正的俄罗斯风格的范例,"俄罗斯本族语"、成语等都被利用来丰富文学语言。民间创作有助于揭示"民族性的奥秘",认识"俄罗斯头脑的思维方式"。

嘲笑、挖苦、讥讽和戏言,不仅镌刻在谚语中,而且保留在童话、各类反讽性的"呈文"、讽刺性模拟的法庭判决书甚至祈祷文中,表达了民众对生活现象的看法,是民众对存在于俄国的一切社会的、公共的、日常的生活条件的估价与评判。幽默证明了那些被剥夺了社会和政治自由及做人的一切权利的普通人的精神尊严。有助于奴隶王国中的人们自我保护的幽默,是民族的一大长处——民间笑文化,它曾以特殊的力量、丰富性和成效性影响了文艺复兴时代的艺术。关于这一点,米·米·巴赫金在他的专著《弗朗索瓦·拉伯雷的创作与中世纪和文艺复兴时期的民间文化》(1965)中做过详细的描述。

古典主义低级体裁中的笑话具有文学的特性,它曾被相关规则唯理主义地加以定义,不过在此之前它就已出现——如在讽刺性的喜剧长诗中。笔法风格是造成其滑稽可笑的根源。"滑稽的英雄长诗"的喜剧效果产生于文体与题材、语言与主人公之间在修辞上的不相称。

作者在他所创作的作品中越是鲜明地表现自己的个性,他就越坚决地偏离规则,越加紧掌握幽默手法的民族来源。罗蒙诺索夫的《胡须颂》和伊·谢·巴尔科夫的讽刺作品,苏马罗科夫和迈科夫的某些寓言作品直接来源于民间讽刺作品,来源于民间谚语和童话中的嘲笑与挖苦等艺术手法。迈科夫的长诗《叶利谢伊,或恼怒的巴克科斯》渗透着俄罗斯式的娱乐性,以及挑衅惹事般的、有时是俏皮而有伤大雅的幽默。长诗中主人公陷入的情境是荒谬可笑的,精明强干、从不灰心丧气、随机应变的驿站马车夫叶利谢伊的行为举止令人捧腹。普希金正因为其娱乐性而喜爱这部长诗。

幽默也是冯维辛的叙述风格和诺维科夫的讽刺作品的突出特点。这种幽默与民间笑文化形成鲜明的对比。我们会想起其作品——讽刺作家诺维科夫的《医疗手册》《配方》和诸篇"通报",冯维辛的《宫廷通用文法》《圣灵节瓦西里神甫在 Π 村的劝诫》《叔叔对侄子的教导》等等——的典型风格。所有这些作品都是有意识地瞄准民间创作的讽刺体裁,讽刺性("从反面")不仅体现在17世纪,而且也在18世纪创作中被利用并以手抄本的形式得到相当广泛传播,如"呈文""训导""劝诚"和"配方"等。我们也会想起《扎波罗热哥萨克致土耳其苏丹的信》《嫁妆清单》《谢米亚卡法官判案的故事》《酒徒的故事》,以及其他许多讽刺官方、外交、日常生活和教会文件的尖锐、俏皮和颇有杀伤力的笑话。

讽刺作为民间创作的特性之一,在诺维科夫与冯维辛、杰尔查文与克雷洛夫的创作中获得了鲜明的表现。果戈理曾清晰地勾画出俄国文学的这一特点:"在我国,大家都常常使用讽刺。它常见于我们的谚语和歌谣中,而最令人惊奇的是,它常常出现在人的心灵明显痛苦和压根儿就不愉快的地方。这种独具一格的讽刺的深刻性尚未在我们面前显露出来,因为我们在接受全面欧化教育的时候,就已远离了本民族的根基……很难找到这样一位俄国人,在他身上真正嘲笑什么东西的特性与真正崇敬什么东西的能力不是结合在一起的。"① 果戈理在冯维辛和杰尔查文那里看到了这种可贵的品质。按他的说法,杰尔查文'像撒大把的盐一样把它撒在自己大部分颂诗上"。

戏言是杰尔查文的新诗、他所革新的颂诗的主要修辞特点。后来他曾认为创建"俄国滑稽语体"是自己的功劳。正是这种滑稽语体、戏言、讽刺、挖苦和锐利的言辞,表现出诗人杰尔查文所特有的智慧的积累、理解事物的方式和对世界的看法。由于这种俄国智慧的实践哲学,由于这种透过俄罗斯戏言、讽刺和挖苦而表达出来的俄国对世界的看法,别林斯基曾给杰尔查文以高度评价。

反封建斗争的局势和农奴制度下社会矛盾的尖锐化,导致文学中社会主题和新的主人公——农民形象的出现。在特写、喜剧、歌谣、讽刺性的喜剧长诗和改头换面的颂诗中,都描写了俄国的农奴。谚语和歌谣有助于传达劳动者的理想,表现他们在其社会的、民族的既定性和具体性中理解生活现象的方式。

在为文学的独立性而斗争的特定阶段提到的作家面前的民族性问题,也是与民间创作联系在一起的。"文学的民族性"这一概念不是18世纪的作家们所熟悉的。但是,对于普希金、果戈理和别林斯基等19世纪的现实主义作家而言,民族性则是文学的一个最重要的质的特点,他们在18世纪的一些作品中已看到了民族性。在关注自己的前辈作家们的经验时,他们都强调指出了冯维辛的喜剧、杰尔查文的诗歌、克雷洛夫的散文和寓言的民族性。对此,别林斯基有最详细的评述。在《文学的幻想》中他就肯定:"我们的民族性包含在对俄国生活画面的忠实描绘中。"② 正因为如此,他才把《纨绔少年》《智慧的痛苦》和《钦差大臣》列入"民族的戏剧"③ 这一行列中。在谈到杰尔查文时,别林斯基又强调了民族性的另一视角。他写道:在杰尔查文的诗歌中,"可以看到俄罗斯智慧的实践哲学"④。

---

① 尼·瓦·果戈理:《果戈理全集》第8卷,莫斯科,1952年,第395页。
② 维·格·别林斯基:《别林斯基全集》第9卷,第94页。
③ 维·格·别林斯基:《别林斯基全集》第10卷,第250页。
④ 维·格·别林斯基:《别林斯基全集》第1卷,第50页。

后来,到1840年代,对于别林斯基而言,民族性的内容已不限于忠实地表现俄国生活的画面和民族精神,而是因民主性的概念更趋丰富。这时,民族性是和克雷洛夫的寓言创作相联系的。根据批评家的见解,正是克雷洛夫把"对于文学而言完全是崭新的因素——在杰尔查文的作品中只是间或闪现一下和微微显露的民族性"①带入了文学。

对于拉季舍夫之前的18世纪进步文学而言,民族性是作为对俄国生活图景的忠实描写、作为俄国人对事物的见解的表现形式而被界定的。民主性与民族性的内容在许多作家的作品中尚未达到彼此的统一。但是只有两者的融合,而且是在现实主义作家们的重要艺术创作中的融合,才能使创作具有真正的民族性。这样的民族性是普希金和果戈理创作的特色——他们善于"以整个民族的眼光"②看世界。

拉季舍夫的革命信念也取决于他那特别的民间创作理念,这种理念在原则上是对民间创作的一种新态度及对它的新理解。歌谣与童话,谚语与哀歌,壮士歌与宗教诗——民间创作的所有这些为数众多的样式和体裁,都不仅证明了民众的艺术天赋,而且证实了他们巨大的精神积极性和创作才能。在拉季舍夫看来,被压迫者的起义是民众积极性的最高形式,也是特殊的民间创作的最高形式,它以不可抗拒的力量鼓动饱受奴隶制折磨的庄稼汉去追求活跃而美好的生活,启迪和呼唤着每个人身上精神丰富的个性。拉季舍夫就是从这样的政治立场走近民间创作的。赫尔岑对此有出色的理解,他说过:在《旅行记》作者的歌唱中,可以找到"打开民众秘密的锁钥"。

按拉季舍夫的观点,革命必将在俄国发生,因为"沉重的奴役"将不可避免地引起革命。革命也必然取得胜利,改变国家的面貌,因为民众一定会完成这一伟业。随着时间的推移,当"时机到来"之际,他们必定决然地把自己优秀的品质和性格特征——"事业中的坚定性""履行职责中的孜孜不倦"——转而用于谋求"社会共同的幸福"。

俄国文学走向人民性和民族独特性的艰难而漫长的道路就是这样得到确立的。文艺复兴最重要的问题,即人文主义因素和个性主义因素结合的问题,在整个18世纪期间——从康捷米尔和罗蒙诺索夫一直到普希金——开始得到解决。这一问题既是由特定的历史时代决定的,也是由俄罗斯社会与民族发展的状况决定的。

(格·潘·马科戈年科执笔,汪介之译)

---

① 维·格·别林斯基:《别林斯基全集》第7卷,第140页。
② 尼·瓦·果戈理:《果戈理全集》第8卷,第54页。

第一章

1730—1760年代初的文学—社会运动：古典主义的形成

1. 引言

1725年1月28日，彼得一世辞世。在弥留之际的痛苦中，他无法写完遗嘱，无法行使在《教规》(1722)中所宣布的君主指定继承人的权力。然而，上层贵族却成功地利用了这一权力。宫廷政变开始了。

在不到16年的时间里，有五位君主轮番登上俄国的王位，每一位君主即位都伴随着相互敌对的贵族政治集团的激烈斗争。叶卡捷琳娜一世逝世之后，新贵亚·达·缅希科夫的短期专权被以多尔戈鲁基家族为首的旧贵族派系在宫廷的统治所取代。1730年，尚且年少的彼得二世突然死亡，导致库尔兰公爵遗孀安娜·伊万诺夫娜（沙皇伊凡五世·阿列克谢耶维奇的女儿、彼得一世的侄女）登上俄国王位。在新女皇王位的确立以及消除多尔戈鲁基和戈利岑家族对国家事务的影响方面起决定性作用的，是俄国功勋贵族的广大阶层，近卫军则是他们利益的表达者。

随着缺乏教养、残忍、性情乖僻的女人安娜·伊万诺夫娜的执政，俄国史学上称为"比隆奇政"的时期到来了。宠臣当权、恣意妄为、外国人霸道、道德衰颓的现象充斥在皇家宫廷。与此同时，宫廷里极度的奢华、显赫耀眼的排场甚至令外国人震惊。安娜·伊万诺夫娜昏聩统治时期的负面后果在她去世后的不长时期内仍有所体现：1740年，在因被宣布为皇帝的伊凡·安东诺维奇年幼而引发的争夺摄政权的斗争中，比隆的影响被米尼希的影响所取代。

如果不是1741年1月25日发生宫廷政变（其结果是彼得一世的女儿伊丽莎白登上王位），那就不知道围绕俄国王位而出现的这种不稳定和彼此倾轧的局面还要持续多久。伊丽莎白·彼得罗夫娜在位的20年，带来了决定国家生活进程的各种社会政治力量格局的相对稳定，终结了横行一时的外国人在宫廷中作威作福的局面。

与俄国王位关系密切的不同政治集团在 15 年间更迭频仍,宫廷政变相对容易发生,都是彼得一世改革在俄国国内政治生活中所引发的深刻变化的必然结果。俄国社会中不是所有的阶层都接受了这位伟大改革者的规划。继承彼得一世改革创举的斗争在其最亲近的继承人执政时期愈发尖锐。但废止他所开创的事业是不可能的。普希金在他关于 18 世纪俄国历史的述评中写道:"彼得一世逝世后,由一位强者传承下来的运动在改革后国家的庞大机体中仍然得以延续。"① 新事物不可逆转地走进了生活,因为它符合未来俄国的根本利益。创建海军和强大的、按现代作战方法训练的军队为俄国收复波罗的海沿岸地域提供了保障,确立了它在欧洲的政治强势地位。在内政方面,国家行政部门的改革,在国民中普及教育的广泛措施,无论是通过利用应邀来俄的外国专家的经验,还是经由派遣俄国人到欧洲学习的途径对工业生产新形式的积极掌握,都促进了旧俄国面貌的改变。彻底解除教会对世俗政权特殊权力的干预具有重大意义。

彼得一世逝世后的时期,实行他所嘱托的改革的积极性迅速下降。在某些情况下,彼得一世政策的若干方面在他的继承人执政时期走向了极端,出现了畸形的表现。只有这样才能解释安娜·伊万诺夫娜执政时期外国人在俄国宫廷霸道的事实,当时国家的民族利益成了这些一时受宠者任性妄为的牺牲品。

这就是伊丽莎白·彼得罗夫娜的登基在俄国人的意识中唤起了期望其父实施的政策得以延续的原因所在。号召遵循彼得一世的垂范行事,是米·瓦·罗蒙诺索夫在其 1740—1750 年代的颂诗中向伊丽莎白·彼得罗夫娜展现的文化思想纲领的主导动机。俄国伟大的改革者之女的名望使伊丽莎白重任在肩,因此她不能忽视这一情况。

1740—1750 年代更为引人注目的文化建设和在国民中普及教育的规模,是与 18 世纪前 25 年实行的俄国社会政治结构改革的广度相适应的。

众所周知彼得一世曾赋予在俄国创建科学院以怎样重要的意义。由彼得奠基,但到 1725 年他逝世后才揭幕的彼得堡科学院成为 18 世纪俄国科学和文化生活的中心。科学院的第一批期刊是用拉丁文和德文印行的。但从 1755 年开始已经出版俄文杂志《每月获益娱乐文汇》,其中除了学术资料,还刊载文学作品、译作,也有语文学和史学方面的文章。几乎从科学院创立之初起,德国著名数学家列·欧拉就参与了它的工作。1740—1750 年代,诸如法国天文学家约·尼·德利尔和德国哲学家赫·沃尔夫这样的大学者都是它的荣誉院士。18 世纪上半叶俄国新文学的奠基者安·德·康捷米尔、米·瓦·罗蒙诺索夫、瓦·基·特列季阿科夫斯基的活动,都与彼得堡科学院联系在一起。

彼得堡科学院开设的附属古典中学和大学在 18 世纪俄国文化的发展中发挥了重大作用。这些学校的毕业生成为本民族知识分子的第一批代表。这些人大多

---

① 亚·谢·普希金:《普希金全集》第 11 卷,莫斯科—列宁格勒,1949 年,第 14 页。

数出身于平民,把阿尔汉格尔斯克地区的波莫里耶人之子、俄国科学院院士罗蒙诺索夫奉为崇高典范,他们为俄国文化和科学的发展做出了巨大贡献。来自这一群体的,有翻译家和俄语语法著作的作者瓦·叶·阿多杜罗夫,成为莫斯科大学教授的诗人和翻译家尼·尼·波波夫斯基,著名诗人和学院派翻译家伊·谢·巴尔科夫,翻译家和俄语语法著作的作者、莫斯科大学教授安·阿·巴尔索夫,历史学家、同为莫斯科大学教授的哈·安·切博塔廖夫,著名地理学家伊·伊·列皮奥欣和其他许多人二。

1732年在彼得堡开办的陆军贵族士官武备学校是当时培养文化人才的另一教学中心。这是一所享有特权、指定为上层贵族子弟开设的教学机构。学校的学员是为国务部门培养的,因而教学大纲规定要广泛了解人文学科。文学学习活动在学校中得到鼓励,那里有戏剧爱好者剧团,剧团成员曾在校内和宫廷舞台上演出,许多学员都热衷于写诗和翻译。1750年代末,靠着武备学校师生的力量,在彼得堡出版了俄国最早的文学杂志之一《有效使用的闲暇时间》(1759—1760)。

在18世纪的文化活动家中,可以看到不少贵族武备学校的学员。大诗人和剧作家亚·彼·苏马罗科夫曾在那里就读,他最初的诗歌试作就是在武备学校学习的那几年完成的。顺便说说,苏马罗科夫应该把给他带来广泛声誉的悲剧《霍列夫》的首次演出,归功于士官生的业余剧团,他们在宫廷舞台首演了这部剧作。苏马罗科夫的追随者和学生、1760年代初莫斯科诗歌小组领袖、驰名的《俄罗斯亚特》的作者、大诗人米·马·赫拉斯科夫也毕业于这所学校。在为18世纪俄国文学发展做出贡献的武备学校学员中,可以说出伊·伊·梅利西诺、彼·伊·梅利西诺、亚·瓦·奥尔苏菲耶夫、彼·斯维斯图诺夫、C.佩尔菲利耶夫等人的名字。

科学院的发展证实了在彼得时代启动的改革的生命力。1755年莫斯科大学揭幕是彼得一世的文化政策在伊丽莎白·彼得罗夫娜执政时期的延续。1756年,在彼得堡创办了俄国第一家国立剧院,亚·彼·苏马罗科夫被任命为剧院院长。1757年,艺术学院也在彼得堡揭幕。依照彼得一世的意愿在涅瓦河畔建造的新都城,逐渐成为复兴中的俄国文化生活的中心,仿佛象征着彼得一世在18世纪前25年里所实行的多方面改革的成果。

1730—1750年代所经历的社会政治进程与彼得一世在位时期初露端倪的那些改革一脉相承。

总体而言,这一进程的实质可归结为专制君主统治原则的加强。在这种情况下,从18世纪初开始,中等功勋贵族的广大阶层逐渐成为俄国专制政体的支柱。有助于叶卡捷琳娜一世、安娜·伊万诺夫娜,最后是伊丽莎白·彼得罗夫娜登上俄国王位的局势,再好不过地证实了贵族中的这些阶层作用的增强,他们已意识到自身在当时国家制度中的社会等级体系内的主导地位。彼得一世通过他所制定的《全体武官、文官和御前官官阶一览表》,把君主制所需要的其他阶层中的人才吸收到统治阶级之列的构想付诸实践。这一措施最初起到了良好的作用,有利于把精力充沛和有能力的人推举到国家的重要岗位上。这里在一定程度上揭示了这个时期诸如康捷米尔、罗蒙诺索夫,甚至贵族思想家苏马罗科夫这样的大作家的思想纲领所具有的那种平民意识的缘由。彼得一世所宣布的复兴俄国和进行全面国家建设的纲领,有利于激发统治阶层在意识到他们对国家命运负有责任时的主动精神。在社会意识高涨的情况下,新型贵族文化活动家在这种文化形成的早期阶段,就对欧洲文艺复兴和后来启蒙运动的理念有了高度自觉的领悟,这是可以理解的。康捷米尔、罗蒙诺索夫和苏马罗科夫的创作都证实了这一点。

正是在1730—1750年代,俄国新文化的面貌得以形成,这也就为18世纪俄国文化的成就奠定了基础。

彼得改革后在俄国出现的思想氛围,证明了国家所选择的道路具有不可逆转性。以欧洲文化传统为指针,是俄国国家历史发展的逻辑本身使然。18世纪上半叶俄国文化活动家所面临的首要任务,是必须在最短期限内最大限度地掌握欧洲文艺思想所取得的成就。这一任务的完成理应是达到主要目标——创造与俄国在欧洲政治舞台上日益提高的威望相适应的新型文化——的前提。

正如亚·安·莫罗佐夫所公正指出的那样:"在18世纪前三十年,俄国新的文艺思想体系明显落后于时代的需求,落后于国家经济、政治和文化生活已完成的进程。毫无疑问,无论是费·普罗科波维奇的诗歌,还是彼得时代的'学校戏剧',都与彼得改革的规模毫不匹配。但与此同时,新的文艺形式和手段也在进行紧张的锤炼。"在这种情况下,"由彼得改革所激发的国家的迅速发展,文艺发展的若干历史阶段似乎在同一个历史时期内并置共存,相互重合。被迅速掌握的各种文艺形式,仿佛在与国内民族文化特点的密切互动中彼此交替"。① 新时代的需求常常超出受年轻文化支配的资源。但这也就决定了年轻文化的特色。所以,尽管研究者有些夸大彼得之后那个时代文学中的巴罗克因素的意义,亚·安·莫罗佐夫所得出的研究结论在原则上的正确性是毫无疑义的。

在1730年代,俄国文学就已清晰地显露出不再与欧洲文学发展水平相脱节。18世纪前25年的文学中存在的艺术探索的折中主义,这时正在被一种不断增强的依托于由时间所验证的传统、打造出某种统一的文化—思想方针体系的意愿所取代。如果说,新的思想体系建构的任务往往是以根植于掺杂着巴罗克因素的中世纪美学传统的形式完成的,那么,1730—1750年代的情况则发生了变化。在俄国创建欧洲型世俗文化的条件这时已臻成熟。古典主义学说成为符合这几十年间俄国社会政治生活水平与需求的美学学说。

俄国古典主义形成的早期阶段,是与巴罗克传统,也与作为16世纪欧洲人文主义晚期变异的文艺复兴的遗产独特地结合在一起的。然而,随着彼得一世所推行的俄国国家体制新形式的进一步确立和有机发展,直到1770年代末,古典主义

---

① 亚·安·莫罗佐夫:《17世纪至18世纪初俄国文学中的巴罗克问题(问题现状与研究任务)》(Пробоемы барокко в русской литературе XVII--начала XVIII века. Состание вопроса и задачи изучения),载《俄罗斯文学》1962年第3期,第36页。

在俄国文学中都占据着主导地位。

作为艺术方法的古典主义是全欧洲的现象。古典主义在 17 世纪法国专制政体确立时期达到了其繁荣的巅峰。布瓦洛的论著《诗的艺术》(1674)是一份宣言，它既概括了此前各代文学理论家难以计数的"诗学"经验，也总结了他的同时代人、诗人和剧作家——高乃依、拉辛、莫里哀等人的创作成就。

古典主义美学原则在很多方面是与文艺复兴时代的见解相联系的，同时又具有原则上的不同的看待人的观点。古典主义把表现人之本性的内在矛盾的世界观体系与为人的个性自由辩护、肯定人的个性具有无限可能性的文艺复兴时期的人文主义对立起来。同时，古典主义的美学法典规定了调控创作者艺术实践的固定不变、等级秩序分明的标准和规范体系。这一体系反映出这个时代的人们看待周围世界各种现象的典型倾向，即在各种现象的相互关系之外进行审视，将其视为自身本质的内在显现。[①]

古典主义借鉴文艺复兴对古希腊罗马文化的崇拜，追随亚里士多德的观点，提出了把模仿自然作为艺术的基本任务的观点。古典主义作家自觉地以古希腊罗马作品为指针，认为它们是艺术完美的典范。古典主义美学在古希腊罗马作家所创作的永不凋谢的杰作中，吸纳了肯定美的理念一成不变的动力源。对艺术对象的这种形而上的理解，也直接反映在 17 世纪法国作家的创作宗旨中。

对人的本性的形而上阐述导致了对个性问题的超历史的抽象理解。这在古典主义戏剧作品中，尤其是在悲剧体裁中特别明显地表现出来。这种体裁在古典主义艺术实践中的繁荣是文艺复兴所带来的时代转换的直接结果。

17 世纪法国古典主义悲剧的核心是个性的自我确认问题。文艺复兴运动所宣扬的个性自由在此受到特别的考验。在 17 世纪的戏剧作品中，古希腊罗马悲剧中典型地体现为神的意志，凡人皆无法逃避的命运观念，被重新理解为人的与生俱来的内在本性特征。人作为自己命运的创造者，面对不以人的意志为转移的本"我"的自然力，实际上是悲剧性地无能为力的。

实质上，这是在新兴资产阶级关系框架内关于个性与社会之矛盾的艺术意识的最初体现。这类观念是建立在对社会关系的本质做出超时代的形而上的解释的基础上的。因为在 17 世纪法国古典主义戏剧中，个性自我确认的途径仅仅显现于一个方面，即作为欲望确定不移的作用的结果，而种种欲望是那个世纪的艺术意识中人性的唯一固有特征和人的行为的驱动力。

性格揭示上的单一性导致 17 世纪法国悲剧的主人公丧失了独特的个人特征。这些主人公总是永恒的、在其本质上一成不变的欲望的体现者。展现这些欲望的本质及其对人的命运的致命影响，在古典主义艺术家的理解中也意味着对人

[①] 关于界定法国古典主义本质的历史与哲学前提的问题，本书赞同下列文章所表达的观点——伊·尼·库普列亚诺娃：《论古典主义问题》(К вопросу о классицизме)，见《18 世纪》第 4 辑，莫斯科—列宁格勒，1959 年，第 5—44 页。

的性格的揭示。布瓦洛就曾对此发出过呼吁。他在《诗的艺术》中提出过这样的劝告：

> 凡是写古代英雄都该保存其本性。
> 你还要研究各国、各时代的习俗。
> ……
> 但是戏剧则要与精确的理性相合，
> 一切要恰如其分，保持着严密尺度。
> 你打算单凭自己创造出新的人物？
> 那么，你那人物要处处符合他自己，
> 从开始直到终场表现得始终如一。[1]

这也可以用来解释贯穿于这个时代的理论著作中的用以理解创作的所有重要方面的那种规范性。

遵循创作过程的基本方面做出了严格规范的一定准则，始终是在布瓦洛的论著中得到表述的、为古典主义体系所特有的艺术分类原则的典型特征。在古典主义艺术中，被严格规定、一劳永逸地确立了的诗学实践准则，理应适合于在不同领域发挥创作积极性，适合于从不同方面艺术地认识人的本质和人周围的世界。从外部看，这体现为对体裁的严格规定。各种体裁之所以不应混杂，是因为它们在表现人的存在的基本方面时各有侧重。寓言所必需的东西，在悲剧中可能受到排斥；喜剧中出色的东西，未必允许进入史诗。根据题材界定各类体裁的描写对象和内容的等级规定，造成每一种体裁的形式与文体标准壁垒森严。

可见，古典主义艺术体系是以对作者及其艺术创作提出的严格有序的要求为特点的。这是艺术地把握世界发展进程中的一个合乎规律的阶段，它在艺术的各个领域都取得了重大成就。17 世纪的法国古典主义体现了这一阶段最完善、最饱满的风貌。

在高乃依和拉辛的世纪已成过往之际，俄国转向积极地接受西欧的文化经验。启蒙运动的理想已在欧洲的社会思想中形成。孟德斯鸠和伏尔泰是以思想领袖的身份出现的。因此在俄国，对古典主义美学学说的接受是与掌握欧洲启蒙运动的哲学思想并行不悖的。这一哲学也是俄国古典主义独特的思想基础。为正在成长发展中的启蒙运动思想体系所特有的精神需求的世俗性质，对社会政治问题的唯理主义态度，独特的完全乐观主义的世界观，再好不过地契合了 18 世纪前 25 年彼得一世改革之后俄国文化所面临的任务。巩固与发展由彼得一世所启动的改革的相关问题，是这些任务中的主要之点。

---

[1] 布瓦洛：《诗的艺术》，任典译，北京：人民文学出版社，2009 年，第 37—38 页。——译者注

这就是对古典主义艺术的基本问题——人的个性问题的诠释在俄国得到了独特表达的原因。彼得一世改革之后，文化获得了完全的世俗性质。对人的本性的认识中，为彼得一世之前的罗斯思想体系所素有的教权论一去不返。这时，在对人的道德人格的评价中，另一些标准跃居首位。为国家利益服务成为这种评价的主要标准。即便君主本人在履行社会职责时也不能推卸责任。对于18世纪的俄国人来说，成为复兴中的俄国独特象征的彼得一世本人的活动，就是忠于这种理想的不可撼动的佐证。

从彼得改革提出的打造国家新文化面貌的广阔进程来看，开明君主专制的观念在18世纪的俄国受到欢迎是可以理解的。俄国文化活动家倾向于把彼得本人的个性，把他为造福民族而推行的国家建设的举措视为开明君主的真正典范。在彼得一世的同时代人看来，西方早期启蒙思想所宣扬的开明君主统治的理想，在俄国似乎已经实现。这种具有稳定性的观点有助于理解从伏尔泰到百科全书派的法国启蒙思想家对俄国的密切关注。

这就是决定俄国古典主义形成路径的思想前提。

谈到古典主义在俄国的确立，应当特别考虑实现这一进程的历史情境的特殊性。亚·彼·苏马罗科夫于1748年出版的《两封书简：关于俄语的第一封信，关于诗歌创作的第二封信》，是俄国条件下这一思潮的独特宣言。作者在其中确定俄国新文学的任务时，是以广为人知的布瓦洛的著作作为圭臬的。然而苏马罗科夫的地位却在本质上与17世纪法国文学思想的立法者所处的地位有别。

布瓦洛的《诗的艺术》是根据法国古典主义的辉煌成就，以独特的形式构成的。布瓦洛本人在他的论述中所依据的是同时代人、这一思潮的多位杰出代表的实践。在俄国的条件下，苏马罗科夫论著的出现是由以下情况引发的：本民族土壤上几乎完全没有作者希望看到的、其性质与他在"书简"中所宣传的宗旨相符的文学。只有罗蒙诺索夫一人是个例外，苏马罗科夫直接指出他在颂诗体裁创作中的权威性，把他与这一体裁领域公认的经典诗人相提并论（"他是我国的马雷伯，他与品达相仿"）。但是，苏马罗科夫在承认康捷米尔尝试把讽刺诗体裁移植到俄国土壤的毋庸置疑的功绩时，并不认为可以把他算作无愧于完美的诗歌典范的作者之列：

> 享有盛誉的戴普雷奥①的杰出讽刺诗
> 激励着北国的智者康捷米尔君
> 去追随他的脚步并谴责激情；
> 他懂得怎样评判激情不失理性，
> 珀尔墨索斯女神的声音永是慰藉，

---

① 法国古典主义理论家、讽刺诗人尼古拉·布瓦洛—戴普雷奥（1636—1711）。——译者注

登上帕纳斯山的心愿遗憾未成。
虽然有生之年一直笔耕不辍，
但珀伽索斯总是耽于他的惰性。①

康捷米尔的讽刺诗中所采用的音节作诗法体系的陈旧，在这位俄国古典主义理论家看来，始终是他作为布瓦洛的第一位追随者在实践中所不能接受的。在康捷米尔创作他的讽刺诗时，俄语诗歌改革的任务还远远没有完成。

在苏马罗科夫看来，俄国早期讽刺诗的这位作者一直是诗歌文化旧规范的代表。但以此恰恰可以解释这一事实：在《关于诗歌创作的第二封信》中，在康捷米尔之后提到费奥凡·普罗科波维奇，按苏马罗科夫的意见，尽管他在演说术方面功不可没，却"在诗歌方面没有创作出任何像样的东西"。看来，苏马罗科夫对年长于他的同时代人特列季阿科夫斯基也持类似的态度，在苏马罗科夫的几乎整个创作生涯中，都不曾停止同他的论战性冲突。

不过，正是在康捷米尔和特列季阿科夫斯基的创作探索中，18世纪俄国文学第一次呈现出自己的崭新风貌。这两位作者的活动不仅为在俄国土壤上从根本上接受欧洲古典主义体系提供了准备，而且部分地标志着俄国文学在整个这一世纪中将沿其发展的道路，已然具有本质上的独特性。

2. 康捷米尔

安季奥赫·德米特里耶维奇·康捷米尔(1708—1744)是俄国古典主义的早期代表之一。作为投奔俄国、与彼得一世积极合作的摩尔达维亚王公德米特里·康捷米尔之子，安季奥赫·康捷米尔是在俄国沙皇的思想同仁的圈子里、18世纪初启蒙活动的氛围中成长起来的。他曾就读于由彼得一世奠基，但在其逝世后才得以揭幕的彼得堡科学院附属古典中学。安季奥赫·康捷米尔与费奥凡·普罗科波维奇、历史学家瓦·尼·塔季谢夫的接近，促成了因政治、文化观点和立场相近而结为一体的同仁友好团体——"学术团队"的创立。康捷米尔与比他年长的志同道合者一起郑重地参与了1730年代的政治事件，那时世袭贵族（即所谓"枢密院大臣"）企图使俄国回到彼得一世之前的时期，并废止18世纪前期几十年间的所有进步举措。

康捷米尔的创作，最早显示出俄国文学吸纳法国古典主义艺术成就的趋向。

康捷米尔的文学活动是以非常独特的形式开始的。在他的老师伊万·伊林斯基的影响下，他撰写了于1727年发表的《圣诗交响乐》（一种识字手册），当时作者才19岁。

为了对彼得时期的时尚题材予以应有的注意，安·康捷米尔在这些年中也写了

---

① 亚·彼·苏马罗科夫：《苏马罗科夫作品选集》，列宁格勒，1957年（《诗人文库大系》），第116页。

一些爱情题材的诗歌。

18世纪20年代末,康捷米尔开始创作讽刺诗。在教会积极支持的政治反动到来的紧张氛围中,康捷米尔大胆发声,揭露社会弊端。

1729年,带有副标题《告理智》的第一首讽刺诗《致诽谤学术者》问世,它针对的是"蔑视科学者",首先针对的是反动的神职人员。康捷米尔塑造出教士们的讽刺性画廊。这就是伪君子和无知者克里同的肖像:

> 分裂和异端邪说实为科学的子女;
> 谁懂得多,谁就更多地散布谎言;
> 谁为书憔悴,谁就走向无神论深渊——
> 克里同手持念珠嘟囔着长吁短叹,
> 心怀虔诚,流着苦泪请求关注
> 科学种子对我们的危害确实不浅。①

执事卢卡,"打了三次响嗝"之后附和道:

> "科学破坏了人们之间的友善;
> 上帝赋予咱生命,就该同甘苦共患难,
> 不能只接受对自己有利的一面。"
> ……
> "世人不识真理,"愚蠢的教士高喊,
> "我还不是主教,日课经却很熟谙,
> 能够流利读出圣诗和使徒行传,
> 虽未领会,却滔滔不绝,能言善辩。"

在关于教会牧师本性的总体描述中,康捷米尔显示出非凡的艺术表现力:

> 你想当一名主教——那就穿上教袍,
> 那上面带条纹的衣饰将遮掩
> 得意的身躯;颈项挂上金链,
> 头上戴顶高筒帽,长须胸前飘散,
> 冠冕堂皇地吩咐人把手杖送到你面前;
> 怒气冲冲地端坐马车里,神情傲慢,
> 喋喋不休,祝福左右实在令人厌烦。

---

① 安季奥赫·康捷米尔:《康捷米尔诗集》,费·雅·普里马作序,济·伊·格尔什科维奇审订与注释,列宁格勒,1956年(《诗人文库大系》),第57页。(以下引文均出自本诗集)

任何人都毕恭毕敬地称你神父，
从这些特征中认出大牧师的容颜。

在第三首讽刺诗中，康捷米尔提供了修士大司祭瓦尔拉姆（女皇安娜·伊万诺夫娜在位时的神职人员）——大主教人选之一的一幅给人以深刻印象的素描：

瓦尔拉姆温和寡言，一踏入厅堂，——
向大家深鞠一躬，走近每个人身边。
然后转向一个角落，目光垂向地面；
他说话、走路和敲门，都只能勉强听见。
做客时坐在饭桌前——既厌恶吃肉，
也不想喝酒；不过也不必为之惊叹；
在家中已吃掉一只整鸡，并就着脂油
出于需要把几瓶匈牙利葡萄酒喝干。
他怜悯因沉溺淫欲而故去的人们，
却目不转睛贪婪地盯着滚圆的胸前……

康捷米尔讽刺诗的鲜明反教权论倾向，使得他的创作接近"受文艺复兴时代人文主义世俗世界观的立场影响的"揭露教会人士的活动家们的言论。无论在薄伽丘的短篇小说中，在波兰文艺复兴时期活动家克·奥帕林斯基"冷酷的"讽刺诗里，抑或在反映居民民主阶层情绪的佚名滑稽故事里，教会人士的形象总是被赋予否定性特征，他们是贪婪、愚蠢而寡廉鲜耻的。17世纪末俄国具有民主色彩的讽刺作品也反映了这一主题。《卡利亚津修道院的诉状》和《为酒馆祈祷》，明显地表现出范围广大的民众对神职人员和僧侣的抗议。但在康捷米尔的讽刺诗里，愚昧无知的教会人士并不可笑。他们的权力有着危险性。他们阻碍科学发展，有活动能力，善于利用自己的影响。第一首讽刺诗的最后几行表明，康捷米尔描写的不是抽象的教会人士，而恰恰是对彼得时代的改革充满敌意的俄国神职人员的代表。这已经是"指名道姓的讽刺诗"，同时代人在这里看到的是大主教格奥尔基·达什科夫，费奥凡·普罗科波维奇的激烈反对者，俄国学者的迫害者。在回忆18世纪初改革时代的诗作中，康捷米尔写道：

我们未能赶上曾出现的那个时代，
那时智慧高于一切，分享着桂冠，
只有它是通向崇高境界的渠道。
黄金时代没有向我们这辈人顺延；
骄傲、懒惰和财富战胜了智慧与科学，

愚昧无知早已占据了它的地盘，
头戴金冠，身穿绣花锦衣，何等傲慢，
红呢绒桌后判决生死，大胆调拨军团。
科学却已衣衫褴褛，破烂不堪，
在骂声中从几乎所有院馆中被驱赶。

在康捷米尔的讽刺诗中，反教权论的主题在18世纪初期俄国文学中首次得到了表现。后来呼应这一主题的是罗蒙诺索夫——多篇针对神职人员的讽刺诗，包括获得广泛声誉的《胡须颂》的作者。

然而，康捷米尔讽刺诗的针砭对象不仅是神职人员。当彼得一世力主评价一个人的基本标准是他有益于国家的活动，而不是从祖先那里得来的"门第"和财富时，康捷米尔作为这些举措的坚定支持者，在文学中首先开启了揭露"道德败坏的贵族"的主题。他在第一首讽刺诗里就已经提到显赫的贵族：

谁的家族能出七位大臣
他名下还记有两千农户，
尽管他既不会写，也不会读。

第二首讽刺诗以叶夫盖尼（译自希腊语，意为"出身高贵的"）和菲拉列特（译自希腊语，意为"热爱美德者"）之间的对话形式构成，关注的是18世纪30年代初俄国生活中尖锐的社会问题。叶夫盖尼抱怨说，尽管他有引以为荣的祖先，但官职和荣耀却不曾光顾他，而是光顾了那些"始终没有磨掉粗糙手上茧子的人"。他愤愤不平地列举出那些取代豪门显贵、占据国家显要职位的"新人"。菲拉列特向他解释说，"唯有美德"能使人们变得高尚。菲拉列特表达了康捷米尔的观点，站在有能力、有学识，"通过自己的劳动从低下等级进入显要阶层的人"一边。

在描写"道德败坏的贵族"时，康捷米尔还触及一个在18世纪20年代末就已很迫切的话题。被彼得大帝派去"求学"的贵族少年结束"异邦"之行回国后，远不是所有的人都从那里带回了有益的知识。他们当中也有一些人舶来的只是时尚、一些文化表象和对本民族一切的极端鄙视。

康捷米尔率先在文学中展现出"迷恋新时尚的贵族阶级"的代表形象，这些穿着讲究的男女，为了时尚的装束，打算"把整个村庄都穿到自己身上"（即为购置奢华的服装而卖掉村庄）。

揭露"道德败坏的贵族"将成为18世纪俄国文学的重要主题之一。这一主题将在冯维辛、诺维科夫、拉季舍夫和克雷洛夫的创作中得到表现。

别林斯基以惊人的准确性判定了康捷米尔的原则性创新，用伟大批评家的话来说，他是"在罗斯把诗歌与生活联系起来的第一人"。确实，康捷米尔的创作反映了 18 世纪 30 年代社会历史现实的许多具体特点。他的作品的文学形式反映了广大居民阶层的口语特点，这是这位讽刺诗人的巨大功绩。康捷米尔广泛引入俄语谚语和俗语，以富于表现力的日常生活用语大大充实了主人公的语言。① 对普通人充满尊重的情感、倾听民众智慧的意愿，是他的典型特征。

康捷米尔讽刺诗的文学形式是由现成的范例预先决定的。他运用了古希腊罗马传统（朱文纳尔、佩尔西乌斯）和以享有盛誉的讽刺诗作者、文学理论家布瓦洛为最卓越代表的法国古典主义传统经验。但同样显而易见的是，康捷米尔也受到莫里哀的创作和法国作家兼道德家、政治抨击性作品《品性论——本世纪风俗》的作者让·德·拉布吕耶尔的影响。他以世界文学经验为支点写作自己的讽刺诗，自觉地为使俄国文学掌握欧洲文艺思想的优秀成果而努力。

康捷米尔的讽刺诗是俄国新文学的最初艺术成果。诗人辞世五年后的 1749 年，天主教神父古阿斯科在伦敦出版了康捷米尔讽刺诗的散文体法译本。1750 年，这一译本再版。德译本则是从法译本转译的。康捷米尔的名字开始在欧洲广为人知。

在俄国，康捷米尔的讽刺诗曾以大量的手抄本形式流传。虽然有人曾不止一次着手出版事宜，但这些讽刺诗在作者生前均未能出版。直到诗人去世 18 年后——1762 年，由于罗蒙诺索夫的奔走，也是在他的主持下，经伊·巴尔科夫审校的康捷米尔讽刺诗的第一个俄文本才得以问世。

18 世纪 20 年代末，康捷米尔开始创作献给彼得大帝的英雄叙事诗，诗名为《彼得颂，或全俄皇帝彼得大帝悼唁诗》。诗人以讲述彼得大帝濒临死亡开篇：

> 我首先责问欢笑，唤起眼泪，
> 痛哭着俄国难以慰藉的悲伤；
> 我在罗克索拉尼人中哭诉异常的死亡，
> 他们知晓死神已凭附在君王彼得一世身上。

康捷米尔构思的《彼得颂》不仅负有艺术使命，而且担起了政治任务：揭示出彼得一世的政治改革是卓有成效的，展现他作为英明君主、作为新皇安娜（已故帝王的侄女）的直观性典范的形象。

还是在彼得一世的《办公厅档案》中就已开始的研究英雄叙事诗历史文献的工作，在 1731 年秋天被打断，那时出现了任命康捷米尔为驻英国公使的问题。② 他

---

① 《俄国文学与民间文学（11—18 世纪）》（Русская литература и фольклор. XI--XVIII вв.），列宁格勒，1970 年，第 106—113 页；С.А. 列昂诺夫：《安·康捷米尔创作中的谚语和俗语》（Пословицы и поговорки в творчестве А. Кантемира），《莫斯科国立列宁师范学院学报》，1970 年，第 363 期，第 312—343 页。

② 加·尼·莫伊谢耶娃：《18 世纪叙事长诗中的民族历史题材》（Национально-историческая тема в эпической поэме XVIII века），载《俄罗斯文学》，1974 年第 4 期，第 37—41 页；亚·尼·索科洛夫：《18 世纪至 19 世纪上半叶俄国长诗史概要》（Очереки по истории русской поэмы XVIII и первой половины XIX века），莫斯科，1955 年。

于 1732 年出国,后在法国去世。

对于俄国历史的研究兴趣是"学术团队"所有成员的特点。在这些年中,费奥凡·普罗科波维奇不仅研究了俄国古代史,而且撰写了《圣明皇帝彼得一世逝世简要纪事》,参加了《彼得大帝逐日记事簿》和其他历史著作的编纂工作。瓦·尼·塔季谢夫已着手为其构思的多卷本《俄国历史》收集资料。他把自己的著述视为对彼得一世遗训的落实,彼得一世曾指示布留斯伯爵为塔季谢夫提供他个人办公厅中所存的古代手稿。

已被确认系由康捷米尔在 1725 年完成的题为《哲学家康斯坦丁·马纳谢伊斯君史学论集》的历史著作译稿得以保存下来。在德米特里·康捷米尔的秘书约·沃克罗特的领导和彼得堡科学院教授霍·济·拜耶尔教授的参与下,康捷米尔转向罗斯远古历史的研究,也表现出对 17、18 世纪重大事件的兴趣。①

康捷米尔为俄国在 18 世纪初掌握古希腊罗马遗产做出了重大贡献。他翻译过阿那克瑞翁的诗歌,遗憾的是,这些译诗未被他的同时代人所知(到 19 世纪才首次发表),因而也就未能对 18 世纪俄国的阿那克瑞翁体诗歌产生影响。康捷米尔翻译的贺拉斯的《书札》1744 年由彼得堡科学院出版,那已是在他去世之后,且没有译者署名。

康捷米尔的创作履历中应该补上他翻译的法国启蒙思想家丰特奈尔的《关于多重世界的对话》一书,这部著作是对哥白尼日心说的通俗陈述。该书的翻译于 1730 年完成,1740 年出版。30 年代末,康捷米尔在国外把《尤思京娜历史》以及意大利作家弗朗切斯科·阿尔加洛蒂的著作《关于世界的对话》译成俄语。

康捷米尔是俄国第一批学识渊博的语文学家之一。在为自己的讽刺诗所加的注释中,他引入了文学史方面的资料,以及古希腊罗马文化和近代自然科学领域相关知识的富有特色的综述。

康捷米尔还写有俄语作诗法方面的理论著作《哈里东·马肯京致友人关于俄语作诗法的信》,那是对瓦·基·特列季阿科夫斯基 1735 年发表的《俄语诗简明新作法》的回应。显而易见,康捷米尔也知晓罗蒙诺索夫以四音步抑扬格所写的早期颂诗。但他并未接受俄语诗歌的革新,仍旧对音节体作诗法原则信守不渝。这种现象出现的原因,如格·阿·古科夫斯基所认为的那样,可能在于康捷米尔在伦敦和巴黎生活时的意大利和法国的环境:意大利诗和法国诗的典范使他倾向于信守音节诗体系。② 不过,他还是以这样的方式对新的作诗原则做了一定程度的让步:在自己的十三音节诗中实行必要的惯常停顿,重音落在诗行的第五个和第七个音节上。

还是在《哈里东·马肯京致友人关于俄语作诗法的信》那部论著中,康捷米尔论证了建立新的文学语言的原则,并创作了在不同文学体裁中运用这种语言的典

---

① Grasshoff H. A. D. Kantemir und Westeuropa. Berlin, 1966, S. 6-25.
② 格·阿·古科夫斯基:《13 世纪俄国文学》,莫斯科,1939 年,第 59 页。

范之作。①

康捷米尔在其启蒙活动中为俄国科学界掌握他那个时代的欧洲科学成就做了很多事情。但如上文已经提及,他的所有著作并非都为18世纪的广大读者所知:他的许多著述到19世纪才首次得以发表。

康捷米尔的文学作品——在1762年首次出版之前以大量手抄本形式流传的讽刺诗发挥了很重要的作用。②他是讽刺倾向的奠基人,用别林斯基的话来说,这种倾向"从康捷米尔时代开始成为整个俄国文学的一股朝气蓬勃的潮流"③。安季奥赫·康捷米尔创立了一种在18世纪为苏马罗科夫、杰尔查文、拉季舍夫和克雷洛夫等所继承的牢固的传统。

3. 特列季阿科夫斯基

阿斯特拉罕神父之子瓦西里·基里洛维奇·特列季阿科夫斯基(1703—1769)在天主教卡普秦修会勋章修士学校(那里完全用拉丁语授课)接受了初等教育。离开阿斯特拉罕后,他到了莫斯科,在斯拉夫—希腊—拉丁学院富有成效地学习了两年。后来他又从莫斯科转赴荷兰,再从那里前往巴黎。在索邦神学院,特列季阿科夫斯基学习了数学、哲学和神学,于1730年返回俄国。

他最初的文学作品是在斯拉夫—希腊—拉丁学院就读期间写成的。1755年,特列季阿科夫斯基曾在《论俄国古代、中古和新近的诗歌作品》一文中写道,"还是在大学时代……而首先是在奔赴异乡之前",他就写了《亚宗》和《韦斯巴芗的儿子提图斯》两部剧作,两剧都曾在学校剧院的舞台演出。在荷兰和法国生活期间,他也曾"结撰"过"剧本"。他的早期作品大都没有留存下来。为人所知的仅仅是一些诗作的晚期版本,其写作时间均由特列季阿科夫斯基本人所述。

《彼得大帝悼诗》是以诗歌形式对彼得一世逝世的消息做出的反应。它的第一稿是1725年写成的:

> 为什么四处传来可怕的声息?
> 啊!俄国万众正经受袒露的悲伤!
> 那么多日常欢庆和喜悦今在何处?
> 不单是我们,孩子们也同样泪水汪汪!
> 此时举国慌乱不安,然后寂然不动,

---

① 瓦·帕·沃姆佩尔斯基:《安·德·康捷米尔文体理论》(Стилистическая теория А. Д. Кантемира),载《语文学》1976年第1期(总第91期),第56—65页。

② 1748年,罗蒙诺索夫写道:"……安季奥赫·德米特里耶维奇·康捷米尔公爵的讽刺诗在经由集体审定后,已在俄国民众中被接受。"见米·瓦·罗蒙诺索夫:《罗蒙诺索夫全集》第9卷,莫斯科—列宁格勒,1955年,第621页。

③ 维·格·别林斯基:《别林斯基全集》第1卷,莫斯科,1953年,第42页。

呼喊、挥泪、呻吟,全民陷入无边的哀伤。①

《悼诗》中提及神话人物(帕拉斯、玛尔斯、涅普顿),也提到寓言中的形象(弗谢莲娜、米尔、波利蒂卡)。《悼诗》的艺术风格接近18世纪初的颂辞诗和学校戏剧的诗风,其中的拟人化角色在反映彼得一世时期社会政治理念的作品中占有重要位置。毋庸置疑,在结构和思想上,特列季阿科夫斯基的《悼诗》与费奥凡·普罗科波维奇关于彼得一世逝世的布道稿有着相似性。同时,处于形成阶段的颂诗体裁的典型特征也在《悼诗》中初见端倪。这就是彼得一世题材和贯穿于诗中的抒情因素。特列季阿科夫斯基不仅写到已故沙皇在新俄罗斯国家建设中的丰功伟绩,还极其诚挚感人地回忆起彼得一世在里海的逗留:

> 涅普顿治下的海域汹涌澎湃,
> 波浪与狂风放声呼啸轰鸣!
> 海洋在呻吟,但另一热爱大海者
> 却已离去。波罗的海沿岸遭逢不幸
> ——他曾和它如此亲近。眼前里海
> 最为悲伤,他曾在那片海域劈浪远行。

(《作品选》,第58页)

在波斯远征期间,彼得一世参观了特列季阿科夫斯基就读的阿斯特拉罕天主教学校,据同时代人讲述,他还称赞了特列季阿科夫斯基的勤奋好学:彼得一世称特列季阿科夫斯基为"永远勤劳的人",他的话广为人知。

特列季阿科夫斯基在索邦神学院学习时,近距离了解了西欧文学,他首先关心的是把西欧的艺术经验引入正在创立的俄国新文学中。后来,在自己的专论俄语作诗法改革的理论著作《俄语诗简明新作法》中,特列季阿科夫斯基列举了"享有至高声望的"西欧作家——古希腊罗马作家和同时代作家:荷马、维吉尔、塔索、弥尔顿、伏尔泰等。特列季阿科夫斯基赞赏法国长篇小说,尤其看重政治—道德劝谕小说。他写道:"但是,所有这样的长篇小说,能够以其长处勉强胜过巴克利用拉丁语巧妙写成的《阿赫尼斯》这一部小说吗?"在被称为"典范性的"抒情诗人之列的,除了品达、阿那克瑞翁和贺拉斯之外,还有"马雷伯和阿那克瑞翁的追随者德·拉·格朗日先生"(第417页)。

17—18世纪初的法国文学是特列季阿科夫斯基潜心研究的对象。但他身在法国,心系祖邦。他的诗作《献给俄罗斯的赞美诗》为18世纪俄国的爱国抒情诗

---

① 瓦·基·特列季阿科夫斯基:《特列季阿科夫斯基作品选》,列·伊·季莫菲耶夫作序与审订,Я.M.斯特罗奇科夫注释,莫斯科—列宁格勒,1963年(《诗人文库大系》),第56页。(以下凡引用本《作品选》,仅在引文后注明页码)

奠定了基础：

> 我要以长笛开始惆怅的诗行，
> 枉然穿越异邦把俄罗斯遥望：
> 因为如今我正在头脑中想象
> 她的全部美德都是众人的愿望。
> ……
> 俄罗斯，你还有什么不够丰盈？
> 俄罗斯，你还有哪里不够坚强？
> 你汇聚了所有珍贵的宝藏，
> 永远富足，享有无上荣光。
> ……
> 我要以长笛结束惆怅的诗行，
> 枉然穿越异邦把俄罗斯遥望：
> 我恐怕需要一百种语言
> 才能把你的全部可爱传扬！

(《作品选》，第 60—61 页)

在《献给俄罗斯的赞美诗》中，特列季阿科夫斯基转向俄国文学的民族传统。例如，他对俄罗斯大地的赞美和关于亚历山大·涅夫斯基英雄壮举的故事开头相互呼应："啊，光辉灿烂、丰富多彩的俄罗斯大地。"（费奥凡·普罗科波维奇的《词汇与言语》也与这一传统有着内在联系，他在其中展现了俄罗斯大地的强大和美。）《献给俄罗斯的赞美诗》在具有民主意识的俄国读者圈子里受到欢迎，在手抄本"坎特歌"① 集里常能见到这首诗。

1730 年，彼得堡科学院出版了特列季阿科夫斯基翻译的保罗·塔尔曼的《爱岛之行》一书，看来他还是在法国译出的，因为他回到俄国后，译本很快就刊印了。这本书由两部分构成：第一部分是这部法国典雅小说的翻译，第二部分收有特列季阿科夫斯基自己写的俄语诗、法语诗和一首拉丁语诗。塔尔曼作品的内容是关于蒂尔西斯和阿明塔之间复杂的爱情关系的故事。特列季阿科夫斯基借助于彼得时期叙事文学和 18 世纪前期十年间书面语歌谣中形成的语言手段，翻译了寓意性典雅小说《爱岛之行》。附于《爱岛之行》译文后的特列季阿科夫斯基的 18 首法文诗，不仅展现了作者对 17 世纪末至 18 世纪初法国典雅文学中大量诗歌用语的自如驾驭能力，而且表明作者是充分了解他那个时代国外文化的俄国新文学的代表。

特列季阿科夫斯基作为新文学的代表，还体现于他在 18 世纪俄国文学中第一

---

① 坎特歌（кант）：17—18 世纪流行于罗斯的一种含有世俗或宗教内容的诗体歌曲。——译者注

个出版了爱情诗集,其中所收录专写爱情题材的诗歌有《小情歌》《爱情的力量之诗》《在梦中与爱人离别的情人的哭泣》《情侣的离愁》和《爱情呈文》等,都是爱情抒情诗发展中的新成就。在以往诗歌传统的背景下,特列季阿科夫斯基的诗作具有文化的重大意义。

> 丘比特,丢开你的箭
> 我们的心都已残缺不全,
> 但还是甜蜜地被你
> 闪着金光的爱情之箭
> 无可回避地刺穿;
> 一切爱情都令人折服易感。
> 为什么不再把我们刺伤?
> 那你只能让自己更受磨难。
> 谁人不与爱息息相关?
> 虽然爱情使我们经受折磨,
> 但却没有让大家感到厌烦,
> 唉,这火焰喷发得如此香甜!

(《作品选》,第 203 页)

特列季阿科夫斯基的革新在于,他果敢地踏上了俄国文学语言的"世俗化"之路。尽管他的早期诗歌与彼得时期的抒情诗有着毋庸置疑的联系,但还是可以从中看出首先是经由摆脱教会斯拉夫语要素束缚而实现诗歌形式革新的自觉追求。特列季阿科夫斯基在作为一篇文学宣言的长篇小说《爱岛之行》译本的序言中谈到了这个问题。他认为,文学作品必须是用"普通的俄语,即我们之间说话时所使用的语言"写成的。特列季阿科夫斯基阐明了这一论断的意义,并指出其原因:"第一,我们的斯拉夫语是教会语言;而这本书是世俗书籍。第二,本世纪我们的语言是非常含混的,因而很多人阅读我们的作品时不解其意;而这本书讲的是应该让所有人都能读懂的甜蜜的爱情。第三,您可能会觉得这是最微不足道的,但在我这里要作为最重要的一点来讲,即现在我听斯拉夫语觉得不顺耳,虽然以前我不仅用它写作,而且用它和所有人交谈。"①

特列季阿科夫斯基在某种程度上做到了使长篇小说译本的语言接近他那个时代的口语:教会斯拉夫语词汇几乎被排除,彼得时代的外来词语为数不多。对民间诗歌的关注给特列季阿科夫斯基提示了一系列词组,他成功运用这些词组描写女

---

① 《爱岛之行》(由大学生瓦西里·特列季阿科夫斯基从法文译成俄文),莫斯科,1834 年(据 1730 年版印行),第 15 页。

主人公:阿明塔有一双"明眸","嘴甜得像灌了蜜","说话悦耳动听"①。但是,在寻求传达爱情用语所需要的新的言说方式的过程中,特列季阿科夫斯基有意排斥教会斯拉夫词语,诉诸造词,通过组合教会斯拉夫语的词根和后缀的方式构成新词语,如"眼中脉脉含情""爱意""心心相印"和"盈盈秋波"等。特列季阿科夫斯基的这些新词未能运用到语言实践中去,却成为他早期的语文学实验的见证。把18世纪日常的、层次繁多的语言作为文学语言积极运用的意向,使得特列季阿科夫斯基早期作品的文学风格过于五光十色而庞杂无序。因此,这些作品中古典主义和巴罗克因素彼此结合,并非偶然。

1735年,特列季阿科夫斯基发表了《攻克格但斯克城的庄严颂诗》。布瓦洛的《攻占那慕尔的颂诗》是它参照的范例。与此同时,特列季阿科夫斯基也关注古罗斯军事纪事的传统,那些纪事已在艺术上锤炼出描写战役和罗斯军人英勇气魄的手法。特列季阿科夫斯基未能在颂诗体裁中创造性地实际运用古罗斯文学中的诗歌用语。②虽然没有成功,但《攻克格但斯克城的庄严颂诗》却标志着17世纪末至18世纪从颂辞诗歌向作为政治抒情诗体裁的颂诗的过渡,后者着重表现崇高的公民呼声的主题,歌颂俄国民众的勇敢精神和英雄气概。

特列季阿科夫斯基创作活动的一个最具实质意义的方面,是拟定了俄语诗节律体系的新原则。

1735年,特列季阿科夫斯基出版了《俄语诗简明新作法,附必备知识定义》。他在书中直接指出俄国民间口头创作是其"新作法"的源泉:"……我确实是从合乎我们诗歌特性的最核心之处汲取了这种新作诗法的全部力量;如果您想知道,我就应当说明,是我们普通民众的诗歌把我引导到这里。尽管这些诗歌的音节完全谈不上美,因为作诗的人不懂技巧;但是,在我们普通民众独特的(但由于音节过长或偏短等不同而富有节奏的)诗歌里,一些落在实处的用法却显示出极为美妙、令人十分愉悦且非常正确的多样性,如'满弓''碧空如洗',以及其他许许多多类似的用法。"③如在这一片断中所见,民间诗歌不仅引导特列季阿科夫斯基关注音"长"、音"短"的概念(音步体系),而且也引起他对于诗歌表现手段,尤其是对于作为口头创作典型特点的常用修饰语的思考。

在论证研究"我们本民族的,那些最为古老的普通人的诗歌"的必要性时,特列季阿科夫斯基谈到不同诗歌体裁的选词原则。在《俄语诗简明新作法》中他首次肯定,教会斯拉夫语对于传达"崇高思想"是必需的。这样,在特列季阿科夫斯

---

① 这些结论由帕·纳·别尔科夫首次提出,参见帕·纳·别尔科夫:《罗蒙诺索夫及同时代的文学论争:1750—1765》(Ломоносов и литературная полемика его вресени. 1750-1765),莫斯科—列宁格勒,1936年,第19页。
② 瓦·帕·阿德里阿诺娃—佩列茨:《论斯拉夫文学史中古代与新时期的联系》,见《古代俄国文学研究室著作集》(ТОДРЛ)第19辑,莫斯科—列宁格勒,1963年,第445—447页。
③ 瓦西里·特列季阿科夫斯基(圣彼得堡皇家科学院秘书):《俄语诗简明新作法,附必备知识定义》(Новый и краткий способ к сложению российских стижов с определениями до сего надлежащих знаний),圣彼得堡,1735年,第18页。

基的创作中,古典主义最重要的要求之一——语言与体裁性质的相关性便得到了理论上的表述。

1752年,特列季阿科夫斯基出版了他的两卷本文集——《既是诗,又是散文的作品》。文集以布瓦洛的《诗的艺术》——欧洲古典主义法典的诗体译文开篇。这里也收入了在古典主义的形成中发挥了重要作用的贺拉斯的《致皮索父子的信》①的散文体译文。《俄语诗简明新作法》(修订本)也收入文集中面世。特列季阿科夫斯基接受了罗蒙诺索夫在其理论著作《论俄文诗律书》中发展并体现于颂诗中的原则,改变了自己以前的某些观点。

特列季阿科夫斯基也曾作为诗人出现,他是贺辞类颂诗、爱国主义性质的诗歌、宗教哲理诗(圣诗)、世俗抒情诗和大量寓言作品的作者。

这些年间,特列季阿科夫斯基还发表了自己翻译的法国作家约翰·巴克利的政治长篇小说《阿赫尼斯》(1621)。《阿赫尼斯》在欧洲读者中获得了罕见的成功,这和它的作者提出了重要的国家问题有关。特列季阿科夫斯基在译本前言中写道:"作者创作如此伟大的小说的心愿,在于为君主处理国务和治理国家提出完善的训诫。"小说的感召力在于,特列季阿科夫斯基既宣扬了开明君主的理想,也发出了"对沙皇的训导"。1748年,罗蒙诺索夫在他的《修辞学》中曾表示激烈抵制爱情冒险长篇小说的恶劣影响,但却把巴克利的《阿赫尼斯》和费纳隆的《忒勒马科斯历险记》作为例外。仿佛是为了实现罗蒙诺索夫的主张,特列季阿科夫斯基着手翻译了《阿赫尼斯》(译本于1751年出版),并以叙事长诗的形式改写了法国著名的政治道德劝谕长篇小说——弗·费纳隆的《忒勒马科斯历险记》。

1754年,特列季阿科夫斯基完成了神学哲理长诗《费奥普季亚,或论上帝之视觉》的创作,它的大部分是以诗的形式对费纳隆的著作《论上帝的存在与象征》(1713)的改写。②虽然长诗具有反对笛卡尔的认识世界之理论的论战倾向,主教公会还是由于在特列季阿科夫斯基的长诗中发现了"某些自作聪明"而禁止《费奥普季亚》的刊印。

对俄语作诗法新形式的探索,使特列季阿科夫斯基创立了在音节诗重音化过程中形成的六音步扬抑抑格俄语诗体。特列季阿科夫斯基留心关注德国诗人——用六音步扬抑抑格写成长诗《救世主》(1747)的作者克洛卜施托克的创作。在翻译巴克利的小说《阿赫尼斯》的过程中,特列季阿科夫斯基嵌入了一些用六音步扬抑抑格写成的诗句。在长达15000行的长诗《季列马希达》(1766)中,他拟定了六音步扬抑抑格俄语诗体的语音构成,并在这方面达到了很高的技艺水平。1801年,拉季舍夫以一整部论著《扬抑抑格—扬抑格勇士纪念碑》专门用于分析《季列马希达》的节律和语音。特列季阿科夫斯基的六音步扬抑抑格在杰尔维格、格涅

---

① 即古罗马诗人贺拉斯的《诗艺》,原文为诗体。——译者注
② 叶·尼·列别杰夫:《瓦·基·特列季阿科夫斯基的哲理诗》,载《俄罗斯文学》1976年第2期,第94—104页。

季奇和茹科夫斯基的翻译活动中发挥了相当大的作用。

特列季阿科夫斯基的《季列马希达》具有很大的社会政治意义。在义愤填膺地揭露"凶狠的沙皇"和沙皇周围的谄媚者时,诗人谴责了独裁制度。也正是这一点曾激起叶卡捷琳娜二世为了贬损小说中的政治理念而诋毁特列季阿科夫斯基完成的对《季列马希达》的改写。[1]但适得其反,先进的社会政治思想界还是汲取了小说的理念来武装自己。众所周知,拉季舍夫的《从彼得堡到莫斯科旅行记》的卷首题词"怪物身躯庞大,肥胖臃肿,张开百张血盆大口,猖猖而吠"[2],就出自《季列马希达》。

特列季阿科夫斯基多方面的活动也包括历史编纂学。他把查尔斯·罗林的30卷本《古代史》译为俄语,使古希腊罗马历史能够被读者了解。但这套著作所提供的不仅是古代历史的知识。对于18世纪至19世纪初的俄国而言,罗林的《古代史》还是培养崇高公民道德的一所独具特色的学校,并对十二月党人的政治理念产生了影响。

4. 俄国古典主义的独特性

由彼得时代遗传下来的实施文化启蒙改革的勃勃生机和一往无前的态势决定了俄国文化的加速发展。1730—1750年代古典主义美学学说在俄国土壤上的确立过程,同样具有紧张探索的性质。为新的世俗文学奠定基础的俄国作家们,不得不同时完成若干任务。只要指出这些现象就足够了:当安·德·康捷米尔追随布瓦洛写出了自己的第一批讽刺诗,瓦·基·特列季阿科夫斯基同样模仿布瓦洛完成了《攻克格但斯克城的庄严颂诗》(1734)时,俄语作诗法体系仍继续保留着在17世纪从邻国波兰引进的、与自己的语言规则格格不入的音节体诗作诗法准则。

要求每行诗的音节数量相同的音节体作诗法体系,符合诸如波兰语或法语这样的有固定音节数量的语言的特性。音节数量相同的重叠,保证了诗句的节奏性。俄语词汇中各音节的重音是根本不同的,这就使音节体诗的原则与俄语诗格格不入。在民歌中已经定型的俄语诗的节律,不是依靠数量方式,而是依靠单词中在语调上被突出的部分,即依靠重读音节的反复出现而得到保证的。不对已经过时的、与俄罗斯民族语言的特性相悖的音节体作诗法体系进行实质性改革,就不可能创建新文学。那个时代俄国所有最有声望的作者都明白这一点。

于是我们看到,特列季阿科夫斯基、康捷米尔和罗蒙诺索夫前后相继地关注俄语诗歌规范化的问题。他们都撰写过理论著作,在其中提出了解决问题的具体途

---

[1] 参见亚·谢·奥尔洛夫:《瓦·基·特列季阿科夫斯基的〈季列马希达〉》,见《18世纪》第1辑,莫斯科—列宁格勒,1935年,第22—25页。
[2] 拉季舍夫:《从彼得堡到莫斯科旅行记》,汤毓强、吴育群、张均欧译,北京:外国文学出版社,1982年,第1页。——译者注

径。很有意义的是,他们每一个人的理念都表明他们对自己排斥的传统有不同程度的依赖,对时代给俄国文学提出的任务有不同理解。如果说康捷米尔主要是完善了音节体诗,那么特列季阿科夫斯基则在其论著中首次宣告了重音体作诗法原则是俄国民歌中最普遍的原则,因而也是民族诗歌的天然原则(《俄语诗简明新作法》,1735)。不过,他也半途而废,其实只是局限于强调音节体诗,引入了作为俄语诗歌格律学标志的音步的概念。① 作为索邦神学院的学生,作为保罗·塔尔曼的典雅小说《爱岛之行》的译者,特列季阿科夫斯基在其作诗法创新中依据的是对以歌曲形式存在的抒情诗功能的理解。他对扬抑格的偏爱和对抑扬格的排斥均由此而来。特列季阿科夫斯基改革的半途而废,也体现在他为了保持与阴韵音节体诗的联系而拒绝了阳阴韵交替的原则。

罗蒙诺索夫在《论俄文诗律书》(1739)中以自己的方式发展和补充了特列季阿科夫斯基著作中的论点。这是罗蒙诺索夫在德国留学期间写下的。这一环境在他的理论探索中发挥了一定的正面作用。为德语所特有的重音在音节中的灵活分布,使德语诗的诗律资源与俄语诗相近。对高特舍特理论著作的了解和对时代提出的民族文学需求的敏锐感受结合起来,帮助罗蒙诺索夫克服他的前人提出的改革方案的片面性。②

罗蒙诺索夫在与特列季阿科夫斯基的论战中成为胜利者,因为他以自己的颂诗在实践中证明了其观点的优势。由罗蒙诺索夫在颂诗体裁中确立的倾向于叙述、演讲领域的抑扬格诗的结构,为这种本质上的颂辞体裁变成社会舆论的讲坛提供了最佳机遇。这也是罗蒙诺索夫的历史功绩所在。

与进行俄语诗歌作诗法改革的同时,罗蒙诺索夫及其同时代人也必须解决另一个极其重要的问题——制定新的俄罗斯文学语言的原则。过去的时代把教会斯拉夫语作为书面语留给了新时代。这是"学校戏剧"、费·普罗科波维奇的音节体诗和布道文所使用的语言。在康捷米尔的讽刺诗、特列季阿科夫斯基的著作中也能感受到这种语言体系规范的影响。但是,特列季阿科夫斯基本人在他于1730年翻译的保罗·塔尔曼的爱情长篇小说的第一部译作中,已承认必须使文学语言贴近普遍使用的口语。在自己关于作诗法的论著和其他一系列著作中,特列季阿科夫斯基研究了形成俄语文学规范和俄语在其他民族语言中的地位问题(如他的《论俄语的纯洁性》,1735;或《外国人与俄国人关于新旧正字法及与此话题相关的一切之谈话》,1748)。

---

① 对三位诗人中的每一位在俄语诗歌改革领域的贡献的详细研究,参见斯·瓦·卡拉乔娃:《作诗法论著与古典主义的形成》,见《文学思潮与文体》(Литературные направления и стили),莫斯科,1976年,第190—200页。
② 有关罗蒙诺索夫《论俄文诗律书》的文献资料,参见叶·雅·丹科:《关于罗蒙诺索夫的未出版的资料》(Из неизданных материалов о Ломоносове),见《18世纪》第2辑,莫斯科—列宁格勒,1940年,第248—275页。

这一领域最重要的贡献当归于罗蒙诺索夫。他撰写的本土演说术方面的著作(《修辞学》的两个版本)和《俄语语法》在整个 18 世纪都未失去其意义。他的篇幅不长、内容上具有原则性重要性的《论俄文宗教书籍的神益》(1757)包含着严谨的理论,这一理论理顺了那个时代各种不同文学体裁中俄语文体体系的相互关系。

在俄国古典主义形成时期占有首要地位的作诗法问题和制定文学语言规范的问题,在那些年里独特的文学批评形式中得到了证实。

特列季阿科夫斯基或苏马罗科夫的批评文章几乎总是论战性的,充满指责和非难,揭露他们的对手不懂逻辑学和语法学规则,破坏正常的词语使用规范,不注意诗句的语音效果。理论问题和诗歌实践问题如此紧密地融为一体,以至于创作活动本身有时就变成了证明某种观念正确的根据。我们在 1743 年的一场著名比赛中可以找到这方面的明显佐证,当时三位最有声望的诗人——特列季阿科夫斯基、罗蒙诺索夫和苏马罗科夫都对第 143 首圣诗进行了诗体改写,每个人都展示了他们所捍卫的作诗法体系的潜力。

在这样的氛围中,古典主义艺术体系在俄国的土壤上得以形成。到苏马罗科夫发表他的"书简"时,许多困难已经成为过去。不过,即便对于苏马罗科夫来说,打造俄语诗歌语言的问题仍然保持着它的迫切性:

> 我们需要希腊人曾使用的那种语言,
> 就像罗马人那样追随他们的祖先,
> 正如意大利和罗马现今所用的语言,
> 法语在上世纪把它变得那么出色,
> 或许最后可以说,俄语也能锤炼! ①

苏马罗科夫在专谈俄语的第一封信中曾发出这样的感叹。

值得注意的是,这封信的内容与布瓦洛的诗学论著中所谈的内容并不一致。这也不是偶然的。文学语言的形成是 17 世纪法国古典主义繁荣时期已解决的问题。对处于古典主义形成时期的俄国文学而言,这一问题的迫切性尤为明显。苏马罗科夫两封信中的第一封里提出的问题,法国文学中还是在 16 世纪由七星诗社诗人杜·贝雷在其著名的论著《保卫和发扬法兰西语言》(«La defense et illustration de la langue française», 1549)的第一部分中就已经提出的。杜·贝雷的论文以论战的态度反对盲目迷恋当时时尚的、宫廷推行的意大利优雅诗歌,反对索邦神学院拉丁语教育的正统捍卫者,贯穿着捍卫普遍使用的法兰西口语优点的爱国主义理念。他在其论著的第 1 卷第四章中宣称:"我不认为我们处于现时状态的民间语言像高高在上的希腊语和拉丁语的推崇者描绘的那样低劣可鄙……他们觉

---

① 亚·彼·苏马罗科夫:《苏马罗科夫作品选》,第 112 页。

得好的东西只能用外语、民众所不懂的语言说出来。"① 杜·贝雷认为向古希腊罗马作者学习是丰富母语的途径。按杜·贝雷的想法,超越古人这一崇高的追求应该是效仿古人的根本目标。他对达到这一目标也充满信心。

18 世纪第二个 25 年间俄国文学面临的历史任务接近于七星诗社诗人需要解决的问题。苏马罗科夫《关于俄语的第一封信》的激情也充满对于民族语言丰富资源的爱国主义信念。苏马罗科夫在他向俄国年轻作者发出号召时已不是孤身奋战。可以看到,杜·贝雷论著中的某些见解和罗蒙诺索夫关于俄国科学的未来、关于俄语优点的诸多表述之间,有着惊人的相似之处。法国诗人在其论著的第三章中感叹道:"或许我们卓越、强大的国家同样握取统治权的时候也会到来,——而我寄希望于此,相信法兰西人幸福的命运,——那时,假如法兰西语言没有同法兰西斯一世一道被彻底埋葬,那么,还只是扎下根须的它便将破土而出,上升到可以同希腊人和罗马人的语言相媲美那样的高度,达到它们那样的伟大,和这些语言一样诞生荷马、狄摩西尼、维吉尔和西塞罗。"②

姑且不说罗蒙诺索夫为他的《俄语语法》(1755)所写的、含有俄语与其他欧洲语言之比较的广为人知的献词中的意见,可以回想一下并非如此著名,但也很好地显示出罗蒙诺索夫关于民族语言丰富资源的信念的说法,这一说法出自他所构思的《论俄罗斯语言学现状》(1756)一文中的一个未完成的片断:"……不难确定,那些认为语文科学就是为了丰富语言,为了语言的纯洁,特别是本民族天然语言之纯洁的人们,值得褒奖。……过去几个世纪中写出的书足以体现出俄语的美、壮阔、力量和丰富,那时我们的先辈不仅不了解任何写作规则,而且未必会想到存在或可能存在这些规则。"③

实际上,这也可以用来解释罗蒙诺索夫在他 1747 年的颂诗中向俄国青年表达的对俄国科学未来的那种热烈的信念:

啊,祖国从肺腑发出
对你们的殷切期望。
希望看见你们都像
聘自异邦的人士那样,
你们拥有美好时光!
现今振奋精神,勇于担当,
以你们的努力表明,
我们自己的柏拉图

---

① 《法国文艺复兴时代的诗人》(Поэты французского Возрождения), 列宁格勒, 1938 年, 第 256 页。
② 同上书, 第 255 页。
③ 米·瓦·罗蒙诺索夫:《罗蒙诺索夫全集》第 7 卷, 第 582 页。

和才思敏捷的牛顿，
能够诞生在俄国的大地上。^①

在特列季阿科夫斯基的理论著作中，也可以发现含义相近的意见。

根据1730—1750年代社会情绪高涨的情况，不难看到一股决定了俄国新文化创建者思想趋向的爱国主义激情。

俄国古典主义的形成过程与法国古典主义的原则性区别在于，俄国古典主义的创立者不得不忙于解决法国在17世纪中叶，即古典主义在那里确立之际已基本上解决的那些问题。对于布瓦洛来说，《诗的艺术》中的时间计算是从马雷伯的诗歌开始的。作为路易十四辉煌时代的文化代表，布瓦洛有意识地推崇具有文学教养的精英层次的高雅趣味的诗人，同他的前辈们的理论见解中显露出来的民主立场相去甚远。在他看来，杜·贝雷关于法兰西文学语言的议论中所贯穿的那种爱国主义激情，也不具有现实意义。

俄国古典主义理论家苏马罗科夫在制定某些体裁规则的问题上追随布瓦洛时，在对文学功能的理解上却是从原则上不同的另一些前提出发的。苏马罗科夫及其同时代人总是清楚地意识到，新文学的创建和解决诸多具体的实践问题有着不可分割的联系，并应在确认由于彼得一世改革而在俄国形成的社会生活的那些新形式的轨道上进行。

因此，在关注18世纪中叶俄国古典主义文学中业已形成的体裁体系时，我们清楚地看到，它虽在表面上接受了布瓦洛《诗的艺术》所宣布的体裁体系，同时又在本质上有别于后者。罗蒙诺索夫、苏马罗科夫、康捷米尔及其追随者的著作实际上在俄国的土壤上创建了古典主义的所有体裁领域的民族传统。但是，如果说在17世纪法国古典主义体裁体系中，主导地位属于戏剧类作品——悲剧和喜剧，那么在俄国古典主义中，体裁的主导地位则转移到了讽刺诗和抒情诗领域。这是由启蒙运动所追求的激情决定的，它构成了俄国古典主义文学内容的基础。正如德·德·勃拉戈伊所公正指出的那样："以讽刺诗人康捷米尔为代表的俄国新文学在政治摇篮中的诞生，是具有极其重大的意义的，从一开始就证明了这种文学一往无前的战斗精神、社会激情和公民激情。"^②

这一见解同样可用来看待以其激情体现了彼得改革提出的总体创造精神的庄严颂诗体裁。1740—1750年代俄国整个社会思想和意识形态体系中都贯穿着对彼得一世的颂扬。由于罗蒙诺索夫的颂诗而在俄国古典主义其余体裁中得到确认的庄严体颂辞抒情诗的这种特殊意义，在1770—1780年代，当杰尔查文在新的历史条件下继承和创造性地发扬了罗蒙诺索夫所开创的传统时，依然得以保留。

---

① 米·瓦·罗蒙诺索夫：《罗蒙诺索夫全集》第8卷，第206页。
② 德·德·勃拉戈依：《俄国新文学形成的合乎规律性》（Закономерности становления новой русской литературы），莫斯科，1958年，第21页。

本土作者对先前各个时期的民族文化传统,其中包括对本民族民间创作实质上不同的态度,在俄国古典主义艺术体系中体裁样式的主导地位交替的过程中,也发挥了不小的作用。法国古典主义的理论法典——布瓦洛的《诗的艺术》,显示出对与人民大众艺术有某种联系的一切艺术的生硬敌视态度。布瓦洛在对塔巴林戏剧的攻击中否定民间闹剧的传统,同时又在莫里哀笔下发现了这一传统的痕迹。对诙谐诗歌的尖锐批评同样证明他的美学纲领一定程度上的反民主色彩。在布瓦洛的论著中,也没有发现他对诸如寓言这样的与大众民主文化传统有密切联系的文学体裁的评价。

俄国古典主义不排斥本民族的民间口头创作。相反,它在对特定体裁的民间诗歌文化传统的接受中找到了丰富自身的因素。还是在新思潮发轫之初,特列季阿科夫斯基着手俄语诗歌作诗法改革时,就直接援引普通民众的歌谣作为自己在制定规则时所遵循的范例。

俄国古典主义文学没有脱离本民族的民间创作传统,这一点也说明了这一文学的其他特点。比如,18 世纪俄国文学诗歌体裁的体系中,包括苏马罗科夫的创作中,布瓦洛根本没有提及的爱情抒情诗体裁获得了出人意料的繁荣。苏马罗科夫的《关于诗歌的第一封信》在评价诸如颂诗、悲剧和田园诗等古典主义所承认的其他体裁时,提供了关于这一体裁的详尽评述。他依据拉封丹的经验,把自己对寓言体裁的评价也写入这封信中。如我们所见,苏马罗科夫在其诗歌实践中,无论是在歌谣还是在寓言写作中,都经常直接面向民间口头创作传统。①

还有一种体裁,民族民间口头创作传统在其中继续保持着它的意义,这就是讽刺性戏剧长诗,即诙谐长诗。在这种叙事文学领域,为俄国古典主义诗歌做出主要贡献的是苏马罗科夫的多位学生,如瓦·迈科夫和伊·波格丹诺维奇等。俄国诙谐诗歌的第一批典范之作出现在 1760 年代末期。然而重要的是,俄国古典主义理论家有别于自己的法国先行者,并未回避这种体裁,没有把它移至文学范畴之外。如果说布瓦洛在其论著中以鄙视的态度指摘诙谐诗,以几句诗敷衍了事,那么苏马罗科夫在对讽刺诗和寓言做出评价后就接着评论这种体裁,对它进行了详细的描述。他条分缕析地解释了诙谐诗的原则和"滑稽英雄史诗结构方式"之间的差异。俄国古典主义的特色也在此表现了出来。

17 世纪末至 18 世纪初文学进程的独特性还可用来解释俄国古典主义文学的一个特点——它与俄国版的巴罗克艺术体系的联系。伊·彼·叶廖明曾注意到,在像西梅翁·波洛茨基这样的巴罗克文学著名代表的创作中,其方法的总体倾向接近古典主义。②德·谢·利哈乔夫则以此来解释这一点:俄国的巴罗克"在历史层面承

---

① 有关俄国古典主义文学与民族民间口头创作传统的联系问题,详见《俄国文学与民间口头创作(11—18 世纪)》,第 106—179 页。
② 伊·彼·叶廖明:《答复第 15 个问题:斯拉夫国家是否有过所谓"巴罗克文学"?如果可以用这个术语表示 17—18 世纪的某些文学潮流,那么"斯拉夫国家巴罗克文学"的特点是什么?》,见《第四届国际斯拉夫学者代表大会:对学术问卷调查问题的答复》,莫斯科,1958 年,第 84—85 页。

担起了文艺复兴的许多功能"。① 俄国的巴罗克就其文学类型和艺术独特性而言，在本质上有别于与其有着遗传关系的西欧巴罗克，其中包括波兰巴罗克的典范作品。复兴中的俄国文学在最初阶段，就从巴罗克艺术中汲取了艺术地反映转折时期俄国国内生活中发生的种种变化的方法。

确实，无论在17世纪末，还是在18世纪初几十年间，在宫廷仪式，在纪念军事胜利的庆典和民间节庆活动时，都伴有以寓意形式阐释已发生的各种事件之意义的戏剧化"场景"和凯旋门的造型。文学也是节庆仪式不可分割的一部分。彼得时代庄严的坎特歌与布道颂辞同样预示着古典主义颂诗体裁的出现；校园戏剧的寓言性形象配有解释性文字。象征作为最大限度地体现巴罗克艺术样式基本特点的最重要的风格之一，往往是图像和题词（铭辞）的来源。1705年阿姆斯特丹出版的《象征与符号》一书在整整一个世纪中多次再版，成为图书装帧艺术中的一种独特样板。这本书中所宣示的标志学原则，也影响到戏剧舞台布景的设置和公共建筑与私人建筑的陈设。

由于允许相当大的审美自由，巴罗克促进了各种艺术样式的相互渗透，这从为焰火活动和凯旋门的题词、建筑装饰、有寓意形象参加的狂欢游行中可见一斑。

俄国巴罗克的这种庄重而鲜明的性质适应了俄罗斯国家民族意识的普遍高涨。

在1730—1750年代的俄国文学中，巴罗克传统的影响在最大程度上体现于罗蒙诺索夫的庄严体颂诗中。罗蒙诺索夫的颂诗风格以其堂皇富丽、敏捷利落和"极具张力的隐喻性"而确实与巴罗克诗学相近。因此，亚·安·莫罗佐夫的见解不失公正，他把罗蒙诺索夫的创作视为巴罗克体系对于俄国新诗在其古典主义确立时期的形成所造成的那种影响的最鲜明的体现。②

古典主义和巴罗克在掌握过去时代民族文化传统基础上的并存与彼此丰富，始终是1730—1750年代整个俄国艺术发展的典型特点。

格·亚·古科夫斯基于1939年所表达的关于罗蒙诺索夫诗歌的文艺复兴式激情的见解与此毫不矛盾。在古科夫斯基看来，罗蒙诺索夫"通过同样是15世纪意大利艺术和16世纪法国艺术继承者的德国巴罗克文学接受了文艺复兴传统。罗蒙诺索夫颂诗的激情，其宏大的气魄，极具张力的形象和鲜明的隐喻风格，恰恰使其与文艺复兴时代的艺术相近"。③ 如果记起上文援引的德·谢·利哈乔夫关于巴罗克艺术在俄国环境中所承担的那些功能具有某种特色的完全正确的见解，那么格·亚·古科夫斯基所指出的罗蒙诺索夫创作的综合意义的合理性就可以理解了。

因此，俄国古典主义文学在其形成过程中是同时以欧洲人文主义思想和巴罗

---

① 德·谢·利哈乔夫：《俄国文学中的17世纪》，见《世界文学发展中的17世纪》（XVII век в мировом литературном развитии），莫斯科，1969年，第299—328页。
② 亚·安·莫罗佐夫：《罗蒙诺索夫与巴罗克（论米·瓦·罗蒙诺索夫的诗学风格）》，载《俄罗斯文学》1965年第2期，第96页。
③ 格·亚·古科夫斯基：《18世纪俄国文学》，第108页。

克的继承者面目出现的。这就适应了全民族文化转型进程中复兴的文学不得不解决的独特问题。这个世纪文化探索的总潮流中显现出来的两条路线，对应于处于两极的彼此矛盾的思想倾向。人文主义传统的作用体现为一种自发性的民主精神，它渗透于安季奥赫·康捷米尔的讽刺诗，渗透于后来苏马罗科夫的寓言故事和喜剧中。另一方面，在俄国于欧洲的政治威望非同寻常地提升的条件下，确立国家体制新形式的需求，成为决定巴罗克传统在18世纪俄国文化中的意义的思想基础。罗蒙诺索夫的庄严体颂诗在这方面发挥了主导作用。随着历史条件的改变，俄国古典主义也发生了演化。俄国古典主义在历史层面的意义，是由它所提出并由它按时代的提示对其做出自己回答的那些问题的生命力来衡量的。

（加·尼·莫伊谢耶娃、尤·弗·斯坚尼克执笔，王志耕、姜敏译，汪介之校）

第二章

罗蒙诺索夫

1834年,年轻的维·格·别林斯基在《文学的幻想》里论及罗蒙诺索夫在俄国文学形成中的作用时写道:"我们的文学始自罗蒙诺索夫;他是我们的文学之父和抚育者;他是这一文学的彼得大帝。这是一个伟大的、标有天才印记的人,这还用说吗? 这一切都是毫无疑义的真理。他为我们的语言和我们的文学指明了尽管只是暂时的方向,这还需要证明吗? 这也是毫无疑义的。"[①]

罗蒙诺索夫是在使18世纪俄国新文学了解欧洲文化的经验和成就的道路上为这种新文学奠定基础的第一位诗人。他的最重要的功绩在于,在他的创作中,掌握欧洲传统与积极利用民族文化经验的财富得到了结合,这种结合的基础是考虑到在彼得一世改革所唤醒的俄国进行新文化建设已成为一种刻不容缓的需求。

俄罗斯民族英雄般的崛起和肯定俄罗斯民族文化的激情,决定了罗蒙诺索夫创作的基本内容。由此,他的诗歌中才有了爱国主义和公民意识的主题、劳动和科学的主题、对俄国军事胜利的歌颂以及与之并列的对侵略战争的谴责,才有了对"安宁"和作为一个国家繁荣的必要条件的各民族之间的和平的颂扬,才有了民族英雄(首先是彼得一世)的形象。

古典主义所素有的崇高公民理想、宣扬个人的局部利益服从于国家的整体利益、崇尚理性和启蒙倾向,客观上符合俄国文化全民族任务的要求。罗蒙诺索夫改革了俄语作诗法,提供了具有高艺术水准的俄语诗的最初典范,把英勇、乐观、肯定生活的基调带入俄语诗歌。这些活动对于俄国文学整体上的进一步发展都具有重大意义。

在诗人、文学理论家、历史学家罗蒙诺索夫的成长中,俄国民族传统发挥了重大作用。他在俄国北方长大,从年轻时起就熟悉民间文化,了解大量古罗斯的历史

[①] 维·格·别林斯基:《别林斯基全集》第1卷,莫斯科,1953年,第42页。

文献。一些手抄本书籍是他最早的教科书。我们从尼·伊·诺维科夫编写的传记中可知，西梅翁·波洛茨基的《韵律诗篇》给青年时期的罗蒙诺索夫留下了深刻的印象，他也是在家乡了解这部著作的。1731—1736 年，罗蒙诺索夫在斯拉夫—希腊—拉丁学院就读期间，也非常关注扎伊科诺斯帕斯修道院图书馆保存的"古籍"。

1736 年 1 月，罗蒙诺索夫作为斯拉夫—希腊—拉丁语学院的优秀学员之一来到彼得堡，这是要把他派往国外而先送到科学院的。他很快得到了一本不久之前出版的瓦·基·特列季阿科夫斯基的《俄语诗简明新作法》，并着手进行研究。罗蒙诺索夫私人藏书中的这本书侥幸得以保存下来①，因此学者们才有可能研究罗蒙诺索夫在认真阅读特列季阿科夫斯基著作时留下的附注和标记。②

特列季阿科夫斯基的论著对诗人和文学理论家罗蒙诺索夫观点的形成产生了重大影响。我们不仅可以根据书中大量有说服力的附言和注解，还可以依据罗蒙诺索夫 1739 年从德国寄到彼得堡的《论俄文诗律书》做出上述判断。这本书中附有《攻克霍丁颂》，特列季阿科夫斯基提出的许多作诗法原则也在其中得到了反映。

在德国，罗蒙诺索夫全面了解了当时的著名诗人京特的创作。此外，他还认真研究了德国古典主义者高特舍特关于诗歌艺术的论著和布瓦洛的《诗的艺术》。罗蒙诺索夫在 1738 年间所写的这些著作的摘要也被保存下来。③

但是与此同时，罗蒙诺索夫在其第一篇涉及俄国文学的理论著述中已表现出很大的自主性。他关于俄语诗歌的学说，是从俄语的规律性出发的："……应当根据我们语言的固有特点来写俄语诗歌，而不应从其他语言中引进不合乎其特性的东西。"④

罗蒙诺索夫谈到"古代语言与现用语言"的细微差别。我们在下文中将会看到，罗蒙诺索夫也在他的其他一些文学理论著述中发挥了这一思想。

在《论俄文诗律书》的附录中，罗蒙诺索夫推出了他的第一首颂诗——《攻克霍丁颂》。它是有感于俄国军队 1739 年在霍丁要塞一带取得对土耳其军队的辉煌胜利的消息而写作的。

据同时代人说，这首颂诗在彼得堡以其非同寻常的诗歌形式产生了极大的影响：交叉韵和邻韵交替出现的四音步抑扬格造成了节奏强劲有力的印象，这种节奏很好地契合了颂诗歌颂获胜的俄国士兵功绩的内容。科学院院士雅·施捷林在他的笔记中提道："罗蒙诺索夫的颂诗完全是用另一种诗格，用一种新的诗格写

---

① 苏联科学院档案，第 20 号全宗，第 20 号目录，第 3 号馆藏单位。
② 帕·纳·别尔科夫最先研究了这些标记和附注，参见帕·纳·别尔科夫：《罗蒙诺索夫及其时代的文学论争：1750—1765》，莫斯科—列宁格勒，1936 年，第 54—64 页。
③ 参见叶·雅·丹科：《关于罗蒙诺索夫的未出版的资料》，见《18 世纪》，第 2 辑，莫斯科—列宁格勒，1940 年，第 248—265 页。
④ 参见米·瓦·罗蒙诺索夫 《罗蒙诺索夫全集》第 7 卷，莫斯科—列宁格勒，1952 年，第 9—10 页。以下引用本《全集》，仅在引文后注明卷次和页码。

就的。"①

这首颂诗的新意还在于：当代的重要事件在文学作品中得到了反映，而且是以历史类比的方式予以评述的。作者令读者想起不久前俄国人在彼得一世统率下所取得的辉煌胜利，以及"令傲慢的谢利姆（谢利姆即土耳其苏丹苏莱曼二世）闻风丧胆"的"喀山汗国的征服者"——伊凡雷帝。

罗蒙诺索夫的颂诗是以充沛的灵感和鲜明而形象的、无疑也使这篇诗作的第一批读者惊倒的语言写成的，当代现实与历史在诗中有机地结合在一起：

> 祖国的爱正在强健着
> 俄国之子的精神和臂膀；
> 人人渴望浴血奋战，
> 雷鸣般的声响令人斗志昂扬。
> 山峦后面是灼热的深渊，
> 烟尘、灰烬和火焰，死亡在蔓延，
> 伊斯坦布尔要把底格里斯河据为己有，
> 以致激流把岩石从岸边掀翻；
> 然而雄鹰的翱翔
> 世上没有什么障碍能够阻拦，
> 水域、森林、山岗和深谷，
> 荒僻的草原视同大道般平坦，
> 只要飓风可以驰骋的疆土，
> 那里就将挺进雄鹰的军团。

（《全集》第 8 卷，第 18—20 页）

1740 年代，罗蒙诺索夫撰写了俄国文学方面的理论著作《辩论爱好者的雄辩术简明指南》，其第一版于 1748 年发表。同时，他郑重地从事历史著述的研究：研究编年史、皇室系谱、年代记、圣徒行传、职官录和家谱。后来，在《冶金业或矿业原理》(1763)一书的前言里，罗蒙诺索夫谈到各学科之间联系和相互影响的重要性："无疑，一些学科对另一些学科经常有非常大的促进作用，比如物理学对化学的促进，物理学对数学的促进，劝谕学和历史学对诗歌的促进。"（《全集》第 5 卷，第 618 页）

罗蒙诺索夫以自己的诗歌创作活动极好地证明了这一结论。他的历史学识和古罗斯文学文献研究在他的诗歌作品中有着一以贯之的反映。

在 1741 年的一首颂诗中，诺夫哥罗德古代历史中的一个片断得到了简要

---

① 参见《同时代人关于米·瓦·罗蒙诺索夫的回忆与评价》(М.В. Ломоносов в воспоминаниях и характеристиках современников)，加·叶·帕夫洛娃编辑，莫斯科—列宁格勒，1962 年，第 53 页。

描述：

> 戈斯托梅斯尔临终前明理清醒，
> 向大公们发出巩固团结的遗训：
> "为了消损敌人的实力，
> 诸位要和睦生活，严防纷争……"

伊戈尔远征君士坦丁堡和希腊人签订条约的史实在以下诗行中得到了反映：

> 他们的后代不曾拥有荣光？
> 伊戈尔尽管年轻却伟大非凡；
> 他的事迹在本地四处传扬，
> 皇家之城在他面前震动抖颤。

德米特里·顿斯科伊的形象与战胜马麦汗的库里科沃战役密不可分：

> 执拗的德米特里作何部署？
> 顿河中漫溢鞑靼人的血污，
> 马麦汗不知能够逃往何处。

（《全集》第8卷，第39页）

在1761年献给伊丽莎白·彼得罗夫娜的颂诗中，罗蒙诺索夫再次转向历史活动家斯维亚托斯拉夫、弗拉基米尔等人的形象：

> 我们向远逝的古代回望
> 俄国故事充满昔日时光

（《全集》第8卷，第746页）

古罗斯文学的公民意识始终是18世纪"崇高"诗歌创作中的重要因素。颂诗由于对往昔英雄事迹的颂扬而具有政论意义，它由于对当时现实的"训诫性"而已成为对古罗斯优秀书面作品思想上的一种继承。

罗蒙诺索夫是俄国颂诗的创立者，他在其中表达了自己的启蒙思想。他相信俄国的巨大潜力，并把自己的颂诗视为对科学与艺术的宣传：

> 远眺巍峨耸立的山峦，
> 把辽阔的原野俯瞰，

伏尔加、第聂伯、鄂毕河
流经之处埋藏的丰富资源，
科学将一一予以呈现。

(《全集》第 8 卷，第 202—203 页)

对于罗蒙诺索夫而言，祖国是崇高的理想，因此他是从为他的"爱人"——祖邦带来益处的角度来看待自己在不同知识领域的创作的。在罗蒙诺索夫作品中，爱国主义具有体现一位伟大学者的社会立场的性质。

在《与阿那克瑞翁的对话》中，罗蒙诺索夫回答了希腊诗人——书写爱情的慰藉和欢愉的歌手的问题：

琴弦不由自主
发出英雄的声响。
爱的意念与头脑，
请不要引起悲伤。

虽然我并未失去
爱的真挚柔情，
我却更愿赞颂
英雄们永恒的荣光。

(《全集》第 8 卷，第 762 页)

按罗蒙诺索夫的见解，诗人的职责在于以民族英雄为榜样鼓舞人们，激发他们去从事祖国所必需的活动。

阿那克瑞翁曾提议画师画出他"心仪的"、迷人的姑娘形象，罗蒙诺索夫就此写道：

我也遴选一位画师，
现在就把你效仿，
让他勉力描绘出
我钟爱的母亲形象。
你是我们这里的领军人物，
啊，首屈一指的绘画巨匠，
你无愧为米涅尔瓦所生，
为我描摹出俄罗斯祖邦。
画出俄国成熟的气度，

她那欢快而满意的模样，
画出她昂首挺立的风姿，
她前额上的愉悦明朗。

(《全集》第 8 卷，第 766 页)

罗蒙诺索夫在他的诗歌创作中致力于刻画俄国的辽阔、俄国民众的力量和强大。他还描画出俄国的地理形象，它仿佛是在古罗斯文献《罗斯国土沦陷记》中得到出色反映的祖国赞歌的延续："啊，光辉灿烂、着装美丽的罗斯大地！你的诸多美景令人惊叹：你拥有星罗棋布的湖泊、河流和装点各地的泉水、险峻的山脉、高耸的山丘、茂密的树林、奇妙的原野、各种各样的野兽、难以胜数的鸟类、宏大的城市、惹人喜爱的村庄、修道院果园里的葡萄……罗斯大地，你拥有一切……由此到乌戈尔人和利亚克人的地域，到捷克人的地域，从捷克人那里到亚特维亚格人的地域，从亚特维亚格人那里到立陶宛人、德国人的地域，从德国人那里到卡累利人的地域，从卡累利人那里到生活着异教徒托伊马人的乌斯秋格，以及北冰洋那边的地域；从海洋到保加利亚人的地域，从保加利亚人那里到布尔加斯人的地域，从布尔加斯人那里到切列米斯人的地域，从切列米斯人那里到莫尔多瓦——上帝使所有那些异教国家臣服于信仰基督教的民族……臣服于弗谢沃洛德大公，臣服于他的父亲尤里，臣服于基辅大公、他的祖父弗拉基米尔·莫诺马赫。"①

在 1748 年的一篇颂诗中，罗蒙诺索夫展现出幅员辽阔的俄国：

如今俄国这样充满欢乐！
顶天立地，直抵云端，
她的疆域无垠无边，
名震四方，满载荣誉，
尽享草场上的静谧安闲。
伏尔加、第聂伯、涅瓦和顿河流域
遍布果实累累的沃野良田，
清澈的水流一路喧哗
把畜群引出香甜的梦幻。

(《全集》第 7 卷，第 221—222 页)

罗蒙诺索夫描写的俄罗斯大地的艺术形象为后来的文学传统所吸收，特别是被普希金的创作所接受。

罗蒙诺索夫教导沙皇们爱护自己的国家，"警惕人民的愤怒"，如他 1762 年献

---

① 尤·康·别古诺夫：《13 世纪罗斯文学文献〈罗斯国土沦陷记〉》(Памятник русской литературы XIII века «Слово о погибели Русской земли»)，莫斯科—列宁格勒，1965 年，第 154 页。

给前不久以宫廷政变的方式登上王位的叶卡捷琳娜二世的颂诗中所写的那样：

> 请洗耳恭听，尘世的法官
> 和所有掌握政权的首脑：
> 不可违犯神圣的法规，
> 还要收敛自己的狂暴。
> 对臣民也切不可轻视，
> 但请纠正他们的恶习
> 以你们的学识、仁爱和辛劳。

(《全集》第 7 卷，第 778 页)

学者罗蒙诺索夫与诗人罗蒙诺索夫是不可分的：他常常说到人应该研究和征服不可估量的自然力。在他的创作中，诗歌与科学有机地融为一体。他的科学哲理诗《夜思上天之伟大》《晨思上天之伟大》和《论玻璃之益处》等，都是专用于表现为先进的科学世界观而斗争。

在罗蒙诺索夫的诗歌文体中，由于巴罗克因素融入古典主义体系而形成的鲜明性，是他的颂诗创作的典型特征之一。罗蒙诺索夫打破了严格限定的古典主义诗学的生硬藩篱，揭示了俄语诗歌进一步发展的可能性。他的方法将为 19 世纪初期的浪漫主义诗人所运用。罗蒙诺索夫以新的公民精神内涵丰富了颂诗体裁，锤炼出适合表现这种崇高爱国主义思想的诗歌形式。在 1748 年的《修辞学》中，罗蒙诺索夫依据古典主义的诗学规范阐述了自己的文学观点，并列入"论华丽语言的创造"这一部分，在其中仔细考辨了诗歌拟人化的各种形态，"这时一些事物往往被赋予源于本质上不同的另一些事物的成分、特性或行为。这样一来，不会说话的动物就被添加了语言，人就被添加了本来属于动物的多余成分……没有实体的或被想象出来的存在，如美德和效用，就被附上了血肉之躯和其他东西"。(《全集》第 7 卷，第 226 页)

收进《修辞学》一书的罗蒙诺索夫本人的诗篇，仿佛展示出这种"想象"的范例：

> 黎明已伸出鲜红色的臂膀，
> 把通往世间的大门敞开，
> 光明从绯红的法衣洒向
> 原野、森林、城市和大海。

(《全集》第 8 卷，第 138 页)

1747年罗蒙诺索夫献给伊丽莎白·彼得罗夫娜的著名颂诗,富含色彩鲜明的隐喻和夸张:

> 要是你利国利民,美誉有加,
> 尘世的王国和君王将为之欢畅,
> 处处是令人迷恋的安宁静谧,
> 村庄怡然自得,城市得到保障!
> 你的周围百花齐放,
> 田野里麦穗一片金黄,
> 艘艘战船满载珍品,
> 追随你勇敢驶入海疆,
> 你挥动慷慨的手臂,
> 遍地抛撒自己的富藏。

(《全集》第8卷,第196—198页)

感情充沛的隐喻风格,新奇大胆的比喻、转喻和"华丽的语体",赋予罗蒙诺索夫的诗歌以古典主义的唯理论体系所不具备的、使之与巴罗克的复杂性相接近的美学品质。修辞格、教会斯拉夫词语和圣经词语的引入都具有这样的功能。罗蒙诺索夫在1742年的颂诗中写道:

> 骏马在那里放蹄狂奔
> 扬起厚厚的尘土蔽日遮天,
> 戈特弗军团中死亡的幽灵
> 在那里的队伍间恼怒地流窜,
> 张开大嘴贪得无厌,
> 洗净一双冰冷的手,
> 散发的气息无比傲慢……

这种特殊的"昂扬"风格是罗蒙诺索夫颂诗和演说体裁创作的典型特征,其源头应该在传统上与豪华的宫廷仪式相联系的这些体裁的功能意义中去寻找。①

格·阿·古科夫斯基很恰当地确定了罗蒙诺索夫诗歌形象体系的特点。他写道:"罗蒙诺索夫建造了一座座宏伟的文学大厦,让人想起拉斯特列里设计的大型宫殿;他在不同时期的创作正是以其规模与韵致造成了思想和激情极大高涨的

---

① 安·尼·鲁宾逊:《17世纪俄国文学中的思想斗争》,莫斯科,1974年,第15—25页。

印象。"①

罗蒙诺索夫颂诗的风格面貌引起苏马罗科夫尖锐而毫不留情的批评，后者是古典主义所固有的风格纯洁、诗学思想明晰等主张的拥护者。苏马罗科夫的《荒谬颂》就是针对罗蒙诺索夫的文学论战的表达，作者在其中辛辣地嘲笑了罗蒙诺索夫突出的隐喻和类比。这场文学论战在1750—1760年代的社会生活中占有重要地位。②

苏马罗科夫在罗蒙诺索夫的创作中发现的俄国古典主义的表现，不仅是欧洲古典主义的本民族变体，而且有一系列受俄国历史进程和以往文学传统制约的特点。如果说最"经典的"17世纪法国古典主义是在同巴罗克艺术的不可调和的斗争中形成的，那么在俄国的诗歌、艺术和建筑中，这两个流派的相互渗透便造成了18世纪俄国文化独一无二的风貌。德·谢·利哈乔夫写道："……俄国巴罗克与俄国古典主义之间不像在西欧具有那样明确的界限……这也是可以理解的：经由其最大代表而形成的17世纪俄国巴罗克是与专制主义相联系的，具有'宫廷'的性质，而这恰恰是古典主义的特征。因此，俄国巴罗克也就在这方面简化了古代文学向新文学的过渡，具有'缓冲'的意义。"③

但是，如果说在17世纪末，巴罗克文学中虽然存在着古典主义的某些特征（在西梅翁·波洛茨基、卡里昂·伊斯托明等人的创作中），但仍具有占优势的意义，那么从18世纪30年代起，古典主义则成为决定时代风格的主导思潮。④巴罗克因素打破了被严格规定的古典主义艺术的藩篱，拓展了艺术反映现实的可能性。巴罗克更大的美学自由和情感强度丰富了俄国古典主义，赋予它更具生命力的特点。

诗体悲剧是古典主义的主导体裁之一。罗蒙诺索夫在他的文学创作中也运用了这种体裁。他写有两部悲剧：《塔米拉和谢利姆》(1750)和《得摩丰》(1751)，前者是民族历史题材，后者则基于古希腊历史的情节。

罗蒙诺索夫的悲剧《塔米拉和谢利姆》利用了14世纪末俄国的历史事件：1380年，俄国军队在莫斯科大公德米特里·伊万诺维奇（后来被称为"顿斯科伊"）的率领下，在库里科沃原野击溃了马麦汗的军队。

罗蒙诺索夫在"简要说明"中写道："这部悲剧以诗歌的虚构形式描写了鞑靼王——骄横的马麦汗的可耻灭亡。从俄国历史中可知：他在顿河流域被骁勇的莫斯科公国君主德米特里·伊万诺维奇大公打败后，带着他的四个王公逃往克里米亚的卡法城，在那里死于自己人手中。"（《全集》第8卷，第292页）

罗蒙诺索夫把关于马麦汗血战的"基普里安"版本的编年故事、诺夫哥罗德第

---

① 格·阿·古科夫斯基：《18世纪俄国文学》，莫斯科，1939年，第110页。
② 帕·纳·别尔科夫：《罗蒙诺索夫及其时代的文学论争》，第100—120页。
③ 德·谢·利哈乔夫：《10—17世纪俄国文学的发展：时代与风格》，列宁格勒，1973年，第207页。
④ 尽管罗蒙诺索夫的诗歌创作中存在巴罗克因素，但不可以像安·安雅尔和亚·安·莫罗佐夫那样认为他是"巴罗克诗人"。参见：Angyal A. Die Slawische Barockwelt. Leipzig, 1961, S. 309-311；亚·安·莫罗佐夫：《17世纪至18世纪初俄国文学中的巴罗克问题（问题现状与研究任务）》，载《俄罗斯文学》，1962年第3期，第34—38页。

三编年史和瓦·尼·塔季谢夫的《俄国历史》作为悲剧《塔米拉和谢利姆》的题材来源。他以编年史的讲述为基础,借克里米亚王子纳尔西姆之口讲述库里科沃会战,传达了这次战役的全部细节:

> 还未听说世上的暴君和谄媚者
> 犯下和马麦汗一样的罪戾。
> 严酷的战斗已激烈进行五小时,
> 战火和烟雾几乎把阳光遮蔽。
> 殷红的大地在翻涌的污血中战栗,
> 利箭飞落,比霪雨的乌云更浓密。
> 周遭已然横尸遍野,涅普里亚德瓦河
> 勉强可以流动,只因死者过于堆积。

(《全集》第 8 卷,第 360 页)

在悲剧《塔米拉和谢利姆》中,罗蒙诺索夫力求最真实可信地传达他从古罗斯文献中获知的历史事实。这是罗蒙诺索夫的艺术革新,他与俄国悲剧的奠基者、古罗斯历史题材悲剧《霍列夫》(1747)、《西纳夫和特鲁沃尔》(1750)的作者苏马罗科夫展开了一场独特的竞争。但苏马罗科夫没有可供使用的历史文献:古罗斯编年史中只是含糊其词地提及传说中的基辅城创建者基伊、谢克和霍里夫,这和似乎是与留里克一起来到诺夫哥罗德的瓦兰人兄弟西纳夫和特鲁沃尔的情况相同。因此,古代历史题材悲剧的情节设置完全是苏马罗科夫文学创作的结果。罗蒙诺索夫则悉数掌握关于库里科沃会战的编年纪事、《马麦汗血战的传说》、瓦·尼·塔季谢夫的手写本《俄国历史》,甚至掌握带有插图的材料——科学院图书馆收藏的尼康编年史奥斯特曼卷的插图。

罗蒙诺索夫的悲剧《塔米拉和谢利姆》也于 1750 年出版,并两次被搬上宫廷舞台。这一切都证明这部悲剧获得了毫无疑问的成功。但强调这一点是重要的:悲剧中民族爱国主义题材的发展和真实历史材料的使用——这是罗蒙诺索夫的革新——对杰出悲剧《僭主者德米特里》的作者苏马罗科夫的创作产生了影响。[①]

在古典主义的体裁体系中,叙事长诗—史诗占有尊贵的地位。布瓦洛在《诗的艺术》第三章中论及这一体裁:

> 咏史长诗比悲剧更需要壮阔波澜,
> 它以广大的篇幅叙述久战长征,
> 凭虚构充实内容,凭神话引人入胜。

---

① 加·尼·莫伊谢耶娃:《罗蒙诺索夫与古罗斯文学》(Ломоносов и древнерусская литература),列宁格勒,1971 年,第 263—265 页。

> 为着使我们入迷,一切都拿来利用……
> 若没有这些装饰,诗句便平淡无奇,
> 诗情也死灭无余,或者是奄奄一息,
> 诗人也不是诗人,只是羞怯的文匠,
> 是冰冷的史作者,写得无味而荒唐。①

罗蒙诺索夫的直接先驱——费奥凡·普罗科波维奇在他的《诗学》中严格区分了文学著作和历史著作,认为虚构是诗的基本特征。这就是普罗科波维奇"依照亚里士多德"而表述的诗的定义:"诗的本性与其名相符。须知诗是描写人的行为、为了提供生活的教诲而对这些行为做出审美阐释的艺术。从这一定义可以看出,诗完全不同于历史……因为历史只是叙述功绩,并不借助于描写而再现功绩……有'创作者'或'著者'之名的诗人应该作诗,编出内容,即歌颂虚构的东西。"②费奥凡·普罗科波维奇同样特别看重叙事长诗,并这样说明了它的特点:"……可以把史诗界定为借助于虚构、以六音步扬抑抑格诗体来叙述著名人物功绩的诗歌作品。"③

罗蒙诺索夫在《修辞学》中是以另一种方式定义文学虚构的:"虚构分为纯粹虚构和混合虚构。纯粹虚构整个是由世间不曾有过的、为了道德劝谕而编写的故事和事件构成……混合虚构由部分真实、部分虚构的事件构成,其中包含着对享有盛誉的人物的赞扬或上流社会常有的奇闻轶事,这些奇闻轶事也往往和道德劝谕联系在一起。"(《全集》第7卷,第222—223页)

罗蒙诺索夫在自己的实践中坚持"混合虚构"(如果使用他的术语):他的文学作品——无论颂诗、悲剧还是长诗,其基础中总是包含着"真实事件"的描述,总是有他立足于文献研究过的历史事实。

罗蒙诺索夫在他的长诗《彼得大帝》的前言中,富有表现力地宣示了自己对立足于历史资料的史诗的理解:

> 我打算歌颂的不是虚构的神祇,
> 而是真实的事业和彼得的伟大努力。

18世纪50年代,罗蒙诺索夫着手创作献给彼得一世的长诗。彼得的题材贯穿他的全部创作:他在颂诗、《赞美诗》、历史文献材料汇编——《国家事务简述》和马赛克画中都运用了这一题材。

---

① 布瓦洛:《诗的艺术》,任典译,北京:人民文学出版社,2009年,第40、42页。——译者注
② 费奥凡·普罗科波维奇:《普罗科波维奇文集》,伊·彼·叶廖明编辑与注释,莫斯科—列宁格勒,1961年,第346页。
③ 同上书,第386页。

罗蒙诺索夫在以古典主义史诗的传统开头——"我歌颂"开篇后,向读者展现出其作品的创作意图:

> 我歌颂俄国智慧超群的英杰,
> 他创建新的城市、军团和舰艇系列,
> 年轻时起就发愤图强带兵作战,
> 提高自己国家的声誉,历经凶险,
> 对内平定恶徒,对外战胜敌寇,
> 以铁腕与智慧驯服谄媚者和暴徒,
> 战争风暴中为我们开启科学之门,
> 丰功伟绩令人羡慕,令全世界震惊。

(《全集》第 8 卷,第 698 页)

长诗《彼得大帝》从叙述彼得一世为击退瑞典军队的侵袭而奔赴阿尔汉格尔斯克开始。第二章写的是俄国军队对施吕瑟尔堡的围攻。在结束这一章时,诗人表示他将放弃关于攻占施吕瑟尔堡庆典活动的描写,因为后面还要讲述北方战争史上一些更重要的胜利:

> 但在从外敌和国内歹徒手中缴获的战利品前
> 缪斯,且沉默吧,我们也要把脚步放慢:
> 履行祖辈赋予的使命将无比艰难,
> 那时再把这位女神明丽的形象呈现。

(《全集》第 8 卷,第 734 页)

亚·尼·索科洛夫已表述过一个公允的推测:罗蒙诺索夫"曾打算进一步把所述事件引向波尔塔瓦会战紧张时刻的高潮"①。

但在长诗《彼得大帝》中,如罗蒙诺索夫自己在第一章的序诗中所指出的,他应该描写的不仅是以 1709 年波尔塔瓦地区的伟大胜利告终的北方战争的英勇事件,还应该详尽地展示彼得的"事业",他与国内敌人的斗争("对内平定恶徒")、创建陆军和海军舰队、创建彼得堡("他创建新的城市、军团和舰艇系列")、发展科学与艺术("战争风暴中为我们开启科学之门")。

长诗《彼得大帝》的前两章分别发表于 1760 年和 1761 年。罗蒙诺索夫没有完成这部他寄托着这么多希望的长诗。对此如何解释?格·潘·马科戈年科写道:"罗蒙诺索夫放弃了继续写作这部长诗,因为古典主义的美学信条要求创作抽象

---

① 亚·尼·索科洛夫:《18 世纪至 19 世纪上半叶俄国长诗史略》(Очерки по истории русской поэмы XVIII и первой половины XIX века),莫斯科,1955 年,第 101 页。

的、脱离现实的形象。一切具体的、个性化、独特的东西都受到诗歌的排斥"①。在这位研究者看来,"罗蒙诺索夫预先告知,长诗中讲的不是'虚构的神祇',而是'真实的事业和彼得的伟大努力',但他还是不得不歌颂,而不是描绘、创造一个假想的'君主''俄国人之父'的形象……所以罗蒙诺索夫是依照古典主义的规则创作的,而这些规则却使他无法展示彼得个人的独特个性"。②

确实,"歌颂"虚构的英雄业绩是古典主义既定规则的要求。但是罗蒙诺索夫却拒绝这样做。他笔下的主人公彼得一世是一个真实的人,他是根据来自书籍、来自彼得的同时代人和他的志同道合者的口头讲述的历史资料了解其事迹的。那些年间,彼得一世办公厅秘书、《彼得大帝逐日记事簿》的编写者之一阿·瓦·马卡罗夫还健在。罗蒙诺索夫在1757年9月2日给伊·伊·舒瓦洛夫的信中写道,他收集了"我们伟大君主的著作记录"。罗蒙诺索夫的藏书中收集了彼得大帝的命令和战报、彼·帕·沙菲罗夫《瑞典战争史》的手写本。此外,他还被允许进入"彼得大帝书房",那里存有《逐日记事簿》和彼·尼·克列克申的《彼得大帝的故事》手稿。罗蒙诺索夫存有索洛韦茨基文集中关于1682年射击兵起义的记述。

罗蒙诺索夫没有必要"虚构"彼得一世的事迹。更确切些说,资料的丰富、对重要资料的挑选构成了难以克服的困难。完全可能,罗蒙诺索夫不得不考虑到,他应当在长诗中述及的那些人,实际上是诗人的同时代人或他们的直系后代。以下诗句似乎可以证明这一点:

啊,缪斯,我当如何歌唱?我搅乱了那些人的宁静,
他们的亲属因放纵而奢侈成性,
不曾努力追随彼得走上希望之路,
竟敢徒劳地打算和他逆向而行。
我对此鄙弃而抱憾,想象过他们的愤恨,
我并无恶意,却将损害他们家族的名声。

(《全集》第8卷,第706—707页)

审美嗅觉提醒罗蒙诺索夫,对于以历史事实为基础的叙事长诗的创作而言,必须有新的典型化和概括手法。18世纪50年代末至60年代初的俄国文学还没有形成这样的手法。

罗蒙诺索夫的创作经验对18世纪下半叶至19世纪初俄国叙事长诗的命运产生了重要影响。俄国第一部完整的民族历史题材的英雄长诗《俄罗斯亚特》的作

---

① 伊·尼·库普列亚诺娃、格·潘·马科戈年科:《俄国文学的民族特色:描述与评价》(Национальное своеобразие русской литературы: очерки и характеристики),列宁格勒,1976年,第115页。

② 同上书,第115—116页。

者米·马·赫拉斯科夫曾深入研究了这一经验。

  1757 年,莫斯科大学出版的《罗蒙诺索夫文集》中发表了他所构思的著作《论俄文宗教书籍的裨益》的片断。罗蒙诺索夫在这里表达了他对"三类词汇"以及与之相关的"三种文体"理论的理解。他把"话题"(即作品中所谈的事物)作为划分"词汇"的基础:"人们用语言所表现的各种话题的重要程度不同,通过合乎礼节地使用教会书籍的俄语也存在不同级别:高级体、中级体和低级体。这源于俄语的三类词汇。"(《全集》第 7 卷,第 588 页)

  属于"高级体"的有"古代斯拉夫人和现今俄国人"使用的词汇;属于"中级体"的是"一般很少使用,特别是在谈话中很少使用,但所有识字的人都能理解的词汇";"属于'低级体'的是那些斯拉夫语残余中,即教会书籍中没有的'词汇'"。(《全集》第 7 卷,第 588 页)

  罗蒙诺索夫从对各类"词汇"的描述过渡到"三种文体"学说的建立,各种文体同样是与作品体裁相关的:"高级体"应该用来书写英雄史诗、颂诗和关于重要话题的散文体演说辞(《全集》第 7 卷,第 589 页)。罗蒙诺索夫建议以"中级体"写作"所有需要用平常的人类语言把事件生动呈现出来的戏剧作品。但是,在需要表现英勇精神或崇高思想时,第一种文体(即'高级体'——引者注)也可能在其中存在……诗体友人书信、讽刺诗、牧歌和哀诗更多应使用这种文体。在散文作品中,建议以这种文体对值得纪念的事情和高深的理论作得体的描述。低级体采用的是第三类词汇……适合于喜剧、供人娱乐的讽刺短诗、歌谣、散文体友人书信和关于一般事件的描述等各种话题"。(《全集》第 7 卷,第 589—590 页)

  可以看出,罗蒙诺索夫秉承的是不同于其前辈的选词原则,他们是从各种体裁(史诗、悲剧、颂辞)的特征出发的。罗蒙诺索夫则以"话题"——决定着"词汇"选择的描述对象为出发点。同时应当注意到,罗蒙诺索夫肯定了不同类型的"词汇"在一种体裁内并存的可能性(如在戏剧演出中,为了"表现英勇精神",推荐使用"高级体")。

  在古希腊罗马和中世纪诗学中,以及在布瓦洛的《诗的艺术》中,完全不允许在一种体裁之内出现不同文体的混杂。

  德·谢·利哈乔夫在分析古俄罗斯文学诗学时指出,作家对固定的文体模式的选用与语言——教会斯拉夫语或古俄语的性质相关,取决于描写的题材:"教会斯拉夫语常常被看成高级的、书面的、教会的语言。作家选择教会斯拉夫语或教会斯拉夫语的形式和词汇用于一些场合,选择古俄语用于另一些场合,选择民间诗歌语言则用于第三种场合,他做出的选择始终是有意识的选择,并遵从一定的文学礼法。"①

  罗蒙诺索夫在 18 世纪 40—50 年代曾注意到同一部古俄罗斯文学作品中不同文

---

① 德·谢·利哈乔夫:《古俄罗斯文学诗学》,列宁格勒,1967 年,第 86—87 页。

体的存在。《俄语语法资料》中保存了罗蒙诺索夫的笔记,展示出他对古罗斯文学这一重要特点的理解:

> 论来自不同档案文献的古老文体。
> 文体分为雄辩体、诗歌体、历史体、说教体、普通体。
>
> (《全集》第7卷,第608—609页)

从罗蒙诺索夫的笔记可知,他曾打算编纂一部"涅斯托尔词典、诺夫哥罗德词典和其他词典查不到的词汇"(即取自涅斯托尔编年史、诺夫哥罗德编年史的词汇)构成的词典。此外,他还有意撰写一部"关于斯拉夫语言和我们的语言,何时发生了怎样的变化,以及我们应该从中获取什么并在书写中予以运用"的专著(《全集》第7卷,第606页)。

由此可见,罗蒙诺索夫清楚地认识到古罗斯文献文体的多样性,懂得语言与文体和书写体裁(契约语体、法律文献语体、历史叙事语体、教会书籍语体)之间的联系。

在自己的诗歌创作实践和历史散文中,罗蒙诺索夫常常诉诸斯拉夫语短语,把它们作为富于表现力的修辞手段加以运用。

普希金在《论列蒙特先生的伊·阿·克雷洛夫寓言译本前言》一文中,正是强调了罗蒙诺索夫诗歌语言的这一方面:"他(罗蒙诺索夫——引者注)的音节稳健、华丽而鲜明生动,主要得益于熟谙斯拉夫书面语,他成功地把作品和平民百姓的语言融为一体。"①

在罗蒙诺索夫看来,"从弗拉基米尔统治时期到本世纪的七百余年间,俄语发生的变化还没有大到无法认识旧俄语的程度"(《全集》第7卷,第590页)。正因为如此,他认为,创建新的世俗文学的18世纪作家们,可以从古俄罗斯文学中汲取艺术财富。罗蒙诺索夫关于"三类词汇"和相应的"三种文体"的学说独具一格,就是因为他对俄罗斯文学的民族独特性有深刻的理解。

"描述值得纪念的事情",即构制历史题材作品,按罗蒙诺索夫的意见,应以"中级体"来完成。他把自己的理论观点运用于18世纪50年代开始进行的《俄罗斯历史》的撰写中。罗蒙诺索夫把《涅斯托尔编年史》——所谓彼得大帝拉吉维勒(克尼希斯贝格)编年史复本作为基础文献。在1765年罗蒙诺索夫遽然离世之前,《俄罗斯历史》的前三部已送至科学院印刷厂。1766年,只出版了罗蒙诺索夫历史著作的第一部,题为《古俄罗斯史》,写到1054年,即"圣贤公"雅罗斯拉夫辞世那一年。

依托于编年史文本,罗蒙诺索夫致力于保留古罗斯文献中"被有意用来表示

---

① 亚·谢·普希金:《普希金全集(10卷本)》第7卷,莫斯科—列宁格勒,1949年,第29—30页。

某些实际现象"①的固定修辞模式。他循序渐进地指出了编年史中这些固定的熟语性词组:"征服世界""逃离战场""展现勇敢""心无旁骛,与公爵生死相随""全身心亲吻十字架""死地而后生""以勇气磨砺心灵""尸横遍野""拭去自己脸上的汗水"②,等等。这些词组都被收入《古俄罗斯史》,如:"雅罗斯拉夫付出巨大的辛劳后拭去自己脸上的汗水,在基辅父亲的宝座上安稳地坐了下来。"在《彼得大帝赞美诗》中则有:"我到处看到彼得大帝的身影,他挥汗如雨、风尘仆仆,奔忙于战火狼烟间。"(着重标记为引者所加)罗蒙诺索夫把修辞模式具体化了,使之成为新的文学体系的要素。

还可以举出许多例证,说明罗蒙诺索夫怎样把古罗斯文学在许多世纪的发展中形成并得以保存下来的修辞词组引入18世纪的文学文体体系。

在罗蒙诺索夫的创作中,古罗斯文学的文体传统体现在他的文学作品中运用了一系列固定的隐喻。例如,瓦·帕·阿德里阿诺娃—佩列茨在一系列古罗斯作品中注意到的死亡隐喻——"日蚀"(《顿河南岸之战》和《德米特里·伊万诺维奇·顿斯科伊的生平和后事》中的"暗下来的太阳"③,在罗蒙诺索夫早期及晚期的颂诗中都得到了再现。

如1743年的颂诗:

当彼得的面容被棺椁遮掩,
今日欢乐的太阳渐渐黯淡。

(《全集》第8卷,第105页)

又如1762年的颂诗:

新年,请你美妙地闪光,
穿透浓重的忧伤云团:
可怕的日蚀已成过往,
尽情释放欢乐的光线。

(《全集》第8卷,第751页)

瓦·帕·阿德里阿诺娃—佩列茨指出,一系列古罗斯文学文献,从《往年纪事》、伊凡雷帝的著作、《喀山史》和《大司祭阿瓦库姆自传》开始,其为了表现崇高品质

---

① 奥·维·特沃罗戈夫:《研究古俄罗斯文学固定惯用语的任务》,见《古俄罗斯文学研究室著作集》(ТОДРЛ),第20辑,莫斯科—列宁格勒,1964年,第36页。
② 加·尼·莫伊谢耶娃:《罗蒙诺索夫与古俄罗斯文学》,第54—121页。
③ 瓦·帕·阿德里阿诺娃—佩列茨:《古代罗斯诗歌文体概观》(Очереки поэтического стиля древней Руси),莫斯科—列宁格勒,1947年,第29—33页。

就使用了"太阳""星辰"的隐喻,把令人悲伤的、敌对的事物与黑暗做类比。[①]

在献给伊丽莎白·彼得罗夫娜的颂诗中,罗蒙诺索夫也经常使用这种隐喻。如1746年的颂诗:

> 像太阳明亮地高高闪耀,
> 初次向你展露它的光华,
> 幸福已然伸手相邀,
> 青睐你的可爱优雅。

(《全集》第 8 卷,第 152—153 页)

又如1752年的颂诗:

> 这个日子万众期盼
> 俄国的太阳已经上升
> 从热忱的民众中驱散
> 黑夜和忧伤的阴影。

(《全集》第 8 卷,第 498 页)

瓦·帕·阿德里阿诺娃—佩列茨曾写道:"把否定性的、敌对的因素比作黑暗",这样的隐喻进一步发展,便是"以乌云的形象体现这类因素"[②]。

罗蒙诺索夫在1746年的颂诗中也运用了这一隐喻:

> 透过往昔悲伤的乌云,
> 残酷的厄运瞄准了我们,
> 群山似乎在把彼得追悼,
> 本都也在他们的海岸哭号。

(《全集》第 8 卷,第 148 页)

如我们所见,在创建18世纪新的诗歌体裁——颂诗的过程中,罗蒙诺索夫采用古罗斯作家广泛运用的艺术手法。他在散文创作中也同样成功地使用固定词组。不过,与古罗斯的编纂者不同,罗蒙诺索夫以现实主义的细节丰富了这些修辞模式,使之更接近18世纪中叶的语言实践。

瓦·帕·沃姆佩尔斯基认为:"罗蒙诺索夫以惊人的历史嗅觉和学术概括的天

[①] 瓦·帕·阿德里阿诺娃—佩列茨:《古代罗斯诗歌文体概观》(Очереки поэтического стиля древней Руси),莫斯科—列宁格勒,1947年,第29—33页。

[②] 同上书,第36页。

赋,在自己的学说中揭示了 17 世纪至 18 世纪上半叶文学语言史上导致语言风格受到关注与形成的那些进程的实质。他系统梳理了不同文体之间在语音、语法、熟语词汇方面的差异,确定了俄国文学语言新的风格体系构成中的规律性。"[1]

罗蒙诺索夫文学创作中的原则性创新是追求尽可能准确地传达历史事实。这体现在他描述每一种现象时所采取的态度中。历史题材在颂诗、悲剧、叙事长诗、颂辞和装饰性题词中都得到了发掘。严格遵循历史事实、恪守真实,是罗蒙诺索夫文学作品的典型特征。

罗蒙诺索夫关于古罗斯文学的深入研究对于他的艺术作品的这种独特性的形成,无疑发挥了重要的作用。致力于历史具体的反映,是伟大诗人和伟大历史学家罗蒙诺索夫创作中的合乎规律的现象。

法国古典主义理论家布瓦洛把"摆脱了具体的历史现实和日常现实的古代世界的英勇精神"看成"抽象而概括地表现现实的最高形式"[2]。罗蒙诺索夫大胆地打破了古典主义诗学规范的最重要的公式之一。

罗蒙诺索夫率先在自己的艺术创作中摒弃了把文学作品与历史著作对立起来的经院原则,并大胆地宣称文学作品的历史方法的合理性。他在 1749 年的《伊丽莎白·彼得罗夫娜赞美诗》中写道:"还有什么比伟大英雄的光荣榜样更能激励军人抵抗敌人的英勇行为和勇敢地保卫祖国的心灵呢?把这一切载入记忆的是历史和诗歌,诗歌像呈现当今的事情一样生动地记述过去的事情。"(《全集》第 8 卷,第 252 页)

关于作品的语言形象结构与作品中的并非虚构、专用于描写真实事件和事实的内容之间的有机联系与不可分割性,罗蒙诺索夫在 1756 年为其《论世界的起源》所写的前言中或许已做出了最准确的表达。他在其中写道:"对俄罗斯语言、对**颂扬俄国英雄和切实研究我们祖国的事业**的热爱",在他的生活中至关重要(《全集》第 8 卷,第 342 页;着重标记为引者所加)。

严格遵循历史真实、遵循原本的事件和事实,这是罗蒙诺索夫对 18 世纪俄国文学的命运有着重要影响的艺术发现。这一发现影响了 19 世纪初期尼·米·卡拉姆津的《俄罗斯国家史》,普希金的《波尔塔瓦》《青铜骑士》《上尉的女儿》和《普加乔夫史》,以及随后亚·尼·奥斯特罗夫斯基的历史纪事剧和列夫·托尔斯泰的《战争与和平》。

(加·尼·莫伊谢耶娃执笔,王志耕、姜敏译,汪介之校)

---

[1] 瓦·帕·沃姆佩尔斯基:《米·瓦·罗蒙诺索夫的修辞学说与三种文体理论》,莫斯科,1971 年,第 180 页。

[2] 尼·亚·西加尔:《布瓦洛的〈诗的艺术〉》,见尼·布瓦洛:《诗的艺术》,莫斯科,1957 年,第 17 页。

第三章
苏马罗科夫

18世纪俄国文学中古典主义美学理论的确立,这一学说成为活跃的文学流派,都和亚·彼·苏马罗科夫(1717—1777)的名字联系在一起。苏马罗科夫同时作为这一学说的理论家、这一流派公认的领袖人物,以及在创作方面最活跃和最多产的代表出现。

苏马罗科夫认为,自己的人生目标就是创建在欧洲其他国家文学中占有当之无愧的平等地位的俄国文学。在1748年出版的《两封书简》中,苏马罗科夫以布瓦洛①为榜样,给初登文坛的俄国作家提供指导,论及在不同诗歌体裁中应该仿效什么样的典范,这些体裁本身应该是怎样的,诗人的艺术究竟何在。他所勾画出的广阔发展前景、所表达的较为新颖的思想,和那些年文化—意识形态建设的主导趋向是完全和谐一致的。苏马罗科夫对于实现所树立的目标充满信心:

> 一切都值得称道:无论戏剧、牧歌还是颂诗——
> 创作吧,你的天性引导着你;
> 只有作家才能给心智提供启迪;
> 美妙的语言能够适应一切。②

但是,无论对古典主义理论的阐述如何详细和引人入胜,这些劝导本身都不能代替生动的文学实践。需要的是初登文坛的作者可以确定方向的民族典范。需要创立新的文学。于是苏马罗科夫本人肩负起完成这一任务的重担。

实际上并不存在苏马罗科夫不曾用以试验自己能力的古典主义文学体裁。他

---

① 布瓦洛(1636—1711):法国诗人,古典主义理论家,写有《诗的艺术》(1674)。——译者注
② 亚·彼·苏马罗科夫:《苏马罗科夫全集》第1卷,莫斯科,1781年,第345页。(以下引用本《全集》,仅在引文后注明卷次和页码)

狂热地醉心于戏剧,奠定了18世纪俄国舞台剧目的基础。创建悲剧、喜剧和歌剧等古典主义戏剧主要体裁的最初民族典范的功绩,正是属于苏马罗科夫的。他是1756年俄国第一家公共剧院的首任院长,这绝非偶然。

俄国哀歌、讽刺诗和寓言诗的诗学结构具有独特性同样归功于苏马罗科夫。他把牧歌和田园诗、讽刺短诗和斯坦斯体诗(станс)等移植到俄国的土壤,并在此创造了稳定的传统。通过深入研究阿那克瑞翁抒情诗的形式和贺拉斯颂诗体裁,他以自己的方式为杰尔查文在这一领域取得成就做了准备。最后,他还创造了独特的歌曲—浪漫诗体裁,这种体裁成为由18世纪末至19世纪初诗人所锤炼的感伤主义注重情感表现的抒情诗和民间抒情歌曲风格模仿之作的来源。苏马罗科夫的散文也引人入胜。作为拥有尖锐讽刺天赋的天生的政论家,他集办刊人士和批评家的品质于一身,是俄国第一本文学杂志《勤劳的蜜蜂》(1759)的组织者和唯一出版者。

1740—1760年代被公认为是贵族文学阵营领袖苏马罗科夫的创作时期。

像罗蒙诺索夫一样,苏马罗科夫也把文学视为形成社会舆论的工具。但在评价社会历史进程的推动力时,他却站在强调等级的立场上。作为陆军贵族军亨学校的毕业生,苏马罗科夫在学习期间即已满怀贵族阶层的优越感。作为这个阶层的思想家,他还要求贵族证明自己在社会高尚事业中的崇高地位:

> 对于贵族中的任何人,不应看其有何爵位——
> 而应看他的作用,无论他有什么头衔,
> 贵族的一切罪过都不可饶恕。
> 长官要比众人遵守更多的规范!
> 赐予我们的贵族封号血脉相传;
> 但是我们要说,为什么这样赐予贵族头衔?
> 如果我的祖辈因社会的利益生活于世,
> 他为自己挣得俸薪,又为我挣得进款,
> 而我得到这份钱财是取自别人的功业,
> 那我就不应因身份界限而放下尊严
> ……
> 为了鼓励获得体面的进款,
> 难道我不劳动也有权获得财产?

(《全集》第7卷,第357页)

这就是苏马罗科夫在他针对执政阶层代表的讽刺诗《论高贵》中予以展开的道德信条。

在他看来,国家的力量和福祉建立在所有社会成员无条件恪守自己职责的基础上。人在社会等级制度中所处的地位越高,他就应该具备更高的道德品质和智力素养。在这方面,苏马罗科夫没有把包括君主在内的任何人作为例外。在另一篇纲领性文章《致亲王殿下保罗·彼得罗维奇大公的书札》(1761)中,他直接向王位继承人阐明君王应肩负的崇高职责:

> 我们都应当爱自己的祖邦,
> 而皇家后裔之爱理应更强;
> 人民的福祉系于王位上。
> ……沉睡的农夫有懒散的思想,
> 漫不经心地播种,
> 会遭受损失,耗费时光,
> 一不小心就要毁掉一片庄稼地,
> 结果只是负担落在土地上;
> 如果君主犯错,那么痛苦
> 往往就如大海般倾注到民众身上。
> 这就是为什么加冕的血统
> 要把更多的爱赋予祖邦。

(《全集》第 1 卷,第 323—324 页)

这些诗句中潜藏着理解苏马罗科夫最有意义的作品,特别是其悲剧的思想倾向的独特锁钥。如果说,罗蒙诺索夫曾选择庄重的颂诗体裁作为宣扬其理想的主要手段,那么对于苏马罗科夫而言,剧院就成为他阐述自己思想纲领的基本讲台。正是在戏剧领域,他确立了自己在俄国古典主义形成中的主导作用。

苏马罗科夫对欧洲戏剧经验的接受,发生在法国古典主义实际上已失去自己的生命力之际。高乃依和拉辛的创作在 18 世纪中叶已具有了历史传统的意义。伏尔泰成为这个时代法国悲剧体裁创作中的最大权威。但伏尔泰的悲剧在悲剧冲突本质的阐释和对悲剧体裁功能的理解方面却具有性质上不同的宗旨。在伏尔泰笔下,这种体裁变成了宣传启蒙理想的喉舌。剧作家在他的剧作中既反对君主制的暴政,也反对教会的偏执态度,还反对各种形式的狂热、伪善和残忍。伏尔泰的戏剧体系保持了与 17 世纪古典主义悲剧准则的直接联系,同时又带有艺术地把握世界的另一体系的特点。一方面,在伏尔泰的一些悲剧中明显可见对莎士比亚戏剧原则的接受,另一方面,他的一系列剧作又显示出新的戏剧潮流——催人泪下的市民悲剧传统的影响。

法国晚期古典主义与莎士比亚戏剧体系的这种调和,还有伏尔泰剧作的教诲性,都是启蒙思想体系形成时代戏剧的典型特征。年轻的俄国戏剧经由苏马罗科夫的创作向着对它而言的新体裁迈出了自己最初的步履,加入了全欧的文化发展进程。苏马罗科夫意识中的古典主义传统与莎士比亚戏剧传统有机共存,在这个意义上也是和欧洲文艺复兴的精神遗产共存。自身经验的最少储备保证了选择的自由。

在革命前的文艺学研究中,苏马罗科夫悲剧结构面貌的独特性曾引起争议。人们在其中只看到对17—18世纪上半叶法国古典主义悲剧的模仿。苏马罗科夫曾无畏地承认,他遵循包括拉辛在内的法国伟大剧作家们的教导。古典主义悲剧的基本要领,包括确定的五幕结构,在舞台上引出来自过往历史中半传奇的遥远时代的英雄人物,的确被他移植到了俄国的土壤上。遵守古典主义戏剧规范体系的苏马罗科夫剧作,同时是以正确无误的亚历山大诗体——公认的、对于俄国戏剧而言还是崭新的悲剧体裁的诗格写成的。

不过,掌握欧洲传统并不意味着苏马罗科夫盲目地复制法国古典主义样例。在很多情况下,苏马罗科夫悲剧的结构显示出对他所接受的体裁规范的背离。例如,苏马罗科夫把他的悲剧从"主人公的心腹"体系中解放出来,最大程度减少了参与角色的数量。苏马罗科夫戏剧结构的另一特点是复杂的纠葛被极度弱化。这一特征在悲剧的情节发展中造成了独特的惯性,往往导致悲剧结局的缺失。苏马罗科夫的大多数悲剧,其结局本身都有一个幸福的收场。①

苏马罗科夫悲剧的结构有别于17世纪法国古典主义悲剧,源自对悲剧冲突本质的完全不同的理解。苏马罗科夫表面上似乎抓住了拉辛和高乃依悲剧中戏剧情节发展根源的矛盾:从个人对于自身社会地位的意识中产生的职责与个体自身内在利益之间的矛盾。但是,这种构成悲剧情景基础的冲突的矛盾,在苏马罗科夫的悲剧中却从不存在,也不可能存在。

俄国尚未在欧洲文艺复兴时代所特有的那种规模和形式上经历过人的个性精神解放的时代。在18世纪以前,俄国实际上也没有形成相应的关于人的个性自由和自我价值的观念,而对于经历过疾风暴雨般的文艺复兴时代的西方而言,这些观念则是自然的,为人的本性所固有的。意识到这些观念的虚幻性——作为文艺复兴理想崩溃的结果,也成为对个人在这个世界上的地位进行悲剧性思考的基础;这些思考被记录在霍布斯的政论著作、蒙田的《随笔集》和多比涅②的诗歌中。17世纪法国古典主义悲剧所继承的解决个性问题的根源就是如此。

18世纪上半叶俄国的社会意识来源于对个性问题的另一种理解。对个性价值的肯定,不是在个人利益和社会共同生活法则的对立中,而是在个性对超越个人

---

① 关于苏马罗科夫悲剧结构的独特性,详见格·亚·古科夫斯基:(1)《苏马罗科夫的悲剧》,见《诗学论文集》(Поэтика. Сб. статей),列宁格勒,1926年,第67—80页;(2)《18世纪俄国文学》,莫斯科,1939年,第147—154页。

② 泰奥多尔·阿格里帕·德·多比涅(1552—1630):文艺复兴晚期的法国诗人。——译者注

因素的利益(无论是国家利益还是维护阶层原则)的某种服从中得到考量的。国家理念在社会意识形态的价值规范体系中是决定性的,社会职责相对于其他利益的优先地位是不可动摇的。个人只有在履行职责的过程中,才有得到自我确立的可能性。俄国古典主义悲剧也记载着个人与社会之间相互关系的类似理解。对于认识个人利益与社会利益的悲剧性不相容而言,这个时代俄国的历史情境正如17世纪的法国一样,还未臻成熟。

苏马罗科夫总共写有9部悲剧,在几十年间(从1740年代末到1770年代),他的剧作实际上构成了本民族悲剧上演剧目的基础。根据创作过程中作者的戏剧体系所经历的变化,他的全部悲剧可分为三类。

可列入第一类的有《霍列夫》(1747)、《哈姆雷特》(1748)和《西纳夫和特鲁沃尔》(1750)等悲剧。它们标志着悲剧体裁在俄国土壤上形成的早期阶段。

第二类悲剧包括苏马罗科夫在1750年代初创作的两部剧本:《阿尔杜斯托涅》(1750)和《塞米拉》(1751),还有稍晚的两部悲剧:《季米扎》(1758,1768年修改后的第二稿被更名为《亚罗波尔克和季米扎》)和《姆斯季斯拉夫》(1774)。这一类以情节上的某种复杂性为特点的悲剧,反映了苏马罗科夫在实现戏剧的教育功能方面探寻最有成效的手段。在这些悲剧中,戏剧家所制定的悲剧体裁规则得以按自己的方式明确化。

最后,可以把诸如《维舍斯拉夫》(1768)和《僭主德米特里》(1770)这样的剧作归为苏马罗科夫的第三类悲剧,它们是以对悲剧性的独特阐释为特征的。这两部悲剧从创作年代上看出现在苏马罗科夫创作道路的最后阶段,并标志着他在这种体裁领域的戏剧探索的结果。

苏马罗科夫最早的悲剧《霍列夫》已表现出剧作家理解悲剧冲突本质的特点。剧中情节的开端似乎是由没有履行自己职责的霍列夫和奥斯涅利达之间的爱欲决定的。霍列夫应该出动军队对抗他爱人的父亲。主人公在彼此相爱的过程中常常面临着选择:或是职责,或是情感。但是,留心观察这场冲突怎样发展,就会发现这一冲突没有驱动力:霍列夫仍然忠于职责,奥斯涅利达则把对父亲的忠诚与对霍列夫的爱情结合起来。不论是女主人公因为没尽到做女儿的义务,还是霍列夫为了责任而"牺牲"爱情,都没有改变事情的本质。

在悲剧《哈姆雷特》中也形成了类似的情境,剧中凸显于首要位置的似乎也是责任与激情之间的斗争冲突。在哈姆雷特心中,为父复仇的责任与他对杀人凶手之女奥菲莉亚的爱情彼此斗争(苏马罗科夫偏离了莎士比亚的情节设置,把谋杀的罪责归咎于御前大臣波洛涅斯)。奥菲莉亚也陷入困境。但正如在悲剧《霍列夫》中一样,关于哈姆雷特和奥菲莉亚之间责任与爱情冲突的描写带有纯粹的表面性。苏马罗科夫早期剧作中的角色都被卷入复杂内心斗争的冲突,这是对拉辛戏剧艺术传统的独特依傍。但是在俄国戏剧家的剧作中,悲剧情境的真正根源却完全是另一回事。

在两部悲剧中,与这种冲突平行而又不受制于它的,是另一种包含着特定道德—政治教训的冲突。这另一种冲突隐藏在没有履行君主本身职责的君主行为中。在这种情况下,君主的亲信发挥着重要作用,他们的阿谀奉承和诋毁诽谤是统治者暴虐行为的基础。在《霍列夫》中,这是告密者斯塔尔韦尔赫,在《哈姆雷特》中是御前大臣波洛涅斯。在他们身上体现了那种依附于宫廷,但君主永远都不应该信任的力量。正是这第二种冲突也包含了悲剧结局的前提。如果说到构成苏马罗科夫悲剧中情节基础的真正冲突,那么应看到它源自真正的君主理想(如作者所想象的那样)和忘记了真正国家首脑职责的君主行为之间的矛盾。

苏马罗科夫以类似方式解决悲剧冲突问题的独特性,可以在民族文化—意识形态经验的语境中得到说明。在苏马罗科夫的早期剧作中,能感受到 18 世纪前期的艺术探索所特有的传统的影响,这并非偶然现象。①

从《西纳夫和特鲁沃尔》开始,苏马罗科夫就不再把责任与激情的矛盾冲突作为独立的情节线索的来源。他的主要注意力集中到君主的行为上:统治者在王位上应如何执政,他忘却对自己行为的责任感会导致什么样的后果。国王的天职成为关键,因为它涵盖悲剧艺术体系的所有层面。

这部悲剧的情节结构非常简单。两个年轻的恋人特鲁沃尔和伊利缅娜同诺夫哥罗德的统治者西纳夫形成了对立。形式上,西纳夫对伊利缅娜的追求无可指摘,因为她的父亲戈斯托梅斯尔已许诺把她嫁给这位诺夫哥罗德救世主。情况由于西纳夫的弟弟特鲁沃尔成为他的竞争对手而变得严重。统治者行使自己合法权利的意愿构成悲剧冲突的基础。这一情境的悲剧性在于,法律上的合法性与个人追求感情自由的天然权利的合理性之间形成矛盾。既然君主是前者的体现者,那么实现法律合法性就成为徒劳地想要享有个人权利的臣民的悲剧性死亡的根源。

可以认为,剧作家苏马罗科夫无疑成功地在这出悲剧中辩证地解决了破坏美德准则的君主之责的问题。西纳夫没有意识到自己的行为是有罪的:戈斯托梅斯尔确实曾答应把自己的女儿嫁给他。特鲁沃尔和伊利缅娜自己也明白这一点。作为造成自己臣民死亡的罪魁祸首,西纳夫不仅是一个暴君,而且客观上也是自己欲念的牺牲品。因此从这个角度看,他的形象也有深刻的悲剧性。

《西纳夫和特鲁沃尔》完全有资格被视为苏马罗科夫创作中民族古典主义悲剧体裁形成早期阶段的独特总结。在剧作家的全部早期剧作中,这部悲剧最受同时代人欢迎。

1750 年代的剧作是一种完全固定的悲剧结构类型。处于剧作中心的通常是掌权的、"臣民的命运都受其支配"的君主。这里的臣民往往是两个年轻的恋人。悲剧冲突的产生几乎总是由君主的意志和在其统治之下的人们的利益之间的矛盾所决定的。由于统治者在多大程度上意识到自身的职责和君主美德超越个人的理

---

① 关于这方面的详细研究,参见论文《彼得大帝时代的戏剧和苏马罗科夫的早期悲剧(问题的提出)》见《18 世纪前三十年俄国文学的发展问题》,《18 世纪》(文集)第 9 辑),列宁格勒,1974 年,第 227—249 页。

想标准彼此相关,苏马罗科夫的悲剧中已初步形成戏剧情节发展的两种对立的结构模式。

在第一种情况下,君主没有履行自己的职责构成悲剧冲突的基础。这种渎职行为通常是由君主的欲念造成的(《西纳夫和特鲁沃尔》《阿尔杜斯托涅》),或由于外部力量对他的影响(《亚罗波尔克和季米扎》),或二者兼而有之(《姆斯季斯拉夫》)造成。有时臣民成为君主暴虐行为的受害者并被毁灭,如在悲剧《西纳夫和特鲁沃尔》中,事情就是这样发生的。但在大多数悲剧中,结局却是另一样的。君主的非正义行为引起合法性抗议,再形成独特的反抗暴君的举动。往往在君主命悬一线的关键时刻,一位忠于职责的臣民把他从死亡中拯救出来。在这种高尚行为的影响下,君主会发生从暴君变为仁慈高尚的国王的奇迹般的转变。在悲剧的结尾,深受感动的统治者使有情人终成眷属。《阿尔杜斯托涅》《亚罗波尔克和季米扎》《姆斯季斯拉夫》都以这样幸福的结局收场。

另一种结构模式和君主无条件履行其职责的情境相联系。在这种情况下,戏剧冲突根源于主张反对君主的臣民的任性企图。臣民的不顺从让统治者有了惩罚反叛者的道德权力。但他并没有这样做,因为他甚至对反叛者也怀有仁慈之心。在《塞米拉》和苏马罗科夫的晚期戏剧《维舍斯拉夫》中,可以看到这种情境。君主光荣地经受住了对自己美德的所有考验。在悲剧的结尾,反叛的臣民变得顺从。肉体和精神上都已失败的他们,在统治者的最高正义性面前承认了自己的错误行为。

道德—政治训诫也造成了苏马罗科夫悲剧的内在激情。这种训诫意义在苏马罗科夫创作道路的最后阶段的悲剧——《维舍斯拉夫》和《僭主德米特里》中表现得尤为清晰。这些悲剧去除了一些次要冲突,变为以戏剧形式构成的对理想君主(《维舍斯拉夫》)或暴君形象(同名悲剧中刻画的僭主德米特里)的形象化说明。

在上述悲剧的后一部中,苏马罗科夫重新回到莎士比亚的戏剧传统。[1]一些学术文献已表明,苏马罗科夫赋予他笔下的德米特里以莎士比亚同名历史剧中理查三世的特征。他无疑非常了解这部历史剧。在他的《僭主德米特里》一剧中,第2幕第7场中德米特里的独白确实和莎剧第5幕第3场中决战之前的早晨理查的著名独白形成对比,而且这一情境在第4幕第5场和第5幕第1场又以特殊的方式发生了变化。但主要的是,在暴君性格的描写中,苏马罗科夫和莎士比亚站在截然相反的立场。莎士比亚笔下的理查残酷无情,但在剧作的大部分情节中,他都小心翼翼地向周围人隐藏了自己贪图功名的意图,虚伪地装扮成那些他正要置其于死地之人的朋友。莎士比亚提供了一幅暴君和伪君子的肖像,这部编年史剧揭示了夺权和英国王位更迭的机制。

---

[1] 在1770年2月25日致格·瓦·科济茨基的信中,苏马罗科夫写道:"……关于这部新悲剧我可以写得很多,但信很快就要寄出。这部悲剧将向俄国展示莎士比亚……"见《图书目录学学报》,1858年第14—15期,第452页。

苏马罗科夫笔下的德米特里一出现在舞台上就很坦诚。他认为不必隐瞒自己专制统治的意愿。在悲剧的结尾,等待他的是一个合乎规律的惩罚。对于苏马罗科夫来说,在这里,训诫因素、对君主的教诲意义是根本的任务。

在对苏马罗科夫戏剧创作的评价中,他的悲剧的情节来源问题,确切些说,他的剧作中对民族历史的关注有何功能的问题,具有特别的意义。苏马罗科夫大部分悲剧的情节,建立于取自古代基辅罗斯时期的历史材料的基础上。对于苏马罗科夫而言,这种选择情节的方式具有原则性的意义。

当然,问题不在于苏马罗科夫似乎把古罗斯的社会实践看成他在自己的悲剧中一贯宣扬的那些道德典范。他的悲剧所涉及的问题是从18世纪俄国社会意识的观念中发展而来的。这可以用他的悲剧文本中的许多例子加以证实。只要看一下悲剧《阿尔杜斯托涅》——其情节来源于古代波斯专制时代,取自希罗多德的著作——就可以确信,其中关于道德—政治问题的阐释和对古罗斯情节进行加工的多部剧作之间没有原则上的区别。

无论是看待本民族历史还是外族历史,苏马罗科夫的态度都反映了他那个时代所特有的艺术思维的超历史性。苏马罗科夫关注古罗斯历史情节的意义,并未被掩盖在他把自己关于在古罗斯似乎就存在的行为伦理准则的观念和现实生活联系起来的尝试中。这是由于民族自我意识的普遍高涨,由于18世纪俄国文化活动家们致力于确立本民族历史和独特历史传统的意义,而已进入欧洲各民族大家庭的俄国也理应如此。

对于这一事实的类似解释,在散见于苏马罗科夫的书信体作品、讽刺诗、散文作品和信函中关于俄语和俄国文化的整整一系列表述中得到了证实。谢·波罗申在他的《笔记》中透露了1765年9月27日苏马罗科夫与尼·伊·潘宁在大公家中进行的一次富有特色的对话,那时作家经常出席大公的午宴。谈话涉及教育部门,大家忆起著名的显贵,叶卡捷琳娜时代的教育组织者伊·伊·别茨基。苏马罗科夫以其固有的直率指出:"……有一位陶贝尔特先生,嘲笑别茨基用法语教育孩子们。别茨基则嘲笑陶贝尔特在不久前建立的学院里用德语教育孩子们。我觉得,别茨基和陶贝尔特都是傻瓜。在俄国就应该用俄语教育孩子。"① 从对于民族因素在培养自己同胞的作用的类似理解来看,恰恰应该重新考量苏马罗科夫在他的悲剧中利用以往的民族历史中的情节这一问题。

苏马罗科夫创造的俄国悲剧类型,成为在18世纪形成的这种体裁结构标准的基础,它也为这个时代接踵而至的俄国剧作家有所偏离地接受。喜剧体裁在俄国土壤上形成的过程更为复杂。这种体裁的最高成就在18世纪与冯维辛的名字及其喜剧《旅长》(1769)和《纨绔少年》(1783)联系在一起。但冯维辛的喜剧不是凭

---

① 谢·波罗申:《笔记》,圣彼得堡,1881年,第453—454页。

空出现的。创造像《纨绔少年》这样独特的、具有尖锐讽刺性的社会喜剧的道路,历经大量的探索和有时超出剧院既有利益范畴的实验,苏马罗科夫的喜剧在这一过程中占有重要位置。

在苏马罗科夫的文学理论观点体系中,喜剧体裁与讽刺作品的描写对象和功能在很大程度上是彼此相关的:

> 喜剧的特性是用讽刺来纠正风俗:
> 嘲笑和直接疗治它的规范。
> 想象衙门中有一个冷酷的书吏,
> 想象不知在指令中写什么的法官。
> 向我展现一位衣着考究的傲慢的先生,
> 他一辈子都在考虑头发的美观……

(《全集》第1卷,第340页)

喜剧的世界是远离确立各阶层和君主美德标准的那种理想环境的日常现实世界,那是渺小而不道德的欲望争斗占统治地位的世界。剧作家的任务就是嘲笑这个世界,在观众中激起对它的愤慨和鄙视。

苏马罗科夫在考虑其喜剧结构面貌的过程中可以依托的资源是相当丰富多样的。与古典主义悲剧不同,欧洲喜剧摆脱了对某些严格的体裁标准和规则的遵从。苏马罗科夫在这里有更自由的选择。但有一种情况让人困惑不解。

如果说在苏马罗科夫的悲剧中,重要的是其内容强调了民族——爱国的激情,那么他的喜剧,尤其是写于1750—1760年代的喜剧,几乎没有民族生活方式的标示。这有时会给人造成苏马罗科夫是有意识地如此追求的印象。例如,他早期喜剧中出场人物的名字,人物不得不活动于其中的环境,还有他们的行为本身,有时是远离俄国现实的。在苏马罗科夫的早期喜剧中,欧洲戏剧传统中的奥龙特、瓦莱尔、多朗托、克拉丽莎、弗罗丽扎、杜里梅娜、仆人巴斯昆、阿勒基诺等人物①,从一部剧作转移到另一部剧作中。在这些剧作中,他们签订婚约,仆人对自己的主人放肆无礼,有时甚至欺骗、训斥主人,也就是完全按假定的、远离俄国生活方式的标准过日子。

的确,观众在苏马罗科夫喜剧中的一些角色身上认出了作者的同时代人、他在文学上的竞争对手和个人关系方面的无善意者,而在某些场合——在描写仆人基马尔(《无聊的争吵》)、纨绔少年法秋伊(同上)、荒谬的贵族吉季玛(《怪物》)时,苏马罗科夫成功地再现了民族生活所滋生的一类人的鲜活特征。但是,这些事实并不能确定1750年代苏马罗科夫在喜剧体裁创作中的立场。那些年中,苏马罗科夫

---

① 以上形象依次分别为莫里哀的喜剧《恨世者》《伪君子》《贵人迷》、理查逊的小说《克拉丽莎》、费纳隆的《寓言集》、莫里哀的喜剧《贵人迷》、菲尔丁的小说《巴斯昆》、意大利艺术喜剧中的人物。——译者注

的喜剧不仅在结构上,而且在精神上都保持着与欧洲典范之作的明显联系。

如何解释俄国古典主义领航者创作宗旨中的类似情况呢?

苏马罗科夫不能放弃继承关系,当他依照布瓦洛《诗的艺术》中的遗训,在《关于诗歌创作》的书简中谈到喜剧的功能时,还是跟随自己的法国老师重复道:

不要为学识渊博的人写娱乐作品;
无理性地嘲笑是给卑鄙灵魂的馈赠。

(《全集》第1卷,第340页)

布瓦洛在他的论著中警告法国喜剧作者不要将街头闹剧的传统带进文学中。布瓦洛并没有接受莫里哀喜剧中的一切,他在其中感觉到了塔巴兰剧团的回声。法国古典主义的理论家在他提出的要求中,在社会下层、"广场俗众"的剧院和指定为贵族观众服务的剧院之间确定了清楚的界限。在布瓦洛的观点中微露的这种优选原则,显然和苏马罗科夫本人的理论观点,以及他对艺术在社会生活中的作用不加掩饰的等级制的理解完全一致。

当然,在苏马罗科夫看来,在俄国的土壤上,与布瓦洛曾提醒法国喜剧作者避免的那种粗鲁的民间闹剧相比,幕间剧——那些在学校剧院演出时充塞于幕间的"间歇游戏"才是舞台滑稽传统的体现。幕间剧体裁在逐渐转化为半民间创作性质的滑稽剧剧目时,越来越远离适合于有文化教养的观众的专业戏剧。

当苏马罗科夫在他的早期喜剧中把奥龙特、克拉丽莎、多朗托和巴斯昆等形象引上舞台时,这就表明他特别致力于在俄国戏剧舞台上确立一种新型的喜剧观念。这一体裁形成的初级阶段的任务,在于同大众剧院划清界限。苏马罗科夫有意把他的喜剧同在俄国观众意识中可能将其和学校幕间剧与滑稽剧联系起来的传统区分开来。

但是,虽有自己对下层平民文化表面上的一切厌恶,苏马罗科夫在喜剧体裁中也不可能完全脱离它的传统。这位俄国剧作家对莫里哀戏剧的倾心恰恰是有其重要意义的,因为在莫里哀本人看来,民间闹剧从未失去它的价值。研究法国古典主义的最大行家之一在论及莫里哀时写道:"事实上,莫里哀是从闹剧起步的。他把自己从其他资源中所汲取的一切都予以引进或同闹剧结合起来,提升与丰富了这种戏剧。闹剧教会他觉得稚拙而愉悦的情感表达比缠绕不清的文字花招或俏皮话更胜一筹,于是他的喜剧便有了真正的民族特色……无论布瓦洛说什么,莫里哀在某种意义上都是独一无二的天才,这恰恰因为他在所有喜剧作者中是最少经院气和最接近塔巴兰剧团的。"[①]

正如苏马罗科夫的寓言和浪漫曲所展现的那样,他本能地抓住了民间创作所

---

① 居斯塔夫·朗松:《18世纪法国文学史》(История французской литературы XVIII века),圣彼得堡,1899年,第154页。

提供的可丰富文学的广阔资源。他在自己的喜剧创作中所选择的道路自然而然地引导他接触民间诗歌艺术传统。在苏马罗科夫通过莫里哀而接受的法国民间闹剧传统和在他之前构成俄国民族喜剧传统基础的学校幕间剧之间没有不可逾越的鸿沟。与此类似的是在苏马罗科夫的喜剧中得到反映的意大利即兴喜剧的自发性民主主义和民间创作因素的影响。1730 年代意大利剧团在彼得堡长期巡回演出期间,正在贵族军官学校就读的苏马罗科夫有机会和这个剧团直接接触。苏马罗科夫的早期喜剧在这方面特别有代表性。最后,在谈到决定苏马罗科夫创作初期喜剧的结构面貌形成的因素时,不能不提到丹麦剧作家路·霍尔堡的创作。在喜剧《特列索季尼乌斯》中,可以明显地感觉到霍尔堡的喜剧《布拉马尔巴斯,或爱吹牛的军官》影响。

在评价苏马罗科夫的喜剧,尤其是 1750—1760 年代的喜剧时,人们通常谈到它们的抨击性。抨击性最常见于剧作家对其私敌和文学对手的尖锐指责中。这样的人有瓦·基·特列季阿科夫斯基、费·埃明和苏马罗科夫的姻亲 А. И. 布图尔林,后者以其对待仆人的过度吝啬和严酷而出名。①

但是,确定苏马罗科夫剧作中某些角色的原型本身,对剧作中所含暗示的解码,都没有揭示他的文学遗产在 18 世纪喜剧体裁发展中的意义。在构成剧作思想激情的基础方面,抨击性具有一定的结构形成的功能。剧作中缺少错综复杂的纠葛,是苏马罗科夫早期喜剧(《特列索季尼乌斯》《怪物》《无聊的争吵》)的典型特征。这些喜剧的情节主线都极为简单:父亲把自己的女儿嫁出去了,而多位彼此竞争的男性求婚者仍在同时追求她。由于女儿本人的意愿往往和父母的计划不一致,喜剧的整个情节便都围绕使求婚者蒙羞和破坏既定计划而展开。在结局中,女儿与自己的意中人结合,父母则不得不容忍此事。

在这里不难看到保留着意大利假面喜剧的结构余迹。缺少的只是错综复杂的纠葛和无处不在的布利埃拉和阿勒基诺,在这两个小丑形象的行为中保持着意大利喜剧情节的全部尖锐性。但是对于苏马罗科夫来说,剧作中错综复杂的纠葛并不是多么必要的喜剧情节元素。只有这种纠葛有助于完成主要任务——嘲笑在舞台上暴露的恶习,戏剧演出才能引起他的注意。喜剧的教诲性,即吸取一定的道德教训的主旨,在这里也和在悲剧中一样,构成了苏马罗科夫理解戏剧表演最终目标的基础。这也影响到苏马罗科夫的喜剧结构。剧中的故事情节往往只是一种保证被揭示的人物合乎逻辑地自我表现的独特框架。一个又一个片断在舞台上出现,每个片断本质上都是一部小型戏剧化讽刺之作。这样,喜剧就呈现为多个负面典型的独特画廊,人格化的种种恶习在观众面前走过:伪装博学和妄自尊大(墨守成规者特列索季尼乌斯、博贝姆比乌斯、克里季齐翁季乌斯),自吹自擂和胆小怯懦(布拉马尔巴斯),百般刁难(小官吏哈布赛),时髦的做作(纨绔子弟久利日),等等。

---

① 关于苏马罗科夫喜剧内容这一方面的详细分析,参见帕·纳·别尔科夫:《18 世纪俄国喜剧史》(История русской комедии XVIII века),列宁格勒,1977 年。

早期喜剧中的揭露由于活动的逗乐背景而得到加强。苏马罗科夫常常是用从莫里哀或霍尔堡那里借来的闹剧场景大量充实自己的剧作，却很少关心喜剧结构的自然性和内在统一性。

1760年代喜剧中的情况变得复杂。在不中断与莫里哀戏剧传统的联系时，苏马罗科夫稍稍偏离了在早期喜剧中形成的结构模式。可以看出他创造独特的俄国喜剧的初期准备，这种喜剧的娱乐性和说教性应该让位于社会政治方面的问题。此时苏马罗科夫正在寻找自己增加喜剧体裁的现实性、强化其暴露倾向的道路。这种努力和对于18世纪中叶即已被注意到的欧洲戏剧艺术的新潮流的接受结合起来。

严肃戏剧的传统进入俄国舞台已经成为既定事实。法国喜剧作家的代际更替、狄德罗的戏剧活动决定了那时已译成俄文的喜剧剧目的更新。在俄国本土，弗·卢金反对将喜剧体裁解释为娱乐性体裁的斗争也不会白费。

1760年代苏马罗科夫的三部喜剧——《监护人》(1764)、《高利贷者》(1768)和《恶毒的人》(1768)都带有新戏剧体系明显影响的印记。喜剧的情节事实上摆脱了闹剧的滑稽可笑。这些喜剧对中心角色的尖锐讽刺揭露让人能公正地看到其中还保留着抨击性因素。但这并不会妨碍剧作家在剧本（特别是在《监护人》和《恶毒的人》中）结构本身偏离最初设定的模式。在喜剧的情节建构中显露出一种新的情节套路：通过凶恶的丘热赫瓦特、卡谢伊和黑若斯达特斯①形象被拟人化的临时占上风的恶习和受苦受难者的美德之间的对立。臆想的死亡动机、暂时的财富损失、对起源的未知增强了落在道德高尚的主人公命运中的痛苦。但是报应不可避免地在等待着邪恶。它以如此传统的严肃戏剧的方式实现：无论是凭十字架相认的情节，还是罪行的目击者在舞台上出现，还是公正的法庭裁决。在结局中，恶行受到惩罚，被践踏的正义获得胜利。整部喜剧呈现为一种独特的道德教训，它负有的使命与其说是用笑声治愈观众，不如说用以易感性打动他们。

类似的诉诸易感性的宗旨，向着严肃喜剧的转换，拒绝在剧中使用闹剧和滑稽可笑的手法，都证明了苏马罗科夫创作方法的总体演变。如果说在他后期的悲剧作品中，这一点可以在隐喻因素作用的加强、情节对次要冲突的摆脱中得到透彻考察，那么在1760年代末期的喜剧中，对社会政治秩序的讽刺性抨击在数量上则急剧增长了。这时的喜剧中还出现了独特的AB角问题，对这一问题的处理此前一直是颂诗或悲剧等公认的高级体裁的特权。1760年代苏马罗科夫的喜剧中，在那些行为不端的角色的言谈中，回响着关于名誉的宏论，或出现面向上帝的忏悔祈祷。如喜剧《恶毒的人》第6场中黑若斯达特斯的独白：

---

① 黑若斯达特斯：古希腊的一个年轻人，为了成为一个"历史名人"，于公元前356年7月21日纵火烧毁了作为世界七大奇迹之一的亚底米神庙（位于土耳其以弗所）。——译者注

黑若斯达特斯（一人上）

啊，幻想，幻想，政客们为了驯服人的良心而臆造出来的你，深受傻瓜们的敬重，你的存在是为了压制自由和情感，由于我们的轻率你被命名为正派！如果你举足轻重，那么你的对手也会受到尊重，你的追随者则会受到鄙视！为什么要对那些人深深鞠躬，他们正派吗？那些朋友较多，敌人较少的人，他们正派吗？那些更多被善待的人，他们正派吗？那些更多受到欢迎的人，他们正派吗？……不正派的人以掠夺的领地来隆重庆祝自己为了伤害和毁灭他人而出生的那个日子，而圣洁者在自己为了有益于他人而出生的那个日子里却悲伤不已，因负债而被投进监狱，……

（《全集》第 5 卷，第 169—170 页）

当然，在这番话中可以听到苏马罗科夫本人的声音，它反映出上文已提及的剧作家在其创作最后阶段的失望心态。不过这种情况不应遮蔽主要方面——苏马罗科夫使他的喜剧内容接近于解决迫切政治问题的意向。从 1769—1770 年间各讽刺杂志展开论争的角度来看，苏马罗科夫喜剧中的"正派"主题的现实化客观上引发了冯维辛《纨绔少年》中涉及的问题。18 世纪俄国文学中就这一题材所作的阐发起源于康捷米尔的讽刺作品。苏马罗科夫继承了这一传统，把讽刺诗所涉问题带上舞台，并以此为冯维辛剧作所代表的尖锐社会喜剧的形成创造了前提条件。上文所引用的黑若斯达特斯的独白也绝不是例外。在 1760 年代苏马罗科夫的所有三部喜剧中，都出现了在理解上显然已有改变的"正派"主题。对"正派"概念的这种讽刺性阐释的提倡者，通常作为不道德的角色出现，如丘热赫瓦特、卡谢伊，更别说黑若斯达特斯了。开明的俄国贵族思想家苏马罗科夫就这样以自己的方式改变了喜剧体裁，并积极地以政论要素充实了喜剧。

因此，1760 年代苏马罗科夫的揭露性喜剧的抨击性，远远超出了简单地同他的对手清算私人恩怨的界限。在诉诸社会舆论时，苏马罗科夫想方设法把剧院变为捍卫自己思想立场的工具。他的喜剧的揭露激情使之接近 1769—1770 年代的讽刺杂志。尼·伊·诺维科夫在他同叶卡捷琳娜的杂志《杂拌儿》关于讽刺作用的论战中，曾多次以苏马罗科夫，特别是他的喜剧为例。他把苏马罗科夫喜剧《高利贷者》中的卡谢伊和莫里哀笔下的阿巴贡相比，在他们身上发现了在现有讽刺框架内揭露恶习的原则具有一致性。

苏马罗科夫喜剧创作的最后阶段延续到 1772 年。这一年是以三部剧本创作为标志的。这就是《假想的戴绿帽子者》《母亲是女儿的竞争对手》和《爱吵架的人》。这些剧作已显示出冯维辛的《旅长》的明显影响。其中每部剧作中的简单情节纠葛都退居次要地位，舞台情节结构的实质性地位让给了风俗展现。

喜剧《假想的戴绿帽子者》在这方面特别有代表性。剧中的主要角色是外省的一对小领地贵族夫妇，其名字维库尔和哈夫罗尼娅也颇有特点。剧作的情节基础是一位富有伯爵对一位贫穷姑娘的爱,这姑娘是在外省的偏僻地区由这对善良而无知、深居简出的贵族夫妇养大的。维库尔对他的有些像旅长夫人的那口子毫无根据地吃醋,引发了许多随着剧情发展而出现的喜剧情景。剧作的主要艺术吸引力在于生动的日常生活描写、维库尔和哈夫罗尼娅的鲜明个性化的语言特征。这些特征在表现他们简朴的生活方式,连同日常的乡间操劳、风俗习惯、他们的热情好客和情感表达的直率等方面的场景中得到了展示,维库尔由于臆想妻子背叛的种种感受,或哈夫罗尼娅准备与伯爵见面时的发号施令,就足以说明问题。她吩咐"煮猪蹄要加酸奶,再加洋姜""熬粥用砂锅,也用釉盆""做一些咸蘑菇馅的馅饼"。"到我们家待上一天吧!伯爵大人,你可以不羞于享用我们的咸面包:我们的房子并非五颜六色;不是小木屋的角落,而是馅饼让它蓬荜生辉。"(《全集》第6卷,第12页)哈夫罗尼娅和她丈夫那充满民间谚语、俗语的语言是生动口语的范例。在这一方面,苏马罗科夫的后期喜剧总本而言有别于他先前的、1760年代的剧作。

不过,所有这些特点绝不意味着苏马罗科夫放弃了讽刺,虽然其后期喜剧已没有尖锐的抨击性。这些喜剧中只有针对卑鄙贵族的批判性攻击。有时这是顺便插入中立角色言语中的严厉责骂,像喜剧《假想的戴绿帽子者》中的女仆尼萨对那些只想着自己多么高贵的贵族的指责:"没有什么比那个坏蛋更让人讨厌,他就像一个幽灵以贵族的名号摆架子,坐在发面桶旁边,四周是一群穿着树皮鞋、扎着腰带的奴仆……以贵族的封号出人头地。"(《全集》第6卷,第16页)但是,喜剧的出场人物本身往往就是讽刺揭露的直接对象,如卖弄风情的时髦女性、追求自己女儿未婚夫的米诺多拉《母亲是女儿的竞争对手》,还有喜剧《爱吵架的人》中的主角——特别粗鄙任性的女地主布尔达,她的性格预示了冯维辛笔下普罗斯塔科娃的某些特点。

寓言(басня)是讽刺作家苏马罗科夫作为真正的革新者所开创的体裁。他本人遵循已形成的民族传统,把他的寓言称为"寓言故事"(притча)。看来,苏马罗科夫想以此来强调这种体裁的训导意义,提醒人们注意蕴含在他的寓言故事中的寓意,因为"寓言"这个概念可能使人联想到一种戏谑式的供消遣的趣闻轶事——无稽之谈。

苏马罗科夫生前出版了三本《寓言故事》(1762—1769)。在此之前,其中的很多故事已发表在1750—1760年代的各类期刊上。直到1781年,由诺维科夫出版的《苏马罗科夫全集》①才收进了他的六本《寓言故事》,其中包括作者以这种体裁所写的全部共约380篇作品。

寓言故事体裁可以说最适合苏马罗科夫热情而不知疲倦的天性,以及他与主

---

① 这套《苏马罗科夫全集》为9卷本,作者的六本《寓言故事》收在第7卷中。——译者注

俱来的辩论家和讽刺作家的敏锐头脑。俄国诗体寓言因其结构面貌而具有特殊性也归功于苏马罗科夫。那种以灵活多变、音步不同的抑扬格为基础的寓言叙事古典风格的形成，实际上也正是他的功绩。灵动而充实的自由抑扬格诗成为表现对话和描写日常生活场景的理想形式。寓言故事词汇中充满了大量粗俗语、口头语，独特的语调为粗俗的幽默奠定了基础，这种幽默是苏马罗科夫优秀寓言故事的特点。可资借鉴的道德说教在他笔下让位于尖刻的嘲笑和充分的讽刺挖苦。在苏马罗科夫笔下，传统道德常常缺失或被作者的劝言与思考所取代。这并非偶然，这些劝言与思考与其说是训诫，不如说是包含在寓言本身思想的独特浓缩。

但是，苏马罗科夫的主要功绩也许在于，他惊人地准确估测到这种诗体形式中蕴含着讽刺的广阔资源。在俄国文学中，寓言中动物角色的抽象的普遍人性本质第一次由于指明了这些角色属于特定社会环境的种种细节而得到补充。这样，讽喻性便开始构成诗体寓言中讽刺揭露的基础。如他讲述的两只老鼠在小酒馆中相遇并分享碗里剩余啤酒的寓言故事《两只大老鼠》。

> 两只老鼠在小酒馆相遇，
> 随即开始大声叫嚷，
> 扯着喉咙高唱纤夫曲，
> 酒碗就摆在它俩身旁……

其中一只老鼠发现碗里的啤酒不够它俩喝，就立刻"开动脑筋"：

> 我将失去这一口腹之乐，
> 当我的姐妹无视规章，
> 饮完所有的玉液琼浆，
> 一干到底，喝得精光……

机灵的老鼠想起"规章"绝不是偶然的：老鼠的思想表达方式中隐含了完全确定的社会环境指向。老鼠的进一步推论毫无疑问关涉苏马罗科夫寓言故事的思想倾向：

> 我常常去衙门，
> 也曾到许多官员家拜访；
> 我了解规章，
> "我亲爱的小鸽子！"我对她讲，
> "你品尝甘露吧，可爱的人，
> 可是，好友，你要通过我敬重官长；

关于你的主人,姐啊,
我会给他安排得当,
这既不是传闻,也不是空气"——
说罢就把啤酒一口喝光……

寓言故事的结尾也充满了挖苦:

姐姐嘟嘟囔囔地这样埋怨:
"今后我不再为表示亲热如此交谈,
追随长官家的一只老鼠
跑到这么一家小酒馆。"

(《全集》第 7 卷,第 151 页)

  苏马罗科夫没有给出任何道德寓意,其实也不需要提供,因为他的寓言故事不是劝诫,而是寓言形式的辛辣讽刺作品,并且是社会讽刺之作。这些老鼠很熟悉那些不成文的官位等级制的规章。苏马罗科夫不加掩饰地暗示,官员家老鼠蛮横无耻的根基何在。老鼠的道德规范取决于人类世界占统治地位的道德准则。这篇寓言故事中各角色心理面貌上不寻常的细微差别,尤其是在官邸中学得聪明的那只老鼠令人惊讶。长官家的老鼠不仅夺走了本属于朋友的份额,而且让其相信这种做法是公平的。它这样做时还如此真心诚意,有如此友好的表示,以至不止一位它曾"拜访"过的官员可能都嫉羡其伪善艺术。它说给朋友听的那些话中含有一整套最亲昵而温柔、一个比一个温存的呼语:"亲爱的小鸽子""可爱的人""姐"和"好友"。所有这一切背后都有一个目的:从姐姐那里夺取更多的份额。苏马罗科夫的难得之处在于他富有特色地预示了克雷洛夫的方法。他在俄国诗体寓言样态形成中的革新作用也在此表现出来。

  苏马罗科夫的成功在很大程度上是由于他选择了法国寓言家拉封丹的作品为范例。拉封丹寓言所特有的风格特色在于其笔法上的那种优雅的从容,令人觉得像是作者和读者之间的善意的、充满爽朗的笑谈和讽刺模拟的对话。苏马罗科夫当然不能把拉封丹的风格完全移植到俄国的土壤上。但是,在重新认识寓言体裁的道德功能这一主导方面,拉封丹却为苏马罗科夫自己的探索提供了具有决定意义的榜样。同时,苏马罗科夫始终觉得自己是个俄国作家。他不断地努力赋予他的寓言故事以民族色彩,最大程度地使其内容贴近俄国读者的理解与观念。当苏马罗科夫转向改编具有国际传播价值的传统寓言情节时,这一点尤为清晰可见。他常常特意声明他所利用的寓言情节的俄国化。

> 谁也不会装模作样,
> 不会对上帝有什么欺瞒。
> 我要把费德鲁斯变成俄国人,
> 我想以俄国样式来编写寓言。

(《全集》第 7 卷,第 33 页)

苏马罗科夫起初创作的寓言故事《小偷》,其情节取自罗马寓言作家费德鲁斯的作品《渎神者》(第 4 卷,第 10 则寓言)。在苏马罗科夫笔下,祭坛圣火相应地变为蜡烛,朱庇特神庙变为供奉圣像、带有小礼拜堂的东正教堂。在寓言故事的文本中甚至偶尔出现了基督教祈祷文的成分。

在苏马罗科夫的寓言故事中,环境本身的改变和在内容方面体现批判倾向的希望彼此联系。他以这样一些细节充实了传统的情节,它们把原著的抽象道德转到对 18 世纪俄国现实中某些社会现象进行讽刺性揭露这一方面。他的寓言故事《兔子》,其情节借用于拉封丹的寓言《野兔的耳朵》,可以说是这类改写作品的典型范例。迫害长角野兽的消息把兔子吓坏了。在苏马罗科夫笔下,兔子的推论中插入了对于 18 世纪讽刺作品而言非常典型的主题——揭露官员的弄虚作假:

> 兔子的恐惧占了上风;
> 不过它还在这样推导:
> 官员都是残忍的,
> 行骗手段很高。
> 按官员们的本性
> 很容易把长耳朵说成长角;
> 即便法官和法庭判我无罪,
> 证明材料和笔录也一样把我压倒。

(《全集》第 7 卷,第 98 页)

当然,关于官员的这段议论在拉封丹笔下是不存在的。当它被苏马罗科夫引入寓言故事时,后者的讽刺尖锐性就急剧增强,因为荒唐情节的抽象隐喻性已被运用于具体的社会政治语境中。

对于苏马罗科夫而言,在世界各民族寓言情节的俄国化过程中,转向本民族民间创作传统和讽刺传统具有实质性的意义。① 有时他赋予民间谚语或俗语以道德功能,例如:"天上大鸟不如手中山雀"(《渔夫和鱼》);"要往水中走,先在浅滩试;

---

① 参见基·瓦·奇斯托夫:《苏马罗科夫的〈寓言故事〉与俄国民间口头创作》,见《卡累利阿—芬兰师范学院学报》1955 年第 2 卷社会科学分卷第 1 册,第 145—160 页。

不经这一试,全身被淹没"(《蜘蛛和苍蝇》);"奶娘人数多,孩子没人管"(《独裁》),等等。有时寓言故事的全部内容就是谚语所记录的民间智慧得到展开的独特的生动说明。因此,苏马罗科夫寓言故事所表现的世界观体系,往往和民间创作遗产的思想立场融为一体。①当流传于社会平民底层的民间创作和讽刺幽默作品成为苏马罗科夫寓言故事的情节来源时,这一点表现得特别明显。他的寓言故事的情节约有三分之一的来源相似。他积极利用日常生活故事和民间讽刺故事,以及由欧洲文艺复兴时代滑稽故事的情节转入平民讽刺作品中的诙谐趣闻。滑稽故事的手抄本文集自17世纪末起就已在俄国广泛流传并获得了巨大成功。②

苏马罗科夫注意把滑稽故事和民间趣闻作为自己寓言故事的情节来源具有重要意义,它从一个方面证明了俄国古典主义文学意识中"笑文化"传统的稳定性。他的寓言故事风格上的幽默色彩也说明了其作品在同时代各个不同的社会阶层中广受欢迎的原因。俄国启蒙运动的领导者尼·伊·诺维科夫称苏马罗科夫的寓言故事为"俄国帕那斯山上的瑰宝"。另一方面,苏马罗科夫的近十篇寓言故事以民间通俗读物的形式获得了新生。③

苏马罗科夫寓言故事的题材内容具有非同寻常的广度,完全符合作者在强调这种体裁的讽刺任务的努力中所选择的形式的丰富性。在他的寓言故事的构成中,呈现出几乎所有可能的讽刺揭露的方式与手法,从对文学竞争者风格的讽刺性仿写(《帕里斯的审判》《亚历山德罗夫的荣耀》),到对政治性质的最尖锐的抨击(《爱当官的猪》《车轴和公牛》)。讽刺寓言和笑话寓言、抨击寓言和沉思寓言、趣闻寓言和政治抨击寓言——这远不是决定苏马罗科夫寓言故事构成面貌的体裁样式的完整清单。虽然苏马罗科夫屡次强调寓言体裁的训诫性,但他本人却很少以道德说教者的身份在他的寓言故事中出现。确切些说,他更多的是作为法官和控诉人出现于其中的。苏马罗科夫在这一领域的主要功绩,正如上文已经指出的,在于他能够赋予传统的训诫体裁以多种社会讽刺功能。

为了呈现关于寓言故事作者苏马罗科夫思想立场的哪怕是一般性特征,从而认识他的寓言创作遗产在1760—1770年代文学运动中的地位,这里可举出一个典型的样例。在1769年出版的第三本《寓言故事》中,苏马罗科夫收进了他的一篇寓言《火枪》:

光天化日之下,一只狼奔向一群羊:
牧人有火枪;但他在打盹,火枪放一旁;

---

① 参见《俄国文学和民间口头创作(11—18世纪)》,列宁格勒,1970年,第155—162页。
② 奥·亚·杰尔查文娜在她的《滑稽故事:俄国文学中的短篇故事译作》(Фацеции. Переводная новелла в русской литературе,莫斯科,1962)一书里的评述文章中,援引了苏马罗科夫直接关注滑稽故事的事实。
③ 参见亚·瓦·科科列夫:《苏马罗科夫和俄国民间绘画》,载《莫斯科大学学报》1948年第127辑,俄国文学教研室,第3册,第227—236页。

于是狼环顾四周,并不很慌张。
火枪告诉它自己会射杀
这样来吓唬那只狼;
而狼却答道:你的威胁无济于事;
火枪动不了,射手没把它握手上:
没有射手你对于羊就是灾难,
狼还是从羊群中往森林拖走一只羊,
……
狼逃走了,那只羊是对它劳作的犒赏。

把羊带往森林里时,狼继续挖苦无用的火枪。苏马罗科夫以劝谕之词来结束他的寓言故事,直接把讽喻性叙事的意义转到政治层面:

如果神圣的长官不注意真相,
不惩办违法者,安睡于梦乡;
那么法律还管什么用?
难道只是写出来做个样?

(《全集》第 7 卷,第 176 页)

这篇寓言故事就其激情而言是苏马罗科夫社会政治讽刺作品的典型范例。它在内容上的迫切性,在不久前叶卡捷琳娜二世大力宣扬的召开新法典编纂委员会的图谋完全失败的背景下,特别得到增强。在女皇本人作为俄国首位立法者出现的情况下,苏马罗科夫的主张,像上文所引述的那样,以自己的方式融入了 1760—1770 年代之交在各讽刺期刊上展开的普遍论战中。诺维科夫选取苏马罗科夫第三本寓言故事中的《萨堤尔和卑鄙的人们》的最后两行诗作为他的讽刺周刊《雄蜂》(1770)第 2 卷的卷首题词,绝非偶然。

兽行和疯狂盛行之处,
训令过严必然有害。

(《全集》第 7 卷,第 130 页)

如果注意到,《雄蜂》(1769)第 1 卷也带有选自苏马罗科夫寓言故事《甲虫和蜜蜂》的卷首题词("它们在干活,而你们却在毒化它们的劳动"),那么便可发现,那些年间苏马罗科夫的寓言故事在文学和思想斗争中所引起的社会反响还要更显著。对于启蒙思想家诺维科夫来说,讽刺作家苏马罗科夫是他斗争中的盟友。

当然,以上述内容为根据得出苏马罗科夫总体上反对现行社会制度的结论也是没有说服力的。他看待贵族专制国家基础的立场,连同承认贵族阶层在社会中占据统治地位,都始终没有改变。可以从中区分出一整类寓言故事:公开宣扬贵族阶层权利的不可侵犯的思想,强烈不同意接受社会下层尤其是小官员和先前包税商出身的人们进入贵族阶层的事实(《雕》《熊样的老鼠》《苍蝇的请求》《披着孔雀羽毛的鹰》《跳蚤》)。但这并不影响苏马罗科夫在一些寓言故事中作为尖锐的批判者出现,批判贵族的妄自尊大和寄生性,某些贵族代表的精神空虚,在欧洲贵族生活准则面前盲目地卑躬屈膝(《车轴和公牛》《傲慢的苍蝇》《跳舞的熊》《淘气的女孩子》和《时间不足》等)。寓言《车轴和公牛》是这类批判的典型范例:

有教养的车轴在林中曾怡然自得,
如今在沉重的大车下被磨得够呛。
车轴吱吱地叫嚷着没给它涂油,
而那头拉车的公牛却一声不响。

这篇寓言故事的情节源于伊索寓言中的《犍牛和车轴》。它蕴含着具有抽象性质的全人类道德:大喊大叫的人,事情往往做得最少。苏马罗科夫完全重新诠释道德的本质,把寓言故事移植到俄国现实条件,把道德结论引入特定的社会层面:

我温情地描写车轴——主人,
但他的账记得很烂:
用俄语说是败家子;
而牛则是像农民那样勤勉。
但它也不记得这些事,
只因败家子添加的债务痛苦不堪,
不记得庄稼人怎样劳作流汗,
难以对付给他的那张徭役清单。

(《全集》第7卷,第202页)

苏马罗科夫对统治阶级的要求与他作为俄国贵族思想领袖的立场完全一致。

在苏马罗科夫的丰富的诗歌遗产中,他的歌曲占有重要地位。他实际上是以这一体裁开始自己的创作道路的。在他的《关于诗歌创作》的书信中含有的诗歌体裁概观中,就有他关于歌曲的评述。如果注意到布瓦洛的论著中根本没有提到歌曲,那么,苏马罗科夫的首创就清楚地表明这种体裁对俄国古典主义理论家的重要性。

18世纪俄国文学中对歌曲的兴趣取决于对个人精神世界关注的加强。个人精神世界对诗意表达的需求,在世纪初就已显露出来。在 1750—1760 年代文学探索的语境中,歌曲经常担负起哀歌体裁的功能。① 关注人的生活隐秘方面的抒情歌曲也偏重开掘爱情的苦闷、没有回应的激情等题材。不过,歌曲和哀歌之间的原则性区别在于,歌曲是预先指定直接用于音乐演奏的。苏马罗科夫的歌曲常常是根据某一熟悉的主题而写成的。这种情况影响到他的歌曲的诗歌结构。在苏马罗科夫的哀歌一劳永逸地确定了结构—诗律规则的背景下,他的歌曲以其多样性令人惊讶。在没有诗节划分、总是以亚历山大诗体写成的哀歌中,情感的诗意表达是以单调为特征的。格·亚·古科夫斯基也曾强调苏马罗科夫哀歌主题摆脱不掉的重复性。② 相反,苏马罗科夫的歌曲却具有诗节外形极为丰富、韵律体系多种多样、句法变化纤细致入微的特征。他的歌曲的语调—诗律结构也是不拘一格的。以下就是苏马罗科夫的抒情歌曲的一些范例。

首先是第 34 首歌曲:

你不要再折磨自己,
我并不爱你;
完全是浪费时间;
我也不会爱你,
不会接受你,
也不可能属于你。

(《全集》第 8 卷,第 220 页)

其次是第 85 首歌曲:

我知道,你羞于并克制吐露心声,
知道爱情也已把你俘获,
我知道,你希望更加小心谨慎,
也害怕把自己托付给我。
相信吧,相信这样的想法很不体面
似乎我只有对自己的爱,
用一句话坦言你对我的看法吧,
以便让我完全理解。

(《全集》第 8 卷,第 286 页)

---

① 参见格·潘·马科戈年科:《18 世纪俄国诗歌发展的道路》,见《18 世纪诗人》(Поэты XVIII века)第 1 卷,列宁格勒,1972 年,第 57—62 页。
② 格·亚·古科夫斯基:《18 世纪俄国诗歌》,列宁格勒,1927 年,第 57—58 页。

再看第 78 首歌曲：

> 你我刚刚结识不久，
> 你就夺走了我的自由；
> 我好像自以为很幸福，
> 如果你曾经属于我。
> 或者我沉浸于甜蜜的希望，
> 或者对于自爱有一种向往，
> 我首先对你一片坦诚，
> 你爱我是否也像当初那样？

（《全集》第 8 卷，第 278 页）

还有第 65 首歌曲：

> 不要忧郁，我亲爱的，我自己也很忧伤，
> 我已很久未同你相会，细诉衷肠。
> 爱吃醋的丈夫呀儿也不让我去，
> 我刚一转身，他立刻就把我追上。

（《全集》第 8 卷，第 260 页）

最后是第 66 首歌曲：

> 剥夺了我的自由后，
> 你嘲笑我能忍耐，
> 但如今我坦白地说，
> 自己再也不会去爱。
> 我为我的冷酷而自豪，
> 这好像是你长久的心愿，
> 我将不再被俘获，
> 永远不会对你迷恋。

（《全集》第 8 卷，第 261 页）

苏马罗科夫的歌曲继承了 18 世纪爱情坎特歌①的传统，这是在后彼得时代特别受到广泛欢迎的一种歌曲体裁。他的早期歌曲中还保留了特列季阿科夫斯基试

---

① 坎特歌（кант）：17—18 世纪流行于罗斯的一种含有世俗或宗教内容的诗体歌曲。——译者注

图带入俄国土壤的爱情抒情诗影响的印迹。但是随着时间的流逝,苏马罗科夫彻底摆脱了这种影响,开始走上创建自己的歌曲传统的道路。爱情表现中的质朴与自然成为他歌曲创作的原则。在为自己的歌曲探寻富有表现力的方法时,苏马罗科夫经常注意到民间创作。

苏马罗科夫的一系列歌曲都是对俄国民间抒情诗典范之作的直接风格模拟。这样的歌曲有《少女们在小树林中散步》《既不去散步、也不想去的地方》和《不要忧郁,我亲爱的,我自己也很忧伤》等。苏马罗科夫借鉴了民间歌谣的情节,把民间歌谣体传统的稳定范式引入自己的歌曲文本,还利用了民间合唱诗歌结构搭建的某些方式。[①]但所有这一切都没有超越对民间创作形式外在的风格模拟的界限。

在体裁方面,苏马罗科夫的歌曲是感伤主义抒情歌曲作品的前阶。他艺术地处理民歌的方法,乃是尤·涅列津斯基—梅列茨基、伊·伊·德米特里耶夫等18世纪末到19世纪初的感伤主义诗人利用民间创作传统的基础。在思想内容方面,苏马罗科夫的歌曲和他的牧歌与田园诗一起锤炼了感伤主义诗歌中最普遍、最有代表性的主题之一——城市生活的荒淫腐败与乡村风俗的纯洁质朴相对立的主题。牧歌和田园诗描写牧人和牧女在大自然的怀抱中的祥和生活,他们爱情的欢欣与忧伤,对于苏马罗科夫而言,是赞美想象中的自由与自然的理想王国、富有特色地回归"世外桃源"般的黄金时代幸福岁月的一种方式。在苏马罗科夫的歌曲中,田园诗和牧歌所具有的古希腊罗马抒情风格的世界让位于同时代人情感的直接表达。一系列歌曲对民间创作主题和民歌诗体的利用,模仿了其诗歌结构的民族色调,从而形成了普通民众诗歌所特有的自然感。18世纪末至19世纪初的感伤主义诗人在他们的歌曲风格模拟中也发扬了这一传统。

可见,苏马罗科夫在他成熟期的创作中,是作为18世纪民族文学发展中两个相反方向的独特先驱者出现的。他所开创的传统中的一条发展道路,造成以诺维科夫和冯维辛为标志的创作中揭露—讽刺意识的增强。另一条道路则造成以自己的方式为感伤主义诗歌的艺术探索提供准备的赫拉斯科夫和穆拉维约夫的私密抒情诗的封闭性、思想上的与环境的隔绝。

接近1760年代时,在苏马罗科夫及其流派的创作中确立的古典主义艺术体系达到了成熟阶段。作为这种成熟的结果,到1770年代末,俄国古典主义的发展已经开始显露出某种终止的迹象。这特别明显地体现在以苏马罗科夫的学生和追随者为代表的诗歌创作领域的探索中。

俄国文学生活中的新潮流最初似乎是渐渐开始显示自身,在过去几十年间文坛领袖遗留下来的传统的怀抱中得到发展的。苏马罗科夫仍然是大多出身于贵族阶层的年轻一代俄国作者据以辨识方向的主要权威。随着苏马罗科夫的《勤劳的

[①] 参见《俄国文学与民间创作(11—18世纪)》,第142—151页。

蜜蜂》一刊的发行,多种文学出版物纷纷开始出版。彼得堡陆军贵族军事学校的教师和毕业生尝试出版了文学杂志《有效使用的闲暇时间》(1759—1760)。莫斯科聚集在米·马·赫拉斯科夫周围的,多半是诗人的青年贵族作家小组,开始出版自己的定期出版物《有益之乐》(1760—1762)、《闲暇时刻》(1763)和《善意》(1764)。除赫拉斯科夫外,加入小组的还有阿·勒热夫斯基、阿列克谢·纳雷什金和谢苗·纳雷什金兄弟、瓦·迈科夫、伊·波格丹诺维奇、杰·冯维辛和帕·冯维辛等。苏马罗科夫本人也积极参加了这些出版物初期的活动。

根据以上列举的出版物名称,已可以捕捉到其参与者创作宗旨的一般倾向和思想立场的实质。把文学视为填满闲暇时刻的独特方式的意图和把艺术的根本目的理解为道德教化的视角得以结合。

莫斯科小组从苏马罗科夫那里继承了对理解文化功能的等级态度,他们出版的杂志贯彻了对这些出版物所涉问题和题材内容加以有意识地隔绝和封闭的宗旨。填满《有益之乐》和《闲暇时刻》篇页的诗歌常常带有过多的形式实验的痕迹。在这方面,苏马罗科夫的继承者也拓展了其导师的探索。

不过,还是存在着把两代不同作家的观点区分开来的一系列实质性因素。对于苏马罗科夫而言,对贵族作为最高特权阶层的承认始终是同对于等级本身和国家制度体系的成套要求不可分割地联系在一起的。苏马罗科夫讽刺作品的富有战斗精神的不可调和性就来源于他的这种独特的立场。

也正是在对待讽刺作品的态度、对其意义和效果的评价上,苏马罗科夫的大部分追随者与其导师渐行渐远。在《有效使用的闲暇时间》杂志上,讽刺作品的社会价值仅仅是从它的道德劝谕的角度得到考察的。虽然讽刺作品的重要性尚未受到质疑,但其任务基本上被归结为对人的欲念的嘲笑。① 然而在赫拉斯科夫小组的杂志《有益之乐》中,已可以看到对于讽刺作品实际上无益的确认。提出这种见解的不是别人,正是赫拉斯科夫,他在杂志出版一年后得出结论,认为揭露恶习并未达到自己的目的:"我以公正的眼光并怀着内心的遗憾看到,恶习还很少被揭露。一个吝啬的人,看见的虽是照出自己可鄙欲念的一面镜子,却很欣赏并以为在镜子里看到了别人;一个诽谤者,在看到自己的卑鄙恶习时,指望从中获取精神食粮;骄傲的人趾高气扬,他的倾听配不上那些他的心应该驯服的东西……每种恶习都从其中汲取了另一种愤恨。"赫拉斯科夫由此得出的结论充满悲观主义:"愿恶习在自身的狂暴中毁灭,让他们的愤恨折磨他们自己。"②

和这种见解相联系的,还有对赫拉斯科夫小组诗人的创作而言有代表性的一个特点。除了迈科夫和(某种程度上的)波格丹诺维奇,苏马罗科夫的追随者和他

---

① 这一点可根据文章《关于允许讽刺的一封信》来评判。这篇译文坚持来叶卡捷琳娜二世推出的杂志《杂拌儿》的论题:"讽刺作品应指责的是恶习,而不是人"(《有效使用的闲暇时间》,1760年第1卷,第214页)。

② 《有益之乐》,1761年第1期,第14、16页。

们的导师所表现出来的对民间创作的兴趣是完全格格不入的。如果考虑到苏马罗科夫在讽刺体裁作品(喜剧、寓言故事)中,也在歌曲中最为积极而自然地使用了民间创作元素,那么赫拉斯科夫小组成员对民间诗歌态度冷淡的原因就可以理解了。这些诗人的室内抒情诗的帮派关门主义没有给民间创作留下一席之地。他们几乎全都写过或翻译过寓言。赫拉斯科夫出版了《劝诫寓言》(1764)文集,阿·勒热夫斯基在《有益之乐》和《闲暇时刻》的版面上发表过近20篇寓言故事,A.卡林也曾发表过几篇寓言。但是这些诗人的寓言作品的讽刺倾向不能和苏马罗科夫的讽刺作品的揭露力量相提并论。他们远未达到其导师寓言故事在内容上的社会迫切性和尖锐性。例如,勒热夫斯基的寓言故事大部分是用于嘲笑日常生活和道德上的缺陷、嫉妒、女性的不忠等。赫拉斯科夫的寓言基本上是译作,没有超越宣扬美德和节制的界限。正如尼·列·斯捷潘诺夫所公正指出的,赫拉斯科夫在寓言中"全然是作为苏马罗科夫的社会讽刺和'粗俗'风格的对抗者出现的,他创造了一种哲学和道德讽喻的独特寓言体裁。寓言家的任务已不再是讽刺,而是在讽喻的掩护下诉说真理,把'有益'和'愉悦'结合在一起"。[1] 赫拉斯科夫的寓言故事的语体也相当接近他的"哲学颂诗"中的中性诗歌词汇,而迥异于苏马罗科夫寓言故事大众用语中的俚语和俗语。赫拉斯科夫派诗人中唯一一位接受苏马罗科夫寓言故事体裁讽刺传统的是瓦·迈科夫。把民间口头创作传统引入叙事文学体裁,可归功于他和伊·波格丹诺维奇。

正是以自己在创造俄国叙事文学典范的贡献,无论是在崇高英雄史诗领域(赫拉斯科夫的《俄罗斯亚特》),还是在不同类型的诙谐—讽刺和滑稽幽默作品(迈科夫的《爱丽舍,或恼怒的巴克科斯》和波格丹诺维奇的《宝贝儿》)的范围内,苏马罗科夫的学生们都在古典主义的形成中发挥了自己的作用。

古典主义体系向着富有成效的、调整了一大批作者艺术实践的美学理论拓展,因其结果而拥有了一些体裁形式上的某种稳定性,并运用另一些体裁创造了牢固的民族传统。这首先与颂诗、悲剧、寓言故事等体裁有关,也涉及喜剧和一系列抒情体裁,如歌曲—浪漫诗等。随着对古典主义的接受,18世纪俄国文学掌握了一整套理念,这些理念在俄国的条件下获得了适应国家建设的新需要、适应从过去时代继承下来的自身文化—思想传统的独特意义。这样,掌握古典主义所特有的个人服从高于个性的道德与法律秩序之规则的思想,在18世纪俄国作家的阐释中便成为确认文学的崇高公民使命的来源。18世纪俄国抒情诗和讽刺作品的崇高爱国主义客观上也与此有联系。古典主义文学的这些传统传承至后来的不同时期,在19世纪仍没有失去意义。

(尤·弗·斯坚尼克执笔,宋秀梅译,汪介之校)

---

[1] 参见《18—19世纪俄国寓言》(Русская басня XVIII и XIX века),列宁格勒,1949年(《诗人文库大系》),第31页。

第四章
1760年代末—1780年代的文学与社会运动

1. 引言

随着叶卡捷琳娜二世登基(1762)而在俄国社会政治生活中出现的新潮流,在其后几十年的文学生活过程中打下了自己的印记。新女皇在位的最初时期在俄国形成的历史情境的突出特点,恰恰是俄国注定要成为法国早期启蒙主义最中意的学说——开明君主制学说——受到独特的生活检验的国度。俄国女皇本身对内政策的某些方面也促成了这一点。

对于刚刚登上俄国皇位的叶卡捷琳娜来说,重要的是要在社会舆论面前确定她在道义上拥有无可争议的国家领导权。由于相当透彻地了解那个时代的哲学和社会文献,敏锐地捕捉到在欧洲形成的政治局势,叶卡捷琳娜二世曾寄希望于君主政体的自由化。在亲政的最初几年,她甚至试图把自己想象成法国启蒙思想家的学生。

她采取了一个接一个应当能让欧洲相信她的开明之治的行动。1767年,叶卡捷琳娜二世组织翻译在法国被禁的让—弗·马蒙泰尔的长篇小说《贝利萨留》,她本人也参与翻译,还虚伪地把这部翻译作品献给特维尔主教加夫里尔。在此前一年左右,她在自由经济协会中举办了关于从农奴制下解放农民问题的征文大赛。比赛虽然没有任何实际的结果,却成为叶卡捷琳娜二世自由政策的一个不错的广告。她不止一次以各种名目邀请以狄德罗为首的百科全书派成员来俄国,与伏尔泰保持经常性的书信联系。最后,应列入叶卡捷琳娜二世启蒙性创意的,还有得到广泛宣扬的她召集的具有立法权的"新法典编纂委员会"(1767),以及她为代表们撰写的著名《诏令》。女皇从孟德斯鸠的《论法的精神》一书和切萨雷·贝卡里亚的法学著作《论犯罪与刑罚》借来的思想,构成《诏令》的基础。

叶卡捷琳娜二世的所有这些活动当然首先是经过细致考量的策略手段,目的是给自己打造一个德行高尚的开明君主的名声,并由此把欧洲进步的社会舆论吸引到自己这一边。她在位的最后几年则极其明显地证明了她热衷于启蒙思想的真正意图。叶卡捷琳娜二世向欧洲启蒙思想家示好,有助于人们理解女皇竭力参与她那个时代的文学生活的那种积极性。从翻译《贝利萨留》和把孟德斯鸠的《论法的精神》改头换面开始,叶卡捷琳娜二世在她执政期间没有中断与文学的联系。她从事文学活动的执着,表明她懂得文学对于社会舆论的形成具有多么重要的意义。因此,不应该把女皇对文学的倾心误认为是出于一种创作上的无私。叶卡捷琳娜二世在她的活动中总有足够的审慎和远见,从不会没有严肃郑重的理由就着手行事。对她而言,文学永远是以另一种手段延续政策的形式。叶卡捷琳娜的翻译活动,她在期刊上发表的多篇讽刺性政论文,还有大量体裁形式丰富多样的戏剧试作,都与此有关。

同时也不能否认这样的局面,即叶卡捷琳娜二世要成为思想领袖的努力,她那坚定不移地巩固自己政治地位的尝试,对于那个时期文学的发展而言,不会不留痕迹地过去。像尼·伊·诺维科夫和杰·伊·冯维辛这样的俄国启蒙运动活动家,其文学与思想立场就是在同叶卡捷琳娜二世的直接论战中确立的。

叶卡捷琳娜二世出版《万象》周刊的倡议,在1770年代前后俄国讽刺杂志的短暂繁荣中发挥了作用。叶卡捷琳娜为了推行自己业已获得成功的政策而拓展思想平台的意向,导致文学力量得到了独特的重新配置。一些文学团体的新的引力中心得以形成。女皇本人这时也觊觎思想领袖的地位。通过表扬一些作家,批判另一些作家,最后亲自参与论战,叶卡捷琳娜力图把文学的发展调整到她所需要的轨道上来。例如,有人曾试图在宫廷里宣布莫斯科宗教学校的学生、年轻诗人瓦·彼得罗夫几乎已是罗蒙诺索夫庄重体颂诗的继承者,这位诗人就受到了女皇的青睐。苏马罗科夫及其追随者立刻对罗蒙诺索夫的这位新晋"继承者"的出现做出回应,针对其颂诗极端化的诗学体系进行尖锐抨击和讽刺性模拟。诺维科夫也加入了这一行动。

叶卡捷琳娜二世尝试通过把新盟友吸引到自己麾下的方式扮演思想领袖的角色,但这一企图对于提高她的声望而言却适得其反。在1769年那场关于讽刺特权的期刊论战过程中,她所推行的缓和社会矛盾的方针遭遇了强烈反对。著名杂志《雄蜂》和《画家》的出版者尼·伊·诺维科夫是那个时期俄国进步文化活动家观点的表达者。俄国启蒙思想日益活跃的新阶段同诺维科夫和冯维辛的名字联系在一起。

无论俄国女皇出于何种目的同欧洲思想家们打得火热,启蒙思想已经深深扎根于俄国的土壤。这方面的条件还是在早些时候,即18世纪上半叶形成的。俄国作家在法国早期启蒙思想家的政治学说中寻找过,且找到了许多问题的答案,把彼得一世的国家改革视为开明君主制学说的具体体现。彼得关心国家福祉,限制教会特权,确立了个人功绩是评价人的社会效益,从而也是认定他高尚与否的唯一标准的原则,这都给18世纪的俄国文化活动家(主要是贵族)留有深刻印象。因此启蒙思潮也成为 18 世纪下半叶俄国赖以培育出自身文化成果中最先进、最有价值的一切的思想基础。诺维科夫、冯维辛、拉季舍夫及某种程度上的卡拉姆津,每人在自己的思想观点中都以各自的方式眷顾了欧洲启蒙运动的哲学经验,尽管他们都是从这一历史时期俄国存在的那些现实条件出发来理解启蒙思潮的。反教权主义,对人类理性的相信,人生而平等的观念,确认人的个性具有超越阶层的价值和人拥有自由表达意愿的权利,最后,天真地相信能够创建社会和谐,由明智公正的法律来调节的世界秩序——这就是启蒙运动纲领的基本原则。

对于在 18 世纪经历了前所未有的社会自我意识高涨的俄国而言,启蒙学说中的许多内容都充满了特别的现实意义。但是,18 世纪俄国启蒙运动的历史独特性在于,就其内在本质而言,民主世界观的载体大多数是高级特权阶层的代表,即贵族。同时,俄国贵族启蒙活动家并未丧失自己属于统治阶级的意识。相反,为了让法国启蒙主义者的某些思想适应俄国的条件,他们往其中注入了新的含义。比如承认人生而平等,是俄国有识之士批判惨无人道地对待农奴的基础,同时也是启蒙活动家向大多数贵族所提要求的出发点。启蒙运动的基本思想被用来号召服务于激发统治阶级的代表人士对自身行为的责任感。

冯维辛和诺维科夫虽然对农奴压迫制度和叶卡捷琳娜二世的某些统治手段持批判态度,但他们仍然是贵族阶级的代表,拥有自己贵族同胞的理性和情感。在 1769 年展开的几家杂志之间的论战中,就可以找到对于这一点的佐证。站在诺维科夫这一边的《杂烩》出版者在向《雄蜂》的出版者表示同情时,公然强调诺维科夫讽刺作品批判激情的社会倾向:"就让斯托兹梅竭尽全力地使劲吼叫,说你们侮辱了整个贵族界,而你们的辱骂很快会平息吧。没有理智的斯托兹梅!莫非你认为全体贵族都像你那样无知?不!所有知书达理、高尚而公正的贵族不仅不沮丧,还会称赞这些讽刺作品嘲笑不道德的贵族,夸奖高尚的贵族。"① 类似的观点也体现在登载于《画家》杂志第 13 期(1772,第 97—102 页)的随笔《英国漫步》中,它是对诺维科夫发表的著名的《И.T. 旅行记片断》的回应。还可以引用冯维辛《致〈真实与虚构〉作者的信》中的说法,它也证明了《纨绔少年》作者所属阶层的立场:"我看到大部分拥有贵族名号的人对功名心的看法……我看到最可敬的祖先们令人鄙视的后代。总而言之,我看到奴颜婢膝的贵族。我也是贵族,就是这些让我心碎。"②

应该从这一角度来评价诺维科夫的偏重:更经常地出现在他的杂志版面上的是那些道德高尚的小市民,而不是忘记自己的责任、被时髦的教育所腐蚀的贵族。俄国启蒙思想家从整个国家全面的利益出发,批判贵族,揭露别兹拉苏多夫、普罗斯塔科夫等家族的等级傲慢与愚蠢无知。贵族自身也要求他们的阶级兄弟以自己的高尚行为证明他们对于其他阶层而言所具有的优越性。

---

① 《杂烩》,圣彼得堡,1769 年,第 154—155 页。
② 杰·伊·冯维辛:《冯维辛文集(两卷本)》第 2 卷,莫斯科—列宁格勒,1959,第 276—277 页。

1760 年代文学运动的另一典型特征,是服务于广大平民读者阶层的作家阵营的形成。对散文体文学态度的变化已在诺维科夫的讽刺杂志的成功中得到了体现。但费·亚·埃明和米·德·丘尔科夫的作品则稍早一些,为包括长篇小说在内的散文体叙事体裁的民族样例的产生创造了前提。

具有民主倾向的作家阵营的形成,他们出版和刊出的作品数量的增加,反映出俄国读者总数在持续不断地增加。对文学的兴趣这时已开始席卷城市居民的广大阶层和社会下层的公务人员。尼·伊·诺维科夫在为 1775 年的《画家》第三版所写的献词《致读者》中,指的正是他们:"……我们的书才刚刚出了第三版,第四、五版还在编印中,但那些不懂异国语言的淳朴的人们也喜欢它们。"① 像丘尔科夫、列夫申、费·埃明以及后来的马·科马洛夫等作者,也是满足这一新的读者群体需求的轻松读物的主要提供者。

文学意识的民主化导致必须探索新的艺术形式,更主动地重新评价先前形成的美学观念,首先是重新审视苏马罗科夫及其弟子所确立的古典主义体裁体系。

一方面,苏马罗科夫本人及其最亲近的弟子们在抒情诗上的革新已为后来感伤主义诗学规范原则的形成创造了前提条件。另一方面,古典主义资源已发掘殆尽,这体现在 18 世纪下半叶所经历的如颂诗或讽刺诗等对于古典主义而言是传统的体裁倾向的转换中。如果说,在颂诗体裁上对罗蒙诺索夫标准的突破,和独特的天才加·罗·杰尔查文带入文学的那些诗学发现相联系,那么,像尼·伊·诺维科夫和杰·伊·冯维辛这些巨匠的创作活动,则是讽刺文学类型中的新成就。

2. 1769—1772 年间的讽刺杂志
(尼·伊·诺维科夫)

1760 年代末至 1770 年代初出现的俄国讽刺文学发展的新阶段,是以暴露文学艺术形式本质上的更新为标志的。古典主义体裁体系传统的讽刺诗形式——源自古希腊典范的讽刺性赠答诗、寓言、诙谐长诗,如今已经让位于散文体裁。这一阶段的俄国讽刺文学在自己作为公众舆论表达者的职能方面,展现出社会意识形态领域进一步民主化的明显倾向。1769—1772 年间出版的讽刺杂志,均奉行接受欧洲启蒙运动期刊传统的方针,这就是上述倾向的直接反映。另一个问题则是:俄国本身的社会条件在多大程度上可以促进对这类传统的有机接受,它们在俄国的土壤上经受了什么样的转换。

值得注意的是,在俄国出版讽刺杂志的倡议来自以女皇为首的最高政权。这也是叶卡捷琳娜二世在她同包括启蒙思想家在内的欧洲进步社会舆论经常周旋时富有特色的策略步骤之一。她在此时追求的政治目标很明确。女皇决定以每周定

---

① 《画家》,圣彼得堡,1775 年,第 XIII—XIV 页。(作为周刊的《画家》出版于 1772 年 4 月至 1773 年 6 月。1775 年诺维科夫出版《画家》第三版时,它已不是杂志,而是一本文集。——译者注)

期出专页的形式发行自己的杂志,这表明她间接承认了 1767 年召集"新法典编纂委员会"的举措已遭遇完全失败。委员会的工作以俄土战争爆发为借口一度停息,随后则完全终止。叶卡捷琳娜二世得不到理解,她的计划在很多场合遭到委员会代表们的直接反对,只得改变策略。此时她决定求助于期刊事业。然而她的这一想法的客观后果,却是多家杂志之间随即爆发了一场尖锐的论战,这些杂志的出版者在其所触及的一些基本问题上,立场和观点恰恰显示出分歧。

女皇从 1769 年 1 月开始出版杂志《万象》后,确立了借助于文学来保持对臣民的思想实行控制的目的。叶卡捷琳娜二世在无恶意闲聊的表象之下,轮番借用轻松的、不带任何目的却带有教益的训诫与规劝,以或虚构或真实的通信者身份为掩护,盘算着以广大读者能够接受的形式向社会舆论界阐明她在内政方面的某些观点,顺带解释了 1767 年立法委员会工作失败的原因。① 同时,她还伪善地号召国人在修正共同缺点方面通力合作,并恩准有意于此者出版类似的杂志。

这位戴皇冠的《万象》出版人早先即宣布杂志将在一年内出版,她想必已有了明确的、深思熟虑的行动计划,指定的期限也足以实施这一计划。她号召以《万象》为榜样,向其他杂志出版者提供优惠条件(不需要署真名,也可免于各种审查手续),这都表明女皇对她的成功深信不疑。

《万象》的号召得到了回应。一批定期出版物开始相继出现:米·德·丘尔科夫的周刊《杂拌儿》、瓦·格·鲁邦的《不伦不类》、瓦·图佐夫的《零工》、伊·费·鲁缅采夫和伊·安·泰利斯的《开卷有益》。卢·西奇卡列夫的杂志《杂烩》大约在 4 月 1 日开始出版的。几乎所有这些杂志都力图基本上沿着《万象》所指定的那些任务的轨道来办刊。它们没有任何得到明确表述的思想纲领,或是展示娱乐消遣的噱头,凭经验描写普通民众的日常生活(如丘尔科夫的《杂拌儿》和图佐夫的《零工》),或始终充满译自欧洲杂志的道德劝谕文章(如鲁缅采夫和泰利斯的《开卷有益》和某种程度上的《杂烩》),再不然就是没有任何吸引力的诗作,如鲁邦的杂志《不伦不类》曾出现过的那样。

起初没有任何暴风雨将至的预兆。《万象》在逐渐使读者习惯其所发文稿的带有劝谕性的娱乐腔调时,得以继续出版。然而事态很快就开始越出女皇控制的范畴。1769 年 5 月 1 日,尼·伊·诺维科夫出版了他的《雄蜂》杂志第一期。随着《雄蜂》的问世,《万象》竭力推行的家常式讽刺和娱乐式闲聊的滑稽腔调已面临终结。

在诺维科夫确定其杂志的创办立场不受《万象》监护的过程中,期刊出版者营垒也产生了自发性的力量分化。首先是在对讽刺作品的任务和功能的理解上就出现了分歧。关于讽刺的社会功能,《万象》杂志已经给出了最明确的官方解释。丘尔科夫的《杂拌儿》是和《万象》处于同一联盟中,而诺维科夫的《雄蜂》则持相反

---

① 《万象》杂志中属于这类材料的有包括《庄稼汉的故事》(第 62 篇),还有概观式随笔《我叔叔是一个理性的人……》(第 85 篇)和《年轻人希望体验一切……》(第 127 篇)。关于叶卡捷琳娜二世的杂志这方面内容的详细论述,参见帕·纳·别尔科夫:《18 世纪俄国期刊史》,莫斯科—列宁格勒,1952 年,第 163—175 页。

的立场。赞同《雄蜂》的有《杂烩》和1769年7月开始出版的费·埃明的《地狱邮报》。

《万象》本身为这场论战提供了口实。在五月间出版的一期杂志上,杂志出版人在第52篇文章——给读者的答复中,提出了人的本性改造的可能性问题。"宽容和仁爱"被宣称是"爱他人"的真正表现。有些人竭力通过嘲笑和批评有恶习的人来去除恶习,他们的行为是与这种爱相矛盾的。紧接这封答复信后登载的某位阿菲诺根·佩罗奇诺夫的来信,又提出了在批评人们的缺点时所应遵循的规则:"(1)永勿称弱点为恶习;(2)对万事皆应存仁爱之心;(3)切勿以为完美之人可寻,并为此(4)恳请上帝赐予我们温顺宽容的精神。"① 根据对讽刺作品功能的这种理解,批评社会恶习的可能性实际上已化为乌有。

《万象》并未满足于上述规则,认为还应该给佩罗奇诺夫的信加上以下附言:"我想明天再提出第五条规则,即今后任何人切勿议论他所不懂的东西;第六条,任何人切勿以为他一人可以改变整个世界。"(《万象》,第143页)

值得注意的是,这些补充说明是以命令的口吻写成的。亚·瓦·扎帕多夫公正地指出,这都出自叶卡捷琳娜二世本人的手笔:"她在同桀骜不驯的作家们争论时,一下子就学会了这种语气,她后来在《交谈者》一文中回答冯维辛向《真实与虚构》的作者(即叶卡捷琳娜二世)提出的问题时,正是这样和他说话的。"②

在此之前,叶卡捷琳娜二世还未碰到对于她在自己主持的杂志上竭力贯彻的那条路线的主动抵制。但是这一次,《万象》所持的立场激起了回击性反应。《雄蜂》第一个发声。在5月26日出版的杂志第5期的篇页上,刊登了一位署名"爱真理者"给《雄蜂》出版人的一封信。信中尖锐地批评了叶卡捷琳娜的杂志提出的规则:"很多没什么良心的人从不提到恶习,也不给那种'仁爱'补充点什么。他们说人有弱点是正常的,应该用仁爱加以掩饰。……但是这种人的仁爱更合适称之为'恶爱'……爱钱就是这种弱点;所以软弱的人受贿和抢劫致富情有可原。酗酒也是一种弱点甚或是一种习惯;然而醉汉可以把妻子和孩子打至半死,和自己忠实的朋友打架。总而言之,无论弱点还是恶习,我都既不会把它们看成善良,也看不到它们的差别。"③

这封信的作者是尼·伊·诺维科夫。叶卡捷琳娜二世也许是第一次遇到像他这样坚决的人,主要的是,他宣称不同意她的杂志的思想宗旨。在《万象》第66篇文章中,女皇以尖锐的言辞回击《雄蜂》。她称"爱真理者"的批评意见为"骂人话",指责"写信人"诺维科夫意图"摧毁仁慈"且"动辄举起鞭子"。以仁爱、宽容自居的《万象》出版人,此时说话用词已无所顾忌。论战开始了。

---

① 《万象》,1769年,第142页。(以下凡引用该刊,仅在引文后注出刊名和页码;该刊页码为各期连续编号。——译注)

② 亚·瓦·扎帕多夫:《18世纪的俄国期刊》(Русская журналистика XVIII века),莫斯科,1964年,第98页。

③ 《尼·伊·诺维科夫的讽刺杂志》(Сатирические журналы Н. И. Новикова),莫斯科—列宁格勒,1951年,第58页。(以下凡引用该书,仅在引文后注出《诺维科夫》和页码)

针对诺维科夫的谴责没有使他犹豫不决。他继续针对《万象》说出明显刺人的话，并不顾惜其出版人的自尊心。根据刊登在 6 月 16 日出版的《雄蜂》第 8 期的答复文章的特点，就可以判断诺维科夫在驳斥女皇主持的杂志所施攻击时的胆识："《万象》女士对我们大发雷霆，称我们的劝谕性议论是骂人话。但现在我发现，她的过错比我所想的小得多。她的全部过错就在于她不会说俄语，也不能完全理解俄语作品。"（《诺维科夫》，第 68 页）

诺维科夫说《万象》不会说俄语，首先指的是叶卡捷琳娜二世，她未能充分掌握标准俄语，这是众所周知的。诺维科夫非常知悉《万象》出版者的崇高地位，这可以从他分析论敌的修辞错误时那隐约可见但相当尖刻的暗示来判定："《万象》女士写道，《雄蜂》第 5 期正在摧毁什么。俄语好像不是这样说的。摧毁，就是化为乌有，是**专制权力特有的**词汇，而像她的期刊这样的无意义之物，有任何权力都有失体面。"（《诺维科夫》，第 69 页；黑体字为引者所加）①

叶卡捷琳娜显然制服不了诺维科夫。她没能像预想的那样成为思想领袖，而是不得不进行自卫，回击机智而又刻薄的对手。

诺维科夫并没有止步于对叶卡捷琳娜的讽刺手法和风格进行直接的讽刺性模拟。其实这是女皇本人再次给了他一个借口。在《万象》第 103 期文章中，她登载了来自英国杂志《旁观者》（第 15 期，第 1 册）的一篇描写风土人情的随笔译文："有人曾经读过下面这篇小说。小说的作者说，我的同胞们没有任何比他们对新事物的抑制不住的渴望与贪恋更让我惊讶的天赋。"（《万象》，第 265 页）乍一看，文章针对的是流言蜚语的爱好者。但是，在无名作者这种表面上无恶意的消遣的讽刺性坦诚背后，却隐藏着某种论战的潜台词。从今以后，期刊的成功被解释为大众对新事物的好奇与热情。于是《万象》赶紧告诉读者，作者在发现这一真理后有了新计划：

> 渐渐地，他想编新闻，写一写这座城市中的各种新鲜事，并希望从中大赚一笔。例如：
>
> 本周在喀山大教堂举行了十二场婚礼；这男人娶了这女人；这女人嫁妆那么多……
>
> 这男人是不久前开始去找这位寡妇的；为此邻居们陷入了沉思。
>
> 村里给这男人送来了代役租；只是太过于挥霍，这笔钱也花不了太久；那些来他这里赴宴的人，对此感到分外惋惜。
>
> （《万象》，第 266—267 页）

---

① 我们当然要关注诺维科夫同叶卡捷琳娜二世论战的最显而易见的事实，因为这个问题已经在研究文献中一再得到探讨，如上文已提及的巴·纳·别尔科夫的著作（第 167—173 页），格·潘·马科戈年科的著作《尼古拉·诺维科夫和 18 世纪俄国启蒙运动》（Николай Новиков и русское просвещение XVIII века，莫斯科—列宁格勒，1951 年，第 127—142 页）。

不难发现，这段话是对诺维科夫的《雄蜂》和其中定期刊出的著名讽刺专栏《新闻》的直接影射。诺维科夫在《新闻》中尖锐而大胆地嘲笑俄国社会生活的某些现象，这不合女皇的口味。《万象》的出版者们竭力把《雄蜂》的讽刺幽默作品中的充分的冷嘲热讽和现实迫切性，贬低到谣言收集者微不足道的取笑逗乐的水准。

诺维科夫也以同样的方式回敬叶卡捷琳娜二世。9月8日出版的《雄蜂》第20期刊出了一封致出版者的信。细心的读者从该信第一句话就能辨认出熟悉的表述："有人曾经读过下面这篇小说：小说的作者说，我的同胞们没有任何比无限的自尊心更让我惊讶的天赋。拥有这种天赋的缘由通常是无知和阿谀奉承。"（《诺维科夫》，第119页）

诺维科夫在嘲笑某些习惯于阿谀奉承的同胞"无限的自尊心"时，指的是戴皇冠的《万象》出版人。《雄蜂》在对叶卡捷琳娜杂志中的相关篇章做改头换面的处理时，讽刺性地模拟对手的风格："这么一个爱面子的人……希望人人都称赞他，对他惟命是从。""……渐渐地，他想编一本书，竭尽无稽之谈，写一写整座城市中的各种奇闻趣事，并希望从中大赚一笔。"（《诺维科夫》，第119—120页）"竭尽无稽之谈"——在看似无意中顺便随意地对某一本让人猜想的书籍的评价中，已经包含对《万象》的影射。这篇随笔在按《万象》的版面上常见的讽刺作品样板——列举其嘲笑讥讽的腔调时，进一步完全显示出讽刺性模拟的特征："某人在本周去他的亲戚家，压坏了施舍给一位忠厚老太太的所有馅饼；某人每天都因为水井和他家的邻居吵架；某人注意到那里的所有女孩都把二郎腿跷得很高；这个喜欢嘲笑别人的人嘲笑了一个女人，吩咐她要想入睡就读读这个男人的值得大家赞扬和感谢的有益译作，于是整个城市便因为这种嘲弄而对嘲笑者哈哈大笑了整整一周……某人随意把享有盛誉的英国观察家的文章改头换面，称它们为自己观念的产物，并感叹道：'我们像苹果似的旋转，等等。'"（《诺维科夫》，第120页）

从引用的这一片断中，可以看出诺维科夫对《万象》各期内容了如指掌。如果说《万象》的出版人除了诽谤《雄蜂》的出版人是谣言散布者之外，实际上拿不出任何东西同它的论敌对抗，那么诺维科夫却能够保持作者的尊严感。他做得恰到好处，每一次抨击都以《万象》所载具体文章的内容为依据。诺维科夫的讽刺在指向原本的讽刺对象时不留模棱两可的余地。在这方面，讽刺作家诺维科夫的才能也许只有冯维辛可与之媲美。

特别值得注意的是诺维科夫对瓦·基·特列季阿科夫斯基的辩护，因为《万象》从它的最初几篇文章起就嘲笑后者。像叶卡捷琳娜二世这样的起劲反对人身攻击的人，也不羞于嘲笑特列季阿科夫斯基，特别是他的《季列马希达》和译作《阿赫尼斯》。在对特列季阿科夫斯基的辩护中，就像早先在关于讽刺的界限与使命的争论中那样，诺维科夫也有以《杂烩》出版人为代表的积极的同盟者。

诺维科夫看破了叶卡捷琳娜二世在她的政论活动中所使用的方法，也不无嘲笑地使用这些方法。他公开揭露女皇没有独立精神，指出《万象》发表的大多数文章和劝谕性随笔都源自"英国观察家"(指的是斯蒂尔和艾迪生创办的杂志《旁观者》——The Spectator)。诺维科夫想必捕捉到了叶卡捷琳娜二世思想上的根本转变,这种转变发生于她在立法领域尝试遵循孟德斯鸠和法国其他启蒙思想家的教导而大失所望之后。

《雄蜂》与《万象》展开论战时,《杂烩》和《地狱邮报》两刊都站在前者一边。叶卡捷琳娜二世不得不承认她在期刊活动中遭遇了失败。

1770年上半年,《万象》仍然以"利益"为名出版刊物①,但它再也没有表达进行论战的意愿。其实,到1769年底,几乎所有的期刊都已不再存在。《雄蜂》比其他杂志持续更久,但它也在1770年年初停止出版。此事的发生看来不无行政当局的影响。根据8月25日《雄蜂》第18期讽刺专栏《新闻》中刊载的颇有特色的公告,就可以推断它所遇到的种种阻碍:"《雄蜂》出版人为了充实每期周刊的内容,需要普通民众的故事和寓言,因为杂志收到的许多讽刺作品和批评文章都没有发表,而已刊登的文稿,则有不少人大言不惭地对号入座,并为此到处对本刊进行诋毁。"(《诺维科夫》,第114页)

文学研究界一再注意到叶卡捷琳娜的《万象》对英国斯蒂尔和艾迪生的讽刺性劝谕杂志,特别是对他们的名刊《旁观者》(1711—1714)的依附关系,前者刊载的大量材料都是从后者那里借用的。②实际上,叶卡捷琳娜二世就是从这里接受了和善仁爱的讽刺观,并坚定不移地在自己的杂志上予以宣传。

斯蒂尔和艾迪生的杂志在18世纪的欧洲大受欢迎,在俄国也广为人知。叶卡捷琳娜二世在政论体裁的开创上也不甘落后。但是应当看到她把英国期刊的道德劝谕传统移植到俄国土壤中的意图和一定的政治目的。在以立法者角色出现的尝试失败后,叶卡捷琳娜二世逐渐开始摆脱对法国启蒙思想的迷恋,转而看重英国光荣革命后更为温和的启蒙学说。

在她的想象中,对新的文化思想传统的这种定位,应当有助于将国民的社会舆论集中到她所推行的政策周围。讽刺作品的问题并非偶然地被推到她的杂志内容中的首要位置上。在斯蒂尔和艾迪生的期刊版面上,也进行过关于讽刺作品的争论。叶卡捷琳娜二世也就是在他们的刊物上找到了她所满意的解决问题的办法,并尝试在俄国予以采用。

1688年"光荣革命"后那个时期英国的现实条件要求一种善意的讽刺之作,强调放弃对具体人物的揭露,这是由当时的政治妥协情势所决定的,复辟时代的讽刺

---

① 从1770年1月起,《万象》(Всякая Всячина)改名为 «Барышек Всякой Всячины»(《万象利益》)。——译者注

② 详情参见弗·索尔恩采夫:《〈万象〉与〈旁观者〉(论18世纪俄国讽刺期刊的历史)》(«Всякая всячина» и «Спектатор». К истории русской сатирической журналистики XVIII века),圣彼得堡,1892年;弗·拉祖尔斯基:《〈旁观者〉与〈万象〉》,载《俄国图书爱好者》(Русский библиофил),1914年第8期,第23—27页;尤·达·列文:《英国启蒙运动期刊与18世纪俄国文学》,见《启蒙运动时代——俄国文学国际交流史略》(Эпоха просвещения. Из истории международных связей русской литературы),列宁格勒,1967年,第3—100页。

作家把维持这种政治妥协看成自己的主要目的。但是在俄国的条件下,对这种讽刺观念的宣传,则是考虑到它源自女皇本人主持的出版机构,客观上有利于限制可能出现的对最高政权的所作所为、行政机构中普遍存在的滥用职权的批判。

叶卡捷琳娜二世在执政初期曾大力打击贪污受贿,而今却在《万象》杂志上号召忍耐,这也不是偶然的。在第 60 期杂志上曾出现一篇简短的报道《书吏不能也不应调动》,其中对书吏贪污受贿的实际情况做了相当有趣的说明:"并非书吏和书吏职务是有害的……谚语说,'没有家族无丑儿',不过他们比其他人更少例外,因为他们比许多人更容易受到诱惑。应该还有一个问题:如果他们周围的诱惑者少了,那么对他们的抱怨是否也会减少?"(《万象》,第 160 页)①

对 18 世纪初英国讽刺—劝谕性杂志传统的遵循,不仅决定了叶卡捷琳娜二世在她的杂志上采用讽刺作品的内容,也决定了它的形式。这些形式并非以种类多样为特色,主要有日常生活特写,《闲谈者》和《旁观者》的出版者出色锤炼的描写风土人情的随笔,还有同真实的和虚构的读者之间的往来通信系列。对于英国文学而言,由这些期刊开启并臻于完善的人物性格典型化手法,也成为叙事领域大型文学形式形成的前阶。"斯蒂尔和艾迪生在他们的杂志上所发表的人物性格和现代风俗随笔,可以看成是英国那种风俗描写和道德劝谕性长篇小说的开端,这类小说从 18 世纪中叶起便在欧洲叙事文学中开始发挥突出的作用。"②

俄国文学研究界也试图把 1769—1772 年间讽刺杂志之间的论战事件视为随后数十年中俄国叙事散文创作形成的准备阶段。就此而言,表面上的理由似乎是存在的。到 18 世纪末,散文在俄国文学中的意义的确正在增长。但是,仅仅根据诸杂志间的论战对后来叙事散文像英国文学那样发展可能造成的后果来看待 1769—1772 年间期刊的历史—文学意义,这种意图将遮蔽这些年里俄国文学中实际发生的那些现象的意义。

叶卡捷琳娜二世把英国启蒙期刊事业的机制引入俄国的尝试未能获得支持。《万象》以某种思想倾向的传播者的角色出现,引起了尖锐的论战。在论战过程中,正如我们所见,最高权力遭到了强烈反对。叶卡捷琳娜二世并没有把公众舆论集中到她的刊物周围,实际上却唤起了她的思想对手们的团结。诺维科夫当时就是作为他们的领袖出现的。

因此应该看到,1769 年杂志论战的主要意义,在于文学力量在思想基础上的公然分化。分化的结果是独立于官方意识形态的社会舆论的形成。文学实际上失去了赞助,转变为独立的社会力量,这标志着文学在社会精神生活中的地位急剧

---

① 《雄蜂》和支持它的其他杂志对此类狡辩的持有者进行了尖锐驳斥。《杂烩》出版者的回应尤为辛辣:"老太太心情好的时候就想匡正恶习,心情糟糕的时候就放任自流。她说:书吏们受到诱惑,因此收受贿赂,这就好像魔鬼诱惑人,让他们作恶一样。书吏们没有受到任何诱惑时,就会自行要求做事的权利。"见《杂烩》,1769 年,第 86 页。

② 弗·拉祖尔斯基:《斯蒂尔和艾迪生的讽刺—道德劝谕性杂志》,见《18 世纪英国期刊史略》(Из истории английской журналистики XVIII века),第 1 卷,敖德萨,1909 年,第 230 页。

提高。

《雄蜂》在同《万象》的论战中形成的传统,在诺维科夫的另一份出色的杂志中得到了延续。这就是 1772 年出版的《画家》。此时,诺维科夫因痛苦的经历而学会了竭力把批评态度上最尖锐的材料伪装起来。无论在诗歌中还是散文中,他都巧妙地把这些材料掺杂在所发表的歌功颂德之作中。

诺维科夫在新杂志上刊登的作品,吸引读者关注他那个时代俄国社会生活中最迫切的问题之一——我国农奴受压迫的处境问题。在这些作品中,首先应当指出的是著名的《И.Т. 旅行记片断》。登载于《画家》第 5 期的这一片断,包含着就其揭露力量而言令人震惊的描写,展示出农奴制度下俄国农民注定生活于其中的无权、恐惧而贫困至极的惨无人道的条件。① 罗佐廖纳亚村的生活图景远远超出了个别事实的意义,具有象征性概括的规模。这一片断的发表引起了强烈的反响,以至诺维科夫不得不急忙在他的杂志第 13 期上又发表《英国漫步》一文,捍卫《И.Т. 旅行记片断》所表达的立场,《画家》的出版者同时竭力淡化具有普遍性的揭露激情。

诺维科夫的另一著名讽刺作品《致法拉列的信》的发表,在读者面前揭示出农奴制的另一面:奴役制对贵族统治阶层代表人物的腐蚀性影响。法拉列的父母道德上的卑下给人以尤其可怕的印象:农奴都处于他们的绝对控制之下,地主无情地剥夺农奴,不把农奴当人看("你就是剥了庄稼汉的皮,也不会多赚些什么")。显而易见,信件的风格和内容都接近于冯维辛的讽刺作品。② 呈现在《画家》版面上的县城贵族的风俗画面,似乎以特殊的方式预示了冯维辛的喜剧《纨绔少年》中普罗斯塔科夫一家的日常生活图景。

诺维科夫在《画家》中没有放弃在《雄蜂》杂志上曾如此出色运用的讽刺形式,如在讽刺栏目《新闻》和《精致副词的时髦词典试编》中使用的那样。诺维科夫还曾两次重版《画家》,并在 1775 年的第三版中收录了他的第一份期刊《雄蜂》中刊载过的一系列最有趣的资料。这样的再版需求证明了诺维科夫受欢迎的程度急剧攀升,也证明了他的杂志所提出的问题具有迫切性。

诺维科夫的杂志《画家》是在大众对期刊的兴趣逐渐减退的背景下出版的,这不能不影响到该刊的面貌。《画家》几乎不包含论战性的材料,在编排构成上更具多样性。然而这份杂志中讽刺作品的内容与形式,也和先前的《雄蜂》一样,以其

---

① 关于这篇作品的作者,研究者们的意见至今仍有分歧。一些学者(包括弗·彼·谢缅尼科夫、格·亚·古科夫斯基、巴·纳·别尔科夫、柳·伊·库拉科娃、娜·弗·巴兰斯卡娅)认为《片断……》的作者是亚·尼·拉季舍夫。与之对立的观点得到格·潘·马科戈年科的积极发挥和柳·瓦·克列斯托娃与德·德·勃拉戈伊的支持,他们认为诺维科夫应当是该作品的作者。德·谢·巴布京近年来进行的档案查找,帮助他发现了一些证明拉季舍夫是作者的文献。参见德·谢·巴布京:《揭开〈画家〉的秘密》,载《俄罗斯文学》,1977 年第 4 期,第 109—116 页。

② 阿·卢里叶和伊·伊萨科维奇在专论《致法拉列的信》的文章中(《国立列宁格勒大学学报》,1939 年第 4 期),提供了这篇作品为杰·伊·冯维辛所著的证据。巴·纳·别尔科夫也确认这一观点(参见其著作:《18 世纪俄国期刊史》,第 194 页);亚·瓦·扎帕多夫在他的著作中对此表示赞同(《18 世纪俄国期刊》,第 126—127 页)。在这个问题上,格·潘·马科戈年科持有不同观点,他断定诺维科夫是《致法拉列的信》的作者(参见格·潘·马科戈年科:(1)《尼古拉·诺维科夫与 18 世纪俄国启蒙运动》,第 255—259 页;(2)《从冯维辛到普希金》,莫斯科,1969 年,第 303—335 页)。

丰富多彩和尖锐性而令人震惊。诺维科夫面向前辈的传统,这在杂志讽刺方法的形成中起到了重要作用。

如我们所知,诺维科夫原则上同《万象》把斯蒂尔和艾迪生杂志的善意劝喻式讽刺传统引入俄国文学的企图划清了界限。在着手出版《雄蜂》时,诺维科夫是从早先在民族土壤上形成的讽刺艺术的联系出发的。苏马罗科夫是他公开借重其威望的第一位作家。《雄蜂》的出版者引用苏马罗科夫的诗句"活着于世无益,只是土地的累赘",来说明自己决定发行期刊的理由。诺维科夫还从苏马罗科夫那里接受了不妥协精神,以此反对叶卡捷琳娜二世认定的"善意讽刺"的意旨。值得注意的是,诺维科夫曾在10月13日出刊的第25期杂志上,引用苏马罗科夫在喜剧《高利贷者》中描写的险恶放贷人卡谢伊所说的话,证明有针对性的讽刺是必要的。

对社会之恶毫不妥协,相信讽刺性揭露的治愈力,使诺维科夫的讽刺作品接近康捷米尔的传统。在《画家》初创时的一期杂志中,诺维科夫描绘了科学之敌的形象画廊:这里既有不懂母语的纳尔基斯,也有法官克里沃苏德,还有谢戈里哈和沃洛基塔。[①] 诺维科夫也在新的基础上对康捷米尔的第一首讽刺诗《致亵渎学术者》的主题进行了加工。他直接从康捷米尔的作品中引用一些原话,稍加改动,让那些打算赞同科学之敌的"善良老者"说:"……我们的祖祖辈辈什么也没学过,但他们却过得幸福、富裕而平静,科学和书籍只能换来金钱,没有什么好处,只有破坏!"(《诺维科夫》,第289页)

诺维科夫的讽刺作品体裁形式多样,富有表现力,令人惊叹。他并没有放弃杂志传统的讽刺形式,例如刊登读者来信,并附上随后的说明或出版者的答复。但是他几乎没有采用描写人情风俗的随笔体裁,这种体裁是英国劝谕性杂志所特有的,也受到叶卡捷琳娜二世的特别关注。不过他独步一时地出色发展了民族土壤上已有悠久传统、德法文学中同样存在的讽刺形式,如在讽刺性模拟栏目《新闻》中,就含有针对近期发生的"新闻"及后续动态等所作报道的充分冷嘲热讽,讽刺性的通俗医书,详解词典的讽刺性模拟,讽刺肖像专栏文章,详梦和对话,还有时而带有幻想因素、时而被确定为"真事"的类似短篇小说的故事,但总是含有某种道德训诫,如三卢布金币的历险故事(第10期)或法官手表丢失的故事(第13期)。在很多情况下,诺维科夫直接沿袭俄国底层大众的、接近民间口头创作的讽刺传统。如《雄蜂》推荐的医治"心灵病症"药方的生成就是这样。17世纪民间讽刺性模拟的"通俗医书"可能就是这时诺维科夫曾仿效的样品。[②]

在另一些情况下,诺维科夫则把自己从法国和德国劝谕性文学中接受的讽刺

[①] 这里的三个人名——"克里沃苏德""谢戈里哈""沃洛基塔",依次为 Кривосуд(不公正的法庭)、Щеголъха(服装考究的女人)和 Волокита(因循守旧)的音译。——译注

[②] 关于诺维科夫对民间口头创作资源的使用,参见柳·瓦·克列斯托娃:《尼·伊·诺维科夫期刊散文中的俄国大众讽刺传统:〈雄蜂〉与〈画家〉》,见《古俄罗斯文学研究室著作集》(ТОДРЛ),第14辑,莫斯科—列宁格勒,1958年,第486—492页。

手法移至他的讽刺杂志中。讽刺性新闻、词典、对话和详梦,在专栏文章《发笑的德谟克利特》中汇集的怪格—讽刺肖像画的系列展示,等等,都是如此。这里清楚地显示出诺维科夫对多半适合于广大平民读者圈子的那些文学形式的倾心。

在诺维科夫讽刺作品的多样化构成中,占有特殊位置的是仿制那个时代公文原件的资料。如《雄蜂》上刊登的农民写给地主的著名的《复文副本》和地主给农民的命令,《画家》杂志上的法拉列的亲属来信。这些资料都涉及同一主题——地主如何对待农民。这个专栏中所汇集的文献客观地描绘出地主横行霸道、农奴制压迫下的俄国广大农民丧失了任何权利的可怕景象。

这种背离喜剧效果的惯常定位的严肃讽刺形式,旨在吸引俄国读者关注那个时代社会生活中一个最尖锐、最迫切的问题。诺维科夫的勇气和革新首先体现在刊登出仿佛来自农民群众最底层的诸多"文献"。这是农民的声音以这样的形式在文学出版物上响起的最初实例:"……老爷,这是给您送来的村镇和乡里上个季度拖欠的租金,合计43卢布20戈比,再多就收不上来了:农民太穷,没处找钱,今年的庄稼收成不好,勉勉强强才把种子收进谷仓里。加上祸从天降,大批牲口得了瘟疫,差不多都倒毙了,就算活下来也没什么可喂的,干草瘦小,很少有点秸秆,老爷啊,你的农民很多都出去讨饭了。"(《诺维科夫》,第141页)①

"农民的复文"是地主随后发布命令的一个前提。命令本身在文体上包含那个时代最高政令的典型特征,它使得地主肆意妄为的个别行为有了宽泛的概括意义。

我们家的仆人谢苗·格里戈里耶夫!

你去××一带我们的几处村庄,到达后执行以下任务:

一、去我们这些村庄的来回费用,均由村长安德烈·拉扎列夫支付。

二、到达后,召集所有农民,鞭打村长不用留情,因他监管农民不力,拖欠租金,随后撤掉他村长一职,此外再征收其罚款100卢布。

三、彻查真相,弄清村长受贿多少,怎样写假报告欺骗吾等。务必首先鞭打,继而开始调查交付给你的案件。

四、由于村长不知为何进行了诬告,必须查封村长安德留什卡和农民潘菲尔·丹尼洛夫他们两家的房屋,指定看守,把他俩关进另一处房内,加以看守。如此等等。

(《诺维科夫》,第156页)

诺维科夫进行揭露的效果大大增强,是由于这位讽刺作家从两个不同的方面展示出农民无权无地位的图景:一方面,作为压迫者的地主毫不怀疑自己的权力,

---

① 杜勃罗留波夫并非偶然地在他的《叶卡捷琳娜二世时期的俄国讽刺作品》一文中分析了这类复文,并提出以下见解:"这些文献写得这样好,以至有时会想:这都是真的吗?"见尼·亚·杜勃罗留波夫:《杜勃罗留波夫文集》第5卷,莫斯科—列宁格勒,1962年,第352页。

却忘却了作为人的天职；另一方面，被压迫的无权农民受老爷意志的支配。

不过，在尝试阐明诺维科夫纲领的积极方面，以及他对农奴制进行批判所依据的理想观点时，还应该强调，这位讽刺作家由于一系列原因，未能从类似的批评中得出激进的结论。诺维科夫在解决对于农奴制而言乃是根本的社会问题时，对被压迫的农民抱有最真诚的同情，却转向了纯粹的道德层面。他认为，匡正现存社会弊端的主要方法是教育，是在人身上唤醒道德上的美德意识。他也把讽刺看作教育国民最有效的形式之一。自然，诺维科夫的讽刺所诉诸的基本社会力量是贵族——当时俄国社会的统治阶级。

自发性的民主主义和捍卫贵族阶层不可动摇的特权的结合，构成了18世纪俄国早期启蒙运动的典型特征。人生而平等的理想在康捷米尔和苏马罗科夫看来，丝毫不会动摇他们的贵族阶层特权的观念。相反，他们把这一理想视为统治阶层代表人物通过为社会谋福祉的高尚行为证明自己社会优越地位的独特动因。

在康捷米尔和苏马罗科夫的讽刺作品中，读者经常会碰到他们对这些理念的肯定。在《雄蜂》杂志第24期中，当诺维科夫为"因农民其实不是人的看法而生病"的别兹拉苏德（"没有良知"）先生开出"治病""药方"时，也遵循这一传统。"药方"如下："别兹拉苏德应当每天两次检查老爷和农民的骨头，直到他找出两者之间的差异。"（《诺维科夫》，第136页）

因此，诺维科夫讽刺作品的激情在于唤醒统治阶层代表的意识。在他笔下，农民仅仅是作为没有主观道德因素的被同情的对象出现的。把农民作为意识到自身道德尊严的个体来描写，则是后来的事情。只是在拉季舍夫的《从彼得堡到莫斯科旅行记》中，俄国农民高度的道德自我意识才第一次被揭示出来。

此外，诺维科夫和冯维辛一样，都曾对开明君主制抱有信心。他也不怀疑贵族在社会领导地位中的权力。因此他反对某些地主的残酷行为，为本阶层的纯正而战。在打击地主横行霸道的实践中，诺维科夫寄希望于再教育，在迷失的贵族身上唤醒对于美德的热爱。

《发网》（1774）是诺维科夫在1770年代创办的最后一本杂志。该刊的内容反映了1773—1775年普加乔夫领导的农民战争在贵族阶层中引起的震撼。诺维科夫这时才逐渐放弃了尖锐的社会讽刺。对叶卡捷琳娜二世国内政策某些方面进行批判的激情，对贵族阶层代表人物的揭露，多半为对民族独特性的捍卫所取代。同"法国崇拜"的斗争成为该刊的基本主题。

也应当在这些新倾向的轨道上检视《发网》上刊载的独幕喜剧《民间游乐会》。对关心农民福利的善良地主的田园诗般的描写，构成这部喜剧内容的基础。剧本中引入了民歌，某些角色的台词有意识地保持着普通民众的风格，民间谚语和俗语比比皆是。

同时，诺维科夫着手历史文献和民族古代文献的出版，从1773年到1775年，推出了10卷《俄国古代文库》。先前他还出版了《俄国作家历史词典试编》（1772）。

也应当把这类著作的出版视为诺维科夫从事的活动显示出启蒙倾向的佐证。他认为培养同胞的爱国主义情感是文学最重要的任务。

1770年代末—1780年代,诺维科夫从事出版活动的积极性引人注目。自1778年起,他租用了莫斯科大学印刷厂,进行扩建,组织印刷各种内容的图书。这家印刷厂的产品旨在满足俄国最广大的居民阶层的阅读需求,印数一时居高不下。

那些年间,诺维科夫的非凡组织才干得以全面展现。莫斯科第一家公共图书馆的揭幕,市内多家书铺的组织,都属于他的功绩。他还关心外省的图书流通和销售,免费将自己印刷厂出版的图书分发给平民学校和教会学校。1785—1789年间,诺维科夫出版了俄国第一份儿童杂志《儿童读物》。在被他吸引来参与《儿童读物》出版的合作者中,就有年轻的卡拉姆津。

自1770年代末期起,诺维科夫迷上了共济会。在那之后,他出版的几乎所有杂志(《晨光》《晚霞》《休息中的劳动者》)或多或少都同共济会思想的宣传相联系。1770年代末—1780年代,诺维科夫传播启蒙思想的忘我活动本身,他对青年道德教育的关心,他的慈善活动,在很大程度上都是根植于对共济会运动人道主义使命的真诚信仰。对于诺维科夫来说,共济会如此积极宣传的道德自我完善原则,如果脱离为祖国谋福利的有益社会活动的方向,那将是不可思议的。

诺维科夫在广大知识分子阶层中享有的威望和他对社会舆论的影响,使叶卡捷琳娜二世感到焦虑。女王因受到法国大革命的惊吓而对诺维科夫进行迫害,指控他从事反政府活动。1792年他遭逮捕,被判处监禁于施吕瑟尔堡要塞,在狱中一直待到保罗一世登基。出狱之后,诺维科夫已不能返回积极的社会活动中去。在家族庄园阿夫多基诺,他度过了一生中的最后几年,1818年在那里去世。

3. 1760年代的平民散文

18世纪文学中的各种体裁并不是同步发展的。18世纪上半叶的主要成就是在诗歌领域取得的。至于散文,在18世纪上半叶的俄国,似乎平行存在着两种不同的文学:手抄本和印刷品文学。前者在很大程度上延续了彼得一世之前的旧文学传统。继续抄写并传播的有圣徒传、宗教和世俗内容的翻译故事与原创故事,各类讽刺体裁作品——滑稽故事、诙谐短诗、幽默通俗医书、讽刺性模拟呈文等。与之相近的有18世纪就已创作出来的"彼得的故事"类作品,还有1740年代数量逐年增长、广为传播的翻译小说手抄本。

这一时期的印刷品文学与手抄本文学不同,它实际上不重视艺术性散文。瓦·基·特列季阿科夫斯基翻译的保罗·塔尔曼的长篇小说《爱岛之旅》译本的印行(1730),同样是由伊丽莎白·彼得罗夫娜亲自推动的《忒勒马克斯历险记》(1748)旧手抄译本的出版,都是个别事例,只是证实了这种情况。作家和翻译家对小说的这种冷淡,只能以费奥凡·普罗科波维奇、康捷米尔和俄国其他古典主义作家所坚持的关于文学与作家的社会作用的观点来解释。文学应该宣传为国家服务的理念，启迪民众，向读者灌输独立于教会教义的关于人与公民之职责的观念。小说首先被归入纯娱乐性体裁，它在文学中是没有地位的。

为了促进俄国"与时代处于同一水平"，彼得改革的支持者们创造了一种新的、欧洲风格的文学。因此他们也是作为中世纪文学传统原则的反对者出现的，一般都把所有手抄本文学与这一传统联系起来。康捷米尔、特列季阿科夫斯基和罗蒙诺索夫对《博瓦王子》《叶鲁斯兰·拉扎列维奇的故事》等骑士小说俄语改写本、故事书《叶尔什》和其他流行通俗小说等作品的尖锐批评广为人知。早在俄国长篇小说出现之前很久，预先警告读者不要迷恋空洞长篇小说的文章，就已经在俄国第一本杂志《报纸副刊》(1728—1742)上登载。成果丰硕的翻译家斯特凡·皮萨列夫在1741年曾猛烈抨击某些读者，指责他们"总是乐于用一些历史寓言、所谓长篇小说和诸如此类的小册子来作为消遣，这些书中含有的只是对良知的诱惑，对体验欲望的追求"。① 如果考虑到贵族阶层都在阅读德文和法文原版书，在莫斯科只有斯帕斯基图书市场这个最大的手抄本书籍供应点，为不懂外语的读者提供服务，上述警告便可以理解。

对于长篇小说潮流眼看就可能涌入俄国的担心，是罗蒙诺索夫在《修辞学》(1748)中开始就长篇小说展开争论的缘由。他试图确定让长篇小说在俄国适当发展的界限。"长篇小说"的形式问题并未使罗蒙诺索夫焦虑。但是他要求散文必须包含"关于政治和良好风尚的榜样与学说"。罗蒙诺索夫把约翰·巴克利的《阿赫尼斯》、费纳隆的《忒勒马克斯历险记》、阿普列尤斯的《金驴记》和佩特罗尼乌斯的《萨蒂利孔》等，作为这样的作品推荐给俄国读者。同时，他对这些作品的评价也很尖锐，认为它们"无非是笨拙地编织故事引人发笑，如博瓦的故事和大部分法国小说，都是由技艺平平、白白消磨自己时间的人们编凑而成的"。② 苏马罗科夫也赞同这种观点，并在他的杂志《勤劳的蜜蜂》(1759年6月)上斥责那些"有益的内容很少、败坏审美趣味的小说，因为它们是由不懂'正确文体'规则的人写出来的不过，和罗蒙诺索夫一样，他也将《忒勒马克斯历险记》《堂吉诃德》以及极少数有价值的小说"排除在这类作品之外。③ 特列季阿科夫斯基支持罗蒙诺索夫和苏马罗科夫关于严肃经典长篇小说的观点，激烈反对那些"在讲台上斥责并禁止阅读《忒勒马克斯历险记》和《阿赫尼斯》"的"辱骂者"。他恰恰想把这些小说的传统移植到俄国来，用他的话来说，其中一部小说是"最完美的伦理哲学"，另一部则是"最优秀的政治哲学"，他还把这两本小说译成了俄文。④ 18世纪文学中小说的胜利演进，

---

① 伊利亚·米尼亚季:《劝诫》第1卷（Поучение，斯特凡·皮萨列夫1741年译），圣彼得堡，1759年，第3未编页。
② 米·瓦·罗蒙诺索夫:《罗蒙诺索夫全集》第7卷，莫斯科—列宁格勒，1952年，第222—223页。
③ 亚·彼·苏马罗科夫:《诗集》，列宁格勒，1935年，第377页。
④ 瓦·基·特列季阿科夫斯基:《季列马希达，或者英雄史诗中描写的俄底修斯之子忒勒马科斯的历险记……》第1卷，圣彼得堡，1766，"前言"第XLI页。

正是从对小说变体之一的这种宽厚的"放行"开始的。

这条哲学—政治长篇小说的路线因让·泰拉松、让—弗·马蒙泰尔作品的译本和米·马·赫拉斯科夫的原创小说而得以延续。但是,出乎理论家们的意料,古典主义和巴罗克讽喻理念并未决定俄国散文的发展道路。在18世纪的俄国,这应归功于一种最新型的长篇小说,而苏马罗科夫的年轻同时代人和他的学生则开始宣传这类作品。1756年,在坚持文学"有益论"的科学院中,安·弗·普雷沃的驰名小说《G侯爵历险记》的多卷译本开始出版。伊·佩·叶拉金是前几卷的译者,弗·伊·卢金接着翻译。那几年间还出版了保罗·斯卡隆的《滑稽小说》和勒萨日的《吉尔·布拉斯》。这些作品主要描写个人命运,在欧洲文学中代表了一种原则上的新潮流,但尚未完全摆脱古典主义的劝世美学。在勒萨日描写骗子的小说中,作者甚至以展示一个浪荡子如何走上美德之路为基本目标。因此,这类小说俄译本的出现,并没有被视为对古典主义所主张的文学理论的直接挑战。而且,"好"小说带给读者的益处,成为围绕陆军贵族武备中学印刷厂而形成的译者圈子的旗帜。进入这个圈子的是享有高等学校贵族特权的武备学校本身的教师,以及多半是近卫军军官的往届毕业生。

长篇小说是宣传道德准则的最合适形式的思想,在普雷沃神甫的小说《英国哲学家,或克莱夫兰传》(1760)一书的序言中得到了论证,该书译者是谢·安·波罗申。他让人相信,干巴巴的道德说教很枯燥,与其说能唤起读者的美德,不如说会引起读者的反感;小说是为了"描述各种奇异经历,通报合乎道德规矩的生活"①而专门写成的。这类想法看似天真,但它们既符合皇位继承人保罗·彼得罗维奇的老师波罗申本人真诚的信念,也符合18世纪诉诸"寓教于乐"的教育实践。从历史的角度看,最重要的是,波罗申在谈到小说的教育意义时,所指的并非古典主义高雅诗歌所面向的属于知识精英的特殊读者。这种更为平民化的文学态度是对18世纪俄国出现的广大读者(在该词本来的意义上)的一种回应。一方面,日益扩大的文化传播创造了读者;另一方面,教育不再是富裕贵族的特权。小说也就是面向这个没有很多知识,但却追求知识的读者大众的,同时它也培养读者,增加读者的数量。在童年时代就从1760年代的长篇小说中受到教育的尼·米·卡拉姆津,在与小说的反对者们展开论战时,透彻地指出小说在读者成长过程中的意义,并在《论俄国的图书贸易和对阅读的热爱》一文中将读者、文学和图书事业等问题联系在一起。他特别强调因读者"参与"小说情节而引发的小说对读者的影响力:"这类作品无疑令大多数读者着迷,占据了读者的心灵与想象,在引人入胜的情境中呈现出世界及和我们类似者的图景……并非每个人都能富有哲理地思考或让自己成为历史英雄;但每个人都在爱、曾爱过或想爱,并在小说主人公身上发现自己。"他指出:"就连最平庸的小说,哪怕是没有任何才华的人写的,都会以某种方式促进

---

① 安·弗·普雷沃:《英国哲学家,或克莱夫兰传》(Философ аглинский, или Житие Клеveландово)第1卷,圣彼得堡,1760,"前言"第2页未编页。

教育……心灵可以逐渐得到升华——所以有人开始时是'不幸的贵族',后来却往往成为葛兰底森。"① 因此,卡拉姆津指出,长篇小说既发挥着传播纯事实信息的作用,让读者从中了解"地理"和"自然史",也能够影响人的道德("它们通常呈现出美德的光荣或道德劝谕的效果"),还会对一般的民众教育产生影响。

陆军贵族武备中学的译者们在约 1762 年形成的小组,在短时间内翻译和印制了数十本书。他们同时提炼出翻译艺术的基本原则,即通常说的意译原则,有意识地让原著适合俄国人的阅读习惯。许多俄国作者都是从这时起由翻译某部小说开始进入文学活动的。

印制小说的出现对于文学的进一步发展具有重要的影响。它改变了人们把文学创作视为只有才华出众者才能胜任的神圣诗学活动的态度,使之降格为尘世的活动,为初登文坛的作家打开了广阔的创作天地。文学创作向着职业化迈出了第一步,市场对书刊兴趣的增长已允许作家获得报酬。在俄国文学中,最早开始研究涉及细节描写、作者语言和人物语言的情节叙事的风格与方法的,是"改编"外国作品的译者。对于散文写作而言也是非常重要的另一点是,通俗小说中"高级"印刷品文学与手抄本传统之间的鸿沟开始被抹平。印制小说的出现似乎也把那些此前明显受到古典主义理论家轻视的手抄译本和改编本带入了文学领域。问题在于,1760 年代印制的图书目录同更早些时候自然构成的手抄译本书目稍有不同。由于俄国是以欧洲文学的经验为支撑而获得加速发展的,文学史上的各种不同倾向在俄国是同时并存的。读者在阅读普雷沃、勒萨日、菲尔丁、斯威夫特和霍尔堡的作品时,还接触到阿拉伯故事《一千零一夜》的多种改编本和仿写本、仙女们的神奇故事、神话题材的改编作品、被俄国译者视为冒险与风流作品的典雅小说,还有许多与最新小说直接对立的其他作品。在严肃文学和严肃小说支持者的意识中,这些翻译作品一点儿也不比关于博瓦王子或格列翁阁下的通俗故事更好;但在此类作品的作者和译者看来,它们却是不亚于古典主义诗歌的、必不可少的文学。

俄国原创性通俗小说的基础就是在这种价值重估、围绕文学声誉进行论争的氛围中形成的。在这场论争中,作家们第一次变得与其说是诉诸理性的权威,不如说是希冀获得读者的赞同,并开始重视作品在商业上的成功。在各类书刊广泛流传、批量生产和销售的条件下,科学院书刊审查机关姑且不论其他,也开始关注出版作品的文学质量。

费奥多尔·亚历山德罗维奇·埃明(约 1735—1770)理应被认为是俄国第一位原创小说家,尽管从出身来看他曾是一个外国人。他在俄国仅仅度过了一生中的最后十年,早早就出乎意料地离世。但是,他却在这里找寻到了自己真正的故乡,

---

① 尼·米·卡拉姆津:《卡拉姆津选集》,第 2 卷,莫斯科—列宁格勒,1964 年,第 178—179 页。(葛兰底森是英国小说家理查逊的长篇小说《查尔斯·葛兰底森爵士传》的主人公。——译者注)

在 1760 年代的文学—社会生活中发挥了显著作用。他同亚·彼·苏马罗科夫的激烈论战广为人知；1765 年，他因抨击科学院和艺术学院活动家而被捕入狱；1769 年，埃明出版了讽刺杂志《地狱邮报，或跛脚魔鬼与独眼魔鬼的通信》，在尼·伊·诺维科夫为坚持"针对个人"的讽刺而同叶卡捷琳娜二世的《万象》进行论争中以前者的同盟者身份出现。未完成的《俄罗斯历史》是他留下的最后一部著作。不过他的著作是以通俗小说的形式叙述俄罗斯历史(有别于以前的编年史)的最初尝试。

1761 年埃明 25 岁时作为一个已完全成熟的人来到彼得堡后，在很短的时间内便掌握了俄语标准语，到 1763 年已经出版了两部译作和一部自己的作品——长篇小说《变幻无常的命运，或米拉蒙德的奇遇》。令 18 世纪的俄国读者惊讶的是，在小说的后记中，他坦率地说，他在小说中借费里达特之名描写了自己的命运和冒险经历。正如一些文献资料所证实的，埃明的历险经历确实大体上成为《米拉蒙德》的基础。他出生于一个在波斯尼亚定居并接受了伊斯兰教的波兰人家庭，用他自己的话说，曾一度在阿尔及利亚的一个别伊①手下任"上校"，后来被海盗抓俘，到过西班牙、葡萄牙和英国，改信东正教后来到俄国。埃明的小说，无论情节、题材还是内容，都没有任何俄罗斯的特色。但其中反映出作者丰厚的欧洲文学素养，他擅长借助冒险情节把大量关于未知国度、民族和风俗的异域描写融合在一起。在把这种具有认识价值的材料充分引入小说时，埃明依据的是上文已提及的波罗申所表述的构建长篇小说的"有益"理论。那些年中，埃明曾和波罗申一起任教于陆军贵族武备中学，想必也属于武备学校的译者小组。

埃明的长篇小说是一种向读者介绍世界地理、历史和政治的百科全书，其中包含政论性词句、政治和道德—哲学话题的议论。这些小说并未描写俄罗斯及其生活方式和风俗习惯，却阐述了 1760 年代激动着俄国人的伦理与社会问题。埃明在他的作品中触及了农奴制问题，号召减轻对农奴的剥削。他从重商主义立场出发，维护那些以其经营活动使国家富裕起来的商人的权利，呼吁政府重视"学有专长者"，即像他本人那样的平民知识分子代表的劳动。②

然而，拥有全部智慧、活跃的想象力和文学才华的埃明，在任何地方、任何一个领域都没有表明自己是一位独立而独特的思想家和艺术家，或能够成为某一小说家文学派别的领袖。正如他的许多同时代人一样，他未能把自己的知识系统化并加以深化，始终只是一些流行观念的普及者。作为长篇小说的狂热信徒，埃明一直保持着对于这一体裁的某些极为陈旧的形式的偏爱。前启蒙时代的新小说，例如在法国，生成于个性自由的观念，这种个性往往在一定程度上顺利安排了自己的命

---

① 近东和中东国家小封建领主或官员的尊号。——译者注
② 格·亚·古科夫斯基：(1)《18 世纪俄国资产阶级作家的思想体系》，见《苏联科学院通报·社会科学分卷》(Изв. АН СССР, Отд.-ние обществ. наук)，1936 年第 3 期，第 429—458 页；(2)《埃明和苏马罗科夫》，见《18 世纪》(文集)第 2 辑，1940 年，第 77—94 页。

运,确定了自己在社会中的地位。埃明在他的作品中则采用了源自17世纪巴洛克小说的那些概念,如"厄运""天命"等。在把《米拉蒙德》作为一部带有原型的回忆录小说来打造时,他甚至没有最起码的尝试从艺术上解决在这种场合如此重要的逼真问题,只是诉诸宣言式的声明。埃明长篇小说(从1763至1766年,他翻译并创作了七部长篇小说)中的许多冒险经历,都未遵循合乎情理的事件逻辑。事件不过是他进行讽刺性思索、道德劝谕和寓意阐释的基础和根据。埃明常常通过陈旧的程式化形式表现当前迫切的政论性话题,因此受到迈科夫、苏马罗科夫和丘尔科夫等同时代人的嘲笑,直到1780年代埃明的文学声望衰退时,这些嘲笑才停止。安·季·博洛托夫在这些年中曾说出了一个有教养的读者对《米拉蒙德》的评判:"任何一个民间通俗故事都胜过这本书中写到的全部内容——至少那里没有这种难以忍受的胡扯与荒谬。"①

在埃明的长篇小说中,新的理念、新的艺术手段往往和最过时的东西结合在一起。这种折衷主义醒目地体现在小说《埃内斯特和多拉弗拉的书信》(1766)中,它是对卢梭的书信小说《尤丽,或新爱洛伊丝》(1761)的模仿。埃明在他的仿作中以阻挠相爱男女结合的外在障碍取代了卢梭在小说中提出的尖锐的社会不平等问题,以关于家庭关系的高尚和神圣性的道德上的议论取代了卢梭小说中对爱的激情的细腻分析。书信体小说这种18世纪欧洲感伤主义发展的最负盛名的形式,在埃明笔下却被前一个时代的术语与观念所填满。

埃明的长篇小说显然是作为欧洲大众小说流行情节的组合而编写出来的。但与此同时,也许是同埃明争鸣,在俄国的土壤上又出现了对散文的发展产生了有机影响、存在时间也更长的另一种类型的小说。1766年,米·德·丘尔科夫的中篇小说集《爱嘲弄他人者》问世。

米哈伊尔·德米特里耶维奇·丘尔科夫(1743—1792)也和埃明一样,是个有独特经历的人。他出生于士兵家庭,在莫斯科大学附属平民中学学习过一段不长的时间,1761—1765年曾在宫廷剧院当演员。但丘尔科夫在戏剧之途上未得到发展,不得不寻找别的谋生手段。成为宫廷仆役后,他在此任职直到获得军需官的职衔。因自己第一批作品的成功而深受鼓舞,他辞去公职,试图以文学为生。如在1769—1770年间,他出版了讽刺杂志《杂拌儿》和《帕纳斯山的货郎》。这一时期他的其他重要作品也在报刊上发表。后来丘尔科夫成为事业有成的枢密院官员,根据档案资料编写《俄国商业的历史描述》(1781—1788)和一系列其他公务手册,因此获得世袭贵族身份,并成为若干农奴制村庄的业主。②

丘尔科夫《爱嘲弄他人者》的前四卷出版于1766—1768年间;第5卷,也就是最后一卷,直到1789年出第三版时才并入其中。作品集序言的署名是象征性的——"社会与读者最卑微谦恭的仆人俄国人"。丘尔科夫原则上是作为俄国作

---

① 《文学遗产》(Литературное наследство),第9—10卷,莫斯科,1933年,第200页。
② 维·鲍·什克洛夫斯基:《丘尔科夫和列夫申》(Чулков и Левшин),列宁格勒,1933年。

家出现的,希望用俄国素材建构自己的作品。

在体裁方面,《爱嘲弄他人者》是被作为结构最为自由的民间故事集《一千零一夜》类型的短篇小说和中篇小说系列来构思的。这种形式在18世纪流传很广,欧洲各国按这种模式创作和出版了大量的"故事"集,如T.格列特的"鞑靼故事集""蒙古故事集"和"秘鲁故事集"等。

《爱嘲弄他人者》由两个出场人物讲述的篇幅不一的故事构成,这两个人物即拉冬(名字来自斯拉夫爱神拉达)和来自"圣巴比伦修道院"的类似于流浪艺人身份的逃亡修士。他们俩也是故事集开始时的几个短篇故事的主要人物。在这些短篇故事中,拉冬向读者讲述自己的情况,描述他在阿多杜隆上校家中给上校之女充当某种类似门客角色的生活。其中一个短篇故事中引入了一个新的出场人物,一个快乐的修士,他也待在上校家中,并按自己的性格,开始像山鲁佐德那样,每天晚上讲骗子的故事,同时也像拉冬一样讲"浪漫"故事、魔法故事和爱情故事。这种高雅情节和骗子情节的交替也可以追溯到《一千零一夜》法译本的首位出版者安托万·加朗。丘尔科夫原先打算让结构更复杂一些,即把拉冬的故事和一些独立的短篇故事结合到一起。但是,这个复杂而严谨的构思并未实现,只是在文本被分成的不长的几章(若干"夜晚")中留有这一构思的余痕。在多年创作《爱嘲弄他人者》的过程中,丘尔科夫逐渐失去了对这一构思的兴趣,因此这个故事集从整体上看结构还是不完全的。

《爱嘲弄他人者》的整个绪言部分显示出作者首次尝试以通俗小说形式讲述俄国生活的浓厚兴趣。在更早一些涉及日常生活题材的作品中,可以举出的只有苏马罗科夫在《勤劳的蜜蜂》上发表的针对书吏的讽刺文章。但是,丘尔科夫致力于创作的却不是讽刺故事,而是喜剧故事。他描写的地主之家的日常生活相当程式化。他既不注意农奴制,也不关注侵蚀俄国生活的官员贪污受贿和司法不公的顽症,更不触及政治问题。他首先想的是要让读者开心,把读者逗乐,因此总是描写他笔下的主人公经常性的狂饮、暴食、斗殴、恶作剧和与此类似的场景。

《爱嘲弄他人者》前几章的风格,带有若干同样重要人物的叙事构思本身,都是在1763年出版的保罗·斯卡隆的《喜剧长篇小说》俄译本的影响下形成的。值得注意的是,丘尔科夫在《爱嘲弄他人者》的创作之初,对描写他笔下的主人公活动于其中的低俗生活环境很少有兴趣。他的主要注意力投向了可笑而引人入胜的事件。他从各种各样的文献资料中挖掘短篇故事的情节,利用口头趣闻、讽刺故事和国外消遣娱乐故事集中的材料。相对而言,《爱嘲弄他人者》"低俗"部分的所有情节,从类型学上看都接近于旧手抄本传统的体裁和《大守法镜》中的一些故事,尽管丘尔科夫并未直接借用这些材料。① 他自由加工各种流浪汉的故事情节,

---

① 参见《俄国文学与民间口头创作》(11—18世纪),列宁格勒,1970年,第232—234页。

把它们组合起来，并添加一些日常生活细节。作为过去的演员，他在作品中成功地运用了卢金提炼的戏剧经验，让外国作品向"我们的风尚""倾斜"。

这样的"倾斜"原则得到围绕大戏剧家伊·佩·叶拉金身边的作家和翻译家小组的宣传推广，其中也包括小组成员杰·伊·冯维辛。"倾斜"的目的是让外国戏剧适合于俄国舞台。改编从用俄语名替换外国名开始，完成于针对俄国的问题来改编借用的情节，换言之，就是把情节搬到俄国，引入俄国的主人公。丘尔科夫非常熟悉这类戏剧：他从路易斯·布瓦西的作品改编的喜剧《你想怎样称呼》就属于这类作品。但丘尔科夫首先在散文体作品的情节上开始了"向俄国风俗倾斜"。

靠着滑稽故事和趣闻这样的半民间创作体裁，丘尔科夫成为最多产的骗子题材短篇故事创作者，这类故事在1760年代俄国的土壤上尚未定型为经典文学所理解的短篇小说。在丘尔科夫后来最著名的短篇故事——为《爱嘲弄他人者》第5卷（1789）所写的《苦命》《蜜饼硬币》《昂贵的狗鱼》中，经过文学改造的趣闻形式获得了完整性。这些短篇故事的结构都是同一类型。每一篇在情节展开前都有一段涉及故事题材的议论。

在《蜜饼硬币》中，丘尔科夫以关于正当财富的议论起笔，对两个富人加以对比：一个靠勤劳和节俭积累财富，另一个则靠厚颜无耻和冷酷无情而发财。如果说夸奖"守教规的"富人显然具有自传性意义，那么，描写退役少校韦尔济尔·季希耶夫，即富法耶夫之子的"狡猾伎俩"则形象地说明了靠"厚颜无耻"来获取财富是不正当的。

韦尔济尔·富法耶夫由侵占士兵军饷开始变富，退役后在自家村中酿酒，并进行非法买卖。在18世纪的俄国，这种让国家财政遭受损失的行为是被严厉禁止的。因此，为了逃避责任，韦尔济尔决定赋予自己的交易一个无辜的外表。他开了一个商铺，开始销售价格不等的刻花蜜饼。农奴和往来顾客买了蜜饼后，拿着蜜饼去问候地主，在那里有人会给他们倒上一杯与蜜饼等价的伏特加。这样，"蜜饼硬币"就从商铺转到老爷手中，又从老爷那里重回商铺。结果好像是没有人卖伏特加，而是老爷因仁慈而请客人喝酒。

《昂贵的狗鱼》以一篇插曲开始，写出了自古罗斯至叶卡捷琳娜二世命令官员由"供给制"转为"薪俸制"的贿赂史。丘尔科夫告诉读者：对"外快"（贿赂）的这种禁止，催生出绕开新法律的"应对方案的完整研究院"，而且它们远不是无功而返。接下来描写的一位外省军政长官想出来的名堂就印证了这一点。这位新任命的长官宣布，关于"礼物"的事他听也不想听。他唯一的弱点是爱吃鱼，当有人给他送上新鲜狗鱼做礼物时，他是不会拒绝的。捕鱼的人——军政长官的农奴就在长官自家的鱼塘买狗鱼。这个鱼塘里的狗鱼始终是一样的，但是，请求人不得不为狗鱼支付的价格却是变化的，这取决于请求军政长官裁决的诉讼案件的"状况"。这样，这位严厉反对收受贿赂的军政长官借助于"礼品鱼"，五年内就赚取了两万卢布。

在《苦命》中，丘尔科夫描写了农民瑟索伊·杜尔诺索波夫从出生到退伍的一系列生活片断，绘制出由财主——"压榨者"掌管的乡村"世界"的图景。关于瑟索伊一家神秘死亡的描写构成故事情节的一部分。据法院解释，喝醉酒的父亲在圣诞节前夕杀死自己的家人，随后因恐惧而上吊自杀。作为一种对照，丘尔科夫还引述了几位"有学问者"的说法，他们"猜测性地"说明了各种偶然情况的偶然巧合。

这三个短篇故事都与作家的早期作品有本质上的区别。对俄罗斯日常生活的历史性具体描写把它们联系起来，这种生活决定了就像真实事件那样得到叙述的情节本身的实质。其实，这当中的两个情节有确定的文学渊源。瑟索伊的故事是丘尔科夫从罗马作家埃利阿努斯（公元2世纪）的《五光十色的故事》借用过来的，而涉及"昂贵的狗鱼"的那种勾当，则由于拜占庭的尼基塔·霍尼亚特（12世纪）的著作《历史》而广为人知。不过，透过故事的生动内容根本猜不出它的文学源头。这些短篇故事中引人入胜的趣闻轶事并非丘尔科夫写作的目的本身。他维持读者对于那些实际上的讽刺作品和日常生活作品的兴趣，这类作品和形成于尼·伊·诺维科夫杂志上的特写式的、让人想到真实文献的现实性散文有着内在的联系。对于日常生活描写的这种关注，对于丘尔科夫在骗子小说题材上的尝试而言，也是很有代表性的。

在被收入《爱嘲弄他人者》一书的《一颗假美人痣的生成》中，读者就能看到丘尔科夫创作骗子小说的最初尝试。故事的主角是任何时候都不会沮丧的涅奥赫（他的"会说话的"名字也暗示了这一点），他是古代诺夫哥罗德似乎存在过的一所大学的学生。涅奥赫是骗子小说中的一个典型的捣蛋鬼，最终获得了财富和显赫的地位；他快乐的奇异经历或许顺带暗示了丘尔科夫本人的大学岁月。故事中的其余内容具有纯粹的文学虚构的特征：情节发生在古代罗斯，但是没有任何历史根据。古罗斯的生活场景，丘尔科夫是以戏剧道具的手法描写的，就像描写拉东故事中斯拉夫公的奇遇那样。《一颗假美人痣的生成》中的出场人物——祭司、王公、大臣、富商和神秘美女，都是传统冒险小说中的形象。

丘尔科夫在写作《漂亮的女厨师，或荡妇奇遇》(1770)这本在时间上紧接《爱嘲弄他人者》的作品时，处理骗子小说体裁的原则是不同的。①《漂亮的女厨师》内容并不复杂。马尔托娜是在波尔塔瓦战役中牺牲的一位军士的年轻遗孀，丈夫去世后一无所有的她开始过上靠情夫养活的放纵女人的生活。起初，拉皮条者把她介绍给一个富有老爷的贴身男仆，但马尔托娜很快就让男仆的主人取而代之。在被新情人的妻子捉奸在床后，马尔托娜不得不一切从头开始。她从基辅搬到莫斯科，被安排给一个衙门秘书当厨娘。后来她成为一个退役的骠骑兵上校的管家和情人。从这一刻起，真诚而衷心的迷恋之情闯入女主人公的生活。马尔托娜骗过

---

① 重印本见《18世纪俄国散文作品》(Русская проза XVIII века) 第1卷，莫斯科—列宁格勒，1950年，第157—192页。

情人老头,让阿哈尔换上女人的衣裙,冒充她的姐姐,住进老头家中;但是对于她而言,对阿哈尔的爱结束得很凄惨。阿哈尔答应娶她,唆使她骗光上校的钱财,然后却让马尔托娜听凭命运和警察的摆布。马尔托娜身陷囹圄,返回莫斯科的阿哈尔和他的朋友斯维达利帮她出狱。与后者结识后,她才第一次认清什么是真正的爱情。借助一场佯装的决斗,斯维达利把他的情敌驱逐出莫斯科,成为马尔托娜心灵的唯一拥有者。

丘尔科夫所描写的马尔托娜的奇遇呈现出在骗子小说体裁中较为普遍的情节构架。作品的某些特点使人觉得,丘尔科夫在他的小说中利用了某些法国元素。例如,马尔托娜这个名字在俄国教堂日历中并没有对应名,但在法国的喜剧中却经常可以遇见;让她的情夫在一场决斗中假装被杀身亡,以迫使其情敌逃往国外的片断,不符合俄国人决斗的实际情况,但在法国小说中却是尽人皆知的(包括卢韦·德·库弗雷的《福布拉斯》)。马尔托娜所说的对她而言最幸运的一天通常是礼拜三——纪念欺骗之神墨丘利①的日子——的玩笑,也暗示了法国原著的存在。不过,丘尔科夫小说的原创性和意义并不取决于女主人公非传统的、没有个人历险情节的主线。《漂亮的女厨师》延续了《爱嘲弄他人者》中形成的借用和改编的手法。丘尔科夫利用了广为人知的情节,把它移到俄国的语境中,并以生动形象的日常生活细节为之装饰一新。

虽然从时间上来看,《漂亮的女厨师》的情节属于18世纪初(1709年,马尔托娜19岁),丘尔科夫还是不加掩饰地描写了当代风俗,并不在意时代上的错乱。在彼得大帝时代,没有骠骑兵团,女士们对小说类作品也不感兴趣,而且若要让马尔托娜阅读同时代诗人的颂诗,那么她至少应该是五十岁的女人。其实,所有这些生活的实际情况都是由她讲出来的。她还以莫斯科的地形实况为托词,指明阿哈尔住在亚姆斯卡亚,她本人则住在圣尼古拉"鸡脚"教堂附近,而决斗却发生在马里纳小树林。这些细节造成了马尔托娜的故事真实可信的幻觉,增强了读者对女主人公命运的"同情"。

《漂亮的女厨师》好像是马尔托娜面向读者的一份自白。这种叙事方式也并非丘尔科夫的首创:在18世纪,仿造回忆录、日记等形式的小说曾广为流传。丘尔科夫完成得很好的任务,是他成功地实现了第一人称讲述风格与女主人公性格刻画的彼此呼应。

这一点与丘尔科夫在俄国文学中首次对主人公性格进行个性化塑造的尝试有密切的关联。在《漂亮的女厨师》中,这样的主人公是一个女人。此外,丘尔科夫利用国际通行模式,创作一部关于来自普通民众的俄国女性的小说,想必是在寻找能够凸显人物形象的民族独特性的方法。故事的性质和女主人公的言谈也就构成了这种评述手法。马尔托娜的一生是在为争取阳光下的位置而进行的斗争中度过,

---

① 墨丘利:罗马神话中的能言善辩之神,庇护贸易和畜牧之神,诸神的使者。法语中的"墨丘利"(mercredi)和"礼拜三"是同一个词。——译者注

而不是在关于美德的沉思中度过的。在谈论自己的命运时,她的讲述朴素而又简单,用的几乎全是口语。在她的言谈中可以听到人生经验,丘尔科夫也找到了一种极好的方式,赋予她的议论以一种符合其民族性、阶层与文化水平的形式。这就是由自古以来民间经验的威望所支撑的谚语。《漂亮的女厨师》的文本中富含谚语。马尔托娜的每一举动都借助谚语得以呈现与阐释。她在实践中逐渐认清了谚语中记录下来的生活准则的作用。丧偶之后,用她的话说,她很"留意"谚语:"寡妇的脖子比衣袖宽,可能会招致各种谣言"。命运的变化无常使她明白,正是"财富产生荣耀"。意外致富则让她想到谚语:"马卡尔一直在挖菜畦,如今已当上军政长官。"不时出现的生活挫折提醒她需要更加谨慎而有预见性:"熊之错在于吃了母牛,牛之错在于误入森林。"①

丘尔科夫在小说的标题中称马尔托娜为"荡妇"。但是在开头几行中,这一评价就已受到质疑:"作品面世了(马尔托娜开始讲自己的故事),面世后将得到鉴别;鉴别后在估量我的所作所为时,就让他按其所想的那样为我命名吧。"实际上,更确切些说,丘尔科夫不是为了评判,而是出于同情而描写马尔托娜的,这想必也会唤起读者的同情心。把女主人公推向不检点的生活的,并非其生性不端,而是贫穷,是那个整个说只有财富才能让人独立的残酷世界。因此马尔托娜也想方设法努力成为富人。另一方面,在她的故事中,来自"体面'社会的一连串人物从读者面前走过,他们在道德方面全都比马尔托娜还糟糕。这是一长列由穿着考究的男女、吝啬鬼和收受贿赂的官员、无所事事的贵族组成的人物画廊,他们是受到俄国进步讽刺作品嘲笑的典型,丘尔科夫在此也追随着这一讽刺传统。

从社会角度看,《漂亮的女厨师》是一个有象征性的现象。丘尔科夫作为精力充沛而务实的平民知识分子的代表,在小说中间接表达了对于这一阶层在俄国社会阶层体制中处于次要地位的抗议。的确,从历史前景看,这种不满转瞬即近:和丘尔科夫本人一样,这一民主知识分子阶层开始被招揽担任职务,并努力挤进贵族行列。

《漂亮的女厨师》始终是18世纪俄国文学中骗子小说最卓越的范例。丘尔科夫之后,在瓦·特·纳列日内的《俄国的吉尔·布拉斯》问世前,还没有写作这类体裁小说的正式尝试。马特维·科马罗夫的《万卡·卡因的生活》是按照另一种模式、以法国侦探小说为样板建构的;伊万·诺维科夫的故事集《客商之子伊万奇遇记》中的《客商之女安努什卡的故事》只是对丘尔科夫的浅薄模仿。

如果说,丘尔科夫在创作《漂亮的女厨师》时是作为骗子小说的先驱出现的,那么,可以认为《爱嘲弄他人者》中的冒险—爱情—风流故事是后来取材于民族往昔历史故事的雏形。丘尔科夫在这些故事中讲述斯拉夫王公的历险经历、罗斯人的英雄往事和他们的风俗与礼仪。他在创作这些故事时,看准了在18世纪人们的

---

① 格·潘·马科戈年科:《从冯维辛到普希金》,莫斯科,1959年,第152—156页。

意识中已和民间口头创作的故事传统融合在一起的手抄本翻译小说的风格和手法。他的这些故事中没有任何直接的历史或民间口头创作因素，故事情节发生在传说中的史前时期和编年史之前的时期，但整个说来，它们是以文学故事的流行情节为基础来建构的。但是即使在这种情况下，丘尔科夫也赋予他的叙事以俄罗斯民族色彩，在文本中纳入某些地理和历史实况，而主要是第一次向读者展示出斯拉夫神话体系。关于雷神佩伦、日神赫尔斯、家畜神韦列斯、火神兹尼奇、爱神拉达和其他诸神的信息，以及与这些神灵相联系的仪式，都取自罗蒙诺索夫的《古俄罗斯史》，不过它们却是第一次被写入通俗小说。

后来丘尔科夫和米·伊·波波夫一起作为俄罗斯民族神话的最初系统整理者出现，他们同时也利用了一些民间口头创作的资料。他们追随罗蒙诺索夫，认为古代斯拉夫人有自己的奥林匹斯神统，它在基本特征上复现了古希腊的奥林匹斯神统。他们也是由此出发进行阐释的。如佩伦被解释为斯拉夫最高的神祇，相当于宙斯；拉达是爱情女神；波赫韦斯特被说成是风神埃俄洛斯，等等。丘尔科夫和波波夫编写的几部神话词典，系统阐述了这些对应关系，把从历史与科学的角度看不足信的斯拉夫诸神"万神庙"引入一般文献的使用中。① 这些词典中，收录最全的是丘尔科夫编的《俄罗斯迷信大全》(1786)。其中除了神话评述的知识外，还收集了各种关于婚礼仪式、民间多神教节日和信仰的记述。当加·罗·杰尔查文等俄国作家开始以假说的形式复现前基督教阶段的民族文化并予以文学性描述时，这种半民族学、半文学的材料非常有用。同时他们不得不解决民族基调的问题，于是就利用了丘尔科夫在《爱嘲弄他人者》中、波波夫在《斯拉夫古代》中、列夫申在《俄国民间故事》中的经验。在俄国浪漫主义作家的诗歌、历史题材作品、仿民间诗歌创作，特别是仿民间壮士歌的作品中，斯拉夫神话得到了广泛的运用。斯拉夫神话的这种功能在近代通俗小说中也继续被使用。

值得注意的是，正是丘尔科夫、波波夫及与其接近的其他一系列作家在"文学民俗学"，出于文学目的而利用民间口头创作的领域迈出了最初的步履。他们在散文创作中广泛使用谚语，在诗歌中广泛使用民歌。瓦·阿·列夫申创作的明显模仿《爱嘲弄他人者》的《俄国民间故事》（第 1—10 卷，1780—1783），讲述俄国中世纪骑士的冒险经历，也尝试把原本的壮士歌片断引入故事。由将近 400 首民歌构成、18 世纪多次再版的《各类歌谣汇编》(1770—1774)的首次发表，应归功于丘尔科夫。这本歌谣集成了俄国诗人的案头必备书，使他们了解到民歌的全部多样性，包括抒情民歌、强盗民歌、历史民歌和礼仪民歌等。

大众散文体文学创作的作家们对民间口头创作的兴趣在很大程度上是自发的，他们创作出艺术上难得的作品全凭直觉。这些作家创造了可同占主导地位的贵族古典主义相抗衡的文学—美学理论。此外，这些文学劳动者或者出身贫寒贵

---

① 参见帕·纳·别尔科夫：《罗蒙诺索夫和民间口头创作》，见《罗蒙诺索夫：文章与资料汇编》（Ломоносов. Сб. статей и материалов）第 2 卷，莫斯科—列宁格勒，1946 年，第 116—126 页。

族,或者来自其他阶层(驰名的《格奥尔格阁下》的默默无闻的作者马特维·科马罗夫是个"小公务员";《托美思河的小拉撒路》的译者瓦·格·沃罗布列夫斯基则出身于作为农奴的地主家奴),并未意识到自己属于统一的文学群体。比如,埃明和丘尔科夫是社会身份接近的作家,多年来却恶毒地相互攻击。与此同时,对于1760年代崭露头角的年轻一代散文作家,也有一些把他们联系起来的共同特征。如果借用当代的术语,可以说他们是作为18世纪文化中"大众"文学的代表出现的。换言之,他们的作品是定位于满足刚刚熟悉书面文化的广大识字者群体的教育与审美需求的。这些作家本身也是不久前从这个在很多方面同18世纪贵族文化相对立的环境中脱颖而出的。在贵族特权阶层看来,他们不过是一些半文盲的"写手"。但是,他们的创作却以俄国文化史本身所固有的珍品在客观上丰富了彼得大帝之后俄国的"欧化"文学,民间口头创作、传统的生活方式、对民族独特性的敏锐感受等大众文化保存了这些珍品。他们把民间普通文化而非书面文化的诸多特征带入文学的流转中。同时,像丘尔科夫、波波夫和列夫申这样的作家也意识到了这些文化形式的局限性,意识到它们不足以解决民族进一步发展所面临的问题。因此,虽然他们从来也不是作为完全忠实于古典主义的学生出现的,但还是如饥似渴地吸纳了古典主义文学艺术形式和思想上的成就,致力于把自己的创作提升到总体文学的水平。

4. 米·马·赫拉斯科夫小组的诗人们
(迈科夫、波格丹诺维奇、赫拉斯科夫)

1760—1770年代期间讽刺作品的繁荣,对散文体叙事体裁兴趣的加强,表明文学力量的分布发生了根本性变化。

新一代年轻贵族诗人——苏马罗科夫的学生们积极投身于完成他们的导师所预定的任务。1760年代初崭露头角的赫拉斯科夫小组的参加者们,继续锤炼由于其前辈的努力而在俄国土壤上确立的古典主义的传统体裁。在庄严的颂诗体裁创作中,他们一直遵循罗蒙诺索夫的传统。在悲剧体裁创作中,苏马罗科夫仍然是权威,虽然学生们在某些方面(这从赫拉斯科夫的悲剧《威尼斯修女》一例中即可看出)试图革新苏马罗科夫的悲剧体系。赫拉斯科夫小组成员也并不排斥喜歌剧、劝谕性寓言和说教长诗这类体裁。赫拉斯科夫还试图将"含泪的"市民悲剧体裁移植到俄国的土壤上。

不过,在18世纪历史—文学总体发展的背景上评价赫拉斯科夫小组诗人创作的意义时,可以区分出他们在其中无可争议的两大创新领域。这首先涉及这派诗人在私密性抒情诗歌体裁上所做的异常积极和多样化的探索。这个小组的代表者们在创立文人史诗的民族传统方面(无论是英雄史诗体裁,还是诙谐诗和童话诗的各种变体)所取得的成就更为重要。

在启蒙思想对俄国的影响扩大的背景下,从狭隘的阶层立场来理解把艺术引入社会文化与思想生活中的作用,其不足渐渐变得特别明显。苏马罗科夫及其追随者所认同的在文化发展的态度问题上的某种精英意识,如今已不再符合时代的需求,因为涵盖俄国社会精神生活所有新领域的文学意识的大众化进程,已具有不可逆转的性质。除了对散文的态度普遍发生变化外,这还体现在俄国文化活动家对本民族民间口头创作的关注明显增强。

对民间诗歌日益增长的兴趣明显地体现在一些民间口头创作原始文献的出版上,这是米·德·丘尔科夫、米·伊·波波夫、尼·加·库尔加诺夫等具有平民倾向的作家在 1760 年代实施的,本章前一节对此已有论述。但对民间诗歌文化经验的掌握也促进了古典主义传统体裁方面的创作探索。民间口头创作对文学的影响逐渐成为文学大众化总进程的一部分。这一影响的结果清晰地体现在苏马罗科夫诗派的某些代表者,特别是瓦·伊·迈科夫和伊·费·波格丹诺维奇的创作中。寓言和喜剧性诙谐长诗是古典主义诗歌中最明显地体现出上述倾向的体裁。在寓言中利用民间口头创作的传统是由苏马罗科夫确立的。创立诙谐长诗和童话滑稽长诗的民族传统,应归功于迈科夫和波格丹诺维奇。

瓦·伊·迈科夫(1728—1778)的创作是丰富多样的。他写过庄严的颂诗、悲剧、喜歌剧和寓言,留下了奥维德《变形记》的改写本。和苏马罗科夫流派的大部分诗人不同,迈科夫特别倾心于为幽默和有针对性的尖锐讽刺提供了空间的体裁。在这方面,他是苏马罗科夫的独特继承者。两人在社会政治理想的共同性使他们彼此接近。书吏的受贿、包税人的贪婪、贵族阶层的傲慢无知,所有这些现象都同样是两位诗人讽刺的对象。

在 1766 年出版的文集《劝诫寓言》中,迈科夫发扬了苏马罗科夫的寓言在贴近民间大众讽刺作品的民间口头创作资源方面的传统。他在寓言中所掌握的民间诗歌创作手法,和苏马罗科夫掌握的一样。他也同样面向民间故事和趣闻,为自己的寓言积极寻找情节资源,在寓言文本中大量引入民间谚语和俗语,有时也利用这些体现民间智慧的表述方式,将其作为寓言的道德教训:

> 他们把客人往外赶,对他说明:
> "这里对你们这伙人
> 迎客只看穿衣打扮,
> 送客则凭头脑聪明。"①

迈科夫就是这样结束他的寓言《披着狮子皮赴熊宴的驴子》的。

迈科夫的英雄喜剧长诗《叶利谢伊,或恼怒的巴克科斯》(1771),无可争议地

---

① 瓦·伊·迈科夫:《迈科夫作品选》,莫斯科—列宁格勒,1966 年(《诗人文库大系》,第 2 版),第 169 页。(以下凡引用本《作品选》,只在引文后注明页码)

在他的诗歌遗产中占据主要地位。迈科夫原则上没有破除苏马罗科夫讽刺作品的创作宗旨,他在这里选用了把讽刺与诙谐诗的因素结合起来的方式。迈科夫的长诗是作为民间诙谐诗不可超越的纪念碑而进入 18 世纪文学史的。

古典主义诗学承认两类喜剧诙谐诗。其中一类起源于古希腊的《巴特拉霍米奥马西亚》(《鼠蛙之战》),它是按贬低性改写英雄史诗崇高对象的原则建构的讽刺性模拟作品。在这类长诗中,古代崇高的英雄和神明以平民的形象出现,不然就是完全失去本阶级属性、带有其全部恶习和弱点的人物。诙谐诗中粗俗的、充满半俚语式常用语的社会底层语言同史诗相当崇高的风格形成对照。古希腊罗马作品,特别是维吉尔《埃涅阿斯纪》情节的大量"改写本",都是以利用这些原则为基础的,它们在 16—17 世纪欧洲文学中已广为流传。17 世纪法国保罗·斯卡隆的长诗是这类"改写本"中最出名的范例。

保罗·斯卡隆的诙谐长诗充满机敏风趣的激情和隐蔽的政治暗示,客观上含有对封建专制国家中支持的官方意识形态艺术的独特批评,虽然这种批评并不带有激进的特征。斯卡隆的立场缺乏某种正面的社会政治理想。

布瓦洛对诙谐诗体裁持否定态度,试图以喜剧性的新型史诗改编作品同斯卡隆的流行长诗相抗衡。在他创作的滑稽诗《经台吟》(*Le Lutrin*,1674—1683)中,教堂司库员和唱诗班歌手等普通人作为主人公出现。布瓦洛赋予他们之间因为琐事而发生的细小日常争执以神圣天意的性质。喜剧效果的产生,是由于作品针对作为情节基础的平庸俗气的日常生活情境而严格保持了崇高英雄史诗的全部风格特征。

布瓦洛在比照对平民日常生活的戏拟取笑与"改编的维吉尔作品"的反贵族批判激情之后,竭力贬低斯卡隆的诙谐长诗。"我打算用我们的语言来创作新型的诙谐诗:在以往的诙谐诗中,狄多和埃涅阿斯是像卖鲥鱼的女人和装卸工人那样说话的,而现在则不同,这里的女钟表匠和男钟表匠像狄多和埃涅阿斯一样说话。"①——《经台吟》的作者如此说明了他提出的新方法的用意。

18 世纪俄国古典主义文学接受了这两类诙谐长诗。苏马罗科夫在他的书简《关于诗歌创作》中提供了关于"诙谐英雄长诗"的各种变体的详细评述。这一事实值得注意。对于在 18 世纪之前还不知晓坚持不懈地广泛关注复兴古希腊罗马多神教文化传统的俄国文学而言,这两类诙谐诗之间的区别在原则上是不存在的。

在俄国古典主义兴盛的条件下,诙谐诗最经常地被用来作为文学斗争的手段。的确,诙谐诗所素有的风俗场景和自然主义地描写社会底层日常生活的倾向,为在诗歌中再现民众生活的某些方面创造了适宜的条件。在俄国的土壤上创作诙谐诗典范之作的最初尝试,是在具有民主情绪的作者、苏马罗科夫流派的反对者——伊·谢·巴尔科夫和米·德·丘尔科夫那些人的圈子里开始进行的,这一点并非偶然。

---

① 《布瓦洛选集》,巴黎,1865 年,第 222 页。

迈科夫的著名长诗《叶利谢伊,或恼怒的巴克科斯》(下简称《叶利谢伊》)的创作,也是1760年代末发生于苏马罗科夫派诗人和初露锋芒的罗蒙诺索夫继承人、宫廷颂诗作者瓦·彼·彼得罗夫之间的文学斗争的反映。

完全可能,迈科夫的"讽刺喜剧"长诗主人公名字的选择本身也归功于彼得罗夫。正是在1770年,长诗的第一歌"埃涅阿斯"发表,而彼得罗夫也是这样为他翻译的维吉尔《埃涅阿斯纪》命名的。迈科夫长诗中的一系列情节片断都是对彼得罗夫改写本的直接讽刺性模拟。俄罗斯马车夫叶利谢伊就像埃涅阿斯一样,按诸神的意志,经受了种种意外事件,成为解决酒神巴克科斯和农耕女神刻瑞斯之间纷争的工具。因此,叶利谢伊在卡林金贫民习艺所的经历以及他与习艺所女所长的关系,就让人联想起《埃涅阿斯纪》中和埃涅阿斯在狄多宫殿滞留相联系的片断。叶利谢伊向女所长讲述的关于"冬山人与瓦尔代人为割草场而进行的血战",与埃涅阿斯向迦太基皇后讲述的特洛伊人与希腊人的战争波折和特洛伊的陷落,是直接形成对照的。甚至连叶利谢伊从卡林金贫民习艺所逃跑后裤子被烧的细节,也同维吉尔笔下狄多在埃涅阿斯启航后自焚的片断形成讽刺性对照。

神话中奥林匹斯山诸神的改编描写也服务于讽刺任务。奉宙斯之命召集众神开会的赫耳墨斯,他看到的诸神是这样的:

> 冥王普路同和祭司们共赴宴会,
> 武尔坎在乌斯丘日纳打造啤酒罐,
> 看样子想在过节时喝家酿啤酒,
> 他妻子在一群诚实的妇人中间,
> 所有人都为她们的美貌着迷;
> 丘比特在一群天鹅旁巡看,
> 马尔斯曾和她在一起,而赫拉克勒斯则无聊地
> 拿着树枝般长短的手杖与孩子们一起表演。

(《作品选》,第87页)

除了已成为惯例的、符合诙谐诗本质特点的对神祇形象的讽刺性模拟和贬低之外,这一方法对于迈科夫的重要性还在于另一方面。他运用这一方法的理由之一,是要把对自己的文学对手的直接暗示纳入长诗的文本中。如在描写阿波罗的劳作之后,诗人写道:

> 那时他在一个农民那儿劈柴,
> 像一条疲倦的狗,伸着舌头,跑跑颠颠,
> 不断重复的敲击声就像扬抑格,
> 有时又有抑扬格和扬抑抑格出现;

他周围曾聚集过各类蹩脚抄写员……

迈科夫肆意地讽刺挖苦，嘲笑无所作为的诗人，首先嘲笑彼得罗夫本人：

诸位听过斧头的敲击声，
全都归在一起行走，俨然大师同道；
返回时他们都为此而自豪，
仿佛曾在斯帕斯学校深造。
他们中的一位以俄国的荷马自诩，
尽管什么诗用什么格也不知道，
另一位则自以为堪比维吉尔，
虽然他几乎连正字法都不知晓，
第三位向天下人夸耀自己的才干，
认为自己不逊于品达的荣耀。

(《作品选》,第 88 页)

针对彼得罗夫的讽刺—戏仿式抨击贯穿迈科夫长篇叙事诗的整个文本,特别是其中的第一歌。唯独"叶利谢伊"的话题不能被归结为讽刺性模拟。

长诗思想内容的另一方面在于对包税制的讽刺嘲笑。酒神巴克科斯选择叶利谢伊作为同哄抬酒价的包税商进行斗争的武器——这是长诗中事件的展开建立于其上的情节中枢。最后叶利谢伊完成了交付给他的任务,让富商破产,还顺带引起其家庭生活的不和睦。

迈科夫长诗的情节被放置于城市社会底层日常生活的氛围中。马车夫、商人和警察等普通人作为主人公出现。在古典主义作品中,城市社会各阶层生活的描写,除了寓言和喜剧体裁之外,也可以在史诗体裁的各种独特变体(如长篇英雄叙事诗的框架中)占有一席地位。普通人的行为与古希腊英雄和神祇的活动之间的喜剧性比照,是这一体裁艺术特色的基础。迈科夫在《叶利谢伊》中也运用了这种手法。但在长诗中活动的还有显然被降格和改写了的神话中的角色。正如格·潘·马科戈年科在他那个时代所公正指出的那样:迈科夫有意混同两类喜剧叙事诗,断然摒弃"对'非贵族'阶层的老爷式蔑视"。"在喜剧性英雄叙事诗体裁的外衣下,鲜明的生活图景呈现于读者面前,这些图景是以明快的、与民众的鲜活话语相接近的、充满幽默、新鲜感和表现力的语言再现出来的。"[1]

在这种情况下,就产生了把古希腊罗马的古典神话世界和某一另外的世界做对比的独特要求。把一个俄国马车夫作为主要人物来描写,让他作为众神的武器

---

[1] 格·潘·马科戈年科:《从冯维辛到普希金》,莫斯科,1969 年,第 148—149 页。

来行动,同时众神本身和长诗中的其他角色实际上没有任何区别——这样的格局要求某种既能决定叶利谢伊的外貌,又能说明其行为的补充素材。俄国民间口头创作在迈科夫的"讽刺喜剧"长诗中发挥了这种作用。

在《叶利谢伊》之前,人们多半会在寓言中看到古典主义体裁对民间口头创作的有机接受。苏马罗科夫的歌谣及其对民间抒情诗形式的风格模拟,对于古典主义而言并不典型。从中可以发现克服这种艺术思维体系的一些最初征兆。迈科夫的功劳恰好在于,他在大型史诗体裁中运用了民间口头创作的传统。在古典主义文学中,对民间诗歌的利用也不再限于对民间口头创作诗学的某些手法做表面上的风格模拟。民间诗歌元素以最为多样化的形式进入《叶利谢伊》艺术结构的总体构成中。在这部长诗中,可以看到同时存在着壮士歌的要素和民间故事的情节单位,叙述结构中有民间谚语和俗语,甚至还有民间诗歌的直接引文。巴克科斯穿戴讲究,骑着长翅膀的老虎飞向宙斯:

> 微风吹起他的卷发,
> 他在天空翱翔,赶着老虎飞跑,
> ……………
> 鱼子酱般深红的羊皮袄,
> 切尔克斯皮靴胜过所有华美的装束,
> 波斯宽腰带,还有貂皮帽……

迈科夫还这样解释关于巴克科斯服装的描写,直接指出其来源:

> 装束取自广阔天地的谣曲,
> 伏尔加河纤夫醉醺醺地歌吟,
> 这首小曲儿名叫卡梅申卡,
> 小河汩汩流入伏尔加——母亲河,
> 艺术从四面八方汲取美景。

(《作品选》,第 83 页)

这里指的是著名民歌《哪儿比萨拉托夫城更低?》。《叶利谢伊》的作者也从这里借用了巴克科斯衣着装饰的主要细节。

长诗的体裁性质本身也促进了民间口头创作在其中的广泛运用。关于处在中心的勇士形象马车夫叶利谢伊的叙事所具有的史诗性质,合乎逻辑地决定了长诗中某些民族壮士歌的情节单位的存在,以及它们同博瓦与叶鲁斯兰的半童话叙事情节的结合。宙斯派来解救叶利谢伊的赫尔墨斯无法叫醒沉睡的马车夫。这种情况使作者给他关于英雄的描写附上了如下解释:

> 叶列西卡熟睡着,就像古时候的英雄,
> 无论如何都不能把他们唤醒,
> 除非拿着棍棒在两侧巡行。
> 啊,你们是享有盛誉的作家,写有《博瓦》
> 《彼得的金钥匙》《雅罗斯兰》和《威尼斯人》!
> 你们笔下的勇士总是睡得深沉,
> 谁的拳头也不能打破他们的梦境:
> 他们曾把五十多普特重的
> 钢铁制成的大棒抛向白云。
> 现在我相信,你们从未撒过谎,
> 因为眼前就有这样一个人。
>
> (《作品选》,第 92—93 页)

迈科夫在这里向骑士小说作者发出了呼唤,但并没有改变事情的本质。在 18 世纪的俄国,这些小说以手抄本的形式传播开来,逐渐成为社会底层民众的财富,且实际上变成了民间故事。在民间口述传统中,英雄形象几乎都有民间艺术创作的成分,自然还增添了童话中勇士的特征。在这种情况下,对于迈科夫来说,壮士歌和童话之间的区别看起来并没有实质性的意义。不过,长诗第二歌中叶利谢伊在卡林金贫民习艺所给女所长讲述的先前瓦尔代人和冬山人为争夺割草场而打斗的故事,其部分细节描写显然来源于壮士歌。诗中主人公的哥哥斯捷普卡:

> 他手中拿着一根很粗的巨棒,
> 给我们所有的敌人造成恐慌,
> 他手持巨棒走到哪里,就在那里辟出道路,
> 他在哪里转身,那里就出现广场……
>
> (《作品选》,第 100 页)

在这类突出英雄非凡力量的战斗描写中,显然可以感觉到壮士歌传统的影响。[①]

看来,正如格·潘·马科戈年科就此所指出的那样,完全有可能,迈科夫在描写其笔下人物的功绩时,在某些细节上遵循了伊·谢·巴尔科夫的诙谐讽刺的传统,这一传统曾如此鲜明地体现在他那著名的《库拉什战役颂》中。

---

① 参见关于瓦西里·布斯拉耶维奇的壮士歌中一个片断:"瓦西里抓住深红色的榆树干,/ 开始在院子里来回走动,/ 他又开始挥动榆树干:/ 他往哪儿一挥——那里就出现一条小道,/ 再转而一挥——又出现一条胡同……"见《壮士歌》,第 1 卷,莫斯科,1958 年,第 354 页。

迈科夫在《叶利谢伊》中积极利用的民间口头创作的另一方面是神奇故事。这些故事因素的引入同样得益于迈科夫所选择的长诗形式的独特性。长诗的主人公是俄国马车夫。虽然古希腊神话中奥林匹斯山上的众神指挥着他的行动，但是主人公的奇异经历却发生在俄国，而且古希腊诸神也被作者描绘成俄罗斯庄稼人和农妇。因此，在长诗中采用俄国民间故事的情节，奇异地再现神奇故事特有的场景是很自然的。

叶利谢伊的救星赫尔墨斯送给他隐身帽这样的细节，对于神奇故事而言是惯常存在的。多亏这顶帽子，马车夫才立了功，既在包税商家里被视为家神，也在长诗最后一歌中所写的商人和车夫们在小酒馆旁斗殴时立了功。甚至被长诗作者按俄国方式称为叶尔米的赫尔墨斯本人，还和神话故事中奇异的妖怪有某些共同之处。

最后，长诗的民间口头创作特色还体现在大量运用谚语和俗语的风格上。《叶利谢伊》中熟语的平民色彩，使得长诗和寓言体裁相似。不过在这种情况下受到作者关注的，并非民间谚语的劝谕功能，更确切些说是蕴藏在民间语言中的巨大潜力，即简练、广泛同时又带着幽默地评价生活的资源。在这里，迈科夫客观上把世界感受的平民性带入了文学，在某种程度上为克雷洛夫的发现做了准备。

在俄国古典主义的体裁系统中，继寓言故事之后，只有喜剧性英雄长诗由于自身在文学中的特殊地位，才为文学如此充分而有机地利用民间口头创作传统提供了可能性。但是，相对于古典主义的其他体裁，喜剧性长诗的这一特权中也隐藏着对于这一思潮本身存在的危险性。

迈科夫的独特地位在于，作为苏马罗科夫的学生，他发展了其导师创作中的这样一些倾向：它们表面上并未切断与古典主义艺术体系的关系，最终却促成了对这一体系的超越。如上文所指出的，这些倾向是和大约从1760年代开始的文学民主化的急剧进程相联系的。

伊·费·波格丹诺维奇的作品《宝贝儿》，正如这部长诗的出版者阿·安·勒热夫斯基对其体裁属性的界定那样，是一部"自由诗体的古代小说"，它在更大程度上显示出对古典主义叙事长诗体裁的艺术观原则的背离。

1783年，勒热夫斯基首次出版《宝贝儿》全文，在前言中标出了作者的名字。此前，只有该长诗的第一部以《宝贝儿的奇遇》为题，于1778年在莫斯科匿名出版。波格丹诺维奇的这部长诗是对拉封丹的小说《普叙赫和丘比特的爱情》(Les amours de Psyché et de Cupidon, 1669)的自由改编，但它仍可以被视为原创性作品，它直观地展示出俄国文学了解欧洲传统的路径，以及对这一传统独特的重新审视。

拉封丹小说的情节基础源自古希腊，是关于阿普列尤斯在他的长篇小说《金驴记》中予以重述的古老神话。法国诗人原封不动地保留了基本情节轮廓，以精美的散文体予以转述，并融入了一些作为独特的抒情性阐释的诗体插笔。

1769年，拉封丹的小说已由诗人费·伊·德米特里耶夫—马莫诺夫译为俄文，译作题为《普叙赫和丘比特的爱情》。马莫诺夫努力忠实于原著，特别重视拉封丹作品高雅、"体面的风格"。波格丹诺维奇则以另一种方式完成了自己的任务。

波格丹诺维奇的创新首先在于，他使用不同音步的自由抑扬格诗行——俄国诗体寓言公认的诗格来改写拉封丹的小说。同时，作者几乎不关心风格的"高雅"，他在长诗文本中大胆引入平民用语、民间口头创作中的熟语搭配，甚至还有极为少用的近似方言的形式，如"шпынь"（小丑）、"махры"（流苏）、"щеть"（硬胡须）、"хлипать"（啜泣）等词语。不过这一切都不妨碍长诗在读者中获得成功。关于普叙赫和丘比特之爱的古老神话，经由轻快的诗体叙述、作者与读者无拘束的交谈、充满戏谑的暗示、机智俏皮的说笑及半民间创作风格的噱头等方式，在波格丹诺维奇笔下变为滑稽可笑的故事体长诗。

1783年，波格丹诺维奇在长诗出版时指出："当我开始写作《宝贝儿》时，空闲时刻的自我消遣是我唯一的动机。"①在《宝贝儿》创作动机的这一说明中，可以发现对于作品思想内容上的激情的解释。这一激情在一定程度上等同于赫拉斯科夫诗人小组的抒情诗为容的创作宗旨，波格丹诺维奇本人恰好也是该小组的成员。

> 我歌颂的既非阿基琉斯的愤怒，也不是特洛伊的围困，
> 英雄的岁月已在特洛伊城无尽争吵的喧哗中消失殆尽，
> 我要对宝贝儿尽情歌吟。
> 歌唱你啊，宝贝儿！我希冀得到帮助，
> 这帮助将充实点缀我的歌声，
> 那歌曲我写得简单而又随意。
> 你将听到的是芦笛，而不是竖琴洪亮的声音……
>
> （《长短诗集》，第46页）

波格丹诺维奇就是这样开始他的长诗的。作者对阿摩尔和普叙赫的爱情故事（而不是对古希腊诸神和英雄业绩）的有意偏爱中，反映出赫拉斯科夫派诗歌所特有的发掘室内私密主题的倾向。波格丹诺维奇也延续了1760年代贵族诗人的这条创作路线，并将其扩展到诙谐长诗这一叙事体裁领域。

波格丹诺维奇所开创的史诗性叙事方式的主要价值，在于提供了在这种体裁中表现作者个性的可能性。《宝贝儿》的整个叙事维系于作者与读者直接倾心交谈的语调，这种语调和高雅史诗风格的传统规范是完全对立的。作者以各种事件的特殊见证者身份出现，可信地解释着发生的事情，给读者讲述女主人公不可思议

---

① 伊·费·波格丹诺维奇：《长短诗集》，列宁格勒，1957年（《诗人文库大系》，第2版），第45页。（以下凡引用本《长短诗集》，只在引文后注明页码）

的奇遇中的隐秘细节。在描写阿摩尔安置宝贝儿的宫殿之后,波格丹诺维奇提请读者注意:

> 我希望能详细地描绘
> 这些神奇殿堂中的珍品宝藏,
> 这里的一切都无与伦比,
> 一下子就俘获了人们的目光。
> …… ……
> 如果我很少谈到这些厅堂,
> 那么读者当然会把我原谅,
> 我应该跟随宝贝儿走进花园,
> 看她把大家的心思和眼光吸引到何方。

(《长短诗集》,第78页)

在这类充满作者注解的史诗性叙事中,已出现近似于普希金在其充满抒情插笔的童话诗《鲁斯兰与柳德米拉》及诗体长篇小说中所运用的那种叙事方式的萌芽。

作者在陈述事件时的积极参与,作者的声音在关于古希腊神话时代的叙事结构中的出现,决定了长诗本身的整体风格。作者一再强调,是他在讲故事。在波格丹诺维奇笔下,古典主义史诗风格所惯有的修辞手段、含有寓意的比拟和隐喻的体系也相应地经受了一定的变化。这也涉及在描写古希腊奥林匹斯山诸神时的诙谐诗因素:

> 没牙、谢顶、白发的萨图努斯站在她面前,
> 苍老的脸上布满新出现的皱纹,
> 竭力忘掉他已是年迈的爷爷,
> 挺直衰老的身子,想显得更年轻,
> 卷了卷自己剩下的几绺头发,
> 而要看宝贝儿还得戴上眼镜……

(《长短诗集》,第76页)

这还表现在史诗风格的不断降低,表现在语体风格降低到日常口语的水平。同时,波格丹诺维奇洒脱不拘地破解了古典主义史诗所习用的富有寓意的隐喻,以讽刺性模拟的形式造成不同风格层次的彼此交织:

> 每逢这样一些时刻,
> 如同清水出芙蓉,

奥罗拉脸色绯红
凝视着山峰,
福玻斯与奥罗拉在蔚蓝的天宇成为友人,
抑或说话也如此质朴纯真:
就像黑夜过后白昼来临,
宝贝儿醒来,睁开明亮的眼睛……

(《长短诗集》,第96页)

蕴藏于所有这些因素背后的,是新的美学观念体系未被觉察的形成,古典主义诗学的规范在其中让位于具体表现作者情感与印象的原则。在波格丹诺维奇笔下,艺术地把握世界的新原则的产生,是在颇具特色地热衷于根据经验描写日常生活细节和生活现实的形式中表现出来的。作者的观察以其生动和具体令人惊叹。这就是关于维纳斯的出行及随后关于一位特里同①的生动描写:

另一位麻利地坐到赶车人位置上,
不管迎面碰见谁都争吵似的骂人,
命令他们闪到一边,
不可一世地摆弄着缰绳……

(《长短诗集》,第56页)

出现在读者面前的实际上是一个俄国马车夫。与此相像,服侍宝贝儿的阿摩尔们也类似于贵族日常生活中司空见惯的家仆:

阿摩尔们奔忙时显得十分诚心,
都像主人一样竭力分担责任:
有的拿来餐具,有的担任传膳近臣,
有的安排摆放,人人忙碌,来往穿行;
谁要是从自家女神手中端走半杯美酒,
自然是已得到她的应允,
那他就会感到自己无上荣幸,
也有许多人在女神面前漫不经心……

(《长短诗集》,第71页)

这样的例子可以举出很多。

---

① 特里同:古希腊神话中的海之信使,海王波塞冬和海后安菲特里忒之子。特里同的名字和形象后来演化为多人,他们通常组成海神的护卫队。——译者注

作者积极利用本民族民间口头创作的资源,是克服古典主义史诗体裁所固有的风格标准的另一结果。与迈科夫不同,波格丹诺维奇在《宝贝儿》中主要瞄准了民间口头创作的体裁之一——神奇故事。在民间故事中颇具代表性的运用固定熟语的表述模式,成为作者叙事方式的常用背景,如:"让他们把公主带到神秘山的最高峰,那是非常遥远的地方,/至今还没有人去过那里……";"已经过了几个星期/他们走过了很远的距离";"根据现今到处流传的小说看,/那里是野兽不跑、鸟儿不飞的地方……",如此等等。

维纳斯给《宝贝儿》设定的种种考验和传统的神话故事中角色所经历的考验有诸多共同之处,这并非偶然。波格丹诺维奇在拉封丹作品情节的基础上进一步展开想象,补充了许多原著所没有的细节,这些细节完全来源于俄国民间口头创作。例如,他的长诗中出现了女主角受派遣去寻找活水和死水,到花园里去摘长生不老的科谢伊看守的金苹果等情节。长诗中还提及蛇妖戈雷内奇、老妖婆亚伽、少女王和神力宝剑。俄国民间故事中的角色和古希腊诸神在《宝贝儿》中一起行动。在情节方面,波格丹诺维奇以俄国民间口头创作的情节、民族日常生活图景充实了古希腊神话世界;而在长诗的词汇—修辞结构中,也是高级教会斯拉夫语和俗语并存,源自古希腊的成语和民间故事用语交替使用。

长诗词汇的不同种类和风格色彩的多样性,也反映出对于为古典主义美学所特有的诗性思维规范的背离。

古典主义艺术方法的确立对于那个时代而言,是新文化形成的一个合乎规律的阶段。苏马罗科夫及其弟子勉力创立的古典主义体裁体系成为其形成独特的文学形式的基础。波格丹诺维奇的诙谐长诗《宝贝儿》是俄国古典主义的一项重大成就,标志着这一流派在叙事诗体裁领域前进发展的独特里程碑。

在苏马罗科夫派的诗人中,米·马·赫拉斯科夫(1733—1807)发挥了一种特殊的作用。作为陆军贵族武备中学的学生,赫拉斯科夫毕业后随即在莫斯科大学担任督学。在这里,他全身心地投身于文学事业,并很快就成为围绕杂志《有益之乐》(1760—1762)、《闲暇时刻》(1763)和《善意》(1764)而聚集起来的年轻诗人小组的领袖。

各类诗歌(基本上是抒情诗)在这些杂志上占有主要位置。赫拉斯科夫小组的诗人们抒情诗的特征,是疏离于宽泛的公民内容的话题,转向表现道德主题的抽象哲理思考领域。歌唱友谊和精神美德成为这些诗人的抒情诗篇的主导主题。赫拉斯科夫派诗人所钟爱的抒情诗体裁是友人之间的亲密赠答诗、阿那克瑞翁体和贺拉斯体颂诗、斯坦斯体诗,也即为发掘个人生活和宣扬适度等主题提供空间的体裁,这并非偶然。在友人赠答诗的彼此交换中,献给有限圈子内朋友们的精神优越理念变成了对精神隐居和过于明显的政治冷淡主义的直接宣扬。

1762年,赫拉斯科夫出版了诗集《新颂诗》。作者已通过诗集的题目强调了自己的颂诗与罗蒙诺索夫的赞颂性庄严颂诗传统的原则区别：

> 缪斯，请缪斯弹起
> 您悠扬回响的竖琴，
> 并庄重地歌唱
> 种种美德的习生！
> 人世间还有什么更美？
> 还有什么比真诚的美德
> 更能吸引我们？……①

赫拉斯科夫在第 23 首颂诗《论美德》中发出这样的感叹。有教益的主观劝谕与罗蒙诺索夫的颂诗中为公民服务的激情和政治积极性形成对照。道德自我完善被诠释为实现社会和谐和消灭恶的唯一手段。

赫拉斯科夫的这种立场在某种程度上可以用他对共济会思想的迷恋来解释。1769 年，他出版了新诗集《哲理颂诗》。在这里，人类天性的不完善被说成是社会之恶的原因。关于激情、虚荣心和游手好闲的危害性，关于金钱的腐蚀性力量，关于奢望荣耀的无谓操心等等的抒情性沉思，也相应地构成诗集的内容。深入心灵的世界，静观与己无关的邪恶世界——这是卷入共济会的俄国贵族赫拉斯科夫所擅长的消极抗议的独特形式。

另一方面，在长篇小说《努马，或繁荣的罗马》(1768) 中，赫拉斯科夫绘制出理想君主统治的乌托邦图景。小说写作的时代恰逢 1767 年有名的新法典编纂委员会成立和工作的期间。小说中的许多内容都可以理解为同"叶卡捷琳娜二世认为自己的活动是为俄国谋福利的开明统治"这一意图直接相关。作者借努马的女谋士、明智的自然女神埃杰丽亚之口宣称："对于公正的君主来说，无论他是根据自己的还是别人的意见来制定法律，都没有什么难为情；只要这些法律有利于共同的稳定。"② 贵族思想家赫拉斯科夫描写努马·彭庇里乌斯的执政特点与方法，展示出罗马在他的统治下实现了真正的安宁幸福，实际上是开导俄国女皇。当然，他始终停留在关于理想政治制度的观念框架内，这些观念可以让他获得自己特有的社会地位和取自费纳隆、孟德斯鸠等西方思想家的一套思想。

努马制定的明智的法律是罗马繁荣的根源。但是对于赫拉斯科夫而言，社会安宁幸福的终极条件仍然是承认普遍道德启蒙的必要性，换句话说，是让美德深入人心。作者对共济会始终一贯的倾心也在这里显示出来。

赫拉斯科夫主要是作为英雄史诗《俄罗斯亚特》的作者进入 18 世纪俄国文学史的。长诗的构思形成于 1770 年代初期。实现这一构思需要研究很多史料，曾占

---

① 米·马·赫拉斯科夫：《新颂诗》，莫斯科，1762 年，第 62 页。
② 米·马·赫拉斯科夫：《努马，或繁荣的罗马》，莫斯科，1768 年，第 103 页。

去 8 年的艰苦劳作。史诗的规模和它在古典主义文学体裁体系中的地位，让作者承担了特别的责任。

在赫拉斯科夫着手写作《俄罗斯亚特》之前，俄国文学还没有这种体裁的完整范本。创作民族史诗的多次尝试，还是从康捷米尔时代即已开始，但是所有这些尝试都未能进行到底。罗蒙诺索夫在创作长诗《彼得大帝》(1761)时比别的诗人更有进展，但是他总共只完成和发表了两章。苏马罗科夫也有过创作史诗的构思，这方面的资料得到了保存。他的长诗题目应是《德米特里亚特》，但是除了引言的几行诗外，这一构想再也没有留下任何东西。最后，迈科夫开始创作英雄史诗《被解放的莫斯科》的时期，正好与《俄罗斯亚特》的创作时间相吻合，但迈科夫的写作也未完成。

存在如此之多的尝试证明了一点：那个时代几乎所有主要的俄国作家都意识到创作民族史诗的需要。1766 年，特列季阿科夫斯基在他的《季列马希达》的"前言"中写道："讽刺模拟的另类史诗性长诗或史诗，是人类理性崇高创作的极高点、桂冠和极限。它既是最高雅的模仿自然的首脑，也是这种模仿的最终完成。"① 特列季阿科夫斯基的同时代人对史诗的看法与此完全一致。赫拉斯科夫转向《俄罗斯亚特》的创作，在很大程度上也是由于他真诚地相信，俄国文学没有民族史诗，就不能在欧洲其他各国文学的行列中占据应有的地位。

赫拉斯科夫在制定其长诗的写作计划时，努力考虑到古代和近代在史诗体裁领域最出色的诸位前辈的经验。这体现在他为《俄罗斯亚特》第三版写的前言，即历史—文学述评《对叙事长诗的看法》中。对于作为苏马罗科夫诗派之代表的赫拉斯科夫来说，典范的选择应定位于他能按自己的方式为"巩固苏马罗科夫诗派在那些年的文学斗争中已岌岌可危的领导地位"这一目标服务。这是有根据的。1766 年，特列季阿科夫斯基出版了他的《季列马希达》，并附上了内容丰富的理论性序言，在其中实际上否定了此前欧洲文学中创作英雄史诗的全部经验，对创作各民族历史题材史诗的合法性本身也提出了怀疑。特列季阿科夫斯基似乎是延续了 17 世纪末在法国开始的"崇古派"和"厚今派"之间的争论，无条件地站在"崇古派"一方。借助古希腊作家的权威，他解释了他的史诗为什么选择了六音步扬抑抑格的诗格，他的诗歌为什么不押韵，而重要的则是——为什么选取古希腊历史中"神话"时代的传奇性传说来作为情节。"什么是史诗？史诗就是用来激发美德之爱的虚构的寓言，也就是说，这个史诗的英雄应当是神话中的英雄。"② 按特列季阿科夫斯基的意见，在近代只有费纳隆的作品《忒勒马科斯历险记》符合这一要求，所以他以这部小说作为自己创作史诗的基础。

特列季阿科夫斯基就这一点和伏尔泰进行了直接论战，宣称后者的《亨利亚特》不合乎真正的史诗水准，在《季列马希达》的序言中继续写道："亨利四世是法

---

① 瓦·基·特列季阿科夫斯基：《季列马希达》，第 1 卷，圣彼得堡，1766 年，第 I 页。
② 同上书。

国国王,伏尔泰笔下的英雄亨利亚特是 16 世纪最光荣、最伟大的君主之一:如果这么一个伟大的国君在史诗中竟有些类似于博瓦王子,那对于法兰西人民而言,这应是一种极度的耻辱和难以忍受的委屈。"① 格·亚·古科夫斯基推测,特列季阿科夫斯基在这里借伏尔泰来评击罗蒙诺索夫及其史诗《彼得大帝》。② 这一推测看来并非没有根据。

在争论激烈之际,特列季阿科夫斯基否认近代欧洲作家实际上是根据历史资料而创作的全部史诗有被称为英雄史诗的资格。除了伏尔泰的《亨利亚特》、托夸多·塔索的《被解放的耶路撒冷》、卡蒙斯的《卢济塔尼亚人之歌》,甚至连弥尔顿的《失乐园》等,也遭遇了同样的命运。特列季阿科夫斯基没有断然说出罗蒙诺索夫的名字,或许是因为考虑到他的作品尚未完成。但是罗蒙诺索夫和更早一些的康捷米尔所选择的、他们俩试图作为完成民族史诗典范创作之原则的方式,却遭到了特列季阿科夫斯基的彻底否定。特列季阿科夫斯基经由创作他的《季列马希达》,特别是为它所写的论辩性序言,以自己的方式向伏尔泰和罗蒙诺索夫的崇拜者发出了挑战。

赫拉斯科夫接受了这一独特的挑战。1778 年,《俄罗斯亚特》的写作结束,次年,这部长诗发表。

在选取 1552 年伊凡四世攻克喀山的历史事件作为《俄罗斯亚特》的情节时,赫拉斯科夫有一系列考量。照他的意见,一部真正的史诗内容的基础,应该是对世界命运有转折意义的事件。在他看来,俄国历史上只有彼得一世的业绩具有这样的宏大规模。的确,赫拉斯科夫承认,写一部关于彼得执政的英雄史诗的时机尚未到来。他把自己的《俄罗斯亚特》和伏尔泰的《亨利亚特》置于同一行列,认为这类长诗也同塔索、弥尔顿和卡蒙斯的著名史诗作品一样,完全符合这一体裁的要求。

赫拉斯科夫把伊凡雷帝对喀山的攻克,看成俄国经过漫长而痛苦的过程,从蒙古—鞑靼人统治的影响下摆脱出来的最终胜利。但是,在把这一事件同俄国历史上转折阶段的认识相联系时,赫拉斯科夫还在追寻另一目标。作者通过他的英雄史诗关注历史往事的内容,肯定了叶卡捷琳娜二世政府外交政策中的一些十分具体的、对《俄罗斯亚特》创作时期具有重要意义的方面。正如古科夫斯基所公正指出的那样,在 1768—1774 年间俄国和土耳其为争夺克里米亚而进行的战争的时局中,一位俄国作者转向这样的题材就是以自己的方式在思想上支持叶卡捷琳娜二世的军事活动。③《俄罗斯亚特》的独特政治现实意义就在于此。但这里也潜藏

---

① 瓦·基·特列季阿科夫斯基:《季列马希达》第 1 卷。
② 格·亚·古科夫斯基在他的《作为文学理论家的特列季阿科夫斯基》一文中做出了这一公正的推测。参见《18 世纪俄国文学:古典主义时代》(Русская литература XVIII века. Эпоха классицизма),载《18 世纪》(文集)第 6 辑,莫斯科—列宁格勒,1965 年,第 52 页。
③ 参见格·亚·古科夫斯基:《18 世纪俄国文学和社会思想史概要》(Очерки по истории русской литературы и общественной мысли XVIII века),列宁格勒,1938 年,第 240—241 页。

着赫拉斯科夫在他的宏伟事业中出现艺术失误的根源。

赫拉斯科夫关注这一主题的政治原因,自然影响到作者的观念。俄国的历史,如果仅仅从其同伊斯兰世界对抗的角度来领会,那么它对于赫拉斯科夫来说变得如此重要,只是因为这使他再一次确认了自己对于历史意义及其动力的理解。这也就解释了赫拉斯科夫为什么选择了他认为必须依靠的传统。

在赫拉斯科夫的长诗中,历史只不过是表现上天旨意的领域。从结构上看,《俄罗斯亚特》的开头——为受苦受难的俄罗斯的祈祷所感动的上帝派遣备受鞑靼人折磨的亚历山大·特维尔斯基来到人间,他的影子出现在安睡于优裕与奢华中的伊凡的梦境里,这一开头已让人捕捉到赫拉斯科夫艺术方法的源头。在这里,《俄罗斯亚特》的作者以塔索的声望为支撑,把他的经验运用于自己的长诗结构的某些情节中。读者记得,《被解放的耶路撒冷》也是以戈特弗里德·布里昂斯基的梦境开篇的,上帝通过派往他那里的大天使加百列,要求他结束无所事事状态,为解放圣墓而反抗穆罕默德。和《被解放的耶路撒冷》原文的相似之处,遍布于《俄罗斯亚特》整部史诗文本中。①

这类以权威作品为根据的写作本身并不是18世纪的艺术实践所避讳的。罗蒙诺索夫的长诗《彼得大帝》在许多地方都借鉴了伏尔泰《亨利亚特》的经验。但是,赫拉斯科夫选择塔索的长诗作为《俄罗斯亚特》的范例,却使他的史诗失去了艺术现实性。在18世纪俄国社会思想赖以存活的那些理念的背景下,仅仅从捍卫基督教信仰正义性的角度来表现俄罗斯的历史优越性,在思想观点上已显得过时。

赫拉斯科夫阐释历史规律的主观态度体现在其创作方法上。这种方法具有两面性。

一方面,赫拉斯科夫承认历史文献的意义,遵循历史事实对他来说在原则上也始终是重要的。在选择具体历史事件作为史诗的描写对象时,赫拉斯科夫与特列季阿科夫斯基的观点断然有别,在某种程度上显示出他在运用这一体裁时是罗蒙诺索夫方法的追随者。

但是,赫拉斯科夫在主要方面并未接受特列季阿科夫斯基的建议,同时,他直到最后也没有使用《彼得大帝》作者所发现的那些资源。

罗蒙诺索夫的创新首先在于,历史事件的逻辑是其长诗发展的推动因素,这些事件是根据它们对俄国的政治影响而得到评价的。作为历史活动家和皇位制度改革者的彼得一世是以改变俄国面貌的具体主持者身份出现的。正因为如此,对于罗蒙诺索夫来说,历史本身始终是确定彼得事业划时代性的最后论据。所以他的长诗中几乎完全没有幻想和神奇的成分。用奇幻因素作为说明历史事件的理由,对罗蒙诺索夫而言始终是不妥的。

对赫拉斯科夫来说,长诗中发生的一切都服从于证明天意的无限权能。《俄罗

---

① 参见拉·米·戈罗霍娃:《托夸多·塔索在18世纪俄国:接受史资料》,见《俄国与西方:文学关系史略》(Россия и Запад. Из истории литературных отношений),列宁格勒,1973年,第153—155页。

斯亚特》中的历史描述具有独特的两面性:历史事件的真实具体性取决于虚幻的、常具有幻想形式的那些力量的行动。伊凡军队在出征和围攻喀山时碰到的全部阻碍,都被描写成别兹维利伊("不信仰")和兹罗切斯基("厄运")庇护金帐汗国的地狱黑暗势力行动的结果。如在长诗第7歌中,别兹维利伊让俄国军队遭受炎热、风暴和干渴。沙皇在犹豫不决中梦见脑门上带有半月形怪物的可怕的龙(第8歌)。在最后的第12歌中,严寒在围攻喀山期间降临的真实事件被说成是鞑靼巫师尼格灵邀请兹玛("冬天")降临喀山、报复俄国的结果。只是上帝的干预才拯救了俄国军队。沙皇吩咐升起绘有生命树的战旗,于是严寒消退。

在史诗的艺术结构中,基督教和伊斯兰教这两个世界的斗争,伴有两条截然分明的情节线索。每一条线索都被限定在某些诗章中。如第1、2、6、7、8歌限于描写俄军营垒中发生的事件。同样,第3、4、5、9、10歌则由展示发生于鞑靼营垒中的事件而联系起来。《俄罗斯亚特》中描写直接围困和进攻喀山的最后第11—12歌,再现出两个世界的独特冲突,受到至高无上的神祇庇护的俄国人成为胜利者。

亚·尼·索科洛夫敏锐地发现,在赫拉斯科夫笔下,共存于史诗结构中的"英雄史诗"和"长篇小说"两种因素具有独特的思想意义。"长诗中的英雄因素与'俄罗斯'的线索,与民族为自身解放而进行的斗争相联系。长篇小说因素则和这一线索无关。相反,和鞑靼人抵抗俄军进攻相联系的事件则没有英雄色彩。"① 伊斯兰世界一直处于勾心斗角和彼此倾轧的状态,陷于淫欲与内讧,这最突出地体现在寻欢作乐的喀山女皇苏姆贝卡的面貌中。照亚·尼·索科洛夫的说法,这种情节对立表现了《俄罗斯亚特》的思想观念。研究者把这类"史诗"和"长篇小说"因素的思想分野视为赫拉斯科夫与塔索的原则性区别,在塔索笔下,描写基督教阵营和穆斯林阵营时,两条线索同等重要。

与此相对应,《俄罗斯亚特》的文体结构也显示出在不同题材情节线索之间配置的若干词汇层次的交叠。因结合着古希腊神话和骑士小说典雅精致的特征而复杂化的风格体系,伴随着在描写穆斯林阵营场景时起主导作用的"长篇小说"因素。在这方面,赫拉斯科夫是按自己的方式以塔索为榜样的。相反,用于描写俄国军队,特别是沙皇活动的片断,都带有圣经崇高风格的印记。诗中多次说明伊凡四世的决定受益于神的灵感:

> 沙皇就像世间的上帝,有序地部署军队,
> 让各军团行动起来,派遣他们围攻城堡;
> 在以忠告激励他们之余,
> 伊凡朝着不远的营区虔诚地祈祷。②

---

① 亚·尼·索科洛夫:《18世纪至19世纪上半叶俄国长诗史概要》,莫斯科,1955年,第156页。
② 米·马·赫拉斯科夫:《俄罗斯亚特》,莫斯科,1779年,第271页。

同时，赫拉斯科夫在描写战斗时，仍然站在对于古典主义而言乃是传统的寓意运用体系的界限内。俄国人的功绩堪比阿基琉斯、赫拉克勒斯和其他古希腊英雄。

赫拉斯科夫史诗风格上的折衷主义反映了作者的一般立场。《俄罗斯亚特》的基本思想的主观设定性和意在证明这一历史事件的客观现实性之间的矛盾，始终是赫拉斯科夫艺术方法上的主要矛盾。这种矛盾也决定了史诗的成功不过是昙花一现。

赫拉斯科夫的《俄罗斯亚特》始终是一个孤立的例证，它证明了正在增长、要求得到艺术确认的民族自我意识，和曾被用以尝试表现这种自我意识的思想观念框架业已陈旧、不合实际这两者之间的不相适合。在那个时代，《俄罗斯亚特》的创作曾被认为是赫拉斯科夫诗派在民族史诗传统形成过程中发挥了主导作用的诗学功绩。但是，在俄国诗歌已拥有杰尔查文的创新成果等进展，冯维辛在喜剧体裁上的新发现已为未来的现实主义铺平道路的条件下，这类长诗的出现就成为历史性地落后于时代的现象。《俄罗斯亚特》出现于古典主义体系开始失去其活力之际。这也是它很快就被遗忘的主要原因。

（尤·弗·斯坚尼克、弗·彼·斯捷潘诺夫执笔，余献勤译，汪介之校）

第五章
杰尔查文

1

杰尔查文家族属于非世袭的贫穷贵族世系,因此家族成员很早就不得不仅仅依靠为皇家政权服务维持生计。诗人的父亲——罗曼·尼基季奇·杰尔查文在彼得一世时代的1722年还是一个16岁的少年时就开始从军了。罗曼·杰尔查文在和众兄弟分家之后,所得遗产是微不足道的:喀山省的一小块土地和十个农奴。他不得不只是靠着微薄的薪俸过活,因此他的家庭也生活在贫困中。

1743年7月14日(俄历7月3日),罗曼·杰尔查文的儿子加夫里尔出生。父母为了救护这个身体羸弱的孩子,决定按民间习俗,在他身上涂上和好的面,让他待在暖和的火炉旁,"以便他多少获得一些活力"。

小加夫里拉(即"加夫里尔")荣幸地经受了最初的考验,成长为一个结实而健康的男孩。他的父亲是边远地区驻防军的下级军官,有时驻在喀山附近,有时驻在奥伦堡。家庭生活如此贫困,以致父母不能为孩子聘请老师,而文化水平不高的母亲和总是忙于军务的父亲也不能教儿子。一位乡村教堂执事开始教他识字。后来一个被流放的德国人罗泽取代了这位执事,父亲的同事们则教过他数学。11岁那年,杰尔查文成了孤儿——他的父亲去世了。1759年,喀山开办了一所中学,母亲赶忙把儿子送到那里去读书。

独立的生活和为了生存的全面奋斗开始了。在中学里,除了按一般大纲学习外,孩子们都很有兴趣地研究文学,老师则勉励他们倾心于戏剧。杰尔查文学习勤奋,展露出绘画和音乐才能。有一次,老师让他在学生绘制的喀山地图上画出城市景观。中学校长把这张带有插画的地图送到彼得堡,又请莫斯科大学学监、高官伊·伊·舒瓦洛夫过目。为了奖励杰尔查文表现出来的才能,有关方面把他录用为只有显赫世家和富裕贵族子弟才能进入的近卫军。这些富家子弟被列入军团之后,可以在长时间内不服役，而是继续上学或赋闲在家，但他们却是有军职的。1762年，军方把杰尔查文从中学召回（未完成学业），让他到普列奥布拉任斯基近卫军团服兵役。

1762年6月，普列奥布拉任斯基近卫军团参与了宫廷政变，这一事件的结果是沙皇彼得三世政权被推翻，沙皇本人丧命，其妻子登上王位，宣布自己为叶卡捷琳娜二世。普列奥布拉任斯基近卫军团中的许多人都受到嘉奖或博得垂青。但士兵杰尔查文既未受到器重，也未得到表彰，于是他那沉重而单调的兵役又延长了十年。

军团中的服役和军营生活成了这个先前的中学生"贫困与耐力的学院"。杰尔查文后来承认，他正是在这里完成了"自我教育"。他在军营里开始写诗，"用操场练兵的韵律"为近卫军团编写歌曲。据他自己承认，他写诗"没有任何规则"。诗歌创作对于这个士兵而言并不容易。但他照着许多著名诗人的样例，写了很多诗。至1770年，他已积累了整整一箱手稿，但当杰尔查文从莫斯科返回彼得堡时，却由于莫斯科开始流行鼠疫而受到检疫人员的阻拦。手稿不得不被焚毁。

传至当代的只有1770年代初期的两本练习簿，其中包含歌曲、讽刺诗和诙谐诗，还有他在服役期间所写的几首颂诗。这些诗作在艺术上平淡无奇，也缺乏独立性，它们是作为刚刚起步的诗人探索的佐证而受到注意的。进入其关注视野的不仅有他所仿效的罗蒙诺索夫、苏马罗科夫和赫拉斯科夫的创作，还有同标准诗学规范作斗争的平民诗人丘尔科夫和巴尔科夫，他们创作了自然主义地把握现实的典范之作，这种现实是古典主义者所忽视的。

直至1772年杰尔查文才获得人生第一个官衔。翌年，普加乔夫领导的农民起义爆发，杰尔查文被派到镇压叛乱的作战部队。他在空闲时间写诗，于是第一部诗集《赤塔拉盖山麓翻译与创作的颂诗》便得以问世。诗集出版于1776年，但未能引起注意。普加乔夫起义失败后，叶卡捷琳娜二世慷慨地嘉奖了讨伐队的所有参加者，但杰尔查文未受到表彰。他自己着手谋得奖励，结果如愿以偿（赏赐给他300个白俄罗斯农奴），但在职位升迁后却被从军队中除名，转为文职人员（被派往参政院）。

诗人创作的新阶段开始于1779年，这一年他发表了《诗贺一位皇室少年在北国诞生》、两首颂诗《悼梅谢尔斯基公爵之死》和《钥匙》。在彼得堡的任职有助于杰尔查文和文学家们的结识与亲近，他进入了一个以尼·亚·利沃夫为中心人物的友好文学圈子。

1782年，杰尔查文写出了颂诗《费丽察颂》。它的一份抄本传到了公爵夫人叶·罗·达什科娃手中。她向叶卡捷琳娜二世展示了自己喜欢的这首颂诗，并把它刊登在她与女皇合作编辑的《俄罗斯语言爱好者谈话良伴》杂志的创刊号（1783年5月）上。颂诗获得广泛认可，为杰尔查文带来声誉。诗人从叶卡捷琳娜那里得到了一个金色鼻烟壶和金币。女皇的垂青成全了他的仕途升迁。1784年，他被任命为奥洛涅茨省省长(附有彼得罗扎沃茨克的居住地),但一年后即与当地总督发生了争执,后者不打算允许这位以公正著称的新任省长自由行动。杰尔查文又被调往坦波夫省,仍担任省长一职。但他在这里和总督也不融洽。总督的多次申诉与告发产生了作用:1789年杰尔查文被免职,交由参政院审判。

经由坚持不懈地斡旋,杰尔查文被宣告无罪。诗歌也给他帮了忙——他为叶卡捷琳娜写了一首赞美性的颂诗《费丽察的写照》。叶卡捷琳娜决定让杰尔查文接近自己,使他成为宫廷诗人。于是在1791年,他便成为女皇的秘书。但是杰尔查文辜负了女皇寄予他的希望:他没有去写歌功颂德之诗,而是利用职位尝试同受贿官员和地方政府的专断违法行为进行斗争。他在《致小鸟》一诗中描写了自己在宫廷中的处境。为了摆脱勤勉尽责的杰尔查文,叶卡捷琳娜于1793年9月任命他为参政院三等文官,解除了他的女皇秘书一职。这实际上是他与女皇的决裂。

1796年叶卡捷琳娜二世去世后,新皇帝保罗试图使杰尔查文成为自己的亲信,但诗人却和皇帝有过争吵。1802年,沙皇亚历山大一世任命杰尔查文为司法部部长。但年轻的沙皇并不喜欢杰尔查文表现出来的独立精神,于是在下一年,即1803年,诗人不得不退休。从这时起直至生命的最后日子(他于1816年去世),他没有在任何地方任职,而是坚守自己的独立性,全力以赴地投入诗歌创作。他在平静中度过生命的最后岁月——冬天住在圣彼得堡丰坦卡河畔的私人别墅,夏天则住在首都附近沃尔霍夫河畔的兹芳卡庄园。

作为贫寒父母之子,杰尔查文开始自己的职业生涯时既没有靠山,也没有任何人的支持。几十年间他走过了从士兵到俄罗斯帝国司法部长和参政员的道路,取得了令人惊讶的成功。生活经验教会诗人不是根据出身,而是根据智慧与才能来评价人们。但是,在得到高级官衔与称号后,杰尔查文没有改变自己的信念,继续把每个人——无论小官员、大官吏、达官显贵还是沙皇,都作为人来看待:"人的头脑和心灵是我的保护神。"——他喜欢重复这句话。对自身经验的相信,对理智与美德的信念归根结底决定了杰尔查文的理想。这一理想帮助他完成了为俄国抒情诗未来繁荣做准备的诗歌变革。

2

杰尔查文于1773年首次在报刊上发表作品,他的译作《伊罗伊达,或比布利斯致卡乌诺斯的信》(看来是译自德语)刊登在瓦·鲁班主编的杂志《旧与新》上。译者与原诗作者的名字都没有标出。关于比布利斯①的神话——这是姐弟或兄妹之间不伦之恋的故事。奥维德在他的《变形记》中富有诗意地改编了这个神话。初出茅庐的诗人选择翻译关于比布利斯的《伊罗伊达》自有其原则。这一选择证

---

① 比布利斯:古希腊神话中的人物,因爱上自己的孪生兄弟卡乌诺斯,后变成清泉。——译者注

明杰尔查文特别熟悉卢梭式的启蒙文学,证明他接近个性自由的理想。的确,这种自由只能从道德视角来考察,正如情感自由一样。但这里已清晰地表现出心灵与理智矛盾的主题。这种思想将为杰尔查文所掌握。成熟期的诗人将以"心灵的语言"诉说,但他只有经受艰难的考验才能走向这种成熟。

1774年已准备就绪的诗集《赤塔拉盖山麓翻译与创作的颂诗》是诗人创作道路上的重要里程碑。杰尔查文的世界观也在风起云涌的农民起义之年形成。启蒙思想合乎时代需求,得到了广泛传播。杰尔查文完全而永久地掌握了启蒙思想家的政治理念和他们对于开明君主的信心。

为民众的贫困所震惊的诗人全神贯注地考察了他们的生活条件。他看到了官员和地主怎样剥削奴隶和"祖国的供养者"。同样在1774年农民起义时期,他发出了(例如向喀山省长)"停止掠夺"的呼喊,因为正是"重利盘剥导致民众怨声载道,也由于所有与他们稍有联系的人都会剥削他们"[①]。在短文《论愤怒与暴动》中,杰尔查文写得更尖锐:"众多贵族把国家引向穷困……愤怒的原因就在于全民贫困和普遍不满。"

杰尔查文没有成为启蒙思想家,所以他并不反对农奴制。确实应当记住,那个年代的许多法国启蒙思想家也并不认为能够解放尚未准备好接受自由的无知农奴。他们的模式广为人知:先启蒙,后解放。俄国农奴制的现存形式已经变成了奴隶制,这对于俄罗斯而言是致命的。这将导致民众起义。在杰尔查文看来,这种状况是由滥用职权、目无法规所造成的。应当和地方当局、地主的这类行径作斗争。按他的见解,开明君主的励精图治可能是实现正义的唯一途径。

1760年代,叶卡捷琳娜二世讨好启蒙思想家的虚伪政策,促进了关于她就是开明君主这一神话的形成与确立。俄国启蒙思想家们在新法典编纂委员会被关闭(1768)后识破了这个幻象。法国启蒙思想家们继续相信叶卡捷琳娜:伏尔泰在自己的书信中给她以指导,狄德罗在普加乔夫起义的当年从巴黎来到俄国,为的是教导"王位上的哲学家"——俄国女皇"学会统治"。成为君主的咨询者——杰尔查文也这样确定了自己对公民义务的理解。

只有诗人杰尔查文才能成为咨询者。正因为如此,他重新审视自己先前对待诗歌的态度,考虑诗人在社会中的地位。还是在1770年,他就曾颂扬爱的快乐高于一切。但是,对于爱情幸福和生活欢乐的追求却把公民变成了孤立的人,使他和公共生活相分离,把他变成对他人苦难和祖国利益漠不关心的人。什么决定着人的真正的尊严?人的伟大之处在哪里?对人的价值有什么样的衡量标准?诗人在关于这些基本问题的思考中,于1774年写出了《伟大颂》与《权贵颂》。

诗人在他的诗作中断言:决定个人尊严的不是贵族身份,不是爵位与封号,也不是国家政权中的高级职位。在颂扬俄国的英雄时,他指出人的活动——旨在捍

---

① 加·罗·杰尔查文:《杰尔查文文集》第5卷,圣彼得堡,1871年,第110—111页。(以下引用本《文集》,只在引文后注明卷次和页码)

卫祖国、真理和正义的爱国的、社会的和国务方面的活动造就了人的真正伟大。决定着杰尔查文个人伟大之处的活动，在于他履行了公民诗人的职责。无论面对什么威胁，他都必定坚持真理。因此，英勇气概是真正伟大之人的第一美德。颂诗《1774年战争与暴动时期创作的女王陛下诞生日颂》就是在履行这一职责。

在这篇颂诗中，杰尔查文首次向叶卡捷琳娜提出建议——她应该实行什么样的政策：

> 你应同样成为所有人的母亲。
> 女皇，对那些作为敌人的人们，
> 要实施打击和分化，
> 但是也要宽恕，对他们开恩。

诗人一开始就在颂诗中写上了这样的诗行，在其中公开指出把人们分为奴隶与暴君是不公正的。看来，杰尔查文出于谨慎从第一篇政治颂诗中删除了自己的社会劝言。但是，他却保留了另一些诗行，在诗中要求从民众起义中汲取教训，对起义者表现出仁慈之心，重新审视政策，为"祖国的供养者"创造像样的生存条件。只有到那时才会这样：

> 收获不再被夺走，
> 村镇不再被烧毁，
> 普加乔夫的血不再流。

颂诗于1776年结集出版。叶卡捷琳娜二世并没有听取杰尔查文的建议，女皇以骇人听闻的残酷方式处决了起义者。但诗人没有放弃让女皇"学会执政"的思想，还真诚地相信女皇的表面允诺。

无论是读者还是其他诗人都对赤塔拉盖山颂诗反应冷淡。杰尔查文明白，这些颂诗的不足之处在于其模仿性。诗人在把祖国的命运和公民生活的崇高题材作为诗歌的对象后，选择了传统的颂诗体裁，沿着罗蒙诺索夫的道路前行。但是遵循传统却变成了直接模仿，变成了重复他人的修辞手段和形象。诗人敏锐而痛苦地感觉到自己的诗作缺乏个性。古典主义的规则像锁链一样束缚着诗人的强大才能，压制着一个势不可挡地奔向自己道路的个体。经验表明，传达诗人个性的独特文体才造就了真正的诗歌。

杰尔查文后来这样指述折磨他的矛盾："我在特列季阿科夫斯基先生的作品中借鉴作诗规则，在表达和风格上我努力模仿罗蒙诺索夫先生，但我却没有他那样的天分，同时也跟不上……希望自由翱翔，却不能忍受经常用俄国所特有的一套华丽词藻去堆砌富丽与堂皇。"（《文集》第6卷，第443页）

杰尔查文感觉并懂得，规则和模仿妨碍了他。通往独特的原创性诗歌之路，就是在克服障碍的过程中开辟的。杰尔查文后来在以第三人称书写的自传《札记》中回忆："从 1779 年起，他就选择了一条极为特殊的道路。"（《文集》第 6 卷，第 443 页）同一年中，他的新型颂诗《悼梅谢尔斯基公爵之死》《钥匙》和《诗贺一位皇室少年在北国诞生》就是在这条新路上写成的。

1770 年代末期，俄国诗坛没有大诗人。这时问世的诗歌都出自并非很有天赋的作者之手。对古典主义传统诗学的尊崇把他们变成了机械模仿者。照范例创作的颂诗，远离生活、冷漠无情、辞藻华丽而高谈阔论的作品，越来越使这种体裁信誉扫地。与苏马罗科夫有联系的许多诗人都失去了对颂诗的兴趣，尝试探寻其他体裁。赫拉斯科夫曾致力于创作 1779 年发表的英雄长诗《俄罗斯亚特》。波格丹诺维奇富有成效地创作了幽默长诗《杜申卡》。克尼亚日宁在戏剧创作中投入了全部精力。年轻诗人卡普尼斯特、利沃夫、赫姆尼采尔在对现有诗歌不满的基础上彼此走近。他们都曾忙于寻找独特的原创性诗歌创作之路。利沃夫在朋友圈子里宣传过民歌体裁。这些诗人的兴趣和杰尔查文相近。他于 1770 年代末创作的诗歌把他提升到诗坛的首要位置。1779 年，在对传统诗歌不满、友人赞同的氛围中，杰尔查文的三首新颂诗问世。

大量机械模仿的颂诗不可能损害这种体裁。它毕竟拥有光荣的过去。贺拉斯与罗蒙诺索夫的经验证明，颂诗中也可以有原创性。但是颂诗应当革新。杰尔查文也着手为再现现实世界——人和人周围的大自然而开掘颂诗。现实生活开始进入崇高体诗歌。1805 年，杰尔查文在总结已完成的诗作时认为，他的诗歌是"自然的真实写照"。

《悼梅谢尔斯基公爵之死》保留了传统颂诗的全部外在形式。它是为一位显贵人士而作的，以四音步抑扬格写成。诗的内容——关于生命短暂易逝的哲学思考，唤起了人们对于表现同一主题的其他颂诗的记忆。诗的笔法则显示出诗人思想的严谨、庄重和崇高。

但这不过是旧瓶装新酒。这首颂诗变成了一种自白：意识到自己个性的人遭遇了存在的悲剧；他越是敏锐地意识到自己的精神财富和个体生命的独特性，就越是悲剧性地理解无情摧毁存在的最高价值的死亡。这首颂诗还以紧张而充满表现力的笔法揭示了一种惊慌失措的精神状态。关于死亡的传统思考失去了华丽辞藻、抽象性和理性色彩，由于诗人心中真实的温暖而变得亲切感人。

> 时代的话语！金属般的声音！
> 你严厉的呼声让我不能平静……①

---

① 加·罗·杰尔查文：《杰尔查文诗集》，1957 年，第 85 页。（以下引用本《诗集》，只在引文后注明页码）

颂诗中的一切都准确而具体：诗人的朋友梅谢尔斯基去世，诗人与自己的好友佩尔菲利耶夫分享悲伤与思考。对于他来说，生与死并非抽象的概念。在梅谢尔斯基家里，活着的杰尔查文站立在灵柩旁，不久前还在自己家中接待朋友的主人静静地躺在那里：

> 你离开生命的此岸，
> 你远去死亡的彼岸；
> 这里有尘世的一切，而精神不见，
> 精神安在？——它在那里。——那儿是何处？——无人识辨。
> ……
> 曾摆满丰盛食物的桌上，如今停放着棺椁。

（《诗集》，第 85 页）

死者的灵柩停放在桌上是常见的习俗。生活风习与诗歌融为一体。因此，日常生活现象——死者所在房间里的钟鸣也就变成了命运的声响。

古典主义颂诗在原则上是反个人主义的。走上"自己的道路"后，杰尔查文完成了诗歌领域的变革，因为他创作了真实存在的个人抒情诗。无个性的抒情诗已灾难性地衰老过时了。需要出现和生活相联系、揭示具有独立性的个人内心世界的诗歌。诗人杰尔查文的伟大也在于他听到并满足了他那个时代的需求。

杰尔查文的抒情诗没有主观性。它是自传性的，但是杰尔查文作为人和诗人的生活却被客观地揭示出来：他是世界的一部分。他的情感、观念、愿望是真实而具体的，正如他周围的大自然和其他人一样，都取决于他生活的时代与环境。

> 死亡，大自然的颤抖和恐惧！
> 我们——骄傲与贫困兼顾：
> 今天是神，明日化为尘土……

（《诗集》，第 86 页）

杰尔查文对人的神性的信念是一种深思熟虑、饱经苦难后形成的生命哲学。若干年后，这种哲学将以令人震惊的诗性力量在颂诗《上帝》中得到揭示。关于不可避免的结局的沉思，使诗人满怀忧戚地忆起过往的岁月和永远消逝的青春：

> 如甜蜜的幻影，如梦一般，
> 我的青春已一去不复返；
> 美丽没有强劲地让人愉悦，
> 快乐没有那么令人赞叹，

> 头脑没有那么轻率肤浅，
> 我也没有那么顺意平安；
> 我为对荣誉的渴望所折磨，
> 我听见，荣耀的喧哗在召唤。

（《诗集》，第 87 页）

　　这是一种关于自我的真诚的忏悔式讲述，这里的每个词都是确切的。当时杰尔查文已满 36 岁。他追求的安康幸福还是没有到来。"对荣誉的渴望"、多年来为官职与头衔而奋斗确实折磨着他。关于等待着他的"荣耀的喧哗"的说法是对自己信念的可信承认，他选择的诗歌道路不会辜负他，并将给他带来声誉。

　　创新性也体现在 1777 年保罗的长子亚历山大出生之际所写的诗歌中。起初，杰尔查文也和其他诗人一样，以一首传统的赞美性颂诗对此事作出反应，但没有发表它。两年后他又创作了一首新诗，这次随即发表。这不是一首赞美性颂诗，而是一篇轻松诙谐的诗作，它不是用传统的四音步抑扬格，而是用扬抑格——一种歌唱的诗格写成！它被赋予了原则上是新的标题：《诗贺一位皇室少年在北国诞生》。不是"颂诗"，而是"诗"。这种体裁并不是古典主义所熟悉的。

　　颂诗中必然出现神话中诸神的形象。对君主的赞颂借助于寓喻形象中的神话标志物体现出来。赫拉斯科夫在《伟大女皇诞辰颂》（1763）中写道："阳光明媚遍洒春令／再接纳一片崭新的美景：／它由玻瑞阿斯①从我们这儿带走，／现又返还令人愉悦的时分"；"俄罗斯战神玛尔斯，请你安静，／如今就在和平的树荫下休整"，如此等等。苏马罗科夫的颂诗《致君王——皇太子保罗·彼得罗维奇，时在 1771 年 6 月 29 日他的命名日》这样开篇：

> 起身吧，深红色的奥罗拉②，
> 安详的天空如此宁静！
> 鲜花已撒落在草场，福罗拉③，
> 那就用鲜花装点森林！

　　杰尔查文本人的《诗贺一位皇室少年在北国诞生》也以神话形象开篇，但是和已形成的俄国诙谐诗传统（巴尔科夫—丘尔科夫—迈科夫）相比，他果敢地降低了颂诗的崇高形象性，使神具有人的特征，讲述他们的玩笑逗乐之事：

---

① 玻瑞阿斯：古希腊神话中的北风之神。——译者注
② 奥罗拉：古罗马神话中的曙光女神。——译者注
③ 福罗拉：古罗马神话中的花卉女神。——译者注

玻瑞阿斯一头白发，
胸前飘动灰白的胡须，
但见他如此撼动天空，
用的是紧握乌云的那只手；
他撒下松软的白霜，
卷起暴风雪封闭道路，
再给大地缠上冰锁链，
迅速凝固了奔泻的河流，
整个大自然都在颤抖
就因为这个不祥的老头……

(《诗集》,第 87 页)

杰尔查文在给神话形象降格时,也拒绝讽刺性模拟。他的目标是描写真正的现实——俄罗斯的冬天。他把颂诗中的神变成了童话中的人物。他笔下的玻瑞阿斯是一位"胡须灰白的""不祥的老头",俄罗斯严寒老人。形象失去了讽喻性,却能够具体而诗意地再现俄罗斯的冬天。

野兽跑进洞穴，
鱼儿潜入深渊，
小鸟合唱团不敢唱，
蜜蜂藏匿树洞间；
寂寞的小昆虫们，
在岩洞和苇丛口闭上眼，
萨提尔①们聚集在篝火旁，
纷纷伸出手来取暖。

(《诗集》,第 88 页)

在这里,杰尔查文美学观点的根本创新突出显示于语言中:这种语言与古典主义规则相反,具有传达世界的客观性与实体性的功能。因此他所描写的整幅画面真实可信,充满生命本身的诗意。语言的准确性既保持在杰尔查文写到"野兽跑进洞穴""蜜蜂藏匿树洞间"之际,也保持在他提及萨堤尔们在篝火旁暖手的时候:"萨堤尔们"是戏谑,但它并不妨碍,而是有助于表现真正的俄罗斯风情。

戏谑是杰尔查文新诗的主要风格特征。后来他把创建"滑稽的俄罗斯文体"

---

① 萨提尔：古希腊神话中半人半羊的怪物，酒神的随从，常常被认为是森林之神。——译者注

认作自己的功劳。正是这种文体帮助诗人在他所写的无论什么样的作品中都展示出自己的个性。戏谑显示出诗人杰尔查文独特的个性所特有的思维方式、理解事物的习惯和看待世界的眼光。因此在《诗贺一位皇室少年在北国诞生》中,杰尔查文不再遵守颂诗创作及一般古典主义诗人必须遵循的、把未来的君王比作神话人物或历史英雄的规则。他以建议和发自内心的祝愿替代这种比拟:"作为高尚的人登上皇位。"

在诗歌并非自白的场合,诗人的个性就会体现出来。杰尔查文的公民诗就是如此。他的第一首公民诗《颂歌:第81首赞美诗的改写》发表于1780年的《圣彼得堡导报》。诗人转向赞美诗是俄罗斯传统使然——罗蒙诺索夫和苏马罗科夫都以各自的赞美诗译作创造了哲学—政治抒情诗的出色典范。赞美诗中圣经记载了大卫王揭露他的敌人。当他愤怒而严厉地痛斥这些人的恶行与阴谋时,他的言辞高度激昂奔放,流露出一个相信自己正确之人的愤怒与激情。

杰尔查文为第81首赞美诗所吸引——他觉得借助圣经的主题与形象可以表达自己的公民理想。虽然他没有宣示关于君主职责的抽象真理,却阐明了自己对君主责任的理解。仿效圣经文本,他向沙皇进言:

> 你们的职责是维护法律
> 不要去看权贵的脸色,
> 对无依无靠的孤儿寡母,
> 不要把他们随便抛舍。①

但是接下来,基于不久前事变的经验,杰尔查文已经以自己的名义发出与其说是教训,不如说是威胁:

> 他们不愿意倾听! ——熟视无睹!
> 他们的眼睛里只有金钱;
> 横行不法的行为震动大地,
> 不仁不义的勾当摇撼苍天。②

最后一节与赞美诗没有任何关系。暴露性的语气、讽刺攻击的尖锐性招致了当局的注意——这篇改写的赞美诗被勒令从杂志中删除。只有几份杂志保留了这个文本。

重新改写的赞美诗发表于1787年。杰尔查文强化了政治颂诗的个性因素。

---

① 杰尔查文:《致君王与法官》,见张草纫译:《俄罗斯抒情诗选》(上册),上海:上海译文出版社,1992年,第83页。——译者注
② 同上。

诗人的个性表现在他对所描写的沙皇的态度中，表现在他把自己的经验作为评价沙皇行为标准的提议中。杰尔查文感叹道：

> 沙皇们！——我想你们都是有权的神，
> 再没有审判者凌驾于你们；
> 可是你们和我一样有七情六欲，
> 因此也和我一样免不了死亡。①

这样，谴责君主的主题就在诗中占有首要地位。颂诗中感情的自然流露增强了诗歌的社会意义——使读者进入了勇敢地向皇权发出挑战之人的精神世界。

法国大革命后叶卡捷琳娜曾一度重视这种挑战。1795 年，杰尔查文请女皇准许出版他的作品集，并向她奉上作品集第一部分的手稿副本，其中包括他改写的第 81 首赞美诗。阅读这篇改写之作，招致了女皇的愤怒与恐惧——杰尔查文被指控为"雅各宾派"。诗人不得不写了一份自辩，说明他翻译了大卫王的赞美诗，而大卫王并不是雅各宾党人……

这篇改写诗（后以《致君王与法官》为题发表）属于最优秀的俄国公民诗之列。它曾在十二月党人圈子里流传。雷列耶夫、普希金和莱蒙托夫等，后来都遵循杰尔查文的传统创作了公民诗歌。

3

只有诗歌爱好者注意到了 1779 年匿名发表的几首得到更新的颂诗。1782 年，杰尔查文创作了颂诗《费丽察颂》。它于翌年初刊载在《俄罗斯语言爱好者谈话良伴》杂志上，成为文坛上轰动一时的事件，是颂诗史上，也是俄国诗歌史上的新阶段。从体裁上看，这看似是一首典型的赞美性颂诗。还有一位不知其名的诗人赞美过叶卡捷琳娜二世，但这种"赞颂"是前所未闻的、放肆无礼的和非传统的，而且颂诗的主要内容不是赞颂，而是某种另外的东西，这种另外的东西是以全新的形式表现出来的。

颂诗《费丽察颂》的创新性与形式的新颖以特别的灵活性为当时的文学环境所接受，其时赞美性的颂诗在彼得罗夫、科斯特罗夫和其他颂诗作者的影响下已跌落到极限，只能满足帝王限定的审美需求。

克尼亚日宁出色地表达了对古典主义赞美性颂诗的普遍不满：

---

① 杰尔查文：《致君王与法官》，见张草纫译：《俄罗斯抒情诗选》（上册），上海：上海译文出版社，1992 年，第 84 页。——译者注

> 我知道,大胆的颂诗,①
> 如今已经不再时兴,
> 他们总是很有能力,
> 惹得叶卡捷琳娜烦心,
> 把天堂比作百合花,
> 缺乏理智地追求押韵;
> 甚至接着上帝预言,如同紧挨兄长,
> 以便取得先知的身份,
> 笔走龙蛇无需担心,
> 在取法自己借来的灵感中,
> 宇宙秩序颠倒,一片混沌,
> 更迁往黄金丰足的国度,
> 发出自己纸上空谈的雷鸣。②

在克尼亚日宁看来,颂诗衰败的原因在于其作者拘泥于古典主义的规则和标准:它们要求模仿典范——于是颂诗就变成毫无生气的机械模仿之作。不仅如此,这些规则还不允许在诗歌中表达诗人的个性,因此只有那些"借用灵感"的人才写作颂诗。杰尔查文颂诗的成功在于背离规则,放弃对范例的模仿;他没有"借用"灵感,而是在献给女皇的颂诗中表达了自己的感情。

杰尔查文以费丽察的名字描写叶卡捷琳娜二世。诗人使用的是女皇为皇孙亚历山大写的《赫洛尔王子的故事》中提到的名字"费丽察",这篇童话发表于1781年。童话的内容具有教育意义。吉尔吉斯可汗窃走了罗斯王子赫洛尔。可汗有意考验王子的能力,让他完成一个任务:找到一朵无刺的玫瑰花(美德的象征)。靠着可汗的女儿费丽察(名字来源于拉丁语 felicitos——幸福)和她的儿子拉苏陀克的帮助,赫洛尔在高山顶上找到了无刺玫瑰花。鞑靼贵族穆尔扎③的形象有双重含义:在颂诗转向高昂语调时,穆尔扎就是作者"我";在进行讽刺时,则是指叶卡捷琳娜朝臣群体形象。

杰尔查文在《费丽察颂》中塑造的不是官方化的、虚构的、抽象而华丽的"君王"形象,而是以温情与真诚描绘了一个真实的人——女皇叶卡捷琳娜·阿列克谢耶夫娜的肖像,她有着作为个人所特有的全部习惯、活动与日常生活;他颂扬叶卡捷琳娜,但他的赞美并非以传统的方式。颂诗中出现了作者的形象(鞑靼族的穆尔扎)——实际上,他所描写的与其说是叶卡捷琳娜,不如说是自己对她的态度,

---

① 当然,这里不包括伟大诗人罗蒙诺索夫和其他一些诗人的不朽颂诗。(克尼亚日宁注)
② 雅·鲍·克尼亚日宁:《克尼亚日宁作品选》,列宁格勒,1961年,第651页。
③ 穆尔扎:15世纪鞑靼国家封建贵族的称号及拥有这一称号的人。——译者注

对其个性的钦佩之情,对她成为开明君主的期望。这种个人态度也表现在对她的朝臣的看法上:他很不喜欢这些人,嘲笑他们的恶习与弱点——讽刺手法进入了颂诗。按古典主义规则,多种体裁的混合是不允许的:日常生活细节与讽刺肖像不能出现在颂诗的高级体裁中。但杰尔查文并没有把讽刺与颂诗结合起来——他是掌握体裁属性的。经他革新的颂诗可能只是纯粹形式上属于颂诗体裁:诗人只是写诗,在诗中自由地讲述他的个人经验提示给他、激动着他的理智和心灵的一切。

杰尔查文成为叶卡捷琳娜二世咨询者的构想遭遇悲剧性失败与颂诗《费丽察颂》有关。尊敬与爱戴女皇的真诚感情由于明智而才华横溢的诗人活跃心灵的温暖而变得亲切感人。叶卡捷琳娜不仅喜欢受到赞颂,而且知道能够听到真诚的颂扬是多么难得。因此她在了解这篇颂诗后立即向诗人致谢,并赐予他镶嵌钻石的金色鼻烟壶和五百枚金币。

这次成功激励了杰尔查文。叶卡捷琳娜喜欢这首颂诗,这意味着诗人对她的大胆态度得到赞许。不仅如此,杰尔查文还得知,女皇决定接见他。应当做好拜见的准备。这就有了接近女皇的机会。杰尔查文决定立即向她表明——他不能,也无权放弃担任君主咨询者的机会。颂诗《穆尔扎的幻影》想必是他纲领的阐述。接见定在1783年5月9日。诗人没来得及写出规划中的颂诗,但他的手稿中保存了这篇颂诗的详细散文体提纲。

诗人从陈述让叶卡捷琳娜二世成为开明君主的诺言开始:"你明智的头脑与伟大的心灵卸下了我们身上的奴隶制锁链,提升我们的灵魂,让我们理解自由的宝贵,理解人之为人所固有的理性本质。"他提醒君主记住普加乔夫起义的教训。如果听从他的建议并改变政策,那么君主们"将终结暴政,在他们治下再也不会血流成河,不再有尸体和头颅悬挂在木桩和断头台上,也不再有绞架沿河流动"(《文集》第3卷,第606、607页)。这已经是直接揭示出沙皇对普加乔夫起义参加者的镇压。

受到开明君主制观念鼓舞的杰尔查文详细说明了在诗人与女皇之间建立契约关系的必要性。他确认自己和曲意逢迎格格不入,保证永远只说真话。他喜欢马其顿国王亚历山大的传说,这位国王信任自己的医生,无所畏惧地喝下了医生开的药,否定了朝臣们让他相信医生往他碗里投了毒的诽谤。诗人用这个故事大胆地说出了在叶卡捷琳娜身边成为这样一位"医生"的愿望。他劝女皇相信,他所提供的"药水"将有益健康,减轻痛苦,帮助她看清真实世界中的一切。到那时,他将歌颂女皇的功绩:相信吧,我的诗歌"将鼓舞你去建立美德之功,加强你对于美德的热忱"。

颂诗的提纲中含有俄国女皇应当实行的政治、社会和公益措施的名目。这些措施也就构成了杰尔查文所勾画的俄国开明君主制纲领的要点。

《穆尔扎的幻影》有可能成为俄国公民诗中最优秀的作品之一。但是这未能成为事实。拟定的提纲没有体现为诗歌。杰尔查文成为叶卡捷琳娜咨询者的所有希望都破灭了。受到女皇接见的诗人曾希望只有他们俩在场,以便有机会向她陈述自己的想法……但一切都是另一种样子:众目睽睽之下,叶卡捷琳娜冷淡地接见了他。她以傲慢而高贵的神情表现出对这位竟敢讽刺性描写沙皇近臣的大胆诗人的不满。诗人大为震惊,所有的计划与希望都落空了。他不用再考虑让叶卡捷琳娜同意他作为"医生"而接近自己。不仅如此,一种恐慌也油然而生——惩罚是否将威胁他。看来,冯维辛是对的,他在自己的《纨绔少年》(发表于前一年,即1782年)中描绘了明智的斯塔罗杜姆。他的朋友普拉夫金说出了想被召进宫廷的愿望,"就好比人们召唤医生去看病人"。对此,斯塔罗杜姆严厉而肯定地回答道:"为无药可救的病人请医生是徒劳的。这时找医生也无济于事。"[①]

于是杰尔查文写出了《致谢费丽察》以替代《穆尔扎的幻影》。他试图在颂诗中说明他的"勇气"产生于真诚,他"内心感激"女皇并"满怀热忱"。这首"解释性的"诗歌失去了力度、能量和感情的炽热。诗中主要的内容是逢迎献媚的顺从。诚然,在颂诗结尾处诗人是小心翼翼而温和委婉的,但仍暗示他未必很快就能再次歌颂"天神般的女皇"。

杰尔查文的预测没有错:"天火"并未在他的心灵中燃起,他也没有再写出像《费丽察颂》那样的诗作。对杰尔查文来说,成为费丽察—叶卡捷琳娜的歌颂者的愿望意味着在诗人和女皇之间建立一种契约关系。如果女皇能像开明君主那样行事,大胆革新律法,实行国家和人民所需要的改革,那么诗人也会激动而忘我地继续歌颂费丽察,真诚地颂扬她名垂青史。这一构想落空了,《费丽察颂》孤存于世。

的确,还有两首颂诗是献给叶卡捷琳娜的:《费丽察的写照》(1789)和《穆尔扎的幻影》(与1783年的散文体提纲显然不同的1791年新稿)。《费丽察的写照》实际是一首赞美性的颂诗。杰尔查文背离了初衷。这篇颂诗是以习见的布局写成的。为了在这篇冗长的、没有必要铺展的颂诗中毫无节制地赞颂叶卡捷琳娜的优点,他引人注目地迎合讨好费丽察的口味。她需要的是颂扬,而不是杰尔查文的个人感受。阿谀奉承进入杰尔查文的构思中——被解除坦波夫省省长职务的诗人要被送去审判。他不得不去彼得堡向叶卡捷琳娜寻求保护。在自传性的《札记》中,诗人这样解释写作这篇颂诗的原因:"除了诉诸自己的才能之外没有他法。因此写出了……颂诗《费丽察的写照》。"颂诗呈献给了女皇,她很喜欢,对杰尔查文的诉讼随即终止。在这篇颂诗中,与宫廷相联系的官员杰尔查文战胜了诗人杰尔查文。

颂诗《穆尔扎的幻影》1791年稿也是献给叶卡捷琳娜的,但诗人在其中没有歌颂"费丽察的美德"。经历八年的时间,杰尔查文认为有必要说明一下写作《费丽察颂》的缘由。杰尔查文高度重视《费丽察颂》。这篇颂诗是他所珍视的,因为他背离了合乎沙皇心意的颂扬与奉承的颂诗传统,表达了他个人对女皇的态度,给出了关于女皇美德的评价。正如读者所看到的,叶卡捷琳娜在正式接见时冷漠地强调,她赏识的是诗人歌颂她的温情,而不是对她行为的评价。为了进行解释,杰尔

---

① 杰·伊·冯维辛:《冯维辛文集(两卷本)》第1卷,莫斯科—列宁格勒,1959年,第133页。

查文决定采用穆尔扎和出现在他面前的幻影费丽察之间对话的形式。

在1791年的《穆尔扎的幻影》中,杰尔查文放弃了成为叶卡捷琳娜"咨询者"的想法,如1783年的散文体提纲中所写的那样。这时他坚持《费丽察颂》的创作原则,坚持把自己的真诚作为他创作新诗的决定性标准,坚持自己的独立性。面对"恶劣的世界"、一群不怀好意的达官显贵和女皇本人,杰尔查文挥洒出自豪的诗句:

让缪斯在这里向他们证明,
我不是一个谄媚的人;
我不会为了金钱
出卖我心灵的商品,
也不拿盛装为你遮掩,
攫取别人的库存。

(《诗集》,第113页)

《穆尔扎的幻影》也解释了为什么杰尔查文没有写出更多的关于费丽察的诗篇。他曾经写过一次——但不是为了金钱,也没有谄媚。现在杰尔查文的诗歌"库存"中已没有为叶卡捷琳娜提供的"盛装",对女皇美德的相信如今也已不是他心灵的"商品"。

杰尔查文不是政治斗士。但他作为诗人的全部活动为服务于祖国的崇高公民理想所鼓舞。他意欲担任叶卡捷琳娜"咨询者"的职务,是希望达到最佳的结果。当这种设想不能实现时,他只得满足于一些微小的努力。1787年,他发表了第81首赞美诗改写篇的扩充稿——《致君王与法官》。在另一些颂诗中,他陈述了作为对政府活动的谨慎建议或批评的某些"真理"。在颂诗《权贵》中,最尖锐地响起关于围绕在叶卡捷琳娜女皇身边的朝廷显贵和高官们的"真实"之音。在多篇爱国主义颂诗中,献出自己的全部力量报效祖国的真正英雄和"伟大人物"受到颂扬。所有这些公民诗歌不仅在其问世之初,而且在稍后一个时期、19世纪前25年的社会和文学生活中都发挥了显著的作用。杰尔查文理所当然地为这些诗作而自豪。

颂诗《上帝》成为杰尔查文的诗学宣言(构思于1780年,完成于1784年2—3月,随后发表在《俄罗斯语言爱好者谈话良伴》杂志上)。杰尔查文是个信教的人,因此他关于世界结构的理想主义观点和对上帝——造物主的信仰在颂诗中得到了表现。但在这篇颂诗中也形成了一个大胆的想法——人因其伟大而与神平等。这一思想诞生于文艺复兴时代,它曾激励一系列伟大的人文主义者。在俄国文学解决了基本的文艺复兴问题的时代条件下,杰尔查文合乎逻辑地接受了莎士比亚关于自由而积极的人是世界最高价值的思想。莎士比亚让哈姆雷特成为文艺复兴时代这一真理的表达者:"人类是一件多么了不得的杰作!……在智慧上多么像一个天神！宇宙的精华！万物的灵长！"①

在感伤主义及其对于在强烈的感情中实现自身伟大的个性的崇拜（卢梭的名言——人因自己的感情而伟大——成为这一思潮的箴言）于欧洲流行，把那些在为富足安康而进行的残酷斗争中确立自己尊严的利己主义者当作英雄的资产阶级现实主义时代，杰尔查文这篇颂诗具有纲领性和论战性。以俄罗斯传统为基础，诗人在新时代和另一种民族土壤上提出并论证了遭受资产阶级时代践踏的人的伟大复兴的理想。②占统治地位的宗教道德严酷而残忍地把人抛到"更高存在"的脚下，向他灌输人"微不足道"、人是"上帝的奴仆"的观念，强迫他只能跪着和上帝说话，甚至不能说话，只能祈祷和卑微地乞求怜悯。杰尔查文在和上帝的对话中大胆地说："你存在——而我也并非微不足道！"

> 我联系整个世界的所有存在，
> 我是物质的最高级别；
> 我是一切生物的中心，
> 生来就拥有神的特征。

(《诗集》，第 116 页)

这些自豪的话语只属于那些大胆思考和议论的人，属于那些激动地意识到自己的伟大和人类智慧之强大的独立个性。

杰尔查文的公民立场、他关于人的哲学决定了行动在他所描写的人物世界中的地位。他所捍卫的不是个人的私利，而是人权；他不是为了自己的家庭幸福，而是为了人世间的人过上应有的生活而大声疾呼。诗人在多篇颂诗中描写和展示了俄罗斯的广阔天地和俄国活动家、诗人与公民的精神生活世界。圣经的先知精神不受限制地进入杰尔查文的诗歌创作。圣经赞美诗中的话语在他笔下为新的内容所充实，表达出诗人作为鲜活个性的俄罗斯观点和俄罗斯情感。诗人成为先知和法官，进入为正义而战斗的广大世界（《致君王与法官》《权贵》等）。

4

公民诗在杰尔查文的创作遗产中占有重要地位。这些公民诗相对地分成两类——爱国诗与讽刺诗。杰尔查文是一位爱国主义者，照别林斯基的说法，"支配

---

① 威廉·莎士比亚：《莎士比亚全集》（IX），朱生豪译，北京：人民文学出版社，2014 年，第 137 页。——译者注

② 毫无疑问，这正解释了颂诗《上帝》何以享誉世界。诗人生前，这篇颂诗就已被译成欧洲多种主要语言。19 世纪，它在一些国家也被多次翻译（法国 15 次、德国 8 次）。

他的感情是爱国主义"①。诗人生活在俄国取得军事胜利的时代。他 17 岁那年，俄国军队击败了欧洲最有声望的军事统帅腓特烈二世②的军队，并占领了柏林。18 世纪末，俄军在苏沃洛夫③的领导下以史无前例的对意大利的远征而驰名，反而拿破仑军团在远征期间遭遇毁灭性的失败。在生命的晚年，杰尔查文还见证了卫国战争时期民众战胜拿破仑法国军队的光荣胜利。

这些胜利巩固了俄国在欧洲的威望和荣耀，这是由英勇的人民及其杰出的统帅所争得的。因此，杰尔查文在其热情奔放的庆贺胜利的颂诗中描绘了战争的宏伟场面，歌颂俄国士兵（"英勇的俄国士兵 / 世界一流的战士"），塑造了统帅们的辉煌形象。俄国的 18 世纪和民族英雄主义被镌刻在这些颂诗中。在高度评价祖国的英雄主义历史时，1807 年，诗人还在《致阿塔曼和顿河军队》一诗中向拿破仑发出了警告：

敌人奇普恰克人曾来过——如今他们在哪里？
仇人利亚克人也曾来过——如今那些人在哪里？
你们来过，他们也来过——现已无踪无影；而罗斯呢？
每个人都知道，你也要记在心里。

(《诗集》,第 321 页)

只有一个人应得到颂扬时，杰尔查文才会赞颂他。因此他诗作中的英雄，或是苏沃洛夫（《为攻克伊兹梅尔要塞而作》《为在意大利境内的胜利而作》《为苏沃洛夫穿越阿尔卑斯山而作》《红腹灰雀》），或是士兵英雄，或是鲁缅采夫④（《瀑布》），或是普通的农家姑娘（《俄罗斯姑娘》）。他赞颂人的事业，而不是高贵的门第和"血统"。他诗化了积极生活、建功立业和英勇无畏的道德精神。同时，他还无情地揭露恶行和那些放弃人和公民的崇高职责的人们。

颂诗《权贵》写于 1794 年。在此前一年，杰尔查文被解除了叶卡捷琳娜二世秘书的职务。在这一职位上他曾目睹了达官显贵的专横跋扈，他们的种种罪行和逍遥法外，以及女皇对她的幸臣和宠臣的庇护。杰尔查文努力从叶卡捷琳娜那里获得对他所呈送的案卷做出公正决断的尝试未能成功。于是他决定转向诗歌。恶与罪理应受到公开的痛斥，有罪的达官显贵理应被揭露和审判。诗人在真实材料的基础上勾勒出达官显贵的概括性讽刺肖像；在诗人所揭露的那些达官显贵的行

---

① 维·格·别林斯基：《别林斯基选集》，第 1 卷，满涛译，上海：上海译文出版社，1979 年，第 47 页。——译者注
② 腓特烈二世（1712—1785）：普鲁士国王，又译作弗里德里希二世。——译者注
③ 亚·瓦·苏沃洛夫（1730—1800）：俄罗斯帝国军队统帅，军事家。——译者注
④ 彼·亚·鲁缅采夫（1725—1796）：叶卡捷琳娜二世时代俄罗斯帝国军队和俄罗斯军事思想的创建者。——译者注

为中,人们认出了帝国位高权重的宠臣和高官形象——波将金①、祖博夫②和别兹博罗德科③等。在揭露他们时,杰尔查文也没有为女皇赦免其宠臣的所有罪行的举措开脱责任。

诗歌是诗人杰尔查文向俄国民众发表慷慨激昂的演说的论坛。他书写了自己十分了解、亲眼所见和为之愤怒的那些现象,"从原型"描绘人物肖像,因此诗人的诗歌语言充满了活力与激情,表达出个人饱经痛苦后形成的深刻信念。

《权贵》的结尾表达了对人民的信念("啊,精神焕发的俄罗斯人民,/ 慈父般地保持着古风"),描绘出了真正的显贵——祖国的光荣之子、爱国主义者、和平与战争中的英雄。杰尔查文称道彼得大帝时代的活动家雅科夫·多尔戈鲁科夫,指出他无所畏惧地向威严的沙皇直言真相,不愿意"像蛇一样卑躬屈膝地面对皇位";还称道同时代人中真诚的男子汉、最有声望的统帅鲁缅采夫。诗人还把他同波将金、祖博夫做了对比。

自然,叶卡捷琳娜在世时,颂诗《权贵》不能发表。

普希金在《致书刊审查官函》中激动而愤怒地揭露沙皇审查制度,引以自豪地提及那些无所畏惧地说出真相的作家们的名字——拉季舍夫("奴隶制的敌人")、冯维辛("卓越的讽刺作家")、杰尔查文(《权贵》的作者):

权贵的灾星杰尔查文用严厉的诗琴
把他们高傲的偶像揭露得入木三分。④

十二月党人雷列耶夫高度评价了讽刺诗人杰尔查文的才华,把他的诗作称为"火热的诗歌"。

1790年代,这样勇敢地迈出新一步、这样热忱而执着地行进在独立之路上的杰尔查文经历了一场危机。但他曾无畏地克服的古典主义美学准则却依然在影响着他。传统的威力是巨大的。杰尔查文往往不能摆脱颂诗的规则和程式化的修辞范例,突破固定体裁和风格体系的束缚。这样,他的那种新的、独创性的杰尔查文式的因素在诗作中就和传统的因素结合在一起。杰尔查文的"不一致"就是由此在其创作的开端期和终结期以不同的形式表现出来的。但是这种"不一致"从未像在80年代末至90年代上半期的颂诗中那样强烈。杰尔查文写下了《费丽察的写照》《瀑布》《为攻克伊兹梅尔要塞而作》《奥莉加·帕甫洛夫娜大公夫人悼唁诗》及同类诗歌,而"不一致"则成为它们的主要诗学特点。正因为首先注意到

---

① 格·亚·波将金(1739—1791):叶卡捷琳娜二世的宠臣,俄罗斯帝国公爵。——译者注
② 普·亚·祖博夫(1767—1822):叶卡捷琳娜二世的最后一位宠臣。——译者注
③ 亚·安·别兹博罗德科(1747—1799):叶卡捷琳娜二世时期的外交家。——译者注
④ 亚·谢·普希金:《普希金文集》(抒情诗二),冯春译,上海:上海译文出版社,1995年,第77页。——译者注

这些作品，普希金才指出："杰尔查文的这尊神像四分之一是金的，四分之三是铅的……"①别林斯基正是就《瀑布》说道："在他的作品里面，精彩绝伦的诗句跟最为平淡乏味的诗句混杂在一起，销魂夺魄的形象跟最为粗糙而丑恶的形象混杂在一起。"②

杰尔查文所经历的危机，也因社会状况而加剧。其中最主要的就是他已敏锐地意识到确定自己的位置——诗人在社会中的位置——的必要性。杰尔查文为诗歌界带来的新东西，是在美学创新的标志下出现的。在提出个性和个性自由主题后，杰尔查文自然触及诗人在沙皇政权之下的自由问题。他记得赞美叶卡捷琳娜的颂诗《费丽察颂》为他带来了第一次轰动一时的成功。因此诗人在社会中的地位问题实际上和诗歌的对象相联系。杰尔查文创作中独创性的、别具一格的公民原则把他推向了宫廷的对立面，而官员杰尔查文的生活状况却把他和政权、和叶卡捷琳娜更牢固地联系在一起：1791—1793年他曾担任女皇的秘书。他的一系列诗歌都表达了他追求独立的意愿。

1793年的《致赫拉波维茨基》——杰尔查文致他的一位好友（他也曾担任叶卡捷琳娜的秘书）的赠答诗，是诗人为自己的自由而斗争的引人注目的纪念碑。在拒绝按照指令写诗，特别是在答复赫拉波维茨基关于为了尊敬女皇而写颂诗的建议（几乎是官方的）时，杰尔查文表达了一个重要思想：依附政权，奉承宫廷，获取"项链、银锭、首饰、贵重戒指、宝石"的诗人写出的必定是"平庸劣诗"。杰尔查文说，真正的诗人是由"天命和至尊的上帝""赋予职责"的。因此，他的责任不是歌颂沙皇，而是说出真理：

> 随着时间的流逝，你将
> 斥责我模糊浑浊的奉承；
> 也将为真理而对我尊敬，
> 因为真理永远亲切可信。

（《诗集》，第198页）

根据贺拉斯的著名诗作改写的《纪念碑》（1795）是诗人这种被定影于诗歌中的争取独立之斗争的最后一环。诗中展现出关于诗人的社会作用和对于祖国的深刻理解，指出只有自由的诗人才能完成这一使命。杰尔查文相信，他对达官贵人和帝王宠臣的大胆揭露，他向君主宣示的真理，都将受到后人的肯定性评价。所以他把"含笑向沙皇讲述真理"视为自己的功绩。

---

① 亚·谢·普希金：《普希金全集（8）·书信》，吕宗兴、王三隆译，杭州：浙江文艺出版社，1997年，第170页。——译者注

② 维·格·别林斯基：《别林斯基选集》第5卷，辛未艾译，上海：上海译文出版社，2005年，第39页。——译者注

这种"含笑"的表述方式,既可以用杰尔查文的世界观(他不是一个激进的思想家,并相信"开明君主"出现的可能性),也可以用他的生活环境来解释。他本人曾这样说明自己的原则:"作为一位根据灵感写作的诗人,我应当直言不讳;按我在宫廷作为政治家或廷臣的职位,我不得不以寓意和暗示遮蔽真实。"(《文集》第1卷,第652页)

诗人战胜了廷臣——杰尔查文对几朝沙皇都宣示了真理,包括叶卡捷琳娜二世。这种立场为随后几代人,包括普希金和车尔尼雪夫斯基所珍视。后者曾就杰尔查文的诗作和他的《纪念碑》写道:"在他的诗里,他珍重的是什么呢?为了公共的福利而服务。普希金也是这样想的。在这方面,比较一下他们怎样改变了贺拉斯颂诗《纪念碑》的原本思想,同时说出了各自的理由,该是意味深长的。贺拉斯说:'我认为自己所以配得上光荣,是因为诗写得很好';杰尔查文用另一句话代替了这一句:'我认为自己所以配得上光荣,是因为向民众和沙皇说了真理';而普希金则说:'因为我给了社会以良好的影响,保护过捱苦受难的人。'"[①]别林斯基在谈到杰尔查文的《纪念碑》时写道:"这是他勇士般力量的最强有力的表现之一。"[②]

5

杰尔查文脱离叶卡捷琳娜二世秘书的职位之后,转而研究阿那克瑞翁。对阿那克瑞翁的这种兴趣恰逢欧洲学界开始对古希腊抒情诗进行全面重新审视之时。伏尔泰的学生埃瓦里斯塔·帕尔尼从启蒙哲学的立场进行革新创作的阿那克瑞翁体诗歌取得了最大成就。

在这种情况下,杰尔查文的朋友尼·亚·利沃夫于1794年出版了自己翻译的阿那克瑞翁颂诗集。在诗集所附的文章中,这位享有盛名的诗人形象得以摆脱他在西方和俄国所遭受的歪曲。利沃夫断言,阿那克瑞翁的荣耀不在于他仅仅写有"爱情与狂欢的诗歌"(如苏马罗科夫曾认为的那样)。阿那克瑞翁是一位哲学家,一位生活导师,他的诗歌中弥漫着"让每个人的心情都得到慰藉的快乐哲学"。他不但参加了暴君波利克拉特斯的宫廷娱乐活动,也"敢于在国家事务方面向他提出建议"。这样,利沃夫就将阿那克瑞翁的形象提升到作家—君主的咨询者这一启蒙理想的高度。

利沃夫出版的附有序言和详尽注释的《忒俄斯的阿那克瑞翁诗歌》,是俄国诗歌发展中、俄国阿那克瑞翁体诗歌形成中最重要的里程碑。它促进了杰尔查文的才华开花结果,诗人自1795年开始写作他称之为"短诗"的阿那克瑞翁体诗歌。长时间内他都没有发表自己的这些"短诗",直到1804年才出版单行本,将其命名

---

① 尼·加·车尔尼雪夫斯基:《车尔尼雪夫斯基文学论文选》(上卷),辛未艾译,上海:上海译文出版社,1978年,第247—248页。引文根据俄文原文略有改动。——译者注

② 维·格·别林斯基:《别林斯基全集》第11卷,莫斯科,1956年,第473页。

为《阿那克瑞翁体组诗》。

杰尔查文的阿那克瑞翁体短诗是他创作中的新阶段。他不再进一步使用庄重的颂诗体裁。虽然他在 1780 年代还对颂诗进行了革新,但颂诗束缚了诗人表达新的内容。转向阿那克瑞翁诗体后,杰尔查文也富有创意地把旧体裁改变为肯定人追求幸福、快乐和享受之权利的诗歌,激发出旧体裁新的生命力。自传性题材获得了另一种更富有表现力的诗意地呈现自己的可能性。杰尔查文仍然在他的"短诗"中讲述自己。但他的个性首先是一位诗人的个性。在歌颂人追求幸福与欢乐的权利时,他还肯定了人拥有独立于政权的权利。因为诗人就是这样的人,所以阿那克瑞翁体诗歌也在其本质上发生了根本性变化:它的主人公没有变成自私的、贪恋享受的人,而是自由而独立的诗人。杰尔查文的阿那克瑞翁体诗歌也就成为公民诗(《天赋》《自由》《永垂不朽的王冠》《愿望》和《欢乐颂》)。

在他的《阿那克瑞翁体组诗》中,可以看到把握希腊诗歌的两种倾向。其中之一是翻译与改写阿那克瑞翁、萨福和其他诗人的诗歌,这类诗作的任务是形成古希腊罗马色调(《老人》《阿那克瑞翁欢乐颂》等),洞察时代精神,塑造诗人的客观形象,传达他的诗歌风格。这就奠定了俄国阿那克瑞翁体诗歌的基础。在谈到 19 世纪得到发展的"古风诗"时,别林斯基曾写道:"这种诗采用了古希腊诗歌的色彩、神情、音响、形象、形式,甚至有时还有内容本身。然而,我们绝不应该认为它就是模仿……当一个诗人满怀某一个与他不相干的民族、不相干的国家、不相干的时代的精神的时候,他就可以毫不费力地、轻松而自由地按照那个民族、那个国家或者那个时代的精神进行创作。"①批评家从杰尔查文的若干篇"古风诗"中引用了一些例证,给其高度评价。

但是,《阿那克瑞翁体组诗》的主要成就却是杰尔查文描写的俄罗斯世界、俄罗斯生活、俄罗斯习俗与风尚,以及绘声绘影、形象生动地表现出来的俄罗斯性格。在这里,诗人保持着为他所特有的"诙谐"叙述风格,灵动自由地转向民间口头创作,从中撷取形象、诗歌词汇和表达思想的戏谑手法(《猎人》《诙谐的愿望》《俄罗斯姑娘》等)。诗集《阿那克瑞翁体组诗》出版后,诸如《红腹灰雀》(纪念苏沃洛夫)、《茨冈舞蹈》《天鹅》和友人赠答作品《致叶甫盖尼:兹芳卡的生活》这样的抒情诗杰作,是杰尔查文对周围世界进行诗意描写诗歌原则的进一步发展。

在《兹芳卡的生活》中,诗人独立性的主题不是宣言式的,而是有意识地平常化、"接地气"地获得解决的。杰尔查文并不担心关于诗人疏离政权而自由的崇高公民思想经由日常生活得以揭示。这是在诗人尝试过的自传体手法的基础上形成的,但已不是在传统的颂诗体基础上,而是在革新后的阿那克瑞翁体的基础上。诗人的自由就是他杰尔查文的自由。杰尔查文是一个独一无二的个性,有着自己的生活观、习惯和趣味,对自然、生动而色彩鲜明的"存在"一往情深。他是一位诗人,

---

① 维·格·别林斯基:《别林斯基选集》,第 5 卷,辛未艾译,上海:上海译文出版社,2005 年,第 4 页。——译者注

而不仅是沙皇政府官员。他居住在自己的兹芳卡庄园,在那里享受着平静、幸福和爱,书写着他的良知与责任授意给他的作品。

6

在描写自己笔下的人物时,杰尔查文致力于揭示他们的个性特征。但这并不总是能成功。古典主义美学常常施以顽强的抵抗,于是诗人笔下的主人公便以豪华雄伟的姿态出现,华丽词藻也闯入颂诗。在展现自己的个性时,诗人则取得了完全的艺术上的胜利。杰尔查文的诗歌具有深刻的自传性。自传体是18世纪俄国诗歌最伟大的发明。诗人将自己描绘成一个与现实世界有着各方面联系的客观存在的人,一个过着充实、复杂而紧张的精神生活的实在性格,一个为各种激情所支配的个性。杰尔查文的诗歌刻画出俄罗斯人、俄国公民和爱国者心灵的令人倾倒的世界。

一个精神丰富的个性一旦开始观察世界,就有可能在诗歌中描绘出作为客体世界一部分的周围自然环境的真实性和具体性。正是杰尔查文发现了俄国大自然的美与诗意。在他的诗歌中,大自然失去了古典主义诗歌传统的程式化命名特性,不再是春夏秋冬基本征候分类清单。在杰尔查文笔下,大自然第一次以清晰可见、无与伦比的面貌出现在读者面前——比如具有为感叹世界之美的人所敏锐观察到的全部特征、轮廓和标志的俄国北方的大自然。19世纪的风景抒情诗是俄国诗歌中丰富而美好的现象。杰尔查文是这一现象的奠基人。

古典主义具有共同的风格。它要求描写符合标准的完美事物。古典主义所确定的诗歌体裁的划分,决定了风格统一的规则。每种体裁都被指定描写各自的题材,每种题材都要求各自的语言和精确展现的形象体系。对于每位诗人的这些规定的必要性,都作为规则被记载在布瓦洛和苏马罗科夫的诗学法典中。例如,这就是颂诗中应该解决的风格问题(亚·苏马罗科夫:《关于诗歌创作的信》):

> 颂诗中雷鸣般的声响,像龙卷风把耳朵刺穿,
> 远远耸立着里菲界① 山脉的峰峦,
> 山峰上的闪电把地平线劈为两半,
> 山岭高高的顶峰遮掩了暴风雨的傲慢。

按追随布瓦洛的苏马罗科夫的意见,题材的崇高性要求"雷鸣般的声响",而规则给出了解决这一问题的方式。寓意是颂诗风格的决定性特征。神话为了使诗人摆脱同实际的、"低级"现实的联系而发出呼唤,使其"遐想"于理念的崇高境界。

---

① 里菲界:地质学名词,因乌拉尔的古称里菲(Рифей)而得名。——译者注

苏马罗科夫告诫诗人们遵守他所简练表达的规则：

> 这种诗充满变化，大胆地把美德者
> 转化为神祇，变成灵魂与肉体。
> 诗中米涅尔瓦就是智慧，狄安娜即纯洁，
> 丘比特代表着爱，维纳斯代表美丽……①

遵守规则促成了不同诗人的颂诗在风格上的统一（所有其他按各自的规则写作的体裁也一样）。但古典主义诗学还提出了模仿经典的原则。这样，所用资料和每个单词的诗性原来都是已给定的，由于稳固的传统和对确定的既有风格体系的经常使用而得到了保证。词语都是在稳定不变的意义上出现的。这样的规定性从新的侧面决定了风格的统一。

杰尔查文只有打破古典主义的标准，偏离规则，才能拒绝统一的风格。但是，他在打破时就创造了一种新的、个性化的风格，从而打造出一种新的艺术体系。在杰尔查文笔下，整个独一无二、丰富多样的现实世界成为他的描写对象。现实是迥异于理想的。描写现实需要发现其固有的个性特征。例如，杰尔查文曾为纪念俄军围攻奥恰科夫要塞写有一篇颂诗。这一事件发生在秋天，秋天也就成为描写对象。由于放弃使用寓意手法，诗人不愿以刻瑞斯②的形象代替"低级"的现实——俄国的秋天。他努力刻画秋天及秋天所特有的具体特征：

> 嫣红的秋天已给谷场
> 带来金黄色的禾垛，
> 奢华向葡萄发出请求
> 贪婪的手伸向葡萄酒。
> 针茅在草原上泛着银光
> 鸟儿已成群地聚在一处……

秋季之后接踵而至的冬季，杰尔查文是以俄国诗歌中还从未有过的方式描写的：

> 头发灰白的巫婆来访，
> 摆动着毛茸茸的衣襟，
> 洒下雪花、严寒和白霜，
> 还把水变成了冰凌。

（《诗集》，第 121 页）

---

① 亚·彼·苏马罗科夫：《苏马罗科夫作品选集》，列宁格勒，1957 年，第 118、119 页。
② 刻瑞斯：罗马神话中的农耕女神，相当于希腊神话中的得墨忒耳。——译者注

杰尔查文的风格不仅取决于描写对象,还取决于诗人从自己的独特立场观察世界的个性,这种立场取决于他的生活经验、艺术洞察力、个人心理结构和艺术技巧。如《穆尔扎的幻影》是从描写杰尔查文住宅的夜晚起笔的。在他所描绘的画面中,黄昏时分微光中低声闲谈的诗人的整个家庭环境是真实而具有个人特色的,诗人对周边事物的观察、纯粹杰尔查文式的景色描写手法也是个性化的:

> 暗蓝的天穹
> 游弋着金色的月亮;
> 她披着自己银色的斗篷
> 在高空中熠熠生光,
> 透过窗户照亮我的房间,
> 还以她那淡黄的光芒
> 把金色的镜面
> 画在我的清漆地板上。

(《诗集》,第 109 页)

杰尔查文在一首诗中谈到自己时,曾承认自己是一个"热衷于真理的魔鬼"。这种诗只会出现在杰尔查文的艺术体系中。它是诗歌题材(主人公——作者的性格)与它的风格体现(所指并非抽象的美德——真实性,而是杰尔查文的性格特性——以及由此而形成的他的个性化诗歌形式的表达——"热衷于真理的魔鬼",这种表达传递出关于诗人精神面貌的准确信息)内在统一的范例。

《权贵》的风格也是丰富多彩的。在展示那些参与国事的高官显贵们德不配位的丑恶嘴脸时,杰尔查文并未掩饰愤怒。他在揭露时不可能无动于衷和冷静淡定:须知诗人是一个"热衷于真理的魔鬼"。这种"热烈性"既决定了他不会选择另一些词汇,也决定了颂诗的总体情感基调。于是就出现了纯粹杰尔查文式的诗歌:

> 驴子终究是驴子,
> 尽管它胸前徽章如星;
> 凡是需要动动脑筋的地方,
> 它只能听之任之,充耳不闻。

(《诗集》,第 22 页)

个性化的风格培育出杰尔查文诗作中诸多形象的惊人的勇气,这种勇气曾如此吸引了 19—20 世纪的诗人们。诗人笔下语言的诗性的产生,取决于描写对象和诗人的个性。果戈理在高度评价杰尔查文的独特笔法时,称其为"大手笔",因为在他笔下出现了"高级词"和"最低俗词"的非同寻常的结合(这是古典主义所禁止的)①。果戈理从《阿里斯基波夫家的舞会》中引用关于已满足尘世一切需要的"伟丈夫"的诗行为例：

> 宛如等候一位女客，他在等待死亡，
> 一边捻着胡须，一边沉思默想。

(《诗集》，第352页)

《冬天》一诗以诗人与缪斯对话的形式写成。缪斯就这样出现在读者面前：

> 缪斯，你闷闷不乐地坐着，
> 为什么如此忧伤？
> 透过水晶般的小窗，
> 你头发蓬乱，似在张望……

(《诗集》，第297页)

在纪念苏沃洛夫的《红腹灰雀》一诗中，杰尔查文在具体—历史个性的客观形象塑造上达到了最大成功。苏沃洛夫形象是在伟大人物的特征与品质同其独特个性的统一中被刻画出来的。一个独具特色的俄罗斯人的共性与个性、天才的统帅和令人倾倒的性格合二为——这就是杰尔查文按独特的、以"高级词"和"低俗词"的结合为基础的"大手笔"规则刻画的苏沃洛夫：

> 有人将满腔热忱，出现在队伍前，
> 骑着驽马，嚼着面包干；
> 在严寒和酷暑中淬炼宝剑，
> 秸秆上打个盹，天明仍未眠。

(《诗集》，第283页)

苏沃洛夫，他的生活与功绩的题材是崇高题材。杰尔查文在表现这一题材时也使用了高级词汇："有人将满腔热忱，出现在队伍前""在严寒和酷暑中淬炼宝剑""天明仍未眠"。诗人在这里似乎遵循了古老的颂诗传统。但是另一方面，在诗人看来，苏沃洛夫不仅是一位统帅，一位"大丈夫"，还是一个真实的个性，一位有其独特性格、让他真心感到亲切而可贵的朋友。这一性格是以准确的生平史实为基础塑造的。但是，同样根据传统，这一题材——为讽刺作品、寓言和喜剧所允许的"经验的人"——又是以"低俗词语"加以表现的。因此便有"骑着驽马""嚼

---

① 尼·瓦·果戈理：《果戈理作品全集》第8卷，莫斯科，1952年，第374页。

着面包干""秸秆上打个盹"等表述。

但是在《红腹灰雀》中,高级词汇和低俗词汇的混用造成了新的品质、新的综合,首先是因为在杰尔查文看来,这两类词汇在不同体裁中的固定使用规则已不复存在。诗人认为所有的词都是平等的。它们彼此的区别仅在于表现力不同,在于表现诗人的构思、这样那样的情节、事物及其颜色和质量的描写、描述现象及情感和思想的特点和独创性的能力不同。这些词语在《红腹灰雀》中的这种统一,都服务于再现苏沃洛夫生动形象的任务。

杰尔查文抒情诗的个人风格和他的"大手笔",标志着文学中一个最重要的新时代的开端——抒情诗中现实主义的形成。它不是一蹴而就的,而是一直在发展和丰富着,逐步摆脱了古典主义传统的影响。在古典主义开始出现危机和机械模仿者大行其道的时代,杰尔查文打开了俄国诗歌史上的新篇章。

还是在 1930 年代,对杰尔查文艺术体系的创新性质的研究,就使著名学者格·亚·古科夫斯基得出了必须从历史主义立场确定其艺术方法的结论。这位研究者清楚地看到,"古典主义诗学体系是由杰尔查文彻底摧毁的"。但在摧毁旧体系时,杰尔查文又创建了新体系。"杰尔查文的诗学方法在其本质上倾向于现实主义。他在俄国诗歌中第一个用语言感知和表现了由某些独一无二的物体构成的可视可听的实体世界。在他的诗中可以听到一种发现外部世界的喜悦……杰尔查文在这方面所进行的转变,其意义目前还难以估量。"[①]

杰尔查文在围绕人的真实事件和日常生活、风俗习惯、自然环境及物质状况描写现实的人所进行的艺术创新,为发现人的"民族密码"创造了条件,使诗人能够揭示其笔下人物性格的民族制约性。别林斯基已经强调了杰尔查文诗歌的民族性以及他揭示"俄国才智"的能力。别林斯基写道:"杰尔查文的才智是正面的、跟神秘主义和玄秘不相合的俄国才智,他的威力和制胜之因在于外部自然,支配的感情则是爱国主义。"在他的赠答诗、讽刺性颂诗中,"可以看出俄国才智的实际哲学;因此,它们最显著的素质就是民族性,这民族性不是汇集村夫俗子的言语或者刻意求工地摹拟歌谣和民间故事的腔调,而在于俄国才智的隐微曲折之处,在于俄国式的对事物的看法。就这一点说来,杰尔查文是极度民族性的"。别林斯基认为,在杰尔查文身上,我们看到"一个伟大的、天才的俄国诗人,这诗人是俄国人民生活的忠实的回声,是叶卡捷琳娜二世时代的忠实的反响"。[②]

(格·潘·马科戈年科执笔,宋秀梅译,汪介之校)

[①] 格·亚·古科夫斯基:《18 世纪俄国文学》,莫斯科,1939 年,第 409 页。
[②] 维·格·别林斯基:《别林斯基选集》第 1 卷,满涛译,上海:上海译文出版社,1979 年,第 47、48 页。——译者注

第六章
冯维辛

尽管当代读者与冯维辛所处的时代相距已多个世纪,却很难找到这样的人——他既不知道"纨绔少年"是个无知无识的成年人,也没听说过已变成俗语的台词"我不要学习,我要结婚""既然有马车夫,为什么还要地理学"以及冯维辛的其他名句。出自冯维辛的喜剧《旅长》和《纨绔少年》中的形象、名言和笑料,已成为我们常用词汇的一部分。冯维辛的思想也正是这样代代相传,在解放运动的历史上发挥了重要的作用。

冯维辛属于根据罗蒙诺索夫的倡议而创建的莫斯科大学接受教育的年轻一代贵族①。他于1755年进入该大学下设的中学,这是一所要把学生培养成未来大学生的学校,他在那里学习到1762年。

莫斯科大学是莫斯科文学生活的中心。学校早期的工作之一是出版罗蒙诺索夫的著作,他的一些学生曾在这里执教,如诗人和翻译家尼·尼·波波夫斯基、语文学家安·阿·巴尔索夫等。出版事务则由米·马·赫拉斯科夫主持。大学里还有一个剧社,连附属中学学生们翻译的剧作也进入了演出剧目。他们也乐于在大学里出版的刊物《有益之乐》和《优秀著作集》上发表自己的文学作品。这样,除了冯维辛之外,许多后来著名的文学家,如尼·伊·诺维科夫、费·阿·科兹洛夫斯基、卡林兄弟、阿·安·勒热夫斯基等,都毕业于这所中学,也就不足为怪了。

冯维辛最早的文学成果是他的德语和法语译作。他翻译的一些文章刊登在大学的刊物上,同时他还出版了丹麦启蒙主义者、讽刺作家霍尔堡的《劝诫寓言》(1761)单行本,接着又开始翻译让·泰拉松的多卷本长篇小说《英雄的美德,或埃及

---

① 冯维辛生平在基·瓦·皮加列夫的《冯维辛的创作》(莫斯科,1954)一书中有最详尽的记述。由彼·安·维亚泽姆斯基编撰的第一部作家传记《冯维辛》,圣彼得堡,1848,内含大量的文献、回忆录和书信;参见彼·安·维亚泽姆斯基:《维亚泽姆斯基全集》第5卷,圣彼得堡,1880年。最为全面和权威的冯维辛作品版本是《冯维辛文集》(两卷本,格·潘·马科戈年科编辑、准备文本、作序并注释),莫斯科—列宁格勒,1959年。(以下下引用此书,只在引文后注明卷次和页码)

国王西弗的生平》(1762—1768),这部作品的主人公是一位有学问的理想君主。泰拉松的教育和政治理念曾得到法国启蒙主义者的肯定性评价。冯维辛还在戏剧体诗创作方面检试自己的能力,着手翻译伏尔泰的反教权悲剧《阿尔济拉》。

年轻作家冯维辛感兴趣的这些作品目录证明了他对欧洲启蒙思想的初步关注。叶卡捷琳娜二世推行的自由主义原则在一部分先进贵族心中激起了在俄国建立"开明"君主制的希望。1762年底,冯维辛离开大学,被安排在外交院任翻译。他在外交院直接任职仅仅一年,后来又暂时被派往女皇御前大臣伊·佩·叶拉金的办公室。

冯维辛接受的严肃政治教育是在首都开始的。他知晓关于拟议中的改革的各种意见,了解发生在俄国社会思想史上的重要的事件——如"自由经济协会①关于农奴状况的征集令"(1766)和"新法典编纂委员会"的召开(1767)——之前的那些争论。俄国启蒙运动的思想体系就是在这些争论中形成的。冯维辛个人同意那些要求政治自由、废除农奴制的人们的意见。这些年中他的社会观点,呈现于流传甚广的手稿《约束法国贵族的自由和缩减三等官员的利益》,以及他翻译的 Г.-Ф. 科耶的《经商的贵族》一书,后者由德国法学家约·亨·尤斯蒂作序,1766年出版②。

科耶的目的是指出衰落的贵族可以再度成为兴盛的阶层。但冯维辛的书稿首先显然是以其中所包含的对贵族的尖锐批判而引人注意的,这些贵族出于等级偏见,无视国家和民族的利益;书稿中引人注目的思想,还在于著者认为保留严苛的等级隔阂对社会无益。他在一份论及俄国"第三等级"制度的手稿中正是发展了这一思想,"第三等级"指的是商人、工匠和知识分子。新的"市民"阶层应当是由赎回自由并受到教育的农奴逐渐构成的。这样,根据冯维辛的设想,借助开明政权颁布的法律,就能以和平的方式逐步废除农奴制,实现社会的启蒙和公民生活的繁荣。俄罗斯将渐渐变成一个拥有"完全自由"的贵族、"完全被解放的"第三等级和"尝试于耕作,虽不是完全自由,但至少有希望成为自由民"的平民的国度(《文集》第2卷,第116页)。

冯维辛是一个启蒙学者,但是,无论他对开明君主的信念,还是对自己的阶级素来就有的优越感,都打上了贵族局限性的烙印。不过需要指出的是,冯维辛早期对于各阶层的关注,其实是对社会问题的关注,也是他后来创作的显著特点,这使他比许多同时代人都更清醒地估量叶卡捷琳娜二世执政期间形成的政治局势。后来,在《纨绔少年》中塑造贵族斯塔罗杜姆的形象时,他在这部剧作中赋予这一形象以作者的思想和同情,并指出他笔下的主人公为自己赚取了财富,成为一个独立而正直的企业家,而不是卑躬屈膝的朝臣。冯维辛属于前赴后继地摧毁封建社会

---

① 自由经济协会:1765年叶卡捷琳娜二世设立的社会科学团体。——译者注

② 冯维辛也编辑和翻译了约·亨·尤斯蒂的两部被冠以富有特色标题的著作《论政府》和《警察学》,著者因其赋予启蒙运动的方案以实践形式的尝试而广为人知;但两部译著都未曾出版,直到现在也未面世。参见格·潘·马卡戈年科:《杰尼斯·冯维辛:创作历程》(Денис Фонвизин. Творческий путь),莫斯科—列宁格勒,1961年,第38—43页。

等级隔阂的第一批俄国作家。

冯维辛过于了解俄国贵族,曾期望在实现启蒙运动纲领时获得他们的支持。但是他更相信宣传启蒙思想的有效性,在这种宣传的影响下,应当会形成新一代正直的祖国之子。他认为,这些人将成为以祖国和民族的富强为目标的开明君主的助手和依靠。因此,冯维辛这位就其本性而言具有讽刺才能的作家,从早期作品就开始宣传社会行为的正面理想。在喜剧《科里翁》(1764)中,他就已斥责那些逃避公职的贵族,并借一个人物之口宣称:

> 谁为公众利益竭尽全力,
> 为自己祖国的光荣勤勉努力,
> 他在生活中就会领略真正的愉悦。

(《文集》第1卷,第24页)

《科里翁》是对法国剧作家 Ж.Б.格雷塞的喜剧《悉尼》的自由改编,开启了冯维辛创作的彼得堡阶段。伏尔泰的悲剧《阿尔济拉》的译本(以手稿形式流传)为这位有才能的、初登文坛的作家带来了声望。他同时还被吸收到青年剧作家小组中,小组成员都聚集在他的顶头上司、著名翻译家和科学与文艺资助人伊·佩·叶拉金周围。小组中形成了"折服"具有"俄国风格"的外国作品的理论。叶拉金首先把"折服"原则应用于借鉴霍尔堡的剧本《让·德·莫莱,或俄罗斯的法国人》,后来弗·伊·卢金在自己的喜剧集前言中阐释了这一原则[①]。

此前的一些翻译剧作中描写的是俄国观众很少了解的生活风习,使用的是外国人名。所有这一切,正如卢金所写的那样,不仅会消除戏剧幻觉,还会降低戏剧的教育作用。因此,按照俄罗斯的方式对这些剧本进行"改写"的工作就开始了。冯维辛以《科里翁》表明自己是戏剧民族题材的拥护者,投入同消遣型剧本译者的斗争。

叶拉金小组对"严肃喜剧"这一新体裁表现出浓厚的兴趣,这种戏剧体裁在狄德罗的论文中得到了理论上的论证,并占据了欧洲舞台。在卢金的剧本中已经做过把劝谕剧的原则引入俄国文学传统的既不彻底也不完全成功的尝试。但是他的喜剧缺乏幽默感,而更主要的是同讽刺手法对文学所有领域日益增强的渗透相矛盾,这种渗透在随后的几年即导致讽刺性期刊应运而生。像动人地描写受苦受难的美德或无德贵族的改邪归正这类局部性的题材,无论如何都不符合俄国启蒙思想家们的政治目标,他们提出的是改造整个社会的问题。对人的社会行为的集中关注,使得冯维辛比他的同时代人更深入地理解了狄德罗启蒙美学的原理。关于俄国贵族的讽刺喜剧的构思,就是在围绕新法典编纂委员会的多次争论的氛围中

---

① 帕·纳·别尔科夫:《弗·伊·卢金》(В.И.Лукин),莫斯科—列宁格勒,1950年(《俄国剧作家》丛书),第29页。

形成的，这个委员会中的大部分贵族都是维护农奴制的。1769年，在完成《旅长》、转向社会讽刺时，冯维辛也就最终脱离了叶拉金小组。

喜剧《旅长》归根结底是一部给农奴主以摧毁性讽刺的作品，尽管冯维辛在剧中并未直接触及农奴制的主题。由于戏剧家追求的是塑造整个阶层群像的目标，所以在剧本里就很难区分出主要的主人公。情节纠葛的各条线索在形式上都汇集到年轻的公子哥儿和法国迷伊万努什卡身上，但是这一形象只是足够详细地凸显出贵族教育的弊端。甚至连旅长夫人和旅长的形象也没有处于喜剧的中心，虽然喜剧的名称是来自这两个形象，他们也是首先出现在舞台上的角色，而冯维辛也赋予他们特殊的意义。总之，剧作中的每一个出场人物不仅是独立存在的，而且充实了冯维辛所见到的俄国贵族的群体肖像。

《旅长》使用的是18世纪喜剧中流行的爱情情节：父母试图为孩子们安排有利可图的婚姻，而这时孩子们的心已另有所属。但是，作家使用这个带有传统大团圆结局的情节，目的在于讽刺性地揭露，并赋予其抨击性意义。《旅长》是一部描写贵族阶层的喜剧。

两个家庭相会，为的是让刚刚从巴黎归来的旅长之子伊万和参事夫人的前夫之女索菲娅结婚。实际上爱情关系的发展却出人意料。原来旅长迷上了参事夫人，参事则觉得旅长夫人是世上最聪明和最吸引人的女人，而伊万却和参事夫人彼此拥抱起来，因为他俩认为其余人都是傻瓜。

把《旅长》的主要人物联系在一起的，与其说是等级属性，不如说是"愚蠢"的话题。戏剧家把他们所认为的聪明，作为粗俗、自私、无知、缺乏爱国情感和起码的道德观念的体现，在观众面前予以揭露。

旅长自认为是个聪明人，因为他顺着"官级表"爬到了五等，还会背《条例》和《军事条令》。参事认为贵族所必备的全部知识和才智都可归结为解释法典，无论有罪者还是无罪者都要被掠夺一空。参事夫人抱怨说，她丈夫和所有邻居都是畜生和不学无术者，因为他们既不读小说，也不上法国老师的课。伊万老是说，没到过巴黎的俄国人不可能聪明。甚至是一辈子听惯了丈夫骂她蠢货的忠厚老实的旅长夫人，内心深处也确信自己"还是有智慧的，谢天谢地"（《文集》第1卷，第67页）。她觉得自己没错，因为如她所说——"没智慧就过不好日子，还能得到什么呢？"（《文集》第1卷，第74页）可是她却能得到。每个人物都把自己的"智慧"用在别人身上。粗俗的武夫旅长把扭扭捏捏的参事夫人看作上流社会的贵妇人、"坚强的堡垒"（《文集》第1卷，第88页）。她能指挥年老的丈夫，而丈夫也认为她"才智满堂生辉"（《文集》第1卷，第48页）。参事不可遏止地爱上了"为一个卢布而乐于忍受长斑热病"的旅长夫人，他本人也"像燧石一样吝啬而固执"（《文集》第1卷，第55页）。参事夫人因伊万而欣喜若狂，因为她只醉心于法国式的时髦和艳遇，而伊万也以同样的原因为她发狂。唯有旅长夫人没有想过背叛丈夫。虽然丈夫有时揍她几下，但也只有她一人理解丈夫："……什么话由他说出来，都像鹦鹉

一样纯正而清楚。"(《文集》第 1 卷,第 65 页)

这些人物的风流欲念被冯维辛描写成对真正爱情的讽刺,并往往使他们彼此的关系陷入可笑的境地。在整个剧情的发展中,不断揭示出各角色的行为完全违反常理和道德规范,这是写得最有趣的场景。舞台上严肃地讨论起这样的问题:顺着"官级表"能爬到几级,是"能数清我们的头发"(《文集》第 1 卷,第 50 页)的造物主的事;爱的表白被理解为要借钱,等等。比如,说大话是人物自我暴露的典型方式,伊万就这样吹嘘自己在巴黎的成功:"在巴黎,人们以应有的方式接待我……无论在哪里见到我,大家都喜形于色,而且也无须掩饰,用大笑来表达喜悦,这就直接证明他们是念着我的。"(《文集》第 1 卷,第 77 页)

在体裁方面,《旅长》对于俄国戏剧来说是一种全新的现象。冯维辛创造了第一部"风俗喜剧"①。古典主义的"性格喜剧"把行为不端或可笑的人物搬上舞台,他们的特征是本来就有的,不需要解释。他们的全部舞台行为都是吝啬、忌妒、虚伪和愚蠢等基本特征的逻辑结果。"风俗"广义上是指通过教育和生活经验而获得的人的品性。这些品性和上述基本特征可能彼此一致,并在这种情况下被设定为外部环境。"市民悲剧"为"风俗理论"研究做出了重大贡献;冯维辛对狄德罗和晚期古典主义喜剧经验的研究,参加叶拉金—卢金小组的活动,也无疑对《旅长》中的人物描写方法产生了很大影响。②

剧中的每个人物都有其愚蠢之处,但不是说每个性格总是限于某一种特征。冯维辛并不展示性格形成的过程,而是通过出场人物所经历的环境来解释其各种行为。例如,阿库林娜·季莫费耶夫娜天生的愚蠢因旅长一辈子向她灌输愚蠢的念头而加重。伊万和参事夫人不仅愚蠢,受到的教育也不好。在参事形象身上,"官员"特征被自由变形:吝啬和贪婪之外还加上假仁假义和宗教伪善。参事与旅长不同,他只是一个拿公务年限津贴的贵族,在禁贿令颁布前不久买了一个小村庄。这样,各角色的行为和性格特征都与日常生活紧密相关,"俄国风俗"喜剧也就得以产生。同时,冯维辛虽遵循"市民悲剧"的基本原则之一,即以人物所受的教育来解释其性格,但《旅长》在整体上却完全不同于狄德罗及其追随者的剧作。这些剧作中的"可笑性"都有意识地让步于"庄重性"。冯维辛没有忽略重要的讽刺目标,正是把笑(而不是直接揭露)作为基本的斗争武器。因此,剧作家在产生于对人之本性的新理解的启蒙剧作中运用了莫里哀式"情景喜剧"的形式和手法。

冯维辛的第一部喜剧并不缺乏滑稽表演的因素。假如演出不是直接在舞台上举行,那么旅长在整个剧情的发展中就会不分青红皂白地威胁要动手打人。然而,

---

① 帕·纳·别尔科夫:(1)《冯维辛的戏剧与俄国文化》,见《俄国经典作家与戏剧》(Русские классики и театр),莫斯科—列宁格勒,1947 年,第 36—39 页;(2)《18 世纪俄国喜剧史》,列宁格勒,1977 年,第 123—125 页。

② 格·潘·马科戈年科:《从冯维辛到普希金》,莫斯科,1969 年,第 236—243 页。

冯维辛最广泛使用的不是表演性的,而是语言文学性的喜剧手法。伊万和参事夫人不恰当地夹杂着许多法语词汇的台词就属于这样的手法。冯维辛喜欢运用双关语,以此构建出一个个戏剧情节。参事在劝说女儿敬重未来的婆婆、恭维旅长夫人时,本想强调《生命之书》(即《生活之书》)中特别提到的一位可敬的女性,却说成了《动物之书》(《文集》第 1 卷,第 63 页)。《旅长》文本中的"畜生"一词一般具有某种主导意义,是自私自利者极端退化的标志。

作为一个真正的艺术家,冯维辛在《旅长》中是远离说教的。即便剧本中常常能感觉到作者的观点,但观众仍可以参与惩罚喜剧中行为不端的主人公。冯维辛在此使用了剧中角色自我暴露的手法。他笔下的人物谈论着教育、科学、家庭美德和爱情。观众会开心一笑,也会因他们的议论而愤怒。启蒙主义者冯维辛在背后操纵着这些议论,把对生活中丑恶行为的笑变成了所向披靡的喜剧主角。

《旅长》中有两代俄国贵族的描写与比照。伊万外表上明显不像他的父母,但实质上正如冯维辛所展示的,无论年轻一代还是老一代都一样恶劣。剧本开始时旅长夫人说了一句话:"我们都是贵族,我们都是平等的"①(《文集》第 1 卷,第 49 页),而全剧的结局则是由于贵族的尊严受到侮辱而引起的吵闹,这都并非偶然。"尊严"这一概念是贵族意识形态的基本范畴之一。对冯维辛和他的同时代人来说,尊严不仅是个人优越感的同义语。他曾在《俄国社会阶层试论》中写道:"有尊严的人不必服从法律。他心中自有某种庄严神圣的东西,引导他去高尚地思考与行动。"(《文集》第 1 卷,第 228 页)责任感赋予贵族以领导社会的权力。《旅长》的主人公们在争论,根据法律,什么人应当为"丧失尊严"受到什么样的惩罚,实际上他们已不能讨论这个话题。

冯维辛的启蒙希望维系在以索菲娅和杜勃罗留波夫为代表的另一类人身上。《旅长》中的正面形象在艺术上的薄弱已被公正地指了出来。但不应忘记,正是这些形象与那些受到嘲讽的角色形成了有意识的对立,而这也就决定了他们作为作者思想表达者的重要意义。即便索菲娅和杜勃罗留波夫不能被称为有生命力的令人信服的形象,他们仍然是冯维辛钟爱的理想的轮廓。他们彼此尊重,旅长夫人的命运也引起了他们关于"人性"(《文集》第 1 卷,第 85 页)的思虑。他们和"支配着其余人谋求私利"是格格不入的。让参事夫人惊讶至极的一笔意外之财并未使杜勃罗留波夫晕头转向,他仍然忠于自己对索菲娅的爱。索菲娅和杜勃罗留波夫的形象也显示出其道德观念的大致范畴,可以在冯维辛和亲人的通信、自传体作品《真诚的表白》中发现这些观念的余音。

《旅长》反映了俄国早期启蒙主义者和 1767 年立法委员会相联系的、坚决实行国家改革的虚幻希望。冯维辛用笑送走了他觉得似乎已成为过去的现象——愚蠢的淫威和"贪官—芝麻官"的舞弊。应当有另一些理智的人走进生活——他们

---

① 经查阅冯维辛《旅长》一剧的俄文原文,可知这句台词其实是参事夫人所说的。——译者注

能依据新原则安排生活。① 因此他才让笔下的旅长和参事退休,而杜勃罗留波夫的诉讼案则由"最高司法机构的权限"(《文集》第 1 卷,第 81 页)来裁决。

然而,改革并未随之发生。叶卡捷琳娜二世明白,她可以专横霸道地依靠的真正力量,不是启蒙派贵族的狭小圈子,而是被冯维辛嘲弄的参事和旅长们。关于开明君主的神话破灭了,从这时起,俄国启蒙主义者开始与叶卡捷琳娜的君主专制制度进行斗争。

1769 年,冯维辛由女皇内阁翻译调至大臣尼·伊·潘宁的办公厅,并很快成为潘宁的心腹之一。尼基塔·潘宁和彼得·潘宁两兄弟是贵族反对派的代表人物,早在 1762 年就主张贵族最高委员会限制君主专制权力。这一方案虽然被否决,但未来沙皇保罗一世的教育还是委托给尼·伊·潘宁。很多人认为,随着皇位继承者达到成年,叶卡捷琳娜将不得不把她从保罗之父那里篡夺的皇位归还给儿子。

对于叶卡捷琳娜二世的失望,整个说来并没有破除冯维辛对"开明君主制"的信念。显然,向年少的皇位继承者灌输启蒙思想,并由此而使未来的俄国得到保障,这一已出现的适宜时机使他靠拢潘宁。冯维辛的《论保罗·彼得罗维奇的康复》(1771)和译自托马斯·阿奎那的《献给马尔库斯·奥勒里乌斯的颂辞》(1777)证明了他在这方面的目标明确的活动;这两部作品中都含有君主应如何执政才能保证民族利益的训诫。

作家关于只有开明政体才能为实行必要的改革提供合适而实际的时机这一信念,因俄国的诸多社会事件而得以巩固。他是普加乔夫起义的见证者,这场起义似乎以一种完全的无政府状态动摇和威慑了国家的基础。普加乔夫暴动迫使那些被吓破了胆的贵族更加坚定地支持叶卡捷琳娜,她的统治也更加类似于专制独裁,不可避免地导致宠臣当权,无视法规,压制一切政治自由。另一方面,叶卡捷琳娜的虚伪政策也促使人们去考虑建立某种保障,让专制独裁以后再也不可能出现。这类保障措施也许只是一些稳固的,不仅对于国民,而且对于君主来说都是必要的国家法律。

冯维辛的启蒙理想在 1770 年代具体体现在他精心制定的政治纲领中。这一纲领既考虑到了潘宁的宪政思想,考虑到了冯维辛在高级官员位置上的实际工作经验,也顾及了他对西方国家体制的研究。

1771—1778 年,冯维辛在法国度过了一年半左右的时间,勤勉地学习法学和哲学,了解了这个给世界提供了先进启蒙学说的国家的社会生活。在这次旅途中被加工成旅行笔记形式的书信,成为 18 世纪政论作品中引人注目的里程碑。

信中描写了大革命前具有封建主义全部矛盾的法国,这些矛盾让俄国旅行者想起自己的祖国。他到处都能看见君主的独裁专制、腐朽的贵族、受欺压的民众和堕落的风气。两个国家的对比使冯维辛懂得,不受约束的专制是民族衰败的原因,

---

① 格·潘·马科戈年科:《杰尼斯·冯维辛:创作历程》,第 111—115 页。

无论其基础如何,法国对自由的需求并不亚于俄国。同时,法国之行还巩固了作家关于追求自由的运动应当是平稳的、渐进的这一思想,正如他稍晚些时候所写的那样:"自由、所有制也和行使公共权力的形式一样,应按照国家的实体状况和民族的道德特性来建立。"(《文集》第 2 卷,第 264 页)在谈到各国的平等(平权)时,他认为平等对于英国来说是福祉,因为那里的平等建立在精神治理的基础上;而在法国却可能成为社会动荡因素,法国人民尚未准备好类似的转变。但是,在冯维辛的所有思考中,始终贯穿的是同俄国的对比,他似乎在拿欧洲社会实践的成就来衡量俄国的条件。关于自由的必要性和必然性的思想,在一封致潘宁信件的草稿中特别有力地表达了出来。冯维辛直接引用让—雅克·卢梭的见解,认为"自由是大自然的第一份真正的馈赠,没有自由,有思想的民族就不会幸福"(《文集》第 2 卷,第 474 页)。但对于已习惯生活在不自由状态的人民(即俄国人民)来说,这份突然返还的馈赠也许是致命的,因为自由一旦转变为恣意妄为,就可能成为国家毁灭的原因。

冯维辛在致好友雅·伊·布尔加科夫的信中总结了他出国旅行的印象:"如果这里的人们先于我们开始生活,那么至少,当我们开始生活时,就可以给出自己想要的形式,避免在这里已经根深蒂固的那些窘困和罪恶……我想,刚出生的人要比将死之人幸福。"(《文集》第 2 卷,第 493 页)对于俄国还可能避免世界历史的错误、焕发青春的希望,似乎预示着俄国启蒙派的创举将取得成功。对待法国见闻的求实看法,也许决定了冯维辛对一切欧洲经验的严厉批评态度。在这方面,无论是法国本身,还是作为俄国女皇之友的法国启蒙主义者都让他感到失望。冯维辛没有感觉到因哲学家们的思想为其做准备而酝酿成熟的人民革命的征兆,因为他不相信广泛的社会运动会取得成功,也不希望它发生。相反,他清楚地看到,虽然启蒙思想的宣传已竭尽全力,但法国的政体形式依旧是公然的专制独裁。冯维辛确信,只有在政治变革之后才能使君主制具有某种开明的性质。

写于 1782—1783 年间的《论国家大法之必要》(亦称尼·伊·潘宁致保罗一世的政治遗嘱)在很大程度上就是这些思考的结果。此文是冯维辛为潘宁构思但却没实现的"根本大法"草案写的前言,其目的是限制俄国的专制权力。

冯维辛关于废除农奴制的思想在这篇文章中并没有改变。还像先前一样,他认为不仅要让贵族,而且要让全体社会成员享有政治自由和所有权。不过他在这里也指出,在俄国,没有任何一个等级("人们的政治状况")可以"不经准备就能理解秩序良好的欧洲人民所欣赏的那些优点"(《文集》第 2 卷,第 265、266 页)。冯维辛思路清晰而充满义愤地描写了在叶卡捷琳娜二世没有任何限制的专制压迫下正在陷入困境的民族状况。贵族本应是最受尊重的阶层和民族的表率,却"徒有其名,为了钱财可以卖身投靠任何一个掠夺祖国的卑鄙之徒";显贵,功勋卓著的贵族,"因吞噬了真正看重尊严(珍惜荣誉)的全部精神养分的恩宠而黯然失色";民众"在深深的愚昧无知的黑暗中艰难度日,默默地忍受残酷奴役的重负";皇位取决于"小酒馆是否向维护皇室要人安全的一群野性十足的闹事者开放"(宫廷政变),也可能"为以一副人的样子区别于牲畜的庄稼汉所动摇"(普加乔夫起义)(《文集》第 2 卷,第 265—266 页)。在这样的条件下,只有依靠开明政府与开明贵族在长期"准备"后的共同努力才能达到最终目标。作为出色的政论文的范例,《论国家大法之必要》同时也阐述了冯维辛在 1782 年完成的最出色的喜剧《纨绔少年》中予以艺术体现的那些思想。

在《纨绔少年》中,冯维辛表面上仍守护在日常生活喜剧的范围内,却提请观众注意一系列生活场景,触及了新颖而深刻的话题。展示当代"风俗"作为人们相互关系的特定的结果,这一任务决定了《纨绔少年》的艺术成就,按普希金的说法,使它变成了"民族的"喜剧。《纨绔少年》在触及一些主要的、迫切的问题时,确实呈现出 18 世纪俄国生活的异常鲜明而具有历史真实性的画面,并因这样的性质而走出了狭隘的潘宁兄弟小圈子的思想约束。在《纨绔少年》中,冯维辛从社会政治意义的视角评价了俄国生活中的基本现象。但他关于俄国政治体制的观念却是在对等级社会基本问题的考量中形成的,因此可以认为这部喜剧是俄国文学中的第一幅社会人物类型图。

从情节和名称上看,《纨绔少年》是一部关于怎样对一个年轻贵族施行愚蠢而不正确的教育,使其直接成长为"纨绔子弟"的剧作。实际上,这里所讲的不是关于学习的问题,而是关于在冯维辛看来很寻常的、广义上的"教育"问题。虽然舞台上的米特罗凡是一个次要形象,但剧本以"纨绔少年"为题却不是偶然的。米特罗凡·普罗斯塔科夫是斯科季宁家族三代中仅剩的一人,这个家族的人直接呈现在观众面前或其他出场人物的回忆中,展示出在这段时间内普罗斯塔科夫家族的环境没有任何变化。米特罗凡受教育的过程解释了斯科季宁家族的来历,以及应当改变什么,让它们以后不再出现:消灭奴役制度,通过道德教育克服人类天性中的"畜生"恶习。

《纨绔少年》不仅展开描绘了《旅长》中粗略勾画的正面角色,还对社会恶习进行了更深刻的描写。和过去一样,处于冯维辛关注中心的是贵族,但不是贵族本身,而是和农奴阶层有着紧密联系并控制着他们,也支配着代表整个国家的最高政权的贵族。普罗斯塔科夫家中的事情本身就特别生动,成为在思想层面更为严峻的诸多冲突的一幅插图。

从喜剧第一场试穿特里什卡缝制的外衣开始,冯维辛就刻画了这样一个王国,正如他在《论国家大法之必要》中所写的那样,这里的"人们是另一些人的私有财产","一种状况中的人可能成为另一种状况中人的原告和法官"(《文集》第 2 卷,第 265 页)。普罗斯塔科娃在她的庄园里是大权在握的女主人。她的仆人特里什卡、叶列梅耶夫娜或帕拉什卡是对是错,仅仅取决于她的个人意愿,她这样说自己:嘴和手从早到晚"都没闲着:不是骂人,就是打人,这才把一个家给撑起来"(《文集》第 1 卷,第 124 页)。不过,冯维辛虽把普罗斯塔科娃称为"凶狠的泼妇",却完全不是要强调他所刻画的暴君式女地主是某种偏离常规的例外。他的意图,正如高尔基所准确指出的,在于"暴露贵族阶级正因为奴役农民而精神衰退和腐化堕落"①。普罗斯塔科娃的兄弟斯科季宁这样一个普通的地主,同样"不轻饶任何过失"(《文集》第1卷,第109页)。在他的田庄里,猪要过得比下人好得多。当普罗斯塔科娃引用《贵族自由法令》为她的野蛮行为辩解时,他支持姐姐说:"难道贵族想打仆人时,还不能随意打吗?"(《文集》第1卷,第172页)

已习惯于不受惩罚的普罗斯塔科娃把自己的权力从农奴扩展到丈夫、索菲娅和斯科季宁身上——扩展到所有那些如其所愿不会回击的人身上。但是,在自己的庄园里随意发号施令时,她本人却逐渐变成了一个失去自尊的奴仆,随时都可能在最强悍的势力面前卑躬屈膝,成为无视法律、恣意妄为的世界的典型代表。在《纨绔少年》中,关于这个世界的"动物性"卑鄙的思想如此合乎逻辑地被提了出来,就像《旅长》中一样:无论斯科季宁一家还是普罗斯塔科夫一家都是"一窝所生"(《文集》第1卷,第135页)。普罗斯塔科娃只是专制主义毁灭人性、破坏人们之间的社会联系的一个例证。

斯塔罗杜姆谈起自己在首都的生活时,描绘了一个同样充斥着自私和奴役、人们"没有灵魂"的世界。斯塔罗杜姆(也可以说冯维辛)把小地主普罗斯塔科娃和显赫的国家高官作比较,其实是要肯定,"如果没有灵魂的无知者是野兽",那么没有灵魂而"最有文化的聪明人"至多不过是"卑微的生物"(《文集》第1卷,第130页)。朝臣也跟普罗斯塔科娃一样,没有义务和尊严的概念,在显贵面前谄媚逢迎,对弱者颐指气使,贪恋钱财,靠算计对手来抬高自己。

斯塔罗杜姆的警句式抨击触犯了整个贵族阶层。传说有一个女地主因斯塔罗杜姆的一句答话"阐释法令的女能手"②而觉得自己受到了侮辱,于是状告冯维辛。至于斯塔罗杜姆的那些独白,无论其怎样隐晦,其中最为大众所关心的部分,还是按书刊检查机关的要求从剧作的演出脚本中一一删除。③冯维辛在《纨绔少年》中运用的讽刺手法,锋芒所向,直指叶卡捷琳娜的具体政策。

《纨绔少年》第5幕第1场是这一方面的核心,在这里,冯维辛通过斯塔罗杜姆与普拉夫金的交谈,陈述了《论国家大法之必要》的基本思想,即君主应当成为其子民的楷模,国家必须制定多种持久的法规。斯塔罗杜姆是这样表述的:"当之无愧的君主要努力提高臣民的精神品格……只要他知道他真正的荣耀在哪里……人们很快就会意识到,每个人都应该一样合法地寻求自己的幸福和利益,而把和自己一样的人作为奴隶来压迫则是不合法的。"(《文集》第1卷,第167—168页)冯维辛对执政女皇的责难,涵纳在他所描写的非法使用农奴的场景中,体现在女仆叶列梅耶夫娜教育米特罗凡(结果是"一个奴才变成两个")(《文集》第1卷,第169

---

① 高尔基:《俄国文学史》(История русской литературы),莫斯科,1939年,第22页。
② 法·韦·布尔加林:《布尔加林全集》第4卷,圣彼得堡,1839年,第9页。
③ 米·格·特洛扬斯基:《冯维辛的喜剧〈旅长〉和〈纨绔少年〉在18世纪的演出史》,见《戏剧遗产》(Театральное наследство),莫斯科,1956年,第7—23页。

页)的过程中,还表现于关于执掌大权、使正直的人们无用武之地的那些宠臣的评说中。① 在为公共剧院编写的剧本中,作家不能足够准确而确定地表达,如同在预定为狭小范围的志同道合者撰写《论国家大法之必要》时所做的那样。② 但读者和观众都懂得,这种言未尽意的情况无法避免。据冯维辛本人承认,正是斯塔罗杜姆的角色保证了喜剧的成功;对该角色的扮演者伊·阿·德米特列夫斯基的表演,观众往舞台上"投掷钱包,鼓掌欢迎"③。

斯塔罗杜姆这一角色对于冯维辛的重要性,还有另一个方面。在与索菲娅、普拉夫金、米隆同台的那几场戏中,他合情合理地讲述了"正派人"关于家庭道德、关于从事国家管理事务和军方事务的贵族的责任。这类得以展开的纲领的出现,证明了在冯维辛的创作中,俄国启蒙思想已由批判现实的阴暗面转向探寻改变专制制度的实践方法。

从历史的观点看,冯维辛对受到法律制约的君主制的希望,对"适合于任何阶层的人"的教育具有积极作用的希望,是典型的启蒙主义乌托邦。但是,在解放思想的复杂道路上,冯维辛在他的探索中是作为拉季舍夫共和思想的先驱者出现的。

在体裁方面,《纨绔少年》是一部喜剧。剧本中有很多真正可笑的东西,还有部分类似于《旅长》的闹剧场景。不过,《纨绔少年》中冯维辛的笑具有阴郁的悲剧性质,而那种争吵不休的闹剧场面,当普罗斯塔科娃、米特罗凡和斯科季宁都参与其中时,人们已不再把它作为传统的滑稽幕间剧来接受。

由于冯维辛在喜剧中所关注的完全不是令人愉悦的问题,所以与其说他竭力发掘新的舞台手法,不如说他对旧手法予以重新审视。《纨绔少年》依据俄国戏剧传统,完全独创性地运用了市民悲剧的手法。④ 比如,古典主义戏剧中爱发议论者的功能就完全改变了。《纨绔少年》中类似的角色是由表达作者观点的斯塔拉杜姆来承担的,这是一个行动少而言论多的人物。西方戏剧译作中常会看到类似的睿智老贵族的形象,但其言行仅限于道德领域,最经常的是家庭问题层面。冯维辛笔下的斯塔拉杜姆扮演着政治演说家的角色,他的道德劝谕是阐述政治纲领的一种形式。在这个意义上,他更像俄国反专制悲剧中的主人公。也许,崇高的"思想戏剧"对伏尔泰《阿尔济拉》的译者冯维辛的潜在影响,要远比粗略的估计大得多。

冯维辛是俄国社会喜剧的缔造者。他的社会政治观念决定了其戏剧创作中最具特色的共同特征:罪恶世界与理性世界在纯粹启蒙层面上的对立,风俗讽刺喜剧

---

① 帕·纳·别尔科夫:《冯维辛的戏剧与俄国文化》,见《俄国经典作家与戏剧》,第65—66页。
② 纳·雅·艾德尔曼:《反对君主专制的赫尔岑:18—19世纪俄国政治秘史与自由出版物》(Герцен против самодержавия. Секретная политическая история Россия XVIII-XIX веков и Вольая печать),莫斯科,1973年,第134页。
③ 《戏剧词典》(Драмматический словарь),莫斯科,1787年,第89页。
④ 格·潘·马科戈年科:《从冯维辛到普希金》,第347—350页。

的共性内容获得了哲理性的阐释。在注意到冯维辛剧作的这一特征时，果戈理写道：戏剧家有意忽略了错综复杂的纠葛的内容，"透过它看到了另外的、更高级的内容"①。

在俄国戏剧中，喜剧的爱情纠葛首次被完全推到了次要地位，只具有次要的意义。

与此同时，虽然冯维辛追求全面而具有象征意义的概括形式，他还是得以实现了笔下人物的高度个性化。《旅长》中的人物令人信服的逼真性令同时代人惊讶。在回想初读这部喜剧的情形时，冯维辛谈及它给尼·拉潘宁造成的直接印象。冯维辛写道："他对我说，我看您非常了解我们的风俗，因为您笔下的旅长夫人就是大家的亲戚；谁都不能说他没有像阿库林娜·季莫费耶夫娜这样的祖母或姑妈，或者某一位姻亲。"潘宁还进一步称赞他描写旅长夫人这一角色的艺术，让读者和观众"如见其人，如闻其声"（《文集》第2卷，第98—100页）。达到这种效果所借助的方法，无论在剧作家本人的一些评论中，还是在同时代人对《旅长》和《纨绔少年》的人物生动性的反应中，都得到了揭示。

冯维辛喜剧写作的具体方法是以明确的生活原型为基础的。②据他自己承认，还在少年时代他就认识一位后来成为剧中人物原型的旅长夫人，也取笑过这位智力有限的女性为人朴实。与《旅长》相关的传说还有：参事的原型是一位众所周知的院长，叶列梅耶夫娜说的一些话是冯维辛在莫斯科街道上截听到的。人们把斯塔拉杜姆的形象与彼得·潘宁、涅普柳耶夫、尼·诺维科夫等其他人士作对比，还说出了米特罗凡的若干原型。大家也知道，演员们在扮演一些角色时，往往有意在舞台上模仿观众很熟悉的某些当代人士的派头。

冯维辛所采用的经验主义手法本身并不是一种艺术体系。但是，取自生活的典型细节、富有特色的人物和令人发笑的话语，却可以成为形象和场景个性化、细节化的极好方法。这种方法多半是在1760年代的讽刺作品中被广泛使用的。例如，我们知道，冯维辛在这个时期所写的赠答诗，曾把完全实际存在的一些人物——他的仆人们、某位诗人亚姆西科夫等——的性格特征表现得淋漓尽致。另一方面，冯维辛在自己的戏剧中清晰地界定了人物的等级属性和文化属性，再现出他们各等级之间的真实关系。在他的独创性喜剧中，仆人从来都不是作为文学中假定的主人公的挚友的角色出现的。个性化特征往往不是体现于舞台动作中，而是表现在冯维辛喜爱的语言表述中。作家笔下的否定性人物常常用职业行话、上流社会的惯用语或粗鲁的俗语说话。那些表达作者思想的正面人物与反面人物在言论的文学风格上是完全对立的。这样的语言表述方式由于是戏剧家冯维辛所特有的语感而变得非常有效。可以用米特罗凡考试的一场戏为例来说明这一点，它是从伏尔泰那里借用的，但经过了不与其重复的俄国化的加工改造。

---

① 尼·瓦·果戈理：《果戈理全集》第8卷，莫斯科，1952年，第400页。
② 帕·纳·别尔科夫：《冯维辛的戏剧与俄国文化》，见《俄国经典作家与戏剧》，第40—41页。

冯维辛笔下的形象从讽刺倾向性上看，与讽刺期刊中的社会面具肖像有着许多共同之处。这些形象在此后文学传统中的命运也是相似的。如果说，冯维辛喜剧的样式整个说来是谁也无法复制的，那么，他笔下的主人公典型则获得了长久独立的生命。18 世纪末至 19 世纪初，多部新的剧作从冯维辛笔下的形象中演化出来，这些形象还以类似的形态进入更为多样的作品中，一直到《叶甫盖尼·奥涅金》或谢德林的讽刺作品。① 冯维辛的喜剧直到 1830 年代仍作为保留剧目，这一漫长的舞台演出史把他笔下的多位主人公变成了具有普适性的象征形象。

冯维辛笔下的主人公是静态的。他们离开舞台时的样子，就是刚出现时的样子。他们彼此之间的冲突并不改变各自的性格。但是，在作品中有现实意义的政论内容的框架中，他们的行为却获得了古典主义戏剧所不具有的多义性。在旅长夫人的形象中已能看到这样一些特征，它们不仅可以让观众发笑，还会引起他们的同情。她愚蠢、贪婪而凶恶，但又出人意料地变成了一个不幸的女人，含泪讲述与自己的命运相似的上尉夫人格沃兹季洛娃的故事。在《纨绔少年》的结尾还更加大力度地运用了类似的舞台艺术手法——从各种不同的角度评价剧中人物。

普罗斯塔科夫家的恶行受到了应有的惩罚。当局下达了命令，认定这家庄园受政府监护。不过冯维辛给剧作加上了外表上足够传统、内涵却很深刻的结局——罪恶受到惩罚，美德获得胜利。普拉夫金手持一纸命令出现，仅仅在形式上解决了冲突。观众很清楚，彼得颁布的监管暴虐地主的法令并未付诸实施。此外，观众还看到，在压迫农民方面不愧为普罗斯塔科娃之兄弟的斯科季宁，却完全没有受到惩罚。他只是由于普罗斯塔科夫一家大难临头而害怕，才平安无事地赶回自己的农庄。冯维辛让观众确信，斯科季宁之流只会更加小心翼翼。

《纨绔少年》以斯塔罗杜姆的一句名言收尾：" 这就是不道德应得的报应！" 这句话与其说是指普罗斯塔科娃被剥夺了地主的权力，不如说是指她失去权力后，所有人都离她而去，甚至连她亲爱的儿子也这样做。普罗斯塔科娃的遭遇是没有法治的世界中所有人命运结局的一个例证：如果你不是暴君，那就是牺牲品。另一方面，冯维辛也以最后一场戏强调了剧作中的道德冲突。不道德的人以其行为给自己预备了不可避免的惩罚。

如前所述，冯维辛最重要的成就，对于俄国文学而言，是对性格的新理解。② 确实，在他笔下，性格的全部复杂性也只限于一两种特征。但戏剧家却说明了角色这些特征存在的理由，并以其所处环境和等级属性予以解释。普希金在读过冯维辛未完成的剧本《与公爵夫人哈尔金娜的交谈》中的几场戏之后，不禁赞叹：作家多么善于生动地描写人！天性和 18 世纪俄国的"教养不足"把人变成了什么样子！

---

① 列·格·巴拉格：《冯维辛的喜剧〈纨绔少年〉与 18 世纪末的俄国文学》，见《18 世纪俄国文学中的现实主义问题（论文集）》（Проблемы реализма в русской литературе XVIII века），莫斯科—列宁格勒，1940 年，第 68—120 页。

② 格·潘·马科戈年科：《杰尼斯·冯维辛：创作历程》，第 276—278 页。

后来的研究者无论是论及冯维辛创作中的现实主义因素,还是谈到他的"启蒙现实主义"属性,都会直接指出他的作品的历史准确性。冯维辛善于描绘他那个时代人情风俗的真实图景,因为他不仅要从启蒙运动的理念上认清人的天性,还要理解具体性格所带有的社会和政治生活印痕。在反映人与社会的这种联系时,他把自己笔下的形象、冲突和情节变成了对于社会规律的表现。冯维辛才华横溢地展示出的这一发现,实际上已成为成熟的现实主义的基本原则之一。

完成《纨绔少年》并退职之后,冯维辛期望全身心投入文学活动中去。1783年,他匿名给《俄罗斯语言爱好者谈话良伴》寄出了一系列讽刺作品。其中最尖锐的一篇《可能引起聪明和正直的人们特别注意的若干问题》是隐晦地直接面向女皇的,被她认定为不能容忍的来自臣民的无礼。在作者即冯维辛为人所知以后,他实际上已失去了发表作品的可能性。他的小册子《尼·伊·潘宁伯爵的生平》(1784)是未署名在国外出版的。该作的俄译本问世时也未提到冯维辛的名字。同样匿名出版的,还有约翰·乔治·齐默尔曼的著作《论民族功名心》(1785)的译本和中篇小说《卡利斯芬》(1786)。

即便如此,冯维辛还是千方百计地致力于恢复与读者的联系。1780年,他制定了《莫斯科文丛》杂志的规划;1788年,他尝试获准出版个人杂志《诚实者的朋友,又名斯塔罗杜姆》,却未能如愿。已宣布出版的五卷本《冯维辛作品与译作全集》也没有面世。但是,正如别的许多无法发表作品的作者一样,冯维辛找到了把手稿送到读者手中的途径,在被禁止的状态下继续揭露俄国专制制度。

(弗·彼·斯捷潘诺夫执笔,赵丹译,汪介之校)

第七章
1780—1790年代的文学与社会运动

1. 引言

18世纪最后25年政治局势的特点是社会矛盾的激化，这些矛盾的思想意义在整个这一世纪期间构成了启蒙学说的主要内容。1789年开始的法国资产阶级大革命终结了封建君主制的政治体制，标志着人类历史上的一次根本性转折。在此十年前，资产阶级民主秩序已在美洲大陆建立。在俄国，农奴制关系的稳定结构及与之相联系的专制政体，在1773—1775年普加乔夫领导的农民战争过程中经受了显而易见的动荡。

在18世纪下半叶就已初具轮廓的文学意识的民主化进程，到这时几乎已在文学生活的各个领域显示出来。这一进程既表现为文学探索确立民族自我意识的新形式，也体现为它开始关注像冯维辛和拉季舍夫这样的著名作家的创作中直接反映的农民主题。

18世纪最后25年的社会与文学运动，是在积极反思过去几十年间民族文化赖以生存的许多观念的标志下进行的。首先出现的是对体裁等级体系进行独特的重新定位，这一体系是从苏马罗科夫把古典主义的理论公设引入俄国土壤的时代形成的。例如，1770年代末至1780年代初，突然爆发的对喜歌剧体裁的高度兴趣曾引人注目。这种体裁在一段时间内成为文学界激烈争论的对象。庄重体颂诗和悲剧体裁失去了昔日的优势。

杰尔查文颇具胆识地打破了颂诗的结构规范，把它与亲密朋友之间的赠答诗融合起来，把颂诗变成了某种类似于沉思体的抒情诗篇。作者的个性在他的颂诗中构建了认识世界的整个体系，在体裁的结构特征上也打下了个人的不可重复的印记。比如，贺拉斯诗歌的基本主题——朴实自然的乡村生活与华丽奢侈的城市虚空的对立（《午宴邀约》《乡村生活颂》），经由在俄国的折射而被重新审视。"转向"这一主题成为歌颂民族生活方式的引擎。这样的作品(如《奥恰科夫城围困之秋》《俄罗斯姑娘》和《红腹灰雀》等),不能列入某一类传统体裁。

当杰尔查文转向庄重体颂诗体裁创作时(《为攻克伊兹梅尔要塞而作》《为苏沃洛夫穿越阿尔卑斯山而作》),爱国之情作为诗人个人立场的表达,就从根本上改变了这一传统体裁。稍过一段时间后,伊·伊·德米特里耶夫又在自己的讽刺作品《别样的解释》(1796)中,对这种业已过时的颂诗做出了导致其终结的评判。

在戏剧领域,摆脱古典主义束缚特别明显地体现在"含泪的"市民剧对悲剧体裁,特别是对喜剧体裁的影响中。连苏马罗科夫本人在其创作的最后阶段也无法避免这种影响。社会讽刺喜剧的创作是民族戏剧发展中的新成就。冯维辛是这一传统的奠基人,他创作的《纨绔少年》(1781)就其独创性而言是无与伦比的,且是这方面最为别具一格的作品。

新潮流也触及了叙事体裁。对俄国读者来说,波格丹诺维奇的长诗《宝贝儿》是一个开端。长诗在1783年初版时,其体裁被界定为"自由诗体的古老故事"。民间故事的元素被有机地融入这部情节取自古希腊神话的俄罗斯长诗的诗歌结构成分中。

古典主义的史诗体裁规范当然并未因此而被废除。但俄国作者开始意识到自己的民族传统的意义。在史诗体裁中,这种传统意识是沿着转向民间诗歌财富的方向发展的。例如,卡拉姆津1790年代创作的长诗《伊利亚·穆罗梅茨》,其体裁就被确定为"壮士童话"。从长诗开头的诗行中,就可以感觉到依托自古以来的民族口头诗歌传统的意向:

> 我们不是希腊人,也非罗马人,
> 他们的传说我们并不相信;
> ……
> 我们需要的是另一些童话,
> 也已听前人讲过那些故事
> 它们全来自已过世的母亲。
> 现在我打算以古旧的文体
> 把其中的一个童话详陈……[①]

民间创作中转喻的成分,如壮士歌风格的传统修饰语、隐喻性的比拟和成语等,多方面地赋予长诗的词汇和风格体系以鲜明的特色[②]。长诗《伊利亚·穆罗梅茨》并未完成。但是在他自己模拟民间诗歌情节的尝试中,卡拉姆津并不是孤身一人。

---

① 《阿格拉娅》第2卷,莫斯科,1795年,第172页。
② 关于卡拉姆津长诗的内容和诗歌结构的详细分析,参见亚·尼·索科洛夫:《18世纪—19世纪上半叶俄国长诗史概要》,莫斯科,1955年,第283—292页。

几乎与卡拉姆津同时进行类似尝试的是尼·亚·利沃夫。他的壮士歌《多勃雷尼亚》大约写于1796年(1804年才出版)。虽然利沃夫对复兴俄国民间歌谣的态度与卡拉姆津稍有不同,他的《多勃雷尼亚》却与卡拉姆津在"壮士童话"中显示出的倾向处于同一轨道。利沃夫采用抒情歌谣的风格作为诗格的样例。他是这样以对歌谣引子的模仿开始他的长诗的:

> 啊,黑暗,秋夜多么黑暗!
> 天空中看不见一颗星星,
> 潮湿的大地上没有一条小径;
> 树林静静地站立,如同山脊,
> 林中的一切动也不动,寂静无声;
> ……
> 我走来,来到这空旷的原野,
> 向着四面八方鞠躬致敬,
> 要说一说这壮士的豪情……①

其实,利沃夫的长诗只留下了序曲,作者一直没有写完他笔下主人公的功绩。

在某种程度上迷恋民族古风的浪潮,摹仿俄罗斯壮士歌风格的尝试,因对于本民族民间文学兴趣的提高而得到加强。俄国民间文学在麦克菲逊做了文学加工的装相"长诗"出版后,便在欧洲传播开来。利沃夫和卡拉姆津的尝试,恰好反映了在古代罗斯发掘出足以与苏格兰吟游诗人的长诗相媲美的文学现象的意愿。

但是这里也存在自身的民族因素,即作家们促使文学靠近民族文化源泉,以便把民间诗歌传统带入文学的意向。如前所述,1770—1780年代出版的数量众多的半民间文学作品汇编,以及俄罗斯民间歌谣汇编和手册,都是对本民族诗歌古风日益增长的兴趣的外在表现。1790年代人们发掘出《伊戈尔出征记》,也发现了基尔沙·丹尼洛夫在其构成上独一无二、含有抄录下来的60多篇民间文学作品——主要是壮士歌、历史歌谣和抒情歌谣的文集,在此之后,对民族古代风习的兴趣还得以进一步增长。

俄国文学中民族自我意识高涨的直接结果,是1780—1790年代出现的围绕民族性问题的不同意见之争。这场论争没有像1760年代末杂志上的交锋那样演变成直接冲突的形式。但是,根据众所周知的叶卡捷琳娜二世再度成为论战最积极的参与者这一事实,可以判断论争的严肃性。

值得注意的是,上述民族性问题是由具有启蒙思想倾向的贵族反对派成员冯维辛率先提出的。1783年,《俄罗斯语言爱好者谈话良伴》杂志收到了一系列针

---

① 《18世纪的诗人们》(Поэты XVIII века)第2卷,列宁格勒,1972年(《诗人文库大系》,第2版),第226页。

对《存在与谎言》的匿名作者（即女皇本人）的询问，其中的最后一个问题是："我们的民族性格是什么样的？"①回答则毫无疑问是面向提问者个人的。这既是对冯维辛的不容反驳的回答，同时也是就所涉问题表达了官方的观点："（我们的民族性格是）对一切的敏锐而迅速的理解，是典范式的顺从和造物主赋予人的全部美德的根源。"②

叶卡捷琳娜二世想用她对民族性格问题的阐释来肯定专制统治的原则不可动摇。后来，叶卡捷琳娜还在她的"模仿莎士比亚"、借用基辅罗斯时代情节的诸篇历史纪事中发展了这一观点。

在女皇与冯维辛的论战中产生的民族性格问题，本应在民族历史的具体事实中加以审视，这时却渐渐成为文学的主题。雅·鲍·克尼亚日宁在他的悲剧作品（《罗斯拉夫》和《诺夫哥罗德的瓦季姆》）中对这个主题进行了开掘。作为《观察家》杂志1793年第1期开篇之作的彼·阿·普拉维利希科夫的纲领性论文《俄罗斯人心灵中与生俱来的某种特性》，就是专门讨论这一话题的。尼·米·卡拉姆津的早期作品（中篇小说《大贵族之女娜塔莉娅》）也涉及这一主题。

尽管不同作者对这一话题的阐释完全不同，18世纪最后十年中对它的日益增强的关注，还是反映出在处理过去时代文学的一个核心理念（也即国家观念）时所发生的实质性转变。对国家观念的新态度，是以思想价值的全部标准由于上述文化意识的民主化进程所经受的变化为基础的。在法国大革命日益高涨的氛围中，法国启蒙主义者最激进的思想给予俄国文学的影响，在这一过程中发挥了举足轻重的作用。

阐释国家观念的新视角明显地体现在雅·鲍·克尼亚日宁的悲剧作品中。遵守所属阶层美德的规范及其所宣扬的"荣誉"信念——贵族阶级优越性的象征，在克尼亚日宁的剧作中被"俄国公民"的民族特性所取代。从等级角度解释君主制国家、臣民对于君主的义务和这种解释之间的冲突，逐渐退居次要位置，因为个人对国家利益的忠诚成为其精神上自我确立的主要方面。与此相对应，臣民的义务这时也大都被理解为公民的爱国主义意识。类似的对于悲剧体裁的传统问题领域的重新审视，在彼·阿·普拉维利希科夫的悲剧作品中获得了进一步展开。在这位出身于平民商人阶层的剧作家的创作中，关注民族—爱国主题的必要性问题，因显而易见的民主主义视角而变得更有意义。

1789年法国大革命是18世纪最后十年俄国社会生活和思想意识语境发生变化的决定性因素。随着这一事件的发展，俄国社会舆论对革命的态度也发生了变化。彼得堡和莫斯科进步贵族的圈子对法国大革命表现出巨大的兴趣和一定的同情，这与政府日益增长的担忧和警惕明显的不协调。法国政府外交代办热内在1790年3月4日的一份紧急报告中写道："有些俄国人深切同情革命的自由与平

---

① 杰·伊·冯维辛：《冯维辛全集（两卷本）》第2卷，莫斯科—列宁格勒，1959年，第275页。
② 同上。

等原则。这里的名流显贵不能不令人担忧，而更加令人担忧的则是全民起义。粗鲁而野蛮的民众可能会用火与剑毁灭一切。"①

俄国贵族对法国革命的同情性关注的顶点，是1791年8月国王路易十六签署了国民议会制定的宪法。事件的进一步发展——推翻君主制，宣布建立共和国，实行雅各宾专政，最后是1793年1月处死国王——引发了普遍的恐慌。对革命的向往被恐惧和沮丧所代替。

要认清法国大革命对18世纪末俄国社会思想的意义，就应考虑到这种情绪的转变。革命事件在法国的迅猛发展所导致的第一个和最重要的后果是启蒙思想的危机。这种危机的具体表现有两个方面。

正是从革命开始的那一刻起，叶卡捷琳娜二世政府就接连不断地对俄国启蒙思想的领袖人物亚·尼·拉季舍夫和尼·伊·诺维科夫施行镇压措施。很快就颁布了关于没收和销毁雅·鲍·克尼亚日宁的悲剧《诺夫哥罗德的瓦季姆》的命令，因为它赞美共和主义者的美德，揭露暴君的专制。叶卡捷琳娜二世在执政的最初十年与西欧进步思想家进行自由主义表演时期还能平静看待的那一切，现在都引起了她的暴怒：ّ"百科全书有一个唯一的目标：消灭一切政权和所有教义。"女皇在1794年2月11日致M.里姆的一封信中提到的这句话，似乎是爱尔维修对普鲁士国王腓特烈二世所说的。②叶卡捷琳娜在亚·尼·拉季舍夫的《从彼得堡到莫斯科旅行记》一书上所作的批注充满了愤怒和恐惧，她觉得这本书好像是在"传播法兰西的瘟疫"。

这样，在法国大革命的影响下，叶卡捷琳娜二世所标榜的启蒙运动的虚假性就得以显露出来。她曾做出许多承诺的在俄国君主制庇护下建立博爱与宽容的王国的宣言，其伪善性质也就这样暴露无遗。

叶卡捷琳娜二世执政的最后年代的反动倾向在保罗一世的政策中得到了独特的延续。保罗一世为了羞辱他那已过世的母亲，让诺维科夫和拉季舍夫从流放地回来，不过还不允许他们回归积极的社会活动；同时，他还采取措施，从俄国人的意识中清除一切可能与法国革命相关的思想。他颁布命令，禁止追逐法国时尚服饰，禁止使用"宪法""公民""自由""共和国"和"祖国"等词汇。瓦·奥·克柳切夫斯基写道："这个以政府加大力度关心民众的启蒙、在国外开办俄国图书出版业为开端的世纪，是以关闭俄国本土的私人印刷厂结束的。一位改革家曾第一次在崇高的民族精神的意义上（而不是在狭隘的地方主义的意义上）说起'祖国'这个词，说到所有人和每个人为祖国服务是所有人和每个人的责任，而他的曾孙却禁止使用这个词。如果说，从来没有哪一个民族像俄罗斯民族在18世纪最初25年那样建立了如此的功绩，那么，也很少有过像这个世纪最后25年这样的时刻，历史规律的

---

① 《历史导报》，1890年第3期，第158页。俄国人对法国革命事件的理解，详见米·米·施特朗格：《俄国社会与1789—1794年法国革命》（Русское общество и французская революция 1789--1794 гг.），莫斯科，1956年。

② 《俄国档案》（Русский архив），1878年，第3卷，第10期，第210页。

理念遭受了如此的考验。"①

俄国官方启蒙运动的命运就是如此。

但是,在俄国,启蒙思想体系的危机还有另一面,它具有与其后果直接对立的结果。卡拉姆津是在其创作中最为清楚地表现了这些结果的活动家。

卡拉姆津对法国革命的态度也有一个演变过程。他起初是欢迎革命的,但路易十六被处死和雅各宾派恐怖猖獗的消息同样使他震惊,迫使他质疑革命最终目标的善良本质。他那特别明显的与世隔绝的意向就是其观点发生转折的结果。从法国频频传来的某人被施以极刑的消息更使他震撼,走向内在的心灵世界、宣扬对政治的漠不关心,正是他对自己所经受的这种震撼的自然反应。这种立场清晰地显示于那些年间卡拉姆津的纲领性诗作——刊载于《阿格拉娅》丛刊的《寄语德米特里耶夫》(1794)一诗中。作者感叹道:"啊!世界上的罪恶无边无际,/而人类仍将存在——永远存在";他认为免于充满世间的罪恶的唯一方法就是逃离现实,进入与启蒙派朋友展开精神交流的平静而愉悦的栖身之所。

向消极旁观者立场的转变,是卡拉姆津对法国大革命在欧洲引发的迅猛发展的诸多事件的最初反应。

但是与此同时,卡拉姆津并没有停止探寻走出世界观死胡同的出路,俄国贵族的启蒙运动在两个世纪之交的革命震荡之后正处于这样的死胡同中。卡拉姆津转向历史,这有助于他克服危机。在同一本《阿格拉娅》丛刊中,《寄语德米特里耶夫》之后还登载了随笔《雅典生活》。完全沉浸于遥远的古希腊世界,讲述希腊人明朗而和谐的生活,对于卡拉姆津而言,乃是解释当代事件的一种方法。卡拉姆津也在古代世界发现了人们之间的斗争和恶暂时获胜的例证。在他看来,被不公正的法官判处死刑的希腊贤哲苏格拉底的命运就是如此。②"但是人间的司法判决并不是上天的司法判决!……啊!人类!我为你的盲从而悲伤!啊!人类!我为你的迷误而痛苦呻吟!盲从不可能永远存在;迷误将因真理之光而消除——但是,唉!你们的恩主已经长眠。"③

在世界历史持续不断的发展进程中,与革命动荡联系在一起的牺牲与痛苦是同样不可避免的,也是短暂易逝的。卡拉姆津确信,人类历史的共同道路不可能没有其达至和谐的终极目标。

历史的经验也帮助卡拉姆津理解已发生的事件于他而言的真正意义,并重新获得了对于启蒙理想的信念。作家后来的整个创作之路都是对这一信念的重申。但历史学家卡拉姆津活动的意义,则是在他写作《俄罗斯国家史》时(即19世纪最初的十年中)显示出来的。

---

① 瓦·奥·克柳切夫斯基:《随笔与发言》(Очерки и речи),莫斯科,1913年,第56页。
② Л. Г. 基斯利亚金娜在自己的内容充实的著作《论尼·米·卡拉姆津社会政治观点的形成》(莫斯科,1976年,第107页)中指出:不能排除一点,卡拉姆津提到苏格拉底的时候暗指被囚禁于要塞的俄国启蒙主义者尼·伊·诺维科夫。
③ 《阿格拉娅》第2卷,莫斯科,1795年,第34页。

2. 俄国喜歌剧

1779 年 1 月,莫斯科剧院上演了一部喜歌剧《巫师、磨坊主、骗子和媒人》(下简称《磨坊主》)。剧本的作者亚·奥·阿布列西莫夫的名字,此前很少有人知道。歌剧的音乐是"莫斯科剧院的音乐家索科洛夫斯基先生用俄罗斯歌曲为之配置的"。歌剧因其不同凡响而令众人惊讶。关于阿布列西莫夫的喜歌剧所取得的成功,他的一位同时代人这样写道:"这部剧作引起观众这么多的关注,以致连续演出多次后剧院还是场场爆满;后来在圣彼得堡宫廷演出多次,在那个时代克尼佩尔先生作为东家的私人剧院也连演了 27 场;不仅国内观众十分满意,连外国观众也相当感兴趣;简而言之,这大概是第一部受到如此之多观众的赞赏和欢迎的俄国歌剧。"[①]

这部在情节纠葛上不甚复杂的剧作并不是以新奇古怪为特点的。一个磨坊主借助于臆造的魔法帮两个相爱的年轻人获得了幸福,同时又让新娘的爱挑剔的父母感到满意,这样的故事未必可以成为观众热情接纳剧作的原因。

民众生活、农民生活成为戏剧艺术的对象。机智灵敏、随机应变且不无狡猾的俄国庄稼汉第一次作为主要剧中人出现在俄国戏剧舞台上,更主要的是,在他们的形象中并没有着意突出此前俄国喜剧在描写农民时通常赋予他们的那种愚蠢和无知的特征。阿布列西莫夫的剧本中既没有忠实的仆人,也没有这样唯命是从的理想化的农民——他们谈论着道德话题,为老爷们的善良而感动,哪怕剧本中并没有老爷本人。

磨坊主的一些把戏——出自善心地装扮成巫师,挨个愚弄那些来找他的倒霉的请求者,最终做成大媒,迎来愉快的节日——构成了歌剧的情节梗概。这样的舞台演出进程决定了剧中大量使用各种形式多样的民间诗歌。民间创作的元素在舞台上占据着主导地位。这既体现在剧中角色的语言充满了各种民间谚语、俗语和俏皮话,也体现在不止一次在舞台上演唱地道的民间歌曲,还体现在对巫术仪式的模仿,甚至体现在把某种类似于乡下姑娘出嫁前告别女友的晚会的形式也搬上舞台。

《磨坊主》的成功是具有征兆性的。但同样具有征兆性的是围绕剧本而发生的激烈争论,它客观地反映出围绕这一问题的不同意见的冲突:文学中描写民众生活可允许的限度,首先是描写农民生活的限度。

对阿布列西莫夫歌剧的攻击,首先来自那个圈子的人们,他们不能接受这位歌剧作者所特有的对普通民众日常生活的倾心。他们从阿布列西莫夫的剧作中挑出一些极端现象作为嘲笑的主要对象,如歌剧第 3 幕中舞台上出现的一匹马,某些角色的言

[①]《戏剧词典》,莫斯科,1787 年,第 78 页。

语中充斥着粗俗的词汇。① 还出现了一些献给《磨坊主》作者的讽拟性模拟颂辞。

但除了对歌剧的直接嘲笑之外,有人也开始运用各种舞台表现手段和阿布列西莫夫的创作中如此清晰地显示出来的倾向性进行斗争。出现了这样一些喜歌剧,如出自德·彼·戈尔恰科夫公爵手笔的两部作品《凶恶的老妖婆》(1788)和《片刻为王者》(1786),雅·鲍·克尼亚日宁的《渔夫和神灵》(1786),最后是叶卡捷琳娜二世的歌剧《诺夫哥罗德壮士鲍耶斯拉维奇》(1786)、《费韦伊》(1786)等。所有这些剧作不管怎样都反映出作者们依据民间创作源泉的意向。但这种意向并未越过以民间创作例行地点缀一下表面效果的界限:在舞台角色的言语中仿照民间故事和壮士歌的叙事风格,在剧作的情节结构中利用魔幻故事的某些情节(叶卡捷琳娜笔下通过对壮士歌情节的改编对此做了补充),而带有民间歌曲演唱片断的音乐节目的插入则往往走样。不过,上述作者的喜歌剧都缺乏民众世界观,缺乏有机地存在于艺术作品结构中——有时存在于戏剧中,有时存在于文学文本中——的这一基本条件。有些作家并非偶然地把关注本民族民间创作的情节和利用阿拉伯童话作为情节来源这两者和谐地结合起来。

与此同时,还出现了把阿布列西莫夫的喜歌剧同贵族观众更能接受的同类体裁的新型戏剧演出模式对立起来的试验。民间风习和社会底层代表人物的生活被拔高,和取自贵族日常生活的轻松幽默的情境结合起来。克尼亚日宁的《卖热蜜水的人》(1783)可说是这类喜歌剧的样板。莫里哀讽刺喜剧的幽默传统和把博马舍剧作中的某些角色挪到俄国舞台的尝试在这部歌剧中得以结合。克尼亚日宁剧作中的主要人物、卖热蜜水的人斯捷潘是著名角色费加罗②的独特的俄国变种。由于斯捷潘的狡狯和聪明,贵族伊兹韦特获得了幸福,他那个爱吹牛的情敌博尔塔伊则受到了愚弄。

十多年后,18世纪末著名的戏剧家彼·阿·普拉维利希科夫写出了喜剧《磨坊主和卖热蜜水的人——竞争者》(1793),在剧中,两部在那个时代广为人知的剧作的长处与不足成为喜剧主人公们玩笑争论的对象。普拉维利希科夫本人的同情完全在磨坊主这一边。

为了理解《磨坊主》的演出在1780年代俄国文学生活中引起的共鸣,应当在以往歌剧体裁所提供的舞台经验的语境中对它进行考察。问题在于,《巫师、磨坊主、骗子和媒人》不仅在俄国戏剧界开创了喜歌剧体裁普遍热衷于表现民族精神的一个完整阶段,而且以其全部艺术独创性发展了俄国文学早就显示出来的一些倾向。阿布列西莫夫的歌剧意味着对于歌剧和喜剧中曾存在的中低级戏剧体裁的独特演出剧目进行探索的富有特色的总结。

---

① 围绕着阿布列西莫夫歌剧的争论的详细情况,参见《伊万·安德列耶维奇·克雷洛夫:创作问题》(Иван Андреевич Крылов. Проблемы творчества),列宁格勒,1975年,第10—14页。

② 费加罗:法国剧作家博马舍(1732—1799)的"费加罗三部曲"《塞维利亚的理发师》《费加罗的婚姻》和《有罪的母亲》的主人公。——译者注

关于创作俄国喜歌剧的最初尝试，只保存下来一些片断资料。一般认为，伊·德米特列夫斯基的两幕喜剧《塔妞莎，或幸福的相逢》(1756)属于这类作品；正如标题所显示的，该剧保持着"俄国风尚"。剧作文本未能传世，只知道歌剧的出场人物都是俄国农民。① 但是从 1772 年米·波波夫的歌剧《阿纽塔》出现后，类似的尝试就开始层出不穷了。

1774 年，在尼·伊·诺维科夫创办的《钱袋》杂志上刊出了一位无名作者的独幕剧，它有一个颇具特色的剧名《民间游乐会》。这部剧作的体裁属性不甚明确，但它在艺术结构上的一系列特征使人们认为它在体裁上接近于喜歌剧。1776 年，戏剧家、诗人尼·彼·尼科列夫写了一部伴有音乐旋律的戏剧《罗佐娜和柳比姆》(1778 年被搬上舞台，剧本于 1781 年在莫斯科出版)。比尼科列夫的剧作还要更早一些，1777 年，瓦·伊·迈科夫的剧作《乡村节日，或加冕的美德》在莫斯科剧院的舞台上演出。作者把这部剧作的体裁定义为"牧人音乐剧"。最后，1778 年还创作了一部名为《管家》的"伴有音乐旋律的戏剧杂耍"，该剧于同年 6 月上演。保留下来的信息只有为这部剧作配乐的作者信息，他就是驰名莫斯科的音乐家德·阿尔西斯。上面提及的这些剧作和 1779 年年中出现的雅·鲍·克尼亚日宁的喜歌剧《四轮马车的事故》(同年 11 月在舞台演出)、米·马·赫拉斯科夫的歌剧《善良的士兵们》(1779)一起构成这样一个俄国歌剧系列，可以把它们看成一个为阿布列西莫夫创作《磨坊主》提供的直接准备，或者看成一个相伴随的种种现象所组成的链条。

以上所列举的所有剧本中最有代表性的特点是什么呢？首先，虽然它们的作者在这些剧作的体裁界定中显示出某些分歧，但所有这些剧作都属于喜歌剧体裁。② 让它们彼此相近的主要条件是音乐的伴奏。随着情节在舞台上展开的进程，演唱、讽刺歌和有时是舞蹈的存在构成了喜歌剧戏剧艺术体系中最不可或缺的元素。但如果离开剧作舞台再现的时刻，转向分析决定剧情本身发展特点的资源，即戏剧结构的纯情节方面，那么就会看到，在任何情况下这些资源都不是来自喜剧体裁。喜歌剧的情节基础大都带有过于夸张的特点使人注意到，其资源主要是"含泪的"市民悲剧。初期喜歌剧的对象限于专门描写农民生活，这种情况，也在某种程度上促成了这一点。正如人们所见，"幽默歌剧"和"牧人音乐剧"两个概念本身在体裁方面存在重要关联。喜歌剧体裁由于这种功能，往往被认为与田园诗体裁有着不可分割的联系。18 世纪文学中安宁的乡村生活的自然状态和城市生活的腐化与空虚彼此对立的传统主题持久地存在于喜歌剧中。其实，决定歌剧情节的戏剧性冲突，在很大程度上也是建立在这两种世界观体系的生活方式在道德规

---

① 关于这部歌剧在圣彼得堡剧院舞台上演的海报得以保存下来，参见 B. 莫尔科夫：《俄国歌剧自产生至 1862 年的历史概要》(Исторический очерк русской оперы с самого её начала по 1862 год)，圣彼得堡，1862 年，第 159 页。

② 认识这类剧作的体裁性质往往伴有各种不确定性，其典型例证是尼科列夫在《罗佐娜和柳比姆》前言中提供的"说明"："我在 1776 年写了这部带有音乐旋律的戏剧，或带歌曲的喜剧，或幽默歌剧，或牧人音乐剧，或某人想要的牧人剧"(尼·彼·尼科列夫：《罗佐娜和柳比姆》，莫斯科，1781 年，前言)。

范上彼此不协调之上的。

"含泪的"市民悲剧的结构特点,在几乎所有俄国早期喜歌剧中都可以看到。米·波波夫的《阿纽塔》或尼科列夫的《罗佐娜和柳比姆》、赫拉斯科夫的《善良的士兵们》或《管家》以及某种程度上的《民间游乐会》等,这些剧本的情节都利用了市民悲剧中美德受到压制的传统主题动机。生活于农民环境中的男女主人公的高贵出身通常被暂时掩盖(《阿纽塔》《善良的士兵们》和《民间游乐会》)。作为主人公的农家姑娘的高尚美德,她的纯洁和自然,有时甚至成为贵族老爷道德上根本改变的原因(《罗佐娜和柳比姆》)。让道德高尚的主人公回归这样的位置,使之有资格彰显精神美德,惩罚罪恶,更确切些说,纠正人们的误解,其结果是引导大家走向圆满的互相理解——喜歌剧的结尾通常如此。载歌载舞、合唱表演的传统节日庆典,是这类体裁剧作常见的最后场景。

就这样,贵族作者试图在喜歌剧的框架内,在高贵的观众面前表现俄国农民的精神世界,或更广泛的、他们所想象的理想的民众生活。在俄国喜歌剧结构特点形成的过程中,发挥了主导作用的是"含泪的"悲剧传统。在俄国缺少第三等级的情况下,农奴的代表者作为劳动民众中精神美德的体现者得到了艺术表现。在苏马罗科夫的弟子和追随者(如瓦·伊·迈科夫、米·马·赫拉斯科夫、尼·彼·尼科列夫和年轻时的雅·鲍·克尼亚日宁等)的喜歌剧中所表现出来的对待农民生活的态度,可在这一时期启蒙派贵族圈子内形成的思想氛围中找到合乎逻辑的解释。

对农民主题的强烈关注,这一主题在舞台上恰恰出现在1770年代末的事实本身,在很多方面与普加乔夫起义引起的普遍动荡有关。对于贵族作者来说,农民成为最需要同情的对象。在他们的作品中,农民的艰难处境和遭受的压迫,仅仅以存在某些坏地主或欺骗老爷的凶恶管家来解释。由于这种视角,社会问题的解答被转移到特别的道德领域。

18世纪几乎所有的俄国喜歌剧都贯穿着寻求社会和谐的思想。和谐的实现是以把理想的地主形象引入舞台的方式来确认的。① 有时,圆满的收场是先前被误解但本性善良的贵族省悟和精神转变的结果。选取老爷和农民团结合作、关怀备至而善良的贵族和感恩的幸福农家女彼此相爱的题材,是上述大部分剧作,特别是苏马罗科夫的追随者——迈科夫、赫拉斯科夫和尼科列夫的剧作情节处理的关键。

在这个以统治阶层和被压迫阶层的乌托邦式团结合作的思想为基础的社会和谐的戏剧化世界中,起着重要作用的是民间创作。社会矛盾的不可调和性通过天然平等的田园诗般的说教而被消解。在这一寻求仁慈的老爷和受压迫的劳动农民群众之间和谐相处的过程中,民间创作还发挥了联合因素的功能。喜歌剧的体裁

---

① 雅·鲍·克尼亚日宁的早期剧作《四轮马车的事故》是一个例外,剧中嘲讽了迷恋法国的贵族费柳林夫妇。关于克尼亚日宁的这部剧作与诺维科夫的讽刺传统之间的关系,参见《伊万·安德列耶维奇·克雷洛夫:创作问题》,第9页。

特点为此提供了特别有利的空间。

就是这些原因综合起来，决定了1770年代至1780年代喜歌剧在贵族阵营戏剧家群体创作中的普遍盛行。

阿布列西莫夫的歌剧不可重复的原创性恰恰在于，他成功地找到了处理这种体裁的传统情节的转折点，由此，舞台上农民生活的理想化意味，喜歌剧中人所共知的"狂欢化"都有了充分的艺术根据。情节与纠葛的演变和展开与极大程度呈现的民间创作、音乐插曲及整个场景的全部体系的有机融合，是《磨坊主》舞台演出成功的基础。

初看上去，为独院农户菲利蒙安排命运的磨坊主寻找的折中解决办法，似乎是要把农民生活理想化，处在歌颂乡村生活的小康无可非议这一套路上。然而，如果更仔细地分析阿布列西莫夫歌剧的内容，就不得不承认，剧作的意义远不是宣扬乡村生活的田园诗般的快乐。在伴随着《磨坊主》整个情节的无忧无虑的欢乐背后，在形成冲突的形势轻易得到解决的背后，可以看到关于农民生活规范的理想做出的独特理解和天真表达的观念，这些规范是那个时代的民众意识可以接受的。阿布列西莫夫能够在舞台上传达的，主要是在情节冲突本身体现出来的对问题的理想化解决方式，即农民关于没有酒吧、没有奴隶、没有代役租、没有金钱的生活梦想。① 从歌剧内容上看，反映在它的戏剧结构和民间创作的有机融合中的自发的人民性就根植于此。无论是歌剧取得的非凡成功，还是《磨坊主》在舞台演出后不久围绕它展开的论战，其实都可以据此来解释。

3. 对历史的兴趣与戏剧艺术中的新潮流
（克尼亚日宁）

探索独特的文学形式，对本民族民间创作的高度关注，都反映出美学理念体系转换的进程，18世纪最后几十年的文学生活记录了这一进程。在这种新的诗学世界观逐渐形成的过程中，历史学占据着显要的地位。应当认为，1773—1775年面世的尼·伊·诺维科夫的出版物、10卷本《古俄罗斯的维夫廖菲卡》，是18世纪后三分之一阶段俄国文学活动家对本国早期历史怀有兴趣的鲜明佐证。1760—1770年代由米·瓦·罗蒙诺索夫、瓦·尼·塔季谢夫、米·米·谢尔巴托夫和阿·曼基耶夫等人完成，构成完整系列的俄国历史基础研究成果②，分别为诺维科夫的出版物提供了准备。俄国编年史学术出版物的准备工作开始于1760年代。后来，在1780—

---

① 参见《18世纪俄国喜剧和喜歌剧》（Русская комедия и комическая опера XVIII века），帕·纳·别尔科夫作序，莫斯科—列宁格勒，1950年，第29页。

② 如米·瓦·罗蒙诺索夫的《自俄罗斯民族的起源至雅罗斯拉夫一世时代的古俄罗斯史》（圣彼得堡，1766），瓦·尼·塔季谢夫的《自远古以来的俄国历史》（1—4卷，莫斯科，1768—1784），米·米·谢尔巴托夫公爵的《远古以来的俄国历史》（1—7卷，莫斯科，1770—1791）；另如《俄国历史的核心》，一般认为是18世纪安·雅·希尔科夫公爵的主要著作，其实系由阿·曼基耶夫所著（莫斯科，1770年）。

1790年代,由于伊·尼·博尔京和阿·伊·穆辛—普希金的努力,雅罗斯拉夫的《俄罗斯真理》《弗拉基米尔·莫诺马赫遗训》和《拉夫连季编年史》古抄本等,这些著名的古罗斯历史文献都成为学术财富。

对民族历史问题的关注并不是18世纪俄国文学的新动向。除了罗蒙诺索夫、苏马罗科夫、巴尔科夫和赫拉斯科夫等都曾从事历史研究。可以在米·伊·韦廖夫金、费·亚·埃明、伊·费·波格丹诺维奇的创作中看到一些研究尝试,这些尝试均为扩大对历史的兴趣做出了自己的贡献。亚·尼·拉季舍夫经常表现出对历史问题的强烈兴趣。在自己的名作《旅行记》的"诺夫哥罗德"一章中,作者展现出在祖国古代历史文献资料方面的深刻而广博的知识,并认为自古已有的古罗斯"市民会议原则"就是对启蒙思想家阐发的社会制度契约论的独特确认。① 各位作者的研究成果的学术价值并不相等。但是,注意到另一方面也是重要的。对于18世纪的俄国文化活动家来说,对民族历史问题的强烈兴趣远不是一种偶然的现象。历史学就像期刊事业、讽刺作品一样,属于思想斗争的领域。正是以这样的认识才能解释如下事实:所有俄国作家对历史问题的浓厚兴趣,叶卡捷琳娜二世都是不会不加注意就放过去的。

1783年,叶卡捷琳娜二世开始在《俄罗斯语言爱好者谈话良伴》杂志上发表她的《关于俄国历史的笔记》。女皇在笔记的前言中这样解释自己的意图:"这些关于俄国历史的笔记是为青少年而写的,写在那些名为'俄国历史'、确切一些可以叫做'偏颇创作'的外文书出版之际,因为这些书中的每一页都证明,它们是怀着仇恨写出来的。"②

叶卡捷琳娜二世所说的历史著作是两位法国人写的:一位是H. 列克勒克,女皇伊丽莎白·彼得罗夫娜时代曾在俄国行医,回法国后出版了内容丰富的六卷本著作《俄国古代至现代的历史:自然、道德、公民与政治》(巴黎,1783—1787);另一位是皮·沙·列维克,哲学史家,也在俄国服务过一段时间,回国后完成了一部著作《俄罗斯史》(伊韦尔东③,1782)。叶卡捷琳娜本人在1783年4月19日致Ф.-M. 格里姆的一封信中说出了他们的名字。在把自己从事历史研究的事告知这位收信人之后,她在这封信的末尾强调:"这部笔记的出版,对于像列克勒克和教师列维克这样的贬低俄国历史的坏蛋来说是一服解毒剂,这两个畜生,请不要见怪,真是既无聊又愚蠢。"④

然而,正如以前常有的那样,女皇在冲动时所恪守的不是简单地还原真相的希望。令她不安的是那些她认定最好秘而不宣的动机,但是法国历史学家的著作一

---

① 参见加·尼·莫伊谢耶娃:《1780年代拉季舍夫创作中的俄国历史》,见《亚·尼·拉季舍夫与他那个时代的文学》(А. Н. Радищев и литература его времени),《18世纪》(文集)第12辑,1977年,第40—51页。
② 《俄罗斯语言爱好者谈话良伴》,1783年第1册,第104页。
③ 瑞士温泉之都。——译者注
④ 《俄国档案》1878年第10期,第88页。

伊·尼·博尔京在 1788 年出版的《列克勒克对古今俄国历史的诠释》(1—2 部)一书中，对列克勒克进行了尖锐的批驳。博尔京的著作中含有详尽而有说服力的分析，针对的是这位法国历史学家在他的书中犯下的全部错误和不准确之处，以及他所提出的歪曲俄国早期历史的观念。

由于博尔京的著作，叶卡捷琳娜二世的真正目的和对历史的浓厚兴趣变得更为明显。

问题在于，正如列克勒克本人所承认的，关于俄国古代史的大部分资料，他都是从米·米·谢尔巴托夫公爵那里获得的。在博尔京对列克勒克著作的一系列批评意见中，也含有针对谢尔巴托夫的十分明显的暗示，暗示他类似于法国历史学家的学术顾问。① 不仅关于古罗斯早期历史的那些偏颇的、很多不正确的观念，还有关于和俄国国家的建立相联系的一系列原则性问题的理论阐释，都源自谢尔巴托夫。

恰恰是这种阐释最不能使叶卡捷琳娜二世满意。

作为对彼得一世改革所引发的种种变动持批判态度的老派显赫贵族的代表，谢尔巴托夫公爵成了叶卡捷琳娜二世执政时期思想反对派中最有个性的人物之一。谢尔巴托夫认为，彼得一世的继承人执政期间在俄国宫廷建立的种种秩序，实际上的宠臣当权和对世袭贵族同沙皇一起平等地参与国家管理的各种机遇的限制，是贵族道德堕落的厉因。谢尔巴托夫在他的史学著作中加以发挥的许多见解，直接反映了他的这种思想观点。

这就使叶卡捷琳娜二世更为不安，在她以其特有的精力着手撰写历史著作时，便为此而调动了编制完整的一批助手。② 在女皇关心俄国年轻人的托词背后，实际上掩藏着她对于从思想意识方面巩固自己统治特权稳定性的忧虑。

叶卡捷琳娜在她的历史著作中确立了两个基本思想。第一，编年史中记载的事实经过特意筛选，为的是论证在俄国条件下国家政权的君主专制形式由来已久的思想。第二，在擅自阐释俄国人的性格、思维方式和风俗习惯时，叶卡捷琳娜二世以此论证了她关于民众和他们的统治者之间的理想关系的观念。

正如以往常有的那样，女皇不满意于通过官方渠道推行她的意识形态权术，于是就求助于文学。这一次她决定依托莎士比亚的权威，转向历史纪事剧体裁。

看来，在舞台上呈现俄国历史片断的构思，形成于叶卡捷琳娜在准备出版《关

---

① 谢尔巴托夫为了替自己辩护，被迫写了一封"《俄国历史》的编撰者致他的一位朋友的、针对来自博尔京将军的对他的历史著作进行某种或明或暗的指责的……信"（圣彼得堡，1789）。博尔京也就此写了一封措辞尖锐的回信。后来他还对谢尔巴托夫的《历史》做了详细的分析，内容见于作者死后出版的两卷本《对谢尔巴托夫公爵历史著述的批判性诠释》(Критические примечания на историю князя Щербатова)，圣彼得堡，1793—1794。

② 关于叶卡捷琳娜二世这方面的活动，详见亚·尼·佩平：《叶卡捷琳娜二世的史学著作》，见《欧洲导报》(Вестник Европы)，圣彼得堡，1901 年，第 5 卷，第 170—202 页；第 6 卷，第 760—803 页；加·尼·莫伊谢耶娃：《叶卡捷琳娜二世历史剧中的古代俄国文学文献》，见《古俄罗斯文学研究室著作集》(ТОДРЛ) 第 28 卷，列宁格勒，1974 年，第 289—295 页。

于俄国历史的笔记》(第 1 卷出版于 1787 年)单行本的过程中。一年前,匿名出版的剧作《模仿莎士比亚,取自留里克的生平,未保持通常戏剧规则的历史呈现》(圣彼得堡,1786)得以面世。随之出现的剧作是《奥列格执政之初:模仿莎士比亚,未保持通常的戏剧规则》(圣彼得堡,1787)。应当是专门描写伊戈尔公国时期的第三个剧本未能完成。

在戏剧创作方面,叶卡捷琳娜二世的剧作确实是对莎士比亚历史剧的模仿。在 18 世纪的条件下,拒绝"保持通常的戏剧规则",意味着在具有严肃历史情节的剧作中不遵守古典主义悲剧的规范。

在上述叶卡捷琳娜二世的剧本中,第一部《取自留里克的生平》引起了特别的关注。和这部剧作相联系的,是诺夫哥罗德的瓦季姆的题材在俄国文学中首次出现,根据编年史传说,他领导了古代诺夫哥罗德人反对留里克的起义。剧中给予另一事件以重点关注,即诺夫哥罗德人呼唤瓦兰人的王公留里克、西涅乌斯、特鲁沃尔来到罗斯。

作为剧作基础的历史观念,叶卡捷琳娜取自她的《关于俄罗斯历史的笔记》第 1 卷。无论是关于戈斯托梅斯尔的评述——留里克兄弟似乎是根据他的遗愿被召唤到诺夫哥罗德的,无论是对留里克来到罗斯之后的种种活动的描写,还是关于留里克家族的奇异家谱的陈述,都从《笔记》移入了剧作中。只有关于瓦季姆命运的描写发生了一些变化。无论是在编年史的记载中,还是在 18 世纪史学家(包括叶卡捷琳娜二世本人)的全部著作中,瓦季姆都是在起义被镇压后死于留里克之手。叶卡捷琳娜二世的剧作没有依照这一说法。她笔下的留里克仁慈地宽恕了这位战败的暴乱分子,在做出这个决定时还发表了冠冕堂皇的长篇大论:

"……让留里克今天仍然是他本来的样子;他看着自己面前的那些罪人时,满怀热忱地一直在思考那些被当成损害和屈辱的普遍的善良;但是现在罪行已经明了了,罪人已被揭发,就应该抽出利剑复仇(从剑鞘中拔出剑),感谢诸神,此时我的剑始终不会从手中落下,不会挥向共有的敌人(剑掉落下来),剑从我颤抖的双手中掉落,而我只是把那个罪人看成一个人。现在请你们自己评判,我是否要把我的表兄弟瓦季姆公送去审判。他的充沛精力、进取精神、勇敢无畏和从他身上表现出来的其他品质,都将能够有益于国家的前进……"

瓦季姆(跪着):"啊!君王!你为胜利而生,你以仁慈战胜了一切敌人,你用同样的方式遏制了放肆的行为……我永远是你忠诚的臣民。"[①]

[①] 叶卡捷琳娜二世:《模仿莎士比亚,取自留里克的生平,未保持通常戏剧规则的历史呈现》,圣彼得堡,1786 年,第 58—59 页。

叶卡捷琳娜二世的剧作就是这样结束的。

女皇对古诺夫哥罗德的历史进行舞台情节加工的动机，在她对历史文献史料的背离中清楚地显示出来。

叶卡捷琳娜二世的剧作对编年史中与古代罗斯历史的转折关头相联系的一些资料的阐释，完全是为了证明特定的意识形态观念。根据这种观念，瓦季姆是一位与留里克有着亲缘关系的斯拉夫大公。剧作中对古诺夫哥罗德的市民大会政权只字未提，这种政权形式是诺夫哥罗德人在后来的几个世纪中同大公政权进行斗争的象征。

通过把瓦季姆变成留里克的表兄弟的方式，叶卡捷琳娜独创性地肯定了罗斯国家政权的专制政体古已有之的理念。瓦季姆的反抗本身缺少意识形态的根据。因此在叶卡捷琳娜的剧本中，主人公是作为一个孤军奋战者和恣意妄为的牺牲品出现的。促使瓦季姆行动的是过分的贪图功名和年轻人的好斗劲头。但是在剧作的结尾，他还是被迫承认留里克在道义上的胜利。女皇在剧本中就这样确认了政权的君主专制原则具有必然性和优越性的思想。

与这一思想不可分割地联系在一起的还有叶卡捷琳娜的另一内在信念，这对于她同样重要：她确信俄罗斯民族自古以来就匿有对君主的服从与驯顺。在第一幕中，当瓦季姆不满戈斯托梅斯尔的遗言，试图散布对瓦兰人掌管诺夫哥罗德的合法权力的怀疑时，地方行政长官多勃雷宁回应造反的斯拉夫王公说："民众已习惯服从你祖父这位君主，他们没养成讨价还价的陋习，只会去执行君主的意志；我们中间谁不会服从，他就不能吩咐别人。"① 在女皇眼中，诺夫哥罗德地方行政长官的这些话有一种训诫意义，也是俄国民众应据以思考自己怎样对待最高政权的那些规范的简洁表述。叶卡捷琳娜二世没有忘记1783年冯维辛在《俄罗斯语言爱好者谈话良伴》杂志上提出的关于俄罗斯民族性格的问题。现在她再次毫不含糊地重申了自己的观点。

关于民族独特性和民族性格问题的官方阐释就这样形成了。

叶卡捷琳娜二世模仿莎士比亚的尝试并没有得到俄国作家的支持。但是，诺夫哥罗德的瓦季姆的题材却开始引起人们的注意。在思想发展和法国事变酝酿成熟的语境下，对于与古斯拉夫人的祖先关于自由的观念相联系的古诺夫哥罗德题材的关注，变得特别强烈。看来，叶卡捷琳娜二世本人并未预见到她转向瓦季姆的传说会引起的后果。

在对古诺夫哥罗德题材进行戏剧加工方面，雅·鲍·克尼亚日宁（1742—1791）是女皇的第一个追随者和独特的论敌。作为一位多产的戏剧家和翻译家，多部悲剧、喜剧和喜歌剧的作者，克尼亚日宁主要是以"叛逆的悲剧"《诺夫哥罗德的瓦季姆》（1789）的作者身份进入俄国文学史的。这部剧作的反专制主义激情，其中

---

① 叶卡捷琳娜二世：《模仿莎士比亚，取自留里克的生平，未保持通常戏剧规则的历史呈现》，圣彼得堡，1786年，第9页。

充满揭露独裁政权专制的异常大胆的长篇议论,在法国大革命爆发的背景下,成为它在 1793 年出版后遭到官方政权激烈否定的原因。随之而来的就是叶卡捷琳娜二世下令没收和烧毁已印出的这部悲剧的全部成书。①

悲剧《诺夫哥罗德的瓦季姆》的命运和围绕着克尼亚日宁的名字而产生的传说,使这部作品成为几十年中反对派自由思想的独特旗帜。古诺夫哥罗德追求自由的斗士瓦季姆的主题成为浪漫主义最喜爱的主题之一,特别是十二月党人的自由诗。雷列耶夫、年轻的普希金、稍后的莱蒙托夫都充分重视这一主题。关于 1810—1820 年代的年轻人对克尼亚日宁悲剧作品充满热情的资料保存至今。② 结果,克尼亚日宁作为 18 世纪俄国启蒙思想的代表人物之一,开始被视为处于十二月党人的思想先驱之列。

为了解决克尼亚日宁在他的最后一部悲剧中的思想立场问题,既应考虑到 1780 年代末俄国的社会状况,也应顾及戏剧家在他的剧作中发扬的那些传统。

《诺夫哥罗德的瓦季姆》的作者反对立场的程度被夸大的认识,大多源于这种背景:对悲剧的分析往往产生于十二月党人思想形成期的意识形态语境。剧作的不同寻常的命运使得研究者们忽略了作者的其他作品,《诺夫哥罗德的瓦季姆》客观上也被排除在 1780 年代戏剧家的艺术探索的总体进程之外,其实该剧是这一探索的完成。

法国大革命开始前,克尼亚日宁就写了他的《诺夫哥罗德的瓦季姆》。他遵循从苏马罗科夫时代形成的悲剧这种体裁的传统,创作了一部崇高的悲剧。另一方面,克尼亚日宁并不陌生于 18 世纪下半叶在具有启蒙思想情绪的法国剧作家、伏尔泰的追随者们的创作中很有地位的那种倾向,这些剧作家包括悲剧《斯巴达克》(1760)的作者苏利恩,悲剧《威廉·退尔》(1776)的作者勒米叶,特别是拉哈伯,其悲剧《沃里克伯爵》(1763)、《科里奥兰》(1784)和《维吉尼亚》(1786)形成了表现公民和共和派美德的独特流派。

因此,克尼亚日宁悲剧的中心人物不是留里克,而是造反的共和主义者瓦季姆,并非偶然。表现叶卡捷琳娜二世的剧作所提示的历史情节的那种戏剧冲突,并非原本的冲突。克尼亚日宁的《诺夫哥罗德的瓦季姆》在结构方面源自苏马罗科夫的《塞米拉》。从对最后毁灭的主人公的精神坚定性予以肯定的激情来看,这两个剧本是相似的。

虽然两部悲剧的结构面貌有着外表上的相似,克尼亚日宁的剧作涉及的问题却带有原则性的新性质。这种性质可归结为解决 18 世纪悲剧体裁传统问题的新方法。决定着悲剧主人公行为道德规范的义务,失去了和君主制国家体制的理念

---

① 与取缔悲剧《诺夫哥罗德的瓦季姆》相关的综合评述资料,包含在柳·伊·库拉科娃对悲剧文本的注释中,见雅·鲍·克尼亚日宁:《作品选》,列宁格勒,1961 年,第 729—735 页。(以下引用本书,仅在引文后注明书名和页码)

② 同上。

之间的必然联系，就像苏马罗科夫的剧作中所表现的那样。在克尼亚日宁的悲剧中，履行臣民的义务越来越经常地不再被认为是至高的社会美德，因为国家体制的理念本身就具有民族主义和爱国主义色彩。祖国的利益是最高价值，在它面前人人都应当是平等的。与此相对应，国家子民，而不只是君主的臣民，便成为这种最高义务的承载者。

1770 年代克尼亚日宁的悲剧作品，《弗拉基米尔与雅罗博尔克》(1772) 和《季特的仁慈》(1778)，就已经透彻地研究过对问题的这种解决方式。这在悲剧《罗斯拉夫》(1784) 中表现得特别明显。在主要人物罗斯拉夫身上，剧作家试图塑造俄罗斯民族的理想化代表的形象。他的全部行为的主要动机并非信守臣民的义务，而是对祖国的爱，这种爱中包含对荣誉和美德规范的信守：

> 要是我忘了自己是一个俄国公民，
> 觊觎那华贵的王位，我就成了不道德的人！
> 我尊崇我的祖国胜过尊崇你，
> 怎能贪恋王位而忘却爱国之情……
>
> （《作品选》，第 197 页）

罗斯拉夫所爱的扎菲拉建议他和自己分享瑞典王位，罗斯拉夫便发出这样的感叹回答她。第二幕中，俄国大使柳博米尔对罗斯拉夫讲述大公提议把他从囚禁中解救出来的计划。为此，大公准备把先前罗斯拉夫收复的那些俄国城市交还给瑞典人。主人公的回答几乎就是指责大公背叛祖国：

> 啊，祖国的耻辱！君主忘记了自己的责任
> 还要因偏见使显赫的头衔蒙上阴影，
> 竟把自己看得比社会安乐更为重要，
> 危害全俄之举竟要在重臣眼前完成。
> ……
> 然而大公为何如此不尊重我，
> 为何阻拦我为祖国献出生命？
>
> （《作品选》，第 202 页）

这样的爱国主义自我牺牲精神近似于主人公完全忘我的臣民感情。在这方面，《罗斯拉夫》是克尼亚日宁最具代表性的悲剧作品。

悲剧《诺夫哥罗德的瓦季姆》不仅对于克尼亚日宁，而且好像对于从苏马罗科夫时代形成的 18 世纪俄国古典主义悲剧体裁的整个发展而言，都是一部总结性的作品。叶卡捷琳娜二世的剧作把悲剧情节提供给克尼亚日宁的事实，提供了在和

女皇的编年史剧《取自留里克的生平》的相互联系中审视《瓦季姆》的思想内容的根据。

如果把这部悲剧和1780年代末作者的其他剧作联系起来,且从悲剧本身所含内容出发来评价它,那么,克尼亚日宁的观点究竟如何呢?虽然"诺夫哥罗德的瓦季姆"这个称谓带有反暴君的色彩,但未必能有根有据地在这个悲剧中发现对叶卡捷琳娜宗旨的直接反对立场。在对悲剧主人公瓦季姆的理解中,克尼亚日宁否定了叶卡捷琳娜二世的一个新发明——她所虚构的瓦季姆与留里克的亲缘关系。但是,瓦季姆就像在女皇的剧作中一样孤身一人,失去了他愿意为其自由而献出自己生命的民众的支持。与此相对应的是,留里克也不是篡权者,而是一个合法的、对民众负有责任的、正义而睿智的统治者,他为因纷争而疲惫不堪的诺夫哥罗德建立了秩序和安宁。

克尼亚日宁别出心裁地让两种真实、两种思想观念发生碰撞:一种是对瓦季姆的共和主义高尚品德的真诚赞美,作者无疑是同情他的;另一种与其说是真诚的,不如说是对他而言毫不动摇的对于开明君主制理想的信念。留里克也成为那一类君主的理想典范,18世纪俄国悲剧体裁中对这类形象的描写,从苏马罗科夫时代起就已成了习以为常的现象。这一传统在俄国现实条件下的生命力,可以用对于古典主义文学如此具有典型性的开明君主制思想的流行来解释。直到19世纪初,这些思想仍没有失去其意义,这些思想由于俄国国家体制在18世纪期间所获成就的历史规模而得以巩固,而彼得一世改革则为这些成就奠定了基础。克尼亚日宁在《诺夫哥罗德的瓦季姆》中提出的两种在作者意识中是相等的、尽管也是彼此对立的政治理想的碰撞和冲突,以独特的形式预先呈现出卡拉姆津在他的中篇历史小说《城总管夫人玛尔法》(1805)中所描写的情境。

在表现留里克的美德和无私方面,克尼亚日宁甚至比叶卡捷琳娜二世走得更远。在悲剧的最后一场,当战败的瓦季姆出现在留里克面前时,胜利者摘下自己的王冠,并表示同意把它戴在被俘者头上,如果民众希望如此的话:

> 现在我把你们的抵押品返还给你们;
> 就像我接受它时那样光明正大地归还。
> 你们可以把桂冠随便变成什么,
> 或者就给那位瓦季姆戴上桂冠。

(《作品选》,第300—301页)

但是民众还是认定留里克是他们的执政者。瓦季姆的命运就这样被提前决定了。被留里克赦免的他除了杀死自己再没什么可做的,于是就这样做了。

造成《诺夫哥罗德的瓦季姆》反叛剧名声的主要原因,是散见于全部情节中的反暴政宣言,如第二幕第四场中普列涅斯特的一段著名的感叹:

> 哪个穿紫袍的帝王不荒淫腐败？
> 专制制度造成的灾难随处可见，
> 它有害于最纯洁的高尚美德，
> 打开通道，让种种欲望肆无忌惮，
> 帝王变成为暴君可以自由随便。
>
> （《作品选》，第 272 页）

正是这样的激愤言辞更加让叶卡捷琳娜二世害怕。不过应当记得的是，在这部悲剧的写作和它的问世之间相隔了四年。这段时间内发生了从根本上改变了欧洲局势的事件。法国资产阶级革命开始了。

克尼亚日宁让他的悲剧作品中充满反专制的激愤言辞，这种胆识是以俄国女皇本身的行为为根据的。看来，克尼亚日宁知晓 1785 年 2 月在莫斯科演出尼·彼·尼科列夫的悲剧《索列娜和扎米尔》的事件。莫斯科总司令雅·亚·布留斯伯爵看过悲剧后，命令暂停该剧的演出，并给叶卡捷琳娜二世呈上禁演该悲剧的请示报告。布留斯直接指出，剧作中包含对最高统治者专制的抨击。叶卡捷琳娜二世以具有下列内容的诏书予以回复："雅科夫·亚历山德罗维奇伯爵，我为您中止一出悲剧的演出而惊讶，该剧看来是让所有观众满意的。您所指出的那些诗句的含义和您的女皇陛下没有任何关系。作者反对的是暴君的专制，而你们则把叶卡捷琳娜称为母亲。"①

1789 年之后，局势急剧变化。已决定演出的悲剧《诺夫哥罗德的瓦季姆》就在这一年被作者从剧院撤回。这部剧作直到作者去世后的 1793 年才得以出版。到这个时期，叶卡捷琳娜二世曾经有过的自由主义已荡然无存。当初被判死刑的拉季舍夫被流放到西伯利亚，而诺维科夫则被关押在施吕瑟尔堡要塞。叶卡捷琳娜二世残酷地迫害俄国启蒙运动首脑人物。克尼亚日宁的悲剧作品也是处于这种日益猖獗的政治镇压的牺牲品之列的。根据枢密院的命令，这部悲剧的全部印本被付之一炬。

早在枢密院发出决议核准焚毁克尼亚日宁的悲剧作品之前，18 世纪末俄国另一位剧作家彼·阿·普拉维利希科夫（1760—1812）就已经着手研究诺夫哥罗德的瓦季姆暴乱的题材。1790 年代初，他完成了悲剧《留里克》。② 该剧情节大多重复作为叶卡捷琳娜二世剧作和克尼亚日宁剧作之基础的冲突。诺夫哥罗德的瓦季姆反对诺夫哥罗德君主留里克的演讲构成了剧作的中心主题。

但是从思想层面看，普拉维利希科夫对瓦季姆形象的处理却带有着意突出的、与克尼亚日宁悲剧论战的性质。这里没有一点迹象表明作者特别赞扬瓦季姆是诺

---

① 《祖国之子》（Сын отечества）1817 年第 36 卷第 9 期，第 96 页。
② 该剧 1790 年代曾在宫廷剧院舞台上演，剧名为《弗谢斯拉夫》。

夫哥罗德自由思想的体现者、把祖国利益看得高于一切的先辈们的共和传统的捍卫者。普拉维利希科夫笔下的瓦季姆,是一个被登上王位的唯一欲望所驱使的"诺夫哥罗德的达官贵人"。阴险狡诈的瓦季姆利用警卫队长韦利米尔对他的女儿普拉米尔的感情,试图吸引他们参与到自己的预谋中来。当普拉米尔妨碍父亲谋杀君主时,瓦季姆就把女儿交给了留里克,说她是反政权的预谋者,要求处死女儿。在瓦季姆对功名的追求中,不存在任何神圣的东西。周围所有的人,包括自己的女儿,都被他仅仅视为获得权力的工具。这样,悲剧激情的锋芒就指向了揭露达官贵人危害极大的权力欲。

啊,权势欲! 你就是我心中的神!
你是我唯一注意倾听的声音,
为了你我敢于对所有人为非作歹,
从不把自然界中任何事物奉为神圣,
为了在荣耀中登上王位,欢腾喜庆……①

在悲剧的第二幕,当瓦季姆孤身一人时,曾发出上文这样的感叹。但是,在与道德高尚而睿智的留里克发生冲突时,瓦季姆不可避免地遭遇了失败。在谋杀未遂后的剧作终场,手无寸铁的瓦季姆完全承认留里克在道义上的胜利。君王以对他的宽恕代替了惩罚,于是瓦季姆变得谦逊:

你战胜了我;我看清了自己的处境。
掌舵吧,你会赋予斯拉夫人自由的生命。
只是在此刻,我才开始公正地尊重自己,
但这是因为我已开始对你敬若神明。②

在创作《留里克》期间,普拉维利希科夫在彼得堡戏剧界已经获得了很高的声望。商人出身的普拉维利希科夫把自己的一生都献给了戏剧,他是同时作为演员、戏剧理论家和剧作家出现的。人们至少记得,普拉维利希科夫曾参与冯维辛《纨绔少年》的首次演出,扮演普拉夫金的角色。他还写有几部喜剧、喜歌剧和系列悲剧,其中包括遵循席勒传统把历史剧搬上俄国舞台的最初尝试之一——悲剧《叶尔马克——西伯利亚征服者》(1803)。

与普拉维利希科夫的名字联系在一起的,是舞台艺术领域内那种最终导致古典主义破产的艺术意识民主化倾向的逐渐增强。普拉维利希科夫表面上一直是苏马罗科夫传统的继承者。然而,也许就是他在18世纪俄国戏剧艺术中第一次从确

---

① 《彼·阿·普拉维利希科夫文集》,第1卷,圣彼得堡,1816年,第24页。
② 同上书,第59页。

认第三等级思想需求的角度出发,开始研究悲剧体裁的功能。坚持社会需求至上,也仍旧构成他的悲剧作品所涉问题的基础。不过,对于普拉维利希科夫来说,这些需求的体现者是全体"俄国民众"这一把辽阔国度的所有居民群众联合在一起的概念。普拉维利希科夫还把劳动者阶层创造的那些价值视为国家强大的源泉。贵族作为君主制的唯一支柱这一最为牢固的传统定论,开始根据我们在悲剧《留里克》中的瓦季姆形象中看到的,对于"达官贵人"恣意妄为的艺术表现而受到怀疑。这部悲剧在思想内容上明显地体现出法国革命事件的影响。作者实际上经由留里克这一理想统治者的形象确认了在俄国条件下君主制高尚仁慈的理念。具有民主主义倾向的普拉维利希科夫同情君主制,这一类现象证明,俄国第三等级的某些代表开始从法国革命引起社会动荡这一角度来评估贵族反对派活动的结果时,往往具有一种警惕性。

同样不能排除普拉维利希科夫悲剧的论战激情受到了对于克尼亚日宁创作的普遍批判态度的滋养。围绕《观察家》和《圣彼得堡的墨丘利》两家杂志而形成的具有民主倾向的作家小组的其他成员,特别是伊·安·克雷洛夫和亚·伊·克卢申,与《留里克》的作者共同持有这种批判态度。

4. 克雷洛夫
(1790年代)

如果悲剧性的偶然因素在伊万·安德列耶维奇·克雷洛夫(1769—1844)成为著名的寓言作家之前就中断了他的生命,他的名字仍旧会留在我们的文化史中,在普希金的前辈——一批最重要的作家中占有值得尊重的地位。克雷洛夫的创作是与18世纪俄国启蒙运动的传统,与诺维科夫、冯维辛、杰尔查文、拉季舍夫的艺术成就不可分割地联系在一起的。[①] 未必可以过高估计克雷洛夫与他的这样一些同时代人在创作交流方面的作用,如著名的伏尔泰作品出版者伊·格·拉赫曼尼诺夫,演员和作家伊·阿·德米特列夫斯基,印刷业的"同志"和志趣相投的彼·阿·普拉维利希科夫、亚·伊·克卢申等。接受同时代文学生活的非同寻常的主动性是克雷洛夫的特点:他对当代几乎所有备受关注的基本问题都以自己的方式做出了回应,不仅运用志同道合者的艺术经验,还运用尼·米·卡拉姆津、伊·伊·德米特里耶夫等文学论敌的艺术经验。克雷洛夫的独特才能是在掌握俄国启蒙派的讽刺作品,首先是诺维科夫和冯维辛的讽刺作品的基础上发展起来的。

克雷洛夫在特维尔度过童年和少年时代,1770年代,这里的文学生活呈现出

---

① 参见《伊·安·克雷洛夫:研究与资料》(И.А. Крылов. Исследования и материалы),莫斯科,1947年;亚·瓦·扎帕多夫:《伊·安·克雷洛夫》(И.А. Крылов),莫斯科—列宁格勒,1951年;尼·列·斯捷潘诺夫:《伊·安·克雷洛夫:生平与创作》(И.А. Крылов. Жизнь и творчество),莫斯科,1958年;《伊万·安德列耶维奇·克雷洛夫:创作问题》,列宁格勒,1975年。

远非平庸的现象，作家也在这里打下了其创作进一步发展的某些前提。① 克雷洛夫流传至今的第一部戏剧试作——喜歌剧《占卦的女人》(1784)，也证明了他对同时代俄国讽刺文学的熟悉。研究者们早就注意到这部歌剧与诺维科夫的杂志《画家》上的一篇作品在情节上的相似：两部作品讲的都是一个用咖啡渣占卜的女人诬陷仆人偷老爷的勺子的故事。不难发现，无情的女地主诺沃莫多娃有着冯维辛笔下普罗斯塔科娃的特征，她发现东西被窃后，威胁要"不给任何一个骗子留活路"②。《占卦的女人》出色地表现出克雷洛夫的讽刺才能、独特的创作天赋和他素有的深刻的民主主义精神。克雷洛夫作品的真正基础不是文学形象，而是生活本身。多年以后，已习惯严格看待自己早期作品的作家在忆及这部歌剧时承认："那当中有某种滑稽可笑的内容，时代风俗也恰如其分，因为我是临摹现实的。"③ 无聊而恶毒的女地主，贪婪而下流的管家，骗子占卦女人，以及善良而驯顺的农民，所有这些形象都不是作家从书本里，而是从现实本身撷取的，即"临摹现实"。喜歌剧体裁中必不可少的大团圆结局并没有减弱剧本的社会讽刺性。

无论以何种形式表现出来的专制主义，都一直是克雷洛夫的主要敌人之一。为了尝试自己在高级体裁写作方面的能力，剧作家在很多方面遵循苏马罗科夫的传统，创作了悲剧《菲罗墨拉》(1786)。但是，崇高的激情并不适合克雷洛夫才华的本性：他更擅长的不是抨击恶习，而是嘲讽，"用揶揄匡正风俗"。因此，克雷洛夫就必然要放弃高级体裁，重新回到喜剧和喜歌剧创作上来。他的喜剧才华出色地展现在1780年代的剧作中，如《疯狂之家》(1786)、《门厅中的杜撰者》(1786)和《顽皮的人》(1787、1788)等。在这里，克雷洛夫是作为一个熟练地掌握了与民间戏剧传统相联系的讽刺喜剧艺术的剧作家出现的。令人发笑的场景，换装，情节纠葛的灵活发展，各角色生动形象的语言、俏皮话和双关语——这一切都赋予克雷洛夫的剧作以真正的娱乐性。但是，正如帕·纳·别尔科夫所公正地指出的，克雷洛夫的早期喜剧完全没有纯"消遣性"的倾向。④ 它们触及了那个时代俄国社会生活中非常严肃和重要的问题：克雷洛夫讽刺作品的锋芒首先瞄准了那些人，他们占据着享有特权的地位，认为自己是免受批判的，或可以高高在上地俯视既非名门显贵，又很穷困的作家。克雷洛夫在1780年代的喜剧作品中，向他同时代的文学，主要是贵族文学，提出了大胆的挑战。自然，问题不仅在于《好闹事的人》的作者针对雅·鲍·克尼亚日宁和他的妻子、亚·彼·苏马罗科夫之女的私人性质的、辩论式的

---

① 参见叶·彼·普里瓦洛娃：《关于特维尔进修班的一本被遗忘的文集》，见《18世纪》（文集），第5辑，莫斯科—列宁格勒，1962年，第420—421页。
② 《伊·安·克雷洛夫全集》第2卷，莫斯科，1946年，第21页。（以下引用本《全集》，仅在引文后注明卷次和页码）
③ 《北方蜜蜂报》(Северная пчела)，1845年第8期，第31页。
④ 参见帕·纳·别尔科夫：《18世纪俄国喜剧史》，列宁格勒，1977年，第291—298页。

尖锐攻击。①

克雷洛夫敏锐地感觉到，他那个时代的文学是远离活生生的现实的，真正的生活和仅仅存在于作家想象中的虚构的、假定性的世界之间又暴露出明显的不一致。当里夫莫赫瓦特查明他的意中人只不过是一个女仆时，他对这位"黄金时代女性"的"崇高"感情一瞬间就消失了。他为自己可以戴佩剑的贵族权力而骄傲，而在有权势的人物面前却屈辱地奴颜婢膝。里夫莫赫瓦特赞赏拉辛，但在日常生活中他仍然是一个庸俗的蠢货。佳尼斯洛夫一边查找自己的行为在文学中的类似物，一边思考："我还从未读过把情人带走的故事，而这样带走的事却是很多的，如帕里斯就是这样把海伦带走的。"仆人伊万则较清醒地注意到："老爷真是好人！我说的可不是鲍里斯和奥廖娅，而是我们的小姐。您该快点去追他们。"(《全集》第1卷，第328页) 克雷洛夫笔下角色的行为和语言都有自己的逻辑，但从健全合理的角度看，则显得可笑而荒谬。这样，事件就往往从几个角度同时呈现：一切都取决于从谁的视角来看待这些事件。在过于夸张地表现那些值得嘲笑的现象时，克雷洛夫力求让读者和观众远离那些虚假而偏颇的看法。

作家在1780年代，既作为翻译家，又作为原创性作品的作者，转而投入散文体裁作品中，继续贯彻这种启蒙主义纲领。研究者们认为，克雷洛夫作为散文作家的最初亮相，是发表在《早晨时光》杂志上的一些讽刺小品(1788)：《亲族酒吧》《时髦的女商贩》，以及致出版者的一封描写显赫贵族派头的信。这些小品的题材与形象同克雷洛夫的杂志《精灵邮刊》(1789)的某些篇章直接相关。

关于《精灵邮刊》中的所有篇章的著作权都属于克雷洛夫这个有争议的问题，由于 М. В. 拉祖莫夫斯卡娅的研究而得到了新的说明。她判定有23封信(在《精灵邮刊》的48封信中)译自法国启蒙学者德·阿尔让所写的《喀巴拉派教义信札》(1737—1741)和《犹太信札》(1736—1737)。②

对伏尔泰和梅西耶等法国启蒙作家创作的了解，也无疑影响了克雷洛夫。把他们的作品译成俄文的伊·格·拉赫曼尼诺夫不仅与年轻的出版家克雷洛夫交好，据回忆录作者证实，还给他提供过资料。③ 路易·梅西耶的《我的睡帽》一书中政治观点最尖锐、最大胆的篇章，特别是那篇"哲理之梦"，吸引了克雷洛夫；这一篇也许还是拉季舍夫的《从彼得堡到莫斯科旅行记》中"斯巴斯卡亚·波列斯季"一章的资料来源之一。④

---

① 参见格·亚·古科夫斯基：《克雷洛夫与克尼亚日宁》(Крылов и Княжнин)，见《18世纪》(文集)，第2辑，莫斯科—列宁格勒，1940年，第142—154页；阿·瓦·杰斯尼茨基：《克雷洛夫与克尼亚日宁：相互关系的起点》，《列宁格勒国立赫尔岑师范学院学报》1967年第321卷，第40—57页。

② М. В. 拉祖莫夫斯卡娅：《伊·安·克雷洛夫的〈精灵邮刊〉与德·阿尔让侯爵的长篇小说》，载《俄罗斯文学》1978年第1期，第103—115页。

③ 伊·帕·贝斯特罗夫：《关于伊万·安德列耶维奇·克雷洛夫的笔记片断》，载《北方蜜蜂报》1845年第203期，第811栏。

④ 参见鲍·伊·科普兰：《〈精灵邮刊〉中的哲学通信》，见《亚·尼·拉季舍夫：资料与研究》(А. Н. Радищев. Материалы и исследования)，莫斯科—列宁格勒，1936年，第382—399页。

克雷洛夫的杂志也紧密联系着俄国讽刺文学传统。《精灵邮刊》的通讯记者（阿拉伯哲学家马利库利穆利克、侏儒、"气仙"等）都着重讨论18世纪末俄国社会生活的迫切问题。从标题和外在形式上看，克雷洛夫的杂志和1788年重新出版的费·亚·埃明的《地狱邮刊》(1769)彼此相关。从它所涉及的问题和讽刺性质而言，《精灵邮刊》紧密联系着诺维科夫和冯维辛的传统。

克雷洛夫像他的前辈一样，把讽刺与道德训诫结合起来，巧妙地利用"期刊文章"的特点：他按自己的想法改编德·阿尔让作品中的一些篇章，同时把自己写的一些书信插入其中，稍稍改变一下通信的精灵们的功能。侏儒、"水精"博列伊德和阿斯塔罗特的信大多是关于日常生活和人情风俗的讽刺性描写，同"气仙"、恩佩多克尔和马利库利穆利克的往往成为独特的道德阐释的哲理性信件交替出现。两类信件不仅在情节上，而且在观念和主题上紧密联系。佐尔和布里斯通讲述的趣味故事是为通讯记者——哲学家们的抽象议论配置的独特插图。道德箴言从自己这方面对侏儒讲的故事进行概括。各种体裁形式轮番登场，体裁样式的选择在很多情况下取决于在每一个具体的场合所触及的是哪一方面的社会生活。

例如，以维斯普列帕尔的名义写的第14封信是专门描写国王题材的，就体裁而言则和"东方"故事类似。克雷洛夫详细地描写了国王周围的达官贵人。三个朝臣中的每一个都力图占据主要的国务职位，其贪求与其说是放肆，不如说是荒谬而可笑：一个请求给他在国王脚边扶马镫的荣耀，另一个请求委托他操持国王的内衣整理和个人卫生，第三个想当国王的面包师。一封"哲理"信出人意料地接近于民间童话的讽刺性世界，这些童话常常嘲笑贪婪而愚蠢的大贵族。年青的蒙兀儿①在朝廷的交往手段问题上毫无经验，天真地问道："让马夫在我的鞍边扶马镫，让我的内室仆人料理我的内衣，让那个把面包烤得如此好的人直接当我的面包师，这样是不是更好？"(《全集》第1卷，第254页)年青的蒙兀儿的形象既不是德·阿尔让和梅西耶的，也不是拉季舍夫的类似物，但他对于理解克雷洛夫作为一个启蒙作家的立场却是重要的。蒙兀儿不是理想君主的形象，也不是暴君的形象（启蒙文学中最为盛行的君主类型）。尚未开始执政的年青的蒙兀儿只是作为"自然人"的角色出现，他周围的社会所习惯遵循的那些法律和规则，他都觉得荒唐和难以理解。

《精灵邮刊》中的精灵本身作为"正常观点的体现者"②，在很多方面也具有类似的功能。这里似乎存在着两个世界，而现实的世俗世界从"正常的观点"来看却是荒谬的、虚幻的，因为居住于其中的人们之间的相互关系就是荒谬绝伦的。侏儒布里斯通在大城市街道上看到一个常见的场面时，很幼稚地感到奇怪："请给我解释一下这个奇怪的习俗：为什么这里多匹马载着一个人？我看这个人自己走路也

---

① 蒙兀儿（Могол）：又译莫卧儿，16世纪初征服印度半岛的蒙古人后裔的称号。——译者注
② 尤·米·洛特曼：《18世纪俄国启蒙作家散文创作的发展道路》，见《18世纪文学中的俄国启蒙运动问题》，莫斯科—列宁格勒，1961年，第97页。

很不错;可是对面却有那么多人在拉着沉重的石头,和人数同样多的马也未必能够驮得动这些石头。"(《全集》第 1 卷,第 152—153 页)这个朴实的问题就是人生而平等的启蒙学说的精髓。现存的社会关系是同逻辑、健全的理智、理性和人道的因素形成对立的。但是,直接说出这一点的,只是那个没有受到偏见的沉重压制、没有受到整个欺骗与谎言的体系束缚的人。

《精灵邮刊》最重要的主题之一是揭露语言上的伪装,这种伪装掩盖了社会关系的真正本质。就像在丘尔科夫、诺维科夫和冯维辛使用过的充满讽刺词汇的体裁中那样,克雷洛夫也努力把词汇的真实意义归还给词汇。人们忘记了许多概念的真正内涵,或者做出忘记的样子,于是就利用这些概念,往其中注入完全不同的内涵。值得注意的是,在译自德·阿尔让著作的某些篇章的书信中,克雷洛夫为词组"我们的时代"补充了一个修饰语"启蒙的",突出了相关表达的讽刺意味。①这种谎言体系诓骗了社会生活的所有领域(侏儒的信和"气仙"的信都证明了这一点),而它所依托的归根结底还是暴力。在第 34 封信中,女神普洛塞庇娜坦然地向冥王普鲁同说明专制制度的基础何在:"只要剥夺幽灵们的自由和勇气:此后,你即便为整个地狱换上丑角的衣裙,强迫哲学家写无聊的歌曲,强迫女祭司唱这些歌曲,强迫英雄们跳舞,你也会看到,他们所有人都会勉力地执行,仿佛他们就是为此而生的。"(《全集》第 1 卷,第 189 页)

《精灵邮刊》当之无愧的后继刊物,是克雷洛夫随后和亚·伊·克卢申、彼·阿·普拉维利希科夫等一起张罗出版的《观察家》(1792)和《圣彼得堡的墨丘利》(1793)。帕·纳·别尔科夫在评价克雷洛夫的期刊编辑出版活动时公正地指出:"克雷洛夫不仅延续了 18 世纪讽刺文学的传统,包括 1769—1774 年间的期刊事业传统,而且提出了新的重要问题,并给其中的某些问题以新颖而有独创性的解答。"②

作为《观察家》和《圣彼得堡的墨丘利》的撰稿人之一,克雷洛夫创作了一部篇幅不大的作品,《精灵邮刊》的许多思想和主题都在其中得到了体现。关于年青的蒙兀儿的那封信中触及的国王故事题材,在中篇小说《盖伯》中获得了新的艺术阐释,这是青年克雷洛夫最出色的作品之一。专制统治者盖伯是一个暴君,一个因权力而堕落、被谎言体系包围的国王。在宫廷谄媚者中间流传的言谈对盖伯的品质和事业给出的评价是:执政者的残忍和偏执作为他的"仁慈"而展现,傲慢则作为"谦虚",虚荣则作为"仁爱"而表现出来,如此等等。克雷洛夫在重现和夸张地使用这套虚假概念体系时,经常把它和对事件与人物的清醒而公正的评价作对比。叙事从一开始就在两个层面进行:盖伯皇宫的异域布局和东方式奢华的描写,往往夹杂着和克雷洛夫时代彼得堡生活具体情状相联系的抒情

---

① 参见 M. B. 拉祖莫夫斯卡娅:《伊·安·克雷洛夫的〈精灵邮刊〉与德·阿尔让侯爵的长篇小说》,载《俄罗斯文学》1978 年第 1 期,第 110 页。
② 帕·纳·别尔科夫:《18 世纪俄国期刊事业史》,莫斯科—列宁格勒,1952 年,第 431 页。

插笔和暗示。这部中篇小说的讽刺性模拟是多义性的:受到嘲讽的不仅是官方的颂扬体裁(颂诗、赞辞),还有"东方"中篇小说体裁本身,确切些说,是其"消遣性"的变体。对"乐于骗人"的童话故事的迷恋,是凶恶的女地主诺沃莫多娃和厌倦权力的盖伯的典型特征。关于神奇和魔法的故事只是谎言体系的组成部分,暴君的权力就是建立在这一体系上的。这样,文学中的讽刺性模拟就有了尖锐的社会意义。盖伯的道德重生和小说的大团圆结局同样是一场骗局,只有不懂作家嘲讽手法的读者才可能相信。

讽刺性模拟的因素还体现在克雷洛夫的中篇小说《夜晚》中,而在他的讽刺性"赞辞"中则有特别鲜明的显现,如《浪子在愚人集会上的发言》《纪念我祖父的赞辞》和《叶尔马拉费特赞》等。赞美越卖力,辞藻越华丽,作家的讽刺就越无情;他采用了屡试不爽的手法:演讲人连续变换真实概念和虚假概念的位置;"浪子"在斥责科学繁荣的陈旧"野蛮时代"时,赞颂现代"时髦的教育";"最理智的地主"兹韦尼戈洛夫喜爱书籍,如同爱"造成大批死亡的瘟疫",导致农民"处于无法播种的状态"(《全集》第1卷,第344页);"大人物"叶尔马拉费特的作品就像一个个肥皂泡。

在这些讽刺性模拟的言辞中,可以清晰地看到克雷洛夫的正面纲领:他是作为启蒙运动的拥护者,作为捍卫劳动民众的利益、揭露农奴主的寄生性和毫无人性的面目的作家出现的。

在这些作品以及发表于《圣彼得堡的墨丘利》的戏剧批评文章中,克雷洛夫还论证了自己的文学观点。在肯定规则和明确划分体裁的必要性时,他把讽刺的矛头指向了感伤主义新流派的作家。作为理论家,克雷洛夫在很多时候是拟古主义者,但作为实践者,他却是一位在实质上打破了古典主义规范的卓越的创新者。这位讽刺作家的主要目的在于克服文学与生活之间形成的人为断裂。克雷洛夫特别不接受并厌恶同时代感伤主义作家作品中的田园风情。然而,他却敏锐地感受到这一新流派的许多艺术成就首先体现在其抒情诗创作中。

人的内心世界,他的爱情与友谊之恋,与大自然的交流,希望和失望——感伤主义者的所有这些主题,都与吸引着克雷洛夫的实际现实世界发生着最密切的联系。他的一些诗作渗透着忧郁冥思的气息(《幸亏如此》和《幽居颂》等),另一些诗歌则充满轻松的幽默,在某种程度上甚至令人想起卡拉姆津与德米特里耶夫的优雅笑言(《我为阿纽塔的辩护》和《致我的一位朋友》等)。

在注意到克雷洛夫和"卡拉姆津派"诗歌的某些主题动机的对应关系后,格·亚·古科夫斯基公正地指出:杰尔查文对于诗人克雷洛夫的影响还要更显著,"……杰尔查文发现的民间话语的民主性要素为克雷洛夫所接受,构成了他的诗歌的基本音调。"[①]

---

① 格·亚·古科夫斯基:《克雷洛夫的抒情诗》,见《伊·安·克雷洛夫:研究与资料》,莫斯科,1947年,第215页。

如果说，杰尔查文的创作可以作为克雷洛夫的追寻方向，那么，民众自己创作的作品——民间口头文学，则是两位作家一起关注的直接源泉。与感伤主义者主要是对民间诗歌感兴趣不同，克雷洛夫从最初的文学尝试起，就广泛运用了这样一些民间创作体裁，如谚语、俗语和讽刺性童话等。民间创作的形象和表述方式不是被引入克雷洛夫作品的文本，而是与其有机地融合在一起，构成其文本的不可或缺的部分。"令人开心的机智花招，可笑而生动的表达方式"①——普希金认为，这些为俄国人的思维方式所特有的特点，既出现在克雷洛夫的寓言中，也存在于他更早的创作中。

克雷洛夫创作于 1800 年左右的诙谐悲剧《特鲁姆夫》(《波德希帕》)是上述特征最鲜明、最出色的体现之一。这部剧作与民间戏剧、民间娱乐活动的联系特别明显。②《特鲁姆夫》由于其反君主制倾向而跻身于 18 世纪最激进、政治上最尖锐的文学作品的行列中。克雷洛夫用以抨击暴君的不是启蒙作家的激情，而是更危险的武器——笑。在《特鲁姆夫》中出现的是启蒙文学中不常见，但在民间幕间剧和童话中却是尽人皆知的统治者典型——卑微、可笑而又可怜的君王。喜剧人物国王瓦库拉玩弄他的陀螺来解闷，却在必须拿出半卢布硬币时陷入窘境。另一个统治者德国王子特鲁姆夫则不同，他是个独一无二的角色，人们在他身上不无根据地看到了保罗及其幕僚的影子。当这个操着一副德国腔、糟蹋语言的愚钝武夫宣称要无情惩罚那些不驯服的人们时，真是既可笑又可怕：

> 我要把里(你)们拴上锁链，送上高塔，
> 还咬(要)把里(你)们送进劳工收容所，
> 除了麦(面)包，啥也不各(给)你们吃。

(《全集》第 2 卷，第 361 页)

在克雷洛夫的其他剧作和散文作品中也或多或少存在讽刺性模拟倾向，在《特鲁姆夫》中表现得特别显著。依据 18 世纪讽刺文学广泛使用的讽刺性模拟的经验，剧作家克雷洛夫为这一传统带来了某种原则上的新因素。一位研究者写道："克雷洛夫保留了古典主义悲剧的一波三折，但不是简单地进行改写，而是按顶层楼座的观众可能采用的方式予以转述——和自己看待任何华丽与不自然现象的那些观念与健康的幽默态度相适应。"③

克雷洛夫在 19 世纪初创作的其他剧本(《馅饼》《伊利亚勇士》《小时装店》和《给女儿的功课》等)在思想的尖锐性方面稍逊于《特鲁姆夫》，但仍以自己的方

---

① 《亚·谢·普希金全集》，第 11 卷，莫斯科—列宁格勒，1949 年，第 34 页。
② 参见帕·纳·别尔斯科夫：《18 世纪俄国喜剧和喜歌剧》，见《18 世纪俄国喜剧和喜歌剧》，莫斯科—列宁格勒，1950 年，第 56—63 页。
③ 谢·亚·福米乔夫：《19 世纪初克雷洛夫的戏剧创作》，见《伊万·安德列耶维奇·克雷洛夫 创作问题》，列宁格勒，1975 年，第 135 页。

式延续了作家在以往的创作中确立的讽刺路线。远离生活的文学,装腔作势,矫揉造作——这一切都在喜剧《馅饼》中再次受到无情的嘲笑。不过应当注意到,在反对虚情假意时,实际上克雷洛夫与其说是在同卡拉姆津和德米特里耶夫作斗争,不如说针对的是他们的那些毫无才能的模仿者。特别有代表性的是这样的细节:克雷洛夫喜剧中"多愁善感的"乌日玛承认,她喜爱的歌曲《我想成为一只小鸟》是几年前德米特里耶夫讽刺性模拟的一首歌(《我想成为一只哈巴狗》)。

在19世纪初的文学斗争中,克雷洛夫无可争议地站在接近"拟古主义者"的立场。这在某种程度上和他那几部嘲笑法国迷与时髦教育的喜剧(《小时装店》《给女儿的功课》)的内容有关。但这些把我们带回18世纪俄国讽刺文学传统的题材①,在抵御拿破仑入侵的前夜却具有特别的意义。关注当前的迫切问题一向是剧作家和散文作家克雷洛夫的特点,也将成为他的寓言作品素有的品性。但克雷洛夫的大部分剧作与散文作品也像寓言那样,在后辈人看来不仅具有历史意义,还保持着艺术吸引力。

(尤·弗·斯坚尼克、娜·德·科切特科娃执笔,赵丹译,汪介之校)

---

① 谢·亚·福米乔夫:《19世纪初克雷洛夫的戏剧创作》,见《伊万·安德列耶维奇·克雷洛夫:创作问题》,列宁格勒,1975年,第148—152页。

第八章
拉季舍夫

亚历山大·尼古拉耶维奇·拉季舍夫(1749—1802)的创作与俄国和欧洲启蒙文学传统最紧密地联系在一起。只有在和这一传统的经常联系中,才能历史地理解拉季舍夫创作的体裁、风格和方法问题。普加乔夫起义、美国独立战争、法国大革命——这一切都促进了正在深刻思考那个时代重大事件的拉季舍夫的世界观的形成。通过总结这些事件的经验,拉季舍夫在很多方面重估并创造性地接受了18世纪欧洲最有影响的哲学家和作家让—雅克·卢梭、马布利、雷纳尔、狄德罗、霍尔巴赫、爱尔维修和赫尔德等人的思想。

在拉季舍夫的创作和他的前辈俄国作家——从使徒行传的作者、特列季阿科夫斯基、罗蒙诺索夫到诺维科夫和冯维辛——之间,存在着复杂而多方面的联系。鼓舞着俄国启蒙作家的理想,也因其人道主义激情而使拉季舍夫感到亲近。人,人的社会关系,人的创造能力和道德尊严——这就是《从彼得堡到莫斯科旅行记》(下又简称《旅行记》)的作者终其一生所关注的核心问题。

但是,在面对激励着俄国启蒙学者的这些问题时,拉季舍夫很少与他们辩论。他在掌握前辈的经验并予以批判性重估的基础上,在自己的意识中形成了一种体系,并根据这一体系,以自己的方式来解决这些问题。法国革命事件影响下的拉季舍夫社会政治观点的演变①,在作家的创作中得到了反映。拉季舍夫在《旅行记》之前、与其同时或在其之后所写的每一部作品,正如《旅行记》本身一样,都不能不在与作家其他作品的比照中孤立地去评论。

---

① 参见格·潘·马科戈年科:《拉季舍夫和他的时代》(Радищев и его время),莫斯科,1956年;В. В. 普加乔夫:《亚·尼·拉季舍夫社会政治观点的演变》(А.Н.Радищев. Эволюция общественно-политических взглядов),高尔基市,1960年;尤·费·卡利亚金、叶·格·普利马克:《被禁的思想获得自由》(Запретная мысль обретает свободу),莫斯科,1966年;尤·米·洛特曼:《革命斗争伦理与策略在18世纪末俄国文学中的反映》,《国立塔尔图大学学报》(Учен. зап. Тартуск. гос. ун-та),1967年,第167卷,《俄罗斯与斯拉夫语文学论著集(8)》(Труды по русской и славянской филологии, 8),第3—25页;《亚·尼·拉季舍夫与德国:对18世纪末俄国文学的贡献》(А. Н. Радищев и Германия. Вклад в русскую литературу конца XVIII века),柏林,1969年。

拉季舍夫的早期文学成果之一是翻译马布利的著作《关于希腊历史的沉思》(1773)。译者在译文中附上了自己的注释,显示出其思想的独立性和政治敏锐性。在其中的一条注释中,拉季舍夫依据卢梭的社会契约论,说明了自己对"专制制度"一词的理解:"专制制度是最违反人类本性的状况……如果我们生活在法制政权之下,那么,这不是因为我们必须把这种状况变成应有的形态,而是因为我们将在其中获益。"① 在启蒙理论中,拉季舍夫特别注意的是统治者对民众的责任问题:"国君裁决不公就给民众,也更给法官提供了处置他的权力,正如法律赋予他的处置罪犯的权力。"(《全集》第 2 卷,第 282 页)

理想君主的问题是启蒙文学中最重要的问题之一。② 启蒙思想家敏锐地感受到同时代社会生活的矛盾和无序,希望随着明智而公正的国君的出现,世界会变得更好。俄国和欧洲的作家、开明君主制的拥护者们常常关注彼得一世的题材,把他的形象和活动理想化。拉季舍夫则用自己的方式对待这个问题:他关于最公平的社会制度的思考联系着对历史经验的深入分析。拉季舍夫最初的原创性作品之一《致一位居住在托博尔斯克、理应有其职位的朋友的信》(1782)中,曾写到彼得一世的题材。1782 年在彼得堡举行的彼得一世纪念碑("青铜骑士")的盛大揭幕仪式,成为这封《信》的写作依据。在充分详细而实在地描写了这一事件后,作家转向对一般制度的议论。《致朋友的信》触及的主要问题之一是何为伟大君王的问题。在列举一系列执政者之后,拉季舍夫指出,他们"被谄媚者称为伟大的君王",但实际上他们却名不副实。关于彼得活动的评论让人感到更重要,更有分量:"……我们所了解的彼得是一位非凡的、名副其实地获得了伟大称谓的人物。"(《全集》第 1 卷,第 150 页)拉季舍夫没有像 18 世纪其他许多作家(包括伏尔泰在《俄罗斯帝国史》③ 中所做的)那样美化君主彼得一世,而是力求公正地评价他的历史意义。这封《信》的作者在承认彼得的伟大时,还做了非常实际的补充说明:"我要说,如果彼得在攀登上进和振兴祖国时也肯定个性自由,那么他就有可能获得更大的声誉。"(《全集》第 1 卷,第 151 页)

从 1770 年代末起,"个性自由"、个人自由的问题在农奴制的俄国开始有了尖锐的政治内容:此起彼伏的民间风潮,特别是普加乔夫(1773—1775)领导的农民战争,使启蒙思想家的乌托邦思想与严酷的现实发生了冲突。对暴动的镇压导致压迫的加重,导致对俄国农民的全面奴役,导致他们被剥夺了最起码的权利,包括启蒙思想家们所颂扬的"自然人"的权利。

同时,俄国读者以强烈的兴趣关注着高呼独立与自由口号的美国革命(1775—

---

① 亚·尼·拉季舍夫:《拉季舍夫全集》第 2 卷,莫斯科—列宁格勒,1941 年,第 282 页。(以下引用本《全集》,仅在引文后注明卷次和页码)

② 参见帕·纳·别尔科夫:《俄国启蒙运动研究的基本问题》,见《18 世纪文学中的俄国启蒙运动问题》,莫斯科—列宁格勒,1961 年,第 18—20 页;伊·尼·库普列亚诺娃、格·潘·马科戈年科:《俄国文学的民族独特性》,列宁格勒,1976 年,第 115—117 页。

③ 该书全名为《彼得大帝在位时期的俄罗斯帝国史》。——译者注

1783）的事件。

　　这一切都在拉季舍夫 1780 年代初的作品中得到了直接反映，"自由"成为这些作品的基本主题之一。后来被纳入《旅行记》的《自由颂》创作于 1781—1783 年间。① 作家采用了古典主义诗歌的传统体裁——颂诗的样式。拉季舍夫颂诗的"对象"非同寻常：赞颂的不是君王，不是杰出的政治活动家，也不是统帅：

> 啊！上天最美好的馈赠，
> 一切伟大事业由你产生，
> 自由啊自由，无价之瑰宝，
> 让奴隶来把你歌颂夸耀。②

　　《自由颂》的主题、形象体系和风格——这一切都不可分割地与 18 世纪俄国公民诗歌的传统相联系。诗人拉季舍夫特别亲近的是那些圣诗改编者们的经验，因为他们赋予圣经文本以大胆的反专制意义。杰尔查文的著名诗篇——改编目第 81 首圣诗的《致君王与法官》(1780)是与《自由颂》最接近的前驱之作。③

　　拉季舍夫的颂诗同时标志着俄国社会政治思想史和文学史中的新阶段。艺术作品中第一次如此彻底而充分地论证了人民革命合理性的思想。拉季舍夫形成这一思想，是他对几个世纪以来民众为了从暴君的枷锁下解放出来而斗争的经验进行思考的结果。颂诗中提到布鲁图斯、威廉·退尔、克伦威尔的名字和查理一世被处死，这和那些涉及作家同时代事件的诗行形成生动的对比，这些事件中首先就有在同英国的战争中捍卫了自身独立的北美十三州的胜利。拉季舍夫引入诗中的回顾与对照，显示出确定无疑的历史规律性，有助于人们看清 18 世纪末农奴制俄国的具体情势。

　　《自由颂》在读者面前展开了一幅以诗歌形式进行概括、同时切合实际地评述了各种政治力量对比的画面：

> 纵目展望辽阔的国土，
> 上面耸立着奴隶制阴森森的宝座。
> 各城市的政权温良恭顺，
> 把沙皇奉为神的化身。
> 沙皇的权力保护宗教，
> 宗教确认沙皇的权力；

---

① 关于《自由颂》的创作时间，参见弗·彼·谢缅尼科夫：《拉季舍夫：概论与研究》(Радищев. Очерки и исследования)，莫斯科—彼得格勒，1923 年，第 1—24 页。
② 拉季舍夫：《从彼得堡到莫斯科旅行记》，汤毓强、吴育群、张均欧译，北京：外国文学出版社，1982 年，第 229 页。——译者注
③ 参见格·潘·马科戈年科：《拉季舍夫和他的时代》，第 384—390 页。

他们联合起来压迫社会。①

正如拉季舍夫所指明的,奴隶制依靠的不仅是暴力,还有欺骗:教会"叫人们害怕真理",为暴政辩护,它的可怕不亚于暴政本身。"讴歌自由的奴隶"挣脱了自己身上的枷锁,不再被奴役,变成了严厉的复仇者、未来革命的预言家。他欢迎人民起义,赞成审判和处死沙皇暴君。

这种首先表现在"公开而明确的暴徒颂诗"中的正义复仇的革命思想,在拉季舍夫的另一部作品《费奥多尔·瓦西里耶维奇·乌沙科夫传》(1788)中得到了进一步发挥。乌沙科夫是作家的同时代人和老朋友,他曾与拉季舍夫一起在莱比锡读书,年纪轻轻就在那里去世了。只是在志同道合者的狭小圈子里,乌沙科夫的名字才为人所知,但在拉季舍夫看来,他却是一位真正的英雄,他的一生就是一部"使徒行传"。

转向使徒行传体裁对于拉季舍夫而言具有原则性的意义:"《乌沙科夫传》因其论战性而锋芒毕露,既反对真正的圣徒传,也反对颂扬达官贵人。"②

与此同时,拉季舍夫在新的高度上延续了使徒行传的传统。行传的主人公是一个苦修者,为了理想甘愿弃绝私欲,坚定地忍受任何考验。行传文学所特有的理想化元素在拉季舍夫看来也自有其重要性。他笔下的主人公是一个非凡的人:"思想的坚定性和思想的自由表达"是乌沙科夫道德力量的表现,它们在博得友人的"好感"时,也遭到压制大学生的巴库姆的憎恨。乌沙科夫成为反抗上司的专权和恣意妄为的思想鼓舞者。这时拉季舍夫笔下的主人公所激起的并非基督教信仰,而是对社会正义的追求:"对欺骗的一致愤怒在他心中汹涌澎湃,让我们感受到它的强劲波涛。"(《全集》第1卷,第163页)

无论是在《致朋友的信》中,还是在《乌沙科夫传》中,作者本人作为见证者和参与者的具体事件,都成为思考政治问题的依据。拉季舍夫把大学生们和巴库姆的冲突呈现为一个片断,在小故事的形式中反映出专横的统治者与其臣民之间的关系。相应的叙事似乎有两个层面:其一为有序地陈述事件及日常生活细节,有时甚至是喜剧性的细节;其二为对所写事件的哲理思考,对决定其发生规律的探寻。在讲到巴库姆这个"个别的压迫者"时,拉季舍夫马上就转而谈起"两个压迫者":"我们的指导者不懂,老是拒绝下属正当的要求是多么恶劣;至高政权的垮台,有时就是因为过分的固执和狂妄的严厉。"(《全集》第1卷,第162页)这一思想的直接延续就是《旅行记》中的著名结论:"只好期待从沉重的奴役本身"(《全集》第1卷,第352页)爆发出自由。

---

① 拉季舍夫:《从彼得堡到莫斯科旅行记》,汤毓强、吴育群、张均欧译,北京:外国文学出版社,1982年,第234页。(以下引用该译本,仅在引文后注明书名和页码)
② 格·亚·古科夫斯基:《作为作家的拉季舍夫》,见《亚·尼·拉季舍夫:资料与研究》(А.Н.Радищев. Материалы и исследования),列宁格勒,1936年,第180页。

没有与众不同的显贵地位、宫廷影响力或财富的普通人,此时已成为欧洲和俄国文学作品中足够有代表性的主人公。但拉季舍夫塑造的人物又完全是独创性的和引人注目的,因为他们具有公民的理想,具有对社会和国家有价值、因而也是真正伟大的人的理想:"……他能透过黑暗预见未来,懂得自己在社会中可以做些什么,许多年以后人们都会怀念他。"(《全集》第1卷,第186页)《乌沙科夫传》是一部自传体作品,某种程度上也是一份自白(值得注意的是,如作者痛苦地承认的,他没有伴随乌沙科夫走完他生命中的最后时光)。作为欧洲和俄国感伤主义文学主要描写对象的"内在的人",也引起了拉季舍夫的强烈兴趣。在这种情况下,心理分析便促使作家去研究人的社会关系。

根据拉季舍夫的见解,"个体的人"必然作为社会存在表现自身。因此,社会个别成员和他的同胞之间的关系如何,包括爱国主义的问题,引起作家的关注,是完全合乎逻辑的。

拉季舍夫在1789年发表的《漫谈何谓祖国之子》是一篇极具论战性的作品。这里的争论既是在和以往的传统,又是在和拉季舍夫时代对爱国主义的半官方阐释之间展开的。在此前一年,即1788年,作家完成了从1780年开始写作、后来被收入《旅行记》的《论罗蒙诺索夫》一文。在颂扬罗蒙诺索夫的功绩时,拉季舍夫强调了其活动的爱国主义性质:"你活着就是为俄国争光。"(《全集》第1卷,第380页)但罗蒙诺索夫在诗作中对伊丽莎白·彼得罗夫娜的奉承却招致拉季舍夫的指责:无论什么关涉国家利益的理由对罗蒙诺索夫而言多么重要,都不能使拉季舍夫承认赞颂女皇的必要性,她不值得赞美。拉季舍夫主要不是同罗蒙诺索夫争论,更重要的是同那些把他视为宫廷颂诗诗人①、竭力把爱君主当成所谓真正的祖国之子的基本品质的人争论。

普鲁士国王弗里德里希(腓特烈)二世的《爱国书简》一书的俄译本于1779年、1780年和1789年先后出版,忠于君王在其中被宣扬为爱国情感的基础。这本著作中所表达的,正是叶卡捷琳娜二世竭力在其臣民的意识中加以巩固的那些思想:"君王为至高无上者,拥有其唯一可替代规则的意志。"②拉季舍夫的《漫谈何谓祖国之子》同这一忠君的爱国主义宗旨截然对立。作家在这里所说的,只是服从作为"法律的维护者"的"民众之父"的君王。按拉季舍夫的见解,真正的祖国之子应当是一个自由人,而不是屈从于强制手段的奴隶,是一个完全根据自己的道德准则行事的公民:"……真正的人和祖国之子并无二致。"(《全集》第1卷,第220页)

在说到那些作者认为不配被称为祖国之子的人们时,拉季舍夫为其中的某些角色提供了简要而富有表现力的描述,俄国读者是从讽刺期刊中充分了解他们的:

---

① 柳·伊·库拉科娃:《亚·尼·拉季舍夫论米·瓦·罗蒙诺索夫》,见《米·瓦·罗蒙诺索夫的文学创作:研究与资料》(Литературное творчество М.В.Ломоносов. Исследования и материалы),莫斯科—列宁格勒,1962年,第219—236页。

② 腓特烈二世:《爱国书简》,莫斯科,1789年,第19页。

穿着考究者,压迫者和恶人,征服者和饕餮者。不难在诺维科夫、冯维辛和克雷洛夫的作品中找到这类典型的相似者。拉季舍夫的主要作品《从彼得堡到莫斯科旅行记》也同18世纪俄国文学的这些传统,特别是同它的讽刺倾向紧密相连。①

另一条路线对于作家来说同样重要,那是从具有英雄般的爱国主义激情和崇高思想体系的罗蒙诺索夫那里延伸出来的路线。就像其他启蒙主义者那样,拉季舍夫所特有的"现有的和应有的"不相符的感觉和对于揭示这种不相符的信心,是解决一切问题的关键所在。对此,一个基本的确认就是关于人生而具有某种内在正义性的观念,以及人对于何谓"善"、何谓"恶"的理解。正如《漫谈何谓祖国之子》所说:"无论一个人曾怎样行为不端,怎样不辨是非,他也不会一点儿感觉不到事物的公正与美。"(《全集》第1卷,第218页)

与这一思想完全相应,拉季舍夫写道:"人们所遭受的不幸原是人们自己所造成的,而且往往只是由于人们未能正视周围的事物。"(《旅行记》,第2页)这个"正视"的问题,即不带偏见地察看的问题,也是年轻的克雷洛夫在这时所关注的,可以从《精灵邮刊》(1789)的最初几封信中看出这一点。对君主专制的批判,对显贵直至君主本人的尖锐讽刺——这一切把拉季舍夫同1770—1780年代的其他最为激进的作家,首先是诺维科夫和冯维辛联合起来。

尼·伊·诺维科夫发表于《画家》杂志的著名的《И.Т.旅行记片断》是拉季舍夫《旅行记》的直接先声。②

《И.Т.旅行记片断》非常严肃地提出了农民问题:作者在这里大声疾呼地指出了农奴的贫困和无权地位,谴责奴隶制和暴政是反"人性"的罪行。仅仅几年之后,在1790年完成并出版的拉季舍夫的《旅行记》中,这一主题第一次被发展为合乎逻辑的革命结论:推翻建立在人压迫人基础上的整个制度,指明民众起义是获得解放的道路。

按赫尔岑的说法,《从彼得堡到莫斯科旅行记》是"一本严肃而忧伤的、充满悲痛的书"③,书中最充分地反映出拉季舍夫的政治思想,也反映出他的文学才华

---

① 参见亚·格·塔塔林采夫:《对愤怒的讽刺性呼吁》(Сатирическое воззвание к возмущению),萨拉托夫,1965年。

② 关于《И.Т.旅行记片断》的考证问题,研究者们是以不同的方式解决的:根据帕·纳·别尔科夫、柳·伊·库拉科娃和弗·亚·扎帕多夫的意见,《И.Т.旅行记片断》系拉季舍夫所作;格·潘·马科戈年科、柳·瓦·克列斯托娃和亚·瓦·扎帕多夫则认为这部作品的作者是诺维科夫。一些研究者(Т.维特科夫斯基、尤·德·伊万诺夫)认为,这个问题还没有得到最终的解决。参见帕·纳·别尔科夫:《18世纪俄国期刊史》,莫斯科—列宁格勒,1952年,第198—209页;柳·瓦·克列斯托娃:《尼·伊·诺维科夫期刊活动史概要》,载《历史学刊》(ИЗ),1953年第44期,第253—287页;尤·德·伊万诺夫:《让我们再现现实状况:关于〈И.Т.旅行记片断〉》,载《文学问题》(ВЛ),1966年第2期,第163—171页;Т.维特科夫斯基:《〈И.Т.旅行记片断〉创作归属问题》,见《18世纪俄国文学史研究》(Исследование по истории русской литературы XVIII века),第3卷,柏林,1968年,第470—525页;亚·瓦·扎帕多夫:《诺维科夫》(Новиков),莫斯科,1968年,第86页;格·潘·马科戈年科:《从冯维辛到普希金》,莫斯科,1969年,第313—322页;柳·伊·库拉科娃、叶·格·萨利塔、弗·亚·扎帕多夫:《拉季舍夫在彼得堡》(Радищев в Петербурге),列宁格勒,1976年,第53—56页;德·谢·巴布金支持《片断》为拉季舍夫所作的观点,参见德·谢·巴布金:《〈画家〉揭秘》,载《俄罗斯文学》(РЛ),1974年第4期,第109—117页。

③ 亚·伊·赫尔岑:《赫尔岑全集(30卷本)》第18卷,莫斯科,1959年,第178页。

的独特性、他作为作家—革命者的个性。

拉季舍夫也把这本书像《乌沙科夫传》那样,献给他的"同情者"和"亲爱的朋友"阿·米·库图佐夫,他们曾一起在莱比锡读书。

一本书献给谁远不是一个形式上的问题,而是具有原则意义:作家的文学方向已在其中显露出来。拉季舍夫的独特立场也表现在他的献词中:个人因素与普遍因素在这里有机融合,针对的既是作者的朋友,一个具体的人,也是全人类。"我举目四顾,人们的苦难刺痛了我的心"(《旅行记》,第2页)——拉季舍夫放在他的献词中的这一名句,成为整本书的真正序言。

在体裁方面,《从彼得堡到莫斯科旅行记》属于18世纪欧洲和俄国都流行的"游记"文学。但是,所有这些作品的属性和风格是如此不同,以至于采用这种体裁的作者不会因某种确定的模式和规则而受到限制,而是能享有很大的创作自由。

拉季舍夫写作此书依据的是国内的资料,讲的是俄国社会生活中最迫切的问题。按照从彼得堡到莫斯科的驿站名称来分章,远不只是一种形式特征,而是往往决定了某一章的内容:在"诺夫哥罗德"一章回顾俄国的历史,在"瓦尔达伊"一章描写"世风日下",在"上沃洛乔克"一章中看到水闸时议论起建设的益处。从拉季舍夫的书中,可以了解18世纪末俄国日常生活的许多方面,这里既有"彼什基"中关于俄罗斯小木屋的出色书写,也有关于道路的描述,还提到了主人公的穿戴。不过,所有这些细节并非它们本身对作家是重要的,而是有助于他的主导思想的发展,有助于不是以外在事件的链条,而是以思想的活动构成情节的基础。也像在《旅行记》之前的那些作品中一样,拉季舍夫往往从个别事实转向概括。"社会局部混乱"的例证相继呈现:旅行者的朋友切××遇到的异常事故("丘多沃"),关于牡蛎爱好者的插叙和旅伴逃避不公正的追捕者的故事("斯巴斯卡亚·波列斯季"),克列斯季扬金的讲述("孔伊佐沃"),等等。每一件事实都应由读者进行综合思考,最后还是由作者本人得出结论。

在近些年的研究中,关于《旅行记》的结构问题得到了足够清楚的考察。[①] 研究者们确证,《旅行记》中的每一章都不应孤立地,而要在和其他各章的相互联系中予以检视。作家揭示出自由主义幻想的不切实际,而他所设想的一些读者,他的同时代人却处在这种幻想的影响下。在思考他已很清楚的真实情况时,作家常常意外地发现连他的朋友(如那位库图佐夫)也有所不解。拉季舍夫希望帮助他人摒弃迷误,从他们的眼睛中清除白翳,就像"斯巴斯卡亚·波列斯季"中所写的那样。

一方面是"见解"的新颖和原创性,另一方面是希望说服那些不认同这些见解的人们,希望被理解。旅行者好像做了一个可怕的噩梦,他"在大自然中,只是隐遁者孑然一身"(《旅行记》,第4页)。这个片断所描述的当然不仅是拉季舍夫笔

[①] 参见格·潘·马科戈年科:《亚·尼·拉季舍夫和他的时代》,莫斯科,1956年,第433—467页。帕·纳·别尔科夫、柳·伊·库拉金娃、尼·伊·格罗莫夫、阿·伊·斯塔尔采夫、尤·费·卡利亚金、叶·格·普利马克等人的著作表达了一系列新见解。

下的主人公，还有作家本身，他从不让自己在社会关系和交往之外思考。这种交往的主要的和最有效的手段就是语言，照拉季舍夫的说法，语言是"一切的头生子"。在从逻辑上结束了整本书的"论罗蒙诺索夫"中，作家谈到了"影响自己同时代人的那种难以估量的权力"——《旅行记》作者本人也追随罗蒙诺索夫"从大自然中接受了"的权力。作为未来时代的公民，拉季舍夫写的不是论文，而是文学作品，而且采用读者已习以为常的传统体裁。《旅行记》的构成中还包含颂诗、赞辞和一些重复使用18世纪流行的讽刺体裁（书信、梦境等）的篇章。

在仔细思考《旅行记》的结构，赋予其内在的逻辑性之后[①]，拉季舍夫诉诸读者的理性和情感。格·亚·古科夫斯基注意到《旅行记》的激情方面，从整体上令人信服地确定了拉季舍夫创作方法的一个主要特征："用于说服读者的应该不仅是事实本身，还有作者热情高涨的力量；读者应该进入作者的心理，从他的立场看待事件和事物。《旅行记》是激情洋溢的独白与训诫，而不是随笔集。"[②]

拉季舍夫的这本书中经常能听到作者的声音：有时这是渗透着愤怒和痛苦的展开表述，有时则是简短而具有表现力的情境说明，好像是为了顺便做一个辛辣讽刺的评论："但是你可曾看见执政者脸红过！"或者是一句反问："请问，除了沙皇的脑袋以外，谁的脑袋里能有这么多不合理的东西？"（《旅行记》，第158、163页）

但是，最近的研究成果促使我们对格·亚·古科夫斯基关于《旅行记》的评价做出更确切的说明。拉季舍夫的这本书其实并不是独白，因为在作者和不时发出议论的主人公之间存在着一定的距离。当然，很多主人公都陈述了作者本人的思想，直接表达了支配着他的那些情感。但书中可以看到不同观点的碰撞。一些主人公近似于作者（如旅行者本人、克列斯季扬金、克列斯季齐的贵族、"新派诗人"、切××、"未来的蓝图"的设计者），另一些人则代表了敌对阵营。他们每个人的言论都是感情充沛；每个人都激情洋溢地证明自己的正确，连克列斯季扬金的论敌也说得天花乱坠，意欲推翻他的"有害意见"。克列斯季扬金像乌沙科夫一样，表现出精神坚定性，给对手以应得的回击。演说者似乎在进行较量，其中最接近作者的主人公取得了道义上的胜利。同时，任何一个表达作者观点的角色都没有完全起到作者思想传声筒的作用，不像古典主义文学中常有的那样。拉季舍夫的《旅行记》在这方面可以与狄德罗的作品《拉摩的侄儿》和《父与子的谈话》相媲美。当代一位研究者写道："思想家狄德罗的观念，只能从其全部作品的完整语境中，从各种见解交流的过程中相互碰撞、表现出复杂生活矛盾彼此交织的诸多观点的总和中显示

[①] 由于再度发现拉季舍夫作品的不同稿本的清单，关于拉季舍夫《旅行记》文本的写作问题得到了更全面的阐述。参见弗·瓦·扎帕多夫：《亚·尼·拉季舍夫的〈旅行记〉写作（再论拉季舍夫的文本学问题）》，载《俄罗斯文学》(РЛ) 1970年第2期，第161—172页；亚·格·塔塔林采夫：《不为人所知的〈从彼得堡到莫斯科旅行记〉书稿》，载《俄罗斯文学》(РЛ) 1970年第4期，第80—94页。

[②] 格·亚·古科夫斯基：《作为作家的拉季舍夫》，见《亚·尼·拉季舍夫：资料与研究》，列宁格勒，1936年，第172页。

出来。"①狄德罗和拉季舍夫在这方面的相似性是一个特别值得关注的现象,因为这里要说的显然不是艺术方法的借鉴(1760—1770年代创作的《拉摩的侄儿》直到19世纪才出版),而是18世纪下半叶法国文学和俄国文学都出现了某种趋向——与现实主义方法的形成相关的趋向。

在拉季舍夫的观念中,真理一直保持着单义性和确定性:对于18世纪作家来说,不存在"反对的真理"。《旅行记》反映出拉季舍夫政治纲领的连续性和整体性,也反映出他善于把斗争的最终目标与具体的历史条件联系起来。②但是,《旅行记》的主人公们只是不同程度地接近这种不变的、永恒的真理,而作者则将其视为"至高之神"。这样,读者的任务就不能归结为被动地接受作者直接表达的思想,而是获得一种比较与思考各种观点、独立形成结论的能力,即接近于理解真理的可能性。

对演说式散文体裁、与教会布道紧密相关的体裁样式的倾心,在很多方面决定了《旅行记》的风格,决定了它的拟古体句法和斯拉夫词语的大量使用。在拉季舍夫笔下,"高等文体"占据主导地位,但又违背古典主义理论,不遵守"风格"的统一性。在一些讽刺性的生活场景中,激情往往是不适当、行不通的,作家的语言便相应地发生变形,变得较为简洁,接近生动的口语,接近冯维辛和散文作家克雷洛夫的语言。

普希金把《旅行记》称作"对愤怒的讽刺性呼吁",准确发现了这本书的一个特点。讽刺作家拉季舍夫的才华首先体现在对于压迫者个人和压迫者群体的描写上:滥用职权的达官贵人,"心肠冷酷"的农奴主,不公正的法官和冷漠的官员。这一群压迫者面目各异,其中有杜伦金男爵、卡尔普·杰缅尼奇,也有陪审员、君主,"某个坐在宝座上的东西"。拉季舍夫塑造的这些讽刺形象延伸了俄国期刊作品中的角色画廊,同时也标志着艺术典型创造的新阶段——首先是和冯维辛的名字相联系的阶段。

在《旅行记》中,拉季舍夫不止一次援引冯维辛的作品,包括被书报检查机关禁止却以手稿形式流传的《宫廷语法》。在描写"显要人物"威严地出现在驿站("扎维多沃")时,拉季舍夫讽刺地指出:"用官衔与绶带装饰自己的人们是幸福的。整个大自然都服从他们";随即又冷言冷语地补充说:"在被鞭子吓得发抖的人中,哪一个会知道那个听了叫人害怕的大人物在《宫廷语法》中被称为无声的人③;他一辈子都没说过'啊'或'噢';他是怎样爬上去的,叫人不好意思说出口;他是一个灵魂极其卑鄙的人。"(《旅行记》,第200页)

冯维辛讽刺作品的强烈社会倾向,他的概括艺术、他对形成人物性格的社会环境作用的理解——这一切都使和《纨绔少年》的作者同时去解决同样艺术问题的

---

① 尤·鲍·维珀:《论西欧文学中文艺复兴的现实主义与启蒙运动的现实主义的传承与特点》,见《世界文学中的启蒙运动问题》(Проблемы Просвещения в мировой литературы),莫斯科,1970年,第61页。
② 参见阿·伊·斯塔尔采夫:《〈旅行记〉创作年代的拉季舍夫》(Радищев и годы «Путешествия»),莫斯科,1960年,第133—185页。
③ 无声的人(безгласный),参见拉季舍夫《从彼得堡到莫斯科旅行记》中译本第200页注②。——译者注

拉季舍夫感到亲切。但是,拉季舍夫文学立场的独特性是由他的世界观特点、他的革命观点决定的。他发展了"关于'积极的人'的学说",他所指出的"不仅是人对社会环境的依赖性,还有人反抗社会环境的可能性"①。

冯维辛和拉季舍夫描写人物性格的原则非常接近,但是这两位作家的不同社会立场却导致他们塑造出不同类型的正面主人公。拉季舍夫笔下的某些主人公可以与冯维辛笔下的斯塔罗杜姆和普拉夫金相提并论。不过,这些人与其说是作者的志同道合者,不如说是作者的"同情者",他们本身并不能体现作家的伦理理想。

在《旅行记》中,民众在俄国文学中第一次成为作品的真正主人公。拉季舍夫关于俄罗斯历史命运的思考和他理解俄罗斯民族性格、民族心灵的意向不可分割地联系在一起。这一主题从作品的最初篇页起就成为主导性的。在倾听马车夫凄凉而忧郁的歌声("索菲亚")时,旅行者指出:几乎所有的俄罗斯民歌"都是软绵绵的调子"。拉季舍夫不是依据短暂的印象,而是依据对民族生活的深刻了解得出了这样的结论:"要善于根据人民对于音乐的这种爱好去建立政权。在民歌中你能领会到我们民族的精神特点。"(《旅行记》,第6页)马车夫的歌声证实了作家早已有的观察,为他进行总结提供了依据。

克列斯季扬金讲述了地主恶霸对农奴的镇压("扎伊佐沃"),把这一似乎非常偶然的事件看成一定规律的表现。他说:"我根据许多事例发现,俄罗斯民族是很能忍耐的,能忍耐到最大限度;但是当忍无可忍时,则什么也不能阻挡他们做出剧烈的反抗。"(《旅行记》,第68—69页)

旅行者与农民的每一次相见都展示出俄罗斯民族性格新的方面,好似塑造出某种群体形象。在与旅行者的交谈中,农民表现得通情达理、思维活跃、诚实善良。一个农夫星期天在他的地里辛勤耕作("柳班"),他完全意识到自己的公正,平静地解释道:要是也像这样勤勉地替老爷干活,那就是罪过,"在他的耕地上,成百只手喂一张嘴,我可是一双手要养活七张嘴"(《旅行记》,第11页)。一个农妇让饥饿的小男孩讨要一块糖,说这是"老爷的食品"("彼什基"),这句话不仅以其痛苦含义,还因其表达方式本身令旅行者震惊:"不是怒气冲冲、义愤填膺的责备,而是这种内心深处流露出来的悲哀,使我的心充满了忧郁。"(《旅行记》,第208页)

拉季舍夫展示出,虽然一直深受压迫和侮辱,农民还是保持着自己的人格尊严和崇高的道德理想。《旅行记》中讲述了一些普通民众的命运,他们各自的肖像使整个图景更为充实而生动。这里有以自己的真诚与纯洁而受到旅行者夸赞的农家姑娘安纽塔("叶德罗沃"),有宁愿去受兵役之苦也不愿在毫无人性的地主家遭受"永无止境的侮辱"的农奴知识分子("戈罗德尼亚"),还有拒绝接受过分施舍的盲人歌手("克林")。旅行者感受到这些人的巨大道德力量,他们唤起的不是怜悯,而是深深的同情和尊重。"老爷"不像这样容易得到他们的信任,但旅行者和在很

---

① 格·潘·马科戈年科:《从冯维辛到普希金》,莫斯科,1969年,第447页。

多方面接近拉季舍夫本人的主人公却能做到。按赫尔岑的说法，拉季舍夫在民间创作中找到了"解开民族之谜的锁钥"，能够把丰富的民间口头创作材料有机地融入自己的作品中。① 民歌、哭诉歌、谚语和俗语把读者带入俄国农民的诗意世界，有助于深刻体验《旅行记》作者所发挥的那些人道主义和爱国主义思想，努力成为"类似地造福于他人的人"。拉季舍夫并未把宗法制古风理想化，而是致力于展示出农民的无权地位也束缚了他们丰富的创造能力。《旅行记》中还触及另一个问题——让民众了解世界文化与文明的问题。

在"波德别列齐耶"一章，作家提到了"迷信及其一切产物：无知、奴役、宗教裁判所以及许多诸如此类的东西占统治地位的时代"（《旅行记》，第 50 页）。拥有宗教狂热和罗马教皇的无限统治权的中世纪，在拉季舍夫看来是人类历史上最黑暗的时代之一。在"书报检查历史简述"（"托尔若克"）中，作家又回到这个话题，揭示了中世纪德国书报检查限制的用意："教士们希望，只有参加掌权的人才能受教育，他们要人民只读一点神学书，而其他书都不敢问津。"（《旅行记》，第 157 页）

在说到人民时，拉季舍夫首先显然是指劳动大众，是就那个时代俄国的农民而言的。《旅行记》同时也以明显的同情描写了其他阶层的代表——关切全民族利益的平民知识分子和贵族。拉季舍夫塑造出完全新型的正面主人公——人民辩护者的形象，在 19 世纪俄国作家的创作中得到了进一步发展。可以在颂诗的作者——"自由的预言家"乌沙科夫身上发现这类主人公所特有的一些特征；类似的形象较多出现在《旅行记》中：这就是旅行者本人，某位"来自民间"的"富贵不能淫，威武不能屈"（《旅行记》，第 40 页）的无名大丈夫，《旅行记》作者本人也列入其中的"那些挺身起来反对暴虐和专制的英勇作家"（《旅行记》，第 228 页）。

拉季舍夫顺应时代要求，突出了其作品的自传性：作家—革命者的经历本身是和他的创作密不可分的。② 在写作《旅行记》的过程中，拉季舍夫清楚地意识到其作品的反叛性质，也多少能预见到他面临的危险。因此，旅行者与"新派诗人"关于《自由颂》的对话就很有意义。在表示怀疑颂诗可能不会"获准"发表时，旅行者建议修改诗歌，他在其中看到了"荒唐的思想"。对此，诗人用轻蔑的目光做了回答，提议交谈者读一读长诗《创世纪》，并揶揄地说道："请您读完这手稿，再告诉我，我是否会为此而坐牢。"（《全集》第 1 卷，第 431 页）随着《旅行记》的问世，拉季舍夫"诉讼案"几乎立刻就传扬开来。1790 年 5 月的最后几天，在拉季舍夫的家庭印刷所印制的印数为 550 册左右的作品开始发售。到 6 月下旬官方已经开始调查作者，6 月 30 日作家遭到逮捕，被关进彼得保罗要塞。这时叶卡捷琳娜二世开

---

① 详见格·潘·马科戈年科：《从冯维辛到普希金》，莫斯科，1969 年，第 461—467 页。
② 有关拉季舍夫生平的基本资料是由德·谢·巴布金出版的，参见德·谢·巴布金：(1)《亚·尼·拉季舍夫诉讼案》(Процесс А. Н. Радищева)，莫斯科—列宁格勒，1952 年；(2)《亚·尼·拉季舍夫之子为父亲写的传记》(Биография А. Н. Радищева, написанная его сыновьями)，莫斯科—列宁格勒，1959 年。

始读这本"大胆的"书,在上面写满了批注。女皇认定:"作者不爱沙皇,在凡是能削弱对沙皇的爱戴和尊敬的地方,他都会以罕见的勇气贪婪地吹毛求疵。"① 在多次折磨人的审讯后,拉季舍夫被判处死刑,又在等待行刑期间过了两个多星期。9月4日,由于与瑞典缔结和约的机会,死刑被"仁慈地"改为十年流放,流放到西伯利亚伊利姆斯克监狱。最沉重的考验没有摧毁作家,最有力的证据之一是拉季舍夫在流放途中写的诗:

你想知道我是谁?我要做什么?我要去哪里?
我就是那个存在过、还将存在于我整个时代的人:
不是牲口,不是树木,不是奴隶,而是人!

(《全集》第1卷,第123页)

拉季舍夫关于"真正的人"、关于以自己的道德尊严而伟大的人——战士的全部观念的总和,是经由个人的、个体的感受表达出来的。作家强调了自己仍然忠于先前的理想("我就是那个存在过的……"),也好像确定了自己走向未来的规划("还将存在于我整个时代")。因此,写于《旅行记》前后的作品总是与它相互联系,这完全合乎逻辑。

人不能"孑然一身"的思想(《全集》第1卷,第144页)是拉季舍夫的《一周日记》的重要内容之一。《一周日记》的创作时间问题一直是当代文学研究争论的对象:一些研究者认为它写于1770年代,另一些研究者则把它归为1790年代或1800年代。②《一周日记》的内容是描写因和朋友离别而唤起的体验:忧郁、对朋友忘却自己的怀疑和相逢的喜悦。离开了朋友的作者忧伤地问道:"但是我在何处寻求哪怕能暂时缓解悲伤的东西呢?在哪里?"他又自己回答道:"理智告诉我:在你自身寻找。不,不,在自己身上我只会找到伤害、痛苦和地狱。我们走吧。"(《全集》第1卷,第140页)主人公去参与"公共娱乐",却没有在这里冷漠的人群中找到安慰;他去剧院看《贝维莱》③,只是为了"向不幸者一洒眼泪"。对贝维莱的同情减少了主人公自身的痛苦,表明他对周围世界所发生之事的参与,重建了人所必需的社会联系。这种联系在拉季舍夫生活中最艰难的时期帮助了他。

作家在流放期间积极地研究经济、历史和西伯利亚居民的日常生活。拉季舍

---

① 德·谢·巴布金:《亚·尼·拉季舍夫诉讼案》,第163页。
② 参见帕·纳·别尔科夫:《未来时代的公民》,载《(苏联科学院)文学与语言学部通报》(ИОЛЯ),第8卷,1949年第5期,第401—416页;柳·伊·库拉科娃:《关于〈一周日记〉的创作日期》,见《拉季舍夫:论文与资料》(Радищев. Статьи и материалы),列宁格勒,1950年,第148—157页;格·潘·马科戈年科:《亚·尼·拉季舍夫和他的时代》,莫斯科,1956年,第149—163页;В.П. 古里亚诺夫:《再谈拉季舍夫〈一周日记〉的创作日期》,载《莫斯科大学学报》(Вестник Моск. гос. ун-та),1960年第1期,"语文学新闻学系列(7)"(Серия 7. Филология. Журналистика),第57—60页;加·雅·加拉甘:《拉季舍夫〈一周日记〉的主人公与情节:创作日期问题》,见《亚·尼·拉季舍夫与他那个时代的文学》,《18世纪》(论文集),第12辑,列宁格勒,1977年,第67—71页。
③《贝维莱》:英国喜剧作家谢立丹(1751—1816)的剧作《情敌》(1775)的别称。贝维莱是《情敌》中的人物之一。——译者注

夫写于西伯利亚的哲学论文《论人、人的死亡与不朽》,是他多年思考人的生理本质和精神本质、独立地领会赫尔德和欧洲其他思想家的某些见解的总结。关于"积极的人"的学说在这里也得到了反映。这篇论文与作家其他作品的对照显示,对于拉季舍夫来说,不朽的理念是和他关于人死后在同时代人和后辈人意识中的生命的思考相联系的。①

1796年叶卡捷琳娜二世死后,拉季舍夫才有机会离开伊利姆斯克,迁往卡卢加省涅姆佐沃村,但直到1801年,已在亚历山大一世执政时期,作家才被允许返回彼得堡。就像在创作《旅行记》的那些年一样,拉季舍夫继续关注历史经验。他在涅姆佐沃创作的最有意义的作品之一是《历史之歌》,这不仅是对往昔的回顾,也是对作家所属时代的法国事件的评价。②因多年的磨难和法国革命的教训而变得更加睿智的拉季舍夫,似乎在一个新水平上再度回到自己早先关于专制政权腐蚀作用的思考:

　　咳,高踞于所有人之上
　　是何等困难,没有任何东西
　　妨碍你去实现愿望,
　　但要坐稳奢华的宝座
　　除非喝得酩酊大醉,晕头转向。

(《全集》第1卷,第117页)

在长诗《博瓦》中,拉季舍夫更早些时候写的诸多作品的题材与主题重又出现——正如米·帕·阿列克谢耶夫在注意分析长诗文本之后所说的那样。③这篇充满笑料、描写博瓦奇遇的童话体长诗还有另一哲理层面的意义。对作者个人状况的暗示,离开童话情节而去回顾现代生活——这一切赋予长诗一种区别于它的同类体裁作品的独特的政论色彩。《博瓦》中交织着罗蒙诺索夫的自然哲学诗歌传统和拉季舍夫时代的俄国超浪漫主义诗歌的影响。作家本人指出,他在创作《博瓦》时所借鉴的一些典范之作中,包括谢·谢·博布罗夫的长诗《塔夫里达》。

《旅行记》的作者并未回避那个时期杰尔查文、德米特里耶夫、卡拉姆津、卡普尼斯特和18世纪末—19世纪初的其他诗人分别以自己的方式解决的那些问题。

---

① 参见伊·卡·卢波尔:《18世纪俄国唯物主义的悲剧(拉季舍夫的哲学观点)》,见伊·卡·卢波尔:《历史哲学专论》(Историко-философские этюды),莫斯科—列宁格勒,1935年,第194—218页;尤·米·洛特曼:《革命斗争的伦理与策略在18世纪末俄国文学中的反映》,《国立塔尔图大学学报》,1967年,第167卷,《俄罗斯与斯拉夫语文学论著集(8)》,第6—17页;Л.Н.卢季亚宁娜:《拉季舍夫论文〈论人、人的死亡与不朽〉的文学—哲学问题》,见《亚·尼·拉季舍夫与他那个时代的文学》,《18世纪》(论文集),第12辑,列宁格勒,1977年,第52—66页
② 参见尤·费·卡利亚全、叶·格·普利马克:《被禁的思想获得自由》,莫斯科,1966年,第240—257页。
③ 参见米·帕·阿列克谢耶夫:《亚·尼·拉季舍夫的长诗〈博瓦〉的阐释》,见《亚·尼·拉季舍夫:资料与研究》,列宁格勒,1936年,第158—213页。保存下来的有散文体的《壮士博瓦的叙事结构》、诗体的《序曲》和长诗的第一歌。

对古代各民族诗歌,特别是由于《伊戈尔出征记》的发现而引发的对本国民间创作的普遍兴趣,还促使拉季舍夫在长诗《为纪念古斯拉夫诸神辩论而唱的歌》中转向斯拉夫历史题材。拉季舍夫一直是各种标准、方法、规范和陈规旧套的敌人。作家在《旅行记》中讽刺地指出:"抑扬格已经独霸诗坛,而且处处有韵脚的限制。"(《旅行记》,第172页)拉季舍夫感到俄国诗歌是亟待改革的重要领域之一。《旅行记》中已经给出了"可以不独用抑扬格写作的范例",这就是被收入文本中的赞歌"创世纪"。

1790年代,许多人同"抑扬格的恶劣影响"进行斗争:杰尔查文、德米特里耶夫、利沃夫、卡拉姆津、涅列津斯基—梅列茨基等人都致力于以新的韵律丰富俄国诗歌,创作无韵诗。

这个时期的拉季舍夫是作为理论家出现的,他敏锐地捕捉到了18世纪末—19世纪初俄国诗歌(甚至在很多方面都直接依靠拉季舍夫的亚·赫·沃斯托科夫的诗作)发展中的某些非常重要的趋向。在提倡扬抑抑格时,《旅行记》的作者努力吸引同时代人注意特列季阿科夫斯基的诗歌创作,注意他在创造俄国六音步扬抑抑格方面的尝试。专门献给特列季阿科夫斯基的文章《扬抑抑格—扬抑抑格勇士纪念碑》发展了《旅行记》"特维尔"一章中关于交错韵律体(полиметрическая система)诗歌优越性的见解。

对诗歌"富有表现力的和谐"的注意,是和拉季舍夫关于语言形式与其语义密不可分的一般认同相联系的。①拉季舍夫一以贯之地努力在自己的文学创作中体现他的理论观点。他对各种诗格的试验,他那有意增加难度的诗体,他对体裁传统的态度——这一切都应当是和作家的思想创新相适应的。

拉季舍夫最后阶段的作品之一,被普希金予以高度评价的诗歌《十八世纪》,是这种形式与内容和谐配合的鲜明例证。以哀歌的两行诗体(六音步扬抑抑格与五音步诗的结合)写成的《十八世纪》,它那庄严而悲壮的意义本身,诗歌结构与形象体系,共同构成了一个有机的艺术统一体:

不,你不会被遗忘,疯狂而明智的世纪。
你将永远被诅咒,在这所有人都震惊的世纪。

(《全集》第1卷,第127页)

诗人对他置身于其中、形成了他的作为"未来时代公民"意识的自我意识的世纪做出评判。在拉季舍夫的观点体系中占有如此重要地位的不朽的问题,在这篇诗作的宏大范围内得到了表现:时代的远景是以世纪的更迭来衡量的,其中还谈到

---

① 参见柳·伊·库拉科娃:《拉季舍夫美学与文学批评观点》,见柳·伊·库拉科娃:《18世纪俄国美学思想史概要》(Очерки истории русской эстетической мысли XVIII века),列宁格勒,1968年,第264—342页。

了全人类的命运。在辩证地看待这个世纪的矛盾("疯狂而明智的世纪")并得出结论时,拉季舍夫意识到启蒙思想家的某些观念是虚幻的,在实践中,特别是在法国大革命时代暴露出全部的不切实际性。但是启蒙哲学的人道主义性质,启蒙思想家们对人及其崇高使命的信念,这些使拉季舍夫感到珍贵与亲切,他在自己的总结性作品中继续赞美"真理、自由和光明"是永恒的、不会消失的价值。

只有联系诗人本人经历中的事实,才可以正确地理解他为刚刚登上王位的亚历山大所写的那些诗行。在亚历山大执政时,拉季舍夫在法律编纂委员会开始了他的活动,但很快就确信,他那大胆的法律草案不可能实现,它们只能招致作者"再去西伯利亚"的危险。作家的自杀是最后一次英勇反抗专制和暴力的行为。弗·伊·列宁写道:"帝王们如何忽而奉承自由主义,忽而又成了杀害拉季舍夫们的刽子手。"① 在《论大俄罗斯人的民族自豪感》一文中,弗·伊·列宁在俄国革命作家的行列中第一个就说到拉季舍夫的名字。

被沙皇书刊检查机关列为禁书的拉季舍夫的《旅行记》,曾以为数众多的手抄本形式流传。1858年,亚·伊·赫尔岑在伦敦着手出版了这部谋反之书。直到1905年之后,它才有了在俄国出版的机会,但只有在苏维埃政权的时代,这位作家—革命者的功绩才得到了真正的重视。根据1918年列宁关于在莫斯科和彼得格勒进行"广泛宣传"的计划,人们为拉季舍夫建造了多座纪念碑。作家作品的多种学术版和普及版,关于他的生平与活动、他的社会与文学联系的研究——这一切都使拉季舍夫在俄国文化史和文学史上的地位重新呈现。

对于19世纪俄国大部分作家而言,转向热爱自由的主题就意味着拉季舍夫传统的复活。一些人迷恋拉季舍夫思想和情感的崇高基调,为其作品的反叛精神所吸引;另一些人首先把他作为讽刺作家而接近他。但是,无论作家创作的哪一方面被推到首位,拉季舍夫的语言都将继续参与19世纪的文学生活,这位作家—革命者的形象本身在后辈人的心目中也始终是自我牺牲的英雄主义的生动典范。

(娜·德·科切特科娃执笔,赵丹译,汪介之校)

---

① 《列宁全集》第5卷,北京:人民出版社,2013年,第25页。

第九章
感伤主义与卡拉姆津

1. 概论

俄国感伤主义的年代界限,正如其他所有流派那样,在某种程度上是可以大致划定的。如果可以肯定地认为它的繁荣属于1790年代(俄国感伤主义最卓越的代表性作品出现的时期),那么它的开始与结束的阶段则只能不十分确定地划在从1760—1770年代到1810年代这一时期。

深入研究启蒙运动问题,有助于理解感伤主义与启蒙思想的密切关系。新流派的支持者们宣扬的感情崇拜与人的价值无关等级的启蒙思想体系并不相悖;相反,这种思想还因此获得了更为丰富的内容。感伤主义作家笔下的主人公,"多愁善感的人",体现出那个时代的人道主义理想;这些人往往沉浸于复杂的内心生活,不是以军功和国务活动,而是以自己的精神品质和"感受"能力而引人注目。个性的尊严在新的领域——感情领域得到了展露,在生活与文学中则树立了新的道德原则来对抗官方的国家观念。感伤主义反映了18世纪人们的新型世界观,他们不仅了解勒内·笛卡尔,还了解约翰·洛克和让—雅克·卢梭的哲学思想。人与周围世界的关系开始以更为复杂,彼此矛盾,更加变化莫测的形态呈现出来。

赫尔德克服了看待历史的形而上学的方法,他的思想在18世纪末期的俄国文学中,在俄国感伤主义作家那里引起了积极的反响。在他们那里,对遥远的古代各民族文化的兴趣已被激发出来,而这也是后来浪漫主义者所特有的兴趣。但是,"前浪漫主义倾向"的提法却没有全面说明和确定感伤主义的全部特点,感伤主义还同启蒙理性主义有着多方面的联系。它作为独立的文学流派,创造了自己的人物类型、体裁样式和风格。

俄国感伤主义是全欧文学运动的一部分,同时也是在古典主义时代形成的民族传统的合乎规律的延续。与感伤主义潮流相联系的欧洲最著名的作家们的作品

（卢梭的《尤丽，或新爱洛伊丝》，歌德的《少年维特的烦恼》，斯特恩的《感伤旅行》和《商第传》，扬格的《夜晚》等），在他们自己的国度问世之后，很快就在俄国广为知晓：人们阅读、翻译和引用这些作品；一系列主人公的名字博得了声望，成为一种辨识的标志，18世纪末期的俄国知识分子不可能不知道维特和夏绿蒂、圣普乐和尤丽、约里克和商第。与此同时，18世纪下半叶还出现了同时代欧洲大量二流甚至三流作者作品的俄译本。一些在本国文学史上并没有留下十分明显痕迹的作品，如果它们触及俄国读者关心的迫切问题，有时在俄国也被人们以极大的兴趣所接受，并根据已在民族传统的基础上形成的观念予以重新认识。这样，俄国感伤主义的形成和繁荣时期就是以接受欧洲文化的特别具有创造性的积极态度为特征的。这时，俄国译者开始给予欧洲现代文学、当代文学以优先的关注。

****

研究者们常把赫拉斯科夫的创作视为俄国感伤主义历史的开端[①]，但是他本人却一再强调自己对罗蒙诺索夫和苏马罗科夫权威的尊崇。赫拉斯科夫的全部创作，整体而言是以遵循和仿效古典主义诗歌中形成的准则和确定的标准为特点的。作为《切什梅海战》（1771）、《俄罗斯亚特》（1779）和《复活的弗拉基米尔》（1785）等一系列庄严颂诗和英雄史诗的作者，赫拉斯科夫对罗蒙诺索夫的那些充满爱国主义激情的崇高体诗歌并不陌生。赫拉斯科夫划分了诗歌体裁及与之相对应的风格，但是却以新的视角看待各种体裁的等级。先前被看成低级体裁的苏马罗科夫的诗歌，在有学识的文学家、庄严颂诗的作者眼中出乎意料地获得了最高等级体裁的价值。高级体裁和低级体裁以其各自的意义被同等看待，而且低级体裁还要受到特别的器重。自然，赫拉斯科夫并不赞同"低级体裁"这个概念本身，他认为"平静的""愉悦的"诗可以与"响亮的"诗相媲美。这吻合于诗人在他的斯坦斯体诗篇（станс）《世界上每个人都在忙碌》（1762）的叠句中表达的生活信念：

  每人都把思想提得更高，
  只是为了生活更加安宁。[②]

诗人的这些诗句，一方面表现出对现行的作品等级的怀疑态度[③]，另一方面则

[①] 根·尼·波斯佩洛夫：《俄国感伤主义的起源》，载《国立莫斯科大学学报》（Вестник Моск. гос. ун-та）1948年第1期，第3—27页；帕·亚·奥尔洛夫：《俄国感伤主义》（Русский сентиментализм），莫斯科，1977年。

[②] 米·马·赫拉斯科夫：《赫拉斯科夫作品选》，亚·瓦·扎帕多夫作序、准备文本并附注释，列宁格勒，1961年（《诗人文库大系》），第114页。

[③] 格·亚·古科夫斯基：《18世纪俄国文学史概要：1750—1760年代文学中的贵族反对派》（Очерки из истории русской литературы XVIII века. Дворянская фронда в литературе 1750-1760 годов），莫斯科—列宁格勒，1936年。

是对曾经鼓舞过罗蒙诺索夫的那些理想感到失望。诗人拒绝解答一般的国家意义的问题,把自己的注意力集中到单独的、个别的人身上。这自然就使小型体裁对赫拉斯科夫具有特别的吸引力。一个能歌善舞的牧羊女于他而言就是"一支招人喜欢的歌声嘹亮的合唱队"。个别的、局部的存在比一般的存在更受到重视,无论后者多么有意义和重要。

根据这些观念,赫拉斯科夫逐渐改变了颂诗体裁本身。他的《新颂诗》(1762)和《哲理颂诗或歌谣》(1769)与古典主义的赞美颂诗鲜有相似之处,最常见的是一种哲理沉思,其主题可由标题显示出来:《平安》《富裕》《黄金》《希望》和《微不足道》等。

在力求拥有对于现存世界秩序的某种独立性时,诗人不得不探寻新的形式和方法来表达自己看待周围现实的态度。然而,无论赫拉斯科夫还是他的那些亲密的追随者,都不能克服古典主义文学所固有的抽象性和纯理性。在读者看来,赫拉斯科夫笔下的主人公依然是相当抽象的形象。他谈论着广阔范畴内的善与恶,几乎不表现自己对他本人生活和活动于其中的具体现实世界的参与。

赫拉斯科夫与古典主义美学的相关性也体现在他的戏剧作品中,但是其中已显露出许多后来感伤主义者的创作中得到发展的新特征。在自己的早期悲剧《威尼斯修女》(1758)中,赫拉斯科夫已表明要维护遭受封建专制国家和教会奴役的人们的个性权利。

1770年代,赫拉斯科夫创作了几部其悲剧情境得以顺利解决的"流泪的悲剧"(《不幸者的朋友》《被驱使的人们》等)。其中一部剧本结束时的话语表现出作者的基本思想:"啊!我的朋友们,大家相信吧,美德迟早会获得应有的奖励,被驱使的人们会因上帝之手对邪恶与不公的揭露而获得意外的幸福。"[①] 在赫拉斯科夫的作品中,品德高尚的主人公总是获胜,而恶人则被揭露并悔改。在赫拉斯科夫的理解中,品德高尚首先是多愁善感,也即同情和怜悯的能力。剧作《不幸者的朋友》的主要人物宣称:"穷人是和我平等的人。"[②] 剧中的女主人公是个贫穷而品德高尚的姑娘,正如情节推进的过程所显示的,她出身于显贵而富有的家庭。正是这种情况促成了幸福的结局:和苏马罗科夫一样,赫拉斯科夫还处于他那个时代等级偏见的制约下。赫拉斯科夫笔下的主人公还在一个方面令人想起他们在苏马罗科夫悲剧中的前身:"恶人"自己讲述自己的残酷行为,"多愁善感"的主人公发表关于美德的长篇大论,而这些谈论的内容如此抽象而空泛,正如赫拉斯科夫的那些"哲理颂诗"。

同时,表达自己的个性体验,向读者讲述自己而不是一般的人,这样的要求在赫拉斯科夫圈子诗人们的创作中变得更加明显。在俄国诗歌中,这是把感伤主义文学和它之前的文学流派区别开来的意识辩证法的最初的、尽管还很粗糙

---

① 《米·赫拉斯科夫的作品》(修订增补本),《戏剧集》第6册,莫斯科,年代不详,第112页。
② 同上书,第47页。

的体现。

在1760年代的俄国散文中，在费·亚·埃明的长篇小说中获得最鲜明表达的新倾向也开始显露出来。埃明的长篇小说《埃内斯特和多拉弗拉的书信》(1766)显示出卢梭的《尤丽，或新爱洛伊丝》毋庸置疑的影响，并同样与18世纪俄国书信文化的发展相联系。

向着新型艺术创作的转变是在米·尼·穆拉维约夫的作品中实现的，他同样来自赫拉斯科夫流派，但比他的其他追随者更具有独立性。穆拉维约夫文学活动的繁盛期属于1770—1780年代。1773年他的《寓言集》问世，1775年《颂诗》出版，1770—1780年间诗人在期刊上发表了一系列作品，但其实他的大部分作品在生前都未出版。① 诗人最初的试作还是相当传统的(关于战争胜利的颂诗和寓言)。不过，赫拉斯科夫拟定的颂诗体裁革新，却是由穆拉维约夫以更大的决心实现的。研究者指出："穆拉维约夫背离古典主义，开始于他拒绝歌颂'战神的'愤怒，放弃颂诗体，以'贪婪的双眼'凝望世界之际，在打乱所有的体裁后，他把自己的诗变成了抒情日记。"②

确实，1760年代的诗人们还很胆怯地引入了自传性主题动机，在穆拉维约夫的抒情诗中逐渐变得具有确定性。诗人仿效贺拉斯，给1775年出版的诗集中的几首颂诗加上了献词—副标题：《第二颂诗：致阿·马·布良恰尼诺夫》，以及《第十颂诗：春天——致瓦西里·伊凡诺维奇·迈科夫》。穆拉维约夫诗作的赠献对象是他的亲朋好友，而非显贵人物。颂诗本身演变为一种更具私密性的体裁——友人寄语。在穆拉维约夫的抒情诗里，与赫拉斯科夫相通的哲学沉思和涉及诗人本人及其亲近者的具体事件是彼此联系的。例如，他在诗作《旅行》中回忆了与"最温和的父亲、无与伦比的姐姐"一起度过的时光，把抒情寄语诗《致菲奥娜》献给姐姐，还把自己的诗集(《本书授予费多西娅·尼基季什娜》)等"授予"她。

诗人关于人的幸福不在于财富和显赫地位的信念，不仅表现在宣言中，而且体现于他善于传达与亲近的人们交往的欢乐。穆拉维约夫笔下的主人公是有着"多愁善感的心灵"之人，他的理想是既给社会带来益处又使自己满意的朴实而积极的生活。他不仅富于成效地采用了赫拉斯科夫、勒热夫斯基及其他年长的同时代人的成果，而且在理论上和实践中开始奠定新文学流派感伤主义的艺术原则。

在写于1770年代后半期的《诗歌创作试论》中，穆拉维约夫自己简练地表达了这些原则的某些要点，向刚开始写作的诗人提出建议：

---

① 穆拉维约夫的许多诗作只是在1967年才首次出版。参见米·尼·穆拉维约夫：《诗集》，柳·伊·库拉科娃作序、准备文本并附注释，列宁格勒，1967年(《诗人文库大系》)。

② 同上书，第47页。

> 致力于猜破心灵的奥秘,
> 理解激情的呼声,把诗笔交给心灵。
> 动态是心灵的生命,是生命和诗笔本身,
> 激情是抵达心灵本质的最可靠的路径。①

在这篇成为诗歌宣言的诗作中,穆拉维约夫第一次注意到深入人的内心世界的必要性。诗人应当理解"心灵的奥秘""心灵的生命"和它的矛盾,以及心灵从一种状态向另一种状态的转变。与他的前辈相比,穆拉维约夫意识中的时间范畴本身发生了变化②。每一瞬间都是不可重复的,因此艺术家的任务就在于捕捉瞬间并把它刻绘出来,尽可能表现瞬间的特征:

> 每一瞬间都有独特的色调,
> 无暇的心灵状态是它的来源。
> 阴郁的颜色出于沉重的愤恨心理,
> 善良的心灵则显现为金色的瞬间。③

在题为《远逝的诗》的一组诗歌中,穆拉维约夫力求表现出生活的变动,每种特定状态的转瞬即逝:

> 人世存在着无比美好,
> 捕获美好往往都在匆忙间,
> 这也是为了清晰地呈现,
> 把所有的景象突然搅乱。④

新的艺术任务也预先决定了诗人对待语言的新态度。格·亚·古科夫斯基曾详尽地研究过这个问题,就穆拉维约夫的表现技巧写道:"词语开始表达的与其说是词典上的惯常意义,不如说是泛音、审美—情感联想和光环的意义。"⑤穆拉维约夫的诗歌中出现了为后来的感伤主义抒情诗所特有的形容语,如"交谈的甜蜜流动""香甜的呼吸""甜蜜的静谧""柔和的光线""腼腆的月亮"和"可爱的幻想"

---

① 米·尼·穆拉维约夫:《诗集》,第133页。
② 参见格·亚·古科夫斯基:《俄国感伤主义的起源》,见《18世纪俄国文学和社会思想史概要》,列宁格勒,1938年,第283页。
③ 米·尼·穆拉维约夫:《诗集》,第137页。
④ 同上书,第177页。
⑤ 格·亚·古科夫斯基:《俄国感伤主义的起源》,见《18世纪俄国文学和社会思想史概要》,第279页。

等。先前赫拉斯科夫基本上是把形容词"平静的"作为"响亮的"一词的反义词来使用的，如今这个词有了新的细微变化，接近于"愉快的""温柔的""安详的"等含义，如"平静的梦""轻微的颤动"以及"充满心房的温和的光"。

1778年，穆拉维约夫发表了散文体札记《流年随记》。从体裁方面看，这在原则上是某种新的、并非古典主义理论规定的样式——随笔，抒情段落和哲理性的沉思、文学批评论述在其中彼此交替。作家在这里谈论情感与理智的相互关系："如果感觉标出了善与恶的界限，那么理智就应当在它们之间竖立游动的石碑。"①穆拉维约夫在这里还做了一些有趣的、为18世纪读者发现"内在之人"的心理观察："共处是这样美好！但独处也很美妙——它使人感受到共处的需要。艰难困苦教会我们品尝快乐。"②就在这篇谈论"为我们增光的同胞们"的文章中，作家评述了诸位先驱者的创作。他给罗蒙诺索夫的功绩以特别的高度评价："罗蒙诺索夫的表现力以怎样的敏锐和生气勃勃！每一句都是最为丰富而令人愉悦的想象力的标志。这就是他在抒情类作品中超越自己的所有追随者的地方。"接下来在提及苏马罗科夫时，作家感叹道："在我面前出现了多少为祖国的启蒙事业而耕耘的高尚而卓越的人士！这是赫捷米尔正在着手的事业！"③穆拉维约夫指出了现时存在的18世纪几代俄国作家之间的承继关系，主要强调了把他们联系起来的特征——对祖国启蒙事业的关心。

在合理而有序地发展关于个人价值超越其所属阶层的启蒙思想时，穆拉维约夫不仅在诗作中，也在小型散文作品中多方面地思考人类生活的伦理层面、美与善的统一、为他人服务和参与社会生活的必要性等问题。穆拉维约夫的散文作品是一种他自己很感兴趣的、反映了新时代趋势的文学现象。不过作家的主要散文作品在他生前均未能出版。当1790年代引领文学新方向的卡拉姆津的散文作品发表时，俄国感伤主义散文创作才得以发展和完全形成。

在俄国古典主义的体裁体系中，庄重的演说（颂诗的散文体对应形式）是"公认的"高级体裁，但随着时间的推移，雄辩体散文无论是内容还是相应的形式上都发生了变化。苏马罗科夫在他主持的杂志《勤劳的蜜蜂》(1759)上发表的文章，大多是带有讽刺—道德说教式的散文小品。在锤炼这种体裁时，俄国作家能够依托西欧文学的经验，首先是英国斯蒂尔和艾迪生的杂志，同时还有德国的《道德周刊》。这些出版物在18世纪下半叶的俄国广为流传④，许多文章被多次翻译，原文文本中的一些细节得到了因地制宜的补充和改动。

讽刺作家们在嘲笑人类的恶习时，努力探寻和确立正面理想，并往往转向道德

---

① 《晨光》，1778年，第4卷，第374页。
② 同上书，第375页。
③ 同上书，第370—372页。
④ 参见尤·达·列文：《英国启蒙时期的期刊事业与18世纪俄国文学》，见《启蒙时代：俄国文学国际关系史中的篇章》(Эпоха Просвещения. Из истории международных связей русской литературы)，列宁格勒，1967年，第3—109页。

劝谕。1760 年代赫拉斯科夫的"哲理性"颂诗的诗歌选题，在下一个十年的期刊散文作品中，特别是在 1770 年代末到 1780 年代初诺维科夫的杂志上继续得到发展。这一时期的俄国文学和像共济会这样的复杂思想潮流密切相关。

★★★★

无论赫拉斯科夫、诺维科夫还是其他许多俄国作家都是共济会团体的成员。从 18 世纪初期起就在欧洲各国广为流行的共济会，是具有不同种类的现象：一些共济会成员的特点是极端神秘主义，另一些则好像是装成共济会员的样子，其实是站在革命启蒙运动前列、奋起反对天主教会和宗教狂热的人士。共济会学说的基础是关于建造所罗门王神殿的传说。参与建造神殿的共济会会员也称"自由泥瓦匠"，他们把普遍的兄弟情谊和协作的理想加以人格化。这一传说在每一共济会系统中都有着不同的阐释，通常都为神秘的帷幕和大量的象征仪式所围裹。在俄国，共济会在 1730 年代即已出现，并与欧洲各国的共济会组织联系密切。同时，正如尼·基·皮克萨诺夫公正指出的那样："俄国共济会具有不少取决于俄国生活本身的独特性，这种生活也保证了俄国共济会和俄国全部社会、文化和文学运动的紧密联系。"①

尼·伊·诺维科夫领导的共济会小组的活动在俄国文学史上留下了特别具有实质性的痕迹。诺维科夫在 1775 年决定加入共济会之后，一直在其中寻找在讽刺性杂志出版期间他所面临的那些伦理问题的解答："共济会在民族和阶层关系上的宽容态度，人们在精神上的平等意识，是它长久以来所倾心的启蒙观念的体现。"②

共济会分会是一种把观点和信仰彼此接近的人们结合起来的小组形式，也是不依附于政府的小组形式。后来，十二月党人也在他们的秘密社团活动中按自己的方式运用了这一组织经验。自然，共济会成员是无限远离任何革命性的，但是他们当中的一些人却以自己的方式参与了启蒙派解决面临任务的活动。显然，这也吸引了许多著名的文化活动家和作家对共济会的注意，其中就包括致力于利用共济会的活动首先实现启蒙目标的诺维科夫。俄国共济会历史上最重要的阶段之一是与诺维科夫的名字相联系的：这是共济会的部分活动家最大限度地贴近启蒙运动的时期，也是那些把主要注意力放在社会和文学活动上（而不是放在抽象空洞的神学辩论上）的共济会分会活动活跃的时期。

在这一时期，俄国共济会中的许多人在入会时，就表现出对官方宗教的否定态

---

① 尼·基·皮克萨诺夫：《共济会》，见《俄国文学史》第 4 卷，莫斯科—列宁格勒，1947 年，第 56 页。
② 亚·尼·佩平：《俄国共济会：18 世纪和 19 世纪前 25 年》(Русское масонство: XVIII и первая четверть XIX в.)，彼得格勒，1916 年，第 181 页。

度,把"真正的基督教"和教会的教条学说、不受束缚的信仰和严格等级制的教规与条例对立起来。共济会所容许的精神自由和道德自由往往接近自然神论。教会要求无条件地服从:它的教规和仪式不容置疑;品行端正的基督教徒的作用归结为仔细执行上面的指示和规定。共济会学说对个别的、单个的人的关注,对人提出了自我认识和自我完善、促进个性的创造性与精神发展的任务。

自然,这种人文主义因素在共济会中经常退居次要地位:一些共济会成员在宣布认识上帝和宗教真理是最高目标时,开始宣扬禁欲主义,把尘世生活看成仅仅是死亡的准备。诺维科夫同这些观念是格格不入的,处于他的关注中心的仍然是尘世之人——受困于各种弱点,但却能够上升到最高程度的道德完善的人。在诺维科夫小组(1777—1779)出版的杂志《晨光》第一册开篇的纲领性"序言"中,就含有对整个尘世的主宰者——人的真正推崇:"没有什么比人更优美、更壮丽、更高尚,我们不能从人的财富来源发现其目前的品性……不可能存在什么比紧密联系着人和人所抱有的美德、安康和幸福的目标更有益、更令人愉快、更值得我们付出劳动的事情。"① 出版者在此说明了自己的意图,"决定把这本杂志的全部销售所得,用于为穷苦孩子和孤儿开办学校,同样也用于赡养穷人和孤寡老人"。② 这一意图得以实现:诺维科夫小组用销售杂志所得的资金,在彼得堡创办了两所学校——叶卡捷琳娜学校和亚历山德罗夫学校,并在《晨光》杂志上按期通报学生的成绩。对于诺维科夫和他的同仁来说,这一有实际意义的活动是他们思考人的崇高使命、人的道德和公民义务的自然结果。

后来的共济会出版物,如《莫斯科月报》(1781)、《晚霞》(1782)、《休息中的劳动者》(1784)等,则具有某种不同的性质。诺维科夫本人在其中的影响明显减少,虽然为杂志撰稿的基本上还是诺维科夫小组中的共济会员:阿·米·库图佐夫、伊·彼·屠格涅夫、亚·安·彼得罗夫等。

阿·米·库图佐夫曾和拉季舍夫一起在莱比锡大学学习。从少年时代开始的友谊将他们联系在一起,拉季舍夫正是把《从彼得堡到莫斯科旅行记》献给他的"同情者"库图佐夫的。虽然库图佐夫没有分享朋友的革命信念,但他也不是与18世纪启蒙派的人文主义理想格格不入。③ 作为对自己的作品要求严格的批评家,库图佐夫写得很少。比如说,众所周知,他曾着手进行"关于导致俄国人对祖邦的爱减弱之因的哲学研究",但一直未完成。④ 在给朋友的信中,库图佐夫常常发挥他的道德哲学思想,但是发表的只有一些译作(克洛卜施托克的《救世主》,扬格的《交晚》,别里什的《美德之行》)。库图佐夫还翻译了克·菲·盖勒特的一些和感伤主义

---

① 《晨光》,1777年,第1册,第XI页。
② 同上书,第VIII页。
③ 参见尤·米·洛特曼:《亚·尼·拉季舍夫的"同情者"——阿·米·库图佐夫及其致伊·彼·屠格涅夫的信札》,载《国立塔尔图大学学报》1963年第139卷,《俄国和斯拉夫语文学论文集》(6),第281—296页。
④ 《俄国历史杂志》(Русский исторический журнал),1917年,第1—2卷,第132页。

潮流在俄国的发展紧密联系的著述。《论忧郁之乐》一文在这方面特别有代表性。洛克哲学中最清晰地予以表达的感觉论原则，在盖勒特这里得到了文学阐释。文章作者致力于追踪研究在人的心理中发生的基于"个人感受与经验"的过程。结果他得出了一些结论，认为"紧随不满之后的快乐比多次快乐之后的快乐令人感动得多"；"'混杂交错的情感'因为由另一种阻力而引起的一种内心活动而具有某种新的、令人感动的东西"①，等等。凭依"人的心灵"的运动的全部表象和元素来考察这种运动，对于已表现出对"内在之人"的兴趣的俄国作家来说，是一个有价值的重要发现。

这种兴趣既表现在翻译作品的选取上，也体现在私人的友好通信中。书信逐渐从日常生活文献变成一种特殊的、和书信体长篇小说的散文体裁与友人赠答的诗歌体裁同时形成的文学样式。共济会作家书信的基本对象不是外部事件，而是他们对道德哲学论题的体验与思考。

通信者之间彼此吐露心声，详细书写各自的精神状态，分析自己与朋友的相互关系，也在信中陈述一般的道德劝谕，有时还分享所读或所译作品的印象，讨论一些文学和美学问题等。私人信件的作者不受限于特定文学体裁的程式和对准备发表之作的必然要求。主题选择的完全无拘无束和风格方面的自由不羁，使作者之"我"能得到最大限度地表现。书信体裁的这些性能对于感伤主义流派的发展具有重大意义：1770年至1790年代初俄国作家之间的私人通信表明了新的世界观是怎样建立的、新的风格是怎样形成的。②书信文化从同时代的欧洲文学和本国文学中吸收了很多东西，同时也给文学以有力的影响。③通信者开始感到自己在某种程度上是文学作品的主人公。这种主人公的特定类型逐渐形成：这种人有着"多愁善感"而温柔的心灵，倾向于忧郁，忠于所爱的亲人和朋友，"以真诚的眼泪"对他们的痛苦表达自己的同情。但是，在最具天赋的作家们的书信中，某种个性化的因素也能透过这些千篇一律的特征而呈现出来。

年轻而有才华的翻译家亚历山大·安德列耶维奇·彼得罗夫的书信，内容特别有趣而深刻，诺维科夫曾吸收他参与其出版物的工作。和库图佐夫一样，他也主要从事翻译，但是他的活动在文学新流派的形成中却发挥了相当重要的作用。彼得罗夫对风格和语言问题的关注，对于后来由卡拉姆津所确立的文学语言新规范的制定是非常重要的。伊·伊·德米特里耶夫在回忆亚·安·彼得罗夫时写道："他了解古今多种语言，凭借对本国语言的深厚认识，能以深刻的智慧和非凡的能力做出正

---

① 《莫斯科月报》1781年第3卷，第147—148页。
② 参见《18世纪俄国作家书信集》(Письма русских писателей XVIII века)，列宁格勒，1980年。
③ 参见里·米·拉扎尔丘克：(1)《作为文学现象的18世纪下半叶友人书信》，副博士学位论文摘要，列宁格勒，1972年（国立列宁格勒赫尔岑师范学院）；(2)《托尔斯泰娅和塔·亚·叶尔斯卡娅、亚·安·托尔斯泰娅的通信与18世纪末至19世纪前三十年的书信文化》，见《列·尼·托尔斯泰和俄国文学—社会思想》(Л. Н. Толстой и русская литературно-общественная мысль)，列宁格勒，1979年，第85—98页。

确的评论,拥有很高的天赋。"①追求朴实、简洁和逻辑上的严整,最能代表彼得罗夫文学风格的特点。

彼得罗夫在1770年代致卡拉姆津的多封书信中表达了自己的艺术观,探讨文学风格等问题。其中特别重要的是彼得罗夫美学观念中的两个方面。比起艺术来,彼得罗夫明显地偏爱大自然,并因此而极力驳斥自己的一位年轻朋友对于乡村生活的成见。他在1787年给卡拉姆津写信说:"没有从原型本身获得愉悦感的人,怎么可能在轻松读物、在美妙大自然的人工摹本中找到乐趣呢?"②在提倡"高于任何卖弄聪明"的"感情的朴实性"时,彼得罗夫同时更准确地说明:"朴实既不是真的无知,也不是假装无知。"③写信人证明了知识和遵守规则的必要性,援引了法国古典主义理论权威之一巴托的观点,称费纳隆、艾迪生和盖勒特等为典范作家。这样,彼得罗夫就敏锐地捕捉到了新时代的气息("美"的审美标准的变化),同时在很多方面仍然处在先前传统学派的影响下。

彼得罗夫积极参与共济会事务,但也相当注意远离狭隘的共济会目标的诺维科夫的启蒙性质的出版活动。彼得罗夫为《启迪心灵与智慧的儿童读物》(1785—1789)杂志付出了不少关心与操劳,该刊最初是由诺维科夫出版的,后来则由彼得罗夫和卡拉姆津接手。④这是俄国第一本指定给儿童和少年阅读的杂志,反映其出版者宽广的兴趣范围。宗教道德主题的文章在该刊所占地位相对较低,因而总体上看杂志具有完全非宗教的性质。

倾向于怀疑论的彼得罗夫不能满意共济会中他的某些同仁的抽象道德议论。他的书信中的评价和描述都表明他不接受他们那种有时达到毫不掩饰的疯癫程度的"哲学"。贯穿于彼得罗夫的议论、赋予他的书信风格以独特色调的讽刺,后来被卡拉姆津以自己的方式接受,并成为俄国感伤主义文学的本质特征之一。这种讽刺是对1790年代俄国感伤主义繁荣时期开始采用的以过度的形式、过于多情的表现的一种合乎逻辑的反映。

✳✳✳✳

1790年代,新兴流派最重要的作家卡拉姆津和德米特里耶夫的活动得以展开,同时许多二流和三流作家也在报刊上发表作品。除卡拉姆津的刊物(参见本章下文)外,18世纪最后十年出版的具有感伤主义性质的杂志,还有瓦·谢·波德希瓦洛夫的《启迪兴趣、理智与情感的读物》(1791—1793)和《快乐而有益地打发时光》(1794—1798)。继卡拉姆津的作品集被冠名为《我的琐事》(1794)之后,又出现了

---

① 伊·伊·德米特里耶夫:《德米特里耶夫文集》第2卷,圣彼得堡,1893年,第26页。
② 《俄国档案》,1863年第483卷。
③ 同上书,第482卷。
④ 参见叶·彼·普里瓦洛娃:《关于〈启迪心灵与智慧的儿童读物〉杂志的撰稿人》,见《18世纪俄国文学:古典主义时代》,《18世纪》(论文集)第6辑,莫斯科—列宁格勒,1964年,第258—268页。

伊·伊·德米特里耶夫的《还有我的琐事》(1795),随后则是这一类型的各种变体:玛·阿·波斯佩洛娃的《我生命中最好的时光》(1798),彼·伊·沙利科夫的《自由情感的果实》(1798—1799),雅·瓦·奥尔洛夫的《我的休憩》(1799)等。这些题目突出了上述作品集的室内特征,确认了作者谈论直接关涉作家本人及其亲人私事的权利。

赫拉斯科夫在诗歌中予以勾勒,随后在穆拉约夫的创作中得到充分揭示的关于万事万物变动不居的理念,关于存在的每一瞬间皆有深厚意蕴的发现,在1790年代俄国作家的意识中经历了进一步的分析。他们的先驱者认为,人的每一种激情都是单一的、一贯的,因此古典主义文学中的主人公可以容易而简单地被划分为正面和反面形象。感伤主义者意识到每一瞬间都是不可重复的,"时间之流"的表现在他们看来已不是普通的隐喻,而是拥有更深层的含义。关于时间不断运动的观念解释了涉及人天性中感情方面的种种表现的变化与反复。新流派的作家们相应地把自己的注意力集中到过渡状态、情感的细微差别和各种彼此矛盾的感觉与冲动的共存上。

从少年时代起持续一生的友谊把卡拉姆津和德米特里耶夫这两位作家紧密联系起来,他们在新流派的拥护者中间成为审美趣味的立法者。德米特里耶夫的"影响范围"比卡拉姆津稍显狭窄,主要是作为诗人而为人所知(他的回忆录《我的生活一瞥》1866年才出版)。同时代人称德米特里耶夫为"古典主义诗人",认为他的诗作可以看作自罗蒙诺索夫时代就已发生本质性转变的诗歌体裁样式中的典范。

德米特里耶夫对待前人传统的态度是复杂的。在讽刺性模拟作品《欢乐颂》(1792)及在后来的讽刺作品《别样的解释》中,诗人尖刻地嘲笑按业已制定的明确规范写作的庄重体颂诗:

> 在这里你会找到忠厚的头脑
> 永远想不到的东西:霞光注定猩红,
> 既有迷人的百合花,福玻斯①,也有敞开的天穹!
> 如此响亮而崇高! ……可是心中并不快乐——
> 心灵这样说,丝毫不为所动! ②

给诗歌定制的颂诗写作追随者的高亢诗句,不再表现作者对书写对象的态度,成为空洞的漂亮话,因此不能得到读者心灵的回应。用自己的话语说出自己的所思所想——这是德米特里耶夫所面临的任务。他反对虚假的狂喜和激情,但仍然

---

① 福玻斯(Феб):希腊神话中太阳神阿波罗的别名。——译者注
② 伊·伊·德米特里耶夫:《德米特里耶夫诗歌全集》,格·潘·马科戈年科作序、准备文本并注释,列宁格勒,1967年(《诗人文库大系》),第114页。

珍视罗蒙诺索夫、赫拉斯科夫和杰尔查文的颂诗。真正崇高的古典主义公民诗歌传统依旧是德米特里耶夫所珍视的和亲近的，他的《叶尔马克》《解放莫斯科》《爱国者攻克华沙的呼喊》等诗作中，都体现了这一特点。彼·安·维亚泽姆斯基说过：这些诗歌"充满热爱祖国的诗意激情，这不是更加冷却读者心灵的粗野的爱，而是高尚的、将生气勃勃的炽热情感传递给他人的爱"①。

《叶尔马克》(1794)在18世纪末、19世纪初的读者中受到了特别的欢迎，引发了不少仿作。英勇的爱国主义精神的主题在这里完全以新的方式得到了表现：诗歌以诗意化的古风和生动的形象令人折服。与叶尔马克进行对话的西伯利亚的萨满们，不是模糊不清的讽喻，而是仿佛从细心画出所有细节的画家的画布上走出来的富有特色的奇异形象：

> 他们戴着钢铁头盔，
> 四边悬挂着蛇尾，
> 扇动着猫头鹰的翅膀；
> 身穿兽皮制成的服装；
> 整个胸前挂满皮带、
> 咯咯作响的铁器和火石；
> 一把宽刀别在腰上。②

诗中呈现出来的这种"视觉效果"和按照我相的风格描写的额尔齐斯河岸幽暗的夜景，在很多方面令人想起杰尔查文的创作手法。同时，《叶尔马克》与感伤主义诗人德米特里耶夫的其他所有作品都有机地联系在一起。在结束他为纪念古代英雄而创作的"甜美的歌"时，作者在诗作的最后几行中谈到了自己对叶尔马克的看法。萨满、叶尔马克的敌人的交谈构成整部作品的基础，展示出作者的基本思想。

这种情节的戏剧化处理和善于通过与作者的思维方式格格不入的人物之间的对白来表达自身见解的手法，在诗人的故事和寓言中都获得了特别出色的体现。德米特里耶夫故事中的主人公，如维特洛夫公爵和艺术家（《一幅画》）、普罗拉兹、普列米拉和米拉弗佐尔（《摩登女郎》），维特扛娜和弗谢韦达（《怪女人》），等等，彼此之间进行着活跃的对话，这些对话在情节的发展中发挥了重要作用。作为上流社会沙龙中的常客，这些角色的言谈通常没有任何激情和庄重：这是贵族社会的口

---

① 彼·安·维亚泽姆斯基：《关于伊·伊·德米特里耶夫的生平与诗作的资料》，见伊·伊·德米特里耶夫：《诗集》，第6版，圣彼得堡，1823年，第XXII—XXIII页。
② 伊·伊·德米特里耶夫：《德米特里耶夫诗歌全集》，第78页。

头语言。① 作者的一些插话中，偶尔闪现着他对自己笔下的主人公的嘲笑讽刺态度，有时甚至是一种谴责。但是德米特里耶夫没有转而采用抽象的说教：读者自己应能从出色的叙述，或更准确些说，从一些有代表性的片断中获得道德上的启示。

类似的叙事风格也是德米特里耶夫寓言作品的突出特点，他曾以自己的方式接受了前一个时期俄国寓言作家的经验。德米特里耶夫的寓言大多数是译文，但是这些译文都很好地反映了他的诗歌天赋乃至他的创作个性的基本特征。他的寓言中的叙述者，不是作为一个严肃的道德说教者，而是作为人类恶习和弱点的机智、敏锐的观察者和嘲笑者出现的。同时，他的寓言有时还渗透着这种接近哀歌或田园诗的讽刺体裁的抒情音调（《两只鸽子》《堂吉诃德》《两位朋友》《智者和农夫》等）②，有时则接近牧歌（《磁石与铁》）。

德米特里耶夫在他的作品中保留了诗歌的体裁划分，实际上克服了某些诗歌体裁的封闭性和彼此分离的状况，最终打破了关于存在着"高雅"和"低俗"诗歌的观念。德米特里耶夫无论选用什么体裁，照他的同时代人亚·费·沃耶伊科夫所说，都使用"纯粹的、令人愉悦的、高雅的同时也是质朴的语体"③，也即"中等的"语体。和其他的感伤主义作家一样，德米特里耶夫主要面向有教养的读者，特别是女性读者，以及一切对美文高度敏感的鉴赏家。那些可能被看成粗鄙而尖刻的东西被排除出诗歌语言，而民间语言中的活跃元素则得到了仔细的筛选和加工。因此，民间语言（谚语、俗语、成语和俚语）就渗透到对于本国民间创作无疑拥有兴趣的德米特里耶夫的诗歌中。诗人尤其关注那些以情感表达的直接性与真诚性而吸引感伤主义作家的民歌。

1780—1790年代，多种印制或手抄的民歌集纷纷出现。俄国文人歌曲的传统也同时得以延续：继苏马罗科夫和米·伊·波波夫之后，所有俄国感伤主义诗人都成为歌曲作者。歌曲体裁得到了各阶层读者的认可。民歌和文人歌曲之间的界限往往消失，两者不分轩轾地被纳入歌曲集。德米特里耶夫的《袖珍歌曲集》（1796）④就是这种印刷出版物之一。诗人在这里收录的既有民歌，也有他本人和苏马罗科夫、赫拉斯科夫、杰尔查文、卡普尼斯特、涅列津斯基—梅列茨基等其他著名诗人创作的歌曲。民间创作的主题和形象渗入文人歌曲，这也使民主阶层的读者更加感到易懂和亲切。例如，德米特里耶夫的歌曲《灰鸽的呜咽》就曾受到特别广泛的欢迎，诗人在其中自如地运用了民歌中的形象。他的另一首后来由米·伊·格林卡配乐的歌曲《啊，假如我从前知道……》更明显地接近民间创作。

---

① 参见维·弗·维诺格拉多夫：《伊·伊·德米特里耶夫的语言与风格考察举要》，见《俄国文学语言史资料与研究》（Материалы и исследования по истории русского литературного языка），第1卷，莫斯科—列宁格勒，1949年，第161—278页。

② 参见伊·尼·库普列亚诺娃：《伊·伊·德米特里耶夫和他那一流派的诗人》，见《俄国文学史》，第5卷，莫斯科—列宁格勒，1941年，第135—137页。

③ 《文学新闻》（Новости литературы），1824年第3期，第36页。

④ 详见格·潘·马科戈年科：《品都斯山上的普通一兵：伊万·德米特里耶夫的诗作》，见伊·伊·德米特里耶夫：《德米特里耶夫诗歌全集》，第32—33页。

通过深入研究歌曲体裁,感伤主义者极大地丰富了俄国音乐文化:歌词不是预先考虑用于阅读,而是用于歌唱的。把已然广为人知的民歌和情歌编成"用于诵读"的文本成为一种普遍现象。

然而,作家们编撰的歌曲远非总是能有机地进入民间曲目。某种矫揉造作、过于平缓的风格,抒情性和诚挚性的不足——所有这些都是德米特里耶夫的许多歌曲的典型特点,更别说那些才能平平的作者了。

1790年代已经出现了多篇《灰鸽的呜咽》的仿作:"小鸟"主题变形为各种各样的调式。伟大诗人普希金的叔叔瓦西里·利沃维奇·普希金在《致伊·伊·德米特里耶夫的信》(1796)中写道:

你说得对,我亲爱的朋友!我们所有的蹩脚诗人
都希望以如泣如诉的七弦琴而荣光;
他们那儿所有的鸽子都朝着美人飞翔,
所有的小燕子都在盘旋,想法也全都一样;
大家都在哭诉和叫嚷,但全都只有一种思想。①

无论是在自己的丛刊《阿俄涅斯》上发表了这首诗的卡拉姆津,还是瓦·利·普希金的"亲爱的朋友"德米特里耶夫,都能以仅有的赞同欢迎这些诗行。表面上掌握了感伤主义诗歌方法的"蹩脚诗人",同这一流派的内在激情格格不入,既没有关于个人价值与阶层无关的思想,也缺少对某一个人、他的感情世界和"心灵生活"的关注。

****

许多不属于卡拉姆津和德米特里耶夫圈子的作家们的创作也与感伤主义相关。甚至他们的文学对手也给新流派以充分的重视。尼·彼·尼科列夫的戏剧作品和诗歌可以说是有代表性的例证。在他的喜剧、赠答诗文和歌曲中,"多愁善感"成为重要因素。

18世纪末至19世纪初,俄国感伤主义散文显露出不同的趋向。于是就完全合乎逻辑地提出了拉季舍夫的一些作品,如《费奥多尔·瓦西里耶维奇·乌沙科夫传》《一周日记》和《从彼得堡到莫斯科旅行记》等与感伤主义文学相关的问题。巴·亚·奥尔洛夫在俄国感伤主义散文中划分出民主主义流派时,除了列入拉季舍夫之外,还将农奴作家尼·谢·斯米尔诺夫、平民知识分子伊·伊·马丁诺夫归为这一

---

① 《1790—1810年代的诗人们》(Поэты 1790–1810 годов),尤·米·洛特曼作序与编辑,列宁格勒,1971年(《诗人文库大系》),第658页。

流派,因为他们的创作给予农民主题以特别的关注。① 同时,许多贵族感伤主义作家的作品中,也反映出文学民主化的一般进程。

环绕在卡拉姆津和德米特里耶夫周围的许多作家深刻地呼应了新的文学流派所传递的人道主义思想。尤·亚·涅列津斯基—梅列茨基、瓦·瓦·卡普尼斯特、尼·亚·利沃夫、瓦·利·普希金以及18世纪末—19世纪初的其他一些诗人,创造性地、独立地看待俄国感伤主义的领袖们曾经面临的问题。但是,同各自的兴趣范围和文学才能相适应,他们每个人都带来了某种新的、显示出自己的创作个性和风貌的东西。

涅列津斯基—梅列茨基首先是作为爱情歌曲的作者而闻名的。他在关注本国民间创作的基础上,加工改造民间歌曲,有时成功地把民歌元素和文人歌曲元素结合起来(《我来到小河上……》《啊,我厌恶……》)。涅列津斯基受教于显赫的贵族之家,熟知法国诗歌文化。他通过翻译拉封丹、K.多尔、让·弗洛里安和其他法国作家的作品,磨炼了自己的诗歌创作技巧。为了易于传达原作的总体风格,他在译文中广泛采用了俄罗斯熟语和俗语("拔腿就跑""让他溜了""茶""晓得"等)。涅列津斯基擅长结撰俏皮的"指定韵脚的诗",写作致友人的戏谑赠答文字或给房东的赞美诗。但是,诗人自己最深层的个性也在他那渗透着温柔和激情的爱情诗(《原谅我放肆的抱怨……》《谁有精神力量》《你无动于衷地吩咐我……》)中得到了反映。

讽刺喜剧《诽谤》和不拘一格的《奴隶颂》(1783)的著名作者卡普尼斯特的创作是在稍有些不同的轨道上发展的。古典主义颂诗以其公民激情使这位作家感到亲近,但他也未置身于文学新潮流之外。追随在赫拉斯科夫和穆拉维约夫之后,卡普尼斯特认为"平静的歌曲"比他所敬重的罗蒙诺索夫的响亮的诗更好。个人生活中的事件、个性的体验和情绪成为卡普尼斯特众多诗作的主题,他的抒情诗反映了这个令人倾倒的人、谦虚善良而忠实的朋友、慈爱的父亲的整体面貌。作者竟能以对自己开玩笑的题词来结束他的作品集:

我读完卡普尼斯特之后就很伤心:
不知自己为什么要学会阅读。②

卡普尼斯特经由重新解读贺拉斯而丰富了俄国感伤主义文学,贺拉斯的话题几乎贯穿诗人的全部作品。卡普尼斯特在翻译时追求最大限度的准确性,而在自己模仿贺拉斯的颂诗时,则相当自由地偏离了原文。在谈到自己的仿作时,卡普尼斯特承认:"我把贺拉斯带入我们的时代和我们的圈子中,致力于让他像我所设想

---

① 参见巴·亚·奥尔洛夫:《俄国感伤主义》,第145—183页。
② 瓦·瓦·卡普尼斯特:《卡普尼斯特文集(两卷本)》第1卷,德·谢·巴布金编辑、作序并注释,莫斯科—列宁格勒,1960年,第135页。

的那样,能作为我们的同时代人和同胞来说话。"① 吸引了以往几代许多俄国诗人的贺拉斯的抒情诗,在卡普尼斯特笔下以新的面貌呈现出来。卡普尼斯特利用贺拉斯某些颂诗的要点,以自己的方式发展了这些诗歌的主题,于是它们便使 18 世纪末的俄国读者感到亲切,他们看到的作者不是远古罗马人,而是自己的同时代人和同胞。卡普尼斯特把古希腊罗马体裁俄国化,但避免了任何主观随意和勉强添加。他深刻体验到了"贺拉斯的灵魂",写出了对他作为人、诗人和公民而言的重要诗作(《罗蒙诺索夫》《致富邻》《致心上人》等)。卡普尼斯特断然摒弃了贺拉斯作品中的那些部分,罗马诗人在其中是作为"诗的谄媚者"(即奥古斯都大帝的赞颂者)出现的:

　　　……福玻斯的宠儿
　　　贬低了上天无价的馈赠,
　　　赞美淫逸放荡的心灵。②

在引自《诗人的阿谀颂》的这些诗行中,卡普尼斯特谴责的其实不仅是古罗马诗人,还有随时准备为执掌大权的人物和显赫的达官贵人唱赞歌的俄国颂诗作者。卡普尼斯特也和卡拉姆津一样,具有另一种诗人理想——自由而独立的、不按别人定的调子写作的创作者。他把自己对世界的独特看法融入了对古罗马诗人作品的阐释中,这样就在俄国抒情诗中创造了贺拉斯颂诗的一种新类型。

关注阿那克瑞翁创作的利沃夫走上了另一条道路。利沃夫在他所编诗集《忒俄斯的阿那克瑞翁诗歌》(1—3 册,1794)的译文中,追求准确地依照原文并保留古希腊罗马的民俗词语。在他笔下,已经形成了关于每一民族的特定时代的文化作为某种完整的存在、作为某种体系的观念。根据这种观念,利沃夫特别关注诗歌的语音层面:在翻译阿那克瑞翁时,他一以贯之地运用无韵脚的抑扬格或扬抑格。

为了重现本国的古时情调,利沃夫找到了另一些诗歌资源。对于诗人来说,民间创作,首先是民歌和壮士歌成为这一方面的主要源泉。在长诗《多勃雷尼亚:壮士歌》(1796)中,利沃夫希望达到风格和韵律的统一,以符合他创作"完全我国风味的俄国史诗"的构思:

　　　啊,幽暗的秋夜,一片幽暗!
　　　开阔的天宇连一颗星星也看不见,
　　　没有一条小径延伸在潮湿的地面……③

---

① 瓦·瓦·卡普尼斯特:《卡普尼斯特文集(两卷本)》第 1 卷,第 47 页。
② 同上书,第 1 卷,第 232 页。
③ 《18 世纪的诗人们》,第 2 卷,列宁格勒,1972 年,第 226 页。

当利沃夫发现民间创作最鲜明地体现出既作为口述文化,也作为音乐文化的民族文化的独特性时,他便在与伊·普拉奇共同出版的《俄罗斯有声民歌集》(1790)中实际地贯彻了自己收集和出版民歌的原则。利沃夫具有多方面的才华,既是诗人,也是建筑师、画家和音乐家。但是他没有局限于某一艺术领域,而是像文艺复兴时期的活动家们那样,致力于最大限度地运用自己的才能。尽管很少发表作品,他在1790年代的文学运动中的地位还是相当重要的。他是自己的亲密朋友——如赫姆尼采尔、卡普尼斯特和杰尔查文等诗人的首批读者之一,也是他们的咨询者和善意的批评家。

在感伤主义流派形成的年代,杰尔查文的创作得到了发展:他本人熟悉俄国感伤主义流派中最著名的诗人,并和他们非常要好。《费丽察颂》和《瀑布》的作者沿着自己的道路前进,但是与卡拉姆津、穆拉维耶夫、卡普尼斯特、利沃夫等作家之间的经常交往,对于双方而言都不可能不留下印记。与俄国古典主义高雅诗歌的传统联系更为紧密的杰尔查文,在变换和改造旧有的材料、建立新的形象体系时,写出了新型的作品。个性问题,维护个人的权利,关注大自然并探寻描绘自然的新方法——这一切无论对于杰尔查文还是他的感伤主义作家朋友们来说都是同等重要的。

感伤主义者对待词语的态度和杰尔查文不一样,因为他们感兴趣的首先是"内在之人",是他对外部世界的主观理解。自然,这里所说的仅仅是在活跃的文学运动中常常互相作用的主要原则的区别。感伤主义者并未把杰尔查文的创作理解为异己的、敌对的东西,相反,他们珍视他的才华,把他看成与已定型的法规进行斗争的同盟者。

新流派的作家们在把自己的作品献给某位亲近的朋友时,似乎有意缩小了自己预想的读者圈子(在颂诗中,作者通常关注的是整个民族和作为民族命运主宰者的君主)。但正是这种得到强调的室内性对18世纪末—19世纪初的读者很有吸引力,使许多人本质上所具有的全人类的东西体现在个人的、局部性的范围内。感伤主义文学开辟了描写人的新领域,因此在广大的读者群中获得了声望与认同。时代的审美趣味也以自己的方式体现在其他艺术门类中,如音乐中歌曲和浪漫曲的繁荣、雕塑中对墓碑雕像的兴趣等。

来自文学中的"多愁善感"的观念开始制约人们的生活行为和生活方式。有时这种行为方式会采取悲剧性的过激形式("俄国维特们"的自杀),更常见的只是让日常生活充满某种诗意,使人们之间的关系变得高尚。正是感伤主义时代锤炼出一种特别的书信文化,不仅是作家们,还有许多从未在报刊上发表过文章的人们,都掌握了这种文化。

1800年代初期,感伤主义继续得到发展,并吸引了一批又一批新的拥护者,与此同时,流派内部的分化也变得越来越明显。

卡拉姆津在这一时期转向解决与《俄罗斯国家史》的写作相关的艺术新任务。他在这本著作中拟定的历史原则,在十二月党人作家和普希金的创作中将获得进一步发展。

同时，19世纪前25年还出现了数量可观的感伤主义追随者——才能有限的作家，有时甚至是平庸的、仅掌握了一定的规则和刻板的修辞公式的作家。无节制的"叹息"和"眼泪"，大量的指小后缀——这一切都成为1810年代越来越广为流行的大量讽刺性模拟作品的标志。感伤主义者本身往往就是这种讽刺性模拟和讽刺作品的作者，他们之中的那些类似于斯特恩的作家，特别热衷于讽刺和嘲笑过分的多愁善感。

"多愁善感"的概念在长时期以来损害了"感伤主义"这一术语的名声。随着对这一文学流派的各个作家的了解，可以发现他们的创作是怎样多种多样、复杂而有趣，这一流派是俄国文学发展史上的一个多么重要的阶段。感伤主义本身这一具有深刻人文精神的流派，以其对于人的个性的关注，在诸多方面为俄国浪漫主义文学准备了可资发展的土壤。

2. 卡拉姆津

尼古拉·米哈伊洛维奇·卡拉姆津(1766—1826)被公认为俄国感伤主义的领袖。他的创作最鲜明而充分地显示出新流派的基本特征，包括其全部长处和薄弱的方面。

卡拉姆津是作为诗人、散文作家、政论家、文学与戏剧批评家、出版者和多卷本《俄罗斯国家史》的作者出现的。他敢于将那些原则上背离旧有规范与准则的作品都交予读者去评判。

根据德米特里耶夫的恰当表述，卡拉姆津在尼·伊·诺维科夫、阿·米·库图佐夫、伊·彼·屠格涅夫和亚·安·彼得罗夫等"共济会友好文学协会"参加者的圈子里获得了"道德教育"。他们的文学兴趣和审美原则给作家后来的全部创作以实质性的影响，不过他很快就显示出独立性和自主性。① 他只有最初一些译作与共济会小组的活动直接相关，包括他翻译的阿·哈勒尔的长诗《恶之源》(1786)，参与翻译的在德国期刊上发表的施图尔姆和基德的《关于自然王国中上帝的事务和天意的沉思及与上帝的交谈》(1786)。但在这些年中，卡拉姆津和彼得罗夫成了特别亲密的朋友，在后者多方面的影响下，他的文学兴趣有了新的方向。他转入翻译莎士比亚(《裘力斯·凯撒》，1787)和莱辛(《爱米丽雅·迦洛蒂》，1788)。卡拉姆津所译的《裘力斯·凯撒》是最早译成俄语的莎士比亚作品之一。译者在前言中向读者介绍了莎士比亚，也介绍了当时由于伏尔泰发表了针对不懂规则的"野蛮人"的言论而在欧洲文学界展开的关于莎士比亚创作的争论。卡拉姆津是作为莎士比亚的捍卫者和颂扬者出现的。这位俄国译者宣称："很少有人能像这位令人惊讶的画手如此

---

① 参见尼·萨·吉洪拉沃夫：《卡拉姆津生命中的四年》，见《吉洪拉沃夫文集》第3卷第1册，莫斯科，1898年，第258—275页。

透彻地了解人的全部最神秘莫测的动机和最隐蔽的冲动,了解每一种激情、每一种气质和每一类生命现象之间的差别。"①

对于卡拉姆津而言,作为撰稿人参与诺维科夫出版的杂志《启迪心灵与智慧的儿童读物》(1785—1789)的工作,后来又成为该刊编辑,是他所经受的真正的文学训练。他为这份《儿童读物》翻译了18世纪欧洲文学中的许多作品:斯·费·让里斯的系列中篇小说《乡村夜晚》、赫·菲·维泽的长诗《快乐之邦纪念碑》、詹姆斯·汤姆逊的长诗《四季》。也是在这里,初登文坛的作家发表了最早的原创性作品:小品文《漫步》和中篇小说《叶甫盖尼和尤利娅》。

1789—1790年的欧洲国家之行成为卡拉姆津文学命运的决定性契机。他在着手出版《莫斯科杂志》时宣布,该刊不会刊登"神学的、神秘主义的、过于学术化的、学究式枯燥的短篇作品"。这一主张遭到了包括库图佐夫在内的许多共济会成员的强烈反对。但是诺维科夫小组的其他成员,首先是彼得罗夫,却支持卡拉姆津,甚至开始和他合作。在《莫斯科杂志》(1791—1792)上,卡拉姆津不仅是作为一名作家,也是作为一位深刻而独立地理解同时代欧洲文学经验的新流派的理论家出现的。

在为多部俄国和国外出版的书籍与剧作所写的大量评论中,在自己个人的多篇作品和以出版者的名义为其他作者的作品所加的注释中,卡拉姆津阐明了感伤主义的基本美学原则。

满怀关于人的个性尊严的人文主义观念的《莫斯科杂志》出版者,对"了解人的内心活动"问题、认识"内在之人"予以特别关注。不过,如果说大多数共济会成员都是把这个问题视为宗教哲学问题的话,那么卡拉姆津则是把它作为美学问题看待的。作家以这样的方式简练地表达了这一点:"哲学家不是有时写一些非常枯燥的道德文章的诗人;诗人表达其道德观念往往辅以富有魅力的形象,经由形象来激活道德理念并使之产生更大的影响。"②因此也就合乎逻辑地产生了另一个问题:"诗人",即真正的大艺术家,究竟应当拥有什么样的品质?卡拉姆津分析了以往欧洲最重要的作家以及和他同时代的作者们的创作,试图发现评价其作品的某种普遍标准。在卡拉姆津看来,"多愁善感"就是这样的标准,"没有多愁善感,克洛卜施托克不会是克洛卜施托克,莎士比亚也不会是莎士比亚"(《选集》第1卷,第87页)。对感伤主义作家来说,"多愁善感"的概念容量很大,这种品质为莎士比亚、卢梭、理查逊、斯特恩、汤姆逊和歌德所共有。按卡拉姆津的说法,"多愁善感"的作者能够洞察"内在之人",以自己的激情描写"触动心灵"。

---

① 尼·米·卡拉姆津:《卡拉姆津选集》(2卷本),第2卷,莫斯科—列宁格勒,1964年,第80页(以下凡引用该选集,只在引文后注明书名与页码)。关于卡拉姆津对莎士比亚的看法,参见彼·罗·扎博罗夫:《从古典主义到浪漫主义》,见《莎士比亚与俄国文化》(Шекспир и русская культура),莫斯科—列宁格勒,1965年,第70—128页;Н.罗德:《尼·米·卡拉姆津的欧洲之行:俄国长篇小说的开端》(N.M.Karamyins europäische Reise: ein Beginn des russischen Romans),柏林,1968年,第55—65页。

② 《莫斯科杂志》(Московский журнал)1971年第1卷,第80页。

但是，"多愁善感"并不局限于狭窄的室内圈子，这种品性要以能共同感受为前提。当然，对他人痛苦的反应程度与方式可能各异：有时同情仅仅表现为惆怅的眼泪与叹息，有时则指涉人类所有的受难者。曾鼓舞过卢梭的关于普遍幸福与正义的思想，卡拉姆津也是以自己的方式理解的。他在《不同的片断：摘自一位年轻的俄罗斯姑娘的笔记》中幻想着"所有人类兄弟"的"全世界友好神圣联盟"。这些思考虽然有很大的笼统性和抽象性，却有机联系着《莫斯科杂志》出版者的批评与政论活动；该刊曾评论过大革命时期的巴黎戏剧，还有莫尔的《乌托邦》、伏尔尼的《废墟，或关于帝国革命的沉思》、梅尔西耶的《论作为首批革命作者之一的卢梭》等著作。这一时期卡拉姆津的社会政治立场明显地"同政府的反动政策相对立"[①]。对社会制度问题的强烈兴趣，对当代政治事件的关注，这一切在卡拉姆津这里，也和在卢梭那里一样，构成他的伦理学和美学不可或缺的部分。与俄国古典主义文学相联系的公民性传统，感伤主义作家完全不陌生，但这一传统却获得了新的艺术体现。特别是，卡拉姆津以新的眼光看待遵守准则的必要性问题：他打算原谅对规则的任何偏离，只要作品显示出一种创作天才（"天才"一词成了这位推崇莎士比亚的俄国作家的特有术语）。

卡拉姆津始终如一地以怀疑的眼光看待法国剧作家，更推重莱辛、歌德、克林格尔和席勒：他们"在自己的戏剧中如此生动地按其本来面目呈现出笔下的人物，描写了人物天性的所有细微差别，但是抛弃了具有纯自然审美力的人们所不能接受的一切过分的美化或法国式的粉饰"[②]。情感的真诚性和"纯自然审美力"成为作家确定文学作品价值的最主要的标准，不论这些作品是否遵守规则。

从创作道路的一开始，卡拉姆津就致力于在自己的艺术实践中实现这些原则。继穆拉维约夫之后，卡拉姆津断然否定了古典主义理论所规定的体裁等级划分。他最初的诗歌试作具有突出的室内特征。诗人的早期诗作在主题上和他与朋友之间的通信密切相关。在致德米特里耶夫的书信文本中，卡拉姆津常常纳入似乎是作为他和朋友继续交谈的材料的诗作。后来诗人曾把其中的某些诗歌作为独立的作品予以发表。

年轻的出版者能吸引当时俄国最著名的诗人赫拉斯科夫和杰尔查文为《莫斯科杂志》撰稿，更不用说最亲密的朋友德米特里耶夫了。他们的创作以及他们之间的经常交流给卡拉姆津文学才能的发展以显著的影响。虽然杰尔查文与卡拉姆津的美学原则不同，但他们却有共同的道德理想——"作为自由独立的作家，兼为爱国者、导师、社会舆论表达者的理想"[③]。为俄国诗歌的发展探寻新道路的意向，

[①] 尤·米·洛特曼：《卡拉姆津世界观的演变（1789—1803）》，见《国立塔尔图大学学报》，1957年，第51卷，《哲学历史系论文集》（Труды историко-филологического факультета），第130页。

[②] 《莫斯科杂志》1791年第2卷，第22—23页。

[③] 帕·纳·别尔科夫：《18世纪末—19世纪初俄国文学史中的杰尔查文与卡拉姆津》，见《18世纪—19世纪初文学运动中的杰尔查文与卡拉姆津》（Державин и Карамзин в литературном движении XVIII-начала XIX века），列宁格勒，1969年，第17页。

摆脱不久前诗歌传统规范的决心,也把这些作者联合起来。这些探索是在不同方向上进行的,卡拉姆津也以自己的方式着手研究他的年长同行们要解决的问题。他的抒情诗,特别是早期诗作,其特点是特别注意形式:诗人采用较少使用的甚至新的诗格,广泛运用无韵诗进行试验。他的诗歌在体裁与风格方面也是多样化的。由于不愿写作古典主义颂诗,诗人为社会—公民主题的发展找到了新形式。颂诗《致仁慈》是这方面最鲜明的例证:在它的风格、形象和音调方面都可以看出对传统体裁的明显背离。诗作在《莫斯科杂志》发表时,卡拉姆津不得不根据书刊审查机构的主意而数次改动初稿。诗人勇敢而光明正大地吁请叶卡捷琳娜二世对她所迫害的共济会员表现出仁慈。卡拉姆津的声援是一种极具公民勇气的行为:1792年4月底诺维科夫被捕,对其案件的调查随即开始,而五月份的《莫斯科杂志》上就刊出了《致仁慈》一诗。诗人为他的受惩罚的朋友鸣不平,提醒女皇"人生而具有的权利"。人生而平等的思想在卡拉姆津看来有着十分具体的内涵。存在于古典主义颂诗中的沙皇与诗人之间的距离在卡拉姆津的诗作中骤然消失。他向女皇请求并不像臣民之于国王,而是像一个人请求另一个人,请求一位"温柔的母亲"。

个性主题一直在卡拉姆津的全部抒情诗创作之中占有优势地位。在杰尔查文的诗歌中发挥了重要作用的具体生活细节,很少渗入卡拉姆津的反映诗人的内心活动、情绪和"感觉"抒情诗中。但是在他的某些诗歌中也出现了作者之外的、有着自己的性格与命运的其他主人公,如抒情叙事诗《拉伊萨》和《格瓦里诺斯伯爵》,稍晚所作的"勇士故事"《伊利亚·穆罗梅茨》中的主人公。

在锤炼这些对于俄国诗歌而言的新型抒情—叙事体裁时,卡拉姆津运用了欧洲作者的经验。特别值得注意的是作家对西班牙古代浪漫诗(《格瓦里诺斯伯爵》)情节的关注。① 在一定程度上被前浪漫主义时代的思潮所吸引的卡拉姆津看来,事件的时间与地点上的远隔赋予这一情节以诗意盎然的情调。

赫尔德的思想,卡拉姆津是通过阅读他的作品和私人交流(相识于卡拉姆津旅居德国期间)而了解的,不过远未全盘接受;但是,赫尔德关于每一历史时期每个独立民族的文化之价值的思想,却和这位俄国作家兼感伤主义理论家的认识相一致。

作家确信,"创造精神不仅存在于欧洲,它为全世界的公民所拥有"(《选集》第2卷,第117页)。卡拉姆津在《莫斯科杂志》上刊登了印度迦梨陀娑的剧本《沙恭达罗》的片断和詹姆斯·麦克菲逊的长诗《画稿》,后者在当时还被认为是古苏格兰游吟诗人莪相的作品。对于卡拉姆津而言,对古代东方和北方诗歌的兴趣在某种意义上已具有历史的性质。作家认为:"《沙恭达罗》可以被称为一幅古印度美妙绝伦的画卷,正如荷马史诗乃是一幅古希腊的画卷,在其中可以看到希腊居民的性

---

① 参见米·帕·阿列克谢耶夫:(1)《论〈堂吉诃德〉中一首抒情诗的文学故事》,见《塞万提斯:论文与资料》(Сервантес. Статьи и материалы),列宁格勒,1948年,第 96—123 页;(2)《论叙事诗〈戈瓦利诺斯伯爵〉的文学故事》,见《18 世纪—19 世纪初文学运动中的杰尔查文与卡拉姆津》,列宁格勒,1969 年,第 179—189 页。

格、习惯与风俗。"(《选集》第 2 卷,第 118 页)为 18 世纪末期的启蒙学者所特有的对于在人们的相互关系中保持着真诚、自然和朴实的"野蛮"民族生活的兴趣,也体现于卡拉姆津笔下。在作家最初的文学作品中就已出现两类主人公:"自然人"与开化的文明人。

作家在未被文明腐蚀的、保留着宗法制的农民环境中寻找第一类主人公。卡拉姆津的著名中篇小说《苦命的丽莎》(1792)以其"农村女人也会爱"的人道主义思想吸引了同时代人。小说的女主人公、农家姑娘丽莎体现了作家"自然人"的观念:她"灵魂与外表都很美",善良而真诚,能忠实而温柔地爱着。相较于都市居民,丽莎的生活与大自然的联系更为紧密。卡拉姆津希望读者能相信他的女主人公真实存在。小说中相当确切地指明了情节发生的时间与地点:"约 30 年前"莫斯科近郊的西蒙诺夫修道院附近。作者强调,他"写的并不是爱情传奇,而是悲伤的往事"(《选集》第 1 卷,第 619 页)。作家的许多同时代人都不怀疑所述事件的真实性,去瞻仰过"丽莎自杀的水池"。

埃拉斯特是个与丽莎相对立的"文明的"人物。丽莎品德高尚,埃拉斯特则行为不端。但如果说丽莎的形象是单一的,那么埃拉斯特的形象则复杂得多。他不是恶棍,而是"相当聪明,也有一颗善良的心,一颗本性善良但不免柔弱而轻浮的心"。他是不怯于残忍行为的,但作恶之后,却一生都在忏悔。① 作者称他是从埃拉斯特本人那里得知丽莎的故事的。因此,整篇小说就仿佛变成了埃拉斯特的忏悔录。同时,叙事进程中常常显示出作者的存在,他有时直接评价发生的事件。在讲述埃拉斯特抛弃丽莎时,作者"自己"补充道:"这时我义愤填膺。我忘了埃拉斯特还是一个人,真想咒骂他一顿,可是我的舌头不能动弹;我仰望天空,泪流满面。"(《选集》第 1 卷,第 619 页)故事讲述者是一位"多愁善感"的文明人:他喜爱徘徊于"草场和树林"欣赏迷人的风景;在观看修道院的废墟时沉思祖国的历史;他同情丽莎的命运,但也能理解和原谅埃拉斯特的迷误。

抒情插笔,主人公的心理分析——这一切在小说中都比直接的事件叙述占有大得多的篇幅,作品的情节则极为单纯和简洁。然而卡拉姆津却将于他而言有着原则意义的哲学—伦理问题带入自己对这一情节的阐释中。小说中的社会冲突(他是贵族,她是农民)同时也是想象与现实之间的冲突。埃拉斯特真诚地幻想着田园诗般的爱情,忘却等级偏见。意识到埃拉斯特"不可能成为她丈夫"的丽莎则更加清醒地看待这件事。实际的事变暴露出埃拉斯特的幻想是不切实际的,理想与现实的冲突导致了悲惨的结局。田园诗般的世界和现实的世界在卡拉姆津的意识中是彼此对立的。作家转到远逝的时代去寻找和谐:时间的距离好像负有消除幻想与现实之间的悲剧性矛盾的责任。

---

① 关于卡拉姆津小说中揭示主人公心理的尝试,参见伊·尼·库普列亚诺娃:《19 世纪前 25 年的俄国长篇小说:从感伤主义中篇小说走向长篇小说》,见《俄国长篇小说史(两卷本)》(История русского романа в двух томах)第 1 卷,莫斯科—列宁格勒,1962 年,第 71—74 页。

在中篇小说《大贵族之女娜塔莉娅》中,卡拉姆津把古代罗斯描绘成一个理想的国度,其中几乎所有的人都是淳朴、善良和真诚的。主要出场人物阿列克谢·柳博斯拉夫斯基、大贵族马特维、娜塔莉娅甚至皇帝本人都是如此。他们每个人身上都体现出"自然人"的美德。这些人物与作者之间不仅存在着时间上的距离,也有心理上的差距。作者转述苏格拉底的思想,谈论洛克和卢梭的著作,有时运用游吟诗人"袤相的语言",提及古希腊罗马神话中的人物,等等。也像在《苦命的丽莎》中那样,作者多愁善感,准备同主人公一起经受他们的厄运,但是除了同情,在作者的即兴插话中还可听出轻微的讽刺。卡拉姆津以斯特恩式的嘲笑描写了"自己祖父的祖母",这一想象中的宗法制世界的代表人物。学识渊博的作者已不能以其祖辈的眼光看待世界:他和他"亲爱的读者"一样属于另一个时代——18世纪。作家根据他那个时代的审美鉴赏力展开叙事,使遥远往昔的人物都用18世纪末受过教育的俄国贵族的语言说话。卡拉姆津本人也意识到这种不相称,他指出:"读者估计到古代的有情人不完全像他们在这里那样说话,但是如今我们也无法理解那时的语言。仅仅应当在某种程度上模仿古代情调。"(《选集》第1卷,第639页)为了传达这种情调,作者利用了古老的传说、民间创作和一些历史资料。无论这样的材料多么匮乏,它们还是证明了作家对祖国历史的兴趣和他理解"光荣的俄罗斯民族性格"的意向。

作家产生这一意向是完全合乎逻辑的,因为他刚刚访问了欧洲国家,仔细地观察了各民族的生活与风习。卡拉姆津的旅行历时一年半左右的时间(从1789年春到1790年秋),他在法国大革命高潮中到过德国、瑞士、法国和英国。《一位俄国旅行者的书信》是1790年代卡拉姆津所写的和他本人的其他所有著述联系都非常紧密的最著名的作品。作者的个性在《书信》中得到了特别充分的展示。但如果将俄国作家的作品比作斯特恩那部主要描写自己内心世界感受与体验的《感伤旅行》(1768),则不十分公正。卡拉姆津是按自己的方式写作的:在他的《书信》中,主客观因素有机相连,几乎不可分割。与斯特恩相比,他明显地拓展了描写生活的范围。现代欧洲的风俗习惯与日常生活、社会制度、政治与文化——这一切读者都可以从卡拉姆津的作品中获得详细的了解。当代的卡拉姆津创作研究者曾十分出色地指出:《书信》的内容丰富多彩,呈现出18世纪末期欧洲生活的新颖而客观的画卷。[①]《书信》是一部大胆的政论作品:当法国大革命在俄国官方报刊上受到断然谴责时,卡拉姆津就一系列迫切的政治问题发表了自己的独立见解。在阿尔萨斯,作家看到"整村整村地武装起来,村民给帽子缝上帽徽";他听到"邮政局长、车夫和农妇都在谈论革命"(《选集》第1卷,第202页)。在日内瓦,卡拉姆津曾去咖啡馆,"这里总是有很多人,各种消息不胫而走;人们在这里谈论法国的事变、国民议会的法令、内克尔和米拉波伯爵等"(《选集》第1卷,第285页)。最后,卡拉姆

---

① 参见尤·米·洛特曼:《卡拉姆津世界观的演变(1789—1803)》;格·潘·马科戈年科:《19世纪卡拉姆津的文学观》,载《俄罗斯文学》1962年第1期,第68—106页。

津还在法国多座城市的大街上目睹了平民暴动,出现在米拉波与莫里神父进行辩论的国民议会会议上。这一切都说明卡拉姆津对"法国事变"的活跃兴趣,显示出作家"远离那种在俄国从 1792 年起就被官方认定为唯一允许的应对措施的维护正统的恐怖"①。尤·米·洛特曼令人信服地指出:卡拉姆津对法国革命的态度,有必要分成几个层面,每一层面都同作家创作的特定时期、他的思想范围相关。例如,宗教信仰自由,对于在《书信》中始终受到谴责的宗教狂热的拒不接受,就是卡拉姆津最坚定不移的观念之一。

对于作家——法国事变的目击者,具有重要意义的国家政体形式的问题更为复杂。年轻的卡拉姆津对共和政体的好感,最充分地显露在《书信》用于描写法国和瑞士的篇章中。作者详细写到了瑞士各州的行政体系,注意到国家的丰裕与富饶和社会道德水平的高度。比如说,旅行者以明显的赞许态度指出:在伯尔尼,"房屋几乎全是一样的……也就在人们眼前呈现出居民生活状况的令人愉快的平等印象"。卡拉姆津从这些观察果敢地转向已对当时的俄国读者谈得够多的对照性现象:"不像在欧洲许多大城市中那样,低矮的茅舍往往在高大的豪华宅邸的阴影中匍匐在地面,随处可见奢华与贫穷的带侮辱性的混杂。"②此外,卡拉姆津显然是法国启蒙思想家"地理学"理论的拥护者。依照这一理论,共和政体更适合小国,而君主政体更适合大国。日内瓦共和国给旅行者的印象就是"地球上的一个漂亮玩具",而他在法国目睹的那些争取共和的斗争方式则引起了他的断然谴责。在他看来,民众"在法国已变成最可怕的暴徒",他还认为暴乱的罪魁祸首是"从所谓法国的自由时代起就不愿工作的乞丐和懒汉"(《选集》第 1 卷,第 560 页)。作家从欧洲回国后,他所追踪关注的法国事态的进一步发展,迫使他重新评价自己在欧洲旅行期间的印象。《书信》的发表开始于《莫斯科杂志》,但拖延了很长时间,而作家的写作则延续了整整十年光景(其中《书信》共六个部分的完整单行本出版于 1797 年—1801 年)。

到 1790 年代末,作家关于法国大革命的意义和结果的思索已具有更成熟的特征。作家找到了足够确定地表达自己意见的机会。比如,在为一家外国杂志《北方听众》(1797)而写的《一位俄国旅行者的书信》内容介绍的文章中,作家指出:"法国大革命属于在漫长的几个世纪中决定着人类命运的那种现象。一个新时代开始了。我见证了这一时代,而卢梭则预见了它的到来。"(《选集》第 2 卷,第 152 页)。卡拉姆津的这些话证明了他对事件本质的深刻洞察,也证明了他在同一篇文章中的另一表述所体现的立足现实认识历史的能力:"巴黎的历史——就是法兰西

---

① 尤·米·洛特曼:《18 世纪末俄国文学中革命斗争的伦理与策略的反映》,《国立塔尔图大学学报》,1965 年,第 167 卷,《俄罗斯与斯拉夫语文学论文集》(8),第 29 页。参见米·米·什特兰格:《1789—1794 年代的俄国社会与法国革命》,莫斯科,1956 年。

② 《莫斯科杂志》,1792 年,第 5 卷第 1 册,第 25 页。在后来的版本中,卡拉姆津明显地淡化了这些表述,删去了"平等映象"之前的形容词"令人愉快的",以及有关"奢华与贫穷的带侮辱性的混杂"的说法。比较尼·米·卡拉姆津:《卡拉姆津选集(两卷本)》第 1 卷,第 249—250 页。

的历史和文明的历史……总之,法兰西民族经历了能达到现今状态的文明发展的所有阶段。"(《选集》第 2 卷,第 151 页)卡拉姆津自称为"精神上的共和人士",但坚决不接受革命暴力,在他眼中,法兰西是一个范例——在悠久的全人类文明史中完成了它的特定历史阶段的例证。启蒙主义者卡拉姆津务必要解决一个折磨人的问题:这个阶段是否是最后阶段? 它对于推动其他民族不是向前,而是向后——向着"自然人"的原初状态是否没有意义?

可见,《书信》反映出了卡拉姆津的社会立场,他远不是一个缺乏热情的法国大革命事件的目击者,却是一位明智而深思熟虑的政论家。不但如此,《书信》还是最有价值、最有意思的时代文献:18 世纪末不得不放弃许多幻想的整整一代俄国知识分子的希望、意愿和失望,都在这里找到了回应。

《书信》先后在俄国读者和外国读者中获得了极大的成功:卡拉姆津在世时,《书信》就已被译成多种欧洲语言。这不仅是由于《书信》的内容,还由于它的文学品位。作品的体裁构成看来十分多样化:与著名作家的对话为抒情片断和日常生活描写所替换,插入的故事和哲理性的思考、戏剧性的评论彼此交替。不过,虽然有这种外在情节和风格上的杂然相许,《一位俄国旅行者的书信》仍具有艺术上的统一性。处于作家关注中心的始终是人——在个人与社会的各种联系中对自然和艺术持不同态度的人。《书信》的篇页中出现了几十个角色——这些人分属于不同的民族,有着不同的职业、不同的财产状况、阶层地位和文化水准。在卡拉姆津笔下,他们每一位都成了文学主人公,哪怕只是偶尔出现。人物的外貌、行为方式、性格特征、人生经历或今后的命运——所有这些都是重要而有趣的,在《书信》中通过或多或少的细节得到了表现。读者得以结识那个时代最著名的作家和哲学家,如赫尔德、康德和克·马·维兰德;法国舞迷们的偶像维斯特利斯;卡拉姆津的同行者、丹麦诗人巴格森和亨利·贝克尔博士;法国沙龙的太太们;年轻的英国女招待,等等。许多角色在《书信》中出现,旋即消失,不断有新的人物来代替他们。在整部作品中自始至终只有一位人物一直存在,即作者本人。

许多读者乃至后来的研究者们都把"俄国旅行者"的形象和作家本人等同起来。其实,如果考虑到《书信》的创作过程(记住这不是日常生活文献,而是文学作品),那么这个问题就要复杂得多。卡拉姆津精心加工润色自己的旅行笔记,使其成为多年间创作而成的《书信》的基础。作者后来的感情与思想也不由自主地渗透到作品的结构中,和"俄国旅行者"的感情与思想形成叠加状态。

起初作家意欲造成一种印象,即他拟把自己写给好友普列谢耶夫兄弟的书信原件发表。他对朋友们的经常关注,他关于自己对朋友们的眷恋之情的思考,等等,都使这种设想获得了支撑。确实,旅行者很快就承认:"我仍像从前一样爱你们,我的朋友们! 但是分离对我来说已不再那么痛苦。我开始享受这次旅行。"(《选集》第 1 卷,第 105 页)这些话使读者有了理解随后信件性质变化的思想准备:朋友方面的话题后来只是片断性地出现;《书信》从抒情日记逐渐转变为随笔集(来自英国的书信),虽然信中依然渗透着作者对所述内容的看法。

"多愁善感"本身对于《书信》的作者而言是具有原则上的重要性的特征,在叙述过程中其性质也有一些变化,并有了更为深刻的内涵。在最初的几封信中,作家表现出某种过分夸张的情感:例如,他"泪眼蒙眬地"感谢在恶劣的天气里让旅行者安下身的殷勤好客的房东。在发现自己的丹麦旅伴有着矫揉造作、过分夸张的情绪表现时,作家很快就开始予以讽刺,如以幽默的口吻讲述"多愁善感"的贝克尔失败的爱情奇遇。不过,这种讽刺,正如在卡拉姆津的中篇小说中一样,针对的是多愁善感的不合时宜的表现,但这种品性的价值则是毋庸置疑的。

旅行者是一位"多愁善感"的人,这种品质决定了他对大自然的关注,对艺术创作及他所遇到的每一个人的兴趣,对所有人的幸福和"各民族精神上的亲近"的思考。在对瑞士牧民的风俗发出赞叹时,作者准备"放弃生活中的种种舒适(这一切我们要归功于当今时代的教化),以便返回到人的原初状态"(《选集》第1卷,第263页)。其实,旅行者所说的希望留下来和牧民们一起挤牛奶的那些话,只是招致淳朴牧民们的讥笑。他本人也清楚地知道这种愿望不切实际:他赞赏这些"自然人"的美德,却悄悄地离开了他们,继续自己的走向欧洲文明中心之旅,参观剧院、博物馆等。作者高度珍视人类科学和文化的经验,反对束缚创造性思想的宗教狂热和迷信。这方面值得注意的是旅行者关于宗教改革意义的看法。他认为这不仅是"在罗马教会中违背皇帝和教皇的伟大改革,也是世俗生活中的伟大精神革命"(《选集》第1卷,第185页)。卡拉姆津亲近并理解文艺复兴的人文主义激情,尽管他并非总是承认那个时代的文学成就(如弗朗索瓦·拉伯雷作品中"讨厌的描写、晦涩的讽喻和荒诞性"都令他反感)。这时,感伤主义的美学原则及其令人愉悦的宗旨对作家起到了很重要的作用。

在谈到自己对各个不同时代的各民族文化的看法时,卡拉姆津表现出对本国历史和文化更浓厚的兴趣。

俄国旅行者注意观察欧洲生活,并把它同自己所了解的本国的现在和往昔进行对比,产生了还不是总能清晰地表达出来的民族自我意识。在罗讷河畔听到歌声时,他在其中听到了与俄罗斯民歌的相似之处;凝望路易十四的纪念碑时,他思考的是彼得一世;身处莱比锡派学者的圈子中,他给他们讲解俄国诗歌,如比等等。卡拉姆津对法国作者皮·沙·列维克所写的《俄国历史》表现出浓厚的兴趣。他痛心疾首地判定,外国人对俄国历史只有肤浅的甚至常常是错误的认识。这样,《书信》中就完全自然而合乎逻辑地出现了必须研究祖国历史的念头。这一思想伴随着俄国旅行者关于当代诸多事件、关于一直吸引着卡拉姆津注意的法国革命事件的思考。

这些事件是对启蒙思想的严格而清醒的检验:"……雅各宾派专政以显而易见

的灾难性后果表明启蒙理想和资产阶级革命现实之间的矛盾。"① 对旧有价值的加紧重估在卡拉姆津的丛刊《阿格拉娅》(1794—1795)中得到了反映,这份丛刊几乎只是由出版者本人的作品构成的。丛刊中的政论和艺术作品都同《一位俄国旅行者的书信》的内容密切相关。例如,在《梅洛多尔致菲拉列特》和《菲拉列特致梅洛多尔》两文中,卡拉姆津向读者提出了关于人类的未来和文明的命运问题的两种不同观点。"多愁善感的哲学家"梅洛多尔痛苦地思考着启蒙时代出乎意料的"科学的衰落"和"毁灭欧洲的残酷战争",忆及古代世界文明覆灭的历史实例。他惊恐地想到他认为体现于中世纪的野蛮行径重现的可能性:"如果 5—15 世纪又重新返回人世呢?……"(《选集》第 2 卷,第 250 页)

这些令人不安的问题,反映了为法国内战的消息所震惊的作家本人的思想历程。但是在菲拉列特的信中,卡拉姆津的"另一声音"却平静地回答:"我们将在一种启蒙中找到人类所有不幸的解毒药(即消毒剂——引者注)。"(《选集》第 2 卷,第 257 页)菲拉列特把文明的产生与衰落的历史看成人类从低级阶段向越来越高的阶段共同发展的前进过程。甚至中世纪也被视为这一"为科学之光的广泛传播"做准备的前进运动中的一个必然阶段。在卡拉姆津和菲拉列特看来,现代文明的灾难不是启蒙的结果,而是启蒙不充分的明证。"当 18 世纪在'创世记'中还是以鲜血与眼泪著称时,它就不能被称为启蒙的世纪。"(《选集》第 2 卷,第 257 页)

卡拉姆津就此在《阿格拉娅》中发表专题文章《关于科学、艺术和教育的某种见解》与卢梭进行论战。作家在这里阐明了他对"自然人"的长处的理解。这位俄国作者利用了卢梭的某些论据,力求说明科学与艺术的产生联系着"自然人(即由自然而生的人——引者注)改善自己的生活、增强生活幸福感的意愿"(《选集》第 2 卷,第 127 页)。因此,受过教育的人和"自然人"之间的关系并不是对抗性的,而是亲缘性的;以前的矛盾最终会消除。善良、健全的理智和对美的感悟等这些"自然人"身上引以为荣的品质,不是在更小,而是在更大的程度上为受过教育的人所拥有。社会进步的思想由于艺术领域进步的思考而得以充实:"从第一座窝棚到卢浮宫柱廊,从第一声简单的笛鸣到海顿的交响曲,从第一幅树的略图到拉斐尔的画作,从第一首原始歌谣到克洛卜施托克的长诗。"(《选集》第 2 卷,第 127 页)

这一时期还有一个老生常谈的问题被合乎逻辑地摆在卡拉姆津面前:艺术家的使命是什么,他应该具备哪些品质?"作者需要什么?"——这个问题成为《阿格拉娅》中卡拉姆津一篇文章的标题。作家揭示了美学和伦理学之间的必然联系,得出"恶人不可能成为好作者"(《选集》第 2 卷,第 122 页)的明确结论。"多愁善感"的概念被保留下来,但具有了更宽泛的意义:这是"达至善的渴望的提升",是"不受任何阶层限制的普遍幸福的愿望"(《选集》第 2 卷,第 121 页)。

这样,卡拉姆津就创立了一套严整而合乎情理的体系,人文主义理想在其中得

---

① 格·潘·马科戈年科:《卡拉姆津与启蒙运动》(Карамзин и Просвещение),见《斯拉夫文学:第七届斯拉夫学者国际代表大会,华沙,1973 年 8 月,苏联代表团的报告》,莫斯科,1973 年,第 299 页。

到了肯定。但是，政论家卡拉姆津的论据越是严整而合理，艺术家卡拉姆津的世界观就离和谐与平静越远。当时社会的诸多事件导致他在不远的将来实现普遍兄弟情谊和正义胜利的希望破灭。个人生活中的忧伤与不幸（特别是他的爱友亚·安·彼得罗夫的去世）加重了作家的这种精神危机。

忧虑和悲观的情绪首先反映在《阿格拉娅》时期卡拉姆津的抒情诗中。在《致德米特里耶夫》《致亚历山大·阿列克谢耶维奇·普列谢耶夫》和《致自我》等赠答诗中，诗人讲述了他所遭遇的震动与失望。关于幸福无法企及的忧郁的冥思，在这里具有自白的性质。与力求在极为概括的形式中表现自己的思想和情绪的赫拉斯科夫不同，卡拉姆津时常强调他讲述的是自己的个人体验：

> 啊，我的朋友，我又享受着
> 自感美好的春景；
> 我又沉醉于幻想中——
> 热切地爱上了人们，
> 恰如爱上温柔的兄弟和朋友；
> 衷心祝福他们如意称心。

道德—哲理劝言由于和作者本人的体验相联系而显得合情合理：

> 如今我看到另一个世界——
> 也看得很清楚，和柏拉图一起
> 我们建立不了共和国……

（《选集》第 2 卷，第 34—35 页）

诗人和充满罪恶与不公的社会失去联系的悲剧性感受也表现在他这几年的散文作品中。已经得到解决的"自然人"的问题看来又遭到了怀疑。在其情节与欧洲哥特式长篇小说有联系的中篇小说《博恩霍尔姆岛》中①，作家以新的眼光看待以往也曾激动过他的问题。乱伦的浪漫主义主题（兄妹之间的罪恶爱情）在卡拉姆津的作品中得到了独特的观照。来自格列夫森德的陌生人试图为自己的情感——从"法律"的角度看是罪行——进行辩解，向"神圣的大自然"呼告：

> 大自然！是你希望
> 我爱上莉拉！

（《选集》第 1 卷，第 663 页）

---

① 参阅瓦·埃·瓦楚罗：《卡拉姆津的中篇小说〈博恩霍尔姆岛〉中的文学与哲学问题》，见《18—19 世纪初文学运动中的杰尔查文与卡拉姆津》，列宁格勒，1969 年，第 190—209 页。

"与生俱来的感情"("自然人"的感情)与文明人的观念处于悲剧性的对立中。文明社会的法令谴责这种爱情,为对待罪人的极度残忍(把女子囚禁在地下室)辩护。"多愁善感的"作者不能容忍这种残忍。"上帝!你为什么赐予人们造成彼此的不幸和自身不幸的毁灭性的权力。"(《选集》第 1 卷,第 672 页)——这是一个持续折磨着卡拉姆津的问题。小说作者(也是俄国旅行者)证实:"科学之光越来越广泛地传播,但是人们的血还在大地上流淌,不幸的人们还在流泪。"(《选集》第 1 卷,第 668 页)作者本人也强调了小说与《书信》的联系:在小说的抒情性引言中,他忆及去"异国"的旅行和由英国到俄国的海上归程。因此,读者可将《博恩霍尔姆岛》看成由《一位俄国旅行者的书信》扩展而来的增补片断。小说中的部分角色仅是浪漫主义主人公:他们处在异常的情境中,强烈的激情控制着他们,甚至包围他们的大自然中也有某种阴森不祥的东西。但作者形象在小说中占有特殊地位:这还是原先"多愁善感的旅行者",甚至是以同样的形式表达自己怜悯之情的《苦命的丽莎》的作者:"我的胸口被压得喘不过气来——最后我凝望天空——风将我的眼泪吹落大海。"(《选集》第 1 卷,第 673 页)不过这个时期制约着作家的内心忧虑,也给他的形象打上了某种印记。先前为故事讲述者卡拉姆津所特有的温和的幽默与讽刺在《博恩霍尔姆岛》中完全消失不见。情节的悲剧性排除了幽默的可能性。

这一特质随着作家精神危机的克服而回归。如在中篇小说《尤利娅》(1796)中,叙述者比在卡拉姆津的早期作品中更具讽刺性。作者中肯而风趣,熟知上流社会风习。他同情笔下的女主人公,也轻微地取笑了她的弱点;当他涉及上流社会的风气和规则、涉及 N* 公爵的不体面行为时,讽刺就变得尖刻和辛辣。作为俄国最初的"上流社会"小说之一,《尤利娅》在思想和艺术上都与作家后来的作品(《我的自白》《当代骑士》)有着紧密的联系。

中篇小说《尤利娅》中的作者形象也在 1790 年代后半期卡拉姆津的抒情诗中得到了某种呼应。时而迷人而殷勤、时而无情嘲弄的机智的诗人进入上流社会的沙龙,把自己的赞美诗、题词和讽刺短诗献给那里的常客。但所有这些小诗只是表现了作者创作个性的诸多方面之一。他感受到自己与周围环境的联系,同时也有某种孤独感:他是一位带有承担特殊使命印记的艺术家—作者。

卡拉姆津这个时期的一些纲领性诗作(《致穷诗人》《天赋》《波塞冬,或诗人的分歧》)是用于表现诗人—创造者主题的。

在卡拉姆津看来,艺术的最高成就是逼真的虚构性创造。富有诗意的谎言被提升为一种原则,但这种谎言是以和现实具有一定的联系为根据的:

> 谁可以令人愉悦地杜撰
> 用诗歌或散文,只要有个大概,
> ——就给他成功的祝愿!

诗人是什么人？说着精巧的谎言：
献给他荣誉和桂冠！①

在和卢梭继续辩论时，卡拉姆津再度推翻了"未开化的""自然人"的理念。按作者的观点，最珍贵的品质"多愁善感"与艺术的因素一起发展，并使人实现精神革新：

世间的艺术光华四射，
人的面貌焕然一新！

卡拉姆津在附注中解释了自己的诗学宣言："天性中的审美感唤醒未开化的人，产生各种艺术，艺术对社会生活、它的全部复杂规则、教育和道德都有直接的影响。"②这是卡拉姆津真正的呕心沥血之言，是作家经过长期思索、犹豫和怀疑而形成的结论。

虽有保罗一世统治时期书刊检查机构的阻挠，卡拉姆津还是以惊人的毅力继续其出版和文学活动。由他出版的三卷本当代诗歌选《阿俄涅斯③或新诗集》(1796—1799)的问世，是俄国文学史上的重要事件。出版者在其中收入了自己的作品，也收录了加·罗·杰尔查文、米·马·赫拉斯科夫、伊·伊·德米特里耶夫、瓦·瓦·卡普尼斯特和尤·亚·涅列津斯基—梅列茨基等那个时代最著名的俄国诗人的诗作。卡拉姆津在这里重新作为文学批评家和理论家出现。在《阿俄涅斯》第2卷的序言中，作家谈到当代诗歌的两点基本不足：一方面是"词藻过于华丽，不恰当地大声疾呼"；另一方面是充满"虚情假意的哀怨"。第一种情况指的是古典主义的信徒，第二种情况是指那些仅仅掌握了感伤主义文学的外在手段和现成公式的新流派的追随者。作家认为，在作品中表现作者的个人因素是一条基本的艺术原则。卡拉姆津本人和他的同时代人在文学实践中已达到的那些成就，如今得到了理论上的论证。卡拉姆津说过：诗人应做到"在表现悲伤时不要仅仅依靠一般的、过于平常的、不能造成读者心灵有力活动的特征，而应依据特别的、和诗人的性格与环境有关的那些特征"。④这些说法表明，卡拉姆津准确而敏锐地捕捉到了文学发展的基本趋势。《阿俄涅斯》的序言中勾勒出来的纲领，由19世纪最初十年的诗人们予以实施：在茹科夫斯基、巴丘什科夫和普希金的其他直接先驱的创作中，作者的"性格与环境"越来越充分而明确地呈现出来。

卡拉姆津简练表达出来的文学美学原则，其依据不仅在于他自身的创作经验，

---

① 尼·米·卡拉姆津：《卡拉姆津诗歌全集》，尤·米·洛特曼作序、准备文本并注释，莫斯科—列宁格勒，1966年（《诗人文库大系》），第195页。
② 同上书，第215页。
③ 阿俄涅斯（Аониды）：即缪斯，希腊神话中的九位司文艺的女神。——译者注
④ 《阿俄涅斯》第2卷，莫斯科，1797年，第X页。

也在于他对不同时代、不同国度的文学的思考。他于 1798 年出版的三卷本《外国文学文库》，是作家多年翻译活动的一种总结。那里所介绍的既有古希腊罗马作家的作品，也有现代德国、法国和英国作家的作品。

卡拉姆津献给国内文学的特别出版物，是 1801 年出版的《俄国作家文库》。他利用了尼·伊·诺维科夫的《俄国作家历史词典试编》(1772)中援引的一些实际资料，更把许多新的内容带入对某些作者作品的阐释中。《俄国作家文库》证明作家对俄国历史与文化的越来越郑重的关注。在材料的安排处理上，卡拉姆津大体上遵循编年史的原则：这一出版物以论及传说中的"古罗斯诗人"鲍扬的文章开篇，再以关于 18 世纪作者的论文结束。这一原则吻合作家的一般历史—文学观念和他关于人类社会及其文化发展中的前进运动的认识。在就 1802 年印行的《文库》发表的作者自评中，卡拉姆津以如下方式说明了自己的构思："出版者只希望提醒文学爱好者们：我们这儿古代也有作家存在。"他接着写道："但是，真正的作家的世纪，在俄国是从彼得大帝时代开始的，因为写作艺术是一种启蒙活动。"(《选集》第 2 卷，第 188 页)

出现于两个世纪之交的《文库》既面向过去，也面向未来。作家以他在 1790 年代的文学活动期间形成的标准考察其他作者的作品，认为其特别的优点是"令人愉悦"和文体的流畅，"发现人类心灵隐秘变化的敏锐目光"和其他从感伤主义美学的观点来看最为宝贵的类似品质。与此同时，在转向遥远往昔的文学时，卡拉姆津也在其中寻找民族性格特征的表现——"古代罗斯的英勇气概和民族自豪感"。涅斯托尔的纪事体著作就从这个角度向作家呈现出"我们历史的瑰宝"，这些瑰宝能为"新的、最幸运的时代中有远见卓识的历史学家"提供许多东西。卡拉姆津对祖国历史的认真注意在这里得以显露，他把历史看成为现在和未来保留着重要价值的人类经验的态度，这个态度也已初具轮廓。

卡拉姆津在 19 世纪初的文学活动表明他最终克服了精神危机。出版《欧洲导报》(1802—1803)的两年，是一段为时不长却是作家一生中特别富有成果的时期，一段既维系于他以前的活动又联系着《俄罗斯国家史》写作的时期。卡拉姆津重新关注启蒙思想家们提出的问题，以新的方式予以解答，逐渐走向对现实的历史理解。对历史和历史与现实之关系的更深刻的认识，引导作家获得思想与艺术上的诸多发现，这些发现均为从十二月党人和普希金起，到托尔斯泰和陀思妥耶夫斯基止的 19 世纪随后几代俄国作家以自己的方式所接受。

作家的社会政治、伦理和美学观念的完整综合，在中篇小说《城总管夫人玛尔法》《敏感的与冷漠的》《我的自白》和《当代骑士》中得以展现。①

在性格描写中探寻心理真实与历史真实，在作者表达自己对所描写的人物与事件的态度时坚持真理，制定文学语言的新规范——这一切都在 19 世纪文学中获

---

① 关于这一时期卡拉姆津的创作，关于作家在俄国文学语言形成过程中的作用，参见套书第 2 卷。

得了进一步的发展。赫尔岑曾高度评价感伤主义作家在本国文化史上的功绩,在论及卡拉姆津时赫尔岑说过:"他使文学变得更人道。"①

(娜·德·科切特科娃执笔,管海莹译,汪介之校)

---

① 亚·伊·赫尔岑:《赫尔岑文集(30卷本)》第7卷,莫斯科,1956年,第190—191页。

结语：18世纪文学传统与19世纪俄国文学

1

新俄国文学史习惯上被分为三个时代，其中的每一个时代都以清晰的时间标志表示出来："18世纪文学""19世纪文学"和"20世纪文学"。这样的界定只是相对的，而且实际上纯粹是为了便于在教学中使用。不过这种分期上的方便更是相对的：例如，第三个时代的表示法简直失去了意义，因为"20世纪文学"这一提法所指的，其实仅仅是1917年之前那个时期的文学。

宣告1800年是文学史上两个时期之间的断然分界线，将18世纪文学和19世纪文学对立起来，导致本来统一的文学进程的断裂，干扰了对继承性的实际特征的理解。

根深蒂固的按年代顺序划分文学史的传统，在长时期内妨碍着人们看清在年代顺序上彼此靠近的文学现象之间的原本的、多方面的和具体的联系。"19世纪"这一概念或术语实际上只传递着一个信息：一个新世纪开始了。这个世纪的文学是由它的规律性和它的境况所决定并以其为条件的。这就是这一概念本身并没有以关于文学史发展进程规律性的知识武装研究者头脑的原因：还是应当仔细研究这些规律性；没有给研究者揭示出表明文学进程连续性的许多显而易见的、实际存在的事实，但却得出不可靠的结论——文学在新世纪似乎开始按新方式发展；注意力集中到为19世纪所特有的现象上，而它与已结束的那个世纪之间的联系却被斩断。

我们在多种关于18世纪文学史的著作中可以发现学界对业已形成的上述观点的反映。例如，近期的一部论著，对两个世纪之交文学发展继承性的问题，作出了这样简扼而断然的判定："18世纪各种文学思潮的消退：杰尔查文、拉季舍夫、卡拉姆津的后期作品。"①

"消退"的说法是与事实相矛盾的。确认杰尔查文、拉季舍夫和卡拉姆津的后期作品表明他们才华的丧失,只需要论证 18 世纪的这些大作家已被排除出新世纪初期的文学运动。

排除他们就歪曲了文学史发展的真实图景。杰尔查文的创作在 1800 年代达到了繁盛期,但正是这种繁盛被人为地从新世纪文学中抹去。诗人自己是用"老朽"来解释的。卡拉姆津的活动停息下来,尽管他恰恰在新世纪的前 25 年中创作了他"主要的著作"——《俄罗斯国家史》,这是一部本应"承包给"历史学家的、超出文学范围的书。克雷洛夫是以寓言家的身份出现的,但是关于他的评说却没有考虑到他在 18 世纪最后 20 年中已经取得的成就。他还是在寓言作品中特别明显地继承了 18 世纪文学传统的作家之一。

拉季舍夫的文学遗产对于 19 世纪前 25 年作家们的意义,也没有得到充分评价。我们提醒读者别忘记:他在 1801 年写下了《18 世纪》,按普希金的说法,这是他最优秀的诗作。不仅如此,这份书单上还可以列出流传甚广的《从彼得堡到莫斯科旅行记》和《自由颂》,以及由其子辈出版的《拉季舍夫文集》(1806—1811)中的作品。这些作品都获得了同时代人的承认,在把接力棒传递给新一代作家的过程中发挥了重要作用。

文学史家们首先希望强调 19 世纪俄国文学的伟大,强调它的巨大成就,这是类似的观念存在的唯一缘由。确实,19 世纪文学达到了前所未有的、无与伦比的成就的高峰。但是也不能忘记,18 世纪作家们的重要艺术发现和思想成果在一定程度上为这些成就提供了保障,由他们传递给自己的后继者的那些丰富的、多种多样的遗产,为这些成就准备了历史条件。

2

1800 年并未打断俄国文学在 18 世纪迅速形成其新颖独特性的那些文学思潮和趋向的发展,它们是在 1800 年代、1810 年代、1820 年代甚至 1830 年代才逐渐停止发展的。

18 世纪俄国文学在思想和艺术上的独特性在于,它是在启蒙时代独立自主地解决文艺复兴时代若干最重要的问题得到迅速进展的结果。这一过程延续到了 19 世纪 30 年代。

俄国还是在前文艺复兴时代就掌握了欧洲人文主义的某些要素。在 18 世纪,这一把握的过程不仅得以强化,而且具有突出的特点。人们表现出对于得到恢复的性格全面描写的特别兴趣,这种描写曾使文艺复兴时代的人格成为完整的人格。

---

① 《俄国文学史(3 卷本)》(История русского литературы в трёх томах)第 2 卷,莫斯科—列宁格勒,1963 年,第 5 页。

顺便说说，由此还产生了逐渐增长的对莎士比亚的兴趣。这种兴趣在19世纪前三分之一时间内更趋强烈。因此普希金在肯定莎士比亚的作用时，会称他为"我辈之父"。

不过文艺复兴的人文主义不是被简单地掌握的，而是经过批判地审视，并以在本民族土壤上生成、旨在培养人的理想的那些经验来补充的。18世纪的俄国作家在艺术地表现人文主义的道路上迈出了谨小慎微的最初步履。他们积累的经验就像接力棒那样传递给了19世纪文学。

西欧文艺复兴时期人的理想，是以新时代所赋予它的面貌出现的，这一理想曾为18—19世纪许多国家的文学所接受。但是文学也摊上了刻画利己主义的个性自我确立之悲剧性结果的使命。在俄国，人的理想是在解决自己的文艺复兴问题的时代被提出来的，它激起了19世纪伟大俄国作家们的灵感。他们的创作具有世界性，还因为其作品揭示了个人主义哲学的反人文主义本质，在资产阶级思想体系于全欧范围内占上风的时代为个性打开了另一条利己主义之外的自我实现之路。

别林斯基在其最后几年的论文中断言：18世纪和19世纪俄国文学发展的最重要的规律，体现在它和现实的日益接近。他写道："直到普希金为止，俄国文学的整个运动就在于它力求……接近生活，接近现实。"① 这种接近在后普希金时代是以更大的力度实现的。

这一规律性也决定了18世纪的文学—美学斗争的规模、能量和复杂性。古典主义在完成了自己创造新的、体裁多样的、在其最优秀的典范之作中显示出公民精神的、具有讽刺性主导意向的文学这一历史使命之后，从1770年代末起开始遭受新一代作家们的攻击。兴起于法国、随后延及包括俄国在内的其他国家的"艺术革命"，也是一种时代需求——巩固与拓展文学艺术同生活的联系——的表现。冲破古典主义的规范不是一下子就突然实现的，而是在紧张的、并不总是成功的探索中经历了痛苦而漫长的过程（在19世纪最初十年中，古典主义还在延续）。同时，艺术探索也不总是无结果的，而是往往带来引人注目的发现。业已完成的主要任务是：为新的现代文学打下基础，发现并确立个性主题——这一主题在感伤主义和启蒙现实主义两种思潮中获得了最充分的表现。感伤主义为19世纪初期俄国浪漫主义的繁荣直接做好了准备。启蒙现实主义在克雷洛夫的寓言和格里鲍耶陀夫的喜剧《智慧的痛苦》中得到了卓越的继承与发展。

普希金的天才创作结束了积极解决文艺复兴问题的那个时代。他的创作是俄国文学史中对以往的文学发展进行高度综合的界碑，也在原则上构成了现实主义语言艺术的新阶段。普希金是作为18世纪至19世纪初"艺术革命"的遗产后继者和传承者而出现的，也是最初一批现实主义者（"现实的诗人"）和感伤主义者、浪漫主义者（"感性的、热衷于想象的诗人"）艺术经验的汇集者；同时还克服了两

---

① 维·格·别林斯基：《别林斯基全集》第10卷，莫斯科，1956年，第10页。

者在表现人时所固有的片面性,一劳永逸地把文学从以往作家历史形成的艺术局限性中解放出来,这种局限性造成了他们的创作在美学上的前后不一。

3

欧洲现代史中的半个世纪(从18世纪70年代中期到19世纪20年代中期)充满着在其社会、政治和思想影响方面堪称巨大而重要的事件。这些不会被忘却的事件是:美国革命、法国革命和多次大规模的起义(包括俄国的普加乔夫起义和十二月党人起义);封建制度基础的崩溃,资本主义制度、资产阶级文明和思想体系在许多国家中的强势发展,资本主义社会致命矛盾的同时暴露与显现,这些矛盾决定了空想社会主义的诞生;以其规模而令人震惊的民族战争和解放战争,首先是1812—1814年的俄国卫国战争,它导致了欧洲政治格局的许多变化。

为了告别18世纪并给它的伟大经验以诗学的总结,拉季舍夫在《18世纪》一诗中写道:

呵,令人难忘的世纪!你赐予喜悦的平凡民众
真理、自由和光明,星座永远灿烂;
平民智慧的柱石遭破坏,你又将它重建;
一些王朝因你而毁灭,就像支离破碎的航船;
你也建造了一些王国;它们一度繁荣,但又再被推翻;
人所创造的一切都将毁灭,终将化为尘烟,
但你是思想的创造者;而思想是上帝创造的本质;
思想不会消亡,哪怕大地沦陷。①

与两个世纪之交有机联系在一起的这半个世纪时间之所以意义重大,还因为正是这段时间走过了克服此前占统治地位的形而上学思维方法,形成了看待世界现象的历史主义观点的复杂而艰难的行程。

当时或在那前后由于种种原因而提高或产生的一般对于历史的兴趣,包括对古希腊罗马或欧洲、东方或俄国历史的兴趣,历史题材、情节和形象在艺术和文学作品中的出现,历史悲剧、中篇历史小说和历史抒情叙事诗等体裁的确立,等等——这一切本身无一不是历史主义形成的标志或象征。

历史主义起源于对看待历史的形而上学方法的克服(在一定程度上),形而上学方法也就是孤立地看待个别事件,不顾它与其他事件的联系,不顾过程与发展,把它看成偶然性的表现,如此等等。历史主义意味着看待历史事件的新观点的生

---

① 亚·尼·拉季舍夫:《拉季舍夫作品选》,莫斯科—列宁格勒,1952年,第240页。

成,这为科学的历史哲学奠定了基础。

历史主义是经由诸多国家的学术活动家、文学活动家们的共同努力,在国际学术、文学和一般文化密切联系与交流的条件下逐渐凝练和形成的。没有这些广泛而深入的联系,对民族文化展开学术研究的历史主义观念就不可能确立。探索历史主义思维形成的总体过程中各国学者的贡献和他们的参与,这方面的研究到目前为止还是薄弱的。同时也应当注意到,历史科学中新流派的一些著名代表人物的著作在个案研究方面已做了很多工作,如赫尔德、司各特、基佐、梯也尔等人的著述。

历史主义在俄国的发展史研究最为薄弱。它实际上始于普希金,而从年代上看,它是从1820年代中期开始出现的,也即普希金创作悲剧《鲍里斯·戈都诺夫》之际。但是,在普希金的成就之前曾出现了什么?他是以什么为支撑的?历史主义思维在俄国的形成走过了什么样的道路?

这些问题对于理解18世纪末和19世纪初俄国文学史的真正历史特征颇为重要。人们按照世纪的顺序对文学进行习惯划分,习惯于人为地切割统一的文学史进程,这是导致集中研究这一问题的专题著作缺少的原因之一。

在俄国,也像在法国、英国和德国一样,拥有自己的某些学者、作家和哲学家(如休谟、马布利、赫尔德等),他们开始克服看待历史的形而上学观点,掌握启蒙时代的重大发现的具体条件。同时不应忘记,这些成果是以启蒙学者研究与理解历史的一系列重要的、纲领性的成就为基础的。正是他们在否定了许多年来占统治地位的看待历史的宗教观念之后,决定性地提出了关于社会发展的规律性问题,甚至还有关于这种规律性的物质因素问题,形成了历史进程与历史进步相统一的思想,等等。

这就解释了启蒙运动在某种程度上为历史主义思维的生成准备了条件,尽管历史主义也是在同启蒙学者的形而上学做斗争的过程中形成的。因此,克服启蒙学者的(形而上学的)历史哲学,不是要改变一种伟大的思想,而是要把它推向前进。

俄国启蒙学者为历史主义思维的形成尽了自己的绵薄之力。做出最大贡献的是拉季舍夫。只有在弃绝了形而上学思维方式之后,拉季舍夫才能真正辩证地定义和阐释彼得一世的活动。在他看来,彼得一世既是一位伟大的改革家,"公正地获得伟大称号"的君主,又是一个专制独裁者和暴君,"他清除了自己的祖国原始自由的最后一些迹象"。就"确认个人自由"而言,他什么也没有做,但这不是因为他是一个坏君主或残酷之人,而是因为他是一个"万古永世"都不会有的"在位时自愿让出某些权力"[①]的帝王的榜样。

历史主义要素也决定了《从彼得堡到莫斯科旅行记》中民众描写的特点。我们可以提到拉季舍夫发出的著名号召,那就是要动员"这些被沉重的锁链拖累得痛不欲生的奴隶在绝望中震怒起来,用束缚他们自由的镣铐砸烂我们的头颅,砸烂

---

① 亚·尼·拉季舍夫:《拉季舍夫作品选》,莫斯科—列宁格勒,1952年,第12页。

这些灭绝人性的老爷们的头颅"。对此只能这样理解：除了革命斗争，没有别的通往自由的道路；这一号召不仅是饱经苦难得来的关于民众未来胜利的幻想，而且表达了作家—革命者对于俄国革命不可避免的信念。因此他认为必须预先告知读者："这并不是幻想，虽然时间的厚实帷幕遮挡了我们洞察未来的眼睛，但我的目光穿透了这道帷幕；我的视线穿越了整整一个世纪。"

拉季舍夫的这一伟大预言，也是历史主义开始形成于俄国这一进程的明显的、主要的表现。只有历史主义才能够揭示历史发展的规律性，使人们可以洞察未来。

在俄国文学走向历史主义思维的符合规律的总体进程中，卡拉姆津，首先是他的颇有价值的著作《俄罗斯国家史》(下简称《国家史》)发挥了重要的作用。《国家史》是在19世纪前25年中写成的，但是此前俄国历史学说的全部发展和1790年代卡拉姆津本人的创作，已为它提供了准备。卡拉姆津的这部主要著作的历史主义的独特性，是以他的编年纪事素材为前提的。编年纪事的"历史主义"体现于记载俄罗斯国家历史存在的连续性这一明确的意识，体现于把国家历史视为一个统一的、在世界上一系列其他国家中占有自己地位的强大国家逐渐形成的过程，尽管这一过程由于最为艰苦而漫长的考验而变得复杂化。这一理念为卡拉姆津所接受，并贯穿于他的全部叙述中。不过编年纪事还给他揭示了一个历史的秘密——不同时代的俄国人意识变化的类型，它在《国家史》中被称为"时代精神"。

每一时代都是以其意识特征的某种总和与思想类型在编年纪事中得到表现的，包含某个时代的宗教信仰(起先是多神教，后来是基督教)、理想、道德规范、义务观念、社会政治与财产关系体系、文化教育与日常生活方式的水平等。

只有在文学的历史统一性中研究文学的进程，只有了解发展的规律性，才有助于揭示从1780—1790年代在俄国开始形成的历史主义思维的独特性，有助于理解与阐释18世纪末和19世纪初俄国文学史的水准，认清普希金的历史主义形成之际赖以支撑的传统。

普希金的历史主义是历史主义思维在俄国形成过程中的真正里程碑。在普希金之前，无论是在俄国文学还是在西方文学中，谁也没有把历史主义作为一种认识以往的一切、以历史来理解人的方法予以掌握。但普希金这样做到了。他之所以能如此，是因为把历史主义与现实主义融合起来。这种融合丰富和扩大了现实主义的资源与潜能，深化了历史主义思维。正是普希金的历史主义的现实主义能够对人做出历史的解释。

4

"我们的文学是在18世纪突然出现的"，普希金曾这样写道，但是同时他也深知文学的源泉藏在遥远的古代。诗人通过自己不容反驳的论证，竭力强调这种文学原则上的新特征和根本上的新性质，认为它和前一阶段的本国文学史断然有别。

因此"我们的文学"这一概念联系着两个世纪——它开始于康捷米尔和罗蒙诺索夫的时代,在普希金的时代获得了强劲有力的延续。

如果注意到上述表述中的"突然"一词,我们可以领悟到它表现了那个时期俄国生活变动发展中的一种独特的、前所未有的特征。适逢其时地形成、又以时代为前提条件的文学,急速地走过了从稚拙到成熟的道路,确实可谓"突然"——它甚至不是在一个世纪内,而只是在 70 年时间内就达到了在别的国度、在另一些条件下需要几个世纪才能达到的成就。

彼得一世坚定实行的欧化,为使俄国成为世界性强国准备了条件。创建能够表现俄罗斯民族生活新性质的民族文学的实际必然性,也就由此产生。当然,正如我们所看见的,这样的文学不是在空地上形成的。无论在 19 世纪最初 10 年,还是在后来,当过去的时代以不同的方法创作的作品给文学进程以影响时,以往的文学传统都显示了自身的存在。

在 18 世纪,俄国人特别敏锐地感觉到自己是全世界遗产的继承者。认清俄国新的历史命运的过程,不能以旧有的形式、根据古代俄国文学的艺术原则予以表现。他们应当继承的不仅是民族传统,还有人类的艺术经验。

古典主义完成了这一历史任务,但它只是通过诗歌体裁确立自己的存在的。古典主义促进了公民精神的养成,形成了关于英雄性格的观念,提高了诗歌文化的水平,把古希腊罗马和欧洲的艺术经验融入民族文学中,为诗歌发现了分析性地揭示人的精神世界的可能性。

俄国诗歌的革新是经由特列季阿科夫斯基和罗蒙诺索夫的努力而实现的。因此,俄国诗歌也就牢牢地站立在民族的土壤上。两个世纪以来,俄国诗人的创作实践比什么都更有力地证明了革新的生命力。罗蒙诺索夫确定了文学语言形成的道路。他的语言革新为俄国文学——无论是诗歌还是散文——迅速而富有成效地发展打开了广阔的天地。

许多天才诗人的创作造成了俄国文学体裁的丰富性。颂诗(喜庆的、哲理的和阿那克瑞翁体的)与寓言,讽刺诗与歌谣,书信体作品与牧歌,长诗(英雄题材、幽默题材和讽刺戏剧题材的)与圣诗改编,都获得了承认,具有了权威性。苏马罗科夫、赫拉斯科夫和克尼亚日宁以其悲剧,冯维辛和克尼亚日宁以其喜剧为俄国戏剧艺术的发展做了大量工作,为民族戏剧的确立准备了条件。

诸多诗歌体裁的形成以及对人类美学经验的迅速掌握,一方面使 18 世纪俄国文学取得了重要成就,在欧洲现代文学的行列中占据了自己的位置,另一方面又为 19 世纪语言艺术的极大繁荣提供了准备。

然而,在文学的进一步发展中,体裁的命运却变得复杂化:它取决于新的历史状况、新的任务和对文学的新需求。因此悲剧就未能获得进一步的发展。真正的民族和民主理想的表现,是在由普希金所创造的新的戏剧形式中实现的。喜剧的命运要更幸运一些。克尼亚日宁的诗体讽刺喜剧已被 19 世纪的戏剧家们掌握。

冯维辛为之奠基的"社会喜剧"传统，则在格里鲍耶陀夫和果戈理的创作中得到了卓越的承续。

感伤主义的确立导致很多新体裁的发展和旧体裁的复兴。卡拉姆津(还有追随他的那一流派的诗人们)采用过表达友谊的书信体、赞美诗和"肖像"题词等。俄国诗歌与文化的欧化过程在新的历史阶段得以延续。正是卡拉姆津创造了能够揭示个性心理状况的诗歌语体。为了把"内心隐藏的一切用我们清楚的语言"传达出来，卡拉姆津一直在寻找"表现纤细感情的语言"，创作了具有深深私密性的抒情诗。瓦·安·茹科夫斯基、康·尼·巴丘什科夫和年轻的普希金等人，都领会了卡拉姆津的成就。

最为幸运的是寓言的命运。18 世纪，这种体裁曾在诗歌中被广泛使用，但它往往是变化不定的，在苏马罗科夫、赫拉斯科夫和德米特里耶夫的创作中起到了各种不同的作用。在寓言这种体裁的形成与确立过程中，诗歌成就乃是它取得新繁荣的牢靠基础，这种繁荣出现于已属现实主义范畴的 19 世纪克雷洛夫的创作中。

哀歌的历史意义重大。俄国诗歌中最初的一些哀歌出现于 1735 年，那是由革新者特列季阿科夫斯基创作的。他还把这种体裁定义为"哭诉与忧伤之诗"，指出了对它的两种基本主题动机——亲人的死亡和"并非可耻的、而是正当的爱"——加以区别的必要性；在这两种情况下，诗人们"总是以哭诉与忧伤的语言"表达感情。

1747 年，苏马罗科夫在《关于诗歌创作》的书简中描述了哀歌的特征，并简要说明了它的书写规则。但是他关于"亲情之爱应以哭诉的音调"来歌唱的号召，却没有为诗人们所听取，而且苏马罗科夫本人也长期不写哀歌了。1759 年，当上述书简的作者创作了一组哀歌时，这一体裁发展的转机到来了。追随苏马罗科夫而出现的有他的弟子和拥护者，如米·马·赫拉斯科夫、阿·安·勒热夫斯基、阿·瓦·纳雷什金等，后来还有别的诗人——雅·科泽尔斯基、亚·奥·阿布列西莫夫和米·伊·波波夫等。1760 年代(到 1772 年之前)是"哭诉之诗"繁荣的年代(报刊上出现了 100 多首哀歌)，但同时也是它的危机年代：60 年代末即已显露出这一体裁耗尽的迹象。18 世纪最后 30 年中，各流派中有才华的诗人已不再写哀歌。哀歌淡出了诗歌领域(在杂志上发表的其实是模仿之作的哀歌未计算在内)。爱情方面的忧伤情感，先是在歌谣中，而后又在阿那克瑞翁体颂诗中得到了表现。

18 世纪哀歌的生命如此短促的原因何在？答案应当在古典主义自身的哲学和美学体系中去寻找。法国古典主义的立法者布瓦洛在他的《诗的艺术》中，依据古代伟大的哀歌诗人奥维德和提布鲁斯的经验，确定了这种体裁的特征和界限。由此出发，他所宣布的哀歌体裁的主题动机的范围是：对已逝者的悲悼("哀歌，悲恸，泪洒灵柩")、爱情的痛苦与欢乐("它给我们描绘出恋人的欢笑与眼泪，既有喜悦，也有悲伤，还有嫉妒的危险")等。古代诗人深厚的真诚，也决定了布瓦洛要求真诚地描写激情："哀歌的力量仅仅在于感情的自然"，哀歌中需要"爱的生动语言"。

所有这些要求都概括了古罗马诗人具有深刻个性的哀歌的性质。然而它们却是和古典主义的美学法规相矛盾的,这种法规不允许抒情体裁作品成为诗人心灵的镜子,表现他不可重复的个性。因此实行布瓦洛的主张实际上是不可能的。这样,法国古典主义没有创作出哀歌的典范之作也就不是偶然的——奥维德和提布鲁斯的哀歌仍旧是其典范。

苏马罗科夫试图克服这种矛盾,因此他就放弃了效仿古罗马的典范,限定了哀歌的选题,把它归结为仅仅是歌唱"爱恋中的悲伤"。这种"悲伤"本身是被唯理主义地理解的,甚至做出了一些严格的规定。哀歌的内容变成了主人公的怨诉,变成了讲述那些诗歌中的角色应当在指定的情境中体验的感情——离别、单恋或不幸的爱情。哀歌实际上成为某些被指定的情感的表达模式。苏马罗科夫不表达"真情实感",但他规训情感,创造了表现爱情痛苦的样品。他的哀歌所揭示的也不是隐秘的个性体验,而是感觉的学问。由此便造成了主人公的冷漠和辞藻的华丽,造成了情境及在特定场合必有的、预设的各种感受的指定性和单调性。哀歌中的主人公(无论男女)没有名字,没有事件发生的地点和环境的描写,没有提到出现在相爱者面前的障碍,如此等等。

既然没有"爱的生动语言",哀歌中也就填满了陈规旧套——千篇一律的主题动机和情节场景,千篇一律的预先指定的"痛苦呻吟"的词汇。连诗格也是被指定的:苏马罗科夫是以亚历山大诗体①写哀歌的。

1760年代的大部分哀歌都是按苏马罗科夫的样例写成的。但是,对陈规旧套的恐惧也推动着一些有才华的诗人把苏马罗科夫所提倡的最简单的情境变得具有一定的复杂性。哀歌模式对样例的某些背离和复杂化(例如,勒热夫斯基把恋人的别离和背叛两种主题动机结合起来,科泽尔斯基写过专门歌颂两位彼此相爱的主人公的幸福的哀歌,等等),并未改变这种体裁的性质:只不过是成了更复杂、比"感觉的学问"更考究的模式。

不同作者按照同一模式创作的哀歌越多,苏马罗科夫所创造的体裁模式的矫揉造作性就越明显。因而在一些刊物上就开始出现讽刺性的模拟之作。这类作品中流传甚广的有巴尔科夫的辛辣的讽刺模拟作品,作者在其中按照亚历山大诗体的全部体裁规则,传达出"不体面的宝贝"、忍耐分手和单恋之类"灾祸"的"哭诉"。欢愉的笑声就这样伴随着"哭诉的哀歌",后者始终不能用"爱的生动语言"表达活跃的个性、现实中人的复杂精神世界。

不过,这样的时刻尚未到来。俄国诗歌领域中哀歌的复兴,只是在19世纪初期的另一种基础——浪漫主义的基础上,在茹科夫斯基的创作中才出现的。后来,正是哀歌为许多诗人打开了表现个性的精神丰富性的巨大空间,使巴丘什科夫、普希金、巴拉廷斯基和莱蒙托夫等创作了俄国抒情诗史上的永不凋谢的杰作。

---

① 亚历山大诗体(александрийский стих):俄文诗体之一,为六音步抑扬格,每隔三音步有一停顿。——译者注

颂诗体裁经历了深刻的变化。充满赞词的颂诗成了机械模仿者的私有物之后,就无影无踪了。罗蒙诺索夫和杰尔查文创造的具有公民精神的爱国主义颂诗,获得了新的生命。拉季舍夫写出《自由颂》之后,就从根本上改变了传统颂诗体裁的内容、主题、风格和结构。他成为革命诗歌的奠基人。他所创造并在很大程度上确定的表现崇高的自由理想和人的感情、人对自由的追求的概念的系统,他所进行的特有词汇的选择,都源于他从革命立场出发所做的思考。追随拉季舍夫的,则有尼·伊·格涅季奇、普希金、阿·安·勒热夫斯基、雷列耶夫和其他诗人。

到18世纪末,杰尔查文放弃了进一步使用庆功式的颂诗体裁。虽然在1780年代还曾恢复使用过颂诗,但它毕竟束缚了诗人去表现新的主题。被否定的"规范诗学"准则还常常给诗人以影响,造成其"不坚定性"——引发词藻的华丽和形象的虚幻。1790—1800年代,杰尔查文转向阿那克瑞翁体,创新性地改变了旧有体裁(取代颂诗,他开始创作"阿那克瑞翁体组诗")。

《兹芳卡的生活》[①](1807)不仅保持了诗人不依附于宫廷、沙皇统治和达官贵人的独立性(这也是杰尔查文创作诗体小说的最初尝试),也给普希金以很大的影响。在这里,一位普通人的日常生活成为诗歌的表现对象。他的兴趣、思想和得到逐日描写的从清晨到夜晚的事务,成了读者感兴趣的诗章。准确而绘声绘色的日常生活描写并未降低诗的格调。杰尔查文告诫道:无论诗歌题材、描写对象还是诗歌用语,都没有高低之分,有的只是人与世界;人是世界的主人,他对幸福、劳作和享乐的追求都是自然而然的,因此尘世中的一切都应当为人服务。《兹芳卡的生活》是成熟期杰尔查文的巅峰之作,是他创作的总结,也是诗人的遗嘱。

杰尔查文为俄国诗人艺术地描写现实开辟了新的空间,有助于在平常的事物中发现诗意,教会人们怎样描写现实的人,揭示出每个人都是不可重复的个性。掌握杰尔查文的经验有助于艺术的独创:取之不尽的丰富活跃的生活和拥有自己的个性特征与精神世界的人,成为诗歌的描写对象。新世纪的年轻诗人——丹·瓦·达维多夫、巴丘什科夫及皇村中学学生普希金等掌握了杰尔查文的艺术发现与诗歌成就,于是在新世纪诗坛上便形成了并未建立组织却很活跃的杰尔查文流派。正是在这时,杰尔查文的作用变得很为明显,在他的创作中,如同在一个聚焦点上,集中了18世纪诗歌发展的结果;他在1800—1810年代文学运动中的地位,则由别林斯基简洁而准确地予以界定——"俄国诗人之父"。

5

诺维科夫、冯维辛、拉季舍夫、卡拉姆津和克雷洛夫的文学活动标志着18世纪俄国文学中重要的实质性转变——结束了诗歌垄断的状况,带动了"散文的形

---

① 此诗全名为《致叶甫盖尼:兹芳卡的生活》(Евгению. Жизнь Званская)。——译者注

成"。为历史所决定的诗歌的超前发展,到18世纪末骤然减速。不过,只有在新的条件下——在1830年代,由于普希金与果戈理的努力——散文才通过与诗歌的长期竞争而取得胜利,占据首要的位置,并永远地决定了文学的面貌。

现代读者在了解18世纪俄国散文的过程中,会注意到它在体裁方面的独特性。读者所遇见的,不是现今已习惯了的长篇小说、中篇小说、短篇小说和随笔等传统形式,而是"旅行记""书信体作品""传记""东方式的"故事或哲理—政治故事。当西欧文学中的长篇小说迅猛发展之际,它也已不是那种冒险小说,而是家庭小说、爱情小说或忏悔小说。

俄国作家非常熟悉笛福与理查逊、菲尔丁与斯特恩、卢梭与歌德的小说,然而他们走的是自己的道路。这只能用俄国和西欧社会条件的不同来解释。18世纪的西欧文学在揭示资产阶级社会中人的悲剧方面业已取得了巨大的成就。这一文学刻画了渴望自由、独立和幸福的个性的精神世界。

俄国社会与政治生活的条件却是另一种样子。资产阶级尚未占据统治地位,它的思想体系也就因此未能给社会生活以重大影响。被奴役的农民和地主之间的矛盾是专制农奴制国家的主要矛盾。反封建斗争的增长引起了贵族阶层的分化,贵族阶层中的优秀分子登上了历史舞台,进入启蒙学者的行列。生活理想的不同造成了这些贵族群体彼此之间道德准则的区别。农奴主由于提供给他的对于和自己一样的人们的统治权,"证明了"自己是"土地之主",其存在的寄生性决定了他的全部生活观与道德观。启蒙学者谴责农奴制,认为它是非法的和不道德的。通过与奴隶制进行斗争,他们正是在为谋求他人的幸福和自由的斗争中确立了自己的个性。

启蒙作家揭露了地主恶霸的无耻。但是在同一俄国现实中,他们还能够发现未被利己主义感染、否定寄生生活的民族的健康力量。在民族历史生活的进程中形成的那种关于人的理想鼓舞着他们。他们是为自己的祖国做出了无数贡献的活动家。对诸多实际存在的俄国历史人物的生活的总结,使得18世纪的启蒙学者形成了评价人物的尺度,这一尺度为19世纪的现实主义者所继承。尼·加·车尔尼雪夫斯基曾给出了这样的定义:"……俄国每一伟大人物的历史意义,是以他对祖国的功勋来衡量的,他的人格是以他的爱国主义的力量来衡量的。"[①]

这种关于人和人格评价尺度的哲学,必然导致这样的理解:在专制农奴制国家的条件下,以公民应有的、社会性的、爱国主义的精神服务于祖国,同社会上的恶及政治上的不自由进行斗争,也即超越利己主义的道路,是个性自我实现的唯一道路。这也决定了启蒙作家对于新情节、新体裁的探寻,以及他们对旧有模式进行实质性改造的意向。

尽管18世纪作家的散文体裁与下一个世纪中确立的同类体裁相比有其独特

[①] 尼·加·车尔尼雪夫斯基:《车尔尼雪夫斯基全集》第3卷,莫斯科,1947年,第137页。

性和区别,但是他们却为 19 世纪的天才作家们努力建造俄国文学的宏伟大厦打下了基础。启蒙作家开创了描写民众的传统,在无权的农奴身上揭示出精神丰富的个性。拉季舍夫正是把民众作为自己《从彼得堡到莫斯科旅行记》一书的主人公。他描写了被农奴制贬抑到"自己祖国的囚犯"地步的俄国农民,把他们英雄主义化,在庄稼汉身上看到了暂时还在沉睡的力量,这种力量将使他们成为真正的祖国之子、爱国者和革命活动家。《旅行记》中俄国农奴这样的力量、魅力和精神之美,就像俄国未来的解放者所拥有的那样。透过每个人的面貌,可以看到他们身上潜在的自由人的命运。拉季舍夫之所以这样描写俄国民众,是因为他相信并懂得,正是要由民众来决定俄罗斯国家的命运,实现祖国的复兴。

启蒙作家培育出并艺术地表现了关于人—活动家的理想——《画家》杂志的出版者、《纨绔少年》中的斯塔罗杜姆和《从彼得堡到莫斯科旅行记》中的旅行者等,就是这样的形象。拉季舍夫的《旅行记》作为一部独特的有教育意义的长篇叙事作品,其最重要的特点就是塑造了正义的主人公—旅行者的形象,刻画出先进贵族的性格,这类贵族切断了与自己出身的阶级的思想联系,转入启蒙知识分子的行列中,获得了以革命方式改造俄国的信念。

激情的社会性质——这是拉季舍夫笔下的主人公和感伤主义文学主人公在精神生活方面的主要区别。他没有从现实世界逃遁,没有局限于自己家庭的狭小圈子,而是走上了宽阔的道路,面对民众的痛苦敞开自己的心扉。赫尔岑一下子就感受到了这位旅行者精神生活的独特性,指出他"**沿着大道行进**,同情群众的苦难,和马车夫、仆人、新兵交谈,在他的全部话语中,我们看到了对农奴状况的愤怒的抗议以及对暴力的仇恨"①。因此,拉季舍夫描写的不是家庭悲剧,而是思想悲剧。

1840 年代,赫尔岑在分析西方文学中的几部感伤主义和浪漫主义作品时,曾这样简练地表达了自己的要求:"人应当走进共同的世界去发展。"②恰茨基就是 19 世纪前 25 年俄国文学中第一个这样的人物。对于他而言,爱情"只是一个方面,而非全部生活"。他"走出了自我",并"走进共同的世界去发展"。拉季舍夫的体验,他的"做积极的社会人"的哲学,他那以简洁的形式表达出来的道德准则——"我举目四顾,人们的苦难刺痛了我的心",都为格里鲍耶陀夫所掌握。恰茨基乃至社会所经受的"无数的折磨"的根源,"他的心因痛苦而发紧",是由于他会被"人们的苦难刺痛"。现实主义者拉季舍夫的发现,是 19 世纪现实主义作家们所需要的。

启蒙作家们率先提出了揭示"民族性奥秘"的课题,并进行了描写民族性格的尝试。他们愤怒地谴责奴隶制,给文学提出了为被奴役的民众获得自由而斗争的崇高任务。作家们揭示出农奴主的寄生生活怎样无可挽回地导致他们精神上的死亡和全部人性的丧失。诺维科夫、冯维辛和拉季舍夫等看到了这一过程的开端,而

---

① 亚·伊·赫尔岑:《赫尔岑文集(30 卷集)》第 13 卷,莫斯科,1958 年,第 273 页。
② 亚·伊·赫尔岑:《赫尔岑文集(30 卷集)》第 2 卷,第 68 页。

格里鲍耶陀夫、普希金和果戈理,而后则是 19 世纪的其他伟大作家,继承并深化了这一传统,创造出令人震惊的"死魂灵"的形象画廊。

体裁的探寻和传统体裁结构的改造也得以承续。"旅行记"变化为通过生活本身对人进行教育的独特教育小说,对此,普希金和果戈理都以各自的方式给予肯定性评价并加以接受。《叶甫盖尼·奥涅金》中并非偶然地出现了"奥涅金的旅行"一章。《死魂灵》的情节是在考虑"旅行记"体裁的经验基础上的一种发展。

"长诗"《死魂灵》的独创性是显而易见的。但是在它和《从彼得堡到莫斯科旅行记》之间却有着历史继承性的关系。拉季舍夫摸索着、探寻着,勇敢地奔向未来。果戈理以全部以往文学的经验为支撑,写出了一部天才的作品。在他的这本书中,不仅是乞乞科夫在旅行,为帕维尔·伊万诺维奇所看不见的,却总是为读者所感觉到和体会到的果戈理本人也在罗斯大地上的漫游。旅行让他遇见了各阶层的人们,"从其混乱不堪的角度"认识了生活,因此才能为读者展示出贵族的俄罗斯、人民的俄罗斯。

俄国文学民族独特性的最重要的特征,是它和解放运动的联系。这一传统也是在 18 世纪文学,首先是在启蒙作家们的散文作品中形成的。因此许多伟大作家都是这样注意地看待自己的先驱者们的创作和活动的。对于普希金而言,冯维辛是一位"自由之友"。他还说自己"追随拉季舍夫"歌颂自由。

奥加廖夫曾在《俄国地下文学》文集序言中写道:"两股潮流——拉季舍夫潮流和诺维科夫潮流以双倍的力量活跃着,汇成了一种在俄罗斯为自由奠基的强烈愿望。"① 赫尔岑承认自己和拉季舍夫精神上的亲缘关系,肯定拉季舍夫——《从彼得堡到莫斯科旅行记》的作者的理想就是他(也就是十二月党人)的理想。他还进一步说明道:"无论他(拉季舍夫——原书作者注)写的是什么,你都能听到熟悉的曲调,那是我们已习惯在普希金的早期诗作和雷列耶夫的《沉思》中,也在我们自己的心灵中听到的旋律。"②

(格·潘·马科戈年科执笔,汪介之译)

---

① 尼·普·奥加廖夫:《奥加廖夫作品选》第 2 卷,莫斯科,1956 年,第 464 页。
② 亚·伊·赫尔岑:《赫尔岑文集(30 卷集)》第 13 卷,第 273 页。

缩略语中俄文对照表

АН СССР – Академия наук СССР   苏联科学院
ВВ – Византийский временник   《拜占庭编年史》
ВГО – Всесоюзное географическое общество   全苏地理学协会
ВЕ – Вестник Европы   《欧洲导报》
ВИ – Вопросы истории   《历史问题》
ВЛ – Вопросы литературы   《文学问题》
ВМЧ – Великие Минеи Четии, изд. Археографической комиссии   《日读月书》(古文献研究委员会出版)
ЖМНП – Журнал Министерства народного просвещения   《国民教育部杂志》
ИЗ – Исторические записки   《历史学刊》
Изв. АН СССР. Отд. лит. и яз.   《苏联科学院通报·文学语言分册》
Изв. АН СССР. Сер. литературы и языка   《苏联科学院通报·文学与语言系列》
Изв. по РЯС – Известия по русскому языку и словесности Академии наук   《科学院俄罗斯语言与文学通报》
ИОЛЯ – Известия Отделения литературы и языка Академии наук СССР   《苏联科学院文学与语言分部通报》
ИОРЯС – Известия Отделения русского языка и словесности Академии наук   《科学院俄罗斯语言与文学分部通报》
ИРЛИ – Институт русской литературы (Пушкинский Дом) Академии наук СССР (Ленинград)   苏联科学院俄罗斯文学研究所(普希金之家,列宁格勒)
ЛГУ – Ленинградский государственный университет   国立列宁格勒大学
ЛЗАК – Летопись занятий Археографической комиссии   《古文献研究委员会学术年鉴》
ОЛДП – Общество любителей древней письменности   古代文献爱好者协会
ПВЛ – Повести временных лет   《往年纪事》
ПДП – Памятники древней письменности   《古代书面文献》
ПСРЛ – Полное собрание русских летописей   《俄国编年史总集》

РИБ – Русская историческая библиотека　　　　《俄国历史文库》

РЛ – Русская литература　　　　《俄罗斯文学》

СОРЯС – Сборник Отделения русского языка и словесности Академии наук　　　　《科学院俄罗斯语言与文学分部论文集》

ТОДРЛ – Труды Отдела древнерусской литературы нститут русской литературы (Пушкинский Дом) Академии наук СССР　　　　苏联科学院俄罗斯文学研究所（普希金之家）《古俄罗斯文学研究室著作集》

ЧОИДР – Чтения в Обществе истории и древностей российских при Московском университете　　　　《莫斯科大学俄罗斯历史与古籍协会学术报告会》（论文集）

译名中俄文对照表

A

Абдаллах ибн Ал-Мукаффа	阿卜杜拉·伊本·阿里—穆卡法
Аблесимов А.О.	阿布列西莫夫,亚·奥
Мельник колдун, обманщик и сват	《巫师、磨坊主、骗子和媒人》
Абрамович Д.И.	阿布拉莫维奇,德·伊
Аввакум Петров, протопоп	阿瓦库姆·彼得罗夫,大司祭
Житие	《传记》
Книги бесед	《谈话录》
Книга обличений, или Евангелие вечное	《揭示录,即永世长存福音书》
Книга толкований	《教义诠释》
Пятая челобитная	第五申诉书
Снискание и собрание о божестве и отвари, и како созда бог человека	《神灵、生灵和上帝如何造人的经文汇集》
Август Октавиан, римский император	奥古斯都·屋大维,罗马帝国皇帝
Авиценна (Абу Али ибн Сина)	阿维岑纳(阿布·阿里·伊本·西纳)
Авраамий-Афанасий	阿弗拉米—阿法纳西
Авраамий Палицын	阿弗拉米·帕利岑
Сказание (История в память предыдущим родом)	《故事》(《在世的老辈人回忆的历史》
Аглая (альманах)	《阿格拉娅》(丛刊)
Адашев А.	阿达舍夫,阿
Аддисон Д.	艾迪生,约瑟夫
Адодуров В.Е.	阿多杜罗夫,瓦·叶
Адриан, патриарх	阿德里安,牧首
Адрианова-Перетц Е.П.	阿德里阿诺娃—佩列茨,瓦·帕
Адская почта, или Переписка хромоного беса с кривым	《地狱邮刊,跛脚魔鬼与独眼魔鬼的通信》(杂志)

Азбука о голом и небогатом человеке	《饥饿与贫困者的识字课本》
Азбуковник	《词诠》
Айдар	艾达尔
Аксаков С.Т.	阿克萨科夫,谢·季
Александр, игумен Тверского Отроча монастыря	亚历山大,特维尔少年修道院院长
Повесть о Михаиле Ярославиче Тверском	《关于特维尔公米哈伊尔·雅罗斯拉维奇的故事》
Александр из Афродиссии	亚历山大（阿芙罗季西亚人氏）
Александр Македонский	马其顿国王亚历山大
Александр Михайлович, тверской князь	亚历山大·米哈伊洛维奇,特维尔公
Александр I	亚历山大一世
Александр Ярославич, по прозванию Невский, князь	亚历山大·雅罗斯拉维奇·涅夫斯基（公）
«Александрия» Псевдокаллисфена	托名卡利斯芬的《亚历山大传》
«Александрия» Сербская	塞尔维亚的《亚历山大传》
«Александрия» Хронографическая	年代记《亚历山大传》
Алексей, митрополит	阿列克谢,都主教
Алексей Алексеевич, царевич	阿列克谢·阿列克谢耶维奇,王子
Алексей Ангел, византийский царевич	阿列克谢·安格尔,拜占庭王子
Алексей Комнип, византийский император	阿列克谢·科穆宁,拜占庭皇帝
Алексей Михайлович, царь	阿列克谢·米哈伊洛维奇,沙皇
Урядник сокольничья пути	《驯鹰署警官》
Алексеев М.П.	阿列克谢耶夫,米·帕
Алёша Попович	阿廖沙·波波维奇
Алкивиад	阿尔基维阿德
Алпатов М.В.	阿尔帕托夫,米·弗
Аль-Газали (Авиасаф)	阿里—贾瓦里（阿维阿萨弗）
Альд Мануций	阿利德·马努齐
Альфонс Испанский	西班牙的阿尔丰斯
Альфред Великий, англосаксонский король	盎格鲁—撒克逊国王阿尔弗雷德大帝
Поучение	《劝诫》
Альшиц Д.Н.	阿利希茨,达·纳
Анакреон	阿那克瑞翁
Андерсон В. Н.	安德森,瓦·尼
Андреев А.И.	安德列耶夫,亚·伊
Андреев Н. Е.	安德列耶夫,尼·叶
Андрей, священник	安德烈神甫
Андрей Добрый, князь	善人安德烈公
Андрей Иванович, Ставицкий князь	安德烈·伊凡诺维奇,斯塔维茨克公
Андрей Ольгердович, полоцкий князь	安德烈·奥利格尔多维奇,波洛茨克公
Андрей Рублёв	安德烈·鲁布廖夫
Андрей Юрьевич, по прозванию Боголюбский, владимиро-суздальский князь	安德烈·尤里耶维奇,号称爱神者,弗拉基米尔—苏兹达尔公

Андронов Ф.	安德罗诺夫，费
Андъял А.	安雅尔，安
Аникст А.А.	阿尼克斯特，亚·阿
Аничков Д.С.	阿尼奇科夫，德·谢
Анна Иоанновна, императрица	安娜·伊万诺夫娜，皇后
Антоний основатель Киево-Печерского монастыря	基辅山洞修道院奠基人安东尼
Антоний Римлянин	罗马人安东尼
Антонова М.Ф.	安东诺娃，М.Ф.
«Аониды» (альманах)	《阿俄涅斯》（丛刊）
Апокрифы	（基督教）伪经
Адам и Евва	《亚当和夏娃》
Видение Исайи	《以赛亚升天记》
Детство Моисея	《摩西的童年》
Евангение Фомы	《多玛福音》
Житие Андрея Юродивого	《疯癫者安德烈传》
Житие Василия Нового	《新人瓦西里传》
Земная жизнь Иисуса Христа	《耶稣基督的尘世生活》
Никодимово евангелие	《尼科季姆福音》
Повесть Иеремии	《耶利米的故事》
Сказание Агапия	《阿加皮耶的传说》
Сказание о Соломоне и Китоврасе	《所罗门和基托弗拉斯的故事》
Слово Григория о трёх крестных древах	《格里高里谈三株十字树》
Хождение Богородицы по мукам	《圣母的苦难历程》
Аполлодор	阿波罗多罗斯
Библиотека, или О богах	《丛书》（《诸神论》）
Апофегмата	《箴言集》
Апулей Л.	阿普列尤斯
Золотой осел	《金驴记》
Ариадна	阿里阿德涅
Арий, александрийский пресвитер	亚历山大城神甫阿里乌
Аристипп	亚里斯提卜
Аристотель	亚里士多德
Артемий Веркольский	阿尔忒弥斯，维尔科利修道院修士
Артемий Троицкий	阿尔忒弥斯，三一修道院修士
«Артикул»	《条例》
Архангельский А.С.	阿尔汉格尔斯基，亚·谢
Арциховский А.В.	阿尔齐霍夫斯基，阿·弗
Аскольд	阿斯科尔德
Афанасий Александрийский	亚历山大城主教阿法纳西
Ахмат, золотоордынский хан	金帐汗国阿赫默德汗

Б

Бабкин Д.С.	巴布金, 德·谢
Баггесен Е.	巴格森
Бадалич Й.	巴达利奇, 约
Базанов В.Г.	巴扎诺夫, 瓦·格
Байер Г.З.	巴耶尔, 霍·济
Бальде Я.	别尔德, 雅
Бакланова Н.А.	巴克拉诺娃, Н.А.
Бантыш-Каменский Н.Н.	班德什—卡缅斯基, 尼·尼
Бараг Л.Г.	巴拉格, 列·格
Баранович Л.	巴拉诺维奇, 拉扎尔
Лебедь с перьями	《有羽毛的天鹅》
Баранская Н.В.	巴兰斯卡娅, 娜·弗
Баратынский Е.А	巴拉廷斯基, 叶·阿
Барклай Д.	巴克利, 约翰
Аргенида	《阿赫尼斯》
Барков И.С.	巴尔科夫, 伊·谢
Ода кулашному бойцу	《库拉什战役颂》
Барсов А.А.	巴尔索夫, 安·阿
Собрание 4291 русских пословиц	《俄国谚语 4291 则》
Барсов Е.В.	巴尔索夫, 叶·瓦
Барсуков Н.П.	巴尔苏科夫, 尼·普
Баттё Ш.	巴托, 夏尔
Батый золотоордынский хан	金帐汗国拔都汗
Батюшков К.Н	巴丘什科夫, 康·尼
Переход через Рейн	《渡过莱茵河》
Баус Д.	鲍斯, Д.
Бахрушин С.В.	巴赫鲁申, 谢·弗
Бахтин М.М.	巴赫金, 米·米
Башкин М.	巴什金, 马特维
Бегичев И.	别吉切夫, 伊万
Бегунов Ю.К.	别古诺夫, 尤·康
Безбородко А.А, князь	亚·安·别兹博罗德科公爵
Бейлин С.	贝林, 所罗门
Беккариа Ч.	贝卡里亚, 切萨雷
О преступлениях и наказаниях	《论犯罪与刑罚》
Беккер Г.	贝克尔, 亨利
Беклемишев С.	别克列米舍夫, 谢苗
Белецкий А.И.	别列茨基, 亚·伊
Белинский В. Г.	别林斯基, 维·格
Литературные мечтания	《文学的幻想》

Белкин А.А.	别尔金,阿·亚
Белобоцкий Я.-А.	别洛博茨基,扬—安德烈
Пентатеугум	圣经首五卷
Белоброва О.А.	别洛布罗娃,奥·安
Бельский М.	别利斯基,马
Всемирная хроника (Хроника всего света)	《世界编年史》(全世界年代记)
Бельченко Г. П.	别利琴科,Г. П.
Бериш Г.	别里什,Г.
Путешествие добродетели	《美德之行》
Берков П.Н.	别尔科夫,帕·纳
Беседа Валаамских чудотворцев Сергия и Германа	《瓦拉姆修道院显灵者谢尔吉与格尔曼谈话录》
Бецкий И.И.	别茨基,伊·伊
Библия	圣经
Ветхий Завет	《旧约》
Премудрость Иисуса, сына Страхова	《息辣之子耶稣的智慧篇》
Притчи Иисуса Сираха	《息辣·耶稣箴言》
Притчи Соломона	《所罗门箴言》
Псалтырь	《诗篇》
Новый Завет	《新约》
Апокалипсис	《启示录》
Апостол	《使徒行传》
Псковский список 1307 г.	《1307年普斯科夫抄本》
Евангелие	《福音书》
Мстиславово	《姆斯季斯拉夫福音书》
Остромирово	《奥斯特罗米尔福音书》
Библия Острожская	奥斯特罗格圣经
Бидлоо Н.	比德洛,尼古拉
Биржакова Е.Э.	比尔扎科娃,叶·爱
Бирон Э. И.	比隆,埃·约
Благой Д.Д.	勃拉戈伊,德·德
Бобров С.С.	博布罗夫,谢·谢
Таврида	《塔夫里达》
Богатырев П.Г.	博加特廖夫,彼·格
Богданович И.Ф.	波格丹诺维奇,伊·费
Душенька	《宝贝儿》
Бодянский О.М.	博江斯基,奥·马
Боккаччо Д.	薄伽丘,乔万尼
Декамерон	《十日谈》
Болеслав Храбрый, польский король	勇敢者波列斯拉夫,波兰国王
Болотников И.	博洛特尼科夫,伊万
Болотов А.Т.	博洛托夫,安·季

Болтин И.Н.	博尔京, 伊·尼
Примечания на историю древния и нынешния России Леклерка	《勒克莱尔对古今俄罗斯历史的诠释》
Критические примечания на историю князя Щербатова	《对谢尔巴托夫大公历史的批判性诠释》
«Болтун» (английский журнал)	《闲谈者》(英国杂志)
Болховитинов Е.	博尔霍维季诺夫, 叶
Бомарше П.-О.	博马舍
Бонфини А.	邦菲尼, 安东尼奥
Венгерская хроника	《匈牙利编年史》
Борис, ростовский князь	罗斯托夫公鲍里斯
Борис Александрович, тверской князь	特维尔公鲍里斯·亚历山德罗维奇
Борис Владимирович, тверской князь	特维尔公鲍里斯·弗拉基米罗维奇
Борис Годунов, царь	鲍里斯·戈都诺夫, 沙皇
Борковский В. И.	博尔科夫斯基, 维·伊
Ботвинник М. Н.	博特文尼克, 马·纳
Боян	鲍扬
Брайловский С. Н.	布赖洛夫斯基, С. Н.
Браччолини П.	布拉乔利尼, 波
Брут Ю.	布鲁图斯
Брюс Я. А.	布留斯, 雅·亚
Брюс Я. В.	布留斯, 雅·维
Буало Н.	布瓦洛
Налой	《读经台》
Ода на взятие Намюра	《攻克那慕尔的颂诗》
Поэтическое искусство	《诗的艺术》
Буасси Л.	布瓦西, 路易斯
Буганов В. И.	布加诺夫, 维·伊
Бугославский С. А.	布戈斯拉夫斯基, 谢·阿
Бударагин В. П.	布达拉金, 弗·帕
Будовниц И. У.	布多夫尼茨, 伊·乌
Буланин Д. М.	布拉宁, 德·米
Булгаков Ф. И.	布尔加科夫, 费·伊
Булгаков Я. И.	布尔加科夫, 雅·伊
Булгарин Ф. В.	布尔加林, 法·韦
Булев Н.	布列夫, 尼
Бурсов Б. И.	布尔索夫, 鲍·伊
Буслаев Ф. И.	布斯拉耶夫, 费·伊
Бутурлин А. И.	布图尔林, А. И.
Быкова Т. А.	贝科娃, 塔·亚
Былины	《壮士歌》
о Василии Буслаевиче	《瓦西里·布斯拉耶维奇之歌》

о Дюке Степановиче	《久克·斯捷潘诺维奇之歌》
о Соловье Будимировиче	《夜莺布季米罗维奇之歌》
Быстров И. П.	贝斯特罗夫，伊·帕
Бычков В. В.	贝奇科夫，维·瓦

В

Вагнер Г.К.	瓦格纳，格·卡
Вадим Новгородский	诺夫哥罗德的瓦季姆
Вальтер де Кастельоне	瓦尔特·德·卡斯特利翁
Ванеева Е. И.	瓦涅耶娃，叶·伊
Варлаам, архимандрит	修士大司祭瓦尔拉姆
Варлаам, учитель Петрарки	瓦尔拉姆，彼特拉克的老师
Варлаам Керетский	瓦尔拉姆·克列茨基
Васенко П.Г.	瓦先科，普·格
Василий, пресвитер	瓦西里，教士
Василий I, московский великий князь	莫斯科大公瓦西里一世
Василий II, по прозванию "Темный", московский великий князь	莫斯科大公瓦西里二世（"失明者"）
Василий III, московский великий князь	莫斯科大公瓦西里三世
Василий Великий (Каппадокийский)	圣大巴西勒（卡帕多恰教士）
Василий Зограф	瓦西里·佐格拉夫
Василий Иванович Шуйский, царь	瓦西里·伊凡诺维奇·舒伊斯基，沙皇
Василий Калика	瓦西里·卡利卡
Послание к епископу Тверскому Феодору о рае	《就天堂乐土致特维尔主教费奥多尔》
Сказание о святых местах, о Костянтине граде	《圣地、圣城君士坦丁堡的故事》
Василий Косой, князь	瓦西里公（斜眼公）
Василько Константинович, ростовский князь	罗斯托夫公瓦西里科·康斯坦丁诺维奇
Василько Романович, Галицкий князь	加里奇公瓦西里科·罗曼诺维奇
Василько Теребовльский, князь	捷列博夫利公瓦西里科
Вассиан, ростовский архиепископ	罗斯托夫大主教瓦西安
Послание к Ивану III на Угру	《致信伊凡三世（寄往乌格拉河前线）》
Вассиан Патрикеев	瓦西安·帕特里克耶夫
Вацуро В.Э	瓦楚罗，瓦·埃
«Ведомости»(газета)	《消息报》（报纸）
Вейсе Х. Ф.	维泽，赫·费
Аркадский памятник	《快乐之邦纪念碑》
«Великие Минеи Четьи»	《日读月书》
«Великое зерцало»	《大守法镜》
Вергилий П.М.	维吉尔
Энеида	《埃涅阿斯纪》
Верёвкин М.И.	韦廖夫金，米·伊

Верхуслава Анастасия, княгиня	韦尔胡斯拉娃·阿纳斯塔西娅,公爵夫人
Веселовский А. Н.	维谢洛夫斯基,亚·尼
Веселовский С.Б.	维谢洛夫斯基,斯·鲍
Веспасиан Флавий, римский император	罗马帝国弗拉维王朝皇帝韦斯帕乡
«Вести-куранты»(газета)	《自鸣钟消息报》(报纸)
«Вестник Европы» (журнал)	《欧罗巴导报》(杂志)
Вестрис Г.	维斯特利斯,Г.
«Вечерняя заря» (журнал)	《晚霞》(杂志)
Вида М.Д.	维达,М.Д.
Вийон Ф.	维庸,弗朗索瓦
Виланд К. М.	维兰德,克里斯托弗·马丁
Виноградов В. В.	维诺格拉多夫,维·弗
Виноградов В. П.	维诺格拉多夫,瓦·彼
Виноградова В. Л.	维诺格拉多娃,В. Л.
Виппер Ю.Б.	维珀,尤·鲍
Висковатый И.М.	维斯科瓦特,伊·米
Витковский Т.	维特科夫斯基,Т.
Влад Цепеш-Дракула	弗拉德,采佩什—德拉库拉
Владимир Андреевич, серпуховской князь	谢尔普霍夫公弗拉基米尔·安德烈耶维奇
Владимир Василькович, волынский князь	沃伦公弗拉基米尔·瓦西里科维奇
Владимир Всеволодович Мономах, Великий князь киевский	基辅大公弗拉基米尔·弗谢沃洛多维奇·莫诺马赫
Автобиография	《自传》
Завещание	《遗嘱》
Письмо к Олегу Черниговскому	《致切尔尼戈夫公奥列格的信》
Поучение к детям	《训诫书》
Владимир Глебович, князь	弗拉基米尔·格列博维奇公
Владимир Игоревич, князь	弗拉基米尔·伊戈列维奇公
Владимир Святославич, киевский князь	基辅公弗拉基米尔·斯维亚多斯拉维奇
Владимирко Галицкий, князь	加里奇公弗拉基米尔科
Владислав, польский королевич	波兰王子弗拉季斯拉夫
Водовозов Н. В.	沃多沃佐夫,尼·瓦
Воейков А. Ф.	沃耶伊科夫,亚·费
Война мышей и лягушек (поэма, приписываемая Гомеру)	《鼠蛙之战》(长诗,被认为是荷马的作品)
Войнова Л. А.	沃伊诺娃,Л. А.
Вольней К. Ф.	伏尔尼,康·弗
Развалины, или Размышления о революциях империи	《废墟,或关于帝国革命的沉思》
Вольтер Ф. А.	伏尔泰
Альзира	《阿尔济拉》
Генриада	《亨利亚特》

История Российской империи	《俄罗斯帝国史》
Вольф X.	沃尔夫,赫
Вомперский В. П.	沃姆佩尔斯基,瓦·帕
Вонифатьев С.	沃尼法季耶夫,斯
Вороблевский В.Г.	沃罗布列夫斯基,瓦·格
Ласарильо Тормский (пер.)	《托美思河的小拉撒路》(译作)
Воронин Н. Н.	沃罗宁,尼·尼
Воротынский В, князь	弗·沃罗滕斯基公爵
Воротынский М. И, князь	米·伊·沃罗滕斯基公爵
Востоков А. Х.	沃斯托科夫,亚·赫
Всеволод Большое Гнездо, великий князь владимирский	弗拉基米尔大公弗谢沃洛德三世(外号"大家族")
Всеволод Мстиславич, новгородский князь	诺夫哥罗德公弗谢沃洛德·姆斯季斯拉维奇
Всеволод Пронский, князь	普隆斯克公弗谢沃洛德
Всеволод Святославич, курский князь	库尔斯克公弗谢沃洛德·斯维亚托斯拉维奇
Всеволод Ярославич, великий князь киевский	基辅大公弗谢沃洛德·雅罗斯拉维奇
«Всякая всячина» (журнал)	《海阔天空》(杂志)
Вяземский П. А.	维亚泽姆斯基,彼·安

Г

Гавриил, архимандрит Калязинского монастыря	卡利亚津修道院大司祭加夫里尔
Гавриил, тверской епископ	特维尔主教加夫里尔
Гайдн Ф.-Й.	海顿
Галаган Г. Я.	加拉甘,加·雅
Галахов А. Д.	加拉霍夫,阿·德
Гален К.	盖伦
Галилей Г.	伽利略
Галлан А.	加朗,安托万
Галлер А.	哈勒尔
О происхождении зла	《恶之源》
Галятовский И.	加利亚托夫斯基,约
Ключ разумения	《理解的秘诀》
Ганнибал	汉尼拔
Гаральд, англосаксонский король	哈拉尔德,盎格鲁—撒克逊国王
Отцовские поучения	《父辈训言》
Гаспаров М. Л.	加斯帕罗夫,米·列
Гвидо де Колумна	圭多·德·科伦纳
Троянская история	《特洛伊历史》
Геллерт Х.-Ф.	盖勒特,克·菲

Геллет Т.	格列特, Т.
Гельвеций К.-А.	爱尔维修
Гендриковы	根德里科夫家族
Геннадий Гонзов, новгородский архиепископ	根纳季·贡佐夫, 诺夫哥罗德大主教
Георгиев Э.	格奥尔吉耶夫, 埃
Георгий Дашков, архиепископ	格奥尔吉·达什科夫, 大主教
Гердер И.-Г.	赫尔德
Гермоген. Патриарх	格尔莫根, 牧首
Геродот	希罗多德
Гершкович Э. И.	格尔什科维奇, Э. И.
Герцен А. И.	赫尔岑, 亚·伊
Гесиод	赫西俄德
Гёте И.-В.	歌德
Страдания молодого Вертера	《少年维特的烦恼》
Гза, половецкий хан	戈扎克, 波洛夫汗 (酋长)
Гизо Ф. П. Г.	基佐
Гиппократ	希波克拉底
«Гистория о некоем шляхетском сыне»	《某小贵族之子的故事》
«Гистория о российском матросе Василии Кариотском и о прекрасной королевне Ираклии Флоренской земли»	《俄国水手瓦西里·卡里奥茨基和佛罗伦萨城邦美丽的公主伊拉克莉娅的故事》
«Гистория о храбром российском кавалере Александре и о любительницах ево Тире и Елеоноре»	《勇敢的俄国骑士亚历山大和他的两位爱慕者蒂拉和埃莉奥诺娜的故事》
Гита Гаральдовна	季塔 (盎格鲁—撒克逊末代国王哈拉尔德之女)
Глеб Владимирович, князь	格列布·弗拉基米罗维奇公爵
Глинка М. И.	格林卡, 米·伊
Глинская Е. И., княгиня	叶·瓦·格林斯卡娅公爵夫人
Гнедич Н. И.	格涅季奇, 尼·伊
Гоббс Т.	霍布斯
Гоголь Н.В.	果戈理, 尼·瓦
Записки сумасшедшего	《狂人日记》
Мёртвые души	《死魂灵》
Ночь перед рождеством	《圣诞节前夜》
Ревизор	《钦差大臣》
Тарас Бульба	《塔拉斯·布尔巴》
Гозвинский Ф. К.	戈兹文斯基, Ф. К.
пер. «Басней» Эзопа	《伊索寓言》(译作)
Голенищев-Кутузов И. Н.	戈列尼谢夫—库图佐夫, 伊·尼
Голицын В. В., князь	瓦·瓦·戈利岑公爵
Головкины	戈洛夫金家族
Гольбах П.	霍尔巴赫

Гольбейн	霍尔拜因
Гольберг Л.	霍尔堡
Брамарбас, или Хвастливый офицер	《布拉马尔巴斯，或爱吹牛的军官》
Голышенко В. С.	戈雷申科，В. С.
Гомер	荷马
Илиада	《伊利亚特》
Гончаров И. А.	冈察洛夫，伊·亚
Гораций Ф. К.	贺拉斯
Памятник	《纪念碑》
Послание к Пизонам	《致皮索父子的信》（《诗艺》）
Гордон П.	戈登
Горлин М. В.	戈尔林，М. В.
Горохова Р. М.	戈罗霍娃，拉·米
Горфункель А. Х.	戈尔冯科尔，亚·哈
Горчак С.	戈尔恰克，斯
Горчаков Д. П.	戈尔恰科夫，德·彼
Баба Яга	《凶恶的老妖婆》
Калиф на час	《片刻为王者》
Горький А. М.	高尔基，阿·马
Гостомысл	戈斯托梅斯尔
Готшед И.-К.	高特舍特
Грабарь И. Э.	格拉巴里，伊·埃
Грамман Г.	格拉曼，Г.
Гранстрем Е. Э.	格伦斯特伦，叶·爱
Гребенюк В. П.	格列别纽克，瓦·彼
Греков И. Б.	格列科夫，伊·鲍
Грессе Ж.-Б.	格雷塞，Ж.-Б.
«Сидней»	《悉尼》
Грибоедов А. С.	格里鲍耶陀夫，亚·谢
Горе от ума	《智慧的痛苦》
Григорий Богослов (Назианзин)	格里戈里·鲍戈斯洛夫（纳济安津）
Григорий Нисский	尼萨城主教格里戈里
Григорий Цамблак	格里戈里·察姆布拉克
Григорьев А. Д.	格里戈里耶夫，亚·德
Григорян С. Н.	格里戈里扬，斯·尼
Гримм Ф.-М.	格里姆，Ф.-М.
Громов Н. И.	格罗莫夫，尼·伊
Гроций Г.	格劳修斯，胡果
Грушевский М. С.	格鲁舍夫斯基，米·谢
Гуаско, аббат	瓜斯科，天主教修道院院长
Гудзий Н. К.	古德济，尼·卡
Гуковский Г. А.	古科夫斯基，格·亚

Гуревич М. М.	古列维奇，М. М.
Гурьянов В. П.	古里亚诺夫，В. П.
Гусев В. Е.	古谢夫，维·叶
Густав-Адольф, шведский король	古斯塔夫—阿道夫，瑞典国王
Гюнтер И. Х.	京特，И. Х.

Д

Давид, иудейский царь	大卫，犹太王国国王
Давид Игоревич, князь	达维德·伊戈列维奇公爵
Давид Муромский, князь	穆罗姆公达维德
Давыдов Д.В.	达维多夫，丹·瓦
Даль В. И.	达里，弗·伊
Дамаскин, иеродьякон	达马斯金，修士辅祭
Даниил, игумен	丹尼尔，修道院院长
Даниил, митрополит	丹尼尔，都主教
Даниил Александрович, московский князь	丹尼尔·亚历山大罗维奇，莫斯科公爵
Даниил Романович, галицкий князь	丹尼尔·罗曼诺维奇，加里奇公爵
Даниил Черный	丹尼尔·乔尔内
Данилов В. В.	丹尼洛夫，弗·瓦
Данилова М.	丹尼洛娃，玛
Данько Е. Я.	丹科，叶·雅
Дарий, персидский царь	大流士，波斯国王
Даркевич В. П.	达尔凯维奇，弗·彼
Д'Аржан Ж.-Б.	德·阿尔让
Еврейские письма	《犹太信札》
Кабалистические письма	《喀巴拉派教义信札》
Д'Арсис	德·阿尔西斯
Прикащик	《管家》
Дашкова Е. Р.	达什科娃，叶·罗
Дворецкая Н. А.	德沃列茨卡娅，Н. А.
Девгениево деяние	《杰夫根尼行传》
Действо о семи свободных науках	《七门独立学科之剧》
Декарт Р.	笛卡尔，勒内
Делиль Ж. Н.	德利尔，约·尼
Дельвиг А. А.	杰利维格，安·安
Демиан Куденевич	杰米安·库杰涅维奇
Демин А. С.	杰明，阿·谢
Демкова Н. С.	杰姆科娃，娜·谢
Демокрит	德谟克利特
Демосфен	狄摩西尼
Демьянов В. Г.	杰米扬诺夫，弗·格

Денисов, Андрей (Вторушин-Мышецкий)	杰尼索夫,安德烈(弗托鲁申—梅舍茨基)
Обличение на книжицу Стефана Яворского об антихристе	《揭露斯特凡·亚沃尔斯基有关敌基督小册子的言论》
Поморские ответы	《来自沿海地区的回信》
Денисов И.	杰尼索夫,И.
Денисов, Семен (Вторушин-Мышецкий)	杰尼索夫,谢苗(弗托鲁申—梅舍茨基)
Виноград российский	《俄罗斯的葡萄园》
Поморские ответы	《来自沿海地区的回信》
Дербыш-Али, татарский царевич	杰尔贝什—阿里,鞑靼王子
Дергачева-Скоп Е. И.	杰尔加乔娃—斯科普,叶·伊
Державин Г. Р.	杰尔查文,加·罗
Анакреонтические песни	《阿那克瑞翁体组诗》
Венец бессмертия	《永垂不朽的王冠》
Дар	《天赋》
Желание	《愿望》
О удовольствии	《欢乐颂》
Охотник	《猎人》
Русские девушки	《俄罗斯姑娘》
Свобода	《自由》
Старик	《老人》
Шуточное желание	《诙谐的愿望》
Аристиппова баня	《阿里斯基波夫家的舞会》
Атаману и войску Донскому	《致阿塔曼和顿河军队》
Благодарность Фелице	《致谢费丽察》
Бог	《上帝》
Вельможа	《达官贵人》
Видение мурзы	《穆尔扎的幻影》
Властителям и судиям	《致君王与法官》
Водопад	《瀑布》
Евгению. Жизнь Званская	《致叶甫盖尼:兹芳卡的生活》
Записки	《札记》
Зима	《冬天》
Изображение Фелицы	《费丽察的写照》
Ключ	《钥匙》
Лебедь	《天鹅》
На взятие Измаила	《为攻克伊兹梅尔要塞而作》
На кончину великой княгини Ольги Павловны	《奥莉加·帕甫洛夫娜大公夫人悼唁诗》
На переход Суворова через Альпы	《为苏沃洛夫穿越阿尔卑斯山而作》
На победы в Италии	《为在意大利境内的胜利而作》
На птичку	《致小鸟》
О возмущениях и бунтах	《论愤怒和暴动》
Ода на великость	《伟大颂》

Ода на день рождения её величества, сочиненная во время войны и бунта 1774 года	《1774年战争与暴动时期创作的女王陛下诞生日颂》
Ода на знатность	《权贵颂》
Ода на смерть князя Мещерского	《悼梅谢尔斯基公爵之死》
Ода. Переложение 81-го псалма	《颂歌：第81首赞美诗的改写》
Оды, переведенные и сочиненные при горе Читалагае	《赤塔拉盖山麓翻译与创作的颂歌》
Осень во время осады Очакова	《围攻奥恰科夫城之秋》
Похвала сельской жизни	《乡村生活颂》
Приглашение к обеду	《午宴邀约》
Русские девушки	《俄罗斯姑娘》
Снигирь	《红腹灰雀》
Стихи на рождение в Севере порфирородного отрока	《诗贺一位皇室少年在北国诞生》
Фелица	《费丽察颂》
Храповицкому	《致赫拉波维茨基》
Цыганская пляска	《茨冈舞蹈》
Ироиды, или Письма Вивлиды к Кавну (пер.)	《伊罗伊达，或比布利斯致卡乌诺斯的信（译作）》
Державин Р. Н.	杰尔查文，罗·尼
Державина О. А.	杰尔查文娜，奥·亚
Десницкий А. В.	杰斯尼茨基，阿·瓦
Десницкий С. Е.	杰斯尼茨基，谢·叶
Детское чтение для сердца и разума (журнал)	《启迪儿童心灵与智慧的读物》（杂志）
Дефо Д.	笛福
Джемс Р.	詹姆斯，理查德
Дидро Д.	狄德罗
Племянник Рамо	《拉摩的侄儿》
Разговор отца с детьми	《父与子的谈话》
Димитрий Иванович, царевич	德米特里·伊万诺维奇王子
Дионисий, суздальский епископ	狄奥尼西，苏兹达尔主教
Дир	迪尔
Дмитревский И. А.	德米特列夫斯基，伊·阿
Танюша, или Счастливая встреча	《塔妞莎，或幸福的相逢》
Дмитриев И. И.	德米特里耶夫，伊·伊
Ах, когда б я прежде знала...	《啊，假如我从前知道……》
Взгляд на мою жизнь	《我的生活一瞥》
Гимн восторгу	《欢乐颂》
Глас патриота на взятие Варшавы	《爱国者攻克华沙的呼喊》
Два голубя	《两只鸽子》
Два друга	《两位朋友》
Дон Кихот	《堂吉诃德》
Ермак	《叶尔马克》

И мои безделки	《还有我的琐事》
Картина	《一幅画》
Магнит и железо	《磁石与铁》
Модная жена	《摩登女郎》
Мудрец и поселянин	《智者和农夫》
Освобождение Москвы	《解放莫斯科》
Причудница	《怪女人》
Стонет сизый голубучек	《灰鸽的呜咽》
Чужой толк	《别样的解释》
Дмитриев Л. А.	德米特里耶夫,列·亚
Дмитриев-Мамонов Ф. И.	德米特里耶夫—马莫诺夫,费·伊
Пер. «Любовь Псиши и Купидона» Лафонтена	拉·封丹《普叙赫和丘比特的爱情》的译作
Дмитриева Р. П.	德米特里耶娃,鲁·彼
Дмитрий Волынец	德米特里·沃雷涅茨
Дмитрий Иванович, по прозванию Донской, великий князь московский	德米特里·伊凡诺维奇—顿斯科伊,莫斯科大公
Дмитрий Константинович, суздальский князь	德米特里·康斯坦丁诺维奇,苏兹达尔公爵
Дмитрий Ольгердович, трубчевский князь	德米特里·奥利格尔多维奇,特鲁布切夫斯基公爵
Дмитрий Солунский	德米特里(索伦人氏)
Дмитрий Шемяка, князь	德米特里—舍米亚卡公爵
Д'Обинье Т.-А.	多比涅,Т.-А.
«Доброе намерение», жирнал	《善意》(杂志)
Добролюбов Н. А.	杜勃罗留波夫,尼·亚
Добрыня	多勃雷尼亚
Довмонт–Тимофей, псковский князь	多夫蒙特—季莫费,普斯科夫公爵
Долгова С. Р.	多尔戈娃,斯·罗
Долгорукие, князья	多尔戈鲁基公爵家族
Долгоруков Я.	多尔戈鲁科夫,雅
Домид, писец	多米德,司书
Домострой	《治家格言》
Дор К.	多尔,К.
Достоевский Ф. М.	陀思妥耶夫斯基,费·米
Братья Карамазовы	《卡拉马佐夫兄弟》
Драмы первых руских театров	早期俄罗斯剧院上演的剧目
Божие уничижителей гордых уничижение	《神贬责那些侮辱他人的高傲者》
Венец славнопобедный святому великомученику Димитрию, приписываемый Евфимию Морогину	《献给德米特里的桂冠》(出自叶夫菲米·莫罗金笔下)
Доктор принужденный («Лекарь поневоле») Мольера	莫里哀的《屈打成医》(《被迫从医》)

Драгие смеяныя («Смешные жеманницы») Мольера	莫里哀的《可爱而又可笑的女人》(《可笑的女才子》)
Комедия о богородице (на тему из Четьих Миней Димитрия Ростовского)	《圣母的喜剧》(取材于罗斯托夫都主教德米特里编的《日读月书经文汇编》)
Комедия о доне Яне и доне Педро (Дон-Жуан)	《关于唐·扬和唐·彼得罗的喜剧》(唐璜)
Комедия о прекрасной Мелюзине	《美人梅柳济娜的喜剧》
Комедия о Петре Златых Ключей	《金钥匙彼得的喜剧》
Комедия о итальянском маркграфе и о безмерной уклонности графини его (из Боккаччо)	《意大利伯爵和他倾心相爱的伯爵夫人的喜剧》(源自薄伽丘)
Комедия рождеству (на тему из Четьих Миней Димитрия Ростовского)	《圣诞节喜剧》(取材于罗斯托夫都主教德米特里编的《日读月书经文汇编》)
Комедия Олундина	《奥伦金的喜剧》
О крепости Грубстона, в ней же первая персона Юлий Кесарь	《格鲁布斯城堡,其中第一号人物为裘力斯·凯撒》
О Тенере, Лизеттине отце, винопродавце	《丽泽塔的父亲——卖酒翁滕涅尔》
О Тонвуртине, старом шляхтиче, с дочерью	《年老的小贵族堂乌尔廷和女儿》
Порода Геркулесова, в ней первая персона Юпитер («Амфитрион») Мольера	莫里哀的《赫拉克勒斯家族,其第一号人物是尤庇特》(《安菲特律翁》)
«Сам у себя под стражей» Кальдерона в переделке Т. Корнеля под названием «Принц Пикель-Гяринг, или Жоделетт, Самый свой тюрьмовый заключник»	卡尔德隆的《自我监禁》,由托马·高乃依改编为《王子皮克尔—贾林,又名自我关押的若德莱》
Свобождение Ливонии и Ингерманландии	《立窝尼亚和伊若拉的解放》
Слава печальная (на смерть Петра I) Ф. Журовского	费·茹罗夫斯基为彼得一世去世所作的《哀悼的礼赞》
«Слава российская» Ф. Журовского	费·茹罗夫斯基的《俄罗斯礼赞》
Страшное изображение второго пришествия господня на землю	《主耶稣基督复临人世时面容严峻》
Сципио Африкан, вождь римский, и погубление Софонизбы, королевы нумидийския, переделка драмы Лоенштейна	《古罗马执政官、征服非洲的大西庇阿和努米底亚女王索福尼斯巴之死》,罗恩施台因戏剧的改编本
Ужасная измена сластолюбивого жития с прискорбным и нищетным	《穷奢极欲的生活向悲惨苦难生活的可怕逆转》
Честный изменник, или Фредерико фон Поплей и Алоизия, супруга его Чиконьини	契科尼尼的《诚实的背叛者,又名弗列德里科·冯·波普列和他的太太阿洛伊济亚》
Дробленкова Н. Ф.	德罗布连科娃,娜·费
Друг честных людей, или Стародум, проект журнала Д. И. Фонвизина	《诚实者的朋友,又名斯塔罗杜姆,杰·伊·冯维辛的刊物规划》
Дружинин В. Г.	德鲁日宁,瓦·格
Дубовик Н. П.	杜博维克,尼·帕
Дубровина В. Ф.	杜布罗文娜,瓦·费
Дуйчев И. С.	杜伊切夫,伊·谢
Дутрепон Г.	迪特勒蓬,格

Дю Белле Ж.	杜·贝雷
Защита и прославление французкого языка	《保卫和发扬法兰西语言》
Дядюшка мой человек разумный есть...	《我叔叔是个明智的人……》

E

Евгений, минский и туровский епископ	叶甫盖尼,明斯克和图罗夫主教
Евдокия, супруга Дмитрия Донского	叶夫多基娅,德米特里·顿斯科伊之妻
Евлентьев К. Г.	叶夫连季耶夫,康·格
Евпатий Львович Коловрат	叶夫帕季·利沃维奇·科洛夫拉特
Евпраксия, супруга рязанского князя Федора	叶夫普拉克西娅,梁赞公费奥多尔之妻
Евстафий Корсунянин	科尔松夫人叶夫斯塔菲
Евстратий	叶夫斯特拉季
Повесть о некоей брани	《某次战斗的故事》
Евфимий, чудовский инок	叶夫菲米,楚多夫修道院修士
Евфимий Тырновский	叶夫菲米,特尔诺沃人士
Едигей, татарский князь	叶季格伊,鞑靼公爵
Екатерина I	叶卡捷琳娜一世
Екатерина II	叶卡捷琳娜二世
Были и небылицы	《真实与虚构》
Записки касательно Российской истории	《关于俄国历史的笔记》
Наказ Комиссии для сочинения нового Уложения	《对新法典编纂委员会的诏令》
Начальное управление Олега. Подражание Шакеспиру, без сохранения феатральных обыкновенных правил	《奥列格执政之初:模仿莎士比亚,未保持通常的戏剧规则》
Новгородский богатырь Боеславич	《诺夫哥罗德壮士鲍耶斯拉维奇》
Подражание Шакеспиру, историческое представление без сохранения феатральных обыкновенных правил, из жизни Рюрика	《模仿莎士比亚,取自留里克的生平,未保持通常戏剧规则的历史呈现》
Сказка о царевиче Хлоре	《赫洛尔王子的故事》
Февей	《费韦伊》
Храброй и смелой витязь Ахридеич	《勇敢无畏的勇士阿赫里捷伊奇》
Елагин И. П.	叶拉金,伊·佩
Жан де Моле, или Русский француз» (заимствовано у Гольберга)	《让·德·莫莱,或俄罗斯的法国人》(根据霍尔堡的作品)
Елеонская А. С.	叶列翁斯卡雅,安·谢
Елизавета, английская королева	英国女王伊丽莎白
Елизавета Петровна, императрица	女皇伊丽莎白·彼得罗夫娜
Епифаний, соловецкий инок	叶皮凡尼,索洛维茨基修道院修士
Житие	传记
Епифаний Кипрский	塞浦路斯大主教叶皮凡尼
Сказание о шести днях творения	《上帝六日创世的故事》
Епифаний Премудрый	哲人叶皮凡尼

Житие Сергия Радонежского	拉多涅日人氏谢尔吉传
Житие Стефана Пермского	彼尔姆主教斯特凡传
Ергольская Т. А.	叶尔戈利斯卡娅，塔·亚
Ерёмин И. П.	叶廖明，伊·彼
Ермак Тимофеевич	叶尔马克·季莫费耶维奇
Ермолай-Еразм	叶尔莫莱—叶拉兹姆
Благохотящим царем правительница	《主管人呈乐善好施的沙皇》
Главы о увещании утешителнем царем, аще хощеши и велмож	《劝慰沙皇兼及显贵书》
Моление к царю	《呈沙皇祈求书》
Повесть о Петре и Февронии	《彼得和费夫罗尼娅的故事》
Повесть о рязанском епископе Василии	《梁赞主教瓦西里的故事》
Поучение к своей души	《致自我心灵的训诫之言》
Слово о разсуждении любви и правде...	《论关于爱与真的思考……》
Ермолин В.	叶尔莫林，瓦
Есипов С.	叶西波夫，萨
Есиповская летопись	叶西波夫编年史
Ефрем	叶夫列姆
Житие Авраамия Смоленского	斯摩棱斯克主教阿夫拉米的传记
Ефросин, кириллобелозерский инок	叶夫罗辛，基里尔—白湖修道院修士

Ж

Жанлис С. Ф.	让里斯，斯·费
Деревенские вечера	《乡村夜晚》
Жене Э.-К.	热奈，Э.-К.
«Живописец» (журнал)	《画家》（杂志）
Жизнеописание Даниила Галицкого	加利茨公丹尼尔的生平
Жития	传记
Аввакума, протопопа	大司祭阿瓦库姆自传
Петров, протопоп	大司祭彼得罗夫传
Авраамия Смоленского	斯摩棱斯克苦行修士阿弗拉米传
Адриана Пошехонского	波舍霍尼耶主教阿德里安传
Александра Невского	亚历山大·涅夫斯基传
Алексия, человека божия	神的仆人阿列克谢传
Анания, Азария и Мисаила	阿纳尼，阿扎里和米塞尔的传
Антония Римлянина	罗马人安东尼传
Антония Печерского	基辅山洞修道院奠基人安东尼传
Афанасия Александрийского	亚历山大城主教阿法纳谢传
Бориса и Глеба («Сказание, страсть и похвала»)	鲍里斯和格列布传（《故事、情感和赞颂》）
Нестора («Чтение»)	涅斯托尔传（《读物》）
Варлаама Хутынского	胡滕修道院院长瓦尔拉姆传

Варлаама и Иоасафа	瓦尔拉姆和约瑟夫传
Василия Великого. См. «Чудо о прельщенном отроке»	大瓦西里传，另见《一个被诱惑的少年的奇事》
Василия Нового	新瓦西里传
Владимира	弗拉基米尔传
Григория Пельшемского	佩利舍姆教区主教格里高里传
Дионисия Глушицкого	季奥尼西(格卢希茨人氏)传
Иоанна Новгородского	诺夫哥罗德主教约翰传
Иосифа Волоцкого	沃洛科拉姆修道院院长约瑟夫传
Ирины	伊琳娜传
Кирилла Туровского	图罗夫主教基里尔传
Константина Муромского	穆罗姆主教康斯坦丁传
Константина и Елены	君士坦丁和叶莲娜传
Корнилия Комельского	科梅利修士科尔尼利传
Мефодия	梅福季传
Михаила Всеволодовича Черниговского	切尔尼戈夫公米哈伊尔·弗谢沃洛多维奇传
Михаила Клопского	克洛普修道院修士米哈伊尔传
Михаила Ярославича Тверского	特维尔公米哈伊尔·亚罗斯拉维奇传
Моисея Новгородского	诺夫哥罗德修士莫伊谢伊传
Нифонта Констанции Кипрской	塞浦路斯康斯坦察教士尼丰特传
Ольги княгини	女大公奥莉加传
Павла Обнорского	奥布诺尔教区帕维尔传
Пафнутия Боровского	博罗夫教区帕夫努季传
Петра и Февронии	彼得和费夫罗尼娅传
Петра митрополита	都主教彼得传
Петра Ордынского	鞑靼金帐汗国王子彼得传
Стефана Комельского	科梅利教区斯特凡传
Февронии	费夫罗尼娅传
Феодора Студита	费奥多尔·斯图季特传
Феодоры	费奥多尔家族传
Феодосия Печерского	基辅山洞修道院院长费奥多西传
Эфесских отроков	佩剑少年传略
Христофора	赫里斯托福尔传
Жмакин В. А.	日马金，В. А.
Жуковский В. А.	茹科夫斯基，瓦·安
Журнал, или Подённая записка... Петра Великого	《彼得大帝的记事簿，即他的日记……》

3

Забелин И. Е.	扎别林，伊·叶
Заборов П. Р.	扎博罗夫，彼·罗

Заволоко И. Н.	扎沃洛科,伊·尼
Замойский Я.	扎莫伊斯基,扬
Западов А. В.	扎帕多夫,亚·瓦
Западов В. А.	扎帕多夫,弗·亚
Заполя Я.	佐波尧,扬
Зарубин Н. Н.	扎鲁宾,尼·尼
«Звезда Пресветлая»	《启明星》
Земцовский И. И.	泽姆佐夫斯基,伊·约
Зеньковский С. А.	津科夫斯基,谢·亚
Зинаний Л.	济扎尼,拉
Катехизис	《教理问答》
Зимин А. А.	济明,亚·亚
Зиновий Отенский	济诺维·奥坚斯基
Истины показания к вопросившим о новом учении	《向问及新学说的人们展示的真理》
«Златоуст»	《金玉良言》(金口约翰著)
«Златоструй»	《金流》
Злобин М.	兹洛宾,米
Зобниновский Д.	佐布宁诺夫斯基,狄
Зотов Н. М.	佐托夫,尼·莫
«Зритель» (английский журнал)	《旁观者》(英国杂志)
«Зритель» (журнал)	《观察家》(杂志)
Зубов П. А., граф	普·亚·祖博夫伯爵
Зубовы	祖博夫家族
Зыков Э. Г.	济科夫,Э. Г.

И

«И то, и сё» (еженедельник)	《万象》(周刊)
Иаков, патриарх	亚科夫牧首
Иаков Мних	亚科夫修士
Сказание, страсть и похвала Борису и Глебу	鲍里斯和格列布传(《故事、情感和赞颂》)
Ибн аль Асир	伊本·阿里·阿西尔
Иван I (Калита), великий князь московский	伊凡一世("钱袋"),莫斯科大公
Иван III великий князь московский	伊凡三世,莫斯科大公
Иван IV (Грозный), царь	伊凡四世(伊凡雷帝),沙皇
Канон ангелу грозному	《给可怕的天使立教规》
Послания	《书信》
Челобитная царю Симеону Бекбулатовичу	《呈国王西梅翁·贝克布拉托维奇的禀帖》
Иван V, царь	伊凡五世,沙皇
Иван Андреевич, можайский князь	伊凡·安德烈耶维奇,莫扎日斯克公

Иван Иванович, царевич	伊凡·伊凡诺维奇王子
Иван Наседка	伊凡·纳谢德卡
Иван Тимофеев	伊万·季莫菲耶夫
Временник	《编年史》
Иван Руно	伊万·鲁诺
Иван Федоров	伊万·费奥多罗夫
Иван Чёрный	伊万·乔内尔
Иванов А. И.	伊万诺夫, А. И.
Иванов П.	伊万诺夫, П.
Иванов Ю. Д.	伊万诺夫, 尤·德
Игорь Ольгович, князь	伊戈尔·奥利戈维奇公
Игорь Рюрикович, князь	伊戈尔·留里科维奇公
Игорь Святославич, новгород-северский князь	伊戈尔·斯维亚托斯拉维奇, 诺夫哥罗德—谢维尔斯克公
Иеремия	叶列米亚
Изборник 1073 г.	《1073 年文选》
Изборник 1076 г.	《1076 年文选》
Измарагд	《伊兹马拉格德》
Изосима, монах	伊佐西马修士
Изяслав Владимирович, князь	伊贾斯拉夫·弗拉基米罗维奇公
Изяслав Мстиславич, князь	伊贾斯拉夫·姆斯季斯拉维奇公
Изяслав Ярославич, князь	伊贾斯拉夫·雅罗斯拉维奇公
Иларион	伊拉里翁
Слово о законе и благодати	《论律法与神恩》
Ильинский И.	伊林斯基, 伊
Илия Минятий	伊利亚·米尼亚季
Ингварь Ингваревич, рязанский князь	梁赞公英瓦尔·英瓦列维奇
Иннокентий	因诺肯季
Записка о последних днях Пафнутия Боровского	《博罗夫修道院帕夫努季最后的日子记事》
Иное сказание	《另一篇故事》
Иоаким, патриарх	约阿基姆牧首
Иоанн Богослов	神学家约翰
Иоанн Антонович, император	约翰·安东诺维奇皇帝
Иоанн Дамаскин	大马士革人约翰
Богословие	《神学》
Исповедание веры	《宗教信仰》
Иоанн Златоуст	金口约翰
Иоанн Лествичник	铺天梯者约翰
Иоанн Тритемий	约翰·特里特米乌斯
Иоанн Цимисхий, византийский император	拜占庭皇帝约翰·吉米斯基
Иоасаф, митрополит	约瑟夫都主教

Иов, новгородский митрополит	约夫,诺夫哥罗德都主教
Иов, патриарх	约夫牧首
Иосиф Флавий бен Маттафие	约瑟夫(弗拉维王朝)·本·马塔菲耶
История иудейской войны	《犹太战争史》
История о разорении последнем святого града Иерусалима от римского цесаря Тита, сына Веспасианова...	《圣城耶路撒冷最后一次被韦斯巴芗之子、罗马皇帝提图斯摧毁的历史……》
Иоффе И. И.	约费,叶·伊
Ипполит, папа римский	罗马教皇伊波利特
Слово об антихристе	《谈敌基督者》
Толкования на книги пророка Даниила	《先知丹尼尔著作的诠释》
Ирмологий	祈祷书
Исайя	伊赛亚
Пророчества	《预言》
Исак Собака	伊萨克·索巴卡
Исакович И.	伊萨科维奇,И.
Исократ	伊苏格拉底
Истомин К.	伊斯托明,卡
Буквари	《识字课本》
О глаголании от людей, каков монасыре монахи живут	《人们谈论修士们在修道院如何度日》
История, в ней же пишет о разорении града Трои	《特洛伊城被毁的故事》
Истроия о Казанском царстве	《喀山王国史》
История о семи мудрецах	《七贤士的故事》
Истрин В. М.	伊斯特林,瓦·米

К

Каган М. Д.	卡甘,玛·达
Кадлубовский А. П.	卡德卢博夫斯基,阿·彼
Казакова Н. А.	卡扎科娃,娜·亚
Кайбула, татарский царевич	鞑靼王子卡伊布拉
Калайдович К. Ф.	卡莱多维奇,康·费
Калачёва С. В.	卡拉乔娃,斯·瓦
Калидаса	迦梨陀娑
Саконтала	《沙恭达罗》
Калила и Димна	《卡利拉和吉姆娜》
Калинович М. Я.	卡利诺维奇,米·雅
Каллаш В. В.	卡拉什,弗·弗
Кальвин Ж.	加尔文
Кальдерон П.	卡尔德隆
Калязинская челобитная	《卡利亚津修道院的诉状》
Камбиз, персидский царь	波斯国王卡姆比兹

Камоэнс Л.	卡蒙斯,路易斯
Лузиады	《卢济塔尼亚人之歌》
Кампанелла Т.	康帕内拉
Кант И.	康德
Кантемир А. Д.	康捷米尔,安·德
Петрида, или Описание стихотворное смерти Петра Великого, императоравсероссийского	《彼得颂,或全俄皇帝彼得大帝悼唁诗》
Письмо Харитона Макентина к приятелю о сложении стихов русских	《哈里东·马肯京致友人关于俄语作诗法的信》
Сатиры	《讽刺诗》
1-я «на хулящих учение. К уму своему»	第一首《致亵渎学术者——告理智》
2-я	第二首
3-я	第三首
Симфония на Псалтырь	《圣诗交响乐》
пер. стихотворений Анакреона	《阿那克瑞翁诗集》(译作)
пер. «Разговоров о свете» Ф. Альгеротти	弗·阿尔加洛蒂《关于世界的对话》(译作)
пер. Из Горация	《贺拉斯诗选》(译作)
пер. «Разговора о множестве миров» Фонтенеля	丰特奈尔《关于多重世界的对话》(《论宇宙的多元性》)(译作)
пер. «Господина философа Константина Манасеиса Синопсис исторический»	《哲学家康斯坦丁·马纳谢伊斯君史学论集》(译作)
пер. «Юстиновой истории»	《尤思京娜历史》(译作)
Кантемир Д. К.	康捷米尔,德·康
Капнист В. В.	卡普尼斯特,瓦·瓦
Другу сердца	《致心上人》
К богатому соседу	《致富邻》
Ломоносов	《罗蒙诺索夫》
Ода на пиитическую лесть	《诗人的阿谀颂》
Ода на рабство	《奴隶颂》
Ябеда	《诽谤》
Карамзин Н. М.	卡拉姆津,尼·米
Афинская жизнь	《雅典生活》
Бедная Лиза	《苦命的丽莎》
Граф Гваринос	《格瓦里诺斯伯爵》
Дарования	《天赋》
Евгений и Юлия	《叶甫盖尼和尤利娅》
Илья Муромец	《伊利亚·穆罗梅茨》
История государства Российского	《俄罗斯国家史》
К бедному поэту	《致穷诗人》
К Милости	《致仁慈》
К самому себе	《致自我》

Марфа Посадница	《城总管夫人玛尔法》
Мелодор к Филалету	《梅洛多尔致菲拉列特》
Мои безделки	《我的琐事》
Моя исповедь	《我的自白》
Наталья, боярская дочь	《大贵族之女娜塔莉娅》
Остров Борнгольм	《博恩霍尔姆岛》
Пантеон российских авторов	《俄国作家文库》
Письма русского путешественника	《一位俄国旅行者的书信》
Послание к Дмитриеву	《寄语德米特里耶夫》
Послание к Алексвндру Алексеевичу Плещееву	《寄语亚历山大·阿列克谢耶维奇·普列谢耶夫》
Прогулка	《漫步》
Протей, или Несогласия стихотворца	《波塞冬，或诗人的分歧》
Разные отрывки. (Из записок одного молодого Россиянина	《不同的片断：摘自一位年轻的俄罗斯姑娘的笔记》
Раиса	《拉伊萨》
Рыцарь нашего времени	《当代骑士》
Филалет к Мелодору	《菲拉列特致梅洛多尔》
Что нужно автору?	《作者需要什么？》
Чувствительный и холодный	《敏感的与冷漠的》
Юлия	《尤利娅》
пер. «Аркадского памятника» Х.-Ф. Вейсе	赫·菲·维泽的《快乐之邦纪念碑》（译作）
пер. «Времен года» Д. Томсона	詹·汤姆逊的《四季》（译作）
пер. «Деревенских вечеров» С.-Ф. Жанлис	斯·费·让里斯的《乡村夜晚》（译作）
пер. «О происхождении зла» А. Галлера	阿·哈勒尔的《恶之源》（译作）
пер. «Пантеона иностранной словесности»	《外国文学文库》（译作）
пер. «Размышлений о делах божиих в царстве натуры и провидения и беседы с богом» К. Штурма и И. Тиде	К. 施图尔姆和 И. 基德的《关于自然王国中上帝的事务和天意的沉思及与上帝的交谈》（译作）
пер. «Юлия Цезаря» В.Шекспира	莎士比亚的《裘力斯·凯撒》（译作）
Карин А.	卡林，A.
Карины	卡林家族
Карл I, английский король	英国国王查理一世
Карл XII, шведский король	瑞典国王卡尔十二世
Карл Великий	查理大帝
Карл Смелый	勇敢者查理
Карпов Ф.	卡尔波夫，费
Карякин Ю. Ф.	卡利亚金，尤·费
Кассиан, архимандрит Юрьева монастыря	尤里耶夫修道院修士大司祭卡西安
Катырев-Ростовский И. М., князь	罗斯托夫公伊·米·卡特廖夫
Кеведо Ф.	克维多，弗

Кейстут, литовский князь	立陶宛公凯斯图特
Кеменов В. С.	克梅诺夫，弗·谢
Кеплер И.	开普勒，约翰
Кий, легендарный основатель Киева	基伊，传说中基辅城的奠基人
Киприан, митрополит	基普里安都主教
Житие митрополита Петра	《都主教彼得传》
Повесть о Митяе	《米佳伊的故事》
Кир, персидский царь	波斯国王基尔
Кирилл, митрополит	基里尔都主教
Кирилл Вельский	基里尔·韦利斯基
Кирилл Иерусалимский	耶路撒冷主教基里尔
Кирилл Туровский	图罗夫主教基里尔
Канон молебный	《祈祷经文》
Слова	《布道文》
Кирша Данилов	基尔沙·丹尼洛夫
Кислягина Л. Г.	基斯利亚金娜，Л. Г.
Клибанов А. И.	克利巴诺夫，亚·伊
Климент Смолятич	斯莫棱斯克人克利门特
Послание Фоме Прозвитеру	《致福马神父的信函》
Клингер	克林格尔
Клопшток Ф. Г.	克洛卜施托克
Мессиада	《救世主》
Клосс Б. М.	克洛斯，鲍·米
Клушин А. И.	克卢申，亚·伊
Ключевский В. О.	克柳切夫斯基，瓦·奥
«Книга живота»	《生命之书》
«Книга о вере»	《论信仰》
Книпер	克尼佩尔
Княжнин Я. Б.	克尼亚日宁，雅·鲍
Вадим Новгородский	《诺夫哥罗德的瓦季姆》
Владимир и Ярополк	《弗拉基米尔与雅罗博尔克》
Несчастье от кареты	《四轮马车的事故》
Росслав	《罗斯拉夫》
Рыбак и дух	《渔夫和神灵》
Сбитенщик	《卖热蜜水的人》
Титово милосердие	《季特的仁慈》
Князевская О. А.	克尼亚泽夫斯卡娅，奥·亚
Ковтун Л. С.	科夫通，柳·斯
Кожинов В. В.	科日诺夫，瓦·瓦
Кожухаров С.	科茹哈罗夫，С.
Козельский Я.	科泽尔斯基，雅
Козицкий Г. В.	科济茨基，格·瓦

Козловский И.	科兹洛夫斯基,伊
Козловский Ф. А.	科兹洛夫斯基,费·阿
Козырев В. А.	科济列夫,弗·阿
Кокорев А. В.	科科列夫,阿·瓦
Колобанов В. А.	科洛巴诺夫,В. А.
Колосова В. П.	科洛索娃,В. П.
Колычев Ф.	科雷切夫,菲
Комаров М.	科马罗夫,马
Жизнь Ваньки Каина	《万卡·卡因的生活》
Милорд Георг, или Гереон	《格奥尔格阁下,或格列翁》
Комарович В. Л.	科马罗维奇,瓦·列
Комедия о царе Максемьяне и его непокорном сыне Адольфе	《关于马克谢米扬国王及其逆子阿多尔夫的喜剧》
Коменский Я. А.	科缅斯基,扬·阿
Коновалова О. Ф.	科诺瓦洛娃,О. Ф.
Конрад Н. И	康拉德
Константин Великий	君士坦丁大帝
Константин Костеньчский	科斯捷尼奇的君士坦丁
Константин XIII Палеолог, византийский император	拜占庭帝国巴列奥略王朝君士坦丁十三世皇帝
Константин Преславский	普列斯拉夫主教康斯坦丁
Учительное евангелие	警世福音书
Константин-Кирилл Философ	哲学家基里尔—君士坦丁
Проглас к евангелию	福音书导言
Похвала Григорию Назианзину	格里戈里·纳济安津赞
Констанций Хлор	君士坦提乌斯·克洛卢斯
Кончак, половецкий хан	孔恰克,波洛夫汗
Копанев А. И.	科帕涅夫,亚·伊
Коперник Н.	哥白尼
Копиевский И.	科皮耶夫斯基,伊
Пер. «Басней» Эзопа	《伊索寓言》(译作)
Коплан Б.И.	科普兰,鲍·伊
Корецкий В.И.	科列茨基,瓦·伊
Корецкий-Сатановский А.	科列茨基—萨塔诺夫斯基,阿
Лексикон	词典
Кормчая	教会法规集
Ефремовский список	叶夫列莫夫抄本
Корнель П.	高乃依
Корсунская легенда	《科尔松的传说》
Косма Индикоплов	航海到印度的商人科斯马斯
Христианская топография	《基督教国家风土记》
Космография	《天文地理》

Костич Д.	科斯季奇,杜
Костомаров Н.И.	科斯托马罗夫,尼·伊
Костров Е.И.	科斯特罗夫,叶·伊
Костюхин Е.А.	科斯秋欣,叶·阿
Котков С.И.	科特科夫,谢·伊
Котляренко А.Н.	科特利亚连科,阿·尼
Кочеткова Н.Д.	科切特科娃,娜·德
«Кошелек» журнал	《钱袋》杂志
Кошмидер Э.	科什米杰尔,埃
Крекотень В.И.	克列科坚,弗·伊
Крекшин П.Н.	克列克申,彼·尼
История государя Петра великого	《彼得大帝的故事》
Крестова Л.В.	克列斯托娃,柳·瓦
Кромвель О.	克伦威尔
Крылов И.А.	克雷洛夫,伊·安
Бешеная семья	《疯狂之家》
К другу моему	《致我的一位朋友》
К счастью	《幸亏如此》
Каиб	《盖伯》
Кофейница	《占卦的女人》
Модная лавка	《小时装店》
Модные торговки	《时髦的女商贩》
Мое оправдание к Анюте	《我为阿纽塔的辩护》
Ночи	《夜晚》
Ода. Уединение	《幽居颂》
Пирог	《馅饼》
Похвальная речь в память моему дедушке	《纪念我祖父的赞辞》
Похвальная речь Ермалафиду	《叶尔马拉费特赞》
Проказники	《好闹事的人》
Речь говоренная повесою в собрании дураков	《浪子在愚人集会上的发言》
Роднябар	《亲族酒吧》
Сочинитель в прихожей	《门厅中的杜撰者》
Трумф, или Подщипа	《特鲁姆夫,或波德希帕》
Урок дочкам	《给女儿的功课》
Филомела	《菲罗墨拉》
Куайе Г.-Ф.	科耶,Г.-Ф.
Торгующее дворянство	《经商的贵族》
Кудаит, татарский царевич	鞑靼王子库达伊特
Кудрявцев И.М.	库德里亚夫采夫,伊·米
Куев К.	库耶夫,库
Кузнецова Т.И.	库兹涅佐娃,塔·伊
Кузьмина В.Д.	库兹明娜,维·德

Кукушкина М.В.	库库什金娜, 玛·弗
Кулакова Л.И.	库拉科娃, 柳·伊
Кунст И.	昆斯特, И.
Кунцевич Г.З.	昆采维奇, Г.З.
Купреянова Е.Н.	库普列亚诺娃, 伊·尼
Курбский А.М. Князь	安·米·库尔布斯基公爵
История о великом князе московском	《莫斯科大公的故事》
Послания к ивану грозному	《致伊凡雷帝的书信》
Курганов Н.Г.	库尔加诺夫, 尼·加
Письмовник	《尺牍》
Курицын Ф.В.	库里岑, 费·瓦
Лаодикийское послание	《劳季基的来信》
Повести о Дракуле	《德拉库拉的故事》
Курций К.	库尔齐, 昆特
Книга о делах содеянных Александра Великого царя Македонского	《关于马其顿国王亚历山大大帝创建的业绩》
Кусков В.В.	库斯科夫, 弗·弗
Кутайсовы	库代索夫家族
Кутина Л.Л.	库金娜, Л.Л.
Кутузов А.М.	库图佐夫, 阿·米
Пер. «Мессиады» Клопштока	克洛卜施托克的《救世主》(译作)
Пер. «Ночей» Юнга	扬格的《夜晚》(译作)
Пер. «Путешествия добродетели» Г.Бериша	别里什的《美德之行》(译作)
Пер. Из Х.Ф.Геллерта под названием «О приятности грусти»	译自克·菲·盖勒特的《论忧郁之乐》(译作)
Кутузов Б.	库图佐夫, 鲍
Кучка, боярин	库奇卡, 大贵族
Кучкин В.А.	库奇金, 弗·安
Кучум, сибирский хан	西伯利亚汗国库奇努汗
Кушева Е.Н.	库舍娃, 叶·尼
Кушелев-Безбородко Г.А., граф	格·亚库舍廖夫—别兹博罗德科伯爵

Л

Лабрюйер Ж. Де	拉布吕耶尔, 让·德
Характеры или нравы этого века	《品性论——本世纪风俗》
Лаврентий Мних	拉夫连季修士
Лавров Н.Ф.	拉夫罗夫, 尼·弗
Лавуазье А.Л.	拉瓦锡
Лагарп Ж.Ф.	拉哈伯
Виргиния	《维吉尼亚》
Граф Уорик	《沃里克伯爵》

Кориолан	《科里奥兰》
Лазарев В.Н.	拉扎列夫,维·尼
Лазарчук Р.М.	拉扎尔丘克,里·米
Лазарь, священник	拉扎里神父
Лазурский В.	拉祖尔斯基,弗·
Лампрехт	兰普雷希特
Ланские	兰斯基家族
Лансон Г.	朗松,Г.
Ларин Б.А.	拉林,鲍·亚
Ласкарис И.	拉斯卡里斯,亚
Лафонтен Ж.	拉封丹,让
Уши зайца	《兔子的耳朵》
Лебедев Е.Н.	列别捷夫,叶·尼
Лев Аникита Филолог	列夫·阿尼基塔·菲洛洛格
Житие Иосифа Волоцкого	《沃洛科拉姆修道院院长约瑟夫传》
Левек П.-Ш.	列维克,皮·沙
История России	《俄罗斯历史》
Левин Ю.Д.	列文,尤·达
Левина С.А.	列文娜,С.А.
Левшин В.А.	列夫申,瓦·阿
Русские сказки	《俄国民间故事》
Лей Г.	列伊,Г.
Лейбниц В.	莱布尼茨
Леклерк Н.	列克勒克,Н.
История физическая, моральная, гражданская и политическая россии древней и новой	《俄国古代至现代的历史:自然、道德、公民与政治》
Лемьерр А.	勒米叶,А.
Вильгельм Телль	《威廉·退尔》
Ленин В.И.	列宁,弗·伊
Леон Неаполитанский	那不勒斯的莱昂
Леонов С.А.	列昂诺夫,С.А.
Лепехин И.И.	列皮奥欣,伊·伊
Лермонтов М.Ю.	莱蒙托夫,米·尤
Лесаж А.	勒萨日,А.
Похождения Жиль Блаза	《吉尔·布拉斯》
Лесков Н.С.	列斯科夫,尼·谢
Лессинг Г.Э.	莱辛
Эмилия Галотти	《爱米丽雅·迦洛蒂》
Лествица к небеси четвероположся...	《天梯已在四方铺好……》
«Лествица» Иоанна Раифского	拉伊夫主教约翰的《天梯》
Летописи	编年史,大事记
Авраамки	阿夫拉姆卡编年史

Александро-невская	亚历山大—涅夫斯基修道院编年史
Белорусская первая (западно-русская)	白俄罗斯第一编年史(西部俄罗斯编年史)
Владимирская	弗拉基米尔编年史
Владимирские своды XII - XIII вв.	12—13 世纪弗拉基米尔编年史汇编
Вологодско-Пермская	沃洛戈德—比尔姆编年史
Воскресенская	复活节教堂编年史
Галицко-Волынская	加里奇—沃伦编年史
Ермолинская	叶尔莫林编年史
Есиповская	叶西波夫编年史
Иоасафовская	约瑟夫编年史
Ипатьевская	伊帕季修道院编年史
Кенигсбергская	克尼希斯贝克编年史
Киевская	基辅编年史
Лаврентьевская	拉夫连季编年史
Летописец Даниила Галицкого	加里奇公丹尼尔编年史
Летописец начала царства	王国初年编年史
Летописец переяславля суздальского	苏兹达尔公佩列亚斯拉夫尔编年史
Летопись княгини марьи	马利亚女公爵的编年史
Львовская	利沃夫编年史
Московский свод 1479 г. (эрмитажный список)	1479 年莫斯科文书汇编(埃尔米塔日博物馆抄本)
Московский свод 1493 г.(уваровский список)	1493 年莫斯科文书汇编(乌瓦罗夫抄本)
Московско-академическая	莫斯科科学院编年史
Начальный свод	编年史初期汇编
Никаноровская	尼卡诺尔编年史
Никоновская	尼康编年史
Лицевой свод	插图本编年史汇编
Новгородская I летопись младшего извода	诺夫哥罗德第一编年史晚期抄本
Новгородская I летопись старшего извода	诺夫哥罗德第一编年史早期抄本
Новгородская II	诺夫哥罗德第二编年史
Новгородская III	诺夫哥罗德第三编年史
Новгородская IV	诺夫哥罗德第四编年史
Строевский список	(诺夫哥罗德第四编年史)斯特罗耶夫抄本
Новгородская V	诺夫哥罗德第五编年史
Новгородская по списку Дубровского	诺夫哥罗德(据杜布罗夫斯基抄本)编年史
Повесть временных лет	《往年纪事》
1-я редакция (нач.XII в.) Нестора Печерского	基辅山洞修道院修士涅斯托尔(12 世纪初)第一版

2-я редакция (1116 г.) Сильвестра Вдубицкого	维杜比茨修道院修士西尔维斯特(1116年)第二版
3-я редакция (1118 г.)	1118年第三版
Псковская I летопись	普斯科夫第一编年史
Псковская II летопись	普斯科夫第二编年史
Псковская III летопись	普斯科夫第三编年史
Радзивиловская	拉吉维勒编年史
Петровская копия	彼得大帝拉吉维勒编年史复制本
Рогожский летописец	罗戈日编年史
Свод 1305 г. (тверской)	(特维尔编年史)1305年汇编
Свод 1327 г. (тверской)	(特维尔编年史)1327年汇编
Свод 1375 г. (тверской)	(特维尔编年史)1375年汇编
Свод 1392 г.	1392年汇编
Свод 1408 г.	1408年汇编
Свод 1409 г. (тверской)	(特维尔编年史)1409年汇编
Свод 1418 или 1423 г. (митрополита Фотия)	(都主教福季)1418年或1423年汇编
Свод 1448 г.	1448年汇编
Свод 1455 г. (тверской)	(特维尔编年史)1455年汇编
Свод 1472 г. (великокняжеский)	1472年(大公)汇编
Свод 1492 г.	1492年汇编
Свод 1508 г.	1508年汇编
Свод 1518 г.	1518年汇编
Свод 1534 г.	1534年汇编
Симеоновская	西梅翁编年史
Сокращенные своды конца XVв.	15世纪末编年史简本汇编
Софийская первая	索菲亚大教堂第一编年史
Софийская вторая	索菲亚大教堂第二编年史
Тверской сборник	特维尔文集
Типографская	皇家印制坊编年史
Троицкая	三一修道院编年史
Уваровская	乌瓦罗夫编年史
Царственная книга	皇族系谱
Лефорт Ф.	列福尔特·弗
Лечебник на иноземцев	给外国人治病的通俗医书
Лечебник юмористический	幽默通俗医书
Лжедмитрий I (Григорий Отрепьев)	伪德米特里一世(格里戈里·奥特列皮耶夫)
Лжедмитрий II	伪德米特里二世
Лилиенфельд Ф.	利利延费尔德,费
Лихачёв Д.С.	利哈乔夫,德·谢
Лихачёв Н.П.	利哈乔夫,尼·彼
Лихачёва В.Д.	利哈乔娃,薇·德
Лихуды Иоанникий и Софроний	利胡德兄弟(约翰尼斯和索弗罗尼斯)

Лициний	李锡尼
Лозинский М.Л.	洛津斯基,米·列
Локк В.Д.	洛克,约翰
Ломоносов М.В.	罗蒙诺索夫,米·瓦
Вечернее размышление о божием величестве	《夜思上天之伟大》
Гимн бороде	《胡须颂》
Демофонт	《得摩丰》
Древняя российская история от начала российского народа до кончины Ярослава Первого	《自俄罗斯民族的起源至雅罗斯拉夫一世时代止的古俄罗斯史》
Краткое руководство к риторике на пользу любителей сладкоречия	《辩论爱好者的雄辩术简明指南》
Материалы к российской грамматике	《俄语语法资料》
На прибытие Елизаветы Петровны	《伊丽莎白·彼得罗夫娜女皇登基日颂》
О нынешнем состояние словесных наук в россии	《论俄罗斯语言学现状》
Ода на взятие Хотина	《攻克霍丁颂》
Оды (1741-1762)	颂歌(1741—1762)
Первые основания металлургии или рудных дел	《冶金业或矿业原理》
Петр Великий	《彼得大帝》
Письмо о пользе стекла	《论玻璃之益处》
Письмо о правилах российского стихотворства	《论俄文诗律书》
Предисловие о пользе книг церковных в российском языке	《论俄文宗教书籍的裨益》
Разговор с анакреоном	《与阿那克瑞翁的对话》
Российская грамматика	《俄语语法》
Российская история	《俄罗斯历史》
Слово о происхождении света	《论世界的起源》
Слово похвальное... Елизавете Петровне	《伊丽莎白·彼得罗夫娜赞美诗》
Слово похвальное Петру великому	《彼得大帝赞美诗》
Сокращенное описание дел государевых	《国家事务简述》
«Тамира и Селим»	《塔米拉和谢利姆》
Три оды парафрастические псалма 143	《〈诗篇〉第143首改编的三首颂诗》
Утреннее размышление о божием величестве	《晨思上天之伟大》
Лопарев Х.М.	洛帕廖夫,赫·梅
Лотман Ю.М.	洛特曼,尤·米
Луве де Кувре Ж.-Б.	卢韦·德·库弗雷,让—巴
Фоблаз	《福布拉斯》(《骑士福布拉斯的爱情历险》)
Лузянина Л.Н.	卢季亚宁娜,Л.Н.
Лука, евангелист	路加(《路加福音》的作者)
Лука Жидята	卢卡·日佳塔(诺夫哥罗德主教)
Поучение	训诫

Лукиан	卢奇安（鲁奇阿努斯，琉善）
Лукин В.И.	卢金，弗·伊
Пер. «приключения маркиза Г» Прево	普雷沃的《Г 侯爵奇遇记》(译作)
Лукина Марфа-Марина	卢金娜，玛尔法—玛琳娜
Луппов С.П.	卢波夫，谢·帕
Луппол И.К.	卢波尔，伊·卡
Лурье А.	卢里耶，阿
Лурье Я.С.	卢里耶，雅·索
Львов А.М.	利沃夫，阿·米
Львов Н.А.	利沃夫，尼·亚
Добрыня, богатырская песнь	《多勃雷尼亚：壮士歌》
Собрание народных русских песен с их голосами	《俄国有声民歌集》
Пер. «Стихотворений Анакреона Тийского»	《忒俄斯的阿那克瑞翁诗歌》(译作)
Львов П.Ю.	利沃夫，帕·尤
Российская Памела, или История Марии добродетельной поселянки	《俄罗斯的帕美拉，或品德高尚的农妇玛丽娅的故事》
Людовик IX Святой, французский король	圣路易九世，法国国王
Наставление	《训言》
Людовик XI, французский король	路易十一，法国国王
Людовик XIV, французский король	路易十四，法国国王
Людовик XVI, французский король	路易十六，法国国王
Лютер М.	马丁·路德
Ляпон М.В.	利亚蓬，马·瓦

М

Мабли Г.Б. де	马布利
Размышления о греческой истории	《关于希腊历史的沉思》
Магницкий Л.	马格尼茨基，列
Арифметика	《算术》
Мазепа И.	马泽帕，伊
Мазунин А.И.	马祖宁，亚·伊
Майков А.	迈科夫，阿
Емшан	《叶闷香》
Майков В.И.	迈科夫，瓦·伊
Деревенский праздник, или увенчанная добродетель	《乡村节日，或加冕的美德》
Елисей, или раздраженный вакх	《叶利谢伊，或恼怒的巴克科斯》
«Метаморфозы » Овидия в переложении	改编奥维德的《变形记》
Нравоучительные басни	《劝诫寓言》
Освобожденная москва	《被解放的莫斯科》
Майков Л.Н.	迈科夫，列·尼

Макарий, антиохийский патриарх	马卡里,安提阿(安条克)教会牧首
Макарий митрополит	马卡里都主教
Макарий Булгаков	马卡里·布尔加科夫
Макарий Калязинский	马卡里·卡利亚津修道院院长
Макаров А.В.	马卡罗夫,阿·瓦
Макогоненко Г.П.	马科戈年科,格·潘
Максим Грек	马克西姆·格列克
Беседа ума с душой	《智慧与心灵的对话》
Повесть страшна и достопамятна и о совершенном иноческом жительстве	《可怕而值得记取的关于完善的修士居所的故事》
Слово о покаянии	《忏悔论》
Стязание любостяжательного с нестяжательным	《贪婪成性者和禁欲者的纠结》
Максимиан, римский император	罗马帝国皇帝马克西米安
Макферсон Д.	麦克菲逊,詹姆斯
Картон	《画稿》
Мал, древлянский князь	德列夫利人酋长马尔
Малерб Ф.	马雷伯
Малиновский А.Ф.	马利诺夫斯基,阿·费
Малышев В.И.	马雷舍夫,弗·伊
Мамай, золотоордынский темник	金帐汗国军队统帅马麦
Манкиев А.	曼基耶夫,阿
Ядро российской истории	《俄国历史的核心》
Мануил Комнин, византийский император	拜占庭帝国科穆宁王朝曼努埃尔皇帝
Марк, апостол	使徒马可
Марков А.В.	马尔科夫,阿·弗
Маркс К.	卡尔·马克思
Мармонтель Ж.-Ф.	马蒙泰尔,让—弗
Велизарий	《贝利萨留》
Мартиросян А.А.	马尔季罗相,А.А.
Мартынов И.И.	马丁诺夫,伊·伊
Марья Ильинишна, царица	玛丽娅·伊利因妮什娜王后
Марья михайловна, княгиня	玛丽娅·米哈伊洛夫娜,公爵夫人
Матвеев А.С.	马特维耶夫,阿·谢
Матхаузерова С.	马特浩泽罗娃,斯
Матьесен П.	马蒂森,佩尼莱
Медведев И.П.	梅德韦杰夫,伊·帕
Медведев, Сильвестр	梅德韦杰夫,西尔韦斯特尔
Мейендорф И.Ф.	迈恩多夫,伊·费
Мелиссино И. И.	梅利西诺,伊·伊
Мелиссино П. И.	梅利西诺,彼·伊
Менандр	米南德
Меншиков А. Д.	缅希科夫,亚·达

Мерсье Л.-С.	梅西耶,Л.-С.
Мой спальный колпак	《我的睡帽》
Мефодий	梅福季(美多德斯)
Мещерский Н. А.	梅谢尔斯基,尼·亚
Микеданджело Б.	米开朗琪罗
Миллер Г.-Ф.	米勒,Г.-Ф.
Миллер О.	米勒,О.
Миллер Т. А.	米勒,Т. А.
Мильтон Д.	弥尔顿,约翰
Минаев Д. Д.	米纳耶夫,德·德
Мингалев В. С.	明加列夫,瓦·谢
Минеи служебные	《祈祷经文》
Минеи Четьи	《日读月书》
Минея общая	普通日课经文月书
Минин К.	米宁,库
Миних Б.-Х.	米尼赫,布·克
Мирабо О.-Г.-Р. Граф О.-Г.-Р.	米拉波伯爵
Михаил Ⅲ, византийский император	拜占庭帝国皇帝米哈伊尔三世
Михаил Борисович, тверской князь	米哈伊尔·鲍里索维奇,特维尔公
Михаил Бренко	米哈伊尔·布连科
Михаил Всеволодович, черниговский князь	米哈伊尔·弗谢沃洛多维奇,切尔尼戈夫公爵
Михаил Федорович, царь	米哈伊尔·费多罗维奇沙皇
Михаил Ярославич, тверской князь	米哈伊尔·雅罗斯拉维奇,特维尔公爵
Могила П.	莫吉拉,彼
Моисеева Г. Н.	莫伊谢耶娃,加·尼
Моисей Маймонид	摩西·马伊莫尼德
Логика	《逻辑学》
Моление Даниила Заточника	《囚徒丹尼尔的求告书》
Молодые люди всего желают отведать…	《年轻人想全都尝试一下……》
Мольер Ж.-Б.	莫里哀
Монс В.	蒙斯
Монтень М.	蒙田
Опыты	《随笔集》
Монтескье Ш.	孟德斯鸠
Дух законов	《论法的精神》
Мор Т.	莫尔,托马斯
Утопия	《乌托邦》
Мори, аббат	莫里,天主教神甫
Морков В.	莫尔科夫,В.
Морозов А. А.	莫罗佐夫,亚·安
Морозов Б. И.	莫罗佐夫,鲍·伊

Морозова Ф. П.	莫罗佐娃, 费·普
«Московские сочинения»	《莫斯科文丛》
«Московский журнал»	《莫斯科期刊》
«Московское ежемесячное издание» (журнал)	《莫斯科月报》(杂志)
Мошин В. А.	莫申, 弗·阿
Мстислав Андреевич, князь	姆斯季斯拉夫·安德列耶维奇公爵
Мстислав Василькович, князь	姆斯季斯拉夫·瓦西里科维奇公爵
Мстислав Владимирович, новгородский князь	诺夫哥罗德公姆斯季斯拉夫·弗拉基米罗维奇
Мстислав Владимирович, тмутараканский князь	特姆塔拉坎公姆斯季斯拉夫·弗拉基米罗维奇
Мудрость Менандра	《米南德的智慧》
Муравьёв М. Н.	穆拉维约夫, 米·尼
Басни	《寓言》
Дщицы для записывания	《流年随记》
К Феоне	《致费奥娜》
Ода вторая. К А. М. Брянчанинову	《第二颂歌：致阿·马·布良恰尼诺夫》
Ода вторая. Весна. К Василию Ивановичу Майкову	《第二颂歌：春天——致瓦西里·伊凡诺维奇·迈科夫》
Оды	《颂诗》
Опыт о стихотворстве	《诗歌创作试论》
Pieces fugitives (Убегающие стихи)	《远逝的诗》
Мусин-Пушкин А. И., граф	阿·伊·穆辛—普希金伯爵
Мусин-Пушкин И. А.	伊·阿·穆辛—普希金
Мусин-Пушкинский сборник	《穆辛—普希金文集》

Н

Навуходоносор	尼布甲尼撒
Назаревский А. А.	纳扎列夫斯基, 亚·阿
Написание о грамоте	《文书的写法》
Наполеон Бонапарт	拿破仑·波拿巴
Нарежный В. Т.	纳列日内, 瓦·特
Российский Жиль Блаз	《俄国的吉尔·布拉斯》
Народное игрище	《民间游乐会》
Нарышкин А. В.	纳雷什金, 阿·瓦
Нарышкин С. В.	纳雷什金, 谢·瓦
Нарышкины	纳雷什金家族
Насонов А. Н.	纳索诺夫, 阿·尼
Наталья Алексеевна, царевна	娜塔莉娅·阿列克谢耶夫娜公主
Неккер Ж.	内克尔, 雅克
Некрасов Н. А.	涅克拉索夫, 尼·阿

Нелединский-Мелецкий Ю. А.	涅列津斯基—梅列茨基，尤·亚
Ах, тошно мне...	《啊，我厌恶……》
Выйду я на реченьку...	《我来到小河上……》
Прости мне дерзкое роптанье...	《原谅我放肆的抱怨……》
Стихи на заданные рифмы	《指定韵脚的诗》
Ты велишь мне равнодушным...	《你无动于衷地吩咐我……》
У кого душевны силы	《谁有精神力量》
Немой-Оболенский Д., Князь	德·涅莫伊—奥博连斯基公爵
Неплюев И. И.	涅普柳耶夫，伊·伊
Нерон, римский император	罗马帝国皇帝尼禄
Неронов И.	涅罗诺夫，伊
Нестор Искандер	涅斯托尔·伊斯坎德尔
Повесть о взятии Царьграда	《皇城沦陷纪事》(《皇城纪事》)
Нестор Печерский	基辅山洞修道院修士涅斯托尔
Житие Феодосия Печерского	《基辅山洞修道院院长费奥多西传》
Повесть временных лет	《往年纪事》(《古史纪年》)
Чтение о житии Бориса и Глеба	《鲍里斯和格列布传记读本》
Нефёдов Г. Ф.	涅菲奥多夫，Г. Ф.
«Ни то, ни сё» (журнал)	《万象》(杂志)
Никита Затворник	隐修士尼基塔
Никита Хониат	尼基塔·霍尼亚特
История	《(拜占庭)历史》史
Никитин Афанасий	尼基京，阿法纳西
Хожение за три моря	《三海记游》
Никифоров Л. А.	尼基福罗夫，列·阿
Никодим Кожеозерский	科热奥泽尔修道院修士尼科季姆
Николай I	尼古拉一世
Николай Мирликийский	米尔利基教堂大主教尼古拉
Николев Н. П.	尼科列夫，尼·彼
Розона и Любим	《罗佐娜和柳比姆》
Сорена и Замир	《索列娜和扎米尔》
Никольский Н. К.	尼科利斯基，尼·康
Никон, патриарх	尼康牧首
Никон Печерский	山洞修道院修士尼康
Нил Сорский	索拉河畔修道院院长尼尔
Нимчук	尼姆丘克
Нисс И.	尼斯，约
Нифонт, новгородский епископ	诺夫哥罗德主教尼丰特
Ничик В. М.	尼奇克，瓦·米
Новая повесть о преславном Российском царстве	《无上光荣的俄罗斯王国的新故事》
Новелла «о друзех Марке и Шпинелете»	《马可和什皮涅列特两朋友的故事》
Новиков И.	诺维科夫，伊万

Приключение Ивана, гостиного сына	《客商之子伊万奇遇记》
Новиков Н. И.	诺维科夫，尼·伊
Английская прогулка	《英国漫步》
Древняя Российская Вивлиофика	《俄国古代文库》
К читателю	《致读者》
Копии с отписок крестьян своему помещику	《农民致其地主的书面通知抄本》
Лечебник	《医疗手册》
Новое и полное собрание российских песен	《新编俄罗斯歌谣全集》
Опыт исторического словаря о российских писателях	《俄国作家历史词典试作》
Опыт модного словаря щегольского наречия	《当代妙语词典试编》
Отрывок путешествия в***И***Т***	《И.Т. 旅行记片断》
Письма к Фалалею	《致法拉列的信》
Рецепт	《配方》
Указ помещика к своим крестьянам	《地主对其农奴的命令》
Ноздреватый В.	诺兹德列瓦特，瓦
Носов Н. Е.	诺索夫，尼·叶
Нурдовлет, татарский царевич	鞑靼王子努尔多夫列特
Ньютон И.	牛顿

О

О широте и долготе земли	《论地球经纬度》
О стадиях и поприщах	《论时段与场域》
Обнорский С. П.	奥布诺尔斯基，谢·彼
Овидий Н. П.	奥维德，Н. П.
Метаморфозы	《变形记》
Огарёв Н. П.	奥加廖夫，尼·普
Одоевский М. Н.	奥多耶夫斯基，米·尼
Одоевский Н. И.	奥多耶夫斯基，尼·伊
Октоих	《八重唱赞美诗集》
Олеарий А.	奥列阿里，亚
Олег Вещий, князь	先知奥列格公
Олег Иванович, рязанский князь	梁赞公奥列格·伊凡诺维奇
Олег Красный, князь	美男子奥列格公
Олег Святославич, черниговский князь	切尔尼戈夫公奥列格·斯维亚托斯拉维奇
Олсуфьев А. В.	奥尔苏菲耶夫，亚·瓦
Ольга, княгиня	奥莉加女大公
Ольгерд, великий князь литовский	立陶宛大公奥利格尔德
Ольденбург С. Ф.	奥尔登堡，谢·费
Опалиньский Кшиштоф	奥帕林斯基，基希什托弗

Описание комедиям, что каких есть в Государственном Посольском приказе, мая по 30 число 1709 года	《国家外事衙门所存喜剧一览表(至1709年5月30日)》
Описание Патриаршей библиотеки	《牧首公署藏书一览表》
Ордин-Нащокин А. Л.	奥尔金—纳晓金,阿·拉
Орлов А. С.	奥尔洛夫,亚·谢
Орлов Г.	奥尔洛夫,Г.
Орлов П. А.	奥尔洛夫,帕·亚
Орлов Я. В.	奥尔洛夫,雅·瓦
Моё отдохновение	《我的休憩》
Орфей	俄耳浦斯
Осоргин К. Д.	奥索尔金,卡·德
Повесть о Ульянии Осоргиной	《乌里扬尼娅·奥索尔金娜的故事》
Осоргина У.	奥索尔金娜·乌
Островский А. Н.	奥斯特罗夫斯基,亚·尼
Остромир, новгородский посадник	诺夫哥罗德地方行政长官奥斯特罗米尔
«Откровение» Мефодия Патарского	帕塔里亚大主教梅福季的《启示》
Отрок, половецкий хан	波洛夫汗奥特罗克

П

Павел, апостол	使徒保罗
Павел Алеппский, архидьякон	(叙利亚)阿勒颇修士大辅祭保罗
Павел I	保罗一世
Павлов А. С.	巴甫洛夫,阿·斯
Павлова Г. Е.	巴甫洛娃,加·叶
Палея	帕里亚书
Историческая	帕里亚史书
Толковая	帕里亚全书
Хронографическая	帕里亚年代记
Пандекты	全书(学说汇纂)
Антиоха	《安提阿教会法汇编》
Никона Черногорца	《黑山人尼孔著作汇编》
Панин Н. И.	潘宁,尼·伊
Завещание Павлу I	《保罗一世遗嘱》
Панин П. И.	潘宁,彼·伊
Панчатантра	《五卷书》
Панченко А. М.	潘琴科,亚·米
Паремейник	箴言集
Парис Г.	帕里斯
«Парнасский щепетильник» (журнал)	《帕尔纳斯售货郎》(杂志)
Парни Э.	帕尔尼,Э.
Патерики	修士列传

Азбучный	按字母顺序排列的修士列传
Алфавитный	按字母表排列的修士列传
Волоколамский	沃洛科拉姆斯克的修士列传
Египетский	埃及的修士列传
Иерусалимский	耶路撒冷修士列传
Киево-Печерский	基辅山洞修道院修士列传
Арсениевская ред.	《阿尔谢尼耶夫印本》
Кассиановская ред.	《卡西安诺夫印本》
Феодосиевская ред.	《费奥多西耶夫印本》
Синайский	西奈山修道院修士列传
Скитский	隐修院修士列传
Паузе И. Б.	保泽，И. Б.
Пахомий Логофет (Серб)	帕霍米·洛戈费特（塞尔维亚人）
Житие Кирилла Белозерского	《白湖修道院院长基里尔传》
Житие Моисея Новгородского	《诺夫哥罗德主教摩西传》
Пекарский П. П.	佩卡尔斯基，彼·彼
Пересветов И. С.	佩列斯韦托夫，伊·谢
Большая челобитная	《大禀帖》
Малая челобитная	《小禀帖》
Повесть о Царьграде	《皇城纪事》
Предсказания философов и докторов	《哲学家和博士们的预言》
Сказание о книгах	《书的故事》
Сказание о Магмете-салтане	《穆罕默德—苏丹的故事》
Сказание о царе Константине	《君斯坦丁大帝的故事》
Перетц В. Н.	佩列茨，弗·尼
Персей, римский сатирик	佩尔西乌斯，罗马讽刺作家
Перфильев С.	佩尔菲利耶夫，С.
Песни	歌谣
Добрый молодец и река Смородина	《好小伙和斯莫罗季纳河》
о Гришке Отрепьеве	格里什卡·奥特列皮耶夫之歌
о Евпатии Коловрате	叶夫帕季·科洛夫拉特之歌
о Роланде	罗兰德之歌
о Щелкане Дудентьевиче	谢尔坎·杜坚季耶维奇之歌
Петр, апостол	使徒彼得
Петр, митрополит	都主教彼得
Петр I	彼得一世
Духовный регламент	《教规》
Манифесты	公告
Табель о рангах всех чинов воинских, статских и придворных	《全体武官、文官和御前官官阶一览表》
Гистории Свейской войны	《瑞典战争史》（编）
Петр II	彼得二世

Петр III	彼得三世
Петр Борисиавич, летописец	彼得·鲍里斯拉维奇 编年史家
Петрарка Ф.	彼特拉克
Петров А. А.	彼得罗夫，亚·安
Петров В. П.	彼得罗夫，瓦·彼
Пер. «Энеиды» Вергилия	维吉尔的《埃涅阿斯纪》（译作）
Петровский М. А.	彼得罗夫斯基，米·亚
Петровский М. Н.	彼得罗夫斯基，М. Н.
Петроний Г.	佩特罗尼乌斯
Сатирикон	《萨蒂利孔》
Петухов В. И.	佩图霍夫，В. И.
Петухов Е. В.	佩图霍夫，叶·维
Пештич С. Л.	佩什季奇，谢·列
Пигарев К. В.	皮加列夫，基·瓦
Пико делла Мирандола Д.	皮科·德拉—米兰多拉，乔万尼
Пиксанов Н. К.	皮克萨诺夫，尼·基
Пиндар	品达
Писарев С.	皮萨列夫，斯
Писемский А. Ф.	皮谢姆斯基，阿·费
Письмо запорожских казаков к турецкому султану	《扎波罗热哥萨克致土耳其苏丹的信》
Письмо о позволении сатир (пер.)	《关于允许讽刺的信》（译作）
Плавильщиков П. А.	普拉维利希科夫，彼·阿
Всеслав (Рюрик)	《弗谢斯拉夫（留里克）》
Ермак-покоритель Сибири	《叶尔马克——西伯利亚征服者》
Мельник и сбитенщик-соперники	《磨坊主和卖热蜜水的人——竞争者》
Нечто о врожденном свойстве душ российских	《俄罗斯人心灵中与生俱来的某种特性》
Плавт Т. М.	普劳图斯，Т. М.
Платон	柏拉图
Платонов С. Ф.	普拉托诺夫，谢·费
Плетнёв П. А.	普列特尼奥夫，彼·亚
Плешеевы	普列谢耶夫兄弟
Плимак Е. Г.	普利马克，叶·格
Плиний Старший	大普林尼
Естественная история	《自然史》
Плутарх	普鲁塔克
Повести	故事（纪事）
Азовские	夺取亚速城及其被围纪事（系列）
Историческая	历史纪事
Поэтическая	诗体纪事
Сказочные	故事性纪事
О Куликовской битве	库里科沃战役纪事

Задонщина	顿河南岸之战
Летописная повесть	编年史纪事
Сказание о Мамаевом побоище	与马麦汗血战的故事
О начале Москвы	莫斯科起源纪事
о зачале Москвы	莫斯科的开端纪事
об убиении Данилла Суздальского и о начале Москвы	苏兹达尔公丹尼尔遇害和莫斯科初年纪事
Петровские	彼得罗夫家族纪事
Повесть	故事（纪事）
временных лет	《往年纪事》
како отомсти всевидящее око... Борису Годунову...	《基督如何以洞察一切的眼睛为其新蒙难者、乌格里奇城圣洁王子德米特里无辜流血向鲍里斯·戈都诺夫复仇的故事》
о Басарге	巴萨尔加的故事
о Батыевом нашествии (в Лаврентьевской летописи)	拔都入侵纪事（载《拉夫连季编年史》）
о Батыевом нашествии (в Ипатьевской летописи)	拔都入侵纪事（载《伊巴季编年史》）
о белом клобуке	白色修道士高筒帽的故事
о битве на Калке в 1223 г.	1223年卡尔卡河战役纪事
о Благовещенской церкви	报喜节教堂的故事
о Бове-королевиче	博瓦王子的故事
о боярыне Морозовой	大贵族夫人莫罗佐娃的故事
о бражнике	酒徒的故事
о Брунцвике	布伦茨维克的故事
о Валтасаре кралевичи	巴尔塔萨王子的故事
о Варлааме и Иоасафе	瓦尔拉姆和约瑟夫的故事
о Василии Златовласом	金发瓦西里的故事
о взятии Владимира-Залесского татаро-монголами	鞑靼—蒙古人夺占扎列西耶的弗拉基米尔城纪事
о взятии Царьграда крестоносцами в 1204 г.	1204年十字军攻占皇城纪事
о взятии Царьграда турками в 1453 г.	1453年土耳其人攻占皇城纪事
о видении некоему мужу духовну	某教会人士的幻觉故事
о Горе-Злочастии	倒霉鬼—苦命人的故事
о двух посольствах	两个使节团的故事
о Динаре	迪娜拉女王的故事
о Дмитрии Донском	德米特里·顿斯科伊的故事
о Довмонте	杰夫蒙特的故事
о Долторне	多尔托尔的故事
о Дракуле см. Курицын	德拉库拉的故事
о Евстратии	叶夫斯特拉季的故事
о Еруслане Лазаревиче	叶鲁斯兰·拉扎列维奇的故事

о Ерше Ершовиче	叶尔什·叶尔绍维奇的故事（棘鲈的故事）
о Карпе Сутулове	卡尔普·舒图洛夫的故事
о княжеских преступлентях	王公罪恶纪事
о крымском нашествии	克里米亚遭入侵纪事
о Куликовской битве (летописная)	库利科夫战役（编年史）纪事
о Макарии Римском	罗马都主教马卡里的故事
о Марфе и Марии	马尔法和玛丽娅的故事
о Милорде Гереоне	格列翁阁下的故事
о Митяе	米佳伊的故事
о Михаиле Черниговском	切尔尼戈夫公米哈伊尔的故事
о Михаиле Ярославиче Тверском	特维尔公米哈伊尔·雅罗斯拉维奇的故事
о московском пожаре 1547 г.	1547年莫斯科大火纪事
о Петре Ордынском	金帐汗国彼得王子的故事
о Петре и Февронии	彼得和费夫罗尼娅的故事
о Петре Златых Ключей	金钥匙王子彼得的故事
о победе над Новгородом в 1471 г.	1471年战胜诺夫哥罗德纪事
о походе князя Игоря Святославича на половцев в 1185 г.	1185年伊戈尔·斯维亚托斯拉维奇公征伐波洛夫人纪事
о присоединении Новгорода	诺夫哥罗德合并入莫斯科王国纪事
о прихождении Стефана Батория на град Псков	（波兰国王）斯捷凡·巴托里攻打普斯科夫城纪事
о разорении Рязани Батыем	拔都摧毁梁赞纪事
о Савве Грудцыне	萨瓦·格鲁德岑的故事
о споре жизни и смерти	生与死辩论的故事
о старце, просившем руки царской дочери	一位向国王的女儿求婚的老者的故事
о Стефаните и Ихнилате	斯捷法尼特和伊赫尼拉特的故事
о стоянии на Угре (ростовская)	驻军乌格拉河纪事（罗斯托夫纪事）
о стоянии на Угре (Софийской II-Львовской летописей)	驻军乌格拉河纪事（索菲娅第二夫编年史——利沃夫编年史记述）
о стрелецком восстании 1682 г.	1682年射击兵起义
о Сухане	苏汉的故事
о городах Таре и Тюмени	塔尔和秋明两城的故事
о Тверском Отроче монастыре	特维尔少年修道院的故事
о Темир Аксаке	帖木儿—阿克萨克的故事
о Тохтамыше	脱脱迷失的故事
о Тристане и Изольде	特里斯丹和伊瑟的故事
о Трое	特洛伊的故事
о Трое (из «Хроники» Иоанна Малалы)	特洛伊城（选自约翰·马拉拉斯的《年代记》》
о Фоме и Ереме	福马和叶列马的故事

о Францыле Венецияне	威尼斯人弗朗泽尔的故事
о Фроле Скобееве	弗罗尔·斯科别耶夫的故事
о Шевкале	舍夫卡尔的故事
о Шемякином суде	谢米亚卡法官判案的故事
об Акире Премудром	哲人亚基尔的故事
об ослеплении Василька Теребовльского	捷列博夫利公瓦西里科被弄瞎双眼的故事
об Убиении Андрея Боголюбского	爱神者安德烈被谋杀纪事
об Увозе Соломоновой жены	所罗门的妻子被抢亲成婚的故事
об Ульянии Вяземской	乌利扬尼娅·维亚泽姆斯卡娅的故事
Погодин М.П.	波戈金,米·彼
Поденный журнал Петра Великого	《彼得大帝逐日记事簿》
«Подёнщина» (журнал)	《一日一记》(杂志)
Подольский А.	波多利斯基,安
Подшивалов В.С.	波德希瓦洛夫,瓦·谢
Пожарский Д.М. , князь	德·米·波扎尔斯基公爵
Позднеев А.В.	波兹涅耶夫,А.В.
«Покоящийся трудолюбец» (журнал)	《休息中的劳动者》(杂志)
Покровская В.Ф.	波克罗夫斯卡娅,В.Ф.
Покровский М.Н.	波克罗夫斯基,米·尼
Покровский Н.Н.	波克罗夫斯基,尼·尼
«Полезное с приятным» (журнал)	《寓教于乐》(杂志)
«Полезное увеселение» (журнал)	《有益之乐》(杂志)
Поликарп, инок Киево-Печерского монастыря	波利卡尔普,基辅山洞修道院修士
Послание к игумену Акиндину	致修道院院长阿金京的信
Поликарпов Ф.П.	波利卡尔波夫,费·波
История России	《俄罗斯历史》
Политиколепная апофеозис достохвальныя храбрости Всероссийского Геркулеса	《全俄大力士值得称赞的勇气在政治雕塑上的颂扬》
Пер. «Географии генеральной» Б. ВаренияБ.	瓦连尼的《地理学综述》(译作)
Полубенский И.	波卢边斯基,伊
Полякова С.В.	波利亚科娃,索·维
Понырко Н.В.	波内尔科,娜·弗
Поп Р.	波普,Р.
Попов А.Н.	波波夫,亚·尼
Попов М. И.	波波夫,米·伊
Анюта	《阿纽塔》
Славенские древности	《斯拉夫古代》
Попов Н. П.	波波夫,尼·帕
Поповский Н. Н.	波波夫斯基,尼·尼
Порошин С. А.	波罗申,谢·安
Записки	《笔记》

пер. «Философ аглинский, или Житие Клеведандово» А. Ф. Прево	安·弗·普列沃的《英国哲学家，或克莱夫兰传》（译作）
Порошин Ф. И.	波罗申，费·伊
Поэтическая повесть об Азовском осадном сидении	《亚速城被围的诗体纪事》
Порфиридов. Н. Г.	波尔菲里多夫，尼·格
Послание	书信
Василия Калики, архиепископа новгородского, к тверскому епископу Фёдору Доброму о рае	诺夫哥罗德大主教瓦西里·卡利卡关于天堂之事致特维尔主教善人费奥多尔的信
Спиридона-Саввы Сатаны о Мономаховом венце	斯皮里东—萨瓦·沙坦纳关于莫诺马赫加冕的信
Филофея, старца Елеазарова монастыря, Василию III	叶列阿扎尔修道院长老菲洛费致瓦西里三世的信
царя Иоанна византийскому императору Мануилу	伊凡沙皇致拜占庭帝国皇帝曼努埃尔的信
Поспелов Г. Н.	波斯佩洛夫，根·尼
Поспелова М. А.	波斯佩洛娃，玛·阿
Лучшие часы жизни моей	《我生命中最好的时光》
Посевино А.	波谢维诺，安
Потемкин Г. А.	波将金，格·亚
Потоцкий В.	波托茨基，瓦
Похвала Роману Мстиславичу (из Галицко-Волынской летописи)	《罗曼·姆斯季斯拉维奇赞》（自加里奇—沃伦编年史）
Похвала Феодосию Печерскому	《基辅山洞修道院长费奥多西赞》
Похождения Телемака	《捷列马克奇遇记》
«Почта духов» (журнал)	《精灵邮刊》（杂志）
«Праздное время в пользу употребленное» (журнал)	《有效使用的闲暇时间》（杂志）
Прево д'Экзиль А.-Ф.	普雷沃·德·埃克泽尔，安·弗
Приключения маркиза Г*	《G侯爵历险记》
Философ аглинский, или Житие Клеведандово	《英国哲学家，或克莱夫兰传》
Прение живота и смерти	《生与死的辩论》
Пресняков А. Е.	普列斯尼亚科夫，亚·叶
Привалова Е. П.	普里瓦洛娃，叶·彼
Прийма Ф. Я.	普里马，费·雅
Прикащик	《管家》
«Примечания к Ведомостям» (журнал)	《报纸副刊》（杂志）
Присёлков М. Д.	普里肖尔科夫，米·德
Прозоровский А.	普罗佐罗夫斯基，亚
Прокопович Феофан	普罗科波维奇，费奥凡
Владимир	《弗拉基米尔》
Духовный регламент	《教规》

Епиникион, си есть песнь победная о тойжде преславной победе	《凯旋颂：歌唱打败瑞典军队的光辉胜利之曲》
За Могилою Рябою	《在拉比古墓地后面》
История императора Пётра Великого, от рождения его до Полтавской баталии	《彼得大帝史（从出生到波尔塔瓦之战）》
Краткая повесть о кончине блаженного императора Пётра Великого	《圣明皇帝彼得一世逝世简要纪事》
Панегирикос, или Слово похвальное о преславной над войсками свейскими победе	《赞辞，或战胜瑞典军队的光荣颂辞》
Песня светская	《尘世之歌》
Поэтика	《诗学》
Правда воли монаршей	《君主意志的真理性》
Предисловие к читателю	《致读者的前言》
Риторика	《修辞学》
Слова и речи	《话语与言论》
Гистория Свейской войны (ред.)	《瑞典战争史》（编）
Поденный журнал Петра Великого (ред.)	《彼得大帝逐日记事簿》（编）
Прокофьев Н. И.	普罗科菲耶夫，尼·伊
Пролог	训诫集
Пронский И., князь	伊·普龙斯基公爵
Пропп В. Я.	普罗普，弗·雅
Прохор, монах	普罗霍尔修士
Чтение на память митрополита Пётра	《都主教彼得纪念读本》
Прохоров Г. М.	普罗霍罗夫，格·米
Пугачёв В. В.	普加乔夫，B. B.
Пугачёв Е. И.	普加乔夫，叶·伊
Пустозерский сборник	普斯托泽尔斯克修道院文集
Путилов Б. Н.	普梯洛夫，鲍·尼
Пуфендорф С.	普芬多夫，萨
Пушкарёв Л. Н.	普什卡廖夫，列·尼
Пушкин А. С.	普希金，亚·谢
Борис Годунов	《鲍里斯·戈都诺夫》
Евгений Онегин	《叶甫盖尼·奥涅金》
История Пугачева	《普加乔夫史》
Капитанская дочка	《上尉的女儿》
Клеветникам России	《致污蔑诽谤俄罗斯之徒》
Медный всадник	《青铜骑士》
О предисловии г-на Лемонте к переводу басен И. А. Крылова	《论列蒙特先生翻译伊·阿·克雷洛夫寓言译本前言》
Памятник	《纪念碑》
Полтава	《波尔塔瓦》
Послание цензору	《致书刊检查官》

Руслан и Людмила	《鲁斯兰和柳德米拉》
Сказка о попе и его работнике Балде	《神父和他的长工巴尔达的故事》
Пчела	《蜜蜂》
Пыпин А. Н.	佩平,亚·尼

Р

Рабле Ф.	拉伯雷,弗朗索瓦
Радер М.	拉德尔,马
Радзивил Н.	拉济维尔,尼
Радишевский О.	拉季舍夫斯基,奥
Радищев А. Н.	拉季舍夫,亚·尼
Беседа о том, что есть сын отечества	《漫谈何谓祖国之子》
Бова	《博瓦》
Вольность	《自由颂》
Дневник одной недели	《一周日记》
Житие Фёдора Васильевича Ушакова	《费奥多尔·瓦西里耶维奇·乌沙科夫传》
О человеке, о его смертности и бессмертии	《论人、人的死亡与不朽》
Осмнадцатое столетие	《18 世纪》
Отрывок путешествия в*** И*** Т***	《И.Т. 旅行记片断》
Памятник дактило-хореическому витязю	《扬抑抑格—扬抑抑格勇士纪念碑》
Песни, петые на состязаниях в честь древним славянским божествам	《为纪念古斯拉夫诸神辩论而唱的歌》
Песнь историческая	《历史之歌》
Письмо к другу, жительствующему в Тобольске, по долгу звания своего	《致一位居住在托博尔斯克、理应有其职位的朋友的信》
Путешествие из Петербурга в Москву	《从彼得堡到莫斯科旅行记》
Слово о Ломоносове	《论罗蒙诺索夫》
пер. «Размышлений о греческой истории» Мабли	马布利《关于希腊历史的沉思》(译作)
Разин С.	拉辛,斯捷潘
Разумовская М. В.	拉祖莫夫斯卡娅,М. В.
Райнов Т. Н.	赖诺夫,Т. Н.
Расин Ж.-Б.	拉辛,让
Рассказ	短篇故事
о болезни Ивана Грозного (из «Царственной книги»)	伊凡雷帝生病的故事(自《皇家书籍》)
о смерти Василия III	论瓦西里三世之死的故事
Рассказы	记述
о феодальной войне середины XV в. (летописные)	15 世纪中期封建主之间的战争记述(编年史记述)
о московских воеводах (летописные)	莫斯科公国的将军们(编年史记述)
Рафаэль С.	拉斐尔

Рахманинов И. Г.	拉赫曼尼诺夫,伊·格
Рей М.	列伊·米
Рейналь Г.-Т.-Ф.	雷纳尔,Г.-Т.-Ф.
Реляции	战情报告
Рем	勒莫斯
Речь философа	《哲学言论》
Ржевский А. А.	勒热夫斯基,阿·安
Ржига В. Ф.	勒日加,维·费
Рибли М.	里布利,马可
Ричардсон С.	理查逊,塞缪尔
Робинсон А. Н.	鲁宾逊,安·尼
Рогдай Удалой	罗格达伊·乌达洛伊
Рогов М.	罗戈夫,米
Рогович М. Д.	罗戈维奇,М. Д.
Розанов И. Н.	罗扎诺夫,伊·尼
Розанов С. П.	罗扎诺夫,谢·彼
Розов Н. Н.	罗佐夫,尼·尼
Рокита Я.	罗基塔,扬
Роман Лакапин, византийский император	拜占庭帝国皇帝罗曼努斯(拉卡平)
Роман Мстиславич, князь	罗曼·姆斯季斯拉维奇公
Роман Святославич Красный, князь	美男子罗曼·斯维亚托斯拉维奇公
Романов Б. А.	罗曼诺夫,鲍·亚
Романов И. Н.	罗曼诺夫,伊·尼
Романов Филарет	罗曼诺夫·菲拉列特
Романова Анастасия	罗曼诺娃·安纳斯塔西娅
Романчуков А. С.	罗曼丘科夫,阿·萨
Романчуков С. Ю.	罗曼丘科夫,萨·尤
Ромодановская Е. К.	罗莫达诺夫斯卡娅,叶·康
Ромул	罗慕路斯(罗慕洛)
Росовецкий С. К.	罗索维茨基,斯·卡
Роспись приданого	《嫁妆清单》
Ростислав Всеволодович, князь	罗斯季斯拉夫·弗谢沃洛多维奇公
Ростислав Мстиславич, князь	罗斯季斯拉夫·姆斯季斯拉维奇公
Рубан В. Г.	鲁邦,瓦·格
Румянцев И. Ф.	鲁缅采夫,伊·费
Румянцев П. А.	鲁缅采夫,彼·亚
Русская правда	《俄国法典》
Руссо Ж.-Ж.	卢梭,让—雅克
Юлия, или Новая Элоиза	《尤丽,或新爱洛伊丝》
Руффо М.	鲁弗,马可
Рыбаков Б. А.	雷巴科夫,鲍·亚
Рылеев К. Ф.	雷列耶夫,孔·费

Думы	《沉思》
Рыстенко А. В.	雷斯坚科，亚·瓦
Рюрик, князь	留里克王公

С

Сабурова С.	萨布罗娃，索
Савва Черный	萨瓦·乔尔内
Житие Иосифа Волоцкого	《沃洛科拉姆修道院院长约瑟夫传记》
Савва В.И.	萨瓦，В.И.
Савватий, справщик	萨瓦季，校对员
Савонаролла Д.	萨沃纳罗拉，吉罗拉莫
Савченко С. В.	萨夫琴科，С. В.
Сага	萨迦（民间英雄故事）
о Влизарии	弗利扎里
о Рагнаре Лодброке	拉格纳·洛德布罗克
Сазонова Л. И.	萨佐诺娃，莉·伊
Саккетти Ф.	萨凯蒂·弗
Сакс Г.	萨克斯·汉斯
Сакулин П. Н.	萨库林，帕·尼
Салита Е. Г.	萨利塔，叶·格
Салмина М. А.	萨尔米娜，玛·阿
Салтыков-Щедрин М.Е.	萨尔蒂科夫—谢德林，米·叶
Самсонов П.	萨姆索诺夫，彼
Санин Вассиан	萨宁·瓦西安
Житие Пафнутия Боровского	《帕夫努季·博罗夫斯基传》
Санин Иосиф	萨宁·约瑟夫（沃洛科拉姆修道院的约瑟夫）
Просветитель	《启蒙者》
«Санкт-Петербургский вестник» (журнал)	《圣彼得堡导报》（杂志）
«Санкт-Петербургский Меркурий» (журнал)	《圣彼得堡的墨丘利》（杂志）
Сапгирей, казанский царь	喀山沙皇萨普吉列
Сапунов Б. В.	萨普诺夫，鲍·维
Сафо	萨福
Сборники шванков	《滑稽故事集》
Генриха Бебеля	亨里希·倍倍尔的《故事集》
Иоганна Паули	约冈·保利的《故事集》
Свистунов П.	斯维斯图诺夫，彼
Свифт	斯威夫特
«Свободные часы» (журнал)	《闲暇时刻》（杂志）
Святополк Изяславич, князь	斯维亚托波尔克·伊贾斯拉维奇公
Святополк Окаянный, князь	罪大恶极的斯维亚托波尔克公

Святослав, великий князь киевский	基辅大公斯维亚托斯拉夫
Святослав Игоревич, князь	斯维亚托斯拉夫·伊戈列维奇公
Святослав Ольгович, рыльский князь	雷利斯克公斯维亚托斯拉夫·奥利戈维奇
Святослав Ярославич, князь	斯维亚托斯拉夫·雅罗斯拉维奇公
Седекий, царь	谢杰基,国王
Седельников А. Д.	谢杰利尼科夫,亚·季
Семенников В. П.	谢缅尼科夫,弗·彼
Семенов В.	谢苗诺夫,维
Семенов Л. С.	谢苗诺夫,列·谢
Сенека Л. А.	塞内加
Сенкевич Г.	显克维奇,亨利克
Серапион Владимирский	弗拉基米尔主教谢拉皮翁
Слова	《布道词》
Сервантес М.	塞万提斯
Дон Кихот	《堂吉诃德》
Сергеев В. И.	谢尔盖耶夫,В. И.
Сергий, новгородский архиепископ	诺夫哥罗德大主教谢尔吉
Серебрянский Н. И.	谢列布良斯基,尼·伊
Сигал Н. А.	西加尔,Н. А.
Сигизмунд II Афгуст, польский король	波兰国王西吉斯蒙德二世·奥古斯特
Сигизмунд III, польский король	波兰国王西吉斯蒙德三世
Прелестные листы	《蛊惑人心的传单》
Сильвестр, римский папа	罗马教皇西尔维斯特
Сильвестр, Благовещенский	报喜节教堂大司祭西尔维斯特
Символы и эмблемы	《象征与符号》
Симеон Логофет	西梅翁·洛戈菲特
Симеон Полоцкий	西梅翁·波洛茨基
Вертоград многоцветный	《五彩缤纷的花园》
Вечеря душевная	《心灵的晚餐》
Глас народа	《民众的声音》
Мир есть книга	《世界是一本书》
Обед душевный	《心灵的午餐》
Псалтырь рифмотворная	《韵律诗篇》
Рифмологион, или Стихослов	《韵律诗集,或诗作汇编》
Симон, владимирский епископ	弗拉基米尔主教西蒙
Посание к Поликарпу	《致波利卡尔普的信》
Слово о создании церкви Печерской	《谈基辅山洞修道院教堂的建筑》
Симони П. К.	西蒙尼,帕·康
Синеус, князь	西涅乌斯王公
Синицына Н. В.	西尼岑,尼·瓦
Синодик ермаковым казакам	追荐叶尔马克部阵亡的哥萨克人名簿
Сиповский В. В.	西波夫斯基,瓦·瓦

Сиф Симеон	西夫·西梅翁
Сичкарев Л.	西奇卡列夫，卢
Сказание	故事
о битве новгородцев с суздальцами	诺夫哥罗德人同苏兹达尔人交战的故事
о Дзанглуне (тибетское)	（西藏的）圣愚故事
о киевских богатырях	基辅勇士的故事
о крестьянском сыне	农夫之子的故事
о попе Саве	萨瓦神父的故事
о построении храма св. Софии Цареградской	修建皇城圣索菲亚大教堂的故事
о путешествии Исанна на бесе в Иерусалим	约翰骑魔鬼旅行去耶路撒冷朝圣的故事
о распространении христиаства на Руси	基督教在罗斯传播的故事
о роскошном житии и веселии	奢侈与快乐生活的故事
о Соломоне и Китоврасе см. Апокрифи	所罗门和基托弗拉斯的故事（见伪经）
о судах (еврейское)	（犹太）法庭审判的故事
о Тристане и Изольде	特里斯丹和伊瑟的故事
о Трое	特洛伊的故事
о Феофиле	费奥菲拉的故事
о шести днях творения	六日创世的故事
о явлении и чудесах Абалацкой иконы богородицы	阿巴拉茨的圣母像显灵的故事
об иконе Владимирской божьей матери	弗拉基米尔圣母圣象的故事
об Индийском царстве	关于印度王国的故事
об обретении мощей Иоанна	约翰遗骸被发现的故事
что ради прозвася Печерский монастырь	山洞修道院名称的由来
Сказка	童话故事
о Бове	博瓦王子的故事
о каирском купце (индийская)	开罗商人的故事（印度故事）
о мужичке	乡巴佬的故事
Скалигер Ю.-Ц.	斯卡利哲，尤·采
Скаррон П.	斯卡隆，保罗
Комический роман	《喜剧长篇小说》
Скоморошина о чернеце	一群修士的逗笑故事
Скотт В.	司各特
Скрипиль М. О.	斯克里皮尔，米·奥
Скрынников Р. Г.	斯克伦尼科夫，鲁·格
Скуратов М.	斯库拉托夫·马
Славинецкий Е.	斯拉维涅茨基·叶
Лексикон	《词典》
Словеса избранна от святых писаний	《圣经选言》
Слово	记（论）
о Вавилоне граде	巴比伦城记（巴比伦纪事）

о Валтасаре царе	瓦尔塔萨尔大王记
о житии и преставлении Дмитрия Ивановича Донского	德米特里·伊凡诺维奇·顿斯科伊的生平和临终纪事
о князьях	诸王公记
о погибели Русской земли	罗斯国土沦陷记
о полку Игореве	伊戈尔出征记
о 12 снах Шахаиши (Мамера)	萨哈伊沙王的十二个梦（马梅尔）
Слово и сказание о некоем купце	《关于某商人的记述与故事》
Служба кабаку	《为酒馆祈祷》
Служебник	祈祷书
«Смесь» (еженедельник)	《杂烩》（周刊）
Смирнов Н.С.	斯米尔诺夫，尼·谢
Смирнов С.	斯米尔诺夫，谢
Смолицкий В. Г.	斯莫利茨基，维·格
Смотрицкий Г.	斯莫特里茨基，格
«Предсловная сказания»	《作为引言的故事》
«Собеседник любителей российского слова» (журнал)	《俄罗斯语言爱好者谈话良伴》（杂志）
Соболевский А. И.	索博列夫斯基，阿·伊
Собрание лучших сочинений	《优秀著作集》
Соковнин А.	索科夫宁，阿
Соковнин П.	索科夫宁，彼
Соколов А. Н.	索科洛夫，亚·尼
Соколов М. И.	索科洛夫，米·伊
Соколов Ю. М.	索科洛夫，尤·马
Соколовский	索科洛夫斯基
Солнцев В.	索恩采夫，弗
Соловьев А. В.	索洛维约夫，亚·瓦
Соловьев В. С.	索洛维约夫，弗·谢
Соломон, иудейский царь	犹太国王所罗门
Сорен Б.	苏利恩，Б.
Спартак	《斯巴达克》
Софония Рязанец	梁赞人索丰尼
Задонщина	《顿河南岸之战》
Слово о Куликовской битве	库里科沃战役记
Софронова Л. А.	索夫罗诺娃，柳·亚
Софья Алексеевна, царевна	索菲娅·阿列克谢耶夫娜公主
Софья Витовтовна, великая княгиня	索菲娅·维托夫托夫娜女大公
Сперанский М. Н.	斯佩兰斯基，米·涅
Срезневский И. И.	斯列兹涅夫斯基，伊·伊
Станиславский А. Л.	斯坦尼斯拉夫斯基，亚·拉
«Старина и новизна» (журнал)	《旧与新》（杂志）

Старорусенков, Киприан	斯塔罗鲁先科夫，基普里安
Старцев А. И.	斯塔尔采夫，阿·伊
Степанов Н. Л.	斯捷潘诺夫，尼·列
Степенная книга	《俄国皇家谱系》
Стерн Л.	斯特恩
Жизнь и мнения Тристрама Шенди	《商第传》(《商第先生的生平和观点》)
Сентиментальное путешествие	《感伤旅行》
Стефан Баторий, польский король	斯特凡·巴托里，波兰国王
Стефан Новгородец	诺夫哥罗德人斯特凡
От странника Стефанова Новгородца	《诺夫哥罗德人——朝圣者斯特凡见闻录》
Стиль А.-Л.-Ж.	斯蒂尔，理查德
Стихирарь	《颂歌集》
Стихиры Феодосию Васильеву	费奥多西·瓦西里耶夫颂
Стоглав	《百项决议》
Стороженко Н. И.	斯托罗任科，尼·伊
«Стословец» патриарха Геннадия	大牧首根纳季的《警世百言》
Стоукер Б.	斯托克，布莱姆
Стрешнев С. Л.	斯特列什涅夫，斯·卢
Строев П. М.	斯特罗耶夫，帕·米
Строчков Я. М.	斯特罗奇科夫，Я. М.
Стрыйковский М.	斯特雷科夫斯基，马
Субботин Н. И.	苏博京，尼·伊
Суворов А. В.	苏沃罗夫，亚·瓦
Судебник Ивана Ⅲ	伊凡三世法典
Сулейман Ⅱ, турецкий султан	土耳其苏丹苏莱曼二世
Сумароков А. П.	苏马罗科夫，亚·彼
Артистона	《阿尔杜斯托涅》
Без пользы свету жить, тягчить лишь только землю	《世间生活无益，只会拖累地球》
Вздорщица	《爱吵架的人》
Вышеслав	《维舍斯拉夫》
В роще девки гуляли	《少女们在小树林中散步》
Гамлет	《哈姆雷特》
Где ни гуляю, ни хожу	《既不去散步、也不想去的地方》
Государю-цесаревичу Павлу Петровичу в день его тезоименитства июня 29 числа 1771 года	《致君王——皇太子保罗·彼得罗维奇，时在1771年6月29日他的命名日》
Две Епистолы	《两封书简》
Димиза	《季米扎》
Димитриада	《德米特里颂》
Димитрий Самозванец	《僭主德米特里》
Епистола его императорскому высочеству государю великому князю Павлу Петровичу	《致亲王殿下保罗·彼得罗维奇大公的书札》

Епистола 1-я о русском языке	《关于俄语的第一封信》
Епистола 2-я о стихотворстве	《关于诗歌创作的第二封信》
Лихоимец	《高利贷者》
Мать совместница дочери	《母亲是女儿的竞争对手》
Мстислав	《姆斯季斯拉夫》
Не грусти, мой свет, мне грустно и самой	《不要忧郁,我亲爱的,我自己也很忧伤》
Оды вздорные	《荒谬颂》
Опекун	《监护人》
Письмо к Г. В. Козицкому	《致格·瓦·科济茨基的信》
Притчи	《寓言故事》
Александрова слава	《亚历山德罗夫的荣耀》
Блоха	《跳蚤》
Вор	《小偷》
Высокомерная Муха	《傲慢的苍蝇》
Две Крысы	《两只大老鼠》
Единовластие	《独裁》
Жуки и Пчелы	《甲虫和蜜蜂》
Коршун в павлиньих перьях	《披着孔雀羽毛的鹰》
Медведь-танцовщик	《跳舞的熊》
Мышь Медведем	《熊样的老鼠》
Недостаток времени	《时间不足》
Ось и Бык	《车轴和公牛》
Парисов суд	《帕里斯的审判》
Паук и Муха	《蜘蛛和苍蝇》
Просьба Мухи	《苍蝇的请求》
Ружье	《火枪》
Рыбак и рыбка	《渔夫和鱼》
Сатир и Гнусные люди	《萨堤尔和卑鄙的人们》
Филин	《雕》
Чинолюбивая свинья	《爱当官的猪》
Шалунья	《淘气的女孩子》
Пустая ссора	《无聊的争吵》
Рогоносец по воображению	《假想的戴绿帽子者》
Семира	《塞米拉》
Синав и Трувор	《西纳夫和特鲁沃尔》
Тресотиниус	《特列索季尼乌斯》
Три оды парафрастические псалма (совместно с Ломоносовым и Тредиаковским)	圣诗改编的三首颂诗(与罗蒙诺索夫和特列季阿科夫斯基合作)
Хорев	《霍列夫》
Чудовищи	《怪物》
Ядовитый	《恶毒的人》

Ярополк и Димиза	《亚罗波尔克和季米扎》
Суханов А.	苏哈诺夫,亚
Сухомлинов М. И.	苏霍姆林诺夫,米·伊
Сципион Африканский	非洲的征服者西庇阿
Сююн-бике (Сумбека), казанская царица	喀山汗国女王休云—比克(苏姆别卡)

T

Табарен	塔巴兰
Тальман П.	塔尔曼,保罗
«Езда в остров любви»	《爱岛之行》
Тамерлан	帖木尔(塔梅尔兰)
Тарановский К. Ф.	塔拉诺夫斯基,基·费
Тассо Т.	塔索,托夸多
Освобожденный Иерусалим	《被解放的耶路撒冷》
Татаринцев А. Г.	塔塔林采夫,亚·格
Татарский И. А.	塔塔尔斯基,И. А.
Татищев В. Н.	塔季谢夫,瓦·尼
История Российская с самых древнейших времен	《自远古以来的俄国历史》
Татищев М. Ю.	塔季谢夫,米·尤
Тауберт И.	陶别尔特,伊
Тахтамыш, татарский царевич	鞑靼王子脱脱迷失
Творогов О. В.	特沃罗戈夫,奥·维
Тезей	忒修斯
Тейльс И. А.	泰利斯,伊·安
Телль В.	威廉·退尔
Теляшин Нектарий, сибирский архиепископ	西伯利亚教区大主教捷列申·涅克塔里
Терентий, протопоп благовещенский	报喜教堂大司祭捷连季
Повесть о видении	《见异象记》
Теренций	泰伦斯
Террасон Ж.	让·泰拉松
Геройская добродетель, или Жизнь Сифа, царя египетского	《英雄的美德,或埃及国王西弗的生平》
Тибулл	提布鲁斯
Тиде И.	基德,И.
Размышления о делах божиих в царстве натуры и провидения и беседы с богом» (совместно с К. Штурмом)	《关于自然王国中上帝的事务和天意的沉思及与上帝的交炎》(与 К. 施图尔姆合作)
Тизенгаузен В. Г.	蒂森豪森,弗·古
Тимофеев Л. И.	季莫菲耶夫,列·伊
Тит Ливий	提图斯·李维
Тит Флавий	提图斯·弗拉维

Тихомиров М. Н.	季霍米罗夫，米·尼
Тихонов К.	吉洪诺夫，基
Тихонравов Н. С.	吉洪拉沃夫，尼·萨
Толстая А. А.	托尔斯泰娅，亚·安
Толстой Л. Н.	托尔斯泰，列·尼
Война и мир	《战争与和平》
Толстой Ф. А.	托尔斯泰，费·安
Тома А.	托马斯·阿奎那
Томсон Д.	汤姆逊，詹姆斯
Времена года	《一年四季》
Топорков В.	托波尔科夫，瓦
Топорков Д.	托波尔科夫，多
Торжественник	《庆典辞》
Тохтамыш, золотоордынский хан	金帐汗国脱脱迷失汗
Транквиллион К.	特兰奎利翁，基
Учительное евангелие	《训世福音书》
Требник	《圣礼书》
Тредиаковский В. К.	特列季阿科夫斯基，瓦·基
Новый и краткий способ к сложению российских стихов с определением до сего надлежащих знаний	《俄语诗简明新作法，附必备知识定义》
О древнем, среднем и новом стихотворении российском	《论俄国古代、中古和新近的诗歌作品》
О тите, Веспасиановое сыне	《韦斯巴芗的儿子提图斯》
О Язоне	《亚宗》
Ода торжественная о сдаче города Гданьска	《攻克格但斯克城的庄严颂歌》
Песенка любовна	《小情歌》
Плач одного любовника, разлучившегося со своей милой, которую он видел во сне	《在梦中与爱人离别的情人的哭泣》
Прошение любви	《爱情呈文》
Разговор между чужестранным человеком и российским об орфографий старинной и новой и о всем, что принадлежит к сей материи	《外国人与俄国人关于新旧正字法及与此话题相关的一切之谈话》
Речь о чистоте российского языка	《论俄语的纯洁性》
Сочинения как стихами, так и прозой	《既是诗，又是散文的作品》
Стихи о силе любви	《爱情的力量之诗》
Стихи похвальные России	《献给俄罗斯的赞美诗》
Тилемахида (переложение «Похождений Телемака» Фенелона)	《季列马希达》(改编自费纳隆的《忒勒马科斯历险记》)
Три оды парафрастические псалма 143» (совместно с Ломоносовым и Сумароковым)	《〈诗篇〉第143首改编的三首颂诗》(与罗蒙诺索夫和苏马罗科夫合作)

Феоптия, или Доказательство о богозрении (стихотворное переложение «Трактата о существовании и атрибутах бога» Фенелона)	《费奥普季亚，或论上帝之视觉》（对费纳隆《论上帝的存在与象征》的诗体改写）
Элегия о смерти Петра Великого	《彼得大帝悼诗》
пер. «Аргениды» Д. Барклая	约翰·巴克利的《阿赫尼斯》（译作）
пер. «Древней истории» Ш. Роллена	查·罗林的《古代史》（译作）
пер. «Езды в остров любви» П. Тальмана	保·塔尔曼的《爱岛之行》（译作）
пер. «Послания к Пизонам» Ф. К. Горация	贺拉斯的《致皮索父子的信》（《诗艺》，译作）
пер. «Поэтического искусства» Н. Буало	尼·布瓦洛的《诗的艺术》（译作）
Трефолой	《圣诗抄本》
Триволис М. -М.	特里沃利斯，米哈伊尔（马克西姆·格列克）
Триодь постная	《斋戒期三重颂歌》
Триодь цветная	《复活节周的三重颂歌》
Троянские сказания	《特洛伊的故事》
Троянский М. П.	特洛扬斯基，М. П.
Трубецкие, князья	特鲁别茨科伊王公家族
Трубецкой Н.С.	特鲁别茨科伊，尼·谢
Трувор, князь	特鲁沃尔公
«Трудолюбивая пчела» (журнал)	《勤劳的蜜蜂》（杂志）
«Трутень» (журнал)	《雄蜂》（杂志）
Тузов В.	图佐夫，瓦
Туманский Ф.	图曼斯基，费
Туптало Д. С.	图普塔洛，季·萨（罗斯托夫都主教德米特里）
Поучение о четвероконечном кресте	《十字架训言》
Рождественская драма	《圣诞节戏剧》
Четьи Минеи	《日读月书》
Тургенев И. П.	屠格涅夫，伊·彼
Тучков В. М.	图奇科夫，瓦·米
Житие Михаила Клопского	《克洛普修道院院长米哈伊尔传》
Тысяча и одна ночь	《一千零一夜》
Тьерри О.	梯也尔

У

Удальцова З. В.	乌达利佐娃，季·弗
Ульрих фон Эшенбах	乌尔里希·冯·埃森巴赫
Ульяна Вяземская, княгиня	乌里扬尼娅·维亚泽姆斯卡娅公爵夫人
Ундольский В. М.	温多利斯基，武·米
Уо Д.	乌奥，Д.
Урбинский П. В.	乌尔宾斯基，波·维

Осмь книг о изобретателех вещей	《八本讲述发明人的书》
Урусова Е., княгиня	叶·乌鲁索娃公爵夫人
Успенский Б. А.	乌斯宾斯基,鲍·安
Успенский сборник XII-XIIIвв.	《12—13 世纪圣母安息节教堂文集》
Устав	条令,章程
Военный	《军事条令》
Иеруслалимский	《耶路撒冷(教区)章程》
Студийский	《寺院工作室章程》
«Утренние часы» (журнал)	《早晨时光》(杂志)
«Утренний свет» (журнал)	《晨光》(杂志)
Ушаков Ф. В.	乌沙科夫,费·瓦

Ф

Фабий Кунктатор	迁延者法比(费边)
Фараби	法拉比
Фацеции	(文艺复兴时期西欧和 17 世纪末俄国的)《滑稽故事》
Фёдор, черниговский боярин	切尔尼戈夫大贵族费奥多尔
Фёдор Алексеевич, царь	费奥多尔·阿列克谢耶维奇,沙皇
Фёдор Басенок	费奥多尔·巴先诺克
Фёдор Добрый, тверской епископ	特维尔主教、大善人费奥多尔
Фёдор Волоцкий, князь	沃洛科拉姆王公费奥多尔
Фёдор Борисович Годунов, царь	费奥多尔·鲍里索维奇·戈都诺夫,沙皇
Фёдор Иванов, дьякон	费奥多尔·伊万诺夫辅祭
Пятая челобитная	第五呈文
Фёдор Иванович, царь	费奥多尔·伊凡诺维奇,沙皇
Фёдор Юрьевич, рязанский князь	费奥多尔·尤里耶维奇,梁赞公
Федорец, ростовский епископ	费多列茨,罗斯托夫主教
Фёдоров В. И.	费奥多罗夫,В. И.
Федр	费德鲁斯
Святотатец	《渎神者》
Фельтен, немецкий антрепренер	费尔顿,德国剧院老板
Фенелон Ф.	费纳隆,弗朗索瓦
Трактат о существовании и атрибутах бога	《论上帝的存在与象征》
Приключения Телемака	《忒勒马科斯历险记》
Феодосий Васильев	费奥多西·瓦西里耶夫
Феодосий Косой	费奥多西·科索伊(斜眼)
Феодосий Печерский	基辅山洞修道院院长费奥多西
Поучения	《劝诫》
Феодосия, мать Александра Невского	费奥多西娅,亚历山大·涅夫斯基的母亲
Феофан Грек	费奥凡·格列克

Феофана, византийская императрица	费奥凡娜，拜占庭帝国女皇
Фердинанд Ⅰ Габсбург, австрийский император	哈布斯堡王朝斐迪南德一世，奥地利皇帝
Физиолог	《生理学家》
Фильтинг Г.	菲尔丁
Филипп, митрополит	菲利普都主教
Филофей, старец Елеазарова монастыря	菲洛费，叶列阿扎尔修道院长老
Флориан Ж.	弗洛里安，让
Фокеродт И.	沃克罗特，约
Фома, апостол	使徒福马
Фома, тверской инок	特维尔修士福马
Слово похвальное великому князю тверскому Борису Александровичу	《献给特维尔大公鲍里斯·亚历山大罗维奇的颂辞》
Фомичёв С. А.	福米乔夫，谢·亚
Фонвизин Д. И.	冯维辛，杰·伊
Бригадир	《旅长》
Всеобщая придворная грамматика	《宫廷通用文法》
Жизнь графа Н. И. Панина	《尼·伊·潘宁伯爵的生平》
Каллисфен	《卡利斯芬》
Корион, переделка комедии Ж.-Б. Грессе «Сидней»	科里翁，Ж.-Б. 格雷塞喜剧《悉尼》的改编本
Московские сочинения (программа журнала)	《莫斯科文丛》（杂志栏目）
Наставление дяди своему племяннику	《叔叔对侄子的教导》
Недоросль	《纨绔少年》
Несколько вопросов, могущих возбудить в умных и честных людях особливое внимание	《可能引起聪明和正直的人们特别注意的若干问题》
Опыт российского сословника	《俄国社会阶层试论》
Письма к Фалалею	《致法拉列的信》
Письмо к сочинителю «Былей и небылиц»	《致〈真实与虚构〉作者的信》
Полное собрание сочинений и переводов	《作品和译著全集》
Поучение, говоренное в Духов день иереем Васильем в селе П.	《圣灵节瓦西里神甫在 П 村的劝诫》
Разговор у княгини Халдиной	《与公爵夫人哈尔金娜的交谈》
Рассуждение о непременных государственных законах	《论国家大法之必要》
Слово на выздоровление Павла Петровича	《论保罗·彼得罗维奇的康复》
Сокращение о вольности французского дворянства и о пользе третьего чина	《约束法国贵族的自由和缩减三等官员的利益》
Чистосердечное признание	《真诚的表白》
пер. «Альзиры» Ф А. Вольтера Ф. А.	伏尔泰的《阿尔济拉》（译作）
пер. «Басен нравоучительных» Л. ГольбергаЛ.	霍尔堡的《训诫寓言》（译作）
пер. «Геройская добродетель, или Жизнь Сифа, царя египетского» Ж. Террасона	让·泰拉松的《英雄的美德，或埃及国王西弗的生活》（译作）

пер. «О национальном любочестии» И. -Г. Циммермана	《论民族功名心》约翰·乔治·冯·齐默尔曼(译作)
пер. «Торгующего дворянства» Г. -Ф. Куайе	Г.-Ф. 科耶的《经商的贵族》(译作)
пер. из И. -Г. Юсти под заглавием «О правительствах»	约·亨·尤斯蒂的《论政府》(选译)
пер. «Полицейской науки» И. -Г. Юсти	约·亨·尤斯蒂的《警察的学问》(译作)
Фонвизин П. И.	冯维辛,帕·伊
Фонкич Б. Л.	冯基奇,鲍·利
Фотий, митрополит	都主教福季
Франчук В. Ю.	弗兰丘克,维·尤
Фрашки	(波兰诗歌中的)俏皮小诗
Фридрих II, прусский король	普鲁士国王弗里德里希(腓特烈)二世
Письма о любви к отечеству	《爱国书简》
Фукидид	修昔底德
История	《历史》
Фуников И. В.	富尼科夫,伊·瓦
Послание дворянина к дворянину	《某贵族致另一贵族的信》
Фюрст О.	菲尔斯,О.

X

Халанский М. Г.	哈兰斯基,米·格
Хворостинин Д. И., князь	德·伊·赫沃罗斯季宁公爵
Хворостинин И. А., князь	伊·安·赫沃罗斯季宁公爵
Изложение на еретики-злохульники	《为被恶意责难的异教徒陈言》
Словеса дней и царей и святителей московских	《莫斯科沙皇和圣者言行录》
Хемницер И. И.	赫姆尼采尔,伊·伊
Херасков М. М.	赫拉斯科夫,米·马
Венецианская монахиня	《威尼斯修女》
Взгляд на эпические поэмы	《对叙事长诗的看法》
Владимир возрожденный	《复活的弗拉基米尔》
Всяк на свете сем хлопочет	《世界上每个人都在忙碌》
Гонимые	《被驱使的人们》
Добрые солдаты	《善良的士兵们》
Друг несчастных	《不幸者的朋友》
Новые оды	《新颂诗》
Нравоучительные басни	《劝诫寓言》
Нума, или Процветающий Рим	《努马,或繁荣的罗马》
О добродетели	《美德颂》
Ода на день рождения ее императорского величества	《伟大女皇诞辰颂》
Россияда	《俄罗斯亚特》
Философические оды или песни	《哲理颂诗或歌谣》

Чесмесский бой	《切什梅海战》
Хилков А. Я., князь	安·雅·希尔科夫公爵
Хитрово Б. М.	希特罗沃,博·马
Хмельницкий Б.	赫梅利尼茨基,博
Хованские, князья	霍万斯基公爵家族
Холшевников В. Е.	
Хостоврул	霍斯托福鲁尔
Хроника	编年史,年代记
Георгия Амартола	乔治·阿马托尔的编年史
стихотворное переложение	《乔治·阿马托尔的编年史》的诗体改编本
Иоанна Малалы	约翰·马拉拉斯的《年代记》
Константина Манассия	康斯坦丁·马纳西的《年代记》
Ливонская	立窝尼亚编年史
Симеона Логофета	西梅翁·洛戈菲特的《年代记》
Хронографические компиляции	年代记汇编
Архивский хронограф	档案年代记
Виленский хронограф	维尔诺编年史
Хронографы	代记,编年史
Еллинский и Римский	古希腊罗马编年史
1-я редакция	(编年史)第一版
2-я редакция	(编年史)第二版
По великому изложению	详述编年史
Русский 1512г.	1512年俄罗斯年代记
Русский 1617г.	1617年俄罗斯年代记

Ц

Царь Ирод. Народная драма	《希律王》(民间戏剧)
Циммерман И.-Г.	齐默尔曼,约翰·乔治
Цицерон М.-Т.	西塞罗

Ч

Часослов	《日课经》
Чеботарёв Х.А.	切博塔廖夫,哈·安
Черепнин Л.В.	切列普宁,列·弗
Черкасские, князья	切尔卡斯基公爵家族
Чернышевский Н. Г.	车尔尼雪夫斯基,尼·加
Чехов А.П.	契诃夫,安·帕
Чингисхан	成吉思汗
Чистов К.В.	奇斯托夫,基·瓦

Чистович И.	奇斯托维奇,伊
Чолхан, татарский баскак	乔尔汗,鞑靼八思哈
Чосер Д.	杰弗里·乔叟
«Чтения для вкуса, разума и чувствавований» (журнал)	《启迪兴趣、理智与情感的读物》(杂志)
Чудо о прельщенном отроке (из Жития Василия Великого)	《一个被诱惑的少年的奇事》(源自《大瓦西里传》)
Чулков М. Д.	丘尔科夫,米·德
Абевега русских суеверий	《俄罗斯迷信大全》
Горькая участь	《苦命》
Драгоценная щука	《昂贵的狗鱼》
Историческое описание коммерции российской	《俄罗斯商业的历史描述》
Как хочешь назови	《你想怎样称呼》
Пересмешник, или Славенские сказки	《爱嘲弄他人者》
Пригожая повариха, или Похождения развратной женщины	《漂亮的女厨师,或荡妇奇遇》
Пряничная монета	《蜜饼硬币》
Сказка о рождении тафтяной мушки	《一颗假美人痣的生成》
Собрание разных песен	《各类歌谣汇编》

Ш

Шаликов П. И.	沙利科夫,彼·伊
Плод свободных чувствований	《自由情感的果实》
Шалль фон Белль, ландмаршал	萨尔·冯·贝尔,后备役元帅
Шамбинаго С.К.	沙姆比纳戈,谢·康
Шандровская В. С.	尚德罗夫斯卡娅,瓦·萨
Шафиров П. П.	沙菲罗夫,彼·帕
Гистория Свейской войны	《瑞典战争史》
Шахматов А. А.	沙赫玛托夫,阿·亚
Шаховской С. И.	沙霍夫斯科伊,谢·伊
Моление	《祈求信》
Повесть известно сказуема на память великомученика благоверного царевича Димитрия	《众口相传的纪念信奉正教的高尚蒙难者德米特里王子的故事》
Повесть книги сея...	《本书纪事……》
Повесть о некоем мнисе...	《关于某修士的故事……》
Шекспир	莎士比亚
Все хорошо, что хорошо кончается	《终成眷属》
Ричард III	《理查三世》
Юлий Цезарь	《裘力斯·凯撒》
Шептаев Л.С.	舍普塔耶夫,Л.С.
Шереметев Б.П.	舍列梅捷夫,鲍·彼

Дневник	《日记》
Шестоднев	《六日创世纪》
Шигалей, казанский царь	喀山汗国希加列伊汗
Шиллер Ф.	席勒
Шишковский М.	希什科夫斯基，马
Шкловский В. Б.	什克洛夫斯基，维·鲍
Шляпкин И. А.	什利亚普金，伊·亚
Шмидт С.О.	施密特，西·奥
Штелин Я.	施捷林，雅
Штранге М.М.	施特朗格，米·米
Штурм К.	施图尔姆，К.
Размышления о делах божиих в царстве натуры и провидения и беседы с богом» (совместно с К. Штурмом)	《关于自然王国中上帝的事务和天意的沉思及与上帝的交谈》(与 И. 基德合作)
Шувалов И. И., гарф	伊·伊·舒瓦洛夫伯爵
Шуйский А., князь	安德烈·舒伊斯基公爵
Шуйский И. В., князь	伊·瓦·舒伊斯基公爵
Шуйский И. П., князь	伊·彼·舒伊斯基公爵
Шусторович Э. М.	舒斯托罗维奇，Э. М.

Щ

Щеглова С. А.	谢格洛娃，索·亚
Щенятев П., князь	彼得·谢尼亚捷夫公爵
Щербатов М. М.	谢尔巴托夫，米·米
История Российская от древнейших времён	《远古以来的俄国历史》

Э

Эдип, царь	俄狄浦斯王
Эзоп	伊索
Волы и ось	《犍牛和车轴》
Притчи Эзоповы	《伊索寓言》
Эйдельман Н. Я.	艾德尔曼，纳·雅
Эйлер Л.	艾勒，列
Элиан	埃利阿努斯
Пёстрые рассказы	《五光十色的故事》
Эмин Н.Ф.	埃明，尼·费
Эмин Ф. А.	埃明，费·亚
Непостоянная фортуна, или Похождения Мирамонда	《变幻无常的命运，或米拉蒙德的奇遇》
Письма Эрнеста и Доравры	《埃内斯特和多拉弗拉的书信》
Российская история	《俄罗斯历史》
Энгельман А.	恩格尔曼，奥

Энгельс Ф.	恩格斯，弗里德里希
Эпикур	伊壁鸠鲁
Эразм Роттердамский	鹿特丹的伊拉斯谟
Похвала глупости	《愚人颂》

Ю

Ювенал	朱文纳尔
Юлий Цезарь	裘力斯·凯撒
Юм Д.	大卫·休谟
Юнг Э.	扬格，爱德华
Ночи	《夜晚》
Юрий Всеволодович, великий князь владимирский	尤里·弗谢沃洛多维奇，弗拉基米尔大公
Юрий Данилович, московский князь	尤里·丹尼洛维奇，莫斯科公爵
Юрий Дмитриевич, галицкий князь	尤里·德米特里耶维奇，加里奇公爵
Юрий Долгорукий, великий князь владимирский	长臂尤里，弗拉基米尔大公
Юрий Иванович, князь	尤里·伊万诺维奇公
Юрий Ингоревич, рязанский князь	梁赞公尤里·伊戈列维奇
Юрий Львович, князь	尤里·利沃维奇公
Юрий Святославич, смоленский князь	斯摩棱斯克公尤里·斯维亚托斯拉维奇
Юрьевский А.	尤里耶夫斯基，А.
Юсти И.-Г.	尤斯蒂，约·亨
Юстиниан, византийский император	查士丁尼，拜占庭帝国皇帝
Юхан III, шведский король	约翰三世，瑞典国王

Я

Яблонский В.	亚布隆斯基，瓦
Яворский, Стефан	亚沃尔斯基，斯特凡
Камень веры	《信仰的基石》
Ягайло, великий князь литовский	立陶宛大公亚加伊洛
Якушкин П.	雅库什金，帕
Ямщиков, стихотворец	亚姆西科夫，诗人
Ян Вышатич	扬·维沙季奇
Яновский, Феодосий	雅诺夫斯基，费奥多西
Ярослав Владимирович, по прозванию Мудрый, киевский князь	基辅大公雅罗斯拉夫·弗拉基米罗维奇（又称"圣贤公"）
Завещание	《遗训》
Ярослав Осмомысл, галицкий князь	加里奇公雅罗斯拉夫·奥斯莫梅斯尔
Ярослав Ярославич, тверской князь	特维尔公雅罗斯拉夫·雅罗斯拉维奇
Ярославна, Евфросинья, супруга князя Игоря Святославича	雅罗斯拉夫娜，叶夫罗西尼亚，伊戈尔·斯维亚托斯拉维奇公的夫人

Ярошенко-Титова Л.В.   亚罗申科—季托娃, Л.В.
Яцимирский А.И.   亚齐米尔斯基, 亚·伊

* * * * *

Aarne A.   阿尔奈, A.
Andreescu St.   安德列斯库, St.
Badecki K.   巴德斯基, K.
Berza M.   贝尔扎, M.
Cazacu M.   卡扎库, M.
Drage Ch. L.   德拉格, C. L.
Ene G.   埃内, G.
Fine J. V. A.   法恩, J. V. A.
Floreskcy R.   弗洛雷斯库, R.
Freydank D.   弗赖丹克, D.
Giraudo G.   吉拉乌多, G.
Grasshoff H.   格拉斯霍夫, H.
Haney J.V.   哈尼, J.V.
Härtel H. -J.   赫尔特, H. -J.
Huizinga J.   赫伊津哈, J.
Kämpfer D.   肯普弗, D.
Lewin P.   勒温, P.
Luria J.   卢里亚, J.
Łużny R.   卢兹尼, R.
McNally R.T.   麦克纳利, R.T.
Maier J.   迈耶, J.
Polívka J.   波利夫卡, J.
Ronay G.   罗纳, G.
Rothe H.   罗德, H.
    «Spectateur du Nord» (гамбургский журнал)   《北方观众》(汉堡杂志)
Stoicescu N.   斯托伊切斯库, N.
Stremooukhoff D.   斯特列穆霍夫, D.
Suchanek L.   苏查内克, L.
Sullivan J.   沙利文, J.
    « The Spectator» (английский журнал)   《旁观者》(英国杂志)
Thompson St.   汤普森, St.
Winter E.   温特, E.
Witkowski T.   维特科夫斯基, T.

(左少兴、陈扬阳译,汪介之校对、整理)

本卷翻译分工情况如下：

北京大学	左少兴：第一编导论、第一章至第七章、结语
南开大学	王志耕、姜敏：第二编第一、二章
国防科技大学外国语学院	余献勤：第二编第四章
东南大学	宋秀梅：第二编第三、五章
南京大学	赵丹：第二编第六章至第八章
南京师范大学	管海莹：第二编第九章
	汪介之：编者的话，第二编导论、结语